미겔 데 세르반테스
Miguel de Cervantes

KB046433

1547년 스페인 마드리드에서 멀지 않은 대학도시 알칼라 데 에나레스에서 태어났다. 가난한 외과의사인 아버지의 빚 때문에 가족은 재산을 압류당한 후 여러 지역을 전전했고, 세르반테스는 감옥살이를 하기도 했다. 어린 시절 정규 교육을 받지는 않았으나 당대의 유명한 문법 교수 후안 로페스 데 오요스의 지도를 받은 것으로 알려져 있다. 1568년 오요스의 문집《역사와 관계》에 세르반테스의 시가 실렸는데 이때부터 그의 창작 활동이 시작되었음을 알 수 있다. 1569년 이탈리아 로마로 떠나 추기경의 시종으로 일하다, 이듬해 나폴리에서 스페인 보병대에 입대했다. 1571년 레판토 해전에서 세르반테스의 표현을 빌리면 "오른손의 명예를 높이기 위해 왼손을 잃게" 되었는데, 그때 '레판토의 외팔이'라는 별명을 얻었다. 이후 이탈리아 각지를 여행하다 1575년 나폴리에서 귀국하던 중 터키 해적들에게 붙잡혀 알제리에서 5년간 포로 생활을 하게 된다. 포로수용소에서 여러 차례 탈출을 시도하지만 모두 실패하고, 1580년 삼위일체수도회의 한 수사가 몸값을 내주어 석방되었다. 고향 마드리드로 귀국 후 살길이 막막해지자 문필가의 길로 들어섰다. 1585년 첫 작품인 목가소설《라 갈라테아》를 발표했으나 큰 호응을 얻지 못했다. 1587년 세비야로 이주해 무적함대를 위해 밀과 올리브유를 거두어들이는 식량 징발 참모로 일하다가 직권 남용 혐의로 투옥되었다. 1597년에는 그라나다에서 국가 공금을 관리하는 일을 했는데, 공금을 맡긴 은행이 파산하는 바람에 두 번째로 투옥되었다. 이 시기에 감옥 생활의 무료함을 달래기 위해《돈키호테》를 구상했던 것으로 추정된다. 58세 때인 1605년,《재치 넘치는 시골 양반 라만차의 돈키호테》(《돈키호테 1》)를 출판하여 일약 명성을 얻었다. 그 후 중단편 소설을 모은《모범 소설집》(1613), 장편 시집《파르나소에의 여행》(1614),《새로운 여덟 편의 희극과 여덟 편의 단막극》(1615)을 출간했으며,《돈키호테 1》이 출간된 지 10년 만인 1615년《재치 넘치는 기사 라만차의 돈키호테》(《돈키호테 2》)를 출간했다. 1616년 4월 22일 수종으로 69세의 생을 마감했다. 그의 유해는 마드리드의 트리니타리아스 이 데스칼사스 수도원에 매장되었다고 전해지나 무덤은 아직까지 발견되지 않았다.

황금시대

Don Quijote ✕ Salvador Dalí

이 책에 수록된 삽화는 스페인 초현실주의 화가 살바도르 달리가 그린 것이다.
1957년 프랑스 미술전문 출판인 조셉 포레가 출간한
《라만차의 돈키호테 *Don Quichotte de la Manche*》에 처음 실렸다.

Collection of The Dalí Museum, St. Petersburg, FL (USA) 2024
©Salvador Dalí, Fundació Gala-Salvador Dalí, (SACK), 2024

한밤중 돈키호테의 몽상

방에서 책을 읽는 돈키호테

둘시네아의 환영

풍차에 대한 공격

돈키호테

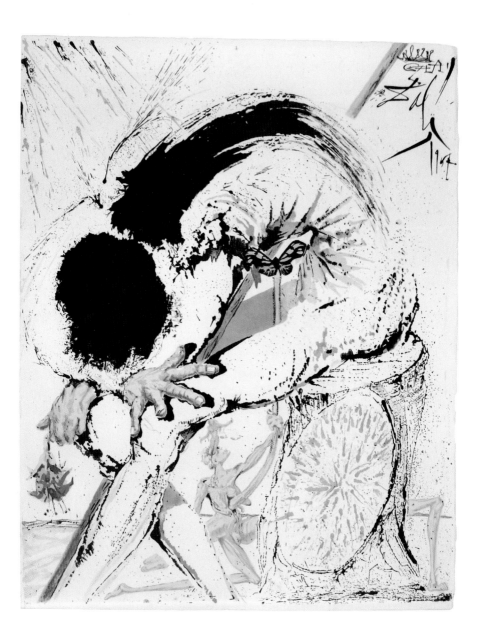

압도된 돈키호테

환영

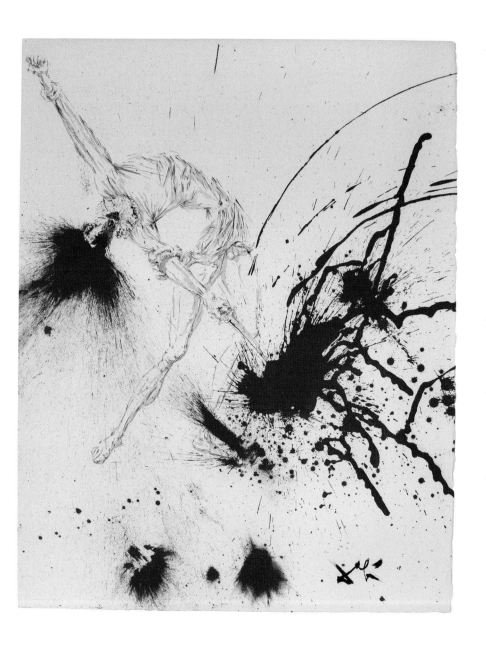

포도주가 든 가죽 부대

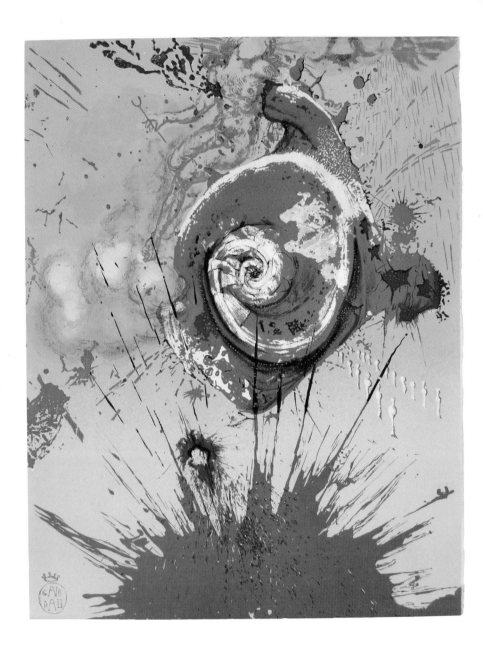

새벽

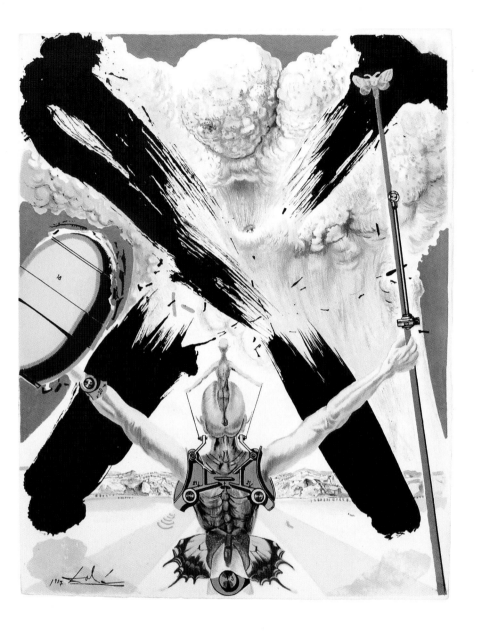

원자 시대

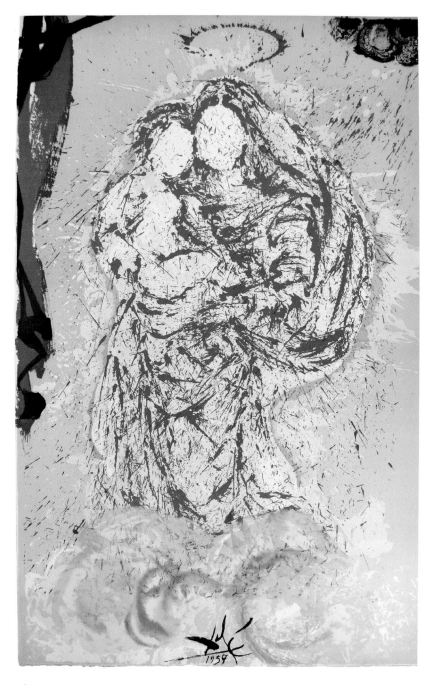

성모

《돈키호테》 살바도르 달리 에디션

"《돈키호테》는 너의 비범한 능력을 발휘할 수 있는 작품이다."

— 달리의 아버지가 달리에게 보낸 편지에서

《돈키호테 I》의 삽화들은 1946년 미국 랜덤하우스 출판사에서 출간된 《명성이 자자한 라만차의 돈키호테의 일생과 업적 제 I부》에 실린 드로잉과 수채화 작품들이다. 달리의 예술적 영감은 조국 스페인에 관한 주제를 접할 때 더욱 빛을 발한다. 특히 세르반테스의 작품에서 달리가 돈키호테라는 인물에 깊이 매료되었다는 것은 의심의 여지가 없다. "나와 광인의 유일한 차이는 내가 미치지 않았다는 것뿐이다"라는 말을 모토로 삼았던 달리의 마음속에는 분명 돈키호테가 있었다. 세르반테스의 천재성이 달리의 천재성을 끌어냈고, 두 사람의 마음이 만나 환상과 마법으로 가득 찬 독창적인 이미지들을 만들어냈다. 《돈키호테》에서 가장 유명한 풍차 전투 장면을 돈키호테 머릿속 상상으로 표현한 그림(컬러 화보 두 번째 그림)을 특히 눈여겨볼 만하다. 또 달리가 사랑했던 엠포르다 지방과 아내와 집을 짓고 살던 리가트의 모습을 작품 속 라만차의 풍경에 담아낸 것은 이 작업에 대한 그의 애정을 보여준다.

"내 의지와 상관없이, 그 돈키호테 석판화는 세기의 석판화 작품이 될 것입니다."　　　　　　　　　　―달리가 출판인 포레에게 보낸 편지에서

《돈키호테 2》의 삽화들은 1957년 프랑스 파리의 미술전문 출판인 조셉 포레가 출간한 《라만차의 돈키호테》에 실린 석판화 작품들이다. 랜덤하우스판 《돈키호테》 출간 후 10년 만에 포레는 달리에게 《돈키호테》에 수록할 새로운 석판화 시리즈를 제안했고, 포레의 설득으로 작업을 수락한 달리는 석판화에 전무한 새로운 기법들을 탐색하고 실험했다. 가장 유명한 기법은 화승총에 잉크를 듬뿍 바른 탄환을 넣고 발사해 독특한 소용돌이 패턴을 만들어내는 것인데, 개미처럼 작은 병사 무리로부터 시작된 소용돌이가 갑옷 입은 돈키호테의 형상을 만들어내는 그림(작품명 〈돈키호테〉)에서 이 기법을 발견할 수 있다. 2권의 삽화들은 돈키호테 서사를 직접 연상시키지는 않지만, 폭발적인 색채와 이미지들은 작품에 흐르는 한결같은 절박함의 정서를 자아낸다. 달리는 끊임없이 자신만의 세계로 파고들었고, 서구 문학의 가장 위대한 작품인 《돈키호테》의 삽화에 신화와 상상, 그리고 현실이 결합된 그의 세계를 오롯이 담아냈다.

이 글은 미국 달리미술관The Dalí Museum에서 제공한 자료를 바탕으로 편집자가 정리한 것이다.

EL INGENIOSO CABALLERO
DON QUIJOTE DE LA MANCHA
— Miguel de Cervantes Saavedra —
• 1615 •

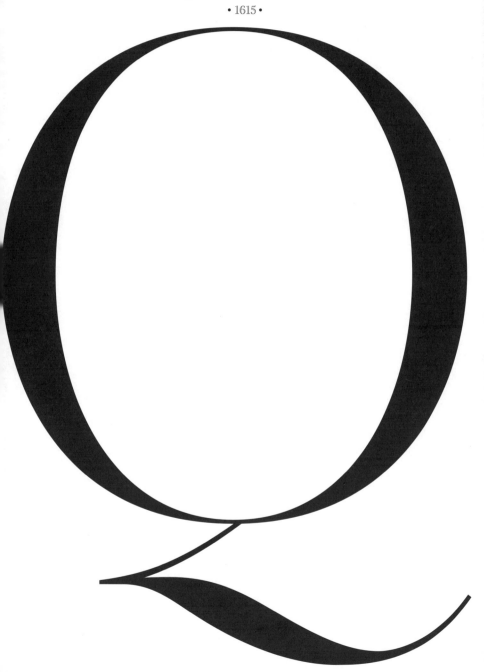

돈키호테 2

미겔 데 세르반테스 사아베드라 · 김충식 옮김

🐘 문예출판사

일러두기

1. 이 책은 마르틴 데 리케르Martín de Riquer의 *Segunda Parte del Ingenioso Caballero Don Quijote de la Mancha*(RBA Editores, S.A., Barcelona, 1994)를 저본으로 삼았다.
2. 1615년판 원서 *Segunda Parte del Ingenioso Caballero Don Quijote de la Mancha*의 체제를 그대로 따랐으며, 저본에 충실하되 일부는 우리말 맥락에 맞게 의역하였다.
3. 본문의 각주는 옮긴이의 것이다.

제2권 차례

제1권 차례

─────────────── 제4부 ───────────────

SEGVNDA PARTE DEL INGENIOSO CAVALLERO DON QVIXOTE DE LA MANCHA.

Por Miguel de Ceruantes Saauedra, autor de su primera parte.

Dirigida a don Pedro Fernandez de Castro, Conde de Le-
mos, de Andrade, y de Villalua, Marques de Sarria, Gentil-
hombre de la Camara de su Magestad, Comendador de la
Encomienda de Peñafiel, y la Zarça de la Orden de Al-
cantara, Virrey, Gouernador, y Capitan General
del Reyno de Napoles, y Presidente del su-
premo Consejo de Italia.

Año   1615

CON PRIVILEGIO.

En Madrid, Por Iuan de la Cuesta.

vendese en casa de Francisco de Robles, librero del Rey N. S.

재치 넘치는 기사'
라만차의 돈키호테 제2권

제1권의 작가, 미겔 데 세르반테스 사아베드라 지음

이탈리아 최고회의 의장이시며, 나폴리 왕국의 부왕이자

총독 겸 총사령관이시며, 알칸타라 기사단의 페냐피엘과

라 사르사 기사 영지의 기사 단장이시며, 국왕 폐하의 시종 겸

사리아의 후작이시며, 레모스와 안드라데와 비알바의 백작이신

돈 페드로 페르난데스 데 카스트로 님께 바칩니다.

1615년 특허를 획득해 마드리드에서

후안 데 라 쿠에스타가 펴내고

우리 국왕의 서적상

프란시스코 데 로블레스 서점에서 판매한다.

I   《돈키호테 1》(1605)의 원제목《재치 넘치는 시골 양반 라만차의 돈키호테 *El ingenioso hidalgo don Quijote de la Mancha*》에서 알 수 있듯이 돈키호테는 시골 양반(이달고)이었으나, 객줏집 주인의 벼락치기 기사 서품식을 통해 기사가 되었다. 그래서《돈키호테 2》(1615)의 원제목에서는《재치 넘치는 기사 라만차의 돈키호테 *El ingenioso caballero don Quijote de la Mancha*》와 같이 돈키호테를 '기사'로 칭했다.

가격 감정서

나, 왕실 심의회 상임 위원의 일원이며 우리 국왕 폐하의 왕실 공증인 에르난도 데 바예호는, 국왕 폐하의 인가를 얻어 펴낸 미겔 데 세르반테스 사아베드라의 책《라만차의 돈키호테, 제2권 *Don Quijote de la Mancha, Segunda parte*》을 왕실 심의회 상임 위원들이 심의한 후 한 장당 4마라베디로 책정했으므로, 73장으로 구성된 이 책의 총액은 292마라베디임을 증명한다. 그리고 심의회 상임 위원들은 책의 각 권 첫 장에 규정 가격을 표기하도록 명한다. 이렇게 하는 이유는 정해진 본래의 판결과 법령에 명기되어 있듯이 어떤 방법으로든 책값을 초과하는 일이 발생하지 않고 책을 주문하고 구입하는 것을 누구나 알고 이해하도록 하기 위함이다. 그리고 앞서 언급한 심의회 상임 위원들의 명령과 앞서 언급한 미겔 데 세르반테스 측의 요청에 의해 나에게 위임된 내 권한의 범위에서 1615년 10월 21일 마드리드에서 이 증명서를 발행한다.

에르난도 데 바예호

오류 검정증

미겔 데 세르반테스 사아베드라가 저술한 '라만차의 돈키호테 제 2권 *Segunda parte de don Quijote de la Mancha*'이라는 제목의 이 책을 검 정해본 결과, 그 원전과 일치하지 않은 점을 인정할 만한 아무런 오 류가 없음. 1615년 10월 21일, 마드리드에서 증명함.

석사, 프란시스코 무르시아 데 라 야나

허가증

심의회 상임 위원들의 위임과 명령으로 청원서에 포함된 책의 내용을 본인이 검토한바, 신앙이나 미풍양속에 반하는 내용이 포함되어 있지 않고 오히려 교훈적인 인생철학이 많이 들어 있는 정말 대단한 즐거움을 주는 책으로 인정되기에, 인쇄하도록 허가할 수 있다. 1615년 11월 5일, 마드리드에서.

박사, 구티에레스 데 세티나

허가증

심의회 상임 위원들의 위임과 명령으로 미겔 데 세르반테스 사아베드라가 쓴 '라만차의 돈키호테 제2권 *Segunda parte de don Quijote de la Mancha*'이라는 제목의 이 책을 검정해본 결과, 우리의 성스러운 가톨릭 신앙이나 미풍양속에 반하는 내용이 포함되어 있지 않으며, 오히려 옛사람들이 공화국들에 어울린다고 판단했던 그럴싸한 심심파적과 조용하고 편안한 오락성이 짙다고 인정된다. 그 엄격했던 스파르타 사람들도 미소의 신의 동상을 세웠으며, 테살리아 사람들은 미소의 신을 기리는 축제를 봉헌했다고 한다. 파우사니아스의 말에 의하면, 보시오[2]가 자신의 책《교회의 표상들에 대하여》제2권 제10장에서 언급한 것으로, 쇠약해진 원기와 우울한 마음을 북돋우기 위해서였다. 그것에 대해 툴리오[3]는 같은 생각을 가졌기에, 자신의 저서《법률론》의 첫 장에서 이 시인은 다음과 같이 말했다.

그대의 근심 속에 즐거움을 끼워 넣어라.

Interpone tuis interdum gaudia curis.

---

2   이탈리아의 사제 Tommaso Bozio(1548~1610). 저서로《교회의 표상들에 대하여 *De signis ecclesiae Dei*》가 있다.

3   마르코 툴리오 키케로 Marcus Tullius Cicero(B.C. 106~B.C. 43). 로마의 정치가이자 학자 겸 작가로, 저서에《국가론 *De republica*》,《법률론 *De legibus*》등이 있다.

이 말은 이 책의 작가가 농담에 진실을, 유용함에 달콤함을, 익살에 교훈을 섞어서 비난의 낚시에 구수하고 그럴싸한 말로 위장하고 적당한 문제를 만들어 기사도 책들의 추방을 시도하고 있다는 것이다. 그는 정성을 다해 익숙한 솜씨로, 이 왕국들이 기사도 책이라는 전염병에 걸려서 받고 있는 고통을 깨끗이 씻어주었다. 이 책은 우리나라의 자랑이요 영광이며, 그의 위대한 천재성에 아주 걸맞은 작품이며, 다른 나라들의 찬탄과 질투를 받기에 충분한 작품이다. 이것이 본인의 견해이며 기타 사항은 생략한다. 1615년 3월 17일, 마드리드에서.

석사, 호세프 데 발디비엘소[4]

---

4   Josef de Valdivielso. 오늘날에는 주로 그의 저서 *Romancero espiritual* (1612)로 알려져 있다.

허가증

국왕 폐하의 궁전이 있는 이 마드리드시의 총대리인 구티에레스 데 세티나 박사님의 위임을 받아, 본인이 미겔 데 세르반테스 사아베드라가 쓴《재치 넘치는 기사 라만차의 돈키호테 제2권 *Segunda parte del ingenioso caballero don Quijote de la Mancha*》이라는 이 책을 검토해보니, 기독교 신앙에 어긋나 우려할 점이나 훌륭한 모범을 보이는 품위나 덕의심에 어긋난 점을 발견하지 못했으며, 오히려 박학다식하고 이익이 될 만한 내용이 많다. 정당성이 결여될 정도로 오염이 심하게 전파되어 무익하고 거짓말투성이인 기사도 책들을 근절하기 위해 사건들이 잘 전개되어 있는 자제력이며, 불쾌하고 고의적으로 잘난 체하고 으스대기 위해 사용한 망가진 언어가 아닌 카스티야 말[5]의 매끄러움을 이용한 점, 사려 깊은 정신을 가진 사람이면 증오하는 말이 악습임에도 불구하고 일반적으로 대할 수 있는 이런 악습들을 바로잡은 점, 그의 예리한 추리력이 원인이 되어 기독교에서 혐오하는 법들을 아주 현명하게 지키고 있는 점, 그리고 병을 치료하려다가 오히려 그 병에 감염된 사람이 그 약들의 달콤함과 좋은 맛에 취해 아무렇지 않게, 생각지도 못하고 아무런

---

5 카스티야 말은 1037년부터 1479년까지 이베리아반도의 톨레도와 마드리드를 중심으로 발전한 기독교 왕국 카스티야에서 사용하던 말로, 오늘날 에스파냐의 표준어가 된 에스파냐 말이다.

수치심이나 혐오감도 없이 마셔버리는 경우가 있는데 이런 악습을 혐오하게 하는 유용한 점에서, 이런 일은 이루기가 아주 힘든 일임에도 불구하고, 좋아하게 하고 나무라게 될 그런 내용의 책이다.

많은 작가들은 유용한 것과 달콤한 것을 알맞게 조율하거나 혼합할 줄 몰랐기 때문에, 글을 쓰는 귀찮은 작업을 땅에 내팽개쳐버렸다. 왜냐하면 철학적이고 현학적인 면에서 자유분방하고 눈부셨다기보다는 물불을 가리지 않고 덤벼든 디오게네스를 모방할 수 없었으므로, 차라리 냉소적인 면의 모방을 희구한 것이다. 주로 남의 험담에 탐닉하면서 매우 가혹한 비난을 퍼붓는 악습을 고칠 만한 것을 구하지는 못할망정 사례를 날조하고 그때까지 알지 못했던 길들을 어쩌다가 알아내기라도 하면, 비난자가 아니라 적어도 그의 스승으로 남게 되는 것이다. 이런 사람들은 해박한 자들을 증오하고, 그런 글들을 받아들일 만한 국민들에게 혹시나 있을지도 모르는 신용을 잃게 될 것이다. 모든 곪은 종기들이 동시에 약 처방이나 뜸 요법을 받아들일 준비가 되어 있지 않았음에도 불구하고, 멋대로 경솔하게 덤벼들다가는 전보다 더 악화된 상태로 만들게 되는 것이다. 오히려 어떤 이들은 부드럽고 맛이 독하지 않은 약들을 훨씬 더 잘 받아들인다. 사려 깊고 박학다식한 의사는 그런 약 처방으로도 곪은 종기를 잘 낫게 하는 목적을 달성하기 때문이다. 무쇠를 다루듯이 혹독하게 하여 치료를 하지 못하는 것보다, 부드러운 약을 써서 소기의 목적을 달성하는 편이 많은 경우에 더 좋은 결말을 보게 된다.

미겔 데 세르반테스의 글들은 우리 국민뿐만 아니라 외국 사람들에게도 아주 색다르게 느껴져, 에스파냐, 프랑스, 이탈리아, 독일 및 플랑드르[6]에서 그의 작품의 유려하고 부드러움처럼 품격과 고상함으로 전반적인 박수갈채를 받고 있는 이 책들의 작가를 마치 기적을 보듯 만나보고 싶어 하고 있다는 것이다. 본인은 이것이 사실임을 증명하는바, 올해 1615년 2월 25에 나의 주인이시며 고명하신 톨레도 대주교 겸 추기경 돈 베르나르도 데 산도발 이 로하스 님께서, 프랑스의 왕자들과 에스파냐의 왕자들의 결혼에 관한 문제를 논의하러 온 프랑스 대사[7]가 전하를 방문했던 답방으로 가셨을 때, 대사를 수행해 온 프랑스의 많은 신사들은 문학을 좋아하고 해박한 지식을 가졌을 뿐만 아니라 예의가 바른 분들이었는데, 본인은 물론이고 본인의 주인이신 추기경 전하의 다른 사제들에게 다가와 어떤 독창적인 책들이 가장 잘 팔려나가는지 알고 싶어 하기에, 마침 본인이 검열 중이던 이 책에 대한 이야기를 하게 되었다. 그들은 미겔 데 세르반테스의 이름을 듣자마자 그의 작품들이 프랑스뿐만 아니라 그 주변의 왕국들에서도 관심이 많다면서 입에 침이 마르도록 마구 치켜세우며 각기 한마디씩 말을 하기 시작했다. 그들 중 어떤 이는 《라 갈라테아》[8]의 첫 부분과 《모범 소설집》[9]을 거의 암기하고 있었다. 그들의 간청이 어찌나 절절하던지, 그 작품의 작가를 만나도록 직접 그들을 데리고 가겠다고 제안하자, 꼭 만나보고 싶다는 말을 수없이 하면서 고마워했다. 그들은 그의 나이며, 그의 직업이며 가문과 재산에 대해 나에게 아주 상세히 물었다. 나는 마

---

6 벨기에 서부를 중심으로 네덜란드 서부와 프랑스 북부에 걸쳐 있는 지방.
7 당시 프랑스 대사는 마옌 공작duque de Mayenne이었다.
8 *La Galatea*. 1585년에 출판된 세르반테스의 첫 소설.
9 *las Novelas Ejemplares*. 1613년에 출판된 세르반테스의 중·단편 소설 모음집.

지못해 말하지 않을 수 없었다. 그분은 노인이고 군인이며 시골 양반이지만 가난하다고 하니, 그들 중 한 사람이 진지한 어투로 이렇게 대꾸했다. "그런데 그런 분을 에스파냐는 매우 넉넉하여 모자람이 없이 국고로 먹여 살리지 않나요?" 그 신사들 중 다른 한 분은이런 생각을 하면서 아주 예리하게 말했다. "만일 그분이 궁핍 때문에 부득이하게 글을 쓴다면, 그분이 결코 풍족하지 않도록 해달라고 하느님께 간절히 기도를 드려야 하겠군요. 그는 작품을 쓰면서도 비록 가난한 생활에서 벗어나지 못하지만 모든 사람을 부유하게 하니까요." 본인은 검열용으로는 이 글이 다소 길다는 것을 잘알고 있다. 또 누군가는 듣기 좋은 찬사가 한계점에 이르렀다고 말할 수도 있겠지만, 본인이 짧게 말한 것의 진실이 비평가한테는 의심을, 본인에게는 걱정을 해소시켜줄 것이다. 더욱이 오늘날 아부하는 자의 주둥이에 무엇으로든 먹을 것을 쑤셔 넣어주지 않은 사람에게는 좋은 말을 하지 않는 시대가 아닌가. 그리고 비록 아부하는 자는 애정을 쏟아 거짓으로 농담을 하는 것 같지만, 진심으로는보상을 받기를 바란다. 1615년 2월 27일, 마드리드에서.

석사, 마르케스 토레스[10]

---

10   석사 프란시스코 마르케스 토레스el licenciado Francisco Márquez Torres는 세르반테스가 '독자에게 드리는 머리말'의 끝부분에서 언급한 산도발 이 로하스 추기경의 예배당 사제장이었다.

특허장

미겔 데 세르반테스 사아베드라, 귀측에서 《라만차의 돈키호테 제 2권 *Segunda parte de don Quijote de la Mancha*》을 저술하여 우리에게 제출된 관계로, 이 책이 아기자기하고 즐겁고 유쾌한 느낌을 줌과 동시에 건전한 이야기책이며 많은 노력과 연구 끝에 완성한 것이 역력하므로, 우리는 귀하가 청원한 대로 인쇄할 수 있도록 허가하고 향후 20년이나 우리 폐하께서 정해준 기간 동안 이 책에 대한 특허장을 발급하도록 명령한다. 이것은 우리 심의회 상임 위원들이 검토한 결과이며, 앞에서 언급한 책에 관해서 합당한 이유가 있다고 결론을 내리고 심사숙고를 거듭한 끝에 우리가 이 증서를 발급하기로 의견 일치를 보았으며, 이런 모든 조치는 우리가 이렇게 하는 것이 타당하다고 판단했기 때문이다. 이 증서에 의거해서 향후 우리가 발행한 이 증서의 발행일로부터 기산하여 처음 10년 동안 계속해서 인쇄하고 판매할 수 있는 권한을 우리는 귀하에게 준다. 귀하나 귀하가 권한을 위임한 자가 아니면 어느 누구도 위에서 언급한 책을 인쇄하고 판매할 수 없다. 그리고 이 증서에 의거해 귀하가 지명한 우리 왕국들의 어떤 인쇄업자라도 언급한 기간 동안 우리 심의회에서 검토했던 원본대로 인쇄할 수 있음을 허가하고 그 권한을 준다. 그리고 끝에 우리의 왕실 서기관인 에르난도 데 바예호와 궁정에 거주하고 있는 자들 중 한 사람의 도장이 찍히고 서명이 되어 있다. 책이 판매되기 전의 원고와 첫 번째 책을 앞에서 언급한 바 있는 원고와 함께 그들에게 가져가 인쇄된 출판물이 원고에 의거하여 행해졌는지 검토되도록 해야 한다. 아니면 우리가 임명한 교정원이 앞에서 언급한 원고에 의거해 언급한 인쇄물을 검토하고 교정했다는 공식 증명서를 가져와야 한다. 그리고 우리는 앞에서 언급한 책을 이렇게 인쇄할 것을 인쇄인에게 명령하는 바이다. 우리 왕실 심의회 심의 위원들에 의해 앞에서 언급한 책이 교정되고 정가가 매겨질 때까지는, 앞에서 언급한 교정과 규정 가격을 정하기 위해서 인쇄인은 책의 처음이나 첫 접지를 인쇄하지 말라. 그리고 작가나 책 인쇄비를 부담한 자에게는 원본과 함께 책을 단 한 권 이상 주지 말아야 하며, 다른 어떤 사람에게도 정가가 매겨질 때까지 단 한 권도 넘겨서는 안 된다. 다른 방법으로는 안 되고 반드시 이런 과정을 거친 이후에야 앞에서 언급한 책의 처음과 첫 장을 인쇄할 수 있다. 그리고 거기에 즉시 우리의 인허증과 허가증 및 가격 감정서와 오류 검정증을 실어야 한다. 위에 언급한 형태로 책이 만들어지기까지는 귀하나 다른 어느 누구도 그 책을 판매할 수 없으며, 이를 위반할 경우에는 우리 왕국들의 관련법이나 이러한 위반 사항에 규정된 법에 따라 처벌될 것이다. 그리고 더욱이 앞에서 언급한 기간 동안 귀하의 허가를 받지 않고는 어느 누구도 책을 인쇄하거나 판매할 수 없고, 책을 인쇄하고 판매하는 자는 반드시 모든 인쇄된 책들과 지형과 관련 인쇄 도구를 잃게 될 것이며, 위반할 때는 매번 5만 마라베디의 벌금이 부과되어 그 벌금 중 3분의 1은 우리 왕실에, 다른 3분의 1은 재판관에게, 또 다른 3분의 1은 고발하는 사람의 몫이 될 것이다. 그리고 우리 심의회 상임 위원들과 의장들, 우리 법원의 판관들, 시장들, 우리의 왕실과 궁정, 대심원과 우리의 왕국들과 영지들의 모든 도시와 읍과 마을의 다른 어떤 부서를 막론하고 자기의 관할 부서에 있는 각자에게, 앞으로 맡게 될 부서의 분들과 마찬가지로 지금 자기가 맡고 있는 부서의 분들에게도 알리노니, 우리가 귀하에게 부여하는 우리의 본 증서와 특혜를 지키고 이행하여 어떤 경우라도 이 증서에 반하는 행위를 하지 말 것이며 이를 위반할 경우에는 폐하의 벌과 함께 I만 마라베디의 벌금을 우리 왕실에 내야 한다. I6I5년 3월 30일, 마드리드에서.

짐, 국왕
우리 주인이신 국왕의 명에 의해
페드로 데 콘트레라스

독자에게 드리는 머리말

이거야 원, 고명하시거나 평범하신 독자여! 사람들이 말하기를 토르데시야스에서 잉태되어 타라고나에서 낳았다고 하는 그《돈키호테 속편》[II]의 작가에 대한 복수와 싸움과 비난을 접하게 될 것이라고 믿으며 참으로 얼마나 간절한 마음으로 지금 이 머리말을 고대하고 계시겠습니까. 그런데 그런 만족감을 드릴 수가 없는 것이 사실입니다. 모독이라는 것은 가장 겸손한 마음속에도 노여움이 들게 하지만, 제 마음속에서 이런 법칙은 예외가 되겠습니다. 귀하는 제가 그 작가를 향해 당나귀 같은 바보에 어리석은 놈이며 무모한 놈이라고 비난이라도 퍼부어주기를 바라시겠지만, 저는 그럴 생각이 전혀 없습니다. 그가 죄를 지었으면 죗값을 받게 하고, 자기 빵은 자기가 먹게 하며, 자기 맘대로 그냥 그대로 살아가게 두겠습니다. 다만 제가 섭섭하게 생각하는 것은, 저를 늙다리에 외팔이라고 비난한 점입니다. 마치 제가 제 손으로 제게서 세월이 지나가지 못하도록 세월을 정지시켰어야 한다거나, 제가 외팔이가 된 것이 어떤 술집에서 술판을 벌이고 흥청망청하다가 일어나기라도 한 일처럼 말입니다. 저는 지난 수 세기에도, 현세에도, 그리고 앞으로 닥

II *el segundo Don Quijote*. 토르데시야스 출신의 석사 알론소 페르난데스 데 아베야네다티 Licenciado Alonso Fernández de Avellaneda가 쓰고 타라고나에서 출판된, 위작《라만차의 돈키호테 속편》을 가리킨다.

칠 수 세기에도 다시는 볼 수 없는 가장 고귀하고 숭고한 전투에서 팔을 잃었는데 말입니다. 설령 제 부상이 그렇게 빛나 보이지는 않을지 모르지만, 적어도 이 상처가 어디서 났는지 아는 이들의 눈에는 가치 있게 보일 것입니다. 군인은 도주해서 자유롭기보다 싸움터에서 죽는 편이 훨씬 더 값어치 있다는 것이 제 생각입니다. 불가능한 일이긴 하지만, 만일 누군가가 지금 제게 제안하고 기회를 부여한다면, 그 훌륭한 전투에 참가하지 않아 부상을 당하지 않고 지금 건강한 삶을 누리기보다는 차라리 그 불가사의한 전투에 참가하기를 원했을 것입니다. 군인의 얼굴과 가슴에 나타나는 상처들은 다른 이들을 명예라는 하늘로 인도하고, 정당한 칭찬을 바라는 이를 인도하는 별입니다. 그리고 글은 백발로 쓰는 것이 아니라 판단력으로 쓰는 것이며, 판단력은 나이를 먹어가면서 늘 더 향상된다는 것을 사람들은 알아야 합니다.

제가 또한 안타깝게 생각하는 일은, 저를 질투나 하는 사람으로 취급하고 무식한 사람처럼 질투가 어떤 것인가를 저에게 묘사한 것입니다. 사실대로 진실하게 말하면, 질투에는 두 종류가 있는데 저는 성스럽고 고귀한 선의의 질투밖에 모릅니다. 그리하여 그런 연유로 저는 어떤 사제도 쫓아다닐 필요성을 느끼지 않는 것입니다. 더욱이 만일 그 사람[12]이 종교재판소의 일원이라면 더 그렇습니다. 그리고 만일 그 사람이 그 말을 한 사람 같지만 정말로 그 말

---

12 에스파냐의 극작가 로페 데 베가Lope de Vega를 말한다. 로페 데 베가는 1608년부터 종교재판소의 일원, 즉 종교재판소의 협력자였으며 1614년부터는 사제였다. 세르반테스는 은근히 그를 빗대고 있는 것이다.

을 했다면 완전히 진실을 외면한 것입니다. 저는 그 사람의 재능을 예찬하고, 그의 작품과 그의 끊이지 않는 덕스러운 행위를 찬양하고 있기 때문입니다. 하지만 실제로, 제 소설들이 모범적이라기보다 풍자적이긴 하지만 훌륭하다고 말한 점에 대해서는 이 작가님에게 감사를 드려야겠습니다. 그 두 가지를 다 갖추지 못했다면 훌륭할 수가 없을 테니까요.

독자께서는 제게 지혜가 무척 모자라고 겸손의 한계 안에서 너무 자제하고 있다고 말할지도 모릅니다. 그러나 슬픔에 몸부림치고 있는 이에게 고통을 더해서는 안 되고, 이분이 가지고 있는 고통이 의심할 나위 없이 크다는 것을 알고 있습니다. 왜냐하면 이분은 마치 대역죄를 지은 사람처럼 이름을 숨기고 고향을 속이면서 활짝 트인 들판 맑은 하늘 아래로 감히 나타나지 못하고 있기 때문입니다. 혹시라도 독자께서 그이를 만나게 되거든, 저는 모독을 당했다고 생각지 않는다고 전해주십시오. 그것은 악마의 유혹임을 제가 잘 알고 있으며, 그 유혹 중에서도 가장 큰 유혹의 하나가 바로 한 사람에게 돈만큼이나 많은 명성을 얻을 수 있는 책을 쓰고 인쇄할 수 있는 판단력을 갖게 하는 것입니다. 명성이 높아지면 높아질수록 거금을 모으게 되기 때문입니다. 그리고 이것을 확인하기 위해, 귀하의 구수하고 그럴싸하고 재치 있는 말로 그에게 다음 이야기를 들려주길 바라는 바입니다.

옛날 옛적 세비야에 한 광인이 있었답니다. 그 광인은 세상에서 미치광이가 할 수 있는 가장 익살스럽고 엉터리없는 짓과 망집妄執에 사로잡혀 있었지요. 그는 갈대로 끝이 뾰족한 대롱을 만들어, 길거리나 다른 어느 곳에서든 아무 개나 잡아 자기의 발로 그 개의 발을 누르고 손으로는 다른 발을 높이 치켜들고, 재주껏 개의 그 부분에 끝이 뾰족한 대롱을 기막히게 잘 꽂고는 바람을 불어 넣어 개를 공처럼 둥그렇게 만들어놓았답니다. 그러고나서 개의 뱃구레를 손바닥으로 두 번 때리고는 개를 놓아주었답니다. 늘 그의 행동을 구경하려고 많은 사람들이 몰려들기 마련인데, 그 주위 사람들에게 이렇게 말했답니다. "지금 여러분은 아마 개의 뱃구레쯤 부풀리는 일은 별로 힘든 일이 아닐 것이라고 생각들을 하시겠죠?" 지금 귀하는 아마 책 한 권쯤 만드는 일은 별로 힘든 일이 아닐 것이라고 생각을 하시겠죠?

그리고 만일 이 이야기가 그의 마음에 들지 않는다면, 독자 친구여, 그에게 역시 광인과 개에 대한 다음과 같은 이야기를 들려주십시오.

옛날 옛적 코르도바에 또 다른 광인이 있었답니다. 그 광인은 버릇으로 머리 위에 넓고 편편한 대리석 조각 하나, 아니면 그리 가볍지 않은 돌멩이 하나를 이고 다녔답니다. 그러다가 다른 데 정신이 팔린 개를 맞닥뜨리기라도 하면 옆으로 접근하여 그 무거운 것을 개에게 와락 쏟아놓곤 했답니다. 개는 약이 오를 대로 올라 짖어대며 깽깽거리고 동네방네를 쉬지 않고 계속 돌아다녔습니다. 그런데 그 광인이 이고 다니던 짐을 쏟아놓은 개들 가운데 한 마리가 모자 공장 직공의 개였습니다. 그 개를 주인이 무척 사랑한 것이 문제가 되었습니다. 광인은 돌멩이를 떨어뜨렸고, 그 돌멩이는 개의 머리에 맞았고, 떨어진 돌멩이에 맞아 엉망진창이 된 개는 깽깽거리며 날뛰었고, 그 광경을 보고 약이 오를 대로 오른 개 주인은 일하다 말고 사용하던 막대기를 들더니 그 광인에게 쫓아가 머리끝까지난 화가 풀릴 때까지 실컷 두들겨 패서 성한 뼈 하나 없이 만들어놓았습니다. 한 번 때릴 적마다 이렇게 말했습니다. "이 개 도둑놈아, 내 애지중지하는 포덴코[13]를 집적거려? 이 잔인한 놈아, 그래 내 개가 포덴코라는 걸 보지 못했느냐 말이다?" 이렇게 그는 수차 포덴코라는 말을 반복하면서 그 광인을 초주검으로 만들어 보냈습니다. 광인은 얼마나 혼이 났던지 집에만 들어박혀 한 달 넘게 광장에 나오지 않았습니다. 그렇게 얼마간 시간이 흐른 뒤에 그 광인은 자신이 고안해낸 그 짓으로 돌아가 더 많은 짐을 머리에 이고 나타났습니다. 광인은 개가 있는 곳으로 다가가 뚫어지게 쳐다보더니, 감히 돌을 부려놓을 생각을 하지는 못하고 말했습니다. "이 개는 포덴코야. 조심해야 한다고!" 실제로 그랬습니다. 그는 만나는 개는 모두, 사나운 개건 작은 개건 포덴코라고 말했습니다. 그리고 그 이후 그는 더 이상 돌멩이를 쏟아놓지 않았습니다. 이런 일은 이 역사가에게도 일어날 수 있을 것입니다. 그는 이제 감히 자기의 머릿속에 그려진 책 만드는 재주를 더 이상 쏟아놓지 않을 것입니다. 책이란 것은 그 내용이 아무리 나쁘더라도 바윗돌보다 단단하답니다.

또한 그 작가가 자기의 책으로 내 수입을 빼앗겠다고 위협하고 나오는데, 별로 소용이 없을 것이라고 그에게 말해주십시오. 유명한 막간 광대놀이 〈창녀〉[14]에 등장하는 대사를 빌려, '내 주인이신 24인[15]께서 만수무강하시고 모두에게 평화를'이라고 대답하겠습니

13　사냥개의 일종.
14　La perendenga. 오늘날 전해지지 않는 막간극.
15　막간극 〈창녀〉에서 안달루시아 시의원들을 부를 때 '24인'이라고 했다.

다. 위대하신 레모스 백작이여, 만수무강하소서. 백작님의 잘 알려진 기독교 정신과 공평무사함은 제 불운으로 인한 모든 고난을 제게서 물리쳐주시고 저를 보호해주신답니다. 그리고 톨레도의 추기경 전하이신 돈 베르나르도 데 산도발 이 로하스 님의 비할 데 없이 숭고한 자비심이 영원불멸하기를 빕니다. 설령 세상에 인쇄소가 없을지라도, 그리고 설령 《밍고 레불고의 노래》[16]의 글자 수보다 더 많은 책이 나를 비방하고 욕설을 퍼부으면서 인쇄된다고 할지라도 개의치 않겠습니다. 이 두 분 고관대작께서는 제가 아부하거나 다른 어떤 칭송을 드리면서 간청하지 않았음에도 오직 선하신 마음만으로 제게 은혜를 베푸시고 저를 돕는 일을 맡으셨습니다. 그래서 저는 보통의 방법으로 행운을 잡아 정상에 올라 있을 그런 제 처지보다 현재가 훨씬 더 행복하고 더 부유하다고 여기고 있습니다. 가난한 이는 명예를 가질 수 있으나 부도덕한 자는 그럴 수가 없습니다. 가난은 숭고함을 흐리게 할 수 있으나 완전히 그늘지게 할 수는 없습니다. 설령 가난하고 궁핍하며 간극이 생긴다고 할지라도 덕은 스스로 빛을 발하는 것이므로, 드높고 숭고한 정신의 소유자들로부터 소중히 여겨지게 되고 결국 도움을 받게 됩니다.

그러니 그 사람에게는 더 이상 말하지도 마십시오. 나도 귀하께 더 이상 말하고 싶지 않습니다. 다만 이 《돈키호테 2》는 《돈키호테 1》의 바로 그 장인이 똑같은 천으로 재단된 것을 귀하게 제공한다는 것을 알려드리고 싶습니다. 그리고 저는 이 《돈키호테 2》에서

---

[16] *las coplas de Mingo Revulgo*. 엔리케 4세 정부를 비꼬는 풍자시로, 작자 미상이다.

광활한 지역을 돌아다니다가 마침내 죽어 묻히는 돈키호테의 소식을 전해드리겠습니다. 왜냐하면 지난 일로 충분하고, 또한 한 정직한 사람이 이런 재치 넘치는 미친 증세의 소식을 전해온 것으로 충분하기 때문에, 어느 누구도 그에 대해 새로운 위증을 감히 못 하게 하기 위함입니다. 다시는 이런 광기에 끌려 들어가게 하고 싶지 않습니다. 물건이 넘쳐나면 좋기는 할지 모르지만 소중한 줄 모르게 되고, 물건이 부족하면 비록 나쁜 것일지라도 조금은 소중해지는 법입니다. 잊을 뻔했습니다. 이제 《페르실레스》와 《갈라테아》 제2권[17]을 끝내가고 있으니 기다려주십시오.

17 세르반테스가 1616년 4월 22일에 사망하기 며칠 전 헌사를 쓴 《페르실레스와 시히스문다의 고난들 *Trabajos de Persiles y Sigismunda*》은 유작으로 1617년에 출판되었으나, 《라 갈라테아》 제2권은 출판되지 못하고 분실되었다.

지난번 공연 전에 인쇄된 제 연극 대본을 각하께 보내드리면서, 제가 기억을 잘하고 있다면, 돈키호테가 각하의 손에 입을 맞추러 가기 위한 박차를 댈 채비를 하고 있다고 말씀드렸습니다. 그런데 지금은 박차를 대고 길을 나섰다는 말씀을 드립니다. 그가 그곳에 도착하게 되면, 비로소 제가 각하를 모시는 데 조금이나마 도움이 되었다고 생각하겠습니다. 왜냐하면 '돈키호테 속편'의 이름으로 위장되어 세상에 나돌아다니는 또 다른 돈키호테가 야기하는 불쾌감과 역겨움을 없애기 위해 속히 새로운 돈키호테를 보내달라고, 수를 헤아리기 어려울 정도로 많은 지역에서 재촉을 하고 있기 때문입니다. 제 돈키호테를 가장 바라는 분이 중국의 위대하신 황제였습니다. 황제께서는 한 달 전쯤에 제게 중국어로 쓴 편지를 사자 편에 보내며 청하시기를, 아니 더 정확히 말하면 간청하시기를, 《돈키호테》를 제발 보내달라고 하셨습니다. 카스티야 말을 읽힐 학교를 세우고 싶은데, 거기서 읽힐 책이 돈키호테 이야기책이었으면 좋겠다는 것이었습니다. 이와 함께 저더러 그 대학교의 총장이 되어 달라고 제안을 하셨습니다. 저는 그 편지를 가져온 사자에게 황제 폐

---

18 본명은 돈 페드로 페르난데스 루이스 데 카스트로 이 오소리오Don Pedro Fernández Ruiz de Castro y Osorio(1576~1622)로, 당대 많은 시인과 문학가를 후원했다. 세르반테스는 《모범 소설집》과 《새로운 여덟 편의 희극과 여덟 편의 단막극las Ocho comedias y ocho entremeses nuevos》에서도 레모스 백작에게 헌사를 바쳤다.

하께서 저에게 얼마간의 도움이 될 비용을 주시지 않았느냐고 물었더니, 그는 그런 것은 생각도 하지 않더라고 대답했습니다.

"그러면 형제여," 제가 그에게 대답했습니다. "하루에 10레과를 가건 20레과를 가건, 아니면 오신 길을 그대로 그대는 그대의 나라로 돌아가는 것이 좋겠소. 왜냐하면 나는 그런 긴 여행을 할 만큼 건강하지 않소이다. 몸도 아픈 데다 돈 한 푼 없는 백수라오. 그리고 황제에게는 황제로, 군주에게는 군주로 이야기하자면, 나에게는 나폴리에 위대한 레모스 백작이 계신다오. 이분은 학교니 대학 총장 직이니 하는 자질구레한 직책이 없어도 나를 먹여 살리시고, 나를 보호하시고, 내가 바라는 것보다 더 많은 은혜를 베풀어주신다오."

이렇게 말해서 나는 그를 작별해 보냈습니다. 그리고 이것으로 각하께도 작별을 고하려고 합니다. 하느님께서 원하신다면 《페르실레스와 시히스문다의 고난들》을 넉 달 안으로 끝내 각하께 바치겠습니다. 이 책은 우리말로 쓰인 책 중에서 가장 나쁜 책이거나 가장 좋은 책이 될 것입니다. 재미있는 책들 중에서 하나가 될 것이라는 말입니다. 가장 나쁜 책이라고 말씀드리고나니 후회막급입니다. 왜냐하면 제 친구들의 의견에 의하면 제일 좋은 책이 될 가능성이 있다고 하기 때문입니다. 원컨대 각하께서는 늘 건강하시길 바랍니다. 곧 《페르실레스》가 각하께 입맞춤을 하게 될 것이오며, 저도 각하의 종으로서 각하의 발에 입맞춤을 하러 가겠나이다. 마드리드에서, 1615년 10월 말일.

각하의 종
미겔 데 세르반테스 사아베드라

재치 넘치는 기사
라만차의 돈키호테

제1장

신부와 이발사가 돈키호테의 병에 관해서
돈키호테와 나눈 이야기에 대해

시데 아메테 베넹헬리는 이 이야기의 제2권에서 돈키호테가 세 번째로 출향出鄕한 것을 이렇게 이야기하고 있다. 신부와 이발사가 돈키호테를 만나지 않은 지 거의 한 달이 되었으니, 그것은 그에게 기억을 새롭게 해서 지나간 일을 새삼스레 떠올리지 않도록 하기 위함이었다. 그렇지만 이 일로 그의 조카딸과 가정부를 찾아가서 돈키호테에게 신경을 써서 간호를 잘하라고 이르고, 그의 사고력과 모든 악운의 근원인 심장과 뇌에 좋은 음식을 먹이라고 부탁했다. 두 여자는 이미 그렇게 하고 있으며, 또 앞으로도 되도록이면 정성을 다해 그렇게 하겠다고 말했다. 주인이 가끔 완전히 본정신으로 돌아온 듯한 징후가 보이는 것 같다고도 했다. 이 말을 듣고 두 사람은 크게 만족했다. 이 위대하고 정확한 이야기의 제I권 마지막 장에서 말했듯, 그를 마법에 걸린 것처럼 하여 소달구지에 실어 데려온 게 참 잘 한 일이었다는 생각이 들었기 때문이다. 그래서 그가 완전히 회복되는 것은 거의 불가능하다고 생각됐지만, 그들은 돈키호테를 방문해서 그가 회복되었는지 직접 눈으로 확인하기로 결정했다. 그러면서 아직 아물지 않은 상처가 다시 심해질 위험이 있으니 편력 기사도에 대해서는 입도 벙긋하지 말자고 했다.

마침내 두 사람은 돈키호테를 문병했는데, 그는 녹색 모직 조끼를 입고 머리에는 톨레도산産 붉은 보닛을 쓴 채 침대에 걸터앉아 있었다. 돈키호테는 비쩍 말라서 꼭 미라 같았다. 돈키호테는 그들을 무척 환대했고, 그들이 건강 상태를 물으니 매우 맑은 정신과 아주 멋진 말투로 건강 상태에 대해 설명을 했다. 그리고 서로 대화하는 동안에 국시國是나 정부 시책에 관해 이야기를 하게 되었다. 그들은 이런 월권은 고치고 저런 월권은 처벌하고, 어떤 풍습은 개혁하고 다른 풍습은 추방하자며 세 사람이 저마다 현대판 리쿠르고스[19]나 솔론[20] 같은 새 입법관이라도 된 듯 국가를 개혁했는데, 그들이 하는 비판은 용광로 안에 집어넣었다 뺐다 하는 것에 불과했다. 그런데 돈키호테는 이런 모든 문제에 대해서 매우 신중히 말했으므로, 두 심사원은 돈키호테가 완쾌되어 그의 정신이 온전하다는 것을 의심할 여지도 없이 믿게 되었다.

그곳에 함께 자리한 조카딸과 가정부도 이야기를 들으며, 이렇게 본정신으로 집에 돌아온 주인을 보고 하느님께 무한한 감사를 드렸다. 그렇지만 신부는 기사도에 관한 문제는 언급하지 않겠다는

---

19 Lycourgos. 고대 그리스 시대 스파르타의 전설적인 입법자로, 스파르타의 제도 대부분을 정했다고 전해진다.

20 Solon. 고대 그리스 시대 아테네의 정치가 겸 입법자이자 시인(B.C. 640?~B.C. 560?). 그리스 7현인賢人의 한 사람으로, 여러 개혁을 단행하고 참정권과 병역 의무를 규정하여 입헌민주정체의 기초를 세웠다.

처음 생각을 바꾸어서, 돈키호테의 건강이 거짓인지 참인지 완벽하게 시험해보고 싶어졌다. 그래서 기회를 보아 궁중에서 전해진 몇 가지 소식을 들려주었는데, 그중에는 튀르키예 황제가 강력한 함대를 거느리고 쳐들어오고 있는 것이 확실하다는 소식도 있었다. 아직 그들의 속셈을 알 수 없어서 그 상상만 해도 끔찍할 정도로 엄청난 화풀이를 어디에 할지 예측이 불가능하다고 말하면서, 이런 공포로 인해 우리는 거의 매년 전쟁 준비를 해야 하고, 모든 기독교 국가가 무장 상태에서 숨죽이고 있어야 하며, 황제 폐하께서도 나폴리와 시칠리아와 몰타섬의 해안을 철통같이 방위하라는 명령을 내리셨다고 했다. 이 말에 돈키호테가 대답했다.

"폐하께서는 매우 용의주도하신 전사로서 시의적절한 조치를 취하셨습니다. 그분께서는 적의 침략에 만반의 준비를 갖추지 않으실 분이 아니지요. 그렇지만 만일 폐하께서 제 충고를 따르신다면, 지금 이맘때쯤에는 아무런 걱정을 안 하셔도 될 대비책을 하나 마련하시도록 충고해드릴 수가 있을 텐데."

신부는 이 말을 듣자마자 혼자 중얼거렸다. "오, 하느님의 가호가 그대와 함께하길, 가엾은 돈키호테여! 내 생각에 그대는 광기의 최절정에서 순진함의 깊은 나락으로 떨어지는 것 같소이다!"

그러나 이미 신부와 똑같은 생각을 하고 있던 이발사는, 그가 말하려는 그 대비책에 대한 충고가 무엇인지 돈키호테에게 물어보았다. 혹시 그 충고가 왕자들에게 늘 올라가는 그 당치도 않은 충고의 목록에 올릴 만한 것일 수도 있다고 말했다.

"이발사 양반, 내 충고란 말이야," 돈키호테가 말했다. "당치 않은 게 아니라 온당한 거라네."

40

"내 말은 그런 뜻이 아니고," 이발사가 대꾸했다. "지금까지의 경험으로 볼 때, 폐하께 건의되는 의견의 전부나 대부분은 실현 불가능하거나 터무니없는 것이고, 국왕이나 나라에 해가 된다는 게 증명됐기 때문입니다."

"그렇지만 내 충고는 말이외다," 돈키호테가 대답했다. "불가능하지도 터무니없지도 않고, 가장 쉽고 가장 공정하고 가장 교묘하며, 어떤 건의자도 생각할 수 있는 간단한 것이지."

"말씀하시는 데 시간이 많이 걸리는군요, 돈키호테 나리." 신부가 말했다.

"지금 당장은 말하고 싶지 않소이다." 돈키호테가 말했다. "내일 동틀 무렵에 고문관 나리들의 귀에 들어가게 되면, 수고한 사람은 따로 있는데 엉뚱한 사람이 보수를 가로챌 테니 말이오."

"나 때문이라면," 이발사가 말했다. "지금 이 순간부터 내가 죽는 날까지 절대로 아무에게도, 세상의 어떤 인간에게도 말하지 않을 것을 맹세합니다. 이런 맹세는 신부의 로맨스[21]에서 배웠는데, 그 로맨스의 서문에서 1백 도블라[22]와 잘 걷는 노새를 훔친 도둑의 두목에게 알리는 말입니다요."

"그 이야기는 모른다오." 돈키호테가 말했다. "그러나 그 맹세는 좋은 것이고, 이발사 양반이 정직한 사람이라는 것도 잘 알고 있소."

"만일 그분이 그러지 않는다면," 신부가 말했다. "내가 보증하

---

21   roman. 에스파냐 말로는 romance. 중세기 프랑스의 로맨스 말로 쓰인 전기담傳記譚.
22   dobla. 옛날 에스파냐의 금화로, 10페세타peseta에 상당한다.

고 좋게 만들 것입니다. 이런 경우에 그는 벙어리처럼 입을 굳게 다물 것이며, 그것을 어기면 판결대로 벌금을 지불하게 하겠다는 말입니다."

"그런데 신부님, 신부님의 말은 누가 보증합니까?" 돈키호테가 말했다.

"내 직업은," 신부가 대답했다. "비밀을 지키는 것입니다."

"그거야 하나 마나 한 당연한 말씀이지요!" 이때 돈키호테가 말했다. "폐하께서 포고로, 에스파냐에서 방랑하는 모든 편력 기사에게 지정된 날짜에 궁중으로 모이라고 명령하는 방법 말고 무슨 뾰족한 수가 있겠습니까? 설령 대여섯 명밖에 오지 않더라도, 그중에는 튀르키예 전군을 쳐부수기에 충분한 기사가 있을 수도 있으니 말입니다. 두 분은 제 말을 잘 들으시고 제 뜻을 헤아려주시기 바랍니다. 단지 편력 기사 한 명이 20만 군대를, 마치 모두 함께 목이 하나뿐이거나 알페니케[23]로 만들어지기라도 한 것처럼 쳐부수는 일이 설마 신기한 일이라고 하지는 않으시겠죠? 그렇지 않다면 저에게 말씀을 좀 해보세요. 얼마나 많은 이야기들이 그런 불가사의한 일들로 가득 차 있습니까? 다른 사람은 어떻든 간에 나한테는 불행한 일이지만, 오늘날 그 유명한 돈 벨리아니스나 가울라의 아마디스의 헤아릴 수 없이 많은 후예 중 누군가가 살아서 튀르키예 군과 맞붙어 싸운다면, 터키군이 승리를 장담하기는 어려울 겁니다! 그러나 하느님도 자기 백성을 돌보아주실 것이고, 그 옛날의 편

---

23   설탕으로 만들어 잘 부서지는 과자.

력 기사들처럼 용감하지는 않더라도 용기에 있어서는 못하지 않은 누군가를 틀림없이 보내주실 것이외다. 하느님께서는 제 뜻을 이해하실 터이니 나는 더 이상 말할 필요가 없습니다."

"아이고머니!" 이때 조카딸이 말했다. "숙부님께서 다시 편력 기사가 되고 싶어서 안달이 나셨습니다그려!"

이 말에 돈키호테가 대답했다.

"난 편력 기사로 살다 죽을 것이다. 튀르키예군이 아무리 강력한 군대를 이끌고 쳐들어오건 후퇴하건 하고 싶은 대로 하라지. 다시 말하지만 하느님께서는 내 뜻을 이해하실 것이다."

이때 이발사가 말했다.

"제가 세비야에서 일어난 간단한 이야기를 하나 할 테니, 여러분께서 허락해주시길 바랍니다. 이 경우와 판에 박은 듯이 똑같은 이야기라서 들려드리고 싶습니다."

돈키호테가 허락하고 신부와 다른 사람들이 그의 말에 귀를 기울이자, 이발사는 이렇게 이야기하기 시작했다.

"세비야의 정신병원에, 친척들이 정신이상이 되었다며 데려온 한 남자가 수용되어 있었답니다. 그는 오수나 대학에서 교회학과를 졸업했다는데, 많은 사람들의 말에 따르면 설령 살라망카 대학을 졸업했다고 해도 미치광이는 미치광이라는 겁니다. 그런데 이 대학을 졸업한 남자는 몇 해 동안 갇혀 살다가, 자신이 완쾌되어 본 정신을 찾았다는 망상에 사로잡혀 대주교에게 탄원서를 쓰게 되었죠. 하느님의 자비로 잃었던 정신을 되찾은 것이 사실임에도 불구하고 친척들이 자기 몫의 재산을 빼앗기 위해 죽을 때까지 광인 취급을 하려고 하니, 지금 자기가 놓인 이 처참한 곳에서 나갈 수 있도록 명령을 내려달라고 하는 간절한 탄원서였는데, 아주 조리 있고 그럴듯한 편지였답니다. 대주교는 수차에 걸친 이 정연하고 신중한 편지에 마음이 동해서 사제 한 사람을 불러 이르기를, 그 석사가 써 보낸 내용이 사실인지 정신병원 원장에게 알아보라 하고, 또 그 미친 사람과 이야기를 해보고 만일 본정신이 든 것 같거든 꺼내어 자유의 몸이 되게 해주라고 했습니다. 사제는 그렇게 했습니다. 그런데 원장은 그 남자가 아직도 미친 상태에 있다고 하면서, 종종 대단한 판단력이 있는 사람처럼 말하기도 하지만 끝내는 말도 아닌 소리로 횡설수설하며 대부분의 경우에는 처음 상태와 같다면서, 직접 대화를 해보면 곧 알 수 있을 것이라고 했습죠. 사제는 직접 알아보고 싶어서 미친 사람을 데려오게 한 뒤 한 시간, 아니 그보다 더 많은 시간 동안 이야기를 나누어보았습니다. 그런데 미친 사람은 그 시간 내내 한 번도 정도正道에서 벗어나거나 터무니없는 말을 하지 않았을 뿐만 아니라 오히려 아주 사리를 분별하여 말했으므로, 사제는 미친 사람이 온전한 정신이라고 믿지 않을 수 없었답니다. 미친 사람의 말에 의하면 원장은 자기에게 원한을 품고 있는데, 자기가 본정신으로 돌아올 때도 있지만 아직도 여전히 미쳐 있다고 말해서 친척들이 주는 선물을 잃고 싶지 않기 때문이라는 것이었습니다. 그리고 자기 불행의 가장 큰 원인은 자신의 많은 재산이라며, 적들이 그 재산을 마음대로 처분하고 싶은 마음에 우리 주 하느님께서 짐승에서 인간으로 되돌려주신 은혜를 의심하고 있다는 것이었습니다. 결론적으로 미친 사람은 원장이 의심스럽고, 자기 친척들은 욕심이 하늘을 찌르고 눈곱만한 양심도 없는 파렴치한이며, 자기는 사리에 밝은 사람이라고 말했습니다. 그리하여 사제는 이 미친 사람을 대주교께 데려가 사건의 진상을 직접 알아보시게 하자고 결심했습니다. 이런 좋은 마음으로 마음씨 고운 사제는 석사가 그곳에 처음 들어왔을 때 입었던 옷을 가져다 달라고 원장에게 부탁했습니다. 원장은 아직 석사가 미친 상태라는 것은 의심의 여지가 없으니 재고해보라고 했습니다. 미친 사람을 데리고 나가는 것을 그만두라는 원장의 주의와 경고가 사제에게는 무용지물이었습니다. 석사를 데리고 나가는 것이 대주교의 명령임을 알고, 원장은 그 명령에 따랐습니다. 석사에게 점잖은 새 옷을 입혀놓았습니다. 미친 사람의 옷을 벗고 일반인의 옷으로 갈아입은 석사는 사제에게, 미친 동료들에게 작별 인사를 하러 갈 수 있게 자비를 베풀어 달라고 했습니다. 사제는 석사를 데리고 병원에 수용되어 있는 미친 사람들을 만나고 싶다고 말했습니다. 실제로 그들은 그곳에 있던 몇몇 사람들과 함께 올라갔습니다. 석사가 한 광포한 미친 사람이 갇혀 있는 철창으로 다가가서, 그때는 차분하고 조용하게 있는 그에게 말했습니다. '나의 형제여, 나는 드디어 내 집으로 돌아가게 되었다네. 뭐 부탁할 게 있으면 말해보게나. 이제 하느님께서 보잘것없는 나에게 헤아릴 수 없는 호의와 자비를 베푸시어 날 본정신으로 돌려주셨다네. 이제 나는 건강하고 정신도 멀쩡하다네. 하느님의 능력으로는 어떠한 불가능한 일도 없다네. 부디 커다란 희망을 가지고 하느님을 믿게나. 그분께서 나를 처음 상태로 되돌려주셨듯이, 형제도 그분을 믿으면 이전의 상태로 회복시켜주실 걸세. 내가 형제에게 먹을 것을 약간 보내줄 테니 어떤 경우에도 꼭 챙겨 먹도록 하게. 이런 일을 당한 사람으로서 내가 생각한 것을 형제에게 알려주겠네. 우리의 미친 증세는 말일세, 배 속이 비고 대갈통이 바람으로 가득 찬 데서 생긴다네. 힘을 내게나, 힘을 내. 역경에서 약해지면 건강이 나빠지고 죽음을 자초하게 된다네.' 이 미친 사람의 철창 바로 맞은편에 있는 다른 철창에 갇혀 있던 다른 미친 사람이 석사의 이 말을 모두 듣고는 벌거벗은 채 다 해어진 돗자리에서 일어나더니, 도대체 건강해져서 본정신으로 나가는 작자가 어떤 놈이냐고 벽력같은 목소리로 물었습니다. 석사가 대답했습니다. '날세, 여보시게, 나가는 사람은 나란 말일세. 나는 더 이상 이곳에 있을 필요가 없다네. 그래서 난 이렇게 크나큰 자비를 베풀어주신 하느님께 한량없는 감사를 드리고 있다네.' '말은 바른 대로 하시지, 석사 양반. 악마한테 속은 것은 아니고?' 미친 사람이 말했습니다. '집에 가면 나돌지 말고 집구석에 가만히 틀어박혀 있게나. 그래야 다시는 이곳에 오지 않을 테니.' '내가 다 나은 건 내가 알아.' 석사가 대꾸했습니다. '다시는 이곳으로 되돌아오지 않을 걸세.' '네가 좋아졌다고?' 다른 미친 사람이 말했습니다. '지금은 좋지만 시간이 지나면 바로 알게 될 거야. 잘 가게나. 그러나 나는 지상에서 유피테르의 위엄을 대변하는 자로서, 유피테르에게 맹세하네. 오늘 네 정신이 온전하다고 하여 너를 이 병원에서 꺼내주는 이 도시 세비야에게, 그러한 죄를 범한 것만으로 영원히 기억할 만한 벌을 내리겠노라, 아멘. 이 멍청하기 그지없는 알량한 석사 나부랭이야, 내가 그런 일을 할 수 있다는 걸 넌 모르느냐? 내가 말한 것처럼 나는 천둥의 신 유피테르이므로, 세상을 위협하고 부숴버릴 수 있고 남김없이 태워버리는 번갯불을 내 손에 쥐고 있노라. 그렇지만 이번에는 단 하나의 벌로 이 무지막지한 도시를 벌하려고 하노니, 앞으로 세비야는 말할 것도 없고 그 주변에서는 내가 저주한 날로부터 만

3년 동안 비를 구경하지 못할 것이다. 넌 자유롭고 건강하고 정신이 온전하고, 나는 미치고 병들고 여기에 묶여 있으라고? 내가 비를 내려주느니 차라리 내가 목매달아 죽고 말겠노라.' 동석한 사람들은 미친 사람이 고래고래 고함치는 소리에 귀를 기울이고 있었지만, 우리의 석사님은 우리의 사제님을 돌아보고 그의 두 손을 덥석 잡으면서 말했습니다. '걱정 마세요, 사제님. 이 미친놈이 하는 말에는 신경 쓰지 않으셔도 됩니다. 만일에 미친놈이 유피테르여서 비를 내려주고 싶지 않다면, 난 물의 아버지인 동시에 신인 넵투누스이니 내 마음이 내킬 때는 언제고 필요할 때 비를 내릴 것이외다.' 이 말에 사제가 대답했습니다. '그건 그렇다 치고, 넵투누스 나리, 지금 유피테르 님에게 노하는 것은 좋지 않겠습니다. 귀하께서는 여기 병원에 그냥 계시고, 기회를 보아서 형편이 좋아지면 다시 귀하를 모시러 오겠나이다.' 원장과 그곳에 있던 사람들이 웃었습니다. 그 웃음 때문에 사제는 약간 창피해졌지요. 그들은 석사의 옷을 벗겼고, 그는 다시 병원에 남게 되었답니다. 그리고 제 이야기도 여기서 끝납니다."

"그러니까 이것이 그 이야기란 말이오, 이발사 양반?" 돈키호테가 말했다. "아니 그래, 이 이야기가 지금 우리의 경우와 딱 맞아서 들려주지 않고는 배겨낼 수가 없다는 바로 그 이야기였단 말이오? 아이고, 맙소사, 이발사, 이발사 양반! 체의 망을 통해서도 보지 못하는 통찰력 없는 사람이야말로 정말 눈이 먼 사람이구려. 그런데 사람의 재주와 재주, 용기와 용기, 아름다움과 아름다움, 가계家系와 가계를 비교하는 일은 늘 증오감을 불러일으키고 기분을 상하게 하는 일이라는 걸 당신이 모른다는 게 가능하오? 이발사 양반,

47

나는 물의 신 넵투누스도 아니고, 신중하지 않으면서 신중하다고 취급받으려 하는 것도 눈 뜨고는 못 보는 사람이오. 나는 단지 편력 기사도가 성행한 매우 행복했던 시절을 원상으로 복귀시키지 못하고 있는 오류를 세상에 이해시키려고 애쓰고 있을 뿐이오. 그러나 타락한 우리 시대는 행복을 향유할 만한 자격이 없소. 편력 기사들이 책임을 지고 왕국을 방어하고, 처녀들을 보호하며, 고아들이나 생도들을 구제하고, 오만불손한 자들을 벌하며, 겸손한 이들에게 상을 내린 그 행복했던 시절처럼 말이오. 오늘날 기사들 대다수에게서는 몸에 걸친 엮은 금속 갑옷보다도 오히려 금은실로 수놓은 비단 천이나 금실로 지은 비단옷이랑 그 밖의 호화찬란한 천이 스치는 소리만 날 뿐입니다. 혹한과 혹서의 온갖 풍설을 견디며 머리끝부터 발끝까지 완전무장을 하고 들판에서 잠을 청하는 기사는 이제 찾아보려야 찾아볼 수 없지요. 또 사람들이 하는 말에 의하면, 옛 편력 기사들이 했던 것처럼 등자에서 발을 떼지 않고 몸을 창에 기댄 채 꾸벅꾸벅 조는 기사도 이제는 없지요. 이 숲에서 나와 저 산으로 들어가고, 메마르고 황량하고 비바람이 몰아치고 변화무쌍한 해변을 밟고 다니다가, 노도 돛도 돛대도 어떤 밧줄도 없는 아주 조그마한 배 한 척을 바닷가에서 발견하고, 앞뒤를 헤아리지 않고 용기 하나만으로 그 배에 몸을 던져, 하늘로 치솟았다가 나락으로 떨어지는 그 깊은 바다의 요동치는 파도에 몸을 맡기는 기사는 이제 하나도 없소. 비할 바 없는 폭풍에 정면으로 맞서다가 자신도 모르게 배를 탄 지점에서 3천 레과 이상 멀리 떨어져 있는 자신을 발견하고, 또 생전에 가본 적이 없는 먼 땅에 뛰어내려 양피지가 아니고 청동에 새길 만한 많은 공적을 세우는 기사는 눈 씻고 보아도 없소. 그러나 오늘날에는 이미 부지런함보다는 게으름이, 애씀보다는 한가로움이, 덕행보다는 부도덕이, 용기보다는 교만이, 오직 황금 세기에 편력 기사들 사이에서만 살았고 빛을 발했을 뿐인 무용武勇의 실천보다는 이론이 득세하는 세상이 되었소. 그렇지 않다면 어디 한번 말씀들을 해보시오. 도대체 누가 그 유명한 가울라의 아마디스보다 더 정직하고 용감합니까? 누가 영국의 팔메린보다 더 재치가 있습니까? 누가 백의의 기사 티란테보다 더 적응력이 뛰어나고 손놀림이 가볍습니까? 누가 그리스의 리수아르테[24]보다 더 잘생겼습니까? 누가 돈 벨리아니스보다 더 칼에 난도질당하고 더 칼로 찔러보았습니까? 누가 가울라의 페리온[25]보다 더 대담하며, 누가 이르카니아의 펠릭스마르테보다 더 수많은 위험에서도 공격적이며, 누가 에스플란디안보다 더 성실합니까? 누가 트라시아의 시론 힐리오보다 더 대담합니까? 누가 로다몬테보다 더 용감합니까? 누가 소브리노 왕보다 더 용의주도합니까? 누가 레이날도스보다 더 물불을 가리지 않고 덤벼듭니까? 누가 롤단보다 더 패하는 일이 없는 무적의 용사입니까?《우주 형상지宇宙形狀誌》[26]를 쓴 튀르팽의 말에 의하면 오늘날 페라라 공작들의 자손인 루헤로[27]보다 누가 더 늠름하고 더 공손합니까? 신부님, 이 모든 기사와 내가 더 말할 수 있지만 이름을 밝히지 않은 다른 많은 기사들은 기사도의 빛이요 영광인 편력 기사들이었습니다. 이런 기사들이나 이와 같은 기사들이

---

24   Lisuarte de Grecia. 에스플란디안Esplandián의 아들이며 아마디스Amadís의 손자.
25   Perión de Gaula. 아마디스의 아버지.
26   *Cosmografía*. 튀르팽은 이 제목의 작품과 아무 상관이 없다.
27   Rugero. 아리오스토Ariosto의 서사시《격노하는 오를란도*Orlando furioso*》의 등장인물.

야말로 내가 임의로 정한 주인공이 되었으면 싶습니다. 이렇게 되기만 하면 폐하께서는 매사를 잘 처리하시어 많은 경비를 절약하게 될 것이며, 튀르키예군은 수염을 쥐어뜯고 한숨을 내쉬며 분함을 참지 못하겠지요. 이래서 나는 집에 있고 싶지 않은데, 신부님이 집에서 나를 꺼내주시지 않는군요. 이발사가 말했듯이, 만일 유피테르가 비를 내리지 않는다면, 내가 여기 있다가 마음이 내킬 때 비를 내리리다. 이발사 양반이 나 들으라고 한 말을 내가 잘 알아들었다는 걸 알라고 하는 말입니다."

"사실은 말입니다, 돈키호테 나리." 이발사가 말했다. "저는 그런 뜻으로 말씀드린 게 아닙니다. 그저 좋은 뜻으로 드린 말씀이라는 걸 하느님께 맹세하니, 나리께서는 섭섭해하셔서는 안 됩니다."

"섭섭해하건 하지 않건," 돈키호테가 말했다. "그건 내가 알아서 할 일이외다."

이 말에 신부가 말했다.

"난 여태까지 거의 말을 안 하고 있었지만, 돈키호테 나리께서 말씀하신 걸 들으니 염려가 내 양심을 갉아대고 후벼대어 가만히 있을 수가 없습니다."

"더 많은 다른 일이라도," 돈키호테가 대답했다. "신부님께서는 말씀하실 수 있습니다. 그러하니 염려되는 것이 있으면 말씀하셔도 됩니다. 염려되는 마음을 가슴에 품고 다닌다는 건 좋지 않기 때문입니다."

"그럼 그리 허락해주시니," 신부가 대답했다. "기쁜 마음으로 말씀을 드리겠습니다. 제가 염려하는 것은 돈키호테 나리께서 말씀하신 것처럼 편력 기사 모두가 실제로 진짜로 분별력을 가지고 이 세상에서 산 사람들이라고 하는 말로는 나를 설득시키실 수 없습니다. 그보다는 오히려 모든 것이 허구요, 꾸민 말이요, 거짓이요, 잠에서 깨어난 사람들이 말하는 꿈들, 아니 더 확실히 말한다면 반쯤 잠든 사람들이 말하는 일장춘몽에 불과하다고 생각합니다."

"그것은 또 다른 착각입니다." 돈키호테가 대답했다. "세상에 그런 기사들이 있다고 믿지 않는 많은 사람들이 빠져 있는 오해에서 오는 것입니다. 그래서 저는 누차에 걸쳐 여러 사람들과 기회가 있을 적마다 이렇게 거의 보편화된 잘못을 진리의 빛으로 끌어내려고 노력해왔답니다. 내 뜻을 이루지 못할 때도 있었지만, 내 말은 확실한 사실입니다. 내 이 두 눈으로 똑똑히 가울라의 아마디스를 보았다는 걸 지금 말하고 있는 중입니다. 아마디스는 팔척장신에 얼굴은 하얗고, 수염은 검지만 잘 다듬어졌고, 눈초리는 부드러운가 하면 매섭고, 말수가 적고, 화는 더디 내고, 분은 쉬 삭이는 사람이었습니다. 내가 아마디스의 윤곽을 그려왔듯이, 나는 세상에 떠도는 이야기들에 나오는 모든 편력 기사를 그리고 묘사할 수 있을 겁니다. 나는 그들이 이야기에 나오는 것처럼 어떤 사람이며 그들이 이룬 공적과 그들의 신분을 통해, 그들의 용모랑 피부색이랑 키에 대한 것은 내 뛰어난 안목으로 능히 간파할 수 있답니다."

"돈키호테 나리, 거인 모르간테[28]는 얼마나 컸을 거라고 생각하십니까?" 이발사가 물어보았다.

"거인에 대해서는," 돈키호테가 대답했다. "그들이 세상에 존

---

28 이탈리아 시인 루이지 풀치Luigi Pulci의 서사시《모르간테*El Morgante maggiore*》에 등장하는 거인을 말한다.

재했다느니 존재하지 않았다느니 하는 서로 상반된 다른 의견들이 있소. 그러나 진실에 단 한 점의 의혹도 있을 수 없는 성경이 거인 골리앗의 이야기를 우리에게 하는 걸로 보아, 거인들이 있었다고 볼 수 있지요. 골리앗은 키가 7코도 반[29]으로 엄청나게 컸다지 않소? 또한 시칠리아섬에서는 매우 큰 정강이뼈와 등뼈가 발견되었는데, 그 뼈의 주인들이 거대한 탑만큼 큰 거인이었으리라고 추측하고 있소. 그것은 기하학이 엄연히 이 사실에 대한 의혹을 해소해주기 때문이지요. 다만 이런 모든 점에도 불구하고 모르간테가 얼마나 컸는지는 확실히 말할 수가 없소. 그래도 그렇게 크지는 않았을 거라고 상상해보지요. 내가 이런 생각을 하게 된 이유는, 그가 세운 공적이 상세히 언급되어 있는 대목을 보면 그 거인이 여러 번 지붕 밑에서 잤다고 되어 있는데, 그가 들어갈 만한 집이 있었다는 것은 그의 키가 그렇게 엄청 크지는 않았다는 게 분명하기 때문이오."

"바로 그겁니다." 신부가 말했다.

신부는 그렇게 얼토당토않은 말을 듣는 게 재미있어서, 모두가 편력 기사였던 레이날도스 데 몬탈반과 돈 롤단과 나머지 프랑스의 열두 기사의 용모에 대해서는 어떻게 생각하고 있느냐고 물었다.

"레이날도스는," 돈키호테가 대답했다. "얼굴이 넓적하고, 피부색은 주홍이고, 두 눈은 부리부리하고 약간 튀어나왔으며, 체면

29　1코도codo는 약 42센티미터이므로, 7코도 반은 약 315센티미터다.

을 중시하고 지나치게 화를 잘 내고, 도둑들이랑 타락한 자들과 친한 사람이었다고 감히 말씀드릴 수 있겠습니다. 롤단은 이야기들에서 로톨란도나 오를란도라 불리고 있는데, 그는 중키에 어깨는 떡 벌어지고, 약간 앙가발이고, 얼굴은 거무스레하고, 붉은 수염에 몸에는 털이 많고, 위협적인 눈초리에 말수가 적으나 아주 조심성이 많고 예의 바른 사람이었다고, 제 생각을 감히 말씀드릴 수 있습니다."

"만일 롤단이 나리께서 말씀하신 것보다 호남아가 아니었다면," 신부가 되받아 말했다. "미녀 앙헬리카 아가씨께서 그를 버리고 이제 갓 수염이 난 무어인 애송이의 아름다움과 늠름함과 씩씩함에 매료되어 그에게 몸을 바친 것도 그리 놀랄 일이 아니군요. 롤단의 거침보다는 메도로의 부드러움을 열렬히 사랑해, 신중히 생각한 끝에 한 행동이겠죠."

"그 앙헬리카는 말입니다," 돈키호테가 말했다. "신부님, 경박하고 돌아다니기 좋아하고 약간 변덕이 있는 아가씨였습니다. 그리고 그녀의 미모에 대한 명성만큼이나 건방진 행동으로 세상을 놀라게 했답니다. 즉 수천 명의 남자들, 수천 명의 용사들, 수천 명의 점잖은 분들을 무시하고, 친구에 대한 두터운 우정 말고는 재산도 이름도 없는 애송이 시종 놈하고 눈이 맞았답니다. 그녀의 아름다움을 노래한 위대한 시인, 그 유명한 아리오스토도 그녀가 그렇게 천하게 몸을 망친 뒤 무슨 변고가 생길지—그다지 명예롭지 못했기에—감히 노래할 용기가 나지 않았거나 노래하고 싶지 않았던지, 이렇게 남겨놓았답니다.

그런데 어떻게 카타이[30]에서 홀笏을 받았는가,

아마도 다른 이가 더 좋은 시흥에 젖어 노래하리.

Y cómo del Catay recibió el cetro,

quizá otro cantará con mejor plectro.

그런데 의심의 여지 없이 이것은 예언처럼 되었습니다. 시인들을
예언자라는 뜻의 '바테vate'라 부릅니다. 이것은 분명 사실입니다.
왜냐하면 그 후에 안달루시아의 유명한 한 시인이 울면서 그녀의
눈물을 노래했으며,[31] 또 다른 카스티야의 유명한 희대의 시인이 그
녀의 아름다움을 노래했기 때문입니다.[32]"

"여보세요, 돈키호테 나리." 이때 이발사가 말했다. "그 앙헬리
카 아가씨를 칭찬한 사람이 그렇게도 많은데, 그중에 혹 비꼬는 시
인은 없었나요?"

"글쎄올시다." 돈키호테가 대답했다. "만일 사크리판테나 롤
단이 시인이었다면, 벌써 그 아가씨를 마구 비방했을 겁니다. 왜냐
하면 노골적이건 은밀하게건 의중에 두고 있던 여인들로부터 냉대
를 받거나 거절을 당한 시인들이 그 귀부인을 비꼬고 중상모략하
는 건 흔히 있는 자연스러운 일이기 때문이오. 복수란 관대한 마음
을 가져야 할 사람들에게 어울리지 않는 것이 사실이지만, 세상을
발칵 뒤집어놓았던 앙헬리카 아가씨를 비방하는 시는 지금까지 한

---

30 중국의 북쪽에 위치한 지역. 《돈키호테 1》 제52장 주 348 참조.
31 1586년 출판된 루이스 바라오나 데 소토Luis Barahona de Soto의 《앙헬리카의 눈물Las
       lágrimas de Angélica》을 말한다.
32 1602년 출판된 로페 데 베가의 《앙헬리카의 아름다움La hermosura de Angélica》을 말한다.

번도 접해본 적이 없소."

"기적이군요!" 신부가 말했다.

그리고 이때 벌써 이 대화에서 빠졌던 가정부와 조카딸이 마당에서 고래고래 고함치는 소리가 들려, 모두가 소리 나는 곳으로 달려갔다.

제2장

산초 판사가 돈키호테의 조카딸과 가정부와 벌인
구경거리가 될 만한 말다툼과
다른 웃기는 일들에 대해

이야기에 의하면 돈키호테랑 신부랑 이발사가 들은 고함은 돈키호테의 조카딸과 가정부가 지른 소리였는데, 산초 판사가 돈키호테를 보러 들어가려고 하자 못 들어가게 실랑이를 벌이고 소리치면서 문을 막고 섰던 것이다.

"이 엉뚱한 작자가 이 집에는 무슨 일로 왔담? 당신 집으로 꺼져버려, 이 양반아. 다른 사람도 아니고 바로 당신이 우리 주인에게 딴생각을 심고 집에서 끌어내 길도 없는 곳으로 데리고 다닌 그 알량한 양반이군."

이 말에 산초가 대답했다.

"이 악마 같은 가정부야, 집에서 끌려 나와 딴생각을 하고 길도 없는 험한 곳으로 끌려다닌 사람은 네 주인이 아니고 바로 나야. 그 양반이 날 그런 세상으로 끌고 다녔다고. 너희는 정반대로 속고 있는 거란 말이야. 그 양반이 나한테 섬을 하나 주겠다고 약속하면서 속여 집에서 날 끌어냈어. 그래서 나는 지금까지 그걸 기다리고 있단 말이야."

"젠장맞을 그놈의 몹쓸 섬이 당신의 숨통을 조여 죽이겠구먼." 조카딸이 대답했다. "돼먹지 못한 산초 양반! 또 섬들은 무슨 말이죠? 그게 먹을거리라도 된답디까, 이 먹보, 밥벌레 식충아?"

"먹을 것은 아니고," 산초가 되받아 말했다. "다스리는 것이지. 네 개 도시보다 더 잘, 궁중의 네 재판관보다 더 잘 말이야."

"아무리 그래도," 가정부가 말했다. "여기는 못 들어와, 악덕꾸러기에 교활하기 짝이 없는 작자야. 당신 집이나 다스리러 가. 당신의 땅뙈기나 부쳐먹으러 가란 말이야. 섬이고 나발이고 이제 다 그만둬."

신부와 이발사는 세 사람이 나누는 대화를 듣고 무척 재미있어했지만, 돈키호테는 산초가 경솔하게 입을 놀려 쓸데없는 말을 몽땅 털어놓으며 자기 명성에 흠이 될 문제를 언급하지나 않을까 걱정이 되었다. 그래서 산초를 불렀다. 두 여자에게는 입을 다물고 산초를 들여보내도록 했다. 산초가 들어오자 신부와 이발사는 돈키호테와 헤어졌는데, 그가 아주 심각한 섬망 상태에서 불행한 기사도 놀음놀이에 빠져 있는 것을 보고 그의 건강을 걱정했다. 그래서 신부는 이발사에게 말했다.

"보세요, 친구. 아닌 밤중에 홍두깨 격으로 우리 기사님께서 또다시 새들이 새장에서 훨훨 날아가듯 모험을 찾아 집을 뛰쳐나가겠구려."

"저 역시 그건 의심하지 않습니다." 이발사가 대답했다. "그렇지만 그 섬을 가질 것으로 저렇게도 찰떡같이 믿고 있는 종자의 순진함만큼이나 기사의 광기는 그렇게 놀라운 일은 아닙니다. 상상을 초월할 만큼 수없이 겪은 그 많은 실망에도 불구하고 머릿속에서 그걸 결코 지워버리지 못할 것 같습니다."

"하느님께서 그것들을 고쳐주시길 비오." 신부가 말했다. "그러니 우리는 감시만 합시다. 그 기사에 그 종자니 이런 이치에 어긋나는 잠꼬대 같은 일이 어떻게 전개되는지 두고 봅시다. 두 사람이 같은 거푸집에서 만들어진 것 같구먼. 하인의 바보 같은 짓거리가 없으면 주인의 광기도 있으나 마나 할 테니까."

"그렇습니다." 이발사가 말했다. "그런데 지금 두 사람이 무슨 말을 하고 있을지 무척 궁금하군요."

"나는 확신하오." 신부가 대답했다. "조카딸이나 가정부가 엿듣지 않을 사람들이 아니니, 나중에 우리한테 말해주리라고 말이오."

한편 돈키호테와 산초는 한방에 들어박혀 단둘이 있으면서, 돈키호테가 산초에게 말했다.

"산초, 정말 난처하구먼. 자네가 어떻게 그런 말을 할 수 있는가. 내가 내 집에만 있지 않았다는 걸 알면서, 자네를 자네의 집에서 끌어낸 게 바로 나라고? 우린 함께 집을 나섰고, 함께 떠났고, 함께 돌아다녔네. 같은 운명과 같은 운이 우리 둘에게 닥쳐온 거야. 자네가 한 번 담요에 말려 뭇매질을 당했을 때, 난 백 번 호되게 두들겨 맞지 않았는가. 이거야말로 내가 자네보다 한 수 위라는 걸 말해주는 거네."

"그건 지당하신 말씀입니다요." 산초가 대답했다. "왜냐하면 나리께서 말씀하시길, 불행이라는 것은 종자들한테보다 편력 기사들한테 더 많이 붙어 다닌다면서요."

"그건 말일세, 자네가 착각하고 있었어, 산초!" 돈키호테가 말했다. "그 왜 그런 말이 있잖아, '콴도 카푸트 돌레트'³³ …… 등등."

"전 우리말밖에 다른 말은 모릅니다요." 산초가 대답했다.

"머리가 아프면," 돈키호테가 말했다. "온 삭신이 쑤신다는 뜻이지. 내가 자네의 주인인 동시에 나리이니 나는 곧 자네의 머리이며, 자네는 내 일부란 말이네. 자네가 내 하인이므로 이런 이유에서 내게 닥친, 아니 앞으로 혹 닥칠 불행은 곧 자네의 아픔이 될 테고, 자네가 아프면 나도 아프다는 말이지."

"그래야 당연하겠죠." 산초가 말했다. "그러나 제 몸이 담요에 말려 뭇매질을 당하고 있을 때, 제 머리는 담장 너머에서 아무런 고통도 느끼지 못하고 제가 공중으로 날아가는 걸 바라보고만 있던 뎁쇼. 머리가 아플 때 몸도 아픈 게 당연지사라면, 머리도 몸이 아플 때는 당연히 아파야 맞는 게 아닌감요?"

"지금 말하고 싶은 거야, 산초?" 돈키호테가 대답했다. "자네가 담요에 말려 뭇매질당할 때 내가 아파하지 않았다는 것을? 그런데 자네가 그런 뜻으로 말한 것이라면, 그만하게. 아니 그런 생각은 하지 말게나. 자네의 몸이 느낀 고통보다 난 그때 마음에 더 큰 고통을 느꼈다네. 그렇지만 언젠가 그 점에 대해서는 논할 때가 있을 테니, 지금 그 이야기는 일단 접어두세. 그런데 여보게, 산초 친구, 나한테 말 좀 해보게나. 그곳에서는 나에 대해 사람들이 뭐라고 하던가? 나에 대해 일반인의 평판은 어떠하며, 시골 양반들은 뭐라 하고, 또 기사들은 뭐라고 하던가? 내 용기에 대해서는 뭐라 하고, 내

---

33 quando caput dolet. '머리가 아플 땐'이라는 뜻.

공적에 대해서는 뭐라 했으며, 그리고 또 내 예의범절에 대해서는 뭐라고들 하던가? 이미 잊힌 기사도를 내가 부활시켜 세상에 되돌려놓겠다고 하는 문제에 대해서는 어떤 말들이 오가던가? 그러니까 산초, 난 자네가 자네의 귀로 직접 들은 이 모든 것을 나에게 말해주길 바라네. 좋게 더하지도 말고 어떤 나쁜 것이라도 빼지 말며, 들은 대로만 말해야 하네. 충실한 신하는 주인에게 말할 때, 아첨하려고 일을 키우거나 쓸데없는 생각에 사건을 줄이거나 하는 일 없이 있는 그대로 사실만을 말하는 법이라네. 그래서 하는 말인데 산초, 아첨이라는 옷을 입지 않고 높은 사람들의 귀에 진실이 있는 그대로 전달되었다면 다른 세상이 왔을 테고, 우리 시대보다 다른 시대가 훨씬 못한 철의 시대로 간주되었으리라는 걸 자네가 알기를 나는 바라네. 왜냐하면 난 지금을 황금시대라고 이해하고 있으니까 하는 말일세. 산초, 이 경고를 마음에 새기고, 내가 자네에게 물어본 것을 아는 대로 신중하고 사심 없이 진실이 내 귀에 전달되도록 해주었으면 하네."

"즐거이 그렇게 하겠습니다요, 나리." 산초가 대답했다. "소인에게 들어온 소식 그대로 다른 옷을 입히지 않고 벌거벗겨 말씀드리기를 원하시니, 소인이 들은 대로 말씀을 드려도 화를 내시지 않는다는 조건이라면 그리합죠."

"절대로 화를 내지 않겠네." 돈키호테가 대답했다. "빙빙 돌려서 말하지 말고 자유로이 말했으면 좋겠네."

"그럼 소인이 첫 번째로 드릴 말씀은," 산초가 말했다. "일반인은 나리를 완전히 돌아버린 사람으로 보고, 소인을 나리에 못지않은 멍텅구리로 본다는 겁니다. 시골 양반네들은 말하길, 나리께서

'시골 양반의 신분에 만족하지 못하고 감히 돈don이라는 칭호를 붙이고, 포도나무 네 그루에 땅 두 유가다[34]와 앞뒤에 누더기 하나씩 걸치고 다니는 주제'라고 합니다. 또 기사들은 시골 양반들이 자기들과 맞먹으려고 하는 것은 도저히 받아들일 수 없답니다. 특히 구두를 신고 으스대며 검정 양말을 녹색 비단실로 시침질해 신고 다니는 그 꼴불견인 시골 양반들은 말할 것도 없다네요."

"그건," 돈키호테가 말했다. "나하곤 상관없는 일이네. 난 늘 옷을 잘 입고 다니지, 절대로 기워 입고 다니지는 않아. 해어지는 건 있을 수 있지. 해진 옷은 오래 입어서라기보다 무기에 닳아서 그런 거야."

"나리의 용기랑 예의범절이랑 공훈이랑 사건에 관해서는 의견이 분분합니다요." 산초가 말을 계속했다. "몇몇 사람들은 '정신이 이상해지긴 했지만 웃긴다'고 하고, 다른 사람들은 '용감하지만 불우하다'고 하고, 또 다른 사람들은 '예의가 바르지만 건방지다'고 합니다. 이 근처에서는 이러쿵저러쿵 말들이 많아, 나리나 소인은 뼈 하나도 온전하지 않을 지경입니다요."

"여보게, 산초." 돈키호테가 말했다. "뛰어난 덕에 도달하기를 바라는 곳에는 늘 박해가 따르는 법이라네. 지난날의 유명했던 인물들치고 악의에 찬 중상과 모략을 당하지 않은 사람은 거의, 아니 단 한 사람도 없었다네. 율리우스 카이사르도 매우 활력이 넘치고 신중하며 용감무쌍한 장군이었지만, 야심을 품었다거나 복장에서도 버릇에서도 깨끗하지 못하다고 말들이 많았다네. 알렉산더는 그

---

34   yugada. 1유가다는 한 쌍의 소가 하루에 가는 논밭의 면적을 말한다.

가 이룬 위업으로 대왕이라는 명성을 얻기에 이르렀지만, 주정뱅이 기질이 있었다고 말하는 사람도 있다네. 그 많은 일들을 해냈던 헤라클레스는 음탕한 호색가라지 않는가. 가울라의 아마디스의 동생 돈 갈라오르는 성질이 고약해서 지나칠 정도로 툭하면 싸움질이나 했다는 소문이 돌고, 그의 형 아마디스는 울보였다는 소문이 있지. 그러니 산초여! 그 훌륭한 분들에 대한 중상모략도 그렇게 많은데, 나에 대한 이야기가 방금 자네가 말한 것보다 많지 않다면야 그다지 신경을 쓰지 않아도 되네."

"젠장칠, 바로 거기에 문제점이 있다니까요." 산초가 되받아 말했다.

"그럼 무슨 할 말이 더 있다는 겐가?" 돈키호테가 물었다.

"아직 꼬랑지의 껍질도 벗기지 않았는뎁쇼." 산초가 말했다. "여태까지는 약과입니다요. 하지만 나리께서 나리에 관한 중상모략을 깡그리 듣고 싶으시다면야, 그걸 죄 말해줄 사람을 지금 당장에 여기 데려오겠습니다요. 소인이 어젯밤에 살라망카에서 공부를 하고 학사가 되어 돌아온 바르톨로메 카라스코의 아들을 환영하러 갔는데, 그 사람이 소인한테 나리에 대한 이야기책이 '재치 넘치는 시골 양반 라만차의 돈키호테'라는 이름으로 나돌아다닌다고 말해주었습니다요. 소인도 제 이름하고 똑같이 산초 판사로 나오고, 엘 토보소의 둘시네아 아가씨도 나온답니다요. 또 우리 둘이만 주고받은 다른 일들도 나온다는데, 그 이야기를 쓴 역사가는 도대체 어떻게 그런 일을 죄다 알 수 있었는지 감탄해 마지않아 성호를 그었다니까요."

"내 자네에게 장담하는데, 산초!" 돈키호테가 말했다. "우리의 이야기를 쓴 작가는 어느 현명한 마법사임에 틀림없네. 그런 사람들은 쓰고 싶은 것은 무엇이고 숨기지 않는다네."

"그런데 어떻게," 산초가 말했다. "현명한 마법사라니요. 소인이 말씀드린 그 사람의 이름이 학사 산손 카라스코인데, 그분은 그 이야기의 작가 이름이 시데 아메테 베렝헤나[35]라고 말했습니다요."

"그 이름을 보니 무어인이구면." 돈키호테가 말했다.

"그럴 겁니다요." 산초가 대답했다. "무어인들은 대부분 베렝헤나를 좋아한다는 말을 들었는뎁쇼."

"자네는 말일세, 산초!" 돈키호테가 말했다. "그 시데Cide라는 성을 잘못 알고 있음에 틀림없구면. '시데'는 아라비아 말로 '님'이나 '주인' 혹은 '어른'을 뜻하거든."

"그럴 수도 있겠습니다요." 산초가 되받아 말했다. "그러나 나리께서 그분을 이리 데려오는 것을 허락하신다면, 소인이 비호같이 그를 모시러 가겠습니다요."

"그렇게 해주면 정말 기쁘기 한량없겠네, 친구!" 돈키호테가 말했다. "자네가 한 말에 얼떨떨해지는군. 그걸 죄 보고받을 때까지는 뭘 먹은들 맛을 잘 알지 못할 걸세."

"그럼 그를 데리러 가겠습니다요." 산초가 대답했다.

그러고는 그의 주인을 남겨두고 학사를 찾으러 떠났다가 얼마 되지 않아 그를 데리고 돌아와, 세 사람이서 아주 재미있는 대화를 주고받았다.

---

35 berenjena. '가지'라는 뜻. 산초 판사가 베넹헬리Benengeli를 '베렝헤나'로 잘못 듣고 하는 우스갯소리다.

• 제3장 •

돈키호테와 산초 판사
그리고 학사 산손 카라스코가
주고받은 익살맞은 이야기에 대해

돈키호테는 산초의 말처럼 책에 쓰여 있다는 자기에 대한 소식들을 듣는다는 기대감에 부풀어 학사 산손 카라스코를 기다리면서 생각에 잠겨 있었다. 그런 이야기가 있다는 것이 도저히 믿기지 않았다. 아직도 자기의 칼날에서 자기가 죽인 적들의 피가 채 마르지도 않았는데, 자기의 높은 기사도 이야기들을 활자화하려고 시도한 사람들이 있었다는 게 신통하기 짝이 없었다. 어쨌든 어떤 현인이 자기를 좋아하건 싫어하건 마법을 써서 출판했으리라고 그는 상상했다. 자기를 좋아하는 사람이라면 편력 기사의 가장 혁혁한 행적을 높이 찬양하기 위해서고, 자기를 싫어하는 사람이라면 실제 행적을 죄다 없애고 어떤 비열한 종자에 대해 쓴 것보다 더 비열한 것들 아래 놓기 위해서였을 것이다. 이렇게 혼잣말로 "종자의 공훈은 한 번도 쓰인 적이 없었어"라고 중얼거렸다. 그리고 그런 이야기가 있었다는 것이 설령 사실일지라도, 편력 기사에 관한 것이므로 일부러라도 격조가 높고 고상하고 고귀하고 장엄하고 진실해야 할 것이었다.

이렇게 생각하니 약간은 위안이 되었지만, 그 작가가 '시데'라는 이름을 사용한 무어인이라 생각하니 꺼림칙했다. 왜냐하면 무어인은 모두가 사기꾼이고 거짓말쟁이며 망상가라서 그들에게서는 어떤 진실도 바랄 수 없었기 때문이다. 자기의 사랑이 음탕하게 다루어지지나 않았을까, 또 엘 토보소의 둘시네아 아가씨의 정절이 훼손이나 손상이 되지나 않았을까 그는 두려웠다. 돈키호테는 모든 신분의 왕비와 황후와 아가씨 들을 무시하고, 물론 자기 본래의 충동은 억제하는 한도 내에서, 늘 그녀를 위해 간직해온 충성심과 품격을 밝히기를 바라고 있었다. 그래서 이런저런 많은 공상 속에서 넋을 잃고 있다가 산초와 카라스코를 발견하고, 돈키호테는 아주 예의 바르게 그들을 극진히 맞았다.

그 학사의 이름은 산손[36]이었는데 몸집은 별로 크지 않았고, 대단히 엉큼했다. 얼굴은 창백했지만 아주 대단한 판단력을 가졌다. 나이는 스물네 살 정도이고, 둥그스름한 얼굴을 하고 납작코에 입이 컸는데, 이 모든 것은 구수하고 그럴싸한 말이나 농담을 좋아하고 사악한 성격임을 잘 나타내고 있었다. 그것을 증명이라도 하듯 그는 돈키호테를 보자마자 그의 앞에 무릎을 꿇고 말했다.

"라만차의 돈키호테 나리, 위대하신 나리께 정중히 인사드립니다. 제 품급은 비록 하급인 제4품급에 불과하지만, 성 베드로의 사제복[37]을 걸고 말씀드립니다. 나리께서는 둥글둥글한 온 지구에

---

36 Sansón. 성경에 나오는 장사壯士 삼손의 에스파냐식 이름.

37 hábito de San Pedro. 재가在家 수도사의 복장을 뜻한다.

서 지금까지도 없었고 앞으로도 존재하지 않을 가장 유명한 편력 기사 중 한 분이십니다. 나리의 위대함을 이야기로 써서 남긴 시데 아메테 베넹헬리는 복 있을지어다. 그리고 사람들이 보편적으로 이 해하도록 아라비아 말을 우리 통속 카스티야 말로 번역하는 수고 를 아끼지 않은 그 신통하고 기특한 분도 복이 넘쳐날지어다."

돈키호테는 그를 자리에서 일어서게 하고 말했다.

"그러니까 내 이야기가 나와 있고, 그걸 쓴 자가 무어족 현인이 라는 게 사실입니까?"

"사실이다마다요, 나리." 산손이 말했다. "오늘날 그 이야기에 대한 책이 1만 2천 부 이상 인쇄되어 있다고 들었습니다. 만일 믿지 못하시겠다면, 그 책이 인쇄된 포르투갈과 바르셀로나와 발렌시아 에 가서 물어보십시오. 그리고 암베레스[38]에서도 인쇄 중이라는 소 문이 자자한 것을 보면, 번역되지 않은 나라나 언어가 없을 것으로 추측됩니다.[39]"

"덕망이 있고 뛰어난 인물에게," 이때 돈키호테가 말했다. "더 욱 희열을 느끼게 하는 것들 중 하나는 자기의 저서가 살아생전에 훌륭한 이름으로 인쇄되고 출판되어 인구에 회자되는 것을 보는

---

38 오늘날 벨기에의 도시 안트베르펜.

39 제2권이 출판된 해인 1615년에는 바르셀로나에서나 암베레스에서 발행된 판본이 전혀 없었기 때문에 세르반테스가 이 글을 쓸 때 착각을 했을 것이다. 아마 산손은 1607년과 1611년에 이미 두 번 인쇄본이 나온 브뤼셀과 혼동한 것 같다. 그때까지 마드리드에서 1605년에 두 번, 1608년에 한 번, 포르투갈의 리스본에서 1605년에 두 번, 발렌시아와 이 탈리아 밀라노에서 1605년에 한 번씩 발행되었으며, 또 영어와 프랑스어로도 번역판이 나왔다. 《돈키호테》는 오늘날 세계 각국어로 번역되어 성경 다음으로 많이 읽히는 확고 부동한 베스트셀러가 되었으니, 산손의 예언은 놀랍고도 놀랍다.

겁니다. 내가 '훌륭한 이름으로'라고 말한 것은, 만일 그 반대라면 어떤 죽음과도 비교될 수가 없을 것이기 때문입니다."

"좋은 명성과 훌륭한 이름으로 보면," 학사가 말했다. "나리께서는 모든 편력 기사에게서 대단한 환대를 받을 만한 분이십니다. 왜냐하면 그 무어인 작가는 자기의 언어로, 또 그 기독교도 작가는 에스파냐 말로 나리의 늠름함을, 위험에 처해서는 커다란 용기를, 역경에서는 인내를, 부상 때 같은 불행에서는 참을성을, 나리와 엘 토보소의 도냐[40] 둘시네아 아가씨와의 그 플라토닉러브에서는 순결함과 절제를 우리에게 아주 생생히 묘사해주었기 때문입니다."

"소인은 지금까지 한 번도," 이때 산초 판사가 말했다. "우리의 둘시네아 아가씨에게 도냐라는 칭호를 붙여 부르시는 걸 들어본 적이 없습니다요. 단지 '엘 토보소의 둘시네아 아가씨'라고만 했습죠. 그러니 여기서 벌써 이야기가 잘못 나가고 있는뎁쇼."

"그건 중대하게 트집을 잡을 만한 것이 못 되오." 카라스코가 대답했다.

"그건 확실히 그렇지." 돈키호테가 대답했다. "그렇지만 학사 양반, 말씀해주시오. 그 이야기에서 내 어떤 공훈이 더 많이 강조되었나요?"

"그 점에 대해서는," 학사가 대답했다. "저마다 취향이 다르듯 의견이 분분합니다. 몇몇 사람들은 나리가 브리아레오와 거인으로 생각하셨던 풍차 모험이 재미있다고 하고, 또 몇몇 다른 사람들은

---

40 doña. '마님', '아가씨', '아씨'라는 뜻. 옛날에는 젊었거나 늙었거나 여성의 이름 앞에 붙였다.

물레방앗간 모험이 재미있다고 합니다. 이 사람은 두 군대로 묘사한 모험, 나중에 두 양 떼로 판명된 그 모험이 재미있다고 하고, 저 사람은 세고비아로 장사를 지내러 가는 시체 모험을 재미있다고 칭송한답니다. 어떤 사람은 노 젓는 죄수들을 석방하는 모험이 모든 모험 중에서 제일 돋보였다고 하고, 또 다른 사람은 용감한 비스카야 사람과의 싸움과 더불어 두 베네딕트 거인이 행한 모험에 필적할 만한 것은 이 세상에 없다고 합니다."

"여보세요, 학사 나리!" 이때 산초가 말했다. "우리 얌전하기 짝이 없던 로시난테가 지랄을 떨 때 양구아스 사람들과 벌인 그 모험도 거기에 들어 있습니까요?"

"이 현인의 잉크병에는," 산손이 대답했다. "남아 있는 것이 아무것도 없다오. 모든 것이 말 그대로 다 적혀 있소. 심지어 그 마음씨 고운 산초가 담요 안에서 폴짝폴짝하는 것까지 말이오."

"담요 안에서 폴짝폴짝한 건 아니고요," 산초가 대답했다. "공중에서지요. 내가 하고 싶었던 것보다 더 폴짝폴짝했습니다요."

"내 생각에는," 돈키호테가 말했다. "세상에 부침浮沈이 없는 인간사는 없어요. 특히 기사도에 관한 이야기는 절대로 행운이 따르는 일만 있을 수 없답니다."

"아무튼 말입니다," 학사가 대답했다. "그 이야기를 즐겨 읽은 어떤 사람들은, 돈키호테 님이 여러 차례의 싸움에서 당한 헤아릴 수 없이 많은 몽둥이찜 중에서 일부는 작가들이 잊어버렸으면 하고 말하고 있습니다."

"바로 그래야 이야기의 진실이 담겨 있는 겁니다요." 산초가 말했다.

"또한 공평성을 위해 그런 일은 모른 체해도 되건만." 돈키호테가 말했다. "이야기의 진실을 고치거나 바꾸지 않는 행동들은, 굳이 이야기의 주인공을 무시하면서까지 쓸 필요가 없기 때문이라네. 아이네이아스는 베르길리우스가 묘사한 것처럼 그렇게 인정이 많은 것도 아니고, 율리시스는 호메로스가 묘사한 것처럼 그렇게 용의주도하지도 않았다네."

"그렇습니다." 산손이 대꾸했다. "그렇지만 시인처럼 쓰는 사람이 있고, 역사가처럼 쓰는 사람도 있습니다. 즉 시인은 사건을 이러저러했다가 아니라 이러저러했으리라고 쓰거나 노래할 수 있는 반면, 역사가는 무언가를 보태거나 사실에서 벗어나서는 안 되는 것입니다."

"그 무어인 나리께서 사실을 말하고 다닌다면," 산초가 말했다. "틀림없이 제 나리가 당한 몽둥이찜 중에 소인이 맞은 것도 있겠는 뎁쇼. 나리께서는 등 정도밖에 맞지 않으셨지만 소인은 온몸을 맞았거든요. 하지만 뭐 그리 놀랄 일도 아니죠. 바로 제 나리의 말씀대로라면, 머리가 아프면 온몸이 아프게 마련이기 때문입죠."

"자네, 앙큼하기 그지없군, 산초!" 돈키호테가 대답했다. "기억해 두고 싶은 일이 있을 때 자넨 어김없이 기억력에 이상이 없군."

"제가 당한 몽둥이찜을 잊고 싶어도," 산초가 말했다. "아직 갈비뼈에 생생하게 남아 있는 멍들이 가만두지 않을 겁니다요."

"입 다물게, 산초!" 돈키호테가 말했다. "그리고 학사 나리 말씀을 방해하지 말게. 난 학사님께, 언급된 그 이야기에 나에 대해 무슨 이야기가 쓰여 있는지 말해달라고 부탁하고 있다네."

"그럼 소인에 대해서도요." 산초가 말했다. "소인이 그 이야기에서 주요 명물들 중 한 사람이라고 하던데요."

"명물들이 아니고 인물들이지, 이 친구, 산초야." 산손이 말했다.

"또 말꼬리를 잡는 분이 있구먼요?" 산초가 말했다. "그래, 그런 식으로 해보시라고요. 평생토록 끝나지 않을 테니까요."

"내가 잘못했소, 산초." 학사가 대답했다. "당신이 이 이야기에서 두 번째로 중요한 인물이 맞소. 이야기 전체에서 가장 많이 묘사된 인물보다 당신의 말을 듣는 게 더 좋다는 사람도 있지요. 여기 계신 돈키호테 나리께서 주시겠다고 한 섬나라가 진짜일 수 있다고 지나칠 정도로 쉬이 맹신한다고 말하는 사람도 있긴 하지만 말이오."

"아직 태양은 지지 않고 울타리에 걸려 있습니다."[41] 돈키호테가 말했다. "산초가 나이를 더 먹고 세월이 흘러 경험을 얻게 되면, 비록 지금은 아니지만 통치자가 되기에 더 적합하고 더 유능한 자질을 갖게 될 겁니다."

"제발요, 나리." 산초가 말했다. "지금 제가 이 나이에 통치할 수 없는 섬이라면 므투셀라[42]의 나이에도 통치하지 못할 겁니다. 손해라면 말씀하신 그 섬이 어디에 있는지 소인은 알지 못하고 세월만 가고 있는 거지, 소인에게 그 섬을 통치할 능력이 없는 게 아닙니다요."

"그건 하느님께 맡기게나, 산초." 돈키호테가 말했다. "모든 게 잘될 걸세. 그리고 자네가 생각하고 있는 것보다 더 잘 될 걸세. 하

---

41 Aún hay sol en las bardas. '우리에게 아직 시간이 있다'라는 뜻의 문학적 표현.

42 Methuselah. 성경 〈창세기〉 5장 25~27절에 "므투셀라는 백팔십칠 세 되었을 때 라멕을 낳았다. 라멕을 낳은 다음, 므투셀라는 칠백팔십이 년을 살면서 아들딸을 낳았다. 므투셀라는 모두 구백육십구 년을 살고 죽었다."라고 나온다.

느님의 뜻이 없이는 나무에 달린 이파리 하나도 움직이지 않아."

"그건 사실입니다." 산손이 말했다. "만일 하느님이 원하신다면, 산초가 섬을 천 개라도 통치하기에 부족함이 없을 텐데, 섬 하나쯤이야 문제가 되지 않죠."

"소인도 여기저기서 통치자라는 작자들을 보아왔구먼요." 산초가 말했다. "그런데 소인이 생각하기에는 제 발바닥에도 미치지 못할 그들을 영주님이라고 부르면서 은제 그릇에다 음식을 담아 바치던데요."

"그 작자들은 섬의 통치자가 아니고," 산손이 대꾸했다. "가장 통치하기 쉬운 정부의 태수일 거요. 섬을 다스리는 통치자라면 적어도 그라마티카[43]는 알아야지요."

"그라마[44]는 머릿속에 쏙쏙 들어오는데," 산초가 말했다. "티카라는 말은 아무리 머리를 쥐어짜도 뭐가 뭔지 통 모르겠습니다요. 그렇지만 정부의 통치 문제는 하느님의 손에 맡겨둡시다요. 하느님께서 알아서 소인이 쓰일 만한 자리에 앉혀주시겠죠, 뭐. 산손 카라스코 학사 나리, 소인이 하려는 말은, 그 이야기의 작가가 소인에 대한 일을 사람들의 화를 돋우지 않도록 말했다는 게 기쁘기 한량없다는 겁니다요. 소인은 착한 종자로서 하는 말인데, 만일에 소인처럼 대대손손으로 내려온 기독교도를 기독교도답지 않은 것처럼 말했다면, 귀머거리들도 우리가 한 말을 듣게 될 겁니다요."

"그거야말로 기적을 일으키는 일이 되겠군요." 산손이 대답했다.

---

43 '문법'이라는 뜻.
44 '갯보리'라는 뜻.

"기적이건 기적이 아니건," 산초가 말했다. "누구든지 사람들에 대해 어떻게 말하고 어떻게 쓸 것인지 주의를 기울여야지, 처음에 상상했던 것을 아무렇게나 써서는 안 되는 겁니다요."

"그런 이야기의 흠 중 하나는," 학사가 말했다. "그 작가가 '호기심 많은 호사객 이야기'라는 제목의 소설을 그 이야기에 끼워 넣었다는 겁니다. 작품이 보잘것없다거나 줄거리가 나쁘다는 것이 아니고, 그 들어간 자리와 이야기가 돈키호테 나리와는 무관하니까요."

"소인이 내기를 걸고 하는 말인데," 산초가 되받아 말했다. "그 개자식이 엉터리 같은 것들을 마구 섞어놓았습니다요."

"이제 하는 말이지만," 돈키호테가 말했다. "내 이야기를 쓴 작가는 현명한 사람이 아니고 무식한 허풍선이 같아. 우베다의 화가畫家 오르바네하가 했던 것처럼, 아무런 추리도 없이 결과야 어찌되든 애매모호하게 마구 갈겨쓴 것 같다는 말일세. 오르바네하에게 무엇을 그리고 있느냐고 물으면, '붓 가는 대로 그리지'라고 대답했다지. 이따금 수탉을 그렸는데, 그게 전혀 수탉 같지 않으면 그 옆에 고딕체로 '이것은 수탉이다'라고 써놓는 게 필요했다더군. 내 이야기도 그럴 것 같으니, 이해하려면 주석이 필요할 것 같소."

"그렇지는 않습니다." 산손이 대답했다. "나리의 이야기는 아주 뚜렷하고 분명해서 어렵게 생각되는 것이 전혀 없습니다. 그래서 아이들은 만지작거리고, 젊은이들은 읽고, 어른들은 이해하고, 노인들은 칭송합니다. 결국 모든 계층의 사람들이 책장이 닳도록 읽고 또 읽어 통달해 있어서, 어떤 삐쩍 마르고 비루먹은 말을 보면 바로 '저기 로시난테가 간다'고들 한답니다. 그런데 그 책을 제일 열심히 읽는 사람들은 시동侍童이랍니다. 《돈키호테》 한 권 없는 양반집 안방이 없다고도 합니다. 어떤 사람이 그 책을 두고 가면 다른 사람이 들고 가고, 또 다른 사람이 덤벼들어 빼앗으면 또 다른 사람은 빌려달라고 애걸복걸 매달린답니다. 결국 이런 이야기책은 지금까지 본 것 중에서 가장 재미있고 가장 해롭지 않은 오락거리라는 것입니다. 왜냐하면 이야기 전체로 보아 경박한 말이나 가톨릭 교리에 반하는 말 비슷한 것도 발견되지 않기 때문입니다."

"다르게 썼다면," 돈키호테가 말했다. "참이 아니고 거짓을 쓰는 것이 되고, 거짓을 이용하는 역사가들은 위폐僞幣를 만드는 자들처럼 화형에 처해져야 하오. 내 이야기를 쓸 것도 많을 텐데, 그 작가가 왜 남의 소설과 이야기들을 집어넣을 생각을 했는지 모르겠소. 의심할 여지도 없이 '지푸라기건 꼴이건……'[45] 하는 속담을 따랐음에 틀림없지요. 그런데 실은 내 생각, 내 한숨, 내 눈물, 내 착한 바람, 그리고 내 활약상만 써도 토스타도[46]의 모든 작품보다 더 많은 분량의 대작을 썼을 겁니다. 사실 내가 알기로는 학사 양반, 이야기를 짓거나 책을 쓰기 위해서는 어떤 식으로건 위대한 판단력과 사려 깊은 재능이 필요하오. 희극에서 가장 재치 있는 인물은 바보 역을 하는 인물인데, 얼빠진 사람으로 이해시키려고 등장한 사

---

45 돈키호테는 "지푸라기건 꼴이건……"이라고만 말했지만 원래는 "De paja y de heno mi vientre lleno(지푸라기건 꼴이건 내 배만 부르면 그만이지)"다. '자기와 상관없는 일에 끼어들었다'는 뜻의 속담이다.

46 15세기 에스파냐의 아빌라 주교였던 알폰소 토스타도 리베라 데 마드리갈Alfonso Tostado Ribera de Madrigal. 토스타도는 워낙 많은 작품을 남겼으므로, 그 당시 작가의 다작을 강조하기 위한 보편적 표현으로 "엘 토스타도보다 더 많이 썼다Escribió más que el Tostado"라고 했다.

람이 정말로 그래서는 안 되기 때문이지요. 이야기는 성스러운 것이어야 하오. 진실해야 하고, 진실이 있는 곳에는 반드시 하느님이 계십니다. 그럼에도 불구하고 진실에 대해서는 마치 튀김인 양 책을 아무렇게나 써서 사방 천지에다 내놓습니다."

"아무리 내용이 나쁜 책이라도," 학사가 말했다. "좋은 점이 없는 책은 없습니다."

"그 점에는 의심의 여지가 없소." 돈키호테가 되받아 말했다. "그렇지만 자기가 쓴 작품으로 그에 상응하는 대단한 명성을 얻고 성공한 작가들도 있지만, 그 작품들이 인쇄되어 나오자마자 모든 것을 잃거나 어떤 점에서 명성이 업신여김을 당하기도 합니다."

"그 이유는," 산손이 말했다. "인쇄되어 나온 작품들은 천천히 볼 수 있어 오류가 쉬 눈에 뜨이고, 그 작품을 쓴 작가의 명성이 높으면 높을수록 더욱 철저히 검증을 받기 때문입니다. 자기의 재능으로 유명해진 자들이나 위대한 시인들이나 이름난 역사가들은 항상은 아니더라도 자주, 자신의 작품을 세상에 내놓지도 않았는데 남이 쓴 작품을 취미로나 특별한 오락거리로 여기는 자들로부터 질투의 대상이 되는 겁니다."

"그건 놀랄 일도 아니오." 돈키호테가 말했다. "왜냐하면 자신이 설교대에 서면 별로 신통치도 않으면서, 다른 설교자들의 실수나 과장 같은 것들은 귀신같이 찾아내는 신학자들이 많기 때문이지요."

"그 모든 게 죄다 옳으신 말씀입니다, 돈키호테 나리." 카라스코가 말했다. "그러나 그런 비판자들이 그 밝디밝은 태양의 미세한 것에 몰두하지 말고, 자비심은 좀 더 많아지고 꼬치꼬치 캐묻는 건 좀 덜했으면 싶습니다. '그 뛰어난 호메로스도 가끔 졸았다'[47]고 합니다. 가능한 한 결점이 가장 적은 작품으로 탄생시키기 위해 작가가 얼마나 많이 깨어 있었는가도 생각해야 합니다. 아마 그들이 보기에는 사마귀처럼 좋지 않은 것일 수도 있지만, 때로는 그들이 가지고 있는 그 사마귀가 얼굴의 아름다움을 더 돋보이게 하는 것이 될 수도 있답니다. 그래서 저는 감히 말하는데, 한 권의 책을 내는 사람에게는 늘 매우 큰 위험이 도사리고 있다는 겁니다. 읽는 사람 모두를 만족시키고 흐뭇하게 하는 책을 쓴다는 것은 불가능한 일 중에서도 완전 불가능한 일일 테니까요."

"나에 관한 책을 읽고," 돈키호테가 말했다. "만족할 사람은 별로 없을 거요."

"오히려 그 반댑니다. '바보들의 수는 헤아릴 수 없이 많다'고 하듯이, 그런 이야기를 좋아하는 사람은 무수합니다. 그런데 어떤 사람들은 작가의 기억력에서 실수와 기만을 들추어냅니다. 산초한테서 잿빛 당나귀를 훔친 도둑놈이 누군지 잊어버리고 있다는 겁니다. 거기에서 그런 말은 없고 단지 당나귀를 도둑맞았다는 것만 말하고 있을 뿐입니다. 그런데 당나귀가 나타난 적이 없는데도 그곳에서 얼마 가지 않아 산초가 바로 그 당나귀를 타고 다니는 것이 보입니다. 또 시에라 모레나에서 발견한 가방 안에 들어 있던 그 1백 에스쿠도를 산초가 어떻게 했는지 한 번도 언급이 없으니, 작가가 쓰는 것을 잊어버렸다고 말하는 사람들도 있습니다. 그리고

---

47 aliquando bonus dormitat Homerus. 에스파냐 말로는 "en ocasiones el bueno de Homero dormita"이다. 호라티우스Horatius의 《시론Ars Poetica》 시구 359 인용.

또 그 돈으로 산초가 무엇을 했으며 어디에 썼는지 알고 싶어 하는 사람들이 많습니다. 그것이 작품 속에서 빠져 있는 중대한 점들 중 하나입니다."

산초가 대답했다.

"소인은 말입니다요, 산손 나리, 지금 이런 것 저런 것을 계산하고 떠벌리고 있을 입장이 아닙니다요. 배 속이 불편해서 묵은 포도주라도 두어 모금 들어가지 않으면 뼈만 남게 되겠습니다요. 집에 남겨둔 것이 있고 마누라도 날 기다리고 있으니, 밥을 먹자마자 돌아오겠습니다. 당나귀를 잃어버린 일이며 그 1백 에스쿠도를 쓴 일까지 궁금해하시는 걸 죄다 나리와 모든 사람에게 시원스레 말씀드리겠습니다요."

그러고는 대답도 기다리지 않고 다른 말 한마디 없이 자기 집으로 가버렸다.

돈키호테는 소찬이나마 자기와 같이하자고 학사에게 요청하고 또 간청했다. 학사는 제안을 받아들였다. 평소의 밥상에 두 마리의 비둘기 요리가 곁들여졌다. 식사 중에는 기사도에 관한 이야기를 하게 됐고, 카라스코는 돈키호테의 기분을 맞추어주었다. 식사가 끝나자마자 그들은 낮잠을 잤으며, 산초가 돌아와 지난 이야기는 다시 시작되었다.

제4장

산초 판사가 학사 산손 카라스코에게
그의 의문점을 풀어주고 질문에 대답해주는 말과
알 만하고 이야기할 만한 다른 사건들에 대해

산초는 돈키호테의 집에 돌아와서, 앞에서 했던 이야기로 되돌아가 말했다.

"누가 언제 어떻게 소인한테서 당나귀를 훔쳐 갔는지 산손 나리께서 알고 싶다고 말씀하신 것에 대해 대답해 말씀드리자면, 산타 에르만다드에게서 도망치면서 우리가 시에라 모레나 산속으로 들어갔던 바로 그날 밤, 갈레라의 노 젓는 죄수들과 불행했던 모험을 벌이고 세고비아로 운반해 가던 시체 사건이 있은 뒤, 주인 나리와 소인은 덤불을 헤치고 깊은 산속으로 들어갔는데요, 그곳에서 나리께서는 창에 기대시고 소인은 잿빛 당나귀에 올라탄 채, 지난번 실랑이를 벌인 일로 녹초가 되고 지칠 대로 지쳐 마치 깃털 요를 넉 장이나 깔아놓은 푹신푹신한 잠자리에서 자듯 잠이 들어버렸습니다요. 특히 소인은 누가 업어 가도 모를 정도로 곤히 잠이 들었답니다. 그런데 그때 누군가가 와서 안장 네 귀퉁이에 말뚝을 받쳐놓고는 그 위에다 소인을 매달아 공중에 뜨게 한 뒤에 거기에 소인을 앉혀둔 채 내 밑에서 잿빛 당나귀를 빼내 갔습니다요. 소인은 그런 일이 있으리라고는 꿈에도 생각지 못했습죠."

"그런 일은 땅 짚고 헤엄치기라네. 별로 새로운 사건도 아니구면. 사크리판테에게도 똑같은 일이 일어났었는데, 알브라카의 포위망 속에 있을 때 브루넬로라는 그 유명한 도둑이 그것과 똑같은 꾀를 내어 두 다리 사이에서 말을 빼내 갔다네.[48]"

"동쪽 하늘이 밝아 날이 샜습니다요." 산초가 계속했다. "소인이 갑자기 몸을 부르르 떨자 말뚝들이 빠져서 소인은 쿵 하는 소리와 함께 땅에 떨어져버렸습니다요. 당나귀를 찾느라 사방을 둘러보았지만 당나귀가 보이지 않아, 소인은 눈에서 닭똥 같은 눈물을 흘리며 슬픔에 잠겼답니다요. 만일에 우리 이야기의 작가가 그런 장면을 써 넣지 않았다면, 좋은 것을 쓰지 않았다고 생각해도 좋겠습니다요. 며칠이 지났는지는 모르지만 그 뒤에 미코미코나 공주님과 같이 가다가 소인의 당나귀를 알아보게 되었는데, 아니 그 히네스데 파사몬테란 놈이 집시 옷을 입고는 소인의 당나귀 위에 떡 버티고 타고 오지 뭡니까요. 주인 나리와 소인이 쇠사슬에서 풀어주었던 그 허풍선이 악당 놈이 말이에요."

"잘못이 거기에 있는 게 아니고," 산손이 되받아 말했다. "당나귀가 나타나기도 전인데 바로 그 잿빛 당나귀를 산초가 타고 갔다고 한 바로 그 대목이 문제라네."

"그것에 대해서는," 산초가 말했다. "뭐라고 대답해야 할지 모

---

48   아리오스토의 《격노하는 오를란도》 27장 84연에 나오는 이야기.

르겠습니다마는 역사가가 실수했든지, 아니면 인쇄하는 사람이 부주의해서 그랬을 겁니다요."

"그건 의심의 여지가 없네." 산손이 말했다. "그렇지만 말이야, 그 1백 에스쿠도는 어떻게 되었는가? 죄다 써버렸는가?"

산초가 대답했다.

"그 돈은 소인 자신과 소인의 여편네랑 자식 놈들을 위해 썼습니다요. 소인이 돈키호테 나리를 모시고 여기저기 떠돌아다녀도 여편네가 꾹 참고 기다려준 건 바로 그놈의 돈 때문입니다요. 그렇게 오랜 시간을 보내고도 동전 한 푼 없이 무일푼으로, 게다가 당나귀도 없이 집에 돌아갔다면 검은 먹구름만이 소인을 기다리고 있었을 겁니다요. 만일 소인에 대해 더 궁금하신 것이 있다면, 소인이 여기 있사오니 임금님께서라도 친히 대답해드리겠습니다요. 소인이 그걸 가져왔느니 가져오지 않았느니, 그걸 썼느니 안 썼느니 하면서 아무도 간섭할 일이 아닙니다요. 만일에 이번 여행을 하면서 소인이 당한 몽둥이찜을 돈으로 환산해 받는다면 한 대에 4마라베디씩만 쳐도 백 에스쿠도보다 더 받아야 하는데, 그것마저 그 반값도 안 될 겁니다요. 각자가 자기 가슴에 손을 얹고, 흰 것을 검다고 하고 검은 것은 희다고 판단하지 않았으면 합니다요. 사람은 누구나 하느님께서 만드신 그대로인데 자주 더 나빠지기도 하더라고요."

"제가 책임지고," 카라스코가 말했다. "만일 다시 그 이야기책을 인쇄하게 되면, 마음씨 고운 산초가 한 말을 잊지 말라고 작가에게 전하겠습니다. 그러면 지금 내용보다 훨씬 더 나아질 것입니다."

"그 읽을거리에서 달리 고칠 것은 없소, 학사 양반?" 돈키호테가 물었다.

"틀림없이 있습니다." 그가 대답했다. "하지만 이미 언급한 것만큼 중요한 것은 이제 없는 듯합니다."

"그럼 혹," 돈키호테가 말했다. "작가가 제2권은 약속하고 있습니까?"

"예, 약속하고 있습니다." 산손이 대답했다. "하지만 아직 발견하지 못했으며, 누가 그것을 가지고 있는지도 모른다고 합니다. 그래서 우리도 그 책이 나올지 안 나올지 의문시하고 있습니다. 이런 문제 때문에 '제2권은 좋은 적이 없었다'라고 말하는 사람들이 있는가 하면, '돈키호테에 관한 것이라면 지금까지 쓰인 것만으로도 충분하다'라고 말하는 사람도 있어서, 제2권은 발간되지 않으리라고 생각하고 있어요. 침울한 것보다 명랑한 것을 더 선호하는 자들은 '돈키호테다운 짓을 더 많이 있게 해주오. 즉 돈키호테는 저돌적으로 달려들게 하고, 산초 판사는 떠벌려대게 해다오. 아무튼 그래야 우리는 만족합니다'라고 말한답니다."

"그럼 작가는 어떻게 해야 하오?"

산손이 대답했다. "이야기가 있는지 혈안이 되어 찾고 있으니 이야기를 찾아내기만 하면 바로 인쇄를 하겠고, 다른 어떤 칭찬보다 그에 따른 이익에 마음이 쏠리게 되겠지요."

이 대답에 산초가 말했다.

"그 작가가 돈과 이익에 관심이 있단 말이에요? 잘되면 기적이겠는데요. 예수 부활 대축일 전날 재단사처럼 서둘러 엉망진창으로 써낼 테니 말이에요. 서둘러 만들어진 작품은 결코 원하는 대로 완벽하게 끝맺지 못합니다요. 그 무어족 양반인지 뭔지 하는 작가도 자기가 무슨 일을 하고 있는지 마음을 써야 할 겁니다요. 소인과 주인 나리는 다른 모험과 사건의 자료를 제2권뿐만 아니라 백 권이라도 쓸 정도로 아주 실컷 제공하겠습니다요. 그 마음씨 고운 양반은 틀림없이 우리가 여기 푹신푹신한 잠자리에서 편안히 자고 있다고 생각하는 모양이구먼요. 편자를 박을 때와 마찬가지로 우리 발을 들어보라고 하세요. 그러면 우리가 절름거리는지를 알게 될 테니까요. 지금 소인이 이렇게 말씀드리는 것은, 제 주인 나리께서 소인의 충고를 들어주셨더라면 우리가 훌륭한 편력 기사들의 법도와 관습대로 벌써 들판에서 모욕을 쳐부수고 불의를 바로잡고 있을 거라는 말입니다요."

산초가 이 말들을 끝마치자마자 로시난테의 울음소리가 그들의 귀에 들어왔다. 돈키호테는 그 울음소리를 길조로 여기고 그날부터 사나흘 있다가 다시 길을 떠나기로 결심했다. 그래서 학사에게 자기의 결심을 밝히고 여정을 어디서부터 시작하는 게 나을지 충고해달라고 부탁했다. 학사가 돈키호테에게 대답하길, 자기 생각에는 아라곤왕국의 사라고사시로 갔으면 한다고 했다. 며칠 있으면 거기서 산 호르헤 축제[49]가 열려 아주 엄숙하기 그지없는 무술 시합이 있을 텐데, 그 무술 시합에서 아라곤의 기사를 죄다 물리치면 명성을 얻을 수 있을 것이며, 그건 곧 세계의 모든 기사 사이에서 명성을 얻는 일이 될 것이라 했다. 학사는 돈키호테의 결심이 대단히 성실하고 대단히 용감하다면서 극찬을 보내고, 앞으로 위험에

---

49 매년 4월 23일에 열리는 아라곤 지방의 수호성인 축제.

직면하면 더욱 신중히 행동하라고 충고했다. 이제부터 그의 목숨은 그의 것이 아니고, 불운 속에서 보호와 구원을 눈이 빠지도록 기다리는 모든 사람의 것이기 때문이라고 했다.

"그건 소인이 반대합니다요, 산손 나리." 이때 산초가 말했다. "제 주인 나리께서 무장한 남자 백 명에게, 잘 익은 참외를 여섯 개나 먹는 먹성 좋은 소년처럼 덤벼드신다면, 아이고, 하느님 맙소사, 학사 나리! 그렇습니다요, 그래요. 공격할 때가 있고 물러설 때가 있는 법입니다요. 예, 맞습니다요, 앞뒤 가리지 않고 무턱대고 '돌격!'이라고 해서는 안 됩니다요. 더더군다나 소인이 들은 말인데, 소인의 기억이 잘못되지 않았다면 주인 나리께 직접 들었다고 믿습니다만, 비겁함과 무모함의 양극단 사이에는 용기라는 중용이 있다고 합니다요. 그렇다면 제 주인 나리께서 아무런 이유도 없이 도망치거나, 무모함 때문에 다른 일이 생길지도 모르는 판에 앞뒤 가리지 않고 무조건 덤벼드는 일을 소인은 용납할 수가 없습니다요. 하지만 특히 주인 나리께 알려드리는 바는, 저를 데리고 다니시려거든 조건이 있습니다요. 그게 뭔고 하니, 싸움은 모두 주인 나리의 몫이며, 소인은 주인 나리의 청결과 안락만 맡을 뿐 주인 나리의 개인 일이나 그 밖의 다른 일은 일절 책임지지 않는 것입니다요. 주인 나리 앞에서라면 억지 춘향이 노릇이라도 하겠지만, 소인이 손에 칼을 들어야 한다고 생각하시는 건 비록 도끼를 들고 두건을 뒤집어쓴 하찮은 촌뜨기와 맞서는 일이라도 불필요하다고 생각합니다요. 산손 나리, 소인은 용감한 사람으로 명성을 날릴 생각이 추호도 없고, 편력 기사를 섬긴 가장 착하고 가장 충직한 종자로 명성을 날리고 싶을 따름입니다요. 그리고 제 주인 나리께서 소인이 베푼 그 많고 멋진 봉사에 감사한 마음으로, 나리께서 말씀하신 대로 여기 저기 돌아다니다보면 우연찮게 발견하게 된다는 그 많고 많은 섬들 가운데 어떤 섬이라도 하나 소인에게 하사하신다면, 고맙게 받겠습니다요. 설령 소인에게 섬을 주시지 않는다고 하더라도, 그건 소인의 타고난 운명인데 어쩌겠습니까요. 하느님을 믿고 살아야지, 다른 걸 믿고 살아서야 인간이라고 하겠습니까요. 더욱이 통치자가 되어서 먹는 빵보다는 일상으로 날마다 먹는 빵이 아주, 아니 아마도 더 맛있을 수도 있습니다요. 그리고 그런 정부에서는 악마가 소인의 다리를 걸어 넘어뜨리고 어금니를 부러뜨리려 한다는 걸 소인이 모를 줄 아십니까요? 소인은 산초로 태어났으니, 산초로 죽겠습니다요. 그러나 모든 게 이렇게 좋은 게 좋다고, 많은 배려도 많은 위험도 겪지 않고 하느님이 소인에게 어떤 섬이나 다른 비슷한 것이라도 하사하신다면, 소인이 그것을 거절할 만큼 그렇게 미욱한 놈은 아닙니다요. '누가 너한테 송아지를 주면 고삐를 잡고 달아나거라'라든지 '복이 오면 우선 그 복을 네 집에 넣어두라'[50]라는 말도 있지 않습니까요."

"자네는, 산초 형제여!" 카라스코가 말했다. "마치 대학 교수처럼 말하지만, 돈키호테 나리께서는 자네에게 섬이 아니라 왕국이라도 하나 주실 테니 하느님과 돈키호테 나리를 믿게."

"더한 것을 주시나 덜한 것을 주시나 매한가지입니다요." 산초가 대답했다. "주인 나리께서 소인에게 주시겠다고 한 왕국은 구멍

---

50   기회가 오면 그 기회를 이용해야 한다는 뜻.

난 자루에다 주신다는 말이 아니라는 걸 카라스코 나리께 말씀드릴 수 있습니다요. 소인이 제 스스로 맥을 짚어보니, 왕국을 통치하고 섬을 다스릴 건강은 있습니다요. 이것은 이미 주인 나리께 여러 번 말씀드린 바가 있습니다요."

"이봐, 산초!" 산손이 말했다. "직업이 습관을 바꾼다고 하잖나. 혹 자네가 통치자가 되면 자네를 낳아준 어머니도 몰라보는 건 아니겠지."

"그거야," 산초가 대답했다. "못된 망종으로 태어난 후레자식들이나 하는 짓이지, 소인같이 영혼에 조상 대대로 내려온 기독교도의 피가 넘치게 흐르는 골수 기독교인들에게는 해당되지 않는 말씀입니다요. 그건 아닙니다요. 소인의 입장에 처하게 되면, 제가 누구에게 망종이나 하는 짓거리를 할 수 있는지 알 수 있을 겁니다요!"

"하느님께서 그 일을 해주시길!" 돈키호테가 말했다. "하느님께서만 다스릴 왕국이 언제 오게 될지 말씀하실 수 있겠지. 이제 왕국이 눈앞에 온 것 같구먼."

이렇게 말하고 돈키호테는 학사에게 간청하기를, 만일 시인이라도 된다면 엘 토보소의 둘시네아 아가씨를 생각해서 작별의 시를 몇 구절 지어달라고 했다. 각 시구의 시작을 아가씨의 이름 한 자 한 자로 하여 시구가 다 완성되어 첫 글자를 모으면 '엘 토보소의 둘시네아'라 읽히게 해달라고 했다. 학사가 대답하길, 자기는 비록 에스파냐에서 다섯 손가락에 꼽힐 만한 현존하는 유명 시인이 아니지만, 그런 운율에 맞는 시를 꼭 써보고 싶다고 했다. 그 이름이 열일곱 자이기 때문에 네 시구씩 네 연으로 된 8음절 4행의 율격으로 하면 한 글자가 남고, 데시마⁵¹나 레돈디야⁵²라고 하는 다섯 시구로 하면 세 글자가 모자라서 쓰는 데 어려움은 크겠지만, 그렇다고는 해도 엘 토보소의 둘시네아가 포함되게 8음절 4행의 율격으로 최선을 다해 한 자를 끼워 넣도록 애써보겠다고 했다.

"어떤 경우에도 그래야 합니다." 돈키호테가 말했다. "이름이 명백하고 분명하게 나오지 않으면 자기를 위해 만들어진 운율이라고 믿을 여인이 없습니다."

그들은 이렇게 하기로 결정하고, 또 그날부터 일주일 뒤에는 출발하기로 했다. 돈키호테는 학사에게 특히 신부와 이발사 니콜라스, 그리고 자기의 조카딸과 가정부에게 출발을 비밀로 해달라고 부탁했다. 그것은 그의 명예에 관계되면서도 용기 있는 결정이 방해나 받지 않을까 염려되었기 때문이다. 카라스코는 모든 걸 약속했다. 카라스코는 이렇게 하고 떠나면서, 기회가 오면 좋은 일이건 나쁜 일이건 모든 것을 자기에게 알려달라고 돈키호테에게 부탁했다. 그리고 그들은 이렇게 작별을 했으며, 산초는 그들의 여정을 위해 필요한 것을 준비하러 갔다.

---

51 8음절의 10행시.
52 8음절의 4행시. 오늘날에는 5행시.

· 제5장 ·

산초 판사와 그의 아내 테레사 판사 사이에 주고받은 재치 있고 익살스러운 대화와 즐겁게 기억할 만한 다른 사건들에 대해

이 이야기의 번역자가 제5장을 쓰기에 이르러, 이 장은 위작僞作 같다고 말한다. 이 장에서 산초가 그의 가방끈이 짧은 것과는 전혀 어울리지 않는 말씨로 날카로운 말을 하고 있으니, 그것들을 알고 말한다고는 도저히 믿을 수가 없었기 때문이다. 그러나 자기에게 지워진 직무를 이행하기 위해 번역을 그만둘 수 없었다면서 다음과 같이 말을 이어갔다.

산초는 매우 만족해하면서 즐겁게 집에 도착했는데, 그의 마누라는 그다지 멀지 않은 곳에서도 그의 기분이 들떠 있다는 것을 알아보고, 그리도 마음이 들뜬 이유를 마지못하여 물어보았다.

"산초 친구, 무슨 좋은 일이 있기에 그리 기분이 들떠 오시는 게요?"

이 말에 그는 대답했다.

"여보, 마누라야, 하느님이 바라실지는 모르겠지만, 지금 내가 보여주고 있는 것처럼 만족해하지 않는 것이 좋을지도 모를 일이오."

"남편 양반, 당신이 지금 무슨 말을 하는지 이해하지 못하겠네요." 그녀가 되받아 말했다. "하느님이 바라실지는 모르겠지만 만족해하지 않는 것이 좋을지도 모를 일이라니, 그게 무슨 말인지 도통 알 수가 없네요. 내가 아무리 바보이기로서니, 만족해하지 않는 기쁨을 누가 받는다는 것인지 모르겠군요."

"보라고, 테레사!" 산초가 대답했다. "내 주인이신 돈키호테 나리를 다시 모시기로 결정을 해서 마음이 들떠 있는 거라고. 그 양반이 세 번째로 모험을 찾아 떠나고 싶어 하시기에 내가 다시 그분을 따라나서기로 했다네. 나를 기쁘게 할 희망과 더불어, 내 궁핍한 생활이 그러기를 바라기 때문이오. 비록 당신이랑 새끼들과 떨어져 있어야 하는 것이 날 슬프게 하지만, 이미 탕진한 1백 에스쿠도만큼을 다시 발견할 수 있다고 생각해보거나. 얼마나 내 마음이 들뜨겠느냐고. 그리고 내가 그 좁고 험한 길이나 네거리를 돌아다니지 않아도, 집에서 발에 흙을 묻히지 않고 놈팡이처럼 할 일 없이 놀아도 하느님께서 나한테 먹을 것을 주고 싶어 하신다면 어렵지 않게 그러실 수 있을 테고, 바라는 이상으로는 안 되겠지만 분명히 내 즐거움은 더 확실하고 가치 있는 것이 될 것이오. 하지만 내가 가진 이 즐거움이란 당신을 두고 떠나야 하는 슬픔과 뒤범벅이 되어 있으니, 하느님께서 바라신다면 비록 만족하지 않는 이 즐거움이지만 좋아해야 한다는 말이었다오."

"보라고요, 산초!" 테레사가 되받아 말했다. "당신이 편력 기사의 수족이 되어 일한 뒤로는 그렇게 빙빙 돌려서 말을 하니, 당신의 말을 알아들을 사람이 없겠어요."

"하느님이 내 말을 알아들으시면 그걸로 충분하네, 마누라야!" 산초가 대답했다. "전지전능하신 하느님께서는 모든 것을 이해하시는 분이거든. 이 이야기는 여기서 끝냅시다. 누이야, 싸울 만반의 준비가 되어야 하니 앞으로 사흘 동안 잿빛 당나귀를 잘 돌보아주는 게 좋겠소. 꼴도 두 배로 주고, 안장과 그 밖의 잡다한 것들도 필요하니 갖추어주오. 우리는 결혼식에 가는 게 아니고, 천하를 주유하면서 거인이랑 반인반수의 괴물이랑 요망한 마귀랑 치고받고 싸우며, 휘파람 소리, 울부짖는 소리, 맹수의 포효 소리, 비명 소리를 들으러 가는 거요. 양구아스 놈들과 마법에 걸린 무어놈들과 싸우는 게 아니라면, 이런 모든 것은 별로 대수롭지 않은 일이라네."

"저도 잘 알고 있죠, 남편 나리!" 테레사가 되받아 말했다. "편력 종자들이라도 거저 빵을 먹지 않는다는 걸 말이에요. 그래서 저는 당신이 하루빨리 그런 불행에서 벗어나게 해달라고 우리 주님께 간절히 빌겠어요."

"내가 당신께 하고자 하는 말은, 마누라야," 산초가 말했다. "머지않은 장래에 한 섬의 영주가 되리라고 믿지 않는다면, 이 자리에서 팍 꺼꾸러져 죽어버리겠네."

"그건 안 됩니다. 남편 양반아!" 테레사가 말했다. "닭이란 놈은 혓바닥에 종기가 생기더라도 살 놈은 살아요. 당신은 살아야 해요. 세상에 있는 모든 정부를 악마가 죄다 가져갔으면 좋겠네요. 정부 없이도 당신은 당신의 어머니 배 속에서 태어났고, 정부 없이도 당신은 지금까지 살아왔고, 정부 없이도 당신은 하느님의 부름이 있으면 무덤으로 가겠죠. 아니면 누군가가 모셔 가겠죠. 세상에는 정부 없이 살아가는 사람들이 있지만, 그것 때문에 그들이 살기를 포기하는 것도 아니고, 사람 축에 끼지 못하는 것도 아니잖아요. 시장이 반찬이라고, 가난한 이는 시장하지 않을 때가 없으니 늘 맛있게 먹죠.

그렇지만 보라고요, 산초! 혹 당신의 운수가 대통하여 어떤 정부라도 다스리게 되면, 나와 당신 새끼들을 잊지 말아요. 우리 새끼 산치코도 벌써 열다섯 살이란 걸 아셔야 해요. 만일에 그 아이의 삼촌인 수도원장이 그 아이를 사제로 만들어 교회에 남게 하려면 당연히 학교에 보내야 되고요. 당신 딸내미 마리 산차도 시집을 보내지 않으면 뒈질 테니 잘 생각해두세요. 당신이 그리도 정부를 다스리고 싶어 하듯이, 이 아이도 시집가고 싶어 환장하겠다는 기미가 여기저기서 내 눈에 띄어요. 그러니 종국에 가서는 집에 고이 모셔두기보다야 별로 탐탁하지 않더라도 시집을 보내는 편이 더 나을 듯싶어요."

"분명히 말하는데," 산초가 대답했다. "만일 하느님께서 나로 하여금 어떤 적당한 정부를 갖게 해주신다면, 여보 마누라, 마리 산차는 아주 높은 데 시집보내게 될 거요. 그땐 그 아이를 마님이라 부르지 않고는 감히 그 곁에 가지도 못할 것이오."

"그건 안 됩니다, 산초!" 테레사가 대답했다. "그 아이와 제일 잘 어울리는 같은 신분의 신랑감을 골라 결혼시켜야 해요. 만일 나막신을 신던 그 아이에게 코르크 바닥을 댄 고급 신발을 신기고, 거무칙칙한 스커트를 입던 촌년에게 숙녀들이 스커트를 부풀리려고 입는 속옷에 비단 스커트를 입히고, '왈가닥'이니 '야' 하고 부르던 아이를 '아무개 아가씨'니 '마님' 하고 불러봐요. 저 계집애는 얼떨떨해서 어쩔 줄을 모르고, 촌스럽고 무례한 짓만 골라 하는 못난이로 줄곧 실수투성이일 거예요."

"입 닥치지 못해, 이 멍텅구리야!" 산초가 말했다. "모든 일은 두세 해면 익숙해져. 그러고나서 위엄과 숙녀 티가 그 아이의 몸에 배게 되는 거라고. 뭐 그렇게 안 되더라도 무슨 상관이야? 그 아이가 '마님'이 되고나면, 그 뒤에는 무슨 일이 생겨도 관계없어."

"신분에 맞게 구세요, 산초!" 테레사가 대답했다. "높이 오르려고 하지 마세요. '네 이웃의 아들의 코를 닦아 네 집에 넣어두라'라는 속담을 생각하세요. 물론 우리 마리아를 백작 나부랭이나 기사 나부랭이와 결혼시키면 금상첨화겠죠. 그러다가 싫어지면 처음 본 것처럼 시골 사람 취급이나 하고 머슴의 딸이니 실 잣는 여자의 딸이니 하면서 괄시하지 말라는 법이 있나요. 내 눈에 흙이 들어가기 전에는 안 돼요, 이 양반아! 아니 그래, 내가 그러려고 내 딸년을 키운 줄 아세요. 당신은 돈이나 가져와요, 산초. 그리고 그 아이를 결혼시키는 건 내게 맡겨요. 멀리 갈 게 뭐 있어요, 저기 후안 토초의 아들이 있잖아요. 그 통통하고 건강한 로페 토초 말이에요. 우리가 그 청년을 쭉 봐와서 잘 아는 데다, 난 그 청년이 우리 딸년을 나쁜 눈으로 보지 않는다는 걸 알고 있어요. 그 청년은 우리와 신분이 같으니 좋은 혼사가 될 거예요. 그리고 늘 우리 눈앞에 둘 테니 우리 모두가 하나 되어 부모와 자식, 손자 손녀와 사위와 며느리로서 평화를 누리고 하느님의 축복 아래 행복하게 살겠죠. 그런데 사람들은 그 아이를 이해하지 못하고 또 아이는 아이대로 모든 걸 낯설어할 도시나 커다란 궁궐로 그 아이를 시집보내는 건 안 돼요."

"이리 와, 이 금수만도 못한 망나니 여편네야." 산초가 대꾸했다. "당신 말이야, 특별한 이유도 없이 무엇 때문에 '나리'라고 불릴 손자를 내게 안겨줄 내 딸년을 결혼시키지 않으려고 방해하는 거야? 여봐요, 테레사, 나는 '행운이 올 때 즐길 줄 모르는 사람은 그 행운이 지나가버릴 때 불평해서는 안 된다'라는 격언을 어른들이 말씀하시는 걸 들었지. 지금 우리 행운이 문을 두드리고 있는데 우리가 문을 닫아버린다면, 그건 잘하는 일이 아니야. 우리에게 불어오는 이 훈훈한 바람을 오래 간직하자고."

(이렇게 말하는 방식이나 앞으로 산초가 말하는 걸로 봐서 이 이야기의 번역자는 이 장 출처가 의심스럽다고 말했던 것이다.)

"그래, 당신 생각에는, 이 짐승 같은 사람아." 산초가 계속했다. "우리가 진흙탕에서 발을 뺄 수 있는 그런 좋은 정부에 내가 몸담는 게 좋지 않다는 거야? 그러니 마리 산차를 내 마음에 드는 사람한테 시집을 보내라고. 그러면 사람들이 당신을 '도냐 테레사 판사'[53]라고 부르는 걸 들을 테니. 또 성당에 가면 색실로 짠 최고급 융단에 앉을 테니. 시골 양반 부인네들이야 억울해하고 분노가 치밀어 오르겠지만 말이야. 그래, 당신 맘대로 해봐. 평생 크지도 줄지도 않고 늘 원래 그대로 태피스트리에 그려진 화상처럼 있어봐! 그러니 이제 이 문제에 대해서는 더 이상 말하지 맙시다. 당신이 나한테 무슨 말을 하더라도 산치카는 백작 부인이 될 것이오."

"당신이 얼마나 말을 많이 하는지 알아요, 남편?" 테레사가 대답했다. "그런데 모든 게 그리 되면 내 딸년이 백작의 지위에 올라 파멸의 구렁텅으로 빠지게 될 것 같으니, 공작 부인으로 만들든 공주로 만들든 당신 하고 싶은 대로 맘대로 하시라고요. 그러나 그건 내 뜻이 아니니 내 동의를 얻어서 할 생각은 추호도 하지 말라는 말이에요. 이보세요, 난 늘 평등을 좋아하는 여자였어요. 그래서 자기 근본도 모르고 허세를 부리는 건 차마 눈 뜨고 볼 수 없네요. 나는

<hr>

53 '테레사 판사 마님'이라는 뜻.

영세 때 테레사라는 세례명을 받았어요. '돈'[54]이니 '도냐'[55]니 하는 군더더기도 어떤 제한도 없고, 옷의 터진 솔기 같은 것도 없는 아주 시원시원하고 꾸밈이 없는 이름이잖아요. 카스카호가 내 아버지의 성이었으니 테레사 카스카호라 불려야 원칙이지만, 당신에게 시집을 왔기에 사람들은 날 테레사 판사라 부르죠. 그러나 '법이 원하는 곳으로 왕은 따라간다'[56]라고 하잖아요. 내 이름 앞에 '도냐'를 붙이지 않아도 난 만족하고 있어요. 무지하게 섭섭하긴 하지만, 그런 존칭을 거추장스레 붙일 수 없단 말이에요. 내가 백작 부인이나 총독 부인의 복장을 입고 돌아다니는 걸 보는 사람들에게 책잡힐 짓을 하고 싶지 않아요. '저 촌닭이 오만하고 방자하게 가는 저 아니꼬운 꼬락서니 좀 보라고요! 어제까지만 해도 물레에 삼 부스러기 실타래 꽂고 잣느라고 죽을 똥을 싸고 망토 대신 머리에 치마를 두르고 미사에 가더니, 오늘은 종 모양으로 부풀리는 속옷 위에 비단 스커트를 입고 브로치를 달고 마치 우리가 자기를 처음 본 것처럼 거만스레 다니는 꼴이란 차마 눈 뜨고 볼 수 없구려'라고 사람들은 말하겠지요. 만일에 하느님께서 그 칠감인지 오감인지를 나에게 지켜주시든지 그것들을 내가 가지게 된다면, 나는 절대로 그런 곤궁에 처하고 싶지 않아요. 당신은 나란가 섬인가 하는 곳으로 가버리세

54　don. '~씨', '~님'의 뜻. 남자 이름 앞에 붙이는 경칭으로, 옛날에는 귀족 자격을 가진 사람에게만 붙였다.

55　'마님'의 뜻. 제3장 주40 참조.

56　Allá van reyes do quieren leyes. "왕이 원하는 곳으로 법은 따라간다Allá van leyes do quieren reyes"라는 속담을 테레사가 단어를 바꾸어 반대 뜻으로 말했다. 곧 '권력자들은 법을 강요한다'라는 뜻의 속담이다.

요. 그리고 거기서 당신 하고 싶은 대로 실컷 뻐기든지 뽐내든지 맘대로 하시라고요. 내 딸년과 난 내 돌아가신 어머니를 걸고 맹세하건대 죽어도 우리 마을에서 한 발짝도 움직이지 않을 테니 그리 알라고요. 얌전한 여자는 다리가 부러져도 집에 있고, 얌전한 아가씨는 일을 하는 게 곧 즐거움이라고 하지 않던가요. 우리에게는 불운을 남겨두고, 당신은 당신의 그 돈키호테라는 분과 당신의 모험을 찾으러 떠나시구려. 우리 모녀가 착하게만 살면 하느님께서 우리를 그 불운에서 꺼내주시겠죠, 뭐. 그건 그렇고, 난 모르겠네요. 그분의 부모도 할아비나 할미도 가지지 못했던 '돈'이라는 존칭을 누가 그분에게 붙여주었는지를 말이에요."

"이제 말인데," 산초가 되받아 말했다. "당신한테 무슨 집안 귀신이라도 붙었나? 이거야 원, 마누라쟁이야! 무얼 그래 밑도 끝도 없이 이것저것 아무렇게나 지껄지껄하는 거요! 카스카호니, 브로치니, 속담이니, 뻐기니 하는 게 도대체 내가 하는 말과 무슨 관계가 있단 말이오? 이리 와, 멍청하고 무식한 여편네야. 이렇게 당신을 부르는 건, 내가 한 말을 알아듣지 못하고 행운을 피해 달아나는 게 능사가 아니기 때문이오. 만일에 내가 딸년한테 탑 아래로 뛰어내리라고 했다거나, 우라카 공주 아가씨가 떠나고 싶어 했던 것처럼 정처 없이 세상을 떠돌아다니라고 했다면, 내 생각대로 하지 않겠다는 당신의 말도 일리가 있어. 그러나 앉은자리에서, 눈 깜짝할 사이보다 더 빠르게 그 아이 이름에 '도냐'나 '세뇨리아'[57]를 붙이고,

---

57 señoría. '마님'이라는 뜻.

궁지에서 구출해 양산을 받쳐 모로코의 알모아다[58]족 가문이라는 무어인이 가진 것보다 더 많은 비로드로 만든 알모아다에 앉혀주겠다는데, 왜 당신은 내가 원하는 것을 동의하지도 바라지도 않는 거요?"

"왜 그런지 아세요, 여보!" 테레사가 대답했다. "속담에 '너를 숨겨준 자가 너를 고발한다'라고 하잖아요. 누구나 가난한 자는 눈여겨보지 않지만, 부유한 자는 눈여겨보는 법이죠. 만일에 그런 부유한 자가 한때 가난했다면, 그게 험담거리가 되어 헐뜯기게 되는 거예요. 더 나쁜 일은, 남을 험담하는 자들은 벌떼처럼 무더기로 이 거리 저 거리에 끈질기게 득실거린다는 거예요."

"이봐요, 테레사." 산초가 대답했다. "내가 당신에게 지금 하려는 말을 잘 들어요. 아마도 당신 평생 들어보지 못했을 테니까. 나는 지금 내 이야기를 하는 게 아니오. 내가 하려고 하는 말은 모두 지난 사순 시기 때 이 마을에서 설교한 선교사 신부님의 금언金言이지. 그 신부님은, 내 기억이 틀리지 않는다면, 우리의 눈에 띄는 현재의 모든 것은 과거의 것들보다 훨씬 더 생생하고 훨씬 더 열정적으로 우리의 기억 속에 보이고 존재하고 남게 된다고 말씀하셨어요."

(여기서 산초가 언급하고 있는 모든 이야기는 산초의 능력을 뛰어넘는 말들로, 번역자가 이 장을 위작이라고 보게 되는 두 번째 대목이다. 산초는 계속해서 말한다.)

"옷을 잘 차려입고 화려한 의상에 하인까지 거느린 당당한 모

---

58 Almohada. '쿠션'이라는 뜻을 가지고 있다.

습을 한 어떤 사람을 보게 되면, 우리가 그런 사람을 보는 바로 그 순간 기억 속에 어쩐지 천박하다는 생각이 들게 되는데도, 우리의 마음이 자신도 모르게 움직여 자진해서 그 사람을 존경하게 되는 거라오. 그런 불명예는 가난이나 가문으로 인한 것이지만, 그건 이미 지난 과거의 일이니 지금은 그렇지 않고 우리가 현재 처한 상황만 볼 뿐이지. 그리고 만일 운수 대통하여 자신의 비천함이라는 일기장에서 나와, 신부님이 이와 똑같은 이유로 그걸 말씀하셨지만, 번영의 높은 자리에 오른 이가 교육을 잘 받고 관대하고 모든 이에게 공손하고 옛 신분이 귀족인 자들과 의만 상하지 않는다면, 테레사, 과거를 기억하는 이는 없고 현재 보이는 것만을 존경의 대상으로 삼을 것이라고 확신을 가져요. 어떤 행운도 확신하지 못하는 자는 시샘을 할 테지만 말이오."

"난 당신이 무슨 말을 하는지 통 모르겠어요, 여보." 테레사가 되받아 말했다. "당신 하고 싶은 대로 하세요. 장광설과 미사여구로 더 이상 골치 아프게 하지 마세요. 만일에 당신 말대로 밀어붙일 욕심이라면……"

"'결심'이라고 해야지, 여보야." 산초가 말했다. "'욕심'이 아니고."

"여보, 당신 나하고 지금 말다툼하려 하지 마세요." 테레사가 대답했다. "난 하느님께서 하라시는 대로 말하는 거예요. 나는 더 이상 불필요한 말을 넣지 않아요. 만일 당신이 나라를 갖겠다고 계속 고집을 부린다면, 당신의 아들 산초를 함께 데리고 가세요. 지금부터라도 그 아이에게 나라를 다스리는 법을 가르치도록 말이에요. 자식들이 부모의 직업을 이어받고 배우는 건 좋은 일이잖아요."

"나라를 갖게 되면 바로," 산초가 말했다. "부랴부랴 그 아이를 보내라고 부를 거고, 당신한테는 돈도 보내겠네. 가진 돈이 없을 때도 통치자에게는 돈을 빌려주는 사람이 반드시 있는 법이니 내가 돈이 없을 일은 없을 것이네. 그러니 현재의 모습을 감추고 앞으로 될 높은 양반으로 보이도록 아들놈에게 옷을 잘 입히오."

"돈이나 보내세요." 테레사가 말했다. "내가 예쁜 여자의 얼굴처럼 잘 입혀놓을 테니."

"그럼 사실상 우리의 의견이 일치됐구먼." 산초가 말했다. "우리 딸년이 백작 부인이 된다는 것 말일세."

"내가 그 아이를 백작 부인으로 보는 날을," 테레사가 말했다. "그 아이를 땅에 묻는 날이라 여기겠어요. 그러나 다시 말하지만, 당신 좋을 대로 하세요. 우리 여인네들은 여자로 태어난 죄로 남편들이 멍텅구리여도 그들에게 복종해야 하니까요."

이러고는 딸 산치카가 죽어 매장된 것이라도 본 듯 정말로 울기 시작했다. 산초는 딸아이를 백작 부인으로 만들더라도 되도록 늦게 할 거라고 말하면서 아내를 위로했다. 이렇게 해서 그들의 대화는 끝났으며, 산초는 떠날 결심을 돈키호테에게 알리기 위해 그를 만나러 갔다.

제6장

이 모든 이야기에서 가장 중요한 장 중 하나인
돈키호테와 그의 조카딸과
그의 가정부 사이에 일어난 일에 대해

앞에서 말했듯이 산초 판사와 그의 아내 테레사 카스카호가 자기들과 관계없는 대화를 나누고 있는 사이, 돈키호테의 조카딸과 가정부는 한가로이 있지 않았다. 그녀들은 헤아릴 수 없이 많은 낌새로 미루어 짐작할 때, 삼촌이자 주인인 그가 세 번째로 집을 뛰쳐나가서, 그녀들이 보기에는 그 못된 편력 기사도의 수업을 다시 하고 싶어 안달이라는 걸 알았다. 그녀들은 무슨 수단과 방법을 써서라도 그런 못된 생각에서 벗어나게 하려고 노력했지만, 모든 것은 허허벌판에서 설교하는 격이자 식어빠진 쇳덩이를 망치로 두드리는 격이었다. 이렇게 그녀들이 그와 주고받은 다른 많은 이야기들 중에는 가정부의 이런 말도 있다.

"사실 말인데요, 주인 나리! 만일 나리께서 걱정과 시름을 잊고 편안하게 집에 가만히 계시지 않고, 사람들은 모험이라 부르지만 저는 불행이라 부르는 그것을 찾아 마치 고통에서 헤어나지 못한 영혼이 지옥에서 구제받지 못한 것처럼 산과 골짜기를 헤매고 돌아다니는 걸 그만두지 않으신다면, 그런 얼토당토않은 일에 적절한 대책을 세워주십사 하고 하느님과 임금님께 목청껏 외쳐 하소연을 해야겠습니다."

그 말에 돈키호테가 대답했다.

"아주머니, 나는 아주머니의 불평불만에 하느님께서 뭐라고 응답하실지 모르겠고, 또 폐하께서도 뭐라 답을 주실지 모르겠소. 내가 아는 것이라곤, 만일 내가 임금이라면 매일 들이닥치는 그 당치도 않은 수많은 청원서에 일일이 답하는 걸 피하리라는 거요. 다른 많은 일들 중에서도 임금님들이 해야 할 가장 큰 일 중 하나는, 의무적으로 모든 사람의 말을 경청하고 모든 사람에게 대답을 해주는 것이오. 그래서 나는 내 사사로운 일로 임금님께 폐를 끼치고 싶지 않소이다."

이 말에 가정부가 말했다.

"우리한테 말씀해주세요, 나리. 폐하가 계시는 왕궁에는 기사들이 없나요?"

"있소." 돈키호테가 대답했다. "그것도 많이 있지요. 왕자들의 위대함을 장식하기 위해서도, 임금님의 위엄을 과시하기 위해서도 기사들이 있는 건 당연하오."

"그렇다면 나리께서 혹시," 그녀가 되받아서 말했다. "왕궁에 머무르시면서 나리의 주군이며 주인인 분을 모시는 기사들 중 한 사람이 될 수는 없나요?"

"이보시오, 친구!" 돈키호테가 대답했다. "기사가 다 조신朝臣[59]

59　cortesano. 조정에서 벼슬살이를 하는 신하.

이 될 수 없고, 조신이 다 편력 기사가 되어야 하는 것도 아니라오. 세상에 있는 이가 모두 할 일이 있어야 한다오. 설령 사람이 다 기사라 할지라도 서로 많은 차이가 있다오. 왜냐하면 조신들은 자기 방에서 나오지 않아도, 왕궁 문턱을 넘지 않아도 일전 한 푼 들이지 않고 더위나 추위와 공복이나 갈증도 견뎌내면서 지도 한 장만 손에 들고 천하를 주유한다오. 하지만 우리 진짜 편력 기사들은 쨍쨍 내리쬐는 햇볕에도, 살을 에는 추위에도, 태풍처럼 몰아치는 비바람에도, 하늘의 혹독한 조화에도 밤낮을 가리지 않고 걷기도 하고 말을 타기도 하면서 온 세상을 직접 발로 밟고 다닌다오. 또 우린 그림 속에만 존재하는 적들뿐만 아니라 실제의 적들을 만나고, 어느 때나 어느 경우에도 우리는 어린아이 같은 유치한 짓이나 결투의 법칙은 아랑곳하지 않고 그들을 공격한다오. 더 짧은 창이나 칼을 찼는지 차지 않았는지, 몸에 성물聖物을 지녔는지, 어떤 속임수라도 감추지는 않았는지, 전투원들이 싸울 때 태양을 어느 쪽에 두고 싸워야 유리하고 불리할지, 태양을 반으로 쪼개버릴지 말지,[60] 아주머니는 몰라도 나는 알고 있는 일대일의 사적인 결투에서 사용되는 성질의 다른 의식들이 존재하는 거요. 그리고 아주머니가 더 알아야 할 게 있소. 훌륭한 편력 기사는 말이오, 머리가 구름에 닿을 뿐만 아니라 구름을 지나가는 거인 열 명을 본다 해도, 거인마

60　중세 기사들의 결투 법칙이다. 창이나 칼은 말할 것도 없고 모든 무기는 똑같은 것으로 들어야 하고 몸에 성물, 즉 십자가나 묵주나 성모상을 지녀서도 안 되고, 기타 다른 속임수 같은 비열한 짓도 허락하지 않았다. 특히 심판관은 태양으로 인해 불리하지 않도록 위치를 공정하게 정해주는데, 이것을 "태양을 나누다partir el sol"라고 한다. 여기서는 "partir y hacer tajadas el sol(태양을 나누고 쪼개다)"이라고 해서 세르반테스가 말장난을 했다.

다 매우 커다란 첨탑들을 두 다리로 사용하고, 팔은 크고 강한 배들의 돛대 같고, 물레방아의 바퀴 같은 두 눈이 유리를 녹이는 노爐보다 더 이글거려도 전혀 놀라지 않을 거요. 오히려 세련된 몸가짐과 물불 가리지 않는 마음으로 그들을 습격할 거요. 또 가능하다면 아주 짧은 순간에 그들을 격파해 승기를 잡는다오. 설령 다이아몬드보다 더 단단하다고 하는 이름 모를 물고기의 등 껍데기로 무장을 하고 온다 해도, 대검 대신 다마스쿠스의 날카로운 강철로 만든 칼이나 전에 두 번도 더 본 적 있는 끝이 뾰족한 쇠를 입힌 망치를 가지고 다닌다 해도 전혀 놀라지 않을 거요. 내가 이렇게 말하는 건 말이오, 아주머니, 기사들 사이에도 차이가 있다는 걸 알라는 거요. 그러니 두 번째에 속하는, 더 명확히 말하자면 일급 편력 기사에 속하는 기사들에게 더 신경을 쓰지 않는 왕자가 없다는 건 당연한 일이오. 그들에 관한 이야기를 우리가 읽어본 바에 의하면, 한 왕국이 아니라 많은 왕국들이 그들의 보호를 받았다오."

"아이고머니, 사랑하는 삼촌!" 이때 조카딸이 말했다. "삼촌께서 말씀하신 편력 기사에 대한 것은 모두 소문에 불과하고 허구예요. 그러니 그 이야기책들을 모조리 불살라버리지 않으려면, 책마다 이단자로서 심문을 받게 된 자들처럼 두건을 씌우거나, 미풍양속을 해치는 파렴치하고 전혀 쓸모가 없는 책으로 악명이 높다는 어떤 표시라도 했으면 해요."

"내가 받들어 모시는 하느님을 두고 말하는데," 돈키호테가 말했다. "만일 네가 내 누이의 딸로서 바로 내 친조카딸년이 아니라면, 네가 방금 말한 그 무례하기 짝이 없고 말도 안 되는 폭언에 대해 온 세상이 떠들썩할 만한 벌을 내렸을 것이다. 겨우 열두 개의 레이스 뜨개바늘 정도 만지작거릴 줄 아는 계집아이가 어디 감히 헛바닥을 아무렇게나 놀려 편력 기사들의 이야기를 비난할 수 있느냐? 아마디스 님이 그런 말을 들으시면 뭐라고 하시겠느냐? 하지만 그분께서도 널 용서하셨을 것은 분명하다. 왜냐하면 그분은 당대에서 가장 겸손하시고 예의범절이 분명하신 기사님이었기 때문이야. 더욱이 아가씨들의 위대한 보호자셨단다. 그렇지만 너한테서 그런 말을 들으셨다면, 너를 좋게 보지는 않으셨을 것이다. 편력 기사라고 해서 모두가 예의범절이 분명하고 처신을 잘하는 것은 아니며 비열하고 무례하기 짝이 없는 사람들도 있단다. 사람들이 기사라고 부르는 모두가 다 모든 면에서 완전한 기사라고는 할 수 없단다. 어떤 기사는 황금처럼 변하지 않는 진짜 기사고, 또 어떤 기사는 연금술에 의해 진짜 황금처럼 눈속임한 가짜 기사란다. 그러니 모두가 기사로 보이지만, 기사라고 죄다 진실의 시금석 대상이 될 수는 없단다. 기사인 척하다가 파멸하는 미천한 사람이 있는가 하면, 천한 사람처럼 보이려고 죽을 고생을 하는 높은 지위의 기사도 있단다. 전자는 야망이나 덕을 보이려고 거드름 피우는 자들이고, 후자는 연약하거나 부도덕한 것처럼 몸을 낮춘단다. 그래서 우리는 이들 두 부류의 기사를 구별하기 위해서 빈틈없는 지식을 이용할 필요가 있단다. 이름은 엇비슷하지만 행동에서는 아주 다르니까 말이야."

"어머나!" 조카딸이 말했다. "어쩌면 그렇게 아는 것이 많으세요, 삼촌! 필요할 때는 연단에 오르시거나 길거리로 설교하러 가셔도 되겠어요. 이 모든 걸로 보아 눈이 멀고 어리석다고 할 수밖에요. 연세가 지긋하셔도 용감하다는 것을 보여주시고, 몸이 불편하면서도 힘이 있다고 생각하시며, 꼬부랑 할아버지의 나이에도 불구하고 뒤틀린 것을 똑바로 하시려 하고, 더욱이 기사가 아니시면서 기사라고 생각하시니 말이에요. 시골 양반은 기사가 될 수 있지만, 가난한 이는 기사가 될 수 없답니다."

"네가 한 말이 정말로 옳다, 조카야!" 돈키호테가 대답했다. "네가 놀라 자빠질 가계家系에 대한 이야기를 말해줄 수 있다만, 신성한 것과 인간적인 것을 뒤섞지 않으려고 말하지 않는 거란다. 이봐, 이 사람들아, 내가 하는 말을 신중히 잘 들어두라고. 이 세상에 있는 모든 가계는 네 부류로 요약할 수 있는데, 그건 이러하지. 몇몇 가계는 처음은 미천하지만 점차 확장되고 불어나 강대해지기에 이르고, 다른 가계는 처음은 강대해 잘 보존하고 지키려고 애썼지만 현 수준을 그대로 유지만 하지. 또 다른 가계는 시작은 창대했지만 마치 피라미드가 뾰족하게 끝나듯 처음의 가계가 줄고 줄어 결국 아무것도 남지 않고 전멸되는 것으로, 피라미드의 뾰족한 끝처럼 그 초석과 바닥에 비하면 아무것도 아닌 가계지. 그리고 제일 많은 편에 속하는 또 다른 가계가 있는데, 그들은 처음도 좋지 않았고 중간도 그저 그렇고 이름도 없이 평민의 평범한 가계처럼 끝나게 되지. 처음에 말한 가계로 처음은 미천했지만 지금의 커다란 권세를 누리고 있는 본보기로는 오토만 집안을 들 수 있는데, 이 집안은 미천하고 낮은 양치기로 시작했지만 우리가 보듯이 어엿이 정상에 오르게 되었지. 두 번째는 위대한 가계로 시작해서 위대함을 키우지 못하고 그대로 유지만 한 가계로, 세습으로 이어받은 많은 군주들이 그 좋은 예야. 그들은 가계를 번창시키지도 약화시키지도 않고 자기들의 신분에 맞는 범위에서 만족하며 평화롭게 지내고 있을 뿐이지. 위대하게 시작해 종국에 이르러 하나의 점으로 끝나버린 가계의 예는 헤

102

아릴 수 없이 많지. 예를 들면 이집트의 모든 파라오 왕조와 프톨레마이오스왕조, 로마의 카이사르 가문, 그리고 이런 이름을 붙여도 무방하다면 모든 잡동사니, 즉 무수한 왕자들, 군주들, 영주들, 메디아 사람들, 아시리아 사람들, 페르시아 사람들, 그리스 사람들 및 야만족의 모든 가계와 봉토封土들은 다 점으로 끝나 무로 돌아가고 말았어. 이렇게 그들은 처음을 시작했던 사람들처럼 아무도 찾을 수 없고, 지금은 그들의 자손들 중 어느 누구를 찾아본다는 것이 불가능해졌어. 설령 찾는다 해도 그들은 낮고 미천한 신분이 되어 있겠지만 말이야. 그러니 서민의 가계야 더 할 말이 없고 명성이나 찬사를 받을 만큼 위대하지도 않으므로, 살아 있는 사람들의 숫자만 늘어난 꼴이 되겠지. 이 모든 것에 대해 결론적으로 하고 싶은 말은 말이야, 이 어리석은 여자들아, 가계들이 가지고 있는 문제가 얼마나 복잡다단複雜多端한지, 그들의 주인들의 덕성과 부와 관대함이 두드러진 가계만이 위대하고 현저하게 눈에 띈다는 것을 깨닫게 될 것이다. 내가 덕성과 부와 관대함을 말한 것은, 위인이 부도덕하면 부도덕은 더욱 커지고, 관대하지 못한 부자는 인색한 거지가 되기 때문이야. 또 부를 누리는 자는 그 부를 누린다고 해서 행복한 것이 아니고, 어떤 때 쓰고 어떤 때 쓰지 않을지 그 부를 잘 소비할 줄을 알아야 한다는 말이야. 가난한 기사가 기사라는 것을 보여주려면 덕행밖에 다른 길이 없단다. 붙임성 있고, 교양 있고, 예의 바르고, 신중하고, 남의 일을 거들어주길 좋아해야 해. 그리고 오만하지 않고, 뽐내지 않고, 남의 말을 하지 않고, 특히 자비를 베풀 줄 알아야 해. 가난한 이에게는 단 두 푼을 주더라도 기쁜 마음으로 주면 아주 관대하게 보이지. 요란스레 사방에 나팔을 불어대며 적선하는 사람을 보며 덕을 갖춘 자라고 말하는 사람은 없을 거야. 설령 그 사람을 잘 알지 못할지라도, 적어도 그를 좋은 가계의 사람이라고 하지는 않는단 말이지. 그렇게 보이지 않는다면 그건 기적일 거야. 그리고 칭찬은 늘 덕행의 대가였으며, 덕행을 베푼 이는 반드시 칭찬을 받지 않을 수 없지. 여자들아, 부자가 되고 존경받는 이가 되려면 두 가지 길이 있는데, 하나는 학문의 길이고 다른 하나는 무예를 닦는 길이야. 나는 학문보다 무예를 숭상하지. 나는 로마신화의 군신軍神 마르스의 영향을 받고 태어나 무인 기질이 투철하므로 무인의 길을 따르는 것은 부득불 어찌할 수 없는 처지네. 그러니 온 세상 사람들이 반대하더라도 갈 수밖에 달리 방법이 없어. 하늘이 원하고, 운명이 시키고, 이성이 요구하고, 더욱이 내 의지가 그러기를 바라니, 그걸 받아들이지 말라고 아무리 나를 설득해봐야 소용없지. 편력 기사도에 따라다니는 애로가 이루 말할 수 없이 산재한다는 것은 자네들이 알고 있듯이 나도 알고 있고, 또 이 길을 통해 얻을 수 있는 행복이 무한하다는 것도 알고 있다네. 그리고 덕을 행하는 길은 좁디좁은 오솔길이며, 악행의 길은 널찍하고 앞이 훤히 트인 대로라는 것도 알고 있어. 또 그 목적과 종말이 다르다는 것을 알고 있어. 악덕으로 가는 길은 광활하고 앞이 훤히 트인 길이지만 죽음으로 끝나고, 덕을 행하는 길은 비록 비좁고 힘들지만 삶으로 끝나니, 끝나는 삶이 아니고 무한한 삶이란 거야. 그래서 나는 알고 있어. 우리 카스티야의 위대한 시인[61]이 다음과 같이 읊은 것처럼 말이지.

61   가르실라소 데 라 베가Garcilaso de la Vega를 말한다.

이 험난한 길을 걸어

거기서 내려간 사람은

다시는 오를 수 없는

그 불멸의 그 높은 곳으로.⁶²"

"아이고, 불행하고 처량하기 짝이 없는 내 신세야!" 조카딸이
말했다. "제 삼촌 나리가 시인이기도 하십니다요! 삼촌은 모르는
것이 없고 모든 걸 하실 수도 있겠네요. 제가 내기를 하나 걸겠는데
요, 만일에 삼촌이 석수장이가 되시겠다면 새장 같은 집 한 채를 지
으실 수도 있을 거예요."

"내가 너한테 약속한다만, 조카야!" 돈키호테가 대답했다. "만
일에 이런 기사도 생각들이 내 오감을 사로잡지 않는다면 이 세상
에서 내가 못 할 일이 없을 것이고, 내 손에서 나오지 않는 진귀한
물건이 없을 것이다. 특히 새장과 이쑤시개 같은 것 말이다."

이때 문을 두드리는 소리가 들려 누구냐고 묻자, 산초 판사가
'접니다' 하고 대답했다. 가정부가 산초란 것을 알고는 그를 보지
않으려고 쏜살같이 숨어버렸다. 그만큼 가정부는 산초를 싫어했던
것이다. 조카가 문을 열어주자, 그의 주인 돈키호테가 두 팔을 벌려
산초를 맞이하러 나갔다. 그리고 두 사람은 돈키호테의 방에 틀어
박혀 새로운 대화를 나누었는데, 지난번 대화 못지아니한 재미가
솔솔 나는 것이었다.

---

62   가르실라소 데 라 베가의 《애가 I *Elegia I*》 202~204행.

• 제7장 •

돈키호테가 그의 종자와 주고받은 이야기와
다른 아주 유명한 일들에 대해

산초 판사가 그의 주인과 방에 틀어박히는 것을 보자, 가정부는 그 이유를 알아차렸다. 그 논의에서 세 번째로 집을 나서는 결정이 나오리라 생각을 하고, 그녀는 망토를 뒤집어쓰고 고뇌와 슬픔에 잠겨 산손 카라스코 학사를 찾으러 갔다. 그녀의 생각에는 그가 청산유수 같은 말솜씨를 가진 데다 주인이 새로 사귄 친구이기도 하므로 주인의 그런 잠꼬대 같고 얼토당토않은 계획을 그만두도록 설득해줄 수 있을 것 같았기 때문이다.

가정부는 학사가 자기 집 안마당을 거닐고 있는 것을 발견하고는 땀을 뻘뻘 흘리며 슬픔에 젖은 모습으로 그의 발 앞에 힘없이 주저앉았다. 카라스코는 수심이 가득하고 몹시 놀란 듯 얼굴빛이 하얗게 질린 표정을 보고 그녀에게 말했다.

"이게 어찌 된 일입니까, 가정부 아주머니! 무슨 일이 있었기에 영혼이라도 빼앗길 듯한 모습을 하고 있는 것이오?"

"다름이 아니오라, 산손 나리! 제 주인 양반이 빠져나가십니다.

빠져나가실 게 틀림없어요!"

"어디로 빠져나간다는 겁니까, 아주머니?" 산손이 물어보았다. "몸의 어디가 깨지기라도 했습니까, 빠져나가다니요?"

"그게 아니라요," 그녀가 대답했다. "그 양반이 광기의 문으로 빠져나간다는 말이에요. 제 말씀은, 제 영혼의 학사 나리, 주인 나리께서 세상을 돌아다니면서 모험인가 뭔가 하는 것을 찾아 다시 집을 나가려 하고 계시는데, 이번이 세 번째라는 거예요. 어떻게 해서 그런 일에 모험이라는 이름을 붙였는지는 알고 싶지도 않네요. 첫 번째는 죽도록 몽둥이찜을 당해 파김치가 되어 당나귀 등에 가로놓여 돌아오셨고, 두 번째는 우리에 넣어져 감금된 채로 소달구지를 타고 오셨답니다. 지금도 나리께서는 마법에 걸려 우리에 갇혔다고 믿고 계시지요. 얼마나 초라한 몰골을 하고 오셨던지, 그분을 낳아준 어머니라도 알아보지 못할 지경이었답니다. 피골이 상접하고 누렇게 뜬 데다 두 눈은 머리통 깊숙한 곳까지 푹 꺼져 있었지요. 하느님이 아시고 온 세상이 다 알고 있는 것처럼, 그런 분을 본정신으로 돌아오게 하기 위해서 달걀을 6백 개 이상이나 허비한 것도 모자라, 거짓말이 아니라 내 암탉까지 몇 마리 모가지를 비틀었어요."

"저도 그 말이 틀림없다고 생각하고 있습니다." 학사가 대답했다. "그 암탉들은 아주 훌륭하고, 아주 살이 통통하게 오르고, 아주 잘 키운 닭들입니다. 배가 터져 죽는 한이 있어도 두말하면 잔소리지요. 정말이지, 가정부 아주머니, 다른 일은 없나요? 돈키호테 나리가 빠져나가시려 한다는 것 말고, 다른 어떤 지나친 언행은 없었습니까?"

107

"네, 없었어요, 나리." 그녀가 대답했다.

"그럼 아무 걱정 마세요." 학사가 대답했다. "안심하고 집으로 돌아가서 내가 먹을 점심이나 따뜻하게 장만해두세요. 만일 치통을 낫게 해준다는 그 산타 아폴로니아 기도la oración de Santa Apolonia를 안다면, 집에 가는 길에 그걸 외우면서 가세요. 나도 곧 그곳으로 가겠어요. 아마 놀라운 일을 보시게 될 겁니다."

"걱정도 팔자시네요!" 가정부가 대꾸했다. "산타 아폴로니아 기도를 저더러 외라고요? 제 주인께서 혹 어금니가 아프시다면 그리 하겠습니다만, 주인 나리는 어금니가 아니고 대갈통이란 말이에요."

"난 지금 내가 무슨 말을 하고 있는지 알고 있어요, 가정부 아주머니. 나하고 언쟁하려 하지 말고 어서 가세요. 난 그냥 학사가 아니라 살라망카 대학 학사라는 걸 아시잖아요. 공자 앞에서 문자 쓰지 마시라고요." 카라스코가 대답했다.

이렇게 해서 가정부는 돌아갔고, 학사는 신부와 의논하기 위해 곧 그를 찾으러 갔다. 그 의논할 내용이 무엇인지는 때가 되면 밝혀질 것이다.

이야기는 돈키호테와 산초 판사가 방구석에 틀어박혀 주고받은 말을 아주 정확히, 그리고 사실 그대로 전하고 있다.

산초는 자기 주인에게 말했다.

"나리, 소인은 나리께서 소인을 데리고 가고 싶으신 곳으로 나리와 함께 가게 해달라고 벌써 마누라쟁이를 잘 꼬아두었습니다요."

"'꾀어'라고 말해야 하네, 산초." 돈키호테가 말했다. "'꼬아'가 아니라고."

"한 번이든가 두 번이든가," 산초가 대답했다. "제 기억이 잘못되지 않았다면, 제가 하고 싶은 말의 뜻을 아셨다면 저더러 단어들을 고치라 마라 하지 마시라고 나리께 부탁드렸습니다만. 그리고 만일 알아듣지 못하시면 '산초야,' 아니면 '악마야, 네가 한 말을 이해하지 못하겠다'라고 말씀하시라고요. 그래도 제가 올바로 설명을 못 하면 그때 고쳐주셔도 될 겁니다. 저는 이렇게 원순하므로……"

"자네가 한 말을 이해하지 못하겠네, 산초." 바로 돈키호테가 대답했다. "그래 '저는 이렇게 원순하므로'라는 말이 무슨 의미인지 모르겠네."

"'이렇게 원순하다'라는 말의 의미는," 산초가 대답했다. "'제가 이렇게 그렇다'라는 겁니다요.'

"이제 자네의 말뜻을 더 모르겠네." 돈키호테가 되받아 말했다.

"그런데 나리께서 제 말을 이해하실 수 없다면," 산초가 대답했다. "어떻게 말씀드려야 할지 모르겠네요. 더는 뭐라 말씀드려야 할지 모르겠습니다요. 하느님께 부탁드릴 수밖에요."

"알았네, 이제야 비로소 그 뜻을 알겠네." 돈키호테가 대답했다. "그러니까 자네는 '이렇게 온순하다', 다시 말하면 부드럽고 다루기 쉬우므로 내가 자네에게 한 말을 그대로 잘 이해하고 자네에게 가르쳐준 것을 그대로 받아들이겠다는 의미로구먼."

"제가 내기를 걸겠습니다요." 산초가 말했다. "나리께서는 애초부터 제 말뜻을 알아차리고 이해했으면서도, 다른 터무니없는 말을 2백 개나 하는 것을 들으려 맘을 자셨기 때문에 저를 혼란에 빠뜨리신 거죠."

"그럴 수도 있지." 돈키호테가 대꾸했다. "그래, 실제로 테레사는 뭐라고 하던가?"

"테레사는 말하고 있습죠." 산초가 말했다. "테레사의 말은, 나리에게 봉사하는 조건들을 분명히 해두라는 겁니다요. 말로만 하지 말고 계약서를 써서 구체화하라는 거예요. 왜냐하면 카드를 떼는 사람은 카드 패를 섞는 사람이 아니므로, 두 번 '너에게 주겠다'는 말보다 한 번 '받아라'는 말이 더 낫다는 거죠. 여자의 충고가 비록 별것이 아니라도 그 충고를 받아들이지 않는 자는 미친놈이라고 저는 감히 말합니다."

"나도 그렇게 말하겠네." 돈키호테가 대답했다. "그러니 이보게, 내 친구 산초여, 말해보게나. 계속해보라고. 자네 말이 오늘따라 마치 진주 같구먼."

"사실을 말하자면," 산초가 되받아 말했다. "나리께서 누구보다 더 잘 알고 계시듯이, 우리 인간은 누구나 꼼짝없이 죽게 되어 있습죠. 우리가 오늘은 있지만 내일은 없으며, 어미 양처럼 새끼 양도 눈 깜짝할 사이에 가버리죠.[63] 그러므로 아무도 하느님께서 주시려고 마음먹은 시간보다 더 오래 목숨을 기약할 수는 없는 겁니다요. 왜냐하면 죽음은 귀머거리니까요. 그리고 죽음이 우리 삶의 문을 두드리러 올 적에는 늘 빨리 오게 되는데, 우리가 아무리 애걸복걸 매달리고 아무리 발버둥을 쳐도 왕의 홀笏도 주교의 관도 그 죽음을 멈추게 하지는 못할 겁니다요. 공공연히 나도는 말과 명성도 그렇고, 설교단에서 우리가 늘 듣는 말이에요."

---

63 Tan presto se va el cordero como el carnero. '죽음은 누구에게나 공평하다'는 뜻이다.

"그건 죄다 사실이네." 돈키호테가 말했다. "그러나 자네가 무슨 말을 하려는지 도통 알 수가 없구먼."

"소인이 하려는 말은," 산초가 말했다. "소인이 나리께 봉사하는 동안 매월 소인에게 주시겠다고 하신 급료를 확실히 정해주시고, 또 그런 급료는 나리의 재산에서 소인에게 지불해주십사 하는 겁니다요. 급료 지불이 늦어지거나 틀리게 지불되거나 전혀 지불되지 않을 수도 있는 상황은 딱 질색입니다요. 소인의 것이 있어야 하느님께서도 소인을 도와주실 겁니다.[64] 결국 많건 적건 간에 소인이 얼마나 버는지를 알고 싶습니다요. 달걀 하나가 닭을 만들고, 티끌 모아 태산이고, 조금이라도 버는 동안은 아무것도 손해날 게 없다는 말입니다요. 실제로 그런 일이 일어날지, 소인은 그걸 믿지도 않고 바라지도 않지만, 나리께서 소인에게 약속하신 섬을 주신다면, 제가 그렇게 은혜를 저버리거나 인색한 놈이 아니므로 그런 섬에서 거두어들일 수익금을 몽땅 다 받고 싶지는 않습니다요. 제 급료에서 눈곱만큼은 제하겠습니다요."

"나의 친구 산초여!" 돈키호테가 대답했다. "때로는 '쥐꼬리'만큼 '눈곱'도 좋은 법이라네."

"이제야 알겠습니다요." 산초가 대답했다. "'눈곱'이 아니라 '쥐꼬리'라고 말했어야 했군요. 그렇지만 상관없습니다요. 나리께서 제 말을 이해하시면 됐습죠."

"그래, 너무나 잘 이해했네." 돈키호테가 대답했다. "자네 생각

---

64 con lo mío me ayude Dios. '나는 아무에게도 아무것도 빚지기 싫다'는 뜻이다.

의 마지막까지 꿰뚫어보았네. 나는 자네가 잇달아 내뱉는 그 수많은 속담의 화살이 겨누고 있는 과녁을 알고 있어. 이봐, 산초, 만일 편력 기사의 이야기들 어디에서건 매달 아니면 매년 무엇을 얼마나 받았는지 어떤 조그마한 틈을 통해 예를 발견한 적이 있다면, 난 자네에게 급료를 정당하게 정해줄 셈이네. 그러나 나는 모든, 아니 많은 이야기들을 읽어보았으나 자기 종자에게 급료를 알아서 정해준 편력 기사를 본 기억이 없네. 단지 나는 모든 종자가 무보수로 기사를 섬겼으며, 어쩌다가 아닌 밤중에 찰시루떡 식으로 주인들의 운이 좋으면 섬이나 다른 비슷한 것으로 보상을 받고, 적어도 작위나 통치권이 주어졌다는 걸 보았네. 만일 산초 자네가 이런 희망과 부수적인 것만으로도 나를 다시 섬기고 싶다면 기꺼이 받아들이겠네. 내가 편력 기사도의 오래된 관례 조건이나 상식에서 벗어나 있다고 생각하는 것은 얼토당토않고 터무니없는 생각이네. 그러니 내 사랑하는 산초여, 자네의 집으로 돌아가서 자네의 테레사에게 내 뜻을 전하게. 그녀가 찬성하고 자네도 무보수로 나를 섬길 생각이 있다면, 기꺼이 받아들이겠네. 그렇지 않으면 전처럼 그렇게 친구로 돌아가고 말일세. '비둘기장이 있으면 반드시 비둘기가 모인다'[65]라는 말이 있네. 그리고 이 사람아, 알아두게나. 천박한 소유보다 멋진 희망이 더 낫고, 변변찮은 급료보다 멋진 불평이 낫다는 걸. 내가 이렇게 말하는 건, 산초, 나도 자네 못지않게 비 오듯 속담

---

65 Si al palomar no le falta cebo, no le faltarán palomas. 직역하면 '비둘기장에 먹이가 부족하지 않으면 비둘기도 부족하지 않다'라는 뜻이다. 돈이 있는 곳에는 하인들이 모여든다는 말이다.

을 쏟아낼 줄 안다는 걸 알려주기 위해서라네. 그리고 마지막으로 내가 말하고 싶어서 자네에게 말하는 건데, 만일 자네가 무보수로 나와 함께 가고 싶지 않고 또 내가 누릴 행운을 함께 누리고 싶지 않다면, 하느님께서 부디 자네와 함께하면서 자네를 성인으로 만들어주시길 기원하네. 그리고 나한테는 더 고분고분하고 더 부지런하고 또 자네처럼 그렇게 서툴지도 않고 그렇게 말수도 많지 않은 종자가 필요하다네."

산초는 자기 주인의 확고부동한 결심을 들었을 때, 하늘이 구름으로 덮이고 자기 마음의 날개가 떨어지는 듯했다.[66] 왜냐하면 세상의 모든 재화財貨를 다 주어도, 자기 없이는 떠나지 못하리라고 굳게 믿고 있었기 때문이다. 그가 얼떨떨해져 생각에 잠겨 있을 때 산손 카라스코가 들어왔고, 그들의 주인이 다시는 모험을 찾아 떠나지 못하도록 무슨 말로 설득하는가 듣고 싶은 가정부와 조카딸이 따라 들어왔다. 엉큼하기로 이름난 산손이 다가오더니 처음에 만났을 때처럼 돈키호테를 껴안고 소리 높여 말했다.

"오, 편력 기사의 꽃이시여! 오, 무사도의 찬란하게 빛나는 빛이시여! 오, 에스파냐 국민의 명예며 거울이시여! 전지전능하시고 무한한 능력을 지니신 하느님께 비나이다. 그대의 세 번째 출발을 방해하거나 저지하려는 사람 또는 사람들은 그들의 욕망의 미로에서 출구를 찾지 못하도록 하시고 그들의 바람이 절대로 이루어지지 않도록 해주시길 비나이다."

66　Se le cayeron las alas del corazón. '풀이 죽었다'는 뜻이다.

그러고는 가정부를 돌아보며 말했다.

"가정부 아주머니께서는 조금 전에 말씀드렸던 산타 아폴로니아 기도를 이제 외우시지 않아도 좋습니다. 돈키호테 나리께서 자신의 높고 새로운 생각을 다시 실현하시는 일은 하늘의 명확한 결정임을 내가 알고 있기 때문이오. 그래서 내가 이 기사님께 그의 용감한 팔심과 매우 씩씩한 의기를 더 이상 움츠리고 우유부단하게 행동하지 말라고 전하고 설득하지 않는다면, 양심의 가책을 느껴 견디지 못할 것 같소. 왜냐하면 돈키호테 나리께서 출발이 늦어짐으로 인해 부당하게 불명예스러운 일을 당한 자들의 권리도, 고아들의 안전도, 처녀들의 정절도, 과부들의 보살핌도, 기혼녀들의 후원도, 그리고 편력 기사도의 질서에 저촉되고 관련되고 종속되고 딸려 있는 이런 성질의 다른 것들도 기대에 어긋나게 될 것이기 때문이오. 자, 아름답고 용감하신 나의 돈키호테 나리시여, 제발 내일로 미루지 말고 오늘이라도 서둘러 길을 떠남으로써 나리의 위대함을 보이소서. 그리고 만일에 나리께서 실천에 옮기시는 데 어떤 부족이라도 있다면, 여기 있는 제가 몸뚱이와 재산을 바쳐 채워드리겠나이다. 또 만일에 훌륭한 인품의 소유자이신 나리의 시중을 들종자가 필요하다면, 제가 기꺼운 마음으로 받들어 모시겠습니다."

이때 돈키호테가 산초를 돌아보면서 말했다.

"산초, 나를 섬길 종자는 차고 넘친다고 내가 자네에게 말하지 않았나? 누가 내 종자가 되겠다고 나서는가를 보란 말일세. 영원한 어릿광대이자 살라망카 대학의 기쁨 조장組長이시고, 신체 건강하시고, 동작이 민첩하시고, 말수가 적으시고, 더위도 추위도 공복도 갈증도 잘 참으시며, 편력 기사의 종자에게 요구되는 그 모든 조건

114

을 완벽하게 갖추신, 전에도 지금도 앞으로도 듣도 보도 못할 전대미문의 학사 산손 카라스코 님이네. 그러나 내가 내 욕심을 채우기 위해 문학의 기둥이요 학문의 그릇인 분의 수족을 자르고 깨뜨리고, 훌륭하고 자유분방한 예술 분야의 출중한 거목의 머리를 잘라낸다면, 하늘이 허락도 용서도 하지 않을 걸세. 그러므로 현세의 산손께서는 고향에 남아 고향을 명예롭게 하고, 이와 함께 연로하신 부모님의 백발을 영광되게 하시길 빌겠네. 산초가 나와 함께 가주지 않겠다니, 난 아무 종자나 만족하겠네."

"예, 그 말을 들어도 쌉니다요." 산초는 눈물을 글썽거리며 대답했다. 그리고 계속하기를 "소인을 밥만 축내는 버러지니 망가진 동반자라 말씀하신 건 아니겠죠. 함께 가는 건 당연지사죠. 소인은 은혜를 저버리는 그런 망종 가문에서 태어나지 않았습니다요. 판사 가문의 사람들이 누구인지는 온 세상이 알고, 특히 제 마을이 안답니다요. 제가 바로 그 판사 가문의 후손입니다요. 그리고 더욱이 나리께서 그 많은 훌륭하신 행동과 교훈이 될 만한 멋진 말씀을 통해 소인의 소원을 성취시켜주시려는 걸 소인은 너무나 잘 알고 또 꿰뚫어보고 있습니다요. 소인이 제 급료에 대해서 더 많으니 적으니 이러쿵저러쿵한 건 다 제 집사람을 위로하기 위해서였지요. 집사람이 바가지를 긁기 시작하면 말입니다요, 아무리 큰 통의 테를 죄는 망치라도 집사람이 소인을 졸라대는 데 비하면 조족지혈입니다요. 그러나 정말이지 남자는 남자고 여자는 여자여야 합니다요. 그리고 그렇다고 해도 어디를 가든 소인이 남자이고, 그 남자라는 그걸 부인할 수 없습니다요. 아무리 억울해도 제 집에서만큼은 남자이고 싶습니다요. 그래서 소인은 다른 것은 필요 없고, '반복'할 수 없도록 협정서가 딸린 유언장을 잘 쓰셔서 명령해주시면 됩니다요. 산손 나리의 마음이 상하지 않도록 달랜 연후에 곧 길을 떠나면 되겠습니다요. 산손 나리께서 말씀하시길, 나리께서 세상으로 세 번째 나서도록 자기의 양심이 권하고 있다고 하십니다요. 과거나 현재나 모든 종자가 편력 기사들을 섬긴 만큼 그렇게 잘, 아니 그보다 더 잘 소인도 다시 정식으로 나리를 충실히 이 한 몸 다 바쳐 모실 작정입니다요."

학사는 산초 판사의 표현이나 말씨를 듣고 감탄해 마지않았다. 산초의 주인 이야기인 제I권에서 읽기는 했지만, 거기에서 묘사되고 있는 것처럼 산초가 그토록 익살이 넘치고 재치 있는 줄은 꿈에도 생각해보지 못했기 때문이다. 하지만 산초가 '번복'할 수 없도록 협정서가 딸린 유언장이란 말 대신에 '반복'할 수 없도록 협정서가 딸린 유언장이라고 지금 말하는 것을 듣고는, 전에 산초에 대해 읽은 내용들이 모두 사실임을 알게 되었다. 그리고 산초가 금세기 가장 거들먹거리는 바보들 중 한 사람임을 확인했다. 그래서 그는 이렇게 미친 두 사람이 주인과 종자로 만난 것은 세상 어디에서도 찾아보기 드문 일이라고 혼잣말로 중얼거렸다.

드디어 돈키호테와 산초 판사 두 사람은 서로 얼싸안고 친구가 되었다. 그리고 그 당시로는 그들의 신탁과도 같은 위대한 카라스코의 생각과 동의에 따라 사흘 뒤에 떠나기로 결정을 보았다. 그 시간이면 여행에 필요한 것을 모두 준비할 수 있을 테고, 또 돈키호테가 무슨 일이 있더라도 쓰고 가야 한다고 말하는 얼굴 가리개가 부착된 투구를 구할 수 있을 것 같았다. 산손이 자기 친구가 그걸 가지고 있는데 주라고 하면 거절하지 못할 거라고 했다. 그런데 그 투구는 광택이 나는 강철로 만든 맑고 깨끗한 것이 아니고, 녹이 슬고 곰팡이가 끼어 더 새까만 것이었다.

가정부와 조카딸, 이 두 여인네가 학사에게 퍼부은 악담은 필설로 다 표현할 수 없었다. 그녀들은 자신들의 머리카락을 쥐어뜯고, 자신들의 얼굴을 할퀴고, 장례식장에서 돈을 받고 곡하는 여인네들이 하는 식으로, 주인이 집을 떠나는 것이 마치 주인의 죽음이라도 되는 양 땅을 치고 통곡을 하면서 슬퍼했다. 산손이 돈키호테더러 다시 집을 떠나라고 설득한 계획은 앞으로 이야기하게 될 일을 실행하기 위함이었는데, 이 모든 일은 산손이 신부와 이발사랑 상의한 결과로 이루어졌다.

결국 그 사흘 동안 돈키호테와 산초는 자기들에게 필요하다고 생각되는 것을 마련했다. 그리고 산초는 자기 아내를 달래고, 돈키호테는 조카딸과 가정부를 달랬다. 반 레과 떨어진 곳까지 두 사람을 전송하겠다는 학사 말고는 아무도 보지 않는 틈을 타서, 해가 질 무렵 돈키호테는 자기의 온순한 로시난테를 타고 산초는 전에 탔던 당나귀에 올라 엘 토보소를 향해 길을 나섰다. 당나귀의 안장 좌우로 늘어뜨린 자루에는 먹을거리와 행여나 필요할 때 요긴하게 쓰라고 돈키호테가 준 돈주머니가 들어 있었다. 산손은 돈키호테와 포옹하고 좋은 소식이건 나쁜 소식이건 꼭 알려달라고 부탁하고, 그들의 우정의 법도에 따라 좋은 소식에는 함께 기뻐할 것이며 나쁜 소식에는 함께 슬퍼할 것이라고 했다. 돈키호테가 그리하겠다고 약속하자 산손은 고향으로 발길을 돌렸고, 두 사람은 대도시인 엘 토보소를 향해 떠났다.

· 제8장 ·

돈키호테가 엘 토보소의 둘시네아 아가씨를 만나러 가면서 그에게 일어난 일에 대한 이야기

"전지전능하신 알라여, 축복받을지어다!" 하고 아메테 베넹헬리는 이 제8장의 시작에서 말한다. "알라여, 축복받을지어다!"를 세 번이나 반복한다. 그는 돈키호테와 산초가 이미 전쟁터에 나가 있음을 알고 있기 때문이며, 재미가 솔솔 나는 이 이야기를 읽는 독자들이 지금 이 순간부터 돈키호테와 그 종자의 공적과 그들의 구수하고 그럴싸한 이야기들이 시작됨을 알게 되었다는 것을 고려해서 이런 축복의 말을 한다고 말한다. 그리고 재치 넘치는 시골 양반이 과거에 벌였던 기사도의 일들은 잊고, 앞으로 일어날 기사도의 일들에 눈을 돌려달라고 부탁하고 있다. 지난 이야기들이 몬티엘 광야에서 시작되었던 것처럼, 지금부터 이야기는 엘 토보소로 가는 길에서 시작된다. 작가가 약속하는 것이 아주 많은 데 비해 요구하는 것은 그다지 많지 않다. 그리하여 그는 다음과 같이 계속해서 이야기를 한다.

이리하여 돈키호테와 산초만 남았다. 산손이 떠나자 곧 로시난테가 울어대고, 당나귀는 코를 킁킁거리기 시작했다. 기사와 종자 두 사람 다 그것을 좋은 신호이며 반갑기 그지없는 징조로 생각했다. 사실을 말하자면, 비루먹은 말이 울어대는 소리보다 당나귀의 킁킁거리는 소리와 울음소리가 더 많았다. 그래서 산초는 미루어 헤아리기를, 자기의 운이 주인의 운을 압도하고도 남으리라고 생각하게 되었다. 이것을 이야기책에서는 다루고 있지 않기 때문에, 아마도 산초가 알고 있는 점성술에 근거하지 않았나 추측할 따름이다. 다만 돌부리에 걸려 넘어질 때면, 산초는 집을 나서지 말았어야 하는데 하고 후회했다는 소리가 들렸을 뿐이다. 왜냐하면 돌부리에 걸려 넘어지면 신발이 해지거나 갈비뼈가 부러지는 일 말고는 없을 것이기에, 그가 비록 좀 모자라긴 했어도 이 점에서는 제법 사려가 깊었다고 할 수 있다. 돈키호테가 산초에게 말했다.

"산초, 이 친구야, 어느새 밤이 다가오고 있군그래. 날 샐 무렵에 엘 토보소를 볼 수 있으려니 했는데 필요 이상으로 어둠이 깔려 있어. 다른 모험에 임하기 전에 그곳에 가서 세상에 둘도 없는 둘시네아의 축복과 흔쾌한 허락을 받을 것이네. 그 흔쾌히 받은 허락으로 확실하게 모든 위험천만한 모험을 끝내고 기분 좋게 정상을 정복할 수 있다고 생각하네. 왜냐하면 편력 기사들에게는 이 세상의 어떤 일보다 자기가 흠모하는 귀부인의 은혜를 입는 것이 더 큰 용기를 주기 때문이지."

"소인도 그렇게 믿습니다요." 산초가 대답했다. "하지만 나리께서 둘시네아 아가씨와 이야기를 나누거나 만난다는 건 꽤 어려우리라고 판단합니다요. 마당의 담장 너머로라면 몰라도, 설령 만나신다고 해도 그분의 축복을 받으실 수 있을지 의문입니다요. 나

119

리께서 시에라 모레나의 산속에서 벌였던 어수룩하고 정신 나간 짓을 알리려고 쓰신 편지를 그분께 가지고 갔을 때, 소인이 그분을 처음 뵌 것도 바로 거기 마당의 담장 너머였거든요."

"산초, 그래 그것이 자네가 보기에는 마당의 담장이란 생각이 들었단 말이지?" 돈키호테가 말했다. "그 우아하고 아름다운 자태를, 응분의 칭송다운 칭송을 한 번도 제대로 받아본 적 없는 그분을 자네가 본 곳이 거기라고? 그곳은 틀림없이 사람들이 말하는 호화찬란하고 으리으리한 왕궁의 회랑이거나 복도거나 현관이었을 것이네."

"그랬을 수도 있겠습니다요." 산초가 대답했다. "그렇지만 소인이 기억력이 부족한 사람이 아니라면, 소인 보기에는 담장 같았습니다요."

"어쨌건 그곳에 가보세, 산초." 돈키호테가 되받아 말했다. "내가 그분을 뵐 수만 있다면, 담장 너머로건 창문으로건 문틈으로건 정원의 철책으로건 상관없다네. 태양 같은 그녀의 아름다움에서 내 두 눈에 이르는 어떤 빛이라도, 사리 분별이나 용기에서 둘도 없고 누구와도 비교가 안 되도록 내 판단력에 빛을 주고 내 마음을 튼튼하게 해줄 것이네."

"그런데 실은 말씀이에요, 나리!" 산초가 대답했다. "소인이 엘 토보소의 둘시네아 아가씨의 햇살 같은 자태를 보았을 때는 어떤 빛을 발할 만큼 그렇게 밝지 않았습니다요. 그것은 아마도 소인이 말씀드렸듯이 그분이 밀을 체로 치고 계시는 바람에 생기는 많은 먼지가 구름처럼 얼굴을 가려 어두웠기 때문일 겁니다요."

"아직도 자네는 말이야, 산초!" 돈키호테가 말했다. "나의 사랑하는 둘시네아 아가씨께서 밀을 체로 치고 계셨다고 생각하고 믿고 또 고집을 부리면서 계속 그런 말을 하는구먼. 그런 일은 높은 분들이 하거나 해야 하는 일과는 동떨어진 것이라네. 화살이 닿을 만한 상당히 먼 거리에서도 볼 수 있을 만큼 그분들은 자기들만을 위한 다른 취미나 소일거리가 있단 말일세. 자네 기억력이 나쁘군 그래, 오, 산초여! 사랑하는 타호강江에서 네 요정이 머리를 드러내고 거기 그들의 수정으로 만든 저택에서 자수를 놓고 있는 것을 그린, 우리의 그 명성이 자자한 시인의 시구들을 기억하지 못하느냔 말일세. 그 요정들은 푸른 초원에서 황금과 비단과 진주로 짜인 눈부시도록 찬란한 천에 수를 놓으려고 앉아 있었다고, 천재 시인은 우리에게 묘사하지 않았던가. 자네가 내 아가씨를 보았을 때, 그녀의 모습이 그랬을 것임에 틀림없네. 아니면 어떤 고약한 마법사가 내 일들을 질투해서, 나를 기쁘게 할 만한 모든 것을 원래와는 다른 모습으로 뒤바꾸어놓았을 것이네. 그래서 내 공적이 인쇄되어 나돌아다닌다는 그 이야기에, 만일 그 이야기의 작가가 나에게 적의를 가진 어떤 현인이라면, 하나의 진실에 천 가지의 거짓말을 뒤섞어 이런저런 일로 만들어놓았을 수도 있어. 하나의 진짜 이야기를 계속하는 데 필요한 것과는 거리가 먼 이야기의 줄거리를 전개해놓고 흐뭇해하고 있지나 않은지 걱정이 되네. 오, 한없는 악의 근원이며 덕을 좀먹는 벌레인 질투여! 산초, 모든 악습은 어떤 쾌락을 가져다주지만, 질투란 악습은 불쾌감과 원한과 증오만을 가져다줄 뿐이네."

"소인이 하고자 하는 말도 바로 그겁니다요." 산초가 대답했다. "카라스코 학사께서 우리에 대해 쓰여 있는 것을 보았다고 말한 그 전설인지 역사인지 거기에서, 소인의 명예를 아무렇게나 취급하고 더럽히고 있음이 틀림없다고 생각합니다요. 흔히 말하듯 소인의 명예가 난폭하게 여기저기 길거리를 쓸면서 끌려다닐 거란 말입니다요. 분명코 소인은 어떤 마법사도 나쁘게 말한 적 없고, 재산도 누구한테 질투를 일으킬 만큼 많지 않습니다요. 소인이 약간 심술궂은 데가 있고 능구렁이 같은 구석이 있는 건 사실이지만, 늘 순수하고 절대로 잔재주를 부리지 않는 제 우직함의 커다란 망토가 모든 것을 덮어주고 막아준답니다요. 다른 것은 없을지 몰라도 믿음만은 가지고 있습니다요. 소인은 늘 하느님을 굳게, 그리고 진실로 믿으며, 성스러운 로마 가톨릭교회가 믿는 그 모든 것을 믿듯이 그렇게 말입니다요. 소인이 유대인과는 불구대천의 원수라는 것만으로도, 역사가들은 자비심을 베풀어 소인에 대해 잘 다루어주어야 합니다요. 그러나 그들이 하고 싶은 대로 하라죠. 소인은 벌거숭이로 태어나 벌거숭이로 있으므로 잃을 것도 얻을 것도 없습니다요. 비록 그 책들에 소인이 등장해 이 사람 저 사람 손을 거쳐 세상에 나돈다 해도, 그들이 소인에 대해 맘대로 지껄인다 해도 소인과는 손톱만큼도 상관이 없구먼요."

"내 생각에는 그게 말일세, 산초," 돈키호테가 말했다. "이 시대의 한 유명한 시인에게 일어난 일만 같네그려. 그 시인은 매춘부들을 비난하는 악의에 찬 풍자시를 썼는데, 그 시에 그런 것 같기도 하고 아닌 것 같기도 하다고 의심할 만한 한 여인의 이름을 써넣지도 않고 언급도 안 했어. 그런데 그 여인은 그 매춘부 명단에 자기 이름이 없는 것을 보자, 자신에게서 무엇을 보았기에 다른 매춘부의 수에 자기를 넣지 않았느냐고 그 시인에게 불평을 해대면서, 풍자시를 더 늘려서라도 넣어달라고 했다는 것이네. 또 덧붙이길, 만일에 그렇게 해주지 않으면 무슨 일이 일어날지 모르니 알아서 하라고 말했다네. 시인은 해달라는 대로 그렇게 해주면서 매춘부 이야기에 나오는 어떤 내용보다 더 심하게 온갖 악담을 퍼부었기 때문에, 그녀는 체면이 말이 아니었음에도 불구하고 유명해져서 만족하게 되었다네. 이 일과도 일치하는 어느 양치기 이야기가 있는데, 그 양치기는 오직 후세에 자기 이름을 생생하게 남기려는 목적으로 세계 7대 불가사의 중 하나라고 하는 그 유명한 디아나 신전神殿[67]에 불을 질러 잿더미로 만들었어. 그래서 그의 바람이 이루어지지 않도록, 어느 누구도 그의 이름에 대해 단 한 마디라도 입을 놀리거나 단 한 줄이라도 글로 표현하지 못하게 명령을 내렸지만, 아직까지도 그의 이름이 에로스트라토라고 알려져 있다네. 또한 로마에서 카를로스 5세 대제와 한 기사 사이에 있었던 사건도 이 일에 빗대어 말할 수 있어. 카를로스 황제는 그 유명한 라 로툰다 사원을 구경하고 싶어 하셨어. 옛날에는 모든 신의 사원이라 불렸고, 현재는 더 좋은 호칭으로 모든 성인의 사원으로 불리고 있다네. 로마에서 이교도가 세운 건물들 중 가장 온전하게 남아 있는 건물이며, 설립자들의 위대하고 장대한 명성이 가장 잘 보존되고 있는 건물이기도 하다네. 오렌지를 반으로 쪼갠 형상의 건물은 어마어마하게 크며, 창문 하나로 들어오는 빛 말고는 다른 빛이 들어오지 않음에도 불구하고 건물 내부가 매우 밝다네. 아니 더 자세히 말하자면, 그 창

67　에게해 동해안, 에베소에 있던 사원.

문이라는 것은 건물 꼭대기에 있는 원형의 채광창이네. 황제는 그 꼭대기에서 건물을 구경하고 있었고, 그의 곁에서 로마 기사가 그 거대한 기념비적 건축물의 정교함과 섬세함을 해설해드렸지. 그런 데 채광창에서 물러나자 로마 기사가 황제께 말했다네. '성스러운 폐하시여, 소신은 천 번도 넘게 폐하를 품고 저 채광창 아래로 몸을 던져 세상에 제 명성을 영원히 남기고 싶은 욕망에 몸 둘 바를 모르 겠사옵니다.' 그러자 '짐은 그대에게 고맙다는 말을 하고 싶구나' 하 고 황제가 대답했다네. '그런 흉측하기 짝이 없는 생각을 실천에 옮 기지 않았으니, 앞으로 짐은 두 번 다시 그대가 짐에 대한 충성심을 시험할 기회를 주지 않겠노라. 그래서 그대에게 명령하노니, 이제 는 절대로 짐에게 말을 걸지 말 것이며, 짐이 있는 곳에는 코빼기도 보여서는 아니 되느니라.' 이 말씀을 하고나서 황제께서는 그 기사 에게 큰 상을 내리셨다네. 산초, 명성을 얻고자 하는 바람은 누구에 게나 매우 강렬하다는 걸 난 말하고 싶네. 갑옷으로 완전무장을 한 호라티우스를 다리 아래로 밀어 티베르강 깊숙이 던진 자가 누구였 다고 생각하는가? 무키우스의 팔과 손을 불태운 자가 누구인가? 로 마 한복판에 출현한 부글부글 불타는 깊은 심연에 쿠르티우스로 하 여금 억지로 몸을 던지게 한 자는 누구인가? 온갖 흉조에도 불구하 고 율리우스 카이사르에게 루비콘강을 건너게 한 자가 누구인가? 그리고 더 나아가 가장 현대의 예를 들면, 배에 구멍을 뚫어 신세계 에서 예의범절이 매우 분명한 코르테스[68]가 이끄는 용감무쌍한 에

68　멕시코를 정복한 에스파냐의 군인 에르난 코르테스Hernán Cortés.

스파냐 사람들을 고립시킨 자가 누구인가? 이 같은 갖가지 위대하고 다른 여러 위업들은 현재에도 과거에도 미래에도 명성이 만들어낸 산물이라네. 그리고 인간은 자신들의 유명한 업적에 합당한, 영원히 없어지거나 사라지지 않을 보상과 몫으로 명성을 바라게 된다네. 우리 기독교도들과 가톨릭 신자들과 편력 기사들은 유한한 현세에서 성취할 수 있는 헛된 명성보다 천국에서 영원할 후세의 영광에 더 마음을 써야 한다네. 세속의 명성이란 말일세, 아무리 오래 지속되더라도 결국에는 그 끝을 가리키고 있는 바로 이 세상과 더불어 끝나게 되어 있어. 그러니, 오, 산초여! 우리의 행위는 우리가 신봉하는 기독교가 우리에게 규정한 한계에서 벗어나서는 안 되네. 우리는 거인들에게서 교만을, 관대함과 고운 마음에서 시기를, 차분히 가라앉은 태도와 마음의 고요함에서 노여움을, 거의 못 먹고 밤을 새우는 자에게서 폭식과 수면을, 우리가 마음의 귀부인으로 모시는 분에 대한 충성심에서 육욕과 음탕함을, 모든 기독교도 위에 군림하는 유명한 기사가 될 때나 될 수 있는 기회를 찾아 세계만방을 돌아다녀야 할 때는 나태를 없애지 않으면 안 되는 것이네. 산초, 여기서 자네는 비로소 사람이 좋은 명성에 저절로 따르는 최대의 찬사를 얻는 방식을 알 거네."

"나리께서 지금까지 소인에게 말씀하신 것 모두를," 산초가 말했다. "아주 잘 이해했습니다만, 아무리 그렇다고 해도 지금 이 순간에 소인의 머리에 떠오른 의심을 해소해주셨으면 합니다요."

"'해결'해달라는 뜻이겠구먼, 산초." 돈키호테가 말했다. "어서 말해보게. 아는 대로 말해 대답해주겠네."

"그럼 말씀해주세요, 나리." 산초가 계속했다. "나리께서 말씀하신 홀리오스인지 아고스토스인지[69] 그 공적이 많은 기사들은 모두 이미 죽은 사람들인데, 도대체 지금은 어디에 있습니까요?"

"이교도들은," 돈키호테가 대답했다. "틀림없이 지옥에 가 있고, 기독교도들은, 착한 기독교도였다면 연옥이나 하늘나라에 있겠지."

"됐습니다요." 산초가 말했다. "그렇지만 이제 우리가 알아야 할 것이 있구먼요. 그 기사 양반들의 시체가 있는 무덤 앞에는 은 등잔이 있나요? 아니면 예배당 벽이 목발이랑 수의랑 머리카락이랑 다리랑 밀랍 눈들로 장식되어 있나요? 그리고 만일에 이런 것이 아니라면 뭘로 장식되어 있나요?"

이 물음에 돈키호테가 대답했다.

"이교도들의 무덤은 대부분이 호화스럽게 꾸민 사원이라네. 율리우스 카이사르의 몸을 태운 재는 크기를 측정할 수 없는 거대한 돌 피라미드 꼭대기에 있는데, 오늘날 로마에서는 '성 베드로의 바늘'[70]이라고 부른다네. 하드리아누스 황제는 웬만한 마을 하나는 될 만큼 큰 성을 무덤으로 썼어. 당시에는 그 무덤을 '몰레스 하드리아니'[71]라 불렀는데, 지금 로마에 있는 '산탄젤로성城'이라네. 아르테미시아 여왕이 자기 남편을 위해 쓴 무덤은 세계 7대 불가사의의

69 '율리우스 카이사르'의 에스파냐식 표기인 '훌리오 세사르Julio Cesar'와 7월julio의 철자가 같고, '아우구스티누스'의 에스파냐식 표기인 '아우구스토Augusto'와 8월agosto의 철자가 비슷하다. 같거나 비슷한 발음을 이용하여 '율리우스 카이사르'와 '아우구스티누스'를 언급하면서 말장난을 하고 있다.

70 현재 바티칸의 성 베드로 광장에 있는 오벨리스크.

71 '하드리아누스의 덩어리'라는 뜻이다.

중 하나로 여겨지지. 그러나 이런 무덤이나 이교도들의 다른 많은 무덤에는 거기 묻힌 사람들이 성인이었음을 나타내는 수의나 다른 봉납물이나 표지로 장식된 것은 하나도 없다네."

"제 말이 바로 그거예요." 산초가 되받아 말했다. "그럼 이제 말씀해주세요. 어느 것이 더 큽니까요? 죽은 자를 살리는 겁니까요, 거인을 죽이는 겁니까요?"

"대답이야 뻔하지 않은가." 돈키호테가 대답했다. "죽은 자를 살리는 게 더 크지."

"소인이 나리의 생각을 족집게같이 알아냈군요." 산초가 말했다. "죽은 이를 살리고, 시각 장애인에게 시력을 주고, 절름거리는 이를 똑바로 걷게 하고, 병자에게 건강을 주는 자들의 명성은, 그들의 무덤 앞에서는 등불이 불타고 있고 그들의 예배당은 무릎을 꿇고 그들의 유물을 경배하는 신앙심이 돈독한 사람들로 가득 차는 그런 자들의 명성은, 세상에는 이교도 황제들과 편력 기사들이 많이 있어왔다고는 하나 그들이 과거에 남겼고 앞으로 남길 명성에 비해, 현생現生과 내생來生에 훨씬 더 높은 명성이 될 것입니다요."

"그게 사실이라고 나도 고백하는 바이네." 돈키호테가 대답했다.

"그럼 이런 명성, 이런 은총, 이런 특권을 소위 말해," 산초가 대답했다. "성인들의 시체와 유물들이 가지고 있다는 말이군요. 우리 성모 교회의 승인과 인가로 등불과 촛불과 수의와 목발과 성화와 머리카락과 눈과 다리를 모셔놓고, 신심을 높이고 기독교 명성을 크게 합니다요. 임금들이 성인들의 몸이나 유물을 어깨에 메고, 그들의 뼛조각에 입을 맞추고, 그 뼛조각으로 그들의 기도소와 그들의 가장 귀중한 제단 등을 장식하고 훌륭하게 치장을 하죠."

"자네가 한 말을 죄다 듣고 내가 무슨 결론을 내리기를 기대하는가, 산초?" 돈키호테가 말했다.

"소인이 드리고 싶은 말씀은," 산초가 말했다. "우리도 성인이 되면 우리가 바라는 빛나는 명성을 더 단시간에 얻게 되리라는 겁니다요. 그리고 나리, 나리께서도 아셔야 합니다요. 어젠가 그젠가 어찌 되었건 며칠 전에 맨발의 두 수사가 성인으로 추앙되어 복자의 반열에 올랐는데, 그들의 몸을 조이고 괴롭혔던 쇠사슬을 지금은 사람들이 입을 맞추고 만지면서 크게 행복해한다는 소문이 나돌았어요. 조금 전에 소인이 말씀드렸듯이, 그 두 분의 유해는 하느님 곁으로 가신 우리 임금님의 무기고에 있는 롤단의 칼보다 더 많은 존경을 받고 있습니다요. 그러니 나리, 용감한 편력 기사보다는 어떤 종파건 낮은 직책의 수사가 되는 편이 더 낫겠습니다요. 거인이거나 요괴이거나 반인반수의 괴물이거나 2천 번 창으로 찔러대는 것보다 하느님께 열두 번씩 두 번 훈련을 받는 게 훨씬 낫습니다요."

"다 맞는 말이네." 돈키호테가 대답했다. "그러나 우리가 모두 수사가 될 수는 없어. 그리고 하느님께서 택하신 선민들을 하늘나라로 인도하시는 길은 많다네. 기사도가 곧 종교이며, 천국에는 성인 기사들이 있다네."

"맞습니다요." 산초가 대답했다. "그렇지만 하늘나라에는 편력 기사보다 수사가 더 많다고 들었습니다요."

"그건 그래." 돈키호테가 대답했다. "기사의 수보다 종교인의 수가 더 많기 때문이네."

"편력하는 사람들은 많습니다요." 산초가 말했다.

"많지." 돈키호테가 대답했다. "그렇지만 편력하는 사람들 중에 기사 칭호를 받을 자들은 몇 되지 않네."

그들은 이런 이야기와 이런 비슷한 이야기를 하면서 그날 밤과 그다음 날 밤을 보냈다. 별로 이야기할 만한 특별한 것은 없었다. 이것이 돈키호테에게는 적잖이 걱정스러웠다. 결국 그 이튿날 해 거름에 그들은 대도시 엘 토보소를 발견했다. 그 도시를 보자 돈키호테의 정신은 기쁨에 감격했고, 산초는 의기소침해졌다. 왜냐하면 산초는 둘시네아의 집을 알지도 못했고, 그의 주인이 둘시네아를 만난 적이 없는 것처럼 산초도 그녀를 만난 적이 없었기 때문이다. 한 사람은 그녀를 보고 싶어서, 또 다른 사람은 그녀를 보지 못해서 매우 초조해 있었다. 그래서 산초는 돈키호테가 자기를 엘 토보소에 보내면 어떻게 해야 할지 상상이 되지 않았다. 마침내 밤이 이슥하자 돈키호테는 그 도시에 들어가자고 했다. 시간이 될 때까지 그들은 엘 토보소 근처에 있는 떡갈나무 사이에서 머물다가 정해진 시각에 엘 토보소로 들어갔고, 거기에서 사건들이 두 사람에게 일어났다.

· 제9장 ·

여기서 앞으로 일어날 일들에 대한 이야기

정확히 자정이었다.[72] 약간 더 되었든지 약간 덜 되었든지 좌우지간 그 무렵, 돈키호테와 산초는 산을 뒤로하고 엘 토보소에 들어갔다. 시내는 조용한 적막에 잠겨 있었다. 모든 주민이 잠들어 시쳇말로 다리를 쭉 펴고 휴식을 취하고 있었기 때문이다. 산초는 자신의 실수를 어둠 탓으로 돌리려고 완전히 어두컴컴해지기를 바랐지만 어슴푸레한 밤이었다. 온 시내에서 돈키호테의 귀를 먹먹하게 하고 산초의 마음을 심란하게 만든 개 짖는 소리[73] 이외에는 아무 소리도 들리지 않았다. 때때로 당나귀가 울고, 돼지가 꿀꿀거리고, 고양이가 야옹야옹 울어댔다. 그 소리들이 서로 다른 소리라 밤의 정적과 함께 더욱 크게 들렸다. 사랑에 빠진 기사는 이 모든 것을 불길한 징조로 여겼지만, 그래도 산초에게 말을 건넸다.

---

72   Media noche era por filo. 클라로스 백작el Conde Claros의 로맨스의 첫 시구.

73   당시에는 특히 밤에 개 짖는 소리를 불길한 조짐으로 여겼다.

"산초 아들, 둘시네아의 궁으로 안내하게. 그녀가 깨어 있어 우리가 뵈올 수 있을지 모르네."

"소인이 그 위대하신 분을 뵈온 것은 보잘것없는 자그마한 집이었는데, 도대체 무슨 궁으로 인도하라는 겁니까요?"

"틀림없이 그땐 물러나 계셨을 게야." 돈키호테가 대답했다. "지체 높으신 귀부인들과 공주들이 흔히 하는 습관처럼, 홀가분한 마음으로 시녀들과 편안히 쉬면서 심신을 보양하기 위해 그녀의 성에서 어떤 작은 별채로 말일세."

"나리," 산초가 말했다. "소인이 말씀을 드렸는데도 나리께서는 둘시네아 아가씨의 집이 성이라고 그러시니 하는 수 없지만, 그럼 그 성문이 이런 시간에 열려나 있겠느냔 말입니다요? 그리고 성 안에서 사람들이 우리 소리를 듣고 우리에게 성문을 열어주게 하기 위해 노커를 두들겨, 모든 사람이 잠에서 깨도록 시끄럽게 소동을 피워도 괜찮단 말이에요? 첩을 두고 이중생활을 하는 사람들이 시도 때도 없이 아무 때나 가서 문을 두드려대고 들어가는 것처럼, 우리가 첩의 집에라도 가는 겁니까요?"

"먼저 성을 하나씩 하나씩 찾아보세나." 돈키호테가 되받아 말했다. "그런 연후에 우리가 어찌해야 좋을지 자네에게 말해주겠네, 산초. 그런데 저걸 좀 보게나, 산초. 지금 내 눈이 좀 침침해 잘 보이지 않아서 그러는데, 혹 저기 저 큰 덩어리와 그림자가 여기서 보기에는 틀림없이 둘시네아의 궁인 것 같은데 말일세."

"그러면 나리께서 안내하시죠." 산초가 대답했다. "아마 그럴지도 모릅니다요. 소인이 제 두 눈으로 직접 보고 제 이 두 손으로 만져보아야, 지금이 낮이라고 믿듯이 비로소 믿을 수 있겠습니다요."

돈키호테가 안내하여 2백 걸음 정도 걸어갔을 때, 그림자를 만들고 있는 그 덩어리와 마주쳤다. 그리고 그는 커다란 탑을 보게 되었는데, 그 건물은 성이 아니고 도시에서 제일가는 성당이라는 것을 알게 되었다. 그래서 그는 말했다.

"우리가 성당에 왔네그려, 산초."

"벌써 알고 있습니다요." 산초가 대답했다. "우리가 무덤에 온 것이 아닌 걸 다행으로 생각하세요. 이런 시간에 묘지를 배회한다는 건 좋은 징조가 아닙니다요. 소인의 기억에 잘못이 없다면, 나리께 진즉 말씀드렸듯이 아가씨 집은 막다른 골목 안에 있었던 것 같습니다요."

"빌어먹을, 이 멍청이야!" 돈키호테가 말했다. "성과 왕궁이 막다른 골목 안에 지어져 있다는 말을 들은 적이 있느냐?"

"나리!" 산초가 대답했다. "지방마다 저마다의 풍습이 있는 법입니다요. 아마도 여기 엘 토보소에서는 궁전과 큰 건물을 골목 안에 짓는 게 풍습인 모양이죠. 그러니 소인이 이 거리들과 골목길들을 샅샅이 찾아보게 해주시길 나리께 부탁드리옵니다요. 어떤 구석에서 그 성을 만날 수 있을지도 모르는 일이니까요. 우리를 이리저리 고생길로 끌고 다니고 있으니, 그놈의 성인지 지랄인지 개에게나 줘버렸으면 좋겠구먼요."

"내 아가씨에 대해 말할 때는 예의를 갖추게나, 산초." 돈키호테가 말했다. "우리, 소란을 피우지 마세나. 자칫하면 죽도 밥도 안 되겠네."

"말을 삼가겠습니다요." 산초가 대답했다. "그렇지만 소인이 우리 아가씨의 집을 본 건 한 번뿐인데, 나리께서 그 집을 알고 있어야 하고 또 한밤중에 그걸 찾아내야 한다고 말씀하시니, 무슨 재주로 소인이 꾹 참아가며 이 일을 감당할 수 있겠습니까요? 나리께서도 셀 수 없을 정도로 수차 찾아다니셨지만 찾아내지 못하신 걸 말이에요."

"자네, 날 실망시키려 하는구먼, 산초." 돈키호테가 말했다. "이리 오게나, 이단자야. 내 평생에 세상 어느 누구와도 비할 데 없는 둘시네아 아가씨를 본 적도, 그녀가 살고 있는 궁전의 문턱을 넘어본 적도 없다고 천 번도 넘게 자네에게 말하지 않았나. 다만 난 그녀가 아름답고 재치 있다는 명성만 듣고서 그녀한테 반했을 뿐이라네."

"지금 그 말씀을 들으니," 산초가 대답했다. "나리께서도 아가씨를 뵌 적이 없으시다니, 소인도 아가씨를 본 적이 없다고 말씀드리겠습니다요."

"그건 말도 안 되는 소리네." 돈키호테가 되받아 말했다. "내가 자네를 시켜 아가씨에게 보낸 편지의 답장을 나한테 가져왔을 때, 적어도 자네는 아가씨가 밀을 키질하고 계시는 걸 보았다고 이미 나한테 말했잖은가."

"그 말에 신경 쓰실 것 없습니다요, 나리." 산초가 대답했다. "소인이 아가씨를 뵈었다는 것과 나리께 가져다드린 답장도 실은 소문으로 들은 것임을 알려드립니다요. 소인은 둘시네아 아가씨가 누군지 어림짐작으로 대충 알고 있습니다요."

"산초, 산초." 돈키호테가 대답했다. "농담을 할 때가 있고, 해서는 안 될 때가 있다네. 내가 내 마음의 아가씨를 본 적도, 말을 해본 적도 없다고 해서 자네까지 그녀와 말을 해본 적도, 본 적도 없다고 하면 말이 안 되잖아."

두 사람이 이런저런 이야기를 하고 있는데, 어떤 이가 노새 두 마리를 끌고 지나가는 모습이 보였다. 땅에 질질 끌리는 쟁기 소리로 짐작하건대, 동트기 전에 일터로 나가기 위해 일찍 일어난 농사꾼임에 틀림없다고 그들은 생각했다. 그리고 그게 사실이었다. 농사꾼은 다음과 같은 서정풍의 서사시를 노래하면서 오고 있었다.

론세스바예스의 그 일에서는
재수가 옴 붙었었지, 너희 프랑스 놈들아[74]

"내 목을 걸겠네, 산초." 돈키호테는 그가 부르는 노랫소리를 들으면서 말했다. "만일 오늘 밤 우리에게 좋은 일이 생기지 않는다면 말일세. 촌부村夫가 노래하면서 오는 소리가 들리지 않는가?"

"예, 들립니다요." 산초가 대답했다. "그렇지만 론세스바예스의 사냥이 우리의 목적과 무슨 관계가 있습니까요? 그렇다면 차라리 〈칼라이노스의 로맨스〉[75]를 노래하면 되잖아요. 우리 일이 잘되고 못되는 것과 아무런 상관이 없지 않습니까요."

바로 이때 그 농사꾼이 다가오자, 돈키호테가 그에게 물어보았다.

"여보게, 친구, 하느님께서 그대에게 행운을 주시길 빌겠네. 혹여나 이 근처 어디에 천하에 둘도 없는 엘 토보소의 둘시네아 공주

---

74 이 노래는 〈과리노스의 로맨스〉로, 론세스바예스 전투(사냥)에서 프랑스의 12기사를 무찔렀다는 이야기다.

75 el romance de Calaínos. 무어인 칼라이노스와 알만소르의 딸 세비야 공주의 사랑 이야기를 노래한 로맨스.

아가씨가 살고 계시는 궁전이 있는지 아는가?"

"나리," 젊은이가 대답했다. "저는 외지인이고 시골 농장에서 한 부농의 일꾼으로 일한 지 며칠밖에 되지 않았습니다요. 저 앞집에 신부님과 마을의 성당지기가 살고 계십니다. 그 두 분이나 그분들 중 한 분이 그 공주 아가씨의 이야기를 나리께 알려주실 겁니다. 그분들은 엘 토보소의 전 주민 명단을 가지고 계신답니다요. 제 생각에는 이 고을 어디에도 어떤 공주도 살고 있지 않은 듯합니다만. 그야 물론 아가씨들은 다 없어서는 안 될 분들이죠. 누구나 자기 집에서는 공주일 수 있습니다요."

"그럼 그 아가씨들 중에," 돈키호테가 말했다. "내가 자네에게 물어본 그분이 있을 수 있어, 이 친구야."

"그럴 수도 있겠네요." 젊은이가 대답했다. "그럼 이만 가보겠습니다. 벌써 날이 새고 있습니다."

그러고는 더 이상 묻는 말에 신경을 쓰지 않고 노새에게 채찍질을 하며 가버렸다. 산초는 주인이 어리떨떨하여 상당히 불쾌해하는 것을 보고 주인에게 말했다.

"나리, 날이 재빨리 밝아지고 있습니다요. 우리가 길거리에서 햇볕을 쬔다는 것은 옳지 않을 듯합니다요. 차라리 도시 밖으로 나가는 것이 더 낫겠습니다요. 그리고 나리께서는 이곳 가까운 어느 숲 속에 몸을 숨기고 계시면, 소인이 낮에 돌아와 이곳을 샅샅이 뒤져 우리 아가씨의 집이건 성이건 궁전이건 죄다 찾아보겠습니다요. 만일에 찾아내지 못하면 닭 쫓던 개 지붕 쳐다보듯 하는 신세가 되겠죠. 그러나 찾게 되면, 그분의 명예와 평판을 훼손하지 않고 어디서 어떻게 공주님의 지시나 생각을 기다리시면 되는지 나리께 말쏨드리겠습니다요."

"자네는 말했네, 산초." 돈키호테가 말했다. "자네의 그 간단명료한 말의 논법에서 수많은 격언을 말일세. 지금 나한테 한 그 충고가 내 마음에 꼭 드니, 기꺼이 받아들이겠네. 가게나, 이 사람아. 내가 숨을 만한 곳을 찾아보세. 그리고 자네는 자네가 말한 대로 우리 아가씨를 찾아뵙고 이야기하러 가보게나. 나는 기적 같은 은혜보다 그녀의 재치 있는 말과 예의 바른 말을 더 기다린다네."

산초는 주인을 마을에서 꺼내려고 몸부림을 쳤다. 왜냐하면 둘시네아 측에서 보냈다고 시에라 모레나로 가져간 답장이 거짓말임을 알아차리면 안 되었기 때문이다. 그래서 서둘러 출발하여 곧바로 시내를 벗어나 2마일쯤 떨어진 곳에서 숲인지 밀림인지 발견하게 됐고, 그곳에서 돈키호테가 숨어 있는 동안에 산초는 도시로 돌아가 둘시네아 아가씨에게 말을 전하기로 했다. 그 골치 아픈 일에서 새로운 주의와 새로운 믿음을 요구하는 것들이 일어났다.

• 제10장 •

산초가 둘시네아 아가씨를
마법에 걸리게 하기 위해 사용한 솜씨와
진짜처럼 우스운 다른 사건들 이야기

이 위대한 이야기의 작가는 이 장에서 하려는 이야기에 이르러, 아무도 믿지 않을 것 같아 두려운 마음에서, 아무 말 없이 그냥 지나치고 싶었다고 말하고 있다. 왜냐하면 돈키호테의 광기가 여기서는 극단으로 치달아 상상할 수 있는 최대의 한계점에 이르렀고, 그 정도가 심해 큰 활을 두 번이나 쏘아야 닿을 사거리를 초과했기 때문이다. 그런 걱정과 의구심이 있었으나 결국 작가는 이야기의 진실에서 한 자도 더하거나 빼지 않고, 또 자기에게 거짓말쟁이라는 비난의 화살이 쏟아진다고 하더라도 전혀 개의치 않고 자기 방식 그대로 이야기를 써나갔다. 그리고 그의 생각이 옳았다. 진실은 가늘어지기는 해도 결코 깨지지 않고, 물 위에 뜬 기름처럼 늘 거짓말 위에 드러나기 때문이다.

그래서 작가는 그의 이야기를 계속해나간다. 돈키호테는 대도시인 엘 토보소 근교에 있는 떡갈나무 숲인지 밀림인지 숲속에 몸을 숨기고, 산초에게 엘 토보소로 돌아가라고 명령을 내리면서 무엇보다 먼저 자기의 아가씨 둘시네아에게 안부를 전하기 전까지 자기 앞에 돌아올 생각은 꿈에도 하지 말라고 했다. 그리고 아가씨의 사랑의 포로가 된 기사가 한번 배알할 수 있는 영광을 주십사 부탁드리고, 부디 기사에게 축복을 내리시어 아가씨를 위해 기사가 앞으로 겪을 모든 사건과 어렵기 한량없는 일들이 잘 풀리도록 해주십사 부탁드리라고도 했다. 산초는 명령대로 책임지고 그러겠노라고 했고, 또 처음에 그에게 가져왔던 것처럼 멋진 답장을 가져오겠다고 했다.

　"어서 가게나, 아들놈아!" 돈키호테가 말을 계속했다. "그리고 자네가 찾으러 가는 아름다움의 극치인 태양 빛 앞에 있게 되더라도 당혹하지 말게나. 세상의 모든 종자 중에서도 자네는 행운아임에 틀림없네. 잘 기억해야 하네, 그분이 자네를 어떻게 맞이하는지 잊어서는 안 되네. 자네가 그녀에게 내 말을 전할 때 안색이 변하시는지, 내 이름을 들으면서 불안해하거나 심란해하시는지, 푹신푹신한 쿠션에 기대고 계시지는 않는지, 혹여 그녀의 권위를 나타내는 으리으리한 자리에 앉아 계시는지, 만일에 서 계시거든 한쪽 발에 몸의 무게를 두었다가 곧 다른 발로 무게를 옮기시는지 그녀의 행동을 잘 관찰하게나. 또 자네에게 주려는 대답을 두세 번 되풀이하시는지, 부드러운 표정에서 쌀쌀맞은 표정으로, 퉁명스런 말투에서 다정다감한 말투로 바뀌시는지, 헝클어지지도 않은 머리에 손을 올려 바로잡으려 하시는지 말이네. 결론적으로 말해, 아들놈아, 그녀의 일거수일투족을 관찰하라는 말이네. 자네가 그런 일들을 있는 그대로 나한테 말해주면, 내 사랑에 관계되는 모든 일에 대해서 그녀의 가슴 깊이 간직한 것을 내가 미루어 짐작할 테니까. 산초, 자

138

네가 그런 걸 모르고 있다면 알아두게나. 연인들 간에는 밖으로 드러나는 일거수일투족이, 애정에 관계되는 것일 때는 말일세, 마음속에서 오가는 소식을 전하는 가장 정확한 우편물이거든. 가게나, 친구여, 내 행운보다 더 좋은 행운이 자네를 인도하길 두 손 모아 빌겠네. 그리고 자네가 날 두고 떠나는 이 쓰라린 고통을 감수하며 두려움 속에서 기다릴 테니, 부디 더 좋은 성과를 올려 돌아오길 학수고대하겠네."

"소인, 갔다가 싸게 돌아오겠습니다요." 산초가 말했다. "나리, 나리께서는 개암보다 더 작아졌을 조마조마한 마음을 부디 푸십시오. '마음을 잘 쓰면 악운도 달아난다'라든가, '절인 돼지고기가 없는 곳에는 걸어둘 말뚝이 없다'[76]라는 말을 생각하시길 바랍니다요. 그리고 또 '아닌 밤중에 홍두깨'라고도 하지요. 간밤에는 우리가 우리 아가씨의 궁전이나 성을 찾지 못했지만, 지금은 낮이니까 생각지도 못할 때에 찾을 가능성도 있다고 생각합니다. 찾기만 하면, 아가씨는 소인에게 맡겨두시길 바랍니다요."

"바로 그걸세, 산초." 돈키호테가 말했다. "내가 소원 성취를 위해 더 좋은 행운을 주십사 하고 하느님께 빌 적마다, 자네는 항상 우리에게 들어맞는 속담들을 들려주는구먼."

이 말이 끝나자마자 산초는 등을 돌려 잿빛 당나귀에게 채찍질을 했고, 돈키호테는 말에 올라앉은 채 슬픔과 어수선한 상상력으로 가득 차 등자에 발을 올리고 창에 기대어 쉬었다. 우리는 그곳에

---

76   원래 "절인 돼지고기가 있는 곳에 걸어둘 말뚝이 없다Donde se piensa que hay tocinos, no hay ni estacas"라는 속담을 산초가 잘못 말했다.

돈키호테를 그대로 두고, 산초 판사를 따라가보자. 산초 역시 주인 못지않게 어수선한 생각에 잠겨 돈키호테를 남겨두고 떠났다. 그리고 숲에서 나오자마자 고개를 돌렸을 때 돈키호테가 보이지 않자, 당나귀에서 내려서 나무 아래 앉더니 혼잣말로 중얼거렸다.

"야, 산초 형제, 그대는 어디로 가시는가? 잃어버린 어떤 당나귀라도 찾으러 가시는가? — 아니, 천만의 말씀이십니다요. 그럼 무얼 찾으러 가시는가? — 아무 말도 못 하는 사람처럼, 어떤 공주님을 찾으러 갑니다요. 그 공주님한테는 아름다움의 태양과 모든 하늘이 함께 있다고 했습니다요. 자네가 말하는 그걸 어디로 가서 찾을 셈인가, 산초? — 어디로요? 엘 토보소라는 대도시요. 그럼 좋네. 그러면 누가 시켜서 그분을 찾으러 가는가? — 라만차의 돈키호테라는 이름난 기사이십니다요. 그분은 애꾸눈이를 고쳐주고, 목마른 이에게는 먹을 것을 주고 배고픈 이에게는 마실 것을 주십니다요.[77] 그 모두가 아주 좋네. 그런데 그분의 집은 알고 있는가, 산초? — 소인의 주인 나리께서 소인한테 말씀하셨습니다요. 왕궁이나 엄청나게 큰 성이라고요. 그럼 혹시 언젠가 그분을 본 적은 있는가? — 소인도 제 주인께서도 한 번도 뵈온 적이 없습니다요. 그럼 자네가 공주님들을 빼내 가고 귀부인들을 엉덩이가 근질근질하게 하려는 의도로 이곳에 와 있다는 것을 엘 토보소의 사내들이 알고 우르르 몰려와서 자네를 몽둥이찜으로 박살 내고 뼈도 못 추리게 한다면, 그래도 그게 옳고 다 잘한 일이라고 생각하겠는가? —

---

77 que desface los tuertos, y da de comer al que ha sed, y de beber al que ha hambre. 'comer(먹다)'와 'beber(마시다)'가 바뀌었다.

140

사실 소인이 심부름하는 사람에 불과하다고 생각하지 않는다면, 그 사람들의 행동이 지당합니다요. 그리고 다음 노랫가락도 그렇고요.

자넨 사자使者일 뿐이지, 친구,

자넨 받을 만한 죄가 없다네, 전혀.[78]

자넨 그걸 믿어서는 안 되네, 산초. 라만차 사람들은 정직하지만 화를 잘 낸다네. 그래서 누구든 빈정거리기라도 하면 그걸 받아들이지 못해. 자넬 의심이라도 하는 날에는 화를 당할 걸세.── 저리 꺼져! 이 벼락 맞을 놈아! 아니, 남이 좋아하는 것 때문에 발 셋 달린 고양이를 찾으러 다니다니, 꼬락서니가 처량하기 그지없구나! 그리고 더욱이 엘 토보소에서 둘시네아를 찾는다는 건 라베나에서 마리카를 찾거나 살라망카에서 학사를 찾는 격이나 마찬가지야.[79] 악마가, 바로 악마가 말이야, 다른 일도 아니고 이 일에 날 끌어들였어!"

산초는 이런 독백을 혼자서 주고받다가 거기서 꺼낸 결론을 다시 곱씹었다.

"그건 그렇다 치고, 죽음이 아니라면 세상만사는 해결책이 있게 마련이다. 누구나 삶이 끝날 때, 죽음의 멍에 아래에서 싫건 좋건 모든 것을 보내게 될 거야. 내 주인도 그 수많은 징조로 봐서 묶

---

78 Mensajero sois, amigo / no merecéis culpa, non. 이미 세르반테스의 시대에 잘 알려진 베르나르도 델 카르피오Bernardo del Carpio가 쓴 한 로맨스의 시구이다.

79 비슷비슷한 많은 것들 사이에서 잃어버렸기 때문에 발견하기가 아주 어려운 것을 찾는다는 뜻으로, 우리 속담 "서울 가서 김 서방 찾기"와 같은 뜻이다.

어놓아야 할 광인이고, 나 또한 그에 못지않지. 내가 그분을 따라다니면서 모시니, 내가 그분보다 더 어리석기 짝이 없는 놈이야. '유유상종類類相從'이라든지, '네가 누구네 집에서 태어났느냐가 아니라, 네가 누구와 함께 지내느냐가 중요하다'라는 속담이 사실이라면 말이야. 그러므로 그 사람은 사실이 그렇듯 광인이고, 그 광기라는 것이 대개의 경우 어떤 것을 다른 것으로, 이를테면 흰 것을 검은 것으로, 검은 것을 흰 것으로 판단하는 게 문제다. 또 풍차를 거인이라 하고, 교인들의 노새를 단봉낙타라 하고, 양 떼를 적군이라 하고, 그리고 다른 많은 것들을 이렇게 보고 있으니, 여기서 처음 마주치는 농사꾼 여자를 둘시네아 아가씨라고 믿게 하는 것은 식은 죽 먹기일 것이다. 그리고 그가 그걸 믿지 않을 땐 내가 맹세할 것이고, 그가 맹세하면 내가 다시 맹세할 것이고, 만일 그가 고집을 부리면 나는 더욱더욱 고집을 부릴 것이며, 또 무슨 일이 있더라도 나는 내 주장을 끝까지 물고 늘어지면 돼. 이런 고집을 피워 그가 다시는 내게 이 같은 심부름을 보내지 않도록 끝장을 볼 것이야. 나를 심부름 보냈다간 내가 그녀에게 얼마나 형편없는 답장을 받아 오는지 보게 될 것이다. 아니면 아마도 내가 상상하는 것처럼, 자기에게 악의를 품은 마법사들 중 어느 악질 마법사가 사악한 해를 끼치려고 생긴 모양을 바꾸어버렸다고 그는 생각할지도 모를 일이다."

산초 판사는 이런 생각을 하니 마음이 안정되었고, 자기의 일이 잘 끝날 것 같았다. 그래서 그는 돈키호테가 엘 토보소에 갔다 돌아왔다고 생각하게 하려고 거기서 오후까지 머물렀다. 모든 일은 엉킨 실이 풀리듯 순조롭게 잘 되어갔다. 그런데 산초가 잿빛 당나귀에 올라타려고 일어났을 때, 엘 토보소에서 그가 있는 쪽으로 농촌 여인네 세 사람이 세 마리의 어린 당나귀를 타고 오고 있었다. 그녀들이 수탕나귀를 타고 왔는지 암탕나귀를 타고 왔는지는 작가 가 분명히 밝히지 않았다. 시골 아낙네들이 보통 타고 다니는 걸로 미루어 보아서는 암탕나귀일 가능성이 더 높다. 그러나 암탕나귀냐 수탕나귀냐 하는 것은 별로 큰 문제가 아니므로, 조사하겠다고 시 간을 끌 사항이 아니다. 결국 산초는 세 농촌 아낙네들을 보기가 무 섭게 바삐 그의 주인 나리 돈키호테를 다시 찾으러 가서 보니, 돈키 호테가 한숨을 내쉬며 사랑이 넘치는 탄식을 수도 헤아릴 수 없을 정도로 많이 하고 있었다. 돈키호테가 산초를 보자 말했다.

"어떻게 됐는가, 산초 친구? 오늘을 길일을 나타내는 흰 돌로 표시해야 하는가, 아니면 흉일을 나타내는 검은 돌로 표시해야 하 는가?"

"더 좋을 것 같은뎁쇼," 산초가 대답했다. "나리께서 신임 교수 명부처럼 빨강으로 표시하는 것[80]이 말입니다요. 그래야 그걸 보는 이들이 잘 알게 될 테니까요."

"그렇게도," 돈키호테가 되받아 말했다. "좋은 소식을 가져왔 다는 말이구면."

"좋다뿐입니까요." 산초 판사가 대답했다. "나리께서는 로시난 테에 박차를 가해, 다른 두 시녀를 데리고 나리를 뵈러 오시는 엘 토보소의 둘시네아 아가씨를 맞으러 들판으로 나가시기만 하면 됩 니다요."

---

80 세르반테스가 활약했던 시대에는 신임 교수나 박사의 이름을 대학교 벽에 붉은색으로 써놓았다.

"오, 성스러우신 하느님이여! 자네 지금 뭐라고 했는가, 산초이 친구야?" 돈키호테가 말했다. "이봐, 날 속이려 들지 말게나. 내 진정한 슬픔들을 가식적인 즐거움들로 기쁘게 하려 하지 말게나, 제발."

"소인이 무슨 득을 보겠다고 나리를 속이겠습니까?" 산초가 대답했다. "더욱이 소인의 말이 진실이라는 게 곧 밝혀질 텐데요. 말에 박차를 가하세요, 나리. 어서 가십시다요. 결국 그분의 신분에 맞게 옷을 차려입고 몸치장을 한 우리의 여주인, 공주님께서 오시는 걸 보시게 될 겁니다요. 아가씨의 시녀들과 아가씨 모두가 빛을 내며 반짝이는 황금이며, 모두가 진주 다발이요, 모두가 다이아몬드요, 모두가 루비요, 모두가 열 번 이상 금실로 수놓은 천입니다요. 등으로 늘어뜨린 머리카락은 마치 바람에 나부끼는 햇살 같습니다요. 그리고 특히 세 마리 점박이 카나네아를 타고 오시는데, 여간 보기 좋은 게 아닙니다요."

"자네 말은 아카네아[81]를 뜻하는 것이겠지, 산초."

"별 차이가 없는뎁쇼." 산초가 대답했다. "카나네아건 아카네아건 말입니다요. 아무튼 그분들이 뭘 타고 오건 상관할 바는 아니고, 이 세상에서 최고로 잘 차려입은 아가씨들이 오고 있습니다요. 특히 둘시네아 공주님, 우리 아가씨는 그 아름다움이 보는 이의 이성을 마비시킵니다요."

"자, 가세, 산초 아들놈아." 돈키호테가 대답했다. "이 뜻하지

---

81 옛날 귀부인이 타던 조랑말.

않은 길보吉報를 전해준 데 대한 답례로, 내가 첫 모험에서 얻을 가장 좋은 전리품을 자네에게 주겠네. 만일에 그것이 자네를 만족시키지 못한다면, 자네도 알고 있듯이 우리 마을이 공동으로 사용하고 있는 목장에서 내 암말 세 마리가 머지않아 새끼를 낳을 것이니, 금년에 그 새끼들을 자네에게 주겠네."

"소인은 망아지들로 하겠습니다요." 산초가 대답했다. "왜냐하면 첫 모험에서 얻을 전리품들이 좋을지 어떨지 매우 불확실하니까요."

이런 말을 주고받다보니 그들은 이미 숲에서 나오게 되었고, 가까이 온 세 시골 아낙네를 발견했다. 돈키호테는 눈을 치켜뜨고 온 들판을 바라보았으나 세 시골 아낙네밖에 보이지 않자 아주 당혹해하며, 아가씨들을 시외에 모셔두고 왔느냐고 산초에게 물어보았다.

"시외에 어떻게 모십니까요?" 산초가 대답했다. "나리께서는 눈을 뒤통수에 붙이고 다니기라도 하십니까요? 지금 이쪽으로 오고 계시는, 한낮에 쨍쨍 내리쬐는 바로 그 태양처럼 찬란하게 빛나는 여자분들, 이분들이 보이시지 않습니까요?"

"보이지 않는구먼, 산초." 돈키호테가 말했다. "당나귀 세 마리를 타고 오는 농사꾼 여인네 셋밖에는 안 보이네."

"이거 정말 환장하겠네요." 산초가 대답했다. "아니 순백의 눈처럼 하얀, 저 귀부인이나 타는 세 마리의 조랑말인가 뭔가 하는 것이 나리의 눈에는 당나귀들로 보인다니, 이게 과연 가능한 일입니까요? 젠장맞을. 만일에 사실이 그렇다면 제 이 수염을 몽땅 뽑아버려도 좋습니다요."

"그런데 말일세, 내가 자네에게 말해두겠는데, 산초 이 친구야." 돈키호테가 말했다. "내가 돈키호테이고 자네가 산초 판사인 것처럼, 수탕나귀건 암탕나귀건 당나귀인 건 사실이네. 적어도 내가 보기엔 그러하네."

"입 좀 봉하세요." 산초가 말했다. "그런 말씀 마시고 그 두 눈을 크게 뜨고 자세히 보세요. 그리고 벌써 가까이 오셨으니, 가서서 나리의 마음속 깊이 품고 계신 아가씨에게 경의를 표하세요."

이렇게 말하고나서 세 시골 여자들을 맞이하러 앞으로 나아가더니, 잿빛 당나귀에서 내려 세 농사꾼 아낙네 중 한 사람의 당나귀 고삐를 잡고는 땅바닥에 두 무릎을 꿇고 말했다.

"여왕이시며 공주이시며 아름답기 그지없는 공작 부인이시여, 그대의 높디높은 자존심과 위대함이 그대의 사랑의 포로가 되어 저기 대리석 덩어리처럼 되어 있는 저 기사를 우아하고 정에 겨운 얼굴빛으로 맞아주시기를 바라나이다. 그대의 그 당당하시고 훌륭하신 풍채 앞에 있게 되니 숨이 꽉 막히고 마음이 동요되는지 몸 둘 바를 모르고 옴짝달싹 못 하고 있나이다. 저는 기사님의 종자인 산초 판사이옵고, 이분은 어찌나 여기저기 헤매고 돌아다니셨던지 얼굴이 핼쑥해진 라만차의 돈키호테 기사님입니다. 다른 이름으로는 찌푸린 얼굴의 기사라고도 합니다요."

이때는 이미 돈키호테가 산초 옆에서 무릎을 꿇고 있었다. 그리고 산초가 여왕이며 아가씨라고 부른 여인을 눈빛을 달리해서 당혹스러운 시선으로 바라보았으나, 별로 잘생긴 얼굴이 아닌 촌색시로밖에는 보이지 않았다. 왜냐하면 얼굴이 둥글둥글하고 납작코였기 때문에, 감히 입을 떼지 못하고 멍하니 놀라 있을 뿐이었다.

자기 동료의 앞을 지나가지 못하게 가로막고 무릎을 꿇고 있는 아주 다른 두 남자를 보고 농사꾼 아낙네들도 망연자실하기는 피장파장이었다. 그러나 가로막혀 있는 아낙네가 침묵을 깨고 애교라곤 손톱만큼도 없이 우거지상을 하고는 말했다.

"재수 없게 길을 막지 말고 비켜요, 우리 지나가게. 우린 바쁘단 말이에요."

이 말에 산초가 대답했다.

"오, 공주님이시며 엘 토보소의 세계적인 아가씨여! 그대의 도량 넓은 마음은 어찌해서 그대의 숭고한 모습 앞에 무릎을 꿇고 있는 기사도의 기둥이며 지주를 보시면서도 감동하지 않으시나이까?"

다른 두 여인 중 하나가 그 소리를 듣더니 말했다.

"뭣이라고, 너 내 맛 좀 볼래, 이 개뼈다귀 같은 놈아! 이것들도 고추 달린 사내라고 촌 아낙네들을 가지고 놀려는 꼬락서니를 좀 보게. 우린 자기들처럼 음담패설을 모르는 줄 아나봐! 가던 길이나 잘 가라고. 우리 갈 길을 가게 내버려두라고. 그게 당신들 신상에 좋을걸."

"일어나게나, 산초." 이때 돈키호테가 말했다. "아직도 내 불행에 양이 덜 찬 운명의 여신은 내 육신 안에 지닌 이 보잘것없는 영혼에 어떤 만족감이라도 줄 수 있는 길이 보이면, 그 모든 길을 가로막고 방해한다는 것을 이제야 비로소 알았네. 그리고 그대여, 인간이 바랄 수 있는 최고의 가치며, 인간이 지닌 고귀함의 극치며, 그대를 열렬히 사랑하는 이 비탄에 잠긴 마음의 유일무이한 묘약이여! 사악한 마법사가 나를 쫓아다니면서 내 이 두 눈에 구름과 비

바람을 덮어씌워, 다른 눈이 아닌 이 두 눈에만 세상에 둘도 없는 그대의 아름다운 얼굴이 가난한 농사꾼 아낙네의 얼굴로 보이게 둔갑시켰습니다그려. 혹시 내 얼굴도 그대의 눈에 가증스럽게 보이도록 어떤 괴물의 얼굴로 둔갑시켰는지 모르겠지만, 꼭 날 부드럽고 다정다감하게 보아주소서. 설령 볼품없는 아름다움일지라도 이렇게 그대에게 복종하고 무릎을 꿇으며 그대를 동경의 대상으로 여기는 내 영혼의 갸륵한 겸손함을 눈여겨 살피소서."

"아이고, 짓궂기도 해라!" 시골 아낙네가 대답했다. "전 말이에요, 그런 사랑의 속삭임 같은 것을 들을 만한 여자가 못 됩니다요. 비켜서세요. 우리가 지나가도록 길을 열어주시면 고맙겠네요."

산초는 막고 있던 길을 터 그녀가 지나가도록 했으며, 자기와의 시비가 잘 해결되어 대만족이었다.

둘시네아의 역할을 하던 시골 아낙네는 자유의 몸이 되자마자 막대기 끝에 달린 뾰족한 자극물로 자기의 어린 당나귀를 쿡쿡 찌르면서 초원을 향해 내달렸다. 그런데 당나귀는 자극물의 뾰족한 끝에 찔린 게 평소보다 훨씬 더 아팠는지 펄쩍펄쩍 뛰기 시작했다. 그 결과 둘시네아 아가씨가 땅바닥에 곤두박이쳤으며, 돈키호테가 그 광경을 보고 그녀를 일으키려고 달려갔고, 산초도 달려가 어린 암탕나귀 배 아래로 내려온 안장을 바로 얹고 뱃대끈을 조여주었다. 안장이 제자리에 놓이자 돈키호테는 그 마법에 걸린 아가씨를 두 팔로 안아 당나귀 등에 태우려 애썼으나, 아가씨가 스스로 땅바닥에서 벌떡 일어나 그런 수고를 하지 않아도 되었다. 그리고 아가씨는 약간 뒤로 물러나더니, 달리면서 두 손으로 당나귀의 엉덩이를 짚고 매보다 더 가볍게 안장 위로 몸을 올려 마치 남자처럼 걸터

148

앉았다. 바로 그때 산초가 말했다.

"아이고, 대단하십니다요. 우리 주인 아가씨는 매보다 더 가벼우십니다요! 코르도바나 멕시코의 최고 명수에게라도 말 타는 법을 가르치실 수 있겠습니다요! 안장 뒤쪽의 말 등을 단번에 뛰어넘어 박차도 없이 귀부인이 타던 조랑말을 얼룩말처럼 달리게 하십니다그려. 아가씨의 시녀들도 다 아가씨 못지않군요. 모두들 비호같이 달리네요."

그것은 사실이었다. 왜냐하면 둘시네아가 당나귀에 올라타는 것을 보자마자 모두가 그녀를 따라 박차를 가하고는 뒤도 돌아보지 않고 반 레과 이상을 달려 사라졌다. 돈키호테는 눈으로 그녀들의 뒤를 쫓다가, 그녀들의 모습이 보이지 않자 산초를 돌아보면서 말했다.

"산초, 내가 마법사들로부터 미움을 많이 사고 있는 걸 자네는 어떻게 생각하는가? 나에게 품은 그들의 악의와 원한이 어디까지 뻗쳐 있는지 생각해보게나. 내 아가씨를 원래 모습 그대로 보고 느낄 수 있는 희열을 나한테서 빼앗고 싶어서 그렇게 하고 있으니 말일세. 요컨대 난 불운한 사람의 본보기로, 또 악운의 화살이 조준하고 있는 과녁이며 표적으로 태어났어. 자네도 알아채야 하네, 산초. 이 배신자들이 나의 둘시네아 아가씨를 둔갑시킨 걸로 만족하지 않고, 촌뜨기처럼 저렇게 천하고 천하에 못생긴 모습으로 만들어놓았어. 그뿐인가. 고귀한 아가씨들만이 가진 그 몸에 밴 독특한 향취, 즉 용연향과 꽃들 사이에서 늘 풍기는 그 좋은 향내까지도 그녀한테서 빼앗아 갔네. 산초, 내가 자네에게 알려줄 게 있는데, 내가 둘시네아를 귀부인이 타는 조랑말, 그러니까 내가 보기에는 암탕나

149

귀 같았는데 자네는 귀부인이 타는 조랑말이라 하니 하는 말이네만, 그 위에 올리려고 했을 때 생마늘 냄새가 내 코를 찌르는데, 냄새가 어찌나 고약한지 내 영혼까지 중독시켰다네."

"오, 천박한 것들!" 이때 산초가 외쳤다. "오, 불길하기 짝이 없고 악의에 찬 마법사 놈들, 꼬챙이에 낀 정어리처럼 모두 줄줄이 아가미를 실로 꿰어놓은 것을 누가 보아야 하는데 말이야! 너희들은 아는 것도 많고 할 수 있는 것도 많으니 나쁜 짓을 너무나 많이 하고 있어. 이 교활한 놈들아, 진주 같은 내 아가씨의 눈을 코르크나무의 껍질에 생긴 혹으로, 아주 아름다운 순금 같은 머리카락을 소의 뻣뻣한 주홍색 꼬리털로 바꾸어놓았어. 결국에 가서는 그녀의 그 잘생긴 얼굴 모습을 추하게 만들어놓았단 말인가. 그리고 그녀의 몸에 밴 향내까지 손을 대고 말았으니, 얼마나 심술궂은 짓인가. 향기라도 있었다면 그 추한 껍데기 아래 숨겨진 것을 꺼낼 수 있었을 텐데. 사실을 말하면, 소인은 한 번도 그녀한테서 추한 것을 본 적이 없으며 오직 아름다움만 보았습니다요. 그 아름다움에 더해 오른쪽 입술 위에 사마귀가 하나 있는데, 그 사마귀에는 수염처럼 한 뼘이 넘는 기다랗게 늘어진, 금실 같은 일여덟 가닥의 금발이 있었어요."

"그 점으로 미루어 짐작건대," 돈키호테가 말했다. "얼굴의 사마귀들과 몸의 사마귀들 사이에 상응한다는 관상술에 의하면, 둘시네아의 얼굴과 같은 쪽의 포동포동한 허벅지에도 사마귀가 하나 있을 거네만, 자네가 말한 그 털들은 사마귀들에 비하면 너무나 길군그래."

"그렇지만 소인이 나리께 드리고자 하는 말씀은," 산초가 대답했다. "그 사마귀들이 원래 거기에 나 있는 것 같았다는 겁니다요."

"나도 그렇게 믿고 있어, 친구야!" 돈키호테가 되받아 말했다. "왜냐하면 자연이 둘시네아에게 해놓은 건 어느 것 하나 완전하지 않은 것이 없고 나무랄 데 없이 완전무결하지 않은 것이 없기 때문이네. 그러니 자네가 말한 사마귀가 그녀의 몸에 설령 백 개가 있더라도, 그건 사마귀가 아니라 찬란하게 빛나는 달님이요 별님임에 틀림없네. 그렇지만 나한테 말해보게, 산초. 내가 보기엔 안장 같았는데, 자네가 손질한 그것이 등받이가 없는 의자던가, 아니면 크고 푹신푹신한 안락의자던가?"

"그게 아니라," 산초가 대답했다. "품질이 우수해 왕국의 절반을 주고 사야 할 정도로 값나가는, 야전 덮개를 씌우고 등자가 짧은 의자던데요."

"그런데 내 눈에는 그런 모든 게 보이지 않았구면, 산초!" 돈키호테가 말했다. "내가 다시 말하고 또 수도 없이 말하겠지만, 난 세상 남자들 중에서 가장 불행한 사람이네."

이렇게 보기 좋게 속아 넘어간 자기 주인의 어수룩한 말을 들으면서, 의뭉스러운 산초는 웃음을 넌지시 감추느라 무진 애를 썼다. 마침내 두 사람 사이에 다른 많은 이야기가 오간 뒤에, 그들은 자기 짐승들 위에 다시 올라타고 사라고사로 가는 길을 계속했다. 그 유명한 도시에서 해마다 거행되는 장엄한 축제에 제시간에 도착하기 위해서였다. 그러나 그곳에 도착하기 전에, 이제 곧 알게 될 일이지만, 앞으로 기록하고 읽힐 만한 가치가 있는 크고 새로운 많은 사건들이 그들에게 일어났다.

제11장

죽음의 궁궐들의 마차나 달구지와
용감한 돈키호테에게 일어난 이상한 모험에 대해

돈키호테는 둘시네아 아가씨를 촌뜨기 아낙네의 모습으로 바꾸면서까지 마법사들이 자기에게 행한 악질적인 장난을 곰곰이 생각하면서 길을 나아가고 있었다. 돈키호테는 그녀를 본래 모습으로 되돌려놓기 위해서 어떤 대책을 세워야 할지 도저히 생각이 나지 않았다. 이런저런 생각으로 넋을 놓고 있을 때, 자신도 모르게 로시난테의 고삐를 놓고 말았다. 로시난테는 자기에게 주어진 자유를 느끼고는 한 발짝 떼어놓을 적마다 멈춰 서서 그 들판에 무성히 자란 푸른 풀을 뜯어 먹었다. 산초 판사는 한창 무아경에 빠져 있는 돈키호테를 돌아보면서 말했다.

"나리, 슬픔이란 짐승을 위해 만들어진 게 아니고 인간을 위해 만들어진 것이지만, 만일에 인간이 슬픔을 지나치게 느끼면 짐승이 됩니다요. 그러니 나리께서도 이제 그만 자제하시고 제발 정신을 차리셔서 로시난테의 고삐를 잡으세요. 그리고 제발 기운을 내시고 깨어나셔서 편력 기사들이 지녀야 할 그 늠름함을 보여주세요. 도대체 이게 뭡니까요? 힘없이 축 처진 이 꼴이 뭡니까요? 우리가 지금 에스파냐에 있습니까요, 프랑스에 있습니까요?[82] 사탄더러 세상에 있는 모든 둘시네아를 데려가라 하세요. 지구상의 모든 환술幻術과 변장술보다 편력 기사 단 한 명의 건강이 더 소중하니까요."

"입 닥치게, 산초." 그다지 힘이 없지는 않은 목소리로 돈키호테가 대답했다. "입 닥치라고 말했네. 그리고 그 마법에 걸린 아가씨를 모독하는 말은 하지 말게나. 그녀의 불운과 불행은 오직 내 탓이네. 그 나쁜 놈들이 나를 시기해서 그런 비운을 낳게 했단 말이네."

"내 말이 그 말입니다요." 산초가 대답했다. "과거에 그녀를 보았던 사람이 현재의 그녀를 보게 되면, 과연 어느 누가 울지 않고 배겨낼 수 있겠습니까요?"

"그게 바로 자네가 할 수 있는 말이네, 산초." 돈키호테가 말을 되받아 말했다. "자네야 그녀의 아름다움이 완전무결할 때에 그녀를 뵈었기 때문이지. 그리고 그때는 마법이 자네의 시선을 어지럽히거나 그녀의 아름다움을 자네에게 감출 만큼 퍼져 있지는 않았어. 오직 나에게만, 내 이 눈에만 그 마법사의 독소의 힘이 뻗쳐오는 거네. 그렇지만 어쨌든 산초 이 사람아, 난 한 가지 깨쳐 알게 됐네. 그건 말일세, 자네가 그녀의 아름다움을 나에게 잘못 묘사했다는 거네. 내 기억이 잘못되지 않았다면, 자네는 그녀가 진주의 눈을 가지고 있다고 말했는데, 진주 같은 눈은 귀부인의 눈이라기보다는

---

82   '무슨 생각을 그렇게 하고 계시기에 정신이 나가 있습니까?'라는 뜻.

오히려 도미의 눈이라네. 내 생각에 둘시네아 아가씨의 눈은 틀림없이 눈초리가 사납고, 천국의 두 무지개가 눈썹이 되어 감싸고 있는 푸른 에메랄드 같은 눈일 걸세. 그녀의 눈에서 그 진주 같은 것을 빼내 이로 가져가는 게 옳겠구먼. 분명히 산초 자네가 혼동해 눈을 이로 잘못 보았을 것이네."

"그럴 수도 있겠네요." 산초가 대답했다. "나리께서 그녀의 못생긴 얼굴을 보고 당혹하신 것처럼, 소인도 그녀의 아름다운 자태를 보고 정신이 몽롱해졌으니까요. 그러나 매사를 하느님께 맡기십시다요. 오직 전지전능하신 하느님만이 우리 인간이 사는 이 못된 세상에서, 이 눈물의 계곡에서 벌어질 일들을 죄다 아시는 유일한 분이니까요. 이 세상에는 사악함과 속임수와 교활함이 혼재되지 않은 것이 무엇 하나 없습니다요. 주인 나리, 소인은 한 가지 마음에 걸리는 일이 있습니다요. 다름이 아니오라 나리께서 어떤 거인이나 다른 기사와 싸워 이기셔서 그에게 아름다우신 둘시네아 아가씨 앞에 가라고 명령을 내리실 때 무슨 좋은 방법이라도 있지 않을까 생각 중입니다요. 이 불쌍한 거인이나 싸움에서 고배를 마신 비참하고 가엾은 기사는 어디로 가서 그 둘시네아 아가씨를 찾아야 합니까요? 소인의 생각은 그들이 바보 멍청이가 되어 우리의 아가씨를 미친 듯이 찾아 엘 토보소를 헤맬 것 같습니다요. 그리고 설령 그분을 길 한가운데서 마주친다 하더라도, 소인의 아버지가 누군지 모르듯이 전혀 알아보지 못할 테니까요."

"어쩌면 말일세, 산초," 돈키호테가 되받아 말했다. "그 마법이라는 것이 싸움에 패해 내 명령으로 둘시네아 아가씨를 알현하는 신세가 된 거인들이나 기사들로 하여금 그녀를 못 알아보게 할 정도까지는 아닐 걸세. 내가 처음으로 싸워 이긴 사람들 중 한두 명을 보내 그녀를 알아보는지 못 알아보는지 시험해보세. 그들에게 다시 돌아와 이 일이 어떻게 되었는지 알려달라고 명령을 내려서 말이지."

"소인의 말은요, 나리," 산초가 되받아 말했다. "나리께서 하신 말씀이 좋게 들리고, 또 그런 수법을 쓰면 우리가 원하는 것을 알게 될 테지만, 만일에 그녀의 모습이 나리 한 분에게만 감춰진다고 하면 그녀보다도 나리의 불행이 더 크리라는 겁니다요. 하지만 둘시네아 아가씨가 건강하고 만족감을 가지고 살아가신다면, 이곳에 있는 우리는 서로 잘 협조해서 되도록 잘 지내십시다요. 우린 우리대로 모험을 찾으며 세월이 하는 대로 맡겨두자고요. 세월은 이런 병은 말할 것도 없고 다른 더 큰 병도 고치는 명의니까 말이에요."

돈키호테가 산초 판사에게 대답하려 했으나, 그때 상상을 초월하는 가지각색의 이상한 인물들을 가득 실은 달구지 하나가 길을 가로질러 나오며 그의 말을 방해했다. 노새를 끌고 달구지 몰이꾼 역할을 하는 자는 못생긴 악마였다. 달구지는 덮개나 지붕도 없이 하늘로 휑하니 뚫린 채 오고 있었다. 돈키호테의 두 눈에 보인 첫 모습은 사람의 얼굴을 한 바로 그 죽음의 여신이었다. 그 옆에는 커다랗고 채색된 날개를 단 천사 하나가 오고 있었다. 그 맞은편 옆에는 머리에 황금 왕관을 쓴 황제가 있었다. 그리고 죽음의 여신 발치에는 큐피드라고 하는 신이, 눈에 가리개는 하지 않았으나 활과 화살통과 화살을 들고 있었다. 또한 빈틈없이 무장을 한 기사가 한 사람 오고 있었는데, 챙이 달린 투구는 고사하고 면이 달린 투구도 쓰지 않고 다만 갖가지 색깔의 깃털로 잔뜩 장식된 챙 넓은 모자를 쓰고 있었다. 이런 부류의 인간들과 더불어 잡다한 옷을 입고 얼굴이 제각각인 다른 인간들이 오고 있었다. 뜻밖의 이 모든 광경은 돈키호테를 어쨌건 혼란에 빠뜨렸고, 산초의 마음속에 공포감을 갖게 했다. 그렇지만 곧 돈키호테는 자기에게 어떤 새롭고 위험천만한 모험이 다가오고 있다는 생각이 들어 기쁘기 한량없었다. 이런 생각과 함께 어떠한 위험에도 물러나지 않겠다는 결연한 의지로 달구지 앞을 막아서면서 크고 위협적인 목소리로 말했다.

"달구지 몰이꾼인지 마부인지 악마인지 그대가 무엇이든지 간에, 그대의 이름은 무엇이고 어디로 가고 있으며, 그대가 그 낡아빠진 마차에 태우고 가는 사람들은 누구인지 꾸물거리지 말고 어서 말해라. 그 달구지는 보통 사람들이 쓰는 것이라기보다 오히려 죽은 자를 태우고 죽음의 늪을 건너는 저승사자의 배 같구나."

그 말에 악마는 아주 점잖게 달구지를 세우고 대답했다.

"나리, 우리는 앙굴로 엘 말로[83]라는 극단의 배우들로, 그리스도 성체 팔일절인 오늘 아침 저 언덕 뒤에 있는 장소에서 〈죽음의 궁전〉[84]을 공연했습니다. 그리고 오늘 오후에는 저기 저곳에서 공연하기로 되어 있답니다. 저곳이 지척이라 옷을 벗었다 다시 입을 필요가 없어 우리가 공연했던 복장 그대로 입고 가는 길입니다. 저 젊은이는 죽음의 사자使者, 다른 젊은이는 천사의 역입니다. 저 여자는 작가의 부인인데 여왕 역을 맡고, 또 다른 이는 군인 역을, 저

---

83 Angulo el Malo. 세르반테스와 동시대인으로, 극단의 흥행을 주관하는 기획자였다.

84 그 시대에 실제로 있었던 작품인 로페 데 베가의 〈죽음의 궁전의 성극el Auto sacramental de las Cortes de la Muerte〉을 말하는 것 같다.

사람은 황제 역을, 그리고 저는 악마 역을 맡고 있는데, 이 성극^{聖劇}에서 중요한 인물 중 하나랍니다. 왜냐하면 저는 이 극단에서 주로 주인공 역을 맡고 있기 때문입니다. 만일에 나리께서 우리에 대해 또 다른 걸 알고 싶으시다면, 저에게 죄다 물어보십시오. 제가 아주 정확히 나리께 알아서 대답해드리겠습니다. 저는 악마이기 때문에 뭐든지 못 할 일이 없습니다."

"편력 기사의 명예를 걸고 맹세하는데," 돈키호테가 대답했다. "나는 이 마차를 보자마자 나에게 어떤 커다란 모험이 다가오고 있다고 생각했답니다. 그래서 무엇을 확실히 알아내려면 외관들을 직접 손으로 만져볼 필요가 있습니다. 마음씨 고운 분들이여, 안녕히 가십시오. 그대들의 공연이 성공리에 끝나기를 빕니다. 그리고 만일 내가 그대들을 도울 일이 있어 무슨 부탁이라도 하신다면, 기꺼이 기분 좋게 도움을 드리겠습니다. 왜냐하면 나는 소년 시절부터 가면극에 취미가 있었고, 젊은 시절에는 유랑 극단의 배우들이 마냥 부러워 그 뒤만 졸졸 따라다녔으니까요."

이런 말들을 주고받고 있을 때, 운명의 장난인지 우습기 짝이 없는 유랑 극단 복장에 방울을 주렁주렁 단 단원 한 사람이, 막대기 끝에 바람을 잔뜩 넣어 부풀린 소 오줌통 세 개를 달고 도착했다. 그 꼴불견의 어릿광대가 돈키호테에게 다가오더니, 막대기를 휘두르며 오줌통으로 땅을 치고 방울들을 흔들면서 펄쩍펄쩍 뛰기 시작했다. 그 흉측하기 짝이 없는 광경에 놀란 로시난테는 돈키호테가 미처 말릴 겨를도 없이, 이에다 재갈을 물고 뼈만 앙상하게 남은 말이라고는 상상도 할 수 없을 만큼 매우 가벼운 발걸음으로 들판을 달리기 시작했다. 산초는 그의 주인이 말에서 떨어질 위험에 처했다고 생각하고 잿빛 당나귀에서 뛰어내려 재빨리 주인을 도우려고 갔으나, 그가 도착했을 때 주인은 이미 땅바닥에 내팽개쳐 있었다. 그의 옆에는 주인과 함께 넘어진 로시난테가 땅바닥에 뒹굴고 있었으니, 이거야말로 로시난테의 발랄함과 대담함이 발휘된 끝이요 늘 보아온 종말이었다.

그런데 산초가 당나귀를 두고 돈키호테를 구출하러 가자, 소 오줌통을 가지고 춤을 추던 악마 놈이 그 잿빛 당나귀에 올라타 오줌통으로 당나귀를 흔들어댔다. 당나귀는 두들겨 맞는 고통보다 공포와 소란 때문에, 공연하기로 한 장소를 향해 들판을 날 듯이 달리기 시작했다. 산초는 그의 잿빛 당나귀가 달리는 것과 그의 주인이 말에서 떨어지는 것을 동시에 보았는데, 둘 다 긴급을 요하는 일이라서 어느 쪽부터 구출하러 가야 좋을지 몰랐다. 그러나 결국 산초는 착한 종자요 착한 하인으로서 자기 주인에 대한 사랑이 당나귀에 대한 애정보다 더 컸다. 오줌통이 공중에 들렸다가 잿빛 당나귀의 엉덩이로 떨어지는 것을 볼 적마다 산초는 죽을 것만 같은 고통과 마음의 충격을 느꼈다. 자기 당나귀 꼬리의 가장 작은 털을 건들기보다 차라리 자기 눈의 두 눈동자를 때렸으면 싶었다. 이렇게 어찌할 바를 몰라 곤혹스러워하며 산초는 돈키호테가 있는 곳에 도착하여, 자기 생각보다 훨씬 심하게 혼쭐이 난 상태의 주인이 로시난테에 오르도록 도와주면서 말했다.

"나리, 그 악마 놈이 제 잿빛 당나귀를 가져갔어요."

"어떤 악마가 말인가?" 돈키호테가 말했다.

"그 소 오줌통을 든 악마 말입니다요." 산초가 대답했다.

"그럼 내가 그놈을 찾아줌세." 돈키호테가 되받아 말했다. "설사 그놈이 지옥의 가장 깊고 어두운 감옥에 당나귀와 함께 갇혀 있다 할지라도 말이네. 나를 따라오게나, 산초. 달구지가 무척 느리구먼. 잃어버린 잿빛 당나귀를 달구지 끄는 노새들로 벌충하겠네."

"뭐 하러 그런 수고를 하시려고 그러세요, 나리." 산초가 대답했다. "나리께서는 분을 삭이세요. 소인 생각에는 이제 그 악마 놈이 잿빛 당나귀를 놓아주었습니다요. 저기 잿빛 당나귀가 돌아오고 있습니다요."

그리고 사실이 그랬다. 그 악마 놈은 돈키호테와 로시난테를 흉내 내려고 그랬는지 잿빛 당나귀와 함께 넘어졌고, 그 뒤로 걸어서 마을까지 갔으며, 당나귀는 그의 주인한테로 돌아왔다.

"어쨌건," 돈키호테가 말했다. "그 달구지에 타고 있던 자 중에서 한 놈에게, 비록 그가 바로 황제일지라도, 그 악마가 무례하게 군 것에 대해 벌하는 것이 좋겠네."

"그런 망상은 나리에게서 완전히 없애버리세요." 산초가 되받아 말했다. "소인의 충고를 제발 들으세요. 사람들에게 사랑을 받는 광대들과 싸우면 절대 안 됩니다요. 두 사람을 죽였다고 붙잡힌 배우가 일전 한 푼 쓰지 않고 석방되는 걸 소인이 본 적이 있습죠. 그들은 즐거움과 쾌락을 주는 사람들이기 때문에 모두가 그들을 두둔하고, 모두가 그들을 보호하며 도와주고 존경한다는 걸 나리께서는 아셔야 합니다요. 그리고 왕립 위원회에서 정식으로 인가를 받은 극단들의 배우들은 더욱 그렇습니다요. 그들 모두나 대부분은 복장이나 몸치장에서 마치 왕자들 같습니다요."

"그렇더라도," 돈키호테가 대답했다. "설령 모든 인간 족속이 그를 비호한다 하더라도, 그 악마 놈이 잘난 척하면서 거짓 탈을 쓰고 다니는 꼬락서니는 눈 뜨고 볼 수 없네."

이렇게 말하면서 이미 마을에 거의 다다른 달구지 쪽으로 갔다. 그리고 소리를 버럭버럭 지르면서 말했다.

"멈춰 서라, 기다려라, 뭐가 그리 즐거운지 희희낙락하며 낄낄거리는 어중이떠중이 놈들아. 내가 너희에게 편력 기사들의 종자들의 탈것으로 사용되는 당나귀들과 짐승들을 어떻게 취급해야 하는지 알려주고 싶구나."

돈키호테의 외치는 소리가 어찌나 크던지, 달구지에 탔던 사람들이 모두 그 소리를 들었고 그 뜻도 잘 간파했다. 그 이야기로 보아 말하는 사람의 의도를 판단한 죽음의 신은 즉각 달구지에서 뛰어내렸다. 그 뒤를 이어서 황제와, 달구지 몰이꾼 악마와 천사가 뛰어내렸다. 여왕도 큐피드 신도 가만히 있지 않고 뛰어내렸다. 모두가 돌을 집어 들고 돈키호테에게 돌멩이 세례를 퍼부을 태세를 갖춘 채 학익진鶴翼陣 모양으로 진을 치고 양쪽으로 늘어섰다. 돈키호테는 그렇게도 씩씩한 대열로 서서 힘껏 돌을 던질 태세로 팔을 치켜든 그들을 보고는, 로시난테의 고삐를 당기고 어떻게 해야 자기 몸이 덜 위험한 상태로 그들을 공격할 수 있을지 생각하기 시작했다. 이렇게 멈춰 있을 때 산초가 도착해, 대오를 잘 짠 사람들을 습격할 태세를 취하고 있는 돈키호테를 보고 말했다.

"이렇게 엉뚱한 일을 시도하시다니, 미친 짓일 겁니다요. 나리께서는 잘 생각해보셔요. 저 녀석들이 던져대는 돌멩이 세례를 막을 무기는 이 세상에 없습니다요. 청동 종 안에 끼어들거나 틀어박히지 않고는 말이지요. 그리고 또한 저런 대군에게 맞서 남자 홀로 싸운다는 것은 용기라기보다 무모한 짓이라는 걸 생각하셔야 합니다요. 저곳에는 죽음의 신이 있고, 황제들이 친히 나와 싸우고, 좋은 천사 나쁜 천사 할 것 없이 다 돕고 있습니다요. 이런 점을 고려하고도 조용히 계실 의향이 없다면, 저기 있는 사람들이 모두 비록 임금들과 왕자들과 황제들 같지만, 실은 편력 기사가 한 놈도 없다는 사실을 알고 움직이시라는 겁니다요."

"이제야 알았네." 돈키호테가 말했다. "산초, 자네가 이미 결심이 선 내 마음을 움직일 수 있고 또 움직여야만 한다는 점을 때마침 잘 지적해주었네그려. 내가 지난번에 누차 말한 것처럼, 정식으로 기사 서품을 받지 않은 자에게는 칼을 뺄 수도 없거니와 빼어서도 안 되네. 산초, 만일 자네의 그 잿빛 당나귀가 당한 모욕을 복수하고 싶다면, 그건 전적으로 자네의 몫이네. 나는 여기서 함성을 질러대고 적절한 경고를 보내면서 자네를 돕겠네."

"안 그러셔도 됩니다요, 나리." 산초가 대답했다. "아무한테나 복수해서는 안 됩니다요. 모욕을 당했다고 복수하는 것은 착한 기독교도가 할 짓이 아닙니다요. 차라리 소인은 당나귀가 받은 치욕을 소인의 뜻에 맡기라고 당나귀를 설득해볼 참입니다요. 그것만이 하늘이 소인에게 생명을 주신 날들을 평화롭게 사는 길입니다요."

"그렇구먼. 그것이 자네의 결심이구먼그래." 돈키호테가 되받아 말했다. "착한 산초여, 재치 있는 산초여, 신심이 돈독한 기독교도 산초여, 진실한 산초여, 이런 도깨비들을 놓아두고 더 좋고 더 평가받을 만한 모험들을 다시 찾아보세. 내가 이 땅의 지세地勢를 살펴보니 놀랄 만한 모험이 넘칠 것 같구먼."

돈키호테는 곧바로 말고삐를 돌렸고, 산초는 잿빛 당나귀를 타러 갔으며, 죽음의 신은 이동 부대 전원을 이끌고 달구지로 돌아가 여행을 계속했다. 그리하여 죽음의 신의 무서운 달구지 모험은 행복하게 끝을 맺었다. 이것은 모두 산초 판사가 자기 주인에게 해준 건전한 충고 덕분이었다. 돈키호테는 이튿날 사랑에 빠진 편력 기사를 만나 지난 모험에 못지않은 다른 모험을 겪게 되었다.

· 제12장 ·

용맹한 거울의 기사와
용감무쌍한 돈키호테에게 일어난
이상한 모험에 대해

죽음의 신과 만난 다음 날 밤, 키가 커서 그늘이 많이 지는 나무들 아래에서 돈키호테와 그의 종자 산초 판사는 밤을 지새웠다. 산초의 설득으로 돈키호테는 잿빛 당나귀에 싣고 온 것을 먹었다. 저녁 식사를 하면서 산초가 그의 주인에게 말했다.

"나리, 소인이 암말 세 마리의 새끼를 택하지 않고 나리께서 끝낸 첫 모험의 전리품들을 답례로 택했더라면, 얼마나 멍청한 짓이었을까요. 정말이지, 정말이지 날아다니는 새 백 마리보다 수중에 있는 한 마리가 더 낫죠.[85]"

"그래도," 돈키호테가 대답했다. "만일에 자네가, 산초, 내가 원하는 대로 공격하도록 내버려두었다면, 적어도 여자 황제의 금관과 큐피드의 채색된 날개들이 전리품으로 자네 몫이 되었을 것이네.

---

85 En efecto, en efecto, más vale pájaro en mano que buitre volando. 직역하면 '정말이지, 정말이지 날아다니는 독수리보다 손 안에 있는 새가 더 가치 있죠'이다.

163

내가 폭력을 행사해서라도 그것들을 빼앗아 자네의 수중에 넣어주었을 테니 말일세."

"황제라는 광대들의 홀(笏)이나 왕관은 결코," 산초 판사가 대답했다. "순금이 아니고, 금도금한 것이거나 양철로 만든 것입니다요."

"사실은 그렇지." 돈키호테가 되받아 말했다. "왜냐하면 연극의 장신구들이란 연극 그 자체가 그렇듯 정교한 것은 격에 맞지 않을 테고 속임수로 겉만 번지르르하면 된다네. 그러니 난 바라네, 산초. 연극을 하는 사람들이나 그 희곡을 쓰는 사람들에 대해서 자네가 배려하는 마음을 가지고 좋은 인상으로 그들을 바라보길 말일세. 왜냐하면 모든 것이 시종 우리 앞에 거울을 놓고 인간 생활의 행위를 생생하게 보여주는, 국가에 공헌하는 도구들이니 말이네. 연극이나 연극배우들처럼 우리 모습을 있는 그대로건 우리가 앞으로 될 모습 그대로건 생생하게 보여주는 건 아무것도 없다네. 그렇지 않다면 나한테 말해보게나. 자네는 임금들과 황제들과 교황들, 그리고 기사들과 귀부인들과 다른 여러 인물들이 등장하는 어떤 연극의 공연을 본 적이 없는가? 한 사람은 뚜쟁이 역을 하고 다른 사람은 야바위꾼이 되며, 이 사람은 상인이 되고 저 사람은 군인이 되고, 다른 사람은 재치 있는 바보가 되고 또 다른 사람은 순진무구한 사랑에 홀딱 빠진 남자가 되기도 한다네. 그리고 연극이 끝나 의상을 벗으면 모든 배우가 동등해지는 걸세."

"예, 저도 본 적이 있습니다요." 산초가 대답했다.

"그런데 똑같은 일이," 돈키호테가 말했다. "연극에서도 일어난다는 거네. 그리고 또 실생활에서도 어떤 사람은 황제 역을 하고 다른 사람은 교황 역을 하며, 결국에 가서는 하나의 연극에 모든 인물이 등장할 수 있다는 거네. 그러나 종국에 이르러 삶이 끝나는 때가 임하면, 죽음이라는 게 모든 사람에게서 그들을 구별했던 옷을 벗기고나면, 누구나 무덤 속에서 차별 없이 평등해지는 거라네."

"정말 기발한 비유입니다요." 산초가 말했다. "소인도 여러 차례 들어본 바 있기에 그다지 새로운 것은 아니오나, 그건 체스 놀이와 같은 거죠. 체스를 두는 동안에는 각 말마다 자기만의 역할이 있고, 체스를 다 두고나면 모든 말이 한데 합쳐지고 뒤섞여 자루 속에 들어가는데, 이것은 무덤 속에 들어가는 우리의 삶과 똑같습니다요."

"나날이, 산초," 돈키호테가 말했다. "자네는 얼빠진 데가 적어지고 분별력이 많아지는군."

"그렇습니다요. 그건 나리의 분별력이 소인에게 묻어와서 그런가봅니다요." 산초가 대답했다. "본래가 불모의 메마른 땅일지라도 밑거름을 주고 잘 가꾸면 수확이 좋습니다요. 나리와의 대화는 소인의 메마르고 거친 지혜의 불모지에 뿌려진 거름이었다는 말씀을 드리고 싶습니다요. 소인이 나리를 모시고 교유해온 세월이 바로 연마 기간이었습죠. 그리고 이것으로 소인에게 하느님의 축복을 받을 만한 결실이 맺기를 바랍니다요. 그렇게 하는 것이 소인의 메마른 판단력에 나리께서 베풀어주신 훌륭한 훈육의 길에서 벗어나거나 옆길로 새지 않는 방법입니다요."

돈키호테는 산초의 으스대는 말을 듣고 실소를 금치 못했지만, 스스로 고쳐서 향상되었다는 그의 말은 자기가 생각하기에도 사실 같았다. 왜 그런고 하면, 산초가 그를 감동시키는 말을 왕왕 했기 때문이다. 산초가 박학다식博學多識하게 말하고 싶어 할 적마다, 그의 말은 솔직함이라는 산에서 무식의 심연으로 전락하는 결과가

165

되었다. 그리고 산초가 더 우아하고 기억력이 좋아 보이는 경우는, 이 이야기의 줄거리에서 이미 보였고 또 눈에 띄었던 것처럼, 그게 상황에 정확히 꼭 맞건 안 맞건 그가 속담들을 인용할 때였다.

　이런저런 대화를 나누면서 밤의 대부분이 지나갔으며, 산초는 자기가 자고 싶을 때 하는 말처럼 두 눈의 수문을 내리고 싶은 욕망이 들었다. 그래서 잿빛 당나귀의 마구와 안장을 죄 풀어주고 널려 있는 풀을 자유로이 뜯게 했다. 야영을 할 때나 지붕 아래서 자지 않을 때는 로시난테의 안장을 풀지 말라는 그의 주인의 명령 때문에 로시난테의 안장은 풀지 않았다. 예로부터 편력 기사들이 세우고 지켜온 관습처럼 재갈은 벗겨 안장틀에 걸어놓지만, 말에게서 안장을 벗기는 일은 절대로 해서는 안 되므로 산초는 그렇게 했다. 그러고는 잿빛 당나귀와 마찬가지로 로시난테에게도 자유를 주었다. 당나귀와 로시난테의 우정은 매우 유별나고 튼튼하여 대대손손 구전口傳으로 전해도 좋을 만큼 평판이 자자했고, 이 진짜 이야기의 작가가 특별히 그 우정만을 주제로 여러 장을 썼으나, 이렇게 역사적인 이야기에 없어서는 안 될 품격과 체면을 지키기 위해 포함시키지는 않았다고 전한다. 설사 작가의 그런 의도가 소홀히 되더라도, 두 짐승이 함께하면 다가가서 서로 긁어주다가도 지치고 흡족하면 로시난테는 잿빛 당나귀의 목 위에 자기 목덜미를 길게 뻗어 열십자 모양으로 올려놓고—로시난테에게는 몸의 다른 부분이 반 바라[86] 이상 남지만—있기도 했다고 기록하고 있다. 그리고 그 둘

86　vara. 1바라는 0.835미터.

은 땅바닥을 가만히 바라보면서 그렇게 사흘을 있기도 했단다. 그냥 내버려두면 적어도 그대로 꼼짝달싹 않고 계속 있거나, 배가 고파 죽을 지경이 되더라도 먹이를 찾지 않았을 것이다.

작가는 잿빛 당나귀와 로시난테의 우정을 니소스와 에우리알로스[87]의 우정과, 필라데스와 오레스테스[88]의 우정에 비유해 기록했다고 한다. 만일에 이것이 사실이라면, 세상이 탄복할 만한 일이라 할 수 있겠다. 이 두 평화스러운 동물의 우정이 얼마나 확고부동했는지 알 만하다.

사람들은 서로 우정을 지킬 줄 모르고 배신을 밥 먹듯 하는데, 이 두 동물의 이야기는 우리 인간들을 혼란스레 하고 있다. 이것에 대해 사람들은 이렇게 말하고 있다.

친구를 위한 친구가 없다.
갈대가 창으로 변한다.[89]

그리고 노래가 또 하나 있다.

---

87 Niso y Euríalio. 베르길리우스Vergilius의 장편 서사시《아이네이스*Aeneis*》의 등장인물로, 두 사람은 떨어질 수 없는 우정의 모델이다.

88 Pílades y Orestes. 그리스신화에 나오는 사촌 사이로, 필라데스는 오레스테스의 복수를 도왔다. 에우리피데스Eurípides의《타우리스섬의 이피게네이아*Ifigenia en Táuride*》의 등장인물이다.

89 No hay amigo para amigo; / las cañas se vuelven lanzas. 히네스 페레스 데 이타Ginés Pérez de Hita의 로맨스 모음집 *Las guerras civiles de Granada*에 나오는 시구. "갈대가 창으로 변한다"는 말은 "개천에서 용 난다"라는 우리 속담과 같은 뜻이다.

친구와 친구 사이가 빈대가 된다, 등등.[90]

그런데 이 동물들의 우정을 인간의 우정에 비교한 것을 두고 누군가는 작가가 약간 옆길로 빠졌다고 생각할지도 모르지만, 사람들은 동물들에게서 많은 가르침을 받고 중요한 것을 많이 배워왔다. 즉 황새에게서 세장洗腸을, 개에게서 토사吐瀉와 보은報恩을, 두루미에게서 경계警戒를, 개미에게서 천명天命을, 코끼리에게서 정직을, 그리고 말에게서 충절忠節을 배웠다.

결국 산초는 코르크나무 아래에서 잠이 들었고, 돈키호테는 단단한 떡갈나무 아래에서 꾸벅꾸벅 졸고 있었다. 그러나 얼마 지나지 않아 등 뒤에서 들려오는 소란한 소리에 돈키호테는 잠에서 깨어났다. 깜짝 놀라 일어나 그 시끄러운 소리가 어디서 들려오는지 보고 듣게 되었는데, 말 탄 두 남자에게서 들려오는 소리였다. 한 남자가 안장에서 내리며 다른 남자에게 말했다.

"내리게나, 친구. 그리고 말에게서 재갈을 풀어주게나. 내 생각에 이곳은 말들에게 먹일 풀이 충분한 것 같구먼. 내가 사랑이 넘치는 생각을 하기에 필요한 고요와 적막감이 감돌고 있어."

이 말을 하는 동시에 땅바닥에 벌렁 드러누웠다. 몸을 땅바닥에 내던질 때 입고 있던 갑옷이 쇳소리를 냈다. 그 소리 때문에 돈키호테는 그가 편력 기사임이 틀림없다는 것을 알게 되었다. 그래

---

90 De amigo a amigo la chinche, etc. 속담 "De amigo a amigo, chinche en el ojo(친구와 친구 사이가 눈엣가시가 된다)"는 알려지지 않은 어떤 시를 인용한 것으로, '친구라는 사람을 믿어서는 큰코다친다'라는 뜻이다.

서 그는 자고 있던 산초에게 다가가 팔로 그를 껴안고 간신히 깨워 낮은 목소리로 말했다.

"나의 형제 산초여, 드디어 모험을 하게 됐네."

"제발 하느님께서 우리에게 멋진 모험을 주시길 빕니다요." 산초가 대답했다. "그런데 그 모험이라는 선물은 어디 있습니까요, 나리?"

"어디냐고, 산초?" 돈키호테가 되받아 말했다. "눈을 들어 보게나. 저기 편력 기사 한 분이 드러누워 있는 게 보이지. 내가 추측건대 썩 즐거운 기분이 아니구먼. 왜냐하면 말일세, 그가 말에서 뛰어내려 땅바닥에 벌렁 드러눕는데 표정이 약간 절망적이었거든. 땅에 떨어질 때 갑옷이 스치는 소리가 났어."

"그럼 무엇 때문에," 산초가 말했다. "나리께서는 이게 모험이라는 겁니까요?"

"내가 하려는 말은 말일세," 돈키호테가 대답했다. "이게 전적으로 모험이라는 게 아니고 모험의 시작이리라는 걸세. 모험이라는 것들은 이런 곳에서 시작된다네. 보아하니 라우드[91]나 비우엘라[92]를 조율하고 있는 것 같구먼. 침을 뱉고 가슴을 풀어 헤치는 걸 보니, 노래를 부르려고 준비하고 있는 것이 틀림없네."

"분명코 그런 것 같습니다요." 산초가 대답했다. "틀림없이 사랑에 빠진 기사입니다요."

"편력 기사로서 사랑에 빠지지 않는 자는 아무도 없어." 돈키

---

91 만돌린과 비슷한 악기.
92 기타와 비슷한 옛 악기.

169

호테가 말했다. "그럼 저 사람의 노래를 들어보세. 저 사람이 부르는 노래의 줄거리를 따라가다보면, 그의 얽힌 생각의 실마리를 찾을 수 있을 걸세. 마음속이 가득 차야 혀도 말을 하게 되는 법[93]이라네."

산초가 주인의 말을 되받고 싶었으나, 그때 별로 나쁘지도 않고 그다지 좋지도 않은 숲의 기사의 목소리가 산초의 말을 방해했다. 그래서 두 사람은 깜짝 놀라 그가 노래하는 것을 들었는데, 이런 것이었다.

소네트

내게 주오, 임이여, 따라야 할 말 한마디를
그대의 뜻에 꼭 맞는
그리도 존경받는 것이 되어
내 결코 한 점 어기지 않으리.

내 괴로움을 침묵하고 죽길 바라신다면
이제 나에게 마지막으로 말해다오.
흔치 않은 방법으로 말하길 원한다면
바로 그 사랑이 그걸 말하게 하리.

난 사랑의 방해물들을 견뎌내고 있다오.
부드러운 밀랍과 단단한 다이아몬드로

---

93 〈마태오 복음서〉 12장 34절과 〈루카 복음서〉 6장 45절에 나오는 구절.

난 사랑의 법칙에 딱 맞추어.

부드럽거나 단단한 가슴 그대로 바치리니
그대 마음대로 새기거나 박으소서
영원히 지키리라 맹세한 것을.

보아하니 그의 가슴속 깊은 곳에서 터져 나오는 듯한 '아!' 하는 신음 소리로 숲의 기사는 노래를 끝맺었다. 그러고는 얼마 지나지 않아 슬픔에 젖어 가슴 아파하는 소리로 말했다.

"오, 세상에서 가장 아름답고 가장 배은망덕한 여인이여! 매우 침착한 여인인 반달리아[94]의 카실데아여, 그대는 어찌 사랑의 포로인 기사가 계속되는 편력과 가혹하고 생경한 환경 가운데 지쳐 쓰러져가는 걸 보고만 있을 수 있는가? 나바라의 모든 기사, 레온의 모든 기사, 안달루시아의 모든 기사, 카스티야의 모든 기사, 그리고 마지막으로 라만차의 모든 기사로 하여금 그대를 세상에서 가장 아름다운 여인으로 고백하게 했으면 이제 충분하지 않은가?"

"그건 아니지." 이때 돈키호테가 말했다. "본인은 라만차의 편력 기사로 그런 고백을 한 적이 결코 없으며, 내 아가씨의 아름다움에 누를 끼치는 그런 고백을 할 수도, 해서도 안 되느니라. 산초, 이 기사라는 작자가 잠꼬대 같은 헛소리를 해대는 걸 자네도 이미 보았네. 그렇지만 혹 더 고백할 게 있는지 들어보세."

<hr />

94 Vandalia. 안달루시아에 정착한 독일계 주민을 빗댄, 안달루시아의 시적詩的 이름이다.

"틀림없이 그럴 겁니다요." 산초가 되받아 말했다. "말하는 꼬락서니로 보아 한 달 내내 불평불만을 털어놓겠습니다요."

그러나 그렇지 않았다. 왜냐하면 숲의 기사는 자기 근처에서 말하는 소리를 얼핏 듣고는, 더 이상 탄식하지 않고 일어서더니 낭랑하고 조심스런 목소리로 말했다.

"게 누구시오? 누구요? 혹여 매사에 만족하며 사는 축에 드는 사람들이오, 아니면 슬픔에 몸부림치며 사는 축에 드는 사람들이오?"

"슬픔에 몸부림치며 사는 축에 드는 사람들이올시다." 돈키호테가 대답했다.

"그럼 내게로 다가오시오." 숲의 기사가 대답했다. "그러면 바로 그 슬픔과 그 고통의 존재를 알게 될 것이오."

돈키호테는 이렇게 부드럽고 정중한 대답을 듣자 그에게 가게 되었고, 산초도 그렇게 했다.

한탄하던 기사는 돈키호테의 팔을 잡더니 말했다.

"여기 앉으세요, 기사 나리. 귀하께서 편력 기사도를 수행하는 기사이신 것은, 고독감과 침착함이 함께하며 편력 기사들에게 적당한 자연 침대와 적당한 침실이 있는 이곳에서 귀하를 뵌 것만으로도 충분히 알 수 있습니다."

이 말에 돈키호테가 대답했다.

"저는 귀하께서 말씀하신 직업을 가진 기사이옵니다. 그리고 비록 제 마음속에 슬픔과 재난과 불운이 함께 자리하고 있을지라도, 그것 때문에 다른 이의 불행에 대한 제 동정심이 마음속에서 사라지는 건 결코 아닙니다. 조금 전에 귀하께서 이야기하시는 걸로 보아, 귀하의 불행은 사랑으로 말미암은 것이라고 말씀드릴 수 있겠습니다. 귀하가 한탄하는 가운데 이름을 들어 말씀하신, 그 은혜를 망각한 아름다운 여인에 대한 연민의 정에서 비롯된 것이군요.”

이런 이야기를 주고받는 동안 그들은 아주 평화롭게 말동무를 하면서 딱딱한 땅바닥에 앉아 있었다. 이처럼 다정한 광경으로 보자면, 날이 새자마자 머리가 깨질 일이 일어나리라고는 도저히 상상할 수 없었다.

“설마 기사님,” 숲의 기사가 돈키호테에게 물었다. “연정을 품고 있는 여인이 있는 건 아니겠죠?”

“불행히도 제게는 연정을 품고 있는 여인이 있답니다.” 돈키호테가 대답했다. “그렇지만 제대로 된 사고력에서 나온 고통은 불행이라기보다 오히려 하느님의 은총이라고 여기지 않으면 안 되지요.”

“그건 사실입니다.” 숲의 기사가 되받아 말했다. “멸시가 우리의 이성과 판단력을 흩뜨리지만 않는다면 말입니다. 멸시가 너무 지나치면 복수나 마찬가지지요.”

“난 내 아가씨로부터 멸시를 받아본 적이 한 번도 없습니다.” 돈키호테가 말했다.

“확실히 없습니다요.” 거기에 함께 있던 산초가 말했다. “우리 아가씨께서는 유순한 새끼 양 같아서 버터보다 더 부드러우시니까요.”

“이 사람이 당신의 종자인가요?” 숲의 기사가 물어보았다.

“그렇습니다.” 돈키호테가 대답했다.

“난 이런 종자를 한 번도 본 적이 없소이다.” 숲의 기사가 되받아 말했다. “자기 주인이 말씀을 하시는데 감히 어디라고 종자가 끼어드나요. 적어도 저기 있는 제 종자를 보세요. 자기 아버지만큼 몸집이 크지만, 내가 말하고 있을 때 함부로 주둥이를 놀리는 법이 없답니다."

"맞아요." 산초가 말했다. "소인이 말을 했어요. 그게 어쨌다는 거요. 그리고 난 말이에요, 다른 누구 앞에서라도 할 말은 하는 사람이랍니다요. 그러니 여기서 그만두세요. 긁어 부스럼이 될 수 있으니까 말이죠."

숲의 기사의 종자가 산초의 팔을 붙잡고 말했다.

"우리 둘이서 종자로서 하고 싶은 말을 죄다 원 없이 해보게 저쪽으로 갑시다. 우리 주인 나리들이 자기들의 사랑 이야기를 하면서 싸워 대가리가 터지든 말든 상관 말고 그냥 내버려둡시다. 아마도 그들은 사랑 이야기를 하다 날이 샐 테고, 설령 날이 새도 그 이야기는 끝나지 않을 거요."

"그거 듣던 중 반가운 소리요." 산초가 말했다. "내가 세상에서 말을 가장 많이 하는 종자 열두 명에 끼일 수 있는지 보여주기 위해서도 내가 누군지 당신에게 말하겠소이다."

이런 말을 주고받으면서 두 종자는 거기서 좀 멀리 갔다. 그들의 주인 사이에 오간 대화가 심각했던 반면에 종자들 사이에 오간 대화는 매우 익살스러운 것이었다.

· 제13장 ·

두 종자 사이에 주고받은
재치 있고 새로우며 부드러운 대화와 함께
숲의 기사의 모험의 연속

기사들과 종자들이 서로 떨어져서 종자들은 자기들의 신세타령을 늘어놓았고, 기사들은 사랑 이야기를 했다. 그런데 실록은 먼저 하인들의 신세타령을 이야기하고, 주인들의 이야기는 나중에 계속했다. 그래서 이야기는 주인들한테서 잠깐 멀어지고, 숲의 기사의 종자가 먼저 산초에게 말했다고 한다.

"우리 종자들의 삶이란 말로 형언하기 어렵게 힘들죠, 나리. 우리 편력 기사들의 종자들이란 이런 것이죠, 뭐. 사실 우리는 우리 얼굴에서 흐르는 땀으로 호구지책을 삼는 셈이죠. 이건 하느님께서 우리의 최초 조상들에게 내린 저주 중 하나입니다요."

"또한 이렇게 말할 수도 있겠습니다요." 산초가 덧붙였다. "우리 몸을 얼려서 호구지책으로 한다고 말이에요. 도대체 어느 누가 편력 기사의 처량한 종자들보다 더 많은 더위와 더 많은 추위를 겪으며 목숨을 이어가겠습니까요? 그나마 우리가 입에 풀칠만 할 수 있어도 불행 중 다행이죠. 고생도 빵과 함께라면 좀 덜 하겠지만,

우리는 불어오는 바람이 아니면 하루 이틀 아무것도 못 먹고 지낼 때도 있죠."

"그래도 그 모든 걸 나름대로 참고 견딜 수 있죠." 숲의 기사의 종자가 말했다. "우리가 받을 보상에 대한 희망이 있으니 말이에요. 왜냐하면 어떤 종자가 모시는 어떤 편력 기사가 지나치게 불행해지지만 않는다면, 적어도 얼마 싸우지 않고 아름다운 어떤 섬의 통치나 좋아 보이는 백작령을 상으로 받을 테니까요."

"저는 말입니다," 산초가 되받아 말했다. "벌써 어떤 섬의 통치로 만족한다는 말을 제 주인에게 해두었습니다요. 제 주인은 무척 고귀하시고 관대하셔서 수차에 걸쳐 자기 말을 꼭 이행하겠다는 약속을 하셨다오."

"나는," 숲의 기사의 종자가 말했다. "내 봉사의 대가로 성당 참사직이면 만족하겠소. 벌써 내 주인은 한자리 마련해두었다고 말했다오. 그거면 됐지 뭘 더 바라겠소."

"틀림없군요." 산초가 말했다. "당신의 주인께서는 성당에 속한 기사가 틀림없소. 그러니 마음씨 고운 자기 종자들에게 그런 은혜를 베풀 수 있겠습니다만, 제 주인은 그저 평신도이시라 제 기억으로는 빈틈없는 사람들이, 제 생각으로는 나쁜 의도를 가진 자들이 대주교가 되도록 노력해보라고 충고하고 싶어 했는데, 주인께서는 대주교보다 황제가 되고 싶으셨던 것입니다. 저는 그때 주인께서 성당 쪽에 뜻을 두지나 않을까 몸을 부들부들 떨었답니다. 제가 성당에서 급여를 받을 만한 충분한 능력이 없었으니까요. 당신한테 솔직히 말하면, 제가 사람같이 보일 테지만 성당 측에서 보면 짐승이나 다름없는 사람이거든요."

176

"그렇다면 사실이지 당신이 잘못 생각하고 있구려." 숲의 기사의 종자가 말했다. "섬 통치자들이 모두 정직한 것은 아니랍니다. 비비 꼬인 사람도 있고, 가난한 사람도 있고, 우울한 사람도 있고, 그리고 마지막으로 가장 우뚝 서고 잘 준비가 된 사람이라도 자기에게 닥친 불행을 등에 지고 다니면서 많은 생각과 불편함이라는 무거운 짐 때문에 늘 마음이 편하지 못하답니다. 우리처럼 이렇게 천하디천한 종살이를 업으로 하는 사람들은 집으로 돌아가서 좀 더 부드러운 일, 예를 들면 사냥이나 낚시로 소일하는 게 훨씬 더 배부르고 등 따스울 겁니다. 이 세상에 아무리 똥구멍이 찢어지게 가난하다고 해도 자기 마을에서 심심풀이로 야윈 말 한 마리, 사냥개 두 마리, 낚싯대 하나 갖지 않은 편력 기사의 종자가 어디 있겠습니까요?"

"그 정도라면 난 부족한 게 없다오." 산초가 대답했다. "여윈 말은 사실 없습니다만, 내 주인의 말보다 두 배는 더 값이 나가는 당나귀를 한 마리 가지고 있답니다. 주인의 여윈 말에 보리 4파네가[95]를 얹어준다 해도 내 당나귀와는 바꾸지 않을 겁니다. 주인께서는 내 당나귀의 값어치를 우습게 보시겠지만, 그 빛깔이 잿빛으로 쓸 만하답니다. 그리고 사냥개는 없겠습니까요, 우리 마을에서 넘치고도 남아도는 게 개들인데요, 뭐. 또 사냥철에 사냥을 할 때는 남의 개를 빌려 하는 게 더 쏠쏠한 맛이죠."

"사실 말이지만," 숲의 기사의 종자가 대답했다. "종자 나리, 나

---

95   fanega. 1파네가는 카스티야에서 55.5리터, 아라곤에서는 22.4리터다.

는 이런 기사들의 주정뱅이 같은 짓거리는 그만두고 우리 마을로 은퇴하여 동양의 세 진주 같은 세 자식새끼나 키우면서 지낼 겁니다."

"저는 둘입니다요." 산초가 말했다. "그놈들은 교황님 면전에 내놓을 만하답니다요. 특히 딸아이는 하느님께서 도와주시기만 하면, 마누라는 반대하지만, 백작 부인으로 키울 작정입니다요."

"그런데 백작 부인으로 키우시는 그 아가씨는 몇 살입니까요?" 숲의 기사의 종자가 물었다.

"열다섯 살하고 두 달 정도 됐습니다요." 산초가 대답했다. "그런데 키가 장대같이 크고, 4월의 아침처럼 싱싱하고 부두의 인부마냥 힘이 장사랍니다."

"재능이 그렇다면," 숲의 기사의 종자가 대답했다. "백작 부인뿐만 아니라 푸른 숲의 요정도 되고 남겠습니다요. 야, 쌍, 쌍년 같으니, 그 능구렁이 같은 년이 정말 몸이 튼튼하고 실한 게 틀림없군요!"

그 말에 약간 불쾌해 산초가 대답했다.

"그 아이는 쌍년이 아니고 그 어미도 그렇지 않으며, 두 여인 중 어느 누구도 쌍년은 되지 않을 겁니다요. 하느님의 바람으로 내가 살아 있는 한 말이외다. 그러니 말을 더 조심히 하시구려. 가진 것이라곤 예의범절뿐이라는 그 편력 기사들 사이에서 당신이 자랐다면, 그런 말은 별로 점잖지 못한 것 같구려."

"아, 당신은 내 말을 오해하고 계시는군요." 숲의 기사의 종자가 되받아 말했다. "칭찬할 일이 있을 때 하는 말인데, 종자 나리! 어떤 기사가 투우장에서 투우에게 창을 보기 좋게 꽂을 때나 어떤 사람이 어떤 일을 잘했을 때, 일반의 평범한 사람들이 자주 '야, 쌍, 쌍놈 같으니라고, 그것참 멋지게 잘한다!'라고 말하는 걸 어떻게 모르시지요? 그 말이 욕으로 들리지만, 극찬할 때나 하는 말이지 않습니까? 자기 부모에게 그 같은 칭찬을 들을 만한 일을 하지 않는 아들딸들이 있다면, 나리, 역겨워하십시오."

"예, 역겨워하고말고요." 산초가 대답했다. "그렇다면 당신이 나랑 내 자식들이랑 내 아내에게 쌍놈이니 쌍년이니 하는 말을 하셔도 상관없습니다요. 왜냐하면 우리가 하는 행동이나 말은 모두 그 같은 칭찬을 받을 만하니까요. 내 처자식을 다시 볼 때까지 죽을 죄를 짓지 않게 해달라고 하느님께 간절히 빌겠습니다요. 내가 두 번째로 저지르는 이 위험천만한 종자 일에서 내가 구원을 받길 간절히 비는 것도 똑같은 이유겠지요. 나는 어느 날 시에라 모레나 산속에서 발견한, 백 두카도가 든 주머니에 마음이 끌려 속은 나머지 또다시 길을 나선 겁니다요. 그런데 악마란 놈이 여기다, 저기다, 이쪽이 아니고 저쪽이다 하면서 도블론 금화로 가득 찬 자루를 내 눈앞에 가져다 놓으니, 한 발짝 뗄 적마다 손에 잡힐 것만 같았어요. 그래서 그 자루를 가슴에 품고 집으로 가져가 부동산을 사서 세놓으면 임대료를 받아 왕자처럼 잘 먹고 잘 살 텐데 하는 마음이 들었고, 그 순간만은 이런 미련퉁이 같은 내 주인과 사는 게 그래도 나한테는 쉬운 일이고 참고 견딜 만하다고 생각했답니다요. 내가 아는 한 내 주인은 기사라기보다 광인에 더 가깝다니까요."

"그래서," 숲의 기사의 종자가 대답했다. "'욕심이 사람 죽인다'[96]라고들 하죠. 그리고 그런 일이라면 이 세상에 내 주인보다 더 심한

96　La codicia rompe el saco. 직역하면 '욕심이 자루를 찢는다'라는 뜻이다.

사람이 없을 겁니다. 왜냐하면 '남 거들다 자기 당나귀 죽인다'[97]라는 말이 딱 들어맞아요. 판단력을 잃은 다른 기사를 회복시킨다고 하다가 오히려 자기가 미쳐서 찾아다니는데, 찾아낸 후에는 큰 봉변이나 무안을 당할지 모를 일입니다요."

"그럼 혹 여자한테 미친 게 아닙니까?"

"맞습니다." 숲의 기사의 종자가 말했다. "반달리아의 카실데아인가 하는 여잔데, 온 세상에서 가장 싱그럽고 가장 보들보들하답니다요. 그러나 그런 싱그러움 때문에 애정이 절름발이가 된 것은 아닙니다. 다른 더 큰 속임수가 마음속에 도사리고 있다는 것이 오래지 않아 저절로 알려지겠죠."

"쉽고 편한 길은 없는 법이죠." 산초가 되받아 말했다. "어떤 방해물이나 어려움이 없는 그런 길 말이에요. 다른 집에서 누에콩을 찌니 우리 집에서는 솥째 찐다고도 하죠. 사려보다는 광기를 가져야 친구나 따르는 사람이 더 많은 모양이에요. 그러나 일반적으로 하는 말이 사실이라면, 일을 하는 데 동료가 있으면 그 일이 편하다니, 나는 당신과 함께하여 위로가 됩니다요. 내 주인처럼 멍청한 주인을 섬기는 사람이 나 말고 또 있으니까 하는 말이오."

"멍청이지만 용감하답니다." 숲의 기사의 종자가 말했다. "멍청하고 용감하다기보다는 능구렁이에 더 가깝죠."

"제 주인은 그렇지 않아요." 산초가 대답했다. "능구렁이는 아니라는 말입니다요. 차라리 아주 순진해서 어느 누구한테도 나쁘

---

97 Cuidados ajenos matan al asno. '남의 일에 끼어들다가는 큰코다친다'라는 뜻이다.

180

게 할 줄을 모르고, 누구한테나 잘하려고 한답니다요. 악의라곤 눈곱만큼도 없어요. 그 양반에게는 어린아이가 한낮을 밤이라고 해도 믿을 겁니다요. 그 천진난만함 때문에 내 심장의 막처럼 그분을 좋아합니다요. 그분이 아무리 이치에 닿지 않는 엉터리 짓을 해도, 그분을 두고 떠나려는 잔꾀는 부리지 않습니다요."

"그야 그렇다 치고, 형제님," 숲의 기사의 종자가 말했다. "장님이 장님을 안내하다가는 둘 다 구멍에 빠질 위험이 있는 겁니다. 우리가 다리몽둥이라도 성할 때 물러나 귀소 본능에 따라 귀가하는 게 더 좋을 듯하오. 모험을 찾는 자들이 늘 좋은 모험만 찾는 건 아니니까 하는 말이에요."

보아하니 산초는 말을 하는 도중에 자꾸 마른 가래침을 뱉었는데, 자비로운 숲의 기사의 종자가 그것을 목격하고 말했다.

"우리가 말을 지나치게 많이 하다보니 혓바닥이 입천장에 붙어버린 모양이군요. 내 말 안장틀에 매달아둔, 혀를 떼어놓는 특효약을 가져오겠소이다."

그러고는 일어나더니 커다란 휴대용 포도주 통과 반 바라가 됨직한 장난 아닌 크기의 파이 하나를 가지고 돌아왔다. 그 파이는 아주 큰 흰토끼로 만들었는데, 산초가 만져보니 산양 새끼도 아니고 수산양으로 만든 것처럼 보였다. 산초가 그것을 보고 말했다.

"그런데 이런 걸 당신이 손수 가지고 다니시나요?"

"그럼 당신은 어쩌리라고 생각했나요?" 숲의 기사의 종자가 말했다. "내가 혹여 별 볼 일 없는 종자 나부랭이인 줄 아셨나요? 나는 장군이 길을 나설 때 손수 지니고 다니는 예비 식량보다 더 나은 먹거리를 말 엉덩이에 싣고 다닌답니다요."

산초는 먹으라고 권하기도 전에 허겁지겁 퍼먹었다. 말 다리에 묶는 밧줄의 매듭만큼이나 큰 것을 어두컴컴한 곳에서 한입 가득 넣고 삼켰다. 그러고는 말했다.

"당신이야말로, 이 음식 잔치가 증명하듯이, 실로 충실하고 적법하고 일반적이면서도 뛰어나고 위대한 종자이십니다요. 이런 일이 마법의 기술로 이곳에 온 게 아니라면, 제가 보기에는 적어도 그렇습니다만, 가난하고 불행한 나와는 다르군요. 난 말안장에 싣고 다니는 여행용 자루에 치즈 약간을 가져왔을 뿐입니다요. 얼마나 딱딱한지 그걸로 거인의 머리를 까부술 수도 있답니다요. 거기에다 쥐엄나무 열매 쉰 개 정도, 그리고 개암과 호두도 그 정도 들어 있습니다요. 내 주인의 옹색한 형편도 그렇지만, 편력 기사들은 말린 과일과 들판의 풀로 목숨을 이어가야 한다는 걸 굳게 지키고 있는 것도 다 그 계율에 있는 법도法度 탓이지요."

"명예를 걸고 말하는데, 형제여!" 숲의 기사의 종자가 되받아 말했다. "내 위는 엉겅퀴도, 돌배도, 산의 풀뿌리도 받아들이게 되어 있지 않소이다. 우리 주인들은 기사도의 생각과 법칙으로 인해 그렇게 하게 되었다니, 주인들이나 그런 걸 먹으라고 해요. 나는 도시락을 몇 개 가져왔어요. 그리고 혹시 몰라 이 휴대용 가죽 술통을 안장틀에 걸어가지고 왔답니다. 이 가죽 술통은 나의 반려자요 내가 사랑하는 애인이라서, 수천 번 입맞춤을 하고 수천 번 껴안지 않고는 잠시도 지낼 수 없게 되고 말았지요."

이렇게 말하더니 그 술통을 산초의 손에 넘겼다. 산초는 술통을 입에 대고 통째 마시면서 15분 동안 별들을 쳐다보다가, 다 마시자마자 머리를 한쪽으로 떨어뜨리더니 한숨을 푹 쉬면서 말했다.

"야, 쌍, 쌍놈의 것, 정말 죽여주는구먼요!"

"거보시오." 산초가 '쌍, 쌍놈의 것'이라고 하는 말을 듣자마자 숲의 기사의 종자가 말했다. "쌍놈의 것이라고 쌍말을 써서 이 포도주를 칭찬했죠?"

"이봐요," 산초가 대답했다. "고백하건대 누굴 칭찬하는 의도로 쌍놈의 것이라고 말하는 게 결코 수치스러운 일이 아님을 이제 알았소이다. 그렇지만 여보세요, 한번 물어보기나 합시다요. 이 포도주는 시우다드 레알 거죠?"

"정말 뛰어난 포도주 감정가십니다요." 숲의 기사의 종자가 대답했다. "다른 고장의 포도주일 리가 있습니까요. 여러 해 묵은 겁니다요."

"그런 건 나한테 맡기세요!" 산초가 말했다. "포도주에 대한 내 감식안이 뛰어나다는 걸 잊지 마세요. 종자 나리, 내가 포도주를 알아보는 데는 아주 천부적인 재능이 있다고 봐야 좋지 않을까요? 어떤 포도주건 냄새만 맡아보면 산지, 계통, 맛, 숙성 연한, 술통 교환 횟수뿐 아니라 포도주에 관련된 사정이라면 죄다 망라해서 정확히 알아맞힌다오. 그러나 그리 놀랄 건 없어요. 내 아버지 쪽 혈통으로, 오랜 세월 라만차 지방이 알아준 가장 뛰어난 포도주 감정가 두 분이 계셨습니다요. 그 증거로 지금부터 내가 말씀을 드리죠. 두 분에게 포도주 한 통을 맛보게 주면서 그 상태와 품질의 좋고 나쁨에 대한 의견을 부탁했어요. 한 분은 혀끝으로 맛보았고, 다른 분은 코에 가까이 가져가기만 했습니다. 첫 번째 분은 그 포도주에서 쇠 맛이 난다고 했고, 두 번째 분은 무두질한 산양 가죽 맛이 난다고 했습니다. 주인은 말하길, 술통을 깨끗이 청소해서 쇠 맛이나 무두질한 산양 가죽 맛이 밸 만한 것이 있을 리가 만무하다고 했어요. 그럼에도 불구하고 두 유명한 포도주 감정가는 자기들이 한 말이 맞다고 단언했습니다. 세월이 흘러 포도주가 다 팔려서 술통을 청소하는데, 그 술통에서 무두질한 산양 가죽끈이 달린 작은 열쇠 하나가 발견됐습니다. 이런 가문 출신인 자라면 이와 비슷한 일에 의견 정도는 낼 수 있다는 것쯤 이제 아시겠죠."

"그래서 내 말은," 숲의 기사의 종자가 말했다. "이제 모험을 찾아 헤매는 일은 그만두자는 겁니다요. 큼직한 빵을 가지고 있으니 하찮은 파이는 찾지 맙시다. 우리의 오두막집으로 돌아가 하느님이 원하시는 대로 거기서 오순도순 의좋게 삽시다요."

"난 주인이 사라고사에 도착할 때까지 그분을 모시겠습니다요. 그런 연후에 우리 모두 알아서 합시다요."

결국 그 두 착한 종자는 너무 많이 말하고 너무 많이 마셔서, 두 사람의 혀를 묶어두고 갈증을 해소할 잠이 필요했다. 술로 두 사람의 갈증을 달래는 것은 불가능했다. 그래서 두 사람은 이제 거의 바닥난 술통을 부여잡고 입에는 반쯤 씹다 만 음식을 한입씩 가득 머금은 채 세상모르고 곤히 잠들어버렸다. 우리는 잠시 그들을 그대로 두고, 숲의 기사가 찌푸린 얼굴의 기사와 주고받은 이야기를 해보자.

제14장

숲의 기사의 모험의 계속

돈키호테와 숲의 기사가 주고받은 많은 말 중에서, 숲의 기사가 돈키호테에게 다음과 같이 말했다고 한다.

"끝으로 기사 나리, 제 운명, 아니 더 좋게 말해 제 선택이 저로 하여금 세상에 둘도 없는 반달리아의 카실데아라는 여인에게 홀딱 반하게 했다는 걸 알려드리고 싶습니다. 제가 그녀를 세상에 둘도 없는 여인이라고 하는 건 다름이 아니오라, 신분과 미모의 출중함은 말할 것도 없거니와 몸집 크기에서도 그렇다는 것입니다. 그런데 제가 지금 이야기하고 있는 이 카실데아는 헤라클레스의 계모 유노[98]가 그랬던 것처럼 저에게 위험한 일을 수없이 경험하게 함으로써, 그 위험 가운데서도 저로 하여금 좋은 생각과 온건한 소원을 가지도록 해주었답니다. 그런 위험을 끝내고 다른 위험마저 끝내고

---

98 Juno. 그리스신화의 헤라Hera에 해당한다.

나면, 반드시 제 바람이 이루어지리라고 약속했답니다. 하지만 제 고생은 쇠사슬의 고리처럼 끝없이 이어져 있어 그 수를 헤아릴 길이 없으니, 제 좋은 소망이 이루어질 날이 언제가 될지 알 수가 없습니다. 한번은 히랄다[99]라고 하는 세비야의 그 유명한 여자 거인에게 도전하러 가라고 저에게 명령했지요. 그 거인은 청동으로 만들어진 만큼 용감하고 강했지요. 한 장소에서 움직이지 않고도 세상에서 가장 많이 움직일 수 있고 경망스럽기 짝이 없는 여자였답니다. 나는 가서 그녀를 만나 싸워 이겼고, 그 자리에서 꼼짝하지 못하게 해두었지요. 일주일 이상 북풍밖에 불지 못하도록 했으니까요. 한번은 그 지독한 기산도 투우[100] 석상들의 무게를 재 오라고 명령했습니다. 기사보다는 막일꾼에게나 시킬 일이었지요. 또 카브라의 심연[101]에 뛰어 들어가 그 아래 무엇이 있는가를 알아 오라고 명령한 적도 있어요. 전대미문의 무시무시한 위험이었지만, 그 어둡고 깊은 곳에 갇혀 특별히 숨겨진 것들을 밝혀냈답니다. 히랄다의 움직임을 멈추게 했고, 기산도 투우들의 무게를 쟀으며, 심연에 몸을 던져 거기에 숨겨진 것을 세상 밖으로 꺼냈는데도 내 희망은 사라질 대로 사라지고, 그녀가 내린 명령과 매정함은 날로 심해졌답니다. 결국 마지막으로 저에게 명령하기를, 에스파냐의 방방곡곡을 다니면서 그 지방을 떠도는 모든 편력 기사에게 현재 살아 있는

---

99 에스파냐의 세비야 대성당 탑 꼭대기에 있는 청동제 상으로, 풍향계 역할을 한다.

100 los Toros de Guisando. 에스파냐 아빌라 지방에 있는 네 개의 석상이다. 율리우스 카이사르가 폼페이 전투의 승리를 기념하기 위해 세웠다고 한다.

101 la sima de Cabra. 코르도바주써 카브라에서 멀지 않은 곳에 위치한 매우 깊은 동굴을 말한다.

세상의 모든 여인네 중에서 자기만이 가장 뛰어난 미모를 가진 여자이며, 또 나는 세상에서 가장 용감하며 가장 멋지게 사랑하는 기사임을 털어놓으라고 했습니다. 그 명령을 받고 저는 이미 에스파냐의 지방 대부분을 다녔고, 감히 내 말에 반기를 든 많은 기사들을 무찔렀답니다. 하지만 제가 더 값지고 자랑스레 생각하는 것은, 일 대일 결투에서 그 유명한 기사 라만차의 돈키호테를 무찌르고 그의 둘시네아보다 내 카실데아가 더 아름답다는 것을 공표하게 한 일입니다. 저는 이 단 하나의 승리로 세상의 모든 기사를 무찌른 셈입니다. 제가 말한 그 돈키호테라는 기사는 세상의 기사란 기사는 죄다 무찔렀는데, 제가 그를 무찔렀으니 그의 영광과 그의 명성과 그의 명망이 제게로 넘어왔기 때문입니다.

　　패자의 평판이 높으면 높을수록
　　승자는 더욱더 존경받으리로다.[102]

　　그래서 이미 앞에서 언급한 돈키호테의 무수한 공적들은 이제 제 것이 되었답니다."

　　숲의 기사의 말을 들은 돈키호테는 어찌나 놀랐는지, 그것은 거짓말이라고 수천 번 말할 뻔했다. 거짓말이야! 하는 말이 혀끝에서 뱅뱅 돌았으나, 그 기사가 자신의 입으로 거짓말을 했다는 사실을 털어놓도록 하기 위해 있는 힘을 다해 삼가고 또 삼갔다. 그래서

102　Y tanto el vencedor es más honrado, / cuanto más el vencido es reputado. 알론소 데 에르시야Alonso de Ercilla의 서사시 《라 아라우카나La Araucana》의 시구 1편 2연.

돈키호테는 조용조용히 숲의 기사에게 말했다.

"기사 나리, 기사님께서 에스파냐는 물론이고 전 세계의 수많은 편력 기사들을 무찌르셨다는 것에 대해 저는 아무 할 말이 없습니다. 그러나 라만차의 돈키호테를 무찔렀다는 그것에 대해서는 의심이 갑니다. 그와 비슷한 사람은 거의 없을 테지만, 아마 그 기사와 비슷한 다른 기사였을 수가 있지 않겠습니까."

"그게 도대체 무슨 말입니까?" 숲의 기사가 되받아 말했다. "우리 머리 위에 있는 하늘을 두고 맹세합니다만, 저는 돈키호테와 싸워서 그를 이겼고 굴복시켰습니다. 그는 키가 크고, 얼굴은 홀쭉하며, 팔다리는 기다랗고, 머리카락은 반백에, 약간 굽은 매부리코이고, 숱이 많고 검으며 밑으로 축 처진 콧수염을 기른 사람입니다. '찌푸린 얼굴의 기사'라는 이름 아래서 야전野戰을 하고, 종자로는 산초 판사라는 농사꾼을 데리고 다니며, 로시난테라는 유명한 말을 몰고 다닌답니다. 그리고 마지막으로 한때 알돈사 로렌소라 불리던 그 엘 토보소의 둘시네아를 그의 마음속 아가씨로 모시고 있다고 합니다. 제 마음의 아가씨인 카실다가 안달루시아 태생이라 제가 그녀를 반달리아의 카실데아라 부르는 것이나 마찬가지입니다. 만일에 이 모든 증거가 내가 말하는 사실을 증명하기에 불충분하다면, 여기 바로 그 불신을 불식시킬 제 칼이 있습니다."

"진정하세요, 기사 나리." 돈키호테가 말했다. "그리고 제가 귀하에게 하고 싶어 하는 말을 경청해주세요. 귀하께서 말하는 그 돈키호테는 이 세상에 둘도 없는 내 가장 친한 친구로, 나 자신의 분신이라고도 할 수 있는 사람이라는 걸 아셔야 합니다. 그리고 귀하께서 제게 말씀하신 그 매우 정확하고 확실한 증거로 볼 때, 귀하께서 무찔렀다는 바로 그 사람이 돈키호테라고 제가 생각할 수밖에 없습니다. 하지만 다른 한편으로 생각해보면, 내 이 두 눈으로 직접 보고 내 이 두 손으로 만진다 하더라도 그 사람이 반드시 돈키호테라고 확신한다는 것은 불가능한 일입니다. 그분은 이미 마법사라는 많은 적을 두었고, 특히 늘 그를 쫓아다니는 마법사가 하나 있는 마당에, 그들 중 누군가가 일부러 져주려고 둔갑술을 써서 그의 모습으로 변했는지도 모를 일입니다. 그의 높은 기사도 정신으로 인해 전국 방방곡곡에서 두루 얻고 있는 명성에 초를 치기 위해 말이지요. 그리고 이것을 증명하기 위해서 귀하께서 알아주셨으면 하는 사실은, 그를 반대한 그런 마법사들이 바로 이틀 전에 그 아름다운 엘 토보소의 둘시네아를 음탕하고 천박한 시골 아낙네의 모습으로 둔갑시켰다는 겁니다. 그러므로 이런 방법으로 돈키호테를 둔갑시켰을 겁니다. 그런데 제가 이렇게 말씀을 드려도 제가 말씀드린 이런 진실을 알아차리지 못하시겠다면, 여기에 바로 그 돈키호테가 있습니다. 나 돈키호테는 땅에서건 말 위에서건 어떤 방식으로건 그대가 좋아하는 식으로 무장을 하고 겨루겠소이다."

이렇게 말하면서 벌떡 일어나더니, 칼을 손에 쥐고 숲의 기사가 어떤 결정을 내릴지 기다렸다. 숲의 기사도 동시에 차분한 목소리로 대답하면서 말했다.

"'금전 관계가 좋은 사람은 누구나 환영한다'[103]라는 말이 있잖소. 돈키호테 나리, 둔갑한 자를 한번 굴복시킨 자는 그 진짜도 때

---

103 Al buen pagador no le duelen prendas. 직역하면 '지불을 잘하는 자에게는 담보물이 걱정 없다'라는 뜻이다.

려눕힐 수 있다는 희망을 가질 수 있다오. 하지만 기사들이 들치기나 악한처럼 어두운 곳에서 무술 행각을 벌이는 것은 별로 좋지 않으니, 태양이 우리의 행적을 보도록 날이 밝기를 기다립시다. 그리고 우리 결투의 조건은, 패자가 승자의 뜻에 따라 그 원하는 것은 무엇이든 시키는 대로 하되 그 시키는 것이 기사도에 벗어나지 않아야 한다는 겁니다."

"나는 그 조건과 결정에 크게 만족하오이다." 돈키호테가 대답했다.

이렇게 말하고는 그들의 종자들이 있는 곳으로 갔더니, 종자들은 잠에 취해 그대로 쓰러져 코를 골고 있었다. 그들은 종자들을 깨워 명령하길, 해가 뜨자마자 두 사람이 피비린내 나고 독특하며 세상에 둘도 없는 결투를 벌일 테니 말을 준비하라고 했다. 그 소식에 산초는 깜짝 놀라며 주인의 신상이 걱정되어 몸이 꽁꽁 얼어붙었는데, 숲의 기사의 종자가 말한 바 있는 그 주인의 용맹성이 마음에 걸렸기 때문이다. 그렇지만 두 종자는 말 한마디 없이 그들의 가축을 찾으러 갔는데, 이미 말 세 마리와 잿빛 당나귀가 냄새를 맡고 모두가 함께 있었다.

길을 가다가 숲의 기사의 종자가 산초에게 말했다.

"형제여, 그대가 알아두어야 할 게 있다오. 안달루시아의 싸움꾼들은 어떤 싸움의 대부代父가 되면 자기 대자代子들이 싸우는 데 팔짱만 끼고 한가로이 보고만 있지 않는 것이 버릇되어 있다는 것을 말이외다. 우리의 주인이 싸우는 동안 우리 종자들도 몸이 으스러져라 싸우지 않으면 안 된다는 걸 경고 삼아 하는 말이오."

"그런 버릇은, 종자 나리," 산초가 대답했다. "지금 말씀하신 건

악한들과 싸움꾼들에게는 통할 수 있겠지만, 편력 기사들의 종자들에게는 상상조차 하기 싫은 일입니다요. 적어도 나는 내 주인이 그런 버릇에 대해 말씀하시는 걸 들어본 적이 없소이다. 그분은 편력 기사도의 모든 규칙을 기억으로 알고 있답니다요. 주인들이 싸울 때 종자들도 싸워야 한다는 규칙이 명백하고 설령 그게 사실이라고 하더라도 난 받아들이고 싶지 않으며, 오히려 평화를 사랑하는 종자들에게 내리는 벌금을 낼 겁니다요. 기껏해야 양초 2파운드를 넘지 않는다고 확신하지만, 설령 더 많을지라도 그만큼의 값을 낼 거요. 이미 두 부분으로 쪼개지고 갈라진 머리를 치료하는 데 들어가는 헝겊 쪼가리 값보다야 덜 든다는 걸 알고 있거든요. 또 있어요. 제가 칼을 소지하고 있지 않으니 싸우는 일이 불가능하다는 겁니다. 제 평생 칼을 소지한 적이 없으니까요."

"그런 일이라면 제가 좋은 수를 알고 있답니다." 숲의 기사의 종자가 말했다. "여기 크기가 똑같은 삼베로 만든 돈 자루 두 개를 가져왔어요. 당신이 하나를 들고 내가 다른 하나를 들고, 무기로 하는 것과 똑같이 돈 자루로 서로 치고받는 겁니다요."

"그런 방법이라면 기꺼이 하겠소." 산초가 대답했다. "그런 싸움은 서로에게 상처를 입히기보다는 우리 몸에 붙어 있는 먼지를 털어줄 테니 말이에요."

"그렇지는 않을 겁니다요." 숲의 기사의 종자가 되받아 말했다. "자루가 바람에 날리지 않도록 예쁘고 까칠까칠한 돌멩이를 여섯 개씩 두 자루에 같은 무게로 넣었거든요. 이런 방법으로 싸우면 서로 해치거나 상처를 주지 않고 돈 자루로 치고받을 수 있을 겁니다."

"이봐요, 신소리 좀 작작 하세요." 산초가 대답했다. "아무리 그 자루 안에 검은담비 털이나 잘 탄 솜 꾸러미를 넣는다 해도, 머리통이 깨지거나 뼈가 으스러지지 않고 멀쩡하리라는 걸 어느 누가 장담할 수 있단 말입니까요! 설령 그 자루를 누에고치로 채운다고 할지라도 저는 싸우지 않을 참이니 그렇게 아세요, 나리. 싸움은 우리 주인 나리들이나 하시라 하고, 우린 실컷 마시기나 하고 삽시다요. 세월이 되면 알아서 우리의 목숨을 앗아 갈 텐데, 우리의 삶에 맛이 들고 때가 되어 한창 무르익어서 저절로 떨어지기도 전에 삶을 마감하기 위해 발버둥치면서 충동일 필요는 없어요."

"그럼에도 불구하고," 숲의 기사의 종자가 되받아 말했다. "우리는 반 시간이라도 싸워야 해요."

"그건 안 됩니다." 산초가 대답했다. "전 그렇게 예의 없는 사람도 못 되고, 그렇게 배은망덕한 자도 아닙니다요. 함께 먹고 마시며 살아가는 사람과는 아무리 사소해도 어떤 문제에 얽히고 싶지 않습니다요. 젠장맞을 성낼 일도 화낼 일도 없는데 누가 무작정 싸우려 하겠어요?"

"그러기 위해," 숲의 기사의 종자가 말했다. "제가 만족할 만한 해결책을 드리죠. 우리가 싸움을 시작하기 전에 가만히 당신에게 다가가서 뺨따귀를 서너 차례 때려 내 발밑에 꺼꾸러뜨리면, 아무리 곤한 잠에 빠져 있다고 해도 화가 머리끝까지 치밀 겁니다요."

"그런 방법이라면 저도 하나 알고 있어요." 산초가 대답했다. "당신 못지않을 겁니다요. 제가 몽둥이 하나를 집어 들고, 당신이 제 화를 돋우기 전에 먼저 제가 몽둥이찜을 해서 당신의 화를 누그러뜨리겠습니다요. 당신의 화가 다른 세상이 아니고서는 깨어나지 못하도록 말이지요. 이 정도면 제가 아무에게나 제 얼굴을 멋대로 주무르도록 두는 사람이 아니라는 걸 아실 겁니다요. 그래서 '각자 자기가 하는 일에 마음을 쓰라'라는 말이 있잖아요. 가장 확실한 것은 각자가 자기 화를 누그러뜨리는 거라는 말입니다요. 누구도 남의 영혼은 알지 못하므로, 양털을 구하러 갔다 자기 머리를 깎이고 돌아오는 법이랍니다요. 그리고 하느님께서는 평화에 축복을 내리시고 싸움을 저주하십니다요. 쫓기는 고양이도 막다른 골목에 몰리면 사자로 변한다고 하지 않습니까요. 저도 사람입니다요. 저도 궁지에 몰리면 변할 수 있다는 걸 하느님께서는 알고 계십니다요. 그래서 지금부터 당신께 알려드리는데, 종자 나리, 우리 두 사람의 싸움으로 생긴 모든 불행과 상처는 당신 책임입니다요."

"좋습니다." 숲의 기사의 종자가 되받아 말했다. "하느님께서 동트게 해주실 테니, 우리 잘해봅시다."

이때 벌써 수천 종류의 오색영롱한 새들이 나무들 위에서 지저귀기 시작했다. 그 새들의 여러 가지 즐거운 노랫소리는 신선한 여명의 여신에게 축하를 보내고 인사하는 것 같았다. 이미 동쪽 문과 발코니로 아름다운 얼굴을 드러낸 여명의 여신이 머리카락을 흔들자, 액체로 된 헤아릴 수 없이 많은 진주가 뿌려졌다. 진주의 부드러운 술 속에서 풀들이 목욕을 하니, 풀들에게서 하얗고 작은 진주가 싹터 억수로 쏟아졌다. 수양버들은 맛있는 감로를 걸러내고, 샘물은 미소를 짓고, 시냇물은 졸졸거리고, 밀림은 즐겁고, 동틀 무렵의 초원은 푸르름을 더해갔다. 그러나 사물을 보고 구별할 정도로 날이 밝아졌을 때 산초 판사의 두 눈에 맨 처음 들어온 것은 숲의 기사의 종자의 코였다. 그런데 그 코는 거의 온몸에 그늘을 만들 정도로 컸다. 사실 말이지만 그 코는 지나치게 크고 가운데가 휘었으며, 사마귀투성이에 가지처럼 검붉은 빛깔이었고, 입 아래로 손가락 두 개 길이보다 더 늘어져 있었다. 그 코의 크기와 빛깔과 사마귀, 그리고 활처럼 굽은 정도가 그의 얼굴을 추하게 했다. 그래서 산초는 그를 보자마자 경기를 일으킨 어린아이처럼 손과 발을 떨기 시작했다. 그는 마음속으로 그 괴물과 싸우기 위해 화를 내느니 차라리 뺨따귀를 2백 대 맞는 편이 낫겠다고 생각했다.

돈키호테는 싸울 상대를 보았는데, 이미 면이 달린 투구를 푹 덮어쓰고 있어 얼굴을 볼 수 없었다. 그러나 기골이 장대한 남자였고, 키는 별로 크지 않은 것을 알 수 있었다. 갑옷 위에 웃옷인지 연미복인지 걸치고 있었는데, 보아하니 아주 가는 금실로 짠 천이었다. 그 위에는 작은 달처럼 번쩍거리는 거울들이 마치 씨앗을 뿌려놓은 듯 많이 달려 있어 아주 멋지고 화려해 보였다. 얼굴 가리개 위에는 파랗고 노랗고 흰 깃털들이 수없이 흔들리고 있었다. 그리고 나무에 기대어놓은 창은 굉장히 크고 두툼했는데, 한 뼘 이상 되는 강철로 되어 있었다.

돈키호테는 그 모든 것을 보고 깨달았다. 이미 앞에서 말한 그 기사가 엄청난 힘을 가진 자라고 판단했지만, 그것 때문에 산초 판사처럼 떨지는 않았다. 그는 품위 있고 정의감이 우러나오는 의기로 거울의 기사에게 말했다.

"만약 싸우고 싶은 과욕過慾으로, 기사 나리, 귀하께서 눈곱만한 예의라도 가지고 있으시다면, 얼굴 가리개를 약간 올려주시길 바라오. 당신 얼굴의 늠름함이 풍채의 당당함과 어울리는지 보고 싶소."

"이번 싸움에서 그대가 패자가 되건 승자가 되건, 기사 나리," 거울의 기사가 대답했다. "그대에게는 나를 볼 시간과 공간이 충분할 겁니다. 그리고 지금 그대가 바라는 바를 들어주지 못하는 이유는, 그대도 이미 알고 계시듯 제가 바라는 대로 그대가 고백하지 않았는데 얼굴 가리개를 들어 시간을 지체한다는 것은 아름다운 반달리아의 카실데아에게 너무나 심한 치욕을 주는 일 같기 때문입니다."

"그러면 우리가 말에 오르는 동안에라도," 돈키호테가 말했다. "당신이 꺼꾸러뜨렸다고 하는 그 돈키호테가 과연 나였는지 아닌지를 말할 수 있었으면 좋겠소이다만."

"그 일이라면 대답해드리겠소이다." 거울의 기사가 대답했다. "이 달걀과 저 달걀이 닮은 것처럼 그대는 제가 꺼꾸러뜨린 바로 그 기사를 그대로 빼닮았습니다그려. 그렇지만 그대의 말씀에 의하면 마법사들이 그대를 줄곧 따라다닌다니, 그대가 예의 그분인지 아닌지를 제가 감히 단언하지 못하겠습니다."

"그거면 됐습니다." 돈키호테가 대답했다. "당신이 속았다고 믿겠소이다. 그러나 당신이 속았다는 것을 까발리기 위해 우리의 말들을 가져오게 하겠습니다. 만일 하느님이, 만일 내 사랑하는 아가씨와 내 팔이 날 돕는다면 그대가 얼굴 가리개를 들어 올리는 시간보다 더 짧은 시간에 난 그대의 얼굴을 보게 될 테고, 그대가 꺼꾸러뜨렸다고 하는 그 돈키호테는 내가 아니라는 걸 그대는 알게 될 겁니다."

이렇게 말을 하다가 중단하고 그들은 말에 올랐다. 그리고 돈키호테는 싸울 때 적당한 거리를 유지하기 위해서, 또 상대방과 대적하러 다시 오기 위해서 로시난테의 고삐를 돌렸다. 거울의 기사 역시 똑같은 동작을 했다. 그러나 돈키호테가 미처 스무 발자국도 떼기 전에 거울의 기사가 부르는 소리가 들렸다. 두 사람이 길을 사이에 두고 마주 섰을 때 거울의 기사가 돈키호테에게 말했다.

"잊지 마세요, 기사 나리, 우리의 결투 조건은 제가 앞서 말씀드린 바와 같이 패자가 승자의 재량에 따르는 거라는 걸 말이외다."

"그것은 이미 알고 있소이다." 돈키호테가 대답했다. "하지만 패자에게 지우고 명령하는 것은 기사도에 정해진 범위에서 벗어나지 않아야 합니다."

"그거야 당연지사죠." 거울의 기사가 말했다.

바로 그때 그 종자의 이상하게 생긴 코가 돈키호테의 시야에 들어왔다. 그 코를 보고 돈키호테도 산초 못지않게 놀랐다. 그를 어떤 괴물이나, 일반적으로 세상에는 없는 새로운 사람이라고 생각했다. 산초는 결투를 벌이기 위해 멀어져가는 주인을 보고는, 혼자 그 코주부하고 남아 있는 게 싫어서 로시난테의 등자 끈을 잡고 주인의 뒤를 따라갔다. 그 큰 코로 자기 코를 단 한 번이라도 치는 날이면 결투는 끝날 것이고 맞아서건 무서워서건 땅에 넘어질 게 두렵기만 했기 때문이다. 그리고 돈키호테가 몸을 되돌릴 시간이라고 생각되었을 때 그에게 말했다.

"부탁이 있는뎁쇼, 나리, 서로 대결하기 위해 말을 되돌리기 전에 소인이 저 떡갈나무 위에 올라가도록 도와주십시오. 거기서야말로 나리께서 저 기사와 맞붙어 싸우는 그 기막힌 결투를 신물이 날 정도로 땅에서보다 더 잘 볼 수 있을 겁니다요."

"오히려 내가 생각하기로는, 산초," 돈키호테가 말했다. "투우 경기를 위험이 없는 곳에서 보기 위해 관람대 위로 기어 올라가고 싶은 마음이 들어서겠지. 안 그런가."

"사실을 말씀드리자면," 산초가 대답했다. "저 종자의 상상을 초월하는 지독하게 큰 코에 그만 망연자실하고 공포에 휩싸여, 감히 저 사람과 함께 있지 못하겠습니다요."

"그 무시무시한 코를 보니 그럴 만하구먼." 돈키호테가 말했다. "내가 지금의 내가 아니라면 나도 그 코를 보고 놀라 자빠졌을 것이네. 그러니 이리 오게. 자네가 말한 곳으로 올라가도록 도와주겠네."

돈키호테가 산초를 떡갈나무에 올리려고 어물어물하고 있을 때, 거울의 기사는 필요하다고 생각되는 거리를 잡고, 돈키호테도 똑같이 했으리라 믿고는 결투를 알리는 트럼펫 소리나 어떤 신호도 기다리지 않고 로시난테보다 발걸음이 더 가볍지도 더 잘생기지도 않은 그의 말의 고삐를 돌려 전속력으로, 전속력이라고 해봐야 보통 정도의 총총걸음에 불과했지만, 그의 상대와 맞부딪치러 나아갔다. 하지만 돈키호테가 산초를 올리려고 무진장 애쓰고 있는 것을 보고는 고삐를 당겨 멈추고 길 중간에 섰고, 이미 지친 말은 더 움직이기 싫던 차에 이게 웬 떡이냐 싶어 고마움에 겨워 머물게 되었다. 돈키호테는 상대가 비호같이 달려온다는 생각이 들자 로시난테의 말라빠져 홀쭉한 옆구리에 힘차게 박차를 가해 세게 몰아붙였다. 이번만은 로시난테가 달리는 게 조금은 그럴듯했다고 이야기는 적고 있다. 왜냐하면 이외의 모든 달리기에서는 늘 그저 그렇고 그런 총총걸음이었기 때문이다. 이렇게 돈키호테는 부랴부랴 화급한 기세로 거울의 기사가 있는 곳에 도착했는데, 거울의 기사는 구두 단추들이 다 닳도록 있는 힘을 다해 박차를 가해보았으나 말은 달리다 멈춘 곳에서 버티며 꼼짝달싹하지 않았다.

돈키호테에게는 천재일우의 기회였다. 상대는 말과 실랑이를 벌이느라 창을 창받이에 한 번도 정확히 꽂지 못하고 꽂을 겨를도 없어 안달이 나서 야단이었다. 돈키호테는 상대가 처한 이런 좋지 못한 상황을 돌아볼 짬도 없이 안전하게, 어떤 위험도 없이 무서운 기세로 거울의 기사와 맞부딪쳤다. 얼마나 세게 부딪쳤던지 거울의 기사는 말 엉덩이에서 땅으로 굴러떨어졌는데, 수족을 움직이지 않아 누가 보아도 죽은 걸로 판단되었다.

산초는 거울의 기사가 땅에 떨어지는 것을 보자마자 떡갈나무에서 미끄러져 내려와 쏜살같이 자기 주인이 있는 곳으로 갔다. 돈키호테는 로시난테에서 내려 거울의 기사에게 다가가더니, 죽었나 살피면서 혹시 살아 있다면 공기를 집어넣으려고 투구 끈의 묶인 매듭을 풀었다. 마침내 보았다…… 소리를 들은 사람은 누구나 탄복하고 불가해하고 놀라지 않을 수 없었다. 이야기는 적고 있다. 그가 본 것은 산손 카라스코 학사의 바로 그 얼굴, 바로 그 모습, 바로 그 자태, 바로 그 인상, 바로 그 화신化身, 바로 그 겉모양 그대로였다. 돈키호테는 그를 보자 큰 소리로 말했다.

"어서 이리 오게나, 산초. 눈으로 보고도 믿지 못할 걸 보게나! 빨리 와, 이 사람아. 마법만이 할 수 있고, 요술쟁이와 마법사만이 할 수 있는 걸 정신 바짝 차리고 보란 말일세!"

산초가 와서 카라스코 학사의 얼굴을 보더니, 헤아릴 수 없이 많은 십자가를 긋고 성호도 그렇게 많이 긋기 시작했다. 그런 순간에도 쓰러진 그 기사가 살아 있다는 기미가 보이지 않으므로 산초가 돈키호테에게 말했다.

"혹시 해서 하는 말인데요, 소인이 생각하기에는, 나리, 그 산손 카라스코 닮은 작자의 입으로 칼을 쑤셔 넣어야 할 것 같습니다요. 혹시 나리의 적들인 마법사 중 누군가를 그의 몸속에서 죽일지도 모를 일입니다요."

"자네의 말이 나쁘지는 않군그래." 돈키호테가 말했다. "적들이란 적으면 적을수록 좋으니까."

그래서 산초의 경고와 충고를 실행에 옮기기 위해 돈키호테가 칼을 뽑았을 때, 거울의 기사의 종자가 그를 그토록 보기 흉하게 만든 그 코 없이 도착해서 큰 소리로 말했다.

"지금 무슨 일을 하려고 하시는지 잘 보십시오, 돈키호테 나리. 발밑에 있는 그분은 나리의 친구 산손 카라스코 학사입니다. 그리고 저는 그의 하인입니다요."

산초가 처음의 그 보기 흉한 모습이 아닌 그를 보고는 그에게 말했다.

"그런데 코는 어떻게 하고?"

그 말에 그가 대답했다.

"여기 호주머니에 있습니다요."

그리고 그는 오른쪽 호주머니에 손을 넣어, 밀가루 반죽과 엷은 가죽으로 제법 잘 만든 가면 코 몇 개를 꺼냈다. 그를 보고 또 보고 하던 산초가 감격하여 큰 소리로 말했다.

"아니, 이게 어찌 된 일인가! 이 사람은 내 이웃이며 내 친한 친구인 토메 세시알 아닌가?"

"그래, 바로 날세!" 이제는 코가 없는 하인이 말했다. "내가 토메 세시알이네, 대부이며 친구인 산초 판사! 시간이 지나면 내가 이

곳까지 오게 된 음모며 속임수며 얽히고설킨 일들을 자네에게 말해주겠네. 그러니 그러는 동안에 자네의 주인 나리께 그 발밑에 있는 거울의 기사를 만지지도, 거칠게 다루지도, 상처를 입히지도, 죽이지도 말아달라고 부탁드리고 간청해주게나. 이분은 비록 무모하고 지각없이 굴긴 했지만 아무런 의심을 할 것도 없이 우리 마을 사람인 산손 카라스코 학사이시기 때문이네."

이러고 있을 때 거울의 기사가 정신을 차렸고, 이를 본 돈키호테는 그의 얼굴에 칼끝을 들이대고 그에게 말했다.

"기사시여, 만일 세상에 하나뿐인 엘 토보소의 둘시네아가 그대의 반달리아의 카실데아보다 아름다움에서 훨씬 뛰어나다는 걸 그대가 인정하지 않는다면, 그대의 목을 당장에 베어버리겠소이다. 그리고 이것 말고도, 이 싸움에서 지고도 목숨을 부지하고 싶거든 엘 토보소 마을에 가서 내가 보내서 왔다 하고 그 아가씨 앞에 나아가, 그녀 뜻대로 그대를 처분해도 좋다는 약속을 해야 하오. 만약에 아가씨께서 그대의 뜻대로 하도록 하시면, 그대는 곧바로 다시 날 찾아와야 하오. 내 수많은 공적의 흔적들이 내가 있는 장소로 그대를 안내할 것이오. 그리고 내 아가씨를 만난 일을 나에게 상세히 말해야 하오. 이것은 우리가 결투를 하기 전에 내건 조건들에 따른 일이며, 편력 기사도의 한계를 벗어나는 일이 아니오."

"인정하겠소이다." 말에서 떨어진 기사가 말했다. "엘 토보소의 둘시네아 아가씨의 너덜너덜하고 더러운 구두가, 아무리 깨끗하다고 하지만 카실데아의 아무렇게나 빗은 수염보다는 더 낫습죠. 그대의 아름다운 아가씨 앞에 갔다가 다시 돌아올 것이며, 제게 요구하신 대로 고스란히 상세하게 보고해 올릴 것을 약속드립니다."

"또한 그대는 인정하고 믿어야 하오." 돈키호테가 덧붙여 말했다. "그대가 무찔렀다는 그 기사는 라만차의 돈키호테가 아니고, 돈키호테일 수도 없으며, 돈키호테 비슷한 다른 기사였다는 것을. 그대가 산손 카라스코 학사 같지만, 그분이 아니고 그분 비슷한 다른 사람이라는 것을 내가 인정하고 믿듯이 말이오. 여기 그대의 모습은 내 원수들이 내 격렬한 분노를 억제시키고 달래기 위해, 승리의 영광을 퇴색시키기 위해 그렇게 바꾸어놓은 것이외다."

"나리께서 믿고 판단하고 느끼듯 모든 것을 인정하고 판단하고 느끼겠나이다." 허리를 삔 기사가 대답했다. "부탁이니 날 좀 일으켜주오. 말에서 떨어질 때의 충격이 꽤 심해 일어날 수 있을지는 미지수지만 말이외다."

돈키호테는 그가 일어나도록 도와주었다. 산초는 그의 종자 토메 세시알에게서 눈을 떼지 못했다. 그가 말한 대로 진짜 그 토메 세시알인지 확실히 입증할 수 있는 대답을 기대하고 질문 공세를 퍼부었다. 그러나 산초가 걱정하는 것은, 마법사들이 거울의 기사의 모습을 학사 카라스코의 모습으로 바꾸어놓았다고 그의 주인이 말한 것 때문이었다. 그 말에도 불구하고 산초는 자기가 직접 두 눈으로 보고 있는 사실이 도저히 믿기지 않았다. 결국 주인과 하인은 이런 속임수에 넘어가고 말았다. 그리고 거울의 기사와 그 종자는, 기사에게 고약을 붙이고 부목을 댈 만한 장소를 찾을 의향으로, 기가 죽어 우거지상을 하고는 돈키호테와 산초에게서 멀어져갔다. 돈키호테와 산초는 다시 사라고사를 향해 계속 나아갔다. 이야기는 여기서 돈키호테와 산초를 그대로 남겨두고, 거울의 기사와 그의 코주부 종자가 누구인지 이야기할 참이다.

제15장

거울의 기사와
그의 종자가 누구였는지에 관한
이야기와 소식

돈키호테는 대단한 만족감과 자부심에 더하여 우쭐하고 의기양양하여 길을 가고 있었다. 그것은 그가 거울의 기사라고 상상했던 그 용감무쌍한 기사와 싸워 승리의 영광을 안았기 때문이다. 그는 그의 마음속 아가씨가 걸려 있는 마법이 더 심해지고 있는지 어쩐지를 거울의 기사의 기사다운 말로 보고받기를 기대하고 있었다. 그 결투에 진 기사는 그녀를 만나 생긴 일을 죄다 돈키호테에게 알리기 위해 꼭 돌아오기로 되어 있었기 때문이다. 그러나 돈키호테의 생각과 거울의 기사의 생각은 하늘과 땅처럼 영 딴판이었다. 왜냐하면 그 당시 카라스코는, 앞에서도 말한 바와 같이, 고약을 붙일 만한 곳을 찾을 생각 말고 다른 생각은 눈곱만큼도 없었기 때문이다. 그래서 이야기는 다음과 같이 전하고 있다. 산손 카라스코 학사가 돈키호테에게 그만두었던 기사도의 길을 다시 계속하라고 부추긴 것은, 애초에 신부와 이발사가 기획한 일이었다. 그들은 돈키호테를 어떻게 하면 잘못된 모험을 위해 소란을 피우지 않고 집에서 조용히 지내도록 잡아둘 수 있을지 상의한 끝에, 모두가 동의한 카라스코의 개인 생각에 따라 돈키호테의 모험을 멈추게 하는 것은 불가능한 일이라 판단하고, 다시 떠나도록 내버려두어야 한다는 결론에 도달했던 것이다. 그래서 산손은 편력 기사로서 길을 나서 돈키호테를 만나 결투를 벌임으로써 해결하려고 했다. 산손은 틀림없이 쉽게 그를 무찌를 것으로 생각했다. 패자는 승자가 하자는 대로 하기로 협정을 맺고, 그래서 돈키호테가 패하면 학사 기사는 그에게 그의 마을 집으로 돌아가도록 명령하여 2년 동안 아니면 다른 명령을 받을 때까지 집을 떠나지 못하게 할 참이었다. 싸움에 패한 돈키호테가 기사도의 법칙을 어기지 않고 확실히 이행하리라는 것은 의심의 여지가 없었기 때문이다. 그가 집에서 두문불출하고 있을 때 허영심을 잊을 수도 있고 광기에 적절한 대책을 찾을 여유도 있으리라 판단했다.

카라스코는 그 일을 수락했고, 종자로는 산초 판사의 대부이며 이웃인 쾌활하고 경망스러운 남자 토메 세시알이 스스로 나섰다. 앞서 언급한 것처럼 산손은 갑옷을 걸쳤고, 토메 세시알은 자기의 원래 코에다 이미 말한 가짜 코를 붙였다. 서로 만났을 때 산초가 못 알아보게 하기 위해서였다. 이렇게 해서 돈키호테가 하는 것과 똑같은 여행을 따라 하게 됐고, 죽음의 마차 모험에서도 하마터면 만날 뻔했다. 결국 숲에서 그들을 만났는데, 그 숲은 현명한 독자는 이미 읽은 일들이 모두 일어난 바로 그곳이다. 만약 돈키호테의 그 터무니없는 생각, 그 학사가 카라스코 학사가 아니라고 하는 그 생각이 아니었다면, 학사 나리는 영원히 석사 학위를 받지 못했을지도 모른다. 왜냐하면 새를 잡으려고 생각했던 곳에서 둥지도 발견하지 못했기 때문이다. 토메 세시알은 자기의 바람이 엉망진창이 되고 취한 방법도 좋지 않게 끝나는 것을 보고 학사에게 말했다.

"확신하건대, 산손 카라스코 나리, 인과응보군요. 사람들은 쉽게 생각하고 일을 덥석 벌였다가 몇 배 어렵게 거기서 빠져나옵니다. 돈키호테는 미쳤고 우린 본정신인데, 그는 건강하게 미소를 지으며 가고 나리는 몽둥이찜질을 당해 슬픔에 젖어 있군요. 그러니 이제 어떤 사람이 더 미쳤는지 알아보십시다. 어쩌다가 미친 행세를 하는 사람이 더 미쳤는지, 아니면 일부러 미친 척하는 사람이 더 미쳤는지 말입니다."

그 말에 산손이 대답했다.

"그 두 미치광이의 차이는, 어쩌다가 미친 행세를 하는 자는 늘 그럴 것이고 자진해서 미친 자는 자기가 원할 때 그 미친 짓을 그만둘 수 있다는 것이네."

"그건 그렇습니다." 토메 세시알이 말했다. "제가 나리의 종자가 되고 싶었을 때는 제가 좋아서 미치광이가 되었으니, 이젠 자진해서 미치광이 노릇을 그만두고 제 집으로 돌아가고 싶습니다."

"그거야 자네 좋을 대로 하게나." 산손이 대답했다. "왜냐하면 내가 돈키호테를 몽둥이찜질로 박살을 내지도 않고 집으로 돌아가겠다고 생각하는 것은 하나의 핑계에 불과하다는 생각이기 때문이네. 내가 지금 그를 찾으러 가겠다는 것은 그가 본정신을 찾길 바라는 게 아니고, 순전히 복수심에서 찾는 꼴이 되는 거네. 내 갈비뼈의 고통이 너무 커서 더는 인정이 넘치는 이야기를 못 하겠네."

두 사람은 한 마을에 도착할 때까지 이렇게 이야기를 하면서 갔다. 그 마을에서 다행히 한 접골사를 만나 그 불행한 산손은 치료를 받았다. 토메 세시알은 산손을 남겨두고 집으로 돌아갔다. 그리고 산손은 복수할 궁리를 하고 있었다. 이야기는 때가 되면 그에 대해 다시 말하게 될 것이다. 왜냐하면 지금은 돈키호테와 즐거움을 꼭 함께 나누고 싶기 때문이다.

제16장

어느 사려 깊은 라만차의 기사와
돈키호테에게 일어난 일에 대해

돈키호테는, 앞에서 이미 말했듯이, 지난 승리로 자기가 그 무렵에
는 세상에서 가장 용감무쌍한 편력 기사가 되었다는 생각에 젖어
기쁨과 만족감과 자만심에 빠져 여행을 계속하고 있었다. 그리고
앞으로 자기에게 일어날지도 모를 모험은 모두 멋지게 끝나리라는
것을 믿어 의심치 않았으며, 마법과 마법사 정도야 아무것도 아니
라고 업신여겼다. 기사 생활을 하는 동안 얻어맞은 헤아릴 수 없을
만큼 많은 몽둥이찜질도, 이의 절반이 부러져나간 돌팔매질도, 갈
레라의 노 젓는 죄수들의 배은망덕도, 양구아스 사람들의 물불 가
리지 않는 행동과 몽둥이세례도 그의 기억 속에서 모두 사라졌다.
마지막으로 그는 만약 둘시네아 아가씨를 마법에서 구해낼 수 있는
기술이나 방법이나 수법이 있다면, 지난 몇 세기 동안 가장 운이 좋
았던 편력 기사가 달성했거나 달성할 수 있었던 최대의 행운도 부
럽지 않을 것이라고 혼잣말을 했다. 그가 이런저런 공상에 온 신경
을 쏟으며 길을 가고 있을 바로 그때, 산초가 그에게 말을 건넸다.

"나리, 아직도 소인의 대부인 토메 세시알의 그 엄청나게 큰 코가 눈앞에 아른거리는데, 징조가 좋지 않은 거 아닙니까요?"

"그럼 산초, 자네는 혹시 그 거울의 기사가 학사 카라스코이고, 또 그의 종자 토메 세시알이 자네의 대부라 믿는 것인가?"

"소인은 그것에 대해 무어라 말씀드려야 할지 모르겠습니다요." 산초가 대답했다. "소인은 다만 그 사람이 아니고서는 내 집이랑 처자식에 대해 어느 누구도 그렇게 소상히 알 수 없다는 것만 알 뿐입니다요. 그 가짜 코만 떼면 소인이 우리 마을에서, 바로 우리 집과는 담 하나를 사이에 두고 살아서 여러 번 보았던 토메 세시알의 바로 그 얼굴이었습니다요. 그리고 말투가 그 사람과 똑같았습니다요."

"우리 말 좀 해보세나, 산초." 돈키호테가 되받아 말했다. "이리 오게나. 산손 카라스코 학사가 공격과 방어용 무기로 무장을 하고 편력 기사가 되어 나하고 싸우러 왔다는 걸 무슨 수로 받아들일 수 있단 말인가? 혹 내가 그의 적이 된 적이라도 있는가? 내가 그에게 원한을 품을 만한 원인이라도 제공한 적이 있는가? 내가 그의 경쟁 상대라도 되는가? 아니면 내가 무예로 얻은 명성을 시기하여 그 사람이 무장을 하고 과시한단 말인가?"

"글쎄요, 우리가 무슨 말을 해야 하죠, 나리?" 산초가 대답했다. "그 기사가 누구이건 카라스코 학사와 꼭 닮았고, 또 그의 종자는 내 대부 토메 세시알을 빼쏘았으니 말이에요. 그리고 만일에 그것이 나리께서 말씀하신 것처럼 마법이라면, 세상에 이렇게도 다른 두 사람이 빼쏘는 일은 없지 않습니까요?"

"모든 것은 말일세," 돈키호테가 대답했다. "나를 쫓아다니는 심술궂은 마법사들의 간계이고 계책이네. 그들은 싸움에서 내가 이기게 되리라는 것을 예견하고, 싸움에 패한 기사가 내 친구인 학사의 얼굴로 보이도록 미리 준비를 한 거라네. 그것은 말일세, 그 사람에 대한 내 우정이 내 칼날과 내 팔의 가혹함 사이에 놓이게 하여 내 마음의 노여움을 달래기 위함이지. 이렇게 하면 속임수와 거짓으로 내 목숨을 앗아 가려고 애쓰던 자가 목숨을 부지할 수 있을 테니 말이네. 그 증거로, 자네도 알고 있는 것처럼, 오, 산초여! 경험으로 봐서 자네가 거짓말도 못 하고 속임수에 더 이상 넘어가지도 않겠지만, 마법사들에게는 어떤 얼굴을 다른 얼굴로 바꾸는 것이 식은 죽 먹기라네. 아름다움을 추함으로 만들기도 하고, 추함을 아름다움으로 만들기도 하면서 말일세. 자네는 세상에 둘도 없는 둘시네아 아가씨의 자연적인 완전무결함에 더해진 아름다움과 늠름함을 자네의 바로 그 두 눈으로 똑똑히 목격했는데, 나는 눈에 백내장이 끼고 입에서는 지독한 악취가 나는 촌스럽기 짝이 없는 농사꾼 아낙네의 추함과 저질스러움을 본 것이 이틀도 채 안 되었다네. 그리고 더욱이 그렇게도 흉악한 둔갑술을 자행한 그 사악한 마법사가 내 손에서 승리의 영광을 빼앗아 가기 위해 산손 카라스코의 모습과 자네 대부의 모습을 둔갑시키는 일은 흔치 않아. 그러나 좌우지간 나는 위안이 되네. 결국에 그들이 어떤 모습으로 둔갑이 되었건 나는 내 적을 무찌르고 승리했으니 말일세."

"하느님께서는 모든 진실을 알고 계시겠지요." 산초가 대답했다.

산초는 둘시네아의 둔갑이 자기의 계책이고 속임수였음을 알고 있었기 때문에 주인의 망상에 만족하지 못했다. 그러나 산초는 그의 말을 되받아치고 싶지는 않았다. 거짓말이 들통이 날까봐 아무 말도 하지 않았다.

이런 말을 주고받고 있을 바로 그때, 그들 뒤에서 같은 길을 가던 한 사람이 그들을 따라붙었다. 그는 녹색 고운 천에 황갈색 비로드 천을 덧댄 외투를 걸치고 바로 그 비로드로 만든 두건을 쓴 채 아주 아름다운 잿빛 암말을 타고 왔다. 마구馬具는 야전용으로 등자도 검붉고 녹색이었다. 녹색과 황금색으로 된 넓은 검대劍帶에는 무어풍風의 신월도新月刀가 매달려 있고, 편상화는 검대와 같은 세공을 한 것이었다. 박차는 황금색이 아니고 녹색 칠을 하여 매우 매끄럽고 광택이 나서, 의상 전체와의 균형으로 보아 순금으로 만든 것보다 더 좋아 보였다. 그 나그네는 그들에게 가까워지자 점잖게 인사를 하고는 암말에 박차를 가하고 내처 지나가려 했다. 그러나 돈 키호테가 말했다.

"미남 양반, 만일에 그대가 우리와 같은 길을 가시고 서둘러 가시지 않아도 된다면, 우리와 함께 가셔도 좋을 텐데요."

"사실은," 암말의 주인이 대답했다. "그 수말이 제 암말과 같이 가다가 소동을 벌이지나 않을까 염려되지 않는다면, 이렇게 부랴부랴 지나가지 않아도 됩니다."

"걱정도 팔자십니다요, 나리." 이때 산초가 대답했다. "나리의 암말의 고삐만 단단히 잡고 계시면 잘될 겁니다요. 우리 말은 세상에서 가장 행실이 좋기로 소문이 자자해서, 이와 비슷한 경우가 여러 차례 있었지만 어떤 비열한 짓도 한 적이 없으니까요. 하기야 딱한 번 싸가지 없는 짓을 하는 바람에 제 나리와 제가 일곱 배의 벌금을 문 적이 있긴 합니다요. 다시 한번 말씀드립니다만, 나리께서 원하시면 함께 가셔도 아무 일이 없을 겁니다요. 설령 진수성찬으로 유혹한다 해도 이 말은 보는 척도 안 하리라는 것을 확신합니다요."

209

나그네는 돈키호테의 차림새며 얼굴을 보고 놀라 말고삐를 당겨 멈추었다. 돈키호테는 투구를 쓰지 않았으며, 산초가 잿빛 당나귀의 앞 안장틀에 가방처럼 투구를 매달고 가고 있었다. 녹색 옷을 입은 자가 돈키호테를 자꾸 바라보았고, 돈키호테는 녹색 옷을 입은 자가 훌륭한 남자 같아 보여 그를 더 자주 바라보았다. 그의 나이는 쉰 살 정도로 보였는데, 머리는 희끗희끗하고 얼굴은 갸름하며 시선은 밝고 진지했다. 옷이나 풍모로 보아 아주 선량한 인물 같았다. 녹색 옷을 입은 사람은 라만차의 돈키호테에 대해 판단하길, 이런 꼬락서니를 한 사람은 자기 평생에 한 번도 본 적이 없다고 생각했다. 돈키호테의 그 긴 목이며, 그의 큰 몸, 여위고 누르스름한 얼굴, 갑옷, 거동과 태도는 그를 놀라게 했다. 그는 이런 모습과 몰골을 그 땅에서는 오랫동안 본 적이 없었다. 돈키호테는 그 나그네가 자기를 유심히 바라보고 있음을 알았고, 그 사람이 말이 없자 그가 바라는 것을 그의 얼굴에서 읽어냈다. 돈키호테는 모든 이에게 매우 예의 바르고 모든 이를 기쁘게 해주기를 무척 좋아해서, 자기에게 무얼 묻기도 전에 먼저 그에게 말했다.

"나리가 제게서 본 이 모습이, 일반적으로 사람들이 입는 그 모습들과는 아주 동떨어지고 매우 새롭기에 나리를 놀라게 한 것에 대해 저는 놀라지 않습니다. 그러나 제가 말씀을 드리면, 그럴 일이 아니라는 걸 아시게 될 겁니다. 말씀드리자면 저는 기사입니다.

사람들이 말하는 기사들은
자신의 모험을 위해 길을 떠난다.[104]

210

저는 고향을 떠나 재산을 저당 잡히고 진수성찬도 버려둔 채 제가 더 많이 봉사할 수 있는 곳으로 이끌어주길 염원하면서 운명의 여신의 두 팔에 몸을 맡겼답니다. 그것은 이미 사라지고 없는 편력 기사도를 되살리기 위함입니다. 여기서 부딪치는가 하면 저기서 넘어지고, 이쪽에서 굴러떨어지는가 하면 저쪽에서 일어나면서 벌써 여러 날이 되었습니다. 저는 과부를 구하고, 처녀를 보호하고, 기혼녀와 고아와 친권자가 없는 미성년자를 도와주면서 제가 바라는 것을 대부분 이행했습니다. 이런 일들이야말로 편력 기사의 고유하고 당연한 직무입니다. 그래서 내 이러한 용감무쌍하고 기독교 정신에 입각한 많은 공훈으로 말미암아 세계의 거의 모든 나라, 아니 대부분의 나라에서 저에 관한 이야기책이 이미 인쇄되어 인정을 받고 있는 실정입니다. 벌써 3만 부가 인쇄되었으며, 만일 하늘이 막지만 않는다면 수천 부의 3만 배가 인쇄되어야 마땅합니다. 요컨대 이 모든 것을 간단히 말씀드리자면, 아니 한마디로 말씀드리자면, 저는 라만차의 돈키호테, 일명 찌푸린 얼굴의 기사라고 합니다. 자화자찬하는 것은 스스로 품위를 떨어뜨리는 일이기는 하지만 어쩔 수 없이 자화자찬할 수밖에 없는데, 이것은 자화자찬을 하는 장본인이 이곳에 없을 때 아시게 될 겁니다. 그러니 호인 나리, 이제 이 말도, 이 창도, 이 방패도, 이 종자도, 이 모든 무구武具도, 제 얼굴의 누르스름함도, 제 몸의 가늘고 나약함도, 그리고 제가 누구이며 제가 하는 일이 무엇인지도 다 아셨으니 앞으로는 놀라실 일

---

104 《돈키호테 1》에도 두 번 등장하는 시구. 《돈키호테 1》 제9장 주 122 참조.

이 전혀 없으실 겁니다."

돈키호테는 이 말을 하고는 입을 다물었다. 그리고 녹색 옷을 입은 사람은 돈키호테의 말에 대답을 빨리 하지 못했는데, 어떻게 대답해야 할지 마땅한 말을 찾지 못한 것 같았다. 그러나 시간이 조금 지나자 돈키호테에게 말했다.

"기사 나리, 제가 가만히 있는 걸 보시고 제 바람이 무엇인지 정확히 아셨군요. 하지만 나리를 보고 놀란 저를 완전히 진정시키지는 못하셨습니다. 나리는 나리가 누구인지 알게 되면 제 놀라움이 없어질 거라고 하셨지만, 그렇지가 않습니다. 그걸 안 지금 나는 오히려 더 얼떨떨하고 놀랍습니다. 세상에 오늘날 어떻게 편력 기사가 있을 수 있고, 또 진정한 기사도에 대해 인쇄된 이야기가 어떻게 가능합니까? 과부를 도와주고, 처녀를 보호하고, 기혼녀를 예우하고, 고아를 구제하는 사람이 오늘날 지구상에 존재한다는 걸 저는 납득할 수 없습니다. 나리에게 듣기는 했지만, 제 이 두 눈으로 직접 보지 않고는 도저히 믿을 수가 없습니다. 나리가 말씀하신 그 높고 참된 기사도에 대한 이야기가 인쇄되어 세상에 나옴으로써, 좋은 풍습에 그리도 해악을 끼치고 좋은 이야기들에 그리도 손해와 불신만 조장하던, 세상에 가득해 있던 거짓된 편력 기사들의 그 수를 헤아리기 어려울 정도로 많은 이야기들을 사람들이 잊게 될 것이라니, 제발 그렇게 되길, 하늘이여 축복을 내리소서!"

"이야기할 것이 많습니다." 돈키호테가 대답했다. "편력 기사들에 대한 이야기들이 거짓인지 아닌지에 대해서는 말입니다."

"그럼 의심하는 사람이 있다는 말씀입니까?" 그 녹색 옷을 입은 자가 대답했다. "그런 이야기들이 거짓이 아니라고요?"

"저는 그걸 의심하고 있습니다." 돈키호테가 대답했다. "그럼 이 이야기는 여기서 그만두기로 합시다. 우리가 여정을 함께하다보면, 기사 이야기가 확실히 사실이 아니라고 생각하는 사람들에 동조하는 나리의 생각이 잘못임을 나리 스스로 깨닫게 될 겁니다."

돈키호테의 이 마지막 말에 나그네는 돈키호테가 약간 맛이 갔다고 짐작하고, 다른 말로 그 점을 확인해보기로 하고 기다렸다. 하지만 다른 말로 즐겁게 지내기 전에 돈키호테는, 자기는 자기 신분과 생활에 대해서 이미 밝혔으니, 그가 누구인지 말해달라고 간절히 청했다. 그래서 녹색 외투를 입은 사람이 대답했다.

"저는, 찌푸린 얼굴의 기사 나리, 사정이 허락하면 오늘 우리가 식사하러 갈 곳에서 태어난 시골 양반입니다. 저는 많지도 적지도 않은 중간이 넘는 부자이고, 이름은 돈 디에고 데 미란다이며, 처자식들과 친구들하고 삶을 영위하고 있습니다. 제가 하는 일이라곤 사냥과 낚시질입니다만, 매나 사냥개 같은 것은 없고 온순한 후림 자고새 수컷과 사나운 족제비가 있습니다. 책은 일흔두 권까지 소장하고 있는데, 어떤 것들은 에스파냐 말로, 또 어떤 것들은 라틴 말로 되었으며, 일부는 역사에 관한 책이고 일부는 신앙에 관한 서적이며, 기사도 책들은 아직 내 집의 문턱을 넘지 못했습니다. 저는 신앙에 관한 책보다 세속적인 책을 더 많이 읽고 있습니다. 그 책들은 고지식한 오락에 관한 것이면서, 동시에 말로 즐거움을 주고 허구로 감탄을 자아내게 하며 사람을 멍하게 만듭니다. 에스파냐에는 이런 종류의 책들이 가뭄에 콩 나듯 하여 별로 구경할 수 없지만 말입니다. 저는 가끔 내 이웃들과 내 친구들이랑 식사를 하고 또 자주 그들을 초대하는데, 깨끗하고 말끔히 정돈된 초대여야지 무엇 하나라도 부족하면 안 된답니다. 저는 남을 험담하는 걸 좋아하지 않으며, 제 앞에서 서로 험담하는 것도 동의하지 않고, 남의 생활을 꼬치꼬치 캐묻지도 않으며, 다른 이의 행동을 낌새채려고도 않습니다. 날마다 미사에 참석하고 재산의 일부를 가난한 이들에게 나누어주지만, 내 마음속에 위선과 우쭐함이 들어오는 것이 싫어서 선행을 자랑삼아 내세우지 않습니다. 그것들은 아무리 신중한 마음이라도 다정하게 사로잡는 적들이기 때문이지요. 제가 아는 사람들이 앙숙이 되면 그들을 화해시키려고 애쓰기도 합니다. 저는 성모 마리아를 숭배하며, 우리 주 하느님 아버지의 무한한 자비를 늘 신뢰합니다."

산초는 그 시골 양반의 삶과 생활에 관한 이야기를 아주 조심스레 들었는데, 자기에게 유익하고 훌륭한 것 같았다. 그리고 그런 사람은 기적을 만들기도 할 것 같아서, 잿빛 당나귀에서 뛰어내려 급히 그 시골 양반에게 가서 그의 오른쪽 등자를 붙들고는 경건한 마음으로 눈물을 글썽이며 몇 번이고 그의 발에 입을 맞추었다. 이런 행동을 본 시골 양반은 그에게 물어보았다.

"이게 무슨 짓이오, 형제여? 왜 이렇게 입맞춤을 하는 거요?"

"제발 입을 맞추게 해주세요." 산초가 대답했다. "나리께서는 제 평생에 처음 뵙는, 말을 탄 첫 성인聖人 같으시구먼요."

"난 성인이 아니고," 시골 양반이 대답했다. "오히려 큰 죄인이랍니다. 형제여, 당신은 정말이지 당신의 그 순진무구함으로 보아 선량한 사람 같구려."

산초는 그의 주인이 깊은 우수에 잠긴 것을 보고 저도 모르게 미소를 띠면서, 다시 잿빛 당나귀를 타러 돌아갔다. 그것은 곧 돈 디에고에게 새로이 경탄을 자아내게 했다. 돈키호테는 돈 디에고에게 자식이 몇 명이냐고 물으면서 옛 철학자들이 최고의 선으로 여긴 일 중 하나는, 그들이 아직 하느님에 대한 참지식이 부족해서, 자연이 주는 행복과 운명이 주는 행복으로 많은 친구를 갖게 되는 일과 많은 착한 자식들을 갖는 일에 있다고 그 시골 양반에게 말했다.

"저는, 돈키호테 나리," 그 시골 양반이 대답했다. "아들놈이 하나 있습니다. 그런데 그 아들놈이 없다면 아마 지금보다 더 행복하지 않았을까 생각하기도 한답니다. 그놈이 나쁜 녀석이라기보다 제가 바라는 만큼 그렇게 착한 아이가 아니기 때문입니다. 그 아이는 지금 열여덟 살쯤 되었는데 6년간 살라망카에 머물면서 라틴 말과 그리스 말을 배웠답니다. 그리고 제가 다른 학문을 공부시키고 싶었을 때 아들놈은 시詩라고 하는 학문, 그걸 학문이라고 부를 수 있을지는 모르지만, 그것에 마냥 심취되어 있었지요. 그래서 제가 원하는 법학 공부를 시키는 것도, 모든 학문의 왕이라는 신학 공부를 시키는 것도 불가능하다는 걸 알았습니다. 저는 아들놈이 자기 분야에서 최고의 영관榮冠을 차지했으면 싶었답니다. 왜냐하면 우리는 지금 덕망 있고 올바른 학문을 높이 평가하는 시대에 살고 있기 때문이며, 또 덕이 없는 학문은 쓰레기통에 있는 진주나 마찬가지이기 때문입니다. 온종일 이 녀석은 호메로스가 《일리아드》의 그런 시구에서 한 말이 좋으니 나쁘니, 마르티알리스[105]가 어떤 풍자

---

105 Martialis. 고대 로마의 시인(38?~103?). 에스파냐 출신이며, 14권의 작품을 통해 당시 로마 사회의 여러 가지 사건과 인물상을 사실적이고 풍자적으로 묘사했다.

시에서 부도덕하다느니 아니라느니, 베르길리우스의 여차여차한 시구들을 이렇게 아니면 저렇게 이해해야 한다느니 탐구하면서 지내고 있답니다. 결국 그 아이의 모든 대화는 앞에서 언급한 시인들의 책들이나 호라티우스[106], 페르시우스[107], 유베날리스[108], 그리고 티불루스[109]의 책들과 하는 것이 전부입니다. 현대 로맨스 말로 쓰는 시인들에 대해 별 관심도 없고 그 시에는 애착이 없는 것처럼 보이던 그 녀석이, 지금은 실의에 빠져 있는 것 같으면서도 살라망카 대학에서 보내온 네 시구에 주석을 붙이는 데 정신이 팔려 있습니다. 문학 경연 대회가 있나봅니다."

그 모든 말에 돈키호테가 대답했다.

"자식들이란, 나리, 부모의 오장육부의 일부이지요. 그래서 자식과 부모란, 우리에게 생명을 준 영혼들이 서로 사랑하듯 미우나 고우나 서로 사랑하지 않으면 안 되는 겁니다. 아이들을 어릴 적부터 미덕의 길로 이끌고, 훌륭한 가정교육을 시키고, 마음씨 곱고 기독교적인 습관을 갖도록 하는 것이야말로 부모의 의무입니다. 그래야 자식들이 컸을 때 그들 부모의 노후의 지팡이가 되고 그들 후대의 영광이 될 것입니다. 그들에게 이 학문을 해라 저 학문을 해

---

106 고대 로마의 시인(B.C. 65~B.C. 8). 풍자시와 서정시로 명성을 얻었고, 그의《시론》은 작시법의 성전이 되었다.

107 Persius. 고대 로마의 시인(34~62). 호라티우스의 전통을 이어받아 6편 650행으로 이루어진 풍자시를 남겼으며, 스토아 사상을 신봉하여 신이나 영혼의 관념을 조소하고 인간의 예지와 덕을 강조했다.

108 Juvenalis. 고대 로마의 시인(50?~130?). 당시 부패한 사회에 대한 통렬하지만 유쾌한 풍자시로 유명하다.

109 Tibullus. 고대 로마의 서정시인(B.C. 55?~B.C. 19?)으로,《티불루스 전집 *Corpus Tibullianum*》이 전해진다.

라 하고 강요하는 것은 온당한 일이 아니라고 생각합니다. 설득하는 것이 자식들에게 해로운 일은 아니지만 말이에요. 그리고 호구책으로 공부하는 것이 아니라면, 학생이 운수가 대통해 하늘이 먹을거리 걱정을 하지 않아도 좋을 부모를 보내주었다면, 제 생각에는 자기 적성에 가장 맞는 학문을 택해 공부하게 하는 것이 좋을 듯합니다. 시라는 학문이 실용적이라기보다 즐기는 학문이지만, 그것을 배운 사람에게 늘 수치를 줄 정도의 그런 학문은 아닙니다. 시란, 양반 나리, 제 생각에는 다정다감하고 마음이 여린 아가씨와 같습니다. 그리고 아름다움이 극에 달해, 다른 모든 학문이라는 아가씨들이 이 시라는 아가씨를 풍요롭게 하고 다듬고 장식하는 책임을 가지고 있습니다. 시는 모든 학문을 쓸모 있게 이용하고, 또 모든 학문은 시를 통해 정당성을 인정받게 된다는 겁니다. 그러나 이 시라는 아가씨는 멋대로 만져지거나, 거리로 끌려다니거나, 저잣거리의 모퉁이나 궁중의 구석에서 알려지는 것도 싫어한답니다. 시는 그런 덕의 연금술로 만들어지기에, 시를 다룰 줄 아는 이는 평가하기 힘들 만큼 값나가는 매우 순수한 금으로 바꾸어놓을 겁니다. 시를 자기 것으로 하고자 하는 이는 시를 아주 조심해서 다루어야 하며, 외설적인 풍자시나 매정한 소네트로 시중에 유포되게 해서는 안 됩니다. 시는, 영웅시나 슬픈 비극이나 즐겁게 기교를 부린 희극이 아니라면, 어떠한 방법으로도 팔아서는 안 됩니다. 시 속에 숨어 있는 보물들을 알지도 못하고 귀한 줄도 모르는 불량배나 무식한 속물들이 시를 다루게 해서는 안 됩니다. 그리고 나리, 제가 여기서 일컬은 속물이 속되고 천한 자들만 뜻하는 것이라고 생각하지 마십시오. 아무리 영주와 왕자라고 하더라도 무식한 자는 누구나 속물의 범주에 포함될 수 있고 또 포함되어야 합니다. 그러니 제가 말하는 요건들을 갖추고 시를 대하고 시를 쓰는 자는, 세계의 모든 문명 국가에서 이름을 떨치고 존경받게 될 것입니다. 그리고 나리, 아드님께서 에스파냐 말로 쓰인 시를 별로 소중히 다루지 않는다고 말씀하셨는데, 그 점은 그다지 옳지 않다는 생각이 듭니다. 그 이유는 그 위대한 호메로스가 그리스 사람이었기 때문에 라틴 말로 글을 쓰지 않았으며, 베르길리우스도 라틴계 사람이었기 때문에 그리스 말로 글을 쓰지 않았습니다. 결론적으로 말해서 모든 옛날 시인은 젖먹이 적부터 했던 말로 글을 썼지, 자기 판단의 숭고함을 알리기 위해 굳이 외국어를 찾으려 하지 않았습니다. 그런 관계로 이런 풍습은 모든 나라로 퍼져나가야 옳다고 생각합니다. 그리고 독일 시인이 자기 말로 글을 쓴다는 이유로, 또 에스파냐 사람이 방언을 구사하는 비스카야 출신이라 자기 지방의 사투리로 글을 쓴다는 이유로 무시되어서는 안 됩니다. 그러나 나리, 제가 짐작하기로 아드님께서는 에스파냐 말로 된 시를 싫어하는 것이 아니라, 다른 언어들뿐만 아니라 자신의 자연스런 충동을 꾸며주고 깨우치고 도와줄 다른 학문도 모르면서 단순히 에스파냐 말로 쓰는 시인들을 싫어하는 것 같습니다. 그런데 여기에도 잘못이 있을 수 있습니다. 진실한 주장에 의하면 시인은 타고난다고 하기 때문입니다. 이는 곧 원래 타고난 시인은 자기 어머니의 배 속에서부터 시인이 되어 나온다는 것을 의미합니다. 그런 시인은 하늘이 내려준 재능만을 믿고 더 많은 공부도 궁리 같은 것도 없이, 그리고 '하느님은 우리 안에 계시니' 등등을 운운하며 작품을 만듭니다. 또한 기교의 도움을 받는 천부적인 시인은 훨씬 더 좋아지고, 오직 기교만 알고 시인이 되

218

고자 하는 시인보다 훌륭하다는 말씀을 드립니다. 왜냐하면 기교는 천성에 우선하지 못하며, 천성을 완성시키는 수단에 불과하기 때문입니다. 천성과 기교를, 기교와 천성을 혼합하면 아주 완벽한 시인이 탄생할 것입니다. 그러므로 내 말의 결론은, 양반 나리, 아드님을 그 운명의 탄생 별이 이끄는 곳으로 가게 내버려두라는 것입니다. 또 아드님이 그렇게 훌륭한 학생이고 이미 학문의 첫 단계인 언어 단계에 잘 올라섰으니, 그 언어들로 인해서 혼자서도 인문학의 정상에 오를 수 있을 겁니다. 인문학은 망토를 걸치고 칼을 찬 기사나 다름없고, 주교가 쓰는 관모나 법관이 입는 법복처럼 그를 아름답게 하고 명예롭게 하며 위대하게 합니다. 아드님이 남의 명예에 상처를 주는 풍자시를 쓰거든 꾸짖어 벌하시고 그 풍자시를 찢어버리세요. 하지만 호라티우스풍의 풍자시[110]를 써서, 호라티우스가 아주 우아하게 묘사했듯이 일반적으로 악습을 비난한다면 칭찬해주세요. 왜냐하면 시인이 시새움을 반대해서 글을 쓰거나, 그 시구에서 어떤 특정한 사람을 지칭함 없이 시샘꾸러기라든지 다른 악덕들에 대해 악담을 퍼붓는 것은 정당하기 때문입니다. 그러나 악담 한 마디로 인해 폰토스의 섬들[111]로 유배되는 위험에 처한 시인도 있답니다. 만일 시인이 자기 습관에서 깨끗하고 깔끔하면, 그의 시구도 그럴 겁니다. 펜은 마음의 혀라 그 마음속에서 자란 생각에 따라 그가 쓴 글들도 그렇게 될 것입니다. 그리고 임금들이나 왕자들이 신

---

110 sermones al modo de Horacio. '호라티우스풍의 설교sermones'라는 뜻으로, 여기서 'sermones'는 라틴 말 'Sátiras(풍자시)'의 의미로 쓰였다.

111 las islas de Ponto. 오비디우스Ovidius의 유배지를 말한다. 폰토스는 고대 소아시아 때 흑해 남쪽에 있던 왕국이다.

중하고 덕망이 높으며 정중한 인물들에게서 놀랄 만한 시적 소양을 발견하게 되면, 그들을 예우하고 그들을 존중하고 그들에게 부를 안겨주며, 더욱이 번개도 때리지 않는다는 월계수의 잎[112]으로 만든 관을 씌워주는데, 그런 관으로 영광스레 이마를 장식한 자는 어느 누구에게도 공격을 당하지 않는다는 표식으로 말입니다."

녹색 외투의 기사는 돈키호테의 추리에 매우 감탄해서 그에 대해 가지고 있던, 그가 약간 모자라다는 생각에서 빠져나오고 있었다. 그렇지만 산초는 이런 이야기들이 별로여서 도중에 가던 길에서 벗어나, 그 옆에서 양젖을 짜고 있던 양치기 몇 명에게 젖을 약간 부탁했다. 이러고 있을 때 이미 그 시골 양반은 이야기를 다시 시작했는데, 그는 돈키호테의 사려 깊은 분별력과 멋진 이야기를 듣고 더할 수 없이 만족하고 있었다. 그때 돈키호테가 머리를 들자, 그들이 가고 있는 길 쪽으로 왕의 깃발이 가득 달린 마차 한 대가 오고 있는 것이 보였다. 돈키호테는 이것이 틀림없이 어떤 새로운 모험거리가 되리라 믿고, 큰 소리로 산초를 불러 얼굴 가리개가 달린 투구를 가져오라고 했다. 산초는 돈키호테가 부르는 소리를 듣고는 양치기들을 남겨두고 부랴부랴 잿빛 당나귀에 박차를 가하여 주인이 있는 곳에 도착했다. 돈키호테에게는 무시무시하고 상상도 못 할 모험이 일어났다.

---

112 las hojas del laurel. 덕을 나타낸다.

제17장

행복하게 끝난 사자들과의 모험과
돈키호테의 전대미문의 힘이 솟아났고
또 솟아날 수 있었던 최후의 정점이 밝혀진 것에 대해

돈키호테가 산초에게 투구를 가져오라고 소리를 질러대고 있을 때, 산초는 양치기들이 가져온 레케손이라고 하는 연한 치즈를 사고 있었다고 이야기는 말하고 있다. 그는 서둘러 오라는 주인의 성화에 레케손을 들고 어찌할 바를 몰랐고, 또 어떻게 가져가야 할지도 몰랐다. 이미 돈을 지불한 것이라 버릴 수도 없고 해서 그는 주인의 투구에다 그것을 쏟아 넣기로 결정하고, 이 좋은 선물을 가지고 주인이 무엇 때문에 자신을 불렀는지 알아보기 위해 돌아왔다. 산초가 도착하자 돈키호테가 말했다.

"친구, 그 투구를 나한테 주게. 난 모험에 대해 아는 건 별로 없네만, 저기 내 눈에 보이는 저것이 나한테 필요한 어떤 모험 같군그래. 그러니 내가 무기를 들고 일어나야 하네."

이 이야기를 들은 녹색 외투의 기사가 눈을 들고 사방을 둘러보았으나, 두세 개의 작은 깃발을 달고 그들이 있는 쪽으로 다가오고 있는 마차 한 대 말고 다른 것은 발견하지 못했다. 그 깃발로 보아 수레에는 국왕 폐하의 보물을 싣고 가는 것이 틀림없었다. 그래서 그는 돈키호테에게 그렇게 말해주었다. 하지만 돈키호테는 그의 말을 믿으려 하지 않았다. 그는 자신에게 일어나는 일은 무엇이나 모험에 더한 모험이라고 믿고 생각했기 때문이다. 그래서 그 시골 양반에게 말했다.

"유비무환인 자는 반은 이긴 것입니다. 다시 말해 제가 미리 준비한다면 아무것도 잃을 것이 없답니다. 눈에 보이는 적과 보이지 않는 적이 있다는 것을 저는 경험으로 알고 있습니다. 그들이 언제, 어디서, 어느 때, 어떤 모습으로 나를 덮칠지 모른답니다."

그러고나서 그는 산초를 돌아보며 투구를 달라고 했다. 산초는 그 연한 치즈 레케손을 투구에서 꺼낼 시간적 여유가 없었기 때문에, 부득불 레케손이 든 채로 돈키호테에게 건넬 수밖에 없었다. 투구를 받아 든 돈키호테는 그 안에 무엇이 들어 있는지 눈치채지 못하고 부랴부랴 그것을 머리에 잘 맞춰 쓰게 되었고, 투구 안에 있던 레케손이 압력을 받아 눌리면서 돈키호테의 온 얼굴과 수염으로 끈적끈적한 액체가 흘러내렸다. 그것 때문에 그는 얼마나 충격을 받았는지 산초를 돌아보고 말했다.

"이게 도대체 어찌 된 일인가, 산초? 내 두개골이 물러지거나, 아니면 내 뇌가 녹아 흘러내리거나, 아니면 머리끝에서 발끝까지 땀이 흘러내리는 것 같구먼. 만일 내가 땀을 흘리는 것이라면, 실지로 공포 때문은 아니겠지. 틀림없이 지금 나에게 일어나려는 모험이 무시무시하리라고 믿어지네. 뭐든 내 얼굴을 닦아낼 걸 가지고 있으면, 어디 이리 주게. 비 오듯 쏟아지는 땀 때문에 눈이 멀겠네."

산초는 입을 봉하고 돈키호테에게 헝겊 쪼가리를 건넸다. 그의 주인이 사건을 눈치채지 못한 것을 천만다행으로 여기며 하느님께 감사했다. 돈키호테는 얼굴을 닦고나서, 도대체 투구 안에 무엇이 들었기에 머리를 차갑게 하는 것 같은지 보고 싶은 마음에 투구를 벗었다. 그러고는 투구 안에서 그 하얀 죽 같은 연한 물체를 보자 코에 대고 냄새를 맡아보고 말했다.

"내 사랑하는 엘 토보소의 둘시네아 아가씨의 목숨을 걸고 맹세하는데, 여기 내 투구에 넣어둔 건 분명히 레케손이렷다, 배신자, 망나니, 이 돼먹지 못한 종자 놈아."

그러자 산초는 미적미적하더니 능청스레 대답했다.

"레케손이라면 소인에게 주세요. 소인이 먹어버리겠습니다요. 그렇지만 그걸 악마에게나 먹이십시오. 그 악마 놈이 거기에 레케손을 집어넣은 것이 틀림없으니까요. 어떻게 소인이 나리의 투구를 더럽힐 생각을 했겠습니까요? 감히 그런 짓을 할 놈이 있다면 찾아보시지 그래요! 참말인데요, 나리, 하느님께서 저에게 깨우쳐주신 바로는, 소인이 나리가 하시는 대로 따라 하고 수족이나 다름없으니, 소인을 쫓아다니는 마법사들이 있음에 틀림없습니다요. 그 마법사들이 그 더러운 것을 집어넣어 나리의 참을성에 불을 지르고 분노가 치밀도록 함으로써, 늘 그렇듯 소인의 갈비뼈를 으스러뜨리려는 의도가 분명합니다요. 그러나 정말이지 이번만은 그 악마 놈들이 헛짓을 했습니다요. 소인은 나리께서 현명하게 추리하실 것으로 믿습니다요. 나리께서는 소인이 레케손이나 우유나 그와 비슷한 다른 무엇도 가지고 있지 않다는 걸 아실 겁니다요. 그리고 그런 걸 소인이 가지고 있었다면, 투구 안에 넣을 게 아니라 우선 제 배때기에 넣었을 겁니다요."

223

"그럴 수 있겠구먼." 돈키호테가 말했다.

그리고 그 시골 양반은 그 모든 것을 보고 놀라지 않을 수 없었다. 특히 돈키호테가 머리와 얼굴과 수염과 투구를 닦은 후에 다시 투구를 머리에 맞춰 쓰고, 박차를 단단히 하고, 칼을 점검하고, 창을 잡고 말했을 때는 더욱 그랬다.

"이제 무슨 일이 있더라도, 바로 그 사탄 놈이 직접 내 앞에 나타난다 해도 여기 있는 나 돈키호테는 일전을 벌일 만반의 준비를 갖추고 있다."

이러고 있을 때 깃발을 펄럭이면서 마차가 도착했고, 그 마차에는 노새를 탄 마부와 앞자리에 앉아 있는 남자 한 사람뿐 다른 사람은 없었다. 돈키호테는 그들 앞을 가로막고 서서 말했다.

"어디로 가는 길인가, 형제들이여? 이것은 무슨 마차이고, 마차 안에는 무엇을 싣고 가며, 또 저것들은 무슨 깃발들인가?"

그 말에 마부가 대답했다.

"마차는 제 것이오며, 마차 안에 싣고 가는 것은 우리에 갇힌 사나운 사자 두 마리입니다. 오랑[113]의 장군께서 폐하께 드리는 선물로 궁중에 보내는 것이지요. 그리고 깃발들은 우리의 주군이신 국왕의 것이고, 여기에 국왕의 물건이 실려 가고 있다는 표시입니다."

"그런데 사자들은 큰가?" 돈키호테가 물어보았다.

"아주 크답니다." 마차 문 앞에서 가고 있던 사나이가 대답했

---

113 시스네로스 추기경el cardenal Cisneros이 1509년에 정복한 알제리 해안에 있는 에스파냐의 성채.

다. "아프리카에서 에스파냐로 가져온 사자 중에서 이렇게 큰, 아니 이보다 더 큰 사자는 없었습니다. 저는 사자 사육사로 다른 사자들을 운반해 온 적이 있지만, 이들처럼 큰 사자는 아니었습니다. 암컷과 수컷인데 수컷은 이 첫 번째 우리에서 가고, 암컷은 저 뒤에 있는 우리에서 가고 있습니다. 오늘은 아직 먹이를 주지 않아서 배가 많이 고플 겁니다. 그러하오니 나리께서는 길을 비켜주십시오. 사자들에게 먹을 것을 줄 곳에 속히 도착해야 합니다."

그 말에 돈키호테가 약간 미소를 머금고 말했다.

"나한테 사자 새끼들이라? 내게 사자 새끼들이라, 그리고 이런 시간에? 이거야 원 별꼴을 다 보겠네. 내가 그런 사자들 때문에 놀라는 사람인지, 이곳에 사자들을 보낸 그분들이 보게 해주어야겠군 그래. 거기서 내려오게, 착한 양반. 당신이 사자 사육사라니, 그 우리들을 열고 그 짐승들을 밖으로 몰아 나에게 보내시오. 그놈들을 나에게 보낸 마법사의 입장에서 보면 좀 안된 일이긴 하지만, 이 들판 한가운데서 라만차의 돈키호테가 누군지를 그놈들에게 알려주고 말겠소."

"이런, 이런!" 이때 그 시골 양반이 혼잣말을 했다. "우리의 이 훌륭한 기사님께서 드디어 본성을 드러내시는군요. 그 레케손이 의심할 나위 없이 두개골이 물러지게 하거나 뇌가 녹게 했나봅니다."

이러고 있을 때 산초가 시골 양반한테 와서 말했다.

"나리, 제발 부탁이오니 제 주인이신 돈키호테께서 이 사자들과 맞붙어 싸우지 않게 해주세요. 만일에 맞붙어 싸우게 된다면 여기 있는 우리 모두가 뼈도 못 추리고 박살이 나고 말 테니까요."

"그럼 당신의 주인이 그렇게 미쳤다는 거요?" 그 시골 양반이 말했다. "그래서 저 사나운 동물들과 맞붙어 싸울 거라 믿고 겁을 잔뜩 집어먹은 거요?"

"미쳤다는 게 아니고," 산초가 대답했다. "물불을 가리지 않는 분이시라는 겁니다요."

"그럼 내가 그러지 못하게 하겠소이다." 그 시골 양반이 대답했다.

그러고는 돈키호테에게 다가갔는데, 그때 돈키호테는 사자 사육사에게 우리를 열라고 다그치고 있었다. 그래서 돈키호테에게 말했다.

"양반 나리, 편력 기사들은 말이에요, 성공하리라는 희망을 기대하는 모험에만 달려들지, 아무리 생각해도 가망이 없는 모험에는 절대로 달려들지 않습니다. 왜냐고요? 무모함이라는 범주에 들어가는 용기란, 힘의 범주가 아니라 광기의 범주에 포함되기 때문입니다. 하물며 이 사자들이 나리에게 대들지도 않았고, 또 그럴 리 만무한 마당에야. 국왕 폐하께 선물로 바치는 것이니, 지체시키거나 가는 길을 방해하는 것은 썩 보기 좋은 일이 아닐 겁니다."

"양반 나리, 나리께서는 가던 길이나 가시지요." 돈키호테가 대답했다. "가서 온순한 자고새 새끼와 용감무쌍한 족제비하고나 지내십시오. 각자 자기 일을 하게 가만두세요. 이건 제 일입니다. 그리고 이 사자 나리들이 내게 달려들지 안 달려들지는 제가 압니다."

그러고는 사자 사육사를 돌아보면서 말했다.

"똥물에 튀할 놈아, 이 능구렁이 같은 놈아, 지금 당장 우리를 열지 않으면 이 창에 너를 꿰어 마차에 매달아놓겠다!"

마부는 그 무장한 유령의 결심을 보고 그에게 말했다.

"나리, 제발 자비를 베풀어주세요. 제가 노새들의 멍에를 풀어 그놈들을 안전하게 한 뒤에 사자들을 풀어놓겠습니다요. 만일에 제 노새를 죄다 죽이면, 저는 따라지신세를 면할 수 없을 테니까요. 저에게는 이 마차와 이 노새들 말고 다른 재산이 없습니다요."

"오, 이 믿음이 약한 자야!"[114] 돈키호테가 대답했다. "내리게. 그리고 멍에를 풀고 하고 싶은 대로 하게나. 그런데 곧 헛짓만 했다는 걸 알게 될 거네. 괜한 일을 했다고 말일세."

마부는 내려서 부랴부랴 멍에를 풀었으며, 사자 사육사는 큰 소리로 말했다.

"제 뜻과는 반대로 강압에 의해 우리를 열고 사자들을 풀어주었다는 것에 대해, 이곳에 계시는 분 모두가 제 증인이 되어주십시오. 제가 경고하는데, 앞으로 이 짐승들이 저지를 모든 악행과 손해는 물론이고 제 봉급과 권리금까지도 전적으로 이분이 책임지셔야 합니다. 나리 여러분, 제가 우리를 열기 전에 마음의 준비를 해주십시오. 저는 이 짐승들이 제게 상처를 입히지 않는다는 걸 확신합니다."

다시 그 시골 양반은 미치광이 짓을 하지 말라고 설득했다. 이런 얼토당토않은 짓은 하느님을 시험하는 일이라고 했다. 그 말에 돈키호테는 자기 일은 자기가 알고 있다고 대답했다. 그 양반은 그에게 잘 알아보라고 대답하면서, 자기 생각에는 그가 실수하고 있는 것 같다고 했다.

---

114 〈마태오 복음서〉 14장 31절 "예수님께서 베드로에게 손을 내밀어 그를 붙잡으시고, '이 믿음이 약한 자야, 왜 의심하느냐?' 하고 말씀하셨다"라는 구절에 나오는 말이다.

"그건 그렇다 치고, 나리," 돈키호테가 되받아 말했다. "만일 나리의 생각대로 비극이 될 이번 모험의 입회인이 되고 싶지 않으시다면, 그 잿빛 암말을 몰아 몸을 안전하게 피하십시오."

이 말을 듣고 산초는 눈물을 글썽거리면서 그런 일을 단념하길 돈키호테에게 간청했고, 풍차 모험이며 물레방아의 무시무시한 모험이며, 그리고 또 돈키호테가 살면서 평생 겪은 모든 모험도 이번 일에 비하면 약과라고 했다.

"보세요, 나리," 산초가 말했다. "이곳에는 마법커녕 그 비슷한 것도 더더욱 없습니다요. 소인이 쇠창살과 우리의 틈새로 사자의 진짜 발톱 하나를 보았는데요, 그 정도 발톱을 가진 사자라면 아마도 산보다 더 크리라고 생각했습니다요."

"공포라는 것은 말일세, 적어도," 돈키호테가 대답했다. "자네에게는 세상의 절반보다 더 크게 보이게 했겠지. 물러나 있게, 산초. 그리고 제발 날 그냥 놓아두게나. 내가 여기서 죽더라도 자네는 우리가 전에 맺은 약조를 알고 있을 터. 자네가 둘시네아에게 달려가 호소하는 것을. 더는 말하지 않겠네."

돈키호테는 이런 말에 다른 말을 덧붙였다. 그것으로 그의 상궤에서 벗어난 생각과 계획을 계속하지 못하게 말리려는 희망은 물거품이 되고 말았다. 녹색 외투의 기사가 저지해보았으면 싶었지만 무기들에서 차이가 있었고, 미치광이와 맞붙어 싸운다는 것은 사려가 부족한 일인 듯했다. 그는 이미 돈키호테가 완전히 돌아버린 광인이라고 생각했기 때문이다. 돈키호테는 다시 사자 사육사를 재촉하며 위협을 되풀이했다. 이때다 싶어 그 시골 양반은 암말에 박차를 가하고, 산초는 잿빛 당나귀에 박차를 가하고, 마부는 그의 노새들을 몰아서 모두가 사자들이 우리에서 튀어나오기 전에 되도록 마차에서 멀어지려고 노력했다.

이번에는 틀림없이 돈키호테가 사자의 발톱에 갈가리 찢기리라 믿었기에, 산초는 주인이 죽게 될 것이라며 울고불고 야단법석을 떨었다. 그리고 자기 운명을 저주하며, 그를 다시 섬길 생각을 했던 때가 바로 어리석은 순간이었다고 여기게 되었다. 하지만 울고불고 한탄만 하고 있을 때가 아니어서, 마차에서 멀리 떨어지기 위해 잿빛 당나귀에 계속 채찍질을 해댔다. 사자 사육사는 도망가던 사람들이 이미 위험에서 완전히 벗어난 것을 보고는, 돈키호테에게 이미 설득도 하고 통고도 하던 일을 다시 해보았다. 돈키호테는 말한 것을 다 들었다고 대답하고는 아무리 애걸복걸해도 소용없으니 어서 우리나 열라고 했다.

사자 사육사가 첫 번째 우리를 여는 동안, 돈키호테는 결투를 말에서 내려 하는 게 좋을지 말을 타고 하는 게 좋을지 생각하고 있다가, 결국 말에서 내려 하기로 결정했다. 그것은 로시난테가 행여나 사자들을 보고 놀랄 것을 우려해서 취한 조치였다. 그는 말에서 뛰어내리고 창을 던져버리더니 방패를 팔에 고정시키고 칼집에서 칼을 빼어 든 채 한 발짝 한 발짝 놀라운 기백과 용감무쌍한 의지로 마차 앞으로 나아가서, 진심으로 하느님께 자신을 맡기고 서둘러 둘시네아 아가씨에게도 하느님의 가호를 빌었다.

그리고 이 대목에 이르러 이 진짜 이야기의 작가는 소리쳐 이렇게 말했다고 알려지고 있다. '오, 힘이 장사이며 극도로 활기가 넘치는 라만차의 돈키호테여, 세상의 모든 용감한 사람들이 우러러보는 본보기이자 에스파냐 기사들의 영광이며 자랑이었던 새로운 제2의 돈 마누엘 데 레온[115]이여! 제가 무슨 말로 이토록 어마어 마한 공적을 감히 이야기하고, 무슨 필설로 오는 세기世紀로 하여금 그 공적을 믿게 하겠나이까? 설령 과장에 과장을 더해 아무리 호들 갑을 떨지라도 그대에게 어울리지 않고 마음에 들지 않을 찬사가 어디 있겠나이까? 그대가 걸어서, 그대가 홀로, 그대가 앞뒤를 가리 지 않고, 그대가 대범하게 톨레도의 무기 제조자 훌리안 델 레이가 만든 명검도 아닌 단 한 자루의 무딘 칼로, 별로 번쩍거리지도 깨끗 하지도 않은 강철 방패로, 아프리카의 밀림에서 자란 지금까지 듣 도 보도 못한 가장 사나운 사자 두 마리를 노려보며 기다리고 있도 다. 그대의 바로 그 행동 자체가 그대를 칭송하는 것이 되리로다, 용감무쌍한 라만차의 편력 기사여! 그대의 행적을 필설로 상찬할 말이 없어 이쯤에서 그만두겠노라.'

여기서 작가가 언급한 감탄의 말은 끝나고, 앞으로 나아가면서 이야기의 실마리를 이어갔다. 돈키호테가 이미 폼을 잡은 것을 본 사자 사육사는 수사자를 풀어놓을 수밖에 없었는데, 잔뜩 화가 나 고 기세가 등등하여 앞뒤를 분간하지 못하는 기사가 불행에 빠지 는 일은 불을 보듯 뻔했다고 작가는 말했다. 이미 말한 것처럼 사육 사는 사자가 있는 첫 번째 우리를 활짝 열었는데, 그 사자는 엄청나 게 크고 무시무시한 몰골에 흉악하게 보였다. 사자는 맨 먼저 누워

---

115 don Manuel de León. 가톨릭 두 왕los Reyes Católicos 시대의 기사로, 이사벨 여왕의 시녀 가 떨어뜨린 장갑을 줍기 위해 사자 우리로 들어갔다. 성경에 나오는 삼손부터 중세의 무 훈 전기에 나오는 엘 시드에 이르기까지 사자와 대결한다는 것은 영웅 호칭을 붙여주는 주 요한 증거 중 하나이다. 동시에 기사 소설에서 '사자들의 기사Caballero de los Leones'라 칭 하는 주인공이 자주 등장하는 것을 우리는 볼 수 있다. 《돈키호테 1》 제49장 주 335 참조.

있던 우리 안에서 한 바퀴 빙 돌더니 날카로운 발톱을 펴며 기지개를 쭉 켰다. 그리고 입을 벌려 아주 천천히 하품을 하고는, 거의 두 뼘이나 되는 혀를 밖으로 꺼내 눈의 먼지를 털고 얼굴을 닦더니 우리 밖으로 머리를 내밀고 숯불처럼 벌겋게 달아 이글거리는 눈으로 사방을 휘둘러보는데, 아무리 대담무쌍한 자라도 벌벌 떨 만한 시선과 태도였다. 돈키호테 혼자만이 사자를 뚫어지게 바라보았는데, 사자가 마차에서 뛰어 내려와 다가오기만 하면 자기 손으로 박살을 낼 생각만 하고 있었다.

지금까지 한 번도 본 적 없는 돈키호테의 미친 증세는 극단으로 치달아 여기까지 오게 됐다. 그러나 너그러운 사자는 오만하기보다는 신중하여, 어린아이 같은 유치한 짓에 신경 쓰지도 않으며 엄포를 놓지도 않고, 앞에서 말했듯이 한두 번 둘러본 후에 등을 돌려 돈키호테에게 엉덩이를 보이더니 아주 느릿느릿 다시 우리 안에 누워버렸다. 그런 사자를 본 돈키호테는 사자 사육사에게 명령하길, 몽둥이찜질로 부아를 돋우어 밖으로 몰아 내쫓으라고 명령했다.

"그런 짓은 못 하겠습니다요." 사자 사육사가 대답했다. "만일에 제가 사자를 꼬드기면, 맨 먼저 박살 날 사람은 저 자신이 될 겁니다요. 기사 나리, 이 정도면 나리께서 용기라는 용기는 죄 보여주셨으니 지금까지 하신 걸로 만족하시죠. 그리고 또다시 운을 시험하려고 하지 마십시오. 문을 열어두었으니 사자가 밖으로 나오건 안 나오건 저 녀석 발에 달려 있으나, 지금까지도 나오지 않은 걸 보면 온종일 기다려도 나오기는 틀렸구먼요. 나리의 담대하신 의중은 이미 잘 밝혀졌습니다요. 제가 알기로는 어떤 용감한 투사라도

231

일단 적에게 결투 신청을 하고나면 싸움터에서 그를 기다리면 되는 것이지, 그 이상의 의무는 없습니다요. 그리고 만일에 결투 상대가 응하지 않으면 그에게 불명예로 남게 되며, 기다리는 투사는 승리의 월계관을 쓰는 겁니다요."

"그건 사실이네." 돈키호테가 대답했다. "문을 닫게나, 친구. 그리고 당신이 본 대로 여기에서 내가 한 행동을 되도록 가장 좋게 증언해주게나. 바꿔 말하면 어떻게 자네가 사자에게 문을 열어주었고, 내가 어떻게 사자를 기다렸고, 사자가 나오지 않았고, 내가 사자를 다시 기다렸고, 사자가 다시 우리 밖으로 나오지 않고 다시 자리에 누워버렸다는 것을 말이네. 이걸로 내가 할 말은 다 했네. 마법 따위는 이제 꺼지라고 하게. 그리고 이성에, 진리에, 또 참된 기사도에 하느님의 가호가 있기를! 내가 이미 말한 것처럼 그 문을 닫게. 그동안 나는 달아나 여기 없는 자들에게 신호를 하여 부르고, 그들로 하여금 이 공적을 자네의 입을 통해 직접 듣고 알도록 하겠네."

사자 사육사는 하라는 대로 했다. 돈키호테는 얼굴에 비처럼 쏟아진 레케손을 닦던 삼베 헝겊 쪼가리를 창끝에 달고, 그 시골 양반을 앞세우고 모두가 떼지어 도망가며 한 발짝 뗄 때마다 뒤돌아보던 사람들을 부르기 시작했다. 그런데 산초가 그 하얀 헝겊 쪼가리 표시를 보고 말했다.

"만일에 제 주인 나리께서 저 사나운 짐승을 무찌르지 못했다면, 날 죽여도 좋소. 그래서 지금 우리를 부르고 계시오."

모두가 발걸음을 멈추고, 그 신호를 한 사람이 돈키호테라는 것을 알게 되었다. 그래서 두려움을 내려놓고 그들을 부르는 돈키호테의 목소리가 똑똑히 들리는 곳까지 조금씩 천천히 다가갔다.

마침내 그들은 마차로 돌아왔고, 그들이 도착하자 돈키호테가 마부에게 말했다.

"형제여, 당신의 노새에 다시 멍에를 씌우고 당신이 하던 여행을 계속하게. 그리고 자네, 산초, 나 때문에 지체한 것에 대한 보상으로 그 사람과 사자 사육사에게 금화 2에스쿠도를 주게나."

"기꺼이 2에스쿠도를 주겠습니다요." 산초가 대답했다. "그나저나 사자들은 어찌 됐습니까요? 죽었습니까요, 살았습니까요?"

그때 사자 사육사가 자세히, 그리고 띄엄띄엄 결투의 전말을 되도록 최대로 과장하여 돈키호테의 용기에 대해 이야기했다. 상당히 오랫동안 우리 문을 열어두었음에도 불구하고, 사자가 돈키호테의 얼굴을 보자 겁을 집어먹고 감히 우리에서 나오려고 엄두도 못 내더라고 했다. 기사 나리께서는 사자가 은근히 부아가 나기를 바랐지만, 자기가 그에게 말하길 억지로 우리에서 나오도록 사자의 부아를 돋우는 것은 하느님을 시험하는 것이라 하자, 기사 나리는 스스로의 뜻을 어기고 본인의 의사와는 반대로 문이 닫히도록 허락했노라고 말했다.

"이 말에 자네는 어떤 생각이 드는가, 산초?" 돈키호테가 말했다. "참된 용기에 대항할 마법이 있을 법이나 한가? 마법사들이 나한테서 행운을 빼앗아 갈 수 있을지 몰라도, 노력과 마음까지는 불가능할 것이네."

산초는 금화 2에스쿠도를 주었고, 마부는 노새에게 멍에를 씌웠으며, 사자 사육사는 받은 은혜에 감사하는 뜻으로 돈키호테의 두 손에 입맞춤을 하면서, 궁중에 들어가면 그 용감무쌍한 공훈을 바로 국왕께 이야기할 것을 약속했다.

"만일 폐하께서 그 공훈을 세운 자가 누구냐고 물으시거든 '사자들의 기사'라고 말씀드리게. 앞으로는 지금까지 부르던 '찌푸린 얼굴의 기사' 대신 이걸로 바꿔 부르고자 하네. 이건 편력 기사들의 오랜 관습을 따르는 건데, 그들은 자신들이 원하거나 적절하다고 여겨질 때면 언제나 이름을 바꾸곤 했다네."

마차는 가던 길을 계속했고, 돈키호테와 산초와 녹색 외투의 기사 또한 그들이 가던 길을 계속했다.

이러는 동안 줄곧 돈 디에고 데 미란다는 돈키호테의 행동거지와 말을 아주 조심스레 주의를 기울여 잠자코 지켜보았다. 그의 눈에는 돈키호테가 미쳤으면서도 본정신을 가진 사람이며, 온전한 정신을 가졌으면서도 미친 사람처럼 보이는 것이었다. 그는 아직 돈키호테의 이야기 제I권을 접해본 적이 없었다. 만일에 그것을 읽었다면 돈키호테의 행동과 말이 어떤 부류의 미친 짓인지 이미 알았을 테니 놀라는 일은 없었을 것이다. 그러나 그는 제I권의 소식을 몰랐기 때문에 돈키호테를 정신이 말짱한 걸로 보기도 하고 미친 걸로 보기도 했다. 왜냐하면 돈키호테가 말하는 것을 보면 정연하고 우아하고 조리가 있으며, 행동을 보면 터무니없고 무모하고 바보 같았기 때문이다. 그래서 그는 혼잣말로 중얼거렸다. "레케손으로 범벅이 된 투구를 쓰고 마법사들이 자기 머리를 누글누글하게 만들었다고 생각하는 광기보다 더한 미친 짓이 있을까? 또 사자들과 싸우고 싶다며 억지를 부리는 짓보다 더 무모하고 이치에 닿지 않는 짓거리가 있을까?"

이런 상상과 독백을 하고 있는데, 돈키호테가 그를 흔들어 깨우며 말했다.

"돈 디에고 데 미란다 나리, 나리께서 저를 억지나 부리는 미친 사람으로 여긴다는 걸 의심할 자가 어디 있겠소. 또 그렇다고 하더라도, 뭐가 그리 이상하겠습니까. 내 행적들을 달리 증명할 길이 없을 테니 말입니다. 그렇지만 아무리 그래봐야 귀하께서 생각하시듯 제가 그렇게 미치거나 그렇게 바보가 아니라는 걸 깨달으시기 바랍니다. 어느 늠름한 기사가 큰 광장 한복판에서 용감한 투우에게 멋들어지게 창을 꽂는 데 성공한다면 임금님의 눈에 더없이 훌륭하게 보일 겁니다. 그리고 어느 기사가 번쩍번쩍 빛나는 무기들로 완전무장을 하고 귀부인 앞에서 즐거운 시합을 하러 기마전 경기장을 지나갈 때는 훌륭하게 보일 것이 확실합니다. 또 군사 훈련이나 그에 준하는 훈련에서 즐겁게 하고, 그리고 말하자면 군주들의 궁전을 영광스레 해주면, 그 모든 기사는 훌륭하게 보일 겁니다. 하지만 이것들 전부보다 사람들에게 행복과 더 좋은 행운의 정상을 안겨줄 목적으로, 그리고 오직 영광스럽고 항구적인 명성을 얻기 위해 어떤 편력 기사가 사막으로, 인적이 드문 곳으로, 네거리로, 밀림으로, 산으로 위험천만한 모험을 찾아다니는 것이야말로 더 훌륭하게 보일 겁니다. 제가 드리는 말씀은, 도시에서 한 아가씨를 구슬리는 궁중 기사보다 어느 인적 드문 곳에서 한 과부를 구해내는 기사가 훨씬 더 훌륭해 보인다는 겁니다. 모든 기사는 저마다의 특수한 임무를 가지고 있습니다. 궁중 기사는 귀부인들을 모시고, 하인들과 함께 임금의 궁정에 권위를 세우고, 식탁의 진수성찬으로 가난한 기사들을 부양하고, 일대일로 싸우는 기마전을 조정하고, 시합을 하며, 그리고 위대하고 관대하고 너그럽게 보여야 하며, 더욱이 마음씨 고운 기독교도여야 하고, 또 이렇게 함으로써 자기의 정확한 의무를 수행하게 될 겁니다. 하지만 편력 기사는 세상 구석구석을 찾아다니면서 가장 심하게 얽히고설킨 미로에 들어가야 하고, 한 걸음 한 걸음 불가능한 일에 감연히 도전해야 하고, 한여름의 불타는 햇볕을 인적 없는 황무지에서 견뎌내고, 겨울에는 바람과 얼음의 엄한嚴寒을 버텨내야 합니다. 사자도 무서워하지 않고, 요괴도 두려워하지 않으며, 반인반수 괴물도 무서워하지 않습니다. 이것들을 찾고 저것들을 덮쳐서 모든 것을 무찌르는 것이 주되고 진정한 임무입니다. 그래서 저는 편력 기사의 한 사람이 되는 행운을 잡았기에 제 임무에 속한다고 생각되는 모든 일에 간여할 수밖에 없는 처지입니다. 그러므로 지금 내가 공격한 사자를 물리치는 일, 그것이 바로 제가 직접 맡은 일이었습니다. 내가 사자에게 도전하는 일은 놀랍고 엉뚱한 발상의 무모함에서 비롯된 것임을 알았지만, 용기라는 것은 비겁함과 무모함이라는 부도덕한 두 극단 사이에 놓여 있는 미덕임을 잘 알고 있습니다. 하지만 용기 있는 자는 비겁함이라는 점에 내려가 다다르기보다 무모함이라는 점에 닿아 올라가는 것이 그래도 더 나쁘지 않을 것입니다. 구두쇠보다 낭비벽 심한 자가 더 관대해지기 쉬운 것처럼, 무모한 자가 진짜 용기 있는 자가 되기 더 쉬운 겁니다. 비겁한 자가 참된 용기에 이르지는 못하는 겁니다. 제 말을 믿어주시오, 돈 디에고 씨, 모험에 도전하는 일은 패하는 일이 있더라도 낮은 패를 써서 패하는 것보다는 높은 패를 써보는 게 오히려 낫다는 겁니다. '이런 기사는 소심하고 겁이 많다'라는 말보다 '이런 기사는 물불 가리지 않고 대담하다'라는 말이 듣기가 더 낫기에 그렇답니다."

"말씀드리겠는데요, 돈키호테 나리," 돈 디에고가 말했다. "나리께서 말씀하시고 행동하신 것은 무엇이나 사리에 합당한 수준입니다. 그리고 설령 편력 기사도의 법령이나 규칙이 없어진다고 하더라도 기록이나 고문서 보관소에 남아 있는 것처럼 나리의 가슴속에 남아 있을 겁니다. 근데 늦겠으니 서두르십시다. 그리고 우리 마을, 우리 집에 가서 지난 일로 피로에 지친 나리의 몸을 쉬도록 하십시오. 육체적 활동은 아니었다 치더라도, 이따금 정신적인 것이 신체의 피로에 영향을 미치곤 하니까요."

"그 제안을 크나큰 은혜와 자비로서 받아들이겠습니다, 돈 디에고 씨." 돈키호테가 대답했다.

그러고는 그때까지 그랬던 것보다 더 박차를 가하여, 돈키호테가 '녹색 외투의 기사'라고 부른 돈 디에고의 마을과 집에 당도했을 때는 오후 2시쯤이었다.

제18장

녹색 외투의 기사의 성 또는 집에서
돈키호테에게 일어난 일과
다른 기괴한 일들에 대해

돈키호테는 돈 디에고 데 미란다의 집이 시골집이어서 넓다는 것을 알았다. 문장紋章은 비록 엉성한 돌로 만들어진 것이지만 길가의 문 위에 있었고, 술 창고는 뜰에, 지하실은 현관에 있었다. 주위에는 술독으로 사용되는 배가 불룩한 항아리가 많았는데, 그것들은 엘 토보소의 것[116]이어서 마법에 걸려 변해버린 둘시네아에 대한 기억이 새록새록 떠올랐다. 그래서 돈키호테는 한숨을 쉬고 자기가 무슨 말을 하는지, 누가 앞에 있는지도 모르고 말했다.

  "오, 내 불행으로 만나게 된 다정하고 귀여운 그대여,
   하느님이 원하실 땐 그다지도 다정하고 쾌활하더니!"[117]

---

116 배가 불룩한 항아리 제조는 엘 토보소에서 중요한 산업이었다.
117 가르실라소 데 라 베가의 열 번째 소네트가 이 유명한 시구와 함께 시작된다.

오, 엘 토보소의 배가 불룩한 항아리들이여, 그대들은 나에게 가장 큰 고통을 안겨준 다정한 여인의 기억을 새삼 떠올리게 하는구나!"

돈키호테가 이렇게 말하는 것을 돈 디에고의 아들인 학생 시인이 들었는데, 그는 어머니와 함께 그를 맞으러 나와 있었다. 이 모자母子는 돈키호테의 이상한 몰골을 보고 당황해 어찌할 바를 몰랐다. 돈키호테는 로시난테에서 내려, 매우 정중히 부인의 손에 입맞춤을 하려고 다가갔다. 그래서 돈 디에고가 말했다.

"여보, 라만차의 돈키호테 나리를 평소처럼 아주 기꺼이 맞이하시오. 당신 앞에 계신 이분으로 말씀드리자면, 세상에 살아 있는 기사들 중에서 가장 용감하고 가장 재치 있는 편력 기사시라오."

도냐 크리스티나라고 하는 이 부인은 아주 사랑스럽고 예의 바른 태도로 돈키호테를 맞았으며, 돈키호테는 상당히 신중하고 정중한 말로 그녀를 대했다. 그리고 거의 똑같이 신중하고 정중한 예법을 갖추어 학생과 인사했는데, 그 학생은 돈키호테가 하는 말을 듣고 그를 재치 있고 명석한 사람이라고 생각했다.

작가는 여기서 돈 디에고의 집 형편을 죄다 묘사했고, 부유한 농촌 양반의 집안 모습을 상세히 그려주었다. 그러나 이 이야기의 번역자는 그렇고 그런 사소한 것까지 속속들이 들추어내지 않고 조용히 지나가는 것이 좋겠다고 생각했다. 왜냐하면 그런 것들은 이 이야기의 주된 목적과 맞지 않기 때문이었다. 이야기란 냉랭한 여담 따위에 중점을 두기보다 사실에 더 역점을 두어야 한다.

돈키호테는 한 방으로 안내되었다. 산초가 그의 갑옷을 벗기자, 집시풍의 통 넓은 반바지와 영양 가죽으로 만든 조끼 차림이 되었다. 조끼는 갑옷의 기름때로 온통 범벅이 되어 있었고, 옷깃은 풀도 먹이지 않고 레이스 장식도 없는 학생풍이었다. 편상화는 양초를 먹인 대추야자 빛깔이었다. 물개 가죽 검대에 멋진 칼을 차고 있었다. 세간에 떠도는 말로는 그가 수년 동안 신장병을 앓고 있었다고 한다.[118] 좋은 황갈색 천으로 만든 어깨걸이 망토를 걸치고 있었다. 그러나 무엇보다도, 냄비의 숫자에서는 약간의 차이가 있지만, 다섯 냄비인가 여섯 냄비의 물로 머리를 감고 얼굴을 씻었는데도 여전히 유장乳漿 빛깔의 물이 나왔으니, 그것은 산초의 좋은 먹성과 그가 그 빌어먹을 레케손을 구입해서 자기의 주인을 새하얗게 만들어놓았기 때문이다. 돈키호테는 앞에서 말한 옷차림을 한 채 세련되고 늠름하며 씩씩한 모습으로 다른 방으로 갔는데, 거기에는 식사가 준비되는 동안 손님의 이야기 상대를 해주려고 학생이 기다리고 있었다. 이렇게도 귀한 손님이 내방했으니, 도냐 크리스티나 여사는 자기 집에 오시는 분들을 어떻게 모셔야 할지 잘 알고 있으며 그만한 능력도 갖추고 있다는 것을 보여주고 싶었다.

돈키호테가 갑옷을 벗는 동안, 돈 디에고의 아들인 돈 로렌소가 자기 아버지에게 말할 기회를 가졌었다.

"아버지, 아버지께서 우리 집에 모시고 온 저분을 누구라고 말해야 하죠? 이름도 그렇고, 모습도 그렇고, 자신을 편력 기사라고 말하는 것도 그렇고, 저와 어머니는 정신이 멍하고 혼란스럽기 짝이 없습니다."

---

118 물개 가죽은 여러 가지 병, 그중에서도 특히 신장병과 통풍을 치료하는 효과가 있다고 전해진다.

"글쎄다, 너한테 뭐라고 말해야 좋을지 모르겠구나, 얘야." 돈 디에고가 말했다. "그가 이 세상 최고의 미친 짓을 하는 걸 내 눈으로 똑똑히 보았는데, 뜻밖에도 그 미친 행동을 언제 했느냐는 듯 매우 논리 정연하게 말을 했다는 것만 이야기해줄 수 있구나. 네가 직접 그 사람과 이야기를 해보고, 그가 알고 있는 것을 넌지시 알아보아라. 너는 신중한 아이니까, 그 사람이 가장 본정신이라고 생각할 때 그가 사리 분별력이 있는 사람인지 바보인지 가늠해보아라. 사실 나는 그가 본정신이라기보다 미친 사람이라고 판단한다만."

이리하여 돈 로렌소는 앞에서 말했듯이 돈키호테의 이야기 상대가 되기 위해 갔다. 두 사람이 이야기를 주고받는 가운데 돈키호테는 돈 로렌소에게 말했다.

"부친이신 돈 디에고 데 미란다 나리께서 자네가 지닌 보기 드문 능력과 뛰어난 재능에 대해, 특히 자네가 위대한 시인이라는 점에 대해 나에게 말씀해주셨다네."

"시인이라고 할 수 있을지는 모르겠습니다만," 돈 로렌소가 대답했다. "위대하다니요, 그런 건 생각조차 해본 적 없습니다. 제가 어느 정도 시를 좋아하고 훌륭한 시인들의 작품을 읽기 좋아하는 것은 사실입니다만, 제 부친께서 말씀하시듯 위대하다는 이름을 붙이는 것은 가당찮은 일입니다."

"그렇게 겸손해하는 것이 나빠 보이지 않는군." 돈키호테가 대답했다. "오만하지 않은 시인이 없고, 자신을 세상에서 제일이라 생각하지 않는 시인이 없거든."

"예외 없는 규칙은 없답니다." 돈 로렌소가 대답했다. "위대한 시인이면서도 그렇게 생각하지 않는 분도 있을 테니까요."

"그런 분은 극히 드물지." 돈키호테가 대답했다. "그런데 자네 부친의 말씀에 따르면, 자네가 요즈음 약간 불안해하고 어떤 생각에 골몰해 있다던데, 자네가 지금 손에 들고 있는 시들이 어떤 건지 말해주겠나. 만일 그것이 차운시次韻詩라면 내가 그에 대해 약간은 알고 있으니, 알려주면 좋겠네. 만일 문학 경연에 응모하기 위해서라면 되도록 2등상을 받으려고 노력하게. 1등은 늘 신분이 높거나 배경이 좋은 사람이 받으니, 2등상이야말로 진실로 정당한 상으로 인정받는 것이네. 그리고 3등은 2등이 되고, 1등은 이런 계산으로는 3등이 되는 셈이지. 이건 대학들이 수여하는 학사 학위의 방식도 마찬가지야. 그러나 모든 게 이런 식이라 하더라도 1등이라는 이름은 위대한 인물이라네."

'지금까지는,' 돈 로렌소가 속으로 생각했다. '당신을 미쳤다고 판단할 수 없겠으니 어디 앞으로 더 두고 봅시다.' 그래서 돈키호테에게 말했다.

"나리께서는 학교 과정을 마치신 것 같은데, 어떤 학문을 전공하셨습니까?"

"편력 기사도일세." 돈키호테가 대답했다. "이 학문은 시학詩學만큼 훌륭한 학문이라네. 뭐 시학보다야 손가락 두 개 정도 더 뛰어난 학문이라고 보면 되겠네."

"저는 그것이 무슨 학문인지 모르겠습니다." 돈 로렌소가 되받아 말했다. "지금껏 그런 학문이 있다는 소리를 들어본 적이 없는데요."

"그 학문은," 돈키호테가 되받아 말했다. "세상의 모든, 아니 대부분의 학문에 포함되어 있다네. 그런 까닭에 그 학문을 수학하는 자는 법률에 밝은 자가 되어야 하고, 각자의 소유물과 각자에게 적당한 것을 분배할 수 있도록 분배의 정의와 교환의 법칙을 알아야 하네. 그리고 어디에서건 요청을 받을 때는 자기가 신봉하는 그리스도의 가르침을 분명하고 명확히 알리기 위해서 신학자여야 하네. 또한 의사여야 하는데, 그중에서도 약초 전문가라야 한다네. 편력 기사는 상처를 입을 때마다 치료해줄 사람을 찾아다닐 수 없으니, 인적 드문 곳이나 사막 한가운데서도 상처를 치유하는 풀을 알아보려면 말일세. 편력 기사는 별을 보고 밤이 몇 시간이나 지났는지, 자신이 어느 지역에 있으며 세계의 기후는 어떠한지 알기 위해 천문학자여야 하네. 또 늘 수학의 필요성을 느낄 테니 수학도 알아야 하네. 모든 신학적이고 기본적인 덕을 몸에 지니고 있지 않으면 안 된다는 것은 새삼스레 말할 필요가 없고, 다른 사소한 것들까지 언급한다면, 니콜라스인가 니콜라오인가 하는 작자[119]는 수영을 했다고 하듯이 수영을 할 줄 알아야 한다네. 또 말굽에 편자를 대고, 말에 안장과 재갈을 물릴 줄도 알아야 한다네. 그리고 앞에서 언급한 것으로 돌아가 고차원적으로 말하면, 편력 기사는 하느님과 자기가 그리워하는 아가씨에게 믿음을 지켜야 하고, 생각에서는 정결해야 하고, 말에서는 정직해야 하고, 실행에서는 대범해야 하고, 행동에서는 용감해야 하고, 고난에서는 참을성이 있어야 하고, 생활이 곤궁한 이에게는 자비로운 데가 있어야 하며, 그리고 마지막으로 편력 기사는 진실의 옹호자가 되어야 하는데 설령 목숨을 거는 한이

---

119 el pez Nicolás o Nicolao. 직역하면 '니콜라스인가 니콜라오인가 하는 물고기'이다. 물속과 물에서 사는 양서류 같은 시칠리아 사람으로 전설의 주인공이다. 그 전설에 의하면 바다 밑에서 여러 날을 보낼 수 있었다고 한다.

있더라도 진실을 지켜야 하네. 훌륭한 편력 기사는 이 모든 크고 작은 부분까지 골고루 갖추어야 하는 거라네. 이러한즉 돈 로렌소 군, 자네가 보기에는 학문을 닦고 학문을 업으로 삼는 기사가 배우는 것이 철없는 코흘리개나 하는 학문 같은가. 사립 학교나 공립 학교에서 가르치는 그 가장 권위주의적인 학문 따위와 어떻게 감히 비교가 될 수 있겠는가."

"그렇다면," 돈 로렌소가 되받아 말했다. "그 학문이 다른 모든 학문보다 뛰어나다고 할 수 있겠군요."

"'그렇다면'이 뭔가?" 돈키호테가 대답했다.

"제가 드리고 싶은 말씀은," 돈 로렌소가 말했다. "그토록 많은 덕성을 지닌 편력 기사가 과거에 있었고 현재도 있겠는지 의심스럽다는 겁니다."

"내가 지금 다시 하려는 말은 누차에 걸쳐 말했네." 돈키호테가 대답했다. "세상 대부분의 사람들은 이 세상에 편력 기사가 존재하지 않는다고 생각하지. 그리고 내 생각에는, 과거에 편력 기사들이 있었고 현재도 있다는 사실을 하늘이 기적적으로 알려주지 않으면, 여러 차례의 경험이 내게 보여주듯 이 사실을 알아내기 위한 어떤 고생도 모두 허사가 될 것이네. 많은 사람들이 빠져 있는 그런 오류에서 자네를 꺼내기 위해 어물어물 시간을 보내고 싶지 않네. 지금 내가 하고자 하는 것은, 자네가 그러한 오류에서 벗어나게 해달라고 하늘에 빌고, 지난 수 세기 동안 편력 기사들이 얼마나 세상에 유익했으며 필요했는지를, 그리고 현 세기에도 이용된다면 얼마나 편리한지를 알려달라고 하늘에 비는 일이라네. 그러나 지금은 사람들이 지은 죄로 말미암아 나태와 안일과 진수성찬에 폭식이 판치는 세상이 되고 말았네."

'우리 손님께서는 잘도 도망치시는군.' 이때 돈 로렌소는 속으로 생각했다. '그러나 지금까지의 모든 걸로 보아, 이 손님은 호방한 광인이다. 내가 그렇게 생각하지 않는다면 내가 형편없는 멍청이가 되는 것이다.'

식사하라고 부르는 소리에 그들의 대화는 여기서 끝났다. 돈 디에고는 손님의 재치에서 알아낸 것이 무엇이냐고 아들에게 물었다. 그 말에 아들이 대답했다.

"세상에 존재하는 모든 의사와 훌륭한 대서인을 다 동원하더라도 저분의 광기를 없앨 사람은 없다고 봅니다. 저분은 본정신이 아닐 때도 있지만 본정신이 돌아올 때도 있는 반미치광이입니다."

그들은 식사를 하러 갔다. 식사는 돈 디에고가 오는 도중에 말했던 것처럼, 손님들에게 늘 차려 내놓는 깔끔하고 풍족하고 맛있는 음식이었다. 하지만 돈키호테가 더 만족한 것은 카르투시오 수도원[120] 같은, 온 집 안에 깃들어 있는 믿기 어려운 정적靜寂이었다. 식탁보를 걷어내고, 하느님께 감사 기도를 드리고, 물에 손을 씻은 후 돈키호테는 돈 로렌소에게 문학 경연 대회에 출품할 시를 들려달라고 간청했다. 그 말에 돈 로렌소는 시를 읽어달라고 간청할 때는 거절하고 청하지 않을 때는 시를 뱉어내는 그런 부류의 시인들과 같은 취급을 받고 싶지 않다고 대답했다. "제 차운시를 읽어드리

---

120 1086년 성 브루노San Bruno가 프랑스 샤르트뢰즈Chartreuse에 개설한 수도회의 사원으로, 계율이 엄격한 종파였다. "카르투시오 수도원 같은"이란 '예사롭지 않고 경이로운, 놀라운, 불가사의한, 믿기 어려운' 등의 뜻을 내포한다.

겠습니다. 그러나 이 시로 어떤 상을 기대하지는 않으며, 오직 연습 삼아 지어본 것에 불과합니다."

"재치 있는 한 친구가," 돈키호테가 대답했다. "운자韻字를 따서 시를 짓는 것은 사람을 피곤하게 하는 일이니 그런 일은 있어서는 안 된다고 했네. 그가 하는 말에 의하면, 운자를 따서 지은 차운시 는 결코 인용한 시에 이를 수 없으며 대개는 운자를 따서 짓기 위해 요구되는 의도와 목적에서 벗어나기 때문이라는 거지. 더욱이 차 운시의 규칙은 지나치게 엄격하네. 가령 의문부호도 안 되고, '말했 다'도 안 되며, '말할 것이다'도 안 되고, 동사로 명사를 만들어도 안 되고, 자네가 알아야 하듯 차운시를 짓는 사람들을 구속하고 곤경 에 빠뜨리면서까지 뜻을 바꾸는 것도 안 되지."

"정말로, 돈키호테 나리," 돈 로렌소가 말했다. "뱀장어처럼 제 손에서 빠져나가십니다. 나리에게서 실수를 꼬집으려 해도 꼬투리 를 잡을 수 없군요."

"나는 이해를 못 하겠구먼." 돈키호테가 대답했다. "내가 '빠져 나간다'고 한 자네의 그 말이 무슨 의미인지 모르겠네."

"제 말을 알아들으시도록 말씀드리겠습니다." 돈 로렌소가 대 답했다. "그러니 지금은 원시原詩와 차운시를 잘 들어주십시오. 그 시는 이렇습니다.

만일 내 과거가 현재로 돌아온다면
더 이상 미래를 기다리지 않으리,
이미 가버린 세월이 오리라고 하는
나중에 오게 될 세월에 대해서!

차운시

끝내 모든 게 지나가듯
한때 행운의 여신이 아낌없이
내게 준 행복이 지나가버리곤
충분히도 규정에 따라서도
내게 다시는 돌아오지 않았네.
운명의 여신이여, 나는 오랫동안
그대의 억압 속에 있었으니
가져간 행복을 되돌려다오.
내 존재를 행복하게 하리니
만일 내 과거가 현재로 돌아온다면.

난 다른 기쁨이나 영광,
다른 영예나 패배도,
다른 개선도 다른 승리도 바라지 않고,
내 기억 속에 슬픔인
만족으로 돌아가는 것이네.
행운의 여신이여, 그대가 날 그곳으로
되돌아가게 해준다면
내 불의 온갖 가혹함에도
눈 녹듯 하고
이 행복은 나중이 되리니
더 이상 미래를 기다리지 않으리.

불가능한 것들을 내가 바라네.
한번 지나간 시간을
어떻게 다시 돌아오게 할 수 있겠는가.
세상의 어떤 힘이 지나간 세월을
그렇게 늘일 수가 있으리.
시간은 달리고 날며
가뿐히 가버리곤 다신 돌아오지 않을 것을
바라는 이는 잘못을 범하기도 한다네.
이미 있는 세월을 떠나가라고 한다거나
이미 가버린 세월이 오리라고 하는.

나는 당혹을 금치 못하는 삶을 살고 있네.
더러는 기다리면서, 더러는 두려워하면서
죽음은 아주 잘 알려진 것
그러니 훨씬 더 잘 죽으면서
고통의 출구를 찾는 것이
내겐 생을 마감하는 게 관심이 있는 듯하나
그렇지만 그런 것은 아니라네.
그래서 더 좋은 말로
두려움을 인생은 내게 주네.
나중에 오게 될 세월에 대해서."

돈 로렌소가 차운시의 낭독을 끝내자마자 돈키호테는 자리에서 벌떡 일어나 돈 로렌소의 오른손을 붙잡고는 소리 지르듯이 쩌렁쩌렁한 목소리로 말했다.

"저 높디높은 곳에 있는 하늘이여, 기뻐하소서! 훌륭한 젊은이여, 그대는 세계에서 가장 훌륭한 시인이오. 어느 시인[121]이 말했듯이, 그대는 키프로스나 가에타가 아니라, 현재 그들이 살아 있다면 아테네의 아카데미들이나 현재 존재하고 있는 파리와 볼로냐와 살라망카의 아카데미들로부터 월계관을 받고도 남겠도다! 만일 그대에게서 1등 상을 빼앗는 심사원들이 있다면 페보[122]가 그들에게 화살을 쏘아 죽일 것이고, 뮤즈들이 절대로 그들의 집 문턱을 넘지 못하도록 하늘에 빌겠네. 이보게, 괜찮다면 무엇이든 더 긴 음절의 시구를 나에게 들려주게나. 자네의 놀라운 재능을 완전히 알아보고 싶네."

돈키호테의 칭찬을 받은 돈 로렌소는 비록 그를 광인으로 생각했음에도 불구하고 기분이 좋았다고 하니, 제법 그럴듯하지 않은가? 오, 아첨의 위력이여! 그대의 기분 좋은 관할 구역은 얼마나 광대하며 그 폭은 얼마나 넓게 펼쳐져 있는가! 이 진리는 돈 로렌소에게 믿음을 주어, 그는 돈키호테의 요구와 소망을 받아들여 피라무스와 티스베의 우화인가 실화[123]인가에 바치는 소네트를 그에게 들려주었다.

---

121 아마 페드로 리냔 데 리아사Pedro Liñán de Riaza나 후안 바우티스타 데 비바르Juan Bautista de Bivar를 말한다.

122 Febo. 태양의 신 아폴로Apollo인 '포이보스'를 말한다.

123 la fábula o la historia de Piramo y Tisbe. 오비디우스가《변신Metamorfosis》에서 언급한, 피라무스는 티스베가 사자한테 갈기갈기 찢겨 죽었다고 생각해 자살한다는, 그 시대의 가장 유명한 비극적인 사랑 이야기 중 하나다.

소네트

피라무스의 늠름한 가슴을 찢어놓은
아리따운 아가씨는 담벼락을 부수누나.
비좁고 불가사의하게 갈라진 틈을 보러
아모르[124]는 키프로스[125]를 떠나 곧장 가누나.

거기서 감도는 건 정적뿐, 이다지 비좁은
틈으로 들어가길 목소리마저 꺼려하건만
사랑은 가장 어려운 것도 늘 쉽게 하기에
둘의 마음만은 들어갈 수 있었다네.

욕망은 실수를 범해, 경거망동한 처녀의
발걸음은 기꺼운 맘으로 죽음을 청하네.
얼마나 기막힌 이야기인지 보라.

단 한 번에 둘을, 오, 이상한 일이여!
둘을 죽이고, 둘을 숨기고, 둘을 되살리고
칼 한 자루가, 무덤 하나가, 기억 하나가.

---

124 Amor. 로마신화에 나오는 '사랑의 신 큐피드el dios Cupido'를 말한다. 그리스신화의 에로스에 해당한다.

125 Chipre. 아모르가 그의 어머니 베누스 여신la diosa Venus에게 바친 섬.

"하느님, 축복을 내리소서!" 돈키호테가 돈 로렌소의 소네트를 듣고 말했다. "이 세상에 수를 헤아릴 수 없이 많은 소모품에 불과한 시인들 속에서 자네같이 완벽에 가까운 시인을 만나다니. 이 소네트를 들으니, 나로 하여금 이렇게도 이런 기교를 부려 말하게 하네그려!"

돈키호테는 나흘 동안 돈 디에고의 집에서 융숭한 대접을 받았다. 나흘간의 체류 끝에 드디어 떠나가게 해달라고 허락을 구하면서, 이 집에서 받은 은혜와 융숭한 대접에 사의를 표한다고 했다. 편력 기사가 오랜 시간을 빈둥거리고 향응에 취해 있는 것은 좋지 않다고 생각하므로 임무 수행을 위해 모험을 찾아 떠나고 싶다면서, 사라고사에 모험할 만한 것이 많다는 소문이 떠돌므로 그곳 사라고사에서 무술 대회 날이 올 때까지 시간을 보낼 참이라 했다. 사라고사가 그가 가려고 마음먹은 목적지였으나, 먼저 몬테시노스 동굴에 들어갈 예정이었다. 그 동굴에 대해 그 주변에서 아주 많은 놀라운 이야기가 들렸기 때문이다. 또 사람들이 흔히 루이데라Ruidera라고 부르는 일곱 연못의 원천과, 진짜 원류源流도 알아보고 규명하기로 마음먹었다. 돈 디에고와 그의 아들은 돈키호테의 훌륭한 결정을 칭찬하면서, 자신들의 집과 재산 중에서 마음에 드는 게 있으면 무엇이든 가져가도 좋다고 말했다. 되도록 애정을 다해 성심성의껏 모시겠으며, 그렇게 하는 것이야말로 돈키호테의 사람 됨됨이나 자랑스러운 직업의 가치로 보아 자신들의 의무라고 했다.

드디어 돈키호테가 떠나는 날이 왔다. 돈키호테에게는 아주 즐거운 날인 반면에 산초 판사에게는 슬프고 불행한 날이었으니, 그것은 돈 디에고의 집이 풍족하여 아주 잘 지냈기 때문이다. 숲과 인

251

적 드문 곳에서 겪는 굶주림과, 준비가 턱없이 부족한 여행용 식량으로 옹색하게 살아가야 한다는 것이 탐탁하지 않았다. 그래서 그는 필요할 만한 것으로 여행용 배낭이 미어터지도록 쑤셔 넣었다. 작별할 때가 되어 돈키호테는 돈 로렌소에게 말했다.

"내가 자네에게 말했는지 모르겠는데, 설령 했다고 하더라도 다시 말하겠네. 만일 자네가 명예의 전당의 감히 범접할 수 없는 정상에 오르기 위해서 방법과 노력을 아끼고 싶을 때는 다른 일을 해서는 안 되고, 약간 좁은 시의 오솔길을 한쪽으로 제쳐두고 편력 기사도의 아주 좁은 길을 택하는 게 좋을 걸세. 이것만이 개천에서 용 나는 유일한 길이네."

돈키호테는 이런 말로 자신의 광기에 종지부를 찍고 거기에 덧붙여 말했다.

"내가 돈 로렌소 군을 데려가고 싶은 심정이라는 것을 하느님께서는 아실 거네. 비굴한 자들을 어떻게 용서해야 할지 가르치고, 오만한 자들을 굴복시키고 들볶기 위해서 말이지, 내가 수행하는 직업에 따르는 덕행을 가르쳐주고 싶은 생각이 매우 간절하다네. 하지만 자네의 그 어린 나이가 그걸 허락하지 않을 테고, 자네의 칭찬할 만한 일들이 그렇게 하도록 허용하지 않을 테니 자네에게 미리 알리는 것으로 만족할 뿐이네. 자네가 자신의 의견보다 다른 사람의 의견에 더 신경 쓴다면, 자네는 틀림없이 시인이 되고 유명해질 것이네. 자기 자식이 밉다고 생각하는 부모는 없는 법이니까 말일세. 그것이 자신의 지적 능력에서 나온 자식들이라고 생각하면 그런 잘못은 더한다네."

돈키호테의 신중하기도 하고 터무니없기도 한 이 어처구니없는 말에 아버지와 아들은 새삼 감탄했다. 그리고 돈키호테가 자기 소원 성취의 목적이며 표적으로 삼고 그 불운한 모험들을 찾기 위해 물불 가리지 않고 매진하는 무서운 집념과 고집에 놀랄 뿐이었다. 그들은 앞으로도 성심성의껏 예의를 갖추어 대접하겠노라고 거듭 말했으며, 성의 여주인의 자비로운 허락을 받고나서 돈키호테와 산초는 로시난테와 잿빛 당나귀를 타고 모험을 찾아 떠났다.

· 제19장 ·

사랑에 빠진 양치기의 모험 이야기와
다른 정말로 익살스러운 사건들

돈키호테가 돈 디에고의 마을을 떠난 지 얼마 되지 않았을 때, 그는 당나귀 네 마리를 타고 오는 수사인지 학생인지 잘 알 수 없는 두 사람과 농사꾼 두 사람을 만났다. 학생들 중 한 사람은 녹색 삼베 천 보따리에다가 보기에 약간 희끄무레한 천에 양털로 짠 조잡한 양말 두 켤레를 싸서 가지고 있었으며, 다른 학생은 칼끝에 똑딱단 추 가죽 골무를 씌운 검은색의 펜싱용 새 검 두 자루만 가지고 있었다. 농사꾼들은 다른 물건들을 가지고 있었는데, 그것들은 어느 큰 도시에서 구입했다는 증거와 표시를 해서 자기들의 마을로 가져가고 있었다. 돈키호테를 처음 본 사람은 누구나 그러하듯, 학생들이나 농사꾼들 역시 그를 보고 깜짝 놀랐다. 다른 사람들의 행색과는 사뭇 다른 저분은 도대체 누굴까 알고 싶어 죽을 지경이었다.

돈키호테는 그들에게 인사를 했고, 그들이 가는 길이 자신이 가고 있는 바로 그 길이라는 것을 알자 동행할 것을 제안하고는 발걸음을 멈추어달라고 부탁했다. 왜냐하면 그들이 타고 가는 어린 당나귀들의 걸음이 그의 말보다 빨랐기 때문이다. 그러고나서 자기가 누구이고, 자기의 역할과 직업은 세계를 구석구석 누비고 다니면서 모험을 찾아다니는 편력 기사라고 말하며 그들의 주의를 끌었다. 그는 자기 본명이 라만차의 돈키호테이며, 일명 '사자들의 기사'라 부른다고 그들에게 말했다. 농사꾼들에게 이 모든 것은 그리스 말이나 은어처럼 들렸으나 학생들에게는 그렇지 않아서, 곧 돈키호테의 두뇌에 이상이 있다는 것을 알아챘다. 그러나 그럼에도 불구하고 그를 감탄과 존경심으로 바라보게 되었다. 그래서 그들 중 한 학생이 그에게 말했다.

"기사 나리, 만일 나리께서, 모험을 찾는 기사들이 늘 일정한 길을 가지 않듯이 정해진 길이 없다면, 우리와 함께 가시는 것이 어떻겠습니까? 오늘 현재까지 라만차나 그 주변 수십 리 안에서는 열린 적이 없는 가장 훌륭하고 가장 호화로운 결혼식을 구경하시게 될 것입니다."

그토록 훌륭하고 호화롭고 시끌벅적하게 치르다니, 어떤 왕자의 결혼식이라도 되는 것이냐고 돈키호테는 그 학생에게 물어보았다.

"그렇지 않습니다." 그 학생이 대답했다. "한 농사꾼과 농사일을 하는 한 여자의 결혼식입니다. 농사꾼은 이 지방 전체에서 제일가는 부자이고, 농사일을 하는 여자는 남자들이 본 중에서 제일 아름다운 여자입니다. 그런데 결혼식이 특별하고 새롭답니다. 신부가 사는 마을 옆에 있는 목장에서 열리거든요. 사람들은 특히 그녀를 미녀 키테리아라 부르고, 신랑은 부자 카마초라 부른답니다. 신부의 나이는 열여덟 살이고 신랑의 나이는 스물두 살인데, 두 사람은 아주 잘 어울리는 한 쌍이죠. 온 세계의 가계家系를 죄 암기하고 있

255

는 몇몇 호사가들은 미녀 키테리아의 집안이 카마초의 집안보다 훌륭하다고 말하고 싶어 하지만, 이제 그런 걸 일일이 따지는 사람은 없답니다. 돈이란 아무리 많은 흠이라도 지울 수 있을 만큼 생각보다 강한 힘을 가진 것이지요. 실제로 그 카마초라고 하는 자는 하늘을 찌를 만큼 기세가 대단하고 통이 커서, 목장 전체를 나뭇가지로 덮어버리게 되었답니다. 그래서 태양은 지면을 덮고 있는 푸른 풀을 찾아 들어가는 데 갖은 고생을 해야 할 참이랍니다. 또한 칼춤이며 방울춤 같은 춤들도 준비되어 있습니다. 그 마을에는 방울을 아주 기막히게 잘 울리고 흔드는 사람들이 있거든요. 탭댄스 무용수의 춤 솜씨에 대해서는 아무 말도 하지 않겠습니다. 모이라고 연락하면 모여들 사람들만도 한 무더기는 될 겁니다. 그러나 이미 언급하거나 아직 언급하지 않은 다른 많은 어느 것도, 실연한 바실리오가 이 결혼식에서 저지를 일에 비하면 기억할 만한 것이 못 될 것입니다. 이 바실리오라는 자는 키테리아와 같은 마을에 사는 이웃 청년인데, 그의 집은 키테리아의 부모님 집과 벽 하나 반 사이였다고 합니다. 거기에서 이미 잊힌 피라무스와 티스베의 사랑을 이 세상에 부활시킬 사랑이 두 사람 사이에 우연히 싹트게 된 겁니다. 왜냐하면 바실리오는 유년 시절부터 키테리아에게 연정을 품어왔고, 그녀는 헤아릴 수 없이 많은 성실한 호의로 그의 소망에 응했던 것입니다. 그래서 두 총각 처녀 바실리오와 키테리아의 사랑은 마을에서 이야깃거리로 회자되었죠. 나이가 차자 키테리아의 아버지는 자기 집을 늘 드나들던 바실리오를 막으려 했고, 사람들이 의구심을 품고 추측하지 못하게 하려고 딸에게 부자 카마초와 결혼하도록 명령했던 것입니다. 바실리오는 가문도 그저 그렇고 그렇게 많은 재산도 없었기 때문에, 자기 딸을 바실리오와 결혼시키면 좋지 않을 것 같았답니다. 그렇지만 질투하지 않고 사실을 말씀드리자면, 그는 우리가 아는 중에서 제일 날렵한 청년이고, 위대한 창던지기 선수이며, 대단한 씨름 선수이고, 공치기의 명수랍니다. 그는 사슴처럼 달리고, 염소보다 더 많이 뛰고, 볼링은 마치 신들린 듯하여 스트라이크만 던지고, 종다리처럼 노래하고, 기타에게 말을 시킬 정도로 기타를 잘 뜯으며, 무엇보다 마치 화선畫仙이 일필휘지一筆揮之로 그림을 그릴 때처럼 손이 보이지 않을 정도로 빨리 칼을 놀리지요."

"그 한 가지 재능만으로도," 이때 돈키호테가 말했다. "그 청년은 미녀 키테리아뿐만 아니라, 오늘날 살아 있다면 히네브라 여왕과도 결혼할 자격이 충분합니다. 물론 란사로테의 마음은 슬프고, 모든 사람이 훼방을 놓고 싶겠지만 말입니다."

"내 집사람에게 그래보십쇼!" 그때까지 아무 말 없이 듣고 있던 산초 판사가 말했다. "내 집사람은 '짚신도 제짝이 있다'[126]라는 속담처럼 끼리끼리 결혼하는 것만큼 좋은 게 없다고 합니다. 소인은 제 마음에 꼭 드는 그 마음씨 착한 바실리오가 키테리아 아가씨와 결혼했으면 싶습니다요. 좋은 세월이 있어 편안히 휴식을 취하길 바랍니다. 실은 진정으로 서로 사랑하는 사람들이 결혼하는 것을 방해하는 자들에게 이와는 반대의 말을 하려 했습니다만."

"진정으로 사랑하는 모든 사람이 서로 결혼을 하게 된다면," 돈키호테가 말했다. "자식들을 결혼시키는 부모의 입장에서는 누구와

---

126 Cada oveja con su pareja. 직역하면 '양마다 제짝이 있다'이므로 우리말 속담 "짚신도 제짝이 있다"와 딱 맞아떨어진다.

언제 결혼시켜야 옳을지에 대한 선택과 권한을 박탈당하는 것이 되겠구먼. 그리고 만일 딸아이의 뜻대로 남편감을 고르도록 놓아둔다면, 자기 아버지의 종을 고르는 경우도 있을 것이고, 또 길거리에서 지나가는 사람을 보고는 설령 그 사람이 방탕한 칼잡이일지라도 그저 호방하고 멋져 보인다며 골라잡을 수도 있는 것이네. 사랑하고 좋아하는 것은 결혼 상대를 고르는 데 필요한 이성의 눈을 쉬 멀게 한다네. 그렇게 되면 결혼 생활이 잘못될 위험이 매우 크며, 결혼 생활이 무난하려면 대단히 신중해야 하고 하늘의 특별한 은총도 필요하다네. 긴 여행을 하려고 할 때, 신중한 사람이라면 길을 나서기 전에 함께 다닐 안전하고 마음 편할 동반자를 찾기 마련이지. 그런데 죽음이라는 종착역까지 생사고락을 한평생 함께할 사람을 찾는 일에서 왜 신중하게 고르려고 하지 않을까? 더욱이 그 동반자가 잠자리에서, 식탁에서, 그리고 어디에서든 아내와 남편으로서 애환을 함께할 텐데 말이네. 본래 아내라는 동반자는 한번 사서 되돌려주거나 교환하거나 변화시키거나 하는 그런 상품이 아니네. 왜냐하면 아내라는 동반자는 한평생 동안 지속되는 헤어질 수 없는 불가분의 사건이기 때문이지. 한번 줄을 목에 걸면 풀기 어려운 난제가 되고, 죽음의 낫이 끊지 않으면 절대로 풀지 못하는 매듭이란 말일세. 이 문제에 대해서 할 말이 훨씬 더 많지만, 바실리오의 신상 이야기에 관해서 석사 나리께서 아직도 더 할 말이 남아 있는지 알고 싶으니 그만두기로 하겠네."

그 말에 학사인지, 돈키호테가 불렀던 것처럼 석사인지 하는 학생이 대답했다.

"미녀 키테리아가 부자 카마초와 결혼한다는 것을 알고부터 바실리오가 웃거나 정연하게 말하는 것을 더 이상 보지 못했다는 말밖에, 저로서는 모든 것에 대해 더 말씀드릴 것이 없습니다. 그는 늘 혼잣말을 중얼거리며 생각에 잠기고 우수에 찬 얼굴로 돌아다니고 있답니다. 그건 그의 정신에 이상이 있다는 확실하고 분명한 징조라 할 수 있습니다. 거의 먹지도 자지도 않고, 먹는 것이라곤 과일뿐이며, 잠도 야수처럼 들판이나 딱딱한 땅 위에서 잡니다. 이따금 하늘을 쳐다보고 또 가끔은 땅바닥을 응시하며 무아경에 빠져 마치 옷깃이 바람에 날리는, 옷 입은 조각상으로밖에는 보이지 않습니다. 결국 바실리오는 마음이 격정에 사로잡혀 있는 그런 모습이었습니다. 그를 알고 있는 우리 모두는, 미녀 키테리아가 내일 결혼식에서 '네'라고 대답하는 것이 바실리오에게는 사형선고가 되리라는 것을 걱정하고 있습니다."

"하느님께서 잘되게 해주실 겁니다요." 산초가 말했다. "하느님께서는 상처도 주시지만 약도 주십니다. 앞으로 닥칠 일은 아무도 모릅니다. 지금부터 내일까지는 시간이 많습니다. 그리고 한 시간, 아니 한순간에도 집이 무너집니다. 비가 내리는 동시에 햇볕이 쨍쨍 내리쬐는 것을 보았습니다. 밤에 이렇게 건강하게 잠들었는데 다음 날 꼼짝달싹도 못 할 수 있답니다. 운명의 수레바퀴에 못 하나를 박아두었다고 자랑할 사람이 있을까요? 소인에게 말씀들 해보세요. 물론 없을 겁니다. 여자의 '네'와 '아니오'라는 대답 사이에 소인은 감히 핀 끝 하나 꽂지 못하옵니다. 왜냐하면 핀이 들어갈 자리가 없을 테니까요. 키테리아가 좋은 마음과 좋은 뜻으로 바실리오를 과연 사랑할까요. 그렇다면 소인은 그에게 행운의 자루를 안겨주겠습니다. 소인이 들은 바로 사랑이란 색안경을 쓰고 보는 것이

259

라 구리를 황금처럼 보이게, 가난을 부유하게 보이게, 눈곱을 진주처럼 보이게 한답니다요."

"빌어먹을, 도대체 어디서 멈출 참인가, 산초?" 돈키호테가 말했다. "자네가 속담이나 이야기를 주워섬기기 시작하면, 자네를 데려갈 바로 그 가롯 유다가 아니고는 어느 누구도 자네가 넋두리를 늘어놓는 걸 기다려주지 않을 걸세. 말해보게나, 이 짐승만도 못한 작자야. 못이니 수레바퀴니 어떤 다른 것에 대해 쥐뿔도 모르면서 자네가 도대체 뭘 안다고 방정을 떠는가 말이네?"

"아이고! 그럼 소인이 한 말의 뜻을 모르겠단 말씀이죠." 산초가 대답했다. "소인이 말한 금언들이 엉터리로 취급당해도 놀랄 일은 아닙니다요. 그렇지만 상관없습니다요. 소인은 소인이 한 말의 뜻을 알고 있으며, 또 소인이 한 말에 엉터리 같은 소리는 별로 없다는 것도 알고 있답니다요. 나리, 나리께서는 늘 내 말과 행동의 검시이십니다요."

"'검사'라고 말해야 하네." 돈키호테가 말했다. "'검시'가 아니고. 좋은 말을 잘못 사용하는 배반자야, 하느님께서도 자네 말에 헷갈리시겠네."

"소인의 말에 말꼬리를 잡고 시비를 걸지 마세요." 산초가 대답했다. "나리께서도 아시다시피 소인이 수도에서 자란 것도 아니고 살라망카에서 공부한 것도 아닌데, 내 말에 어떤 글자를 넣고 빼야 할지를 어떻게 아남요. 원, 별꼴 다 보겠네! 뭣 땜에 사야고 촌놈[127]한

127 사모라와 살라망카 사이에 있는 사야고에서는 지방 사투리를 사용한다.

테 톨레도 사람처럼 말하라고 강요하신다요? 그리고 톨레도 사람이라고 해서 모두 세련된 말을 하는 것은 아닐 게 아닙니까?"

"맞는 말입니다." 석사가 말했다. "라스 테네리아스나 소코도베르[128]에서 자란 사람들이 거의 온종일 대성당 회랑을 빈둥거리는 사람들처럼 말을 잘할 수야 없지만, 그들 모두가 톨레도 사람들입니다. 비록 마할라온다[129]에서 태어났다고 해도 순수한 말, 적절한 말, 기품 있고 명료한 말은 신중한 사람들에게서나 들을 수 있죠. 제가 '신중한'이라고 말한 것은 그렇지 못한 사람들이 많기 때문입니다. 신중함이란 관습과 더불어 생기는 좋은 어법의 규칙입니다. 저는, 여러분, 제 죄 때문에 살라망카에서 교리학敎理學을 공부했습니다. 그래서 명확하고 명쾌하고 의미 있는 말로 어느 정도 허세를 부리는 경향이 있답니다."

"그 주둥아리를 놀리는 것보다 차고 다니는 그 검은 칼을 다루는 법을 더 잘 안다고 허세를 부리지 않았다면 말이야," 다른 학생이 말했다. "졸업 시험에서 꼴찌 대신 수석을 차지했을 텐데."

"이보게, 학사 양반," 앞서 말했던 석사가 대답했다. "자네는 훌륭한 칼 솜씨에 대한 편견이 많군. 그것을 쓸데없는 짓이라고 생각하다니. 원, 별꼴을 다 보겠네그려."

"그건 내 사견이 아니고 확실한 사실이야." 코르추엘로가 되받아 말했다. "만일 내가 실제로 그것을 보여주기를 바란다면, 자네도 칼을 가지고 있으니 잘됐네. 내가 근력과 힘, 그리고 적잖은 용기까

---

128 톨레도의 악명이 높았던 두 지역.

129 마드리드의 북서쪽 교외에 있는 마을.

지 겸해 가지고 있으니 속이지 않았다는 걸 보여주겠네. 당나귀에서 내려 원도 그려보고, 모도 꺾어보고, 기술도 부려보면서 두 발의 리듬을 이용해보게나. 나는 현대적이고 훌륭한 칼 솜씨로 자네가 대낮에 별을 보게 해주겠네. 난 하느님 이후 처음으로 나로 하여금 등 돌리게 할 놈이 태어나주길 기대하지. 이 세상에서 나한테 밉보여서 쓰러지지 않은 작자는 단 한 사람도 존재할 수 없다는 것을 말이야."

"등을 돌리건 말건 그건 내 소관 사항이 아니다." 검객이 되받아 말했다. "첫발을 딛는 바로 그곳에 자네의 무덤을 파게 될지도 모를 일이야. 그 보잘것없는 솜씨 때문에 바로 그 자리에서 꼬꾸라지리라는 것을 뜻하는 말이지."

"이제 곧 알게 되겠지." 코르추엘로가 대답했다.

그러고는 당나귀에서 번개처럼 내린 코르추엘로는 자기 당나귀에 신고 있던 검 중 한 자루를 부랴부랴 뽑아 들었다.

"그러면 안 돼." 이 순간에 돈키호테가 말했다. "내가 이 칼싸움의 입회인이 되고, 해결이 잘 안 되어 문제가 많은 이 싸움의 심판이 되겠네."

그러고나서 로시난테에서 내리더니 창을 손에 움켜쥐고 길 한가운데 섰다. 바로 그때 석사는 이미 세련된 몸놀림과 걸음걸이로 코르추엘로를 향해 돌격했고, 코르추엘로는 흔히 하는 말로 눈에 불을 켜고 그에게 돌진했다. 동행하던 다른 두 농사꾼은 자기들이 타고 온 어린 당나귀에서 내리지 않은 채 이 목숨을 건 비극을 구경만 할 뿐이었다. 코르추엘로가 시도한 찌르기, 내지르기, 내려치기, 왼쪽에서 오른쪽으로 내려치기 및 두 손으로 내려치기가 마치 하늘에서 우박이 쏟아지듯 수를 헤아릴 수 없이 쏟아졌다. 성난 사자처럼 덤벼들었다. 그러나 석사의 칼끝 가죽에 입을 얻어맞고 한창 사납게 날뛰던 그의 기세가 한풀 꺾여, 성인의 유물에 입맞춤할 때의 경건함은 없었지만, 마치 성인의 유물인 양 칼끝의 가죽에 입맞춤을 해야 했다.

마침내 석사는 코르추엘로가 입고 있는 반코트의 단추 전부에 칼질을 하면서 낱낱이 세어가더니 옷자락을 문어의 다리처럼 토막냈고, 그의 모자를 두 번이나 머리에서 떨어뜨려버렸다. 그래서 그는 지칠 대로 지친 몸으로 원망과 분노와 증오에 차 칼자루를 잡더니 있는 힘을 다해 칼을 허공으로 던져버렸다. 공증인이자 그 자리에 함께 있던 농사꾼들 중 한 사람이 그 칼을 주우러 갔고, 나중에 그 칼이 거의 4분의 3레과나 멀리 날아갔다고 증언했다. 그런 증언은 예나 지금이나 변함없이, "힘은 기술을 당할 수 없다"는 진실을 아주 잘 알려주고 보여주는 좋은 전례라 하겠다.

코르추엘로가 지칠 대로 지쳐 주저앉자 산초가 다가가 말했다.

"소인이 맹세코 말하는데, 학사 나리, 나리가 소인의 충고를 받아들이신다면 앞으로는 어느 누구에게도 칼싸움을 하자고 도전하지 마시고, 아직 나이가 있고 힘도 있으니 씨름이나 막대기 던지기나 하시구려. 검객이라고 하는 자들은 바늘귀에다 칼끝을 집어넣는다는 말을 들었습니다요."

"저는 만족합니다." 코르추엘로가 대답했다. "제가 제 당나귀에서 떨어진 꼴이고, 그 경험은 제가 진실에서 아주 멀리 있었다는 걸 보여주었습니다."

그러더니 일어나 석사를 껴안았고, 두 사람은 전보다 더욱더 친해졌다. 그리고 칼을 가지러 간 공증인이 돌아오려면 시간이 많이 걸릴 것 같아 그를 기다리고 싶지 않았다. 그래서 모두의 고향인 키테리아의 마을에 일찍 도착하기 위해 길을 계속하기로 결정했다.

가는 길에 시간이 남아돌자 석사는 검술의 우수함에 대해 이야기해주었는데, 실증적 설명과 수학적 도형과 논증을 곁들여 설명했다. 이로써 모두가 기술의 중요성을 이해했고, 코르추엘로는 자신의 고집을 꺾게 되었다.

날이 어두워졌으나, 마을에 도착하기 전에 마을 어귀의 하늘을 수놓은 헤아릴 수 없이 많은 별들이 밤하늘에 반짝이는 것이 모두에게 보였다. 동시에 플루트, 작은 북, 살테리오[130], 알보게[131], 탬버린, 소나하[132] 같은 여러 악기에서 나오는 어수선하고 부드러운 소리들이 들렸다. 그들이 마을 가까이에 다다랐을 때, 마을 어귀에 손으로 옮겨놓은 가지가 무성한 모든 나무들에는 장식 등이 가득 매달려 있었지만 장식 등들은 흔들리지 않았다. 그때는 나뭇잎을 움직일 힘도 없을 만큼 바람이 잔잔했기 때문이다. 결혼식의 흥을 돋우는 악사들은 여러 무리를 이루어 유쾌한 장소를 돌아다녔다. 몇몇 사람들은 춤을 추고, 다른 사람들은 노래를 부르고, 또 다른 사람들은 앞에서 말한 다양한 악기를 연주했다. 실제로 그 목장에는 온통 즐거움에 겨워 달리고, 만족감에 취해 깡충깡충 뛰는 사람밖에 없는 것 같았다.

---

130 체로 연주하는 악기.
131 관이 둘 달린 플루트.
132 금속 테의 한쪽 면에 가죽을 대지 않은 소형 탬버린.

다른 많은 사람들은 다음 날 편안히 공연과 춤을 볼 수 있도록 하기 위해 관람대를 세우느라 눈코 뜰 사이 없이 바빴다. 그 장소에서 부자 카마초의 결혼식과 바실리오의 장례식이 엄숙히 거행될 예정이었다. 학사와 농사꾼이 돈키호테에게 들어가자고 했지만, 그는 그곳에 들어가고 싶어 하지 않았다. 편력 기사들의 습관은, 설령 황금 지붕 아래라 할지라도 마을이 아닌 들과 숲에서 자는 것이라며, 나름대로 최선을 다해 아주 그럴싸한 핑계를 댔다. 이렇게 말하고는 산초의 뜻과는 완전히 반대로 그는 약간 길을 비켜났다. 산초는 돈 디에고의 성인지 집인지 그곳에서 맛보았던 그 융숭한 숙박이 기억에 떠올랐던 것이다.

제20장

부자 카마초의 결혼식과
불쌍한 사람 바실리오와의 이야기

새하얀 어둑새벽이, 그 타는 듯한 뜨거운 햇살이 유난히 빛나 반짝이는 태양신 포이보스로 하여금 황금빛 머리카락[133]에서 굴러떨어지는 액체 진주[134]를 말리도록 여지를 주자, 돈키호테는 수족의 노곤함을 뿌리치고 일어나 종자 산초를 불렀는데, 산초는 아직 코를 골며 곤히 자고 있었다. 그 모습을 본 돈키호테는 산초를 깨우기 전에 이렇게 뇌까렸다.

"오, 그대여, 그대야말로 지표면에서 살아 숨 쉬는 만물 중에서 가장 복되고 복되도다! 남을 시새움하는 일도 없고 남들에게 시새움을 받는 일도 없이, 마법사가 그대를 쫓아다니지도 않고 마법에 놀라지도 않으며, 태평하게 잠만 자고 있구나! 그래, 자거라, 자. 내가 재차 말하고 또다시 수백 번 말할 테니, 자거라, 자. 그대의 아가

---

133 los cabellos de oro. '햇살'을 뜻한다.
134 las líquidas perlas. '이슬'을 뜻한다.

씨의 시새움이 그대를 계속하여 밤샘하도록 하는 일도 없고, 빚을 갚을 생각으로 밤잠을 설치는 일도 없으며, 그대와 그대의 어리고 궁핍한 가족이 다음 날 먹고살기 위해 무엇을 해야 할지 잠 못 이루는 일도 없는 그대여, 잠이나 실컷 자거라! 야심이 그대를 조바심치게 하지도 않고, 세상의 헛된 부귀영화가 그대를 괴롭히지도 않지. 그대가 바라는 한계점은 오직 그대의 당나귀 생각뿐이니 말이네. 그대는 그대의 먹을거리를 내 어깨에 의지하고 있어. 그것이 바로 자연과 관습이 주인들에게 지우는 무게이고 책임이거든. 하인은 자고, 주인은 어떻게 하면 하인을 잘 먹이고 더 잘 살게 하며 은혜를 갚을까 하는 생각에 잠을 못 이루지. 하늘이 구리처럼 되어 적당한 이슬을 땅에 내려주지 않는 것을 보는 고뇌는 하인을 괴롭히는 것이 아니라 주인을 수심에 가득 차게 하지. 주인은 풍작으로 수확이 많을 때 자기를 위해 봉사한 사람을 흉작과 기근이 들 때에도 부양해야 하기 때문이지."

이 모든 말에도 산초는 대답하지 않았다. 세상모르고 곤히 자고 있었기 때문이다. 돈키호테가 창끝에 달린 쇠붙이 장식으로 정신이 들도록 하지 않았다면 그렇게 일찍 일어나지 않았을 것이다. 마침내 산초는 눈을 뜨고 아직도 졸린 듯 게으름을 피우며 사방을 두리번거리면서 말했다.

"제가 잘못 알고 있는 것이 아니라면, 저 나뭇가지가 많은 쪽에서 골풀과 백리향 냄새라기보다는 돼지고기 굽는 냄새가 진동하는 뎁쇼. 이런 냄새를 풍기며 시작하는 걸 보니 풍족하고 인심 좋은 결혼식임이 틀림없습니다요."

"그만둬, 이 식충아." 돈키호테가 말했다. "이리 오게, 결혼식이

나 보러 가세. 여자한테 퇴짜를 맞은 바실리오가 무슨 일을 벌이는
지도 보게 말이네."

"무슨 일이든 하고 싶은 대로 실컷 하라지요." 산초가 대답했
다. "그가 가난하지만 않았더라도 키테리아와 결혼했을 텐데요. 무
일푼인 주제에 뜬구름 잡는 격이죠. 맹세코 하는 말인데요, 나리,
가난한 사람은 가진 걸로 만족해야지 앞바다에서 돼지감자를 찾아
선 안 된다고 생각합니다요. 카마초는 바실리오를 은전 몇 푼으로
적당히 구워삶을 수 있다는 데 소인의 이 팔 하나를 걸겠습니다요.
그런데 일이 그렇게 된다면, 당연히 그렇게 되어야겠지만, 키테리
아가 바보가 아닌 이상 바실리오의 작대기 던지기 놀이와 칼 던지
기 놀이를 택하기 위해 카마초가 그녀에게 이미 주었거나 또 줄 수
있는 예복과 보석을 물리치겠습니까? 멋진 작대기 던지기 한 번
이나 우아한 칼 솜씨 하나 가지고는 술집에서 포도주 한 잔도 적선
하지 않습니다요. 디를로스 백작[135]이 아무리 훌륭한 솜씨를 가졌다
하더라도, 솜씨와 우아함은 팔 수 있는 게 아닙니다요. 그렇지만 그
런 우아함도 돈 많은 자가 갖게 된다면, 그 삶은 보기에도 좋을 겁
니다요. 좋은 토대 위에는 좋은 건물을 세울 수 있고, 세상에서 가
장 좋은 토대와 바탕은 돈이니께요."

"제발 부탁이네, 산초." 이때 돈키호테가 말했다. "그 장광설을
그만 늘어놓게. 무슨 말거리가 있을 적마다 시작하는 그 장광설을
계속하도록 내버려두었다가는 밥 먹고 잠잘 시간도 없이 모든 시

---

135 el conde Dirlos. 중세 로맨스 시집에 등장하는 영웅으로, 샤를마뉴대제를 모시던 12기사
중 한 명이며 기사 두란다르테의 동생이다.

간을 말하는 데 낭비하겠구먼."

"만일 나리께서 기억력이 나쁘지 않으시다면," 산초가 되받아 말했다. "앞서 우리가 집을 나서기 전에 맺은 협정 조항들을 기억하고 계실 줄 믿습니다요. 그 조항들 중 하나가, 이웃에 방해가 되지 않고 나리의 권위에 반하지 않는다면 소인이 원하는 것은 무엇이나 죄다 말하게 내버려둔다는 것이었습니다요. 그런데 소인은 지금까지 그런 조항에 위배되는 일을 한 적이 없다고 생각하는 바입니다요."

"기억나지 않는데, 산초." 돈키호테가 대답했다. "그런 조항은 말이네. 설령 그렇다고 하더라도 난 자네가 이제 그만 입을 다물고 이쪽으로 왔으면 하네. 간밤에 듣던 악기 소리들이 골짜기를 다시 즐겁게 하는 것을 보니, 결혼식이 뙤약볕의 오후가 아니고 오전에 선선할 때 거행될 것 같네."

산초는 주인의 분부를 따랐다. 로시난테에게 안장을 씌우고 잿빛 당나귀에게 짐 안장을 씌운 뒤, 두 사람은 각자 말과 당나귀 위에 올라 한 발짝 한 발짝 나뭇가지 장식이 있는 곳으로 들어갔다.

산초의 시야에 처음 들어온 것은 느릅나무를 통째로 잘라서 만든 꼬챙이에 통째로 꿴 송아지였다. 고기를 굽는 불에는 장작이 작은 산을 이룬 채 타고 있었다. 모닥불 주위에 있는 여섯 개의 가마솥은 보통 가마솥 모양으로 만들어진 것이 아니었다. 중간 항아리 모양으로, 하나하나가 도살장 고기를 다 담을 만큼 컸다. 그래서 양들을 통째로 집어넣어 삶고 있었는데, 마치 새끼 비둘기들을 삶는 정도로밖에는 보이지 않았다. 가마솥에 넣기 위해 나무들에 걸려 있는 가죽 벗긴 토끼들이며 털 뽑은 닭들은 그 수를 헤아릴 수 없을 만큼 많았다. 바람에 식히려고 나무들에 걸어놓은 새들과 여러 종류의 사냥에서 잡은 짐승도 하도 많아 그 수를 셀 수가 없었다.

산초가 세어보니 각각이 2아로바[136]가 넘는 가죽 술 자루가 예순 개도 더 되었는데, 나중에 안 일이지만 모든 자루가 좋은 술로 가득 차 있었다. 또 노천 작업장에 산더미로 쌓인 밀가루처럼 새하얀 빵이 쌓여 있었다. 치즈는 서로 엇갈리게 쌓아 올린 벽돌처럼 벽을 이루었다. 그리고 옷 염색용 가마솥보다 더 큰 올리브유 가마솥 두 개는 반죽한 밀가루 과자를 튀기는 데 사용되고 있었으며, 커다란 삽 두 개로 튀긴 것들을 떠서 그 옆의 벌꿀이 담긴 다른 가마솥에 집어넣었다.

남녀 요리사만 해도 쉰 명이 넘었는데, 모두가 청결하고 부지런하고 만족스러워했다. 송아지의 널찍한 배 속에는 어리고 작은 새끼 돼지 열두 마리를 채워 위쪽으로 꿰매놓았는데, 송아지 고기의 맛을 더하고 연하게 하기 위함이었다. 갖가지 양념은 됫박으로 산 것이 아니라 말박으로 구입한 것 같았다. 양념은 모두 큰 궤에 보이게 넣어두고 있었다. 한마디로 결혼식 준비는 시골식이었지만, 한 부대를 먹일 수 있을 만큼 아주 풍족했다.

산초는 이 모든 것을 보고 찬찬히 살피면서 무척 흡족해했다. 맨 먼저 그의 욕망을 사로잡아 두 손 들게 만든 것은 바로 커다란 솥이었다. 하다못해 그 솥에서 중간치 냄비로 하나만 꺼내 먹었으면 하고 바랐다. 다음으로 술 자루들이 마음에 들었다. 그리고 마지막으로, 그렇게 불룩한 큰 가마솥을 프라이팬이라고 부를 수 있을

---

136 arroba. 1아로바는 약 11.5킬로그램이므로 술 자루 무게는 약 23킬로그램이다.

지는 의문이지만, 프라이팬의 튀김들[137]을 먹고 싶은 생각이 간절했다. 도저히 참을 수 없고 그의 손으로 다른 일을 한다는 것도 바랄 수 없어, 일에 열중하고 있는 요리사 중 한 사람 앞으로 다가가서 정중하고 시장한 듯한 말투로 그 가마솥 중 하나에 빵 조각 하나를 넣어 찍어 먹게 해달라고 간청했다. 그 말에 요리사가 말했다.

"이보게, 형제여, 오늘은 돈 많은 카마초 덕분에 배를 쫄쫄 굶는 사람들이 없다네. 당나귀에서 내려 저쪽에 큰 국자가 있나 보고, 그것으로 닭을 한두 마리 떠내 많이 드시게나."

"아무것도 보이지 않는데요." 산초가 대답했다.

"기다려보게나." 요리사가 대답했다. "나 원 참, 그렇게 소심해서야 아무것도 안 되네!"

이렇게 말하더니 냄비 하나를 집어 중간치 항아리 중 하나에 집어넣고는, 닭 세 마리와 거위 두 마리를 꺼내더니 산초에게 말했다.

"먹게나, 친구. 보잘것없는 이걸로 우선 아침 요기를 하게나. 그러다보면 점심 먹을 시간이 될 걸세."

"그걸 담을 데가 없습니다요." 산초가 대답했다.

"그럼 가져가게나." 요리사가 말했다. "숟가락과 모든 것을. 카마초의 부와 기쁨이 모든 것을 채워줄 거네."

산초가 이러고 있을 때, 돈키호테는 나뭇가지 장식이 된 곳의 한쪽으로 아주 아름다운 열두 필의 암말을 타고 열두 사람쯤 되는 농사꾼들이 들어오는 장면을 바라보고 있었다. 그 말들은 멋지고

---

137 las frutas de sartén. 꿀이나 설탕을 넣어 달콤하게 만든 튀김.

화려한 야전 말 장신구에 가슴에는 많은 방울이 달렸으며, 모두가 즐거운 축제 의상으로 장식되어 있었다. 그들은 질서정연하게 목장을 한 번도 아니고 여러 번 달리면서 즐겁게 환호성을 지르고 큰 소리로 말했다.

"카마초와 키테리아 만세! 카마초는 키테리아의 미모에 못지않은 부자고, 그녀는 세상에서 가장 예쁘다네!"

돈키호테는 그 말을 듣고 혼잣말로 중얼거렸다.

"이 사람들이 내 마음의 연인 엘 토보소의 둘시네아 아가씨를 아직 못 본 것 같구먼. 그녀를 보았더라면 저렇게도 키테리아에게 찬사를 보내지는 않을 텐데."

그리고 잠시 후에 나뭇가지 장식이 된 여러 곳에서 온갖 다른 춤을 추면서 몇 무리가 입장하기 시작했다. 그들 중에서 보기에 늠름하고 씩씩한 스물네 명 정도의 칼춤 추는 청년 무리가 있었다. 모두가 얇고 새하얀 아마포 옷을 입고 고운 색동천 비단 두건을 쓰고 있었다. 그들을 통솔하는 사람은 동작이 민첩한 젊은이였는데, 암말을 탄 사람들 중 하나가 그에게 춤추는 사람들 가운데 혹시 다친 사람이라도 있는지 물어보았다.

"지금까지는 하느님의 가호로 아무도 다친 사람이 없습니다. 우리는 모두 건재하답니다."

그러고나서 그는 다른 동료들과 뒤섞여 훌륭한 솜씨로 몸을 이리저리 돌리면서 어울리기 시작했다. 돈키호테는 그 같은 춤을 여러 번 보았지만 그 춤만큼 훌륭한 춤은 본 적이 없는 것 같았다.

또 아주 예쁜 아가씨들과 함께 나온 다른 춤추는 무리도 좋아 보였는데, 그 아가씨들은 하나같이 열네 살보다 적지 않고 열여덟 살보다 많지 않은 것 같았다. 모두가 녹색 팔미야[138]로 만든 옷을 입었고, 반은 머리를 땋고 반은 늘어뜨렸으나 태양 광선과 다툴 만큼 모두가 금발이었으며, 재스민과 장미꽃과 색비름과 인동덩굴로 엮은 화관을 쓰고 있었다. 덕망 있는 노인과 나이 든 부인이 그녀들을 지휘하고 있었는데, 그들의 나이에 비해 동작이 훨씬 경쾌하고 민첩했다. 사모라의 뿔나팔이 그들의 소리를 주도했고, 그 아가씨들의 얼굴과 눈에는 정결함이, 발에는 경쾌함이 있어 세상에서 제일가는 무희들임을 보여주었다.

뒤를 이어 사설 춤이라 부르는, 또 다른 기교를 부린 춤이 나왔다. 두 줄로 나뉜 여덟 요정이었는데, 한 줄은 사랑의 신 큐피드가 이끌고, 다른 줄은 이익의 신이 이끌었다. 한 줄은 날개와 활과 화살통과 화살로 치장을 하고, 다른 줄은 황금과 비단으로 된 훌륭한 색동옷을 입고 있었다.

사랑의 신을 따라다니는 요정들의 등에는 흰 양피지에 커다란 글자로 그들의 이름이 쓰여 있었다. 첫 번째 요정의 타이틀은 시詩의 신이었고, 두 번째 요정은 신중의 신, 세 번째 요정은 훌륭한 가계家系의 신, 네 번째 요정은 용기의 신이었다. 이와 똑같은 식으로 이익의 신을 따라다니는 요정들도 이름이 쓰여 있었다. 첫 번째 요정의 칭호는 관용의 신, 두 번째 요정은 선물의 신, 세 번째 요정은 보물의 신, 네 번째 요정은 평화스런 점유의 신이었다. 그들의 선두에서는 네 야만인이 나무로 만든 성을 끌고 갔는데, 모두가 녹색으

---

138 쿠엔카에서 수놓은 천.

로 물들인 덩굴나무와 삼나무 옷을 입어 아주 자연 그대로여서, 하마터면 산초는 놀라 까무러칠 뻔했다. 성 앞면과 사방의 모든 그림에는 '아주 신중한 성'이라 쓰여 있었다. 장구와 플루트에 능란한 네 명의 연주자가 소리를 맞추고 있었다. 사랑의 신 큐피드가 춤추기 시작하여 두 번 돌고나서, 눈을 치켜뜨고 성의 총안銃眼 사이에 있는 처녀를 향해 활을 겨누며 이렇게 말했다.

> 난 전지전능한 신
> 공중과 지상에서
> 파도치는 넓은 바다에서
> 심연이 감추고 있는 모든 곳에서
> 무시무시한 지옥에서.
> 난 공포가 뭔지 모르며
> 원하는 것은 죄 할 수 있고
> 불가능한 것을 바랄지라도
> 가능한 것은 무엇이건
> 명령하고 빼앗고 주고 금한다네.

노래가 끝나고, 성의 높은 곳으로 화살을 쏘고 자기 자리로 돌아갔다. 다음에 이익의 신이 나와서 춤을 추고 다시 두 번 돌더니, 장구가 멈추고 그가 말했다.

> 난 사랑의 신보다 능력이 더 많고
> 사랑의 신은 날 인도하는 자이고

나는 더 좋은 가계라오

하늘이 땅에서 키우는

더 많이 알려지고 더 큰.

나는 이익의 신, 나와 함께

선한 일 하는 자 거의 없고

나 없이 하는 건 큰 위험이네

있는 그대로의 나 그댈 섬기리

영원히 언제까지나, 아멘.

이익의 신이 물러나고 시의 신이 앞에 나오더니, 다른 사람들
처럼 춤을 추고 도는 동작을 하고나서 성의 처녀에게 눈길을 돌리
면서 말했다.

더없이 정다운 생각 속에서

더없이 정다운 시의 신께서

높고, 심각하고, 빈틈없는 부인,

영혼이 그대에게 보낸다오

수많은 소네트에 싸서.

혹 그대를 애먹이는 일이 아니면

내 고집이 그대의 운명을

다른 많은 사람들이 시샘하는

내가 그대를 일으켜 세우리

달의 울타리 위에.

시의 신이 물러나고, 이익의 신 쪽에서 관용의 신이 나와 춤을
추고 도는 동작을 하고나서 말했다.

　　사람들은 관용의 신이라 부른다네
　　극도로 낭비를
　　피하고 주는 것을
　　반대로 소극적이고 느슨한
　　마음을 나무라고 주는 것을.
　　그러나 난, 그대를 높이기 위해
　　지금부터 더 낭비하리라
　　낭비는 악습이지만, 자랑스런 악습이고
　　연정을 느낀 마음에
　　주는 것에서 낌새를 알 수 있으리.

　　이런 식으로 양쪽의 모든 인물이 등장했다가 퇴장했다. 저마다
춤을 추며 도는 동작을 하고 시를 낭송했는데, 어떤 시는 우아하고
아름다웠으며, 어떤 시는 익살맞았다. 돈키호테는 기억력이 뛰어났
지만 앞에 든 시구밖에 기억이 나지 않았다. 그러고나서 모든 요정
은 다 함께 뒤섞여서 품위 있고 우아하며 활달하게 서로 짝을 지었
다 떨어졌다 했다. 사랑의 신 아모르는 성 앞을 지나갈 때마다 화살
을 높이 쏘았으며, 이익의 신 인테레스는 성에서 황금빛 저금통을
깨뜨렸다.
　　오랫동안 춤을 춘 뒤에 드디어 이익의 신이 거대한 줄무늬가
있는 고양이 가죽으로 만든, 돈이 가득 들어 있는 것 같은 커다란

자루 하나를 꺼내 성으로 던졌다. 그러자 그 자루에 맞아 판자들이 뜯겨 떨어졌고, 그 안에 있던 처녀는 아무런 보호도 받지 못하고 모습을 드러냈다.

이익의 신은 자기 패거리와 함께 도착해 처녀의 목에 커다란 황금 쇠사슬을 걸고 체포해 항복시키며 포로로 잡아가는 시늉을 했다. 그 모습을 본 사랑의 신과 그의 동료들이 처녀를 빼앗으려는 몸짓을 했는데, 이러한 모든 동작은 장구 소리에 맞추어 일사불란하게 춤추는 것으로 꾸며져 있었다. 야만인들이 그들을 화해시키며 부랴부랴 성의 판자들을 조립하고 끼워 본디대로 해놓자 처녀는 다시 성에 갇히게 되었고, 이것으로 무용극을 구경하던 사람들의 요란한 박수갈채 속에 무용은 막을 내렸다.

돈키호테는 요정들 중 하나에게 누가 무용극을 꾸미고 안무를 했느냐고 물었다. 그러자 그 요정이 대답하길, 이런 창작물에 굉장한 능력을 가진 그 마을의 수사라고 했다.

"내가 장담하겠소." 돈키호테가 말했다. "그 학사인가 수사인가 하는 분은 바실리오의 친구라기보다 카마초의 친구임에 틀림없소. 그분은 저녁 기도보다 풍자극을 더 좋아하는 사람임에 틀림없소. 무용극에다 바실리오의 재능과 카마초의 부를 아주 잘 끼워놓았어!"

그 말을 다 듣고 있던 산초가 말했다.

"제 수탉이 임금님입죠.[139] 소인은 카마초 편입니다요."

---

[139] El rey es mi gallo. '난 유력한 사람에게 내기를 걸겠다'라는 뜻의 닭싸움 용어로, 두 사람이 싸울 때 자기편을 보고 하는 말이다.

"결국 그렇구먼." 돈키호테가 말했다. "보아하니 자넨 시골뜨기가 분명해. '이긴 놈이 장땡!'[140]이라는 것이 아닌가 말이야."

"소인이 누구 편인지는 모르겠습니다만," 산초가 대답했다. "카마초의 솥에서 소인이 지금 막 꺼낸 이렇게 먹음직한 정수精髓를, 바실리오의 솥에서는 언감생심 꺼내 먹을 수 없다는 건 알고 있습니다요."

그리고 산초는 거위와 닭으로 가득한 냄비를 돈키호테에게 보여주고는, 한 마리를 잡아 아주 고상하고 게걸스레 먹기 시작하면서 말했다.

"바실리오의 그 시시하고 보잘것없는 재주를 위하여! 가진 자는 누구나 그만한 가치가 있어야 하고, 가치가 있는 자는 누구나 그만큼 가져야 하죠. 제 할망구는 세상에 두 집안만 있다고 했어요. 그건 있는 집안과 없는 집안이라 했죠. 비록 제 할망구는 있는 집안 편이었지만 말이에요. 제 주인이신 돈키호테 나리시여, 요즘 보면 나리께서는 아는 편보다 있는 편을 넌지시 더 중시하고 계시는 편이죠. 길마를 얹은 말보다는 황금으로 덮은 당나귀가 훨씬 더 좋게 보입죠. 그런 연유로 소인은 카마초 편이라는 걸 다시 말씀드리는 겁니다요. 그의 솥에서는 거위랑 닭이랑 산토끼랑 집토끼랑 먹을 게 넘치니까요. 설령 바실리오의 솥단지가 손에 들어온다고 해도, 그 발바닥에도 미치지 못해 먹을 만한 것이 없고 실속도 없을 겁니다요."

---

140 ¡Viva quien vence! 직역하면 '이긴 사람 만세!'라는 뜻이다.

"자네 그 장광설은 이제 끝났나, 산초?" 돈키호테가 말했다.

"장광설이 끝난 것 같습니다요." 산초가 대답했다. "나리께서 소인의 장광설로 고통을 받고 계시는 것이 보이기 때문입니다요. 이런 식으로 불거지지 않았다면 장광설이 사흘은 족히 갔을 겁니다요."

"이제 진절머리가 날 정도네, 산초." 돈키호테가 되받아 말했다. "제발 덕분에 내가 눈을 감기 전에 자네가 벙어리가 되는 걸 보았으면 싶네."

"그러다가는," 산초가 대답했다. "나리께서 돌아가시기 전에 소인이 먼저 무덤에서 흙을 씹고 있게 생겼습니다요. 그렇게 되면 세상이 끝날 때까지, 아니면 적어도 최후의 심판 날까지 말 한마디 않고 입을 봉하고 있을 수도 있습니다요."

"설령 그런 일이 일어난다 하더라도, 오, 이 사람 산초!" 돈키호테가 대답했다. "자네의 침묵은 자네가 지금까지 말했고, 지금 말하고 있으며, 앞으로 자네 평생을 두고 할 말에 비하면 조족지혈이지. 더욱이 내가 눈감는 날이 자네가 눈감는 날보다 먼저라는 것은 아주 당연한 자연의 이치네. 그래서 나는 자네가 마시거나 잠을 잘 때, 내가 자네에게 신신당부하고 싶은 바로 그때가 아니고는 자네가 결코 입을 봉하지 않으리라 생각한다네."

"분명히 말씀드리는데요, 나리." 산초가 대답했다. "죽음의 신은 믿을 게 못 됩니다요. 소인이 드리는 말씀은 죽음이라는 걸 믿어서는 안 된다는 겁니다요. 죽음은 새끼 양도 어미 양도 마구 먹어치운답니다요. 또 죽음은 임금님들의 높은 탑도 가난한 이들의 다 무너져가는 오두막도 똑같은 발로 밟는다고, 우리 신부님께서 하신 말씀을 소인은 들었습니다요. 죽음의 여신은 애교보다 권력이 더 세고, 혐오하는 것이 없고, 무엇이나 먹고, 무슨 일이나 하고, 나이 와 특권에 관계없이 모든 종류의 인간으로 자기 자루만 채우면 그 만입니다요. 한가로이 낮잠을 자는 풀 베는 사람이 아닙니다요. 온 종일 풀을 베는데 푸른 풀처럼 마른 풀도 죄다 자르니, 앞에 놓인 것은 무엇이나 통째로 씹지도 않고 삼키는 겁니다요. 왜냐하면 공 복이 심해 결코 배가 차지 않아서지요. 죽음의 신은 비록 배는 없지 만 냉수 한 항아리를 마시는 사람처럼 살아 있는 모든 사람의 생명 만을 마시듯 굶주리고 갈증이 난 것으로 이해됩니다요."

"이제 그만하게, 산초." 이때 돈키호테가 말했다. "그 정도에서 멈추고 정신이나 제대로 차리게. 사실 자네가 촌스럽기 짝이 없는 말투로 죽음에 대해 한 말은, 내로라하는 설교사나 할 수 있는 그런 말이네. 자네에게 하는 말이지만, 산초, 자네는 천성이 착하고 재치 가 있어 설교대 하나만 쥐여주면 멋진 설교를 하면서 그 세계를 주 름잡고 돌아다닐 수 있을 텐데 말이야."

"잘사는 자가 설교도 잘한다죠." 산초가 대답했다. "그런데 소 인은 다른 신학은 모릅니다요."

"자넨 그런 신학 같은 건 필요 없을 걸세." 돈키호테가 말했다. "하느님을 향한 경외심은 지식의 근본인데, 하느님보다 도마뱀을 더 경외하는 자네가 어떻게 그렇게도 모르는 것이 없는지 알다 가도 모르겠네그려."

"나리께서는 나리의 기사도만 판단하시죠, 나리." 산초가 대답 했다. "그리고 다른 사람의 경외심이나 용기를 판단하는 일에는 나 서지 마세요. 소인은 이웃의 어느 아들 못지않게 하느님께 경외심

280

을 가진 그런 우아한 사람이랍니다요. 그리고 나리께서는 이 먹을 거리를 잽싸게 먹어치우게 절 가만히 두세요, 제발. 다른 것은 죄다 한가한 말에 불과하고, 저승에 가서 우리가 죄다 계산해서 되갚아야 할 쓸데없는 잔소리나 다름없는 것들입니다요."

이렇게 말하고나서 산초는 다시 자기 냄비를 공략하기 시작했다. 어찌나 먹성 좋게 먹어치우던지 돈키호테마저 식욕이 동했다. 그래서 돈키호테는 맛이라도 좀 볼까 했는데 바로 그때 그것을 방해하는 일이 생기고 말았으니, 이 일은 앞으로 이야기하는 것이 필요하겠다.

· 제21장 ·

카마초의 결혼식의 계속과
다른 즐거운 사건들

돈키호테와 산초가 앞 장에서 언급한 것처럼 말을 주고받느라 정신이 없을 때, 왁자지껄하니 큰 소리가 들려왔다. 그것은 암말을 탄 사람들이 길게 줄지어 오면서 내는 소리로, 신랑과 신부를 맞이하는 함성이었다. 신랑과 신부는 갖가지 악기와 가장행렬에 둘러싸여 사제와 양가 일가친척들과 근처 지방의 유지들과 함께 왔는데, 모두가 축제 복장을 입고 있었다. 산초는 신부를 보자 말했다.

"분명코 이건 여자 농사꾼 복장이 아니고 궁전의 아름다운 귀부인 복장이군. 이거야 원, 가슴에 건 목걸이는 값나가는 산호고, 쿠엔카산産 녹색 팔미야 천 치마는 날실이 서른 겹이나 되는 우단이라니! 허허, 저 술 장식은 흰 삼베 조각이고! 아니, 이럴 수가 나! 저 손 좀 보게, 흑옥 반지들로 치장했구먼! 저건 금반지, 순금반지가 아니면 내 목을 내놓겠어. 그리고 엉긴 우유처럼 하얀 진주들이 얼룩 줄무늬처럼 박혀 있군. 한 알 한 알이 눈깔이 나올 정도로 가치가 대단할 거야. 염병할, 저 머리카락을 좀 보게. 저것이 가

발이 아니라면, 저렇게 기다랗고 저렇게 금발인 머리카락을 보기는 난생처음이야! 아니, 저 활기하며 자태에는 흠잡을 데가 한 군데도 없구먼! 대추야자 송이가 주렁주렁 달려 흔들리는 야자나무에 비할 바 없겠네! 머리카락이나 목에 주렁주렁 달린 장식들을 보면 대추야자 송이와 똑같이 보인단 말이야! 내 영혼에 맹세하는데, 저 여자는 천하일색이어서 아무리 고된 시집살이도 잘 이겨내고 부부간에 금실도 좋겠구먼."

돈키호테는 산초 판사의 촌스럽기 짝이 없는 칭찬에 웃음이 나왔다. 그는 자기 마음의 연인 엘 토보소의 둘시네아 아가씨 말고는 그렇게 아름다운 여인을 본 적이 없는 것 같았다. 아름다운 키테리아는 다소 창백해 보였는데, 결혼식을 하루 앞둔 신부들이 늘 그러하듯 몸치장하느라 밤잠을 설쳤음에 틀림없다. 사람들이 목장 옆에 있는 극장으로 다가갔다. 극장은 결혼식을 거행할 곳이라 양탄자와 나뭇가지로 장식되어 있었고, 춤과 여러 공연을 구경하도록 되어 있었다. 그런데 하객들이 그 장소에 도착할 즈음에 등 뒤에서 큰 소리가 들리더니, 한 사람이 말했다.

"조금만 기다리게. 이 참을성 없이 급하고 경망스러운 사람들아!"

그 고함과 말에 사람들이 일제히 고개를 돌렸다. 보아하니 불꽃 모양의 붉은 실크 섶을 댄 검은 겉옷을 입은 한 남자가 소리를 질렀던 것이다. 곧이어 보니 불길한 삼나무 가지로 엮은 왕관을 쓰고 손에는 커다란 지팡이를 든 채 오고 있었다. 더 가까이 다가오자 모두는 그가 늠름한 바실리오임을 알아보고 얼떨떨해했다. 그의 고함과 말의 결말이 어떻게 날지 기다리면서, 이 같은 순간에 그가 나타난 것으로 보아 어떤 좋지 않은 사건이 생기지나 않을까 겁을 냈다.

이윽고 그는 지치고 힘없이 도착해 신랑 신부 앞에 서서, 끝에 강철 쇠붙이가 달린 지팡이를 땅에 꽂았다. 그는 안색이 변해 키테리아를 쏘아보면서 떨리고 쉰 목소리로 이렇게 말했다.

"그대도 잘 알고 있듯이, 이 무정하고 배은망덕한 키테리아여, 우리가 신조로 삼은 성스러운 법칙에 의하면 내가 살아 있는 한 그대는 남편을 얻을 수 없어. 그리고 세월이 흐르고 내가 하는 일이 잘되어 내 재산이 불어나기를 기다리는 동안 그대의 체면에 어울리는 품격을 유지하기 위해 내가 게을리하지 않았다는 것을 그대도 모르지는 않을 거야. 하지만 그대는 이 멋진 내 소망에 마땅히 갚아야 할 모든 의무를 소홀히 하고, 내가 주인임에도 불구하고 다른 사람을 주인으로 삼고 싶어 하고 있는 거야. 그의 넉넉한 재산은 그에게는 행운일 뿐만 아니라 대단한 행복을 안겨주었어. 그래서 그의 행복이 철철 넘쳐 주체할 수 없도록 해주기 위해, 그가 행복을 누릴 만하다고 나는 생각하지 않지만 하늘이 그 행복을 그에게 주길 바란다면, 나는 내 손으로 그에게 방해가 될 수 있는 장애물이나 불편함을 제거해주겠다. 다시 말해 나라는 존재를 깨끗이 치워주겠단 말이다. 만세, 부유하신 카마초여, 무정하고 배은망덕한 키테리아와 오래오래 행복하게 사시옵소서. 그리고 뒈져라, 뒈져, 가련한 바실리오여, 그대의 가난은 그대의 행복의 날개를 꺾고 그대를 무덤 속에 묻었구나."

이렇게 말하고나서 땅에 꽂혀 있는 지팡이를 잡아 반으로 꺾었다. 지팡이의 반은 아직 땅에 꽂혀 있고, 그 지팡이 안에는 숨겨진 중간 크기 칼의 칼집이 달려 있는 것이 보였다. 그는 곧 손잡이라

284

할 수 있는 칼자루를 땅에 꽂더니 주저하지 않고 태연스레, 그리고 결연한 태도로 그 위에 몸을 날렸다. 한순간에 등 뒤로 강철로 만든 칼의 절반과 함께 피가 낭자한 칼끝이 보였고, 가엾은 사나이는 바로 그 칼에 관통되어서 피에 흥건히 젖은 채 땅바닥에 널브러졌다.

그러자 그의 친구들이 그의 비참하고 안쓰러운 불행을 동정하며 그를 돕기 위해 우르르 몰려왔다. 돈키호테는 로시난테를 남겨두고 그를 돕기 위해 달려가 그를 두 팔로 안았고, 그의 숨이 아직 끊어지지 않은 것을 발견했다. 사람들은 그에게서 칼을 빼내기를 원했지만, 거기에 있던 사제가 칼을 빼는 순간 숨이 끊어질 것이므로 고해성사를 하기 전에 칼을 빼서는 안 될 것 같다고 했다. 하지만 바실리오가 약간 정신이 돌아오자 괴로운 듯 가냘픈 목소리로 말했다.

"만일에, 잔인한 키테리아여, 이 마지막 어쩔 수 없는 순간에 아내로 손을 잡아준다면, 내 무모함이 해명되리라 생각하오만. 그렇게만 된다면 내 무모함으로 말미암아 나는 그대의 것이 되는 행복을 달성한 셈이라오."

그 말을 들은 사제는 육체의 쾌락에 앞서 정신 건강에 마음을 쓰고, 자신의 죄와 절망적인 결심에 대해 진심으로 하느님께 용서를 빌라고 말했다. 그 말에 바실리오는 먼저 키테리아가 자기의 아내가 되었다는 표시로 손을 잡아주지 않는다면, 어떠한 방법으로도 절대 고해성사를 하지 않겠다고 되받아 말했다. 그렇게 해서 얻은 기쁨은 자신으로 하여금 뜻을 고쳐먹게 하여 고해성사를 할 기력을 주게 되리라는 것이었다.

돈키호테는 부상 입은 이의 소망을 듣자마자, 바실리오는 아주 정당하고 사리에 맞으며 더욱이 쉽게 실행할 수 있는 일을 부탁하고 있다고 큰 소리로 말했다. 그리고 카마초 씨가 그녀의 아버지로부터 그녀를 맞이했던 것처럼 용감한 바실리오의 미망인 키테리아 부인을 맞이하는 것이 되므로, 누이 좋고 매부 좋은 일이 될 것이라고 했다.

"일이 여기에 이르렀으니 '네, 맞습니다'라는 말 이외에는 없습니다. 그에게 직접 입으로 말하는 것 말고 다른 조치는 있을 수 없습니다. 그렇지 않으면 이 결혼식의 첫날밤 잠자리는 무덤이 되고 말 것입니다."

카마초는 이 모든 말을 듣고는 모든 것이 얼떨떨하고 당황스러워 어떻게 행동하고 무슨 말을 해야 좋을지 몰랐다. 그렇지만 바실리오의 친구들이 고래고래 지르는 소리가 통제 불능이었다. 그들은 키테리아가 그의 아내로 손을 잡아주어야 한다는 데 동의하라고 카마초에게 간청했다. 이 세상을 절망적으로 떠남으로써 그의 영혼이 구천을 떠돌게 해서는 안 되었기 때문이다. 사람들은 이구동성으로 그의 마음을 움직였다. 그래서 카마초는 하는 수 없이 키테리아가 그러기를 원하면 자기도 동의할 수밖에 없다고 말했다. 모든 것은 그가 자기 소원을 성취하는 데 단지 한순간만 지체되는 것에 불과했기 때문이다.

곧 모두가 키테리아에게 몰려가서 몇몇 사람들은 간청하고, 다른 사람들은 눈물로 호소하고, 또 다른 사람들은 그럴싸한 말로 가련한 바실리오에게 구원의 손길을 뻗치라고 설득했다. 그런데 그녀는 대리석보다 더 단단하고 조각상보다 더 조용히 있으며 어떻게 대답해야 할 줄도 모르고 대답할 수도 없어서 한마디도 하고 싶어

하지 않았다. 사제가 바실리오의 영혼은 이미 이에 걸려 있어[141] 어물어물하며 결정을 기다릴 여유가 없다면서 속히 결정하라고 말하지 않았다면, 여전히 대답하지 않고 있었을 것이다.

그때 아름다운 키테리아는 아무런 대답도 하지 않고 당혹을 금치 못하며, 슬프고 후회하는 듯한 모습으로 바실리오가 있는 곳으로 갔다. 바실리오는 이미 흰자위가 드러나고, 숨은 짧고 가쁘게 쉬고, 키테리아라는 이름을 입속으로 중얼거리면서 기독교도로서가 아니라 이교도처럼 죽으려는 모습을 하고 있었다. 마침내 키테리아가 도착해 무릎을 꿇고는 말이 아니고 눈짓으로 청혼을 했다. 바실리오는 눈빛이 달라졌으며, 그녀를 뚫어져라 쳐다보면서 말했다.

"오, 키테리아여, 그대의 자비가 내 목숨을 앗아 가는 칼로 쓰인 뒤에야 비로소 자비를 베풀어주러 왔군그래. 나는 이제 그대가 나를 그대의 것으로 선택해주는 영광을 누릴 힘도, 무시무시한 죽음의 그림자와 더불어 이렇게도 빨리 두 눈이 감기는 고통을 멎게 할 기력도 없구려! 내가 그대에게 부탁하는 것은, 오, 내 숙명적인 별이여! 나에게 청혼하고 나에게 주고 싶어 하는 손이 거짓이 아니고 다시 나를 속이기 위한 것이 아니며 억지로 하는 것이 아니라, 그대의 뜻에 반하지 않고 마음에서 우러나 그대의 정식 남편으로 인정하는 것임을 말로써 나에게 고백하는 거요. 이같이 절박한 때 그대가 날 속이거나, 그대와 더불어 그 많은 진실을 함께해온 사람에게 속임수를 쓴다는 것은 온당치 않기 때문이오."

---

141 porque tenía Basilio ya el alma en los dientes. '숨을 거둘 순간에, 마지막 숨을 쉬고 있다'라는 말로, '죽음에 이르러 영혼이 입으로 빠져나간다'라는 뜻이다.

이런 말을 하는 동안에도 바실리오는 몇 번이나 실신하곤 했는데, 그때마다 거기 있는 사람은 모두 그의 혼이 나가는 것이 아닌가 생각했다. 키테리아는 아주 정숙하고 아주 부끄러워하면서 자기 오른손으로 바실리오의 손을 잡으며 말했다.

　"어떤 힘도 제 뜻을 꺾을 수는 없을 거예요. 그래서 저는 제가 가진 가장 자유로운 의사를 가지고 그대의 정식 아내로 청혼하겠어요. 그대의 성급한 추리력에서 비롯된 재난으로 우리의 청혼을 깨뜨리거나 반대하는 일 없이, 만일 그대가 그대의 자유의지로 저에게 청혼한다면, 그대의 청혼을 받아들이겠어요."

　"그래요, 청혼하오." 바실리오가 대답했다. "당혹하거나 망설이지 않고 하느님께서 나에게 주고 싶어 하셨던 맑은 판단력으로 나를 바치고, 또 그대의 남편으로 이 몸을 바치겠소."

　"저도 당신의 아내로 이 한 몸을 바치겠어요." 키테리아가 대답했다. "이제 당신이 만수무강하시든지 제가 제 팔에 당신을 안고 무덤으로 모셔 가든지 하길 하늘에 기원합니다."

　"이렇게 상처를 입은 젊은이치고는," 이때 산초 판사가 말했다. "말이 많군요. 이제 사랑의 속삭임일랑 그쯤 해두고 영혼에나 마음을 쓰라고 하시지 그래요. 내가 보기에는 이 친구 영혼이 이에 걸려 있는 게 아니라 혀에 겨우 머물러 있는데 그래."

　바실리오와 키테리아가 이렇게 손을 맞붙잡자, 사제는 감격하여 울먹이며 그들을 축복하고 새신랑의 영혼에 편안한 휴식을 주십사 하고 하느님께 기원했다. 그런데 새신랑은 사제의 축복을 받자마자 언제 그랬느냐는 듯 눈 깜짝할 사이에 벌떡 일어나더니, 주저 없이 자기 몸에 박혀 있던 칼을 쑥 뽑았다. 그 자리에 함께 있던 사람들 모두가 놀랐으며, 그중 어떤 사람들은 있을 수 없는 일이 벌어지고 있다고 생각하기보다는 오히려 정신 나간 표정으로 목청껏 외치기 시작했다.

"기적이다, 기적이야!"

그러나 바실리오가 되받아 말했다.

"'기적이다, 기적이야!'가 아니고 사기죠, 사기!"

사제는 난감해하면서도 망연자실하여 그에게 다가가서 상처를 양손으로 만져보고, 그 칼이 바실리오의 살과 갈비뼈가 아니라 피를 가득 채운 속 빈 쇠 파이프를 통과한 것임을 알았다. 나중에야 안 일이지만, 피가 응고하지 않도록 만반의 준비가 되어 있었던 것이다.

결국 그 자리에 함께 있던 모든 사람과 더불어 신부와 카마초는 우롱과 비웃적거림을 당한 것이었다. 그런데도 키테리아는 우롱을 당한 것에 원통해하기는커녕, 그 결혼은 속임수에 걸려들어 이루어졌으니 효력이 없다는 사람들의 말을 듣고는 오히려 다시 바실리오를 받아들인다고 말했다. 그것을 보고 두 사람이 궁리 끝에 서로의 동의하에 일부러 그 일을 꾸몄다고 모두가 추단하게 되었다. 너무나도 완전무결한 연극에 속은 카마초와 그의 친구들은 하도 기가 막힌 나머지 울분을 참지 못하고 자기들의 손으로 직접 그 복수를 하겠다면서, 일제히 칼을 뽑아 들고 바실리오에게 잽싸게 덤벼들었다. 거의 그와 맞먹는 숫자의 바실리오를 옹호하는 다른 친구들이 순식간에 칼을 뽑아 들었다. 그리고 돈키호테는 말에 올라 팔에 창을 들고 방패로 몸을 잘 가린 채 앞장서 달려나가 거기 있던 모든 사람들에게 뒤로 물러서라고 했다. 한 번도 이런 어처구니없는 짓거리를 즐기거나 재미있다고 생각해본 적 없는 산초는 조금 전 그 고맙고 맛있는 먹을거리를 꺼낸 항아리들 옆으로 몸을 피했다. 그에게는 그곳이 존경받을 만한 성스러운 장소 같았기 때문이다. 돈키호테는 우레 같은 소리로 말했다.

"멈추세요, 여러분, 제발 멈추세요. 애정 때문에 우리가 당한 굴욕에 그대들이 복수하려고 하다니, 그건 언어도단이오. 애정과 전쟁은 똑같은 것임을 깨달으시오. 전쟁에서 적을 무너뜨리기 위해 책략이나 작전을 쓰는 것은 정당하고 늘 있는 일이듯, 애정 다툼이나 경쟁에서도 원하는 목적을 이루기 위해 하는 속임수와 거짓말은 나쁜 것이 아니오. 사랑받는 자를 업신여기거나 모욕을 주거나 하지 않는다면 말이지요. 하늘의 정당하고 자비로운 뜻에 따라 키테리아는 바실리오의 것이었고, 바실리오는 키테리아의 것이었소. 카마초는 부자여서 원하기만 하면 언제 어디서나 어떻게든 자기가 좋아하는 것을 살 수 있을 겁니다. 바실리오는 이 양 한 마리가 있을 뿐이오. 아무리 힘센 사람이라고 하더라도, 어느 누구라도 그에게서 그 양을 빼앗아 가지 못하오. 하느님이 배필로 짝지으신 두 사람을 인간이 떼어놓을 수는 없는 것입니다. 만일 그런 못된 짓을 꾀하려는 자가 있다면, 먼저 이 창끝을 통과해야만 할 겁니다."

이렇게 말하고나서 돈키호테는 아주 강력하고 노련하게 칼을 휘둘렀는데, 그를 모르는 모든 사람을 섬뜩하게 할 정도였다. 또 카마초의 머리에는 키테리아의 매정함이 어찌나 강렬하게 뿌리박혔는지 한순간에 그녀를 자기의 기억에서 없애기로 마음먹었다. 게다가 신중하고 선의의 어른인 사제의 설득이 주효해서 카마초와 그 도당은 평화롭게 진정되었다. 그 증거로 그들은 바실리오의 계략보다 키테리아의 경박스러운 행동을 비난하면서, 자신들의 칼을 제자리에 꽂았다. 카마초는 만일 키테리아가 처녀 시절에 바실리오를 그렇게 죽고 못 살 정도로 사랑했다면 결혼해서도 그를 사랑할 것이 틀림없으니, 그런 여자를 아내로 삼게 하기보다 오히려 빼앗아 간 하늘에 더 감사해야 한다고 일장 연설을 했다.

그래서 카마초와 그의 패거리는 위로를 받고 마음의 평화를 되찾았으며, 바실리오의 패거리도 모두 마음을 가라앉히고 아무 말 없이 가만히 있었다. 부자 카마초는 자기가 우롱당한 일이 서운하게 여겨지지 않으며 아무렇지도 않다는 것을 보여주는 뜻으로, 정말로 결혼하는 것처럼 잔치를 이어가기를 원했다. 그러나 바실리오도, 그의 아내도, 그의 동료들도 잔치에 참가하고 싶지 않아 바실리오의 마을로 돌아갔다. 부자들에게 아첨하고 추종하는 자들이 있는 것처럼, 가난한 이라도 덕이 있고 빈틈이 없다면 따르고 존경하고 두둔하는 사람이 있는 법이다.

그들은 돈키호테를 용감한 호걸로 여기며 존경하는 마음으로 그를 모셔 갔다. 산초만은 마음이 어두웠으니, 밤까지 계속될 카마초의 푸짐하게 잘 차린 맛있는 음식과 잔치를 바랄 수 없게 된 때문이었다. 그래서 산초는 슬프고 시름겨운 표정으로 바실리오 일행과 함께 가고 있는 주인 돈키호테를 따라갔다. 그는 음식이 잔뜩 담긴 이집트 냄비[142]를 마음속에만 두고 뒤에 남겨둔 채 떠나야 했던 것이다. 솥단지에 담아 가는, 이제 거의 다 먹고 조금밖에 남지 않은

---

142 "아, 우리가 고기 냄비 곁에 앉아 빵을 배불리 먹던 그때, 이집트 땅에서 주님의 손에 죽었더라면!" 구약 성경 〈탈출기〉 16장 3절에 의하면 '이집트 냄비'는 풍족함의 상징이다.

음식이 잃어버린 행복의 영광과 풍요를 말해주는 것만 같았다. 그래서 비록 시장하지는 않았지만 시름에 젖고 생각에 잠겨 잿빛 당나귀에서 내리지도 않고 로시난테의 발자국을 계속 따라갈 따름이었다.

제22장

용감한 라만차의 돈키호테가
멋지게 해치웠던 라만차의 심장부에 위치한
몬테시노스 동굴에서의 훌륭한 모험 이야기

신혼부부가 정성을 다해 돈키호테에게 베푼 환대는 상상을 초월하는 것이었다. 그것은 돈키호테가 자기들 편을 들어 방어해준 데 대한 당연한 대가였다. 돈키호테에게서 용기와 더불어 깊은 사려도 보게 되면서 그를 무예에서는 시드[143] 같은 영웅으로, 웅변에서는 키케로 같은 웅변가로 생각했다. 마음씨 고운 산초는 사흘 동안 신혼부부의 융숭한 대접을 받았다. 그들에 대해 알려진 것은, 바실리오가 부상을 당한 척한 것은 미리 짜고 한 계책이 아니고, 사람들이 본 것과 똑같은 사건이 일어나길 기대하면서 바실리오가 꾸민 작전에 불과했다는 사실이다. 필요할 때 자기 뜻을 두둔해주고 자기 속임수를 뒷받침하게 하려고 미리 몇몇 친구에게 생각의 일부를

---

143 Cid. 중세 에스파냐의 국민적 영웅(1043?~1099)으로, 보통 '엘 시드El Cid'라고 한다. 본명은 로드리고 디아스 데 비바르Rodrigo Díaz de Vivar이며, 발렌시아를 이슬람에서 탈환하고 이슬람의 이베리아 침입에 대항하여 활약하다 전사했다.

고백했다는 것이다.

"선의의 목적으로 택한 일을," 돈키호테가 말했다. "속임수라 부를 수 없을뿐더러, 또 불러서도 안 되오."

그리고 연정을 느끼는 연인들이 결혼하려는 것은 가장 훌륭한 목적이고, 사랑의 가장 큰 방해물은 배고픔과 계속되는 궁핍임을 경고했다. 사랑이란 무엇이든지 기쁨이자 환희며 만족이고, 사랑하는 남자가 사랑하는 것을 소유하게 되었을 때는 더욱 그러하며, 사랑의 가장 큰 적은 궁핍과 가난이라 단정했기 때문이다. 그리고 이 모든 것은 돈키호테가 바실리오 씨에게, 재주를 부리는 것은 명예를 주지만 돈이 되는 것은 아니니 그만두라는 의도로 한 말이었다. 그러면서 신중한 사람과 부지런한 사람에게 꼭 있어야 하는 정당하고 근면한 방법으로 재산을 축적하도록 마음가짐을 굳게 하라고 말했다.

"마음씨 착한 가난한 이가, 가난한 이가 착할 수 있다면 말이네만, 미인 아내를 얻는다는 것은 보옥寶玉을 가지게 된 것이나 마찬가지일세. 그 미녀 아내를 빼앗길 땐 명예를 빼앗기고 죽임을 당한 것이나 같아. 가난한 남편을 가진 착한 미녀 아내는 승리와 개선의 월계관과 야자수 관을 쓸 자격이 있다네. 아름다움이란 그 자체만으로도 그녀를 보고 아는 모든 이의 의중을 매혹시켜, 마치 맛있는 미끼마냥 궁중 독수리들과 높이 나는 새들이 잡아먹으려고 덥석 챈다네. 그러나 만일 그런 아름다움에 곤궁과 생활고가 함께하면, 까마귀들이며 솔개며 다른 맹금들이 공격하게 된다네. 그런데 이런 많은 유혹에도 불구하고 끄떡없이 자기 자리를 지키는 아내야말로 남편의 왕관이라 부를 가치가 충분하다네. 이보게나, 사려 깊

294

은 바실리오." 돈키호테가 덧붙였다. "어떤 현인이 말했는지는 잘 모르겠지만, 온 세상에서 마음씨 착한 여자는 단 한 사람밖에 없다고 했네. 그리고 각자는 그 마음씨 착한 여자가 바로 자기 아내라고 생각하면서 믿으라고 충고했다네. 그래야 만족하고 살 수 있다고 말일세. 나는 결혼하지 않았네. 지금까지 결혼할 생각을 한 번도 해본 적 없다네. 그럼에도 불구하고 결혼하고 싶은 여자를 찾는 방법을 알려달라고 부탁하는 사람에게는 감히 충고를 해줄 수 있다네. 첫째로 재산보다는 명예를 보라고 충고하겠네. 왜냐하면 마음씨 고운 여자란 단지 착하다고 해서 좋은 명성을 얻는 것이 아니고 다른 사람의 눈에도 그렇게 보여야 하기 때문이네. 비밀스런 사악함보다 공공연한 자유분방함과 방종이 여자의 명예에 훨씬 더 많은 상처를 준다네. 만일 자네가 마음씨 고운 여자를 집에 데려오면 그녀의 그 착한 마음씨를 그대로 지켜주고 개선하는 게 쉬운 일이겠지만, 만일 악한 여자를 집에 데려오면 그녀를 고치는 일이 많이 힘들 것이네. 한 극단極端에서 다른 극단으로 바꾸는 일은 생각보다 그렇게 쉬운 일이 아니거든. 불가능하다는 말은 아니고 상당한 어려움에 봉착하게 될 것이란 말이네."

산초는 이 모든 말을 듣고 혼잣말로 중얼거렸다.

"나의 주인 나리께서는, 내가 핵심이 되고 실속 있는 것을 말할 때는 나보고 설교대를 들고 미사여구로 설교하면서 세상 여기저기로 돌아다니면 좋겠다고 말씀하셨지. 이제 내가 그 일을 해야겠네. 주인 나리야말로 격언을 사용해 조리 있게 말하거나 충고를 줄 때는 양손으로 설교대를 잡는 것은 물론이고 손가락마다 설교대를 두 개씩 끼워 들고 입에서 나오는 대로 마구 지껄이며 광장을 돌아다닐 그런 분이란 걸 말이야. 젠장맞을, 이렇게 모르는 것이 없는 편력 기사가 세상에 또 있을까! 나는 마음속으로 주인 나리께서 편력 기사에 관한 것만 아시는 줄로 생각했으나, 웬걸, 찔러보지 않거나 자기와는 아무 관계도 없는 일에 참견하지 않는 것이 없다니까는."

산초가 이렇게 약간 소리를 내어 중얼거린 말을 돈키호테가 얼핏 듣고 산초에게 물어보았다.

"무얼 그렇게 혼잣말로 중얼거리나, 산초?"

"소인은 아무 말도 안 했고 아무 말도 중얼거리지 않았는데요." 산초가 대답했다. "나리께서 여기서 하신 말씀을, 소인이 지금 여편네를 만나기 전에 들었더라면 얼마나 좋았을까 하고 혼잣말을 했을 뿐입니다요. 그랬더라면 아마 지금쯤은 제가 '놓아먹인 소는 스스로 잘 핥아 먹는다'[144]라고 말하고 있겠죠."

"자네의 테레사가 그렇게도 악질인가, 산초?" 돈키호테가 물었다.

"그렇게 악질은 아닙니다요." 산초가 대답했다. "하지만 그렇게 착하지도 않지요. 적어도 내가 바라는 만큼 그렇게 착하지는 않습니다요."

"좋지 않은 행동이네." 돈키호테가 말했다. "자네의 아내를 험담하는 것은 말이야, 산초. 자네 아내는 실제로 자네 자식들의 어머니가 되는 사람이 아닌가."

---

144 El buey suelto bien se lame. '자유로운 이는 바라는 것을 할 수 있다'라는 뜻의 속담.

"우린 서로 피장파장입니다요." 산초가 대답했다. "그 여편네도 마음이 상할 때는 나에게 온갖 험담을 해대거든요. 특히 질투할 때면, 그땐 바로 그 악마가 나타난 것과 똑같다니까요."

결국 그들은 사흘 동안 그 신혼부부와 함께 지내면서 임금님처럼 극진한 대접을 받았다. 돈키호테는 석사 검객에게 몬테시노스 동굴로 가는 길을 안내해줄 사람을 하나 구해달라고 부탁했다. 왜냐하면 그 동굴에 들어가보고 싶은 마음이 크고, 부근에 사는 사람들이 말하듯 실제로 그런 불가사의한 동굴인지 직접 자기 두 눈으로 확인해보고 싶기 때문이라 했다. 석사는 기사도 책을 즐겨 읽고 유명한 학생인 자기 사촌을 소개해주겠다고 그에게 말했다. 그의 사촌은 바로 그 동굴 입구까지 아주 기꺼이 그를 데려다줄 것이고, 온 라만차 지방에서뿐만 아니라 에스파냐 전역에서 유명한 루이데라 연못들도 보여줄 것이라고 했다. 또 그의 사촌은 책을 인쇄하여 주요 인사들에게 바칠 줄도 아는 청년이기에, 그와 함께라면 심심파적으로는 그만일 것이라 했다. 드디어 그 사촌이라는 사람이 여러 빛깔의 길마를 씌운 새끼 밴 암탕나귀를 데리고 왔다. 산초는 로시난테에게 안장을 씌우고는 잿빛 당나귀도 치장을 해주고 배낭도 준비했다. 배낭에는 사촌이 아주 꼼꼼히 잘 마련한 먹을거리도 함께 가져갔다. 그러고는 하느님께 가호를 빌며 모두에게 작별을 고하고, 유명한 몬테시노스 동굴을 향해 길을 나섰다.

길을 가면서 돈키호테는 그 사촌이라는 사람에게 어떤 종류의 일을 하며, 직업은 무엇이고, 어떤 공부를 하느냐고 물어보았다. 그 물음에 그 사촌이라는 사람은 대답하길, 직업은 인문주의자이며 하는 일은 출판할 책을 쓰는 것인데 이 모든 것은 국가에 아주 이롭고 오락성도 적잖이 있을 것이라 했다. 그중 한 권은 '제복制服에 관한 책'이라는 제목인데, 거기에는 궁중 기사들이 축제나 잔치 때 원하는 것을 꺼내 골라 입을 수 있도록 703가지 제복이 저마다의 색상과 표장標章과 숫자와 함께 그려져 있어, 사람들이 말하는 것처럼 누구에게 거지처럼 구걸하지 않아도 되고 자기 소망과 의향에 따라 옷을 짓는 데 골머리를 썩일 필요도 없다고 했다.

"그것은 제가 질투심이 강한 자, 업신여김을 당한 자, 잊힌 자, 그리고 그 자리에 없는 자에게 각자 어울리는 옷을 주면, 틀림없이 그들에게 직접 맞추어 입힌 듯 몸에 착 맞을 것이기 때문입니다. 또 다른 책이 한 권 있는데, 새롭고 기발한 창작물로 제목은 '변신變身들' 혹은 '에스파냐의 오비디우스'라고 붙일까 합니다. 왜냐하면 저는 이 책에서 오비디우스[145]를 익살스레 모방하면서, 세비야의 히랄다가 누구였는지, 막달레나의 천사[146]가 누구였는지, 코르도바의 베신게라의 관[147]이 무엇이었고, 어떤 것이 기산도의 투우들이며 시에라 모레나였는지, 마드리드에 있는 레가니토스와 라바피에스의 샘들은 어떤 곳인지, 그리고 엘 피오호의 샘과 엘 카뇨 도라도의 샘과 프리오라의 샘도 소홀히 하지 않고 적나라하게 그리고 있답니다. 또 이것은 우의와 은유와 전의가 다 포함되어, 동시에 기쁨과 놀라움과 교훈도 포함된 그런 내용이 될 것입니다. 제가 가지고 있는 또 다른 책은 학식이 풍부하고 연구를 많이 한《베르길리우스

---

145 고대 로마의 시인(B.C. 43~A.D. 17)으로, 사랑의 즐거움을 노래한 연애시로 유명하다.《사랑의 기술Ars amatoria》,《변신》,《비가Tristia》등의 작품이 있다.

146 살라망카에 있는 막달레나 교회의 풍향계.

147 코르도바의 하수도.

폴리도로 보유補遺》[148]라고 하는 겁니다. 사물의 발명에 관한 내용으로, 폴리도로가 미처 다 말하지 못한 요점들을 제가 탐구해 세련된 문체로 발표했습니다. 베르길리우스가 빠뜨린 것 중에는 누가 세상에서 처음으로 코감기에 걸렸으며, 누가 프랑스 매독을 치료하기 위해 맨 처음 고약을 사용했는가 하는 것이 있습니다. 제가 그것을 정확히 밝히고 스물다섯 명이 넘는 저자들과 함께 공인을 합니다. 나리께서는 제가 얼마나 열심히 노력했고, 또 이런 책이 온 세상에 얼마나 유익한지 아실 겁니다."

산초는 그 사촌이라는 사람의 말을 공손히 듣고 있다가 말했다.

"나리의 그 책들이 인쇄되면, 하느님께서 나리에게 행운을 안겨주시길 기원합니다요. 물론 나리께서 모든 것에 정통하시니 알고 계시겠지만 말입니다요. 제일 먼저 머리를 긁은 사람이 누구인지 혹시 아시나요? 소인이 생각하기에는 우리의 아버지 아담이 틀림없는 것 같습니다만."

"예, 그럴듯합니다." 사촌이 대답했다. "아담이 머리와 머리털을 가졌다는 것은 의심의 여지가 없으니까요. 그가 세상의 첫 번째 사람이니 때로는 머리를 긁적거리기도 했겠습니다."

"소인도 그렇게 생각합니다요." 산초가 대답했다. "그렇다면 지금 소인에게 말씀해주세요. 세상에서 첫 번째로 굴러떨어진 사람은 누구였습니까요?"

---

148 *Suplemento a Virgilio Polidoro.* 이탈리아의 인문학자 폴리도로 베르길리우스의 작품《만물의 발명에 관하여 *De inventoribus rerum*》(Valencia, 1499)가 1550년 Francisco Thámara에 의해《만물의 발명과 시초 기원을 다룬 폴리도로 베르길리우스의 책*Libro de Polidoro Virgilio que tracta de la invención y principio de todas las cosas*》으로 번역되었다.

"사실 말이지만, 형제여!" 사촌이 대답했다. "지금으로서는 누구라고 결정해야 할지 모르겠습니다. 그걸 연구할 때까지는 말이지요. 제 책들이 있는 곳으로 돌아가 연구해보겠습니다. 그리고 다음에 우리가 서로 만날 때 만족할 만한 답을 드리겠습니다. 이게 마지막이 되지는 않을 테니까요."

"그럼 보세요, 나리." 산초가 되받아 말했다. "이 일에 그렇게 신경 쓰지 마세요. 소인이 나리에게 물어본 것에 대해 지금 막 생각이 떠올랐어요. 세상에서 첫 번째로 굴러떨어진 사람은 마왕 루시퍼였다는 것을 아십시오. 그 녀석이 하늘에서 쫓겨나거나 던져졌을 때 지옥에까지 곤두박질하여 떨어졌거든요."

"그대의 말이 맞습니다, 친구." 사촌이 말했다.

그러자 돈키호테가 말했다.

"그 질문과 대답은 자네가 한 게 아니야, 산초. 누군가에게서 듣고 하는 말이겠지, 뭐."

"무슨 말씀을 하시는 거예요, 나리." 산초가 되받아 말했다. "사실 말이지만, 소인이 묻고 대답하기로 맘만 먹으면 지금부터 내일까지 해도 끝나지 않을 겁니다요. 맞아요, 소인이 어리석기 짝이 없는 말을 묻고 이치에 닿지 않는 말로 대답하는데, 굳이 이웃의 도움을 구하러 갈 필요는 없습니다요."

"산초, 자네는 아는 것보다 더 많은 말을 했어." 돈키호테가 말했다. "일단 알려고 조사하다보면, 판단력이나 기억에 별로 도움도 안 되는 것들을 무던히 알려고 끙끙거리면서 조사하다 지쳐 풀이 죽는 사람들이 있어."

이런저런 즐거운 이야기를 주고받으면서 그날이 지나갔고, 밤이 되어 그들은 한 작은 마을에서 묵었다. 사촌이라는 사람이 돈키호테에게 말하길, 몬테시노스 동굴까지 2레과밖에 남지 않았으니, 그곳에 들어갈 결심이 섰으면 몸을 묶고 깊은 곳으로 타고 내려가기 위해 굵은 밧줄을 준비할 필요가 있다고 했다.

돈키호테는 설령 심연에 도착하더라도 어디에서 멈추는지 봐야 한다면서, 거의 1백 브라사[149]나 되는 굵은 밧줄을 구입했다. 그리고 다음 날 오후 2시에 그 동굴에 도착했다. 그런데 동굴 입구는 무척 크고 널찍했으나 구기자나무와 야생 무화과나무, 그리고 가시나무와 덤불로 빽빽하게 뒤얽히고 완전히 막혀 있어 어디가 어딘지 도저히 분간하기 어려웠다. 그것을 보고 사촌과 산초와 돈키호테는 말에서 내려, 두 사람은 바로 돈키호테를 굵은 밧줄로 아주 꽁꽁 묶었다. 그렇게 돈키호테를 둘둘 감아 동여매고 있을 때 산초가 말했다.

"나리 어르신, 지금 하고 계시는 일이 뭔지 잘 생각해보세요. 산 채로 매장되고 싶지 않으시면 말입니다요. 차게 하려고 어떤 우물 속에 달아맨 병 같은 신세가 되지 않으려면요. 맞아요. 나리께서는 지하 감옥보다 더 열악할 게 분명한 이곳을 구태여 탐험자가 되어 직접 만져보고 관계하지 않아도 되지 않습니까요."

"주둥아리 놀리지 말고 묶기나 하게." 돈키호테가 대답했다. "이처럼 큰일은 말일세, 친구 산초, 나를 위해서만 마련된 것이라네."

바로 그때 안내인이 말했다.

"나리께 간청하오니, 돈키호테 나리, 그 안에 무엇이 있는지 왕

방울 같은 큰 눈으로 잘 보시고 잘 살피세요. 어쩌면 제가 쓰고 있는 '변신들'이라는 책에 넣어야 할 것들이 있을지도 모릅니다."

"탬버린을 잘 칠 줄 아는 사람의 손에 탬버린이 있구먼요."[150] 산초 판사가 대답했다.

이런 말을 하며 돈키호테를 묶는 일이 끝나자, 그것도 갑옷 위가 아니라 갑옷 안에 입는 조끼 위였지만, 돈키호테가 말했다.

"우리가 작은 방울을 준비하지 않은 것을 몰랐군. 방울이 내 옆에 있는 바로 이 밧줄에 묶여 있으면, 그 소리를 듣고 아직 내려가고 있고 살아 있다는 것을 알 수 있을 텐데. 그렇지만 이제 불가능하니 하느님의 손에 맡기고 날 인도해주십사 빌 수밖에 달리 방법이 없구면."

그러고나서 곧바로 무릎을 꿇고 낮은 목소리로 기도를 드리면서, 자기를 도와주시고 멋진 성공을 하게 해달라고 하느님께 간청했다. 보아하니 이번 모험은 위험하고 새로운 것 같다면서 큰 소리로 말했다.

"오, 제 행동과 움직임의 여주인이시며, 그지없이 명민하고 세상에 둘도 없는 엘 토보소의 둘시네아여! 그대의 두 귀에 그대의 행복한 연인의 기도와 소망이 다다르는 것이 가능하다면, 그대의 전대미문의 아름다움을 위해 기도하오니 부디 경청해주시길 빌고 또 비옵나이다. 바로 지금 제가 필요로 하는 것은 그대의 은혜와 보호이오니, 부디 거절하지 마시길 간절히 바라는 것 말고는 다른 길이

150　'그는 이미 무엇을 해야 할지 잘 알고 있다'라는 뜻의 속담.

없나이다. 저는 바위에서 굴러떨어지고, 우물에 빠지고, 여기 목전에 나타나는 심연에 가라앉을 겁니다. 그것은 오직 세상을 알기 위해서일 뿐이오니, 그대가 도와만 준다면 제가 꾀하여 마무리하지 못할 불가능한 일은 없을 것이옵니다."

이렇게 말하면서 그는 깊은 동굴로 다가갔다. 하지만 팔심을 쓰거나 칼질을 하지 않고는 밧줄을 타고 내려가는 것도, 입구에 자리를 내는 것도 불가능하다는 것을 알았다. 그래서 칼을 들고 동굴 입구에 있는 그 덤불들을 쓰러뜨리고 베어내기 시작했더니, 귀청이 떨어질 것 같은 굉음에 무지막지하게 큰 까마귀들과 갈까마귀들이 동굴 입구로 무수히 날아 나왔다. 그 새들이 얼마나 빈틈없이 빽빽하게 모여 황급히 나오던지, 돈키호테는 그만 땅바닥에 나뒹굴고 말았다. 만일 그가 독실한 기독교도인 것처럼 미신을 믿는 사람이었다면, 그것을 나쁜 징후로 여기고 그 같은 장소에 깊숙이 들어가지 않았을지도 모를 일이다.

마침내 돈키호테는 일어났고, 더 이상 까마귀나 까마귀에 섞여 함께 나오던 박쥐 같은 다른 야금夜禽들이 나오지 않는 것을 보게 되자, 사촌과 산초는 밧줄을 놓아주니, 밧줄은 깜깜하고 무시무시한 동굴 바닥으로 빨려 들어갔다. 그가 들어갈 때 산초는 그에게 하느님의 가호가 있길 빌어주고, 그의 위에 수많은 성호를 그리며 말했다.

"하느님과, 편력 기사들의 꽃이시며 정수이신 라 트리니다드 데 가에타[151] 성모와 함께 라 페냐 데 프란시아[152] 성모가 인도해주

---

151 la Trinidad de Gaeta. 이탈리아 나폴리 북쪽에 있는 예배당.

152 la Peña de Francia. 로드리고와 살라망카 사이에 있는 산토 도밍고회 소속 수도원.

기를! 세상에서 제일 허세가 심하고 강철 같은 심장에 청동 팔뚝을 가지신 그대여, 부디 잘 가시오! 다시 하느님께서 그대를 인도해주시고 자유롭고 건강하게, 그리고 그대가 찾고 있는 이 어둠 속에서 은거하려고 버린 삶의 빛으로 무사히 돌아오길 비나이다."

사촌도 거의 똑같은 기도와 간절한 부탁을 했다.

돈키호테는 밧줄을 늦추어달라고, 또 더 늦추어달라고 고래고래 고함을 지르며 내려가고 있었다. 그들은 밧줄을 조금씩 조금씩 늦추어주었다. 목소리가 동굴 통로를 따라 나오다 들리지 않았을 때는 이미 1백 브라사나 되는 밧줄을 다 풀어놓은 뒤였다. 그런데 더 이상 풀어줄 줄이 없었기 때문에 돈키호테를 다시 올릴 생각을 하고 있었다. 반 시간쯤 지나서 그들은 아무런 무게도 느껴지지 않는 밧줄을 아주 쉽게 다시 끌어 올렸는데, 그것은 그들로 하여금 돈키호테가 동굴 안에 남아 있다고 상상하게 하는 신호였다. 그래서 그렇게 믿고 구슬프게 울었다. 그러고는 정신을 차리고 부랴부랴 밧줄을 동그랗게 포개어 감았다. 산초 생각에 80브라사 넘게 감아올렸을 때 무게가 느껴져서, 그들은 펄쩍펄쩍 뛰며 기뻐했다. 결국 10브라사쯤 남았을 때 그들은 돈키호테를 똑똑히 보았다. 산초는 크게 소리를 지르며 그에게 말했다.

"정말이지 아주 잘 돌아오셨습니다요, 나리. 우리는 나리께서 동굴 안에서 자손이라도 만드실 마음으로 영원히 뿌리박고 사시는 걸로 생각했습니다요."

그러나 돈키호테는 아무 대답도 하지 않았다. 그를 완전히 끌어 올리고 보니, 잠을 자고 있는 듯한 표정으로 눈을 감고 있었다. 그를 땅바닥에 눕혀 밧줄을 풀었는데도 깨어나지 않았다. 그래서 여러 차례 뒤집고 빙빙 돌리고 두들겨보기도 하고 흔들고 했더니 한참 만에 정신이 들어, 마치 심각하고 깊은 잠에서 깬 것처럼 기지개를 켜고는 놀란 듯이 여기저기를 바라보면서 말했다.

"제발 하느님께서 그대들을 용서하시기를 빌겠네, 친구들이여! 그대들이 어떤 사람도 본 적 없고 느껴본 적 없는 가장 맛나고 기분 좋은 삶과 전망으로부터 나를 방해한 것을 말일세. 사실 말인데, 우리 삶의 모든 희열은 그림자나 꿈처럼 지나가거나 들꽃처럼 시든다는 것을 난 지금 막 알았네. 오, 불행한 몬테시노스여! 오, 심하게 상처 입은 두란다르테여! 오, 지지리도 운이 없는 벨레르마여! 오, 눈물로 지새우는 가엾은 과디아나, 그리고 그대들, 불행한 루이데라 연못의 딸들이여, 그대들의 아름다운 두 눈이 울어 흘린 숱한 눈물이 그대들의 물에 보이누나!"

사촌과 산초가 돈키호테의 말을 듣고 있었는데, 그것은 단장斷腸의 심정으로 하는 말처럼 들렸다. 두 사람은 그가 한 말이 무슨 의미인지, 그리고 그가 지옥에서 본 것이 무엇인지 말해달라고 간청했다.

"그대들은 그것을 지옥이라고 불렀나?" 돈키호테가 말했다. "그렇게 부르지 말게나. 나중에 알겠지만, 지옥이란 말을 들을 만큼 되지 못해."

그는 배고파 죽을 지경이니 먹을 것을 좀 달라고 청했다. 푸른 풀 위에 사촌의 올이 굵은 삼베 보자기를 펼치고는 자기들의 자루에서 먹을 것들을 꺼내 와, 모두 세 사람이 의좋게 둘러앉아 간식과 저녁까지 한꺼번에 먹었다. 올이 굵은 삼베 보자기를 걷자 라만차의 돈키호테가 말했다.

"아무도 일어나지 말고 모두 내 말을 잘 경청하게나, 이 사람들아."

· 제23장 ·

철저한 돈키호테가
깊은 몬테시노스 동굴에서 보았다고 이야기한
희한한 것들과, 그 불가능과 위대함이
이 모험을 거짓이라고 믿게 하는 것에 대해

오후 4시쯤 되었을 때, 태양이 구름 사이에서 희미한 빛과 따스한 햇살로 돈키호테에게 여유를 주자, 그는 덥지도 않고 괴로움도 없어 아주 명민한 두 청중에게 몬테시노스 동굴에서 본 것을 이야기할 요량으로 다음과 같이 시작했다.

"이 지하 감옥의 열두 길이나 열네 길 정도 깊이에 우측으로 노새가 끄는 큰 짐수레 한 대가 충분히 들어갈 만한 오목한 공간이 만들어져 있었어. 그 공간에 틈새인지 구멍인지 하는 곳으로 희미한 빛이 들어왔는데, 그 빛은 멀리 지표면의 뚫린 곳에서 들어오고 있었다네. 그때 마침 내가 이 오목하게 들어간 공간을 보게 되었고, 그때 나는 밧줄에 대롱대롱 매달려 있는 상태로 확실히 정해진 길도 없이 아래 그 어두컴컴한 곳으로 가다보니 이미 지칠 대로 지쳐서 우거지상을 하고 있었다네. 그래서 나는 그 공간에 들어가 잠깐 휴식을 취하기로 하고 그대들에게 내가 말할 때까지 밧줄을 더는 내리지 말라고 부탁하면서 소리소리 질렀지만, 자네들은 틀림없이

307

내 말을 듣지 못했어. 그대들이 보내주는 밧줄을 모아 동그랗게 타래를 틀어 쌓아놓고 그 위에 걸터앉아, 이제 나를 도와 아래로 내려줄 누구 하나 없는데 어떻게 하면 동굴 밑바닥까지 닿을 수 있을지 숙고에 숙고를 거듭하고 있었어. 이런저런 생각으로 갈피를 못 잡고 있는데 그야말로 갑자기 나도 모르게 곤하게 잠이 들었고, 아닌 밤중에 홍두깨 식으로 도대체 무슨 영문인지도 모른 채 깊은 잠에서 깨어났는데, 내가 가장 사려 깊은 인간의 상상력으로는 생각해낼 수 없고 자연도 만들어낼 수 없는 가장 아름답고 기분 좋고 즐거운 초원의 한가운데 있었어. 나는 눈을 왕방울처럼 크게 뜨고 또 비벼본 뒤에야 내가 자고 있는 것이 아니라 실제로 깨어 있다는 것을 알았어. 그래도 거기에 있는 것이 나 자신인지, 아니면 어떤 헛되고 모조된 유령인지 확인하려고 내 머리와 가슴을 더듬어보았어. 하지만 촉감이나 느낌, 그리고 내 스스로 해본 정연한 사고는 지금 여기 있는 내가 그때 거기에 있었던 나라는 것을 증거로 밝혀 확실하게 해주었다네. 그때 호화찬란한 왕궁인지 성인지 하는 것이 내 시야에 들어왔는데, 그 성벽들이나 벽들이 투명하고 맑은 수정으로 만들어진 것처럼 보였다네. 그곳의 큰 문 두 개가 열리더니, 공경할 만한 노인이 나와서 나 있는 쪽으로 오는 것이 보였어. 그 노인은 땅에 질질 끌리는 검붉은 빛깔의 긴 망토를 걸치고, 녹색 융단으로 만든 학교 휘장을 어깨에서 가슴으로 두르고, 머리에는 검은 밀라노산(産) 둥그런 양털모자를 쓰고, 허리까지 내려온 수염은 새하얀 백발이었네. 무기는 지니지 않았고, 손에는 중간치 호두알보다 큰 알로 만든 묵주를 들고 있었는데, 열 번째마다[153] 중간치 타조알만 한 알이 달려 있었어. 태도, 걸음걸이, 진지함, 그리고 풍모는 하나 하나를 따로 보나 모두를 합쳐 보나 나를 놀라게 하고 탄복하게 했어. 그가 맨 처음 한 일은 다가와 날 꼭 껴안은 것이었지. 그런 연후에 나한테 말했어. '용감무쌍하신 기사 라만차의 돈키호테시여, 오래전부터 우리는 마법에 걸려 이런 황량한 곳에서 생활하면서 그대를 기다려왔소이다. 그대가 들어온 소위 몬테시노스 동굴이라는 이 깊은 동굴에 우리가 갇혀 꼼짝달싹 못 하고 있다는 것을 세상에 전하도록 하기 위해서 말이오. 그것은 그대의 불굴의 심장과 놀라운 담력으로만 지킬 수 있는 위업이외다. 나와 함께 가십시다, 명민하신 나리여, 내 그대에게 이 투명한 성에 숨겨진 불가사의한 것들을 보여주고 싶소이다. 나는 이 성의 성주이며 영원한 으뜸 수문장으로, 내 이름을 딴 동굴이 바로 이 몬테시노스이기 때문이오.' 자기가 몬테시노스라고 말하자마자, 나는 지상에서 말하는 것이 사실이냐고 그에게 물어보았어. 그가 작달막한 단도로 위대한 친구인 두란다르테의 가슴 한복판을 열고 심장을 꺼내 죽는 순간에 친구의 부탁대로 벨레르마 아가씨에게 가져갔느냐고 말이야. 그는 작달막한 단도만 제외하면 모든 것이 사실이라고 대답했어. 그것은 작달막한 단도도 아니고 작은 칼도 아니며, 송곳보다 더 칼날이 예리한 비수였다고 했네."

"그건 틀림없이," 이때 산초가 말했다. "세비야 사람 라몬 데 오세스의 그 비수겠군요."

"난 모르겠네." 돈키호테가 계속했다. "그러나 칼 제조자는 아

---

153 los dieces. 직역하면 '열 번째 것들'이다. 묵주에서 '주님의 기도'에 해당하는 열 번째의 큰 알을 말한다.

닐 걸세. 왜냐하면 라몬 데 오세스는 최근 사람이고, 론세스바예스의 그 불행한 일은 호랑이 담배 먹을 적 이야기니까. 이런 일을 낱낱이 따지고 캐묻는 것은 중요한 일도 아니고, 역사의 진실과 내용을 흐리게 하거나 바꾸어놓지도 못해."

"그건 그렇습니다." 사촌이 대답했다. "계속하십시오, 돈키호테 나리. 세상에서 제일 재미있게 나리의 이야기를 경청하고 있습니다."

"나 역시 하도 재미있어 이야기하는 거네." 돈키호테가 대답했다. "그래서 하는 말인데, 그 존경할 만한 몬테시노스라는 분이 나를 수정궁으로 데려갔는데, 거기 아주 시원스레 온통 설화석고로 된 아랫방에는 기가 막히게 세련된 솜씨를 가진 장인이 만들었음직한 대리석 무덤이 하나 있었네. 그 무덤 위에 기다랗게 누워 있는 기사 한 분을 보았는데, 다른 무덤들에 늘 있는 것처럼 청동이나 대리석이나 벽옥으로 만들어진 게 아니라 순전한 살과 뼈로 된 사람이었어. 오른손이 심장 옆에 놓여 있었는데, 약간 털이 많고 근육이 잘 발달된 것이 그 손의 주인은 항우장사 같은 분임을 알 수 있었어. 몬테시노스에게 묻기 전인데도, 내가 무덤을 보고 멍해 있는 것을 보고 그가 나에게 말했다네. '이 사람은 자기 시대에 사랑에 빠져 괴로워하고 용감한 기사들의 꽃이요 거울이었던 내 친구 두란다르테라오. 나를 비롯해서 다른 많은 남자들과 여자들이, 악마의 아들이라고 하는 그 프랑스 마법사 메를린의 마법에 걸려 여기 있는 것처럼, 이 사람도 그의 마법에 걸려 이곳에 있다오. 나는 그가 악마의 아들이라기보다, 사람들이 말하듯 악마보다 한 수 더 알고 있었을 뿐이라고 믿소. 그가 어떻게, 무엇 때문에 우리에게 마법을 걸었는지는 어느 누구도 몰라. 그건 시간이 말해주겠지. 내가 생각하기로는 그것도 그리 멀지 않은 것 같아. 나를 정말로 놀라게 하는 일은, 지금이 낮인 것이 확실하듯, 두란다르테가 내 팔에 안겨 생을 마쳤으며 죽은 후에 내 손으로 직접 그의 심장을 꺼낸 사실을 내가 확실히 알고 있다는 것이네. 실제로 심장의 무게는 2파운드였어. 자연과학자들의 말에 의하면, 큰 심장을 가진 사람은 작은 심장을 가진 사람보다 더 큰 용기를 지니고 태어난다고 해. 그건 그렇다 치고, 이 기사는 실제로 죽었는데 마치 살아 있는 사람처럼 어떻게 지금도 가끔 탄식하고 한숨을 쉬는 걸까?' 이 말이 끝나자 그 가련한 두란다르테가 벽력같은 목소리로 말했어.

'오, 나의 사촌 몬테시노스여!
그대에게 부탁한 마지막 말은
내가 죽어
내 영혼이 나가거든,
벨레르마가 있던 곳으로
내 심장을 가져가라는 거였지.
비수든 단검이든
내 가슴에서 빼내어.'

이 말을 듣고 존경할 만한 몬테시노스는 상처 입은 기사 앞에 무릎을 꿇고 두 눈에 눈물이 어리어 말했어. '하늘같이 사랑하는 나의 사촌 두란다르테여, 그대가 나에게 부탁한 일은 아군이 패한 그 흉일에 이미 다 실행했네. 다시 말해 그대 가슴에 미세한 것도 남기지 않고, 나는 내가 할 수 있는 가장 멋진 방법으로 심장을 꺼냈어. 그리고 그 심장을 레이스 손수건으로 깨끗이 닦아서 부랴부랴 프랑스로 떠났어. 그 전에 먼저 그대의 시체를 땅속 깊이 묻고 얼마나 많은 눈물을 흘렸던지, 그대의 내장을 더듬을 때 묻은 피를 그 눈물로 닦아내기에 충분했다네. 그리고 좀 더 확실한 증거로 말하자면, 내 사랑하는 사촌이여, 내가 론세스바예스를 떠나 만난 첫 마을에서 그대의 심장에 약간의 소금을 뿌렸어. 벨레르마 아가씨의 면전에 이르러 신선하지는 않더라도, 적어도 말라서 악취를 풍기지 않도록 하기 위해서였다네. 그런데 그녀도, 그대와 나도, 그대의 종자 과디아나도, 루이데라 마님도, 그녀의 일곱 딸과 두 조카딸도, 그리고 그대의 많은 친지들과 친구들도 오래전에 그 현인 메를린의 마법에 걸려 우리 모두가 여기에 있어. 5백 년이 지났음에도 불구하고 우리 중 어느 누구도 아직 죽지 않았네. 단지 루이데라와 그녀의 딸들과 조카딸들은 지금 이곳에 없어. 그녀들이 서럽게 울고불고하는 바람에 메를린도 그녀들을 가엾게 여겨 그 수만큼의 연못으로 바꾸어놓았다네. 그래서 지금 산 자들의 세상인 라만차 지방에서는 그 연못들을 루이데라의 연못이라 부르지. 그중 일곱 호수는 에스파냐 국왕들의 소유이며, 두 조카딸은 산 후안이라는 아주 성스러운 종파 기사들의 소유라네. 그대의 종자 과디아나는 그대의 불행에 슬피 흐느끼다가 그 이름과 같은 이름으로 불리는 강으로 바뀌었네. 그 강은 지표면에 이르러 다른 하늘의 태양을 보고는 그대를 두고 떠난다는 생각에 하도 슬퍼서 땅속으로 스며들었다는군. 그러나 자연의 흐름에 역류할 수 없어서 가끔 나와 해님과 사람들이 보도록 모습을 드러낸다네. 앞서 말한 호수들이 그 강에 물을 공급하고, 그 연못의 물과 그곳에 모이는 많은 물과 더불어 휘황찬란하고 엄청나게 포르투갈로 흘러들고 있어. 그렇지만 그럼에도 불구하고 어디를 가든지 슬픔과 우수에 잠긴다네. 자기의 물에 선물받은 맛난 물고기들을 키울 생각은 하지 않고, 하찮고 맛없는 물고기들만 키울 생각이라 황금빛 타호강江의 물고기들과는 아주 딴판이라네. 지금 내가 그대에게 하는 이 말은, 오, 나의 사촌이여! 수차 그대에게 말해왔네. 하지만 그대가 나에게 대답하지 않았기 때문에, 내가 한 말을 믿지 못하거나 듣지 못한 걸로 생각한다네. 그래서 하느님께서만 아시는 그런 고통을 겪고 있다네. 오늘 그대에게 몇몇 소식을 알리고 싶네. 이 소식이 그대의 고통을 덜어내는 데는 도움이 되지 않겠지만 결코 고통을 더하지는 않을 거네. 여기 그대 앞에 있는 자가 누군지 알아보게나. 눈을 크게 뜨고 보게나. 현인 메를린이 그토록 여러 차례에 걸쳐 예언한 그 위대한 기사, 바로 그 라만차의 돈키호테이시네. 그러니까 이미 잊힌 기사도를 지난 수 세기보다 훨씬 더 유리하게 다시 현세에 되살린 분이란 말이네. 이분의 조치와 호의를 통해 우리가 마법에서 풀려날 수도 있다는 뜻이네. 위업은 위인들을 위해 기다려지는 법이거든.' '그런데 그렇게 되지 않을 때는' 하고 가엾은 두란다르테가 힘없는 작은 목소리로 대답했어. '그렇게 되지 않을 때는, 오, 사촌이여! 인내심을 가지고 카드 패를 계속 돌리게.' 그러고는 옆으로 드러누워 더 이상 말을 하지 않고 여느 때 하던 버릇대로 침묵으로 돌아갔어. 이때 깊은 신음 소리와 슬픔에 몸부림치는 오열을 곁들인 큰 비명 소리와 울음소리가 들렸어. 고개를 돌려 수정 벽을 통해 보니, 아주 아름다운 처녀들이 모두 상복을 입고 튀르키예식으로 머리에 흰 터번을 두른 채 두 줄로 서서 다른 방으로 지나가고 있었네. 행렬 끝에는 엄숙하게 보이는 한 귀부인이 오고 있었는데, 역시 검은 상복을 입고 길게 늘어져 땅에 질질 끌리듯 늘어뜨린 긴 자락이 달린 흰 두건을 쓰고 있었어. 그녀의 터번은 다른 여자들 중 터번이 가장 큰 여자의 터번보다 두 배 더 컸어. 그녀는 양미간이 좁으며 약간 코가 납작하고 입은 컸으나 입술은 빨갛고, 이는 어쩌다가 드러내기라도 하면 듬성듬성 보였는데 비록 껍질 벗긴 편도처럼 하얗기는 했으나 그다지 고르지는 않았어. 양손에는 엷은 삼베 천을 들고 가는데, 내가 멀리서 보기에 그 안에는 말라비틀어져 미라가 된 심장이 있었어. 몬테시노스가 나에게 말하길, 행렬을 지어 가는 저 모든 사람은 두란다르테와 벨레르마의 하녀들로 역시 그녀들의 두 주인과 함께 마법에 걸려 있으며, 맨 마지막에 삼베 천에 싼 심장을 양손에 받쳐 든 여인이 벨레르마 아가씨라고 했어. 그녀는 자기 시녀들과 함께 일주일에 나흘씩 그런 행진을 하고 노래를 부른다는 거야. 아니 좋게 말해서, 자기 사촌의 시체와 슬픈 심장 위에 애가哀歌를 부르며 눈물을 흘렸다고 해야지. 내 생각에 그녀가 약간 못생겨 보이거나 명성만큼 그다지 아름다워 보이지 않은 것은, 눈 주위에 많이 생긴 커다란 기미와 나빠진 얼굴빛에서 볼 수 있듯이, 마법에 걸려 밤낮없이 고통스런 나날을 보냈기 때문이었어. '얼굴이 누렇고 기미가 낀 것은 여자들에게 보통 있는 월경불순 때문이 아니라네. 여러 달 아니 여러 해 동안 문밖으로 얼굴을 내밀어본 적이 없어서가 아니고, 계속 손에 지니고 다니는 심장을 보고 느끼는 고통 때문이라네. 또 잘못 맺어진 연인과의 불행이 되살아나 기억에 떠오르기 때문이기도 해. 만일에 그런 일이 아니라면, 이 근방 모든 곳과 온 세상에서 그렇게

314

도 칭송이 자자한 그 위대한 엘 토보소의 둘시네아도 그 미모와 그 우아함과 그 정신에서 그녀에 필적할 수 없을 거네.' '이제 그만 조용히 하시오!' 바로 그때 내가 소리쳤어. '몬테시노스 님이시여, 그렇게 함부로 이야기하는 게 아닙니다. 비교는 무엇이건 바람직하지 못하다는 걸 이미 알고 계시지 않습니까. 그런데 무엇을 위해서 누구와 누구를 비교하시는가 말입니다. 세상에 둘도 없는 엘 토보소의 둘시네아는 둘시네아이고, 도냐 벨레르마 아가씨는 벨레르마 아가씨고, 과거 그대로이고 이제 된 겁니다.' 이 말에 그는 나에게 대답했어. '돈키호테 나리, 제가 잘못했으니 용서하십시오. 둘시네아 아가씨가 벨레르마 아가씨에 필적할 수 없다고 말한 것은 제가 잘못했습니다. 어떤 일이 있더라도 저 혼자만 알고 있었으면 될 일을 그랬습니다. 나리께서는 둘시네아 아가씨의 기사이신데, 그분을 바로 그 하늘에나 비교하면 모르되 감히 다른 것에 비교하다니, 차라리 제 혀를 깨무는 편이 좋았을 걸 그랬습니다.' 그 위대한 몬테시노스가 이렇게 해명함으로써, 내 아가씨를 벨레르마와 비교하는 것을 듣고 경악을 금치 못했던 내 마음이 가라앉았다네."

"그런데 소인은 놀라지 않을 수 없습니다요." 산초가 말했다. "왜 나리께서는 그 늙은이 위에 올라타 발로 차서 뼈라는 뼈는 다 가루로 만들어버리고 수염을 털 하나 없이 다 뽑아버리지 않았는지 말이에요."

"아니라네, 산초, 이 친구야." 돈키호테가 대답했다. "그런 짓을 하는 건 나한테 어울리지 않아. 왜냐하면 설령 그들이 기사가 아니더라도, 우리 모두는 노인을 존경할 의무가 있거든. 하물며 노인이 기사면서 마법에 걸려 있다면 더더욱 그래야 하네. 우리 두 사람 사이에 주고받은 다른 많은 질문과 대답에서 무엇 하나 빚을 진 게 없다는 것을 잘 알고 있네."

이때 사촌이 말했다.

"전 도무지 모르겠습니다, 돈키호테 나리. 나리께서 저 아래 내려가 계신 것은 얼마 안 되었는데, 그 짧은 시간에 어떻게 그토록 많은 것을 보시고 말하시고 그토록 많은 대답을 하셨는지를 말입니다."

"내가 내려간 지 얼마나 되는가?" 하고 돈키호테가 물었다.

"한 시간이 조금 넘었습니다요." 산초가 대답했다.

"그럴 리가 없어." 돈키호테가 되받아 말했다. "거기서 밤이 되고 날이 밝고, 다시 밤이 되고 날이 밝기를 세 번 했다네. 그러니 내 계산으로는, 우리 눈에 멀리 숨겨진 그 장소에서 사흘을 있다 왔어."

"소인의 주인 나리께서 하신 말씀이 틀림없이 사실일 겁니다요." 산초가 말했다. "주인 나리께 일어난 일들이 죄다 마법 때문이므로, 우리에게 한 시간일지라도 거기서는 밤까지 쳐서 사흘 같을 수 있을지 모릅니다요."

"그럴 거네." 돈키호테가 대답했다.

"그런데 그 모든 시간에 식사는 하셨습니까, 나리?" 사촌이 물었다.

"먹을 것이라곤 입에 대본 적도 없네." 돈키호테가 대답했다. "시장기를 느끼지도 않았고 먹을 생각도 해본 적이 없어."

"그럼 마법에 걸린 자들은 식사를 하나요?" 사촌이 물었다.

"먹지 않아." 돈키호테가 대답했다. "그들은 대변도 보지 않아. 손톱이랑 수염이랑 머리털이 자란다는 말은 있지만 말이네."

"그럼 혹 마법에 걸린 자들이 잠은 자나요, 나리?" 산초가 물었다.

"물론 자지 않아." 돈키호테가 대답했다. "적어도 내가 그들과 지낸 그 사흘 동안은 아무도 눈을 붙이지 않았고, 나도 그랬어."

"여기에는 다음 속담이 딱 맞습니다요." 산초가 말했다. "유유상종[154]이라는 속담요. 나리께서 먹지도 않고 자지도 않는 마법에 걸린 사람들과 함께 다니시고, 그들과 함께 다니시는 동안은 먹지도 자지도 않으시니 참 대단하십니다요. 하지만 절 용서하십시오, 나리. 나리께서 지금 말씀하신 것 중에서 어느 것이라도 제가 사실이라고 믿는다면, 하느님께서, 악마라 말할 뻔했습니다만, 차라리 절 데려가는 편이 더 낫겠습니다요."

"어째서 못 믿겠다는 말이오?" 사촌이 말했다. "그럼 돈키호테 나리께서 거짓말을 하셨단 말입니까? 설령 거짓말을 하고 싶으셨다 치더라도 그토록 많은 거짓말을 꾸미고 상상해낼 여유가 없지 않았나요?"

"소인은 주인 나리께서 거짓말을 한다고 믿지 않습니다요." 산초가 대답했다.

"그것이 아니라면, 무엇을 믿는다는 건가?" 돈키호테가 산초에게 물었다.

"소인은 믿습니다요." 산초가 대답했다. "그 메를린인지 나리께서 밑에서 보고 이야기했다고 말하는 그 모든 무리에게 마법을 행했다는 그 마법사들이, 지금까지 우리에게 말씀하신 그 모든 장치와 또 앞으로 말씀하실 그 모든 남은 것을 나리의 공상이나 기억

---

154 Dime con quién andas, decirte he quién eres. 직역하면 '네가 누구와 함께 다니는지 나에게 말하면 네가 누구인지 너에게 말해주겠다'라는 뜻이다.

에 꾸역꾸역 쑤셔 넣었다고요."

"그 모든 게 그럴 수 있네, 산초." 돈키호테가 되받아 말했다. "하지만 그렇지 않아. 내가 말한 것을 내 이 두 눈으로 똑똑히 보고, 바로 이 두 손으로 직접 만졌다네. 그러나 내가 지금 자네에게 할 말을 들으면 자네가 뭐라고 할까? 몬테시노스가 나에게 보여준 다른 수많은 것들과 불가사의한 것들은 적당한 때가 되면 여행하면서 천천히 이야기하겠네만, 그 이야기 중 하나만 먼저 말하자면 몬테시노스가 농사짓는 세 아가씨들을 나에게 보여주었는데, 그 아가씨들은 쾌적하기 그지없는 들판을 산양처럼 깡충깡충 뛰어다니고 있었다네. 나는 그녀들을 보자마자 그 가운데 한 아가씨가 세상에 둘도 없는 엘 토보소의 둘시네아인 것을 금방 알아보았어. 그리고 그녀와 함께 오는 다른 두 아가씨는 글쎄, 우리가 엘 토보소를 나오다가 본 바로 그 농사꾼 아가씨들이 아닌가? 내가 몬테시노스에게 그 아가씨들을 아는지 물었더니 모른다고 대답했지만, 그가 상상하건대 그녀들이 초원에 나타난 지 며칠 되지 않은 걸로 비추어 보아 아마도 마법에 걸린 어느 귀한 집안의 부인들임에 틀림없다는 것이었어. 이런 일은 다반사로 이상할 것이 없다고 했는데, 그곳에는 과거와 현세의 다른 많은 부인들이 여러 다른 모습으로 마법에 걸려 있었기 때문이라는 거야. 그 부인들 중에서 히네브라 왕비와, 란사로테가 영국에서 왔을 때[155] 술 시중을 들었던 그녀의 시녀 킨타뇨나를 알고 있었어."

<hr/>

155 cuando de Bretaná vino. 《돈키호테 1》에서 여러 차례 인용된 란사로테의 로맨스 시구.

산초 판사는 그의 주인의 이런 말을 들었을 때, 자기가 이성을 잃거나 아니면 웃다가 죽겠다고 생각했다. 그것은 둘시네아가 마법에 걸렸다고 거짓말한 사실을 자기가 알고 있으며, 그 마법사 역을 하고 그런 증언을 만들어낸 사람이 바로 자기였기 때문이다. 산초는 자기 주인이 정신이 나가 완전히 돌았다고 생각하고 이렇게 말했다.

"재수가 옴 붙었을 때, 기분이 최악일 때, 그리고 흉일에 나리께서는 다른 세계로 내려가셨군요, 친애하는 주인 나리.[156] 그리고 그렇게도 좋지 않을 때 나리를 이렇게 만들어 우리에게 돌려보낸 몬테시노스 씨를 만나셨군요. 나리께서 여기 지상에 계실 때는 늘 격언도 말씀하시고 충고도 해주시면서 하느님이 주신 정신 그대로 온전하시더니만, 지금은 그렇지 않습니다요. 상상할 수 없는 잠꼬대 같고 이치에 닿지 않는 말만 늘어놓고 계시군요."

"내가 자네라는 사람을 잘 알고 있기에, 산초, 이 사람아," 돈키호테가 대답했다. "자네의 말에 신경 쓰지 않겠네."

"소인도 나리의 말씀에 신경 쓰지 않겠습니다요." 산초가 되받아 말했다. "나리가 하신 말씀을 고치거나 바로잡을 생각이 없으시다면, 소인이 한 말이나 하려는 말 때문에 나리께서 저를 상처 입히든 죽이든 상관없습니다요. 그러나 지금은 우리가 말다툼만 하고 있을 때가 아니니 말씀해보세요. 어떻게 어떤 점에서 그분이 우리의 주인 아가씨라는 것을 아셨나요? 그리고 그 아가씨와 말을 나

---

156 caro patrón mio. 이탈리아식 발음이다. 에스파냐 말로는 "querido amo" 혹은 "querido señor"이다.

누셨다면, 그녀가 뭐라고 하셨고 나리께서는 뭐라고 대답하셨습니까요?"

"내가 그 아가씨를 알아본 것은 말일세," 돈키호테가 대답했다. "자네가 나에게 그분을 보여주었을 때 입은 옷과 똑같은 바로 그 옷을 입고 있었기 때문이네. 내가 그 아가씨에게 말을 건넸지만 한마디 대답도 하지 않으셨어. 오히려 나한테서 등을 돌리시더니, 화살도 따라붙지 못할 정도로 재빨리 도망치셨어. 만일 헛되고 헛된 일이니 고집부리지 말라는 몬테시노스의 충고가 없었더라면, 그 아가씨를 죽어도 따라가고 싶은 마음 때문에 그렇게 하고 말았을 거네. 더욱이 그 심연에서 다시 나갈 절호의 시간이 다가오고 있다고, 그가 나에게 말했기 때문이지. 게다가 시간이 되면 자기와 벨레르마와 두란다르테와 거기 있는 모든 사람이 어떻게 하면 마법에서 풀려날지 알려주겠다고 나에게 말했어. 하지만 내가 거기서 보고 깨달은 것 중에서 나에게 더 고통을 안겨준 것은 말이야, 몬테시노스가 나에게 이런 말을 하고 있는데 내가 눈치채지 못한 사이에 불행한 둘시네아의 두 동료 아가씨 중 하나가 내 옆으로 다가와 눈물을 글썽거리면서 당혹하고 낮은 목소리로 나에게 말한 일이네. '내 사랑하는 주인마님 엘 토보소의 둘시네아 아가씨께서 나리의 손에 입 맞추고 나리께서 어떻게 지내시는지 알아오라고 신신부탁하셨습니다. 그리고 동시에 나리께 정말 간절히 부탁하시기를, 지금 매우 궁핍하므로 제가 가지고 온 이 새 면 페티코트를 잡고 은화 6레알 아니면 나리가 가지고 계신 것만이라도 빌려주시면, 되도록 빠른 시일 안에 돌려드리겠노라고 약속하셨습니다.' 그런 전갈은 나를 놀라게 하고 감심케 해서, 나는 몬테시노스 님을 돌아보고 물어보았다네. '몬테시노스 님, 귀한 집안 출신으로 마법에 걸린 사람들도 궁핍을 겪는다는 것이 가능할까요?' 이 말에 그는 나에게 대답했어. '제 말을 믿으십시오, 라만차의 돈키호테 나리. 궁핍이라고하는 것은 어디에 가든 있을 수 있고, 모든 것에 따라다니고 모두에게 두루 붙어 다닐 수 있으며, 심지어 마법에 걸린 사람까지도 봐주지 않을 것이오. 그래서 엘 토보소의 둘시네아 아가씨가 그 6레알을 부탁하러 보낸 것이고, 보아하니 담보도 좋고 하니 변통해 드려도 괜찮겠습니다. 굉장히 곤궁한 처지에 있는 것이 틀림없는 듯합니다.' '담보는 받지 않겠습니다'라고 내가 그에게 대답했다네. '가진 것이 4레알밖에 없어 부탁한 것을 다 줄 수도 없습니다.' 그러고나서 나는 4레알을 그녀에게 주었는데, 그것은 산초 자네가 전날혹 길에서 만나거든 가난한 이들에게 적선하라고 나에게 준 돈이었어. 그리고 내가 말했다네. '나의 친구여, 그녀의 궁핍에 내 마음이 몹시 괴로우며, 그 궁핍을 구제하기 위해 푸카르[157] 같은 사람이되었으면 싶다고 그대의 아가씨에게 말해주시오. 그리고 그녀의 즐거운 모습과 재기에 넘치는 말씀이 없으면, 나는 건강할 수도 없고건강해서도 안 된다고 하더라고 그녀에게 알려주시오. 또 나로 하여금 아가씨를 만날 수 있게 해주시고, 아가씨에게 마음을 빼앗겨얼굴이 핼쑥해진 이 기사를 손수 대해주시기를 정말로 간절히 간청하더라고 전해주시오. 그리고 또 만투아 후작이 산 한복판에서숨이 거의 넘어가는 자기 조카 발도비노스의 복수를 하겠다고 한

157　un Fúcar. 에스파냐의 농장에서 고리대금업자로 명성이 자자했던 독일계 은행가의 성 'Fugger'는 에스파냐 말로 '백만장자'의 뜻으로 쓰였다.

바로 그 방식으로 내가 맹세와 서약을 했다는 말을, 미처 생각지도 않은 어느 날 들으실지도 모른다고 그녀에게 말씀을 드려주시오. 그가 조카의 복수를 할 때까지는 식탁에서 빵 한 조각 먹지 않았고, 거기에 따른 다른 하찮은 일을 했다는 겁니다. 그래서 나는 포르투갈의 돈 페드로 왕자가 마음의 갈피를 못 잡고 자기 연인을 마법에서 풀기 위해 다녔던 것보다 더 정확히 세계의 5대주 7대양을 돌아다니겠소이다.' '그 모든 것 이상으로 제 아가씨에게 해드리지 않으면 안 될 겁니다'라고 그 아가씨가 나에게 대답했어. 그리고 은화 4레알을 받아 들고는 나에게 인사를 하는 대신에 공중으로 2바라를 뛰어오르는 공중제비를 넘었어."

"오, 하느님!" 이때 산초가 큰 소리로 말했다. "원, 세상에 이런 일이 가능할까요? 마법사들이나 마법들의 힘이 도대체 얼마나 세기에 제 나리의 그 맑고 또렷하던 판단력이 이렇게 터무니없이 실성할 수 있단 말입니까? 아이고, 나리, 나리, 제발 덕분에 자기 자신을 좀 생각하시고 나리의 명예도 돌아보셔요. 나리의 판단력을 어리석게 하고 흐리게 한 그 터무니없는 말을 믿지 마세요!"

"나를 무척 사랑해서 그렇게 말할 테지, 산초." 돈키호테가 말했다. "자네는 세상사에 경험이 없어서 좀 어렵다 싶으면 뭐든지 불가능하다고 생각하네. 하지만 아까도 말했듯 시간이 지나면 저 아래에서 내가 본 것들 중에서 몇 가지를 이야기해줄 테니, 그럼 여기서 내가 말한 것들을 자네가 믿게 될 거네. 그것이 진실이라는 것은 반론이나 의심의 여지가 없을 걸세."

제24장

이 위대한 이야기의 올바른 이해를 위해
필요하면서도 당치도 않은
수많은 하찮은 이야기들

원저자 시데 아메테 베넹헬리가 쓴 이 위대한 이야기의 원본 번역자는, 몬테시노스 동굴 모험의 장章에 이르러, 바로 그 아메테 자신의 손으로 이 장 여백에 다음과 같은 말들을 써놓았다고 말하고 있다.

"앞 장에 쓰여 있는 그 모든 일이 용감무쌍한 돈키호테에게 정확히 일어났을지, 나 자신도 이해할 수 없고 설득할 수도 없다. 여기까지 일어난 모든 모험은 가능하고 사실적인 것이었던 반면, 이 동굴 이야기는 합리적 범위를 지나치게 벗어나 있어 사실로 받아들일 만한 어떤 실마리도 찾을 수 없기 때문이다. 그렇다고 돈키호테가 거짓말을 했으리라고 생각하는 것은, 그 시대의 가장 진실한 시골 양반이고 가장 기품 있는 기사였기에 불가능하다. 설령 사람들이 그에게 화살을 쏘아 죽인다 하더라도 거짓말을 못 할 사람이다. 다른 한편으로 그가 이야기하고 들려준 일체의 상황으로 보아, 그 이치에 닿지 않는 엄청난 계획을 그렇게 짧은 시간에 꾸며낼 수는 없었을 것이라고 생각한다. 이 모험이 다소 의심스럽기는 하지만, 내 잘못이 아니므로 진위 여부를 확인하지 않고 이야기를 쓴다. 그대, 독자여, 그대는 신중하니 그대 생각대로 판단하길 바란다. 나는 의무도 없고 더 이상 책임질 수도 없다. 그러나 한 가지 확실한 것은, 돈키호테가 마지막 숨을 거둘 때 그 모험에 대한 이야기를 취소하고, 그가 이야기책에서 읽은 모험들과 잘 어울리고 잘 합치된다고 생각했기에 꾸며냈다고 말했다는 것이다."

그리고 그는 계속해서 다음과 같이 말했다.

사촌은 돈키호테의 참을성과 마찬가지로 산초 판사의 당돌함에도 탄복했으며, 비록 그의 주인 돈키호테가 마법에 걸리기는 했지만 엘 토보소의 둘시네아 아가씨를 본 만족감으로 그런 부드러운 성질을 보여주었다고 판단했다. 만일에 그렇지 않았다면, 산초가 그의 주인에게 한 말이나 말투는 몽둥이찜질을 당하고도 남을 만했기 때문이다. 사실 산초가 자기 주인에게 물불 가리지 않고 지나치게 불손하게 굴었다고 생각했으므로, 사촌은 돈키호테에게 말했다.

"전 말입니다, 라만차의 돈키호테 나리, 지금까지 나리와 함께 한 여행이 아주 보람된 일이었다고 생각합니다. 왜냐하면 저는 여행 중에 네 가지를 얻었기 때문입니다. 첫 번째는 나리를 뵙게 된 것으로, 그것은 저에게 큰 행복을 안겨주었습니다. 두 번째는 과디아나강과 루이데라 연못들의 변천 과정과 함께 이 몬테시노스 동굴에 감추어진 비밀을 알게 된 것입니다. 이것은 제가 들고 다니는 '에스파냐의 오비디우스'라는 책을 쓰는 데 도움이 될 것입니다. 세 번째는 트럼프가 옛날부터 있었다는 사실을 안 일인데, 두란다르테가 했다는 그 말로 미루어 최소한 샤를마뉴 황제 때에도 트럼프를 가지고 놀았음을 짐작할 수 있습니다. 몬테시노스가 두란다르테와 오랫동안 이야기를 나눈 끝에 '인내심을 가지고 카드 패를 계속 돌리게'라고 말했다면서요. 그러니 이 말과 말하는 방식으로 보아 마법에 걸리고나서 배울 수 있는 말은 아니고, 마법에 아직 걸리기 전 프랑스에서 이미 언급한 샤를마뉴 황제 때에 배운 말이 확실합니다. 그리고 이 연구는 내가 지금 쓰고 있는 또 다른 책 《베르길리우스 폴리도로 보유》에 딱 어울립니다. 폴리도로의 책에서는 트럼프 발명에 대해 넣을 생각을 하지 못한 것 같습니다. 지금 제가 그것을 넣을 테니, 그건 아주 중요한 것이 될 겁니다. 더욱이 두란다르테처럼 정중하고 진실한 장본인의 말을 증거로 삼으니까요. 네 번째로는 지금까지 사람들이 몰랐던 과디아나강의 수원을 확실히 알게 된 일입니다."

"그대의 말에도 일리가 있네." 돈키호테가 말했다. "그러나 내가 알고 싶은 게 있네. 그대의 그 책들이 하느님의 은혜로 인쇄되도록 인가를 받으면, 난 그것도 의심스럽지만, 누구에게 그 책들을 바칠 생각인가?"

"에스파냐에는 증정받을 만한 신사 숙녀와 훌륭한 분들이 있습니다." 사촌이 말했다.

"많지는 않아." 돈키호테가 대답했다. "책들을 바칠 만한 사람들이 없다는 게 아니라, 작가들의 노력과 대가에 상당하는 감사를 표해야 한다는 것이 싫어서 그분들이 그 책들을 받아들이고 싶어 하지 않기 때문이라네. 내가 알고 있는 한 왕자는 다른 사람들의 잘못을 대신 갚아줄 정도인데, 얼마나 많은 편의를 제공해주셨던지,

내가 감히 그 많은 것들을 말하면 아마도 너그러운 사람 넷 이상의 가슴속에 시새움을 일으킬 수도 있을 것이네. 그러나 지금 이 이야기는 좀 더 편한 다른 때 하기로 남겨두고, 오늘 밤 우리가 묵을 곳을 찾아보세."

"여기서 그리 멀지 않은 곳에," 사촌이 대답했다. "암자가 하나 있습니다. 사람들 말로는 전에 군인이었다고 하는 은인隱人 한 분이 기거하고 계시는데, 독실한 기독교 신자이고 신중한 데다 자비심이 많은 분이라는 평판이 자자합니다. 그 암자 옆에 자기 돈으로 지었다는 작은 집이 한 채 있답니다. 비록 작은 집이지만 손님들을 맞이하기에는 충분하답니다."

"혹 그 은인이라는 분이 닭을 기르나요?" 산초가 물었다.

"닭을 기르지 않는 은인은 별로 없다네." 돈키호테가 대답했다. "요즘의 은인들은 야자수 잎으로 옷을 만들어 입고 땅에서 캔 초근목피草根木皮로 연명하던 이집트 사막의 은인들처럼 살지 않아. 내가 후자를 칭찬하고 전자를 그렇지 않다고 말하는 것으로 이해하지 말게. 현재 은인들의 고행은 당시의 엄격함과 곤궁함에 따라가지 못한다는 의미일 뿐이네. 그렇다고 요즘 은인들이 모두 좋은 분이 아니라는 것은 아니야. 적어도 나는 그분들을 좋게 생각하네. 모든 것이 혼탁할 때는 공공연한 죄인보다 착한 척하는 위선자가 나쁜 짓을 덜 하거든."

이런 말을 하고 있을 때, 그들이 있는 쪽으로 한 사나이가 걸어오는 것이 보였다. 그는 급하게 걸으면서 일반 창과 반달 모양의 칼이 달린 장창長槍을 실은 노새에게 채찍질을 하고 있었다. 그 사나이가 그들에게 이르러 인사를 하고는 그냥 지나쳐 갔다. 그래서 돈키호테가 그에게 말했다.

"착하게 보이는 양반, 좀 멈췄다 가시오. 그 헉헉거리는 노새보다 더 빨리 가는 것 같소이다그려."

"멈출 수가 없습니다, 나리." 그 사나이가 대답했다. "보시다시피 여기 제가 싣고 가는 무기들은 내일 쓸 것이기 때문에 부득불 멈출 수가 없습니다. 그럼 실례하겠습니다. 그러나 제가 무엇 때문에 무기를 가지고 가는지 궁금하시면, 암자 저 너머에 있는 객줏집에서 오늘 밤 묵을 생각이니 가는 길이 같으면 거기서 절 만나실 겁니다. 거기서 기상천외한 이야기를 들려드리겠습니다. 그럼 다시 실례하겠습니다."

그러고는 노새를 회초리로 몰고 떠났다. 그래서 돈키호테는 그 이야기가 얼마나 기상천외한 것인지 물어볼 여유도 없었다. 돈키호테는 약간 호기심이 발동하기도 하고 늘 새로운 것을 알고자 하는 욕망에 괴로움을 느꼈기 때문에, 바로 출발해 사촌이 머물고 싶어 한 암자에 들르지 말고 객줏집에서 그날 밤을 보내자고 명령을 내렸다.

그렇게 하기로 하고, 그들은 말에 올라 셋이 같이 곧장 객줏집으로 갔다. 그들은 해가 지기 직전에 객줏집에 도착했다. 사촌은 한잔 마시게 암자에 가자고 돈키호테에게 말했다. 산초 판사는 이 말을 듣자마자 잿빛 당나귀를 암자 쪽으로 돌렸고, 돈키호테와 사촌도 똑같이 그렇게 했다. 그러나 산초는 운수가 나빠, 암자에서 만난 은인의 시녀가 은인은 집에 없다고 말했다. 그들이 그녀에게 좋은 포도주를 좀 달라고 하자, 그녀는 자기 주인이 그걸 가지고 있지 않으나 지천으로 널린 물을 원하면 아주 기꺼이 주겠다고 했다.

"내가 물 때문에 갈증이 났다면," 산초가 말했다. "도중에 샘이 있었으니 거기서 실컷 배를 채웠을 거외다. 아, 카마초의 결혼식과 돈 디에고의 집의 그 진수성찬, 내가 정말 언제까지 그대들을 아쉬워해야 한단 말인가!"

이리하여 세 사람은 암자를 뒤로하고 객줏집 쪽으로 박차를 가했고, 거기서 별로 멀지 않은 곳에서 한 젊은이와 마주쳤다. 그는 그들의 앞에서 그다지 급하지 않게 걸어가고 있었기에 곧 따라잡을 수 있었다. 그는 어깨에 칼을 둘러멨고, 그 칼에는 자기 옷을 넣은 보따리처럼 보이는 꾸러미가 꿰여 있었다. 보아하니 그 꾸러미 안에는 반바지나 무릎까지 내려가는 통이 좁은 바지, 망토, 그리고 셔츠가 몇 장 들어 있음에 틀림없었다. 그는 약간 어슴푸레한 우단 반코트를 걸치고 있었으며, 셔츠는 밖으로 밀려 나와 있었다. 긴 양말은 비단이었고, 신발은 네모지고 끝이 뾰족한 것을 신었으며, 나이는 열여덟이나 열아홉 살 정도 되고, 얼굴은 밝고, 보아하니 동작이 잽싼 젊은이 같았다. 그는 길을 걷는 지루함을 달래기 위해 세기디야[158]를 노래하면서 가고 있었다. 그들이 그에게 다가갔을 때는 한 세기디야가 막 끝났는데, 사촌이 기억하기로는 다음과 같은 것이었다고 한다.

날 싸움터로 내모네
내 가난이.
만일 돈이 있다면
정말 안 가도 될 것을.

[158] seguidilla. 4행 내지 7행의 민요풍 시.

맨 먼저 그에게 말을 건 사람은 돈키호테였다. 돈키호테는 그에게 말했다.

"발걸음이 아주 날렵하군요, 멋쟁이 양반. 그런데 어디로 가시는 길이오? 말해도 괜찮으면 알았으면 싶은데."

그 말에 젊은이가 대답했다.

"이렇게 날렵하게 걷는 것은 더위와 가난 탓입니다. 제가 가는 곳이 어디겠어요, 싸움터지."

"가난이라니, 어떻게?" 돈키호테가 물었다. "더위 때문이라면 그럴듯하오만."

"나리," 젊은이가 되받아 말했다. "저는 이 보따리에 이 반코트와 한 벌인 통 넓은 우단 바지 몇 벌을 넣어 갑니다. 가는 길에 그것들이 해어지면, 도시에서 그것들을 차려입을 수가 없을 테고 다른 것을 살 돈도 없답니다. 그래서 바깥바람을 쐬듯, 여기서 12레과가 안 된다는 보병 부대에 당도할 때까지 이런 꼬락서니로 가고 있습니다. 그곳에서 입대하고나면 거기에서 카르타헤나에 있다고 하는 그 부두까지 가는 데는 짐 싣는 노새를 이용해도 충분할 거예요. 그리고 저는 궁중에서 백수건달을 모시기보다는 임금님을 주인으로, 또 주군으로 모시며 싸움터에 나가 임금님께 더 봉사하고 싶습니다."

"그럼 혹시 특별 봉급이라도 받는 겁니까?" 사촌이 물어보았다.

"제가 만일 에스파냐의 어느 위대한 분이나 훌륭한 인물을 모신다면," 그 젊은이가 대답했다. "분명히 특별 봉급을 받겠죠. 그런 것은 훌륭한 분들을 모실 때에 받는 것이니까요. 훌륭한 인물을 모시는 하인들의 식당에서는 소위나 대위가 나오기 일쑤고 상당한

329

연금을 받기도 합니다. 그러나 불운한 저는 늘 직업을 찾아 헤매는 구직자나 외지에서 흘러 들어온 사람을 모셨습니다. 그래서 초근 목피로 겨우 연명할 만큼 쥐꼬리만 한 봉급이어서, 옷깃에 풀 먹이는 세탁비로 봉급의 반을 썼습니다. 그러니 모험을 찾아다니는 시동 나부랭이가 제법 큰 행운이라도 잡는다는 것은 기적이라 할 수 있죠."

"그래도 매우 궁금하니 그대의 삶에 대해 말 좀 해주오, 친구." 돈키호테가 물었다. "봉사한 지 여러 해 되었다면서, 제복 한 벌 제대로 해 입을 수 없었다는 것이 있을 수 있는 일이오?"

"두 벌 받았어요." 시동이 대답했다. "그러나 서원하기 전에 어떤 종파에서 나오면 수도복을 벗기고 원래 입었던 옷을 돌려주듯이, 그렇게 제 주인들은 저에게 제 옷을 돌려주었답니다. 그 주인들은 궁중에 가서 하던 사업이 끝나고 집으로 돌아갈 때, 자기들이 오직 뻐기기 위해 주었던 근무용 제복은 죄다 가져간답니다."

"이탈리아 사람들이 하는 말로 대단한 '스필로르체리아'[159]로 군." 돈키호테가 말했다. "그러나 그렇게도 좋은 뜻을 품고 궁중에서 나왔으니, 부디 행운이 함께하길 바라오. 왜냐하면 이 세상에서 가장 영광스럽고 가장 유익한 일은 첫째가 하느님을 섬기는 일이고, 다음은 타고난 주인이신 자기 임금님을 섬기는 일이니, 이것 말고 다른 일은 존재할 수 없다오. 특히 무기를 쓰는 직업을 가진 경우에는, 내가 수차 말해왔듯이, 더 부자가 되지 못하더라도 적어도

---

159 spilorceria. '노랑이짓'이라는 뜻의 이탈리아 말.

펜대를 놀리는 문관보다는 명예를 더 얻게 되는 거라오. 설사 무武보다는 문文이 더 많은 장자상속 재산을 만들어왔다 해도, 아직은 무인들이 문인들에 비해 뭔지 알 수는 없지만 앞서가며, 실제로 무관들에게 있는 그 광휘는 모든 면에서 문관들보다 뛰어나다오. 내가 지금 하려는 말을 잘 기억해두면, 그대가 어려움에 처할 경우에 유익한 점이 많고 그대 마음을 편하게 해줄 것이오. 앞으로 그대에게 닥칠지 모르는 불행한 사건들에 대한 상상은 별도로 하더라도, 뭐니 뭐니 해도 최악인 죽음만 한 것은 없다오. 그러니 죽음이 명예롭다면, 죽음이야말로 세상 그 무엇과도 비교할 수 없는 최고의 선물이 되는 것이오. 그 용감한 로마의 율리우스 카이사르는 무엇이 가장 멋진 죽음이냐는 사람들의 물음에, 생각지도 않은 뜻밖의 죽음과 갑작스런 죽음과 예견되지 않은 죽음이라고 대답했다오. 참으로 하느님의 뜻을 알지 못하는 이교도적인 대답이긴 했지만, 그렇더라도 인간의 감정에서 벗어나기 위한 것으로 정곡을 찌르는 명언이었소. 첫 출전이나 충돌에서 대포를 한 방 맞거나 지뢰를 밟아 풍비박산이 되어 죽는 경우라 하더라도 무슨 상관이겠소? 죽는다는 것은 매한가지이니 만사가 다 끝난 것이오. 테렌티우스[160]는 싸움터에서 죽은 병사가 달아나 살아남은 병사보다 더 훌륭하게 보인다고 말했소. 훌륭한 병사는 자기 상관과 자기에게 명령을 내릴 수 있는 자에게 순종하면 할수록 더 많은 명성을 얻게 되는 법이라오. 그리고 이보게, 보다 훌륭한 병사에게는 사향 냄새보다 화약 냄

---

160 Terentius. 고대 로마의 희극작가로,《안드로스에서 온 처녀Andria》 이외에 5편의 희극 작품이 있다.

새가 어울린다는 것을 알아두시오. 이런 명예스러운 일을 하다가 노년을 맞으면, 설령 상처투성이가 되거나 불구자가 되거나 절름발이가 되었다 하더라도 그것이 적어도 그대에게서 명예를 박탈하는 것은 아니라오. 또 가난이 그대의 명예를 떨어뜨릴 수는 없지요. 더욱이 이미 노병老兵들과 상이군인들을 위로하고 구제하라는 명령이 떨어지고 있는 판이라오. 이런 병사들을 자유롭게 하는 일은, 부리던 흑인들이 나이 들어 아무 쓸모가 없어지면 풀어주는 것과는 아주 다르기 때문이오. 자유라는 명목으로 그들을 집에서 쫓아내고, 굶주림의 노예가 되게 하고, 죽음이 아니고서는 도저히 굶주림으로부터 피할 수 없게 만드는 것 말이오. 그렇지만 지금으로서는 그대에게 더 이상 말하고 싶지 않으니, 내 말 궁둥이에 올라 객줏집까지 가지요. 거기서 나와 저녁 식사를 하고, 아침에 가던 길이나 계속 갑시다. 그리고 그대가 바라는 대로 하느님께서 그대에게 행운을 안겨주시길 바라 마지않소."

시동은 말 궁둥이에 타라는 것은 사양했으나, 주막에서 돈키호테와 함께 저녁 식사를 하는 것은 받아들였다. 그때 산초가 혼잣말로 중얼거렸다고 사람들은 말한다. "이런 염병할! 방금 말씀하신 것처럼 이렇게 많은 말을 이렇게 멋지게 할 줄 아시는 분이 몬테시노스 동굴에 대한 이야기에서는 도저히 있을 것 같지도 않고 이치에 닿지 않은 것들을 보았다고 우겨대니, 그게 있을 법이나 한 일인가? 그건 그렇다 치고, 두고 보면 알겠지, 뭐."

이러쿵저러쿵 노닥거리면서 그들은 해가 질 무렵에 객줏집에 도착했다. 산초는 자기 주인이 늘 그러듯이 성이라 하지 않고 진짜 객줏집으로 보는 것이 여간 기쁘지 않았다. 그들이 객줏집에 발을 들여놓자마자 돈키호테는 객줏집 주인에게, 일반 창과 반달 모양의 칼이 달린 긴 창을 노새에 싣고 온 사나이에 대해서 물어보았다. 객줏집 주인은 그 사나이가 마구간에서 노새를 돌보고 있는 중이라고 대답했다. 사촌과 산초도 자신의 당나귀들을 돌보고 있었고, 로시난테에게는 가장 좋은 구유와 마구간에서 가장 좋은 자리를 잡아주었다.

제25장

당나귀 울음소리 모험과
인형극 놀이꾼의 웃기는 모험 및
점치는 원숭이의 기억할 만한 점에 대한 시작

돈키호테는 무기를 싣고 가던 사나이가 약속한 불가사의한 이야기를 듣고 또 알고 싶어서, 사람들이 항용 하는 말로 좀이 쑤셔서 미칠 지경이었다. 그래서 객줏집 주인이 그 사나이가 있다고 말한 곳으로 찾아가서 그를 만났다. 그리고 길에서 물어보았던 것에 대해 나중에 해주겠다고 한 그 말을 아무튼 빨리 해달라고 그에게 재촉했다. 그 사나이는 대답했다.

"그렇게 서두르지 마세요. 서서 그러지 마시고, 차분하게 제가 말하는 불가사의한 이야기를 들으셔야 합니다. 친애하는 나리,[161] 제 짐승에게 꼴 주는 일을 마칠 때까지 좀 기다려주십시오. 나리께 깜짝 놀랄 이야기들을 해드리겠습니다."

"그런 일로 그럴 것 없소이다." 돈키호테가 대답했다. "내가 뭐

---

161 señor bueno. 이야기 상대방의 이름을 모를 때 사용하는 존칭.

든지 그대를 도와드리겠소."

그래서 돈키호테는 그렇게 했다. 보리를 체로 쳤고, 구유를 깨
끗이 닦았다. 그의 겸손은 그 사나이로 하여금 부탁한 것을 기꺼이
이야기하도록 했다. 그는 입구의 벽에 붙어 있는 벤치에 앉았고, 돈
키호테는 그의 옆에 앉았다. 그는 사촌과 시동과 산초 판사와 객줏
집 주인을 원로원과 청중으로 생각하고 이렇게 말하기 시작했다.

"여러분께서 아시겠습니다만, 객줏집에서 4레과 반쯤 되는 한
마을에서 그 마을 의원 한 분이 자기 집 하녀로 있던 소녀의 계략과
속임수로, 이런 식으로 말하면 이야기가 길어지겠습니다만, 기르던
당나귀 한 마리가 없어지는 사건이 있었습니다. 그 의원은 자기 당
나귀를 찾기 위해서 백방으로 손을 썼지만 소용이 없었습니다. 사
람들이 전하는 바에 의하면, 당나귀가 없어진 지 보름쯤 지났을 때
당나귀를 잃어버린 그 의원이 광장에 있었는데, 같은 마을의 다른
의원이 그에게 말했답니다. '이보게, 나한테 한턱내게. 자네의 당나
귀가 나타났다네.' '한턱내고말고, 얼마든지 내겠네, 이 사람아' 하
고 의원이 대답했습니다. '그렇지만 어디에 나타났는지 알기나 하
세.' '산에 나타났다네.' 발견한 의원이 대답했습니다. '내가 오늘 아
침에 보았는데, 안장도 없고 어떤 마구도 없이 비쩍 말라 보기에도
불쌍하기 짝이 없었네. 내 앞에 있는 것을 보고 붙잡아 자네에게 데
려오고 싶었지만, 벌써 야성野性으로 돌아가 난폭해지고 사람을 아
주 싫어해서 내가 그놈에게 다가가자 도망을 쳐서 산 제일 깊은 곳
으로 들어가버렸다네. 자네가 만일 우리 두 사람이 그놈을 다시 찾
기를 원한다면, 이 암탕나귀를 얼른 내 집에 가져다 매놓고 바로 돌
아오겠네.' '그래주면 정말 고맙겠네' 하고 당나귀 주인이 말했죠.

'그리고 내가 자네에게 당나귀 값만큼은 갚아주겠네.' 아무튼 이 문제의 진실에 정통한 사람은 다 이런 모든 사정과 더불어 내가 이야기하려고 하는 것과 똑같은 방법으로 이야기한답니다. 결국 그 두 의원은 걸어서 손에 손을 맞잡고 산으로 가서 당나귀가 있을 성싶은 곳에 당도해 찾아보았으나 찾지 못했고, 주변을 샅샅이 뒤져보았지만 결국 나타나지 않았지요. 그렇게 나타나지 않자 그 당나귀를 보았다는 의원이 다른 의원에게 말했어요. '이보게, 친구. 지금 막 나한테 묘안이 하나 떠올랐네. 그렇게 하면 이 동물이 설령 산속이 아니라 땅속 깊이 틀어박혀 있다손 치더라도 틀림없이 우리가 발견할 수 있을 걸세. 실은 내가 놀라울 만큼 진짜처럼 당나귀 울음소리를 흉내 낼 줄 아는데, 자네가 어느 정도 당나귀 울음소리를 낼 수만 있으면 만사형통이네만.' '어느 정도라고 말했는가, 친구?' 하고 다른 의원이 말했어요. '맹세코 하는 말인데, 이 세상에 당나귀 울음소리를 나보다 더 잘 내는 사람 있으면 나와보라고 해. 진짜 당나귀 뺨칠 정도라네.' '그건 이제 보면 알겠지' 하고 두 번째 의원이 대답했어요. '자네는 산 한쪽으로 가고 나는 다른 쪽으로 가는 걸로 내가 결정해두었으니, 우리가 산을 에워싸고 사방으로 돌아다니면서 가는 곳마다 자네가 당나귀 울음소리를 내고 나도 내고 하다보면, 그 짐승이 산에 있는 한 우리의 울음소리를 듣고 대답하지 않을 수 없을 것 아닌가 말이야.' 이 말에 당나귀 주인이 대답했어요. '친구, 거참, 그 계책이야말로 자네의 위대한 재능에 걸맞은 참으로 멋진 것이네.' 그리고 두 사람은 협의한 대로 헤어져서 거의 동시에 당나귀 울음소리를 내게 됐어요. 그런데 각자가 다른 사람의 당나귀 울음소리에 속아 벌써 당나귀가 나타난 줄 알고 서로 찾으러 다니다 만나게 되자, 당나귀를 잃었던 자가 말했답니다. '아니, 이럴 수가, 친구, 방금 운 게 내 당나귀가 아니었단 말인가?' '나 아니고 누가 그렇게 울었겠는가' 하고 다른 의원이 말했어요. '이제 하는 말이지만' 하고 당나귀 주인이 말했죠. '자네의 그 소리가, 친구, 그 울음소리를 들을 때 말인데, 당나귀의 울음소리와 전혀 차이가 없었어. 내 평생에 그보다 더 똑같이 내는 울음소리를 보지도 듣지도 못했네.' '그런 찬사와 비행기 태우기는' 하고 계책을 세운 사람이 대답했다. '나보다는 오히려 자네에게 돌아가는 것이 마땅하네, 친구. 나를 키워주신 하느님께 맹세코 말하지만, 자네는 세계에서 당나귀 울음소리를 가장 잘 내는 최고의 명인名人보다 두 배는 더 잘 낸다고 할 수 있겠네. 자네가 내는 소리가 높은데, 그 소리를 반음 높여 적시에 박자에 맞추면서 오래 끌고 가쁘게 몰고 가는 여운도 그렇고 말일세. 그래서 결국 내가 졌으니 영광을 자네에게 돌리고, 이 보기 드문 훌륭한 솜씨에 대한 승리의 깃발을 자네에게 주네.' '이제야 하는 말인데' 하고 당나귀 주인이 대답했지요. '나는 이제 앞으로 나 자신을 더 높이고 소중히 하며, 재능은 좀 있으니 나도 어떤 일에서는 알고 있다고 생각하겠네. 내가 당나귀 울음소리를 잘 낸다고 생각은 했지만, 자네 말처럼 그렇게 잘 내는지는 결코 알지 못했네.' '나도 이제 말하겠는데' 하고 두 번째 의원이 대답했답니다. '세상에는 보기 드물게 훌륭한 솜씨들이 묻혀 있는 경우가 많아. 그런 솜씨를 이용할 줄 모르는 자들이 악용하기 때문이지.' '우리의 솜씨는' 하고 당나귀 주인이 대답했지요. '우리가 지금 직면한 것 같은 경우가 아니면 다른 사람들에게 아무 쓸모가 없을 수 있어. 우리에게 선용되는 것만으로도 하느님께 감사할 일이네.'

이렇게 말하고 그들은 다시 헤어져 당나귀 울음소리를 내며 돌아다녔습니다. 매번 서로 속고 다시 서로 마주쳤지요. 그래서 서로를 알아보기 위해 한 번 울음소리를 낼 적마다 두 번 연거푸 소리를 낼 것을 신호로 정했습니다. 한 발짝 뗄 때마다 두 번씩 울음소리를 내면서 온 산을 헤매었지만, 잃어버린 당나귀는 대답은커녕 흔적조차 묘연했습니다. 결국 숲속의 가장 으슥한 곳에서 늑대에게 잡아먹힌 것을 발견했으니, 그 불쌍하고 불운한 당나귀가 어떻게 대답할 수 있었겠습니까? 그 당나귀를 보고 주인이 말했답니다. '대답하지 않는 것이 내 생각에 어째 이상하더라니. 그래, 죽지 않고서야 우리의 울음소리를 들으면 울어야지, 그렇지 않으면 당나귀가 아니지. 그렇지만 자네가 그렇게도 멋지게 당나귀 울음소리를 내는 것을 들은 것만으로도, 친구, 비록 죽었지만 내가 그놈을 찾느라고 고생한 보람은 충분히 있었다고 생각하네.' '다 자네 덕분이네.' 다른 의원이 대답했습니다. '사제가 미사 때 노래를 잘하면 복사도 따라서 잘한다니까.'[162] 이렇게 해서 비통한 마음으로 목이 쉰 채 그들의 마을로 돌아가, 친구들과 이웃들과 친지들에게 당나귀를 찾으면서 겪은 일을 죄다 이야기했답니다. 당나귀 울음소리를 흉내 낸 대목에서는 서로 상대방의 솜씨를 과장해서 말했답니다. 그 모든 이야기는 사람들에게 알려져 주변 여러 마을들로 쫙 퍼졌답니다. 그리고 잠을 자지 않는 악마란 놈은 어딜 가거나 말다툼과 불화를 심고 뿌리기를 좋아하는지라, 바람결에 험담을 실어 날라 아무것도 아닌

---

162 Si bien canta el abad, no le va en zaga el monacillo. '처음에 하는 사람이 잘하면, 두 번째 하는 사람은 저절로 잘하게 된다'라는 뜻의 속담.

일이 커다란 싸움으로 번지게 하죠. 그래서 다른 마을 사람들이 우리 마을의 누구를 만나건, 우리 마을 의원들의 당나귀 울음소리로 면전에서 놀리면서, 당나귀 울음소리를 내보라고 강제하고 또 그렇게 하도록 만들었답니다. 거기에 아이들까지 면박을 주었어요. 그것은 마치 지옥에 있는 모든 악마의 손과 입에 내맡기는 것이나 마찬가지가 되었죠. 그래서 당나귀 울음소리는 이 마을 저 마을로 퍼져나가게 되어, 마치 흑인과 백인을 알고 구별하듯이 마을 토박이들이 당나귀 울음소리를 내는 사람들로 알려졌답니다. 이 장난에서 오는 불행이 얼마나 컸던지 조롱받는 사람들이 조롱하는 사람들에게 반기를 들어, 수차 손에 무기를 들고 부대를 꾸려 나와 서로 싸우기에 이르렀어요. 그 싸움을 아무도 막지 못했습니다. 공포도, 수치도 막기에는 역부족이었죠. 내일이나 모레쯤 당나귀 울음소리를 내는 우리 마을 사람들이 다른 마을을 상대로 싸우러 나갈 것 같습니다. 우리를 더 귀찮게 따라다니던 마을들 중 하나로, 우리 마을에서 2레과 떨어진 곳이지요. 그래서 만전지계萬全之計로 만전을 기하려고, 당신들이 보시는 바와 같이 내가 일반 창과 반달 모양의 칼이 달린 장창을 사서 가지고 가는 겁니다. 내가 당신들에게 들려드리겠다고 약속한 그 불가사의한 이야기가 이겁니다. 만일 그렇지 않다고 생각하시더라도, 제가 다른 이야기는 아는 것이 없으니 별로 뾰족한 수가 없습니다요."

이렇게 마음씨 고운 사람이 이야기를 끝냈는데, 바로 이때 한 사나이가 긴 양말이며 통 넓은 바지와 조끼를 온통 양가죽으로 만들어 입고 객줏집 대문으로 들어서더니 큰 소리로 말했다.

"주인장, 방 있습니까? 여기 점치는 원숭이와 '멜리센드라의 자유'라는 인형 극단이 왔습니다."

"아이고, 이게 뉘십니까요." 객줏집 주인이 말했다. "페드로 선생님이 오시다니! 오늘 밤은 단단히 준비해야겠군요."

내가 말하는 것을 깜박 잊고 있었는데, 그 페드로 선생이라는 사람은 왼쪽 눈을 가리고 거의 뺨 절반에 녹색 반창고를 붙인 것을 보아 그쪽 전부가 아프다는 표시인 듯했다. 객줏집 주인은 계속해서 말했다.

"잘 오셨습니다, 페드로 선생님. 원숭이와 극단은 어디에 있나요? 안 보이는데요."

"이제 거의 다 왔을 겁니다." 온통 양가죽으로 뒤집어쓴 자가 대답해 말했다. "쉬어 갈 곳이 있는지 알아보기 위해 제가 먼저 왔습니다."

"페드로 선생님을 위해서라면, 그 세도가인 알바 공작이 든 방이라도 비우게 할 겁니다요." 객줏집 주인이 대답했다. "원숭이와 극단을 데리고 오세요. 오늘 밤은 우리 객줏집에 손님들이 있어 인형극도 구경하고, 원숭이 재주도 보고, 돈도 지불할 겁니다."

"좋은 시간이 되겠군요." 반창고를 붙인 사람이 대답했다. "제가 구경하는 값을 적당히 해드리겠습니다. 숙박료만 지불할 수 있으면 충분합니다. 그럼 제가 얼른 가서 원숭이와 인형 극단을 싣고 오는 수레를 데려오겠습니다."

그러고는 바로 객줏집을 다시 나섰다.

곧장 돈키호테는 객줏집 주인에게 페드로 선생이라는 저 사람은 누구이며, 무슨 인형 극단과 무슨 원숭이를 데려오느냐고 물어보았다. 그 물음에 객줏집 주인이 대답했다.

"저분은 유명한 인형극 놀이꾼인데, 이 만차 데 아라곤[163]을 돌아다닌 지 여러 날 되었고, 그 유명한 가이페로스에 의해 풀려난 멜리센드라의 인형극을 보여주고 있답니다. 여러 해 전부터 우리 지방에서 공연된 가장 훌륭하고 대표적인 이야기 중 하나이지요. 또한 인간이 상상할 수 없는, 원숭이들 중에서 가장 진귀한 원숭이를 데리고 다닌답니다. 사람들이 무엇을 물으면 그 질문을 신중히 듣고 있다가, 주인의 어깨 위로 훌쩍 뛰어 올라가 주인의 귀에 대고 그 질문의 답을 말하고, 나중에 페드로 선생이 그 내용을 발표한답니다. 앞으로 있을 일보다는 지난 일에 대해서 훨씬 더 잘 알아맞힌답니다. 언제나 다 알아맞히는 것은 아니지만 실수하는 경우가 많지 않아서, 원숭이 몸에 악마가 씌지나 않았는지 생각될 정도랍니다. 질문할 때마다 2레알을 받는데, 원숭이가 대답을 하면, 다시 말해 원숭이가 주인의 귀에 대고 대답을 말한 뒤에 주인이 대답하면 내는 돈이랍니다. 그래서 사람들은 그런 페드로 선생이 대단한 부자라고 생각하고 있죠. 이탈리아에서 사람들이 말하듯 그는 '멋진 남자'이고 '봉 콤파뇨'[164]이며, 세상에서 가장 부러운 삶을 살고 있는 사람이라고 할 수 있을 겁니다. 말하기를 좋아해 여섯 사람이 말하는 것보다 더 많이 하고, 술을 좋아해 열두 사람이 마시는 것보다 더 많이 마시죠. 이 모든 것은 그의 혀와 그의 원숭이와 그의 인형극단 덕분이랍니다."

이런 말을 하고 있을 때 페드로 선생이 돌아왔다. 수레 하나에

163 Mancha de Aragón. 쿠엔카와 알바세테의 중간에 있는 라만차의 동부 지방.

164 bon compagno. '좋은 친구'라는 뜻이다.

인형극 무대 장비와, 크고 꼬리가 없고 엉덩이는 펠트처럼 벗겨지고 얼굴은 그다지 흉하지 않은 원숭이를 데리고 왔다. 돈키호테는 원숭이를 보자 물어보았다.

"저에게 말씀해보시죠, 점쟁이 나리, '우리는 무슨 물고기를 잡겠습니까?'[165] 즉 에스파냐 말로, 우리는 앞으로 어떻게 되겠습니까? 옜소, 2레알."

그러고는 페드로 선생에게 그 돈을 주라고 산초를 향해 명령하니, 선생은 원숭이를 대신해 대답했다.

"나리, 이 동물은 앞으로 있을 일에 대해서는 대답하지 않습니다. 지나간 일에 대해 약간 알고, 또 현재의 일에 대해 약간 더 알고 있답니다."

"젠장맞을." 산초가 말했다. "난 내 과거를 말해달라고 한 푼도 못 주겠네. 도대체 어느 누가 나 자신보다 내 과거를 더 잘 알 수 있단 말이오? 아니, 내가 알고 있는 것을 말해달라고 돈을 지불하는 이런 미련한 짓이 세상에 어디 있단 말이오. 그렇지만 현재의 일들을 안다니, 내 2레알이 여기 있소. 내 여편네 테레사 판사가 지금 무엇을 하며 소일하고 있는지 말해주시오, 원숭이 나리님."

페드로 선생은 돈을 받고 싶어 하지 않으면서 말했다.

"봉사도 해드리기 전에 미리 보수를 받고 싶지 않습니다."

그러고는 오른손으로 왼쪽 어깨를 두 번 치자, 원숭이가 깡충 한 번 뛰어 어깨에 올라앉더니 귀에 입을 대고 아주 분주히 이를 딱

---

165 ¿Qué peje pillamo? 이탈리아 말로 "Che pesce pigliamo?"이다.

까닥거렸다. 사도신경을 욀 정도의 짧은 시간 동안 이런 몸짓을 하고는 다시 땅으로 깡충 뛰어내렸다. 그러자 페드로 선생이 번개같이 돈키호테 앞에 무릎을 꿇더니 그의 두 다리를 끌어안으며 말했다.

"저는 헤라클레스의 두 기둥[166]을 껴안듯 이 두 다리를 끌어안 습니다. 오, 이미 우리의 기억에서 잊힌 편력 기사도를 소생시킨 고 명하신 기사님이시여! 오, 졸도한 자들의 영혼이시며, 쓰러지려는 자들의 버팀돌이시며, 쓰러진 자들의 팔이시며, 모든 불운한 자의 지팡이이시고 위안이시면서도, 지금까지 한 번도 칭송다운 칭송을 받아본 적 없으신 라만차의 돈키호테 기사시여!"

돈키호테가 경탄하고, 산초가 어리둥절해하고, 사촌은 얼떨떨 해하고, 시동은 망연자실하고, 당나귀 울음소리를 내는 친구는 바보가 되고, 객줏집 주인은 갈피를 잡지 못했다. 결국 인형극 놀이꾼 의 말을 들은 모든 사람은 아연실색했다. 그는 계속해서 말했다.

"그리고 그대, 오, 마음씨 고운 산초 판사여! 세상에서 가장 마음씨 고운 기사의 제일 착한 종자여, 기뻐하시라, 그대의 착한 아내 테레사는 잘 있으며 지금은 리넨 한 파운드를 훑고 있다오. 더 정확 하게 말씀드리자면, 그녀는 양질의 포도주가 꽤 담긴 이 빠진 항아 리를 왼쪽 옆에 둔 채 일을 하면서 위안 삼아 마시고 있군요."

"나도 그러리라고 믿고 있었답니다요." 산초가 대답했다. "왜냐 하면 그녀는 좀 바보스런 데가 있으니까요. 질투만 부리지 않는다

---

166 las dos columnas de Hércules. 지브롤터해협의 아프리카 쪽과 유럽 쪽의 두 산을 일컫는 다. 신화에 따르면, 헤라클레스가 아프리카와 유럽을 가르는 산을 벌리고 지중해 바닷길 을 열었다고 한다.

면, 제 주인 나리의 말로는 어디 한 곳 흠잡을 데 없이 완전무결하게 프로급이라고 하는, 그 여자 거인 안단도나[167]와도 내 마누라를 바꾸지 않을 겁니다요. 제 마누라 테레사는 설령 자기 상속인들이 부담하는 한이 있더라도 궁색하게 지낼 그런 여자는 아니거든요."

"이제 하는 말이지만," 이때 돈키호테가 말했다. "독서를 많이 하고 여행을 많이 하는 사람은 보는 것이 많아 아주 유식하다오. 내가 지금 내 이 두 눈으로 직접 본 것처럼, 세상에 점을 치는 원숭이가 있다는 것을 어떻게 설득시켜야 충분히 설득될지 알 수 없기 때문에 하는 말이외다. 비록 저에 대한 칭찬이 어떤 면에서는 너무한 점이 있긴 하지만, 제가 이 뛰어난 동물이 말한 바로 그 라만차의 돈키호테올시다. 그러나 내가 어떤 사람이든 간에 나에게 부드럽고 자비심이 넘치는 마음을 주시어 늘 모든 이에게 선을 행하게 하시고 어느 누구에게도 악행을 저지르게 하지 않으신 하느님께 감사드리는 바입니다."

"저한테 돈이 있다면," 시동이 말했다. "앞으로 하게 될 여행에서 내게 무슨 일이 일어날지 원숭이님에게 물어보겠는데요."

그 말을 듣고는 이미 돈키호테의 발 앞에 엎드렸다가 일어나 있는 페드로 선생이 대답했다.

"제가 이미 말씀드린 바와 같이 이 짐승은 앞으로 일어날 일에 대해서는 대답하지 않습니다만, 대답을 굳이 한다면 돈이 없어도 상관이 없겠습니다. 여기 계시는 돈키호테 나리를 섬기는 일이라

---

167 la giganta Andandona. 《골 지방의 아마디스 *Amadís de Gaula*》의 등장인물.

면, 세상의 모든 이득을 다 팽개칠 용의가 있습니다. 그래서 지금으로서는 제가 나리에게 진 빚[168]도 있고 또 나리를 즐겁게 해드리고 싶기 때문에, 인형극 무대를 마련하여 돈을 받지 않고 객줏집에 계신 여러분을 기쁘게 해드리고 싶습니다."

이 말을 듣자 객줏집 주인은 매우 기분이 좋아 인형극장을 설치할 수 있는 장소를 알려주었고, 무대가 곧 설치되었다.

돈키호테는 원숭이 점 때문에 별로 기분이 좋지 않는데, 원숭이가 앞으로 있을 일이건 지나간 일이건 점을 친다는 것이 아무래도 마음에 꺼림칙했기 때문이다. 그래서 페드로 선생이 인형극장을 설치하고 있을 때, 돈키호테는 아무도 듣지 못하게 산초를 마구간의 한쪽 구석으로 데려가 말했다.

"이보게, 산초, 내가 이 원숭이의 이상한 재주를 곰곰이 생각해보았는데 말일세, 원숭이 주인인 그 페드로 선생은 암암리에 의도적으로 악마와 협정을 맺은 것이 틀림없네."

"관람석이 빽빽한 데다 악마의 것이라면,"[169] 산초가 말했다. "틀림없이 그 관람석은 아주 더러울 겁니다요. 그렇지만 저 페드로 선생이 그런 관람석들을 가지고 무엇에다 쓴답니까요?"

"자네는 내 말을 전혀 알아듣지 못하는군, 산초. 그런 말이 아니고, 악마와 어떤 협정을 맺었음에 틀림없다는 뜻이라네. 악마가 그 원숭이에게 그런 재주를 부리게 함으로써 그를 먹고살게 하고

---

168 페드로 선생은 도둑 히네스 데 파사몬테로, 돈키호테가 그를 풀어준 적이 있어 은혜를 갚을 뜻으로 한 말이다.

169 산초가 앞서 돈키호테의 말에서 "팍토pacto(협정)"를 "파티오patio(관람석)"로, "에스프레소expreso(의도적)"를 "에스페소espeso(빽빽한)"로 잘못 알아듣고 한 말이다.

부자가 되게 한 뒤에 영혼을 자기에게 달라고 한 것이란 말일세. 그게 바로 이 우주의 적인 악마가 시도하는 짓이거든. 원숭이가 과거나 현재의 것들에만 대답하는 것을 보고 이런 생각을 하게 되었네. 악마의 지식은 더 이상 폭을 넓힐 수 없지. 앞으로 닥칠 일들은 추측을 통해서만 알 수 있는 것이 아니고 또 매번 아는 것도 아니라네. 시간과 순간을 아는 것은 오직 하느님에게만 속한 초인적인 힘이며, 하느님에게는 과거도 미래도 없고 모든 것이 현재라네. 그렇기 때문에 이 원숭이가 악마의 어투로 말하는 것이 분명해. 어떻게 이런 인간을 종교재판소에 고발하지 않았는지 놀라울 뿐이네. 그 사람을 조사해보면 누구 덕으로 점을 치는지 샅샅이 알아낼 수 있을 거야. 왜냐하면 이 원숭이가 점성가도 아니고, 그 주인이나 원숭이가 현재 에스파냐에서 그토록 유행하는 별자리 점괘를 내놓지 않거나 내놓을 줄도 모르는 것이 분명하기 때문이라네. 계집아이건 시동이건 늙은 구두 수선공이건 너 나 할 것 없이 마치 땅바닥에서 카드의 잭을 뽑듯 별자리 점괘를 내놓으며 우쭐대고 있으니, 그들의 거짓말과 무지로 인해 과학의 불가사의한 진리를 망가뜨리는 것이 아니고 뭐란 말인가. 내가 알고 있는 한 부인이 이런 점쟁이 중 한 사람에게 물어보았다네. 자기가 작은 암캉아지 한 마리를 가지고 있는데 임신해 새끼를 낳으면 몇 마리나 낳을지, 낳을 개들이 무슨 색깔일지 말이야. 그 물음에 점성가는 점괘를 내놓고는 암캉아지가 임신해 세 마리를 낳겠으며, 그중 한 마리는 녹색이고 다른 한 마리는 살빛이며 또 한 마리는 얼루기일 것이라 했어. 그러기 위해서는 조건이 있는데, 그 암캐가 낮이건 밤이건 11시와 12시 사이에 교미를 해야 하고 월요일이나 토요일이어야 한다고 했지. 그런데 그 사건은 점을 치고 이틀 뒤에 그 암캐가 소화불량으로 죽으면서 끝나게 되었어. 그리고 모든 점성가나 대부분의 점성가가 그렇듯, 그 점성가는 마을에서 아주 영검한 술가術家로 신용을 얻게 되었네."

"그런 모든 일에도 불구하고 소인은 바라오니," 산초가 말했다. "몬테시노스 동굴에서 나리에게 일어난 일이 사실인지 원숭이에게 물어봐달라고 페드로 선생께 부탁을 좀 해보세요. 소인은, 나리의 용서가 있길 바랍니다만, 모든 것이 속임수이고 거짓말이었으며, 그렇지 않다면 적어도 나리의 꿈속에서나 일어날 일이었다고 생각한답니다요."

"모든 게 그럴 수도 있지." 돈키호테가 대답했다. "어쩐지 조금 걱정이 되긴 하지만, 자네가 나에게 충고한 대로 해보겠네."

이런 말을 하고 있을 때 페드로 선생이 돈키호테를 찾아와 인형극이 다 준비되었다고 알리면서, 볼만할 테니 나리께서 와서 구경을 하라고 말했다. 돈키호테는 자기 생각을 그에게 전하고, 몬테시노스 동굴에서 일어난 몇 가지 일들이 꿈속에서 있었던 일인지, 아니면 진짜 있었던 일인지 원숭이에게 물어봐달라고 부탁했다. 거기서 별의별 일이 다 있었던 것으로 생각되었기 때문이다. 그것에 대해 페드로 선생은 가타부타 대답하지 않고, 원숭이를 다시 데려와 돈키호테와 산초 앞에 놓고 말했다.

"이보게, 원숭이님, 이 기사께서 몬테시노스라는 동굴에서 자기에게 일어났던 몇 가지 일들이 거짓이었는지 참이었는지를 알고 싶어 하시네."

그리고 여느 때 하던 대로 원숭이에게 신호를 하자, 원숭이는 그의 왼쪽 어깨 위에 올라가 그의 귀에 대고 말을 하는 것 같았다. 곧장 페드로 선생이 말했다.

"나리께서 말씀하신 동굴에서 보고 겪은 일들의 일부는 거짓이고 일부는 참인 듯하다고 원숭이님께서 말씀하십니다. 이 질문에 관해 아는 것이라곤 이것뿐이고 다른 것은 모른답니다. 그리고 나리께서 더 알고 싶으시다면, 다음 금요일에 물어보시는 모든 질문에 대답해드리겠습니다. 지금으로서는 능력이 소진되어, 말씀드렸듯이 오는 금요일까지는 능력이 되살아날 기미가 보이지 않습니다."

"소인이 말씀드리지 않았습니까요." 산초가 말했다. "나리께서 동굴의 사건들에 대해서 말씀하신 것 죄다, 아니 그 절반 정도도 사실이라고 칠 수 없습니다요."

"일어난 일들은 시간이 말할 걸세, 산초." 돈키호테가 대답했다. "시간은 모든 것을 숨김없이 밝혀낸다네. 설령 그것이 땅속 깊은 곳에 숨는다 해도 햇빛에 꺼내지지 않는 것은 아무것도 없다네. 그래서 지금으로서는 이것이면 충분하니, 마음씨 고운 페드로 선생의 인형극을 보러 가세나. 무언가 새로운 것이 있을 법하네."

"무언가라니요?" 페드로 선생이 대답했다. "정말이지 제 이 인형극은 6만 가지로 구성되어 있습니다. 돈키호테 나리시여, 오늘날 세상에서 꼭 보아야 할 그 많은 것들 중 하나라는 것을 나리께 말씀드리는 바입니다. 나를 믿지 않더라도 그 일들은 믿어라.[170] 그럼 이

---

170 〈요한 복음서〉 10장 38절 참조.

제 시작하겠습니다. 시간이 늦어졌습니다. 우리는 해야 할 것도, 말해야 할 것도, 보여드려야 할 것도 많습니다."

돈키호테와 산초는 그가 말한 대로 인형극장이 설치된 곳에 갔다. 극장이 열려 있고 사방에 온통 작달막한 촛불이 켜져 있어 눈이 부시고 찬란하게 빛났다. 도착하자마자 페드로 선생은 인형들을 조종하기 위해 장치 안으로 들어갔다. 그리고 밖에는 페드로 선생의 하인으로 그 인형극의 변사 겸 해설자 역할을 하는 한 소년이 서 있었다. 그는 등장하는 인형들을 가리키는 가느다란 회초리를 손에 들고 있었다.

주막에 있던 모든 사람이 자리를 잡고 앉았다. 몇 사람은 인형극장 정면에 서고, 돈키호테와 산초와 시동과 사촌은 가장 좋은 곳에 자리를 잡았다. 변사는 듣고 본 것을 말하기 시작했는데, 그것은 다음 장에서 관객들이 듣고 볼 것들이다.

· 제26장 ·

인형극 놀이꾼의 웃기는 모험과
참으로 싫증을 느낄 정도로 재미있는 일들의 계속

적과 동지 모두가 침묵을 지켰다.[171] 내가 하고 싶은 말은, 인형극을 보는 모든 사람들이 그 불가사의한 것을 거품 물고 읊어내는 변사의 입에 넋을 잃고 있었다는 것이다. 때마침 무대에서는 많은 수의 큰북과 트럼펫이 울리는 소리가 들렸고, 수많은 대포를 쏘아대는 소리가 차츰 잠잠해지면서 소년이 목소리를 높여 말했다.

"여기서 여러분에게 보여드리는 이 진짜 이야기는 문자 그대로 프랑스의 연대기와, 길거리에서 사람들이나 소년들의 입에서 입으로 오르내리는 에스파냐의 로맨스에서 그대로 따온 것입니다. 돈 가이페로스 님이 에스파냐 산수에냐시에, 그 당시에는 산수에냐시

---

171 Callaron todos, tirios y troyanos. 직역하면 '카르타고 사람들과 트로이 사람들은 모두가 침묵을 지켰다'이지만, 'tirios y troyanos(카르타고 사람들과 트로이 사람들)'는 '적과 동지'라는 뜻의 관용어다. 분위기를 재미있게 띄우기 위해 이야기 처음에 삽입하는 시구로, 베르길리우스의 《아이네이스》 제2권 첫 구절이다. 그레고리오 에르난데스 데 벨라스코 Gregorio Hernández de Velasco가 번역하여, 1555년 안트베르펜에서 출판되었다.

로 불렸지만 오늘날에는 사라고사라고 불리는 도시에, 무어인들의 손에 포로로 잡혀 있던 자신의 아내 멜리센드라에게 주는 자유에 관한 이야기입니다. 그러면 여러분, 돈 가이페로스가 노래에 나오는 것처럼 저기서 주사위 놀이를 하고 있는 장면을 보십시오.

멜리센드라는 벌써 잊어버리고
돈 가이페로스는 주사위 놀이를 하고 있네.[172]

그리고 저기 머리에 왕관을 쓰고 손에 왕의 홀笏을 든 채 등장하는 저 인물은 샤를마뉴 황제로, 소문에 의하면 멜리센드라의 아버지 되는 분입니다. 황제는 자기 사위의 나태와 무관심을 보고 불쾌한 나머지 사위를 꾸중하러 나옵니다. 황제가 아주 심하게 사위를 꾸짖는 것을 보십시오. 황제는 홀로 사위의 골통을 대여섯 번 때리고 싶은 생각이 있는 것 같지 않습니까. 황제가 사위의 골통을 후려쳤다는, 그것도 아주 심하게 후려쳤다는 작가들도 있습니다. 그의 아내의 자유를 얻지 못하면 명예가 위험에 처하리라고 수차 말한 후에, 그에게 다음과 같이 말했다고 합니다. '짐은 그대에게 충분히 말했으니 명심하라.'[173] 여러분, 보십시오. 또 황제가 돈 가이페로스에게 등을 돌렸기 때문에, 돈 가이페로스는 분노를 달랠 길이 없어 주사위 판과 주사위 패를 멀리 던지는 것을 여러분은 이미

---

172 Jugando está a las tablas don Gaiferos, / que ya de Melisendra está olvidado. 멜리센드라와 돈 가이페로스의 이야기를 다룬 작자 미상의 8행시에서 첫 두 시구이다. 1573년 안트베르펜에서 《가곡집Cancionero》으로 출판되었다.

173 Harto os he dicho: miradlo. 멜리센드라와 돈 가이페로스의 로맨스들 중 한 시구.

보셨습니다. 그러고는 부랴부랴 갑옷과 투구를 가져오라 합니다. 그리고 자기 사촌 돈 롤단에게 그의 칼 두린다나를 빌려달라고 합니다. 롤단은 그에게 칼을 빌려주고 싶지 않아, 그가 하려고 하는 그 험난한 작전에 동참하겠다고 제안했습니다. 그러나 화가 머리끝까지 치민 용감한 기사는 그 제안을 받아들이고 싶지 않아, 설령 그의 아내가 땅속 가장 깊은 한복판에 박혀 있다 하더라도 자기 혼자 충분히 구출할 수 있다고 말합니다. 이런 연후에 곧 길을 나서기 위해 무장하러 들어갑니다. 여러분께서는 저기 보이는 저 탑으로 눈을 돌려보십시오. 지금은 알하페리아Aljafería라고 부르는 사라고사 성의 탑들 중 하나로 예상됩니다. 무어식 옷을 입고 발코니에 나타난 저 귀부인이 세상 누구와도 비길 수 없이 아름답다는 그 멜리센드라입니다. 그녀는 저기서 수차에 걸쳐 프랑스로 가는 길을 바라보기 시작했고, 파리와 자기 남편을 상상하면서 포로 생활을 달래곤 했답니다. 그리고 아마도 현세에서는 절대 있을 수 없는 따끈따끈한 새로운 사건 하나를 보시길 바랍니다. 말없이 아주 천천히 입에 손가락을 대고 멜리센드라의 등 뒤로 다가가고 있는 저 무어인이 여러분은 보이지 않습니까? 무어인이 멜리센드라의 입술 한가운데에 입을 맞추자 그녀는 재빨리 침을 뱉고는 셔츠의 하얀 소매로 입술을 훔치고 신세타령을 하면서, 슬픔에 겨워 자기의 아름다운 머리카락을 쥐어뜯는 것을 보십시오. 자기 머리카락이 저주의 잘못이라도 저지른 듯 말입니다. 또한 저 회랑을 걷고 있는 산수에냐의 임금 마르실리오가 얼마나 예사롭지 않은 무어인인지를 보십시오. 이 임금은 그 무어인의 오만불손함을 보았기 때문에, 그가 비록 자기 친척의 한 사람이고 총신寵臣이긴 하지만, 그를 잡아들이라는 명령을 내려 곤장 2백 대를 쳐 도시 사람들의 왕래가 많은 길거리로 끌고 다니게 합니다. 그리고 사람들에게 창피를 주기 위해서

앞에는 죄를 고하는 사람들
뒤에는 포졸들의 호위[174]

를 세웠답니다. 그리고 여기 아직 죄가 실행되기도 전임에도 불구하고 선고를 집행하러 나오는 것을 보세요. 무어인들 사이에서는 우리처럼 '원고가 피고에게 전하기를'이라든지 '이런 증거로 일단 감옥에 보내라'라는 것이 없기 때문입니다."

"얘, 꼬마야." 이때 돈키호테가 큰 소리로 말했다. "이야기를 똑바로 계속해라. 그렇게 빙빙 돌리거나 빗나가거나 하지 말란 말이야. 어떤 진실을 분명하게 하려면 많은 증거와 재검토가 필요해."

페드로 선생도 안에서 말했다.

"야, 이 녀석아, 불필요한 군더더기를 넣지 말고 그 나리께서 말씀하신 대로 해. 그게 가장 확실해. 꾸밈없이 솔직하게 읊고, 그렇게 대위법을 쓰지 말란 말이야. 하는 듯 마는 듯 해야지 너무 민감하게 신경 쓰다간 오히려 망치기 일쑤거든."

"그렇게 하겠습니다요." 소년이 대답하더니 계속해서 말했다. "여기 프랑스 서남부 지방의 망토를 입은 채 말을 타고 나타난 이 인형은 돈 가이페로스 바로 그분입니다. 여기 그의 부인은 이미 그

---

174 con chilladores delante / y envaramiento detrás. 프란시스코 데 케베도Francisco de Quevedo의 로맨스《멘데스를 위한 춤Escarramán a la Méndez》에 나오는 시구다.

녀를 향한 사랑에 빠진 무어인의 무모한 짓을 복수하고나서 더 밝고 더 차분한 모습으로 탑 전망대에 올라앉아, 어떤 행인이라 생각하고 자기 남편과 이야기하고 있습니다. 그녀는 로맨스에서 다음과 같이 말하는 모든 말과 대화를 그와 주고받았던 것입니다.

기사님이시여, 만일 프랑스에 가시거든
가이페로스의 소식을 알아봐주세요.[175]

소인이 이야기를 너무 장황하고 따분하게 늘어놓으면 싫증이 나실 테니 여기서 전부 말하지 않겠습니다. 돈 가이페로스가 자신이 누구라는 것을 털어놓자 멜리센드라가 기뻐하는 태도로 보아, 그녀가 자기 남편을 알아보았다는 것을 미루어 짐작할 수 있을 겁니다. 더욱이 우리는 지금 그녀가 착한 남편의 말 엉덩이에 타기 위해 발코니에 매달려 아슬아슬하게 내려오고 있는 모습을 보고 있습니다. 그러나 아, 이다지도 운이 없단 말인가! 발코니의 쇠창살 하나에 페티코트 한쪽 끝이 걸려 땅에 닿지 못하고 공중에 대롱대롱 매달려 있습니다. 그렇지만 자비로우신 하느님께서 크나큰 곤경에 처한 이때 어떻게 구원의 손길을 뻗치시는지 보십시오. 바로 그 순간에 가이페로스가 다가와 그 값비싼 페티코트가 찢기거나 말거나 신경 쓰지 않고 그녀를 잡아 다짜고짜로 땅에 내리게 했습니다. 그리고는 순식간에 그녀를 자기의 말 엉덩이에 올려 남자처럼

---

175 Caballero, si a Francia ides, / por Gaiferos preguntad. 두란Durán의 한 로맨스에 나오는 시구다.

걸터앉히고, 아내에게 단단히 버티며 자기의 등 뒤에서 양팔을 벌려 가슴에 깍지 끼도록 했습니다. 그런 말 타기에 익숙지 않은 멜리센드라 부인이 행여 떨어지지나 않을까 해서였습니다. 그리고 말이 울음소리로 용감하고 아름다운 남녀 두 주인을 등에 태우고 만족해하면서 달려가고 있다는 신호를 보내는 걸 보고 계십니다. 등을 돌리고 도시를 나와 기쁘고 즐거운 마음으로 파리를 향해 가는 길로 그들이 어떻게 들어서는지 여러분께서는 보고 계십니다. 그럼 부디 편안히 가시길. 오, 천하에 둘도 없는 진정한 연인들이여! 그대들의 행복한 여행에 운명의 여신이 거추장스러운 장애물이 되지 않고 그대들이 바라는 조국에 무사히 당도하길 바라 마지않습니다! 그대들의 친구들과 친지들이 그대들의 여생 동안, 네스토르[176]가 그랬던 것처럼, 고요한 평화 가운데 생을 만끽하면서 행복하게 지내는 것을 직접 눈으로 보기를 바라고 또 바랍니다."

페드로 선생이 다시 돼지 멱 따는 소리로 말했다.

"꾸밈없이 해라, 얘야. 거만 떨지 말란 말이다. 너무 젠체하는 것은 좋지 않아!"

변사는 아무런 대답도 하지 않고 막무가내로 계속해서 말했다.

"매사가 그렇듯이 멜리센드라가 내리고 오르는 것을 본 몇몇 한가한 눈이 있었답니다. 그래서 마르실리오 임금에게 소식이 전해지자, 임금은 즉시 경종을 두드리라고 명령했습니다. 그랬더니 모

---

176 Néstor. 그리스신화 속 필로스의 왕으로, 주로 현명한 노인으로 등장하는 영웅이다. 트로이전쟁 때 아가멤논 휘하에서 활약했고, 여러 왕 사이에서 중재 역할을 하거나 고문 구실을 했다고 한다.

두가 얼마나 빨리 움직이는지를 보십시오. 모스크들의 모든 탑에서 울리는 종소리로 이미 도시가 무너질 듯합니다."

"그건 아니야!" 이때 돈키호테가 말했다. "종에 대한 이 대목에서 페드로 선생이 큰 오류를 범하고 있소. 왜냐하면 무어인들 사이에서는 종이 아니라 큰북을 사용하고, 우리의 치리미아[177]와 비슷한 둘사이나[178]를 분다오. 산수에냐에서 종이 울리는 이런 일은 의심할 여지도 없이 이치에 크게 어긋나는 일이오."

페드로 선생은 이 말을 듣고 종 치는 것[179]을 멈추고 말했다.

"유치하기 짝이 없는 일에 신경 쓰실 것 없습니다, 돈키호테 나리. 매사를 그렇게 집요하게 물고 늘어지실 게 아닙니다. 요즘 주변에서는 얼토당토않은 엉터리투성이 연극들이 그 수를 헤아리기 어려울 정도로 거의 일상처럼 공연되고 있습니다. 그럼에도 불구하고 아주 반갑게도 이 업은 잘나가고 박수갈채를 받을 뿐만 아니라 감탄사를 연발하는 소리가 사방에서 들린답니다. 계속해라, 얘야. 내 자루만 채우면 그만이니 개의치 말고, 설령 태양이 가진 미립자만큼 부적절한 일이 많더라도 공연은 계속되어야 하느니라."

"사실은 그래." 돈키호테가 되받아 말했다.

그러자 소년이 말했다.

"여러분, 저 많은 빛이 번쩍번쩍하는 기병대가 두 가톨릭 연인을 쫓아 시내에서 나오는 것을 보십시오. 저렇게도 많은 사람들이

---

177 피리의 일종.

178 나팔처럼 생긴 피리.

179 페드로 선생은 인형들을 조종할 뿐 아니라 인형들의 동작에 맞춰 악기도 연주한다.

트럼펫을 불고, 둘사이나를 불고, 수많은 아타발[180]과 아탐보르[181]가 울려 퍼지고 있습니다. 나는 저들이 두 연인을 따라잡지나 않을까 겁이 납니다. 그리고 그들을 잡아 말 꼬리에 묶어 돌아가게 된다면, 그야말로 소름이 끼치는 광경이 아니고 무엇이겠습니까요.”

돈키호테는 그 많은 무어인들과 울려 퍼지는 커다란 소리를 보고 들으면서 도망치는 연인에게 도움이 되는 것이 좋겠다고 생각하고는 일어서서 벽력같은 목소리로 외쳐댔다.

“내 목숨이 다할 때까지, 내 면전에서 돈 가이페로스처럼 유명한 기사이며 저렇게도 대담한 연인에게 함정을 만드는 일을 나는 용인하지 못하겠다. 멈춰라, 이 상놈의 새끼들아. 그 기사를 쫓지도, 따라가지도 말아라. 만일 그러지 못하겠다면, 나와 한판 승부를 벌여야 할 거야!”

이렇게 말하고는 칼을 빼어 들고 깡충 뛰어 인형극장 옆에 섰다. 그러더니 번개처럼 세상에서 한 번도 보지 못한 분함을 참지 못하고 미친 중놈 집 헐듯 앞뒤 가리지 않고 무어인 병정 인형들에게 칼질을 해대기 시작했다. 이놈은 엎어버리고, 저놈은 목을 자르고, 요놈은 불구로 만들고, 또 다른 놈은 토막을 내고, 그리고 다른 많은 칼질 중 한번은 칼을 내리치는데 그때 만일 페드로 선생이 몸을 낮춰 웅크리지만 않았다면 호박에 침 주기보다 더 쉽게 그의 머리가 영락없이 잘렸을 것이다. 페드로 선생이 고래고래 고함을 지르며 말했다.

---

180 큰북.
181 장구처럼 생긴 북.

"멈춰요, 멈춰, 돈키호테 나리. 정신 차리세요. 나리께서 엎고 토막 내고 죽이는 이것들은 진짜 무어인이 아니고 밀가루 반죽으로 만든 인형입니다. 여보세요, 제가 나리께 도대체 무슨 죄를 저질렀기에 이렇게 못살게 굴고 제 전 재산을 망가뜨린답니까요!"

하지만 이런 일로 멈출 돈키호테가 아니었다. 마치 비 오듯 칼로 내려치고, 싹둑 자르고, 올려 치고 정신없이 칼질을 해댔다. 글자 그대로 눈 깜짝할 사이에 인형극장이 모두 땅바닥에 쏟아져 엉망진창이 되어버렸다. 인형들이며 잡동사니가 죄다 산산조각이 되고 말았다. 마르실리오 임금은 심하게 부상을 당하고, 샤를마뉴 황제의 왕관은 못쓰게 되고 머리는 두 동강이 나버렸다. 관객도 소동을 일으켜, 원숭이는 주막 지붕으로 도망치고, 사촌은 겁을 먹고, 시동은 기가 죽고, 심지어 바로 그 산초 판사도 섬뜩할 정도로 공포를 느꼈다. 왜냐하면 폭풍이 지나간 뒤에 산초가 맹세했듯이, 그의 주인이 그렇게 앞뒤 가리지 않고 분별없이 노한 것은 한 번도 본 적이 없었기 때문이다. 이렇게 인형극장을 작살내고나서 조금 진정되자 다음과 같이 말했다.

"나는 편력 기사들이 세상에서 얼마나 유용한지 믿지도 않고, 또 믿고 싶어 하지도 않는 무어족 놈들을 지금 이 앞에 무릎 꿇리고 싶소. 만일 내가 여기에 없었더라면 저 마음씨 고운 돈 가이페로스와 아름다운 멜리센드라가 어찌 되었을지 한번 생각들 해보세요. 지금쯤은 이 개 같은 놈들이 그들을 쫓아가 잡아서 어떤 난폭한 짓을 했을 것이 분명해. 결국, 오늘날 이 지상에 살고 있는 모든 것 위에 편력 기사도여, 만세!"

"오래오래 잘들 사십시오!" 이때 페드로 선생이 다 죽어가는 소리로 말했다. "이다지도 운이 없다니, 전 이제 죽어야겠습니다. 이제야 비로소 돈 로드리고 왕과 이야기할 수 있겠습니다.

난 어제 에스파냐의 주인이었는데,
오늘은 내 것이라 말할 수 있는
기둥뿌리 하나 가진 것 없네![182]

반 시간 전까지만 해도, 아니 조금 전까지만 해도 나는 임금들과 황제들의 주인이었고, 내 마구간과 내 상자와 자루는 무수한 말들과 셀 수 없는 나들이웃들로 가득했는데, 지금 나는 슬픔에 잠겨 맥이 빠지고 빈털터리가 되어 거지 신세가 되었답니다. 더욱이 내 원숭이까지 도망쳤으니, 그놈을 다시 붙잡아 내 품에 안으려면 땀깨나 빼게 생겼습니다. 그런데 이 모든 게 기사 나리의 사려 깊지 못한 분노 때문에 일어난 일이니, 기사는 고아를 보호하고, 마음이나 성격이 바르지 않은 자를 똑바로 해주고, 남을 사랑하고 가엾게 여기는 일들을 많이 한다고 들었는데, 소인한테만은 이 양반의 너그러운 마음이 애당초 없었던 모양입니다. 저기 저 높디높은 자리에 계시는 하늘의 여러 신들이여, 축복을 받고 칭송을 받을지어다! 마침내 찌푸린 얼굴의 기사께서 날 이렇게 모양새가 좋지 않게 만들어놓을 줄은 꿈에도 생각지 못했나이다."

산초 판사는 페드로 선생의 넋두리를 듣고는 눈물을 머금고 그

---

182 Ayer fui señor de España, / y hoy no tengo una almena / que pueda decir que es mía! 돈 로드리고 왕Rey don Rodrigo의 한 로맨스에 나오는 시구다.

에게 말했다.

"제발 울지 마세요, 페드로 선상님. 그리고 슬퍼하지도 마세요. 소인의 심장이 찢어질 것만 같습니다요. 왜냐하면 소인의 주인이신 돈키호테 나리께서는 참 가톨릭 신자이시고 세심한 배려를 하실 줄 아는 기독교도이시기에, 만일에 귀하에게 어떤 피해를 입혔는지 알게 되시면 충분한 보상으로 섭섭히 생각하지 않도록 지불하심으로써 불만을 해소시키기를 원하실 것임을 소인이 감히 선상님께 알려드립니다요."

"돈키호테 나리께서 망가뜨린 인형들의 일부만이라도 보상을 해주시기만 한다면 저야 감지덕지할 판입니다. 또 그래야 나리의 마음도 안심이 되시리라 생각합니다. 주인의 뜻에 반해 다른 짓을 한 자는, 그것을 원상으로 되돌리지 않으면 구원을 받을 수가 없기 때문입니다."

"그건 그렇소." 돈키호테가 말했다. "그렇지만 지금까지 그대의 것이 무엇이 있다고 하는지 난 도무지 모르겠소, 페드로 선생."

"어떻게 모르신다는 말씀을?" 페드로 선생이 대답했다. "그러면 이 딱딱하고 메마른 땅에 떨어져 있는 잔해들은, 그 강력한 팔을 가진 무적의 힘이 아니라면 도대체 누가 흩뜨리고 못쓰게 만들었단 말입니까? 뿐만 아니고 이 잔해들이 내 것이 아니라면 누구의 것이란 말입니까? 그리고 이것들이 아니었으면 제가 어떻게 밥을 먹고 살았겠습니까?"

"이제야 비로소 알겠네." 이때 돈키호테가 말했다. "전에도 내가 여러 번 알긴 했지만 말일세. 나를 쫓아다니는 이 마법사들이 인형들을 마치 실제 사람인 양 내 눈앞에 놓고, 곧장 모습을 바꾸어 그들이 바라는 모습으로 바꿔치는 거라고. 난 정말 진실로 여러분에게 말씀드리는데, 내 말을 듣고 계시는 여러분, 제 생각에는 여기서 일어난 일들이 죄다, 눈곱만큼도 과장 없이 사실 그대로 말하면, 실제로 일어난 것 같았습니다. 멜리센드라가 멜리센드라이고, 돈 가이페로스가 돈 가이페로스이고, 마르실리오가 마르실리오이고, 샤를마뉴가 샤를마뉴이고 말입니다. 그래서 나를 분노케 한 것이오. 나는 편력 기사라는 직무를 이행하기 위해 도망치는 사람들에게 도움을 주고 은혜를 베풀고 싶었을 따름이오. 이런 좋은 의도로 여러분께서 목격한 일을 했소이다. 내 의도가 거꾸로 나갔다면, 그것은 내 잘못이 아니라 나를 쫓아다니는 나쁜 자들 때문이었소. 그리고 이런 모든 일은 내 잘못으로, 악의를 품고 한 일은 아니지만, 나 자신이 대가를 치르고 지옥에라도 가겠소이다. 그러하오니 페드로 선생, 망가진 인형들 값으로 원하시는 것을 말씀해주시면 곧바로 지금 통용되고 있는 에스파냐 돈으로 지불하도록 하겠습니다."

페드로 선생은 그에게 허리를 굽혀 인사를 하면서 말했다.

"진정한 구원자이시며 모든 가난한 자와 궁색한 방랑자의 보호자이신 용감무쌍한 라만차의 돈키호테 나리의 상상을 초월한 기독교 정신으로 보아 기대하지 않는 바는 아닙니다. 그리고 여기 계신 객줏집 주인어른과 위대한 산초 님께서는 이미 망가진 인형들의 값이 얼마나 나갈지, 혹은 얼마나 칠 수 있을지 나리와 나의 중개인 겸 감정인이 되어주십시오."

객줏집 주인과 산초는 그렇게 하겠다고 말했다. 그러자 바로 페드로 선생은 땅바닥에서 머리 없는 사라고사의 왕 마르실리오를 번쩍 올려 들고 말했다.

"이미 보시는 바와 같이 이 임금님을 원상으로 복구하기는 불가능하므로, 더 좋은 의견이 없으시다면, 저는 임금님의 죽음과 종말과 완성을 위한 값으로 4레알 반이었으면 합니다."

"계속하시오." 돈키호테가 말했다.

"위에서 아래로 갈라진 금 때문에," 갈라진 샤를마뉴 황제를 손에 들고 페드로 선생은 계속했다. "5레알 1콰르티요[183]를 청구해도 많지는 않을 겁니다."

"적은 것도 아니구먼요." 산초가 말했다.

"많은 것도 아닙니다." 객줏집 주인이 되받아 말했다. "갈라진 것을 감안하여 5레알로 정합시다."

"5레알 1콰르티요를 다 주게나." 돈키호테가 말했다. "이렇게 큰 불행의 총액으로 보아 1콰르티요를 더 주고 덜 주고 하는 것은 별로 문제가 되지 않아. 그러니 페드로 선생, 저녁밥을 먹을 시간이 되어 시장기가 약간 도니 빨리 끝내시오."

"이 인형은," 페드로 선생이 말했다. "코도 없고 눈도 한쪽이 없이 아름다운 멜리센드라인데, 정확히 2레알 12마라베디[184]를 매기고자 합니다."

"그것에 악마라도 붙었나." 돈키호테가 말했다. "멜리센드라는 벌써 자기 남편과 함께 적어도 프랑스 경계에 가 있을 텐데. 내가 보기에 그들이 타고 가는 말은 달리는 것이 아니라 날아가던데 말이오. 이런 마당에 무엇 때문에 코가 없는 멜리센드라를 지금 내 앞

---

183 cuartillo. 1콰르티요는 4분의 1레알.
184 1마라베디maravedí는 34분의 1레알.

에 내놓고 고양이를 토끼로 둔갑시켜 나한테 팔려고 야단이오? 어쩌면 지금쯤은 팔자 좋게 마음 편히 프랑스에서 남편과 희희낙락하며 지내고 있을 텐데. 하느님께서는 누구에게나 가진 만큼 도와주십니다, 페드로 선생. 그러니 우리 모두 쉽게 건전한 의도로 합시다. 그럼 계속하세요."

페드로 선생은 돈키호테가 다시 정신이 이상해지면서 본래의 망상으로 돌아가는 것을 보고, 그를 놓쳐서는 아니 되겠다 싶어서 그에게 말했다.

"이 여자는 멜리센드라가 아니고 그녀를 시중들던 시녀들 중 어떤 여자인 것이 틀림없습니다. 그러니 60마라베디만 주시면 만족하고 잘 받은 걸로 치겠습니다."

이렇게 다른 많은 부서진 인형들에도 값이 매겨져갔다. 그리고 나중에 두 중재자가 양측이 만족하도록 적당히 조정해 40레알 3콰르티요에 이르렀다. 산초가 바로 지불한 이 돈 말고도 페드로 선생은 원숭이를 붙잡아 오는 대가로 2레알을 더 달라고 했다.

"2레알을 주게." 돈키호테가 말했다. "그걸로 원숭이는 잡아 오지 못해도 술값은 되고 남겠지. 그리고 도냐 멜리센드라 부인과 돈 가이페로스 씨가 이미 프랑스에서 자기 가족들과 함께 있다는 소식을 확실히 나에게 전해주는 사람에게는, 길보를 알려준 데 대한 답례로 2백 레알의 포상금을 내릴 것이네."

"우리에게 제 원숭이보다 더 잘 말해줄 자는 없습니다." 페드로 선생이 말했다. "그러나 그놈을 지금 붙잡을 악마는 없을 겁니다. 정이 그립고 배가 고파서 마지못해 오늘 밤에 나를 찾아오리라고 생각은 합니다만. 곧 날이 밝을 테니, 그럼 또 봅시다."

마침내 인형극장의 폭풍은 지나가고, 말할 수 없을 만큼 관대하신 돈키호테의 호의로 모두가 평화롭고 화기애애하게 저녁을 먹었다.

날이 밝기 전에 일반 창과 반달 모양의 칼이 달린 장창을 신고 가던 사람이 떠났으며, 날이 밝은 뒤에는 사촌과 시동이 돈키호테에게 작별 인사를 하러 왔다. 한 사람은 자기 고향으로 돌아가겠다고 했고, 다른 한 사람은 가던 길을 계속 가겠다고 했는데, 그를 돕기 위해 돈키호테는 12레알을 주었다. 돈키호테를 너무나 잘 아는 페드로 선생은 그와 더 이상 말다툼을 하고 싶지 않았기에, 해가 뜨기 전 꼭두새벽에 일어나 인형극 유물과 원숭이를 데리고 모험을 찾아 떠났다. 객줏집 주인은 돈키호테를 잘 몰랐다. 그래서 그의 너그러운 마음과 광기에 많이 놀랐다. 마지막으로 산초는 자기 주인의 명령으로 객줏집 주인에게 아주 후하게 지불한 뒤 그와 작별을 하고는, 아침 8시가 다 되어서야 객줏집을 나와 길을 가기 시작했다. 우리는 그들이 여행을 계속하도록 잠깐 놓아두자. 그래야 이 유명한 이야기의 설명에 관련된 다른 것들을 이야기할 여유가 생기기 때문이다.

· 제27장 ·

페드로 선생과 원숭이의 정체,
또 돈키호테가 바라고 예상했던 것처럼
끝나지 않은 당나귀 울음소리의
불행한 사건에 관한 이야기

이 위대한 이야기의 작가 시데 아메테는 이 장에서 다음과 같은 말로 들어간다. "나는 기독교 가톨릭 신자로서 맹세한다……" 이 말에 대해 번역자는, 시데 아메테가 무어인이면서도 굳이 기독교 가톨릭 신자로서 맹세한다고 하는 것은, 그가 무어인이라는 것은 의심할 여지가 없지만 동시에 기독교 가톨릭 신자이기 때문에 기독교 가톨릭 신자가 하듯 무슨 말이든지 진실만을 말하고 진실 이외에는 다른 무엇도 말하지 않겠다고 맹세한 것으로 받아들여야 한다고 말한다. 그래서 돈키호테에 대해 쓰고 싶을 때는, 특히 페드로 선생이나 점을 쳐서 모든 사람을 놀라게 한 그 원숭이가 누구인지 말할 때는, 마치 기독교 가톨릭 신자가 맹세하듯 진실만을 쓰겠다고 말한 것이다.

번역자는 이렇게 말하고 있다. 이 이야기의 제1권을 읽은 사람은 히네스 데 파사몬테가 누구인지 기억할 것이다. 그는 돈키호테가 시에라 모레나에서 해방시켜준, 갈레라에서 노 젓는 죄수 중 한

365

사람이었는데 약아빠지고 버릇이 나빠서 나중에 돈키호테에게 감사할 줄 모르고 배은망덕도 유분수지 은혜를 원수로 갚았다. 이 히네스 데 파사몬테는 돈키호테가 히네시요 데 파라피야라 불렀던 작자로,[185] 산초 판사에게서 잿빛 당나귀를 훔친 바로 그놈이었다. 인쇄공들의 실수로 제1권에서 어떻게 언제 그런 일이 있었는지 쓰여 있지 않은 관계로, 많은 사람들에게 어떻게 이해시켜야 할지 몰라 인쇄 실수를 작가의 어설픈 기억 탓으로 돌렸던 것이다. 하지만 결론적으로 말해, 히네스는 산초 판사가 당나귀 위에서 자고 있을 때 당나귀를 훔쳤다. 사크리판테가 알브라카를 공략할 때 브루넬로가 그의 다리 사이에서 말을 꺼내 갔던 바로 그 계책과 방법을 그대로 썼다. 이미 이야기한 것처럼 산초는 나중에 그에게서 당나귀를 되찾았다. 그런데 이 히네스라는 위인은, 망나니짓과 죄악을 어찌나 많이 저질렀던지 그를 벌하기 위해 당국에서 찾아다니는 바람에, 당국에 발각되지나 않을까 겁에 질려 떨고 있었다. 그의 죄악이 헤아릴 수 없이 많고 다양해 자기 스스로 그 이야기들을 두툼한 책으로 엮을 정도였다. 그는 당국의 눈을 피해 아라곤왕국으로 넘어갈 결심을 하고, 왼쪽 눈을 가리고 인형극 놀이꾼의 일자리를 구했다. 이런 재주와 함께 손놀림이 아주 능숙했다.

그런데 히네스 데 파사몬테는 이미 자유의 몸이 되어 베르베리아[186]에서 풀려난 몇몇 기독교도들에게서 그 원숭이를 구입하게 되

---

185 돈키호테가 아니고 호송인이다. 호송인을 돈키호테라 한 것은 작가 세르반테스의 잘못이거나 편집상의 오류 때문이다.
186 북아프리카 지방의 옛 이름.

었고, 그 원숭이에게 어떤 신호를 하면 자기 어깨로 올라와 귀에 대고 속삭이거나 속삭인 것처럼 하도록 가르쳤다. 이렇게 하고 그의 인형극단과 원숭이를 챙겨 어느 마을에 들어가기 전에 그 마을에서 가장 가까운 마을에 자리를 잡고는, 그 지방 사정에 정통한 사람을 구워삶아 그 마을에 어떤 특별한 일이 있었으며 또 누구에게 어떠어떠한 일들이 있었는지 등을 아주 자세히 파악했다. 그리고 그 내용들을 잘 기억했다가 맨 처음 그가 한 일은 인형극을 보여주는 것이었다. 인형극은 같은 이야기를 몇 번 재탕하는 경우도 있지만, 다른 이야기를 공연하기도 했다. 그러나 모두가 즐겁고 흥을 돋우는 이미 알려진 이야기들이었다. 공연이 끝나면 원숭이의 여러 솜씨를 보여주면서, 원숭이가 과거의 일과 현재의 일에 대해서는 길흉화복吉凶禍福을 빠짐없이 죄다 점친다고 사람들에게 말했다. 그러나 앞으로 닥쳐올 일을 예측하는 솜씨는 발휘하지 못한다고 했다. 질문마다 대답에는 2레알을 요구했으며, 질문하는 사람의 형편을 넌지시 떠보아 값을 깎아주기도 했다. 때로는 집으로 찾아가기도 했는데, 그 집에 사는 사람들에게 일어난 사건들을 미리 알아두었다가 그 집 사람들이 돈을 내기 싫어서 아무 질문을 하지 않아도 원숭이에게 신호하여 원숭이가 이러저러한 것을 그에게 말했다고 하면, 그 말들이 실제 일어난 일과 판에 박은 듯이 딱 맞아떨어졌기 때문에 이루 말할 수 없는 믿음을 얻게 되어, 모든 사람이 그의 뒤를 졸졸 따라다녔다. 다른 한편으로는 그가 아주 재치 있는 사람이었기에 대답이 질문에 딱 들어맞도록 해주었다. 그리고 아무도 그의 원숭이가 어떻게 알아맞히는지 말해달라고 재촉하거나 성가시게 굴지 않았기 때문에, 모두를 속이고 자기 배만 불렸다.

히네스 데 파사몬테는 객줏집에 들어서자마자 돈키호테와 산초 판사를 알아보았다. 그런 알음 때문에 돈키호테와 산초 판사와 객줏집에 있는 모든 사람들을 감복시키는 일은 땅 짚고 헤엄치기나 마찬가지였다. 하지만 만약 돈키호테가 손을 약간만 더 내렸더라면, 앞 장에서 말했듯이 마르실리오 임금의 머리를 자르고 그의 모든 기병대를 쳐부수었을 때, 그는 엄청난 대가를 치르지 않으면 안될 뻔했던 것이다.

이것이 페드로 선생과 그의 원숭이에 대해 이야기하지 않으면 안 되는 내용이다.

그럼 다시 라만차의 돈키호테에게로 돌아가, 그는 객줏집에서 나와 사라고사시에 입성하기 전에 먼저 에브로강과 그 주변을 죄다 구경하기로 결심했다. 사라고사에서 열리는 마술 경기까지는 아직 여러 날이 남아 있었다. 이런 의도로 그는 가던 길을 계속 걸었지만 이틀이 지나도록 글로 쓸 만한 일이 일어나지 않았다. 사흘째 되던 날 한 언덕으로 올라가려 할 때, 북소리랑 트럼펫 소리랑 화승총을 쏘아대는 소리가 요란하게 들려왔다. 처음에는 어떤 보병 연대의 병사들이 그쪽으로 지나가는 줄 알고, 그들을 보기 위해 로시난테에게 박차를 가해 언덕 위로 올라갔다. 언덕배기에 이르렀을 때, 그 언덕 아래에 그가 보기에는 2백 명도 넘는 남자들이 각종 무기로 무장을 하고 있었다. 그 무기는 굵고 짧은 투창, 큰 활, 양날 도끼, 반달 모양의 칼이 달린 장창과 일반 창, 화승총 몇 자루, 그리고 많은 수의 둥근 방패 등이었다. 경사지를 내려와 부대가 있는 곳으로 가까이 가자 깃발들이 뚜렷이 보였는데, 색깔로 알아볼 수 있었고 깃발마다 휘장을 달아놓았다. 특히 군기 아니면 흰 융단으로 만든 갈가리 찢긴 천 조각 같은 깃발 하나에 사르데냐산産 작은 당나귀가 아주 생생히 그려져 있었다. 그 당나귀는 머리를 치켜들고 입을 크게 벌려 혀를 쑥 내민 채 마치 울고 있는 듯한 행동과 자세를 취하고 있었다. 당나귀 주변에는 커다란 글자로 다음 두 시구가 쓰여 있었다.

당나귀 울음소리를 낸 것이 헛되지 않았네
이 마을과 저 마을의 촌장이.

이 휘장으로 판단할 때, 돈키호테는 그들이 당나귀 울음소리를 내는 마을 사람들임이 틀림없다고 단정했다. 그래서 그는 산초에게 깃발에 쓰인 것을 보고 단정을 내려 말하길, 그 사건에 대한 소식을 자신들에게 전해준 사람이 당나귀 울음소리를 두 의원이 냈다고 말한 것은 잘못이고, 깃발의 시구에 따르면 의원들이 아니라 촌장들이었다고 말했다. 그 말에 산초 판사가 대답했다.

"나리, 그런 일에 마음을 쓰지 않으셔도 됩니다요. 그 당시에는 의원들이 당나귀 울음소리를 냈지만 시간이 지남에 따라 마을 촌장이 되었을 수도 있으니, 두 가지 직함으로 부를 수도 있을 겁니다요. 그들이 실제로 당나귀 울음소리를 냈기 때문에, 당나귀 울음소리를 낸 사람들이 촌장이건 의원이건 이야기의 진실과 관계있는 것은 아닙니다요. 의원이건 촌장이건 누가 당나귀 울음소리를 내건 마찬가지 아닙니까요."

결국 그들은 모욕을 당한 마을 사람들이 좋은 이웃에게 지켜야 할 체면도 헌신짝 버리듯 내팽개치고 수치심을 안겨준 다른 마을 사람들과 싸우러 나온 것을 알게 되었다.

돈키호테는 그들에게 다가갔다. 그런 일에 휘말리는 것을 극히 싫어하는 산초는 별로 마음이 내키지 않았다. 부대를 이루고 있는 사람들은 돈키호테를 자기편 사람들 중 하나라고 믿어 그를 기꺼이 맞이했다. 돈키호테가 투구의 앞 차양을 들어 올리고 늠름한 품위와 태도로 당나귀 깃발이 있는 곳까지 다가가자, 군대 같은 무리의 주요 인사들 모두가 그를 보기 위해 그의 주변으로 모였다. 그들은 돈키호테를 처음 본 사람이라면 누구나 그러하듯 무척 놀라서 뚫어지게 바라보기만 하고, 누구 하나 입을 여는 사람이 없었다. 그것을 본 돈키호테는 그 침묵을 이용하고 싶은 간절한 생각 때문에, 말없이 있다가 침묵을 깨고 목소리를 높여 말했다.

"친애하는 분들이시여, 제가 여러분께 간절히 부탁하오니 언짢게 하거나 화나게 하는 말을 하기 전까지는 제가 하고 싶은 말을 중간에 가로채 중단시키지 말기를 바랍니다. 만일에 그런 일이 생기면, 눈곱만큼이라도 여러분이 저에게 그런 낌새를 보이면, 저는 제 혓바닥에 재갈을 물리고 입을 다물겠나이다."

모두가, 기꺼이 경청할 터이니 하고 싶은 말을 하라고 돈키호테에게 말했다. 돈키호테는 이렇게 허락을 받고는 계속해서 말했다.

"저는 편력 기사올시다, 여러분. 제가 하는 일은 무사의 일이며, 제 본업은 관심을 가지고 지속적으로 돌보아드릴 필요가 있는 이들을 돕고 궁핍한 자들을 구출하러 다니는 일입니다. 며칠 전에 저는 여러분의 불행과, 여러분의 적들에게 복수하기 위해 계속 무기를 들고 움직여야 하는 원인에 대해 알게 되었습니다. 그래서 제가 여러 차례 여러분의 일에 관해서 곰곰이 생각한 끝에 내린 결론인데, 결투의 법칙에 의해, 여러분 스스로가 모욕을 당했다고 여기는 것은 잘못된 생각임을 알았습니다. 왜냐하면 도매금으로 반역자라 비난하지 않을 바에야, 특별히 누가 비난받을 만한 배신행위를 했는지 모르는 마당에, 어떤 개인도 한 마을 사람들 모두를 모욕할 수는 없기 때문입니다. 우리는 모든 사모라 사람에 도전했던 돈 디에고 오르도네스 데 라라에게서 예를 들 수 있습니다. 그는 베이도 돌포스 혼자 그의 국왕을 죽이는 우를 범했다는 것을 몰랐기 때문에 모두에게 도전했고, 복수와 보복을 모두에게 자행했던 것입니다. 돈 디에고 나리께서 약간 심하게 군 것은 사실이고 도전의 한계를 너무 많이 벗어난 것이었습니다. 이미 죽은 이들이나 물, 빵, 태어나지도 않은 아이들, 그리고 여러 로맨스에서 다루게 만든 다른 사소한 것들에까지도 복수하겠다고 했다지 않아요. 그렇게까지할 일이 아니었는데 말입니다. 그러나 어쩔 수 없는 일이죠, 뭐! 분노가 일단 폭발하면 아버지도, 가정교사도, 재갈도 그 혓바닥을 바로잡을 수 없습니다. 그렇더라도 단 한 사람이 왕국이나, 지방이나, 도시나, 사회나 온 마을을 모욕할 수는 없는 것입니다. 그러므로 그런 모욕과 도전에 복수한다고 일부러 나갈 필요가 없는 것이 분명합니다. 왜냐하면 그것은 모욕이 아니기 때문입니다. '암컷 시계'라는 뜻의 '라 렐로하' 마을 사람들이 자기 마을 이름을 그렇게 부를 때마다, 그리고 바야돌리드 사람들을 '여자의 일에 간섭하는 자들', 톨레도 사람들을 '가지 장수들', 마드리드 사람들을 '새끼 고래들', 세비야 사람들이나 토리호스 사람들을 '비누 장수들'이라고 부른다고, 혹은 아이들이나 좀 모자란 인간들의 입에 자주 오르내리는 다른 이름들이나 성들로 부른다고 그 사람을 죽인다면, 그게 과연 옳

371

은 일일까요! 확신하건대 이 고귀한 마을 사람들 모두가 서로 창피를 주고 복수를 하며 아무리 사소한 다툼이라도 다툼이 있을 때마다 트롬본을 불 때처럼 계속 칼을 뺐다 넣었다 한다면, 그게 과연 좋은 일일까요! 아닙니다, 그건 정말 아닙니다. 하느님께서도 그런 일은 허락하지 않으시고 바라지도 않으실 것입니다. 사려 깊은 남자 분들이여, 질서가 잘 잡힌 나라들에서는 네 가지 이유가 있을 때만 무기를 들고 칼을 빼서 자기 자신과 자신의 생명과 재산을 보호하기 위해 위험을 무릅쓰고 몸소 나서는 것입니다. 첫째 이유는 가톨릭 신앙을 지키기 위함이고, 둘째 이유는 성스러운 자연의 법칙인 자기 생명을 지키기 위함이고, 셋째 이유는 자신의 명예와 자신의 가족과 재산을 보호하기 위함이며, 넷째 이유는 정당한 전쟁에서 자기 임금에게 봉사하기 위함입니다. 그리고 둘째 이유라고도 말할 수 있는 다섯째 이유를 하나 더 덧붙이고 싶다면, 자신의 조국을 수호하기 위함이라고 하겠습니다. 기본적인 이유라고 할 수 있는 이들 다섯 가지 이유에, 부득이하게 무기를 들어야 하는 정당하고 타당한 일부 다른 이유를 첨가할 수 있겠습니다. 하지만 모독이라기보다는 유치하게 웃자고 심심풀이로 하는 일에 무기를 든다는 것은, 무기를 드는 사람에게 합리적 사고력이 부족한 탓인 것 같습니다. 하물며 부당한 복수를 한다는 것은, 어떠한 정당한 복수도 있을 수 없지만, 우리가 신조로 삼는 신성한 법에 직접적으로 위배됩니다. 그 법에서는 우리 적들에게도 선을 베풀고, 우리가 싫어하는 사람들을 사랑하라고 명령하고 있습니다. 그 명령이 이행하기에 조금 어려운 것 같지만, 실은 그렇지 않습니다. 세상사보다 하느님을 더 중시하지 않거나, 정신보다 육체를 더 중시하는 사람들에게는 그럴 것입니다. 왜냐하면 예수 그리스도와 하느님과 참사람은 지금까지 거짓말을 한 적이 없으며, 할 수도 없었고, 해서도 안 되기 때문입니다. 우리의 입법자이신 하느님께서는, 당신의 명에는 부드럽고 당신의 짐은 가볍다고 하셨습니다. 그래서 하느님께서는 우리가 이행할 수 없는 일을 우리에게 시키시지는 않을 겁니다. 그러므로 여러분, 여러분께서는 신과 인간의 법도에 입각해 노여움을 가라앉히고 마음의 안정을 가지셔야 합니다."

"오 하느님 맙소사!" 이때 산초가 혼잣말로 투덜거렸다. "소인의 이 주인 나리가 신학자이신가봅니다요. 설령 그렇지는 않다고 하더라도, 이 달걀 저 달걀이 똑같이 보이는 것처럼 꼭 그렇게 보이는 걸 어떡합니까요."

돈키호테가 약간 한숨을 돌렸다. 그리고 사람들이 아직도 말없이 기다리고 있는 것을 보고는 말을 더 계속하고 싶어졌다. 만일 산초가 예민한 기지를 발휘해 중간에 끼어들지 않았더라면 계속되었을지도 모를 일이다. 산초는 주인이 말을 멈춘 것을 보더니 선수를 쳐서 말했다.

"소인의 주인이신 라만차의 돈키호테 나리께서는 한때 '찌푸린 얼굴의 기사'라 불렸으며 지금은 '사자들의 기사'라 불리는 매우 사려 깊은 시골 양반이시고, 학사처럼 라틴 말과 에스파냐 말을 알고 계시며, 일을 처리하고 권하는 것은 모든 면에서 아주 훌륭한 군인처럼 행동하십니다요. 결투에 대한 모든 법령과 규칙을 손바닥 들여다보듯 환히 알고 계시므로 나리께서 말씀하신 대로만 따라 하시면 만사형통하실 겁니다. 만일에 잘못되면 소인이 책임을 지겠습니다요. 그리고 당나귀 울음소리만 듣고 모욕을 당했다고 생각한다면, 어리석다는 소리를 들을 것입니다요. 나는 지금도 기억하고 있습니다요. 소년 시절의 소인은 생각이 날 때마다 당나귀 울음소리를 내곤 했답니다요. 아무도 날 말리지 못했고, 소인이 당나귀 울음소리를 내면 그 소리가 얼마나 구성진지 마을의 당나귀들이 죄다 울어대곤 했답니다요. 그렇다고 매우 정직하셨던 내 부모님의 아들이 아닌 것은 아니었지요. 이런 재주 때문에 소인이 살고 있는 마을의 시건방진 자들 네 명 이상이 부러워했지만, 소인은 전혀 신경을 쓰지 않았답니다요. 그래서 소인이 하는 말이 사실임을 보여드리고자 하오니 잠깐 기다리시고 소인의 말을 들어주십시오. 이 기술은 헤엄치는 기술이나 같아서 한번 익히면 절대로 잊히지 않습니다요."

그러더니 곧장 손을 코에 대고 귀청이 떨어질 만큼 큰 소리로 당나귀 울음소리를 내기 시작했다. 그 울음소리가 어찌나 컸던지 그 근처의 모든 계곡에까지 울려 퍼졌다. 하지만 산초 옆에 있던 사람들 중 한 명이 자기들을 놀리는 줄 알고 손에 들고 있던 굵고 긴 막대기로 산초를 인정사정없이 마구 때려, 달리 손쓸 짬도 없이 끽 소리도 못 하고 산초는 땅바닥에 나가쓰러졌다. 돈키호테는 산초가 이처럼 심하게 당하는 것을 보고는 손에 창을 들고 산초를 때린 자에게 잽싸게 덤벼들었으나, 막아서는 사람이 얼마나 많은지 복수는 꿈에도 생각지 못했다. 복수는커녕 오히려 셀 수 없이 많은 돌멩이가 비 오듯 쏟아지고 자기를 겨냥한 수많은 큰 활들과 적지 않은 화승총들을 보자, 로시난테의 고삐를 돌려 죽을힘을 다해, 글자 그대로 젖 먹던 힘까지 끌어내 전속력으로 그들 사이에서 빠져나오고 말았다. 그 위험으로부터 구해달라고 온 마음을 다해 하느님께 부탁을 드리면서, 어떤 총탄이 등을 뚫고 들어와 가슴으로 나오지나 않을까 줄곧 가슴 졸이는 공포를 느꼈고, 행여나 숨이 끊기지나 않을까 기회 있을 때마다 호흡을 가다듬었다.

하지만 무리를 지어 있던 마을 사람들은 도망질치는 돈키호테를 보는 것으로 만족하고 그에게 총을 쏘지는 않았다. 그리고 산초가 본정신으로 돌아오자 그의 당나귀에 태워 주인의 뒤를 따라가게 했다. 산초가 당나귀를 몰고 갈 만큼 판단력이 있어서라기보다 그 잿빛 당나귀가 로시난테의 발자국을 잘 따라간 덕분에 뒤를 놓치지 않고 갈 수 있었다. 로시난테 없는 당나귀는 한순간도 상상할 수 없었다. 돈키호테는 꽤 먼 곳까지 달아나서야 고개를 돌려 산초가 오는 것을 보았고, 아무도 자기를 따라오는 자가 없는 것을 보자 그제야 비로소 안심하고 산초를 기다렸다.

무리를 지어 있던 마을 사람들은 거기서 밤늦게까지 있다가, 그들의 상대편이 싸우러 나올 기색을 보이지 않자 좋아하며 즐거운 마음으로 마을로 돌아갔다. 그런데 만일 그들이 그리스 사람들의 옛 풍속을 알았더라면 그 자리에 전승 기념비 하나 정도는 세워 놓았을 것이다.

• 제28장 •

만일 독자가 주의를 기울여 읽어본다면
읽어본 사람은 알 것이라고
베넹헬리가 말한 것들에 대해

용감한 자가 도망칠 때는 상대방이 얄팍한 속임수를 쓴 것이 감지
될 때이며, 보다 좋은 기회를 위해 기다리는 것은 용의주도한 자들
의 상도常道다. 이 진리는 돈키호테에게서 실증되었다. 돈키호테는
마을 사람들의 분노를 자아내고 성난 무리에게 악심惡心을 품게 하
여 결국 발바닥에 불이 나도록 줄행랑을 놓았다. 그는 산초 생각도
미처 못 하고 산초에게 놓인 위험도 감지하지 못한 채 충분히 안전
하다고 여겨지는 곳까지 도망쳐 나왔다. 앞에서 언급했듯이 산초는
자기 당나귀 등에 축 늘어진 채 돈키호테를 따라오고 있었다. 산초
판사는 본정신을 차리고 다가왔지만 잿빛 당나귀에서 떨어져 로시
난테의 발치에 나뒹굴었다. 산초가 몽둥이찜질로 녹초가 되어 보기
가 짠했다. 돈키호테는 상처를 살피기 위해 말에서 내렸다. 그러나
산초가 머리에서 발끝까지 사지가 멀쩡한 것을 보고는 화가 머리
끝까지 치밀어 말했다.

"어찌하여 꼭 그렇게 그런 시간에 당나귀 울음소리를 흉내 내야

했느냐고, 산초! 목매달아 죽은 자의 집에서 밧줄 이야기를 해도 좋다고 어디에 씌어 있어? 당나귀 울음소리에 맞는 장단은 몽둥이찜질 말고 뭐가 있겠느냐고? 자네에게 겨우 몽둥이찜질만 하고 신월도로 자네의 얼굴에 성호를 그리지 않았으니, 하느님께 감사하게, 산초."

"지금 소인이 대꾸할 처지가 못 됩니다요." 산초가 대답했다. "대답을 하면 마치 소인의 등에서 상처가 터지는 것 같기 때문입니다요. 어서 올라타고 여기서 멀리 가십시다요. 당나귀 울음소리는 내지 않겠습니다요. 그렇지만 소위 편력 기사라는 양반이 도망쳐 그의 마음씨 고운 종자가 상대방의 손아귀에서 맷돌에 밀가루 갈리듯 묵사발이 되도록 얻어터지는 것을 방치했다는 말은 반드시 하고야 말겠습니다요."

"그건 퇴각이지 도망치는 것이 아니라네." 돈키호테가 대답했다. "왜냐하면, 산초, 신중함에 기초를 두지 않은 용기는 무모하기 때문임을 자네가 알아야 하네. 그리고 앞뒤 가리지 않는 자가 만용으로 얻은 공명은 그의 담력 때문이라기보다 운이 좋아서 얻은 요행으로 돌리는 것이 타당하다네. 그래서 내가 물러난 것은 인정하지만 도망쳤다는 것은 인정할 수 없네. 그리고 이렇게 하면서 더 좋은 시절이 오길 기다리는, 많은 용감한 분들의 행동을 나는 모방했어. 이런 것에 대한 이야기는 차고 넘치네. 그런 이야기들은 자네에게 전혀 도움이 되지 않을 테고 나로서도 썩 마음 내키는 일이 아니기에 지금 언급하진 않겠네."

이렇게 해서 산초는 돈키호테의 도움으로 이미 당나귀에 올라타 있었고, 돈키호테도 로시난테에 올라앉았다. 그리고 거기서 4분의 1레과 정도 떨어져 있는 미루나무 숲으로 조금씩 걸어 들어갔다. 때때로 산초는 깊은 한숨을 내쉬고 고통스러운 신음 소리를 냈다. 그래서 돈키호테가 산초에게 왜 그렇게도 마음 아파하느냐고 물으니, 척추 끝에서 목덜미까지 까무러칠 정도로 아파서 정신이 빠질 지경이라 대답했다.

"그 통증의 원인은 말일세, 의심할 여지도 없이," 돈키호테가 말했다. "자네를 때린 것이 기다랗고 곧은 몽둥이라 자네 등짝의 모든 부분을 마구 팼기 때문이지. 그것으로 맞은 부분은 죄다 콕콕 쑤실 테고, 더 두들겨 맞았으면 그만큼 더 쑤시고 아팠을 것이네."

"이거야 원!" 산초가 말했다. "나리께서는 소인한테 대단한 의문점을 해결해주시고 미사여구로 해설까지 곁들이십니다그려! 젠장맞을! 소인이 느끼는 통증의 이유가 그렇게 숨겨져 있는 것이어서, 몽둥이가 닿은 곳은 어디거나 죄 아프다고 소인한테 굳이 말씀하실 필요가 있었느냔 얘기입니다요? 만일에 소인의 발목이 아프다면 왜 거기가 아픈지 추측해볼 수도 있겠습니다요. 그러나 소인이 녹초가 되도록 두들겨 맞고 소인이 아픈 것은 어디 가서 알아볼 데도 별로 없습니다요. 분명코, 우리 주인 나리, 남의 불행은 아무도 모른다고 하더니, 날에 날마다 나리와 함께 다녀보아야 기대할 것이라곤 하나도 없다는 것을 알게 되었습니다요. 왜냐하면 이번에는 소인이 몽둥이찜질을 당하게 내버려두었다고 하지만 다른 때는 수백 번예의 그 담요 키질을 당해도, 그리고 또 다른 어린아이 장난 같은 유치한 짓을 당해도 내버려두실 테니까요. 지금은 몽둥이가 소인의 등에 떨어졌지만, 그다음은 소인의 두 눈에 떨어질지 누가 알겠습니까요. 소인이 그렇게 경솔하지만 않았더라도 일이 훨씬 잘 풀렸을 텐데요. 평생에 좋은 일이라곤 하나도 없을 거예요. 다시 말씀드리지만, 소인의 여편네와 새끼들이 있는 집으로 돌아가 하느님께서 소인에게 주신 걸로 여편네를 먹여 살리고 새끼들을 키우는 것이 훨씬 더 좋은 일인지도 모르겠습니다요. 이렇게 길도 없는 길로, 오솔길인지 한길인지 모를 곳을, 잘 마시지도 못하고 제대로 먹지도 못하면서 나리를 따라다니는 것보다는 말입니다요. 또 잠자리는 어떻습니까요! 이봐, 종자 친구야, 땅을 7피트 재보게나. 더 원하면 7피트 더 잡아도 되네. 자네 멋대로 땅을 차지하게나. 자네 기분 내키는 대로 큰 대자로 드러눕게나. 이런 편력 기사도를 처음 생각해낸 자나 적어도 과거의 모든 편력 기사는 죄다 멍청이였음에 틀림없는데, 맨 먼저 그런 바보들의 종자가 되고 싶어 한 작자를 불태워 가루가 된 것을 보고 싶다니까요. 오늘날의 기사들에 대해서는 아무 말도 하지 않겠습니다요. 나리께서 그분들 중 한 분이시니까 소인은 그분들을 존경해 마지않습니다요. 나리께서는 말씀하시고 생각하시는 것이 악마보다 늘 한 박자 빠르다는 것을 소인이 알고 있기 때문입니다요."

"내가 자네와 멋들어진 내기를 하나 하겠네." 돈키호테가 말했다. "지금 말일세, 자네가 어느 누구의 제지도 받지 않고 말하는 것을 보니 자네의 몸뚱이 어디도 아프지 않군그래. 말을 하게나, 이 자식아, 생각나는 대로, 입에서 나오는 대로 죄다 씨부렁거려보란 말일세. 자네가 아무 데도 아프지 않다면, 자네가 나에게 무례를 범하여 내 화를 돋우어도 기꺼이 받아들이겠네. 그리고 자네가 그렇게도 간절히 자네의 처자식이 있는 집으로 돌아가고 싶다면, 내가 설령 자네가 집으로 돌아가는 것을 막는다고 하더라도 하느님께서 내가 막는 것을 허락하시지 않을 걸세. 내 돈은 자네가 죄 가지고 있지 않나. 이번 세 번째로 우리가 마을을 나선 지 얼마나 되었는지 알아보고 달마다 자네가 벌 수 있고 또 벌어야 할 액수를 계산해보게. 그리고 자네 손으로 직접 자네에게 급료를 지불하게나."

"소인이 나리께서도 잘 아시는 산손 카라스코 학사의 부친이신 토메 카라스코의 머슴 노릇을 할 때," 산초가 대답했다. "식사를 제외하고 달마다 금화 2두카도[187]를 받았습니다요. 그런데 농사꾼의 머슴살이보다 편력 기사의 종자 노릇이 더 일이 많은 건 알고 있지만, 나리한테 얼마나 받아야 하는지는 모르겠습니다요. 결국 농사꾼의 머슴을 살 때는 힘든 일이 있어, 낮에 아무리 일을 많이 해도 밤에는 따뜻하게 지은 밥을 먹고 침대에서 자지만, 나리의 종자 노릇을 한 뒤로는 침대에서 자본 적이 없습니다요. 돈 디에고 데 미란다 댁에서 머문 짧은 기간을 제외하고, 또 카마초의 솥에서 먹을거리를 꺼내 먹은 그 시끌벅적한 잔치랑, 바실리오의 집에서 소인이 먹고 마시고 잔 것 말고는, 그 긴긴 나날을 소인은 줄곧 딱딱한 땅바닥에서, 그것도 한데서 잠을 잤습니다요. 그리고 혹독한 하늘에 몸을 의지하고 치즈 몇 조각과 딱딱한 빵 부스러기로 겨우 목숨을 부지하면서, 우리가 걸어가는 샛길들에서 만나는 개울과 샘에서 목을 축이며 지내왔습니다요."

"내가 인정하네." 돈키호테가 말했다. "자네의 말이 모두 사실이라는 걸, 산초. 토메 카라스코가 자네에게 준 것보다 내가 얼마나 더 주어야 한다고 생각하는가?"

"소인 생각으로는," 산초가 말했다. "나리께서 한 달에 2레알을

---

187 ducado. 1두카도는 은화 11레알에 상당한다.

더 보태주신다면 잘 지불해주신 걸로 하겠습니다요. 이것은 제가 한 일에 대한 급료에 해당하고요. 나리께서 소인에게 섬 통치권을 주겠노라 하신 말씀과 약속에 소인을 만족시키시려면 다시 6레알을 더해, 도합 30레알이면 정당할 것 같습니다요."

"그거참 좋은 말이네." 돈키호테가 되받아 말했다. "자네가 스스로 정한 급료에 따라, 우리가 마을을 떠나온 지 스무 닷새가 되었네. 계산을 해보게나, 산초. 셈을 잘해서 내가 자네에게 빚진 돈이 얼만지 알아보고, 내가 이미 말한 대로 자네 손으로 자네에게 지불하게나."

"아이고, 맙소사!" 산초가 말했다. "나리께서 하시는 이런 계산 방법에는 오류가 너무나 큽니다요. 섬에 관해 약속하신 건은 나리께서 소인에게 약속하신 날로부터 기산해서 우리가 있는 현재의 이 시간까지 계산해야 맞습니다요."

"그러면 내가 자네에게 약속한 지 얼마나 됐는가, 산초." 돈키호테가 말했다.

"제 기억이 맞는다면," 산초가 대답했다. "20년 하고도 3일 정도 더 됐을 거구먼요."

이 말을 들은 돈키호테는 자기 이마를 손바닥으로 세게 치고는 함빡 웃으면서 말했다

"내가 시에라 모레나의 숲속을 돌아다니고 우리가 마을을 떠난 기간을 통틀어 겨우 두 달도 안 됐는데, 자네는 내가 자네에게 섬을 약속한 지 20년이 됐다고 말하는 건가, 산초? 이제 보니 자네가 가지고 있는 내 돈을 자네의 급료로 다 없애고 싶은 모양이구먼. 그래 그렇다면, 그리고 자네가 그것을 원한다면, 지금 이 자리에서 자네에게 다 주겠으니 잘 먹고 잘 살아보게. 이런 못된 종자와 함께

있느니, 차라리 돈 한 푼 없이 가난하게 백수로 지내는 편이 홀가분하겠네. 그렇지만 편력 기사도의 종자에 관한 법규를 위반한 배신자야, 나한테 말해보게나. 도대체 편력 기사의 어떤 종자가, 나리를 모실 테니 달마다 얼마를 주셔야 합니다 하고 따지고 대드는 못된 버릇을, 자네는 어디서 보고 읽었단 말인가? 들어가 보아라, 들어가 보란 말일세, 이 악당 놈아, 이 비겁한 놈아, 이 요망한 마귀야, 그렇게 생각하면 들어가 봐. 편력 기사도 이야기의 망망대해로 들어가 보란 말이네. 그리고 만일에 지금 자네가 말한 것을 어느 종자가 말했다거나 생각했다는 것을 찾아내면, 내 손가락에 장을 지지겠네. 거기에 덧붙여 내 얼굴에 한 손을 얹고 다른 손바닥으로 코를 세게 네 번 때리게 해주겠네. 자네의 잿빛 당나귀의 고삐를, 아니 고삐라기보다 굴레를 돌려 집으로 돌아가게. 여기서부터는 단 한 발짝도 나와 함께 앞으로 나아갈 생각을 아예 하지 말게나. 은혜도 모르는 배은망덕한 놈아! 오, 이런 작자에게 말도 안 되는 약속을 하다니! 오, 사람이라기보다는 짐승에 더 가까운 인간아! 이제 자네의 집사람이 뭐라고 말하든 상관하지 않고 사람들이 자네를 '나리'라 부르도록 내가 자네 신분을 올려줄 생각이었는데, 날 떠난다고? 내가 자네를 세상에서 가장 좋은 섬의 영주로 만들어줄 확고부동하고 틀림없는 의도로 여기까지 왔는데, 가버린다고? 결국 자네가 전에 몇 차례 이야기한 것처럼 어디 '꿀이 당한가…… 등등.'[188] 자네

---

[188] no es la miel, etcétera. "No es la miel para la boca del asno(당나귀 입에 어디 꿀이 당한가)"인데 뒷부분을 생략하고 한 말이다. 산초가 이미 제1권 제52장에서 사용한 속담이다. 우리의 속담 "돼지에 진주(목걸이)"와 유사하다.

가 당나귀야. 당나귀가 될 걸세. 그리고 자네 일생의 행로가 끝나도 당나귀로 남을 것이네. 자네가 짐승이라는 것을 깨닫기도 전에 자네는 삶의 마지막 순간에 이르게 될 것임을 나는 확신하네."

산초는 돈키호테가 자기에게 그런 비난을 퍼붓는 동안 그를 뚫어지게 쳐다보고 있었고, 슬픔이 북받쳐 눈물을 글썽거리며 고통스럽고 괴로운 목소리로 말했다.

"나리, 소인은 꼬리만 하나 더 붙이면 영락없는 당나귀라는 것을 고백합니다요. 만일 나리께서 제게 꼬리를 붙여주고 싶으시다면 감사한 마음으로 받아 달고 다니겠습니다요. 그리고 소인에게 남아 있는 날마다 당나귀처럼 평생토록 나리를 모시겠습니다요. 절 용서해주세요. 소인의 경험 미숙으로 그렇다고 가엾이 여겨주시고, 소인이 아는 것이 별로 없다는 것을 알고 계시니, 소인이 말을 많이 하는 것은 악의가 있어서라기보다 소인의 말 많은 병에서 비롯되었다는 것을 알아주세요. 그러나 잘못하고 고칠 줄 아는 사람은 하느님께서도 받아들이신답니다요."

"난 이제 이상해서 궁금증이 생길 판이네, 산초, 자네와의 대화에 속담이 약방의 감초처럼 들어가지 않으면 말일세. 이제 됐네. 자네가 고친다니, 내가 자넬 용서하겠네. 그러니 앞으로는 자네의 잇속만 챙기는 걸 보이지 말고, 마음을 넓게 가지도록 노력해보게나. 또 내가 약속을 이행할 때까지 기운을 내고, 용기를 가지고 기다리는 지혜를 가지게. 내 약속이 늦어질 수는 있지만 불가능한 것은 아니니까 말일세."

산초는 미약한 힘이나마 다해 그러겠노라고 대답했다.

이렇게 하고 그들은 미루나무 숲속으로 들어가게 되었다. 돈키호테는 느릅나무 아래, 산초는 너도밤나무 아래 자리를 잡았다. 이런 나무들이나 다른 비슷한 나무들은 잎은 없어도 줄기는 항상 있게 마련이다. 기다란 작대기로 두들겨 맞은 곳이 야기夜氣와 함께 더 욱신거리는 것이 느껴졌기 때문에 산초는 밤새도록 괴로워하며 보냈다. 돈키호테는 계속 상념에 잠겨 밤을 지새우다시피 했으나 어느새 자기도 모르게 단잠에 빠졌다. 그들은 동이 트자마자 그 유명한 에브로강변을 찾아서 가던 길을 계속했고, 그 강변에서 다음 장에서 이야기하게 될 일들이 일어났다.

· 제29장 ·

마법에 걸린 배에 관한
유명한 모험에 대해

돈키호테와 산초는 계속 일정한 걸음걸이로 걸어 미루나무 숲에서 나온 지 이틀째 되던 날 에브로강에 도착했다. 그 강을 보는 것은 돈키호테에게 큰 기쁨이었다. 강변의 쾌적함과 맑은 물과 유유히 흐르는 물줄기하며 수량이 풍부한 수정알 같은 액체를 찬찬히 둘러보고 또 바라보았기 때문이다. 그 강변의 즐거운 감흥과 경치는 돈키호테의 기억 속에 헤아릴 수 없이 많은 다정다감한 생각을 떠올리게 했다. 특히 몬테시노스 동굴에서 본 것이 더욱 그의 뇌리에 생생하게 다가왔다. 페드로 선생의 원숭이는 그가 본 것들 중 일부는 참이고 일부는 거짓이라고 했지만, 그는 거짓이라기보다 참에 더 가깝다고 생각하게 되었다. 모든 것이 바로 거짓 그 자체라고 판단하고 있는 산초와는 완전히 반대였다.

이렇게 가고 있는데, 노도 없고 다른 어떤 선구船具도 없는 조그마한 배 한 척이 돈키호테의 시야에 들어왔다. 그 배는 강변에 있는 한 그루 나무의 밑동에 묶여 있었다. 돈키호테는 사방을 둘러보

385

았으나 사람이라곤 개미 새끼 하나 볼 수 없었다. 그는 덮어놓고 곧장 로시난테에서 내리더니, 산초에게 잿빛 당나귀에서 내려 말과 당나귀를 거기에 있는 미루나무인지 수양버들인지 그 나무 밑동에 아주 단단히 묶어두라고 일렀다. 산초가 왜 그렇게 급히 내리고 그렇게 묶으라고 하는지 그 이유를 물어보았다. 돈키호테가 대답했다.

"자네는 알아야 하네, 산초. 여기 있는 이 배가 틀림없이, 아니 달리 생각할 것도 없이, 지금 나를 부르고 있네. 배를 타고 어떤 기사, 아니면 커다란 곤경에 처한 다른 딱한 처지의 지체 높은 분을 구하러 가자고 말이야. 이것은 기사도 이야기책에 나오는 것으로, 마법사들이 그 사이에 끼어들어 말을 하는 표현 방식이라네. 다시 말하자면 한 기사가 어떤 어려운 일을 당해 다른 기사의 도움이 아니고는 도저히 벗어날 수 없는 처지에 놓일 때 쓰는 방식이라네. 비록 두 기사 사이가 서로 2천이나 3천 레과, 아니 그 이상 떨어져 있다 해도 구름 속으로 끌어 올리거나 배 한 척을 마련해 그 안에 태우고는 눈 깜짝할 사이에 그의 도움이 필요한 곳으로, 공중으로건 바다로건 원하는 곳으로 기사를 데려간다는 말일세.[189] 그러니, 오, 산초여! 이 배는 바로 그런 목적을 위해 여기에 놓여 있는 거라네. 지금이 대낮이듯이 이것은 틀림없는 사실이네. 이 배가 지나가기 전에 잿빛 당나귀와 로시난테를 함께 묶어두고, 하느님의 손에 우리가 인도되도록 맡기세. 설령 프란시스코 수도회의 맨발의 수사들

---

[189] 전설에서는 영웅을 불가사의한 곳으로 데려가는, 선원이 없는 배가 모티프로 등장하곤 한다.

이[190] 그 배에 타지 못하게 말리더라도 나는 반드시 배에 오르고야 말겠네."

"그게 그렇게 되는군요." 산초가 대답했다. "그래서 나리께서는 터무니없는 이런 일에 계속해서 관여하고 싶어 하시는군요. '네 주인이 명령하는 대로 하고 주인과 한 식탁에 앉아라'[191]라는 속담도 있으니, 나리의 말씀을 고분고분 받들어 머리를 숙이면 됩니다요. 하지만 그렇다 하더라도 제 양심의 짐을 덜기 위해 나리께 한 말씀을 드리고 싶습니다요. 소인이 생각하기에 이 같은 배는 마법에 걸린 사람들의 배가 아니고, 이 강의 어느 어부들의 배 같습니다요. 이 강에서는 세상에서 제일 맛있는 송어가 잡히기 때문입죠."

이렇게 말하면서도 마음의 고통은 꽤 컸지만, 잿빛 당나귀와 로시난테를 마법사가 잘 보호하고 돌보아주기만을 바라면서 산초는 그 짐승들을 묶었다. 돈키호테는 그 동물들을 그렇게 두고 간다고 해서 상심할 필요가 없다고 산초에게 말했다. 그는 아득히 먼 길, 원격한 지방으로 그 짐승들을 데리고 가서 먹여 살릴 작정이라고 했다.

"그 '원겨logicuos'라는 말은 이해하지 못하겠습니다요." 산초가 말했다. "내 평생에 그런 단어는 들어본 적이 없습니다요."

"'원격longincuos'이라는 말은," 돈키호테가 대답했다. "멀리 떨어진apartados'이라는 뜻이라네. 자네가 라틴 말을 알아야 할 의무는

190 '세상의 그 어떤 것이'라는 뜻이다.

191 Haz lo que tu amo te manda, y siéntate con él a la mesa. 이 말은 '주인이 너에게 시키는 대로만 해라, 그러면 주인은 너를 고맙게 여길 것이다'라는 뜻이다.

없으니, 자네가 그 말뜻을 이해하지 못하는 것이 놀랄 일은 아니네. 라틴 말을 안다고 우쭐거리지만 사실은 모르는 사람들도 있다네."

"이제 다 묶었습니다요." 산초가 되받아 말했다. "이제 우리가 무엇을 하면 되죠?"

"무엇이라니?" 돈키호테가 대답했다. "성호를 긋고 닻을 올려야지. 배에 올라가 이 배에 묶여 있는 밧줄을 끊자는 말이네."

그러고는 돈키호테가 배에 깡충 뛰어오르고 산초가 그의 뒤를 따랐다. 그가 밧줄을 끊자 배는 차츰차츰 강변에서 멀어져갔다. 그리고 산초는 배가 강 가운데로 2바라쯤 들어가자 이젠 영락없이 죽었구나 싶어 사시나무 떨듯 벌벌 떨기 시작했다. 그러나 잿빛 당나귀가 울어대는 소리를 듣고 로시난테가 묶인 고삐를 풀려고 몸부림치는 모습을 보는 것보다 더 마음 아픈 일은 없었다. 그래서 산초는 주인에게 말했다.

"잿빛 당나귀는 우리가 없어진 것을 슬퍼하며 울어대고, 로시난테는 우리의 뒤를 따라서 강물에 뛰어들기 위해 고삐를 풀려고 안간힘을 쏟고 있습니다요. 오, 내 귀여운 친구들아, 편안히 잘 있거라. 그대들에게서 우리를 떠나게 한 이 미친 증세가 본정신으로 돌아와 그대들이 있는 곳으로 되돌아가게 해주길 바랄 뿐이다!"

이렇게 말하고는 산초가 구슬프게 울기 시작하자, 돈키호테는 불쾌하고 화가 치밀어 그에게 말했다.

"무엇이 그렇게도 걱정인가, 이 겁쟁이 인간아? 무엇 때문에 그렇게 울고불고 야단인가 말이야, 물렁팥죽 같은 인간아? 누가 자네를 쫓아오기라도 하는가, 누가 자네를 못살게 매달리기라도 하는가, 이 집쥐 같은 인간아? 자네는 무엇이 부족해서 그러는가, 이 풍요로움 속에서 엄살떨고 있는 궁생원아? 혹 스키티아[192]의 산들을 맨발로 걸어가고 있다면 모르지만, 마치 대공大公처럼 판자 위에 앉아 기분 좋게 강의 잔잔한 흐름을 타고 금방 광활한 바다로 우리가 나갈 터인데 말이네. 그러나 우리는 이미 적어도 7백이나 8백 레과는 강변에서 떠나왔어야 한다고. 만일에 내가 극極의 고도를 잴 수 있는 천체 고도 측정기를 지금 가지고 있다면 말일세, 우리가 얼마나 왔는지 말해줄 텐데. 비록 내가 아는 것은 별로 없지만, 우리가 똑같은 거리로 대립하는 양극兩極을 나누거나 자르는 적도赤道를 이미 지났거나 곧 지나게 될 걸세."

"그럼 나리께서 말한 그 장작[193]에 도착하려면," 산초가 물어보았다. "우리가 얼마나 가야 합니까?"

"많이 가야 한다네." 돈키호테가 되받아 말했다. "우리가 아는 가장 훌륭한 고대 그리스의 천문지리학자 프톨레마이오스[194]의 계산에 의하면, 물과 흙으로 구성된 지구는 360도로 되어 있고 내가 말한 적도에 이르면 절반은 간 것이라네."

"참으로 대단하십니다요." 산초가 말했다. "나리께서는 말씀하신 것의 증인으로 소인에게 잡놈puto인지 문둥이gafo인지 이방인 같은 사람을 끌어들이시면서, 메온meón인지 메오meo인지 무엇인지를

---

192 흑해와 카스피해 북동 지방의 옛 이름. '스키티아의 산들'이란 유럽의 동쪽 국경의 획을 그었던 스키티아 북쪽에 있는 산들을 의미한다.

193 leña. 산초가 '적도línea equinoccial'라는 단어에서 'línea'를 발음이 비슷한 'leña'로 잘못 알아듣고 엉뚱하게 한 말이다.

194 Ptolemaeos. 고대 그리스의 천문학자로, 16세기 코페르니쿠스의 지동설이 나올 때까지 권위를 인정받은 수리 전문서《알마게스트Almagest》를 저술했다.

덧붙이시네요."[195]

돈키호테는 산초가 천문지리학자 프톨레마이오스의 이름과 측정과 계산에 붙인 해설에 웃음이 터졌다. 그래서 산초에게 말했다.

"잘 알아두게나, 산초, 동인도[196]로 가려고 카디스에서 배를 타는 에스파냐 사람들과 선원들이 조금 전에 내가 말한 그 적도를 지났는지 확인하는 방법 중 하나가, 배를 타고 가는 모든 사람에게 이 piojo들이 죽었는가 알아보는 것이라네. 적도를 지날 때는 금 무게 달듯 온 배 안을 샅샅이 뒤져도 이가 한 마리도 남아 있지 않다는 말이네. 그러니 산초 자네도 사타구니에 손을 넣어 더듬어보게나. 살아 움직이는 것이 잡히면 이 의구심을 떨쳐버릴 수가 있을 테고, 그렇지 않으면 우리가 이미 적도를 지난 것이네."

"소인은 그런 건 전혀 믿지 않습니다요." 산초가 대답했다. "그렇지만 그럼에도 불구하고 나리께서 소인에게 명령하시는 것을 하기는 하겠습니다만, 무엇 때문에 그런 체험을 할 필요가 있는지 도무지 모르겠습니다요. 그런데 제 이 두 눈으로 보기에 지금 우리는 강변에서 5바라도 떨어지지 않았고, 짐승들이 있는 장소에서는 2바라도 떨어지지 않았다니까요. 어떻게 아느냐 하면, 우리가 잿빛 당나귀와 로시난테를 두고 온 거기 바로 그 장소에 그대로 있으니까요. 그러고보니 우리가 지금 보아도, 참말로 개미 걸음만큼도 걷지

---

195 산초가 돈키호테의 말에서 '계산cómputo'을 '잡놈puto'으로, '천문지리학자cosmógrafo'의 끝부분을 '문둥이gafo'로, 또 '프톨레마이오스Ptolomeo'의 끝부분을 '오줌싸개meón'로 잘못 듣고 한 말이다.

196 서인도제도나 아메리카의 반대 개념으로, 동아프리카와 아시아를 뜻한다. 여기서 아시아란 '필리핀'을 말한다.

못하고 움직이지도 못했구먼요."

"산초, 내가 말한 조사나 해보게. 다른 것은 개의치 말게. 자네
는 천체와 지구를 구성하고 있는 경선, 위선, 적도, 황도대, 황도, 북
극점, 남극점, 동지, 하지, 춘분, 추분, 위성, 황도십이궁, 방위 및 측
정이 어떤 것인지 모르고 있어. 만일에 자네가 이 모든 것이나 일부
분이라도 안다면, 우리가 무슨 위선에서 갈라지고, 황도의 어떤 궁
을 보았으며, 무슨 별자리를 뒤에 남겨두었고 지금 남겨두고 지나
가고 있는지 확실히 볼 것이네. 그래서 다시 말하는데, 자네 몸을
더듬고 잡아보게나. 자네는 매끄럽고 하얀 종잇장보다 더 깨끗할
걸세."

산초는 몸을 더듬었다. 그리고 왼쪽 오금 쪽으로 손을 슬슬 가
져가더니, 고개를 들고 주인을 바라보면서 말했다.

"실험이 엉터리거나, 나리께서 말씀하신 곳까지 우리가 아직
도착하지 못했습니다요. 또 그렇게 멀리 온 것도 아닙니다요."

"그래, 무엇이 있는가?" 돈키호테가 물었다. "뭐라도 만져지는
것이 있냔 말일세?"

"무언가 있습니다요." 산초가 대답했다.

그러고는 손가락을 털면서 강물에 손을 죄다 씻었다. 배는 물
줄기 한가운데로 조용조용히 미끄러져 가고 있었다. 은밀한 영靈이
나 눈에 보이지 않는 마법사가 배를 움직이는 것이 아니고, 단지 물
이 흐르는 바로 그 힘이 때로는 부드럽고 때로는 조용히 배를 움직
이고 있었다.

이러고 있을 때 그들은 강 한가운데에 있는 커다란 물레방아
몇 개를 발견했다. 그런데 돈키호테가 그 물레방아들을 보자마자

큰 소리로 산초에게 말했다.

"보이지? 저기, 오, 친구여! 도시인가 성인가, 아니면 요새인 가 말일세. 저기에는 틀림없이 어떤 기사가 억류되어 있거나, 아니 면 여왕이나 공주나 왕녀가 곤경에 처해 있을 걸세. 저분들을 구하 기 위해 내가 이곳으로 인도되어 온 것이 분명하네."

"제기랄, 무슨 도시니 요새니 성이니 하십니까요, 나리?" 산초 가 말했다. "저것들은 강에 있는 밀가루 빻는 물레방아라는 걸 눈치 채지 못하셨습니까요?"

"입 닥치게, 산초." 돈키호테가 말했다. "저것들이 물레방아 같 지만 그게 아닐세. 마법이라는 것은 모든 물건을 원래 모습에서 다 른 것으로 바꾸어 변형시킨다고, 내가 이미 말했지 않은가. 내 희망 의 유일한 피난처인 둘시네아의 둔갑에서 직접 경험으로 실증했던 것처럼, 실제로 아주 다른 것으로 바꾼다는 것이 아니고 그렇게 보 이게 한다는 것을 뜻하네."

이러고 있을 때 물결 한가운데로 휩쓸려 들어가 있던 배가 여 태까지처럼 그렇게 천천히 흘러가지 않기 시작했다. 그 배가 강으 로 흘러와 물레방아 바퀴의 격류에 빨려들려는 것을 본 물레방앗 간의 일꾼들은 부랴부랴 긴 장대를 가지고 나와 배를 세웠다. 그들 은 얼굴이고 옷이고 온통 밀가루투성이라 몰골이 험상궂고 고약하 게 보였다. 그들은 고래고래 소리치며 말했다.

"악마 놈 같으니라고! 어디들 가는 거요? 당신들 돌았어? 도대 체 어쩌려고 이러는 거요? 이 물레방아 바퀴에 빨려 들어가 박살 나 뒈지고 싶소?"

"내가 자네에게 말하지 않던가, 산초?" 이때 돈키호테가 말했

392

다. "내 팔심이 어디까지 미치는지 보여줄 장소에 우리가 막 도착했다네. 악당들과 비겁한 놈들이 나에게 도전하러 나오는 것을 좀 보게나. 얼마나 많은 요망한 마귀들이 나와 대항하는지 보게나. 얼마나 험상궂은 몰골을 하고 우리를 노려보고 있는가 보게나. 그럼 이제 혼쭐을 내줄 테니 그리 알아라, 이 능구렁이 같은 놈들아!"

그러고는 배에 선 채 큰 소리로 물레방앗간의 일꾼들을 위협하기 시작하면서 그들에게 말했다.

"이 사악하고 흉악망측한 악당 놈들아, 너희들의 요새나 감옥에 억류되어 있는 사람들의 신분이 낮건 높건 상관하지 말고 죄다 석방해서 자유롭게 해드려라. 본관으로 말하자면 라만차의 돈키호테라는 사람으로, 다른 이름으로는 사자들의 기사라고 한다. 난 이모험을 멋들어지게 마무리 지으라는 저 높은 하늘의 명을 받은 사람이다."

이렇게 말하고 돈키호테는 칼을 손에 들고 물레방앗간의 일꾼들을 향해 칼을 공중에 휘두르기 시작했다. 물레방앗간의 일꾼들은 그 소리를 듣고 무슨 뚱딴지같은 말인지 도무지 알아듣지 못하면서도 물레방아 바퀴의 격류를 따라 수로 안으로 빨려 들어가려는 배를 장대로 멈추게 하려고 안간힘을 썼다.

산초는 무릎을 꿇고 하느님께 이런 절체절명의 위기에서 구해달라고 돈독한 신앙심으로 기도했다. 그 기도 덕분이었던지 물레방앗간의 일꾼들이 기지를 발휘해 재빨리 배를 장대로 막아 멈추게 했다. 그렇다고 해서 배가 뒤집히지 않은 것은 아니어서, 돈키호테와 산초는 물속에 거꾸로 처박히는 신세가 되었다. 돈키호테는 다행히 거위처럼 헤엄을 칠 줄 알았지만, 갑옷 무게로 두 번 물 밑으

393

로 가라앉고 말았다. 물에 몸을 던져 두 사람을 저울에 매달아 꺼내듯 건져낸 물레방앗간의 일꾼들이 아니었다면, 그곳은 두 사람에게 트로이 최후의 날이 되었을 것이다.

그렇게 해서 두 사람은 갈증이 나 죽을 지경에 이른 사람들보다 더 흠뻑 젖어 땅으로 끌려 올라왔다. 이어서 산초는 무릎을 꿇고는 두 손을 모으고 하늘을 응시하며, 이제부터는 주인의 얼토당토않은 소망과 습격에서 자기만은 벗어나게 해달라고 하느님께 길고 경건한 기도로 간청했다.

그러고 있을 때 그 배의 주인인 어부들이 도착했다. 그들은 배가 물레방아 바퀴에 산산조각이 나서 부서진 것을 보고는 산초에게 덤벼들어 옷을 벗기고, 돈키호테에게는 배상을 요구했다. 돈키호테는 아주 차분하게 마치 자기에게는 아무 일도 없었던 것처럼, 그 성에 억류되어 있는 사람들을 다 풀어주는 조건으로 물레방앗간의 일꾼들과 어부들에게 기꺼이 배의 값을 배상하겠다고 했다.

"무슨 사람이고 무슨 성을 말하는 거요?" 물레방앗간의 일꾼들 중 한 사람이 말했다. "당신 정신 나간 사람이군? 당신 혹 이 물레방앗간에 밀 빻으러 오는 여인네들을 데려가려고 하는 거요?"

"그만 됐소이다!" 돈키호테가 혼자 중얼거렸다. "여기서 이 망나니에게 간청하여 어떤 선덕善德을 베풀도록 하려는 것은 사막에서 설교하는 것이나 다름없는 일일 거야. 그리고 이 모험에는 두 용감무쌍한 마법사가 틀림없이 서로 맞붙었어. 그래서 하나는 다른 하나가 시도하는 것을 방해하고 있는 것이다. 한 사람은 나에게 배를 마련해주었는데 다른 사람은 나와 마주쳤어. 하느님께서 그것을 보상해주시길. 이놈의 세상은 온통 서로가 적의를 품고 음모와 권모술

394

수가 판치고 있어. 나 같은 사람은 더 이상 어쩔 도리가 없도다."

그러고는 목소리를 높여 물레방아들을 바라보면서 말했다.

"친구들이여, 이 감옥에 갇혀 있는 그대들이 누구든 날 용서해 다오. 내 불행과 그대들의 불행으로 인해 나는 그대들의 근심 걱정으로부터 그대들을 꺼내줄 수가 없소이다. 이 모험은 다른 기사를 마음에 두고 기다리고 있는 것 같습니다."

이렇게 말하고나서 어부들과 합의하여 뱃값으로 50레알을 지불했다. 그런데 산초가 뱃값을 별로 내키지 않아하면서 말했다.

"이런 뱃놀이 두 번만 했다가는 우리 밑천이 바닥나고 말겠구먼."

어부들과 물레방앗간의 일꾼들은 얼른 보기에도 다른 사람들과는 너무나 다른 두 사람을 보고 놀랐으며, 돈키호테가 자신들에게 한 말과 질문이 도대체 무슨 뜻인지 이해하지 못했다. 그래서 그들을 미치광이로 단정하고 버려둔 채 일꾼들은 물레방앗간으로 돌아갔고, 어부들은 자기네 방갈로로 돌아갔다. 돈키호테와 산초는 슬픔에 젖어 그들의 짐승들인 잿빛 당나귀와 로시난테에게로 돌아갔다. 이것으로 마법에 걸린 배의 모험은 끝났던 것이다.

제30장

한 미녀 사냥꾼과
돈키호테에게 일어난 일에 대해

꽤 울적해 보이고 우거지상을 한 기사와 종자가 그들의 동물, 잿빛 당나귀와 로시난테에게 다가갔다. 산초는 자기에게서 빼앗아 간 것은 무엇이나 자기에게서 자기 두 눈의 눈동자를 빼내 간 것이나 다름없다고 여겼으며, 특히 돈이라는 자산에 생각이 미치면 가슴에 한이 맺혔다. 결국 그들은 말 한마디 없이 제각기 로시난테와 잿빛 당나귀에 올라 그 유명한 강에서 떠나갔다. 돈키호테는 사랑 상념에 잠기고, 산초는 자기 출세에 관한 생각에 잠겨 있었는데 그 당시로는 출세가 물 건너간 듯 아주 멀어 보였다. 왜냐하면 비록 산초가 바보이긴 해도 자기 주인의 행동 전부 아니면 대부분이 이치에 어긋나는 엉터리라는 것을 잘 알았기 때문이다. 산초는 자기 주인과 급료 계산이나 작별 인사를 할 것도 없이 어느 날 슬쩍 떨어져 나와 집으로 가버릴 기회를 노리고 있었다. 그러나 운명의 여신은 그가 걱정하는 것과는 정반대로 사태를 몰고 갔다.

어느 날 해가 질 무렵 밀림에서 나올 때 사건이 일어났다. 돈키호테가 눈앞에 펼쳐진 푸른 초원을 둘러보니, 그 초원 맨 끝에 사람들이 모여 있는 것이 보였다. 가까이 다가가 보니 매사냥을 하는 사냥꾼들이라는 것을 알 수 있었다. 돈키호테가 더 가까이 다가가자, 그들 가운데 녹색 마구에 은제 의자를 얹은 승용마인지 조랑말인지 새하얀 말 위에 앉은 우아한 귀부인 한 분이 보였다. 그 귀부인도 녹색 의상을 입었는데, 아주 화려하고 아름다워서 마치 화려함 그 자체가 귀부인의 화신 같았다. 왼손에 새매 한 마리를 들고 있었으니, 그것은 그녀가 어느 댁의 고귀한 귀부인임을 돈키호테로 하여금 알아차리게 하는 표시였다. 사실이 그런 사냥꾼들은 모두가 그럴 수밖에 없었다. 그래서 그는 산초에게 말했다.

"달려가게나, 아들 산초여. 승용마를 타고 새매를 가지고 오는 저 귀부인에게 가서, 나 '사자들의 기사'가 그녀의 빼어난 아름다움에 취해 손에 입맞춤을 드리겠다고 말하게나. 그리고 귀부인의 위대함이 나에게 허락하신다면 손에 입맞춤을 하러 갈 것이며, 귀부인의 명령이라면 무엇이든 내 힘이 미치는 한 봉사하기 위해 달려가겠다고 말씀드리게나. 이보게나, 산초, 말은 조심하고, 전언傳言에서는 제발 부탁이니 자네가 가끔 사용하는 속담 따위는 끼워 넣지 않도록 각별히 신경 쓰게나."

"끼워 넣어서 어디가 덧나기라도 했습니까!" 산초가 대답했다. "새삼스레 소인에게 그런 말씀을 하시다니요! 맞아요, 내 이 인생에서 지체 높고 거룩하신 귀부인들에게 심부름을 가는 것이 이번이 처음은 아니니까요!"

"자네가 둘시네아 아가씨께 심부름 간 일 말고는 없는데." 돈키호테가 되받아 말했다. "적어도 자네가 나를 섬기는 동안에는 다른 심부름을 간 적이 없는 걸로 알고 있는데!"

"그건 사실입니다요." 산초가 대답했다. "그러나 '빚을 잘 갚는 사람에게는 담보물이 필요 없고 곳간이 가득 찬 집에서는 저녁이 금세 준비된답니다.' 소인에게는 아무것도 말하거나 가르치려고 하지 마시라는 말씀입니다. 소인은 무엇이나 가지고 있고 또 무엇이든지 조금은 이해하고 있기에 드리는 말씀입니다요."

"나도 그렇게 생각하네, 산초." 돈키호테가 말했다. "그럼 잘 다녀오게나. 하느님께서 자넬 잘 인도해주시길 빌겠네."

산초는 서둘러 떠나 잿빛 당나귀의 발걸음을 재촉했고, 미녀 사냥꾼이 있는 곳에 당도해 당나귀에서 내려 그녀 앞에 무릎을 꿇고 말했다.

"아름다운 귀부인이시여, 저기 보이는 저 기사는 사자들의 기사라고 하는 소인의 주인이시고, 소인은 저분의 종자로 소인의 집에서는 산초 판사라고 부른답니다. 이 사자들의 기사라는 분은 불과 얼마 전까지 찌푸린 얼굴의 기사라고 불렸습니다요. 제 주인 나리께서는 마님의 위대함에 봉사할 수 있도록 허락해주십사, 마님의 호의와 허락과 승낙을 받아 제 주인께서 소원을 부탁드릴 수 있게 해주십사 하는 말씀을 올리라고 소인을 보내셨습니다요. 그분이 평소 말씀하신 바나 소인이 생각한 바로 그분의 소망은 다름이 아니옵고, 마님의 지고하신 숭고한 정신과 아름다움에 봉사하시겠다는 것뿐이옵니다. 허락해주신다면, 마님께서는 그분을 위해 아주 특별한 일을 하시게 되는 겁니다요. 그렇게 되면 소인의 주인께서는 이루 말할 수 없는 은혜와 만족감을 얻게 되실 겁니다요."

"확신하건대 당신은 착한 종자시군요!" 귀부인이 대답했다.

"당신은 이런 전언에 필요한 모든 상황에 적절하게 말을 전했다오. 땅에서 일어나세요. 이미 이 근처에서 명성이 자자한 찌푸린 얼굴의 기사 같은 그런 위대한 기사의 종자가 이렇게 무릎을 꿇는 일은 옳지 않습니다. 일어나세요, 친구. 그리고 가서 당신의 주인에게, 쌍수를 들어 환영하오니 나와 내 남편인 공작을 위해 이곳에 있는 우리 별장으로 봉사해주러 오시라고 전해주세요."

산초는 훌륭한 귀부인의 아름다움과 바른 예의와 공손한 태도에 감탄하면서 일어났다. 자기 주인이신 찌푸린 얼굴의 기사에 대한 소식을 이미 알고 이야기해준 데 더욱 감탄했다. 그를 사자들의 기사라고 부르지 않은 것은 틀림없이 새로 붙여진 이름이었기 때문일 것이다. 실제로 한 번도 공작 부인이라는 작위를 말한 적이 없는 그 공작 부인이 그에게 물어보았다.

"제게 말씀해주세요, 종자 형제여. 당신의 주인이라는 그분이 요즈음 인쇄되어 나돌고 있는《재치 넘치는 시골 양반 라만차의 돈 키호테》라는 이야기 속의 한 분, 그 엘 토보소의 둘시네아인가 뭔가 하는 아가씨를 마음의 연인으로 생각하는 그분이 아닌가요?"

"바로 그분이십니다요, 마님." 산초가 대답했다. "바로 그 이야기에 그분의 종자가 나오는데, 아니 분명히 나오는데, 그 산초 판사라는 이름을 가진 자가 바로 소인이옵니다요. 만일에 요람에서 소인을 바꿔치기하지 않았다면요. 다시 말하자면 인쇄할 때 소인을 바꿔치기하지 않았다면 그렇다는 말입니다요."

"그 말을 들으니 정말 기쁩니다." 공작 부인이 말했다. "어서 가세요, 판사 형제여. 제 영지에 잘 오시는 것이고, 진심으로 환영을 받으실 것이며, 세상의 어떤 일도 나에게 이렇게 큰 행복을 가져다

준 적이 없다고 당신의 주인에게 전해주세요."

　산초는 이렇게 흐뭇한 대답을 가지고 무척 기뻐하며 주인에게 돌아와, 그 훌륭한 귀부인이 자신에게 말한 모든 것을 돈키호테에게 이야기했다. 그리고 그의 투박한 말로 그녀의 대단한 아름다움과 그녀의 돋보이는 우아함과 예의에 대해 치켜세웠다. 돈키호테는 늠름하게 안장 위에 앉아 등자를 꽉 밟고 투구의 얼굴 가리개를 매만진 다음, 로시난테를 잽싸게 몰아 의기양양하게 공작 부인의 손에 입을 맞추러 갔다. 돈키호테가 이르는 동안, 그녀는 자기 남편인 공작을 부르게 하여 산초에게서 전해 들은 말을 모두 이야기했다. 두 사람은 이 이야기의 제I권을 읽었고, 돈키호테의 터무니없고 우스꽝스러운 짓에 대해 알고 있었다. 그래서 그들은 대단히 기쁜 마음으로 그와 인사를 하고 싶어 그를 기다리고 있었다. 그들은 돈키호테가 뭐라고 말하든 죄다 그의 기분을 맞춰주고 그의 말에 동의해줄 생각이었다. 그들과 함께 머무는 동안 그를 편력 기사로 대우하고, 그들이 이미 읽고 아주 좋아했던 기사도 책들에 나오는 모든 습관화된 의식에 따르기로 했다.

　이러고 있을 때 돈키호테가 투구의 얼굴 가리개를 올리고 도착하여 말에서 내릴 태도를 보이자, 산초가 등자를 잡아주려고 급히 움직였다. 하지만 정말 불행히도 산초는 잿빛 당나귀에서 내릴 때 안장에 매인 밧줄에 한쪽 발이 걸렸는데 얽힌 줄을 풀 수 없어 입과 가슴이 땅바닥에 닿도록 대롱대롱 매달리게 되었다. 돈키호테는 등자를 받쳐주지 않으면 말에서 내리지 못하는 습관이 있었기에, 산초가 벌써 등자를 받쳐주기 위해 도착해 있다고 생각하고는 단숨에 말에서 뛰어내렸다. 그런데 뱃대끈이 잘못 매인 바람에 로시난테의 안장이 풀려 안장과 돈키호테가 동시에 땅바닥에 곤두박질쳤다. 돈키호테는 적잖이 창피를 당하고, 아직도 족쇄에 발이 걸려 대롱거리는 신세를 못 면한 산초에게 입속으로 온갖 심한 욕설을 퍼부었다.

공작은 기사와 종자를 구해주라고 사냥꾼들에게 명령을 내렸다. 그들은 말에서 떨어져 상처를 입은 돈키호테를 일으켜 세웠다. 돈키호테는 절룩거리며 최선을 다해 두 분 공작 부부 앞에 무릎을 꿇으려고 갔으나, 공작은 절대로 응하지 않고 오히려 자기가 말에서 내려 돈키호테를 껴안고는 말했다.

"정말 마음 아프게 생각합니다, 찌푸린 얼굴의 기사님, 나리께서 제 영지에 첫발을 들여놓자마자 보신 것처럼 이런 좋지 않은 일을 당하셨으니 말입니다. 그렇지만 종자의 부주의는 더 험한 사건의 원인이 되기 일쑤랍니다."

"각하를 뵈려다 제가 겪은 이런 일은, 고귀하신 왕자님이여," 돈키호테가 대답했다. "설령 제가 나락의 깊은 곳까지 추락한다고 하더라도 나쁘다고만 할 수가 없습니다. 그 깊은 곳에서 각하를 뵐 수 있는 영광이 있다면 일어나 빠져나올 수 있었을 테니까요. 하느님의 저주를 받을 제 종자는 단단하게 안장을 묶거나 뱃대끈을 거는 것보다는 악담을 하기 위해 혓바닥을 놀리는 것을 훨씬 더 잘 한답니다. 그렇지만 저는 넘어져 있건 서 있건 걸어가건 말을 타고 가건 어떠한 상황에서도 총독 각하와, 각하의 배우자에 걸맞은 공작 부인이시며 미의 여왕이자 세계적인 예의의 화신인 공작 부인을 각별히 잘 모시겠습니다."

"그 정도로 해두십시오, 라만차의 돈키호테 나리!" 공작이 말했다. "엘 토보소의 둘시네아 아가씨가 계시는 곳에서 다른 미녀들을 칭찬하는 것은 옳지 않은 일입니다."

이때 이미 산초 판사는 묶인 줄에서 풀려나 있었는데, 그 가까운 곳에 있다가 그의 주인이 대답하기 전에 말했다.

"소인이 섬기는 엘 토보소의 둘시네아 아가씨가 절세가인이라는 것을 부인하시면 안 됩니다요. 인정하셔야 합니다요. 그렇지만 '아닌 밤중에 홍두깨'[197]라는 격언도 있습죠. 그런데 소인이 듣기로 소위 자연이란 진흙으로 잔을 만드는 옹기장이와 같아서 아름다운 잔 하나를 만드는 옹기장이는 두 개도, 세 개도, 백 개도 만들 수 있다고 합니다요. 우리 공작 부인께서는 제 마음의 연인이신 엘 토보소의 둘시네아 아가씨 못지아니하다는 생각이 들어 드리는 말씀입니다요."

돈키호테가 공작 부인을 돌아보고 그녀에게 말했다.

"위대하신 귀부인이여, 저를 섬기고 있는 종자보다 더 수다스럽고 더 익살스런 종자를 데리고 다니는 편력 기사는 세상에 없다고 생각해주십시오. 위대하신 공작 부인을 며칠 더 모실 수 있는 영광을 제게 주신다면, 제 말이 사실이라는 걸 제 종자가 반드시 보여줄 것입니다."

이 말에 공작 부인이 대답했다.

"마음씨 고운 산초가 익살스럽다는 것에 대해 나는 높이 평가하는 바입니다. 그것은 그가 사려 깊은 사람이라는 증거이기 때문

---

197 Donde menos se piensa se levanta la liebre. 직역하면 '미처 생각지 않은 곳에서 토끼가 튀어나온다'라는 뜻이다.

입니다. 재치 있는 말이나 구수하고 그럴싸한 말은, 돈키호테 나리, 나리께서도 잘 알고 계시듯 창의력이 없는 사람의 머리에서는 도저히 나올 수 없는 것입니다. 그래서 마음씨 고운 산초야말로, 재치 있고 구수하고 그럴싸한 말을 한다는 것만으로도 저는 지금부터 신중한 사람이라고 인정하겠습니다."

"그리고 수다스럽기도 합니다." 돈키호테가 대답했다.

"더욱더 좋지요." 공작이 말했다. "왜냐하면 재치 있는 말이 많으려면 말수가 적어서는 말할 수가 없기 때문입니다. 또 말만 하다가 세월이 다 가버리면 그것도 안 되죠. 자, 가십시다, 위대하신 찌푸린 얼굴의 기사님이여……"

"각하께서는 사자들의 기사라고 하셔야 합니다요." 산초가 말했다. "이제 찌푸린 얼굴도 없고 그런 화상도 없으니까요."

"그럼 그렇게 사자들의 기사라 하죠." 공작이 계속했다. "사자들의 기사 나리께서도 여기서 가까이 있는 제 성으로 같이 가시자고 한 말입니다. 그곳에서는 이런 높은 분에게 마땅히 그래야 할 성대한 환대를 받으시게 될 것입니다. 공작인 나와 공작 부인이 우리 성에 오신 모든 편력 기사에게 늘 베풀던 그런 환대를 베풀 것입니다."

이렇게 하고 있을 때 이미 산초는 준비를 죄다 마치고 로시난테에게 안장을 단단히 묶어놓았다. 그래서 돈키호테는 말에 올라타고 공작도 아름다운 말에 올라, 공작 부인을 그들의 가운데 세우고 성으로 향했다. 공작 부인이 산초에게 자기 옆에서 함께 가자고 했는데, 그것은 그의 재치 있는 말을 듣는 것이 정말로 좋았기 때문이다. 그런데 산초에게 굳이 간청하지 않아도 되었으니, 산초는 이미 세 사람 사이에 끼어들어 대화를 네 사람이 하게 되었다. 공작 부인과 공작은 그런 편력 기사와 편력 종자를 자기들의 성에 맞아들이는 것을 커다란 행운으로 생각하고 뛸 듯이 기뻐했다.

• 제31장 •

크고 많은 사건들에 대해

산초는 자기가 공작 부인의 총애를 한 몸에 받는다는 생각에 기쁨이 하늘을 찔렀다. 그는 늘 안락한 생활을 좋아했기에, 돈 디에고의 집이나 바실리오의 집에서 있었던 환대를 공작의 성에서도 받을 수 있을 것이라고 상상했다. 그래서 그는 기회가 주어질 때마다 편안히 살아가는 일에는 물불 가리지 않고 그 기회를 잘 포착하곤 했다.

아무튼 그들이 별장인지 성인지에 도착하기 전에 공작이 한발 앞서가서 모든 하인에게 돈키호테를 어떻게 대해야 하는가를 일러 두었다고 이야기는 전하고 있다. 돈키호테가 공작 부인과 함께 성문에 도착하는 바로 그 순간, 아주 화사한 짙은 다홍색 융단으로 만든 실내복을 발등까지 내려오게 입은 하인인지 마부인지 모를 두 사람이 성에서 나오더니, 누가 보고 들을 겨를도 없이 눈 깜짝할 사이에 다짜고짜로 돈키호테를 양쪽에서 팔로 껴안으며 말했다.

"각하께서는 우리의 여주인이신 공작 부인을 말에서 내려드리

405

러 가서야겠습니다.”

돈키호테가 그렇게 하려고 했는데, 두 사람 사이에 말에서 내리는 문제로 아주 정중한 말들을 주고받았지만 공작 부인의 고집을 꺾을 수는 없었다. 공작 부인은 이토록 위대한 기사님에게 이런 쓸데없는 짐을 지워서는 안 된다면서, 공작의 팔에 안기지 않고는 승용마에서 내리지 않겠다고 했다. 결국 공작이 그녀를 내려주기 위해 성에서 나왔고, 널찍한 마당에 들어서자 아름다운 두 시녀가 다가와 돈키호테의 어깨에 아주 화사하고 커다란 주홍색 망토를 걸쳐주었다. 그리고 눈 깜짝할 사이에 마당의 모든 낭하가 공작 내외의 남종과 여종으로 붐볐으며, 그들은 귀청이 떨어질 듯 큰 소리로 말했다.

“편력 기사들의 꽃이시며 정수精髓이시여, 정말 잘 오셨습니다.”

그리고 그들 모두가, 아니 대부분이 돈키호테와 공작 내외의 몸에다 작은 향수병에 든 향수를 뿌렸는데, 이 모든 것에 돈키호테는 크게 감격했다. 그리고 그것은 그가 지금까지 책에서 읽은 바로 그런 방식, 즉 지난 여러 세기에 걸쳐 편력 기사들을 대접한 방식과 똑같은 대접 방식이 분명했으므로, 환상이 아니고 완전히 진짜 편력 기사가 된 것을 처음으로 알게 해주고 믿게 해준 날이었다.

산초는 잿빛 당나귀를 버려둔 채 공작 부인에게 꼭 들러붙어 성으로 들어갔다. 그러나 당나귀를 홀로 버려둔 일에 마냥 양심의 가책이 느껴져, 다른 시녀들과 함께 공작 부인을 맞이하러 나온 한 나이 지긋하고 공경할 만한 시녀에게 다가가 낮은 목소리로 말했다.

“곤살레스 여사가 아니시면 여사의 성함이 어떻게 되는지⋯⋯”

“나는 도냐 로드리게스 데 그리할바라 합니다.” 그 시녀가 대답했다. "무슨 볼일이라도 있나요, 형제?"

그 말에 산초가 대답했다.

"부탁을 했으면 싶어서 그러는데요, 여사님께서 성문을 나가시면 소인의 잿빛 당나귀를 발견하시게 될 것입니다요. 여사님께서 그 당나귀를 마구간에 넣으라고 해주시든지, 아니면 직접 넣어주시든지 했으면 합니다요. 그 불쌍한 것이 약간 소심해서 절대로 홀로 있지 않으려고 하기 때문에 그럽니다요."

"주인이 머슴처럼 그렇게 신중하다면," 그 시녀가 대답했다. "큰일 났구면. 어서 꺼져버려, 형제야, 당신도 당신을 이리 데리고 온 자도 정말 재수가 없구면. 이 집 시녀들은 그런 일에 익숙지 않아요. 당신 당나귀는 당신이 책임을 져야지."

"그런데 사실은," 산초가 대답했다. "모든 이야기에 천리안을 가지고 계시는 소인의 주인이 하시는 말씀을 들으면, 그 란사로테의 이야기에서,

그 사람이 영국에서 왔을 때
귀부인들이 그를 보살펴주었고
시녀들이 그의 여윈 말을 보살펴주었다네.[198]

라고 하는 것이 있더군요. 그런데 소인의 당나귀는 특별해서, 란사로테 님의 여윈 말과는 바꾸지 않을 겁니다요."

---

198 cuando de Bretaña vino, / que damas curaban de él, / y dueñas del su rocino. 산초의 입에서 기사의 로맨스가 나온 것은 이번이 처음이다.

"형제여, 만일 당신이 어릿광대라면 그런 신소리는 소중히 잘 간직했다가 그 말이 마음에 들어 돈을 낼 사람들 앞에서나 이야기하세요. 나한테 그런 수작을 부렸다가는 이가[199]밖에 줄 것이 없어요."

"그거라도 좋으니," 산초가 대답했다. "이왕이면 잘 익은 걸로 주세요. 여사님 같은 나이에서 한 점 뺀다고 설마 키놀라[200] 판에서 지기나 하겠나이까!"

"이런 개자식 같으니라고!" 이미 화가 머리끝까지 난 시녀가 말했다. "내가 할망구건 아니건 당신이 상관할 바 아니고 하느님께서 하실 일이야. 버르장머리 없는 능구렁이 같은 놈아!"

이렇게 큰 소리로 말하는 것을 공작 부인이 듣고, 이렇게 법석을 떨고 이렇게 눈에 핏발을 세우는 시녀를 돌아보며 누구하고 그러느냐고 물어보았다.

"여기 이 같잖은 양반하고 말싸움을 하고 있습니다." 시녀가 대답했다. "아니 글쎄, 이 작자가 저더러 성문에 있는 자기 당나귀를 마구간에 넣어달라고 간청을 하면서, 제가 알지도 못하는 무슨 란사로테란 사람을 몇몇 귀부인이 보살펴주었다느니 몇몇 시녀가 여윈 말을 보살펴주었다느니 하는 예를 들먹이는 거예요. 그리고 더욱이 기가 막힌 건 글쎄, 돼먹지 않은 말로 저더러 할망구라고 하는 거예요."

"그건 나라도 모욕이라 여길 만하구나." 공작 부인이 대답했다.

---

199 higa. 주먹을 쥐고 집게손가락과 가운뎃손가락 사이에 엄지손가락을 쑥 내밀며 하는 욕이다.

200 quinola. 카드놀이의 일종.

"사람들이 그런 말을 할 땐 모욕감을 더 갖게 되지."

그러고는 산초에게 말했다.

"내가 알려주는데, 산초 친구, 도냐 로드리게스는 아주 젊답니다. 그리고 저 두건은 나이 때문이 아니고 권위 의식으로 쓰는 경우가 훨씬 더 많다오."

"소인이 천벌을 받아 마땅합니다요." 산초가 대답했다. "만일 소인이 그런 뜻으로 말했다면 말입니다요. 소인은 단지 소인의 당나귀에게 품고 있는 애정이 매우 크기에 그런 말을 한 것뿐입니다요. 소인으로서는 그것을 부탁할 만한 분이 도냐 로드리게스 여사만큼 자애로운 분 말고는 없다고 생각했기 때문입니다요."

돈키호테가 모든 말을 다 듣고 그에게 말했다.

"이런 자리에서 그게 할 소린가, 산초?"

"나리," 산초가 대답했다. "각자는 누구나 자기가 어디에 있건 자기 필요에 따라 말을 하게 되어 있답니다요. 이곳에서 저는 잿빛 당나귀 생각이 나기에 여기서 그놈 이야기를 하게 된 것입니다요. 만일에 마구간에서 생각이 났다면 마구간에서 말했을 겁니다요."

그 말에 공작이 말했다.

"산초가 하는 말은 하나도 틀린 구석이 없소. 아무 죄도 없으니 나무랄 필요가 없소. 잿빛 당나귀에게는 원하는 대로 양껏 여물을 주게 하게. 그리고 아무 걱정 말게나, 산초. 당나귀를 사람 모시듯 잘 모실 테니."

공작의 이 말에 돈키호테를 제외하고 그 자리에 있던 모두가 기분이 좋아져 높은 곳으로 올라갔으며, 돈키호테를 금실로 수놓은 호화찬란한 천으로 장식된 방으로 들였다. 여섯 시녀들이 그의 갑

409

옷을 벗겨주며 시동 노릇을 했다. 그녀들은 돈키호테가 자기를 편력 기사로서 대접하는 것을 상상하고 보게 하려면 무엇을 해야 하고 어떻게 해야 하는지, 공작과 공작 부인으로부터 모든 것을 배워 익히고 가르침을 받은 터였다. 돈키호테가 갑옷을 벗으니, 통이 좁은 바지와 영양 가죽 조끼 바람이 되었다. 삐쩍 마른 큰 키에 몸맵 시는 쭉 뻗고, 두 턱뼈가 서로 입맞춤이라도 하듯 볼이 안으로 쑥 들어간 그런 요상한 몰골이었다. 그의 시중을 들던 시녀들에게 아무리 우습더라도 절대로 웃어서는 안 된다고(이것이 그녀들의 주인 내외가 내린 정확한 명령 중 하나였는데) 하지만 않았더라면, 배꼽을 쥐고 데굴데굴 구르며 웃었을 그런 꼬락서니였다.

시녀들이 돈키호테에게 셔츠를 입히기 위해 옷을 벗으라고 부탁했다. 그러나 그는, 정숙함은 기사들에게 용기 못지않게 필요한 것이라면서 절대로 응하지 않았다. 돈키호테는 그 셔츠를 산초에게 주라고 말하고, 산초와 같이 호화로운 침대가 있는 방에 들어가 문을 닫고는 옷을 벗고 셔츠를 입고 산초와 단둘이 있게 되자 말했다.

"나한테 말해보게나, 지금은 어릿광대지만 얼마 전까지만 해도 모자랐던 놈아. 저 여인처럼 저렇게 존경할 만하고 저렇게 존경 받아 마땅한 시녀를 모욕하고 망신 준 일이 자네는 잘했다고 생각 하는가? 그때가 잿빛 당나귀나 생각할 때냐고? 아니면 자기 주인 을 그렇게도 우아하게 모시는데 그런 짐승들을 이분들이 아무렇게 나 내버려두실 성싶은가? 그러니 제발 부탁하네, 산초, 매사에 자 제하게나. 또 자네가 촌뜨기이고 본시 예의범절을 모르고 무례하다 는 것을 이분들이 눈치채지 못하도록 결점을 드러내지 말게나. 이 보게, 죄 많은 사람아! 하인이 성실하고 착한 천성일수록 주인의 평판이 그만큼 높아진다는 것을 알란 말일세. 왕공대인王公大人들이 다른 사람들보다 훨씬 큰 이점을 지닌 이유 중 하나는, 그들처럼 그렇게 훌륭한 하인들이 그들을 섬기고 있기 때문이라네. 이 답답한 사람아, 처량한 내 신세야. 자네가 무례하기 짝이 없는 촌뜨기가 아니면 약간 모자라는 사람이라는 것을 다른 사람들이 알기라도 하면, 내가 무슨 협잡꾼이나 무슨 비겁한 거짓말쟁이 기사 취급을 받으리라는 것을 정녕 깨닫지 못한단 말인가? 그건 안 돼, 안 된단 말일세, 산초 이 친구야. 피해야 해, 그런 달갑지 않은 일은 피해야 한다고. 사람이 수다스럽고 웃기기나 하다가 무슨 좋지 않은 일이라도 하게 되면, 헛디딘 첫발에 넘어져 불행한 불량배가 되고 마는 법이네. 헛바닥을 놀리는 걸 부디 조심하게나. 자네의 입에서 말이 나오기 전에 그 말들을 잘 생각하고 곱씹어보란 말일세. 우리는 하느님의 은혜와 내 팔심으로 명예와 재산을 조금 더 불려나가야 하는 지점에 이르렀다는 것을 깨닫게나."

산초는 아주 진심에서 우러나온 말로 약속하기를, 돈키호테의 의도에 맞지 않거나 사려 깊지 못한 말을 하기 전에는 반드시 돈키호테가 자기에게 시키는 대로 입을 봉하거나 혀를 깨물겠다고 했다. 또 그런 일은 없을 테니 안심하라고 말했다. 그리고 자기들이 누구라는 것을 자기 입으로 까발리는 일은 절대로 없을 것이라고도 했다.

돈키호테는 옷을 입고, 검대와 칼을 차고, 그 위에 주홍색 망토를 걸치고, 시녀들이 그에게 준 녹색 융단 두건을 썼다. 이렇게 치장을 하고 커다란 응접실로 나가자, 모든 시녀가 그에게 손 씻을 물을 주기 위해 만반의 준비를 갖추고 양쪽으로 길게 도열해 있다가

다가와 깍듯이 예와 격식을 갖추어 물을 건넸다.

그다음에 취사반장과 함께 열두 시동이 식사를 위해 돈키호테를 모셔 가려고 도착했는데, 식사 자리에서는 이미 주인 내외가 그를 기다리고 있었다. 그들은 돈키호테를 가운데 세우고 화려하고 장엄한 의식으로 다른 방으로 안내했는데, 거기에는 단 네 사람만 앉아 먹을 수 있도록 준비된 식탁이 진수성찬으로 차려져 있었다. 공작 부인과 공작은 그 문 앞에서 그를 맞이했다. 그들과 함께 왕공대인의 집을 관리하는, 거드름을 피우는 성직자 한 명이 있었다. 자기들은 왕공대인으로 태어나지 않았으므로 그런 사람들은 어떻게 해야 하는지 정확히 가르치는 법을 알지 못하는 사람들, 위인들의 위대함은 자기들 마음의 옹색함으로 측정되기를 바라는 사람들, 자기들이 통치하는 사람들에게 한계가 있음을 보여주기 위해 스스로 불행해지는 사람들, 공작 내외와 함께 돈키호테를 맞으러 나온 거드름을 피우는 종교인이 바로 이 같은 사람들 중 한 명이었다는 말이다. 그들은 서로 예의 바르고 정중한 인사를 야단스레 주고받고 나서 드디어 돈키호테를 가운데 세우고 식탁에 앉으러 갔다.

공작이 돈키호테에게 식탁 윗자리를 권했다. 돈키호테는 사양했지만, 공작의 끈질긴 부탁이 하도 완강해서 결국 그 자리를 받아들였다. 성직자는 그의 정면에 앉고, 공작과 공작 부인은 그의 양옆에 앉았다.

산초는 그 모든 일을 직접 보고 있었기에, 그 왕공대인들이 자기 주인에게 그토록 영광스럽게 대하는 모습에 황홀경에 빠져 어리둥절할 뿐이었다. 공작과 돈키호테가 서로 윗자리에 앉히려고 예의를 갖춘 말과 간곡한 청을 오래 주고받은 것을 보고 산초가 말했다.

"만일 나리들께서 소인에게 허락해주신다면, 이 자리 때문에 소인의 마을에서 일어난 일을 얘기해드리겠습니다요."

산초의 이 말이 떨어지자마자 돈키호테는 사시나무 떨듯 벌벌 떨었다. 의심할 여지도 없이 어떤 어리석기 짝이 없는 바보 같은 말을 할 것이라고 생각했기 때문이다. 산초가 돈키호테를 바라보더니 그의 마음을 읽고 말했다.

"나리께서는 걱정도 팔자시네요, 소인의 주인 나리. 소인이 분부를 어기거나 적절치 못한 것을 말할까봐 그러시는 것을 잘 알고 있으니까 걱정하지 마세요. 나리께서 얼마 전에 소인에게 말을 많이 하거나 적게 하는 것, 혹은 말을 잘하거나 못하거나 하는 것에 대해 하신 충고를 아직 잊지 않고 있구먼요."

"난 아무것도 기억이 나지 않는데, 산초." 돈키호테가 대답했다. "하고 싶은 말이 있으면 신속히 하게나."

"그런데 소인이 드리고 싶은 말은," 산초가 말했다. "진실이 분명하니까 여기 계신 돈키호테 나리께서 소인한테 거짓말이라고는 말하지 못하실 겁니다요."

"나로서는," 돈키호테가 되받아 말했다. "산초, 자네가 거짓말을 하고 싶다면 거짓말을 하게나. 내가 자네를 말리지는 않겠네. 그러나 말하려고 하는 것을 일단 생각해보게나."

"신중에 신중을 기하고 있습니다요. 종을 연타하는 자는 안전하다고,[201] 들어보면 아실 겁니다요."

---

201 A buen salvo está el que repica. 의역하면 '저는 아무 걱정도 하지 않고 있습니다'라는 뜻이다. 이 말은 곧 '걱정도 팔자이십니다'라는 의미로 쓰였다.

"터무니없는 말을 수없이 지껄일 테니, 공작 내외분께서는 이 멍청이를 여기서 몰아내라고 명령하시는 것이 좋겠습니다." 돈키호테가 말했다.

"공작님의 삶을 위해서라도," 공작 부인이 말했다. "산초가 잠시라도 제 옆에서 떨어지지 않게 해주세요. 산초는 뛰어난 분별력을 가진 사람이라 내가 무척이나 좋아합니다."

"평생 지혜로운 삶을 영위하소서." 산초가 말했다. "성스럽고 고귀하신 부인, 믿을 만한 구석이라곤 한 군데도 없는 소인에게 이토록 굳건한 믿음을 보여주시니 말입니다요. 그런데 소인이 말씀드리고 싶은 이야기는 이렇습니다요. 소인의 마을에 아주 부유하고 지체 높으신 한 시골 양반이 농사꾼 한 사람을 초대했습니다. 이분은 로스 알라모스 데 메디나 델 캄포 출신으로, 라 에라두라[202]에서 익사한 산티아고 교단의 사제 기사 돈 알론소 데 마라뇬의 딸 도냐 멘시아 데 키뇨네스와 결혼했답니다요. 그 사람 때문에 수년 전에 우리 마을에서 다툼이 있었는데, 소인이 알기로는 소인의 주인이신 돈키호테 나리께서도 그곳에 계셨습니다만, 대장장이 발바스트로의 아들인 장난꾸러기 토마시요가 부상을 당했답니다요⋯⋯ 이 모든 것이 사실이죠, 주인 나리? 제발 나리의 목숨을 걸고 말씀해주세요. 그래야 여기에 계신 분들이 소인을 거짓말 잘하는 일개 수다쟁이로 취급하지 않으실 테니까요."

---

202 벨레스 말라가에 인접한 항구. 이곳에서 1562년 10월 19일 강력한 폭풍우로 한 함대가 침몰하여 4천 명 이상이 사망했다.

"지금까지는," 성직자가 말했다. "거짓말쟁이라기보다 말쟁이로 보이는구면. 그렇지만 앞으로도 그렇게 생각하게 될지 알다가도 모를 일이오그려."

"자네가 하도 많은 증인을 대고, 산초, 또 하도 많은 주소를 갖다 대니 자네가 사실을 말하는 것이 틀림없다고 말하지 않을 수가 없겠네. 계속해보게. 그리고 이야기는 되도록 줄여서 하게나. 이대로 나가다가는 이틀이 걸려도 끝날 것 같지 않구면."

"그렇게 짧게 끝내서는 안 됩니다." 공작 부인이 말했다. "나를 재미있게 하려면 엿새가 걸리도록 끝내지 못하더라도 오히려 아는 대로 이야기를 해야 합니다. 그렇게도 여러 날을 이야기하게 된다면, 나에게는 내 평생 살아온 동안 제일 즐거운 날들이 될 것입니다."

"그런데 소인의 말은, 나리들," 산초가 말을 이어갔다. "이 시골 양반이라는 분을 소인의 손바닥 들여다보듯 잘 알고 있습니다요. 왜냐하면 소인의 집과 그분의 집이 큰 활로 쏘아 닿을 거리밖에 되지 않으니까요. 그는 가난하지만 정직한 농사꾼 한 사람을 초대했는데……"

"어서 하시오, 형제여." 이때 성직자가 말했다. "그렇게 가다가는 저승에 갈 때까지도 이야기는 멈추지 않겠소그려."

"하느님께서 도와주신다면 미처 절반도 가기 전에 끝내겠습니다요." 산초가 대답했다. "그래서 소인의 말은, 그 농사꾼이 앞서 말한 초대자인 시골 양반의 집에 당도했는데, 부디 그의 넋이 영면하시길 빕니다, 그분은 이미 세상을 떠나고 이 세상 사람이 아니거든요. 여러 증거상 그분은 천사처럼 죽음을 맞이했다고들 합니다요. 저는 그때 마침 템블레케에 추수하러 갔기 때문에 그곳에 없었습니다만……"

"제발 부탁하네, 이 사람아." 성직자가 말했다. "빨리 템블레케에서 돌아오시게나. 그리고 그 양반의 장사를 지내지 말고, 듣고 있는 사람들이 지루해서 죽을 지경이니, 더 많은 장례식을 치르고 싶지 않거든 얼른 자네 이야기를 끝내게나."

"그럼 본론으로 들어가겠습니다요." 산초가 되받아 말했다. "두 사람이 막 식탁에 앉으려고 하는데, 지금 소인은 그 어느 때보다 더 그 두 사람의 모습이 눈에 선히 보이는 듯합니다만……"

산초가 이야기를 엿가락 늘이듯 질질 끌고 자주 끊기는 것에 그 마음씨 고운 성직자가 분통을 터뜨리고, 돈키호테가 화가 치밀고 성질이 나서 도저히 어쩔 수 없어하는 것을 보고 공작 부부는 무척 재미있어했다.

"그래서 소인의 말은," 산초가 말했다. "이미 말씀드린 바와 같이 두 사람이 식탁에 앉으려고 하고 있었는데, 농사꾼은 그 양반에게 윗자리에 앉으라고 고집을 부렸고, 그 양반도 농사꾼더러 윗자리에 앉으라고 고집했답니다요. 자기 집에서는 자기가 하라는 대로해야 한다면서요. 그러나 농사꾼은 자기 깐엔 제법 예의 바르고 교양을 갖추었다고 자부하는 터라 절대로 그 제안을 받아들이고 싶지 않았지요. 결국 그 양반이 불쾌하기 짝이 없어 두 손을 농사꾼의 어깨 위에 얹고 억지로 앉히면서 말했답니다요. '앉게, 이 옹고집쟁이야. 내가 앉은 자리가 어디건 자네의 윗자리일 테니'라고요. 이것이 소인이 하고자 한 바로 그 이야기입니다요. 정말이지 이곳 분위기에서 벗어난 이야기는 아니라고 소인은 믿습니다만……"

돈키호테는 노여움에 얼굴이 붉으락푸르락해져 거무죽죽한

416

색깔 위에 마치 벽옥碧玉 무늬를 넣어 놓은 것 같았다. 사람들은 산초가 한 이야기의 저의를 알고는 돈키호테가 부끄러워하지나 않을까 싶어 터져 나오는 웃음을 간신히 참았다. 그래서 공작 부인은 산초가 더 이상 이치에 닿지 않는 말을 못 하게 하려고 화제를 바꾸어, 돈키호테에게 둘시네아 아가씨에 대한 무슨 새로운 소식이 있는지, 또 그 뒤로도 많은 거인들과 악당들을 무찔렀을 터인데 최근에 그 거인들과 악당 놈들을 선물로 그녀에게 보내기라고 했는지 물어보았다. 이 말에 대해서 돈키호테가 대답했다.

"마님, 제 불행은 시작은 있습니다만 결코 끝이 없답니다. 제가 거인들을 무찔러 비겁한 자들과 악당 놈들을 그녀에게 보냈습니다만, 그녀가 마법에 걸려 상상할 수 없이 가장 추한 농사꾼으로 변해 있다면, 그들이 어디에서 그녀를 찾을 수 있겠나이까?"

"소인은 모르겠습니다요." 산초 판사가 말했다. "소인 생각으로는 세상에서 가장 아름다운 여인이던데요. 적어도 몸이 경쾌하고 깡충깡충 잘 뛰는 걸로 보아 곡예사라도 그녀를 능가하지 못할 것으로 알고 있습니다요. 분명코, 공작 부인 마님, 땅에서 당나귀 위로 풀쩍 뛰어오르는 것이 마치 고양이처럼 날렵했답니다요."

"그대는 그녀가 마법에 걸린 것을 본 적이 있는가, 산초?" 공작이 물어보았다.

"그럼요, 물론입니다요. 그녀를 본 적이 있습니다요!" 산초가 대답했다. "제기랄, 소인이 아니면 어느 누가 그 마법 소동에 맨 처음 걸려들었겠습니까? 그녀는 꼭 소인의 아버지처럼 그렇게 마법에 걸려 계십니다요!"

성직자는 거인들과 비겁한 자들과 마법에 대한 말을 듣고는 이 사람이 라만차의 돈키호테라는 것을 깨달았다. 공작이 언제나 그 이야기를 읽고 있었으며, 그는 그런 걸 읽는 것은 이치에 맞지 않는 일이라고 수차 꾸중했었다. 그런데 의심하고 있던 것이 사실임을 알게 되자 몹시 화가 치밀어 공작에게 말했다.

"공작 각하, 각하께서는 이 거드름 피우는 작자가 수작을 부린 것에 대해 우리 주님께 보고하시고 양해를 얻으셔야 합니다. 이 돈키호테인지 돈 톤토[203]인지 어떻게 부르건, 각하께서는 이 작자에게 어수룩한 짓과 터무니없는 짓을 계속하도록 아무렇지 않게 기회를 제공하고 계시는데, 이 작자는 각하께서 바라는 만큼 그렇게 우둔한 것 같지 않다고 저는 생각합니다."

그러고는 돈키호테에게 말을 돌려 이야기했다.

"그리고 당신, 이 천진난만한 양반아, 도대체 누가 당신의 대가리에 당신이 편력 기사이며 거인들을 무찌르고 악당들을 사로잡았다고 하는 어처구니없는 생각을 집어넣었단 말인가? 그래, 어디 잘 살아보게나. 당신은 사람들한테 이런 소리나 듣게 될 것이네. '당신 집으로 돌아가 자식새끼들이 있으면 그 자식새끼들이나 잘 키우고 재산을 보살피며, 바람이 잔뜩 들어서 당신을 알거나 모르는 모든 사람의 웃음거리가 되어 세상 여기저기를 돌아다니면서 허송세월하지 말게나'라고 말이네. 당신은 도대체 어디에서 편력 기사들이 예나 지금이나 있었거나 있다는 말을 들었는가? 에스파냐 어디에 거인들이 있으며, 라만차 어디에 악당들이 있고, 그리고 또 어디

203 don Tonto. '바보님'이라는 뜻.

에 마법에 걸린 둘시네아 같은 아가씨들이 있으며, 당신에 대해 이야기하는 그 수많은 어처구니없는 일들이 도대체 어디에 있단 말인가?"

돈키호테는 그 존경할 만한 남자의 말을 경청했다. 그러다가 그가 입을 다물자, 공작 내외에 대한 존경심이고 나발이고 다 팽개치고 화난 표정과 일그러진 얼굴로 자리에서 벌떡 일어나 말했다……

이 답변은 그 자체만으로도 다른 한 장을 이룰 만한 가치가 있다.

• 제32장 •

돈키호테가 자신을 비난한 자에게 준 대답과
다른 심각하고 웃긴 사건들에 대해

돈키호테는 자리에서 벌떡 일어나 마치 수은 중독에 걸린 사람처럼 머리에서 발끝까지 부들부들 떨면서 다급하고 당혹을 금치 못한 어투로 말했다.

"지금 제가 있는 이곳과 제 앞에 계신 이분들, 그리고 귀하의 신분에 대해 제가 늘 가져왔고 지금도 가지고 있는 존경심이 내 이 당연한 분노의 손을 붙들어 매고 있습니다. 제가 이미 언급한 이유에서, 그리고 누구나 다 알고 있겠지만 식자識者의 무기는 여자의 무기와 똑같이 혀이기에, 저는 바로 그 세 치 혀로 귀하와 똑같은 싸움에 임할까 합니다. 저는 귀하로부터 체면을 깎는 모욕적인 언사보다 멋진 충고를 기대했습니다. 성스럽고 의도가 좋은 비난은 다른 상황이 필요하고 다른 관점이 요구됩니다. 적어도 공공연히, 그리고 이렇게 신랄히 저를 비난하는 것은 선의의 비난의 모든 한계를 넘었습니다. 첫 비난은 심한 것보다 부드러움에 기반을 두는 것이 더 낫습니다. 비난을 받고 있는 죄가 무엇인지도 모르면서 죄인이라 부르고, 덮어놓고 어리석다느니 바보라느니 하는 것은 좋지 않은 일입니다. 그렇지 않다면 어디 말씀 좀 해보세요, 나리. 제게서 보신 어리석은 짓이 무엇이었기에, 저를 비난하고 욕하며 저더러 집으로 돌아가 가정이나 돌보고 처자식이나 부양하라고 하시고, 제가 아내가 있는지 자식새끼들을 두었는지 알지도 못하면서 어떻게 그런 말씀을 하실 수 있나요? 아무렇게나 남의 집에 들어가 그 집의 주인 부부를 다스려도 아무렇지 않고, 어느 옹색한 기숙사에서 교육이라곤 아주 짧게 받은 몇몇이 한 고장의 20레과나 30레과 안에 있는 세상밖에 보지 못했으면서 기사도 법을 제정하고 편력 기사들을 판결하겠다고 아닌 밤중에 홍두깨 내밀듯 끼어들어도 되나요? 설마하니 세상을 떠돌아다니면서 안락한 생활을 마다하고 훌륭한 사람들이 불멸의 자리에 오른 그 가혹한 삶을 찾아 보낸 시간이 헛된 일이라거나 허송세월이었다는 것은 아니겠죠? 만일에 기사들과 훌륭한 분들과 너그러운 분들과 태생이 높으신 분들이 저를 바보 취급을 한다면, 불가피한 굴욕으로 받아들일 수밖에 없는 일이죠. 그렇지만 기사도의 길을 한 번도 들어가보지 않고 밟아본 적도 없는 학생들이 저를 멍청이 취급하는 것에 대해서는 일고의 여지도 없습니다. 저는 기사입니다. 물론 하느님의 뜻에 달렸지만 전 기사로 생을 마칠 작정입니다. 몇몇 사람들은 당당한 야망의 넓은 분야로 나아가고, 다른 사람들은 천하고 비굴한 아첨의 길로 나아가고, 또 다른 사람들은 속임수가 많은 위선의 길로 나아가고, 그리고 몇몇 사람은 진정한 종교의 길로 나아가지만, 저는 제 별자리의 숙명에 이끌려 편력 기사도의 좁은 길로 가고 있습니다. 편력 기사의 본분을 따르려고 재산을 경멸하지만 명예를 경멸하지는 않습니다. 저는 명예 훼손을 해결했고, 뒤틀린 것들을 바로잡았고, 오만을 징계했고, 거인들을 무찔렀으며, 요망한 마귀들을 짓밟았습니다. 저는 사랑하는 여인이 있습니다. 부득이하게 편력 기사들은 그래야 하기 때문입니다. 사랑은 하지만 부도덕한 연인들이 하는 사랑이 아니라 절제를 지키는, 관능적이고 육체적이 아닌 정신적 사랑인 플라토닉러브입니다. 제 뜻은 늘 좋은 목적을 행하기 위해 힘쓰고, 모든 이를 위해 선을 베풀고, 어느 누구에게도 악한 일을 하지 않는 것입니다. 이런 것을 이해하고, 이런 행동을 하고, 이런 일에 정진하는 자가 바보라고 불려야 마땅한지 위대하신 공작 각하 내외께서 말씀해보십시오."

"정말 대단하십니다요." 산초가 말했다. "더 이상 말씀하지 마세요, 소인의 나리시며 주인이시여. 더 이상 말도 생각도 필요 없고, 세상에 반드시 있어야 할 것뿐이고 버릴 것이라곤 아무것도 없기 때문입니다요. 더욱이 이 나리께서 부정하신 것처럼, 편력 기사라는 것이 과거에도 없었고 현재도 없다고 부정하신 것을 보니, 자기가 말한 것들에 대해 아무것도 모르고 있다는 것이 정말로 당연하지 않겠습니까요?"

"혹시," 성직자가 말했다. "이봐요, 형제여, 주인이 섬 하나를 주기로 약속한 바로 그 산초 판사라는 자가 당신인가?"

"그렇습니다, 제가 바로 그 사람입니다요." 산초가 대답했다. "그리고 소인도 다른 어떤 사람들처럼 마땅히 그럴 만한 사람이랍니다요. '좋은 사람들과 사귀면 너도 좋은 사람이 될 것이다'[204]라는

---

204 Júntate a los buenos, y serás uno de ellos. 직역하면 '착한 사람과 함께해라. 그러면 너는 그들 중 한 사람이 될 것이다'라는 뜻이다.

사람이 바로 소인입죠. 또 소인은 '가문보다는 가정교육이 중요하다'[205]라는 속담을 믿는 사람이며, '나무는 큰 나무 덕을 못 보아도 사람은 큰사람 덕을 본다'[206]라는 것을 믿는 사람입니다요. 저는 좋은 분에게 붙어 살아왔습니다요. 또 소인의 주인을 모셔온 지 여러 달이 되었습죠. 하느님께서 원하신다면, 소인도 주인 나리처럼 되겠습니다요. 주인 나리도 오래 사시고 소인도 오래 살았으면 합니다요. 주인 나리께는 다스릴 제국들이 부족하지 않을 것이고, 소인에게도 다스릴 섬들이 부족하지 않을 테니 말입니다요."

"물론일세, 확실해, 산초 친구." 이때 공작이 말했다. "나는 돈키호테 나리의 이름으로 내가 소유하고 있는 썩 쓸 만한 여분의 섬 하나를 그대에게 맡겨 통치하게 하겠네."

"무릎을 꿇게나, 산초." 돈키호테가 말했다. "그리고 자네에게 베푸신 그 은혜에 대한 보답으로 각하의 발에 입맞춤을 하게나."

산초는 그렇게 했다. 성직자는 그 모습을 보고 불쾌하기 그지없어 식탁에서 일어나 말했다.

"제가 입고 있는 이 사제복을 걸고 말씀드리는데, 각하께서도 이 죄인들만큼 어리석으십니다. 이 작자들이 정신 이상이 아닌지 잘 보십시오. 본정신인 사람들이 이들의 광기를 부추기고 있습니다. 각하께서는 이 작자들과 함께 계십시오. 이 작자들이 각하의 댁에 있는 동안 저는 제 집에 있겠나이다. 제가 막을 수 없는 일을 나

---

205 No con quien naces, sino con quien paces. 직역하면 '너는 누구한테서 태어났느냐가 아니고 누구와 함께 풀을 뜯어 먹느냐'라는 뜻이다.

206 Quien a buen árbol se arrima, buena sombra le cobija. 직역하면 '좋은 나무에 기대는 사람은 좋은 그늘 밑에 있다'라는 뜻이다.

무랄 필요도 없습니다."

　　그러고는 말을 더 하지 않았고, 식사도 더 하지 않고 자리를 박차고 떠났다. 공작 내외가 간청하면서 말려보기도 했으나 아무 소용이 없었다. 공작은 그가 주제넘게 화를 내는 것이 하도 우스운 나머지 웃느라고 말도 별로 하지 못했지만 말이다. 공작이 웃음을 막 멈추고 돈키호테에게 말했다.

　　"나리께서는, 사자들의 기사 나리, 그렇게도 고상하게 대답하셨으니 이 문제에 있어서는 유감이 없으시겠습니다. 나리에게는 비록 그것이 굴욕으로 보였을지라도, 전혀 그렇지 않습니다. 왜냐하면 나리께서 더 잘 알고 계시듯, 여자들이 하는 말에 굴욕을 당하거나 느끼지 않는 것처럼 사제들이 하는 말도 마찬가지이기 때문입니다."

　　"맞는 말씀입니다." 돈키호테가 대답했다. "그 이유는 모욕을 당할 수 없는 사람은 어느 누구도 모욕할 수 없기 때문입니다. 여자들과 어린아이들과 성직자들은 굴욕을 당하더라도 자신을 방어할 수 없으므로 굴욕을 당할 수가 없는 것입니다. 각하께서는 더 잘 알고 계시겠지만, 굴욕과 모욕 사이에는 이런 차이가 있기 때문입니다. 모욕이란 모욕을 할 수 있고 모욕을 하고 모욕을 지지하는 자에게서 오는 것입니다. 반면에 굴욕이란 모욕을 하는 일 없이도 어디에서나 올 수 있는 것입니다. 예를 들어 어떤 사람이 길에서 한눈팔고 있는데, 열 사람이 무기를 들고 나타나 그에게 몽둥이찜질을 해대자 그 사람도 칼을 들고 자기 의무를 다합니다. 그러나 상대방의 많은 숫자 때문에 방해가 되어, 복수는 해야 되는데 자기 맘대로 되지 않습니다. 이런 경우에 그는 굴욕은 당했지만 모욕을 당한 것은 아닙니다. 그리고 다른 예를 들어 똑같이 확인해봅시다. 어떤 사람이 등을 돌리고 있는데, 다른 사람이 오더니 그에게 몽둥이찜질을 합니다. 몽둥이찜질을 당하자 그는 도망을 치지 기다리지 않습니다. 그리고 다른 사람이 그 뒤를 쫓지만 따라잡지 못합니다. 몽둥이찜질을 당한 사람은 굴욕을 당한 것이지 모욕을 당한 것은 결코 아닙니다. 모욕이라는 것은 맞서 싸울 때까지 지속되어야 하기 때문입니다. 만일에 몽둥이찜질을 한 사람이 설령 기습적으로 했다고 하더라도 칼을 빼 들고 상대방과 정면으로 대결하려 했다면, 몽둥이찜질을 당한 자는 굴욕과 모욕을 동시에 당한 모양새가 되는 겁니다. 굴욕을 당한 것은 기습적으로 몽둥이찜질을 당했기 때문이고, 모욕을 당한 것은 몽둥이찜질을 한 자가 등을 돌려 달아나지도 않고 그 자리에 버티고 서서 자기 행위를 당연시했기 때문입니다. 그러므로 그 저주나 받아 마땅한 결투의 법칙에 의하면, 저는 굴욕을 당했을지 몰라도 모욕을 당한 것은 아닙니다. 어린아이들은 느끼지 못하고, 여인네들은 도망칠 수 없고 무엇을 위해 기다릴 수도 없습니다. 성스러운 종교의 구성원들도 똑같습니다. 이 세 부류의 사람들, 어린아이와 여자와 성직자는 공격이나 방어를 위한 무기가 없기 때문입니다. 그래서 당연히 어쩔 수 없이 방어를 해야 할 처지이면서도 아무나 모욕할 처지가 못 됩니다. 그리고 제가 조금 전에 굴욕을 당했을지는 모른다고 했지만, 지금은 절대로 그렇지 않다고 말하겠습니다. 모욕을 당할 수 없는 자는 다른 사람을 모욕할 수 없기 때문입니다. 그런 이유들 때문에 그 마음씨 고운 양반이 제게 하신 말씀을 서운해하면 안 되고, 또 서운해하지도 않을 겁니다. 다만 조금 기다려주셨더라면, 세상에 편력 기사란 과거에도 존재하지 않았고 현재도 존재하지 않는다고 하는 그 잘못된 생각을 이해시켜 드리고 싶었을 뿐입니다. 만일에 아마디스나 그분 가계의 그 헤아릴 수 없이 많은 사람들 중 누군가가 그런 말을 듣는다면, 그 성직자에게도 그다지 좋지 않으리라는 것을 저는 알고 있습니다."

"저도 그건 확언합니다요." 산초가 말했다. "아마 사제는 칼로 난자를 당해 석류나 잘 익은 멜론처럼 위에서 아래로 쩍 갈라졌을 겁니다요. 그분들이 화를 돋우는 그 같은 일을 참아내기란 쉽지 않을 겁니다요. 제가 맹세코 드리는 말씀인데요, 만일에 레이날도스 데 몬탈반이 그 작자에게서 그런 말을 들었더라면 3년 이상은 말을 못 하게 주둥이를 조져놓았을 것입니다요. 안 됩니다요, 그분들과 맞붙어 싸우는 것은 말도 안 됩니다요. 그분들의 손아귀에서 어떻게 벗어날지 뻔합니다요."

공작 부인은 산초가 하는 말을 듣고 웃음을 참을 수가 없었다. 그녀가 생각하기에는 산초가 그의 주인보다 더 우습고 더 머리가 돈 것 같았다. 그 당시에는 이 같은 생각을 공유한 사람들이 많았다. 드디어 돈키호테는 마음을 진정시키고 식사를 마쳤다. 그리고 식탁보를 치우자 네 시녀가 다가왔다. 한 시녀는 은접시를 들고, 다른 시녀는 은제 세숫대야에 물을 담아 들고, 또 다른 시녀는 새하얗고 아주 값나가는 수건을 어깨에 걸치고, 그리고 네 번째 시녀는 두 팔을 중간까지 걷어 올리고는 하얀 손에, 틀림없이 하얀 손에 나폴리산^産 둥그런 비누 하나를 들고 다가왔다. 은접시를 든 시녀가 다가오더니 품위 있는 모습으로 돈키호테의 턱수염 아래 접시를 가져다 댔다. 돈키호테는 말도 하지 못한 채 그런 의식에 놀라, 손을 씻는 대신 수염을 씻는 것이 그 지방의 관습임에 틀림없다고 생각하고, 되도록 모든 수염을 내밀려고 애썼다. 바로 그 순간에 세숫물이 마치 비가 오듯 쏟아지기 시작했고, 그 비누를 들고 있던 시녀가 무척 빠르게 그의 수염을 주물럭거렸다. 눈송이 같은 거품이 일었고, 수염뿐만 아니라 온 얼굴과 고분고분한 기사의 눈으로 들어가는 비눗물이 눈송이 못지않게 하얬다. 눈으로 들어가는 많은 비눗물 때문에 그는 눈을 감지 않을 수 없었다. 공작과 공작 부인은 이런 일에 대해서는 전혀 알지 못해, 이 듣도 보도 못한 희한하기 짝이 없는 세수가 어떻게 끝날지 기다리고 있었다. 수염 담당 시녀는 비눗물을 돈키호테의 얼굴에 가득 묻히고 있다가 물이 바닥난 체하고 세숫대야 담당 시녀에게 돈키호테 나리가 기다리고 계시니 물을 가져오라 했다. 그녀는 하라는 대로 그렇게 했고, 돈키호테는 아주 이상하기 짝이 없는 볼품없는 모양새가 되어 상상을 초월한 웃기는 꼬락서니가 되고 말았다.

거기에 있는 많은 사람들은 누구나 할 것 없이 모두가 그를 바라보고 있었다. 보통 이상으로 꺼무접접한 반 바라의 목을 앞으로 쑥 내밀고 눈을 감은 채 턱수염은 비눗물로 범벅이 되어 있는 모습을 본 사람들은, 얼마나 기상천외한 모습인지 웃지 않으려고 무진장 애썼지만 웃음을 참기가 어려웠다. 장난을 친 시녀들은 주인 내외를 감히 바라볼 수가 없어 눈을 내리깔고 있었고, 주인 내외는 온몸에 분노와 웃음이 교차되어 어떻게 해야 좋을지 몰랐다. 즉 시녀들의 그런 무례한 행위를 벌해야 할지, 아니면 그런 모습의 돈키호테를 보여줌으로써 그들이 맛본 기쁨에 대한 상을 내려야 할지 몰랐던 것이다. 결국 세숫대야 담당 시녀가 와서 돈키호테를 씻기고 나서, 수건을 가져온 시녀가 얼굴을 닦아주면서 아주 침착하게 물기를 훔쳤다. 그리고 네 시녀가 모두 동시에 머리를 아주 깊이 숙여 경의를 표하고 돌아서 나가려 했으나, 공작은 지금까지의 일이 장난이라는 것을 돈키호테가 눈치채지 못하도록 접시 담당 시녀를 불러 말했다.

"와서 날 씻겨주게. 그리고 물이 다 떨어지지 않도록 조심하게나."

명석하고 부지런한 시녀는 돈키호테에게 그랬던 것처럼 공작에게 다가가 접시를 대고 부랴부랴 그를 씻기고 비누칠도 아주 잘했다. 그리고 잘 말리고 깨끗이 닦은 뒤에 인사를 하고 나갔다. 나중에야 알려진 일이지만, 공작이 만일 돈키호테를 씻긴 것처럼 자기도 씻기지 않으면 그녀들의 지나친 짓을 크게 나무라겠다고 했다고 한다. 그녀들은 공작의 수염에도 비누칠을 함으로써 슬그머니 넘어가게 되었다.

산초는 그 세수 의식을 신중히 보고 있다가 혼잣말로 중얼거렸다.

"이거야 원! 이 지방에서 기사에게 하는 것처럼 종자에게도 수염을 씻어주는 관습이 있으면 얼마나 좋을까! 하느님과 내 마음속으로 맹세코 그런 것이라면 나에게 정말로 필요한데 말이야. 여기에 면도칼로 내 수염을 밀어준다면야 더욱 고마운 일이고."

"혼잣말로 무얼 그리 중얼중얼하는 거예요, 산초?" 공작 부인이 물었다.

"소인의 말은, 공작 부인 마님," 산초가 대답했다. "다른 왕자들의 궁전에서는 식탁보를 치우자마자 항상 손 씻을 물을 준다는 말을 들었지만, 수염을 씻기 위해 표백제를 주는 건 처음 봅니다요.

428

그래서 '많이 보기 위해서는 오래 사는 것이 상책'이라고 하는가봅니다요. '장수하는 사람은 고생도 많이 한다'[207]라는 말도 있지만요. 그렇지만 이런 세수 한번 해보는 것은 고생이라기보다 차라리 즐거움이겠습니다요."

"걱정하지 마세요, 산초 친구." 공작 부인이 말했다. "내가 시녀들에게 당신도 씻어주라고 할 테니까요. 필요하다면 표백제에라도 넣으라고 할게요."

"수염만으로 만족하겠습니다요." 산초가 대답했다. "적어도 지금으로서는 말입니다요. 시간이 가면 그렇게 될지 하느님만은 아시겠죠."

"여보게, 취사반장." 공작 부인이 말했다. "마음씨 고운 산초가 부탁한 것을 그의 뜻대로 정확히 실행하시게."

취사반장은 모든 면에서 산초 님을 모시게 될 것이라고 대답했다. 그리고 이 말과 함께 식사하러 가면서 산초를 데리고 갔다. 공작 내외와 돈키호테가 식탁에 남아서 이것저것 많은 이야기를 나누었지만, 모두가 무예와 편력 기사도의 업무에 관한 내용이었다.

공작 부인은 돈키호테에게 참 대단한 기억력을 가진 것 같다고 하면서, 엘 토보소의 둘시네아 아가씨에 대해 그 아름다움과 얼굴 생김새의 윤곽을 묘사해달라고 간청했다. 그녀의 아름다움에 대한 평판이 자자한 것을 감안하면 지구상에서나 온 라만차 지방에서 가장 아름다운 여인이 틀림없음을 이해하고 있다고 했다. 돈키

---

207 El que larga vida vive mucho mal ha de pasar. 만투아 후작Marqués de Mantua의 로맨스에 나오는 두 시구.

호테는 공작 부인이 자신에게 부탁한 것을 듣고 한숨을 내쉬면서
말했다.

"만일 제가 제 심장을 꺼내 공작 부인 마님의 눈앞 여기 이 식
탁 위에 있는 접시에 놓을 수만 있다면, 생각하기에도 끔찍한 것을
말하는 내 혓바닥에게서 그 수고를 덜 수 있겠습니다. 마님께서는
바로 그 심장 속에 똑똑히 그려져 있는 그녀의 모든 모습을 보실 수
있을 것이기 때문입니다. 그렇지만 제가 지금 무엇을 위해 비길 데
없이 아름다운 둘시네아의 모습을 세세히 묘사하겠습니까? 이런
짐은 제 어깨보다 다른 사람의 어깨에 지워져야 마땅할 것입니다.
판자와 대리석과 청동에 그녀의 아름다움을 그리고 새기기 위해
파라시오스[208]와 티만테스[209]와 아펠레스[210]의 화필이, 그리고 리시
포스[211]의 조각도彫刻刀가, 또 그녀의 아름다움을 칭찬하기 위해 키
케로와 데모스티나 수사학이 담당해야 할 일이 아닙니까?"

"'데모스티나'가 무슨 의미입니까, 돈키호테 나리?" 공작 부인
이 물었다. "내 평생에 한 번도 들어본 적이 없는 단어입니다."

"데모스티나 수사학retórica demostina이란," 돈키호테가 대답했
다. "키케로니아나ciceroniana가 키케로의 수사학retórica de Cicerón인 것
처럼 데모스테네스의 수사학retórica de Demóstenes 이라 말하는 것과 똑

---

208 Parrhasios. 기원전 4세기 그리스의 화가. 티만테스와 동시대인으로 고대 그리스 미술의
  전성기 때 회화 기법을 발전시키는 데 공헌했다.
209 Timanthes. 기원전 4세기 그리스의 유명한 화가. 전설로 알려진 그의 대표작은 〈이피게
  네이아의 공물El sacrificio de Ifigenia〉이다.
210 Apelles. 기원전 4세기 후반 그리스의 화가로서, 알렉산더대왕의 초상화를 그렸다.
211 Lysippos. 기원전 4세기 그리스의 유명한 조각가. 알렉산더대왕의 궁전에서 활약했으며,
  대왕의 초상, 경기자의 상 같은 작품을 제작했다.

같습니다. 이 두 사람은 세계에서 가장 위대한 수사학자였답니다."

"그렇습니다." 공작이 말했다. "그런 질문을 하다니, 당신이 좀 당혹스러웠던 모양이군요. 그건 그렇고, 돈키호테 나리께서 우리에게 그녀의 아름다움을 잘 묘사해주신다면 정말 기쁘겠습니다. 대략의 윤곽만으로도 최고라는 미녀들이 그녀를 부러워할 것이 분명합니다."

"확실히 그렇게만 할 수 있다면야," 돈키호테가 대답했다. "얼마 전에 그녀에게 일어난 불행을 제 머릿속에서 지워버릴 수만 있다면 그렇게 하겠습니다. 그녀의 불행을 생각하면, 그녀의 아름다움을 묘사하기보다는 울고 싶은 심정이 더 강합니다. 위대하신 여러분께서도 알고 계시겠습니다만, 지난번 그녀의 손에 입맞춤도 하고 이 세 번째 출발을 위해 그녀의 축복과 승인과 허가를 받기 위해 그분을 찾아갔습니다. 그런데 제가 찾는 여인과는 전혀 다른 여인을 만난 것입니다. 다시 말해 그녀는 마법에 걸려 공주에서 농사꾼으로, 미녀에서 추녀로, 천사에서 악마로, 향기를 풍기던 여인에서 역한 냄새를 풍기는 여인으로, 귀티 나는 말투에서 촌티 나는 말투로, 차분한 여인에서 촐랑이로, 빛에서 암흑으로, 그리고 마침내 엘토보소의 둘시네아에서 사야고[212]의 촌뜨기로 변해 있는 것을 알았습니다."

"맙소사!" 바로 이 순간에 벽력같은 목소리로 공작이 말했다. "세상에 그런 악행을 저지른 자가 도대체 누구였소이까? 도대체 누가, 그대를 그렇게도 즐겁게 해주었던 아름다움과 그대의 위안이 되었던 구수한 말씨와 그대에게 믿음을 주었던 정절을, 그녀에게서 빼앗아 갔단 말이오?"

"누군 누구겠습니까?" 돈키호테가 대답했다. "저를 귀찮게 쫓아다니는 그 많은 시새움으로 가득한 마법사들 중 어느 사악한 마법사지 누구겠습니까? 선한 이들의 공훈을 가리고 말살하기 위해, 악인들의 행위를 빛나게 하고 치켜세우기 위해 세상에 태어난 그 저주받을 족속이 아니면 누구겠습니까? 마법사들은 저를 쫓아다녔고, 마법사들은 지금도 저를 쫓아다니고, 마법사들은 저를 넘어뜨리고 제 높은 기사도를 망각의 깊은 심연으로 빠뜨릴 때까지 저를 쫓아다닐 것입니다. 이 악마들은 내가 가장 고통을 느끼고 아파하는 그 부분에 상처를 내는 것입니다. 왜냐하면 어떤 편력 기사에게서 그 마음의 연인인 귀부인을 빼앗는다는 것은 보는 두 눈을 빼는 것이요, 세상을 밝히는 태양을 빼앗는 것이요, 생명을 유지시키는 양식을 빼앗아 가는 것이기 때문입니다. 지금까지 수차 말했지만 지금 다시 말씀드리겠습니다. 즉 마음의 연인인 귀부인이 없는 편력 기사는 잎이 없는 나무나 마찬가지고, 기초 없는 건물이나 마찬가지고, 실체가 없는 그림자와 마찬가지입니다."

"더 이상 말해 뭐 합니까." 공작 부인이 말했다. "그럼에도 불구하고 사람들의 전폭적인 박수갈채를 받으며 얼마 전 세상에 선보인 돈키호테 나리의 이야기를 우리가 믿고, 그 책의 내용으로 비추어 헤아려보면, 그리고 내가 잘못 기억하고 있지 않다면, 나리께서는 한 번도 둘시네아 아가씨를 만난 적이 없고 이 아가씨라는 분은 이 세상에 존재하지도 않을 뿐만 아니라, 나리께서 나리 자신의 판단으로 설정해서 잉태해 낳고, 또 나리께서 원하는 대로 그 모든 기품과 완벽을 기한 모습을 적나라하게 그린 환상 속의 여인이던데요."

"그 문제에 대해서는 드릴 말씀이 많습니다." 돈키호테가 대답했다. "둘시네아 아가씨가 이 세상에 존재하는지 아닌지, 혹은 환상 속 여인인지 아닌지는 하느님께서 알고 계십니다. 이런 것들은 집요하게 끝까지 뒤져 밝혀낼 그런 성질의 것이 아닙니다. 제가 제 마음의 연인인 아가씨를 잉태해 낳게 한 것은 아닙니다. 한 여인을 세상의 모든 여인으로부터 칭송받기에 충분한 자질을 구비한 이상적인 귀부인으로서 제 마음속에 그려보았을 뿐입니다. 다시 말해 티 한 점 없이 고우며, 교만하지 않고 신중하며, 겸양과 더불어 다정다감하며, 공손하고 매사에 감사할 줄 알며, 가정교육을 잘 받아 공손하고, 마지막으로 집안이 좋은 그런 여자입니다. 좋은 혈통은 천하게 태어난 아름다운 여자들에게서보다 더 높은 완성도로 아름다움을 빛나게 하고 뛰어나게 하는 것입니다."

"맞는 말입니다." 공작이 말했다. "하지만 내가 읽은 돈키호테 나리의 공적에 대한 이야기를 어쩔 수 없이 해야 하니, 내가 말하도록 나리께서 허락해주시길 바랍니다. 그 이야기로 추정해볼 때, 둘시네아가 엘 토보소에 있든 엘 토보소 밖에 있든 나리께서 묘사하는 것처럼 그녀의 미美가 극치에 달한다고 하더라도, 집안이 좋다는 것에 대해서는 오리아나 집안과 알라스트라하레아 집안과 마다시마 집안, 그리고 나리께서도 잘 아시는 이야기책들에 늘 단골손님으로 등장하는 이런 유類의 다른 명문 집안과는 비교할 수 없을 것 같습니다."

"그 문제에 대해서는 이렇게 말씀드릴 수가 있겠습니다." 돈키호테가 대답했다. "둘시네아는 자기 스스로의 덕성으로 태어난 딸입니다. 그 덕성이 집안을 높여주고, 출세한 부도덕한 사람보다는 덕 있고 겸손한 사람이 더 존경받아야 하는 것입니다. 둘시네아는 왕관을 쓴 여왕이 되고, 왕 홀을 들 만한 여인입니다. 아름답고 유덕한 여인의 공덕은 크나큰 기적을 낳을 수도 있는 것입니다. 그리고 비록 형식적으로는 아니더라도 실질적으로는 내면에 더 커다란 운을 내포하고 있는 여인입니다."

"내 말은, 돈키호테 나리," 공작 부인이 말했다. "나리께서 말씀하신 무엇 하나 신중하지 않은 것이 없어, 사람들이 늘 말하듯 손에 측심의測深儀를 들고 있는 것 같다는 겁니다. 그래서 지금부터는 엘 토보소에 둘시네아가 있음을 내가 믿을 것이고, 내 집안의 모든 사람과 필요하다면 내 주인이신 공작 나리까지도 믿게 할 것입니다. 둘시네아는 오늘도 거기에 살고 있으며, 아름다우며, 귀하게 태어났으며, 돈키호테 나리 같은 기사가 섬길 만한 가치가 충분한 그런 여인이라고 말입니다. 이것이 바로 내가 할 수 있는 최대의 찬사일 겁니다. 그러나 한 가지 걱정하지 않을 수 없는 것은, 산초 판사에 대한 암만해도 뭔가 눈엣가시 같은 석연찮은 데가 있다는 겁니다. 그 걱정거리는 이미 언급한 이야기책에서 말한 것인데, 그 산초 판사가 나리에게 받은 편지를 지참하고 둘시네아 아가씨를 만나러 갔을 때 그녀가 커다란 밀 한 포대를 체로 치고 있었고, 더 확실한 증거로는 품질이 아주 나쁜 밀이라고 말하고 있습니다. 이 점이 바로 나로 하여금 그녀의 집안이 좋다는 것에 의문을 품게 합니다."

그 문제에 대해 돈키호테가 대답했다.

"부인이시여, 위대하신 부인께서는 저에게 일어난 모든 일 혹은 대부분의 일은 다른 기사들에게 일어난 일의 한도를 벗어나는 것임을 아실 겁니다. 불가해한 숙명의 뜻에 끌려서, 아니면 어떤 시새움 많은 마법사의 악의에 끌려서 왔다는 걸 아실 겁니다. 이미 조사된 것처럼 모든 혹은 대부분의 유명한 편력 기사들 중 어떤 기사는 마법에 걸리지 않는 천부의 힘을 가지고 있고, 어떤 기사는 프랑스의 열두 기사들 가운데 한 사람인 유명한 롤단처럼 상처를 입힐 수 없을 정도로 살이 두꺼워 철판처럼 단단하다고 합니다. 롤단은 왼쪽 발바닥을 제외하고는 아무 데도 상처를 입힐 수가 없다는 이야기입니다. 그것도 두툼한 핀 끝으로 찔러야지 다른 무기로는 상처를 입힐 수 없다고 합니다. 그래서 베르나르도 델 카르피오가 그를 론세스바예스에서 죽였을 때에도, 칼로 상처를 입힐 수 없음을 인지하고는 헤라클레스가 지구의 아들이라는 그 흉포한 거인 안타이오스를 죽일 당시를 기억하면서 양팔로 땅에서 안아 올려 질식시켰답니다. 그 말로 추론해보면, 저는 상처를 입지 않는 힘을 지닌 것은 아니지만, 이 같은 어떤 천부의 힘을 가질 수도 있겠다는 마음이 생긴다는 것입니다. 수차 경험해본 바로 저는 살이 부드럽고 철판처럼 단단한 아무것도 없으며, 마법에 걸리지 않는 어떤 힘도 없습니다. 실제로 내가 우리 안에 갇혀 있는 것을 본 적이 있습니다. 마법의 힘이 아니라면, 세상의 어느 누구도 저를 가둘 수 없는 그런 우리였습니다. 하지만 저는 거기서 빠져나왔으니, 어느 누구도 제게 상처를 입힐 수 없으리라는 것을 믿고 싶습니다. 그래서 이 마법사들은 제게 직접적으로 악랄한 술책을 쓸 수 없음을 알고, 제가 가장 사랑하는 것들에게 복수를 하고, 제가 둘시네아 아가씨를 위해 살고 있기 때문에 그녀를 못살게 굴어 제 목숨을 빼앗고 싶어 하는 겁니다. 그래서 종자가 제 편지를 그녀에게 가지고 갔을 때, 그녀를 시골 사람으로 바꿔놓고 밀을 체로 치는 것처럼 그렇게 천한 일을 시켰다고 믿고 있습니다. 하지만 이미 제가 말씀드린 바가 있듯이, 그 밀은 라만차의 붉은 밀이 아니고 동양산 진주 알갱이들이었습니다. 이것이 사실임을 증명하기 위해, 조금 전에 제가 엘 토보소를 지나왔는데 둘시네아의 궁전들을 하나도 발견할 수 없었다는 것을 여러 위대하신 분들에게 말씀드리고 싶습니다. 지난번에 제 종자 산초가 세상에서 가장 아름다운 그녀를 본래의 바로 그 모습으로 보았다는데, 제가 보기에는, 세상에서 제일 사리가 밝았던 그 여인이, 조리 있는 말이라곤 전혀 쓸 줄 모르는 투박하고 못생긴 농사꾼이었습니다. 저는 사고력이 뛰어나 마법에 걸리지도 않고 마법에 걸릴 수도 없기에, 그녀가 마법에 걸린 것이며 모욕을 당한 것이고 둔갑해버린 것입니다. 제 적들이 그녀를 통해 제게 복수를 한 것입니다. 그래서 저는 그녀가 본래의 상태로 돌아오는 것을 볼 때까지 그녀를 위해 영원히 눈물을 흘리면서 살아갈 겁니다. 둘시네아가 체를 친다느니 키질을 한다느니 하는 산초의 말에 어느 누구도 마음을 쓰지 않도록 이 모든 말씀을 드리는 바입니다. 제 앞에서도 그녀를 바꿔놓았는데, 산초 앞에서 그녀를 바꿔놓았다는 것은 놀라운 일이 아닙니다. 둘시네아는 고귀하고 좋은 집안에서 태어났습니다. 엘 토보소에 많은 오래되고 아주 훌륭한 양반 집안 출신입니다. 헬레네 때문에 트로이가 유명해지고 라 카바la Cava 때문에 에스파냐가 유명해진 것처럼, 물론 더 좋은 이름과 명성으로 유명해지겠지만, 엘 토보소가 앞으로 올 미래 세상에서 유명해지고 명성이 자자해진다면, 그것은 세상에 하나뿐이고 비길 데 없이 아름다운 둘시네아의 역할이 적지 않다는 것이 의심할 나위 없습니다. 다른 한편으로는 산초 판사야말로 편력 기사를 섬겨온 전에 없이 가장 재치 있는 종자들 중 하나라는 것을 여러 나리들께서 이해해주시기를 바라는 바입니다. 산초는 가끔 아주 예리한 듯하면서도 바보스러운 말들을 하긴 하지만, 그것이 바보스러운 것인지 예리한 것인지 생각하면 제법 재미가 솔솔 난단 말입니다. 산초는 능구렁이 같은 사람이라고 비난받을 만한 교활한 구석이 있고, 바보라고 인정할 만한 실수도 합니다. 그는 무엇이든지 의심하고 무엇이든지 믿는 사람입니다. 행여나 바보 신세가 되는 것이 아닌가 하고 제가 생각할 때면, 하늘을 찌를 듯한 재치 있는 말이 그의 입에서 나옵니다. 끝으로 누가 제게 도시 하나를 딸려 준다 하더라도, 저는 산초를 다른 종자와 바꾸지 않을 겁니다. 산초가 통치하는 일에 어느 정도 재능이 있는 것처럼 보이기는 하지만, 귀하께서 그에게 은혜를 베푸시겠다는 그 정부에 그를 보내는 것이 좋을지 생각 중이랍니다. 그의 판단력을 조금만 다듬어준다면, 임금님이 세금 다루듯 어떤 정부를 맡기더라도 잘 다스릴 것이라고 사료되는 바입니다. 그리고 우리가 많은 경험을 통해 알고 있듯이, 통치자의 한 사람이 되기 위해 그렇게 많은 능력이나 그렇게 많은 학문이 필요한 것은 아니지 않습니까. 그 증거로 낫 놓고 기역 자를 겨우 쓸 정도로 무식하면서도 감쪽같이 통치하는 자가 수백 명이지 않습니까. 가장 중요한 점은 좋은 의도를 가지고 매사에 정확성을 기하고 싶어 하는 마음에 달려 있는 겁니다. 학식이 없는 기사 출신 통치자들이 보좌관과 함께 판결하는 것처럼, 충고하고 무엇을 해야 할지 정확히 가르칠 분들이 적지 않을 테니까 말입니다. 저는 산초에게 뇌물을 받지도 말고 정의를 저버리지도 말라고 충고하렵니다. 그리고 제 마음속에 남아 있는 다른 자질구레한 것들은 산초와 그가 통치할 섬의 이익을 위해 그때그때 일러줄 작정입니다."

공작과 공작 부인과 돈키호테의 대화가 이쯤에 이르렀을 바로 그때, 저택에서 사람들의 와자지껄한 소리가 들렸다. 별안간 산초가 잿물 거르는 천을 턱받이로 두르고 기겁을 하여 놀라서 방으로 들어왔다. 그의 뒤를 많은 젊은이들, 아니 더 정확히 말하자면 남자 부엌데기들과 다른 별 볼 일 없는 자들이 쫓아왔다. 그중 한 사람은 부엌의 작은 개수통을 들고 왔는데, 그 빛깔이 그리 깨끗하지 못한 것으로 보아 설거지를 하다가 가져온 것 같았다. 이 통을 든 자는 산초를 따라 쫓아오면서 애처롭게 사정사정하고 간절히 빌면서 그의 턱수염 아래 개수통을 놓고 끼우려고 애썼다. 또 다른 장난꾸러기는 그것으로 턱수염을 씻어주려고 애쓰는 것이 보였다.

"대체 이게 무슨 짓들이야, 형제들?" 공작 부인이 물었다. "이게 뭐냐 말이야? 이 착한 분에게 무슨 짓을 하려는 것이야? 어째서 이분이 통치자로 선택을 받은 분이라는 것을 고려하지 않는 것이냐?"

그 말에 심술쟁이 이발사가 대답했다.

"이분께서는 관습에 따라 소인의 주인이신 공작 나리와 자기의 주인 나리가 씻는 것처럼 수염을 씻으려고 하지를 않습니다."

"씻고는 싶죠." 산초가 잔뜩 화가 나서 대답했다. "그렇지만 더 깨끗한 수건, 더 맑은 표백제, 그리고 그렇게 더럽지 않은 손이었으면 싶습니다요. 아니 그래, 소인의 주인은 천사들의 물로 씻어주고 소인은 악마의 표백제로 씻어주다니, 소인과 소인의 주인은 그렇게 큰 차이가 있는 것이 아닙니다요. 지방의 관습과 고관대작 댁의 관습은 다른 사람들에게 불쾌감을 주지 않을수록 좋은 법입니다요. 그렇지만 이곳에서 하는 세수 관습은 고행 수도사의 몸에 채찍질하는 것보다 더 고약합니다요. 소인의 수염은 깨끗해서 그런 위안 같은 게 필요 없습니다요. 소인을 씻기려 한다든지, 소인의 머리카락 하나라도 만지려 한다든지, 소인의 수염을 하나라도 만지려고 달려드는 작자는, 참으로 미안하기 짝이 없는 말이지만, 주먹이 대갈통에 박히도록 인정사정없이 주먹질을 해댈 것입니다요. 이런 우식[213]과 비누칠은 손님들을 융숭하게 대접하는 것이라기보다 오히려 우롱하는 것 같습니다요."

공작 부인은 산초가 분노하는 모습을 보고 그 말을 들었을 때 우습기 짝이 없었으나, 돈키호테는 산초가 여러 주방 장난꾸러기들에 둘러싸여 벽옥 무늬 수건을 둘러쓴 모습에 기분이 썩 좋지 않았다. 그래서 돈키호테는 마치 한마디 하기 위해 허락을 바라는 것처럼 공손히 경의를 표하고, 차분한 목소리로 망나니들에게 말했다.

"이보시오, 신사 숙녀 여러분! 나리들은 그 젊은이를 놓아주시고 왔던 곳이나 마음 내키는 다른 곳으로 돌아가시오. 내 종자는 다른 종자처럼 깨끗하고, 그 개수통들은 주둥이가 좁아 그 사람에게는 불편하기 짝이 없습니다. 그도 나도 남을 우롱하는 나쁜 버릇은 모르는 사람들이니, 내 충고를 듣고 그를 놓아주시오."

산초가 돈키호테의 말을 받아 계속해서 말했다.

"아닙니다, 오셔서 집도 절도 없고 모시는 주인도 없는 이 사람

---

213 '의식'이라는 뜻의 "ceremonia"를 사투리인 "cirimonia"라고 말했으므로, 발음이 비슷한 "우식"이라고 번역한다.

을 우롱해보시라고요. 지금은 밤이니 소인이 참고 있겠습니다요! 자, 빗이건 뭐건 마음대로 가져와서 소인의 이 수염을 말을 빗기는 쇠 빗으로라도 빗겨보시라고요. 그래서 만약 소인의 수염에서 깨끗하다고 말할 수 없는 것이 하나라도 나오면, 쥐가 뜯어 먹은 것처럼 아무렇게나 소인의 수염을 다 뜯어놓아도 상관없습니다요."

이때 공작 부인이 웃음을 참지 못하고 말했다.

"산초 판사가 한 말이 모든 면에서 옳고, 또 말하는 것은 죄다 맞을 것이다. 다시 말하면 산초는 본래가 깨끗한 사람이고, 또 그가 말하듯 그는 씻을 필요가 없어. 그리고 만일에 우리 관습이 그의 마음을 만족시키지 못한다면, 그것도 그의 뜻에 맡겨두는 것이 옳아. 그리고 너희 청소부들은 지나치게 등한시하고 조심성이라곤 전혀 없어. 이런 분의 이런 수염에는 순금 세숫대야나 독일제 수건을 가져왔어야지. 개수통과 나무통에 찬장 행주를 가져오다니, 그 방자함을 뭐라 말해야 할지 모르겠구나. 어쨌거나 너희는 나쁜 사람들이고 근성이 나쁜 자야. 악당 같은 너희는 편력 기사들의 종자만 보면 꼭 원한을 보인단 말이다."

건달 같은 잡일을 하는 청소부들과 그들과 함께 온 취사반장은 공작 부인이 진심으로 말하는 것으로 믿고, 산초의 가슴에서 잿물 거르는 천을 떼고나서 모두가 당황하여 거의 무안해하며 산초만 남겨두고 가버렸다. 산초는 아주 큰 위난에서 겨우 벗어났다고 여기고, 공작 부인에게 다가가 그녀 앞에 무릎을 꿇고 말했다.

"위대하신 부인의 크나큰 은혜를 예상하긴 했사오나, 오늘 마님께서 소인에게 베푸신 이 은혜는 어떻게 갚아야 할지 모르겠습니다요. 단지 소인은 편력 기사가 되어 무장을 하고 평생 동안 이렇게 높으신 부인을 모시고 살고 싶은 심정일 뿐이옵니다요. 소인은 농사꾼이오며, 소인의 이름은 산초 판사이옵니다요. 소인은 기혼자로 자식새끼들이 있고, 기사의 종자로 봉사하고 있습니다요. 만일에 이러한 것들 중 무엇으로나 부인처럼 위대하신 분을 모실 수만 있다면, 마님께서 시키시는 일은 그것이 무엇이든 당장 분부대로 따르겠나이다."

"잘 알았소, 산초." 공작 부인이 대답했다. "당신은 예의범절을 가르치는 바로 그 학교에서 예절을 잘 배운 것 같군요. 당신이 돈키호테 나리 밑에서 교육을 잘 받았다는 말이오. 그분은 예법의 정수이며 당신이 말한 것처럼 의식儀式인지 '우식'인지의 꽃임이 틀림없소. 과히 그 주인에 그 하인이라 할 만하오. 한 사람은 편력 기사의 길잡이로, 다른 한 사람은 종자의 충성스런 별로 칭송받아 마땅하오. 일어나시오, 산초 친구. 나는 당신의 예의범절에 만족하기에, 내 주인이신 공작 나리께서 되도록 빠른 시일 안에 당신에게 통치하게 해주겠다고 한 그 약속을 이행하도록 하겠소."

이렇게 대화는 끝나고, 돈키호테는 낮잠을 즐기러 갔다. 그리고 공작 부인은 산초에게 별로 자고 싶은 마음이 없으면 자기와 시녀들과 함께 아주 시원한 방에서 오후를 보내자고 했다. 산초는 대답하기를, 여름에는 사실 낮잠을 너덧 시간 자는 버릇이 있지만 마님의 친절에 보답하기 위해 그날만큼은 한잠도 자지 않도록 온 힘을 다해 노력하겠다며, 그녀의 명령을 받들어 오겠다고 하고는 갔다. 공작은 새로운 명령을 내려, 옛 편력 기사들을 모셨다고 하는 그 방식에서 한 점도 어긋남 없이 돈키호테를 모시라고 했다.

· 제33장 ·

공작 부인과 그녀의 시녀들이
산초 판사와 주고받은 읽고 주목할 만한
아주 맛깔스러운 이야기에 대해

이야기에 전하는 바에 따르면, 산초는 그날 낮잠을 자지 않고 약속한 바를 이행하기 위해 식사를 하자마자 공작 부인을 뵈러 갔다. 공작 부인은 산초의 이야기를 듣는 즐거움을 배가하기 위해 그를 자기 옆 등이 낮은 의자에 앉게 했다. 산초는 가정교육을 굉장히 잘 받은 사람이라서 앉기를 극구 사양했지만, 공작 부인은 그에게 앉기는 통치자로 앉되 말은 기사의 종자처럼 하라고 부탁했다. 두 가지 면에서 산초는 엘 시드 루이 디아스 캄페아도르의 바로 그 의자[214]에 앉을 만한 사람이기 때문이라고 했다.

산초는 어깨를 움츠리며 순순히 받아들이고 앉았다. 그리고 공작 부인의 모든 시녀와 상급 시녀 들은 공작 부인을 빙 둘러싸고 산

---

214 el mismo escaño del Cid Ruy Díaz Campeador. 엘 시드가 발렌시아 공략에서 빼앗은 상아 의자를 말한다. 뒤에 알폰소왕에게 선물하게 되었고, 왕이 엘 시드에게 그 의자에 앉으라고 권했다고 한다.

초의 말을 듣기 위해 정중히 쥐 죽은 듯 조용히 하고 있었다. 그런데 예상 외로 맨 먼저 말을 한 사람은 공작 부인이었다. 그녀는 다음과 같이 말했다.

"여기에는 이제 우리만 있으니 아무도 우리가 하는 말을 듣지 않을 것이오. 그러하니 통치자 나리께서, 이미 인쇄되어 나온 위대한 돈키호테에 대한 이야기에 언급된, 내가 품고 있는 몇몇 의문점을 풀어주었으면 하오. 그 의문점들 중 하나가 그 마음씨 고운 산초가 둘시네아를, 내 말은 엘 토보소의 둘시네아 아가씨를 한 번도 본 적이 없고 돈키호테 나리의 편지를 그녀에게 전하지도 않았다는 거예요. 왜냐하면 그 편지는 시에라 모레나에서 수첩에 남겨두고 왔기 때문이지요. 그런데 어떻게 그 편지의 답장을 받아 온 것처럼 짐짓 꾸며대고, 그녀가 밀을 체 치는 것을 보았다고 말하며 세상에 하나뿐인 미녀 둘시네아의 좋은 평판에 해를 끼치면서까지 얼토당토않은 장난과 거짓말을 하면서, 기사들의 마음씨 고운 종자들의 자질과 충성심에도 걸맞지 않게 능청스레 감히 그런 일을 벌일 수가 있었을까 무척 궁금합니다."

이런 말들에 산초는 아무 대답도 하지 않고 의자에서 일어났다. 그러고는 몸을 구부리고 입술 위에 손가락을 댄 채 조용한 발걸음으로 온 방을 돌아다니면서 살금살금 걸어 커튼을 들추어보고나서 다시 앉더니 말했다.

"마님, 이제 여기 계신 분들 말고는 우리가 한 말을 남몰래 엿들을 사람이 없다는 것을 소인이 알아보았사오니, 소인에게 지금 물으신 일이나 앞으로 물으실 모든 것에 대해 두려워하지도 놀라지도 않고 대답해드리겠습니다요. 때로 주인 나리는 그분의 말을 듣는 사람은 누구나 다 그분이 아주 사려 깊은 사람이고 바로 그 사탄마저 그분보다 더 멋진 말을 할 수 없다고 할 만큼 옳은 길로 이끌어주시는 말씀을 하지만, 소인은 돈키호테 나리를 어떻게 손을 쓸 수 없는 광인 정도로 생각하고 있다는 것을 우선 말씀드리고자 합니다요. 하지만 그럼에도 불구하고 진실하게 마음에 아무 거리낌 없이 솔직히 말씀드리자면, 소인이 생각하기로 나리는 지혜가 좀 모자란 것이 확실하다는 결론을 내렸습니다요. 소인이 편지의 답장에서도 그랬던 것처럼, 소인이 이런 생각을 하고 있었으므로 감히 까닭 모를 말을 불쑥 꺼내어 주인 나리께서 믿으시도록 한 것이랍니다요. 환언하면 엿새 전인가 여드레 전인가 있었던 일처럼, 아직 이야기책에는 없지만 우리 둘시네아 아가씨의 마법에 관한 일인데요, 마치 호랑이 담배 먹을 적 뜬구름 잡는 소리나 마찬가지로 사실이 아님에도 불구하고, 나리께서 그녀가 마법에 걸려 있다고 알도록 소인이 꾸며댔던 것입니다요."

공작 부인은 그에게 그 마법인지 장난인지를 이야기해달라고 간청했고, 산초는 하나도 더하지도 빼지도 않고 일어난 그대로 죄다 들려주었다. 이야기를 듣는 사람들은 무척 재미있어했다. 그는 자기 이야기를 계속해나갔고, 공작 부인은 이렇게 말했다.

"마음씨 고운 산초가 들려준 이야기를 듣고보니, 내게 한 가지 마음 쓰이는 일이 떠오르면서 어떤 속삭임 같은 것이 내 귓전을 맴돌며 이렇게 말하는군요. '그래, 라만차의 돈키호테는 미쳤고 어리석고 모자란 사람이다. 그런데 그의 종자 산초 판사는 그런 사실을 알고도 그를 섬기고 그를 따라다니며 그의 공허한 약속들을 믿고 있다. 이것은 그가 그의 주인보다 더 미쳤고 더 바보임에 틀림없다는 뜻이다. 사실이 그렇다면, 잘못 생각하고 있을지도 모른다. 공작부인, 만일 그런 산초 판사에게 다스릴 섬을 준다면, 자신도 다스릴 줄 모르는 그 사람이 어떻게 다른 사람들을 다스리겠는가?'"

"아이고머니, 마님." 산초가 말했다. "그 마음 쓰이는 말은 일이 쉽게 되어가는 모양새입니다요. 그러나 말을 똑똑히 하라고 마님께서 말씀해주세요. 아니면 하고 싶은 대로 하라고 하세요. 소인도 그 말이 사실이라는 것은 알고 있습니다요. 소인에게 분별력이 있었더라면 오래전에 주인을 남겨두고 떠났겠습죠. 그러나 이것이 소인의 운명입니다요. 소인이 액땜한 셈 쳐야지 더 이상 어떻게 하겠습니까요. 소인은 앞으로도 주인을 따라다닐 겁니다요. 우리는 같은 마을 태생이고, 소인은 그분의 빵을 먹고 살아왔으며, 그분을 진정으로 좋아합니다요. 그분은 감사할 줄 아시고 소인에게 자기의 어린 당나귀를 주셨으며, 더욱이 저는 충실한 사람입니다요. 삽과 곡괭이를 쓰는 일이 아니면[215] 어떤 일도 우리를 떼어놓을 수 없을 것입니다요. 그러니 고매하신 마님께서 소인에게 약속하신 정부를 주기가 싫으시다면, 하느님께서도 소인에게 해주신 것이 별로 없는 처지에, 소인의 양심상 그 정부를 받지 않는 편이 더 좋을 성싶습니다요. 비록 소인이 바보이긴 해도 '불행히도 개미에게 날개가 돋았다'[216]라

---

215 el de la pala y azadón. 직역하면 '삽과 곡괭이의 관계'이다. 우리말의 순망치한脣亡齒寒과 보거상의輔車相依를 합친 말로, 서로 없어서는 안 될 밀접한 관계를 이르는 말인 순치보거脣齒輔車에 딱 들어맞는 말이다.

216 Por su mal le nacieron alas a la hormiga. 개미에게 날개가 돋아 날아다니면 새들에게 쉽게 잡아먹힌다. "개미에게 날개가 돋으면 더 쉬 죽는다Nacen alas a la hormiga, para morir más aína"라는 속담과 같은 맥락이다.

는 속담을 압니다요. 그리고 통치자 산초보다 기사의 종자 산초가 더 쉽게 하늘나라로 갈 수도 있지 않겠습니까요. 여기서도 프랑스에서처럼 그렇게 맛있는 빵을 만든답니다요. 그리고 밤에는 고양이들이 죄다 거무스름하답니다요. 오후 2시에도 아직 아침밥을 먹지 않은 사람은 꽤 불행한 사람입니다요. 다른 사람보다 한 뼘 더 큰 위胃는 없는 법이고, 위는 사람들이 늘 말하듯이 지푸라기와 꼴로도 채울 수 있답니다요. 들의 새들은 하느님을 자기들의 식량 조달자이자 담당자로 여기고 있지 않습니까요. 세고비아의 고급 천 4바라보다 쿠엔카의 값싼 천 4바라가 더 따뜻하고, 이 세상을 떠나 땅속으로 들어갈 때는 고관대작도 날품팔이꾼처럼 좁디좁은 샛길로 가는 것이며, 교황의 몸이 성당지기의 몸보다 땅 면적을 더 차지하는 것도 아니고, 어떤 사람이 다른 사람보다 키가 더 커도 구덩이에 들어갈 때는 우리 모두 꼭 맞추어 끼워 넣고 오므라뜨려야 하지요. 아무리 괴로워도 우리 몸을 꼭 맞추어 끼워 넣고 오므라뜨리게 하여 '부디 편안히 쉬십시오'라고 하면 그만이죠. 다시 말씀드리지만, 마님께서 소인을 바보로 취급해서 섬을 주고 싶지 않으시다면, 저도 사려 깊은 사람처럼 아무것도 받지 않을 줄 안답니다요. 또 '십자가 뒤에 악마가 있다'라든지, '빛나는 것이 모두 황금은 아니다'라든지, '에스파냐 국왕으로 모시기 위해 황소와 쟁기와 멍에들 사이에서 농사꾼 왐바[217]를 꺼냈고, 뱀들에게 먹히도록 하기 위해 금실로 수놓인 비단과 환락과 재물로부터 로드리고를 꺼냈다'고 하는 말을 소인은 들었습

---

217 Wamba. 에스파냐 서고트족의 마지막 왕(670~680). 왕손인 줄 모르고 농부의 아들로 자랐지만 나중에 왕이 된다.

니다요. 옛 로맨스 노래가 거짓말이 아니라면 말입니다요."

"그건 사실이에요!" 이때 이야기를 듣고 있던 사람 중 하나인 우두머리 시녀 도냐 로드리게스가 말했다. "로드리고왕을 두꺼비 며 뱀이며 도마뱀이 가득한 무덤에 산 채 넣었는데, 이틀 만에 왕이 무덤 안에서 고통스럽고 낮은 목소리로 다음과 같은 말을 했다고 전하는 로맨스가 있어요.

난 먹히고 있네, 난 먹히고 있네
죄가 제일 많은 곳부터.[218]

그리고 이런 걸 보면, 구더기 밥이 될 바에야 임금보다는 농부 가 더 되고 싶다는 이분의 말이 지당합니다."

공작 부인은 자기 시녀의 순진한 말을 듣고 웃음을 참을 수 없 었고, 산초의 말이나 속담에는 감탄해 마지않았다. 그래서 산초에 게 말했다.

"마음씨 고운 산초는 이미 알겠지만, 기사가 한번 약속한 것은 목숨을 걸고 이행하려고 노력한다오. 내 주인이시며 남편인 공작 께서 편력하고 다니시는 분은 아니지만 그렇다고 기사가 아닌 것 은 아니니, 세상의 시기와 악의에도 불구하고 말씀하신 섬에 대한 약속은 이행하실 겁니다. 산초, 용기를 내요. 아닌 밤중에 홍두깨를

218　Ya me comen, ya me comen / por do más pecado había.《로드리고왕의 개전*Penitencia del rey Rodrigo*》의 로맨스에 해당하는 시구. 시구에서 '죄pecado'란 '왕의 죄pecado del rey'로 곧 '음란淫亂, lujuria'을 뜻한다.

내밀듯 생각지도 않을 때 당신은 섬 통치자의 지위에 올라 그곳 옥좌에 앉아 있을 것이며, 온 세상에 명성이 자자할 당신의 정부를 통치하게 될 거예요. 내가 당신에게 부탁할 것은, 당신의 신하들이 모두 충성스럽고 좋은 집안 태생임을 염두에 두고 그들을 어떻게 다스려야 할지 잘 헤아리고 판단하라는 겁니다."

"그들을 잘 다스리는 그 문제는," 산초가 대답했다. "굳이 소인에게 부탁하실 것이 없습니다요. 소인은 자애롭고 가난한 이들을 불쌍히 여기거든요. '밀가루를 반죽하고 굽는 사람에게서 **빵을 빼앗지 말라'**[219]는 말이 있잖습니까요. 맹세코 소인에게는 속임수 같은 것이 통하지 않습니다요. 소인은 산전수전 다 겪은 사람이라서 척하면 삼천리랍니다.[220] 또 소인은 제때에 머리를 굴릴 줄도 아니까 소인의 이 두 눈 앞에서 딴청을 부리는 꼴은 용인하지 않습니다요. 소인은 소인 신발의 어디가 조이는지 잘 알고 있답니다요. 착한이들은 소인과 손을 잡고 함께 가겠지만, 나쁜 사람들은 소인 앞에 얼씬하기는커녕 발도 들여놓지 못하게 하겠다는 말입니다요. 그리고 소인이 생각하기에 정부라는 이 문제에서는 매사가 시작이 반이라 통치자로 보름만 일하면 그 일이 손에 익어, 소인이 나고 자란 시골에서 농사짓는 일보다 더 많이 알 수 있을 겁니다요."

---

219 A quien cuece y amasa, no le hurtes hogaza. '일을 경험으로 터득하여 알고 있는 사람을 속이려고 해서는 안 된다'라는 뜻이다.

220 Soy perro viejo y entiendo todo tus, tus. 직역하면 '나는 늙은 개여서 '워리 워리' 하면 모든 것을 알아듣는다'이다. 이것은 속담 "A perro viejo no hay tus, tus(늙은 개에게는 '워리 워리'라는 말이 필요 없다)"의 변형이다. 즉 '세상 물정에 밝은 사람은 어떤 미사여구로도 속일 수 없다'라는 뜻이다.

"당신 말이 맞아요, 산초." 공작 부인이 말했다. "교육을 받고 태어난 이는 아무도 없고, 사람들 중에서 주교가 되지 돌멩이에서 주교가 되는 법은 없지요. 그러나 조금 전 둘시네아 아가씨의 마법에 대한 이야기로 돌아가면, 내가 조사해서 확실히 아는 것이 있는데, 산초가 그 여자 농사꾼이 둘시네아라고 이해시키며 자기 주인을 놀리고 주인이 그녀를 몰라보는 것은 마법에 걸려 있기 때문이라고 상상력을 발휘한 일은, 모두 돈키호테 나리를 쫓아다니는 마법사들 중 누군가가 꾸민 일이었다는 거예요. 그때 어린 당나귀 위로 풀쩍 뛰어오른 시골 여자는 엘 토보소의 둘시네아였고, 또 둘시네아가 사실이라는 것을 진짜 내가 잘 알거든요. 그리고 그 마음씨 고운 산초는 자기가 속임수를 썼다고 생각했지만, 사실은 속은 사람이지요. 우리가 한 번도 보지 못한 것들에 의심을 품을 것이 아니라 이 진실을 믿어야 해요. 그리고 우리를 무척 사랑하는 마법사들이 있다는 것을 산초 판사 나리도 알아야 해요. 이분들은 세상에서 일어나고 있는 일을 있는 그대로 솔직히, 거짓이나 조작 없이 우리에게 말해주고 계시지요. 그러니 산초도 깡충깡충 뛰던 그 시골 여자가 엘 토보소의 둘시네아였고, 지금의 바로 그 둘시네아라는 것을 믿어요. 그리고 둘시네아는 확실히 마법에 걸려 있다는 것도 믿어요. 아닌 밤중에 홍두깨 내밀듯 미처 생각지도 않을 때 우리는 그녀의 원래 모습을 보게 될 것이고, 그때야 비로소 산초는 지금까지의 속임수에서 벗어나게 될 거예요."

"모든 것이 그럴 수 있겠군요." 산초 판사가 말했다. "지금은 소인의 주인께서 몬테시노스 동굴에서 보셨다고 하는 그 이야기를 믿고 싶습니다요. 그 동굴에서 둘시네아 아가씨를 보셨다고 하는

449

데, 소인이 오직 재미 삼아 엘 토보소의 둘시네아 아가씨에게 마법을 걸었을 때 보았다고 말한 바로 그 복장과 모습이었다는 겁니다요. 그런데 마님, 마님의 말씀처럼 모든 것이 정반대일 수 있겠습니다요. 왜냐하면 소인의 짧은 지혜로는 눈 깜짝할 사이에 그런 그럴싸한 거짓말을 만들어냈다고 추측할 수도 없고, 추측해서도 안 되기 때문입니다요. 그리고 설령 소인의 주인께서 아무리 돌았기로서니 별 볼 일 없고 믿을 만한 데라곤 눈곱만큼도 없는 그런 설득만으로 한계가 죄다 드러난 소인의 말 따위를 믿으실 것이라고 생각하지 않습니다요. 그러나 마님, 그런 일로 마음씨 고우신 마님께서 소인을 악질로 보시면 좋지 않을 것입니다요. 소인 같은 멍텅구리는 극악하기 짝이 없는 마법사들의 생각과 악의를 간파할 의무가 없으니까 말입니다요. 다시 말해 소인은 돈키호테 나리한테서 꾸중을 듣고 싶지 않아서 그 이야기를 짐짓 꾸며냈을 뿐이지, 주인 나리의 감정을 상하게 하려고 그런 것은 아닙니다요. 만일에 뜻하는 바가 뒤집혔다면, 하늘에 하느님께서 계시니 인간의 마음을 헤아리실 것입니다요."

"그것이 사실이에요." 공작 부인이 말했다. "그렇지만 이제 말해보세요, 산초. 그 몬테시노스 동굴에 대한 그 일이 도대체 무엇인지 알고 싶어 좀이 쑤셔 견딜 수 없네요."

그러자 산초 판사가 그 모험에 관한 이야기를 그녀에게 속속들이 자세히 들려주었다. 그 이야기를 듣고 공작 부인이 말했다.

"이 사건으로 짐작건대, 그 위대한 돈키호테께서 거기서 보았다고 하는 바로 그 농사꾼 여인네와, 산초가 엘 토보소의 입구에서 보았다는 그 아가씨가 똑같다는 점으로 미루어 보아, 그녀가 틀림없이 둘시네아라 추정할 수 있으며, 그곳에는 아주 빈틈없고 지나칠 정도로 호기심 많은 마법사들이 우글거리겠네요."

"소인의 말이 바로 그겁니다요." 산초 판사가 말했다. "만일에 우리 엘 토보소의 둘시네아 아가씨가 마법에 걸려 있다면 참 안된 일입니다만, 그녀가 당한 불행 때문에 소인이 그 수가 많고 악독하기 그지없는 제 주인 나리의 적들과 대적할 일은 아닙니다요. 소인이 보았던 여인이 농사꾼이었고, 소인이 그녀를 농사꾼으로 여겼고, 소인이 그녀를 농사꾼으로 판정을 내렸다면, 그것은 사실일 것입니다요. 그리고 만일에 그녀가 진짜로 둘시네아였다고 하더라도 소인이 책임을 질 일이 아니며, 소인의 책임은 전혀 없으니, 소인한테 왈가왈부할 일이 아닙니다요. 안 돼요, 그 문제로 소인과 쓸데없이 이러쿵저러쿵하고 서로 옥신각신하는 짓은 좋은 일이 아닙니다요. '산초가 그렇게 말했어, 산초가 그 일을 했어, 산초가 돌아갔어, 산초가 돌아왔어'라고 하면서 산초보고 야단들이니 마치 산초가 동네북이나 된 것처럼 말입니다요. 이미 책에 실려 이름이 유명해져 앞으로 세상을 의기양양하게 활보하면서 나돌아다닐 그런 산초 판사가 아닌 것처럼 말입니다요. 적어도 살라망카에서 학사 학위를 받은 분인 산손 카라스코가 말한 바에 의하면 그렇습니다요. 이런 분들은 자기들의 마음이 허락하지 않거나 책임을 질 때가 아니면 거짓말을 할 수 없답니다요. 그러므로 어느 누구도 소인에게 이러쿵저러쿵하는 쓸데없는 주둥아리는 놀리지 말았으면 좋겠습니다요. 소인은 명성이 자자한 사람입니다요. 소인의 주인 나리께서 말씀하신 것을 듣기로 '많은 재산보다 좋은 평판이 더 낫다'라고 했습니다요. 소인에게 그 정부를 맡겨만 주신다면, 사람들은 기적 같은 일을 보게 될 겁니다요. 훌륭한 종자였던 사람은 훌륭한 통치자가 될 테니 말입니다요."

"지금 마음씨 고운 산초가 한 말은," 공작 부인이 말했다. "카토 와 맞먹는 말[221]이거나, 아니면 적어도 '꽃다운 나이에 요절한'[222] 바로 그 미카엘 베리노[223]의 창자에서 꺼낸 말과 맞먹는군요. 결국 산초의 말하는 본새로 말하자면 '나쁜 망토 아래 좋은 주정뱅이가 있곤 한다'[224]라는 것이군요."

"사실은, 마님," 산초가 대답했다. "소인은 목이 마를 때 술을 마셔본 적은 있지만, 평생 악한 마음으로 술을 마셔본 적은 단 한 번도 없습니다요. 소인은 위선가 기질이라곤 전혀 없으니까요. 마시고 싶을 때 마시고, 마시고 싶지 않더라도 남이 권할 때는 새치름하거나 버릇없이 보이지 않으려고 마신답니다요. 심장이 대리석일지언정 친구의 축배를 어찌 무정하게 거절하겠어요? 그러나 소인은 술을 마시기는 하지만 취하지는 않습니다요. 편력 기사의 종자들은 거의 언제나 물만 마신답니다요. 늘 숲이나 밀림이나 초원이나 산이나 암석들 위로 돌아다니다보면 한쪽 눈을 빼 준다 해도 술 한잔 주는 측은지심을 발견할 수 없다니까요."

"나도 그렇게 생각한다오." 공작 부인이 대답했다. "산초, 산초

---

221 sentencias catonianas. 직역하면 '카토의 금언들'이라는 말이지만, '카토와 맞먹는'이라는 뜻을 내포한다.

222 florentibus occidit annis. 안젤로 폴리치아노Angelo Poliziano가 시인 미카엘 베리노 Micael Verino를 기리기 위해 지은 비명碑銘의 한 행이다.

223 이탈리아 시인으로 1483년 17세의 나이에 요절했다.

224 Debajo de mala capa suele haber buen bebedor. 의역하면 '겉만 보고 사람을 평가해서는 안 된다'라는 뜻이다.

는 가서 푹 쉬는 게 좋겠어요. 더 많은 이야기는 나중에 하기로 하고, 당신 말마따나 당신이 영주 자리에 하루바삐 오를 수 있도록 공작께 명령을 내리라고 하겠어요."

산초는 다시 공작 부인의 양손에 입을 맞추고, 잿빛은 자기 두 눈의 빛이니 잊지 말고 잘 보살피는 은혜를 베풀어달라고 간곡히 청했다.

"그 잿빛이라는 것이 도대체 무언데 그래요?" 공작 부인이 물어보았다.

"소인의 당나귑니다요." 산초가 대답했다. "당나귀라는 이름을 부르지 않고, 이 이름 잿빛이라고 늘 부르곤 한답니다요. 소인이 이 성에 들어왔을 때, 이 우두머리 시녀에게 정성을 기울여 당나귀를 돌보아달라고 했더니만, 소인이 마치 못생긴 여자라거나 할망구라고 말하기라도 한 듯 그렇게 안절부절못하더군요. 제 생각엔 우두머리 시녀들이 해야 할 당연한 일은 방을 배정하는 일보다는 당나귀들에게 여물 주는 일이고, 그 일이 더 중요한 것이 분명한데 말이에요. 아이고, 말도 마십시오, 소인이 사는 마을의 한 양반은 이런 우두머리 시녀들한테서 얼마나 치도곤을 당했다고요!"

"어떤 촌뜨기였던 모양이군요." 우두머리 시녀 도냐 로드리게스가 말했다. "양반이고 좋은 집안 태생이라면, 우두머리 시녀들을 추어올렸을 텐데요."

"이제 그만." 공작 부인이 말했다. "그만 하면 됐어. 도냐 로드리게스, 입 닥치게. 그리고 판사 나리도 그만 진정하세요. 그 잿빛을 돌보는 일은 내가 책임지고 맡겠소. 잿빛은 산초의 보물이라니, 그 잿빛을 내 이 두 눈동자 위에라도 올려놓지요."

453

"마구간에 있는 걸로 충분합니다요." 산초가 대답했다. "위대하신 마님의 눈동자 위에 그놈이나 소인이 단 한 순간이라도 있을 만한 자격은 갖추지 못했습니다요. 그런 말씀에 동의하느니 차라리 소인이 제 몸에 칼침을 놓겠습니다요. 비록 소인의 주인께서, 예의에 있어서는 지는 카드보다 오히려 이기는 카드로 승부에서 져주는 편이 되어야 한다고 말씀하시지만, 당나귀에 관한 일과 보잘것없이 작은 일에서는 나침반을 들고 신중하게 재면서 가야 하는 겁니다요."

"그 당나귀를 데리고 가요, 산초." 공작 부인이 말했다. "정부를 다스리러 갈 때도 말이에요. 그러면 거기서 원하는 대로 해줄 테고, 일을 시키지 않고 연금을 주어 퇴직시킬 거예요."

"말씀이 지나쳤다고는 생각하지 마세요, 공작 부인 마님. 소인은 정부를 다스리러 가면서 당나귀를 두 마리도 넘게 가져가는 것을 보았습니다요. 소인이 제 당나귀를 가져가는 것은 새로운 일이 아닐 것으로 사료됩니다요."

산초가 내뱉은 말은 공작 부인에게 웃음과 즐거움을 다시금 안겨주었다. 그리고 공작 부인은 산초가 휴식을 취하도록 보내고나서, 공작에게 산초와 주고받은 이야기를 들려주러 갔다. 공작 내외는 돈키호테를 골려줄 계책을 세웠다. 이 계책은 희한하면서도 돈키호테식에 잘 어울리는 것이어야 했다. 아주 독특하고 그럴싸한 많은 계책을 꾸몄다. 그것은 이 위대한 이야기에 포함되어 있는 가장 멋진 모험들이다.

• 제34장 •

이 책에서 가장 유명한 모험 중 하나인
비할 데 없이 아름다운 엘 토보소의 둘시네아에게서
어떻게 마법을 풀 것인가에 대한 소식 이야기

공작 내외가 돈키호테와 산초 판사와의 대화에서 얻은 기쁨은 이
루 형용하기 어려울 만큼 컸다. 그래서 그들은 돈키호테와 산초에
게 모험의 양상과 외관을 잘 준비해 장난하면 재미가 솔솔 날 것이
라 확신하고, 아주 드물고 신기한 장난을 만들어내기 위해 돈키호
테가 이야기했다는 몬테시노스 동굴의 모험을 동기로 삼았다. 그러
나 공작 부인이 더 탄복한 것은 산초의 순진무구함이었다. 산초 자
신이 그 마법에 관한 것을 만들어내고 거짓으로 꾸며낸 장본인이
면서도, 엘 토보소의 둘시네아 아가씨가 마법에 걸려 있다는 것은
속일 수 없는 사실이라고 믿게 되었기 때문이다. 그래서 공작 내외
는 하인들에게 어떻게 대처해야 하는지 일일이 명령을 내리고, 엿
새 뒤에 왕관 쓴 임금의 행차처럼 요란스레 몰이꾼들과 사냥꾼들
을 화려하게 대동하고 돈키호테를 사냥에 데려갔다. 돈키호테에게
사냥복 한 벌을 주고, 산초에게는 아주 질 좋은 녹색 천 사냥복 한
벌을 주었다. 그렇지만 돈키호테는 다른 날에 무기를 잡는 거친 직

무로 돌아가야 하는데 옷장이나 식기장을 가지고 다닐 수는 없다면서, 그 사냥복을 입고 싶어 하지 않았다. 산초는 기회가 오면 팔아먹을 양으로 흔쾌히 자기에게 준 옷을 받았다.

드디어 고대하고 고대하던 날이 되자 돈키호테는 갑옷으로 무장을 하고, 산초는 사냥복을 입고 말을 받았지만 잿빛 당나귀를 두고 가기가 싫어 잿빛 당나귀 위에 타고 사냥꾼 무리로 끼어들었다. 공작 부인이 화려하게 차려입고 나오자, 공작이 말렸는데도 불구하고 돈키호테는 아주 예의를 차려 정중하게 승용마의 고삐를 잡았다. 그리고 마침내 그들은 아주 높은 두 산 사이에 있는 숲에 이르러, 망볼 장소와 매복할 장소와 몰이할 길목을 정하여 각자가 맡은 자리에 배치되었고, 사방에 울려 퍼지는 큰 소리로 왁자지껄하게 목이 터져라 고함치며 사냥이 시작됐다. 개들이 짖어대는 소리와 뿔피리 소리에 사람들이 서로 내지르는 소리는 알아들을 수가 없었다.

공작 부인은 말에서 내려 끝이 날카로운 투창을 손에 들고, 멧돼지들이 몇 마리씩 자주 출몰하는 자기만 아는 장소에 자리를 잡았다. 공작과 돈키호테도 말에서 내려 그녀의 옆에 자리를 잡았고, 산초는 잿빛 당나귀에서 내리지 않고 다른 사람들의 뒤에 자리를 잡았다. 산초는 혹시나 당나귀에게 불운한 일이라도 생길까 염려되어 당나귀에서 내려올 엄두가 나지 않았던 것이다. 그들이 다른 많은 하인들과 함께 학익진을 치고 서 있는데, 바로 그때 개들에게 몰리고 사냥꾼들에게 쫓겨 크기를 측정할 수 없을 만큼 거대한 멧돼지 한 마리가 앞니와 송곳니를 부드득부드득 갈고 입으로 거품을 뿜어내면서 그들 쪽으로 달려오는 것이 보였다. 그 모습을 보자마자 돈키호테는 방패를 팔에 고정시키고 칼을 뽑아 든 채 멧돼지와 맞서기 위해 앞으로 나섰다. 공작도 투창을 들고 돈키호테와 똑같이 앞으로 나섰다. 하지만 공작이 말리지 않았더라면 누구보다 먼저 공작 부인이 앞장을 섰을 것이다. 다만 산초만이 그 용맹스런 동물을 보자마자 잿빛 당나귀를 내동댕이치고는 젖 먹던 힘까지 다 내어 걸음아 날 살려라 하고 불알 쪽이 떨어지도록 도망쳐 높다란 떡갈나무 위에 오르려고 무진 애를 썼지만 불가능했다. 이미 그 나무 중간쯤에 올라가 있으면서 가지 하나를 잡고 꼭대기에 오르려고 안간힘을 썼지만, 재수가 옴 붙고 박복했던지 그만 가지가 부러져 땅바닥에 떨어지려는 바로 그 순간에 갈고리 모양의 나뭇가지에 걸려, 공중에 대롱대롱 매달린 채 땅에 내려올 수 없게 되었다. 일이 그렇게 되자 산초의 녹색 사냥복이 찢어졌고, 산초는 그 사나운 동물이 자기에게 달려들 것 같아 고래고래 소리를 지르며 입에 거품을 물고 아주 열심히 구원을 청하기 시작했다. 그의 외치는 소리만 듣고 그를 보지 못한 사람들은 죄다 어떤 맹수에게 잡아먹히고 있는 줄로만 알았다.

마침내 송곳니가 무시무시한 멧돼지는 수많은 투창에 찔려 그들 앞에 놓이게 됐다. 그리고 돈키호테는 소리만 들어도 아는 산초의 울부짖는 소리가 나는 쪽으로 고개를 돌렸는데, 산초가 떡갈나무에 거꾸로 대롱대롱 매달려 있었다. 잿빛 당나귀는 산초가 어려운 처지에 놓여 있음에도 그를 떠나지 않고 곁에서 지키고 있었다. 그래서 시데 아메테는 잿빛 당나귀를 보지 않고 산초를 본 적도, 산초를 보지 않고 잿빛 당나귀를 본 적도 거의 없었다고 말하고 있다. 다시 말해 둘 사이에 맺어진 우정과 깊은 신뢰는 바로 그런 것이었다는 이야기다.

돈키호테가 다가가서 거꾸로 매달린 산초를 내려놓았다. 자유

로운 몸이 되어 땅에 내려선 산초는 찢어진 사냥복을 보고 몹시 슬
프고 가슴이 무너져 내렸다. 그 옷을 장자상속 재산이나 되는 양 생
각했기 때문이다. 이렇게 해서 사람들은 그 몸집 큰 멧돼지를 노새
위에 가로로 걸쳐 싣고는 마치 승리의 전리품이나 되는 것처럼 어
린 로즈메리와 마삭나무 가지로 덮고나서, 숲 한복판에 세워진 대
형 야영 천막으로 가져갔다. 거기에는 질서 정연하게 식탁이 준비
되어 있었고, 음식이 진수성찬에 초호화판으로 차려져 있었다. 잔
치를 여는 이들이 얼마나 훌륭하고 위대한지 알 수 있을 정도였다.
산초는 공작 부인에게 자기 옷의 찢어진 자리를 보이면서 말했다.

"이 사냥이 토끼나 작은 새를 잡는 것이었다면, 소인의 옷이 이
렇게 험한 꼴을 당하지는 않았을 것이라고 확신합니다요. 혹 짐승
의 송곳니에 물리기라도 하면 목숨을 잃을 수도 있는데, 짐승을 사
냥하려고 기다리면서 무슨 즐거움을 얻는지 소인은 도무지 알지
못하겠습니다요. 소인은 이런 옛 로맨스를 들은 적이 있습니다요.

그 유명한 분 파빌라처럼
그대도 곰들에게 먹힐라.[225]"

"그분은 고트족의 임금이었네." 돈키호테가 말했다. "큰 짐승
사냥을 나갔다가 곰에게 먹혔지."

---

225 De los osos comido / como Favila el nombrado. 보급판으로 널리 알려진《살라야의 저주
Maldiciones de Salaya》의 시구. 파빌라Favila는 아스투리아스 왕국el reino de Asturias에
서 펠라요Pelayo의 후계자였다.

"그것이 바로 소인이 한 말입니다요." 산초가 대답했다. "소인은 임금님들이나 고관대작들이 당치도 않은 일을 소일거리로 즐기면서 이런 위험한 짓거리를 하지 않기를 바랍니다요. 아무 죄도 짓지 않은 짐승을 죽이는 것은 말이 안 되는 행동입니다요."

"오히려 자네가 잘못 알고 있네, 산초." 공작이 대답했다. "큰 짐승 사냥 훈련은 다른 어떤 훈련보다 임금들과 고관대작들에게 가장 적당하고 바람직하고 필요한 것이라네. 사냥이란 전쟁의 상징이지. 다시 말해 자기는 무사하고 적을 무찌르기 위한 작전과 간계와 함정이 사냥에 있다네. 그리고 사냥을 하려면 어마어마한 추위와 참을 수 없는 더위를 견뎌내야 하지. 또 나태와 잠을 몰아내고, 기운을 돋우고, 사냥에 써야 할 팔다리를 민첩하게 해야 하네. 결론적으로 말해 아무에게도 해를 끼치지 않고 많은 사람들에게 기쁨을 주는 운동이라고 말할 수 있다네. 무엇보다 큰 짐승 사냥 훈련의 가장 좋은 점은, 다른 종류의 사냥처럼 아무나 할 수 있는 게 아니라는 것이네. 물론 임금님들과 위대한 분들만을 위한 매사냥을 제외하고 말이네. 그러므로 오, 산초여! 생각을 바꾸게. 그리고 자네가 만일 통치자가 되면 사냥을 해보게나. 그러면 그것이 어떤 일을 하는 데 얼마나 크게 도움이 되는지를 알게 될 걸세."

"그것은 안 될 말입니다요." 산초가 대답했다. "훌륭한 통치자는 다리를 부러뜨려 집에 있게 해야 합니다.[226] 용무가 있는 사람이

---

226 Buen gobernador, la pierna quebrada, y en casa. "정숙한 여자는 다리를 부러뜨려 집에 있게 해야 한다La mujer honrada, la pierna quebrada y en casa"라는 속담을 산초가 인용해 한 말이다.

고생고생하며 통치자를 만나러 왔는데 그 통치자는 한가하게 산에서 사냥이나 하고 있다면, 꼬락서니 참 꼴불견이겠습니다그려. 그렇게 해서야 어디 정부가 제대로 돌아가겠습니까요! 소인의 신조는, 나리, 사냥과 심심풀이는 통치자보다는 게으름뱅이를 위한 게 틀림없다는 겁니다요. 소인이 하는 심심풀이란 부활 시기에 카드놀이를 하고, 일요일과 휴일에 볼링을 하는 것입니다요. 그 사냥인지 나발인지[227] 하는 것은 소인의 신분에 맞지 않을뿐더러 소인의 양심도 허락하지 않습니다요."

"제발 그래주길 바라네, 산초. 말하기는 쉬워도 행하기는 어렵거든.[228]"

"그러건 말건," 산초가 되받아 말했다. "금전 관계가 좋은 사람은 누구나 환영하는 법이고, 부지런한 사람보다는 하느님이 도와주는 사람이 낫고, 힘을 내기 위해 먹는 것이 필요하지 먹는 것이 필요해서 힘을 내는 것은 아닙니다요. 소인이 뜻하는 바는, 하느님이 도와주시고 소인이 좋은 뜻으로 해야 할 일을 하면 틀림없이 도둑놈보다는 더 잘 통치하리라는 겁니다요. 소인의 입에다 손가락을 대보라고 해보세요, 소인이 무나 안 무나 보게요![229]"

"하느님과 모든 성인한테 저주받을 녀석 같으니라고, 저주나

---

227 cazas ni cazos. '사냥'이라는 뜻을 지닌 'caza'와 '나무 주걱'인 'cazo'의 발음이 비슷해 세르반테스가 즐겨 하는 말장난이다. 앞 단어의 내용을 무시하는 말로, 우리말 표현으로 바꾼다면 "사냥이고 나발이고" 정도로 옮길 수 있겠다.

228 Porque del dicho al hecho hay gran trecho. 직역하면 '말과 행동은 큰 차이가 있기 때문이다'라는 뜻이다.

229 '소인이 바보가 아니라는 것이 증명될 것입니다'라는 뜻이다.

받아야 마땅할 산초야!" 돈키호테가 말했다. "그래, 내가 수차 말했건만, 자네가 속담을 쓰지 않고 평범하고 사리에 맞게 말하는 것을 내가 보게 될 날이 언제쯤 올까! 여러분, 위대하신 여러분께서는 이 멍청이를 그대로 내버려두십시오. 속담을 두 개뿐만 아니라 2천 개라도 인용해 여러분의 정신을 혼미하게 할 것입니다. 하느님께서 그에게 때아닌 구원을 주실 경우나 내가 그의 말을 듣고 싶을 때, 그는 늘 적재적소에 아주 그럴듯한 속담을 인용하곤 한답니다."

"산초 판사의 속담들은," 공작 부인이 말했다. "그리스 기사단장의 것들'230보다 많은데, 격언들이 간결하다고 해서 낮게 평가받는 것은 아니랍니다. 비록 더 알맞은 경우에 제대로 인용되어야 하긴 해도, 그것들보다는 산초의 속담이 더 구수하다는 것을 나는 말할 수 있답니다."

그들은 이런저런 재미있는 이야기를 나누면서, 사냥 길목 몇 군데를 알아보기 위해 천막에서 숲으로 나왔다. 그들에게서 낮이 지나고 곧 밤이 왔다. 한여름인데도 계절의 맛을 만끽하기에 그리 밝고 조용한 밤은 아니었으나, 약간 어두컴컴한 밤이라 공작 내외의 뜻에는 큰 도움이 되었다. 그리하여 날이 어두워지기 시작해 황혼이 되기 조금 전에, 별안간 온 숲의 사방에서 불길이 오르고 여기저기 이쪽저쪽에서 헤아릴 수 없는 뿔피리 소리며 다른 전쟁 악기들의 소리가 들렸는데, 마치 많은 기병대가 숲을 지나가는 소리 같

---

230 los del Comendador Griego. 그리스 기사단장 에르난 누녜스 데 구스만Hernán Núñez de Guzmán이 1555년 살라망카에서 출판한《로맨스로 된 속담이나 잠언*Refranes o proverbios en romance*》을 말한다. 그는 알칼라대학과 살라망카대학의 그리스어 교수 겸 산티아고 기사단의 단장이었다.

았다. 불빛과 군악기들의 소리는 주변에 있는 사람들은 물론이고 숲에 있는 모든 사람의 눈과 귀를 멀게 할 정도였다.

그러고나서 곧 무어인들이 전투에 들어갈 때 습관적으로 외치는 렐릴리[231] 렐릴리 하는 소리가 끝없이 들렸다. 트럼펫과 나팔 소리가 울렸고, 북소리가 사방에 울려 퍼졌으며, 피리 소리가 퍼져 나갔다. 이 모든 소리가 일시에 계속적이고 급하게 들려와서, 그 많은 악기들의 어수선한 소리에 감각이 있는 사람이라면 감각을 죄다 잃어버릴 판이었다. 공작은 공포에 몸을 떨었고, 공작 부인은 놀랐으며, 돈키호테는 아연실색했고, 산초 판사는 부들부들 떨었다. 마침내 그 난리판의 원인을 아는 사람들까지도 깜짝 놀랐다. 그들이 공포와 침묵에 사로잡힌 가운데, 악마 복장을 한 역마차 마부가 나팔 대신 속이 비고 아주 큰 뿔피리로 걸걸하고 무시무시한 소리를 내면서 그들의 앞을 지나갔다.

"여보게, 파발꾼 형제!" 공작이 말했다. "그대는 누구이고 어디로 가며, 이 숲을 지나가는 것 같은 사람들은 어떤 군인들인가?"

그 말에 파발꾼은 쩌렁쩌렁하고 시원시원한 목소리로 대답했다.

"나는 악마이고, 라만차의 돈키호테를 찾으러 가는 길이다. 여기 오는 사람들은 여섯 마법사 부대인데, 전승戰勝의 수레 위에 비할 데 없이 아름다우신 엘 토보소의 둘시네아를 모시고 오고 있다. 둘시네아는 마법에 걸려 있어, 어떻게 하면 그 아가씨를 마법에서

---

231 lelilíes. "라 일라 일라 알라lá iláh iláh alláh(알라 이외의 신은 없다)"가 축약된 말.

풀려나게 할지 돈키호테에게 알려주기 위해, 뛰어난 프랑스 기사 몬테시노스와 함께 오는 길이다."

"네가 말한 대로 네 모습처럼 정말로 악마라면, 너는 이미 그 라만차의 돈키호테 기사를 알아보았을 텐데. 바로 네 앞에 그 돈키호테가 있다, 어쩔 테냐."

"하느님과 내 양심에 걸고 맹세하노니," 악마가 대답했다. "나는 미처 그 점을 생각지 못했구나. 하도 많은 일에 생각이 미치다보니, 내가 여기 온 주목적을 깜빡 잊고 있었군."

"의심할 여지도 없어요." 산초가 말했다. "이 악마는 좋은 사람이고 훌륭한 기독교도임에 틀림없습니다요. 만일 기독교도가 아니라면 '하느님과 내 양심에 걸고 맹세하노니'라는 말로 맹세하지 못할 겁니다요. 지금 생각해보니, 바로 그 지옥이라는 곳에도 선한 사람들이 있는 것이 틀림없습니다요."

그런 연후에 악마는 말에서 내리지 않고 돈키호테에게 시선을 돌리면서 말했다.

"그대 사자들의 기사에게, 그대를 사자들의 발톱 사이에서 보고자 하지만, 불행했으나 용감했던 기사 몬테시노스가 나를 보내면서, 내가 그대와 우연히 부딪치게 될 테니 바로 그 자리에서 그대로 하여금 자신을 기다리게 하라고 하면서, 자신이 직접 엘 토보소의 둘시네아라는 여자를 데려와 그대에게 그녀의 마법을 풀기 위해 필요한 것을 제시하고 명령을 내리겠다고 했다네. 내가 이곳에 온 까닭이 바로 이것이니, 내가 더 이상 머물 까닭이 없네. 나 같은 악마들은 그대와 함께 있고, 좋은 천사들은 이분들과 함께 있기를 바라네."

이런 말을 하고나서, 굉장히 큰 뿔피리를 불면서 등을 돌려 누구의 대답도 기다리지 않고 훌쩍 가버렸다.

모든 사람은 다시 놀라움을 금할 길이 없었는데, 특히 산초와 돈키호테의 놀라움은 더 했다. 산초는 사실이야 어떻든 둘시네아가 마법에 걸려 있기를 사람들이 바란다는 것을 알았기 때문이고, 돈키호테는 몬테시노스 동굴에서 일어난 사건이 사실인지 아닌지 확신할 수 없었기 때문이다. 이런 생각들에 잠겨 있을 때 공작이 돈키호테에게 말했다.

"기다리실 생각입니까, 돈키호테 나리?"

"그럼 안 기다리고 어쩌겠습니까?" 그는 대답했다. "설령 지옥 전체가 나를 덮치러 온다고 하더라도 나는 이곳에서 꿋꿋하게, 그리고 마음을 굳건히 먹고 기다리겠습니다."

"그러면 소인 또한 다른 악마를 보고 아까처럼 다른 뿔피리 소리를 들어도 플랑드르에서 기다리듯 이곳에서 기다리겠습니다요." 산초가 말했다.

이러고 있을 때 밤은 더 깊어졌고, 숲에서는 많은 불빛이 돌아다니기 시작했다. 대지의 마른 수증기가 하늘로 돌아다니기라도 하듯, 우리의 시야에는 별들[232]이 돌아다니는 것 같았다. 또한 황소가 끄는 소달구지의 단단한 바퀴들이 굴러가면서 나는 소리 같은 무시무시한 소리가 들렸다. 지독하고 지속적인 그 삐걱거리는 바퀴 소리에 소달구지가 지나가는 곳에 있는 늑대와 곰은 죄 도망갈 정도였다. 이런 모든 대소동에 다른 소동이 가해지고, 다시 이 모든

---

232 아리스토텔레스에 의하면, 지구의 중심에서 발생하는 뜨겁고 건조한 증기로 생긴다는 유성들las estrellas fugaces.

464

소동이 더욱 폭넓게 퍼져갔다. 숲의 네 곳에서 일시에 진짜 몸싸움이나 전투를 벌이고 있는 것 같았다. 왜냐하면 저쪽에서는 무시무시한 대포의 굉음이 울렸고, 이쪽에서는 무수히 총을 쏘아대고 있었으며, 아주 가까이에서는 전사들의 목소리가 들렸고, 저 멀리에서는 이슬람교도들의 릴릴리 릴릴리 하는 소리가 반복되고 있었기 때문이다.

결국 나팔 소리, 뿔피리 소리, 경적 소리, 클라리넷 소리, 트럼펫 소리, 북소리, 대포 소리, 화승총 소리에다 더욱이 수레의 무섭증 나는 소음은 다른 모든 소리와 뒤섞여 아주 혼란스럽고 소름 끼치는 소리를 만들고 있었다. 돈키호테는 그런 소리들을 참아내기 위해 무진 노력을 해야 했으나, 산초는 기절해 공작 부인의 치맛자락에 거꾸러졌다. 공작 부인은 산초를 치마폭에 받아 부랴부랴 산초의 얼굴에 물을 부으라 명령했다. 얼굴에 물을 붓자 산초는 본정신으로 돌아왔다. 바로 그때 삐걱거리는 바퀴를 단 수레 한 대가 그곳에 도착하고 있었다.

검은 말 옷으로 뒤덮인 황소 네 마리가 느릿느릿 소달구지를 끌고 있었다. 황소들의 뿔에는 활활 타오르는 커다란 양초 햇불이 묶여 있었다. 그리고 소달구지 위에는 높은 의자가 마련되어 있었으며, 거기에 덕망 있어 보이는 한 노인이 앉아 있었다. 그 노인은 눈보다 하얗고 허리에 닿을 정도로 아주 긴 수염을 기르고, 검은 리넨으로 만든 기다란 옷을 입고 있었다. 소달구지는 헤아릴 수 없이 많은 불빛으로 가득 채워져 왔기에 그 안에 있는 것은 무엇 하나 놓치지 않고 죄다 멀리에서도 잘 보이고 식별할 수 있었다. 아주 추한 얼굴에 똑같은 리넨 옷을 입은 두 흉악망측한 악마가 노인을 인도

하고 있었다. 산초는 그 악마들의 얼굴을 딱 한 번 보고는 차마 다시 그 흉측하기 짝이 없는 얼굴을 볼 수 없어 눈을 감고 말았다. 그렇게 해서 소달구지가 알맞게 그곳에 이르자, 그 덕망 있어 보이는 노인이 자신의 높은 의자에서 일어나서 선 채로 커다란 소리로 말했다.

"나는 현인 리르간데오올시다."

그러고는 더 이상 아무 말 하지 않고 앞으로 지나갔다. 뒤이어 다른 소달구지가 옥좌에 앉은 다른 노인을 태우고 똑같이 지나갔다. 그 노인은 소달구지를 멈추게 하더니, 앞의 노인 못지않은 중량감이 느껴지는 목소리로 말했다.

"나는 세상에 알려지지 않은 여인 우르간다의 절친, 현인 알키페올시다."

그러고는 앞으로 지나갔다.

그러고나서 똑같은 모양으로 다른 소달구지가 도착했으나, 옥좌에 앉아 오는 이는 다른 이들처럼 노인이 아니라 건장하고 상판대기가 흉측스러운 사나이였다. 그는 도착하자마자 다른 이들처럼 옥좌에서 일어서더니 더 걸걸하고 더 악마에 씐 듯한 목소리로 말했다.

"나는 가울라의 아마디스와 그의 집안과 불구대천의 원수인 마법사 아르칼라우스올시다."

그러고는 앞으로 지나갔다. 이들 소달구지 세 대는 거기서 조금 벗어난 곳에서 멈추었고 그 바퀴에서 나는 불쾌한 소리도 그쳤다. 그런 연후에는 시끄러운 소리가 아닌 다른 소리가 들렸는데, 부드럽고 가락이 맞는 음악 소리였다. 산초는 즐거워하며 좋은 징조로 받아들였다. 그래서 그 곁에서 잠시도 떨어지지 않았던 공작 부인에게 말했다.

"마님, 음악이 존재하는 곳에는 악한 일이 있을 수 없습니다요."[233]

"빛과 밝음이 있는 곳에서도 그렇답니다." 공작 부인이 대답했다.

그 말에 산초가 되받아 말했다.

"우리를 에워싸고 있는 모닥불을 보아도 알 수 있듯이 불은 빛을 주고 모닥불은 밝음을 주지요. 저 모닥불은 우리를 충분히 태울 수 있지만, 음악은 늘 기쁨과 축제의 표시지요."

"그거야 두고 봐야지." 모든 말을 다 듣고 있던 돈키호테가 말했다.

그리고 그가 다음 장에서 보여주듯 그 말은 옳았다.

---

[233] 음악이 악마들을 쫓는다는 믿음에 의해 한 말이다.

· 제35장 ·

돈키호테가 둘시네아의 마법을
풀게 되는 소식의 계속과
깜짝 놀랄 사건들

기분 좋은 음악 장단에 맞추어 황갈색 노새 여섯 마리가 끄는 이른
바 승리의 수레 하나가 그들 쪽으로 다가왔다. 노새들은 흰 삼베로
옷을 입혔고, 노새마다 역시 흰옷을 입은 빛의 고행자[234]들이 커다
란 양초로 만든 훨훨 타오르는 횃불을 손에 든 채 타고 있었는데,
이 수레는 먼저 지나간 수레보다 두세 배나 큰 수레였다. 그리고 그
양옆과 위에는 눈처럼 하얀 옷을 입은 다른 열두 고행자가 훨훨 타
오르는 횃불을 들고 있었다. 놀랍기도 하고 또 무섭기도 한 광경이
었다. 그리고 높은 옥좌에는 은색 천으로 지은 베일을 여러 겹 두른
한 요정이 앉아 있었다. 모든 베일에는 수를 헤아리기 어려울 정도
로 많은 금박이 번쩍거려서, 호화롭지는 않지만 적어도 빛나기는
하는 옷차림이었다. 얼굴은 투명하고 화사한 얇은 비단으로 가리고

---

234 disciplinante de luz. 고행자는 두 종류가 있는데, 다른 하나는 '피의 고행자disciplinante
de sangre'라 한다.

있었다. 굵은 날실들이 가리지만 않으면 그 사이로 말로 표현하기 어려울 정도로 아름다운 아가씨의 얼굴이 보일 정도였다. 그리고 많은 불빛으로 그녀의 아름다움과 나이를 알아볼 여유가 있었는데, 스무 살은 안 되어 보였으나 열일곱 살 아래는 아닌 것 같았다.

그녀의 곁에는 검은 베일로 머리를 덮고 발까지 질질 끌리는 로사간테라 불리는 긴 옷을 걸친 인물이 한 사람 오고 있었다. 그러나 수레가 공작 내외와 돈키호테를 정면으로 마주하게 당도하는 바로 그때, 수레에서 울리던 치리미아 음악이 그치고 하프와 라우드[235]에서 흘러나오던 음악도 그쳤다. 그 로사간테를 걸친 인물이 일어서더니 로사간테를 양쪽으로 젖히고 얼굴의 베일을 벗어 뼈만 남아 앙상하고 흉측한 바로 그 죽음의 인물 모습을 완전히 드러냈다. 이 모습을 본 돈키호테는 괴로워하며 번뇌했고, 산초는 무서움에 부들부들 떨었고, 공작 내외는 어떤 공포감을 느끼게 되었다. 이 살아 있는 죽음의 인물이 일어서더니 약간 졸린 듯한 목소리로, 그리고 비몽사몽 속을 헤매는 듯한 혓바닥 소리로 이렇게 말하기 시작했다.

난 메를린, 이야기에 나오는 그 사람
악마를 아버지로 두고 있다는 바로 그 사람
(이것은 세월이 만들어낸 허가받은 거짓말),
난 마법[236]의 왕자요

---

235 제12장 주 91 참조.
236 마법은 설화에 의하면, 기원전 6세기 무렵 페르시아의 예언자이며 조로아스터교의 창시자 '조로아스터'가 창시했다고 한다.

조로아스터교 학문의 제왕이며 보관소,

나이와 시대의 적수,

나는 과거에 커다란 애정을 가졌고

현재도 애정을 가지고 있는 용감무쌍한

편력 기사들의 업적을 숨기려 한다.

마법사들의

마술사들의, 요술쟁이들의

성질이 계속 사납고 강해도

나는 부드럽고 나긋나긋하며 사랑스럽고

모든 이에게 선을 베풀기를 좋아한다네.

디테[237]의 음산한 동굴들 속에서

내 영혼이 기분 전환을 하고

어떤 설형문자와 활자를 만들면서

비할 데 없이 아름다운 엘 토보소의

둘시네아의 괴로운 목소리가 들려왔네.

난 그녀의 마법에 걸린 것과 불행을

그리고 세련된 아가씨가 시골뜨기로

바뀐 것을 동정했으며,

그리고 내 영혼을 이 무시무시하고

흉포한 해골에 넣고

이 내 악마 같고 추악한 학문에 대해

---

237 Dite. 지옥의 신 플루톤Pluton의 다른 이름이다.

수많은 책을 찾아본 뒤에야
커다란 고통에, 커다란 불행에
어울리는 처방을 주러 왔노라.

오, 그대, 강철과 다이아몬드 옷을 입은
모든 사람의 영광이요 명예며, 빛이요
등대며, 오솔길이요 길잡이며 안내원이여
추잡스러운 잠과 나태한 붓놀림을
버리고, 피비린내 나고 힘든 무사의
참을 수 없는 훈련을 하는 것에
적응하겠다고 마음을 먹고 있다니!
내 그대에게 말하노라,
오, 단 한 번도 찬사받지 못한 사나이여!
그대에게, 용감하고 재치 있는 돈키호테,
라만차의 영광이요, 에스파냐의 별이여,
세상에 하나뿐인 엘 토보소의 둘시네아가
처음 상태를 회복하기 위해서는
그대의 종자 산초가 필요하다네.
그의 커다란 양쪽 엉덩이를
바깥에 내놓고
스스로 3천하고도 3백 대 매를 맞아
엉덩이가 아리고 쓰라려 그를 노하게 하네.
이렇게 하여 불행의 주인공이었던
모든 이의 일들이 해결될 것이니

내가 온 게 바로 이것 때문이오, 여러분.

"맙소사, 세상에 이런 일이!" 이때 산초가 말했다. "소인은 3천 대가 아니라 세 대만 맞아도 칼로 세 번 찔리는 것과 같을 겁니다요. 마법을 푸는 것도 악마다운 방법입니다그려! 소인의 엉덩이가 마법과 무슨 관계인지 도대체 모르겠구먼요! 만일에 메를린 나리께서 엘 토보소의 둘시네아 아가씨에게서 마법을 푸는 다른 방법을 찾아내지 못한다면, 마법을 풀지 못하고 무덤까지도 갈 수 있을 겁니다!"

"너 이놈, 내 맛 좀 봐야겠다!" 돈키호테가 말했다. "마늘 퍼먹고 뒈져도 싼 이 시골뜨기 양반 놈아! 네 어미가 너를 낳았을 때처럼 홀랑 벗겨 나무에 꽁꽁 잡아매놓고 3천3백 대가 아니라 6천6백 대를 치겠다. 네놈이 3천3백 번을 피하려고 해도 피할 수 없게 아주 정확히 칠 곳을 겨냥해서 척척 붙게 말이다. 그리고 말대꾸하지 마라. 한 번만 더 말대꾸했다가는 네 영혼을 빼놓고야 말겠다."

그 말을 메를린이 듣고 말했다.

"그래서는 안 됩니다. 마음씨 고운 산초가 맞는 그 매는 자의에서 우러나와야지 억지로 맞아서는 안 됩니다. 맞는 것도 정해진 때가 있는 것이 아니므로 산초가 맞고 싶을 때 맞아야 하는 것이오. 그렇지만 만일에 산초가 매질의 횟수를 절반으로 줄이고 싶으면, 비록 약간 번거롭기는 하더라도 매질하는 것을 다른 사람의 손에 맡겨도 괜찮겠습니다."

"다른 사람의 손이건 소인의 손이건 다 필요 없고, 번거롭거나 괴로울 것도 없습니다요." 산초가 되받아 말했다. "소인의 몸뚱어리에 어떤 손모가지도 대기만 해봐요. 아니 그래, 소인이 엘 토보소의 둘시네아 아가씨를 낳기라도 했습니까요? 그녀의 눈이 아름다워진 죄를 소인의 엉덩이가 갚아야 하다니요? 소인의 주인 나리는 그녀의 일부나 다름없으시니, 나리라면 그럴 만합니다요. 걸핏하면 그녀를 '나의 생명'이니 '나의 영혼'이니 하고 부르고, 그녀의 양식이고 의지이니 그녀를 위해 매를 맞을 수도 있고 맞아야 하고 그녀가 마법에서 풀리도록 필요한 노력은 다해보아야 합니다요. 소인이 매를 맞아요? 쩔대 안 됩니다요!²³⁸"

산초가 이 말을 끝낸 바로 그때 메를린의 혼 옆에 있던 은빛 찬란한 요정이 일어서서 얼굴의 아주 엷은 베일을 벗고 모습을 드러내니, 모든 사람이 보기에 미의 극치라고 할 정도로 아름다움이 돋보였다. 남자처럼 쾌활하고 그다지 여성답지 않은 목소리로 산초 판사와 직접 이야기하면서 말했다.

"오, 불운한 종자여, 물 항아리의 영혼이요, 코르크나무의 심장이며, 조약돌 같고 돌멩이처럼 단단한 창자를 가진 종자여! 이 뻔뻔스럽고 염치없는 도둑놈아, 만일에 누가 너에게 높은 탑에서 땅으로 뛰어내리라고 했다면, 이 인류의 원수 놈아, 만일에 누가 너에게 두꺼비 열두 마리와 도마뱀 두 마리와 뱀 세 마리를 먹으라고 부탁했다면, 만일에 누가 너를 네 여편네와 네 새끼들을 인정사정없이 날카로운 신월도로 죽이라고 설득했다면, 네가 애교를 떨며 우물쭈물 행동해 보여도 별로 놀랄 일은 아닐 것이다. 그렇지만 매질 3천

---

238 '절대 안 돼'라는 뜻의 "abrenuncio"를 "abernuncio"로 잘못 말했으므로, "쩔대"라고 번역한다.

3백 대로 문제를 삼다니, 교리 수업을 받는 천박한 아이가 아니더라도 달마다 그 정도 매질을 당하지 않는 아이가 없다. 이런 말을 듣는 인정 많은 이들 모두의 마음은 놀라고 질겁하고 아연하고, 또 세월이 흘러 그것을 알려고 오는 그 모든 이의 마음도 그렇겠지. 오, 매정하고 냉혹한 동물아! 노새의 눈 같은 네 그 무서움 잘 타는 두 눈을, 빛나는 별들과 비교될 만한 내 이 눈동자에 맞추어보라. 그리고 내 눈이 울고불고하여 내 뺨의 아름다운 들판에 고랑이며 도로며 샛길을 내면서 주룩주룩 흘러내리는 눈물을 보아라. 감동해보아라, 이 앙큼하고 악의에 찬 악당 놈아, 이 꽃 같은 내 나이에, 아직도 열 몇 살밖에 안 된 나이에, 아직 열아홉도 스무 살도 안 된 내가 시골 농사꾼의 껍데기 아래에서 헛되이 낭비하고 시들어가야 하겠는가 말이다. 만일에 지금 내가 그렇게 보이지 않는다면, 그것은 순전히 메를린 나리께서 베푸신 특별한 배려 덕분이다. 아름다운 현재의 모습은 단지 너의 마음을 부드럽게 해주기 위함이다. 슬픔에 몸부림치는 한 미인의 눈물은 거암巨巖도 솜으로 바꿀 수 있고, 호랑이를 양으로 바꿀 수도 있어. 매질을 해라, 매질을 해. 그 솥뚜껑만 한 엉덩이에 매질을 해, 이 야생마 같은 짐승아. 오직 먹고 또 더 많이 먹는 데에만 정신이 팔려 있는 너에게 본디의 네 모습으로 돌아오도록 생기를 불어넣어라. 그리하여 내 살결의 매끄러움과 내 성격의 다정함과 내 용모의 아름다움을 자유롭게 해다오. 그리고 만일에 나 때문에 네 마음이 부드러워지지 않고 어떤 타당한 결말을 얻어내지 못한다면, 네 옆에 있는 네 가련한 기사를 위해 그렇게 하라. 네 주인을 위해 그렇게 하라는 말이다. 내가 네 주인의 그 혼을 지금 보고 있다. 그의 혼이 입술에서 열 손가락도 안 된 그의 목

474

구멍을 통과하지 못하고, 그 혼이 입으로 나오거나 다시 배 속으로 들어가거나, 엄하건 부드럽건 네 대답만 기다리고 있는 실정인 것이다."

이 말을 듣자마자 돈키호테는 자기 목을 만져보고 공작에게 몸을 돌려 말했다.

"아이고, 맙소사, 나리, 둘시네아가 한 말이 사실입니다. 마치 석궁 방아쇠처럼 여기 이 목구멍에 혼이 걸려 있군요."

"이것에 대해 당신은 뭐라 하겠어요, 산초?" 공작 부인이 물었다.

"소인의 말은, 마님," 산초가 대답했다. "다 했습니다요. 즉 매 맞는 일은 쩔대 안 된다고요."

"절대라고 말해야 하네, 산초. 당신처럼 말하는 것이 아니고." 공작이 말했다.

"소인 하는 대로 내버려두세요, 위대하신 나리." 산초가 대답했다. "소인은 시방 고상하게 문자 놀이나 대충대충 하고 있을 그런 처지가 못 됩니다요. 누가 소인을 매질한다느니 소인 스스로가 소인의 몸에 매질을 한다느니 하는 매질 문제로 소인은 아주 당혹스럽기 때문입니다요. 그래서 소인은 시방 무슨 말을 하는지, 무슨 짓을 하는지 모르겠습니다요. 그러나 우리 엘 토보소의 둘시네아 아가씨 마님께서는 어디서 그렇게 간청하는 방법을 배우셨는지 소인은 알고 싶습니다요. 다시 말씀드리자면, 소인의 살이 문드러지도록 매질을 당하라는 부탁을 하러 오셔서 하는 말씀이, 소인을 물항아리의 영혼이라느니 야생마 같은 짐승이라느니 하면서 악마도 참지 못할 나쁜 이름들을 묵주알 꿰듯 늘어놓으니 하는 말입니다요. 설마 소인의 살이 청동으로 만들어졌습니까? 그녀가 마법에

475

서 풀려나든지 말든지 소인과 무슨 상관입니까요? 소인이 사용하지 않더라도 속옷이랑 셔츠랑 두건이랑 양말이 담긴 무슨 바구니를 앞에 가져다놓고 소인을 달래려 해야지 욕을 해대다니요. '황금을 진 당나귀는 산을 가볍게 오른다'라든지 '선물로 가장 큰 어려움이 극복된다'[239]라든지 '병 주고 약 준다'[240]라든지 '두 번 너에게 주겠다는 말보다 한 번 받아라라는 말이 더 낫다'라고 하는 속담들을 아실 텐데요? 그런데 소인의 주인이신 소위 나리라는 분이 소인을 어르고 달래고 소인을 빗질한 양털이나 솜처럼 부드럽게 하기 위해 소인을 칭찬하는 데 인색해서는 안 될 분이 그래, 소인을 잡으면 소인을 홀랑 벗겨 나무에 꽁꽁 잡아매놓고 곱으로 매질을 하시겠다고 말하다니요? 이 가엾은 분들께서는 생각을 좀 해보시라고요. 매를 맞을 그 사람이 종자일 뿐만 아니라 장래 통치자가 될 자라는 것입니다요. '앵두를 넣어 마시세요'[241]라고 말하는 사람처럼 해주시면 안 되나요? 배우셔요, 젠장맞을, 부탁하는 법을 알고, 요청하는 법을 알고, 그리고 예의 지키는 법을 많이들 배우셔요. 모든 세월이 같은 것도 아니고, 인간이 늘 기분 좋은 것도 아닙니다요. 소인은 지금 소인의 찢어진 녹색 겉옷을 보고 괴로워 애간장이 탑니다요. 그런데 소인더러 자진해서 스스로 소인의 몸에 매질을 하라고 합니다요. 소인의 뜻은, 인디오 추장이 되는 것만큼이나 그런 일

---

239 Dádivas quebrantan peñas. 직역하면 '선물은 바위를 깨뜨린다'라는 뜻이다.

240 A Dios rogando y con el mazo dando. 직역하면 '하느님께 빌면서 쇠망치로 때린다'라는 뜻이다.

241 Bebe con guindas. 포도주에 앵두를 넣으면 앵두의 신맛 때문에 포도주가 더 맛있어진다. 말하는 사람의 품위를 강조하는 표현이지만, 여기서처럼 반어적 의미로 자주 사용된다.

하고는 아무런 관계가 없습니다요."

"그런데 사실은 말이지, 친구 산초," 공작이 말했다. "당신이 잘 익은 무화과보다 더 부드러워지지 않으면 정부를 휘어잡을 수 없을 걸세. 슬픔에 몸부림치는 아가씨들의 눈물에도, 빈틈없고 당당하고 오래된 마법사들과 현인들의 간청에도 미동조차 하지 않는 냉혹하고 잔인한 통치자를 내가 내 섬사람들에게 보내면 좋겠는가! 결론적으로 말해서, 산초, 당신이 당신 몸에 매질을 해서 맞든지, 아니면 누구한테 매질을 당하든지, 그것도 아니면 통치자가 되지 말든지 해야 할 걸세."

"나리," 산초가 대답했다. "어느 것이 소인에게 더 나을지 생각하게 이틀의 기한을 주시면 안 되겠습니까?"

"안 돼, 그건 절대로 안 돼." 메를린이 말했다. "여기 바로 이 순간 이 장소에서 이 문제에 대해 결정을 내려야 하네. 둘시네아가 농사꾼 신분으로 몬테시노스 동굴로 돌아갈지, 아니면 현재의 이 상태로 낙원으로 가서 매 맞는 숫자가 채워지길 기다릴지 결정을 내려야 한다는 말이네."

"보세요, 마음씨 고운 산초," 공작 부인이 말했다. "용기를 내고 당신이 돈키호테 나리와 한솥엣밥을 먹은 보답을 해야 해요. 나리는 성격이 좋고 기사도 정신이 높은 분이시니 우리 모두가 나리를 섬기고 기쁘게 해드려야 해요. 이봐요, 그 매질은 하라고 해요. 그리고 악마는 악마에게로[242], 공포심은 비굴한 자에게로 가라고 해

---

242 '우리 소란을 피우지 말고 평정심을 가집시다'라는 뜻이다.

요. 당신도 잘 알듯 마음을 잘 쓰면 악운도 쳐부순다고 하잖아요."

이런 말에 터무니없는 말로 산초가 대답하면서, 메를린에게 물었다.

"소인에게 말씀해보세요, 메를린 나리. 악마 파발꾼이 여기에 와서 소인의 주인에게 몬테시노스 나리의 말을 전했을 때, 그분은 소인의 주인 나리에게 친히 여기서 기다리라고 명했습니다요. 그분이 오면 엘 토보소의 둘시네아 아가씨의 마법을 풀어달라고 명령을 내리겠다고 했어요. 그런데 지금까지 몬테시노스는 코빼기도 못 보았고 그 비슷한 것도 보지 못했습니다요."

그 말에 메를린이 대답했다.

"악마는 말일세, 친구 산초, 무식하고 아주 지독한 능구렁이라네. 내가 그에게 그대의 주인을 찾으러 보냈지만, 그는 몬테시노스의 전갈이 아닌 내 전갈을 가지고 갔어. 몬테시노스는 그 동굴에서 연구를 하고 있거든. 아니, 더 자세히 말하면, 그는 아직 제일 어려운 부분이 풀리지 않고 있기 때문에, 자신의 마법이 풀리기를 고대하고 있다네. 만일에 그대가 그에게 약간이라도 빚을 졌거나 그와 거래할 일이 있으면, 내가 그를 그대가 원하는 곳 어디에든 데려다 놓겠네. 그런데 지금으로서는 매질을 승낙하는 것이 좋을 걸세. 그리고 그것이 그대의 마음과 몸을 위해서 많은 이익이 될 것이니 내 말을 믿게나. 다시 말해 마음을 위해서라는 것은 매질을 당함으로 자비심을 베풀기 때문이고, 몸을 위해서라는 것은 내가 알기로 그대가 다혈질이기에 피를 약간 빼내도 해가 되지 않을 것이기 때문이네."

"마법사들까지 의사라니 세상에 의사도 많네요." 산초가 되받

478

아 말했다. "내가 보기에는 그렇지 않지만, 누구나 할 것 없이 죄다 소인에게 그리 말을 하니, 소인이 맞기를 원할 때만 맞는 조건으로 날짜나 시간을 정하지 않고, 그 3천3백 대를 기쁜 마음으로 맞아드리겠소이다. 소인도 되도록 빠른 시일 안에 빚의 구렁텅이에서 벗어나려고 힘을 쓰겠소이다. 세상 사람들이 엘 토보소의 둘시네아 아가씨의 아름다움을 보면서 기쁨을 만끽할 테니까요. 지금 보니, 소인이 생각하던 것과는 정반대로 실제로 아름다우십니다요. 또 조건이 하나 있습니다요. 매질 고행으로 소인에게서 반드시 피를 뽑아야 하는 것은 아니어야 한다는 겁니다요. 또 파리를 쫓는 것 같은 매질이라도 소인이 맞는 것으로 쳐주어야 합니다요. 그리고 만일에 소인이 숫자를 잘못 세더라도, 메를린 나리께서는 죄다 알고 계시니 숫자를 세는 데 조심하셔서 횟수가 모자라거나 남는 것들을 소인에게 알려주셔야 합니다요."

"남은 횟수까지 그대에게 알려줄 필요는 없을 것이네." 메를린이 대답했다. "정확한 숫자에 이르면 둘시네아 아가씨가 바로 마법에서 풀려날 테고, 고마움의 표시로 마음씨 고운 산초에게 감사 인사를 하고 그 선행에 대한 보상을 할 것이기 때문이네. 그러므로 매질이 남을지 모자랄지에 대한 걱정일랑 추호도 하지 말게나. 머리카락 하나라도 내가 어느 누구에게든 속이는 일은 하느님께서 허락하시지 않을 걸세."

"자, 그럼 하느님의 손에 맡깁시다요." 산초가 말했다. "소인은 소인의 불운을 받아들이겠습니다요. 조금 전에 말씀드린 조건과 더불어 그 고행을 받아들이겠다는 말입니다요."

산초가 이 마지막 말들을 하자마자 다시 치리미아에서 음악이 흘러나오고 헤아릴 수 없이 많은 화승총이 발사되기 시작했다. 돈 키호테는 산초의 목을 덥석 부여잡더니 이마와 뺨에 수천 번 입을 맞추었다. 공작 부인과 공작과 모든 동석자는 아주 만족스러운 표정을 지었다. 그리고 소달구지는 길을 가기 시작했다. 또 그 아름다운 둘시네아는 지나갈 때 공작 내외에게 고개를 숙이고 산초에게는 머리 숙여 경의를 표했다.

이때는 이미 어둑새벽이 즐거이 미소를 머금고 밝아오고 있었다. 들판의 작은 꽃들은 고개를 들고 우뚝 솟아오르고, 시냇물의 액체 수정들은 흰색과 황갈색 조약돌 사이로 졸졸거리며 자신들을 기다리는 강들로 공물을 바치러 흘러갔다. 기쁨이 넘치는 대지, 맑은 하늘, 상쾌한 공기, 고요한 빛이 하나하나, 그리고 모두가 함께 어둑새벽의 치맛자락을 밟으며 오는 날이 고요하고 맑으리라고 확실한 신호를 보내고 있었다. 그리고 공작 내외는 사냥에 만족하고 일이 자기들의 의도대로 빈틈없이 잘 이루어진 데 크게 만족하고 그 장난을 계속할 생각을 하면서 성으로 돌아갔다. 왜냐하면 그들에게는 그보다 더 큰 기쁨을 줄 만한 진실이 없었기 때문이다.

· 제36장 ·

산초 판사가 아내 테레사 판사에게 쓴 편지와, 트리팔디 백작 부인이라는 별명을 가진 번뇌하는 부인인 우두머리 시녀 돌로리다의 이상하고 차마 상상하기조차 싫은 이야기

공작의 집사는 아주 익살스럽고 쾌활하며 재능이 있는 사람으로, 메를린 모습으로 분장해 지난번 모험의 모든 줄거리를 도맡아 해 냈다. 그는 손수 시들을 지었고, 한 시동을 둘시네아로 분장시키기 도 했다. 그리고 공작 내외를 참여시켜 상상 이상으로 웃기고 이상 한 계책을 또 하나 생각해냈다.

이튿날 공작 부인은 산초에게, 둘시네아의 마법을 풀기 위해 반드시 해야 할 고행 과제를 시작했는지 물었다. 산초는 그렇게 했 다면서 그날 밤 매 다섯 대를 맞았다고도 했다. 공작 부인이 무엇으 로 매를 맞았느냐고 묻자, 산초는 손으로 맞았다고 대답했다.

"그건 말이지요," 공작 부인이 되받아 말했다. "매를 맞았다기보 다는 손바닥으로 맞은 것이지요. 현인 메를린께서는 그렇게 부드럽 게 하는 것에 만족하지 않을 것 같군요. 마음씨 고운 산초는 엉겅퀴 나 끝이 뾰족한 꼰 채찍 끈의 아픔을 느끼는 어떤 고행을 할 필요가 있어요. 글이란 피를 흘려야 머릿속에 들어가기 때문이에요. 둘시네아같이 위대한 아가씨의 자유를 그렇게 헐값으로 줄 수는 없거든요. 그리고 흐리멍덩하게 하는 둥 마는 둥 하는 자선 사업은 칭찬할 만한 일도 아니고 아무런 가치도 없다는 것을 산초가 알아야 해요."

그 말에 산초가 대답했다.

"마님께서 채찍이나 적당하게 꼰 밧줄을 소인에게 주십시오. 많이 아프지 않게 그것으로 소인이 손수 몸에 매를 때리겠습니다요. 마님께 알려드리는데, 비록 소인이 촌놈이지만 소인의 살에는 골풀 성분보다는 솜 성분이 더 많이 들어 있습니다요. 그러하오니 남의 이익 때문에 소인의 건강이 나빠져서는 좋은 일이 아니겠습니다요."

"그거참 다행이에요." 공작 부인이 대답했다. "내가 내일 당신에게 꼭 맞는 채찍을 하나 줄게요. 아마 그 채찍이 친자매들처럼 당신의 부드러운 살결과 아주 잘 어울릴 거예요."

그 말에 산초가 말했다.

"소인이 마음속으로부터 우러러 모시는 마님이시여, 고명하신 마님께서는 소인이 소인의 아내 테레사 판사에게 편지를 써두었음을 아셔야 합니다요. 그 편지에는 소인이 그녀를 떠난 뒤에 소인에게 일어난 모든 일을 알려 양해를 구했습니다요. 여기 이 가슴에 그 편지를 품고 다니고 있어 봉투에 넣기만 하면 끝입니다요. 사려 깊으신 마님께서 그 편지를 읽어주셨으면 합니다요. 소인이 생각하기에는 통치자답게, 그러니까 통치자가 썼음직한 방식으로 썼다는 말입니다요."

"그런데 그 편지는 누가 생각해낸 거예요?" 공작 부인이 물었다.

"죄 많은 소인 말고 누가 편지 생각을 했겠습니까요?" 산초가 대답했다.

"아니 그래, 당신이 편지를 썼다고요?" 공작 부인이 물어보았다.

"언감생심 어찌 그런 생각을 하겠습니까요?" 산초가 대답했다. "소인은 낫 놓고 기역 자도 못 쓰는 무식쟁이랍니다요, 물론 편지 끝에 서명은 할 줄 알지만요."

"어디 그 편지 좀 봅시다." 공작 부인이 말했다. "그 편지에 당신의 재주가 유능하다는 것을 충분히 보여주었을 거예요."

산초는 가슴에 품고 다니던 편지를 펼쳐 꺼냈으며, 공작 부인이 편지를 받아보니 이렇게 쓰여 있었다.

산초 판사가 아내 테레사 판사에게 보내는 편지

"매를 잘 맞으면 훌륭한 기사가 된다"[243]라는 말이 있으니, 내가 좋은 통치자가 되려면 매를 잘 맞아야 한다고 하네. 내 사랑하는 테레사, 지금으로서는 이 말이 무슨 말인지 이해하지 못할 것이오. 때가 되면 무슨 말인지 당신이 알게 될 것이오. 테레사, 당신은 알아야 하오. 당신이 앞으로는 발에 흙을 묻히지 않고 수레를 타고 다니도록 내가 마음속으로 결정해두었소. 그게 도리에 맞을 것이오. 달리 다니는 것은 모두가 엉금엉금 기어 다니는 것이나 다름없기 때문이오. 이제 당신은 통치자의 아내라오. 언감생심 어찌 감히 누가 당신의 발뒤꿈치라도 건드리겠소! 우리 공작 부인 마님께서 나에게 주신 녹색 사냥복 한 벌을 당신에게 보내오. 우리

---

243 Si buenos azotes me daban, bien caballero me iba. 죄수들이 거리에서 매질을 당하면서 외치고 다니던 말에서 인용한 문구다.

딸아이가 겉옷으로 입게 아이 몸에 맞도록 고쳐주시오. 이 지방에서 내가 들은 바에 의하면, 내 주인이신 돈키호테께서는 정신이 온전한 광인이자 재치 있는 어리보기이며 나도 그에 못지않다고 하오. 우리는 몬테시노스 동굴에 들어갔다 왔다오. 현인 메를린이 거기서 알돈사 로렌소라 불리는 엘 토보소의 둘시네아 아가씨의 마법을 풀기 위해 나에게 도움을 청했다오. 3천3백 대에서 다섯 대 모자라는 매를 내가 맞아야 한다고 하오. 그렇게 해야 어머니 배 속에서 태어날 때의 모습대로 마법이 풀릴 것이라 하오. 이 문제에 대해서는 아무한테도 말하지 마오. 당신의 문제를 반상회에 내놓으면, 십인십색이 될 테니 말이오.

며칠 있으면 난 정부를 맡으러 떠날 것이오. 나는 그곳에서 거금을 만들 원대한 포부를 가지고 있다오. 이렇게 말하는 것은, 새로 부임하는 통치자들은 모두가 이와 똑같은 욕망을 품고 간다고 사람들이 말해주었기 때문이라오. 내가 가서 알아본 연후에 당신이 나와 함께 그곳에 가야 할지 말지 알려주겠소. 잿빛 당나귀는 잘 있소. 사람들이 당신에게 안부를 전하라고 하오. 나를 튀르키예 황제로 모셔 간다고 해도 잿빛 당나귀를 두고 갈 생각은 추호도 없소. 우리 마님이신 공작 부인께서 당신의 손에 천 번의 입맞춤으로 인사를 보내고 있소. 그러니 당신도 이분께 2천 번의 입맞춤으로 답하도록 하시오. 내 주인의 말에 의하면, "훌륭한 예의보다 비용이 적게 들고 더 싸게 먹히는 것은 없다"라고 말할 수 있소. 하느님께서는 지난번의 가방 같은 백 에스쿠도가 든 다른 가방을 나에게 베풀어주시지 않았지만, 당신은 걱정하지 마오. 내 사랑하는 테레사, 종을 치는 자는 안전하게 있을 것이오. 정부에 대해서는 모든 것이 곧 밝혀질 것이오. 사람들이 나한테 하는 말이 무척 걱정되긴 하는데, 일단 정부라는 것에 맛을 들이면 결국 탐욕에 못 이겨 손가락을 빨고 살게 되리라는 거요. 그리고 만일 그렇게 된다면, 비용이 그다지 싸게 먹히는 것이 아니라오. 비록 수족을 못 쓰는 사람들이고 한쪽 팔이 없는 사람들이지만 구걸해서 받은 돈이 제법 짭짤하게 재미를 본다고 하니, 이런 길이건 저런 길이건 당신은 부자가 되고 행복해질 것이오. 하느님께서는 되도록 당신에게 그 행복을 내려주시고, 그리고 나에게 당신을 돌볼 수 있도록 지켜주시길. 이 성에서 1614년 7월 20일.

당신의 남편, 총독
산초 판사

공작 부인이 편지를 다 읽고나서 산초에게 말했다.

"두 가지 면에서 약간 빗나갔군요, 훌륭한 총독 나리. 하나는 이 정부가 두들겨 맞을 매 때문에 주어졌다고 이야기되고 그렇게 이해될 수 있다는 점이에요. 나리께서도 알고 있기 때문에 부정할 수 없는 것과 마찬가지로, 제 주인이신 공작께서 나리께 약속하실 때는 세상에 그런 매질이 있으리라고는 꿈에도 생각하지 못하셨지요. 다른 하나는 욕심꾸러기처럼 보이고 정부가 마치 부자가 되기 위해 이용되고 있는 것처럼 보인다는 점이에요. '탐욕은 자루를 터뜨린다'[244]라는 말도 있잖아요. 지나치게 욕심이 많은 통치자는 정

---

244 La codicia rompe el saco. 의역하면 '욕심은 금물'이라는 뜻이다.

부를 결딴내는 판단을 하게 된답니다."

"소인은 그런 뜻으로 말한 것이 아닙니다요, 마님. 마님이 보시기에 이 편지가 제대로 쓰인 것 같지 않다면 찢어버리고 새로 한 장 쓰면 되지 않겠습니까요. 그런데 소인에게 재주껏 써보라고 맡겨두시면 더 엉망이 될지도 모를 일입니다요."

"아니, 그렇지 않아요." 공작 부인이 되받아 말했다. "이 편지는 잘 쓴 거예요. 공작님께 편지를 보여드리고 싶군요."

이렇게 말하고나서 그들은 그날 식사를 하기로 되어 있는 정원으로 갔다. 공작 부인은 공작에게 산초의 편지를 보여주었고, 공작은 그 편지를 읽어보고 아주 즐거워했다. 그들은 식사를 마치고 상을 물린 뒤, 산초와의 맛깔스러운 대화로 한참 즐거운 시간을 보내고 있었다. 바로 그때, 별안간 구슬픈 피리 소리와 쉰 듯하고 고르지 않은 북소리가 들려왔다. 모두는 이 얼떨떨하고 살벌하고 구슬픈 조화에 당황하는 모습을 보였다. 특히 돈키호테는 진짜로 당황해 앉은 자리에 그대로 있을 수가 없었고, 산초로 말할 것 같으면 무서워 사시나무 떨듯 부들부들 떨며 여느 때 하던 버릇처럼 도피장소인 공작 부인의 옆, 아니 치맛자락으로 슬며시 다가갔다. 들려오는 소리가 진짜로 구슬프기 한량없고 우수에 젖어 있었기 때문이다.

모두가 이렇게 얼떨떨해 있는데, 땅바닥에 질질 끌릴 정도로 길게 늘어진 상복을 입은 두 남자가 정원으로 들어오는 것이 보였다. 두 남자는 검은 천으로 덮인 두 개의 커다란 북을 둥둥 치면서 오고, 그들의 옆에는 다른 사람들처럼 새까맣게 차려입은 피리 부는 사람이 하나 오고 있었다. 옷이라기보다는 망토 같은 것을 뒤집어쓴 거인 같은 몸집의 한 사람이 이들 세 사람을 따라오고 있었다. 이 사람은 새까만 성직자 옷차림이었는데, 그 옷자락도 터무니없이 컸다. 성직자 복장 위에다 역시 검고 넓은 검대劍帶를 둘러맸는데, 그 검대에는 검은 칼집에 장식이 된 무시무시하게 큰 신월도가 매달려 있었다. 얼굴은 투명한 검은 베일로 가리고 왔는데, 눈처럼 희고 기다란 수염이 어렴풋이 보였다. 그는 북소리에 맞추어 아주 엄숙하고 장중하게 발걸음을 움직였다. 그의 거대함과 그의 성큼성큼 걷는 걸음걸이하며 검은 옷차림, 그리고 그의 피리 부는 솜씨는 그를 생전 처음 만난 사람이면 누구라도 놀라게 하기에 충분했다.

이윽고 그는 앞에서 말한 대로 한가로이 으스대며 다가오더니 공작 앞에 무릎을 꿇었다. 공작은 거기에 있는 다른 사람들과 함께 서서 그를 맞이했다. 그러나 공작은 그가 일어설 때까지는 절대로 그의 인사를 받지 않겠다고 했다. 그래서 그 불가사의한 괴물 같은 사람이 일어서서 얼굴 가면을 올리니, 소름 끼치는 얼굴 모습이며 그때까지 사람의 눈으로 본 적 없는 길고 희고 숱 많은 수염이 뚜렷이 나타났다. 그는 곧 딱 벌어진 가슴에서 중량감 있고 우렁찬 목소리를 뽑아내 공작을 뚫어지게 바라보면서 말했다.

"지극히 높으시고 강력한 힘을 가지신 나리, 소인은 흰 수염의 트리팔딘이라 하옵니다. 소인은 번뇌하는 부인으로 불리기도 하는 트리팔디 백작 부인의 종자이오며, 위대하신 어르신께 그분의 전갈을 가져왔나이다. 그분이 소인에게 말씀하신 부탁은 다름이 아니오라, 훌륭하신 나리께서 그분이 이곳에 와서 걱정거리를 말씀드릴 수 있도록 허락해주십사 하는 것입니다. 그분의 고민이라는 것은 세상에서 가장 고민이 많은 사람이 상상할 수 있는 것 중에서도 가장 신기하고 희한한 고민거리랍니다. 그래서 우선 나리의 이 성에 그 용감무쌍하고 한 번도 패한 적 없는 라만차의 돈키호테 기사가 머물고 계신지 알고 싶어 하십니다. 소인은 그 기사를 찾아 칸다야 왕국에서 나리의 영지까지 아침도 거르고 불원천리하고 걸어왔습니다. 이런 일은 기적이거나 마법의 힘이 아니면 상상할 수 없고 있을 수도 없는 일입니다. 그녀는 요새인지 별장인지 모를 이 저택의 문밖에 머무르시면서, 나리의 허락이 없이는 들어오는 것을 사양하겠다며 나리의 처분만 기다리고 계시옵니다. 이상이 제가 전해드릴 말씀입니다."

그러고나서 헛기침을 하고 양손으로 수염을 위에서 아래로 쓰다듬었다. 그리고 아주 조용히 공작의 대답을 기다리고 있었다. 공작의 대답은 이러했다.

"마음씨 고운 종자, 흰 수염의 트리팔딘이여, 마법사들이 번뇌하는 부인이라고 부르는 백작 부인 트리팔디 마님의 불행한 소식을 들은 지 벌써 여러 날이 되었구려. 착하디착한 종자여, 그분께 들어오시라고 잘 말씀드리게. 여기에 용감무쌍하신 라만차의 돈키호테 기사님이 계시며, 기사님의 너그러우신 성격에 비추어 볼 때 모든 보호와 모든 도움을 안전히 약속드릴 수 있을 것 같으오. 또 혹 내 도움이 필요하다면, 나도 은혜를 베풀 것이라고 그분께 말씀드려도 좋소이다. 기사라는 신분은 원조의 의무를 지고 있는 것이라오. 모든 부류의 여인들, 특히 당신의 마님께서 당하고 계실 그런 고통과 괴로움에 처한 홀몸이 된 여성을 돕는 것은 내가 할 일이라오."

그 말을 듣자마자 트리팔딘은 무릎을 땅에 닿을 정도로 굽히고는 피리 부는 사람과 북 치는 사람에게 연주 신호를 보내고 들어올 때와 똑같은 소리와 발걸음으로 다시 정원에서 나가니, 뒤에 남은 사람들 모두가 그의 침착하고 엄숙한 태도와 모습을 보고 경탄해 마지않았다. 공작은 돈키호테에게 고개를 돌리더니 말했다.

"명성이 자자하신 기사님, 결국 악의와 무지의 어두움이 용기와 덕의 빛을 가리고 어둡게 할 수는 없나보군요. 나리께서 이 성에 오신 지 고작 엿새밖에 되지 않았는데 그토록 멀리 떨어진 땅에서 나리를 찾으러 오기에 드리는 말씀입니다. 슬픔에 찬 사람들과 괴로움으로 고통받는 사람들이 나리의 매우 강한 팔심을 통해 자신들의 걱정과 고생을 치유할 방법을 찾게 되리라 믿고, 호화 마차를 타고 오는 것도 아니고 단봉낙타를 타고 오는 것도 아니고, 걸어서 아무것도 먹지 않고 나리를 찾아오고 있다는 겁니다. 이것은 지상의 모든 곳을 에워싸고 사방에 울려 퍼지는 나리의 홍덕鴻德 때문입니다."

"저는, 공작 나리," 돈키호테가 대답했다. "지난번 식탁에서 편력 기사들에 대해 그렇게도 기분 나쁘게, 또 그렇게도 뼈에 사무친 원한을 드러내 보여준 그 축복받을 수사修士가, 이런 기사들이 세상에서 얼마나 필요한 존재인지를 두 눈으로 직접 확인하도록 이곳에 있으면 얼마나 좋을까 싶습니다. 적어도 터무니없이 슬픔에 몸부림치고 위로를 받을 길 없는 자들이 절체절명의 위기나 커다란 불행에 처했을 때, 그 처방으로 찾아가는 곳은 변호사 사무실도 아니고, 마을 성당지기의 집도 아니며, 자기가 살던 지역의 경계를 한 번도 벗어난 적이 없는 기사에게도 아니며, 또 다른 사람들이 이야기하고 글로 남길 만한 업적과 공적을 이루려 하기보다는 오히려 그것과 관련시켜 이야기나 해대고 떠벌리기 위해 새로운 것만 찾는 그런 나태한 선비 나부랭이의 집도 아니라는 것을 직접 손으로 만져 겪어보고 알았으면 합니다. 그런 고민을 치유하고 궁핍한 생활을 구제하며 아가씨들을 돕고 과부들을 위로하는 일은, 다른 어떤 부류의 인간들도 아니고 오직 편력 기사들이 제일 잘 해냅니다. 그래서 저는 제가 편력 기사인 것을 하느님께 무한히 감사드립니다. 그리고 어떤 불운과 고생이 따르더라도, 이렇게 명예로운 과업을 수행하다 일어날 수 있는 일이기에 영광으로 여길 것입니다. 그 부인더러 오셔서 원하는 것은 무엇이든 부탁하라고 하십시오. 제 팔심과 힘찬 정신의 꿋꿋한 결의로 그 부인을 위해 처방을 내리겠습니다."

• 제37장 •

번뇌하는 부인의
유명한 모험의 계속

공작 내외는 돈키호테가 자기들의 생각과 계획대로 대답을 썩 훌륭하게 하는 것을 보고 기쁨이 극에 달해 있었는데, 바로 그때 산초가 말했다.

"소인은 우두머리 시녀가 소인의 정부에 대한 약속에 어떤 장애가 되는 것을 원치 않습니다요. 왜냐하면 시녀들이 간여한 곳은 일이 잘될 수 없다고, 앵무새처럼 잘 조잘거리는 톨레도의 어느 약제사한테서 소인이 들었기 때문입니다요. 젠장맞을, 그 약제사는 시녀들이라면 정말 싫어했습니다요! 그래서 소인은 신분과 조건을 막론하고 모든 시녀는 불쾌하고 건방지다고 결론 내렸습니다요. 슬픔에 잠긴 우두머리 시녀들이라니, 어떨지는 모르겠습니다요. 사람들이 하는 이야기를 들어보니, 이 백작 부인이 트레스 팔다스[245]인가

---

245 '세 개의 스커트'라는 뜻.

트레스 콜라스[246]인가 하는 번뇌하는 부인이라고 하던데요? 우리 고장에서는 스커트건 꼬리건, 꼬리건 스커트건 매일반이랍니다요."

"주둥이 닥치게, 산초 친구 놈아." 돈키호테가 말했다. "이 우두 머리 시녀께서는 머나먼 땅에서 날 찾아오셨네. 그 약제사가 입에서 나오는 대로 주워섬긴 그런 시녀들이 아님에 틀림없어. 더욱이 이 분은 백작 부인이셔서 시녀로 봉사할 때는 여왕과 황후를 섬기실 테 고, 자기 집에서는 다른 시녀들의 시중을 받는 아주 귀한 분일 걸세."

이 말에 거기 있던 도냐 로드리게스가 대답했다.

"내 주인마님이신 공작 부인께서는 운만 따르면 백작 부인이 될 수도 있었던 시녀들의 시중을 받고 계시지만, 법은 임금이 원하 는 대로 가는 겁니다. 그래서 어느 누구도 시녀들을 나쁘게 말하지 못합니다. 오래 봉사한 시녀와 처녀는 더 그렇습니다. 비록 저는 그 렇지 않지만, 제가 생각할 적에는 과부 시녀보다 처녀 시녀가 더 유 리한 것 같습니다. 우리 시녀들에게 상처를 입히는 자는 다른 사람 들에게도 상처를 입히지요."

"그렇다고 해도," 산초가 되받아 말했다. "내 이발사의 말에 의 하면, 시녀들한테는 욕먹을 만한 것이 워낙 많아서 욕먹게 놓아두 는 게 좋을 거라고 합니다요."

"언제나 종자들은," 도냐 로드리게스가 대답했다. "우리의 적 입니다. 이 사람들은 대기실에서 하는 일도 없이 자꾸 어정거리는 마귀들이라서 줄곧 우리와 만나고, 기도하지 않을 때는 그 많은 시

---

246 '세 개의 꼬리'라는 뜻.

간 동안 잠시도 우리를 험담하지 않을 때가 없답니다. 그들은 우리의 험담이란 험담은 모조리 들춰내어 우리의 명예를 매장시키고 있어요. 움직이는 통나무 같은 종자들에게는 안된 말이지만, 나는 그들이 뭐라고 해도 우리가 이 세상에서 계속 살아가리라는 것을 말해 두는 겁니다. 그것도 고대광실에서 말이에요. 설령 우리가 굶어 죽는 한이 있더라도, 예수 부활 대축일 행렬이 있는 날에 쓰레기통을 양탄자로 덮거나 씌우듯 우리의 나약하거나 나약하지도 않은 몸에 검은 수녀복 같은 품이 넓고 기다란 겉옷을 뒤집어쓰는 한이 있을지라도 말이에요. 맹세코 하는 말이지만, 만일 저에게 그런 기회가 주어지고 이해시킬 때가 허락된다면, 여기 계신 여러분뿐만 아니라 세상 모든 이에게 시녀 한 사람이 자기 안에 갖추지 않은 덕행은 없다고 알려주고 싶습니다."

"저는 믿습니다." 공작 부인이 말했다. "우리 도냐 로드리게스의 말이 맞고 아주 지당하다고요. 그러나 자기 자신과 다른 시녀들을 옹호하기 위해서라면, 그리고 그 마음씨 고약한 약제사가 품은 좋지 않은 생각을 고쳐주고 그 위대한 산초 판사가 마음속에 품은 나쁜 생각을 송두리째 뽑아내기 위해서는 때를 기다리는 게 좋겠습니다."

이 말에 산초가 대답했다.

"통치자의 냄새를 맡은 뒤로 소인한테서는 종자의 현기증이 싹 가시고, 아무리 시녀들이 많다고 해도 제 눈에는 들판에 널린 야생 무화과 정도로밖에 보이지 않습니다요.[247]"

---

247 '저는 시녀들이 지천으로 널려 있다고 해도 아무런 관심이 없습니다'라는 뜻이다.

만일 그때 피리 소리와 북소리가 다시 울리지 않았더라면, 시녀 이야기로 계속 시간을 보냈을 것이다. 이 소리로 번뇌하는 부인이 들어온다는 것을 알았다. 공작 부인이 공작에게, 그분이 백작 부인이고 고귀한 분이니 마중을 나가는 것이 좋지 않겠느냐고 물었다.

"백작 부인이라는 점에서는," 공작이 대답하기도 전에 산초가 대답했다. "위대하신 두 분께서 그분을 마중 나가는 것이 옳다고 소인은 생각하지만, 시녀라는 점에서는 한 발짝도 움직여서는 안 된다고 생각하는 바입니다요."

"누가 자네더러 이 문제에 끼어들라 했나, 산초?" 돈키호테가 말했다.

"누가라뇨, 나리?" 산초가 대답했다. "소인이 끼어들었습니다요. 모든 예의범절의 세계에서 가장 예의 바르고 교육을 잘 받은 기사가 바로 나리이시기 때문에, 나리의 학교에서 예의범절 조건을 배운 종자로서 소인은 당연히 참견할 수 있습니다요. 그리고 이런 일에는, 소인이 나리한테서 들은 말에 의하면, '카드를 더 쓰나 덜 쓰나 지는 것은 마찬가지'라고 하셨습니다요. 말귀가 밝은 사람에게는 여러 말이 필요 없답니다요."

"산초의 말이 옳습니다." 공작이 말했다. "백작 부인이 어떻게 하는지 보고, 그 태도 여하에 따라 우리가 어떤 예의로 대해야 할지 신중히 연구해봅시다."

이러고 있을 때 처음처럼 북 치는 사람들과 피리 부는 사람이 들어왔다.

그리고 여기서 작가는 이 간단한 장을 끝내고, 이 이야기에서 가장 흥미진진한 모험 중 하나인 바로 이 모험을 다음 장에서 계속 이야기하기 시작했다.

제38장

번뇌하는 부인이
자신의 비운에 대해 한 이야기

슬픈 악사들의 뒤를 따라, 열두 명쯤 되는 시녀들이 두 줄로 열을
지어 정원 앞으로 들어오기 시작했다. 모두가 엷은 양모 천으로 지
은 폭이 넓은 수녀복을 입고 머리에는 엷은 무명천으로 만든 흰 두
건을 썼는데, 두건이 얼마나 긴지 수녀복 가장자리만 겨우 보일 둥
말 둥 했다. 그녀들 뒤로 트리팔디 백작 부인이 흰 수염의 종자 트
리팔딘의 손을 잡고, 보풀이 이는 아주 화사하고 검은 복지로 만든
옷을 입고 들어왔다. 그 보풀이 일어난 것을 손질했다면 아마도 마
르토스[248]의 선량한 사람들이 수확한 병아리콩만 한 크기 정도는
되었을 것이다. 꼬리인지 스커트인지 그것을 어떻게 부르든 그 옷
은 세 가닥으로 되어 있었는데, 그 끝을 역시 상복을 입은 세 시동
이 잡고 왔다. 세 가닥이 이루는 그 세 예각으로 눈부신 기하학적

248　현재의 하엔 주에 있는 마을.

모습이 그려졌으므로, 끝이 뾰족한 그 스커트를 본 모든 사람들은 우리가 그녀를 '라스 트레스 팔다스 백작 부인'[249]이라 부르는 것처럼 '트리팔디Trifaldi 백작 부인'이라 부르는 이유를 알게 되었다. 그래서 작가 베넹헬리는 그것이 사실이었다고 말하고 있으며, 그의 백작 영지에서 많은 늑대lobo를 길렀기 때문에 그녀의 본명은 '로부나Lobuna 백작 부인'이라고도 했다고 한다. 그런데 만일 늑대가 아니고 여우zorra였다면 '소루나Zorruna 백작 부인'이라 불렀을 것이다. 자기 고장에서 제일 많이 나는 산물의 이름을 따서 명명하는 그 지방의 관습 때문이다. 그렇지만 이 백작 부인은 자기 스커트의 진기함을 도두보이게 하기 위해 '로부나'를 버리고 '트리팔디'를 취했다고 한다.

열두 시녀와 귀부인이 검은 베일로 얼굴을 덮고 행렬의 보조에 맞춰 걸어왔다. 그 베일은 트리팔딘의 베일처럼 투명하지 않고 아무것도 보이지 않는 것으로 촘촘하기 이를 데가 없었다.

시녀 부대가 막 나타나자 공작과 공작 부인과 돈키호테가 일어섰으며, 천천히 걸어오는 행렬을 바라보던 사람들도 모두 일어섰다. 열두 시녀가 걸음을 멈추고 길을 내자, 그 한가운데로 번뇌하는 부인이 트리팔딘의 손을 잡은 채 앞으로 걸어 나왔다. 공작과 공작 부인과 돈키호테가 그 장면을 목격하고 그녀를 맞이하기 위해 열두 발짝쯤 앞으로 나갔을 때, 그녀가 땅에 무릎을 꿇더니만 가냘프고 여린 목소리라기보다는 차라리 거칠고 목쉰 소리로 말했다.

---

249 la condesa de las Tres Faldas. 세 스커트의 백작 부인.

"위대하신 나리들께서는 여러분의 이 종, 말하자면 여러분의 이 하녀를 이렇게 따뜻하게 맞아주시지 않아도 되옵나이다. 제 마음이 지금 많이 괴롭기에 제가 받은 융숭한 대접에 대한 보답을 할 수 없을 것 같습니다. 저에게 일어난 기이하고 일찍이 찾아볼 수 없는 불행이 제 정신을 어딘지 알 수 없는 곳으로 빼앗아 갔기 때문입니다. 그런데 제가 그 정신을 찾으려 하면 할수록 더 찾을 수 없으니, 그곳이 아주 먼 듯합니다."

"정신이 없으실 겁니다." 공작이 대답했다. "백작 부인, 부인의 용기를 부인의 됨됨이를 통해 찾으려고 하지 않는 자야말로 정신이 없는 사람일 것입니다. 부인의 가치는 더 이상 볼 필요도 없습니다. 부인께서는 모든 예의범절의 정수이시며, 잘 닦아진 예절의 꽃이라고 할 만합니다."

그러고는 백작 부인의 손을 잡고 일으켜, 공작 부인 옆에 있는 의자에 앉히기 위해 모셔 갔다. 공작 부인도 그녀를 아주 정중히 맞이했다.

돈키호테는 입도 뻥긋하지 않았고, 산초는 트리팔디 부인의 얼굴과 많은 시녀들의 어떤 얼굴이라도 보려고 안간힘을 다했지만, 그녀들이 스스로 마음이 내켜 베일을 벗을 때까지는 불가능했다.

모두가 마음을 가라앉히고 침묵에 잠겨, 누군가가 침묵을 깨주길 바라고 있었다. 그런데 바로 그때 다음과 같은 말로 침묵을 깬 장본인은 바로 그 번뇌하는 부인이었다.

"강력하시고 강력하신 나리와 미의 극치이신 마님, 그리고 사려 깊으신 동석자 여러분, 저는 제 커다란 고민이 여러분의 관대한 가슴속에서 너그럽고 애처롭고 또 기분 좋은 위안을 받게 되리라는 것을 믿어 의심치 않습니다. 제 고민은 대리석을 부드럽게 하고, 금강석을 연하게 하며, 세상에서 가장 단단한 강철 가슴이라도 녹이기에 충분한 것이기 때문입니다. 그러나 여러분의 청각에, 귀라고 해서는 안 되고, 제 고민을 다 털어놓기 전에, 만일 여기 동지들 가운데, 여러분 중에 청순하기 이를 데 없는, 이를 데 없는 라만차의 돈키호테 기사님과 그의, 그의 충직하기로 명성이 자자한 판사가 계시다면, 저에게 알려주시기를 바라 마지않습니다."

"그 판사는," 다른 이가 대답하기 전에 산초가 말했다. "여기 있사옵니다요. 그리고 그 청순하기 이를 데 없는 돈키호테도 여기 계시옵니다요. 그러니 말할 수 없는 비탄에 차 계신 하늘 같은 시녀님께서는 원하시는 것을 죄다 말씀하시면 되겠습니다요. 우리 모두는 빨리 만반의 준비를 갖추고 시녀님을 멋들어지게 모시겠나이다."

이러고 있을 때 돈키호테가 일어서더니 번뇌하는 부인에게 말을 걸었다.

"슬픔에 몸부림치는 여인이시여, 만일에 당신의 걱정이 어느 편력 기사의 용기와 힘으로 처방할 수 있다는 어떤 희망을 약속할 수 있다면, 비록 미약하고 대단치는 않지만 당신에게 봉사하기 위해 온 힘을 쏟을 만반의 준비가 되어 있는 제 힘들이 여기 있습니다. 저는 라만차의 돈키호테입니다. 제 임무는 모든 부류의 곤궁에 처한 사람들을 구원하러 가는 일입니다. 사실이 이러하므로, 부인이시여, 자비심을 바라거나 지루하고 긴 서론을 찾고 말고 할 필요도 없이, 빙빙 돌려서 말하지 말고 꾸밈없이 당신의 불행을 말씀하십시오. 그렇게 되면 당신의 말을 듣는 사람들이 그 사정을 알게 될 테고, 설령 그 불행을 해결할 수는 없을지 몰라도 함께 슬퍼할 수는 있을 것으로 사료됩니다."

그 말을 듣자 번뇌하는 부인은 돈키호테의 발에 몸을 던지려는 몸짓을 하더니, 결국 몸을 던져 두 발을 붙들고 늘어지면서 말했다.

"이 발과 다리 앞에 제 몸을 던지나이다. 오, 패배를 모르는 기사님! 편력 기사도의 초석이시며 기둥이 바로 이 발과 다리이기 때문입니다. 제 불행의 모든 처방은 당신의 걸음걸이에 달려 있고 걸려 있으니, 이 두 발에 입을 맞추고 싶사옵니다. 오, 용감무쌍하신 편력 기사여, 당신의 진정한 공적은 후세에 남을 것이고, 아마디스와 에스플란디안과 벨리아니스 같은 기사들이 세웠다는 전설적인 공적을 빛바래게 할 것입니다!"

그러고는 돈키호테를 그대로 두고 산초에게로 몸을 돌리더니, 그의 손을 잡으면서 말했다.

"오, 그대, 현 세기에도 없고 과거의 세기에도 결코 없었던 편력 기사를 섬긴 종자 중에서 가장 충실하고, 친절함에서 여기 있는 내 수행자 트리팔딘의 수염보다 더 긴 종자여! 위대한 돈키호테를 모시는 일은 이 세상에서 무기를 다루는 모든 기사를 전부 모시는 것에 버금간다고 자부해도 될 것이오. 그대의 충실하디충실한 친절을 믿기에 간절히 부탁드리오니, 천하디천하고 불행하디불행한 이 백작 부인에게 호의를 베풀도록 그대의 주인과 나 사이에 훌륭한 중재자가 되어주길 바라 마지않소이다."

그 말에 산초가 대답했다.

"소인의 친절이, 마님이시여, 마님의 종자의 수염만큼 길고 큰 것에 대해서는, 소인으로서는 전혀 고려할 문제가 아니옵니다요. 소인이 턱수염을 길렀는지 콧수염을 길렀는지는 소인의 넋이 이승을 떠날 때쯤에나 중요한 일인지 모르겠지만, 여기 이승에서는 수염에 조금도, 아니 전혀 신경을 쓰지 않습니다요. 하지만 그 부탁인가 간절한 소망인가 하는 것은 되도록 모든 노력을 기울여 마님께 호의를 베풀고 도움이 될 수 있도록 소인이 주인 나리께 간청해 보겠습니다요. 주인 나리께서 소인을 아주 사랑하시는 것을 소인이 알고 있으며, 또 어떤 일에 소인이 지금 더 필요할 테니까요. 마님께서는 마음속에 품고 있는 고민을 죄다 털어놓으시고, 우리에게 이야기하시고 맡겨주십시오. 우리 모두가 서로를 이해하게 될 것입니다요."

공작 내외는 이런 말을 듣고 우스워 배꼽을 쥐었다. 사람들은 이런 모험을 꾸미고 있다는 낌새를 알아차리고, 자기들 사이에서는 트리팔디 역을 맡은 여인의 기지와 능청에 찬사를 아끼지 않았다. 그녀는 다시 앉으며 말했다.

"유명한 칸다야 왕국에 대해 말하자면, 대★ 트라포바나섬[250]과 남해 사이에 있으며, 코모린곶[251]에서 2레과 더 떨어진 왕국의 군주는 아르치피엘라왕의 미망인인 도냐 마군시아 여왕이셨습니다. 그 왕 부부가 왕국의 후계자인 안토노마시아 공주를 낳았습니다. 말씀드린 그 안토노마시아 공주는 제 후견과 가르침을 받으면서 성장했답니다. 제가 그 어머니의 가장 오래되고 가장 주요한 시녀였기 때문이지요. 그런데 세월이 흐르면서 일이 생겼는데, 그 어린 안토노마시아가 열네 살이 되었을 때는 자연에서는 더 이상 오를 수 없

---

250 실론, 곧 현재의 스리랑카.
251 실론의 앞 인도 남단에 있는 곳.

을 정도로 완전무결한 아름다움을 자랑하는 아가씨가 되었답니다. 그 코흘리개가 이토록 사려 깊은 여인으로 성장했다니! 그녀는 아름다움과 재치를 겸비한 세상에서 가장 아름다운 여인이었습니다. 만일에 질투하는 운명의 신들과 냉혹한 운명의 세 여신이 그녀의 명줄을 자르지 않았더라면 지금도 그럴 것입니다. 지상에서 가장 아름다운 포도송이를 철에 이르기도 전에 따버리는 악행을 저지르도록 하늘도 허락해서는 안 되었습니다. 도저히 그럴 수 없는 일이었습니다. 이 아름다움에 대해서는, 제 어리석은 혓바닥으로는 그에 합당한 칭찬을 할 수 없습니다만, 국내는 말할 것도 없고 국외에서도 숱한 왕자들이 홀딱 반해 사랑에 빠졌었답니다. 그들 가운데 궁중에 있는 한 특별한 기사가 자기의 젊음과 용맹, 능력과 기품, 그리고 재능과 운을 믿고 그토록 아름다운 하늘 같은 분에게 감히 사랑의 생각을 품게 되었답니다. 위대하신 나리들께서 싫증만 내지 않는다면 알려드리는데, 그가 기타를 치면, 기타가 말을 하게 하는 그런 용한 재주가 있었답니다. 시인이라기보다는 능숙한 춤꾼이었으며, 새장을 만들 줄 알아서 궁해질 경우에는 오직 그 재주만으로도 먹고살 수가 있었답니다. 이 모든 재능과 매력은 나약한 한 아가씨는 물론이거니와 산도 무너뜨리기에 충분했습니다. 하지만 그의 모든 친절과 구수하고 그럴싸한 말과 그의 모든 매력과 재주는, 만일에 그 파렴치한 도둑놈이 나를 먼저 농락하는 방책을 쓰지 않았다면, 제 아가씨의 난공불락 요새 같은 마음을 정복하는 데 무용지물이었을 겁니다. 그 악당이자 양심이라곤 눈곱만큼도 없는 떠돌이 놈이, 저라는 나쁜 성주城主가 지키고 있는 성채 열쇠를 자기에게 넘기도록 하려고 우선 제 호감을 사고 제 마음을 매수하고 싶어 했답니다.

결국 그놈은 저에게 무슨 노리개와 보석을 주면서, 지성이 있다고 나를 치켜세우고 내 의지를 꺾었답니다. 그러나 저를 무릎 꿇게 하고 전락시킨 것은, 무엇보다 노랫가락이었습니다. 어느 날밤 저는 그놈이 사는 골목길로 나 있는 격자창에서 그놈이 노래하는 것을 들었습니다. 혹여나 제 기억이 잘못되지 않았다면 이렇습니다.

내 적의 달콤한 말에
영혼에 아픔을 주는 악이 태어나네.
또 더 많은 고뇌를 주려고
아픔을 느끼고 말 못 하길 원하네.[252]

제게는 이 노래가 진주 같고, 그의 목소리가 달디단 꿀물 같았답니다. 그 후부터 지금까지, 아니 바로 그때부터 이런저런 비슷한 시구들 때문에 제가 악에 빠진 것을 알게 되었고, 플라톤이 충고한 것처럼 선량하고 질서 정연한 공화국에서는 시인들을 추방해야겠다는 생각을 했답니다.[253] 최소한 음탕한 시인들만은요. 그것은 만투아 후작의 노래들처럼 아이들과 여인네들을 기쁘게 하고 울리는 그런 노래가 아니고, 연한 가시처럼 영혼을 찌르고 번개처럼 영

---

252 De la dulce mi enemiga / nace un mal que al alma hiere, / y por más tormento, quiere / que se sienta y no se diga. 이탈리아의 시인 세라피노 델라퀼라Serafino dell'Áquila의 시구.

253 플라톤의 《국가Politeia》 3권과 10권에서 언급한 말.

혼에 상처를 주기 때문입니다. 옷은 그대로 둔 채 말이지요. 그리고 그는 다시 노래를 불렀답니다.

> 오라, 죽음이여, 꼭꼭 숨어서
> 그대가 오는 것을 느끼지 못하게
> 죽음의 기쁨이 나에게 다시
> 생명을 주지 않도록.[254]

이따위의 다른 짧은 노래와 사랑의 노래들은 듣는 사람들을 현혹하고, 써놓게 되면 사람들을 놀라게 했습니다. 그러니 칸다야에서 당시 유행하던 소위 세기디야스[255]라는 일종의 소곡小曲을 만들어 겸손하게 읊어댔을 때는 어땠겠습니까? 사람들의 마음은 두근두근 뛰고, 웃음이 터지고, 몸은 초조해지고, 결국에는 모든 감각이 마비되어 안절부절못하게 되었답니다. 그래서 제 말은, 여러분, 이런 음유시인들은 정당한 구실을 붙여 도마뱀 섬들[256]로 유배를 보내야 했다는 겁니다. 그러나 그것은 순전히 그들의 잘못이 아니고, 그들을 칭송하는 바보들과 그들의 말을 찰떡같이 믿은 멍청한 여자들의 잘못이었습니다. 그리고 제가 제대로 된 시녀만 되었더라도 그런 진부한 내용 따위에 마음이 동하지 않았을 테고, '저는 죽어가

---

254 Ven, muerte, tan escondida, / que no te sienta venir, / porque el placer del morir / no me torne a dar la vida. 에스파냐의 시인 에스크리바Escrivá의 민요. 원형은 에르난도 델 카스티요Hernando del Castillo의《총 가요 모음집Cancionero general》(1511)에서 출판되었다.

255 제24장 주 158 참조. 세르반테스 시대에 에스파냐에서 매우 인기가 있었다.

256 las islas de los Lagartos. 중죄를 저지른 자의 유배지로, 자메이카 서쪽에 있다고 한다.

면서도 살고 있으며, 얼음 속에서 불타며, 불 속에서 떨고, 희망도 없이 기다리며, 떠난다면서도 미련 때문에 떠나지 못하고 남아 있네' 같은 말과, 그들의 글을 가득 메운 이런 유의 불가능한 말들을 진실이라고 믿을 건더기가 없었을 것입니다. 그런데 그들이 아라비아의 피닉스, 아리아드네의 왕관[257], 태양의 말들, 남해의 진주, 티바르의 황금, 아라비아의 전설적 낙원인 판카야의 방향유를 약속할 때는 어떻게 하겠습니까? 결코 이행할 생각도 없고 이행할 수도 없는 것을 비용도 들이지 않고 약속하는 것이기 때문에, 이 부분에서 그들은 펜을 제일 많이 질질 끌고 마냥 늘였던 겁니다. 그런데 제가 지금 이야기를 어디로 끌고 가고 있지요? 아아, 가엾은 이내 팔자야! 내 잘못에 대한 이야기도 산더미 같은데 남의 잘못을 이야기하고 있다니, 제가 미쳐도 단단히 미치고, 정신이 나갔어도 단단히 나갔나요? 아아, 다시 말씀드리지만, 운이라곤 찾아보려야 찾아볼 수 없는 이내 팔자야! 그 시구들이 나를 굴복시킨 것이 아니고 제 순진무구한 마음이 문제였습니다. 노랫가락이 날 달콤하게 만든 것이 아니고 경박함이 원인이었습니다. 극에 달한 제 무지의 소치로, 조심성이 부족한 탓으로 길을 터주고 돈 클라비호가, 이것이 제가 방금 언급한 신사의 이름입니다, 발걸음을 자유롭게 하도록 장애물을 제거해 길을 열어주었기 때문이었습니다. 이리하여 제가 중매쟁이가 되었습니다. 그분은 한 번이 아니고 아주 여러 번 안토노마시아

---

257 la corona de Ariadna. 별자리인 아리아드네자리를 말한다. 그리스신화에 나오는 아리아드네Ariadne는 크레타섬의 왕 미노스의 딸로, 아테네 왕자 테세우스에게 버림을 받고, 디오니소스의 아내가 되었다.

의 내실에 있게 되었습니다. 진짜 남편이 되겠다는 핑계를 대며 그녀를 속였는데, 그것은 저 때문이었지 그분 때문이 아니었습니다. 아무리 죄가 많은 여인이라도, 자기 남편이 될 자가 아니라면 자기 신발 바닥 끝에도 못 다가오게 했을 겁니다. 아닙니다, 아니에요, 그것은 아닙니다! 제가 취급하는 이런 일은 무엇이든 우선 결혼이라는 문제가 앞서야 하는 겁니다! 이 결혼 문제에 한 가지 흠이 있었다면, 이미 말했듯 돈 클라비호는 단순한 기사에 불과한 데 비해 안토노마시아 공주는 왕위 계승자였기 때문에 불평등한 결혼이었다는 겁니다.

며칠 동안은 이 거짓말이 제 신중한 기민함으로 덮이고 숨겨졌지만, 부랴부랴 덮으려고만 하다가는 안토노마시아의 배가 차츰 불러오는 것이 탄로 날 것 같았습니다. 이것이 무서워 우리 세 사람은 얼굴을 맞대고 의논을 했습니다. 그 결과는 이런 나쁜 소문이 퍼지기 전에, 공주님이 그분의 아내가 되겠다고 하는 혼인 증명서를 제시하고, 돈 클라비호가 관구장 앞에서 안토노마시아를 아내로 맞이하게 해달라고 청혼하는 것이었습니다. 그 증명서는 제가 머리를 짜내 작성한 것으로, 아무리 강력한 힘을 가진 삼손이라도 깨뜨릴 수 없었답니다. 수속은 순조롭게 진행되어, 관구장은 그 증명서를 보고 신부에게 고해성사를 하게 했고, 신부는 분명히 고해성사를 했습니다. 고해성사를 들은 관구장은 신부를 궁중의 아주 성실한 감시인의 집에 안전하게 맡기라고 부탁했습니다."

이때 산초가 말했다.

"칸다야에도 궁중 감시인들이 있고, 시인들이 있고, 세기디야스가 있구먼요. 그런 걸 보면, 온 세계가 하나라는 생각을 해도 상관이 없겠네요. 그렇지만 서두르셔야겠습니다요, 트리팔디 마님, 시간이 많이 지났습니다요. 그리고 이제 저도 이렇게 기나긴 이야기의 마무리가 어찌 될지 알고 싶어 미치겠습니다요."

"맞아요, 그래야겠습니다." 백작 부인이 대답했다.

제39장

트리팔디 부인이
엄청나고 기억할 만한 자기 이야기를 계속하다

공작 부인은 산초가 하는 말은 어떤 말이든, 돈키호테가 실망할 정
도로 그렇게 좋아했다. 그래서 돈키호테가 산초에게 조용히 하라고
명령하자, 번뇌하는 부인이 말을 이어갔다.

"결국 많은 질문과 대답 끝에 공주가 처음 자기 주장에서 벗
어나거나 주장을 바꾸지 않고 계속 고집을 부리자, 관구장은 클라
비호에게 유리한 판정을 내려 그녀를 그의 정식 아내로 인정했습
니다. 이 일로 안토노마시아 공주의 어머니 도냐 마군시아 여왕께
서 얼마나 노하셨던지, 사흘 뒤에 우리는 그녀를 매장하게 되었답
니다."

"그녀가 틀림없이 죽었죠, 확실히 말입니다요." 산초가 말했다.

"확실합니다." 트리팔딘이 대답했다. "칸다야에서는 산 사람을
매장하지 않습니다. 죽은 사람만 매장하지요."

"전에 이미 본 적이 있어요, 종자 나리." 산초가 되받아 말했다.
"죽었다고 믿고 어떤 기절한 사람을 매장한 걸 말이에요. 그래서 소

인은 마군시아 여왕이 죽기 전에 기절을 했어야 한다고 생각합니다
요. 살아 있으면 많은 것들이 해결되기 때문이죠. 그리고 공주의 잘
못이 여왕이 그토록 크게 노할 정도로 큰 것 같지 않습니다요. 소인
이 들은 바에 의하면, 많이 있었던 일처럼 그 아가씨께서 자기 집의
어떤 시동이나 다른 하인과 결혼했더라면 해결할 방법이 없는 상처
였겠죠. 그러나 그렇게 호남이고 지금 우리에게 묘사했듯 그런 해박
한 기사와 결혼했다면, 입은 비뚤어져도 말은 바로 하라고, 물론 어
리석기 짝이 없는 말일지는 모르지만, 그 사건이 생각보다 그렇게
큰일은 아닙니다요. 왜냐하면 여기 계시는 소인의 주인 나리 때문에
거짓말도 안 통하겠지만, 이 나리의 법칙에 의하면, 학식 있는 자들
이 주교가 되는 것처럼 기사들도 그렇게 될 수가 있으며, 더욱이 편
력 기사라면 임금도 될 수 있고 황제도 될 수 있다는 겁니다요."

"자네 말이 옳아, 산초." 돈키호테가 말했다. "편력 기사란 말
일세, 손가락 두 개 정도의 행운만 가져도 세상에서 가장 큰 영주가
될 수 있는 대단한 힘이 있거든. 그런데 번뇌하는 부인께서는 이야
기를 계속하십시오. 지금까지는 달콤한 이야기였지만, 이제 쓰라린
대목의 이야기가 남아 있는 것으로 추측이 되는군요."

"어찌 쓰라린 것뿐이겠습니까!" 백작 부인이 대답했다. "쓴 것
으로 말하면 노랑하늘타리[258]는 달콤하고 협죽도조차 맛있다고 할
정도랍니다. 그리고 여왕께서는 기절하신 것이 아니라 돌아가셨습
니다. 그래서 우리는 그녀를 매장했던 것입니다. 우리는 흙으로 그

---

258 쓰고 독한 식물.

녀를 덮자마자 곧 여왕님께 '발레'[259] 하고 마지막 작별 인사를 드렸답니다. '키스 탈리아 판도 템페렛 아 라크리미스'[260]라고 말입니다. 그때 여왕의 무덤 위에 거인 말람브루노가 목마木馬를 타고 나타났습니다. 말람브루노는 마군시아 여왕의 친사촌이며, 잔인하기로 명성이 자자한 마법사이기도 하지요. 안토노마시아의 지나친 짓거리에 분노한 그는 사촌 누이의 죽음에 복수하고 돈 클라비호의 대담한 행동을 벌하기 위해, 바로 그 무덤 위에 마법으로 그들을 묶어놓았답니다. 공주는 청동 원숭이로 변하게 하고, 돈 클라비호는 알 수 없는 금속으로 된 무시무시한 악어로 둔갑시켰답니다. 그리고 그 두 사람 사이에는 똑같은 금속 비석을 세워놓았는데, 그 비석에는 시리아 말로 몇 자가 새겨져 있었습니다. 그 글자들을 칸다야 말로 옮겼다가 다시 현재의 에스파냐 말로 해석하면, 이런 내용이 담겨 있다고 합니다. '이 두 무모하기 그지없는 연인들은 용감무쌍한 라만차의 기사가 나와 일대일로 싸우러 올 때까지 원래의 모습을 회복하지 못할 것이니라. 단지 그의 위대한 용기를 기리기 위해 운명의 신들이 지금까지 한 번도 보지도 듣지도 못한 모험을 준비해 두었느니라.' 그러고나서 칼집에서 넓고 거대한 신월도를 꺼내더니 내 머리카락을 움켜쥐고는 목을 베고 머리를 싹둑 잘라버리는 몸짓을 했습니다. 저는 거의 본정신이 아니었습니다. 목소리는 목구멍에 달라붙고 극도로 두려움에 빠졌지만, 어찌 되었건 있는 힘을

---

259 Vale. "부디 안녕히 가십시오." 작별할 때 쓴다.
260 Quis talia fando temperet a lacrymis. 이런 이야기를 듣고 눈물을 흘리지 않을 자가 누구랴?

다해 떨리고 고통에 찬 목소리로 많은 것을 말했고, 그런 말들이 그 무서운 처형을 중지시켰습니다. 결국 그는 자기 앞에 궁중의 모든 시녀를 끌고 오게 했습니다. 그들이 바로 여기 계시는 분들입니다. 그는 우리의 잘못을 과장한 뒤에, 시녀들의 자질과 악습과 가장 나쁜 간사한 계책을 비난했습니다. 또 저 혼자 짊어져야 할 잘못을 모든 시녀에게 덮어씌우고는, 우리를 사형으로 벌하지는 않겠지만 더 오래도록 끊임없이 벌을 받도록 시민권을 잃게 하겠다고 했습니다. 이 말을 끝내는 바로 그 순간, 우리 모두는 얼굴의 땀구멍이 다 열리고 바늘 끝으로 얼굴 전체를 따끔하게 콕콕 찔러대는 듯한 아픔을 느꼈습니다. 우리는 당장 손으로 얼굴을 어떻게 해보려 시도했지만, 지금 여러분이 보시는 것처럼 되어버린 것을 알았습니다."

그리고 바로 번뇌하는 부인과 나머지 시녀들은 얼굴을 가린 베일을 올렸다. 그녀들의 얼굴은 온통 수염으로 덮여 있었는데, 어떤 것은 블론드 색이고, 어떤 것은 검은색이고, 어떤 것은 흰색이고, 또 어떤 것은 여러 색깔이 섞여 있었다. 그 모습에 공작과 공작 부인은 놀란 기색이 역력했고, 돈키호테와 산초는 공포에 몸을 떨었으며, 그 자리에 있는 모든 이는 망연자실했다.

그리고 트리팔디가 말을 이었다.

"이런 방법으로 그 말람브루노라고 하는 비열하고 악의에 찬 그자가 우리를 벌했답니다. 부드럽고 생기 넘치던 우리의 얼굴을, 돼지털처럼 까칠까칠하게 덮어놓고 말았습니다. 이런 찌꺼기 양털로 우리 얼굴빛을 어둡게 하느니, 차라리 그때 그의 거대한 신월도로 우리의 머리를 쳐버리는 게 나을 뻔했습니다. 여러분, 우리가 곰곰 생각하면―제가 지금 하려는 이 말은 제 두 눈에서 눈물이 샘

511

되어 흐르는 가운데 이야기하고 싶지만, 우리 불행을 생각하며 지금까지 비 오듯 흘린 눈물이 바다를 이루었고 이제는 눈에 물기 하나 없이 까끄라기처럼 말라버렸기에, 하는 수 없이 눈물도 흘리지 못하고 말씀드리겠습니다만──수염 기른 시녀가 도대체 어디를 갈 수 있겠습니까? 어느 아버지, 어느 어머니가 그런 여자를 가슴 아파하겠습니까? 누가 그런 여자에게 도움을 주겠습니까? 살결이 아직 매끄러울 때 수천 가지의 화장품과 분칠로 덕지덕지 발라놓은 얼굴로도 사랑해줄 사람을 만날까 말까 한데, 자기 얼굴을 숲처럼 만들어놓은 여자를 본다면 과연 어떻게 할까요? 오, 시녀들과 나의 동료들이여, 어쩌면 이렇게 불행한 시점에 우리가 태어난 걸까요, 우리 부모님이 불길한 시간에 우리를 낳으신 모양이에요!"

이렇게 말하면서 그녀는 실신하는 흉내를 냈다.

제40장

이 모험과 이 기억할 만한
이야기와 관련이 있고
문제 삼을 만한 일들에 대해

정말 진짜로 이와 유사한 이야기들을 좋아하는 분들은 모두가 이 이야기의 원저자인 시데 아메테에게 사의를 표해야 할 것이다. 그는 아주 자질구레한 일까지도 호기심을 가지고 어느 것 하나 빠뜨리지 않고, 아주 자세히 우리에게 이야기해주면서 명확하게 이 책을 세상에 내놓았기 때문이다. 그는 사상들을 묘사하고, 상상들을 들추어내고, 무언의 질문에 대답하고, 의문을 풀어주고, 이야기 속 실마리들을 해결하며, 끝으로 독자가 호기심을 가지고 바라는 것은 미세한 것들까지 밝혀내주는 것이다. 오, 고명하기 이를 데 없는 작가시여! 오, 멋들어진 돈키호테여! 오, 유명한 둘시네아여! 오, 재치가 차고 넘치는 산초 판사여! 모두 함께, 그리고 자신을 위해 각자가 살아 숨 쉬는 이들의 즐거움과 일상적인 오락을 위해 세세손손世世孫孫 만수무강하시길 빕니다.

이야기는 그렇게 해서 산초가 번뇌하는 부인이 기절하는 모습을 보고 다음과 같이 말했다고 기록하고 있다.

"이 착하디착한 사람의 명예를 걸고 맹세하고, 이 판사 집안이 살아온 수 세기 동안의 모든 조상을 걸고 맹세하지만, 이와 유사한 모험은 한 번도 듣지도 보지도 못하고, 소인의 주인 나리께서도 소인에게 한 번도 이야기하신 적 없고, 지금까지 주인 나리의 머릿속에 한 번도 떠오른 적이 없었습니다요. 마법사이자 거인인 말람브루노야, 너를 저주하고 싶지는 않지만, 수천의 악마들한테나 물려 갔으면 춤을 추겠구나! 이 죄인들에게 다른 유의 벌도 아니고 수염이 나는 벌을 내리지 않았느냐? 아니, 어떻게 그럴 수가 있단 말이냐, 비록 코맹맹이 소리를 하더라도 코 중간을 단번에 베어버리는 것이 수염을 달아주는 것보다 훨씬 더 좋지 않았겠느냐? 그녀들이 재산을 다 탕진하더라도 수염을 깎아줄 사람을 구하지 못한다는 데 내기를 걸겠다."

"사실이 그렇습니다, 나리." 열두 시녀 중 한 시녀가 대답했다. "우리는 털을 깎을 재산을 가지고 있지 않습니다. 그래서 우리 중 몇몇은 치사한 처방이긴 하지만 일반 고약이나 끈적끈적한 고약을 사용하는데, 그걸 얼굴에 붙였다가 갑자기 떼어내면 돌절구 바닥처럼 반반해지기도 하고 매끄러워지기도 했습니다. 칸다야에는 이 집 저 집 돌아다니면서 잔털을 뽑아주고, 눈썹을 다듬어주고, 여자와 관계되는 다른 화장을 해주는 여인들이 있긴 하지만, 마님의 시녀들인 우리는 절대로 그런 여자들을 받아들이고 싶지 않았습니다. 왜냐하면 이런 여자들 대부분은 좋은 여자가 되기를 포기해서 뚜쟁이 냄새가 났기 때문입니다. 그래서 돈키호테 나리께서 우리에게 처방을 내려주시지 않는다면, 우리는 수염을 달고 무덤까지 가야 할 처지입니다."

"본인이 차라리 제 수염을 깎겠나이다." 돈키호테가 말했다. "제가 여러분을 위한 처방을 내리지 못한다면, 무어인이 살고 있는 땅에서 말입니다.[261]"

바로 이때 기절했던 트리팔디가 본정신을 차리며 말했다.

"그 드러나지 않게 가만히 돌려서 하시는 약속의 말씀이, 용감 무쌍한 기사님, 제가 기절해 있는 중에도 제 귓전으로 다가와 제가 정신을 차리고 모든 감각을 회복케 하였기에 다시 나리께 간청하 옵니다. 저명하신 편력 기사이시며 야생마 같은 나리시여, 나리의 고마운 약속이 실행되기를 염원하는 바입니다."

"저로서는 이대로 있지 않겠습니다." 돈키호테가 대답했다. "부인, 제가 어떻게 하면 되겠습니까? 제 마음은 부인을 모실 만반 의 준비가 되어 있나이다."

"문제는," 번뇌하는 부인이 대답했다. "이곳에서 칸다야 왕국 까지 육지로 가면 대략 5천하고 2레과 정도 되지만, 공중이나 직선 으로 가면 3227레과입니다. 말람브루노가 나에게 말하길, 행운이 우리의 해방자인 기사님을 제게 보내주신다면, 빌린 탈것보다 덜 나쁘고 아주 뛰어난 탈것을 자기가 그에게 보내주겠노라고 했습니 다. 용감한 피에레스가 미녀 마갈로나를 훔쳐서 타고 온 것과 똑같 은 목마일 것이라고 합니다. 그 목마는 이마에 달린 나무못을 제동 장치로 하여 다루게 되어 있는데, 어찌나 경쾌히 공중을 나는지 마 치 악마들이 그를 데려가는 것처럼 보였답니다. 옛 전설에 의하면,

---

261 아라비아 사람들에게 수염을 깎는 것은 명예가 손상된다는 의미임을 생각해내어 '수염 을 깎으러 아라비아에 가겠다'라고 결의에 차 한 말이다.

이 말은 그 현인 메를린이 만들어 친구인 피에레스에게 빌려주었답니다. 피에레스는 그 말을 타고 기나긴 여행을 하면서, 앞서 말한 것처럼 미녀 마갈로나를 훔쳐 엉덩이에 태우고 공중으로 날아갔답니다. 그리하여 그 광경을 땅에서 바라보던 모든 이를 멍청이로 만들어버렸습니다. 메를린은 자기가 원하는 사람이거나, 자기에게 돈을 제일 많이 주는 사람이 아니면 빌려주지 않았습니다. 그런데 그 위대한 피에레스 이후 오늘날까지 누가 그 목마를 탔는지, 우리는 알지 못합니다. 말람브루노가 술책으로 목마를 꺼내 자기 소유로 가지고 있으면서 잠시 여행을 할 때 이용했는데, 세계의 숱한 지역들을 여행할 때도 이용했답니다. 그래서 오늘은 여기에, 내일은 프랑스에, 그리고 또 다른 날은 포토시[262]에 있답니다. 그 목마는 먹지도 않고, 자지도 않으며, 편자를 박아 넣지도 않고, 날개가 없는데도 공중으로 나는가 하면, 그 위에 타고 가는 사람은 물이 가득 담긴 잔을 들고도 물 한 방울 흘리지 않을 수 있다는 것입니다. 이런 이유로 미녀 마갈로나가 그 목마를 타고 다니길 무척이나 좋아했답니다."

이 말을 듣고 산초가 말했다.

"공중으로 다니는 것은 아니지만, 흔들리지 않고 조용히 다니는 것은 소인의 잿빛 당나귀입니다요. 땅에서 걸어 다니는 것으로는 잘 달린다는 세상의 모든 탈것과도 겨룰 만합니다요."

모두들 웃었고, 번뇌하는 부인이 말을 계속했다.

---

262 오늘날 남아메리카의 볼리비아에 있는 도시로, 신대륙 발견 때부터 지금까지 세계적인 은 매장지로 유명하며 현재도 많은 은이 채굴되고 있다.

"그런데 이 목마는, 만일에 말람브루노가 우리의 불행에 종지부를 찍고 싶다면, 밤이 되면 반 시간도 되지 않아 우리 앞에 나타날 것입니다. 왜냐하면 제가 찾던 그 기사를 발견했다는 것을 알리는 신호로, 그 기사님이 어디에 계시든지 편하고 신속하게 그 목마를 저에게 보내주겠다고 했거든요."

"그런데 그 말에는 몇 사람이나 탈 수 있습니까요?" 산초가 물었다.

번뇌하는 부인이 대답했다.

"두 사람입니다. 한 사람은 안장에, 또 한 사람은 엉덩이에 탄답니다. 훔쳐 온 아가씨가 없을 때는 대부분 기사와 종자 두 사람이 탄답니다."

"소인이 알고 싶은 것은, 번뇌하는 부인 마님," 산초가 말했다. "그 말의 이름은 뭐라고 합니까요."

"그 이름은," 번뇌하는 부인이 대답했다. "벨레로폰테의 말처럼 페가수스라는 이름도 아니고, 알렉산더대왕의 말처럼 부케팔로스도 아니며, 미쳐 날뛰는 오를란도의 말처럼 브리야도로도 아니고, 레이날도스 데 몬탈반의 말처럼 바야르테는 더더욱 아니고, 루헤로의 말처럼 프론티노도 아니고, 태양신의 말들이라고 하는 부테스도 피리토우스도 아니고, 불행했던 고트족 최후의 임금 로드리고가 전투에 참가해 목숨과 왕국을 잃었을 때 탔던 말 오렐리아라고도 부르지 않았답니다."

"그럼 소인이 내기를 걸어도 좋겠군요." 산초가 말했다. "그토록 잘 알려진 그 유명한 말들의 이름을 붙이지 않은 것을 보면, 독특하기로야 마님께서 방금 이름을 부르신 모든 말과 견주어도 전혀 부족하지 않고 뛰어난 제 주인의 말 로시난테라는 이름도 붙이지 않았을 것이 분명하다는 데 말입니다요."

"그렇습니다." 수염 난 백작 부인이 대답했다. "그러나 그 이름이 '날개 달린 클라빌레뇨'이니, 아직은 아주 마음에 듭니다. 이 목마는 레뇨²⁶³로 만들고, 이마에 클라비하²⁶⁴를 달고 있으며, 경쾌하게 다니기 때문에 적당한 이름이거든요. 그래서 이름만은 충분히 그 유명한 로시난테와 우열을 다툴 만합니다."

"소인이 그 이름에 불만을 품은 것은 아닙니다만," 산초가 되받아 말했다. "무슨 재갈이나 무슨 껑거리끈으로 조종합니까요?"

"이미 제가 말했습니다." 트리팔디가 대답했다. "나무못으로 이리저리 돌리면 됩니다. 위에 타고 있는 기사가 원하는 대로 가게 할 수 있습니다. 공중으로 가고 싶으면 가고, 땅바닥을 거의 쓸듯 훑으면서 갈 수도 있고, 혹은 그 중간으로 갈 수도 있습니다. 중간이라는 것은 모든 행동에서 질서를 찾고 정연하게 하기 위해서 지켜야 할 중용이랍니다."

"이제 소인이 그것을 보았으면 싶습니다만." 산초가 대답했다. "그렇지만 안장도 아니고 엉덩이도 아니고 소인이 그 목마 위에 탄다고 생각하는 것은 연목구어綠木求魚²⁶⁵나 마찬가지입니다요. 소인은 제 잿빛 당나귀 위, 바로 그 비단보다 더 보드라운 안장 위에서도 몸을 잘 가누지 못하고 겨우 지탱할 수 있는데, 방석도 없고 아

---

263 '목재'라는 뜻.
264 '나무못'이라는 뜻.
265 Es pedir peras al olmo. 직역하면 '느릅나무에서 배를 구한다'라는 뜻이다.

무 푹신푹신한 등받이도 없는 나무판자 엉덩이 위에 타고 몸을 가 누라니, 거참, 정말 꼴좋겠네요! 이거야 원, 별꼴을 다 보겠네요. 소 인은 그 누구의 수염이라도 뽑으려고 소인 몸을 상하게 할 생각이 눈곱만큼도 없습니다요. 각자가 자기에게 가장 적절한 방법으로 수 염을 깎으면 되는 겁니다요. 소인은 그 긴 여행에 제 주인 나리를 따라나설 생각이 추호도 없습니다요. 더욱이 소인은 우리 둘시네아 아가씨의 마법을 풀어드리기 위해 있는 몸이므로, 이분들의 수염 깎는 일에 관여해서는 안 되는구면요."

"아니에요, 당신이라야 해요, 친구." 트리팔디가 대답했다. "그 리고 더욱이 당신이라는 사람이 없으면, 우리가 아무것도 하지 못 하리라는 것을 저는 알고 있답니다."

"사람 좀 살려주세요!" 산초가 말했다. "종자들이 자기 주인들 의 모험과 무슨 상관이 있습니까요? 주인 나리들이야 모험에 성공 하면 명성을 얻겠지만, 우리 종자들은 고생하는 것 말고 뭐가 있습 니까요? 젠장맞을! 만일에 역사가들이 '기사 아무개가 이러이러하 고 저러저러한 모험을 성취했지만, 아무개라고 하는 그 종자의 도 움 덕분이었으며, 그의 도움 없이는 그 모험을 성취할 수 없었을 것 이다'라고 써준다면 모르겠습니다요. 그런데 오직 이렇게 간단히 몇 자 갈겨쓰고 말지요. '돈 파랄리포메논 데 라스 트레스 에스트레 야스는 여섯 요괴의 모험을 끝냈다'라고요. 처음부터 끝까지 모든 일에 동참한 그 종자라는 사람의 이름은 마치 세상에 존재하지 않 은 양 일언반구도 언급하지 않다니, 이게 말이나 될 법한 일입니까 요! 여러분, 이제 다시 말씀드리지만, 소인의 주인 나리께서는 혼자 가셔도 됩니다요. 가셔서 잘 자시고 잘 지내시라죠. 소인은 우리 마님이신 공작 부인을 모시고 이곳에 남아 있겠습니다요. 그리고 돌아오실 때가 되면, 둘시네아 아가씨에 관한 일이 아주 잘 되어 있을지도 모를 일입니다요. 왜냐하면 소인이 한가해서 일이 없을 때에, 짬을 내서 다시는 털이 안 날 정도로 소인의 몸에 회초리로 무지막지하게 매질을 해댈 생각을 하고 있거든요."

"그래도 그렇지, 훌륭한 분들이 당신에게 주인 모시기를 바랄 테니, 필요하면 주인을 따라가야 하오, 마음씨 고운 산초. 당신의 쓸데없는 공포 때문에 시녀들의 얼굴에 저렇게 털이 많이 남아 있어서는 안 되지 않겠소. 그것은 정말 수치스러운 일이 되고 말거요."

"또다시 정말 사람 죽여주는구먼요!" 산초가 되받아 말했다. "이런 자비심이 갇혀 사는 처녀들이나 수도원에서 교리 수업을 받는 여자아이들을 위해서라면, 남자가 어떤 일이라도 모험을 할 수 있습니다만, 시녀들에게서 수염을 제거하느라고 그런 고통을 당한다는 것은 있을 수 없는 일입니다요. 아무렴, 그렇고말고요! 소인은 가장 나이 많은 시녀부터 가장 나이 어린 시녀까지, 그리고 가장 아양 잘 떠는 시녀부터 가장 우쭐거리는 시녀까지 수염을 달고 있는 모든 시녀를 보았으면 합니다요."

"당신은 시녀들한테 좋은 감정이 아니군요, 산초 친구." 공작 부인이 말했다. "톨레도의 그 약제사의 의견을 곧이곧대로 믿는 것 같네요. 그것은 분명히 당신의 잘못입니다. 내 집에 있는 시녀들은 시녀들의 본보기라고 할 수 있답니다. 내가 다른 말을 할 필요도 없이 여기 있는 도냐 로드리게스가 그 좋은 예입니다."

"존경해 마지않는 마님께서 그러시다면 그런 거죠, 뭐." 로드리게스가 말했다. "왜냐하면 우리 시녀들이 선하건 악하건, 수염이 있건 수염 없이 빤질빤질하건, 하느님께서는 모든 것에 대해 진실을 알고 계실 겁니다. 또한 다른 여자들처럼 우리 어머니들이 우리를 낳았어요. 그리고 하느님께서 우리를 세상에 내보내셨으니, 그 목적을 하느님께서는 아십니다. 저는 하느님의 자비심에 바탕을 둘 뿐 어느 누구의 수염에는 신경을 쓰지 않습니다."

"그럼 좋습니다, 로드리게스 부인." 돈키호테가 말했다. "그리고 트리팔디 부인과 그녀의 시중을 드는 여러분, 본인은 하늘에서 여러분의 염려를 우호적인 눈으로 바라보고 계시리라 기대하고 있습니다. 그리고 산초는 제가 하라는 대로 할 것입니다. 클라빌레뇨가 오든지 말람브루노를 제가 만나게 되든지, 말람브루노의 머리를 그의 어깨에서 베어버리듯 아주 간단히 여러분에게서 수염을 깎아줄 면도칼로는 제 칼만 한 것이 없으리라는 것을 제가 알고 있습니다. 하느님께서는 악인들의 행동을 참아주시기도 하지만, 항상 그러시지는 않기 때문입니다."

"아아!" 이때 번뇌하는 부인이 말했다. "하늘의 모든 별이 인자한 눈으로 용감무쌍한 기사님이신 위대한 그대를 바라보길 바랍니다. 그리고 약제사들의 증오를 받고, 종자들의 험담 대상이 되고, 시동들에게서 사취나 당하고, 모욕을 당하고 상처를 받은 시녀들의 방패와 피난처가 되도록 그대의 마음속에 모든 번영과 용기를 북돋우어주길 바랍니다. 그 꽃다운 나이에 수녀는 되지 않고 시녀가 된 그 꿍꿍이속 있는 여인은 지옥에나 떨어질지어다. 아, 불행한 우리 시녀들이여, 우리가 비록 트로이 사람, 바로 그 헥토르의 직계손으로 남성에서 남성으로 내려온 혈통을 잇는다 할지라도 우리가

521

섬기는 마님들이 '보스'[266]라고 우리를 하대하는 것을 그만두시지 않으니, 마치 여왕이라도 된 듯 착각하는가봅니다요! 오, 거인 말람 브루노야, 너는 비록 마법사이지만 네 약속만은 확실하구나! 우리의 이 불행이 끝나도록 세상에 오직 하나뿐인 클라빌레뇨를 이제 우리에게 보내다오. 날씨가 더워지는데 우리의 수염이 이대로 지속된다면, 아아, 우리의 이 딱한 신세여!"

트리팔디 부인이 어찌나 감정을 실어 말했던지, 이 말을 들은 주변의 모든 이가 눈물을 흘리고 산초의 눈에서조차 닭똥 같은 눈물이 줄줄 흘러내렸다. 그리고 산초는, 만일 그 공경할 만한 얼굴들의 털을 그렇게 해서 뽑아낼 수만 있다면, 마음속으로 세상 끝까지라도 자기 주인을 따라갈 작정이었다.

266 vos. '너희들'이라는 뜻.

• 제41장 •

이 길고 긴 모험의 결말과
클라빌레뇨의 도착에 대해

이러고 있을 때 밤이 다가왔고, 밤과 함께 그 명마 클라빌레뇨가 온다고 정해진 때가 되었으나, 명마의 도착 시간이 늦어짐에 따라 돈키호테는 이미 지쳐 있었다. 돈키호테는 말람브루노가 목마를 보내는 데 시간이 걸리는 것은, 자기가 그 모험을 하기로 되어 있는 기사가 아니거나 말람브루노가 자기와 일대일 대결을 주저하기 때문이라고 생각했던 것이다. 그렇지만 여기를 보라. 그때 갑자기 녹색 덩굴풀로 지은 옷을 입은 야만인 네 명이 커다란 목마 하나를 어깨에 둘러메고 정원으로 들어왔다. 그들은 목마를 땅바닥에 세워 놓더니, 그중 한 사람이 말했다.

"그럴 마음이 있는 분은 이 위에 올라가십시오."

"여기요," 산초가 말했다. "소인은 올라가지 않겠습니다요. 소인은 올라갈 마음도 없고 기사도 아니기 때문이랍니다요."

그러자 야만인이 계속해서 말했다.

"만일에 종자가 있으면, 그를 엉덩이 쪽에 태우십시오. 그리고 용장이신 말람브루노를 믿으십시오. 그분의 칼이 아니면, 어떤 다른 칼이나 다른 악한 마음으로도 상처를 입히지 못할 것입니다. 목마의 목에 붙어 있는 나무못을 돌리기만 하면 됩니다. 그러면 목마가 공중으로 날아 말람브루노가 기다리는 곳에 데려다줄 겁니다. 그러나 가는 길이 하도 높아서 현기증이 날 수 있으니, 여행의 마지막을 알리는 신호인 말 울음소리가 들릴 때까지 눈을 감고 있으셔야 합니다."

이렇게 말한 뒤에 클라빌레뇨를 남겨두고 점잖게 왔던 곳으로 돌아갔다. 번뇌하는 부인은 목마를 보자 눈물을 글썽거리며 돈키호테에게 말했다.

"용감무쌍하신 기사님, 말람브루노가 한 약속들은 사실이었군요. 목마는 이제 집에 와 있습니다. 우리의 수염은 자라고, 우리 각자는 각자의 수염 하나하나를 걸고 우리 수염을 빡빡 깎아주시길 그대에게 간청하옵니다. 그대의 종자와 함께 목마에 오르시기만 하면 됩니다. 제발 기사님의 새로운 여행이 행복한 시작이 될 수 있길 비나이다."

"그렇게 하겠나이다, 트리팔디 백작 부인 마님. 아주 기꺼이, 그리고 최상의 기분으로 말입니다. 꾸물거릴 시간이 없으니 방석도 두고 박차도 달지 않고 떠나겠습니다. 그대와 모든 시녀의 수염 없이 깨끗하고 매끈매끈한 얼굴 모습을 보고 싶은 마음이 정말로 간절하나이다."

"소인은 그렇게는 못 하겠습니다요." 산초가 말했다. "기분이 나쁘건 좋건 관계없이 절대로 말이에요. 이 수염 깎는 일이 목마 엉덩이에 오르지 않고는 할 수 없는 일이라면, 주인 나리를 따라갈 다른 종자를 찾아보시는 것이 좋을 성싶습니다요. 그리고 이 여인들도 얼굴을 반질반질하게 하는 다른 방법을 찾아보시길 바랍니다요. 소인은 공중으로 날아다니는 것을 좋아하는 요술쟁이가 아닙니다요. 그리고 소인의 섬사람들이 자기네 통치자라는 사람이 바람을 타고 산책 다닌다는 것을 알기라도 하면 뭐라고 하겠습니까? 하나 더 있습니다요. 여기서 칸다야까지는 3천하고도 몇 레과가 된다는데, 만일에 목마가 지치거나 거인이 화가 나기라도 하면 되돌아오는 데 여섯 해는 걸릴 겁니다요. 그렇게 된다면 세상에는 소인을 알아보는 섬도, 섬사람들도 없겠죠. 흔히들 '우물쩍우물쩍 넘기다가 위험이 따른다'라거나 '누가 너에게 송아지를 준다고 하거든 고삐를 가지고 달려가라'라고 하죠. 이 여자분들의 수염에 관해서는 미안하게 되었습니다만, 성 베드로 사원은 로마에 있는 것이 좋듯이[267] 소인은 이 집에 있는 것이 낫겠다는 말씀을 드리고 싶습니다요. 이 집에서 소인에게 후하게 대접해주시고, 또 이 집 주인 나리께서 소인에게 약속하신 그 통치자 자리를 고대하고 있는 중입니다다요."

그 말에 공작이 말했다.

"이보게, 산초 친구, 내가 당신한테 약속한 섬은 움직이지도 않고 도망가지도 않아요. 섬은 땅속 깊디깊은 심연에 뿌리를 내리고 있어서, 아무리 용을 써봐야 있는 자리에서 뽑아낼 수도 없고 옴짝달싹하지도 않아요. 이런 어마어마한 자리는 많건 적건 어떤 식으

---

267 Bien se está San Pedro en Roma. 물건은 원래 있는 제자리에 두는 것이 좋다는 뜻이다.

로든 뇌물을 쓰지 않고는 손에 넣을 수 없다는 것을 나도 알고 당신도 알지요. 내가 이 정부의 대가로 받고 싶은 것은, 이 기억할 만한 모험을 멋지게 마무리하기 위해 당신이 당신 주인이신 돈키호테 나리를 수행해 다녀오는 것이오. 클라빌레뇨가 날쌔니 기대한 대로 눈 깜짝하는 사이에 그것을 타고 돌아올 수 있을 거요. 그렇지 않으면 반대로 악운을 만나서 방랑객 신세가 되어 이 술집 저 술집, 이 객줏집 저 객줏집을 정처 없이 떠돌아다니다가 걸어서 돌아올 수도 있겠죠. 그리고 언제든 돌아오기만 하면 남겨두고 떠난 섬은 그 자리에 있어서, 섬사람들은 늘 마음속에 품고 있던 그대로 자기네 총독을 기꺼이 맞이할 것이오. 그리고 내 뜻도 똑같을 것이오. 그러니 이 사실에 대해서는 눈곱만큼도 의심을 하지 마오, 산초 나리. 그거야말로 당신을 돕고 싶은 내 바람에 찬물을 끼얹는 모욕이 되고 말 것이오."

"이제 그만하세요, 나리." 산초가 말했다. "소인은 천하디천한 종자의 몸으로 그 많고 많은 예의범절을 감당해낼 수 있을까 두렵습니다요. 소인의 주인 나리를 목마에 태워주세요. 그리고 소인의 눈을 가려주시고, 하느님께 소인을 부탁해주세요. 그리고 우리가 하늘 높이 올라갈 때 소인을 도와달라고 우리 주 예수 그리스도께 부탁을 드려야 하는지, 아니면 천사들에게 기도해야 하는지 소인에게 알려주세요."

그 말에 트리팔디가 대답했다.

"산초, 하느님께든 당신이 좋아하는 누구에게든 부탁하는 것은 좋은 일이에요. 말람브루노는 비록 마법사이긴 해도 기독교도인데다 허술한 데가 없이 야무지고 철저하여 신중하며 아무한테도 주제넘게 굴지 않고 마법을 쓰거든요."

"자, 그럼," 산초가 말했다. "하느님께서도, 그리고 라 산티시마 트리니다드 데 가에타[268]도 소인을 도와주소서!"

"그 기억할 만한 빨랫방망이 모험 이래," 돈키호테가 말했다. "지금까지 저렇게 공포에 벌벌 떠는 산초는 본 적이 없습니다. 내가 다른 사람들처럼 미신을 믿는 사람이라면 산초의 소심함을 보고 내 마음속에도 어느 정도는 두려움이 생겼을 것이오. 그렇지만 이리 오게나, 산초. 이분들의 허락을 받아 자네하고 따로 두어 마디만 이야기했으면 하네."

그러고는 산초를 정원의 몇 그루 나무 사이로 따로 데리고 가서 양손으로 그를 붙잡고 말했다.

"이보게, 산초 형제, 기나긴 여행이 우릴 기다리고 있네. 그리고 우리가 이 여행에서 언제 돌아오게 될지, 이 일들이 우리에게 얼마나 많은 편의와 여유를 줄지는 오직 하느님만이 알고 계신다네. 그래서 나는 자네가 길 떠날 준비에 필요한 것을 찾으러 가는 척하고 자네의 방에 가 있었으면 싶네. 가서 자네가 맞기로 한 3천3백 대의 전도금前渡金으로 5백 대 정도만 눈 깜짝할 사이에 맞아두면 '시작이 반'[269]이라고, 좋을 성싶은데 말이네."

"원, 별꼴을 다 보겠네요!" 산초가 말했다. "나리께서는 본정신

---

268 제22장 주 151 참조.

269 El comenzar las cosas es tenerlas medio acabadas. 직역하면 '일을 시작하는 것은 그 일을 절반 끝내는 것이다'라는 말이다.

이 아니신 모양입니다요. 이건 '아이 밴 여자보고 처녀가 되라!'²⁷⁰
고 말하는 것이나 똑같습니다요. 지금 소인이 평평한 판자때기에
앉아 가야 하는데, 나리께서는 소인의 엉덩이가 상처로 엉망진창이
되기를 바라시는 겁니까요? 정말이지 나리께서는 너무하십니다요.
지금은 우리가 이 시녀들의 수염을 깎으러 갑니다요. 그리고 돌아
와서 되도록 빨리 소인의 의무를 다할 것을 제 명예를 걸고 약속드
리는 바입니다요. 이렇게 해야 나리께서 기뻐하실 것이니, 소인은
더 드릴 말씀이 없습니다요."

그래서 돈키호테가 대답했다.

"그럼 그 약속에 만족하고, 마음씨 고운 산초, 내 스스로 마음
을 달래면서 가겠네. 그리고 자네가 그 약속을 이행하리라고 믿네.
자네가 실제로는 바보지만 약속을 지키는 사람²⁷¹이니까 말이네."

"소인은 녹색이 아니고 거무죽죽합니다요.²⁷²" 산초가 말했다.
"그러나 설령 얼굴 빛깔이 잡동사니라도 소인의 약속은 지킬 겁니
다요."

그러고나서 그들은 클라빌레뇨에 오르기 위해 돌아왔다. 돈키
호테는 클라빌레뇨에 오를 때 말했다.

"눈을 가리게, 산초, 그리고 올라가게, 산초. 그토록 먼 땅에서

---

270 ¡En priesa me ves, y doncellez me demandas! 직역하면 '너는 임신한 나를 보고 처녀성을
요구하고 있다'이다. 불가능한 것을 요구하는 사람을 비난하는 속담이다.

271 원문은 "hombre verídico(성실한 사람)"이지만 여기에서는 'hombre de palabra(약속을 지
키는 사람)'의 뜻으로 쓰였다.

272 No soy verde, sino moreno. '나는 세상 물정에 어두운 게 아니고 용감합니다No soy
inexperto, sino valiente'라는 뜻이다. 바로 앞에서 돈키호테가 "약속을 지키는(성실한)
verídico"이라고 한 것을 산초가 "녹색verde"으로 잘못 알아듣고 한 말이다.

우리를 위해 이것을 보내신 분이 우리를 속이려고 하는 것은 아닐 걸세. 자기를 믿고 있는 사람을 속이는 것은 자신에게 그다지 영광스러운 일이 될 수 없을 테니 말일세. 설사 모든 일이 내 생각과 정반대로 일어날지라도, 이런 모험에 착수했다는 영광은 어떤 악의로도 얼렁뚱땅 넘어가게 하지 못할 것이네."

"가십시다요, 나리." 산초가 말했다. "이 여자분들의 수염과 눈물이 소인의 가슴속에 못처럼 박혀 있으니, 그녀들 본래의 매끄러운 얼굴 모습으로 돌아온 것을 보고 확실히 알 때까지 소인은 한 술도 뜨지 않겠습니다요. 소인이 엉덩이에 타고 가야 하니, 나리께서 먼저 올라타시고 눈을 감으세요. 안장에 앉으실 나리께서 먼저 올라타시는 것이 명명백백합니다요."

"그건 사실이네그려." 돈키호테가 되받아 말했다.

그러고는 호주머니에서 손수건을 꺼내더니, 번뇌하는 부인에게 자기 눈을 아주 잘 가려달라고 부탁했다. 그래서 눈을 가려주자 손수건을 다시 걷고 말했다.

"내 기억이 틀리지 않다면, 베르길리우스의 작품에서 트로이의 팔라디온[273]에 관해 읽어본 적이 있는데, 그것은 말일세 그리스 사람들이 팔라스 여신에게 바치는 목마였다네. 그 목마는 배 속에 무장한 기사들을 잔뜩 넣고 다녔고, 그들이 나중에 트로이를 전멸시켰다네. 그러니 클라빌레뇨가 배 속에 넣고 온 것을 먼저 확인해 보는 것이 좋겠네."

---

273 Palladium. 그리스신화에서 팔라스 아테나 여신을 상징하는 신상神像으로, 그것이 모셔져 있는 도시를 지켜주는 주술적인 힘이 있었다고 한다.

"그럴 필요는 없습니다." 번뇌하는 부인이 말했다. "저는 그분을 믿습니다. 말람브루노는 심술궂거나 배신하는 그런 면은 전혀 없다는 것을 제가 알고 있습니다. 나리께서는, 돈키호테 나리, 아무 두려움 없이 올라타십시오. 만일 나리에게 무슨 일이 생기면 제가 책임지겠습니다."

돈키호테는 목마의 안전에 관해서 이러쿵저러쿵해보아야 자기의 용기에 타격만 입을 것이라 생각했다. 그래서 말다툼을 더 이상 하지 않고 클라빌레뇨 위에 올라타고, 나무못을 더듬어 찾아 시험해보았더니 나무못은 쉽게 돌았다. 그런데 등자가 없어 다리가 매달려 있는 모습이, 마치 어떤 로마의 승전을 그린 그림이나 수놓은 플랑드르의 양탄자에 있는 인물로밖에 보이지 않았다. 산초는 썩 내키지 않는 기분으로 조금씩 올라타기 시작해 엉덩이에 되도록 편하게 자리를 잡았으나, 엉덩이 부분은 약간 딱딱했고 부드러운 데라곤 전혀 없었다. 그래서 산초는, 가능하면 쿠션이나 긴 방석 같은 것을 놓아주었으면 한다고 공작에게 부탁했다. 공작 부인 마님의 응접실용이거나 어떤 시동의 침대용이라도 상관없다고 했다. 왜냐하면 그 목마의 엉덩이가 나무보다는 대리석으로 된 것 같았기 때문이다. 이 말에 트리팔디는 어떤 마구도 어떤 종류의 장식도 클라빌레뇨 위에 놓으면 견디지 못한다고 말했다. 정말로 어찌할 수 없는 경우에는 걸터앉지 말고 여자가 타는 식으로 두 발을 한쪽으로 몰아 타면 그렇게 딱딱한 느낌이 많지는 않을 것이라 했다. 산초는 그렇게 여자가 타는 식으로 올라타고는 '안녕히 계십시오'라고 말하고 눈을 가리게 되었다. 눈을 가린 후에도 가린 것을 다시 벗기고 정원에 있는 모든 사람을 바라보면서, 상냥하게 눈물을 머금고 주님의 기도와 성모송을 몇 번이고 되풀이하면서 어려운 처지에 있는 자신들을 도와주게 해달라고 말했다. 왜냐하면 이와 비슷한 어려운 처지에 처할 경우에는 하느님께서 자기들을 위해 그런 기도를 할 사람을 보내주실 것이기 때문이었다. 그 말에 돈키호테가 말했다.

"이 날도적놈아, 그처럼 야단스럽고 방정맞은 기도를 올리다니, 설마 자네가 교수대에나 올라 있거나 생의 종점에라도 있단 말인가? 이 양심도 없고 겁만 많은 인간아, 그 미녀 마갈로나가 걸터앉았던 바로 그 자리에 자네가 있지 않은가? 만일에 그 이야기들이 거짓이 아니라면, 그녀가 그 자리에서 내려온 것은 무덤으로 가기 위해서가 아니라 프랑스 여왕이 되기 위해서였다네. 그리고 자네 옆에 가고 있는 나는, 지금 내가 앉아 가는 바로 이 자리에 앉아 갔던 그 용감한 피에레스의 옆에 앉을 수 없단 말인가? 눈을 가리게, 눈을 가려, 이 의기소침한 짐승 같은 놈아. 적어도 내 앞에서는 그 마음속에 품은 공포심이 주둥이에서 나오지 않게 하란 말일세."

"소인의 눈을 가려주세요." 산초가 대답했다. "소인이 하느님께 기도를 올리는 것도 기도해달라고 부탁하는 것도 못 하게 하시니, 혹 이곳에 우리와 페랄비요[274]에서 마주칠지도 모를 악마 군단이 우글거리지나 않을까 어찌 걱정되지 않겠습니까?"

사람들은 눈을 가렸고, 돈키호테는 자기가 있어야 할 곳에 있다고 느끼자 나무못을 더듬어 찾아, 그 나무못에 손가락을 가져다

---

274 시우다드 레알Ciudad Real 근처에 있던 사형장으로, 산타 에르만다드(성스러운 형제단)가 사형수를 화살로 쏘아 죽이던 곳이다.

댔다. 그러자 바로 모든 시녀와 거기에 있던 사람들이 죄다 목청껏 외쳤다.

"하느님께서 그대를 인도해주시길, 용감한 기사여!"

"하느님께서 그대와 함께하시길, 두려움을 모르는 종자여!"

"화살보다 더 빠른 속도로 대기를 가르면서, 어느새 벌써 그대들은 대기 속으로 가고 있습니다!"

"이제 지상으로부터 그대들을 바라보고 있는 모든 이를 놀라게 하고 탄복하게 하기 시작했습니다."

"씩씩한 산초여, 몸이 흔들리니 잘 버티세요! 떨어지지 않도록 주의하세요! 그대가 떨어지면 자기의 아버지 태양신의 전차를 몰고 싶어 한 그 당돌한 젊은이"[275]가 떨어지는 것보다 더 지독한 꼴을 당할 테니까요."

산초는 목청껏 외치는 소리를 듣고 자기 주인한테 꼭 매달려 두 팔로 그의 몸을 휘감고 말했다.

"나리, 이 사람들이 우리가 이렇게 높이 날아간다고 말하는데, 그들의 목소리가 여기까지 들려오다니, 아니 글쎄 우리 바로 옆, 여기서 말하고 있는 것 같으니, 이게 도대체 어찌 된 일입니까?"

"그런 것에 마음 쓰지 말게나, 산초. 이런 일들, 이런 매사냥처럼 날아다니는 일들은 상도를 벗어난 행위이니, 천 레과 떨어진 곳에서도 자네가 바라는 바는 보이고 들릴 걸세. 그리고 내 몸을 그

---

275 el atrevido mozo. 그리스신화에 나오는 태양신 헬리오스의 아들 파에톤Phaethon을 말한다. 아버지의 전차를 몰고 달리다가 태양 불로 지상을 불태워, 제우스의 벼락을 맞고 추락해 죽었다.

렇게 꽉 조이지 말게나. 자네가 나를 쓰러뜨리겠네. 사실 자네가 무엇 때문에 당혹한 표정을 짓고 놀라는지 도무지 모르겠네. 감히 맹세하건대, 내 평생 이렇게 평지보다 더 평평한 곳을 걷듯 발걸음이 가벼운 말은 일찍이 타본 적이 없었네. 꼭 한곳에서 조금도 움직이지 않고 있는 것 같은 기분이네. 공포심 같은 것은 떨쳐버리게나, 친구. 실제로 일은 제대로 잘 되어가고, 우리는 바람을 뒤에서 받아 순풍에 돛을 단 격이네."

"그게 사실입니다요." 산초가 대답했다. "소인이 있는 이쪽으로 아주 강한 바람이 불어옵니다요. 꼭 풀무 천 개로 소인에게 부쳐대듯 바람이 불어오고 있습니다요."

그리고 그것은 그랬다. 커다란 풀무 몇 개가 산초에게 바람을 보내고 있었다. 다시 말해 이런 모험은 공작과 공작 부인, 그리고 그의 집사가 면밀히 구상해낸 것이었다. 그 집사는 그 모험을 완벽하게 하기 위해 필요한 요건은 무엇 하나 빠뜨리지 않았다.

돈키호테는 바람이 부는 것을 감지하고 말했다.

"아무 의심할 여지도 없이, 산초여, 우리는 이미 우박과 눈이 만들어진다는 제2대기층에 도달한 것이 틀림없네. 천둥과 번개와 벼락은 제3대기층에서 만들어진다네. 만일에 우리가 이런 식으로 올라가게 된다면 곧 불의 층에 돌입할 것이네. 우리가 타 죽을 그곳에 올라가지 않으려면 이 나무못을 잘 조절해야 하는데, 어떻게 해야 할지 도무지 모르겠네."

이때 불이 잘 붙고 쉬 꺼지는 가벼운 마포 천을 갈대에 매달아 멀리서 그들의 얼굴을 뜨겁게 했다. 산초는 그 열기를 느끼고 말했다.

"우리가 이미 불의 층이나 그 가까이에 와 있지 않다면 소인의 목을 걸겠습니다요. 왜냐하면 소인의 수염이 대부분 타 그슬렸기 때문입니다요. 그래서 하는 말인데요, 나리, 소인이 가린 것을 벗고 지금 우리가 어디쯤에나 와 있는가를 봐야겠습니다요."

"그러지 말게나." 돈키호테가 말했다. "석사 토랄바의 진짜 이야기[276]를 기억하게. 악마들이 그를 갈대에 태워 눈을 가리고 공중으로 날아 데려갔어. 그리고 열두 시간 만에 로마에 당도해, 로마의 한 거리인 토레 데 노나에 내렸어. 거기서 부르봉 왕가의 모든 실패와 습격과 죽음을 보았다네. 그리고 아침에는 이미 마드리드에 돌아와서 자기가 본 것을 죄다 이야기했다네. 그는 또 말했어. 공중을 날아가고 있을 때 악마가 눈을 떠보라고 명령해 눈을 떴더니, 자기 생각에는 달 몸체에 아주 다가가 있어서 손으로 달을 잡을 수 있을 것만 같았고, 또 눈앞이 아찔해지지나 않을까 해서 지구를 감히 내려다볼 엄두가 나지 않았다고 말이야. 그러므로 산초, 우리가 무엇 때문에 눈가리개를 벗어야겠는가. 우리를 책임지고 데려간 자가 우리에 대한 책임을 질 것이네. 그리고 매나 수리가 아무리 높이 올라가도 백로를 잡으려면 위에서 빙빙 돌다가 날쌔게 아래로 날아가 낚아채는 것처럼, 아마도 우리를 위에서 빙빙 돌리면서 높이 올라가다가 순식간에 칸다야 왕국 위에 떨어지게 하려고 할지도 모르는 일이라네. 그리고 비록 우리가 정원을 떠난 지 반 시간밖에 안 지난

276 el verdadero cuento del licenciado Torralba. 에우헤니오 토랄바 박사el doctor Eugenio Torralba는 실존한 역사적 인물로, 1531년 쿠엔카의 종교재판소에서 악마의 도움을 받아 1529년 로마에 날아갔다고 고백했다.

것 같지만, 우리는 먼 길을 왔음이 틀림없으니 내 말을 믿게나."

"소인은 뭐가 뭔지 도통 알 수가 없습니다요." 산초 판사가 대답했다. "그 마가야네스[277] 부인인지 마갈로나 부인인지 하는 분이 이 엉덩이에 타고 만족하셨다면, 아마 그분의 엉덩이 살은 틀림없이 별로 부드럽지 않았으리라는 것만은 알겠습니다요."

공작 내외와 정원에 있는 사람들은 그 두 용감무쌍한 사나이들의 모든 이야기를 듣고는 펄쩍펄쩍 뛰며 기뻐했다. 그러고는 기기묘묘하게 잘 꾸며진 모험을 마무리하려고 클라빌레뇨의 꼬리에 마포 천으로 불을 붙였다. 목마에는 뇌성 꽃불이 가득 들어 있었으므로 즉시 이상한 소리를 내며 공중으로 날아갔고, 돈키호테와 산초는 반쯤 그슬려 땅바닥에 내동댕이쳐져 뒹굴었다.

이때 시녀들의 모든 수염 부대와 트리팔디 일파는 이미 정원에서 사라지고 없었으며, 정원에 있던 사람들은 졸도한 사람들처럼 땅바닥에 누워 있었다. 돈키호테와 산초는 혼이 나간 채 일어나 사방을 두리번거리다가, 자기들이 출발했던 바로 그 정원에 와 있고 그 많은 사람들이 땅바닥에 드러누워 있는 것을 보고 대경실색했다. 그리고 정원 한쪽 땅에 커다란 창이 하나 꽂혀 있는 것을 보았을 때, 그들의 놀라움은 더욱 증폭되었다. 그 창에 녹색 비단 끈 둘이 묶인 매끄럽고 하얀 양피지가 하나 매달려 있었는데, 거기에는 커다란 황금 글씨로 다음과 같이 쓰여 있었다.

---

277 Magallanes. 처음으로 세계 일주(1519~1522)를 한 포르투갈의 뱃사람 페르디난드 마젤란을 말한다.

그 이름난 기사 라만차의 돈키호테는 트리팔디 백작 부인의 모험을 끝내고 종언을 고했다. 백작 부인은 다른 이름으로 번뇌하는 부인이라고도 불리었으며, 그녀의 부대는 모험을 꾀하는 것만으로 종말을 지었다.

말람브루노는 모든 것이 자기 의도대로 된 데 만족하고 희열을 느꼈고, 시녀들의 수염은 이미 깎여 얼굴은 매끈매끈해졌다. 돈 클라비호 임금과 안토노마시아 여왕도 본래의 모습으로 돌아갔다. 그리고 종자가 스스로 자기 몸에 가하는 매질이 이행되면, 하얀 비둘기는 자기를 집요하게 쫓아다니는 그 지독한 매들의 박해로부터 벗어나 사랑을 속삭이며 울어대는 임의 팔에 안길 것이다. 마법사 가운데 으뜸 마법사 현인 메를린에 의해 이렇게 명령이 내려졌다.

돈키호테는 양피지에 쓰여 있는 글을 다 읽고나서, 그 내용이 둘시네아의 마법을 푸는 일에 대해 말하고 있음을 분명히 깨달았다. 그래서 그렇게도 적은 위험으로 그렇게 큰 성과를 거두도록 해주고, 이제는 눈에 보이지 않는 존경해 마지않던 시녀들의 얼굴을 지난날의 살결로 되돌려준 하늘에 심심한 사의를 표했다. 그러고는 공작 내외가 아직 본정신으로 돌아오지 않고 있는 곳으로 다가가 공작의 손을 잡고 말했다.

"자, 마음씨 고우신 나리, 정신을 차리세요, 제발 정신을 차리세요. 죄다 아무것도 아닙니다! 저 기념으로 세워진 푯말의 양피지에 쓰인 문구가 분명히 보여주듯, 모험은 아무에게도 위해危害를 가하지 않고 이제 성공적으로 끝났습니다."

공작은 문자 그대로 조금씩 조금씩, 그리고 마치 깊은 잠에서 깨어난 사람처럼 본정신이 들었다. 그리고 공작 부인과 정원에 쓰러져 있던 모든 사람이 같은 방법으로 정신을 차렸다. 그들은 그 장난을 실제로 그런 일이 일어났던 것처럼 보이게 하려고 아주 교묘히 시치미를 떼면서 놀라움과 공포에 질린 표정을 지었다. 공작은 눈을 반쯤 감고 양피지에 쓰인 글을 읽더니, 돈키호테더러 어느 시대에도 결코 볼 수 없는 세상에서 가장 훌륭한 기사라고 말하면서 양팔을 벌리고 그를 껴안으러 갔다.

산초는 번뇌하는 부인을 찾아 돌아다녔다. 수염이 없어진 그녀의 얼굴이 어떻게 보일지 궁금했고, 그녀의 미모가 기대한 것처럼 수염 없이도 그렇게 빼어날까 보고 싶어 견딜 수 없었다. 하지만 사람들이 말하길, 클라빌레뇨가 공중에서 불타 땅에 떨어지는 바로 그 순간에 모든 시녀 부대가 트리팔디와 같이 사라져버렸으며, 시녀들은 이미 수염이 말끔히 깎여 그 뿌리도 없었다고 했다. 공작 부인은 산초에게 그 기나긴 여행이 어땠느냐고 물어보았다. 그 물음에 산초가 대답했다.

"소인은 말입니다요, 마님, 제 주인 나리께서 소인에게 말씀하신 바에 의하면, 불의 층으로 날아 들어가는 것을 느꼈습니다요. 그래서 눈가리개를 좀 벗어보고 싶었는데, 주인 나리께서는 소인이 눈가리개를 벗게 허락해달라고 간절히 부탁했음에도 불구하고 승낙하지 않으셨습니다요. 그러나 호기심이 발동해 소인은 방해하고 막는 것이 무엇인지 알고 싶어 살며시 아무도 모르게 눈을 가리고 있던 천을 코 옆으로 조금 젖히고는 거기서 지구 쪽을 내려다보았더니, 온 지구가 겨자씨보다 크지 않은 것 같았습니다요. 그리고 지구 위를 걸어 다니는 사람들은 개암보다 덜 커 보였습니다요. 이런 걸로 짐작하건대 그때 우리가 얼마나 높이 올라갔었는지를 알 수 있을 겁니다요."

이 말을 받아 공작 부인이 말했다.

"산초 친구, 당신이 한 말을 곰곰이 생각해보세요. 보아하니 당신은 지구를 본 것이 아니라 지구 위를 걸어 다니는 사람들을 본 것이군요. 당신이 본 것처럼 지구가 겨자씨만 하고 한 사람 한 사람이 개암만 하다면, 단 한 사람이 온 지구를 덮을 수 있는 것이 분명해요."

"그게 사실입니다요." 산초가 대답했다. "그러나 어찌 되었거나 지구를 한쪽 모서리로 멀리서 보았지만, 지구를 죄다 보았습니다요."

"이봐요, 산초." 공작 부인이 말했다. "한쪽 모서리로 조망을 죄다 본 것은 아니에요."

"소인은 조망 같은 말은 모릅니다요." 산초가 되받아 말했다. "소인은 공작 부인 마님께서 우리가 마법으로 날아가고 있었음을 이해하시는 것이 좋겠다는 것만 알 뿐입니다요. 그 마법 때문에 소인은 온 지구와 어느 쪽으로 보든지 모든 사람을 죄다 볼 수 있었습니다요. 그런데 마님께서 이런 소인의 말을 못 믿으신다면, 소인이 눈썹 옆으로 눈가리개를 젖히고 보았더니 하늘이 얼마나 가까웠던지 소인이 하늘에서 겨우 한 뼘 반 정도밖에 떨어져 있지 않은 듯했다는 말도 믿지 못하시겠군요. 그래서 소인이 확언하건대, 마님, 하늘이 아주 대단히 컸습니다요. 우리가 일곱 산양 별자리[278]가 있는

278　플레이아데스성단星團을 말한다. 황소자리의 어깨 부분에 보이는 산개 성단으로, 묘성昴 토이라고도 한다. 플레이아데스는 그리스신화에 나오는 아틀라스의 일곱 딸을 가리킨다.

곳으로 지나가는 일이 있었습니다요. 소인은 유년 시절에 소인의 마을에서 산양치기였는데, 산양들을 보자 잠깐 산양들과 즐겁게 시간을 보내고 싶은 생각이 들었습니다요. 그렇게 즐겁게 시간을 보내지 않으면 오장육부가 뒤틀릴 것만 같았다니까요. 그러니 소인이 어떻게 하겠어요? 아무에게도, 소인의 주인께도 아무 말 하지 못하고 아주 살짝 클라빌레뇨에서 내려 산양들과 즐겁게 시간을 보냈답니다요. 거의 40~50분 동안을 함께했는데, 마치 비단풀 같고 꽃 같았어요. 그리고 클라빌레뇨는 앞으로 나아가지도 않고 한곳에서 한 발짝도 움직이지 않고 있었답니다요."

"그럼 마음씨 고운 산초께서 그 산양들과 즐겁게 시간을 보내는 동안에," 공작이 물었다. "돈키호테 나리는 무엇을 하면서 시간을 보냈나요?"

그 말에 돈키호테가 대답했다.

"이런 모든 일과 그런 사건들은 자연의 이치에서 벗어난 일이기에, 산초가 그런 말을 지껄이더라도 크게 문제 될 것은 없습니다. 제가 말씀드릴 수 있는 것은, 위로건 아래로건 눈가리개를 벗지 않았으며, 하늘도 땅도 바다도 모래도 보지 않았다는 것입니다. 사실 말이지만 저는 대기층으로 지나가고 있다는 것을 느꼈고, 더욱이 불의 층에 닿았다는 것도 느꼈습니다. 하지만 우리가 그곳 불의 층을 지났다는 것이 저로서는 도저히 믿기지 않았습니다. 불의 층은 달이 있는 하늘과 마지막 대기층 사이에 있기 때문에, 우리의 몸이 불타지 않고는 산초가 말한 일곱 산양 별자리가 있는 하늘에 도착하기란 도저히 불가능한 일입니다. 그러니 산초가 거짓말을 하건 꿈을 꾸고 있건 더 이상 조바심치며 왈가왈부하지 맙시다."

"소인은 거짓말을 한 것도, 꿈을 꾸고 있는 것도 아닙니다요."
산초가 대답했다. "못 믿으시겠다면 그 산양들의 특징을 소인에게
물어보든지 하세요. 소인이 그 특징을 말씀드리면 그게 사실인지
아닌지 아실 겁니다요."

"그럼 그 특징들을 말해보세요, 산초." 공작 부인이 말했다.

"그 특징은," 산초가 대답했다. "두 마리는 녹색이고, 다른 두
마리는 살빛이고, 또 다른 두 마리는 파란색이고, 한 마리는 얼루기
였습니다요."

"그것은 색다른 산양들이군요." 공작이 말했다. "우리 지구상
에서는 그런 빛깔들을 사용하지 않거든요. 내 말은 그런 빛깔의 산
양들이 없다는 뜻이오."

"그거야 당연지사가 아닌가요." 산초가 말했다. "맞습니다요,
지상의 산양들과 하늘의 산양들이 차이가 있어야 하는 것은 말입
니다요."

"말해보시게나, 산초." 공작이 물었다. "혹 그 산양들 사이에서
어떤 수산양을 보았소?"

"보지 못했습니다요, 나리." 산초가 대답했다. "그렇지만 한 마
리도 달의 뿔[279] 밖으로 나가는 놈이 없었다고는 들은 바가 있습니
다요."

사람들은 더 이상 그들의 여행에 대해 산초에게 묻고 싶지 않
았다. 왜냐하면 정원에서 한 발짝도 움직이지 않은 주제에 마치 하

---

279 los cuernos de la luna. 공작이 "수산양cabrón"이라는 말을 했기 때문에 산초가 "뿔cuerno"
이라는 단어를 사용해 일종의 말장난을 한 것에 불과하다.

늘을 구석구석 돌아다닌 양 거기에서 일어난 일을 마치 거미 똥구멍에서 거미줄 나오듯 계속해서 이야기할 것 같았기 때문이다.

결국 이것이 번뇌하는 부인의 모험의 끝이다. 그래서 공작 내외에게는 그때뿐만 아니고 평생 웃을 거리가 생겼고, 산초에게는 수백 년을 살아도 못다 할 이야깃거리가 생겼다. 돈키호테가 산초에게 다가가서 그의 귀에 대고 말했다.

"산초, 자네가 하늘에서 보았다는 자네의 말을 사람들이 믿어주기를 바란다면, 내가 몬테시노스 동굴에서 보았다는 내 말을 자네도 믿어주기를 바라네. 그럼 더 이상 말하지 않겠네."

제42장

산초 판사가 섬을 다스리러 가기 전
돈키호테가 산초 판사에게 한 충고들과
다른 무시할 수 없는 일들에 대해

번뇌하는 부인의 모험이 멋들어지고 익살스레 잘 끝나 공작 내외는 아주 만족했고, 앞으로도 이런 장난을 계속하기로 하면서 어디까지나 사실인 것처럼 하기 위해 아주 그럴싸한 장난거리를 하나 생각해냈다. 그래서 자기네 하인들과 가신들에게, 약속한 섬나라 정부를 산초가 다스릴 때 지켜야 할 계책과 명령을 내렸다. 그리고 클라빌레뇨의 비행이 있고 다음 날, 공작은 산초에게 말하길, 이미 섬사람들이 오월의 단비를 기다리듯 산초를 학수고대하고 있으니 섬의 통치자로 부임하기 위해 채비를 차리고 만반의 준비를 갖추라고 했다. 산초는 공작에게 공손히 머리를 숙이면서 말했다.

"소인이 하늘에서 내려온 뒤, 하늘의 높은 정상에서 본 지구가 그렇게 작게 보인 이후로는, 통치자가 되고 싶어 사생결단하고 덤비던 그 큰 의욕이 조금은 사그라졌습니다요. 겨자씨 하나 정도밖에 안 되는 곳에서 명령하고 산다는 것이 무슨 권세라 할 수 있겠으며, 또 개암 크기만 한 사람들을, 그것도 소인이 보기에 온 지구상에 여섯 명 정도밖에 안 되는 그들을 다스린다는 것이 무슨 권위가 서고 무슨 세력이 되겠느냐는 말입니다요. 만일에 나리께서, 반 레과 이상이 아니라도 상관없사오니, 소인에게 하늘의 아주 조그마한 부분만이라도 떼어 주시는 영광을 베푸신다면, 세상에서 가장 큰 섬보다 더 큰 마음으로 그것을 받을 것입니다요."

"이봐요, 친구 산초," 공작이 대답했다. "나는 어느 누구에게도 하늘의 일부를 줄 수가 없다오. 설령 그것이 손톱 하나보다 크지 않다고 하더라도 말이오. 그런 은혜나 자비는 오직 하느님 한 분께서만 베풀 수 있기 때문이라오. 내가 줄 수 있는 것을 당신에게 주는 것이오. 그것은 완전하고 나무랄 데 없으며, 둥그렇고 균형이 아주 잘 잡히고, 매우 비옥하고 풍족한 섬이오. 그곳에서 당신이 수완을 잘 발휘하면, 그 땅의 부富로 하늘의 부를 당신의 것으로 만들 수도 있을 것이오."

"이제 됐습니다요." 산초가 대답했다. "그 섬을 소인에게 주십시오. 교활한 놈들이 많기는 하지만, 하늘나라로 갈 만한 그런 통치자가 되도록 노력해보겠습니다요. 그리고 이것은 소인이 욱하는 마음에서 그러거나 우쭐거리려는 욕심 때문이 아니고, 통치자가 된다는 게 어떤 것인지 맛을 좀 보고 싶은 욕망 때문입니다요."

"당신이 그 맛을 한번 보게 되면, 산초," 공작이 말했다. "명령을 내리고 복종을 받는 그 맛이 얼마나 달콤한지 잊을 수 없어, 나중에는 섬 정부를 다스리고 싶은 마음이 간절하여 손을 빨고 다닐 텐데. 분명히 당신의 주인이 황제가 되면, 그의 일들이 되어가는 여러 정황으로 미루어보건대 의심할 여지도 없이 그렇게 될 것이 분명한데, 그때는 어느 누구도 맘대로 그분을 그 황제의 자리에서 끌어내지 못할 것이오. 그리고 행여나 그 황제 자리를 그만두면, 마음속으로 가슴 아파하고 원통해할 것이오."

"나리," 산초가 되받아 말했다. "설령 그것이 가축 떼라 할지라도, 다스리는 것은 좋은 일이라고 소인은 생각합니다요."

"내가 죽으면 당신과 함께 묻히고 싶은 심정이라오, 산초. 당신은 뭐든 다 알고 있으니 하는 말이오." 공작이 대답했다. "당신의 판단력에 걸맞은 그런 통치자가 되기를 바라오. 이 문제는 이쯤 해두기로 하고, 내일은 당신이 그 섬 정부에 부임하러 가는 바로 그날이라는 것을 미리 알아두시오. 그리고 오늘 오후에는 당신이 입고 갈 적당한 의상과 출발에 필요한 것들을 죄다 준비해줄 것이오."

"옷은 원하시는 대로 입겠습니다요." 산초가 말했다. "옷을 어떻게 입더라도 소인은 산초 판사일 테니까요."

"그건 사실이오." 공작이 말했다. "그렇지만 의상이란 자기 직업과 직위에 걸맞게 입어야 하는 것이라오. 법관이 군인처럼 옷을 입거나 군인이 사제처럼 옷을 입으면 좋지 않듯이 말이오. 산초, 당신은 한편으로는 문관처럼 입고, 또 한편으로는 무관처럼 입고 가야 할 것이오. 내가 당신에게 주는 섬나라에서는 문文처럼 무武도, 무처럼 문도 그렇게 필요하기 때문이오."

"문이라면," 산초가 대답했다. "소인은 별로 가진 것이 없구먼요. 소인은 아직 낫 놓고 기역 자도 모르거든요. 그렇지만 훌륭한 통치자가 되기 위해서는 십자가[280] 표시를 마음속에 간직하는 것으

---

280 당시 에스파냐의 알파벳 독본 앞에 인쇄된 십자가. 일자무식을 나타내기 위해 "십자가를 모르다no saber el Christus"라고 말하곤 했다고 한다. 산초는 많은 글을 아는 것에 앞서 하느님이 중요하다는 점을 재치 있게 암시하고 있는 것이다.

로 충분합니다요. 무에 관한 한 소인에게 주어진 무기를 쓰러질 때까지 하느님 앞에서 쓸 것입니다요. 그리고 하느님께서 소인을 도와주실 겁니다요."

"이렇게 좋은 기억력을 가졌으니," 공작이 말했다. "산초는 어떤 실수도 저지르지 않겠구려."

이러고 있을 때 돈키호테가 왔다. 돈키호테는 그곳에서 일어난 일과, 산초가 그의 섬 정부를 다스리기 위해 하루속히 떠나야 한다는 것을 알았다. 돈키호테는 공작의 허락을 구해, 산초의 직위에서는 어떻게 처신을 해야 하는지 충고해줄 의도로 산초의 손을 잡고 자기 방으로 갔다.

그의 방에 들어가자마자 문을 뒤로 잠근 다음 거의 강제로 산초를 자기 옆에 앉히고, 차분히 가라앉은 목소리로 말했다.

"나는 하늘에 무한한 감사를 드리네, 친구 산초. 내가 어떤 행운을 만나기 전에 자네가 먼저 복을 받고 행운을 만나게 되었네그려. 나는 말일세, 내 운이 좋아지면 자네가 나한테 봉사한 대가를 지불하려고 마음먹고 있었네. 나도 아직 입신양명의 꿈을 이루지 못하고 있는 참에, 자네가 먼저 세월의 흐름이라는 당연한 법칙에서 벗어나 아직 때가 되기도 전에 자네의 바라고 바라던 소원이 이루어지게 되었구면. 어떤 사람들은 뇌물을 주고, 귀찮게 조르고, 애걸복걸 매달리고, 새벽부터 일어나 탄원하고, 손이야 발이야 빌고, 끈질기게 졸라대도 바라는 것을 이루지 못하는데, 다른 사람이 오더니만 어찌 된 영문인지 모르면서도 그토록 많은 사람들이 바라던 그 지위나 직책을 차지하게 되었다니. 여기에 딱 어울리는 말이 '소원도 운수소관'[281]이라는 속담이네. 자네는 말이야, 내가 보건대 의심할 여지가 없이 멍추가 틀림없네. 아침 일찍 일어나기를 하나, 밤샘을 한 적이 있나, 무슨 부지런을 떨어본 적이 있나, 오직 자네에게 미친 편력 기사도의 입김만으로 마치 아무 말도 하지 않은 사람처럼 무조건으로 한 섬의 통치자가 되었네그려. 내가 이런 말들을 하는 것은 말일세, 오, 산초! 이런 은혜를 입은 것은 자네의 공덕 功德 때문이 아니니, 사물을 순리대로 운행하시는 하느님의 뜻에 감사드리고, 그다음은 편력 기사도라는 직업 안에 숨어 있는 위대함에도 감사드리라는 것이라네. 내가 자네에게 하는 말을 믿을 만한 마음의 준비가 되어 있으면, 오, 내 아들이여! 자네의 이 카토[282]가 하는 말을 신중히 듣게. 이 카토가 자네를 인도하는 데 자네의 길잡이와 이정표가 될 만한 충고를 하고 싶어 하네. 그래야 자네가 공해 公海로 나가 비바람 몰아치는 바다에서 안전하게 항구로 들어가고 나갈 수 있을 테니 말이네. 직무라든가 중대한 직책이라는 것은 파도가 사나운 깊은 만 灣과 같은 것이라네. 첫째, 오, 아들아! 하느님을 경외해야 하네. 하느님을 경외하는 것은 지혜이고, 어떤 실수도 범하지 않는 재주를 터득하는 일이기 때문이라네. 둘째, 자네 자신을 알도록 노력하고 자네가 누구인가에 눈을 돌리게나. 이것이야말로 사람이 생각할 수 있는 것 중에서 가장 어려운 지식이라네. 자네가 자네의 분수를 알게 되면, 황소와 똑같아지고 싶었던 개구리처럼 몸을 부풀리는 일은 없을 것이네.[283] 만일 자네가 그렇게 하게

---

281 Hay buena y mala fortuna en las pretensiones. 직역하면 '소원에는 좋은 운과 나쁜 운이 있다'라는 뜻이다.

282 제33장 주 221 참조.

283 《이솝 우화》를 은연중에 시사하고 있다.

되면 말일세, 전에 자네가 고향에서 돼지들을 키우던 그 시절을 생각해보게나. 자네의 광기를 숨기기 위해, 공작이 꼬리를 펼칠 때 만들어지는 그 오색영롱한 부채꼴 모양의 꼬리를 뽐내는 동안 더러운 발이 숨겨져 있다는 것을 연상시켜줄 뿐이네.[284]"

"그것은 사실입니다요." 산초가 대답했다. "그러나 그것은 어린 시절의 이야기지요. 그 후로 어느 정도 어른이 되어 소인이 기른 것은 돼지가 아니라 거위였어요. 그러나 이것은 소인의 생각으로는 아무 문제가 되지 않습니다요. 다스리는 사람이 죄다 임금의 혈통에서 나온 것은 아니잖습니까요."

"그것은 사실이네." 돈키호테가 되받아 말했다. "그래서 귀족 출신이 아닌 사람들은 자신들이 수행하는 임무의 엄격함에다 부드러움을 곁들여야 하는 것이네. 신중함에서 나온 부드러움은 어떠한 신분이라도 피하기 어려운 그런 악의에 찬 험담에서 자유로울 수 있다네. 산초, 자네의 혈통이 비천함을 자랑으로 생각하게나. 그리고 자네가 농사꾼 출신이라고 말하는 걸 부끄러워하지 말게나. 자네가 자신을 부끄러워하지 않는 것을 본 사람이라면 어느 누구도 자네에게 창피를 주지 못할 것이기 때문이네. 오만한 죄인보다 덕망 높은 천인賤人이 되는 것을 더 으스대게나. 낮은 집안에서 태어나 최고의 지위인 교황이나 황제 자리에 오른 사람도 부지기수라네. 이러한 사실에 대해 예를 들자면 너무 많기에 아마 자네한테는 귀찮게 들릴 것이네. 이봐, 산초, 만일에 자네가 덕을 매개로 삼고 덕

---

284 공작의 오색찬란하게 펼쳐진 꼬리 아래에는 더러운 발이 숨겨져 있듯이, 자신의 본모습을 잘 알고 처신을 하라는 말이다.

망 높은 행동을 즐겨 한다면, 고관대작들의 대대로 내려오는 집안 신분이나 지위를 부러워할 아무런 이유가 없을 것이네. 혈통은 계승되는 것이지만 덕은 스스로 터득하는 것이고, 혈통이 가치가 없을 때도 덕이란 저 혼자서도 가치가 있거든. 이러하니 만일에 자네가 자네의 섬에 머물 때, 혹시 자네의 일가친척 중에 어떤 이가 자네를 보러 오거든, 절대로 거절하거나 망신을 주거나 하지 말고, 오히려 그를 기쁘게 맞이하고 환대하고 선물을 안겨주게나. 이렇게 하면 자네는 하느님을 만족시켜드리는 걸세. 하느님은 어느 누구라도 당신이 행하신 것을 무시하는 것을 좋아하시지 않는다네. 그리고 그렇게 하는 것이 질서 정연한 자연의 법칙에 순응하는 일이기도 하네. 만일에 자네가 자네의 아내를 데리고 가게 되면 말일세, 다스리는 사람들이 오랜 기간 아내 없이 지내는 것은 좋지 않으니, 아내를 잘 교육하고, 법도를 가르치고, 그녀 본래의 거칠고 촌스러운 면을 없애고 이끌어 올바른 방향으로 나아가게 하게. 사려 깊은 통치자가 이룩한 모든 것을 거칠고 무식한 아내가 하루아침에 망가뜨리고 흩뜨려놓기 일쑤거든. 만일에 일어날 수 있는 일로 혹여나 자네가 홀아비가 되었다고 가정하면, 그 직책에 맞게 좋은 배우자를 구하면 좋겠지만, 자네를 낚시나 낚싯대로 이용하려는 여자를 아내로 맞아서는 안 되네. 그리고 '당신의 모자는 싫어요'[285]라고 하는 여자도 아내로 맞아서는 안 되네. 내가 진실로 자네에게 말하네

---

285 No quiero de tu capilla. "No quiero, no quiero, pero echádmelo en la capilla(싫어요, 싫어요, 그렇지만 그것을 내 모자 속에 던지세요)"라는 속담으로, 앞에서는 싫다고 하면서 뒤에서는 실속을 챙긴다는 말이다.

만, 재판관의 아내가 받은 것은 모두 남편의 재산 신고서에 기록되어야 하므로, 생전에 책임을 지지 않았던 몫은 죽은 뒤라도 네 배나 되는 금액을 갚아야 할 것이네. 절대 자의적 판단으로 법을 집행하지 말게나. 자기들 깐에는 재치 있는 판단을 내렸다고 자부하는 무식쟁이들이 많이 받아들이는 잘못이라네. 가난한 이의 눈물이 자네한테서 더 많은 동정심을 얻도록 하게나. 그렇지만 부자의 진술보다 더 정의롭지는 못하다네. 설령 가난한 이가 흐느껴 울고불고하고 끈덕지게 조르더라도, 그리고 부자가 약속을 하고 선물 공세로 나오더라도 진실을 밝히려고 마음과 힘을 다하여 힘써야 하네. 공정이라는 것이 행해지거나 행해져야 할 때는 범죄자에게 법률의 준엄함을 지나치게 적용하려고 하지 말게나. 인정이 많은 재판관의 평판보다 준엄한 재판관의 평판이 더 나쁘게 소문이 나기 때문이네. 혹여나 재판에서 정의의 지팡이를 굽혀야 한다면, 그것은 선물의 무게가 아니라 자비심의 무게 때문이어야 한다네. 자네의 어떤 적이 관련된 어떤 소송을 재판할 일이 생기면, 자네의 손해에 마음 쓰지 말고 사건의 진실에 초점을 맞추어야 하네. 자네와 관계도 없는 소송에 자네의 사사로운 감정으로 자네의 눈을 멀게 해서는 안 되네. 자네가 사사로운 감정에 치우쳐 저지른 실수는 해결책이 없어 돌이킬 수 없으며, 설령 해결책이 있다고 하더라도 자네의 신용과 재산까지 팔아야 감당할 수 있을 것일세. 만일에 어떤 아름다운 여인이 재판을 해달라고 찾아오거든, 그녀의 눈물에서 눈을 떼고 그녀의 우는소리에서 귀를 멀리하게나. 그녀가 청하는 것의 본질을 천천히 잘 생각해보게. 자네의 이성이 그녀의 낙루落淚에 말려들거나, 자네의 착한 마음씨가 그녀의 한숨짓는 소리에 말려들기를 원하지 않는다면 말이네. 실형을 내려 벌해야 할 자를 말로 나쁘게 다루어서는 안 되네. 그런 불행한 자에게는 다른 나쁜 말을 더할 필요도 없이 체형의 고통만으로도 충분하다네. 자네의 관할권 아래 있는 죄인은 타락한 우리 인간 본성의 상태에 따른 불쌍한 인간이라는 것을 생각해야 하네. 그리고 상대에게 피해를 주지 않는 한도에서, 자네 측에서 할 수 있는 모든 역량을 발휘해 자비로이 관대하게 대하는 모습을 보이게나. 하느님의 속성들은 모두가 동등할지라도, 정의의 속성보다 자비의 속성을 보는 것이 우리 인간에게는 한층 더 광채를 내고 더 낫기 때문이네. 만일에 이런 계율들과 이런 규칙들을 따른다면 말일세, 산초, 자네 삶의 날들은 길고 그 명성은 영원할 것이며, 자네에게 내려지는 보상은 넘칠 것이며, 자네의 행복은 필설로는 다 표현할 수 없을 것이고, 자네의 자식들을 자네가 원하는 대로 결혼시킬 것이고, 자네의 자식들과 손주들은 작위를 가질 것이며, 백성으로부터는 인정을 받으며 평화롭고 즐겁게 살게 될 것이네. 생의 마지막 과정에 이르러서는 온화하고 성숙한 노년을 즐기다가 임종을 맞이하게 될 것이네. 그리고 자네 증손들의 부드럽고 다정한 손들이 자네의 눈을 감겨주게 될 것이네. 지금까지 내가 자네에게 말한 이것이 자네의 영혼을 장식하게 될 교훈들이라면, 이제 자네의 몸을 장식하기 위해 소용이 될 교훈들을 일러둘 테니 들어보게."

제43장

돈키호테가 산초 판사에게 준
두 번째 충고에 대해

돈키호테의 지난번 이야기를 들은 사람이라면, 누구라도 그가 매우 진지하고 매우 좋은 의도를 가진 사람이라고 간주하지 않을까? 하지만 이 위대한 이야기의 진행 과정에서 그가 수차에 걸쳐 이야기한 것처럼 기사도에 관해서는 말도 안 되는 엉터리없는 소리만 하고 있는데, 다른 변설辨說에서는 명확하고 시원시원한 판단력을 가졌음을 보여주고 있는 것이다. 그래서 사사건건 그의 행동은 그의 판단력에 의심을 품게 하고, 그의 판단력이 그의 행동을 의심케 했다. 하지만 산초에게 해준 이 두 번째 충고들에서 그는 뛰어난 기지를 보여주었고, 높은 수준의 재치와 광기를 유감없이 발휘했다.

산초는 아주 주의 깊게 그의 말을 경청하면서, 그의 충고들을 기억 속에 소중히 간직하려고 노력했다. 그의 충고들을 잘 지킴으로써 자신의 섬 정부 잉태를 순산으로 이끌려고 생각하는 사람처럼 보였다. 그래서 돈키호테는 계속해서 산초에게 말했다.

"자네 자신과 집안을 어떻게 다스려야 하는가에 관해서는 말일세, 산초, 자네에게 부탁하는 첫말은 자네가 청결해야 한다는 것이네. 긴 손톱이 자신들의 손을 아름답게 해준다고 믿는 몇몇 무식한 사람들이 하는 것처럼, 손톱을 너무 자라게 두지 말고 자르게. 손톱을 깎지 않고 그대로 두어서 군살이나 혹이 마치 손톱인 양 생각하는데, 도마뱀을 잡아먹는 황조롱이의 발톱들이나 같은 것이라네. 다시 말해 불결하고 흉악망측스러운 행위에 불과한 짓이네. 산초, 옷을 풀거나 헐렁하게 입고 다니지 말게나. 단정하지 못한 옷은 마음이 해이해졌다는 징조라네. 풀려 있거나 헐렁한 복장이 율리우스 카이사르처럼 일부러 교활함을 보이려는 의도에서 하는 것이 아니라면 말이네.[286] 자네의 직무로 할 만한 일이 무엇인가를 신중하게 넌지시 알아보게나. 그리고 만일 자네 하인들에게 제복을 입힐 일이 생기면 반짝거리고 화려한 것보다 정결하고 편리한 것으로 주고, 자네의 하인들과 가난한 이들에게 골고루 나누어주게나. 다시 말해 만일 여섯 시동에게 옷을 입혀야 하거든, 시동 셋과 다른 가난한 이 세 사람에게 나누어 입히라는 말이네. 그래야 자네는 지상은 물론이요 하늘에도 시동들을 갖게 될 것이네. 이렇게 옷을 입히는 방식은 허영심으로 가득 차 있는 자들이 생각조차 못 할 일이네. 마늘이나 양파는 먹지 말게나. 왜냐하면 그 냄새로 사람들이 자네의 천박함을 알면 안 되기 때문이네. 또 천천히 걷고, 침착하게 말하게나. 그러나 자네 자신만 들을 수 있을 정도로 작게는 하지 말게. 어떤 방식으로도 잘난 체하는 것은 좋지 않네. 점심은 적게 먹

---

286 율리우스 카이사르는 허리띠를 거의 매지 않는 버릇이 있어서 키케로의 비난을 받았다고 한다.

고, 저녁은 더 적게 먹게. 전신全身의 건강은 위의 작업장에서 제조되기 때문이네. 술은 절제하게. 술을 지나치게 마시게 되면 비밀을 지키지도 못하고 약속을 지키지도 못한다는 것을 숙고하게나. 산초, 음식물을 입에 가득 넣고 우물거리지 말고, 누구 앞에서도 애기噯氣하지 않도록 신경을 쓰게나."

"'애기하다'는 그 말을 알아듣지 못하겠습니다요." 산초가 말했다.

그래서 돈키호테가 말했다.

"'애기하다'는 '트림하다'를 뜻한다네. '트림하다'라는 말은 뜻을 정확히 전하기는 하지만, 카스티야 말에서 가장 추잡스러운 단어들 중 하나라네. 그래서 지식욕이 왕성한 사람은 라틴 말이나 어려운 말로 풀어 '트림하다'를 '애기하다'라고 말하고, 또 '트림'을 '애기'라 한다네. 그리고 일부 사람들이 이런 용어를 이해하지 못하더라도 별로 상관이 없다네. 사용 빈도가 잦아지면 시간이 흘러 그런 어휘들이 쉬 이해되고, 또 이것이 국어를 풍부하게 하지. 국어에는 일반인과 관습이 큰 힘을 미치게 된다네."

"정말로, 나리," 산초가 말했다. "소인이 반드시 기억해두어야 할 충고들과 경고들 중 하나는, 트림하지 말아야 하는 것이겠군요. 소인이 트림을 아주 자주 하거든요."

"'트림하다'가 아니고, 산초, '애기하다'라니까 그러네." 돈키호테가 말했다.

"앞으로는 '애기하다'라고 하겠습니다요." 산초가 대답했다. "무슨 일이 있어도 절대로 잊지 않겠습니다요."

"그리고 또, 산초, 자네가 자주 쓰는 그 많은 속담을 자네 말에 섞어 쓰지 말게나. 비록 속담들이 짧은 금언이라고는 하지만, 자네는 속담을 너무 자주 아무 때나 마구 인용하기 때문에, 금언이라기보다는 오히려 더 말도 안 되는 엉터리 같단 말일세."

"그것은 하느님께서만 막을 수 있습니다요." 산초가 대답했다. "소인은 책보다 속담을 더 많이 알고 있기 때문에, 소인이 말을 할 때는 그 속담이 입으로 한꺼번에 몰려들어 서로 입 밖으로 나가려고 싸우느라 난리판이 벌어집니다요. 그게 적절치는 않다고 생각하지만, 혀라는 것은 말이에요, 처음에 마주친 말을 내뱉게 마련이거든요. 그러나 지금부터는 소인이 맡을 직책의 중대성에 어울리는 속담들을 사용하도록 고려하겠습니다요. 재료가 가득한 집에서는 저녁 준비가 빠르고, 카드를 뗀 사람은 패를 뒤섞으면 안 되고, 종을 친 사람이 가장 안전하고, 주고받는 일은 머리가 필요하기 때문입니다요."

"바로 그거네, 산초!" 돈키호테가 말했다. "속담을 끼워 넣고, 줄줄이 꿰고, 이론을 정연히 펼치는 데는 아무도 자네를 능가할 사람이 없겠네그려! 내 어머니가 나무라건 말건 나는 모른 척한다,[287] 이 말이구먼! 내가 자네한테 속담을 삼가라는 말을 하고 있는데도 숨 쉴 사이 없이 속담들을 기도문처럼 연속 쏟아내고 있구먼. 그러니 우리가 지금 동문서답식으로 나아가고 있단 말일세. 이보게, 산초, 자네가 알맞게 끌어와 사용하는 속담을 나쁘다고 말하는 것이 아니라, 속담을 엉터리로 묵주알 엮듯이 입에서 나오는 대로 주워

---

287 ¡Castígame mi madre, y yo trómpogelas! 직역하면 '어머니가 나를 벌하건 말건 나는 팽이를 친다!'이다. 우리말로는 "쇠귀에 경 읽기"에 해당한다.

섬기는 것은 대화를 맥 빠지게 하여 형편없는 대화가 되게 한다는 말이네.

　말에 오를 때는 안장틀 뒤로 몸을 젖히고 가거나 두 다리를 쭉 뻗어 말의 배 밑으로 툭 튀어나오듯이 앉지도 말고, 잿빛 당나귀를 타고 가듯 그렇게 느슨하게 가도 안 되네. 같은 말을 타더라도 말 타는 방법에 따라 어떤 사람들은 기사가 되고, 또 어떤 사람들은 마구간지기가 된다네. 자네 잠은 알맞게 자게나. 해님이 얼굴을 드러낼 때 일찍 일어나지 않은 자는 하루를 즐기지 못하네. 명심하게나, 산초. 근면은 행운의 근원이며, 게으름은 그 반대라네. 게으름이 훌륭한 소망의 목표에 도달한 적은 결코 없다네. 이제 자네에게 내가 하려고 하는 마지막 충고는, 자네의 몸치장을 하는 데는 아무 소용이 없겠지만 말이네, 지금까지 자네에게 해준 충고보다 이익이 되면 되었지 이익이 덜 되지는 않으리라 믿기 때문에 그러니, 꼭 기억해두기를 바라네. 그것은 바로 무슨 일이 있더라도 집안을 가지고 다투지 말라는 것이네. 적어도 서로의 집안을 비교하면서는 말이네. 그렇게 되면 필연적으로 비교하는 집안들 중 하나는 더 좋은 집안이 되고, 자네가 깎아내린 집안으로부터는 미움을 받게 될 것이네. 그리고 자네가 추켜세운 집안이라고 해서 자네에게 상을 주는 일은 결코 없을 것이네. 자네의 옷은 긴 바지와 긴 반코트, 그리고 약간 더 긴 어깨걸이 겉옷이 좋을 걸세. 통이 넓은 바지는 기사들이나 통치자들에게는 별로 조화를 이루지 못하니 입을 생각은 꿈에도 하지 말게나. 지금으로서는 여기까지 충고하겠네, 산초. 세월이 흐르고 기회가 올 때마다 그때그때 자네가 처한 상황을 나에게 알려주면, 자네가 주의해야 할 것을 이런 식으로 충고해주겠네."

"나리," 산초가 대답했다. "나리께서 소인에게 말씀하신 것이 죄다 훌륭하고 성스럽고 유익해 보이는 것이 맞습니다만 소인이 아무것도 기억하지 못하면 무슨 소용이 되겠습니까요? 손톱이 자라게 두지 말라는 말과, 기회가 주어지면 다시 결혼하라는 말만은 소인의 머릿속에서 사라지지 않을 것 같습니다요. 그러나 다른 경망스럽고 장난기 섞인 것이며 골치 아픈 것들은 옛날에 지나간 구름처럼 소인에게는 기억도 나지 않고, 소인이 더 이상 기억하지도 못할 것 같습니다요. 그러므로 누군가가 소인에게 써주는 것이 필요하겠습니다요. 왜냐하면 소인은 낫 놓고 기역 자도 모르는 일자무식이니, 그것들을 소인의 고해신부에게 드리고 필요할 때는 언제나 꺼내 소인에게 심사숙고를 거듭하도록 하게 하면 되겠습니다요."

"아, 이걸 어쩌면 좋지!" 돈키호테가 대답했다. "통치자가 낫놓고 기역 자도 모르는 일자무식이라니, 상상하기조차 싫은 얼마나 망측한 일인가! 오, 산초! 자네가 알아야 하네. 사람이 읽을 줄 모르거나 왼손잡이라는 것은, 미루어 짐작하건대 두 가지 경우 중 하나라는 걸세. 다시 말하면 그가 너무 천하고 신분이 낮은 부모의 자식이거나, 그 사람 자신이 행실이 나쁘고 마음이 악해 좋은 습관이나 좋은 가르침이 받아들여지지 않았던 것이네. 지금 자네가 가지고 있는 결점은 너무 큰 결점이네. 그러니 하다못해 서명하는 것이라도 배워두게나."

"소인의 이름은 서명할 줄 압니다요." 산초가 대답했다. "소인이 마을에서 종교 단체의 임원이었을 때 짐짝에 표시하는 것 같은 글씨 몇 자를 그리는 법을 배워두었거든요. 사람들 말이 그게 소인의 이름이라고 했어요. 더욱이 소인은 오른손이 불구인 척하고 다른 사람에게 대신 서명을 하게 한답니다. 죽음 문제가 아니라면 매사 해결책이 있기 마련입니다요. 소인이 권력과 지휘봉을 가지고 있는 한 소인이 하고 싶은 것을 하겠습니다요. 더욱이 시장 아버지를 둔 자는 재판에 어쩌고저쩌고하지 않습니까요.[288] 그리고 통치자는 시장보다 더 높으니, 모두들 와서 보라고 하죠! 아닙니다, 와서 경멸하고 모욕하라고 하세요. '양털 깎으러 갔다가 털을 깎여 돌아온다'라거나, '하느님이 진짜 사랑하는 자의 집은 하느님이 알고 계신다'라거나, '부자의 바보짓도 세상에서 금언으로 통한다'라고 하잖습니까요. 그리고 소인이 그렇게 되고 또 통치자가 되어 동시에 관대해지면, 아니 소인이 그렇게 되리라고 생각하기 때문에 다른 사람이 느낄 만한 그런 결점은 소인에게 없을 겁니다요. '꿀이 되어라, 그러면 파리들이 널 빨아먹을 것이다'[289] 그리고 '네가 가진 만큼 너는 가치가 있다'[290]라고 소인의 할머니가 말하곤 했답니다요. 그리고 '세력가는 복수하지 마라'라고도 하셨죠."

"오, 하느님의 저주를 받을지어다, 산초!" 이때 돈키호테가 말했다. "제발 6만 사탄들로 하여금 자네와 자네가 사용하는 그 속담을 가져가라고 하게나! 그 속담을 한 시간 동안이나 줄줄이 묵주알

---

288 산초는 "시장 아버지를 둔 자는 틀림없이 재판에 나간다El que tiene el padre alcalde, seguro va a juicio"라는 속담을 돈키호테가 이미 알고 있다고 생각하고 분명하지 않게 언급하고 있다.

289 No, sino haceos miel, y paparos han moscas. 의역하면 '네가 약하게 보이면, 사람들이 너를 이용할 것이다'라는 뜻의 속담이다.

290 Tanto vales, cuanto tienes. '가진 만큼 사람들로부터 존경을 받고 생을 즐긴다'라는 뜻의 속담이다.

557

을 엮어 꿰듯 아무렇게나 지껄여대다니, 그 하나하나를 주워섬길 때마다 나를 고문해대듯 내 마음이 쓰리고 아프네. 자네는 언젠가 그놈의 속담 때문에 교수대에 오를 테니 그리 알게나. 그 속담들 때문에 자네 신하들한테 정권을 빼앗기거나 그들 사이에 봉기가 일어날 수도 있네. 이 무식쟁이야, 어디서 그런 속담을 찾아내, 어떻게 그 속담들을 써먹는 거야, 이 어리석기 짝이 없는 작자야? 나도 속담 하나를 말하고 적재적소에 써먹으려면 마치 힘들여 땅을 파듯 땀을 뻘뻘 흘리고 머리를 싸매고 생각해야 하는데 말이야."

"아이고, 우리 주인 나리," 산초가 되받아 말했다. "나리께서는 별것도 아닌 걸 가지고 야단법석을 떠십니다요. 제기랄, 소인의 밑천이라곤 다른 것은 아무것도 없고 오직 속담뿐이고, 속담을 빼놓으면 밑천다운 밑천은 없으며, 소인이 가진 밑천을 소인이 쓰는 데 무엇 때문에 싫증을 낸답니까요? 그런데 지금 여기에 꼭 어울리는 속담 넷이 순간적으로 머리에 떠오릅니다요. 마치 '바구니 속의 배'[291]라고 할 만한 것들입니다요. 하지만 말하지 않겠습니다요. 왜냐하면 '침묵하는 자 그대의 이름 산초'[292]라고 부른다지 않습니까요."

"그 산초는 자네가 아니야!" 돈키호테가 말했다. "자네는 침묵하는 자가 아니고, 아무렇게나 말하고 아무렇게나 고집부리는 자이기 때문이네. 그건 그렇고, 지금 자네가 여기에 꼭 어울리는 속담

---

291 peras en tabaque. '필요할 때 쓰기 위해 준비된 배'라는 뜻이다.

292 원래는 "산초Sancho"가 아니고 "santo(성자)"다. 비슷한 발음을 이용한 세르반테스의 말장난이다.

넷이 생각났다는데, 그것이 무엇인지 알고 싶군그래. 나도 기억력
만큼은 좋지만 아무리 기억해내려고 애써보아도 떠오르는 속담이
없구먼.”

　　“이보다 더 좋은 것들이 어디 있겠습니까요?” 산초가 말했다.
“‘두 사랑니 사이에는 네 엄지손가락을 절대로 넣지 마라’, 그리고
‘내 집에서 나가라는 말과, 내 아내와 무슨 볼일이 있느냐 하는 말
에는 대답할 말이 없다’, 또 ‘돌에 항아리를 부딪치거나 항아리에
돌을 부딪치면 항아리만 박살 난다’라는 게 있는데, 모두가 안성맞
춤이지 않습니까요? 어느 누구도 통치자나 명령을 내리는 자에게
는 싸움을 걸지 않습니다요. 두 사랑니 사이에 손가락을 넣는 사람
처럼 상처만 입을 테니까요. 사랑니가 아니고 어금니만 되어도 상
관없습니다요. 그리고 통치자가 하는 말에 토를 달고 나서서는 안
됩니다요. 이런 행위는 ‘내 집에서 나가라’거나 ‘내 아내와 무슨 볼
일이 있느냐’라는 말이나 마찬가지입니다요. 그런데 항아리에 돌
을 부딪치는 것은 눈먼 자라도 알 것입니다. 그러므로 남의 눈 속에
있는 티를 보는 자는 자기 눈 속에 있는 들보를 보는 것[293]이 필요합
니다요. 왜냐하면 그런 사람을 두고는 ‘죽음의 신이 목 잘린 여자를
보고 놀랐다’라고는 말하지 않기 때문이죠. 그리고 ‘현명한 사람이
남의 집을 알고 있는 것보다 미욱한 녀석이 자기 집을 더 많이 알고
있다’라는 말을 나리께서 더 잘 알고 계시지 않습니까요.”

　　“그렇지 않네, 산초.” 돈키호테가 말했다. “미욱한 녀석은 자기

---

293 〈마태오 복음서〉 7장 3절 “너는 어찌하여 형제의 눈 속에 있는 티는 보면서, 네 눈 속에 있
는 들보는 깨닫지 못하느냐?”라는 구절을 응용한 말.

집은 물론이고 남의 집에 대해서도 아무것도 알지 못해. 미욱함의 토대에는 그 어떤 지혜의 건물도 세울 수 없다네. 그러니 여기서 그만두기로 하세, 산초. 만일에 자네가 잘못 다스리면, 잘못은 자네가 했지만 창피는 내가 당하겠지. 그러나 내가 진심으로 할 수 있는 힘을 다해 빈틈없이 자네에게 충고를 해주었다는 것은 어느 정도 위로가 되네. 이걸로 나는 내 의무와 약속을 다했다고 보네. 하느님께서 자네를 잘 인도해주시길 바라네, 산초. 또 하느님께서 자네의 정부에서 자네를 도와 다스려주시길 바라네. 그리고 자네가 섬을 고스란히 뒤집어엎지나 않을까 하는 내 걱정으로부터 나를 헤어나게 해주시길 하느님께 비는 바이네. 그 뒤룩뒤룩 찐 살과 자네의 그 인간성은 속담과 악의로 가득 찬 자루에 불과하다는 말을 공작에게 전하고, 또 자네가 어떤 사람이라는 것을 밝히고 이런 걱정에서 벗어날 수도 있어."

"나리," 산초가 되받아 말했다. "나리께서 소인이 이 정부를 맡을 자격이 없다고 생각하신다면, 지금부터는 손을 떼겠습니다요. 소인의 온몸에 검은 물을 묻히기보다는 차라리 제 마음의 손톱에만 검은 물을 묻히고 싶습니다요. 소인 산초는 총독으로서 메추리와 통닭으로 배부르게 먹느니 차라리 빵과 양파로만 살아가겠습니다요. 더욱이 사람이 잠을 자는 동안은 어른과 아이, 가난한 이와 부자가 다 똑같습니다요. 만일에 나리께서 이것을 아신다면, 정부를 다스리는 이런 자리에 소인을 앉힐 수 있는 분은 오직 나리뿐이라는 것을 아시게 될 겁니다요. 왜냐하면 소인은 섬을 다스리는 일에 대해서는 까마귀보다 더 모르기 때문입니다요. 소인이 통치자가 되어 실패할 것을 상상하면, 통치자가 되어 지옥에 가느니 차라리 산초로 하늘나라에 가고 싶습니다요."

"이거야 원, 산초." 돈키호테가 말했다. "자네가 한 이 마지막 말만으로도 수천 섬의 통치자가 되기에 충분한 자격을 가지고 있다고 난 판단하네. 자네는 천성이 착하니, 그 착한 천성 없이는 학문이고 나발이고 다 소용이 없다네. 모든 것을 하느님께 맡기게나. 그리고 초지일관하도록 노력하게나. 자네의 신변에 무슨 일이 일어나더라도 어김없이 해낼 자네가 늘 목적과 확고부동한 신념을 가지고 있으라는 말을 해주고 싶네. 하느님께서는 늘 선의의 소원에 호의를 베푸신다네. 자, 그럼 식사하러 가세나. 내 생각에는 공작 내외분이 이제 우리를 기다리고 계실 테니."

제44장

산초 판사가 어떻게 정부를 다스리러 가게 되었는지, 그리고 성에서 돈키호테에게 일어난 이상한 모험들에 대해

이 이야기의 본래 원전에는 시데 아메테가 이 장章을 쓰기에 이르러, 번역자가 자기가 쓴 대로 번역하지 않은 대목이 읽힌다고 말한다. 이것은 본래 이 무어인 원작자가 자기 자신에 대해 가진 불평의 한 방식이었다. 돈키호테처럼 이렇게 무미건조하고 이렇게 한정된 이야기에만 집착해서 손에서 놓지 못하고 매달려서는 돈키호테와 산초에 대한 이야기에서 벗어나지 못하고 늘 그것만 말하는 것 같았기 때문에, 더 심각하고 더 재미있는 다른 여담과 일화는 감히 폭넓게 다루지 못하는 것 같아 아쉬움이 남아서였다. 그래서 언제나 판단력과 손과 펜으로 단 하나의 주제에 대해서만 쓰고 몇몇 사람들의 입을 통해서 이야기하는 것에 바탕을 둔다는 것은 견딜 수 없는 고통이었다고 작가는 말했다. 그 성과는 작가의 노고에 비해 미미할 뿐이었다. 그래서 이러한 불합리한 점을 피할 목적으로 제I권에서는 '호기심 많은 호사객 이야기'와 '포로가 된 대위 이야기' 같은, 이야기의 원줄거리에서 벗어난 몇 편의 픽션을 삽입하는 기교를 부렸던 것이다. 거기에서 다루어지는 다른 이야기들도, 쓰는 것을 그만둘 수는 없는 돈키호테 자신에게 일어난 사건들이었기 때문이다. 또한 작가가 말하듯 많은 사람들이 돈키호테의 행적에만 관심을 가지다보니, 픽션에 내포된 멋이나 기교에는 아랑곳하지 않고 픽션에는 관심이 없어 그 부분을 건성으로 대강대강 넘기거나 불쾌한 생각으로 읽어치웠을 수 있다고 작가는 생각했다. 돈키호테의 광기나 산초의 바보 같은 행동에 집착하지 않고 그것만 독립적으로 출판되었더라면, 아마도 그런 장점들이 숨김없이 있는 그대로 잘 나타났을 것이다. 그래서 제2권에서는 독립된 픽션이건 원줄거리와 밀착된 픽션이건 일절 삽입하지 않고, 진실이 말하는 바로 그런 사건에서 비롯된 몇몇 에피소드만 삽입하고 싶었다. 그것도 제한적으로 에피소드들을 설명하기에 충분한 말만으로 삽입하고 싶었던 것이다. 그래서 온 우주를 다룰 수 있는 능력과 자격과 지성을 겸비하고 있음에도 불구하고, 작가는 이야기 형식의 단편이라는 좁은 한계 안에서 넣고 빼고 하는 것이다. 작가는 자기가 쓰는 것뿐 아니라 쓰기를 그만두려고 하는 것에 대해서도, 자기 노고를 무시하지 말고 찬사를 보내달라고 부탁한다.

그러고나서 그는 이야기를 이어간다. 돈키호테가 산초에게 충고를 해준 날, 돈키호테는 식사를 끝내자마자 그날 오후에 자기가 충고해준 내용을 산초에게 써서 주고 그것을 읽어줄 사람을 찾아보도록 했다. 그러나 산초는 그것을 받자마자 어딘가에 떨어뜨렸고, 결국 그 종이는 공작의 손에 들어가게 되었다. 공작은 그것을 자기 부인에게 전했고, 두 사람은 돈키호테의 미친 증세와 재지才智에 다시 한번 탄복했다. 그래서 그들은 장난을 계속하기 위해, 그날 오후에 많은 수행원을 딸려 산초가 섬이라고 여길 만한 곳으로 그를 파견했다.

마침 산초의 안내를 떠맡은 사람은 매우 재치 있고 웃기는 공작의 집사였다. 실상 이치대로 하자면야 재치가 없는 데는 웃기는 것도 있을 수 없지만 말이다. 이 사람은 이미 언급한 바와 같이 트리팔디 백작 부인의 역을 보기 좋게 해낸 인물이었다. 인물 자체가 그런 데다 자기 주인 내외로부터 산초를 어떻게 대해야 하는지 교육을 받은 관계로, 그는 주인 내외의 의도에 맞게 잘해냈다. 한편 산초는 그 집사를 보자 바로 그 트리팔디 부인의 얼굴이 떠올라 자기 주인을 돌아보고 말했다.

"나리, 지금 이곳에서 악마가 갑작스레 소인을 잡아가는 일이 있다고 하더라도, 나리께서는 여기 있는 공작님의 집사 얼굴이 그 번뇌하는 부인의 바로 그 얼굴이라고 솔직히 털어놓으시지요."

돈키호테는 집사를 주의 깊게 관찰하더니 산초에게 말했다.

"무엇 때문에 갑작스레 악마가 자네를 잡아가겠는가, 산초. 자네가 무슨 말을 하고 싶어 하는지는 모르겠네만 말일세, 그 번뇌하는 부인의 얼굴이 집사의 얼굴인 것은 맞지만, 그렇다고 집사가 번뇌하는 부인은 아니라네. 만일에 그 얼굴이 그 얼굴이라면 어마어마한 모순을 내포하고 있네. 지금은 이런 것을 따지고 말고 할 시간적 여유가 없네. 그것은 얼키설키 얽힌 미로 속으로 들어가는 꼴이 되기 때문이네. 내 말을 믿게나, 산초. 지금은 우리 두 사람을 악독한 요술쟁이들과 악독한 마법사들로부터 벗어나게 해달라고 우리 주 하느님께 진심으로 기도드리는 것이 필요하네."

"농담이 아닙니다요, 나리." 산초가 되받아 말했다. "조금 전에 소인이 그가 하는 말을 들었는데요, 트리팔디 부인의 목소리가 소인의 귀청을 울리는 것 같았습니다요. 지금은 좋습니다. 소인이 입을 봉하겠습니다만, 소인의 의혹을 확인하거나 풀어줄 다른 증거를 찾을 수 있을지 보기 위해 지금부터는 꼭 마음에 새겨두고 조심을 하면서 다니겠습니다요."

"그리 하게, 산초" 하고 돈키호테가 말했다. "그리고 이 문제에 대해서 밝혀진 것이나, 정부를 다스리다 자네에게 일어난 일도 죄다 나에게 알려주게나."

드디어 산초는 문관 옷을 입고 많은 사람들을 거느리고 나왔다. 위에는 물결무늬의 황갈색 광택이 나는 품이 넓은 낙타 모직물 외투를 입고 같은 색깔의 두건을 썼다. 등자를 짧게 하여 당나귀에 올라탔고, 그 뒤에는 공작의 명령에 따라 잿빛 당나귀가 비단과 번쩍거리는 마구로 치장을 하고 따라갔다. 산초는 자기 당나귀를 보기 위해 때때로 머리를 돌렸다. 산초는 자기 당나귀와 함께 가는 것에 흡족해 독일 황제와도 자리를 바꾸고 싶지 않았다.

산초는 공작 내외와 헤어질 때 그들의 손에 입맞춤을 했고, 자기 주인의 축복을 받았다. 돈키호테는 눈물로 그에게 축복했고, 산초는 주인의 축복을 훌쩍거리면서 받았다.

사랑하는 독자여, 마음씨 고운 산초를 편안하고 즐거운 마음으로 가게 놓아두십시오. 또 산초가 자기 처지에서 어떻게 행동하는가 알게 되면 얼마나 배꼽을 쥐게 될지 고대해주십시오. 그러면 그러는 동안 그날 밤에 그의 주인한테 무슨 일이 일어났는지 귀를 기울이십시오. 그 일에 웃음이 나지 않더라도, 최소한 원숭이 웃음처럼 입술을 벌리실 겁니다. 왜냐하면 돈키호테가 벌이는 일들은 감탄으로 축하하든지, 아니면 웃음으로 받아넘길 수밖에 다른 도리가 없을 것이기 때문입니다.

산초가 떠나자마자 돈키호테는 고독감을 느꼈다고들 했다. 그래서 그에게 내린 임무를 없던 일로 하고 그에게 맡긴 섬 정부를 박탈하는 것이 가능했다면, 그렇게 했을 것이다. 공작 부인은 돈키호테가 우울해하는 것을 알고, 무엇 때문에 그리도 슬픔에 잠겨 있는지 물었다. 만일에 산초가 없어서 그렇다면, 종자들과 시녀들과 아가씨들이 자기 집에 그득하니 원하는 대로 아주 만족스레 모실 것이라며 아무 염려 하지 말라고 했다.

"사실은 말입니다, 마님." 돈키호테가 대답했다. "산초가 없으니 서운합니다만, 저를 슬프게 만든 주원인은 그것이 아니옵니다. 마님께서 제게 베풀어주신 많은 고마운 일에 대해서는 그 호의만을 고맙게 받아들이겠습니다. 그리고 다른 문제들은, 제 방에서는 저 혼자 스스로 제 일을 하도록 동의해주시고 허락해주시기를 마님께 간청드리옵니다."

"사실은," 공작 부인이 말했다. "돈키호테 나리, 그렇게는 안 되겠습니다. 내가 데리고 있는 아가씨들 중에서 꽃 같은 아가씨 넷으로 하여금 나리를 모시도록 하겠습니다."

"저에게는," 돈키호테가 대답했다. "그녀들이 꽃처럼 아름답고 화려한 것이 아니라 제 영혼을 아프게 하는 가시 같습니다. 그러므로 그녀들이 제 방에 들어온다면, 결코 그럴 수는 없겠지만, 저는 날아가버리겠습니다. 위대하신 마님께서, 은혜를 베풀 만한 가치도 없음에도 불구하고 제게 계속 은혜를 베풀고 싶으시다면, 제가 하고 싶은 대로 내버려두시고, 제가 제 방에서 스스로 시중들도록 해주십시오. 저는 제 욕망과 정결의 한가운데에 성벽을 하나 쌓아두겠습니다. 높디높으신 마님께서 제게 보이고 싶으신 그 너그러운 마음씨 때문에 이런 습관을 잃고 싶지 않습니다. 그러니 결론적으로 말해, 어느 누가 제 몸에서 옷을 벗기는 것을 허용하느니 차라리 옷을 입은 채로 자겠습니다."

"그만하세요, 그만요, 돈키호테 나리." 공작 부인이 되받아 말했다. "나리의 거처에는 아가씨는커녕 파리 한 마리도 얼씬거리지 못하도록 명령을 내리겠다는 말씀을 드립니다. 나는 돈키호테 나리의 고상한 품위에 흠이나 내려고 하는 그런 사람이 아닙니다. 내가 어렴풋이 생각을 해본 바에 의하면, 그 많은 미덕 중에서 가장 나은 것이 겸양의 미덕인 줄 알고 있습니다. 하고 싶으신 대로 하고 싶으실 때 나리 혼자서 나리의 방식으로 옷을 벗고 입으세요. 그것을 방해할 자는 아무도 없습니다. 나리의 방 안에는, 문을 닫고 주무시는 분에게 필요할 때 요긴하게 쓰일 변기들도 있을 겁니다. 그 어떤 본능적인 욕구에도 부득이하게 문을 열지 않아도 됩니다. 위대하신 엘 토보소의 둘시네아여, 만수무강하소서! 이렇게 용감무쌍하고 이렇게 정직한 기사님의 사랑을 온몸에 받고 계시니, 이 세상 구석구석에 당신의 이름을 떨치소서. 그리고 그 위대한 아가씨의 아름다움을 세상 사람들이 만끽할 수 있도록, 인자하신 하느님께서는 우리 통치자 산초 판사의 가슴에 그 채찍질의 고행을 하루바삐 완수하려는 바람을 느끼게 하소서."

그 말에 돈키호테가 말했다.

"하늘같이 높으신 마님께서는 높으신 분답게 나무랄 곳 없이 멋지게 말씀하셨습니다. 하늘같으신 마님들의 입에는 악한 말이 한

마디라도 담겨 있어서는 절대로 아니 됩니다. 능력과 도량과 업적이 뛰어나고 훌륭하신 마님께서, 세상에서 가장 뛰어난 능변가이신 마님께서, 둘시네아 아가씨에게 줄 수 있는 최고의 찬사로 그녀를 칭송해주셨으니, 그녀는 이제 더 분에 넘치는 복을 받고 더 많이 세상에 알려질 것입니다."

"자, 이제 됐습니다, 돈키호테 나리." 공작 부인이 되받아 말했다. "저녁을 들 시간이 되어가는군요. 틀림없이 공작께서 기다리고 계실 테니 가서 저녁을 듭시다. 그리고 일찍 잠자리에 드십시오. 어제 칸다야 여행이 그리 만만찮은 여정이어서 여독이 채 풀리지 않으셨을 겁니다."

"전혀 피로를 느끼지 않습니다, 마님." 돈키호테가 대답했다. "왜냐하면 제 평생에 클라빌레뇨보다 더 조용하고 걸음걸이가 뛰어난 짐승에 올라타본 적이 없다는 것을 훌륭하신 마님께 감히 맹세하겠습니다. 저는 말람브루노가 무엇 때문에 그렇게 가볍고 그렇게 늠름한 말을 버리고 그처럼 생각 없이 불태워버렸는지 알다가도 모를 일입니다."

"그건 이렇게 생각할 수도 있습니다." 공작 부인이 대답했다. "말람브루노가 트리팔디 부인과 동료들과 다른 사람들에게 행한 악행과, 요술쟁이와 마법사로서 저질러야만 했던 사악한 만행을 뉘우치고, 그런 일에 동원된 일체의 도구를 없애버리고 싶었을 것입니다. 클라빌레뇨를 타고 여기저기 방랑하면서 갖은 악행을 저질렀기 때문에, 그 주가 되고 가장 큰 불안을 안겨준 클라빌레뇨를 태웠을 겁니다. 그 덕분에 클라빌레뇨의 타버린 재와 전리품인 양피지에 쓰인 글로 위대한 라만차의 돈키호테의 용기는 영원히 역사에 기록되게 되었습니다."

돈키호테는 다시 공작 부인에게 사의를 표했다. 그리고 저녁
식사를 끝내자마자 어느 누구도 그를 시중들기 위해 함께 방에 드
는 것을 허용하지 않고 혼자서 자기 방에 틀어박혔다. 그렇게 자
기 마음의 연인 둘시네아 아가씨를 위해 지키고 있는 티 없이 깨끗
한 덕성을 잃게 하려고 자신을 강요하고 유혹하는 기회를 만나지
나 않을까 싶어 늘 두려워하고 있었던 것이다. 그리고 편력 기사들
의 정수이자 거울인 아마디스의 고귀한 기상을 늘 마음속에 품고
다녔던 것이다. 돈키호테는 방에 들어와 문을 닫고, 촛불 두 자루의
불빛에 옷을 벗었다. 그러고나서 신발을 벗자마자, 오, 이런 뛰어나
고 훌륭한 분에게 어울리지 않는 이런 불행이라니! 그에게서 튀어
나온 것은 한숨도 아니고, 그의 깨끗한 품위를 떨어뜨리는 다른 무
엇도 아니고, 그물을 댄 창문처럼 너덜너덜해지고 구멍이 숭숭 뚫
린 목이 긴 양말 한 짝이었다. 마음씨 고운 그분은 극도로 슬픔에
잠겨, 녹색 비단 조각을 그곳에 댈 수 있다면 은 1온스라도 내주고
싶은 심정이었다. 녹색 비단이라고 말한 것은 그 양말이 녹색이었
기 때문이다.

여기서 원저자인 베넹헬리는 탄성을 올리면서 글을 써서 말한
다. "오, 가난이여, 가난이여! 무슨 연유로 코르도바의 저 대시인은
너 가난을 '성스럽고 배은망덕한 선물'[294]이라고 부르며 감동했는
지 나는 알지 못하겠노라! 나는 비록 무어인이지만, 기독교도와의

---

294 Dádiva santa desagradecida. 후안 데 메나Juan de Mena의《운명의 미로 혹은 3백 명의 여
인들Laberinto de fortuna o las trescientas》227행.

교유를 통해 신성이라는 것은 자비와 겸손과 믿음과 복종과 가난에 있다는 것을 잘 아노라. 그럼에도 불구하고 가난을 기쁘게 맞이하며 살아가는 사람은 틀림없이 하느님처럼 높은 덕을 가지신 분이리라는 것이 내 말이다. 위대한 성인들 중 한 분이 '모든 것을 가진 사람은 가지지 않은 사람처럼 하라'[295]라고 말한 사람의 그런 가난의 방식이 아니라면, 이런 것은 마음의 가난이라고 부른다. 하지만, 너, 내가 말하는 가난이라는 것은 두 번째 가난이니라. 무엇 때문에 너는 다른 사람들보다 더 양반이고 더 좋은 가정에서 태어난 사람들을 못살게 굴지 못해 안달이 나서 야단인가? 무엇 때문에 너는 구두에 광택을 내기 위해 구두약을 칠하게 하고, 그들의 반코트 단추를 어떤 것은 명주로, 또 어떤 것은 돼지털로, 또 다른 것은 유리로 달게 하는가? 무엇 때문에 그들의 옷깃 장식은 틀에 넣어 예쁘장하게 만들지 않고 대부분이 늘 오그라들어 쭈글쭈글해야 하느냐?" 이로 미루어 볼 때 풀을 먹이거나 옷깃을 열고 다니는 풍습은 오래된 것 같다. 그리고 원저자는 계속해서 말했다. "자기 체면을 살려 나가려고 초근목피로 연명하며 문을 닫고 살면서, 또 이를 쑤셔야 할 만큼 먹은 것도 없으면서 거리에 나갈 때는 위선적으로 이쑤시개를 물고 나가는 좋은 집안에서 태어난 자의 가련한 신세여! I례과 밖에서도 신발의 덧댄 천과 땀에 전 모자와 어깨걸이 망토의 풀어진 올과 그 밥통의 공복이 남에게 들키지나 않을까 전전긍긍

295 Tened todas las cosas como si no las tuviésedes. 〈코린토 신자들에게 보낸 첫째 서간〉 7장 31절 "세상을 이용하는 사람은 이용하지 않는 사람처럼 사십시오. 이 세상의 형체가 사라지고 있기 때문입니다"를 인용한 말로, 신자들이 지향해야 하는 본질적 현실이 다른 데 있으니 현세의 걱정거리에 빠지는 일이 없도록 하라는 뜻이다.

하며, 체면을 지키려고 주눅이 들어 사는 그 가련한 신세여!"

이 모든 것은 양말에 구멍이 나고 실밥이 풀린 것을 본 돈키호테에게 다시 떠오른 생각이었다. 그러나 산초가 양말의 구멍 난 곳을 가려줄 여행용 장화를 남겨두고 간 것을 알고 다음 날 신을 생각을 하니, 마음의 위로가 되었다. 결국 그는 생각에 잠겨 괴로워하면서 잠자리에 들었는데, 산초의 부재와 손도 댈 수 없이 해어진 양말의 불행이 마음을 아프게 했다. 그가 다른 색깔의 비단을 덧댄다고 하더라도 다시 기워야 하기에, 이것이야말로 번거롭기 짝이 없는 옹색한 기간에 양반이 겪을 수 있는 가장 큰 가난의 증거들 중 하나일 것이다. 그는 촛불을 껐지만 날씨가 무더워 잠을 이루지 못했다. 그래서 침대에서 일어나 아름다운 정원으로 나 있는 창살의 창문들을 약간 열었다. 창문을 열자마자 무언가 인기척이 느껴졌고, 사람들이 정원에서 걸어 다니면서 이야기하는 소리가 들렸다. 그는 주의 깊게 듣기 시작했다. 아래 있는 사람들이 목소리를 아주 높여서 말했기 때문에, 이렇게 말하는 것을 들을 수 있었다.

"나에게 노래를 부르라고 강권하지 마라, 오, 에메렌시아! 이 낯선 사람이 이 성에 들어오고 내 두 눈이 그를 바라본 바로 그 순간부터 난 노래할 줄 모르고 그저 눈물만 흘리고 있는 것을 넌 알면서도 그러는구나. 더욱이 내 마님은 깊이 잠들기보다 선잠이 들기 때문에, 세상의 보물을 죄다 준다고 하더라도 우리가 여기서 그녀한테 들키는 것을 난 바라지 않아. 그리고 마님이 주무시고 깨어나지 않는다 하더라도, 나를 디도처럼 비웃으려고 내가 사는 지방에까지 온 이 새로운 아이네이아스께서 내 노래를 듣기 위해 깨어나지 않으시면,[296] 내 노래는 아무 소용이 없을 것이야."

"그런 데까지 신경을 쓰지 마라, 알티시도라 친구야." 대답이 들렸다. "네 마음의 주인이시고 네 영혼을 뒤흔들어놓은 그분이 아니라면, 공작 부인과 그 집안 사람들은 틀림없이 죄다 자고 있을 것이다. 그분이 지금 자기 방의 쇠 격자창을 여는 것을 내가 느꼈어. 그러니 깨어 계신 것이 분명해. 내 가없은 친구야, 네 하프 소리에 맞추어 낮고 부드러운 박자로 노래해라. 그리고 공작 부인께서 우리가 여기 있는 것을 눈치채시면, 날씨가 더워 나와 있다고 둘러대자."

"요점은 그게 아니야, 오, 에메렌시아!" 알티시도라가 대답했다. "내 노래가 내 마음을 고스란히 드러내고, 사랑의 강력한 힘에 문외한인 자들이 나를 변덕스럽고 경망스런 처녀로 취급할까봐 그게 싫은 거야. 그렇지만 그게 어찌 됐건, 마음속에 남아 있는 개운치 않은 감정보다는 얼굴에 나타나는 수치심이 더 나아."

그런 연후에 곧바로 하프를 뜯는 소리가 아주 감미롭게 들려왔다. 그 소리를 듣자 돈키호테는 기절초풍했다. 왜냐하면 바로 그 순간에 정신이 아찔해질 정도로 그와 흡사한 셀 수 없이 많은 모험들이 그의 기억에 생생히 떠올랐기 때문이다. 기사도 책에서 그가 읽어온 창문, 쇠 격자창과 정원, 음악, 사랑의 속삭임, 그리고 현기증 같은 모험들 말이다. 그는 곧 공작 부인을 모시는 어느 시녀가 자기에게 연정을 품었으나 정절 때문에 그 사모하는 마음을 억지로 가슴속에 묻어두게 되었다고 상상했다. 그는 자기가 그녀의 유혹에

---

296 카르타고의 여왕 디도Dido는 영웅 아이네이아스에게 실연당하여 자살했다고 한다. 베르길리우스의 《아이네이스》에 등장하는 아이네이아스와 디도의 이야기를 빗댄 표현이다.

넘어가지나 않을까 겁이 났지만 자제력을 잃어서는 안 된다고 작심하고, 꿋꿋한 정신과 의지로 그의 마음의 연인 엘 토보소의 둘시네아 아가씨에게 모든 것을 맡기고 그 음악을 듣기로 결심했다. 그리고 돈키호테는 자기가 그곳에 있음을 알리기 위해 헛재채기를 한 번 했다. 바로 그 재채기 소리를 듣고 아가씨들이 기뻐했다. 그것은 돈키호테가 직접 듣는 것 말고는 달리 바라는 것이 없었기 때문이다. 알티시도라는 하프 줄을 고르고 다음과 같은 로맨스를 노래하기 시작했다.

오, 그대, 그대의 침대에서
네덜란드제 홑이불을 덮고
밤부터 아침까지
세월 가는 줄 모르고 푹 잠들었네.

라만차가 배출한
가장 용감한 기사
아라비아의 질 좋은 황금보다
더 정결하고 더 축복받았네.

유복하게 자라 박복한
슬픈 소녀의 소리를 들어보게
태양 같은 두 눈빛에
소녀의 영혼이 불탄 듯싶네.

그대는 그대의 모험을 찾고
남의 불행을 찾아 헤매네
그대는 남에게 상처를 입히고
상처를 치유할 처방은 거절하네.

내게 말하게, 용감한 젊은이여
그대가 리비아에서 성장했건
하카의 산중에서 성장했건
하느님이 그대의 열망을 이루게 하길.

뱀들이 그대에게 젖을 먹였건
다행히도 그대의 유모들이
땅이 울퉁불퉁한 밀림들이었고
오싹하게 하는 산들이었다 해도.

땅딸막하고 건장한 아가씨
둘시네아도 자랑할 만하겠네
그 사나운 호랑이며 맹수를
굴복시켰으니 의기양양할 만하네.

그리하여 유명해지겠네
에나레스에서 하라마까지
타호강에서 만사나레스강까지
피수에르가에서 아를란사까지.

그 임과 나를 바꾸어
겉옷을 드리겠네.
황금으로 술 장식한 것보다
오색 술로 장식된 내 겉옷으로.

아, 누가 그대의 팔에 안기고
아니면 그대의 침대 옆에서
그대의 머리를 긁어주고
비듬을 없애주게 될지!

내가 많은 것을 청하네, 나에겐 그런
분수에 넘치는 은총을 받을 자격이 없어
그대의 발을 안마해드릴 수 있다면
천한 이 몸 이걸로 충분하네.

오, 머리그물을 드리면 되나요
은제 무도화를 드리면 되나요
금은제 비단 바지를 드리면 되나요
네덜란드제 망토를 드리면 되나요!

곱디고운 진주를 드리면 되나요
하나하나가 옹이 같고
하나하나에 짝이 없어

'홀로 진주들'²⁹⁷이라 부르게.

그대의 타르페야²⁹⁸에서 바라보지 마라
나를 불태우고 있는 이 화재를
세상에 없는 라만차의 네로여
그대의 분노로 불을 타오르게 하지 마라.

나는 어린아이, 연약한 소녀
내 나이 열다섯도 채 안 되었네
열넷하고 석 달 되었네
하느님과 내 영혼에 걸고 맹세하네.

난 절름발이도 아니고 절지도 않으며
외팔이는 더욱 아니고
머리카락은 붓꽃 같아
서 있을 땐 땅에 질질 끌린다오.

내 입은 뾰쪽하게 내밀고
내 코는 약간 납작하지만
내 이는 황옥 같고

297 las solas. 에스파냐 왕실의 '진기하고 짝이 없는 단 하나뿐인peregrina, huérfana o sola'이
라고 불리는 진주에 넌지시 빗대어 한 말.
298 바위의 이름. 네로 황제가 이곳에서 불타는 로마를 구경했다고 한다.

내 아름다움은 하늘에 이른다네.

내 목소리는, 들으면 알 듯
가장 달콤한 목소리와 똑같고
내 몸집은
중간보다 약간 작다네.

이런저런 매력을 보셔요
화살통의 전리품들이라오
난 이 집의 시녀
이름하여 알티시도라라네.

심한 상처를 입은 알티시도라의 노래는 여기서 끝나고, 구애를 받은 돈키호테의 감탄의 말이 시작되었다. 그는 한숨을 푹 내쉬고 혼잣말을 했다.

"나를 보고 연정을 품지 않는 아가씨가 없으니, 나는 이다지도 불행한 편력 기사의 신세를 면하지 못하는가! 비할 데 없는 내 부동의 자세로 둘시네아를 좋아하는 마음을 차지하지 못한다면, 세상에 둘도 없는 내 마음의 연인 엘 토보소의 둘시네아는 얼마나 불행해지겠는가! 여왕들이여, 그녀가 무엇이 되기를 바라시나이까? 황후들이여, 무엇 때문에 그녀를 쫓아다니시나이까? 무엇을 위해 그녀에게 그렇게도 귀찮게 매달리느냐, 열네 살에서 열다섯 살 먹은 아가씨들아? 사랑의 신이 내 마음을 사로잡고 내 영혼을 그녀에게 바치도록 행운을 주셨으니, 제발, 그 가련한 부인이 승리하고 즐

기고 또 뽐내도록 내버려두시오, 내버려둬. 보라, 쉬 사랑에 빠지는
자들아, 나는 단 한 여인 둘시네아의 빵의 반죽 덩어리며 사탕과자
지만, 그 밖의 다른 모든 여자에게는 차돌일 따름이다. 나는 그녀에
게 벌꿀이지만, 그대들에게는 쓰디쓴 익모초이니라. 나한테는 둘시
네아 아가씨만이 아름다운 여인이요, 재치 있는 여인이요, 정결한
여인이요, 늠름한 여인이요, 좋은 집안에서 태어난 여인이며, 그 밖
의 다른 여인들은 못생긴 여인이요, 미욱한 여인이요, 경박한 여인
이요, 그리고 제일 보잘것없는 집안 출신 여인이오. 나는 다른 어떤
여자의 것도 아니고 오직 둘시네아의 남자가 되기 위해 자연이 세
상에 내놓았다오. 울거나 노래하거나, 알티시도라여, 마법에 걸린
성에서 내게 몽둥이찜질을 한 사람 때문에 귀부인께서 설령 절망
한다 해도, 나를 삶고 볶아도, 지상의 모든 마법을 부리는 세력들의
힘에도 굴하지 않고 깨끗하고 교양 있고 정직하게 나는 오직 둘시
네아 아가씨의 남자일 뿐이라오."

　　이렇게 말하고나서 창문을 꽝 닫고는, 마치 어떤 커다란 불행
이라도 닥친 것처럼 억울하고 근심스러운 모습으로 잠자리에 들었
다. 지금은 돈키호테를 여기 놓아두기로 하자. 왜냐하면 유명한 섬
정부를 다스리기 시작하려는 저 위대한 산초 판사가 우리를 부르
고 있기 때문이다.

제45장

위대한 산초 판사가 어떻게 자기 섬을 손에 넣었는지, 그리고 어떻게 다스리기 시작했는지에 대해

오, 대척점의 영원한 발견자이시며, 세상의 횃불이시며, 하늘의 눈이시며, 물통의 달콤한 흔들림이시여! 여기서는 팀브리오스, 저기서는 포이보스, 이쪽에서는 사수射手, 저쪽에서는 의사, 시의 아버지, 음악의 창시자, 언제나 솟아오르다 지는 듯하지만 결코 지지 않는 그대여! 그대에게 말하노라. 오, 태양이여, 그대가 나를 도와준 덕택으로 인간이 인간을 낳았도다![299] 나를 도와준 그대에게 말하노라. 위대한 산초 판사의 섬 정부를 이야기할 때 소상히 서술할 수 있도록 내 재주의 어두움을 밝혀주소서. 그대 없는 난 매사에 미온적이고, 힘이 없고, 또 갈피를 못 잡는다오.

내 말은 산초가 그의 모든 수행원을 대동하고 주민이 약 천 명 정도 되는 한 마을에 도착했다는 것이다. 공작이 소유한 곳 중에서

---

299 아리스토텔레스의《자연학Phisica》제2권 제2장에 나오는 사상.

도 가장 좋은 마을이었다. 그 섬의 이름은 바라타리아라 했는데, 그 마을의 이름이 진짜 바라타리아인지, 아니면 '바라토'[300]라는 말이 뜻하듯 산초에게 '싸구려'로 다스리라고 주었기 때문인지는 알 수 없으나, 하여튼 사람들의 말은 그러했다. 성벽으로 둘러싸인 마을의 성문 입구에 도착했을 때, 마을 위원들이 그를 맞이하러 나왔다. 종을 치자 모든 주민이 아주 기쁜 표정을 지었다. 그들은 성대한 행렬을 지어 산초를 대성당으로 모시고 가서 하느님께 감사를 드리고나서 익살스러운 의식을 치른 후, 그에게 마을 열쇠를 건네고 그를 바라타리아섬의 영원한 총독으로 맞이했다.

새로 부임한 통치자의 의상, 수염, 똥똥하고 작달막한 키는 이야기의 내막을 모르는 모든 사람과 또 그 내막을 알고 있는 많은 사람들로 하여금 놀라움을 금치 못하게 했다. 마침내 그를 성당에서 데리고 나오자마자 공작의 집사가 그를 판관의 자리로 데려가 거기에 앉히고 말했다.

"총독님, 이 유명한 섬에 취임하러 오신 분은 약간 복잡하고 까다롭기는 해도 묻는 질문에 의무적으로 대답해야 하는 것이, 이 섬에서는 오랜 관습으로 되어 있습니다. 그 대답을 들어보고 주민들은 새로 부임하는 총독의 지혜를 넌지시 알아보고, 총독의 부임을 기뻐하거나 슬퍼하게 된답니다."

집사가 산초에게 이 말을 하고 있는 동안, 산초는 자신이 앉은 의자 앞에 있는 벽에 쓰인 크고 많은 글씨들을 바라보고 있었다. 그

---

300 '싸구려'라는 뜻.

는 까막눈이었기 때문에, 저 벽에 있는 저 그림들이 무엇이냐고 물어보았다. 그에게 돌아온 대답은 다음과 같았다.

"나리, 저기에는 나리께서 이 섬에 취임하신 날짜가 쓰여 있습니다. 그 현판에는 '오늘 모년 모월 모일에 돈 산초 판사 나리께서 이 섬에 취임하셨으므로 만수무강하시기를 기원하나이다'라고 되어 있습니다."

"그런데 누굴 돈 산초 판사라 부르는 것인가?" 산초가 물었다.

"나리십니다요." 집사가 대답했다. "지금 그 의자에 앉아 계신 분 말고는 다른 판사가 이 섬에 들어온 적이 없사옵니다."

"그렇다면 내 말을 들어보게나, 형제여." 산초가 말했다. "난 '돈'을 가져보지도 않았고 내 가문을 통틀어 그런 것은 있어본 적이 없다네. 사람들은 나를 산초 판사라고만 부른다네. 내 아버지도 이름이 산초였고, 내 할아버지도 산초였고, 모두가 판사였어. '돈'이니 '도냐'니 붙여본 적이 없단 말일세. 이 섬에는 틀림없이 돌멩이보다 '돈'[301]이 더 많은 것 같구먼. 그렇지만 됐네. 하느님께서는 내 말뜻을 이해하실 걸세. 만일에 내 정부가 나흘만 지속된다면, 모기떼처럼 귀찮게 우글우글한 '돈'이란 '돈'은 내가 모조리 싹 쓸어버릴 수 있을 거야. 백성들이 슬퍼하거나 슬퍼하지 않거나, 내가 아는 대로 최선을 다해 대답할 테니 집사님께서는 질문을 계속해보시게."

마침 그 순간 재판정으로 두 남자가 들어왔다. 한 사람은 농사꾼 복장이고, 다른 사람은 손에 가위를 들고 들어오는 것으로 보아

---

301 don. '선물'이라는 뜻도 있다.

재단사였다. 재단사가 말했다.

"총독님, 저와 농사짓는 일을 하는 이 사람이 나리 앞에 왔습니다. 이 시시하고 보잘것없는 양반이 어제 제 가게에 왔습니다. 저는, 여기 계시는 분들께는 실례되는 줄 압니다만, 하느님께서 축복해주신 덕택에 시험을 치고 자격증을 딴 재단사올시다. 그런데 이사람이 손에 천 조각을 하나 들고 와 나에게 물었습니다. '여보세요, 이 천으로 고깔모자 하나는 충분히 만들겠죠?' 저는 옷감을 만져보고 좋다고 생각했답니다. 그런데 그의 불량한 심보 때문인지 재단사들에 대한 나쁜 평판에 근거했는지는 몰라도, 그는 의심 없이 제가 그의 천 일부를 잘라먹을 것이라 생각한 것 같았습니다. 그러고는 두 개를 만들 수 있는지 봐달라고 제게 되물었습니다. 저는 그의 생각을 감지하곤 그렇게 할 수 있다고 말했습니다. 그는 처음부터 흑심을 품고 있던 터라 계속 고깔모자의 숫자를 늘려갔고, 그래서 저는 다섯 개에 이르러서 그렇게 할 수 있다고 덧붙여 말했습니다. 그리고 바로 지금 그 다섯 개를 찾으러 왔기에 제가 그에게 다섯 개를 주었더니, 모자 공전을 지불하지 않겠다면서 오히려 제게 돈을 지불하든지 아니면 천을 돌려달라고 하는 겁니다."

"그래, 이게 전부인가, 형제여?" 산초가 물어보았다.

"그렇습니다, 나리." 농사꾼이 대답했다. "하지만 저 사람이 만들어 나에게 준 고깔모자 다섯 개를 보여주라고 하십시오."

"기꺼이 보여주겠습니다." 재단사가 대답했다.

그러고는 바로 손을 겉옷 아래로 집어넣었다 꺼내더니, 다섯 손가락 끝에 낀 다섯 고깔을 보여주면서 말했다.

"이 시시하고 보잘것없는 사람이 제게 부탁한 고깔 다섯 개가 여기 있습니다. 하느님과 제 양심에 걸고 맹세합니다만, 천이라고는 하나도 남아 있는 것이 없습니다. 저는 이 직업의 어떤 검사관 앞에도 제 작품을 내놓을 수 있습니다."

모든 참석자는 다섯 개의 고깔과 새로운 분쟁을 보고 박장대소했다. 산초는 조금 생각하더니 말했다.

"내 생각으로 이 분쟁은 시간을 질질 끌 것이 못 되고 법에 호소할 것도 없는, 단순한 일반 상식으로도 판단할 수 있는 문제요. 그래서 재단사는 공전을 손해 보고, 농사꾼은 천을 손해 보면 된다고 선고하는 바이오. 그리고 고깔들은 감옥의 죄수들에게 보내든지 하면 되겠으니,[302] 이 분쟁은 더 이상 문제 삼지 말아야 할 것이오."

만일에 가축 상인의 주머니에 대한 지난 선고[303]가 주위에 있던 사람들에게 감동을 주었다면, 이번 선고는 주위의 사람들에게 웃음을 자아내게 했다. 그러나 결국 총독의 명령대로 되었다. 다음에는 총독 앞에 두 노인이 나타났는데, 한 사람은 갈대를 지팡이로 짚고 나왔다. 지팡이를 짚지 않은 사람이 말했다.

"나리, 저는 일전에 이 시시하고 보잘것없는 작자에게, 그 마음을 기쁘게 하고 도움을 준다는 좋은 의미로 금화 10에스쿠도를 빌려주었습니다. 제가 요구할 때는 언제든지 돌려준다는 조건으로 빌려준 겁니다. 그리고나서 제가 이 작자에게 돈을 빌려주었을 때의 처지보다 그 돈을 제게 돌려주기에 더 어려운 곤궁한 처지에 놓

---

302 당시에는 죄수들이 이동할 때 고깔모자를 썼다.
303 이런 선고는 앞에서 나온 적이 없기 때문에, 작가 세르반테스의 착각이거나 편집 과정에서 오류를 범한 것으로 판단된다.

이지나 않았을까 생각해, 이 작자에게 돈을 돌려달라고 하지 않은 지 여러 날이 지났습니다. 그러나 돈 값을 생각을 하지 않는 것 같아 수차 돈을 돌려달라고 요청했는데, 돈을 갚으려고 하지 않을뿐더러 돌려주기를 거부하고는, 제가 10에스쿠도를 빌려준 적이 결코 없다고 말하고 있습니다. 그리고 만일에 제가 이 작자에게 10에스쿠도를 빌려주었다면, 벌써 저에게 돌려주었다는 겁니다. 저에게는 돈을 빌려주었다거나 돌려받았다는 것을 증명할 증서가 없습니다. 이 작자가 나에게 그 10에스쿠도를 돌려주지 않았기 때문입니다. 나리께서 선서를 받아내셨으면 싶습니다. 그리고 만일에 이 작자가 저에게 그것을 갚았다고 여기서, 그리고 하느님 앞에서 맹세한다면, 저는 이 작자를 죄다 용서하겠습니다."

"이 일에 대해 지팡이를 든 선량한 노인장께서는 뭐라고 하시겠소?" 산초가 말했다.

그 말에 그 노인이 말했다.

"저는, 나리, 저 사람이 나에게 10에스쿠도를 빌려주었다는 것을 실토합니다. 그리고 제가 맹세할 테니, 그 지휘봉[304]을 내려주십시오. 그가 선서하라고 하면, 실제로 정말 그에게 돈을 돌려주었으며 지불했다는 것을 맹세하겠습니다."

총독은 지휘봉을 내렸다. 그동안 지팡이를 든 노인은, 지팡이가 무척 방해되는 듯 자기가 선서하는 동안 가지고 있으라며 다른 노인에게 지팡이를 주었다. 그러고나서 지휘봉의 십자가에 손을 얹

---

304 총독의 지휘봉을 말한다. 윗부분에 십자가가 새겨져 있어 선서용으로 쓰였다.

더니, 그가 자기에게 돌려달라고 요구한 그 10에스쿠도를 빌려준 것이 사실이지만, 자기 손으로 그의 손에 그 돈을 돌려주었는데 그 것을 기억하지 못하고 기회 있을 때마다 돈을 돌려달라 한다고 말했다. 그것을 본 그 위대한 총독은 채권자에게, 상대방이 그렇게 말하는 것에 대해 무어라고 대답하겠느냐고 물었다. 그는 채무자가 신용할 수 있는 사람이고 착한 기독교도라고 생각하므로 틀림없이 사실을 말했을 것이라고 대답했다. 그러고는 채무자가 어떻게 언제 돈을 돌려주었는지 잊어버렸음에 틀림없다며, 앞으로는 절대로 그에게 아무것도 요구하지 않겠다고 했다. 채무자는 다시 그 지팡이를 받아 들더니 머리를 숙이고 재판정에서 나갔다. 산초는 그 모양을 보았고, 또 아무렇지도 않게 떠나가는 노인과 원고의 인내심도 보았다. 산초는 가슴 쪽으로 머리를 숙이고 오른손 집게손가락을 눈썹과 코 사이에 대고는 잠깐 생각에 잠기더니, 곧 머리를 쳐들고 이미 떠나고 없는 지팡이 든 노인을 부르라고 했다. 사람들이 그를 데려왔다. 산초는 그를 보자마자 말했다.

"그 지팡이를 내게 주시오, 선량한 양반. 내가 필요해서 그러오."

"드리고말고요." 그 노인이 대답했다. "여기 있습니다, 나리."

그러고는 지팡이를 산초의 손에 올려놓았다. 산초는 그 지팡이를 받아 다른 노인에게 주면서 말했다.

"잘 가시오. 이제 그걸로 빚은 받은 겁니다."

"제가 말씀입니까, 나리?" 노인이 대답했다. "그럼 이 갈대가 금화 10에스쿠도 가치가 있단 말입니까?"

"그렇소이다." 총독이 대답했다. "만일에 그렇지 않다면 나는 세상에서 가장 멍청한 바보요. 지금 내가 한 왕국을 다스릴 능력이 있는지 없는지를 보게 될 것이오."

　그러고는 거기 모두 앞에서 갈대를 쪼개 열어보라고 명령했다. 그렇게 하자 그 지팡이 속에서 금화 10에스쿠도가 발견되었다. 모두가 감탄해 마지않으며 자신들의 통치자를 현대판 솔로몬이라고 생각했다.

　사람들은 산초에게, 그 갈대 속에 그 10에스쿠도가 있다는 것을 어디에서 추단하게 되었느냐고 이구동성으로 물어보았다. 산초가 대답하길, 선서를 하는 노인이 선서하는 동안에만 그 지팡이를 상대방에게 주고, 정말 진짜로 돈을 주었다고 맹세하고 선서가 끝나자마자 그 지팡이를 다시 요구하는 것을 보고는 그 안에 요구하는 돈이 들어 있다는 생각에 이르렀다고 했다. 이런 점에서 볼 때, 비록 통치자가 약간 미련퉁이라고 하더라도 아마 하느님께서 통치자들로 하여금 바른 판단을 하도록 이끌어주신다고 추정할 수 있다. 뿐만 아니라 그는 자기 고을의 사제에게서 그와 비슷한 다른 사건에 대한 이야기를 들은 적이 있었다. 또 그는 기억력이 아주 뛰어나서, 기억하고자 하는 그 모든 것을 잊어버리지만 않는다면, 섬 전체에서 그만한 기억력을 가진 자가 없을 정도였다. 마침내 무안을 당한 노인과 돈을 받은 다른 노인은 떠나갔고, 거기 있던 사람들은 경탄해 마지않았다. 또 산초의 말과 행동과 업적과 움직임을 기록하는 자는 산초를 멍청이로 보아야 할지, 아니면 재치 있는 사람으로 보아야 할지 딱히 정할 수가 없었다.

　이 소송이 끝나기가 무섭게 한 여인이 부유한 양돈가 복장의 한 사나이를 꼭 붙잡고 재판정으로 들어왔다. 그 여인은 고래고래 소리를 지르면서 말했다.

"공정한 재판을, 총독 나리, 공정한 재판을 내려주세요. 제가 이 땅에서 공정한 재판을 찾지 못한다면, 하늘나라에 가서라도 찾을 것입니다! 제 영혼의 총독 나리, 이 나쁜 놈이 저 들판 한가운데에서 저를 붙잡더니, 마치 빨다 만 걸레처럼 제 몸을 희롱했습니다. 아, 지지리 박복한 내 신세야! 23년 이상 소중히 지켜온 것을 이놈이 빼앗아 갔습니다. 무어인과 기독교도, 내국인과 외국인으로부터 몸을 지키면서, 저는 항상 코르크나무처럼 단단해서 불 속의 도롱뇽처럼, 가시덤불 사이의 양털처럼 몸을 온전히 지켜왔는데, 이 시시하고 보잘것없는 사내자식이 이제 와서 자기는 깨끗한 척하면서 그 더러운 손으로 자기 하고 싶은 대로 저를 마구 주물럭거렸단 말입니다."

"아직 이 미남의 손이 깨끗한지 아닌지 그것은 조사를 해보아야겠소." 산초가 말했다.

그리고 산초는 그 남자에게 몸을 돌리더니, 그 여자의 소송에 대해 무슨 할 말이나 대답할 말이 있느냐고 물었다.

"여러분, 저는 돼지를 기르고 있는 하찮은 양돈가에 불과합니다. 그리고 오늘 아침 이 마을에서, 실례되는 말씀이지만, 돼지 네 마리를 팔고 나오고 있었습니다. 그 판값에서 매상세니 뭐니 해서 다 떼이고 말았지요. 저는 제 마을로 돌아가다가 길에서 이 시시하고 보잘것없는 여자와 마주쳤습니다. 모든 것을 휘저어놓고 모든 것을 불 질러 엉망으로 만든 악마란 놈이 우리를 함께 자게 만들었습니다. 이 여자는 제가 충분한 돈을 지불했는데도 불만을 품고 저를 붙들고 이곳에 데려올 때까지 가만두지 않고 있습니다. 이 여자는 제가 자기를 겁탈했다고 하는데, 이 여자가 거짓말을 하는 겁니다. 맹세하거니와 나는 그런 적이 없고, 그럴 생각이 추호도 없었습니다. 제 말은 모두가 사실입니다. 거짓이라곤 눈곱만큼도 없습니다."

그때 총독은 은화로 돈을 얼마나 지니고 있느냐고 물었고, 그는 품속에 있는 가죽 주머니에 20두카도 정도 가지고 있다고 대답했다. 총독은 그 주머니를 꺼내 있는 것을 고스란히 소송을 제기한 여인에게 주라고 명령했다. 그는 겁에 질려 오들오들 떨면서 그렇게 했다. 그 여인은 돈주머니를 받더니 모두에게 수천 번 굽실굽실 인사를 하고는, 생활이 궁색한 여자 고아들과 처녀들을 이렇게 돌보아주시는 총독님의 삶과 건강을 위해 하느님께 빌겠다고 했다. 그러더니 우선 돈주머니 안에 든 돈이 은돈인지 살펴보고, 양손에 돈주머니를 꼭 쥐고 재판정을 떠났다.

그녀가 재판정을 나서자마자, 눈물을 펑펑 쏟으며 두 눈이며 가슴으로 온통 돈주머니에서 눈을 떼지 못하고 있는 목축가에게 산초가 말했다.

"착한 사람아, 저 여인의 뒤를 따라가, 주지 않으려고 발버둥 치겠지만 돈주머니를 빼앗고 저 여자를 데리고 다시 이곳으로 오게나."

산초가 바보나 귀머거리에게 말한 것이 아니었으므로, 그는 명령을 이행하기 위해 번개처럼 나갔다. 거기에 있던 모든 사람은 얼떨떨해하면서 그 소송의 결말을 기다렸다. 그로부터 얼마 지나지 않아 그 남자와 그 여자는 처음보다 더 옴짝달싹 못 하게 서로 꼭 붙잡고 돌아왔다. 그녀는 스커트를 걷어 올려 무릎 근처에 돈주머니를 감추고 있었으며, 그 남자는 돈주머니를 빼앗으려고 필사적이었다. 그러나 그 여인이 빼앗기지 않으려고 안간힘을 쓰는 바람에 불가능했다. 그 여인은 버럭버럭 악을 쓰며 말했다.

"하느님과 세상의 이름으로 공정한 재판을 부탁드립니다! 총독 나리, 이 양심이라곤 눈곱만큼도 없는 철면피하고 세상 물정 모르는 작자의 무례한 짓을 보십시오. 나리께서 제게 주라고 명령하신 돈주머니를 마을 한가운데서, 길 한복판에서 빼앗으려고 별 지랄을 다 했습니다."

"그래서 그대는 돈주머니를 빼앗겼는가?" 총독이 물어보았다.

"어떻게 빼앗기겠습니까요?" 그 여인이 대답했다. "돈주머니를 빼앗기느니 차라리 제 목숨을 빼앗기고 말겠습니다요. 제가 무슨 예쁜 계집아이라도 되나요! 이다지도 못되게 굴고 혐오감을 느끼게 하는 사내에게 당하느니, 고양이에게 턱을 물리는 편이 훨씬 낫겠어요! 못뽑이와 망치건, 장도리와 끌이건 내 손톱이나 사자 발톱에서 돈주머니를 빼앗기는 불가능할 것입니다. 차라리 내 몸뚱이 한복판에 꼭꼭 숨어 있는 영혼을 빼 가면 몰라도."

"이 여자의 말이 맞습니다." 그 사내가 말했다. "저는 힘이 없으니 앞발 뒷발 다 들겠습니다. 제 힘으로는 도저히 이 여자에게서 주머니를 빼앗을 수 없음을 말씀드립니다. 이만 단념하겠습니다."

그때 총독이 그 여인에게 말했다.

"행실이 곧고 마음씨가 맑고 곱고 용감한 여인아, 그 돈주머니를 보여다오."

그녀가 바로 돈주머니를 건네자, 총독은 그 사내에게 그것을 돌려주면서 강제로는 겁탈당하지 않을 그 여인에게 말했다.

"이보게, 자매 분이여, 만일에 그대가 이 돈주머니를 빼앗기지 않으려고 보여준 힘과 용기를 저 남자에게 보여주었다면, 그대의 몸을 지키기 위해 그 절반만이라도 힘과 용기를 발휘했다면, 헤라클레스의 힘이라도 그대의 힘을 당하지 못했을 것이네. 안녕히 가시게나. 첫값을 받게나. 그리고 이 섬 어디거나 반경 6레과 안에는 얼씬도 말게나. 위반 시에는 곤장 2백 대를 칠 테니 그리 알라. 냉큼 꺼져라, 이 허풍치고 파렴치하고 바람이나 잡는 여자야!"

그 여인은 깜짝 놀라 풀이 죽고 불만이 가득했다. 총독은 그 남자에게 말했다.

"착한 자여, 그대는 그대의 돈을 가지고 고향에 잘 가게나. 그리고 앞으로 돈주머니를 잃고 싶지 않거든 아무하고나 잠자리를 할 생각을 추호도 하지 말게나."

그 남자는 어찌할 바를 모르고 더듬더듬 총독에게 사의를 표하고 떠났다. 그 주변에 있던 사람들은 다시 한번 새로 부임한 총독의 어질고 사리에 밝은 판단과 선고에 감탄해 마지않았다. 그리고 작가가 기록한 이 모든 일은 곧 소식을 접하기를 학수고대하고 있는 공작에게 보내졌다.

그런데 마음씨 고운 산초는 여기에 그냥 있게 하겠다. 그의 주인 돈키호테가 알티시도라의 노래 때문에 마음이 가라앉지 않고 들떠서 두근거리고 환희에 차 황급히 손짓해 우리를 부르고 있기 때문이다.

제46장

사랑에 눈먼 알티시도라의 연애 기간에 돈키호테가 겪은 방울 소리와 고양이의 무서운 공포에 대해

우리는 사랑에 눈먼 알티시도라의 노래로 온갖 상념에 잠긴 위대한 돈키호테를 그대로 놓아두었다. 돈키호테는 온갖 상념을 품고 잠자리에 들었으나, 그 상념들은 마치 벼룩처럼 그를 한순간도 잠 못 이루게 하고 가만있게 두지 않았다. 게다가 양말에 구멍이 난 것까지 한몫을 거들었다. 하지만 세월은 가볍고 세월을 멈출 벼랑은 없기에 시간의 말을 타고 달리니, 눈 깜박할 사이에 아침 시간이 다가왔다. 아침이 오자 돈키호테는 부드러운 깃털 이불을 걷고 일어나, 눈곱만큼도 게으름을 피우지 않고 영양 가죽 옷을 입은 다음 양말의 불행한 꼬락서니를 감추기 위해 여행용 장화를 신었다. 위에는 주홍색 망토를 걸치고, 머리에는 은색 끈으로 장식된 녹색 우단 모자를 썼다. 어깨에는 아주 잘 드는 칼을 꽂은 검대를 차고, 언제나 몸에 지니고 다니는 커다란 묵주를 손에 쥔 채 으스대면서 어깨와 엉덩이를 흔들며 성큼성큼 걸어 응접실로 들어갔다. 거기에서는 공작 내외가 벌써 옷을 차려입고 그를 기다리고 있었다. 돈키호테가 복도를 지나갈 때, 알티시도라와 그녀의 친구인 다른 시녀가 일부러 나와서 그를 기다리고 있었다. 돈키호테를 본 알티시도라가 기절하는 척하자, 그녀의 친구는 자기 스커트에 그녀를 받아 재빨리 그녀의 옷가슴의 단추를 끄르려 했다. 그것을 본 돈키호테는 그녀들 쪽으로 가까이 가 말했다.

"저는 무엇 때문에 이런 일이 벌어졌는지 벌써 눈치챘습니다."

"저는 무엇 때문인지 모르겠는데요." 친구가 대답했다. "왜냐하면 알티시도라는 이 집안 전체에서 제일 건강한 시녀이고, 제가 이 시녀를 안 이후로 한 번도 '아이고, 아파라!'라는 소리를 들어본 적이 없답니다요. 세상에 있는 모든 편력 기사가 죄다 당신처럼 배은망덕하다면 벌을 받을 겁니다. 가세요, 돈키호테 나리. 나리께서 이곳에 계시는 동안에는 이 가련한 소녀가 본정신을 차리지 못할 겁니다."

그 말에 돈키호테가 대답했다.

"아가씨, 오늘 밤 내 방에 라우드[305] 하나만 가져다 두라고 해주시오. 이 가엾은 이 아가씨에게 되도록 최선을 다해 위로하겠습니다. 사랑의 초기에는 한시바삐 그 무지몽매한 꿈에서 깨어나는 것이 중요한 처방이 될 수 있답니다."

이렇게 말하고 돈키호테는 허둥지둥 떠났다. 거기서 그를 본 사람들이 눈치를 챌까봐서였다. 그가 멀어지자 기절했던 알티시도라가 본정신을 차리고 자기 동료에게 말했다.

305 제12장 주 91 참조.

"라우드를 그를 위해 가져다 놓을 필요가 있어. 틀림없이 돈키호테께서 우리에게 노래를 들려주고 싶어 하실 거야. 그분의 노래이니 듣기 싫지는 않겠지."

그녀들은 곧바로 공작 부인에게 가서, 지난 일과 돈키호테가 부탁한 라우드에 대한 이야기를 전했다. 공작 부인은 매우 기뻐하면서 그에게 상처를 주기보다는 포복절도할 장난을 치기 위해 공작과 시녀들하고 의논했다. 그리고 그들은 매우 만족해하면서 밤이 되기를 기다렸다. 낮이 빨리 왔던 것처럼 밤도 그렇게 빨리 왔다. 공작 내외는 돈키호테와 맛깔스런 이야기를 하면서 시간을 보냈다. 그리고 공작 부인은 실제로 진짜 자기의 한 시동을, 밀림에서 마법에 걸린 둘시네아 역을 했던 그 시동을 테레사 판사에게 보냈다. 그녀의 남편 산초 판사의 편지와 그가 아내에게 보내기 위해 꾸려둔 옷 꾸러미를 들려 보내면서, 그녀와 주고받은 모든 이야기를 잘 기억해 돌아오라는 임무도 내렸다.

이런 일이 있은 후 밤 11시가 되었고, 돈키호테는 비우엘라[306] 하나를 자기 방에서 발견했다. 돈키호테는 비우엘라 줄을 고르고 격자창을 열었는데, 정원에서 사람들이 걸어 다니는 것이 느껴졌다. 그는 비우엘라 줄의 끔목들을 만지고 아는 대로 최선을 다해 조율한 뒤, 떨리는 가슴을 다시 한번 진정시키고 가락은 구성지지만 약간 걸걸한 목소리로 자기 자신이 바로 당일에 지은 다음과 같은 로맨스를 노래했다.

---

306 제12장 주 92 참조.

사랑의 힘은 곧잘 마음을
화나게 하기 일쑤라네
하는 일 없이 무료하여
때로는 도구처럼 된다네.

바느질하고 수놓는 일
늘 바쁘게 하는 일은
곧잘 사랑에 대한 번민의
해독제가 되는 것이라네.

결혼하길 갈망하는
은둔해 사는 처녀들
정절은 결혼 지참금
찬사의 목소리라네.

편력 기사들과 궁중에서
어슬렁거리는 자들은
방종한 여인들과 연애하고
정결한 여인과 결혼한다네.

처음 만난 손님들 사이에는
동틀 무렵의 사랑이 있고
해 질 무렵이 빨리 오니
떠날 때는 만사휴의라네.

오늘 왔다 내일 떠나는
갓 찾아온 사랑은
마음 깊숙이 새겨진
잔상도 남지 않는다네.

그림 위에 그린 그림은
보이지도 않고 표시도 없고
첫 번째 아름다움 있는 곳에
두 번째 아름다움은 쪽을 못 쓴다네.

반반한 화판에 그려놓은
마음속의 엘 토보소의 둘시네아
난 이렇게 그려 넣어 가졌으니
그녀를 지우기란 불가능하네.

연인들이 품는 꿋꿋함은
가장 값지고 고귀한 것
그것으로 사랑은 기적을 만들고
또한 기적을 일으킨다네.

돈키호테의 자작 노래가 여기에 이르자, 공작과 공작 부인, 그
리고 알티시도라와 성안 거의 모든 사람이 그의 노래를 듣고 있었
다. 바로 그때 느닷없이 돈키호테의 격자창 위쪽 복도에서 방울 수

백 개가 달린 밧줄 하나가 수직으로 내려왔다. 그리고 곧바로 고양이들을 담은 커다란 자루가 쏟아져 내려왔다. 고양이들의 꼬리에는 작은 방울들이 묶여 있었다. 방울들이 내는 소리와 고양이 울음소리가 굉장히 커서, 공작 내외는 그 장난을 만들어낸 장본인이면서도 대경실색을 했고, 돈키호테는 무서워 실신할 지경이었다. 그런데 재수가 없어서 그랬는지 몰라도 고양이 두세 마리가 돈키호테의 방 격자창으로 들어와 이리저리 뛰어다녀, 마치 악마 부대가 방 안을 휘젓고 다니는 듯했다. 고양이들은 방 안에 켜져 있는 촛불까지 꺼버리고 도망갈 곳을 찾느라 정신없이 돌아다녔다. 밧줄에는 커다란 방울들이 달려 있어 출렁거리면서 쉬지 않고 방울 소리를 내고 있었다. 성안의 사람들은 대부분 사건의 진실을 몰랐기에 모두가 놀라고 얼떨떨했다.

돈키호테는 벌떡 일어서더니 칼을 뽑아 들고는 격자창으로 허공에 대고 칼을 쿡쿡 찌르기 시작하면서 벽력같은 목소리로 말했다.

"썩 꺼져라, 이 악랄한 마법사들아! 썩 꺼져, 요술을 부리는 악당 놈들아! 나로 말할 것 같으면 라만차의 돈키호테시다. 너희들이 아무리 흉계를 꾸민다고 해도 나한테는 아무 소용 없고 아무 힘도 쓰지 못할 것이다!"

그러고는 방 안을 이리저리 돌아다니는 고양이들을 보고 칼로 마구 찔러댔다. 고양이들은 격자창으로 뛰어올라 밖으로 나갔다. 그런데 돈키호테가 마구 찔러대는 칼에 몰린 한 마리가 돈키호테의 얼굴에 뛰어들더니 발톱과 이빨로 코를 할퀴고 물어뜯었다. 너무나 아파서 돈키호테는 젖 먹던 힘까지 짜내 크게 소리를 지르기 시작했다. 그 소리를 듣고 공작 내외가 무슨 일이 있나보다고 부랴

부랴 돈키호테의 방으로 달려갔다. 곁쇠로 자물쇠를 열고 보니, 불쌍한 돈키호테는 얼굴에 달라붙은 고양이를 떼어내려고 안간힘을 쏟고 있었다. 그들은 등불을 가지고 들어가 이 말도 안 되는 싸움을 보았고, 공작은 그 싸움을 뜯어말리려고 달려갔다. 그러자 돈키호테가 고래고래 소리를 지르면서 말했다.

"어느 누구도 나한테서 이 녀석을 떼어놓지 마시오! 이 악마, 이 요술쟁이, 이 마법사와 내가 일대일로 대결할 테니 날 그대로 내버려두시오. 나, 라만차의 돈키호테가 누구인지 똑똑히 알려주겠소!"

그렇지만 고양이는 이런 위협에도 아랑곳하지 않고 으르렁거리면서 공격했다. 그러나 마침내 공작이 그에게서 고양이를 떼어내어 격자창으로 던져버리게 되었다.

돈키호테의 얼굴은 상처투성이가 되었고, 코는 한 군데도 성한 곳이 없었다. 그런데도 그는 그 사악한 마법사와 얽히고설킨 싸움을 끝까지 해서 결판을 내도록 내버려두지 않았다며 원통해했다. 공작은 아파리시오 기름[307]을 가져오게 했다. 그리고 바로 그 알티시도라가 백옥같이 고운 손으로 모든 상처 난 부위에 붕대를 감아주었다. 그녀는 붕대를 감아주면서 낮은 목소리로 돈키호테에게 말했다.

"이 모든 불행은 냉담한 기사님의 냉혹함과 고집 탓으로 생긴 일입니다. 덕분에 그대의 종자 산초가 자기 엉덩이에 매질하는 일을 제발 잊어버리기를 하느님께 빌겠습니다. 그래야 그대가 그렇게

---

307 상처 치료용 기름으로, 아파리시오 데 수비아Aparicio de Zubia가 발명해 그의 이름이 붙었다.

도 사랑하는 둘시네아가 절대로 마법에서 풀려나지 못할 테고, 또 그대도 그녀가 마법에서 풀려나는 것을 보는 즐거움을 맛보지 못하고 그녀와 달콤한 신방을 차리지도 못할 테니, 적어도 저는 그대를 연모하면서 살아갈 수 있으니까요."

이 모든 이야기에 돈키호테는 깊은 한숨만 내쉴 뿐 한마디도 대답을 하지 않았다. 그러더니 공작 내외의 은혜에 감사를 표하면서 침대에 벌렁 드러누웠다. 공작 내외에게 감사한 이유는 고양이 같고 마법사 같은 방울을 울려대는 악당 놈이 두려워서가 아니고, 공작 내외가 자신을 구하러 온 좋은 뜻을 알았기 때문이다. 공작 내외는 그를 푹 쉬도록 내버려둔 채 그 장난이 불행한 사건으로 끝난 것을 마음 아파하면서 나갔다. 그들은 그 모험이 돈키호테에게 그렇게 힘들거나 값비싼 대가를 치렀다고는 생각하지 않았으나, 그는 닷새를 방에 갇혀 침대에 누워 있어야 했고, 그동안 지난번 모험보다 더 맛깔스런 모험이 그에게 일어났다. 작가는 그 일을 지금 이야기하고 싶어 하지 않는다. 그것은 산초 판사가 섬 정부 일로 무진 애를 쓰면서 매우 보람찬 나날을 보내고 있는 걸 보러 가야 하기 때문이다.

제47장

산초 판사가 그의 정부에서
어떻게 일을 수행했는지 계속하다

이야기는 산초 판사를 재판정에서 으리으리한 궁전으로 모셔 갔다고 전하고 있다. 궁전의 커다란 홀에는 아주 깨끗한 식탁이 놓여 있었는데, 산초가 그곳으로 들어서자 치리미아[308] 소리가 나면서 시동 넷이 산초에게 손 씻을 물을 주기 위해 나왔다. 산초는 그 물을 아주 엄숙하게 받았다.

음악이 그치고 산초는 식탁 윗자리에 앉았다. 왜냐하면 그 자리 말고는 앉을 자리가 없었고, 다른 모든 자리에는 식사 준비도 되어 있지 않았기 때문이다. 그의 옆에는 한 인사가 서 있었는데, 나중에 보니 의사였다. 그는 고래수염으로 만든 가느다란 막대기를 하나 들고 있었다. 과일과 갖가지의 아주 다양한 요리를 덮고 있던 매우 고급스럽고 하얀 냅킨이 걷히고, 학생같이 보이는 한 사람이

---

308 제26장 주 177 참조.

축복을 했다. 한 시동이 산초에게 레이스로 장식된 턱받이를 걸어 주었으며, 주방장 직을 맡은 다른 시동은 그의 앞에 과일 접시를 가져다 놓았다. 산초가 한 입 먹자마자 바로 그때 막대기를 든 의사가 그 막대기로 접시를 건드렸고, 그의 앞에서 번개처럼 빨리 과일 접시가 치워졌다. 그렇지만 주방장이 그에게 다른 먹을거리가 담긴 다른 접시를 가져왔다. 산초는 그 음식을 맛보려 했으나, 그가 마음에 드는 접시에 다가가기도 전에 그 막대기가 그 음식을 건드리자 한 시동이 과일 접시처럼 재빨리 접시를 들어 올렸다. 그것을 본 산초는 정신이 얼떨떨해 모두를 바라보면서, 그런 식사를 하려면 마법사가 하는 식으로 재빨리 손을 놀리는 마법을 부려야 하느냐고 물어보았다. 그 물음에 막대기를 든 사람이 대답했다.

"그렇게 드셔서는 안 되고, 총독님, 총독들이 있는 다른 섬들의 관습과 관례에 따라야 합니다. 저는 의사입니다, 나리. 저는 총독들의 건강을 돌보려고 이 섬에 파견된 월급쟁이입니다. 그래서 제 건강보다 나리의 건강에 훨씬 더 신경을 쓰고 있습니다. 총독님께서 병이라도 들면 정확히 치료하기 위해, 저는 밤낮으로 연구를 하면서 총독님의 체질과 안색을 살피고 있습니다. 제가 하는 주된 일은 나리의 점심과 저녁 식사에 입회하여 나리께 적당하다고 생각되면 드시게 하거나, 나리의 위장에 해를 끼치고 해로울 것으로 생각되면 드시지 못하게 하는 일입니다. 그래서 과일은 너무 수분이 많기에 접시를 물리라고 명령했습니다. 그리고 다른 음식 접시도 너무 뜨겁고 향신료가 많아 물리라고 명령했습니다. 향신료는 갈증을 증진시키기 때문이며, 물을 많이 마시는 자는 생명을 구성하는 체액을 소멸하고 소진한답니다."

"그런 식이라면, 아주 맛나게도 보이는 저기 저 구운 메추리 요리는 나에게 아무런 탈이 없을 것 같은데."

그 말에 의사가 대답했다.

"제가 살아 있는 한 총독 나리께서는 저런 것을 잡숫지 못할 것입니다."

"그것은 또 왜?" 산초가 말했다.

그래서 의사가 대답했다.

"왜냐하면 의학의 길잡이시며 빛이신 우리 스승 히포크라테스께서, 그의 경구 중 하나에서 '옴니스 사투라티오 말라, 페르디세스 아우템 페시마'[309]라고 말씀하시고 있기 때문입니다. 이 말은 '모든 포식은 나쁘지만 메추리 고기를 포식하는 것은 가장 나쁘다'라는 의미입니다."

"그것이 그렇다면," 산초가 말했다. "이 식탁에 있는 음식 중에서 무엇이 나에게 더 유익하고 무엇이 덜 해로운지 의사 선생께서 보아주오. 그리고 그것을 막대기로 건드리지 말고 내가 좀 먹게 해주오. 총독의 목숨을 걸고, 하느님께서 나에게 음식을 즐길 수 있도록 해주오. 내가 배가 고파 죽을 지경이오. 그리고 나에게 못 먹게 하는 것은, 의사 선생께서는 서운하겠지만, 의사 선생께서 더 이상 무슨 말을 해도 내 수명을 늘려준다기보다 내 생명을 빼앗는 꼴이 될 것이오."

---

309 Omnis saturatio mala, perdices autem pessima. 원래의 경구는 'perdices(메추리)'가 아니고 'panis(빵, 음식)'이다. "Omnis saturatio mala, panis autem pessima(모든 포식은 나쁘지만 음식 포식은 가장 나쁘다)"라는 표현을 이용해 말장난을 한 것이다.

"나리의 말씀이 옳습니다, 총독 나리." 의사가 대답했다. "그래서 저기 있는 저 삶은 토끼 고기는 잡수시면 안 된다고 생각합니다. 왜냐하면 토끼 고기는 털이 길고 예리한 음식이기 때문입니다. 저 송아지 고기가 만일에 굽지 않고 소금 절임만 되어 있다면 맛볼 수 있겠지만, 이제 와서 말해봐야 무슨 소용이 있겠습니까요."

그래서 산초가 말했다.

"저기 저 앞에서 김이 모락모락 나는 저 큰 접시는 고기를 많이 넣고 끓인 요리 같은데, 저런 잡탕 고기 요리에는 잡다한 것이 들어 있으니 내 입맛에 맞고 몸에 좋은 무언가 들어 있을 수 있겠는데."

"안 됩니다." 의사가 말했다. "그런 좋지 않은 생각은 떨쳐버리십시오. 고기를 많이 넣고 끓인 잡탕 요리보다 더 나쁜 음식은 세상에 없습니다. 잡탕 고기 요리는 수도자들이나 대학교 총장님들이나 농사꾼들의 결혼식을 위해 필요하지만, 온갖 우아함과 온갖 정성을 다해야 할 총독님들의 식탁에는 절대로 올라서는 안 되는 것입니다. 그 이유는 언제나 어디서나 누구나 조제약보다는 단순한 약을 더 선호하기 때문입니다. 왜냐하면 단순한 약에서는 실수가 있을 수 없지만, 조제약에서는 그 분량을 바꾸면서 실수가 있을 수 있기 때문입니다. 하지만 총독님의 건강을 유지하고 건강을 튼튼하게 하기 위해 총독님께서 자셔야 할 것으로는, 총독님의 위에 부담을 주지 않고 총독님의 소화에 도움을 줄 구운 두루마리 과자 백 개와 아주 얇게 썬 마르멜로 과자 몇 조각이라고 저는 알고 있습니다."

산초는 이 말을 듣고 의자 등받이에 몸을 기댄 채 그 의사를 뚫어지게 보면서 목소리를 깔고 이름이 무엇이며 어디서 공부했느냐고 물었다. 이 말에 의사가 대답했다.

"저는, 총독님, 페드로 레시오 데 아구에로 박사이고, 카라쿠엘과 알모도바르 델 캄포 사이 오른쪽에 있는 티르테아푸에라라는 고장 태생입니다. 그리고 오수나대학교[310]의 박사 학위를 소지하고 있습니다."

이 말에 화가 날 대로 난 산초가 대답했다.

"그러면 재수가 옴 붙은 페드로 레시오 데 아구에로 박사님, 카라쿠엘에서 알모도바르 델 캄포로 가자면 오른쪽에 있는 티르테아푸에라 태생이신 오수나 졸업생께서는 지금 바로 시간을 지체하지 말고 내 눈앞에서 사라지시오. 그렇지 않으면, 저 태양에 맹세코 몽둥이를 가지고 당신부터 시작해서 온 섬에 있는 의사라는 의사는 한 놈도 남기지 않고 몽둥이찜질을 해서 쫓아낼 거요. 적어도 내가 무식하다고 이해되는 저런 놈들은 모조리 없어져야 해. 반면에 박식하고 신중하고 빈틈없는 의사들은 내 머리 위에 모시고 성인들처럼 예우할 것이오. 그러니 페드로 레시오, 당신은 여기서 떠날 것을 다시 한번 말하는 바이오. 그렇지 않으면 내가 앉아 있는 이 의자를 들어 머리통을 산산조각 내놓겠소. 그런 다음 재판정에서 그 까닭을 일러주겠소. 나는 나라의 사형 집행인인 악질 의사 한 명을 죽임으로써 하느님께 도움이 되는 일을 했다 말하고 책임을 벗어나겠소. 그러니 나에게 먹을 것을 주게나. 그렇지 않으면 정부고 뭐고 다 집어치우시오. 자기 주인에게 먹을 것도 주지 않는 그런 직책은 단돈 한 푼 가치도 없소."

---

310 la Universidad de Osuna. 의과대학이 없는 삼류 대학이었다.

총독이 그토록 격노한 것을 보자 의사는 당황하여 삼십육계를 놓고 싶었다. 바로 그 순간 거리에서 파발꾼의 신호용 나팔 소리가 울렸다. 주방장이 창문으로 내다보고 돌아와 말했다.

"제 주인이신 공작님으로부터 파발꾼이 왔습니다. 무언가 중요한 소식을 가져온 모양입니다."

파발꾼이 땀을 비 오듯 흘리면서 겁먹은 표정으로 들어오더니, 품에서 봉서封書 한 통을 꺼내 총독의 손에 건네주었다. 그래서 산초는 그 봉서를 집사의 손에 건네면서 봉투를 읽어보라고 명령했다. 봉투에는 이렇게 쓰여 있었다. "바라타리아섬의 총독 돈 산초 판사에게, 친전 혹은 비서 전교轉交." 이렇게 읽는 소리를 듣자 산초가 말했다.

"여기 내 비서가 누군가?"

그곳에 있던 사람 중 한 명이 대답했다.

"접니다, 나리. 저는 글을 읽고 쓸 줄 알며, 비스카야 사람[311]입니다."

"그런 사설을 늘어놓는 것을 보니," 산초가 말했다. "바로 그 황제의 비서가 되고도 남겠군. 그 봉서를 열어 그 안에 뭐라고 쓰여 있나 보게."

이렇게 해서 지금 막 비서가 만들어졌다. 그 비서는 봉서에 쓰인 사연을 읽더니, 단둘이서만 다루어야 할 일이라고 말했다. 산초

---

311 비스카야 사람은 현재 에스파냐 북부 지방의 바스크 사람들을 말하는데, 바스크 지방 태생 사람들은 성실하고 능력이 출중하기로 명성이 자자했기 때문에 당시에 비서로 많이 채용했다.

가 집사와 주방장만 남고 모두 홀에서 나가라고 명령하자, 다른 사람들과 의사가 밖으로 나갔다. 그러자 바로 비서가 편지를 읽었는데, 그 내용은 이러했다.

돈 산초 판사 나리, 나에게 온 소식에 따르면, 나와 그 섬에 적의를 품은 몇 명이 확실치는 않지만 어느 날 밤 그 섬을 맹공격할 것이라 하오. 만일을 위한 대비책을 세우지 않으면 안 되기 때문에 철야해 경계하는 것이 좋겠소. 또 믿을 만한 첩자들의 말에 의하면, 그대의 재주를 두려워한 나머지 그대의 목숨을 앗으려고 변장한 자객 네 명이 그곳에 잠입했다고 하오. 부디 눈을 크게 뜨고 누가 그대에게 말을 걸려고 접근하는지 잘 보시고, 사람들이 그대에게 보내온 것은 절대로 먹지 마시오. 그대가 어떤 어려움에 처하게 되면 그대를 구하려고 애쓰겠소. 그대의 판단력에 기대를 걸고 있으니 매사에 조심하시오. 이곳으로부터, 8월 16일 새벽 4시에.

그대의 벗, 공작

산초는 어리둥절해했고 주변 사람들도 그런 것 같아 보였다. 그래서 산초는 집사를 돌아보고 말했다.

"우리가 지금 해야 할 일은, 그것도 지금 당장에 해야 할 일은 레시오 박사를 감방에 처넣는 것이네. 만일에 누군가가 나를 죽이려고 한다면, 그것도 굶겨 죽이는 것처럼 서서히 극악무도하게 죽이려는 자가 있다면 바로 그 작자이기 때문이네."

"또," 하고 주방장이 말했다. "제 생각에 나리께서는 이 식탁에 있는 것은 무엇이든 잡수시면 안 될 것 같습니다. 이 음식들은 수녀

몇 분이 바친 것이기 때문입니다. 사람들이 늘 말하는 것처럼 십자가 뒤에 악마가 있습니다."

"내가 그 말을 부정하는 것은 아니네." 산초가 대답했다. "그러니 지금으로서는 빵 한 조각과 포도 4파운드쯤만 나에게 주게. 포도에는 독약을 넣을 수 없을 테니까 하는 말이네. 사실 난 먹지 않고는 배겨낼 수 없다네. 우리를 위협하고 있는 이 싸움에 대비하기 위해서도 잘 먹는 것이 필요하네. 배 속이 차야 마음도 동하지, 마음이 동해야 배 속이 차는 것은 아니기 때문이네. 그러니 당신, 비서는 내 주인이신 공작께 답장을 써서 명령하신 대로 빠짐없이 이행될 것이라고 아뢰게. 그리고 내 주인이신 공작 부인에게도 내 측에서 안부를 보낸다 전하고, 사자를 보내 내 편지와 옷 꾸러미를 내 아내 테레사 판사에게 보내는 것을 잊지 말기를 간청한다고 전하게. 그렇게 해주시면 큰 은혜로 알고 내 힘이 닿는 대로 정성을 다해 그분을 위해 일할 것이라고 하게. 아울러 내 주인이신 라만차의 돈키호테 나리께도 입맞춤을 보낸다고 덧붙여주길 바라네. 그래야 내가 먹여주신 빵의 은혜를 잊지 않는 사나이라는 걸 아실 걸세. 그리고 자네는 착한 비서이고 착한 비스카야 사람이니, 자네가 하고 싶은 말과 더 적당한 말을 할 게 있으면 죄다 보태도 좋네. 그리고 이 식탁보들을 치우고 나에게 먹을 것을 주게나. 첩자든 살인자든 마법사든 나와 내가 다스리는 섬을 습격해오는 자가 어느 누구라도 내가 적당히 해치우겠네."

이러고 있을 때 한 시동이 들어와 말했다.

"지금 소송 당사자인 농사꾼이 나리에게 어떤 사건에 관해 이야기하고 싶다며 이곳에 와 있습니다. 그의 말에 의하면 아주 중요한 사업이랍니다."

"거참, 이상한 일이구먼." 산초가 말했다. "이 소송 당사자라는 작자들 말일세. 이 같은 시간은 소송 이야기를 하러 올 때가 아니라는 것을 알지 못하는 그런 바보가 있을 수 있단 말인가? 설마 우리 다스리는 사람들, 우리 재판관인 사람들은 살과 뼈가 있는 사람들이 아니란 말인가? 필요한 시간에는 휴식을 취해야 하는데, 우리가 대리석으로 만들어진 사람이기를 원한단 말인가? 하느님과 내 양심에 걸고 맹세하는데, 만일에 내 정부가 오래 지속된다면, 추측건대 오래 지속될 것 같지 않지만, 소송 당사자 한 사람 이상에게 단단히 따져 묻겠네. 그럼 이제 그 시시하고 보잘것없는 작자더러 들어오라고 하게나. 그렇지만 우선 첩자들 중 한 명이거나 나를 죽이러 온 자객인지도 모르니 잘 알아봐야 하네."

"아닙니다, 나리." 시동이 대답했다. "호인 같아 보입니다. 아니면 잘은 모르지만 좋은 빵처럼 그렇게 착한 사람 같습니다."

"두려워할 것은 없습니다." 집사가 말했다. "이곳에는 우리 모두가 있으니까요."

"혹시나 해서 하는 말인데," 산초가 말했다. "주방장, 여기에 페드로 레시오 박사가 없는 지금, 빵 한 조각과 양파 하나라도 좋으니, 큼직하고 자양분이 많은 것으로 입맛을 다시면 안 될까?"

"오늘 밤 저녁 식사 때에 점심 식사의 부족분을 보충하시게 될 겁니다. 그럼 나리께서는 배불리 잘 자실 겁니다." 주방장이 말했다.

"제발 그렇게 되기를!" 산초가 대답했다.

이러고 있을 때 농사꾼이 들어왔다. 외모가 준수했고, 천 레과 밖에서 보아도 마음씨 고운 호인임을 알 수 있을 만한 사람이었다.

그가 처음 한 말은 이러했다.

"이곳의 총독님은 누구십니까?"

"누구겠소?" 비서가 대답했다. "의자에 앉아 계신 분이십니다."

"황송하옵게도 나리의 면전에 인사드리옵니다." 농사꾼이 말했다.

그러고는 무릎을 꿇더니 입맞춤을 하겠다고 손을 청했다. 산초는 손을 거절하고 일어서라고 명령한 뒤 원하는 것을 말하라고 했다. 그래서 농사꾼은 그렇게 하겠다고 했고, 바로 말했다.

"나리, 저는 시우다드 레알에서 2레과 떨어진 곳에 있는 마을인 미겔 투라 태생의 농사꾼입니다."

"또 티르테아푸에라란 말인가!" 산초가 말했다. "형제여, 말해보시게. 내가 하고자 하는 말은 내가 미겔 투라를 아주 잘 알고 있다는 말이네. 내가 살고 있는 마을에서 그리 멀지 않은 곳이지."

"그런데 사실은 말씀입니다, 나리," 농사꾼이 계속했다. "저는 하느님의 자비심으로 성 로마 가톨릭교회의 법과 관습에 따라 결혼했으며 학생인 자식 둘이 있는데, 작은놈은 학사 과정을 공부하고, 큰놈은 석사 과정을 공부하고 있습니다요. 제 아내가 죽어서 저는 홀아비이고, 아니 더 자세히 말씀을 올리면, 제 아내가 임신을 했는데 악질 의사가 설사약을 먹여 죽였습니다. 만일에 하느님이 도와주셔서 순산을 하고 아들이었다면, 저는 그놈에게 박사 공부를 시켰을 것입니다. 왜냐하면 학사이고 석사인 자기의 형들에게 시기하는 마음을 갖지 않게 하려고요."

"그러니까," 산초가 말했다. "당신 아내가 죽지 않았다면, 혹은 그녀를 죽이지 않았더라면, 당신은 지금 홀아비가 아니었겠구먼."

"그렇고말고요, 나리, 절대로요." 농사꾼이 대답했다.

"큰일 났군!" 산초가 되받아 말했다. "자, 말을 계속해보게, 형제여. 소송 이야기할 시간이라기보다는 잠을 잘 시간이니까 하는 말이네."

"그럼 말씀드리겠습니다." 농사꾼이 말했다. "학사가 되려고 했던 제 자식 놈이 같은 마을의 아주 부자 농사꾼인 안드레스 페를레리노의 딸, 클라라 페를레리나라 하는 처녀한테 홀딱 반했더랍니다. 그런데 이 페를레리노라는 성은 조상이나 혈통에서 물려받은 것이 아니고, 이 가문의 모든 사람이 죄다 페를라티코[312]였는데 그걸 듣기 좋게 하려고 페를레린家라고 부른 겁니다. 사실을 말하자면, 그 처녀는 동양의 진주 같은데, 오른쪽에서 바라보면 들꽃 같답니다. 그런데 왼쪽에서 바라보면 그렇지 않습니다. 천연두를 앓아 그쪽 눈이 없답니다. 그리고 얼굴에는 크고 많은 보조개가 있었는데, 그녀를 정말로 사랑하는 사람들은 그것들은 보조개가 아니라 그녀를 사랑하는 자들의 영혼을 매장하는 무덤이라고들 말하고 있답니다. 그녀는 워낙 깨끗해서 얼굴을 더럽히지 않으려고 코가, 사람들이 말하듯 위로 치켜 올라 있어 콧구멍이 되도록 입에서 멀리 도망치려고 하는 것 같답니다. 그럼에도 불구하고 꽤 볼품 있는 처녀랍니다. 그녀는 입이 크기 때문에, 앞니와 어금니가 여남은 개 정도 빠지지 않았다면, 가장 잘생긴 처녀들의 대열에 끼거나 더 낫다는 소리를 들었을 수도 있습니다. 입술에 대해서는 할 말이 없습니

---

[312] '중풍 환자'라는 뜻.

다. 입술이 매우 가늘고 섬세해서, 실패에 감아 쓰면 그 입술로 실꾸리를 만들 수도 있을 거예요. 그러나 보통 입술에서 흔히 보는 빛깔과 다른 빛깔이어서 꼭 기적 같습니다. 왜냐하면 청색과 녹색과 가지색 벽옥 무늬 입술이기 때문입니다. 총독 나리, 결국은 제 며느리가 될 처녀의 얼굴 부분들을 너무 자세히 묘사했다면 용서해주시기 바랍니다. 제가 그 처녀를 매우 사랑하고 있고, 조금도 보기 흉하다고 생각하지 않기 때문입니다."

"하고 싶은 대로 묘사하게나." 산초가 말했다. "난 그 묘사를 즐기고 있다네. 내가 식사를 했다면, 그대가 그리는 그 초상화보다 더 좋은 후식이 없었을 것이네."

"아직 드실 후식[313]이 남아 있습니다." 농사꾼이 대답했다. "지금은 아니지만, 곧 나올 때가 올 겁니다. 그래서 제 말은, 나리, 제가 그녀 신체의 우아함과 키를 언어로 서술해드릴 수 있다면, 놀라움 바로 그것일 겁니다. 그러나 그녀가 등이 곱사처럼 구부정히 오그라져 무릎에 입을 대고 있는 것처럼 되어 있어서 그럴 수 없을 것 같습니다. 그럼에도 불구하고 그 처녀가 일어설 수만 있다면 머리가 천장에 닿으리라는 걸 누구나 알 수 있답니다. 그리고 그 처녀는 이미 내 학사 자식 놈에게 청혼의 손을 내밀려고 했지만, 손이 갈고리 모양으로 오그라져 있어 뻗을 수가 없었어요. 그럼에도 길고 고랑 진 손톱에서는 그녀의 착한 마음씨와 착한 행실이 보입니다."

"그만 하면 됐네." 산초가 말했다. "결론을 이야기하게, 형제여,

---

313 '마지막으로 드릴 말씀'이라는 뜻.

이제 그녀에 대해서 머리끝부터 발끝까지 묘사했으니 말일세. 지금 바라는 것이 무엇인가? 말을 빙빙 돌리거나 이리저리 핑계 대거나 조각을 만들거나 덧붙이지 말고 요점을 말하게나."

"제가 바라는 것은 다름이 아니옵고, 나리," 그 농사꾼이 대답했다. "이 결혼이 성사되도록 있는 힘을 다해주실 것을 청하면서, 나리께서 제 사돈 될 분에게 추천장을 한 장 써주시는 은혜를 베풀어주셨으면 합니다. 재산을 보든 두 아이의 본성을 보든 우리 두 집안은 차이가 나는 것이 아니기 때문입니다. 그리고 사실을 말씀드리면, 총독 나리, 제 자식 놈은 귀신이 씌어 하루에도 서너 차례씩 원한을 품고 사람에게 재앙을 내린다는, 죽은 사람의 영혼에 시달리지 않는 날이 없답니다. 그리고 한번은 불 속에 떨어져 얼굴이 양피지처럼 우글쭈글해졌으며, 두 눈은 울어서 퉁퉁 부은 것처럼 눈물이 마를 날이 없답니다. 그렇지만 성격은 천사 같답니다. 자기 몸에 매질을 하고 자기 자신에게 스스로 주먹질만 해대지 않는다면, 축복받은 아이일 것입니다."

"다른 부탁은 없는가, 이 착하디착한 사람아?" 산초가 되받아 말했다.

"또 다른 부탁이 있긴 합니다만," 농사꾼이 말했다. "감히 말씀드리기가 뭣합니다만 어떻든지 결국 이대로 제 가슴에 품고 썩힐 수는 없습니다. 그래서 말씀드리는데, 나리, 제 학사 자식 놈의 지참금으로 3백이나 6백 두카도를 나리께서 제게 적선해주셨으면 싶습니다만. 말하자면 자식 놈이 가정을 꾸리도록 도와주는 의미로 말입니다. 왜냐하면 결국에 그 아이들이 장인 장모와 시부모의 도가 지나친 행동에 주눅 들지 않고 저희들끼리 자립해 살아야 해서

드리는 말씀입니다."

"또 다르게 부탁할 것이 있는지 보게나." 산초가 말했다. "겁을 먹거나 부끄러워하지 말고 꼭 말하게나."

"확신하건대 없습니다." 농사꾼이 대답했다.

이 말이 끝나자마자 총독이 벌떡 일어서더니 앉아 있던 의자를 움켜잡고 말했다.

"아니, 이런 육시랄 놈이 있나, 이 촌뜨기에 흉측한 무뢰한아! 냉큼 내 눈앞에서 꺼져 멀리 사라지지 않으면, 이 의자로 머리통을 깨부수고 말겠다! 이 교활한 개자식아, 악마 같은 환쟁이야! 이런 시간에 6백 두카도를 요구하러 왔다고? 나한테 지금 그런 돈이 어디 있어, 이 역겨운 놈아? 설령 내가 그 돈을 가졌다고 한들 내가 왜 그런 돈을 주어야 한단 말이냐, 이 앙큼스럽고 어리석은 인간아? 미겔 투라가 나와 무슨 관계가 있고, 페를레린 가문하고 나하고 무슨 관계란 말이냐? 좋게 말할 때 내 앞에서 썩 꺼져라. 그렇지 않으면 내 주인 공작님의 목숨을 걸고 머리통을 깨부수고 말겠다고 말한 대로 하겠다. 틀림없이 너는 미겔 투라 출신이 아닐 것이다. 지옥이 나를 유혹하도록 어떤 뱃속 시커먼 놈이 너를 보낸 것이 틀림없어. 나한테 말해라, 이 양심이라곤 눈곱만큼도 없는 인간아, 내가 정부를 다스린 지 하루 반밖에 되지 않았다. 그런데 벌써 내가 6백 두카도를 가지고 있길 바라느냐?"

주방장이 농사꾼에게 홀에서 나가라는 신호를 보냈다. 그는 고개를 떨구고 그렇게 했다. 보아하니 총독이 그의 화풀이를 시행하지나 않을까 겁이 난 것 같았다. 그 능구렁이 같은 사람은 자기 일을 아주 잘 할 줄 알았기 때문이다.

하지만 우리는 화가 머리끝까지 난 산초를 그대로 놓아두고, 서로 손을 맞잡고 평화롭게 지내도록 두고 돈키호테에게로 돌아가자. 우리가 놓아두고 온 돈키호테는 고양이에게 할퀴고 물린 상처 때문에 얼굴을 온통 붕대로 감싸고 치료를 받고 있는데, 그 상처가 일주일째 낫지 않고 있었다. 그러던 어느 날 사건이 일어났다. 시데 아메테가 이 이야기 속의 일들을 말할 때는 늘 그러듯, 그 일들이 아무리 사소하더라도, 정확하고 사실 그대로 이야기하겠다고 약속하고 있다.

• 제48장 •

공작 부인의 우두머리 시녀 도냐 로드리게스와
돈키호테에게 일어난 일과 글로 쓰여
영원히 기억할 만한 다른 사건들에 대해

극도로 심한 상처를 입은 돈키호테는 하느님의 손이 아닌 고양이 발톱에 긁힌 자국이 선명한 얼굴에 붕대를 감고 의기소침해져서 울적해 있었다. 이런 일은 편력 기사에게 늘 상표처럼 붙어 다니는 불행이었다. 그가 사람들 앞에 나서지 않은 지 엿새가 되던 어느 날 밤, 그는 자신의 불행과 알티시도라의 끈질긴 구애 작전을 생각하면서 잠을 못 이루고 밤을 지새우고 있었다. 그때 그는 누군가가 자기 방문을 열쇠로 열고 있다는 느낌이 들었다. 그 순간 그는 상사병에 걸린 아가씨가 자기 정절을 빼앗고, 마음속 연인 엘 토보소의 둘시네아 아가씨를 지키겠다는 자기 약속을 어기도록 하기 위해 찾아온 것이라고 나름대로 상상했다.

"아니야!" 그는 자기의 상상을 그대로 믿고 말했다. 그런데 이 소리는 다른 사람들이 들을 수 있을 정도의 목소리였다. "세상에서 가장 아름다운 여성이라고 하더라도, 내 마음속 한가운데 새겨져 박히고 내 창자의 가장 깊숙한 곳에 숨겨진 그분에 대한 연모의 정을 지우지는 못할 것이다. 내 사랑하는 아가씨여, 그대가 뒤룩뒤룩 살찐 농사꾼으로 바뀌어 있든, 황금빛 타호강의 님프가 되어 황금 천과 비단 천을 짜고 있든, 아니면 메를린이나 몬테시노스가 자신들이 원하는 곳에 그대를 잡아두고 있든, 그대가 어디에 있든 그대는 나의 것이고, 내가 어디에 있었고 또 앞으로 어디에 있든 나는 그대의 것입니다."

이런 말을 끝내는 동작과 문을 여는 동작이 동시에 있었다. 돈키호테는 노란 융단 침대 시트를 위아래로 몸에 감싼 모습으로 침대 위에서 벌떡 일어섰다. 머리에는 귀까지 덮은 모자를 썼고, 얼굴과 수염은 붕대로 감겨 있었는데, 얼굴은 할퀸 자국 때문이고 수염은 힘이 없어 아래로 처지지 않게 하기 위함이었다. 이런 차림은 미처 생각도 할 수 없을 정도로 괴상망측한 유령 같았다.

돈키호테는 문을 뚫어져라 쳐다보았다. 그는 그 문으로 실연 때문에 상처 입은 알티시도라가 들어오는 것을 보리라고 기대했으나, 그가 존경해 마지않는 시녀가 레이스로 된 기다랗고 하얀 두건을 쓰고 들어오는 것을 보았다. 그 두건이 어찌나 길던지, 머리끝부터 발끝까지 덮는 망토를 걸치고 있는 것 같았다. 왼손 손가락 사이에는 반 토막짜리 불 켜진 초를 들고, 오른손으로는 그늘을 만들고 있었다. 엄청나게 큰 안경이 눈을 덮고 있었으므로 촛불 빛이 직접 눈에 비치지 않도록 하기 위해서였다. 그녀는 아주 조용히 사푼사푼 발을 내딛고 있었다.

돈키호테는 침대를 조망대 삼아 그녀를 바라보았다. 그리고 그녀의 치장을 보고 그녀의 침묵을 주시하다가 어떤 마녀나 마법사가 그런 옷차림으로 못된 장난을 치러 온 것이라고 생각했다. 그래서 부랴부랴 성호를 긋기 시작했다. 그 요괴는 차츰 가까이 다가오다가, 방 한가운데 이르렀을 때 눈을 치켜뜨고 돈키호테가 정신없이 성호를 긋고 있는 모습을 보았다. 돈키호테가 그런 모습을 보자마자 무서워 사시나무 떨듯 벌벌 떨었다면, 그녀는 그의 모습을 보자마자 놀라 아연실색을 했다. 침대 시트로 몸을 감싸고 붕대를 두른 채 큰 키에 다른 모습을 하고 놀라는 그를 보았기에 그녀는 큰소리로 말했다.

"아이고머니! 내가 보고 있는 게 뭐지?"

그녀는 얼마나 놀랐던지 손에서 초를 떨어뜨렸고, 캄캄해지자 나가려고 등을 돌렸으나, 공포심으로 그만 스커트 자락에 걸려 바닥에 나둥그러지고 말았다. 돈키호테는 겁에 질려 말했다.

"맹세코 너에게 말하는데, 유령인지 뭔지, 네가 누군지 밝혀라. 그리고 나한테 바라는 것이 무엇인지 말해라. 만일에 네가 고통받고 있는 영혼이라면, 제발 나에게 말해다오. 내가 너를 위해 힘닿는 데까지 무엇이든 죄다 하겠다. 나는 가톨릭교도로 누구에게나 선善을 베풀기 좋아하는 사람이다. 나는 이런 일을 하기 위해 직업으로 편력 기사의 길을 택했다. 편력 기사의 업무는 연옥에 있는 영혼들에게까지 선을 베풀어야 할 정도로 그 범위가 넓다."

나둥그러졌던 시녀는 맹세하는 말을 듣고, 그 공포로 보아 돈키호테가 소리치는 것이라고 미루어 짐작하고 슬픔에 잠긴 낮은 목소리로 대답했다.

"돈키호테 나리, 혹시 나리께서 돈키호테시라면, 저는 나리께서 생각하시는 유령도, 환영도, 연옥의 영혼도 아니고, 제 주인마님이신 공작 부인의 우두머리 시녀 도냐 로드리게스입니다. 매사에 늘 신경을 써주시는 나리께서 해주셔야 할 일이 있어 뵈러 왔습니다."

"말씀하세요, 도냐 로드리게스 아가씨." 돈키호테가 말했다. "설마 아가씨께서 어떤 중매 같은 것을 서기 위해 오시지는 않았겠지요? 왜냐하면 누구와도 비길 데 없이 아름다운 미녀이신 내 마음의 연인 엘 토보소의 둘시네아 아가씨가 계시기에, 다른 어떤 누구에게도 나라는 사람은 무용지물이라는 것을 그대가 알아주었으면 해서 말씀드리는 것입니다. 결국 내가 드리는 말씀은, 도냐 로드리게스 아가씨, 아가씨께서 모든 사랑의 전갈을 포기하시고 마음을 새롭게 하시겠다면, 다시 그 초에 불을 켜고 돌아오셔도 됩니다. 그러면 무엇이고 말씀하고 싶은 일과, 아가씨에게 제일 재미있을 일은 무엇이든지 이야기해봅시다. 내가 방금 말했듯이, 달콤한 사랑을 부추기는 이야기는 제외하고 말이오."

"제가 어느 누구의 심부름을 오겠어요, 나리?" 시녀가 대답했다. "나리께서는 저를 잘 모르시는군요. 그렇습니다, 저는 그 같은 유치한 짓을 받아들일 만큼 아직 그렇게 오래 살아온 나이가 아닙니다. 불행 중 다행인 것은 아직 저에게는 민첩함과 정열이 있고, 이 아라곤 땅에서는 아주 흔해빠진 감기로 인해 부득이 빠져버린 몇 개를 제외하고는 모든 이가 입에 고스란히 박혀 있답니다. 하지만 나리께서는 잠깐만 기다려주십시오. 내 초에 불을 켜러 나갔다 오겠습니다. 나리께서는 세상의 모든 고민을 죄다 해결해주시는 해결사이시기에 바로 돌아와 제 고민들을 말씀드리겠습니다."

그리고 그녀는 대답을 기다리지도 않고 방에서 나가버렸다. 돈키호테는 방에서 그녀를 기다리면서 마음을 진정시키고 생각에 잠겨 있었다. 그러나 곧 있을 새로운 모험에 대한 수천 가지 생각들이 불시에 그에게 몰려왔다. 자기 마음의 연인인 아가씨에게 약속한 맹세를 깨는 위험에 처한 것은 나쁜 짓이고 더 나쁜 생각인 것 같아서 그는 자기 자신에게 말했다.

"민감하고 교활한 악마가 황후나 여왕이나 공작 부인이나 후작 부인이나 백작 부인으로는 할 수 없으니 시녀를 이용해 날 속이려고 하는 것이 아닌지 누가 알겠는가? 악마란 놈은 가능하면 얼굴이 갸름한 여자보다 우선 코가 납작한 여자를 보내준다고, 수차 많은 분별력 있는 분들이 하는 말을 내가 들었지. 그리고 이 고독과 이 기회와 이 고요가 잠자고 있는 내 욕망들을 눈뜨게 하여, 내 말년에 이르러 결코 한 번도 겪어보지 못한 일에 푹 빠져 헤어나지 못하고 허우적거릴지 누가 알겠는가? 그러니 이 같은 경우에는 싸움을 기다리기보다 삼십육계가 더 나아. 그렇지만 내가 지금 이런 얼토당토않은 것을 말하고 생각하다니, 본정신이 아닌 것이 분명해. 길고 하얀 두건에 안경을 쓴 시녀가 세상에서 가장 매정한 이 가슴에 음탕한 생각을 하게 하거나 유혹하는 것은 가능하지 않은 일이다. 혹시 지상에 살결 보드라운 시녀가 있단 말인가? 혹시 세상에 건방지지 않고, 얼굴 찡그리지 않고, 아양을 떨지 않는 시녀가 있단 말인가? 꺼져버려라, 꺼져버려. 인간 대접을 받기에는 무용지물인 시녀 족속들아! 오, 어떤 시녀가 자기 응접실 끝에 안경 낀 두 시녀의 조각상과 방석을 두고 지냈는데, 그 조각상들이 마치 수놓고 있는 듯이 진짜 시녀들처럼 그 홀의 권위에 그렇게도 쓸모가 있었다니, 그 시녀가 얼마나 장한 일을 한 것인가!"

돈키호테는 이렇게 말하면서, 문을 닫아 로드리게스 아가씨가 방으로 들어오지 못하도록 할 생각으로 침대에서 뛰어내렸다. 그러

나 문에 다다랐을 때는 이미 로드리게스 아가씨가 하얀 밀랍 초에
불을 붙여 돌아오고 있었다. 그녀는 침대 시트를 뒤집어쓰고 붕대
를 감은 채 두건인지 귀 가리개인지 모를 취침용 모자를 쓰고 있는
돈키호테를 더 가까이서 보자, 다시금 새롭게 겁이 나서 두어 걸음
뒷걸음치면서 말했다.

"우리 안전합니까, 기사 나리? 나리께서 침대에서 일어서 계신
것이 제가 보기에는 그리 예의 있는 자세가 아닌 것 같아서요."

"그건 바로 내가 그대에게 물어보는 것이 좋겠는데요, 아가씨."
돈키호테가 대답했다. "그래서 기습을 받거나 겁탈을 당하는 일 없
이 안전할지 묻는 것입니다."

"누구로부터요? 누구에게 그런 안전을 부탁하는 것이죠, 기사
나리?" 시녀가 물어보았다.

"그대에게 묻는 거예요. 그대의 안전을 부탁하는 겁니다." 돈키
호테가 되받아 말했다. "내가 대리석으로 만들어진 것도 아니고 또
그대가 청동으로 만들어진 것도 아니며, 지금은 오전 10시도 아니
고 한밤중이고, 그리고 약간 더 있습니다. 내 생각에 의하면 그 앙큼
하고 대담한 아이네이아스가 그 아름답고 자비심 넘치는 디도와 사
랑을 속삭인 동굴도 이러했을까 싶을 만큼 더 밀폐되고 비밀스런 방
이랍니다. 하지만 아가씨, 나에게 손을 주세요. 나는 내 자제력과 신
중함의 안전보다 더 큰 다른 안전을 원하는 것이 아니고, 내가 존경
해 마지않는 두건들이 제공하는 것보다 더 안전한 것은 없습니다."

이렇게 말하면서 돈키호테는 그녀의 오른손에 입맞춤을 하고
그녀의 손을 잡았으며, 그녀도 그에게 똑같은 예를 갖추었다.

여기서 원저자 시데 아메테는 한마디 덧붙이고 있다. 그는, 마

호메트에게 맹세코, 두 사람이 그렇게도 단단히 손을 잡고 꽉 붙어서 문에서 침대까지 가는 것을 보면, 자신이 가지고 있는 두 벌의 망토 중에서 가장 크고 좋은 것을 주어도 아깝지 않을 만큼 볼 만한 장면이었다고 말한다.

결국 돈키호테는 침대로 들어갔고, 도냐 로드리게스는 안경도 벗지 않고 촛불도 끄지 않은 채 침대에서 약간 멀리 있는 의자에 앉았다. 돈키호테는 몸을 웅크리고 앉아 얼굴만 내놓고 온몸을 덮었다. 두 사람의 마음이 어느 정도 진정되자, 돈키호테가 먼저 침묵을 깨고 말했다.

"나의 도냐 로드리게스 아가씨, 내 깨끗한 귀로 경청해 자비로운 행동으로 도와드릴 수 있을 테니, 아가씨께서는 고민스러운 마음과 상처 입은 마음속에 품고 있는 그 모든 것을 입을 열어 털어놓고 말해도 됩니다."

"저도 그렇게 믿고 있습니다." 시녀가 말했다. "나리의 품위 있고 쾌활한 모습에서 기독교도다운 대답 말고 다른 어떤 대답을 기대할 수 있겠습니까요. 사실을 말씀드리면, 돈키호테 나리, 나리께서는 닳아빠져 엉망이 된 시녀 옷을 입고 이 의자, 아라곤왕국의 한가운데에 제가 앉아 있는 모습을 보시겠지만, 저는 아스투리아스데 오비에도 출신으로 그 지방에서 가장 훌륭한 분들을 많이 배출한 집안에서 태어났습니다. 그러나 제 운이 없음과 제 부모님의 잘못으로, 어쩌다 그리 되었는지 모른 채 제가 철이 들기도 전에 가난해져 저는 수도 마드리드로 보내졌습니다. 부모님께서는 제가 더 큰 불행 없이 평화롭게 잘 살기를 바라는 마음으로, 저를 한 지체 높은 귀부인 밑에서 자수 놓는 시녀로 봉사하도록 넣어주셨습니다. 장식을 위해 천 가장자리 올을 풀고 자수를 놓는 일에서 저를 따를 사람은 제 평생을 통해 한 사람도 없었다는 사실을 나리께 알리고 싶습니다. 제 부모님은 저를 남의 집에서 침모를 살도록 남겨두고 고향으로 돌아가셨는데, 몇 해 안 가서 하늘나라에 가셨습니다. 그분들은 마음씨가 곱고 기독교 가톨릭교도였으니 그랬을 겁니다. 고아가 된 저는 쥐꼬리만 한 봉급으로, 궁중에서 그런 하녀들에게 늘 주는 옹색한 혜택으로 삶을 영위했습니다. 그리고 이때, 저는 별다른 관심을 보이거나 추파를 던진 적도 없는데, 그 집의 한 종자가 저한테 홀딱 반했답니다. 그는 이미 나이가 듬직한 사내로 수염이 덥수룩하고 풍채가 좋았는데, 특히 라 몬타냐[314] 태생이어서 마치 임금처럼 큰소리치며 호화롭게 사는 양반이었답니다. 우리는 우리의 연애를 굳이 비밀로 하지 않았으므로, 제가 섬기고 있던 마님의 귀에도 들어가지 않을 수 없었습니다. 소식을 접한 제 여주인께서는 이런저런 소문이 나지 않도록 우리를 로마 가톨릭교회법에 따라 성대히 결혼시켜주셨답니다. 그 결혼에서 딸이 하나 태어났는데, 만일 제게 어떤 행운이 있었다면 딸아이가 그 행운에 종지부를 찍게 했답니다. 출산을 하다가 제가 죽을 뻔한 건 아니고 순산이었는데, 출산 후 얼마 되지 않아 제 남편이 어떤 좋지 못한 일로 세상을 떠난 것입니다. 지금 그 자초지종을 들으시면 나리께서도 깜짝 놀라실 줄 압니다."

이러고 그녀는 구슬프게 울기 시작하면서 말했다.

---

314 에스파냐 북부 산탄데르의 산골에 있는 지방으로, 무어인의 침입을 받지 않았기에 순수한 혈통을 자랑으로 삼았다.

"용서하세요, 돈키호테 나리, 더 이상 참을 수가 없군요. 불행하게 죽은 제 남편을 생각할 때마다 눈물이 앞을 가려 주체를 못 한답니다. 정말 대단했답니다! 흑옥처럼 새카맣고 튼튼한 노새 엉덩이에 제 마님을 태우고 다니면서 얼마나 위풍당당했는지! 그때는 지금처럼 마차나 가마를 이용하지 않았기에 마님들은 자기 종자들을 데리고 다니면서 종자가 탄 노새 엉덩이에 타고 다녔답니다. 적어도 이것만은 꼭 말씀드릴 수 있었으면 합니다. 제 착한 남편의 예의와 정확성을 아실 수 있을 테니까요. 마드리드에서 산티아고 거리에 들어갈 때였습니다. 그 길이 약간 좁은데, 마침 법관이 수행원두 명을 앞세우고 나타났습니다. 제 마음씨 고운 종자는 법관을 보자 그의 뒤를 따라가겠다는 표시를 하면서[315] 노새의 고삐를 돌렸어요. 노새의 엉덩이에 타고 가던 제 주인마님께서 낮은 목소리로 제 남편에게 말했습니다. '뭐 하고 있는 거야, 재수 없는 놈아! 여기 내가 타고 가는 것이 안 보여?' 법관은 정중히 말고삐를 멈추고 제 남편에게 말했습니다. '나리, 가시던 길을 계속 가세요. 제가 도냐 카실다 마님을 뒤따라가겠소.' 이 도냐 카실다가 제 여주인의 이름이었습니다. 그러나 여전히 제 남편은 손에 모자를 들고 법관을 뒤따라가겠다고 고집을 피웠답니다. 제 마님은 그것을 보시고 화가 머리끝까지 나서 굵은 핀을 꺼내더니, 화장품 상자에 들어 있던 돗바늘로 생각됩니다만, 그 핀으로 제 남편의 등을 쿡 찔러버렸답니다. 제 남편은 큰 소리를 지르면서 몸을 비틀더니 자기 주인마님

---

315 당시에는 거리에서 사람을 만난 경우 한 사람의 거리를 두고 뒤를 따라가는 것이 존경의 표시였다.

과 함께 땅바닥에 굴러떨어지고 말았습니다. 마님의 두 하인이 급히 달려와 마님을 일으키고, 법관과 두 수행원도 급히 달려왔습니다. 과달라하라 문[316]은 온통 난리판이 벌어졌답니다. 제 말은 그 문 주변에서 하는 일 없이 빈둥거리던 사람들이 그랬다는 겁니다. 제 주인마님은 걸어서 돌아갔고, 제 남편은 핀이 창자를 관통했다면서 이발소[317]로 급히 달려갔습니다. 제 남편이 차린 예의범절의 분명함이 세상에 널리 퍼져, 제 남편이 길거리에 나서면 아이들이 그 뒤를 졸졸 따라다녔답니다. 이런 문제로, 그리고 제 남편의 시력이 약간 좋지 않아서 제 주인마님이신 공작 부인[318]이 그를 해고했습니다. 의심할 여지도 없이 그 괴로움 때문에 제 남편은 죽을병에 걸렸다는 생각이 듭니다. 저는 과부가 되고, 의지가지없는 가련한 신세가 되었습니다. 그리고 딸까지 떠맡아 키우는 따라지신세가 되고 말았죠. 딸아이는 바다의 거품처럼 나날이 아름다움을 뽐내며 성장해갔습니다. 때마침 저는 수예에 능하다는 명성이 나 있어, 제 주인마님이신 공작 부인께서 공작님과 갓 결혼하셨을 때 저를 이 아라곤왕국으로 데려오고 싶어 하셨고, 물론 제 딸아이도 저와 함께 데려오고 싶어 하셨답니다. 제 딸아이는 이곳에서 날이 가고 해가 갈수록 성장해 세상의 고상함이란 고상함은 죄다 한 몸에 지니게 되었습니다. 그러니까 딸아이는 종달새처럼 노래 부르고, 생각처럼 무용도 하고, 신들린 사람처럼 춤을 추고, 학교 선생님처럼 읽고 쓰

---

316 대로인 플라테리아 거리와 라 플라사 데 라 비야 거리 사이에 있다. 마드리드에서 무척 붐비는 곳이다.

317 당시에는 이발사가 마을 의원의 보조역을 했다.

318 세르반테스가 여기서 도냐 카실다 마님을 공작 부인과 혼동했을 가능성이 있다.

며, 노랑이처럼 계산도 한답니다. 청결에 대해서는 말할 필요가 없습니다. 흐르는 물도 그 아이보다는 깨끗하지 못하죠. 제 기억이 맞는다면 그 아이는 지금 나이가 열여섯하고 다섯 달 사흘, 그보다 하루가 많거나 적을 겁니다. 결론적으로 말해서 이곳에서 그리 멀지 않은, 제 주인이신 공작 나리의 마을에 있는 한 대단한 부자 농부의 아들이 이런 내 여식에게 홀딱 반했답니다. 실제로 어쩌다가 그렇게 되었는지는 알 수 없으나 두 사람은 육체관계까지 가졌고, 그가 남편이 되겠다는 말로 내 딸을 농락해놓고 약속을 지키려 하지 않은 겁니다. 제가 한 번도 아니고 수차 제 주인이신 공작님께 호소하여 공작님께서도 그 사실을 알고 계십니다. 저는 그 농사꾼이란 작자가 제 딸아이와 결혼하게 명령을 내려달라고 부탁을 드렸지만, 우이독경으로 제 말을 들은 척도 하지 않으셨습니다. 왜냐하면 그 바람둥이의 아버지가 대단한 부자인 데다 공작님께 돈을 빌려주기도 하고, 때로는 연체된 빚의 보증인까지 되어주니, 그 부자에게 불만을 품게 하거나 어떤 방법으로라도 고통을 줄 일을 하고 싶지 않았기 때문입니다. 그러하오니 나리, 나리께서 애원을 하시든지 아니면 무기를 써서라도 이 굴욕을 씻어주셨으면 합니다. 나리께서는 불만을 해소해주시고, 비뚤어진 것을 바로잡아주시고, 불쌍한 이들을 감싸주시기 위해 이 세상에 태어나셨다고 모든 이가 말하고 있습니다. 제가 말씀드린 제 여식의 모든 장점과 그 아이가 고아라는 점, 그리고 그 아이의 예의범절과 젊은 패기를 생각해주십시오. 제 주인마님께서 거느리신 아가씨들 중에서는 누구 하나 제 여식의 신발 밑바닥에도 미치지 못한다는 걸 하느님과 제 양심에 걸고 맹세합니다. 아주 자유분방하고 뛰어난 알티시도라라고 하는 아가씨가 하나 있긴 하지만, 제 여식과 비교하면 천양지차天壤之差지요. 그래서 드리는 말씀입니다만, '반짝인다고 다 황금이 아니다'라는 것을 나리께서 알아주시기를 바랍니다. 이 알티시도라라는 아이는 아름답다기보다는 우쭐거리고, 정숙하다기보다는 자유분방합니다. 더욱이 그다지 건강해 보이지 않는데, 숨 쉬는 것이 어쩐지 피곤해 보여 한순간이라도 그 아이 옆에 함께 있는 것이 참기 힘들 정도입니다. 심지어 제 주인마님이신 공작 부인께서도…… '낮말은 새가 듣고 밤말은 쥐가 듣는다'[319]라고 사람들이 늘 말하기에 입을 봉하겠습니다."

"세상에, 제 주인마님이신 공작 부인께 무슨 일이라도 있습니까, 도냐 로드리게스 아가씨?" 돈키호테가 물어보았다.

"그렇게 간청하시니," 시녀가 대답했다. "그렇게 진심에서 우러나오는 말로 물으시니 대답하지 않을 수가 없군요. 돈키호테 나리, 나리께서는 제 주인마님이신 공작 부인의 아름다움을, 광을 내 번쩍번쩍한 그 얼굴의 살갗을, 한쪽 볼에서는 해님이 또 다른 쪽 볼에서는 달님이 뜬 것 같은 젖빛에 홍조를 띤 그 두 볼을, 그리고 밟고 다니는 곳마다 마치 땅을 경멸하는 듯 보이고 지나는 곳마다 건강을 흘리고 다니는 듯한 그 늠름함을 보셨습니까? 이런 것에 나리께서는 먼저 하느님께 감사하실 수 있어야 하고, 그다음에는 그분의 두 다리에 있는 두 배농排膿 구멍[320]에 감사하실 수 있어야 합니

---

319 Las paredes tienen oídos. 직역하면 '벽에도 귀가 있다'라는 뜻이다.

320 fuente. 세르반테스 시대에는 다리, 가슴, 사타구니에 나쁜 체액이 흘러나오는 배농 구멍을 만들 수 있다고 믿었다.

다. 그 두 배농 구멍으로 의사들이 가득 차 있다고 말하는 모든 나쁜 체액이 흘러나오기 때문입니다."

"하느님 맙소사!" 돈키호테가 말했다. "그런데 제 주인마님이신 공작 부인께서 그런 배농 구멍을 가지셨다는 것이 가능한 일입니까? 맨발의 수사들이 그 말을 했다면 믿지 않겠지만, 도냐 로드리게스 아가씨께서 말씀하시니 틀림없는 것 같습니다. 그러나 그런 배농 구멍이 두 다리 사이에 있다면 체액이 흘러나오는 것이 아니고 액체 용연향이 흘러나올 겁니다. 배농 구멍을 만드는 이 방법은 건강에 분명 중요하다는 것을 저는 사실 이제 막 믿게 되었습니다."

돈키호테가 이 말을 끝내자마자 꽝 하는 소리와 함께 방문이 열렸다. 그 꽝 하는 소리에 대경실색한 도냐 로드리게스의 손에서 초가 떨어져, 사람들이 늘 말하듯, 방 안은 늑대의 입속처럼 암흑세계가 되었다. 그리고 곧 가련한 시녀는 누군가가 두 손으로 자기 목을 아주 강하게 움켜잡는 것을 느꼈지만 소리칠 수가 없었다. 그러자 다른 인물이 아주 잽싸게 말 한마디 없이 그녀의 스커트를 올리더니, 보아하니 슬리퍼 한 짝으로 그녀를 개 패듯 마구 때리기 시작했다. 그야말로 불쌍하고 애처로워 차마 눈 뜨고 볼 수 없을 정도로 보기가 민망했다. 돈키호테도 그런 생각이었지만 침대에서 옴짝달싹하지 않았다. 도대체 그런 일이 어떻게 해서 일어날 수 있었는지 알지 못해 가만히 찍소리도 못 하고 있었다. 무시무시하게 두들겨 패는 바람에 혹 자기에게 달려들지나 않을까 전전긍긍하고 있었다. 돈키호테의 두려움은 기우가 아니었다. 침묵의 냉혈한들은 감히 불평 한마디 못한 시녀를 녹초가 되도록 패고나서 돈키호테에게 달려들었고, 홑이불과 침대 시트를 벗기더니 연거푸 아주 사정없이 꼬집어댔다. 돈키호테는 주먹질을 해대며 방어하는 수밖에 달리 방법이 없었다. 이런 모든 일은 놀라운 침묵 속에서 진행되었다. 싸움은 거의 반 시간이 걸렸다. 도깨비들이 나갔고, 도냐 로드리게스는 스커트를 내리고 자신의 불행을 한탄하면서 돈키호테에게 말 한마디 없이 문밖으로 나갔다. 돈키호테는 고통스럽게 꼬집혀 갈피를 못 잡고 홀로 생각에 잠겼다. 여기서 우리는 그를 이렇게 궁지에 빠뜨린 사악한 마법사가 누구인지 궁금해하는 돈키호테를 그대로 두자. 시간이 지나면 알게 될 일이다. 그런데 산초 판사가 우리를 부르니, 이야기의 적당한 조화를 위해 그곳으로 가보는 것이 좋겠다.

· 제49장 ·

산초 판사가 자기 섬을
야간 순시하면서 생긴 일에 대해

우리는 묘사에 뛰어난 재주가 있고 엉큼하기 그지없는 농사꾼에게
화가 나서 불쾌해하는 위대한 총독을 두고 왔다. 집사가 조작한
엉큼한 농사꾼과 공작의 지시를 받은 집사가 함께 산초를 우롱한
것이었다. 산초는 비록 어리석고 무모하며 땅딸막한 체구였지만,
일단 말을 꺼내면 매사에 아주 굳세게 대처했다. 그리고 자기와 함
께 있던 사람들과, 공작의 편지에 담긴 비밀 이야기가 모두 끝났기
때문에 다시 그 홀에 들어와 있던 의사 페드로 레시오에게 말했다.

"이제 진짜로 재판관들이나 통치자들이 소송 당사자들의 골치
아픈 짓거리를 견디어내기 위해서는 청동으로 만들어졌거나 만들
어져야만 할 것 같소. 이 소송 당사자들은 무슨 일이 있더라도 자기
소송만 생각하면서 언제나 자기 말을 듣고 처리해주기를 바라고
있소. 그리고 그 불쌍한 재판관들이 할 수 없어서, 아니면 그들을
접견할 시간이 아니어서 그들의 말을 듣지 않거나 처리해주지 않
으면, 바로 헐뜯고 험담을 퍼부으며 뼈까지 갉아먹으려 대들고 혈

통까지 들먹거리고 나오지. 얼빠진 소송 당사자여, 어리석은 소송 당사자여, 그렇게 서두르지 말고 소송을 걸 기회와 때를 기다려라. 식사할 시간이나 취침 시간에는 오지 말게. 재판관들도 사람의 자식이고 자연의 욕구를 자연스레 들어주어야 하네. 만일에 내가 아니라 내 앞에 있는 페드로 레시오 티르테아푸에라 박사님이 하자는 대로 나에게 먹을 것을 주지 않는다면, 나더러 굶어 죽으라는 것이나 마찬가지라, 이런 죽음이 삶이라고 우긴단 말이오. 그렇다면 그런 삶은 하느님께서 그 양반이나 그 양반의 피붙이들 모두에게나 주라고 하면 되겠네요. 내 말은 승리의 종려나무와 월계관을 받을 자격이 있는 선량한 분들은 제외하고 악질적인 의사들의 삶에나 말이오."

  산초 판사를 알고 있는 사람들은 모두 그가 그렇게도 품위 있게 말하는 것을 듣고 탄복해 마지않았다. 직책과 무거운 책임이 판단력을 일깨우기도 하고 무디게 하기도 한다지만, 무엇이 산초를 그렇게 만들었는지 그들은 도저히 알지 못했다. 결국 티르테아푸에라의 페드로 레시오 아구에로 박사는, 설령 히포크라테스의 모든 경구를 어기는 한이 있더라도 그날 밤 저녁 식사를 푸짐하게 준비하겠다고 그에게 약속했다. 이러한 말에 총독은 만족하여 어서 밤이 되어 저녁 식사 시간이 오기를 학수고대했다. 그의 생각에는 비록 시간이 한곳에서 움직이지 않고 그냥 그대로 멈춰 있는 것 같았지만, 그래도 그렇게도 고대하고 고대하던 시간이 왔고, 양파를 넣고 버무린 쇠고기 요리와 날짜가 약간 지난 송아지 족발 삶은 요리가 저녁 식사로 나왔다. 그는 밀라노의 자고새 요리나, 로마의 꿩 요리나, 소렌토의 송아지 요리나, 모론의 메추리 요리나, 라바호스의 거위 요리가 나온 것보다 더 맛있게 먹는 데 온 정신이 팔려 무아경에 빠져 있었다. 그는 저녁 식사를 하면서 의사를 돌아보고 말했다.

"이보시오, 의사 양반, 앞으로는 나를 기쁘게 할 양으로 음식을 준비하거나 진수성찬을 차려 나에게 먹이려고 신경을 쓰지 마시오. 이런 일은 내 위가 거부 반응을 일으켜 뒤틀릴 것이기 때문이오. 내 위는 염소고기, 쇠고기, 절인 돼지고기, 말린 고기, 무와 양파에 길들여져 있소. 그리고 혹시 다른 궁중 음식이라도 들어가면 잘 받아들일 때도 있지만 가끔 토해내기도 한다오. 주방장의 할 일은 맛이 간 요리라고 불리는 이것들을 가져다주는 것이오. 맛이 가면 갈수록 냄새가 더 구수하죠. 그리고 그 요리에 주방장이 원하는 것은 무엇이거나 죄다 집어넣어 섞을 수 있겠죠. 그렇게 먹게 해주면 나는 주방장에게 감사할 것이며, 언젠가는 그에게 보답을 할 거요. 그리고 어느 누구건 나를 놀려서는 안 됩니다. 우리가 서로 좋아하건 싫어하건 함께 삽시다. 그리고 의좋게 먹읍시다. 하느님께서 날을 밝히시면 우리 모두에게 날이 밝아오는 것이기 때문이오. 나는 법을 어기지도 않고, 뇌물을 받지도 않고 이 섬을 다스릴 것이오. 그리고 모든 사람이 눈을 똑바로 뜨고 자기 맡은 바를 다하게 할 것이오. 어딘가에는 늘 혼란이 있는 법입니다. 만일에 나에게 기회를 준다면, 기적을 보게 될 것이오. 아니, 자신이 꿀이 되면 파리떼가 몰려와 먹게 마련이지요."

"참으로 지당하신 말씀입니다, 총독 나리." 주방장이 말했다. "나리께서 말씀하신 것은 모두 지당하십니다. 그래서 저는 이 섬 전 주민의 이름으로 모든 정확성과 사랑과 자비심으로 나리를 모실

것을 약속드리는 바입니다. 왜냐하면 이런 원칙에서 총독 나리께서
보여주신 부드러운 통치 방식은 나리께 반기를 들거나 반기를 들
생각을 할 여지를 주지 않을 것이기 때문입니다."

"나도 그렇게 믿고 있소이다." 산초가 대답했다. "주민들이 다
른 짓을 하거나 생각한다면 그들이 바보일 것이오. 그래서 다시 하
는 말인데, 내 끼닛거리와 내 잿빛 당나귀의 끼닛거리에 신경을 써
주었으면 하오. 그것이야말로 이 일에서 중요하고 더 고려해야 할
점이오. 시간이 되었으니 섬을 한 바퀴 둘러보러 갑시다. 온갖 종류
의 불결한 것과, 떠돌이 인간들과 게으름뱅이들과 악덕 쾌락에 빠
진 여자들을 죄다 이 섬에서 깨끗이 쓸어버리는 것이 내 뜻이기 때
문이기도 하오. 왜냐하면 친구들이여, 내가 알려주고 싶은 것은 이
사회에서 쓸모없는 게으름뱅이들은 일벌들이 만들어둔 꿀이나 먹
어치우는 벌집의 수벌이나 똑같은 존재에 불과하기 때문이오. 나는
농사꾼들을 도와주고, 양반들의 특권을 지켜주고, 덕망이 높은 자
들에게 상을 내리고, 그리고 더욱이 종교와 종교인들의 명예를 존
중할 생각이외다. 이것에 대해 어떻게들 생각하오, 친구들? 내 말에
수긍이 가는 점이 있나요, 아니면 내 말이 일사불란하지 않다고 생
각하나요?"

"나리께서 그렇게 말씀하시니, 총독 나리," 집사가 말했다. "나
리처럼 학식도 없는 분이, 제가 생각하기에는 학교 근처에도 가보
지 못한 분이 이렇게 많은 금언과 충고로 가득한 말씀을 하시는 것
을 보고 감탄해 마지않고 있습니다. 우리를 파견한 분들과 이곳에
나리를 모시고 온 우리 모두는 나리의 지혜가 기대 이상이어서 그
저 놀라고 놀랄 따름입니다. 세상에서는 매일 새로운 일들이 생깁

니다. 장난이 어느새 진실이 되고, 남을 조롱하는 자들이 오히려 조롱을 당하기도 한답니다."

밤이 되고 총독은 레시오 박사의 허락으로 저녁 식사를 했다.[321] 그들은 순시 나갈 채비를 했다. 총독은 집사와 비서와 주방장, 그리고 그의 행적을 기록하는 데 신경을 쓰는 기록관을 거느리고 나갔다. 경찰들과 서기들이 하도 많아 중대의 절반은 이룰 정도였다. 산초는 지위를 표시하는 지휘봉을 들고 중간에 갔는데, 그것은 참으로 대단한 구경거리였다. 거기서 두세 거리를 걸어가고 있을 때, 칼싸움을 하는 소리가 들린 것 같았다. 그들이 그쪽으로 쫓아가 보니, 남자 둘이 싸우고 있었다. 그들은 관리들이 오는 것을 보고는 아무 일도 없었다는 듯이 가만히 있었다. 그런데 그중 한 사람이 말했다.

"이곳은 하느님이 계시고 임금님이 계신 곳이오! 어찌 이 마을에서 도둑질을 하고 거리 한복판에서 강도질을 하러 나오는 것을 보고 참을 수가 있겠습니까?"

"진정하시오, 착한 양반아." 산초가 말했다. "내가 총독이니 이 싸움의 원인이 무엇인지 나한테 이야기하시오."

다른 상대방이 말했다.

"총독 나리, 제가 원인을 간단히 말씀드리겠습니다. 나리께서도 아시겠지만, 이 말끔히 생긴 양반이 이 앞에 있는 도박장에서 지금 방금 천 레알 이상의 돈을 땄습니다. 하느님만이 이 작자가 어떻게 해서 땄는지 아시겠지만, 제가 거기에 있었습니다. 저는 제 양심

---

321 이미 저녁 식사를 했는데 또다시 저녁 식사를 했다고 하는 것은 작가 세르반테스의 건망증으로 인한 착오로 봐야 한다는 것이 《돈키호테》 연구자들의 일관된 주장이다.

을 걸고 공표하지 않으려고 했는데, 이 작자가 자기한테 유리하도록 의심스러운 속임수를 쓰는 걸 한 번 이상 보았습니다. 이 작자는 돈을 따고는 자리에서 일어났습니다. 저는 그때 적어도 개평으로 몇 에스쿠도는 받을 것이라고 기대했습니다. 저 같은 구경꾼들에게 주는 것이 관습이고 관례이기 때문입니다. 엉터리 짓거리를 감시하고 싸움을 말리기 위해 우리는 좋은 일이나 나쁜 일을 다 겪으며 노름판에 있거든요. 그런데 이 작자는 돈을 지갑에 넣더니 도박장에서 나가버렸어요. 나는 뱉이 꼴려 이 작자의 뒤를 따라나서 좋게 점잖은 말로 하다못해 8레알이라도 달라고 했답니다. 이 작자는 내가 정직한 사람이고 직업도 없고 벌이도 없다는 것을 알고 있을 테니 말입니다. 제 부모님은 저에게 교육을 시키지도 않았고 유산도 남겨주지 않으셨기 때문입니다. 그런데 간교한 작자가, 카코[322]보다 더 도둑도 아니고 안드라디야[323]보다 더 사기꾼도 아니면서, 4레알 이상은 줄 수 없다는 거예요. 총독 나리, 이 얼마나 염치없고 양심도 없는 작자인지 보십시오! 진실로 나리께서 오시지 않았다면, 이 작자가 딴 돈을 몽땅 토해내게 하고 이럴 때는 청산을 어떻게 하는지 맛을 좀 보여주었을 겁니다.”

“그대는 이것에 대해 무슨 할 말이 없는가?” 산초가 물어보았다.

그러자 다른 사람은 자기 상대방이 한 말은 다 사실이라고 대답하면서, 4레알 이상은 줄 수 없다고 했다. 왜냐하면 그에게 수차

---

322 Caco. 로마신화에 등장하는 큰 도둑.
323 Andradilla. 어떤 인물이었는지 확인이 안 된다. 다만 그 당시에 일반인들에게 널리 알려진 사기꾼 같은 노름꾼이었을 것이라고 추측된다.

개평을 주었으며, 개평을 바라는 자들은 정중해야 하고 주면 주는 대로 기쁜 얼굴로 받아야지 이러쿵저러쿵 말이 많아서는 안 된다고 했다. 확실히 알지도 못하면서 사기꾼이라느니 속임수로 돈을 땄다느니 돈을 딴 사람들에게 이런저런 계산을 하고 달려드는 것은 천부당만부당한 일이라는 것이었다. 그 작자가 말하듯이, 도둑이 아니고 착한 사람이라는 증거로, 그 작자에게 개평을 한 푼도 주지 못하겠다고 한 것보다 더 확실한 증거가 어디 있느냐고 했다. 사기꾼들은 언제나 그들을 아는 구경꾼들에게 세금을 바치는 것이 상례라고 했다.

"맞는 말입니다." 집사가 말했다. "총독 나리, 이 사람들을 어떻게 해야 할지 봐주십시오."

"이렇게 하면 되겠어." 산초가 대답했다. "당신, 돈을 딴 사람은 정당하게 땄건 속임수로 땄건 상관없이 당신에게 칼질한 이 사람에게 즉시 백 레알을 주게나. 그리고 감옥의 불쌍한 자들을 위해 30레알을 더 내놓게. 그리고 당신, 직업도 없고 벌이도 없는 당신, 이 섬에서 하는 일 없이 빈둥빈둥 돌아다니면서 놀고먹는 당신은 즉시 그 백 레알을 받고 내일 중으로 이 섬을 떠나도록 하게나. 10년간 추방이네. 만일에 그 벌을 어기면 저세상에서 그 벌을 이행하게 될 걸세. 내가 당신을 효수하거나, 아니면 적어도 내 명령에 의해 망나니가 그렇게 할 걸세. 그리고 어느 누구도 내 명령에 감히 말대답을 해서는 안 된다. 만에 하나 그렇게 되면 호된 벌을 받게 될 것이다."

한 사람은 돈을 자루에서 꺼내 주었고, 다른 사람은 돈을 받았다. 후자는 섬에서 떠났고, 전자는 자기 집으로 돌아갔으며, 총독은 남아서 계속 말했다.

"이제 별로 할 일도 없을 것 같군. 아니면 이 도박장들을 없애야겠어. 내가 추측건대 도박장들은 백해무익한 것들로 보이거든."

"적어도 이 도박장은," 한 서기가 말했다. "나리께서 없애실 수는 없을 겁니다. 왜냐하면 어떤 거물의 소유인데, 그가 카드 도박으로 한 해에 잃는 돈이 버는 돈보다 비교도 안 되게 훨씬 더 많기 때문입니다. 다른 소규모 도박장에 대해서는 나리의 권한으로 없애실 수 있을 것입니다. 소규모 도박장들이 해를 많이 끼치고 부정한 행위를 더 많이 저지르고 있기 때문입니다. 높으신 기사 분들의 집이나 귀족들의 집에서 이름난 사기꾼들이 감히 속임수를 쓰는 일은 없습니다. 노름을 하는 악벽이 일반적인 일이 되어버린 마당이니, 일반인들의 집에서 노는 것보다는 고관대작의 집에서 노는 것이 더 낫습니다. 그런 집에서는 한밤중에 재수 없는 놈이라도 한 사람 잡히면 산 채로 껍질이 벗겨질 것입니다."

"지금은 말일세, 서기," 산초가 말했다. "그 문제에 대해 할 말이 많은 줄 알고 있네."

이러고 있을 때 포리捕吏 한 사람이 한 젊은이를 붙잡아 데리고 와서 말했다.

"총독 나리, 이 젊은이가 우리 쪽으로 오다가 멀리서 포리가 있는 것을 어렴풋이 보고는 등을 돌려 마치 사슴처럼 달리기 시작했습니다. 그것은 이 친구가 어떤 범죄에 연루되었다는 증거입니다. 나는 이 친구의 뒤를 쫓아갔습니다만, 이 친구가 돌부리에 걸려 넘어지지만 않았다면 도저히 붙잡지 못했을 것입니다."

"왜 달아났지, 이 친구야?" 산초가 물었다.

그 말에 젊은이가 대답했다.

"나리, 포리들이 하는 그 많은 질문에 일일이 대답하는 것이 귀찮아 피하려고 그랬습니다."

"직업이 뭔가?"

"직물공입니다."

"그럼 무엇을 짜는가?"

"나리께서 기꺼이 허락하신다면, 창끝에 꽂는 쇠붙이입니다."

"자네, 날 웃기려고 그러는가? 신소리꾼 티를 내는 것인가? 좋네! 그럼 지금 어디 가는 길인가?"

"나리, 바람 쐬러 가는 길입니다."

"그럼 이 섬에서는 어디로 바람을 쐬러 가는가?"

"바람 부는 곳으로요."

"좋네. 대답 한번 또박또박 제대로 하는구나! 참 재치 있군, 젊은 양반. 그렇지만 내가 바람이라고 가정해보게. 내가 고물에서 바람을 불어대서 자네를 감옥으로 가게 할 수도 있어. 이봐, 이 친구를 붙잡아 데려가게나. 오늘 밤 그곳에서 바람 없이 자게 하겠다!"

"이거야 원!" 젊은이가 말했다. "나리께서 저를 감옥에서 자게 하겠다는 것은 저를 국왕이 되게 하는 것이나 마찬가지입니다."

"그런데 왜 내가 자네를 감옥에서 자게 하지 못할 것 같지?" 산초가 말했다. "내가 원할 때는 언제 어느 때나 자네를 잡고 풀어줄 권한이 없다는 거야?"

"나리께서 아무리 권한을 많이 가졌다고 해도," 젊은이가 말했다. "감옥에서 저를 자게 하기에는 충분하지 않을 것입니다."

"어째서 충분치 않다는 말이냐?" 산초가 되받아 말했다. "이 친구를 즉시 데리고 가서 얼마나 착각을 하고 있는지 자기 눈으로 확인하게 해라. 설령 간수장이 이 친구를 관대히 대하려고 해도 소용없을 것이다. 만일에 간수장이 자네를 감옥에서 한 발짝이라도 내보내면 2천 두카도의 벌금을 그에게 물리겠다."

"그 모든 것은 웃기는 일에 불과합니다." 젊은이가 대답했다. "문제는 세상에 살고 있는 모든 이가 죄다 저를 감옥에서 자게 하지 못하리라는 것입니다."

"말해봐라, 이 악마야!" 산초가 말했다. "자네를 꺼내주고, 자네에게 채우라고 명령할 생각인 족쇄를 자네에게서 풀어줄 무슨 천사라도 있단 말이냐?"

"자, 총독 나리," 젊은이가 아주 그럴싸하게 대답했다. "우리 이성으로 돌아가 문제의 핵심을 찌르는 말을 해봅시다. 나리께서 저를 감옥으로 보내라고 명령하시고 그곳에서 저에게 족쇄와 쇠사슬을 채우고, 저를 감방에 넣고, 간수장이 나를 내보내면 간수장에게 큰 벌을 내린다고 칩시다. 그래서 간수장이 나리의 명령을 잘 지킨다고 칩시다. 이런다고 하더라도 만일에 제가 자기 싫다면, 그래서 제가 자지 않고 밤새 뜬눈으로 깨어 있다면, 제가 원하지 않는데도 나리의 모든 권한으로 저를 자게 하는 일이 가능할까요?"

"물론 그럴 수는 없어." 비서가 말했다. "이자가 결국 자기의 뜻을 관철했습니다."

"그래서," 산초가 말했다. "내 뜻에 동의하지 않는 의미에서라도, 자네 뜻이 아닌 다른 일로는 자지 않겠다는 것이군."

"그렇습니다." 젊은이가 말했다. "그런 일은 꿈에서도 생각할 수 없는 일입니다."

"그럼 잘 가게나." 산초가 말했다. "자네 집에 가서 잠이나 자게. 하느님께서 자네에게 단잠을 내려주시길 바라네. 자네의 단잠을 빼앗을 생각일랑 털끝만큼도 없네. 그렇지만 충고 하나 하겠네. 앞으로 포리하고는 농담 같은 걸 하지 말게나. 잘못 만나면 그런 짓을 하다가 대가리가 깨질 테니 말이네."

젊은이는 갔고, 총독은 순시를 계속했다. 그리고 얼마 지나지 않아 두 포리가 한 사나이를 포박해 데리고 와서 말했다.

"총독 나리, 남자 같은 이 작자는 남자가 아니라 여자입니다. 남장을 하고 있지만 밉상은 아닙니다."

두세 개의 등불이 그의 눈에 다가왔고, 그 불빛에 열여섯 살이 조금 넘었을까 말까 한 여자의 얼굴이 드러났다. 녹색 실크로 된 황금빛 머리그물로 머리카락을 모아 쓴 모습이 수천 개의 진주처럼 아름다웠다. 그녀를 위아래로 살펴보니, 살빛 실크 스타킹을 신고 황금과 알이 작은 진주로 꾸민 술 장식의 하얀 호박단 리본을 하고 있는 것이 보였다. 통바지는 황금빛 천으로 만든 녹색이었으며, 똑같은 천으로 된 짧고 앞이 터진 연미복인지 반코트인지를 늘어뜨리고 황금빛에 하얀 아주 고운 천으로 만든 조끼를 입었고, 신발은 하얀데 남자용이었다. 칼은 차지 않았으나, 아주 값진 단검을 꽂고 있었다. 또 손가락에는 아주 값비싸 보이는 반지를 많이 끼고 있었다. 결국 그 소녀는 모든 사람에게 잘 보였으나, 그녀를 본 어느 누구도 그녀가 누군지 알아보지 못했다. 그 지방 토박이들도 누군지 전혀 생각나지 않는다고 말했다. 그리고 더 놀란 것은, 산초를 웃음거리로 만들려고 세운 계획을 알고 있는 사람들이었다. 왜냐하면 그런 사건과 뜻하지 않은 일은 그들이 미리 짜놓은 일이 아니었기 때문이다. 그래서 그들은 반신반의하면서 그 사건이 어떻게 전개될지 지켜보고 있었다. 산초는 소녀의 미모에 놀라서 그녀가 누구이며, 어디에 가고 있으며, 어떤 동기로 그런 복장을 하게 되었는지 물어보았다. 그녀는 두 눈을 땅에 떨어뜨리고 아주 얌전하고 수줍은 태도로 대답했다.

"나리, 저는 비밀로 간직해오고 제게는 아주 중요한 일을 이렇게 공공연히 말씀드릴 수가 없습니다. 다만 한 가지 이해해주셨으면 싶은 일이 있습니다. 저는 도둑도 아니고 악랄한 자도 아니며, 질투심을 이기지 못해 정결해야 할 순결을 깨뜨려야 했던 불행한 계집애일 따름입니다."

이 말을 듣고 집사가 산초에게 말했다.

"총독 나리, 사람들을 물리십시오. 이 아가씨가 수치심을 덜 당하고 하고 싶은 말을 할 수 있도록 말입니다."

총독은 그렇게 하라고 명령했고, 집사와 주방장과 비서만 남고 모두 자리를 떠났다. 그들만 남은 것을 보자 아가씨가 말을 이었다.

"나리들, 저는 이 지방의 양모세를 거두는 관리인 페드로 페레스 마소르카의 딸입니다. 이분은 자주 제 아버지의 집에 가시곤 하십니다."

"그건 도리가 아닌데요." 집사가 말했다. "아가씨, 내가 페드로 페레스를 아주 잘 아는데, 사내건 계집애건 자식이 없다고 알고 있어요. 더욱이 그분이 아가씨의 아버지라고 말하고는 자주 아가씨의 아버지 집에 가곤 한다고 덧붙이다니."

"나도 그 점에 생각이 미쳤소." 산초가 말했다.

"나리들, 지금 제가 정신이 어지러워 혼자서 무슨 말을 했는지

639

모르겠습니다." 아가씨가 대답했다. "사실 저는 디에고 데 라 야나의 딸입니다. 여러분 모두가 그분을 알고 계실 겁니다."

"그건 말이 되는구먼." 집사가 대답했다. "나는 그 디에고 데 라 야나를 알지요. 그분은 고관대작에 부자이고, 아들 하나에 딸 하나를 두었어요. 그런데 그분이 홀아비가 된 후로는 그 딸의 얼굴을 보았다는 사람을 이 마을 어디에서도 찾아볼 수 없답니다. 그가 그녀를 햇빛도 보지 못할 장소에 가두어놓고 있다는 겁니다. 그런데도 그녀의 미모가 출중하다는 평판이 돌고 있답니다."

"그건 사실입니다." 아가씨가 대답했다. "그 딸이 바로 접니다. 내 미모에 대한 그 평판이 거짓말인지 아닌지는, 나리들께서 이제 보셨으니 미몽에서 깨어나셨겠군요."

이렇게 말하고 아가씨는 훌쩍훌쩍 울기 시작했다. 그 모습을 본 비서는 주방장의 귀에 대고 아주 나직이 말했다.

"의심할 나위 없이 이 불쌍한 아가씨에게 중요한 무슨 일이 일어났었나봐. 저런 옷을 입고 이런 시간에, 게다가 저렇게 지체 높으신 아가씨가 밤마을을 다니다니 말일세."

"그것은 의심할 여지가 없어." 주방장이 대답했다. "더욱이 그녀의 눈물이 그 의혹을 가중시키는구먼."

산초는 그가 알고 있는 가장 좋은 말로 그녀를 위로하면서, 아무 걱정도 하지 말고 일어난 일을 죄다 말해달라고 부탁했다. 모두가 진실로 가능한 모든 방법을 다 동원해서 바로잡도록 노력하겠다고 했다.

"나리들, 사건은 이렇습니다." 그녀가 대답했다. "제 아버지가 저를 집안에 가두어 키운 지 10년이 되었답니다. 제 어머니께서 흙

속에 묻히신 것도 똑같이 10년이 되었어요. 미사도 집 안의 화려한 기도실에서 드린답니다. 그래서 그동안 낮에는 하늘의 해와 밤에는 달과 별 이외에는 아무것도 보지 못했습니다. 어떤 거리도, 광장도, 사원도 보지 못했습니다. 남자라곤 제 아버지와 하나 있는 내 남동생, 그리고 양모세를 거두는 관리이신 페드로 페레스 정도만 보았답니다. 이 세리가 일상으로 제 집에 드나들기 때문에 제 아버지라고 말하고 싶었던 모양입니다. 이런 감금 생활로, 심지어 성당에도 못 가게 금지당한 채 그 많은 날들과 그 많은 달들을 지내다보니 아픈 가슴을 달랠 길이 없었답니다. 세상을 보고 싶었어요. 아니, 최소한 내가 태어난 마을이라도 보고 싶었어요. 이런 바람이 고관대작 집 규수들이 자기 자신을 지켜야 하는 미덕에 반한다고는 생각하지 않았어요. 투우 경기가 열린다거나 투창 경기를 한다거나 연극 공연이 있다는 말을 들을 때면 나보다 한 살 아래인 남동생에게 그게 어떤 것들인지 묻고, 내가 본 적 없는 다른 것들을 말해달라고 했답니다. 동생은 아는 대로 최선을 다해 설명해주었지만, 그 모든 이야기는 그것을 보고 싶다는 제 욕망을 더욱 부채질했어요. 마지막으로 제 파멸의 이야기를 요약해 말씀드립니다. 제가 남동생에게 애원도 해보고 부탁도 해보았습니다. 절대로 애원해서도 안 되고 부탁해서도 안 될 일을……"

그러고는 소녀가 다시 눈물을 떨어뜨리자 집사가 그녀에게 말했다.

"계속하세요, 아가씨, 일어난 일을 우리에게 마저 털어놓으세요. 아가씨의 이야기와 눈물이 궁금증을 자아내는군요."

"할 말이 조금밖에 남지 않았습니다." 아가씨가 대답했다. "홀려야 할 눈물은 한이 없지만 말이에요. 나쁜 마음에서 나온 욕망은 이런 비참한 결과밖에는 달리 가져다줄 게 없는 모양입니다."

그 아가씨의 미모가 주방장의 마음속에 아롱거렸다. 그가 그녀를 다시 한번 보려고 등불을 다시 가져다 대자, 그녀가 울어 흘리는 눈물은 눈물이 아니라 진주나 초원의 이슬 같았다. 점수를 조금 더 올려준다면, 그 눈물은 동방의 진주라고 해도 과언이 아니었다. 그는 그녀의 불행이 그녀의 통곡과 그녀의 한숨의 흔적이 알려주는 만큼 크지 않기를 바라 마지않았다. 한편 총독은 아가씨가 자기 이야기를 질질 끌면서 미적미적하는 데 실망하면서, 이제 시간도 늦었고 마을에 돌아볼 곳도 많으니 사람들을 그토록 애태우지 말고 이야기를 끝내라고 말했다. 그녀는 간헐적으로 오열을 하고 억지로 한숨을 쉬어가면서 말했다.

"제 불행과 비운은 다름이 아니라, 남동생에게 저를 집에서 꺼내달라고 간청한 일입니다. 우리 아버지가 주무실 때, 제가 그의 옷 중에서 하나로 남장을 하고 돌아다니면서 온 마을을 구경할 수 있도록 말이지요. 동생은 귀찮게 졸라대는 간청을 뿌리칠 수 없어 마침내 제 소원을 들어주었답니다. 그래서 저는 이 옷을 입었고, 동생은 제 옷을 입게 되었답니다. 제 옷은 마치 동생을 위해 만들어진 듯 그에게 잘 맞았어요. 왜냐하면 제 동생은 수염이 아직 나지 않았고 외모가 아가씨처럼 아주 예쁘거든요. 오늘 밤에 우리가 집을 나선 지 대략 한 시간쯤 되었을 것입니다. 우리 집에서 잔심부름을 하는 아이의 안내를 받아 젊은 패기에 넘쳐 바보스런 생각으로 시간 가는 줄 모르고 여기저기 온 마을을 돌아다녔습니다. 그런데 우리가 집으로 돌아가려고 마음먹고 있을 때, 사람들이 웅성웅성하면

서 오는 것을 보았어요. 그래서 제 동생이 말했답니다. '누나, 저들
은 야경대가 틀림없을 거야. 발걸음을 서둘러 발에 날개를 단 것처
럼 나를 따라 잽싸게 뛰어와. 그래야 우리가 누군지 알아보지 못할
거야. 만일에 잡히기라도 하면 우리를 혼낼 테니까 말이야.' 동생
은 이렇게 말하고 등을 돌려 달리기 시작했는데, 아니 날아가기 시
작했다고 말하는 게 맞겠습니다. 저는 여섯 발짝도 못 가 겁에 질려
넘어졌어요. 바로 그때 포리들이 와서 저를 여러분 앞으로 데려왔
습니다. 이렇게 많은 사람들 앞에서 멋대로 놀아먹는 나쁜 계집애
로 취급받으니 부끄럽고 수치스러운 생각에 몸 둘 바를 모르겠습
니다."

"정말로, 아가씨," 산초가 말했다. "어떤 다른 폭행은 일어나지
않았소? 처음에 아가씨가 말하기로는 질투가 아가씨를 집에서 끌
어냈다고 하지 않았소?"

"아무 일도 일어나지 않았고, 질투가 저를 끌어내지도 않았으
며, 단지 세상을 보고 싶은 바람 때문이었습니다. 그 세상이란 것이
이 마을의 거리에 불과하지만 말입니다."

그녀의 동생을 붙잡은 포리들이 도착해 그 아가씨의 말이 사
실이라는 것이 확인되면서 끝났다. 누이와 떨어져 도망치던 동생
을 한 포리가 잡아왔던 것이다. 동생은 값진 짧은 스커트와 순금 장
식의 푸른 비단 망토를 어깨에 걸치고 있었다. 머리에는 모자도 쓰
지 않고 달리 장식한 것도 없는 맨머리였지만, 황금빛 고수머리라
자신의 머리털만으로도 금발을 말아 올린 듯한 분위기를 자아냈다.
총독과 집사와 주방장은 누나가 듣지 못하게 그 동생을 한쪽으로
데리고 가서, 어떻게 그런 옷을 입게 되었느냐고 물어보았다. 그랬

643

더니 동생은 수치스럽고 부끄러워 몸 둘 바를 몰라하면서도 누나가 했던 말과 똑같은 말을 했다. 그 말을 듣자 사랑에 빠진 주방장은 기뻐서 어찌할 줄을 몰랐다. 하지만 총독은 그들에게 말했다.

"정말이지, 여러분, 이것은 유치하기 짝이 없는 장난이었소이다. 어리석기 짝이 없는 짓거리와 억지스런 행동을 이야기하기 위해 그토록 길게 그토록 많은 눈물을 흘리고 한숨을 쉴 필요는 없었소. '우리는 아무 남자와 아무 여자인데 단지 호기심으로 다른 생각 없이 이런 장난을 꾸며 우리 부모님의 집에서 이리저리 구경을 다니러 나왔습니다'라는 말로 이야기하면 끝났을 일이었소. 그렇게 신음할 것도, 울고불고 질질 짤 것도 없는 일을 가지고 집요하게 물고 늘어졌으니 말이오."

"사실은 그렇습니다." 아가씨가 대답했다. "그렇지만 제가 겪은 혼란이 너무 커서 마땅히 지켜야 할 도리를 지키지 못한 점을 여러 어르신들께서는 알아주십시오."

"아무것도 잃은 것이 없소이다." 산초가 대답했다. "그럼 갑시다. 그대들을 그대들의 아버지의 집에 데려다주겠소. 아직 그대들이 집에서 없어진 것을 모르실 거요. 그리고 앞으로는 세상을 보고 싶다느니 하는 그런 어린아이 같은 행동일랑 보이지 말게. 얌전한 아가씨는 다리를 부러뜨려 집에 있게 하고, 여자와 암탉이 돌아다니다가는 쉬 신세를 망치고, 구경 좋아하는 여자는 남이 자기를 구경하길 바라기도 하는 여자라는 말이 있다오. 더 이상은 말하지 않겠소."

젊은이는 자기들을 집으로 돌려보내고 싶어 하는 총독의 은혜에 사의를 표했다. 그리고 그들은 거기서 별로 멀지 않은 집으로 향했다. 집 앞에 이르러 남동생이 격자창에 돌멩이 하나를 던지자마자, 그들을 기다리고 있던 하녀가 내려와 문을 열어주었다. 그렇게 해서 그들은 자신들의 우아함과 빼어난 미모에 찬탄해 마지않는 모두를 남겨두고 집으로 들어갔다. 자기 고장에서 밤에 세상 구경을 하고 싶다는 그들의 바람에 놀라기도 했지만, 모든 것을 그들의 어린 나이 탓으로 돌렸다.

주방장은 마음이 괴로워, 다음 날이라도 바로 그 아가씨의 아버지에게 찾아가 딸을 자기에게 달라고 청혼할 마음을 먹었다. 자기가 공작의 하인이기 때문에 거절은 하지 못하리라고 확신했다. 한편 산초에게도 자기 딸 산치카를 그 젊은이에게 시집보내고 싶은 욕망과 조바심이 났다. 그래서 때가 되면 이야기를 꺼내보아야겠다고 결심했다. 감히 어떤 신랑감도 총독의 딸을 거절할 수 없으리라는 걸 알았기 때문이다.

이렇게 하여 그날 밤 순찰은 끝이 났다. 이틀 후, 앞으로 알게 되겠지만, 산초가 품고 있던 정부에 대한 모든 계획이 송두리째 흔들려 물거품으로 돌아가고 말았다.

· 제50장 ·

우두머리 시녀를 매질하고 돈키호테를 꼬집고 할퀸 마법사들과 망나니들이 누구였는지를 밝혀내고, 산초 판사의 아내 테레사 산차[324]에게 편지를 가져간 시동에게 일어난 사건

이 진짜 이야기의 미세한 점까지 아주 정확히 정밀 검색을 한 시데 아메테가 말한다. 도냐 로드리게스가 돈키호테의 방에 가려고 자기 방에서 나온 것과 동시에, 그녀와 함께 자고 있던 다른 시녀가 이를 눈치챘다. 모든 시녀는 알고, 듣고, 그리고 냄새 맡는 것을 좋아하는 여자들이라 그 시녀가 발소리를 죽여 조용히 뒤를 밟았지만 그 마음씨 고운 로드리게스는 알지 못했다. 그래서 그녀는 로드리게스가 돈키호테의 방으로 들어가는 것을 보게 되었다. 모든 시녀가 남의 말 하기를 좋아하듯 그녀에게도 일반적인 버릇이 없을 수 없어, 그녀는 곧바로 공작 부인 마님에게 가서 어떻게 도냐 로드리게스가 돈키호테의 방에 들어가 있게 되었는지를 일러바쳤다.

---

324 많은 편집자들은 테레사 판사Teresa Panza로 정정하지만, 로드리게스 마린Rodríguez Marín은 아내에게 남편의 이름을 붙이는 것은 잦은 일이라고 말하고 있다. 여기서 '산차' 는 '산초댁'과 같은 뜻이다.

공작 부인은 그 일을 공작에게 말하고, 자신이 알티시도라와 함께 그 우두머리 시녀가 돈키호테와 무슨 짓을 하는지 볼 수 있게 해달라고 요청했다. 공작이 허락하자 두 여자는 소리를 죽여가며 매우 조심스레 한 발 한 발 그 방문 옆으로 다가갔고, 지척에 있었으므로 안에서 하는 이야기를 죄다 들을 수 있었다. 공작 부인은 로드리게스가 아랑후에스[325]의 분수 구멍보다 많다며 자기 다리의 배농 구멍에 대해 비밀을 폭로하는 소리를 듣고 도저히 참을 수가 없었다. 물론 알티시도라 역시 그녀에 못지않아, 두 여인은 화가 치밀 대로 치밀고 복수심에 불타서 갑자기 방으로 들어갔다. 그리고 앞에서 이미 언급한 대로 돈키호테를 실컷 꼬집고, 우두머리 시녀를 인정사정없이 마구 패주었다. 왜냐하면 여자들의 미모와 우쭐거리는 행동에 대해 정면으로 가해진 모욕은 그녀들의 가슴속에 불타고 있는 마음에 대단한 분노를 불러일으키고 이글거리는 복수심을 불태웠기 때문이다.

공작 부인은 자초지종을 공작에게 이야기했고, 공작은 무척 재미있어했다. 공작 부인은 돈키호테에게 계속 장난을 치고 심심파적할 의도로, 둘시네아의 마법을 푸는 연극에서 둘시네아의 역할을 했던 시동을, 산초 판사는 자기 정부의 일에 정신이 팔려 있어 그 일을 완전히 잊고 있었지만, 그의 아내 테레사 판사에게 보내어 남편의 편지와 함께 자기의 편지와 아주 값진 커다란 산호 묵주를 선물로 전하게 했다.

---

325 Aranjuez. 마드리드 근처에 위치한 궁전으로, 정원과 분수가 많기로 유명한 곳이다. 배농 구멍을 그 분수에 비유한 것이다.

이야기에 따르면, 그 시동은 매우 재치 있고 총명하며 자기 주인 내외를 모시는 데 소홀하지 않겠다는 마음가짐을 굳게 하고 있었다고 한다. 그는 기꺼이 산초의 고향으로 떠났으며, 그 마을에 들어서기 전에 개울에서 많은 여인네들이 빨래를 하고 있는 것을 보았다. 그는 빨래하고 있는 한 여인에게 라만차의 돈키호테라는 기사의 종자인 산초 판사라는 자의 부인인 테레사 판사라는 여인이 그 마을에 살고 있는지 말해줄 수 있느냐고 물어보았다. 그의 질문에 빨래를 하던 한 나이 어린 처녀가 일어서더니 말했다.

"그 테레사 판사는 제 어머니이고, 그 산초라는 분은 제 아버지이십니다. 그리고 그 기사 양반은 우리 주인 나리시고요."

"그럼 가십시다, 아가씨," 시동이 말했다. "그대의 어머니에게 날 데려다주시오. 내가 그대의 어머니에게 그대 아버지의 편지와 선물을 가져왔소이다."

"기꺼이 그렇게 하겠습니다, 나리." 열네 살 안팎으로 보이는 그 처녀가 대답했다.

그녀는 다른 동료 아가씨에게 빨래하던 옷가지를 맡겨두고, 모자도 쓰지 않고 신발도 신지 않고 맨발에 머리카락은 헝클어진 채로 시동의 말 앞에 뛰어가면서 말했다.

"어서 오세요. 우리 집은 마을 입구에 있습니다. 거기에 제 어머니가 계시는데, 아버지의 소식이 끊긴 지 여러 날이라 걱정이 태산 같으시답니다."

"그럼 내가 대단한 소식을 가져왔군요." 시동이 말했다. "그 편지를 보시면 어머님께서 하느님께 크게 감사드려야 하겠군요."

드디어 뛰고 달리고 깡충깡충 뛰어 그 소녀는 마을에 도착했고, 자기 집에 들어서기도 전에 문간에서 큰 소리로 말했다.

"나와보셔요, 테레사 어머니, 나와요, 나와. 여기 착하디착하신 한 어른이 아버지의 편지와 다른 물건을 가지고 오셨어요."

그녀의 외치는 소리에 그녀의 어머니 테레사 판사가 삼 부스러기 한 꾸러미를 잣다가 거무칙칙한 스커트 바람으로 나왔다. 스커트 길이가 짧아서 겨우 치부만 드러내지 않을 정도에서 잘려진 것 같았다.[326] 똑같은 거무칙칙한 조끼와 목이 트인 블라우스를 입고 있었다. 마흔은 넘은 것으로 보였으나 그리 늙지는 않았고, 강인하고 건장하고 신경이 무디어 보였으며, 얼굴은 햇볕에 그을려 담갈색이었다. 그녀는 자기 딸과 말 탄 시동을 보더니 딸에게 말했다.

"이게 무슨 일이냐, 얘야? 이분은 어떤 어른이시냐?"

"도냐 테레사 판사 마님을 모실 하인이옵니다." 시동이 대답했다.

시동은 이렇게 말하고는 말에서 뛰어내려 무척 겸손히 다가서더니, 테레사 부인 앞에 무릎을 꿇고 말했다.

"도냐 테레사 마님, 바라타리아섬의 총독 장본인이신 돈 산초 판사 나리의 정실이시며 사적 부인이신 마님, 제발 마님의 손에 입맞춤을 하게 해주소서."

"어마나, 나리, 저리 비키세요, 이러지 마세요!" 테레사가 대답했다. "저는 궁인도 아무것도 아니고 막일꾼의 딸이며, 편력 기사의 종자의 아내이지 어떤 총독의 부인도 아닌 가난한 농사꾼에 불과

---

326 부정한 여자의 스커트를 잘라 벌을 주는 풍습을 빗대어 한 말이다.

합니다."

"마님," 시동이 대답했다. "마님께서는 하늘같이 높디높으신 총독님의 존엄한 부인이십니다. 그러하오니 이 사실을 증명하기 위해 이 편지와 이 선물을 받으소서."

그러고는 즉시 옆구리에 찬 주머니에서 양 끝에 황금이 달린 산호 묵주를 꺼내 그녀의 목에 걸어주면서 말했다.

"이 편지는 총독님이 보내신 것이고, 제가 가져온 다른 편지와 이 산호 묵주는 마님께 드리라고 제 주인마님이신 공작 부인께서 보내신 것입니다."

테레사는 실신할 정도로 놀라고, 그녀의 딸도 그에 못지않았다. 그래서 그 소녀가 말했다.

"내가 장담하는데, 우리 주인이신 돈키호테 나리가 여기에 관여하지 않으셨다면 날 죽여도 좋아요. 그분이 몇 번이나 약속하셨던 정부나 백작령을 아버지에게 주셨음에 틀림없습니다."

"그게 사실입니다." 시동이 대답했다. "돈키호테 나리에 대한 존경심으로, 이 편지를 읽어보면 아시겠지만, 지금 산초 나리께서 바라타리아섬의 총독이 되셨습니다."

"나리께서 저에게 그 편지를 읽어주십시오, 호인 나리." 테레사가 말했다. "제가 물레로 실은 자을 줄 알지만, 글이라고는 낫 놓고 기역 자도 모른답니다."

"저도 마찬가지입니다." 산치카가 덧붙여 말했다. "그렇지만 여기서 절 기다리세요. 제가 편지 읽을 분을 불러올게요. 신부님이든 산손 카라스코 학사님이든 제 아버지의 소식이 궁금해서라도 아주 기꺼이 와주실 겁니다."

"아무도 부를 필요 없어요. 제가 실을 자을 줄은 모르지만, 글은 읽을 줄 아니까요. 제가 편지를 읽어드리겠습니다."

그러고는 그녀에게 산초의 편지를 죄다 읽어주었는데, 앞에서 이미 언급했으니 여기서는 쓰지 않겠다. 그는 곧 다음과 같이 쓰인 공작 부인의 다른 편지를 꺼냈다.

친구 테레사에게

그대의 남편인 산초의 친절과 뛰어난 재능에 내가 감동하여, 나의 남편인 공작님께 소유한 많은 섬 중에서 한 섬의 통치권을 그대의 남편에게 맡기자고 부탁드리지 않을 수 없었습니다. 나는 그대의 남편이 감쪽같이 섬을 잘 다스린다는 소식을 접하고 매우 만족하고 있으며, 내 주인이신 남편도 그러하답니다. 그래서 나는 그 섬 정부를 위해 그대의 남편을 택한 것이 옳았다는 생각에 하느님께 깊이 감사를 드리고 있답니다. 세상에서 훌륭한 통치자를 찾기란 하늘의 별 따기나 마찬가지라는 것을 테레사 부인께서도 아셨으면 싶습니다. 하느님께서, 산초가 다스리는 것처럼, 나에게도 그렇게 해주시기를 빕니다.

사랑하는 부인, 여기 양 끝에 황금이 달린 산호 묵주 목걸이 하나를 보냅니다. 이것이 동방의 진주라면 기쁘겠으나, 그대에게 뼈를 주는 사람이 그대가 죽기를 바라서 그러는 것은 아니랍니다.[327] 우

---

327 Yo me holgara que fuera de perlas orientales; pero quien te da el hueso, no te querría ver muerta. 선물이 변변치 못하지만 주는 사람은 감사하는 마음으로 준다는 뜻이 담긴 정중한 표현이다.

리 서로 만나 회포를 나눌 때가 올 것입니다. 그때가 언제인지 하느님께서만 아실 겁니다. 그리고 그대의 딸 산치카에게도 내 안부를 전해주세요. 내가 그러더라고, 그녀에게 마음의 준비를 하고 있으라 말씀해주세요. 미처 생각지도 않은 때에 내가 아주 근사한 배필을 구해 그녀를 결혼시킬 작정입니다. 소문에 의하면 그 고을에는 통통한 도토리들이 있다고 하던데, 한 스물서너덧 개 정도만 보내주세요. 그대가 손수 보내주시면 무척 고맙게 생각하겠습니다. 그리고 그대의 건강과 안녕에 대한 소식을 주면서 긴 편지를 나에게 보내세요. 필요한 것이 있으면 입만 떼시면 됩니다. 그대가 말하는 대로 채워질 것입니다. 하느님께서 그대를 지켜주시기를. 이 고장에서.

그대를 매우 사랑하는 그대의 친구
공작 부인

"아이고머니!" 편지의 내용을 듣자마자 테레사가 말했다. "그런데 정말로 마음씨가 고우시고, 정말로 소탈하시고, 정말로 겸손하신 부인이군요! 이런 부인들과 함께 내가 땅속에 묻혀도 여한이 없겠어요. 이 동네에 흔해빠진 양반 너부렁이 부인들은 제외하고요. 그들은 자기들이 양반 부인들이라 바람일지라도 자기들의 얼굴을 스쳐서는 안 된다고 생각하거든요. 그들은 마치 바로 그 여왕이라도 된 양 환상에 젖어 성당에 간답니다. 시골 농사꾼 여자를 한 사람이라도 바라보는 것을 수치로 생각하거든요. 그런데 여기 이 마음씨 고운 부인을 보셔요. 공작 부인이신데도 나를 친구라고 부르잖아요. 그리고 나를 그녀와 동등한 것처럼 대하고 있습니다. 대등하다니요. 내가 보기에는 라만차에 있는 가장 높은 종탑만큼이나 높으신 분인데요. 도토리에 관해서는 나리, 그 어른께 1셀레민[328]은 보내드릴 수 있습니다. 도토리가 워낙 통통하기 때문에 보기만 해도 놀라실 거예요. 그런데 지금으로서는 산치카야, 이분이 불편하시지 않도록 신경을 써라. 이 말도 잘 돌보아라. 마구간에서 달걀도 꺼내 오고 베이컨도 충분히 썰어라. 이분이 왕자님처럼 잡수실 것을 넉넉히 가져다 드리자. 우리에게 희소식을 가져오셨고, 저 착하디착한 얼굴을 보아도 무엇이든 대접을 받을 만한 분이시다. 그러는 사이에 나는 이웃들에게 이 기쁜 소식을 전하고 오마. 신부님과 이발사 니콜라스 선생은 예나 지금이나 네 아버지와 아주 친하시잖니."

"예, 그렇게 할게요, 어머니." 산치카가 대답했다. "하지만 그 묵주 목걸이의 절반은 저에게 주셔야 해요. 공작 부인이 멍청이가 아닌 이상 어머니 혼자 죄다 가지라고 그것을 보냈을 리 만무해요."

"전부 네 것이야, 얘야." 테레사가 대답했다. "그렇지만 며칠 동안만 내 목에 걸고 다니마. 그래야 진짜 내 마음이 즐거울 것 같아서 그래."

"마음이 더 즐거우실 거예요." 시동이 말했다. "이 가방에 들어 있는 꾸러미를 보시면 말이에요. 총독께서 사냥 나가실 때 단 하루 입으셨던, 아주 고운 천으로 지은 옷입니다. 이것을 죄다 산치카 아가씨 몫으로 보내셨습니다."

---

328 celemín. 1셀레민은 4,625리터.

"제 아버지께서는 천 년을 사시길 기원합니다." 산치카가 대답했다. "그것을 가져오신 분께서도 더도 덜도 말고 그러시기를 빕니다. 필요하다면 2천 년을 사소서."

이러고 있을 때 테레사는 편지들을 가지고 목에는 묵주 목걸이를 건 채 집 밖으로 나갔다. 마치 소형 북을 두드리듯 편지들을 두드리면서 다녔다. 그리고 우연히 신부와 산손 카라스코를 만나자 신이 나서 덩실덩실 춤을 추며 말하기 시작했다.

"이제 가난한 친척처럼 날 취급하면서 업신여기지는 않겠구먼요! 우리는 자그마한 정부를 갖게 된답니다! 아니, 제일 잘난 척하고 뻐기고 돌아다니는 양반 댁 부인이라도 나한테 한번 덤벼보라고 해요. 내가 그 부인들의 상판대기에 새 단장을 해드릴 테니!"

"아니, 이게 무슨 일인고, 테레사 판사? 무슨 미친 짓이고, 또 그것들은 무슨 편지요?"

"미치지 않고 어쩌겠습니까요. 이것들은 공작 부인과 총독의 편지랍니다. 내가 지금 목에 걸고 있는 이것은 진품 산호 아베마리아[329]고 우리 주[330]는 망치로 벼린 황금제고, 저는 총독 부인이랍니다."

"하느님이 아니고는 자네 말을 알아들을 자가 없겠네, 테레사. 도대체 무슨 말인지 모르겠구먼."

"이걸 보시면 될 겁니다." 테레사가 대답했다.

---

329 avemarias. '묵주알'이라는 의미도 있으며, 작은 묵주알을 뜻한다. 이어 "우리 주padres nuestros"로 대구를 맞추었다.

330 padres nuestros. 큰 묵주알을 뜻한다.

그러고는 그들에게 편지들을 건네주었다. 신부는 산손 카라스코가 그 내용을 듣도록 그 편지들을 읽었다. 산손과 신부는 편지 내용에 놀라 서로를 쳐다보았고, 학사가 그 편지들을 가져온 자가 누구냐고 물었다. 이에 테레사는 자기와 함께 자기 집으로 가면 금비녀처럼 준수한 젊은이인 심부름꾼을 만나게 될 것이고, 또 그 젊은이가 그보다 더 값진 다른 선물도 가져왔다고 대답했다. 신부는 그녀의 목에서 산호 묵주 목걸이를 벗겨서 보고 또 보았다. 그것이 진품임이 증명되자 다시 한번 놀라며 말했다.

"내가 입은 이 신부복을 걸고 말하지만, 이 편지들과 선물들을 보고 뭐라고 말해야 할지 또 어떻게 생각해야 할지 모르겠소. 한편으로는 이 산호 묵주 목걸이를 보고 또 만져보니 진품이라는 것과, 또 다른 한편으로는 공작 부인 정도 되는 분이 도토리 스물서너덧 개 정도만 보내라는 것을 읽고 있으니 말이오."

"얼토당토않은 말입니다!" 그때 카라스코가 말했다. "그건 그렇다 치고, 이 봉서를 가져온 사람을 만나러 갑시다. 그 사람을 통해 우리에게 직면한 어려움들을 풀어보지요."

그들은 그렇게 하기로 했다. 그래서 테레사는 그들과 집에 돌아왔다. 그들은 시동이 자기 말에게 먹일 약간의 보리를 체로 치고 있는 것을 발견했다. 산치카는 시동에게 대접하기 위해 달걀과 함께 빵 사이에 넣을 튀긴 돼지고기를 썰고 있었다. 시동의 외모와 멋진 차림새가 두 사람에게는 무척 마음에 들었다. 그들이 그에게 정중히 인사하자, 그도 그들에게 인사했다. 산손은 그에게 산초 판사처럼 돈키호테에 대해서도 소식을 전해주겠느냐고 물었다. 산초와 공작 부인 마님의 편지를 읽었지만, 아직도 어리둥절하다면서 산초의 정부라는 것이 무엇인지 도저히 이해가 안 된다고 했다. 더구나 섬 정부라든지 섬을 다스린다는 문제는 전혀 감이 잡히지 않는다고도 했다. 섬이라면 황제 폐하께서 지중해에 가지고 계신 섬들이 전부이거나 제일 많은데 말이다. 그 말에 시동은 대답했다.

"산초 판사 나리가 총독이라는 것에 대해서는 의심할 여지가 없고, 통치하는 곳이 섬이냐 아니냐 하는 문제는 제가 간섭할 문제가 아니지만, 주민 천 명이 넘는 고을이라는 것으로 충분합니다. 그 도토리 문제에 관해서 말씀드리자면, 제 공작 부인 마님께서는 아주 소탈하시고 아주 겸손하신 분이라 여자 농사꾼에게 도토리를 보내달라고 부탁하기도 하고, 사람을 보내 이웃 아주머니에게 빗을 빌려달라고 부탁하기도 한답니다. 아라곤 지방의 마님들은 비록 아주 지체 높은 분일지라도, 카스티야 지방의 마님들처럼 그렇게 체면을 중시하거나 도도하게 굴지도 않는다는 것을 여러분께서 아시기를 바랍니다. 또 그녀들은 아주 소탈하게 사람들을 대한답니다."

이런 대화를 하고 있는 중간에 산치카가 달걀을 스커트에 싸들고 뛰어와 그 시동에게 말했다.

"말씀해주세요, 나리. 혹시 제 아버님께서 총독이 되신 후에 긴 바지를 입으시나요?"

"그것은 보지 못했습니다." 시동이 대답했다. "그렇지만 틀림없이 입으셨을 겁니다."

"아이고머니!" 산치카가 되받아 말했다. "그런 꽉 조이는 바지를 입은 제 아버지를 보게 되다니! 저는 태어나서 그런 바지를 입은 제 아버지를 보는 것이 소망이었는데, 그 꿈을 이루게 되다니, 좋은 일이 아닌가요?"

"아가씨께서 살다보면 그런 일들을 얼마든지 보시게 될 것입니다." 시동이 대답했다. "하느님께 맹세하건대, 아버님께서 정부를 다스린 지 두 달만 되어도 아가씨는 챙이 달린 얼굴 가리개를 하고 나다녀야 할 것입니다."

신부와 학사는 시동이 의뭉스레 시치미를 떼고 말하고 있다는 것을 금방 눈치챘다. 그러나 진품 산호 묵주 목걸이와 산초가 보낸 사냥 옷을 본 후에는 그 모든 것이 그들의 마음속에서 죄 지워지고 말았다. 어느새 테레사는 그 옷을 그들에게 보여주었던 것이다. 그리고 그들은 산치카의 소원을 듣고 웃지 않을 수가 없었으며, 테레사가 다음과 같이 소망을 말했을 때는 더욱 그랬다.

"신부님, 마드리드나 톨레도로 가는 인편이 있는지 좀 알아봐주십시오. 요즘 유행하는 것 중에서도 제일 좋은 걸로, 완제품 둥근 스커트를 부풀리기 위해 입는 속옷을 하나 사다 달라고 하게요. 정말로, 정말로 제 힘이 미치는 데까지 제가 제 남편의 정부를 영광스럽게 해드려야겠습니다. 별로 내키지는 않지만, 제가 그 궁전에 가서 다른 모든 여자처럼 마차도 타고 해야겠습니다. 총독을 남편으로 둔 여자가 마차 한 대쯤은 넉넉히 유지할 수 있을 테니까요."

"그렇고말고요, 어머니!" 산치카가 말했다. "제발 그런 날이 내일이 아니라 오늘 당장이라면 오죽이나 좋겠어요. 설령 내가 마님이 되신 어머님과 함께 그 마차에 앉아 가는 것을 본 사람들이 '글쎄, 저 꼬락서니를 좀 봐, 마늘 냄새가 진동하던 계집애를 좀 보라니까. 마치 여자 교황이라도 되는 양 마차에 떡 버티고 앉아 가는 꼴이라니, 정말 눈 뜨고는 못 봐주겠다!'라고 할지라도 말이에요. 그렇지만 그 사람들이 진흙을 밟고 가건 말건 나는 발에 흙을 묻히지 않고 마차를 타고 갈 겁니다. 세상에서 남의 험담이나 하는 자들은 죄다 세월이 흘러흘러 두고두고 좋지 않은 일만 생길 거예요. 내 배만 뜨듯하면 그만이지, 사람들이 비웃거나 말거나!³³¹ 나 말 잘했죠, 어머니?"

"어쩜 넌 그렇게도 멋진 말을 한다니, 애야!" 테레사가 대답했다. "내 훌륭한 남편 산초가 이런 모든 행운과 더 큰 행운을 예언했단다. 그리고 애야, 나를 백작 부인으로 만들 때까지는 그분이 가만히 계시지 않으리라는 것을 너는 알게 될 거야. 매사가 운 좋게 잘되기 시작하는구나. 그분은 네 아버지면서 또 속담의 아버지시기도 하단다. '너에게 송아지를 주면 고삐 잡고 뛰고, 너에게 정부를 주면 그것을 얼른 받고, 너에게 백작령을 주면 그것을 꽉 붙들고, 너에게 좋은 선물을 주면서 강아지 부르듯 워리! 워리! 하더라도 선물은 꼭 자루에 챙겨 넣어두어라. 그게 싫으면 잠이나 자거라. 그리고 네 집 문간에서 너에게 행운과 행복을 주겠다고 부르더라도 대답하지 마라'라고 네 훌륭하신 아버지께서 수차 말씀하시는 것을 내가 들었단다."

"그런데 나하고 무슨 상관이에요?" 산치카가 덧붙여 말했다. "내가 좀 거만하고 으스대는 것을 보이면 '개가 삼나무로 된 반바지를 입으면……'³³² 어쩌고저쩌고하면서 마음대로 지껄여도 말이에요?"

331 Ándeme yo caliente, y ríase la gente. 루이스 데 공고라 이 아르고테Luis de Góngora y Argote의 단시短詩로 유명해진 금언.

332 Viose el perro en bragas de cerro……. '동료도 몰라본다y no conoció a su compañero'라거나 '개는 사납디사나워진다y él, fiero que fiero'라는 말이 생략되어 있다.

그 말을 듣자마자 신부가 말했다.

"판사 집안의 혈통을 지닌 사람들은 죄다 각자가 몸에 속담을 한 자루씩은 가지고 태어난 것 같단 말이야. 어느 한 사람도 말할 때마다 거미 똥구멍에서 거미줄 나오듯 속담을 쏟아놓지 않는 것을 본 적이 없어."

"사실이 그렇습니다." 시동이 말했다. "산초 총독 나리께서는 계속 속담을 섞어 말씀하십니다. 비록 많은 속담이 인용될 자리에 꼭 부합되지는 않지만, 즐거움을 주기에 제 마님이신 공작 부인과 공작께서는 그 속담 인용을 여간 즐거워하시지 않는답니다."

"나리, 나리께서는 아직도 확신하고 계신가요?" 학사가 말했다. "산초 정부에 대한 이것이 사실이라고 말이에요. 그녀에게 선물을 보내고 그녀에게 편지를 쓴 공작 부인이 세상에 존재한다는 게 사실이라고 말입니다. 비록 우리가 선물을 만져보고 편지들을 읽어보았지만 우리는 믿지 못하고, 이것은 우리 동네 분인 돈키호테에게 생긴 일들 중 하나일 뿐이라고 생각합니다. 그는 이 모든 일이 마법에 의해 만들어진다고 생각한답니다. 그래서 나리가 환상적인 사절인지, 아니면 살과 뼈가 붙은 사람인지 알아보기 위해 나는 나리를 만져보고 쓰다듬어보고 싶다고 말하려고 하는 참입니다.[333]"

"여러분, 저는 저에 대해서 더 이상 아는 바가 없습니다." 시동이 대답했다. "제가 진짜 사절이라는 것과, 산초 판사 나리가 실제

---

333 〈요한 복음서〉 20장 24~29절에 나오는 '믿음이 없는 성 토마스'의 이야기다. 특히 25절 "나는 그분의 손에 있는 못 자국을 직접 보고 그 못 자국에 내 손가락을 넣어보고 또 그분 옆구리에 내 손을 넣어보지 않고는 결코 믿지 못하겠소"라는 구절을 응용했다.

총독이라는 것 외에는 말입니다. 그리고 제 주인이신 공작 내외분은 그런 정부를 주실 수 있어서 주셨으며, 또 그 산초 판사라는 분이 용감하게 총독 자리를 잘 수행하고 계시다고 사람들이 말하는 것을 들었습니다. 이런 일에 마법이 작용했는지 안 했는지는 여러분들 사이에서 논의되어야 할 문제입니다. 저는 다른 건 모릅니다. 제가 하는 맹세는 지금 살아 계시고, 제가 사랑하고, 제가 무척 아끼는 제 부모님의 생명을 걸고 하는 것입니다."

"아마 그럴지도 모릅니다." 학사가 되받아 말했다. "그러나 '두비타트 아우구스티누스'[334]라는 말도 있습니다."

"의심할 자는 의심하라지요." 시동이 말했다. "내가 말한 것은 진실입니다. 진실은 물 위에 기름이 뜨듯 늘 거짓 위에 드러나는 것입니다. 그렇지 않다면 '나를 믿지 않더라도 그 일들은 믿어라'[335]라는 말이 있을 리가 없죠. 여러분 중 누군가가 저와 함께 가시면, 귀로 들어서 믿지 못할 말을 두 눈으로 직접 보게 될 것입니다."

"그곳에는 제가 갈 차례입니다." 산치카가 말했다. "저는 즐거운 마음으로 제 아버지한테 갈 테니, 제발 그 짐말의 엉덩이에 저를 태우고 가주세요, 나리."

"총독들의 따님들은 혼자 길을 나서서는 안 됩니다. 호화스럽게 꾸민 마차와 가마와 수많은 하인들을 거느리고 가셔야 한답니다."

---

334 dubitat Augustinus. '성 아우구스티누스께서도 의문시하신다'라는 뜻이다.
335 operibus credite, et non verbis. "내가 그 일들을 하고 있다면, 나를 믿지 않더라도 그 일들은 믿어라." 〈요한 복음서〉 10장 38절에서 인용한 말이다.

"아이고머니!" 산차가 대답했다. "마차를 타고 가는 것처럼 저도 어린 당나귀를 타고 가겠어요. 애교가 많은 애라는 걸 아실 거예요."

"잠자코 있거라, 얘야." 테레사가 말했다. "너는 지금 네가 무슨 말을 하는 줄도 모르고 있어. 이분 말씀이 확실해. 때에 따라 행동도 신중해야 한단다. 산초가 아버지일 때는 산차지만, 아버지가 총독일 때는 아가씨가 되고, 내가 지금 뭐라고 말하는지 잘 모르겠구나."

"테레사 마님께서는 생각하는 것보다 말을 더 많이 하시는군요." 시동이 말했다. "먹을 것을 좀 주시고 곧바로 제 일을 처리해주셨으면 합니다. 오늘 오후에 돌아갈 생각이니까요."

그 말에 신부가 말했다.

"나리께서는 저와 함께 소찬이나마 들러 가십시다. 테레사 마님은 이렇게 훌륭한 손님을 모시기 위해 아주 좋은 것을 준비하기보다 마음만 더 앞서는 분이니까요."

시동은 거절했으나, 사실 좋은 식사를 하려면 받아들이지 않을 수가 없었다. 신부는 기꺼이 그를 데리고 갔고, 돈키호테와 그의 위업에 대해 시간을 두고 물어볼 여유를 갖게 되었다.

학사는 테레사에게 편지의 답장을 써주겠노라고 제안을 했으나, 그녀는 자기 일에 학사가 개입하는 것을 바라지 않았다. 그녀는 그를 약간 장난기 있는 사람으로 생각하고 있었기 때문이다. 그래서 그녀는 글을 쓸 줄 아는 미사 거드는 한 소년에게 식빵 하나와 달걀 두 개를 주고 편지를 써달라고 부탁했다. 자기 능력껏 말로 불러주며 한 장은 자기 남편 앞으로, 또 한 장은 공작 부인 앞으로 두

장을 쓰게 했다. 이 편지들은, 앞으로 차차 알게 되겠지만, 이 위대한 이야기에서 아주 서툰 내용의 편지는 아니다.

제51장

산초 판사의 정부의 발전과
그 밖의 다른 좋은 사건들에 대해

총독이 순찰한 밤이 지나고 날이 밝았다. 주방장은 남장 처녀의 얼굴이 생각나고 그 미모와 기백에 신경이 쓰여 잠을 못 이루고 밤을 지새웠다. 그래서 그는 산초 판사의 말과 행동에 감탄한 나머지 산초가 한 일과 한 말을 그의 주인들인 공작 내외에게 편지 쓰는 일에 남은 시간을 보내게 되었다. 산초의 말과 행동은 재치 있는 면과 바보스런 면이 교묘히 혼재되어 있었기 때문이다.

마침내 총독 나리께서 일어나자, 페드로 레시오 박사의 지시에 의해 절인 과일 약간과 찬물 네 모금으로 아침을 때우게 됐다. 산초는 그것을 빵 한 조각과 포도 한 송이로 바꿨으면 했으나, 자기 뜻보다 의사의 힘이 더 강하다는 것을 알고는 마음이 무척 아프고 배가 고팠으므로 서글펐지만 그냥 먹기로 했다. 적은 양의 부드러운 음식이 재능을 발휘하는 데 생기를 불러일으킬뿐더러 지휘나 중책을 맡고 있는 사람들에게 가장 어울리는 것이라고, 페드로 레시오가 그를 믿게 했기 때문이다. 지휘하는 일에는 육체적인 힘보다 머리의 힘을 더 이용할 줄 알아야 하기 때문이라고도 했다.

이런 궤변 때문에 산초는 배고픔을 참아내야 했다. 배가 오죽이나 고팠으면 속으로 정부를 저주하고, 심지어 자기에게 그런 일을 준 사람까지도 저주했다. 그러나 그 설탕 절인 과일만 먹어서 허기가 졌지만 그날 재판을 시작해야 했다. 그에게 주어진 첫 번째 일은 한 외지인이 그에게 한 질문이었다. 집사와 그 밖의 시종들이 모두 참석한 자리에서 나온 내용으로 다음과 같았다.

"나리, 수량이 풍부한 강 하나가 한 영지를 둘로 나누었습니다. 그런데 이 문제가 중요하고 약간 까다로우니 나리께서는 주의하여 잘 들어주십시오. 그러니까 제 얘기는, 이 강 위에 다리가 하나 놓여 있는데 다리 끝에는 교수대와 재판소 같은 집이 하나 있고, 집 안에는 언제나 그 강과 다리와 영지의 주인이 내건 법을 심판하는 네 명의 재판관이 있었습니다. 그것은 이런 형식이었습니다. '이 다리를 이쪽에서 저쪽으로 건너가는 사람은 우선 어디로 가고 무슨 목적으로 가는지 선서해야 한다. 사실을 선서하면 지나가게 하고, 거짓말을 하면 그 죄과에 의해 가차 없이 저기 보이는 교수대에서 교수형에 처한다.' 이러한 법률과 법률의 엄격한 조건을 알면서도 많은 사람들이 지나갔습니다. 선서한 것이 사실을 말했다고 보이면, 재판관들은 그를 자유로이 지나가게 했습니다. 그런데 한번은 한 남자에게 선서를 받는데, 그가 다른 일로 가는 것이 아니고 저기 있는 교수대에서 죽으러 간다고 선서를 하는 사건이 터졌습니다. 재판관들은 선서에 마음이 쓰여서 말했습니다. '만일 이 남자를 자유로이 지나가게 한다면, 그는 선서에서 거짓말을 한 것이 됩니다. 그럼 그는 법률에 따라 죽어야 합니다. 그런데 만일 우리가 그를 교수형에 처하면, 그가 그 교수대에서 죽으러 간다고 선서했으니 사실을 말한 것이 되고, 바로 그 법률 때문에 그는 자유롭게 지나가야 합니다.' 총독 나리, 그 남자에 대해 재판관들은 어떻게 해야 하는지 나리께 여쭙고 싶습니다. 재판관들은 지금까지도 결정을 내리지 못하고 얼떨떨해하고 있습니다. 그래서 나리의 재치 있고 기지 넘치는 판단력에 대한 소식을 접하고는 이렇게도 복잡하고 괴이하기 짝이 없는 사건에 대해 나리의 생각이 어떠한지 고견을 들려주십사 저를 보내셨습니다."

그 말에 산초가 대답했다.

"당신을 나에게 보낸 그 재판관 나리들께서는 확실히 헛수고를 했군요. 왜냐하면 나는 재치 있다기보다 우둔한 면이 더 많은 사람이기 때문이오. 하지만 어찌 되었건 내가 그 사건을 이해하도록 다시 나에게 반복해주오. 혹시 내가 급소를 찔러 그 난제를 해결할 수 있을지도 모를 일이오."

그 질문자가 처음에 했던 말을 몇 번이고 다시 언급하자 산초가 말했다.

"이 일은 내 생각에 이 자리에서 선고를 내릴 것 같소. 그건 이렇소이다. 교수대에서 죽을 것이라 선서한 그 남자가 만일 거기서 죽으면 사실을 선서한 것이니, 정한 법률에 따라서 마땅히 무죄가 되어 다리를 지나가게 될 것이며, 만일 그를 교수형에 처하지 않으면 거짓말로 선서한 것이므로, 바로 그 법률에 따라 그를 교수형에 처해야 마땅하오."

"총독 나리께서 말씀하신 그대롭니다." 사자가 말했다. "사건의 엄정함과 판단에 대해서는 더 이상 부탁할 것도, 의심할 것도 없습니다."

"그래서 지금 내 말은," 산초가 되받아 말했다. "이 남자에 대해서 사실을 선서한 부분은 지나가게 하고, 거짓말을 한 부분은 교수형에 처하게 하면 이로써 문자 그대로 통과 조건을 이행하게 되는 걸세."

"그럼, 총독 나리," 질문자가 되받아 말했다. "그 남자를 두 부분으로 나눌 필요가 있겠습니다. 거짓말을 한 부분과, 사실을 말한 부분으로요. 그래서 만일 나누어지면 억지로라도 죽겠지요. 그렇게 되면 법률이 요구하는 어느 조항도 이행되지 않습니다. 법은 이행되는 것이 명백한 필연입니다."

"이리 오시게, 마음씨 고운 사람아," 산초가 대답했다. "당신이 말하는 그 통행인은, 내가 바보 천치가 아니라면, 살아서 다리를 지나가기 위한 이유가 있는 것처럼 죽기 위해서도 똑같은 이유가 있는 거라오. 진실이 그를 살린다면 거짓이 똑같이 그를 처벌할 테니까 말이오. 이렇듯 사실이 그러하다면, 당신을 나에게 보낸 그분들에게 이렇게 말하게나. 그를 처벌해야 할 이유와 그를 석방해야 할 이유가 저울판에서 균형을 이루므로 그가 자유로이 지나가게 내버려두라고. 악행보다는 선행이 늘 축복을 받는다오. 내가 서명을 할 줄 알면 이것을 서명해주겠지만, 이 경우에는 내가 내 말을 한 것이 아니라, 내 주인 돈키호테 나리께서 내가 이 섬의 총독이 되어 부임하기 전날 밤에 나에게 주신 많은 가르침들 중에서 하나가 내 기억에 떠올라서 하는 말이오. 가르침인즉 판단이 의심스럽거든 버리고 자비를 받아들이라는 것이오. 하느님이 도우사 운 좋게도 이 경우에 부합되는 그 가르침이 지금 내 기억에 상기되는군."

"그렇습니다." 집사가 대답했다. "라세데모니아[336] 사람들에게 법률을 시행했던 바로 그 리쿠르고스도 위대하시기 그지없는 판사가 내린 판결보다 더 좋은 판결을 내릴 수 없었을 것입니다. 그럼 오늘 아침 접견은 이것으로 끝내고, 저는 총독 나리께서 마음껏 드시도록 명령을 내리겠습니다."

"나도 그걸 부탁하네. 속임수를 쓰지 말고 말일세." 산초가 말했다. "나한테 먹을 것을 주고, 나에게 사건들이며 의혹들을 소나기처럼 마구 쏟아놓으라고 하게나. 즉시 해결할 테니까."

그렇게도 재치 있는 총독을 굶겨 죽이면 양심의 가책을 받을 것 같아, 집사는 그의 약속을 이행했다. 그뿐만 아니라 바로 그날 밤 그를 놀려주라고 위임받은 마지막 장난을 실행에 옮길 생각을 하고 있었다.

그래서 사건이 터졌다. 그날 티르테아푸에라 박사의 규칙과 금언을 어기고 식사를 한 후에 식탁보를 치우려 할 때, 파발꾼이 돈키호테가 총독 앞으로 보낸 편지 한 통을 가지고 들어왔다. 산초는 비서에게 편지를 읽어달라고 명령하며, 만일 그 편지에 비밀로 해야 할 부분이 없으면 큰 소리로 읽으라고 했다. 비서는 시키는 대로 했으며, 그 편지를 먼저 훑어보고나서 말했다.

"큰 소리로 읽어도 되겠습니다. 돈키호테 나리께서 나리께 쓰신 것은 황금 글자로 써 인쇄해놓아도 될 만한 가치가 있습니다. 그 내용은 다음과 같습니다."

---

336 고대 그리스의 한 지방.

라만차의 돈키호테가
바라타리아섬의 총독 산초 판사에게 보내는 편지

자네가 실수투성이고 무례하다는 소식을 접하지나 않을까 염려하던 차에, 산초 친구, 자네가 사려 깊은 사람이라는 소식을 접하고 하느님께 특별한 감사를 드리는 바이네.[337] 하느님께서는 똥통에서도 가난한 이를 끌어 올리시고 바보들을 재치 있는 사람으로 만들 줄 아시는 분이라네. 사람들이 하는 말을 들으면, 자네는 마치 인간처럼 다스리고 짐승처럼 사람이 되어 있다고 하는구먼. 자네가 사람을 다루는 데 그렇게 겸손하다는 말이라네. 자네 직책의 권위를 위해서는 마음의 겸손함에 반해서 가는 것이 시의 적절하고 필요하다는 것을 산초 자네가 깨달았으면 싶네. 왜냐하면 중대한 직책을 수행하는 자의 훌륭한 의복은 그 직책의 요구에 따라야 하기 때문이네. 자기의 수수하고 털털한 성격대로 아무렇게나 해서는 안 된다는 말이네. 옷이 날개라고 하지 않는가. 몽둥이도 운치 있게 잘 꾸며놓으면 몽둥이처럼 안 보이는 법이거든. 보석을 주렁주렁 달고 다니거나 성장盛裝하거나, 또 재판관이면서 군인처럼 입어서는 안 된다는 말이네. 청결하고 단정하게 잘 만들어졌기만 하면, 자네 직책에 어울리는 복장을 차려입으면 된다는 것이네.

자네가 다스리는 백성의 마음을 사로잡으려면 여러 가지 일 중에

---

337 〈시편〉 112장 7절 "그는 나쁜 소식을 두려워하지 않고 그 마음은 주님을 굳게 신뢰하네"라는 구절을 응용한 말이다.

서 두 가지 일을 해야 할 것이네. 그 하나는 내가 이미 자네에게 말한 바 있지만, 누구한테나 교양이 넘쳐흐르도록 해야 한다는 것이고, 다른 하나는 양식을 풍족히 비축하도록 애쓰라는 것이네. 공복과 궁핍보다 가난한 이의 마음을 더 지치게 하는 일은 없다네.

많은 법을 만들어서는 안 되네. 만일 법을 만들면 좋은 법이 되도록, 더욱이 지키고 실행할 수 있는 법이 되도록 애쓰게나. 지키지 않는 법은 없는 것이나 마찬가지야. 그런 법은 군주에게 그것을 제정할 만한 지혜와 권위는 있지만 백성으로 하여금 그 법을 지키게 할 용기가 없었기 때문이라는 것을 알게나. 겁만 주고 시행하지 않은 법률들은 이솝 우화에 나오는 개구리 나라의 임금님인 통나무 꼴이 되는 것이지.[338] 처음에는 개구리들이 무서워하며 겁을 냈지만, 시간이 흐름에 따라 업신여기게 됐고 그 위에 올라갔다네.

덕德의 아버지가 되고 악덕의 의붓아버지가 되게나. 늘 엄해서도 안 되고 늘 부드러워서도 안 되며, 이 두 극단 사이에서 중용을 택하게. 바로 여기에 신중함의 핵심이 있다네. 감옥과 푸줏간과 시장에 들르게나. 그런 장소들에서 총독의 출현은 아주 중요하다네. 다시 말해 그것은 출소 날만을 하루하루 기다리는 죄수들에게 위로가 되고, 푸주한들에게는 호랑이나 마찬가지라 저울눈을 꼭 들어맞게 해놓는다네. 똑같은 이유로 시장의 여자 상인들에게 총독은 귀찮은 존재라네. 나는 자네가 안 그러리라고 믿지만, 혹시 자

---

338 개구리들이 제우스에게 임금님을 보내달라고 하자 통나무를 보냈다는 이솝 우화를 인용한 말이다.

네에게 그런 면이 있다면, 욕심쟁이나 바람둥이나 밥벌레처럼 보이지 말라는 말이네. 백성과 자네를 대하는 사람들이 자네의 특정한 성벽性癖을 알게 되면, 그쪽으로만 자네를 공격하여 결국 멸망의 깊은 수렁으로 빠뜨리려 할 테니까 하는 말이네.

자네가 이곳을 떠나 자네 정부로 나가기 전에 내가 자네에게 써서 준 충고들과 서류들을 자세히 보고, 철저히 검토하게나. 그것들을 지킨다면, 통치자들이 늘 맞닥뜨리는 일들과 어려움들을 극복할 수 있는 값진 교훈을 그 안에서 찾아내게 될 것이네. 자네의 주인이신 공작 내외분께 편지를 쓰고 심심한 사의를 표하게나. 배은망덕은 교만의 소산이며, 사람들이 알고 있는 가장 큰 죄악 중 하나라네. 자기에게 선을 베푼 자들에게 감사할 줄 아는 자는 자기에게 그 많은 선을 행해주시고 계속 은혜를 베풀어주신 하느님께도 감사할 줄 안다는 것이네.

공작 부인께서는 사자使者 한 사람을 통해 자네의 옷과 다른 선물을 자네의 아내 테레사 판사에게 보내셨네. 우리는 답장을 학수고대하고 있다네.

나는 갑자기 달려든 고양이에게 코를 약간 할퀸 사건으로 몸이 좀 불편했지만 별것은 아니었네. 나를 못 잡아먹어 환장하는 마법사들이 있는 반면에 나를 지켜주는 마법사들도 있다네.

자네와 함께 있는 집사가 자네가 의심을 품고 있는 것처럼 트리팔디 여인 사건과 무슨 연관이라도 있었는지 나에게 알려주게. 또 자네에게 일어난 것을 죄다 알려주게. 우리가 아주 가까운 거리에 있지 않은가. 나는 지금 내가 하고 있는 나태한 생활에서 벗어날 생각이네. 난 이런 생활을 하기 위해 태어나지 않았기 때문이네.

나에게 공작 내외분을 불행으로 빠뜨릴 것 같은 일거리가 하나 생겼다네. 그러나 아무리 힘든 일이라고 하더라도 나는 전혀 신경을 쓰지 않는다네. 결국 나는 그분들의 기분을 맞추기보다는 먼저 내 직무를 이행하는 데 충실해야 하기 때문이네. 사람들이 늘 하는 말에 따르면 '아미쿠스 플라토, 세드 마지스 아미카 베리타스'[339] 라고 하지 않는가. 이런 라틴 말로 내가 자네에게 말하는 것은, 자네가 총독이 된 이후로 배웠을 테니 알려주는 것이네. 그럼 잘 있게. 어느 누구도 자네에게 연민의 정을 품지 않도록 하느님께서 지켜주시기를 비네.

자네의 친구
라만차의 돈키호테

산초는 무척 주의 깊게 편지 읽는 것을 들었다. 그 내용을 들은 사람들은 사려 깊게 쓰인 편지라며 찬사를 아끼지 않았다. 그리고 산초는 곧 식탁에서 일어나 비서를 부르고, 그와 함께 방에 틀어박혀서 더 이상 지체하지 않고 곧장 자기 주인 돈키호테 나리께 답장을 쓰고 싶어 안달이 났다. 산초는 비서에게 무언가 보태거나 빼는 일 없이 자기가 말하는 대로 적으라고 했고, 비서는 그렇게 했다. 답장으로 쓴 편지의 내용은 다음과 같다.

---

339 amicus Plato, sed magis amica veritas. '플라톤의 친구지만, 더 친한 친구는 진리'라는 뜻이다. 에스파냐 말로는 Amigo de Platón, pero más amigo de la verdad. "Amigo Pedro; amigo Juan; pero más amiga la verdad"라는 경구에서 나온 말이다.

산초 판사가 라만차의 돈키호테에게 보내는 편지

제가 일 때문에 얼마나 바쁜지 머리를 긁고 손톱을 깎을 여유도 없습니다요. 그 덕분에 손톱이 너무 자라 하느님께서 무슨 수라도 써주셔야 할 것 같습니다요. 제가 이런 말씀을 드리는 것은, 제 영혼의 나리시여, 제가 이 섬 정부를 다스리러 와서 잘하고 있는지 못하고 있는지 지금까지 알려드리지 못해 놀라지나 않으실까 염려가 되기 때문입니다요. 정부를 다스리러 온 뒤로는 우리 두 사람이 숲속이나 인적이 없는 곳을 다닐 때보다 더 배를 주리는 신세가 되었습니다요.

제 주인이신 공작님께서 전날 저에게 편지를 보내시어, 자객 몇명이 저를 죽이려고 이 섬에 들어왔다는 소식을 알려왔습니다요. 그런데 지금까지는 이곳에 오는 총독들을 죄다 죽이기 위해 급료를 받고 있는 무슨 박사인가 박산인가 하는 한 놈 이외에 다른 자객은 발견하지 못했습니다요. 페드로 레시오 박사라고 하는 작자인데, 티르테아푸에라 태생이랍니다요. 제가 그 이름만 들어도 그작자의 손에 죽을까봐 얼마나 겁먹고 있는지 나리께서는 아시고도 남을 겁니다요! 이 박사라고 하는 작자가 자기 자신에 대해 스스로 하는 말이, 자기는 사람들이 병에 걸렸을 때 치료하는 것이 아니고 병에 걸리지 않도록 예방하는 사람이라는 겁니다요. 이 작자가 쓰는 약이라는 것은 사람이 피골상접할 때까지, 마치 열병에 걸리는 것보다는 차라리 굶어서 삐쩍 마른 편이 더 큰 병이 아닌 것처럼, 오직 다이어트를 하고 또 하고 더 많은 다이어트를 하는 것뿐이랍니다요. 마침내 그 작자는 저를 굶겨 죽일 작정이라서, 저는 서서히 죽어가고 있사옵니다. 저는 이 정부에 와서 따뜻한 음식을 먹고 찬물을 마시며 깃털 요 위에서 네덜란드제 이불을 덮고 즐겁게 지내려 했는데, 마치 제가 은자라도 되듯 고행을 하러 온 거나 다름없게 되고 말았습니다요. 고행이라는 것을 제 뜻에 따라 하는 것이 아니니, 결국은 악마가 저를 데려갈 것이라는 생각뿐이랍니다요.

저는 지금까지 세금을 만져본 적도 없고 뇌물을 받아본 적도 없는데, 어떻게 될지 도무지 상상이 되지 않습니다요. 왜냐하면 이곳 주민들이 저에게 하는 말을 들어보면, 주민들은 이 섬에 부임하는 총독들에게 아직 이 섬에 들어오기 전에 많은 돈을 주었거나 빌려주었다는 겁니다요. 그런데 이런 일이 이곳에서만 있는 게 아니라 다스리러 가는 다른 곳에서도 일반화된 관례라는 것입니다요.

간밤에는 순시를 하다가 남장한 아주 예쁜 아가씨와 여장한 그녀의 남동생과 마주쳤습니다요. 그런데 제 주방장이 하는 말에 따르면, 자기가 그 아가씨한테 연정을 느껴 자기 아내로 삼기로 작정하고 있답니다요. 그리고 저는 그 젊은이를 사윗감으로 점찍었답니다요. 오늘 우리 두 사람이 그 두 사람의 아버지를 만나 우리 생각을 말할 작정입니다요. 그런데 그 아버지는 디에고 데 라 야나라는 사람인데, 시골 양반이고 신심이 돈독한 기독교도랍니다요.

저는 나리께서 충고해주신 대로 시장들을 돌아보고 있습니다요. 어제는 햇개암을 팔고 있는 가게 여주인을 만났는데, 햇개암 I파네가[340]에 해묵어 속이 비고 썩은 개암 I파네가를 섞어 파는 것

---

340 제13장 주 95 참조.

을 알아냈습니다요. 저는 그것들을 고아원 아이들에게 먹여보았습니다요. 그 아이들이라면 그런 것을 자주 먹어서 잘 구별할 줄 알 테니까요. 그리고 그 가게 여주인에게는 두 주일 동안 그 시장에 들어오지 못하도록 조치를 취했습니다요. 주민들은 제가 용감하게 그 일을 처리했다고 말했답니다요. 제가 나리께 말씀드릴 수 있는 것은, 이 마을에서는 시장의 여자 상인보다 더 나쁜 사람들은 없다는 말이 유명하다는 것입니다요. 왜냐하면 이 여자들은 모두가 철면피하고 양심이라곤 눈곱만큼도 없으며 물불을 가리지 않아 무모하기 짝이 없기 때문입니다요. 그리고 다른 마을에서도 그런 여자들을 많이 보았기 때문에 저도 그렇게 믿고 있습니다요. 제 주인이신 공작 부인께서 제 집사람 테레사 판사에게 편지를 쓰시고 나리께서 말씀하신 선물을 보내셨다니, 저로서는 무척 만족하는 바입니다요. 그리고 때가 되면 언젠가 사의를 표하도록 노력하겠습니다요. 그 점에 대해 제가 무한한 경의를 표하고 있다고, 나리께서 부인께 전해주세요. 또 그것을 제가 행동으로 보여드릴 것이며, 명심하여 헛되이 되지 않도록 하겠다고 말씀드리더라고 전해주세요.

저는 나리께서 제 주인 되시는 그분들과 불쾌한 논쟁을 벌이는 것을 원치 않습니다요. 나리께서 그분들에게 화를 내시면 그 피해는 고스란히 저에게 돌아올 것이 뻔합니다요. 나리께서 저에게 감사할 줄 알아야 한다고 충고하셨으니, 나리께서도 그분들의 성에서 받은 그 많은 은혜와 선물에 감사할 줄 모르시면 사람의 도리가 아니겠습니다요.

고양이 발톱에 할퀴었다는 그 이야기는 저로서는 도저히 이해가 되지 않습니다만, 악질적인 마법사들이 나리께 늘 쓰던 악행들 중 어떤 것임이 틀림없다고 생각합니다요. 우리가 서로 만나면 저도 알게 되겠지요.

나리께 뭔가 좀 보내드리고 싶습니다만 무엇을 보내드려야 할지, 이 섬에서 만드는 아주 신기한 방광 세척용 대통이나 몇 개 보내드려야 할지 모르겠습니다요. 제 직책이 오래간다면 선물이나 뇌물로 무엇을 보내드려야 할지 찾아보겠습니다요.

만일 제 집사람 테레사 판사가 제게 편지를 보내면, 나리께서 우편료를 지불하시고 저에게 보내주세요. 제 집이랑 제 여편네랑 제 자식들이 어찌 지내고 있는지 궁금하여 죽을 맛입니다요. 그럼 이것으로 하느님께서 나리에게 악질적 저의를 가진 마법사들의 손에서 나리를 벗어나게 해주시고, 또 저는 저대로 이 의심스럽기 짝이 없는 정부로부터 무사히 그리고 평화로이 꺼내주시기를 기원합니다요. 왜냐하면 페드로 레시오 박사가 저를 대하는 태도로 미루어 짐작하건대 제 목숨이 붙어 있을 때 그만두고 싶은 심정이 간절하기 때문입니다요.

나리의 하인
총독 산초 판사

비서는 편지를 봉하고 곧바로 파발꾼을 보냈다. 산초에 대해 장난을 꾸미고 있는 자들은 함께 모여 그를 정부에서 어떻게 추방해야 할지 서로 의논했다. 산초는 자기가 섬이라고 상상하고 있는 그곳의 선정善政에 관한 몇 개의 법령을 제정하면서 그날 오후를 보냈다. 그는 공화국 안에서 양식糧食 전매자들이 없도록 하고, 원하

675

는 곳에서는 어느 곳에서나 포도주를 공화국에 수입할 수 있도록 하며, 그 가치와 품질과 평판에 따라 가격을 정하기 위해 반드시 원산지를 밝히는 것을 추가하라는 명령을 내렸다. 그리고 포도주에 물을 타거나 이름을 바꾸는 자는 그 죄로 사형에 처한다고 했다.

그는 모든 신발류의 가격을 조정했으며, 특히 구두 가격이 터무니없이 비싸게 유통되고 있다고 생각해 조정했다. 하인들의 봉급도 자기들에게 유리한 길로 고삐가 풀린 것처럼 턱없이 올라가고 있어 비율을 정했다. 그는 밤낮이 따로 없이 음탕하고 난잡한 노래를 부르는 자들에게는 아주 엄한 벌을 내렸다. 그는 어떤 시각장애인도 진짜라는 정식 증명서를 가지고 다니지 않는 한 가사에 기적을 넣어 노래해서는 안 된다고 명령했다. 왜냐하면 시각장애인이라면서 노래하는 대부분은 가짜이며, 진짜 시각장애인이 피해를 입게 된다고 생각했기 때문이다.

그는 가난한 이들을 담당하는 관리를 둘 생각을 했는데, 가난한 이들을 박해하기 위해서가 아니라 가난한 것이 사실인지 조사하기 위해서였다. 그것은 가짜 외팔이와 거짓 환자 행세를 하는 팔 있는 도둑과 건강한 술주정뱅이가 돌아다니고 있었기 때문이다. 결론적으로 말해 그는 정말로 훌륭한 일들을 명령했다. 오늘날까지도 그 지방에 보관되어 있는데, 〈위대한 총독 산초 판사의 법령집〉이라고 한다.

· 제52장 ·

제2의 번뇌하는 부인 혹은 고뇌하는 부인,
또 다른 이름으로는 도냐 로드리게스라 불리는
여자의 모험 이야기

시데 아메테는 이야기하길, 고양이에게 할퀸 상처가 이미 다 나은 돈키호테가 그 성에서 보내는 그런 생활은 자신이 종사하는 기사도의 모든 법도에 반한다고 여겼다고 한다. 그래서 돈키호테는 사라고사로 떠나기 위해 공작 내외에게 허락을 요청하기로 결심했다. 사라고사에서 열리는 축제가 다가오고 있어, 그 축제에서 우승자에게 주는 갑옷을 상으로 받을 생각이었다.

그래서 어느 날 공작 내외와 식탁에 있을 때 자기 뜻을 실행에 옮기기 위해 허락을 얻으려 하고 있는데, 별안간 큰 홀의 문으로 두 여인이 들어오는 것이 보였다. 나중에 보았지만, 그 여인들은 머리부터 발끝까지 상복으로 덮여 있었다. 그중에서 한 여인이 돈키호테에게 다가와 그의 발 앞에 쓰러져 길게 엎드리더니, 돈키호테의 발에 입을 대고는 아주 슬프고 깊고 고통스러운 신음 소리를 냈다. 그녀의 신음 소리를 듣고 그녀를 바라보던 모든 사람은 얼떨떨해 했다. 비록 공작 내외는 자기 하인들이 돈키호테를 놀리려고 꾸민

677

장난이라고는 알고 있었지만, 아직도 그녀가 한숨 짓고 신음 소리를 내고 울고불고하는 것을 유심히 보면서 왠지 수상쩍어 어리둥절해졌다. 돈키호테가 동정심이 일어 그녀를 땅바닥에서 일으키고는 눈물에 젖은 얼굴이 드러나도록 망토를 벗게 했다.

그녀는 그가 말한 대로 그렇게 했는데, 꿈에도 생각할 수 없는 모습이 나타났다. 이 집의 우두머리 시녀 도냐 로드리게스의 얼굴이 나타난 것이다. 상복을 입은 다른 여인은 부자 농사꾼의 아들로부터 희롱당했다는 그녀의 딸이었다. 그녀를 아는 사람들은 너 나 할 것 없이 죄다 놀랐다. 그리고 어느 누구보다 더욱 놀란 것은 공작 내외였다. 그들은 그녀를 우둔하고 성질이 유순한 사람으로 여겼고, 그렇게 미친 짓을 할 정도로는 보지 않았기 때문이다. 드디어 도냐 로드리게스가 주인 내외를 돌아보며 말했다.

"이 기사님과 잠깐 이야기를 나누도록 주인 어르신들께서 부디 허락해주십시오. 그래야 저를 이런 꼬락서니로 만든, 악의에 찬 한 시골뜨기의 물불 가리지 않는 시건방진 행동 때문에 제가 직면하고 있는 이 문제를 잘 해결할 수 있을 것 같기 때문입니다."

공작은 허락을 할 테니 원하는 만큼 돈키호테 나리와 이야기를 나누라고 말했다. 그녀는 목소리를 가다듬고 얼굴을 돈키호테에게 돌리더니 말했다.

"며칠 전에, 용감무쌍하신 기사님, 제가 나리께, 마음씨 고약한 한 농사꾼 놈이 제가 무척이나 사랑하고 아끼는 딸아이에게 저지른 비도非道와 배신에 대해 말씀드린 적이 있습니다. 그 아이가 바로 여기 앞에 있는 이 불쌍하기 짝이 없는 딸자식입니다. 나리께서는 이 아이에게 행해진 악행을 바로잡고 다시 본래대로 되돌려놓겠다고 저에게 약속해주셨습니다. 그런데 하느님께서 주신 멋진 모험들을 찾아 나리께서 이 성을 떠나실 것이라는 소식을 제가 지금 막 접했습니다. 그래서 바라옵건대 나리께서 그 모험의 길로 몸을 감추시기 전에 그 빌어먹을 촌놈에게 결투를 신청하셔서, 그놈이 처음에 제 딸아이와 관계를 가지기 전에 남편이 되겠다고 한 약속을 이행해 제 딸년과 결혼하도록 해주실 것을 부탁드립니다. 왜냐하면 제 주인이신 공작님이 저를 위해 공정한 재판을 해주시리라고 생각하는 것은, 제가 기회가 있을 때마다 은밀히 말씀드린 바와 같이, 연목구어緣木求魚나 마찬가지이기 때문입니다. 그럼 이것으로 우리 주 예수 그리스도께서 나리께 건강을 듬뿍 주시고, 우리 모녀를 버리지 않고 끝까지 지켜주시길 빌겠습니다.”

돈키호테는 그녀의 말에 아주 엄숙하고 몹시 으스대며 대답했다.

“마음씨 고운 시녀님, 그대의 눈물을 거두십시오. 아니, 더 듣기 좋은 말로, 그대의 눈물을 닦으시고 그대의 한숨을 아끼십시오. 제가 그대의 따님 문제에 대한 해결책을 책임지고 마련하겠습니다. 따님이 연인 사이에 한 약속을 그렇게 쉬 믿지 않았더라면 더 좋았을 텐데요. 연인 사이의 약속은 대부분 가볍게 하고 이행은 무겁게 하거든요. 그래서 제 주인이신 공작님께서 허락을 하시면, 제가 곧바로 그 양심이라곤 털끝만큼도 없는 젊은이를 찾아 떠나겠습니다. 그놈을 찾아 결투를 신청하여, 약속한 말을 이행하지 않고 핑계를 댈 때는 언제든지 그를 베어버리겠소이다. 제 직업의 주된 임무는 겸손한 자를 용서하고 오만한 자를 벌하는 것입니다. 다시 말하면 가엾고 애처로운 이들을 구출하고 억누르는 자들을 쓸어버리는 일입니다.”

"그러실 필요는 없습니다." 공작이 대답했다. "나리께서는 이 가련한 시녀가 불평하는 그 촌뜨기를 찾으려고 수고하실 것도 없고, 그에게 결투를 신청하기 위해 내 허락을 청하실 필요도 없습니다. 결투를 신청한 것으로 인정하여 제가 책임지고 그에게 이 결투를 알리고 결투를 받아들이라고 하겠으며, 이 성으로 직접 답을 주러 오게 하겠습니다. 결투를 함에 있어서 일반적으로 지켜지고 또 반드시 지켜야 할 모든 조건을 지키도록 쌍방에게 안전한 결투장을 제공하겠습니다. 쌍방에게 동등하게 공정을 기하도록 하겠습니다. 공정을 기하는 문제는 자기 영지에서 결투를 하는 자들에게 자유로운 결투장을 제공하는 모든 영주가 지켜야 할 의무이기 때문입니다."

"그러시다면 공작 귀하의 확실하고 기쁜 마음으로 통쾌하게 해주시는 허락을 받아," 돈키호테가 대답했다. "지금부터 저는 양반 출신이라는 특권을 버리고, 가해자의 천한 신분에 걸맞게 낮추어 평민 자격으로 대결하겠습니다. 제가 신분을 그와 동등하게 하는 이유는 그에게 나와 싸울 수 있는 자격을 부여하려는 것입니다. 그 사람이 비록 이곳에 없지만, 그에게 결투를 신청하고 도전하는 바입니다. 원래는 처녀였는데 지금은 그자의 잘못으로 처녀가 아닌 이 가련한 여인을 속이는 악행을 저질렀기 때문입니다. 그자는 그녀의 합법적인 남편이 되겠다고 한 약속을 이행하거나, 아니면 결투에서 죽어야 합니다."

그리고 곧바로 돈키호테는 장갑 한 짝을 벗어 홀 한가운데로 던졌고, 공작은 그 장갑을 들어 올리고는 그가 이미 했던 말처럼 자기 가신家臣의 이름으로 그 도전을 받아들인다고 말했다. 기한은 그

날로부터 엿새 되는 날로 하며, 결투장은 그 성의 광장에 설치하며, 무기는 기사들의 관례에 따라 창과 방패와 다른 모든 부속 장비와 잘 얽은 갑옷으로 하고, 어떤 속임수나 사기나 미신을 믿는 부적을 붙이지 못하며, 이 모든 것은 결투장 심판관들에 의해 세심하게 검사될 것이라 했다.

"그러나 모든 것에 앞서 이 마음씨 고운 시녀와 이 불행한 아가씨가 돈키호테 나리의 양손에 자신들의 판결 권리를 맡기는 것이 필요합니다. 그렇지 않으면 아무것도 행할 수 없고, 그런 결투도 규정대로 시행되지 못할 것입니다."

"저는 권리를 맡기겠습니다." 시녀가 대답했다.

"그럼 저도요." 눈물이 앞을 가리고 수줍음에 몸 둘 바를 모르며 죽을상을 짓는 딸이 덧붙여서 말했다.

공작이 이런 의견의 일치가 되자 이런 경우에 해야 할 일을 생각하고 있을 때, 그 상복을 입은 여인들은 물러갔다. 공작 부인은 앞으로 그녀들을 하인으로 대하지 말고 자기 집에 판결을 청하러 온 용감한 여인들로 대하라는 명령을 내렸다. 그래서 그녀들에게 방을 따로 제공하고 이방인처럼 대접하게 되었다. 도냐 로드리게스와 그녀의 비운의 딸의 어리숙한 짓과 몰염치한 행동이 어디쯤에서 그칠지 몰라 나머지 하녀들은 놀랄 따름이었다.

막 잔치를 즐기고 식사가 잘 끝나가려 할 때, 총독인 산초 판사의 아내 테레사 판사에게 편지와 선물을 가지고 갔던 시동이 홀 안으로 들어왔다. 그의 여행에서 무슨 일이 일어났는지 알고 싶어 죽고 못 산 공작 내외는 정말 반갑게 그를 맞이했다. 그에게 그간의 소식을 묻자, 간단한 이야기도 아닌데 그렇게 공공연히 말할 수 없

681

다고 시동은 대답했다. 공작 내외에게 단독으로 말할 수 있도록 주위를 물려달라고 부탁하고, 그러는 사이에 기분 전환을 하시라면서 편지 두 통을 꺼내 공작 부인의 손에 놓았다. 한 통은 봉투에 '어디 사시는지 모르는 내 주인 공작 부인께 드리는 편지'라 쓰여 있었다. 그리고 다른 편지에는 '바라타리아섬의 총독이신 내 남편 산초 판사에게, 하느님께서 나보다 더 오래오래 영화를 누리게 해주시길' 이라고 쓰여 있었다. 공작 부인은 그 편지를 읽기까지, 시쳇말로 그녀는 조바심이 나서 죽을 지경이었다. 편지를 열어 혼자 읽고는, 공작과 주변 사람들이 들어도 괜찮다고 여겨지자 큰 소리로 이렇게 읽었다.

테레사 판사가 공작 부인에게 보내는 편지

마님, 마님께서 저에게 써 보내신 편지는 매우 기쁘게 잘 받아보았습니다. 정말로 무척 바라고 바라던 편지였습니다. 산호 묵주 목걸이는 정말 훌륭하옵나이다. 그리고 제 남편의 사냥복도 그것 못지않았사옵니다. 마님께서 제 남편 산초를 총독으로 만들어주셨다는 소식에 온 마을이 무척 기뻐하고 있사옵니다. 하기야 그 소식을 곧이듣는 자는 없지만 말입니다. 주로 신부님과 이발사이신 니콜라스 선생님과 학사이신 산손 카라스코가 곧이듣지 않았습니다. 그렇지만 저한테는 아무 상관이 없습니다. 그것이 사실임에도 불구하고 그렇게 생각한다면, 각자가 자기 맘대로 지껄이라고 하죠. 사실은 말입니다만, 산호 묵주 목걸이와 옷이 오지 않았다면 저도 그 말을 믿지 않았을 것입니다. 왜냐하면 이 마을에서는 너 나 할 것 없이 모두가 제 남편을 반편이로 생각하기 때문입니다. 한 무리의 산양 떼나 다스리러 갔다면 수긍이 가지만, 그 양반이 무슨 정부를 다스리는 일에 적합한지 상상도 할 수 없다고들 합니다. 하느님께서 그리 하게 하시고, 그의 자식들도 그것을 필요로 하고 있으니, 하느님께서 그에게 길을 잘 인도해주시길 기원할 따름입니다.

저는, 제 영혼의 마님이시여, 마님께서 허락하신다면, 이 기회를 잘 이용하기로 결심했습니다. 그리고 마차에 누워 궁중으로 가면서 벌써 시새움하고 있는 수많은 사람들을 언짢이 생각하게 할 것입니다. 그래서 마님께 부탁하오니, 제 남편이 저에게 돈을, 조금, 약간 무얼 살 정도는 되는 액수의 돈을 보내도록 명령해주시길 바라나이다. 궁중에서는 비용이 많이 들어, 빵이 하나에 1레알, 고기가 1파운드에 30마라베디나 한다니 믿기지 않습니다. 그래서 하는 말인데요, 제가 가지 않아도 된다면 미리미리 저에게 알려달라고 전해주십시오. 지금 제 두 발이 자꾸만 길을 떠나고 싶어 근질거린답니다. 제 친구들과 제 이웃 아낙네들이 말하길, 만일 저와 제 딸아이가 우쭐거리며 호화스레 차리고 궁중을 돌아다니면, 제가 남편 덕분에 알려진다기보다는 남편이 제 덕분에 더 많이 알려질 텐데, 그것은 많은 이들이 이렇게 물을 것이 틀림없기 때문이랍니다. "이 마차를 타고 가는 이 귀부인들은 누구십니까?"라고 말입니다. 그러면 제 한 하인이 대답하겠지요. "바라타리아섬의 총독이신 산초 판사 나리의 부인과 따님이십니다"라고 말입니다. 이렇게 산초가 알려질 것이고, 저는 존경을 받게 될 것이며, 그렇게 되면 만사형통하는 것입니다.

그런데 원통해서 분을 삭일 수 없으니, 금년에 이 마을에서는 도토리 수확을 못 했답니다. 그렇지만 하늘처럼 높으신 마님께 제가 산에 가서 하나하나 따서 손수 고른 것으로 반 셀레민 정도 보내드리겠습니다. 저는 타조알만 한 것이기를 바랐습니다만 더 큰 것들은 발견하지 못했습니다.

눈부시도록 휘황찬란하신 마님께서는 저에게 편지 쓰시는 것을 부디 잊지 마십시오. 저 또한 제 건강과 이 고장에 대해 알릴 만한 것이 있으면 죄다 알려드리는 답장을 하도록 주의를 기울이겠습니다. 그럼 이만 우리 주 예수 그리스도께서 위대하신 마님을 지켜주시길 기원하오며, 저를 잊지 말아주시기를 간절히 바라옵니다. 제 여식 산차와 제 아들놈이 마님께 손에 입맞춤하는 인사를 올립니다.

마님께 편지를 써 올리는 것보다 마님을 직접 뵈옵기를 더 바라는

마님의 하녀

테레사 판사

모두가 테레사 판사의 편지 내용을 듣고 크게 기뻐했는데, 특히 공작 내외가 더했다. 그리고 공작 부인은 돈키호테에게, 총독 앞으로 보내온 편지를 뜯어봐도 되겠는지 의견을 물었다. 그 편지 내용이야말로 틀림없이 아주 흥미진진할 것이라 생각하고 있었다. 돈키호테는 거기 있는 모두를 기쁘게 하기 위해 자기가 손수 편지를 뜯어보겠다고 하고는 편지를 열어서 보았다. 거기에는 다음과 같이 쓰여 있었다.

테레사 판사가 자기 남편 산초 판사에게 보내는 편지

내 영혼인 산초, 당신의 편지를 받았구면요. 내가 기독교 가톨릭 교도로서 당신한테 확약하고 맹세하는데, 어찌나 기쁜지 정말로 미칠 지경이었답니다요. 보세요, 오빠[341]야, 나는 오빠가 총독이라는 소식을 들었을 때, 얼마나 기쁜지 그 자리에서 팍 꼬꾸라져 죽는 줄로만 알았다니까요. 여보도 이미 알다시피, 커다란 고통처럼 갑작스런 기쁨도 사람을 죽인다는 말이 있잖아요. 아니 글쎄, 당신 딸년 산치카는 얼마나 기뻤으면 그래 자기도 모른 사이에 오줌을 찔끔했다는구면요. 당신이 나한테 보낸 옷은 앞에 들고, 제 주인이신 공작 부인께서 나에게 보내신 산호 묵주 목걸이는 목에 걸고, 편지들은 손에 들고, 편지를 가져오신 분은 거기에 있는데도 내가 눈으로 보고 손으로 만지는 것이 죄다 꿈만 같았구면요. 아 글쎄, 산양 치는 자가 섬의 총독이 되리라고 언감생심 누가 생각이나 할 수 있었겠어요? 여보도 이미 알고 있듯이, 이 친구야, 내 어머님이 살아생전에 하시던 말씀이 있어요. "많은 것을 보려거든 오래 사는 것이 필요하다"라고요. 난 더 오래 살아서 더 많은 것을 볼 생각이므로 지금은 내가 그 말을 하겠어요. 당신이 임대인이나 수세관이 될 때까지 나도 그냥 손 놓고 있지는 않을 생각이니까 말이에요. 그런 직업은 마귀가 붙어 악용하는 사람이 많다고는 하

---

341 hermano. 요즘 우리나라 젊은이들이 남편을 '오빠'라고 부르는 경우가 많듯이 17세기 에스파냐에서도 사랑하는 남편을 '오빠'라 불렀다는 점이 시공時空을 초월한 것 같아 무척 재미있다.

지만, 결국에는 늘 돈을 가지고 있고 돈을 다루는 일이잖아요. 내 주인이신 공작 부인께서 내 소원이 궁중 구경이라는 것을 당신에게 말씀하실 거예요. 그것을 곰곰이 생각해보고 당신 의견을 나에게 알려주세요. 궁중에서 마차를 타고 다니면서 당신의 명예를 빛나게 해드리도록 안간힘을 쏟을 거예요.

신부, 이발사, 학사, 그리고 성당지기까지도 당신이 총독이라는 것을 믿을 수 없다고 해요. 당신의 주인 돈키호테가 하는 짓이 다 그렇듯이, 모든 것이 허풍이며 마법 탓이라는 거예요. 그리고 산손은 말하기를, 당신을 찾아가서 당신의 머릿속에서 정부라는 말을 꺼내버리겠다고 하고, 돈키호테에게서는 대갈통에서 광기를 뽑아놓겠다고 벼르고 있다니까요. 나는 웃음밖에 나오지 않아 제 산호 묵주 목걸이만 바라볼 따름이지요. 그리고 당신 옷으로 우리 딸년에게 옷을 만들어 입힐 생각을 하고 있어요.

도토리 약간을 내 주인이신 공작 부인에게 보내드렸어요. 그 도토리가 황금이었으면 싶었답니다. 그 섬에서 유행이라면 진주 묵주 목걸이나 몇 개 나한테 보내주세요.

이 마을의 소식이라면, 라 베루에카가 자기 딸을 솜씨가 형편없는 한 화가와 결혼시켰다는 거예요. 그 화가는 무엇이든지 그리겠다고 이 마을에 왔어요. 그래서 마을 위원회가 그에게 마을 회관 대문 위에 국왕 폐하의 문장紋章을 그려달라고 했답니다. 그랬더니 2두카도를 요청해서 선금으로 주었고, 그는 여드레 동안 일했는데도 불구하고 끝내 아무것도 그리지 않았어요. 그러고는 그 많은 자질구레한 것들을 잘 그릴 수 없다면서 돈을 돌려주었어요. 하지만 어떤 경위인지는 모르겠는데, 그는 훌륭한 직업인 자격으로 결혼을 했어요. 사실 그는 벌써 화필을 놓고 괭이를 들고는 마치 양반 행세를 하면서 밭으로 나간답니다. 페드로 데 로보의 아들은 사제가 되겠다는 뜻을 품고 삭발하고 하급직 첫 품급을 받았는데, 밍고 실바토의 손녀인 밍기야가 그것을 알고는 그가 자기와 결혼 약속을 했다면서 그를 고소했어요. 그녀가 그 남자아이 때문에 임신까지 했다고 험한 말을 하는 사람들도 있지만, 그는 그것을 완강히 부인하고 있답니다.

금년에는 올리브 농사를 완전히 망쳐서 온 마을에서 식초 한 방울 구경하기 힘들어요. 이곳으로 보병 부대의 한 중대가 지나가면서 이 마을의 처녀 세 명을 데려갔어요. 당신한테 누구누구라고는 말하기 싫어요. 아마 그녀들은 돌아오긴 하겠죠. 그리고 좋건 나쁘건 흠이야 있지만, 그녀들을 아내로 맞이할 사람이 있긴 하겠죠.

산치카는 레이스 짜는 일로 매일 꼭 8마라베디를 벌어, 혼수로 쓰기 위해 저금통에 넣고 있어요. 하지만 이제는 총독의 딸이 되었으니, 그 아이가 일하지 않아도 당신이 그 아이에게 지참금을 주겠죠. 광장 분수가 말랐고 첨탑에 벼락이 떨어졌지만, 그런 것은 내가 알 바 아니에요.

이 편지의 답장과 궁중에 가겠다는 내 결심에 대한 답장을 기다리고 있겠어요. 그럼 이만, 이 세상에 나 없는 당신을 두기가 싫으니, 하느님의 가호가 나에게보다 당신을 더 오래오래 지켜주시기를 기원합니다요.

당신의 아내

테레사 판사

편지의 내용들은 엄숙했고, 웃겼고, 호평이 자자했으며, 탄복
하게 했다. 그리고 막 봉인을 하려고 하는데 파발이 도착했다. 그는
산초가 돈키호테에게 보내는 편지를 가져왔다. 그 편지도 공공연히
사람들 앞에서 낭독되었고, 이 편지로 사람들은 총독이 어리석다는
점에 대해 의문을 품게 되었다.

공작 부인은 산초의 마을에서 무슨 일이 있었는지 시동으로부
터 듣기 위해 물러갔다. 시동은 미주알고주알 그녀에게 이야기를
들려주었다. 시동은 그녀에게 도토리와, 테레사가 자기에게 보낸
치즈 한 조각을 더 주었다. 그런데 그 치즈는 질이 무척 좋아서 트
론촌 치즈[342]보다 훌륭했다. 공작 부인은 아주아주 기쁜 마음으로
그것을 받았다. 여기서 우리는 공작 부인을 이대로 남겨두고, 모든
섬 총독들의 꽃이며 거울인 위대한 산초 판사의 정부가 맞이한 종
말을 이야기하기로 한다.

---

342 테루엘 주에 있는 트론촌 마을에서 품질이 아주 좋은 양젖으로 만든 치즈.

제53장

산초 판사의 정부가 맞이한
힘들었던 종말에 대해

"이승에서 인생살이가 늘 한 상태로 오랫동안 지속되리라고 생각하는 것은 언어도단이다. 오히려 인생은 죄다 둥그렇게, 원을 그리며 주위를 빙글빙글 돌아가는 것과 같은 것이다. 다시 말해 봄은 여름에 이어지고, 여름에 이어 한여름이, 한여름에 이어 가을이, 가을에 이어 겨울이, 그리고 겨울은 봄에 이어진다.[343] 이같이 시간은 이멈을 줄 모르는 바퀴와 함께 빙글빙글 돌아가고 있는 것이다. 저승을 규정한 용어조차 없는 저승에서가 아니면 아무것도 새로이 할희망도 없이, 오직 인간의 삶만이 시간보다 더 빨리 그 종국을 향해달리고 있는 것이다." 이것이 이슬람교의 철학자 시데 아메테가 한말이다. 현세의 덧없는 세월과 사람들이 기대하는 내세의 영생을

---

343 에스파냐에서는 전통적으로 농사철에 맞추어 1년을 보통 네 계절이 아닌 다섯 계절로 나눈다. 즉 여름과 가을 사이에 한여름을 두어 봄primavera, 여름verano, 한여름estío, 가을otoño, 그리고 겨울invierno이다. 한여름은 가장 더운 7월 중순부터 8월 초순까지를 말한다.

이해하는데, 많은 사람들은 신앙의 빛 없이 자연의 빛만으로도 그것을 이해해왔던 것이다. 하지만 산초의 정부가 그림자와 연기처럼 끝나버리고, 없어지고, 무너지고, 사라져버렸다는 것을 여기서 우리 작가가 그렇게 말한 것이다.

산초는 그의 정부 수립 이레째 되던 날 밤, 빵과 포도주에 물려서가 아니라 재판하고, 의견을 내놓고, 법령과 칙령을 만드는 데 지칠대로 지치고 싫증이 나서 침대에 누워 있었다. 허기가 졌음에도 불구하고 잠이 쏟아져 눈꺼풀이 감기기 시작한 바로 그때, 마치 온 섬을 가라앉힐 듯한 요란한 종소리와 고래고래 고함치는 소리가 들렸다. 그는 침대에서 벌떡 일어나 앉아서 이렇게 큰 소동의 원인이 될 수 있는 것이 도대체 무엇인지 확인하기 위해 조심스레 귀를 기울이고 들었지만, 그는 무슨 일인지 도무지 알 수 없었을 뿐만 아니라, 고함치는 소리와 종소리에 이어 연속적으로 트럼펫 소리와 북소리까지 들려오자 더 갈피를 못 잡고 공포와 놀라움으로 인해 벌떡 일어섰다. 방바닥이 젖어 있어 슬리퍼를 신고는 실내복은 고사하고 그와 비슷한 것조차 입지 않고 홀랑 벗은 채 방문으로 나가는데, 스무 명도 넘는 사람들이 때마침 손에 손에 횃불과 칼을 들고 목청껏 외치면서 복도로 오고 있었다.

"비상사태요, 비상사태, 총독 나리, 비상사탭니다! 섬에 수를 헤아릴 수 없이 많은 적들이 들어왔습니다. 나리의 지혜와 용기가 우리를 구하시지 않는다면 우리는 몰살을 당합니다."

산초가 듣고 본 소리에 망연자실해 넋을 잃고 있는 곳으로, 이런 고함과 분노와 소란을 떨면서 산초 바로 앞에 당도한 한 사람이 말했다.

"나리께서 망하는 것이 싫고 온 섬이 망하는 것이 싫으시다면 당장 무장을 하셔야 합니다!"

"나더러 무슨 무장을 하라는 말이냐?" 산초가 대답했다. "난 무기에 대해서도, 구원에 대해서도 아는 것이라곤 없는데? 이런 일들은 내 주인이신 돈키호테 나리께 맡기는 것이 더 좋을 성싶다. 그분이라면 즉각 그 일들을 처리하시고 안전하게 해주실 것이다. 나는 하느님께 죄인이라서 이렇게 황급한 일에 대해서는 아무것도 아는 바가 없단 말이다."

"아이고, 총독 나리!" 다른 사람이 말했다. "어찌 그리 한가한 말씀만 하고 계십니까? 여기 공격용 무기와 방어용 무기를 가져왔으니 나리께서는 무장을 하셔야 합니다. 그리고 광장으로 나가셔서 우리의 지휘자와 대장이 되어주십시오. 나리께서는 우리 총독님이시니 당연히 그러실 권한이 있으십니다."

"그럼 기꺼이 나를 무장시켜다오." 산초가 되받아 말했다.

그래서 준비해두었던 전신 보호용 커다란 방패 둘을 즉시 그에게 가져와서는, 다른 옷을 입지 못하게 하고 앞에 하나, 뒤에 다른 하나를 셔츠 위에다 입혔다. 그리고 이미 만들어놓은 몇 개의 오목한 구멍으로 팔을 꺼내고, 몇 개의 끈으로 단단히 묶었다. 그래서 마치 방추처럼 뻣뻣해져서 무릎을 굽힐 수도, 단 한 발짝도 움직일 수도 없이 사이에 끼어 마치 판자 두 장 사이에 갇힌 것 같은 웃지 못할 신세가 되고 말았다. 사람들이 그의 손에 창 하나를 쥐여주어 그 창에 간신히 의지하여 서 있을 수가 있었다. 사람들은 그를 그렇게 꼴불견으로 만들어놓고, 그에게 걸어 나가서 자기들을 지휘하고 자기들 모두가 힘을 내게 해달라고 했다. 그는 자기들의 길잡이요 등불이며 새벽녘의 샛별이기 때문에 자기들의 일은 만사형통할 것이라고 했다.

"비참한 꼬락서니로 나더러 어떻게 걸어가라는 말이냐?" 산초가 대답했다. "내 몸에 이렇게 바느질하듯 꿰매놓은 이 판때기들의 방해로 난 무릎 관절도 움직일 수 없는 신세야. 너희들은 나를 팔로 안아다가 말에 가로로 걸쳐놓든지, 아니면 쪽문에 세워놓든지 양단간에 결정을 내거라. 그러면 내가 이 창으로건 이 몸으로건 입구를 지켜내겠다."

"어서 가시죠, 총독 나리." 다른 사람이 말했다. "그 판자들 때문이라기보다는 공포심 때문에 나리의 발걸음이 무거운 모양이군요. 늦었으니 그런 말씀 마시고 몸을 움직이세요. 적들이 자꾸만 불어나고 함성이 높아지니 위험이 점점 목전에 닥치고 있습니다."

그 가엾은 총독은 그들의 설득과 모욕 때문에 몸을 움직여보려고 시도하다가 쾅 하고 둔중한 소리를 내면서 땅바닥에 넘어졌는데, 몸뚱이가 박살 나지 않았나 싶을 지경이었다. 그는 마치 자기 껍데기에 덮여 그 안에 갇혀 있는 커다란 거북이나, 두 개의 빵 반죽 상자 사이에 끼어 있는 반 토막짜리 베이컨, 아니면 모래톱에 박힌 배처럼 되고 말았다. 산초가 땅바닥에 꼬꾸라져 있는 것을 보고도 그 장난꾸러기들은 전혀 측은지심을 보이지 않고 오히려 횃불을 끄고 고래고래 고함치면서 가엾은 산초를 밟고 지나갔고, 그의 전신 보호용 커다란 방패 위에다가 무수히 칼질을 하며 황급히 "비상사태요!"라고 다시 되풀이했다. 만일 산초가 그 방패 사이로 거북이처럼 몸을 오그리고 머리를 움츠리지 않았더라면, 그 가엾은 총독은 아주 끔찍하고 참혹한 변을 당했을 것이다. 그는 그 답답하기 짝이 없는 방패 사이에서 웅크리고 땀을 펄펄 흘리면서도 하느님께 그 위험에서 자기를 꺼내달라고 마음을 다해 빌고 또 빌었다.

몇몇 사람들은 그에게 부딪쳤고, 다른 자들은 그에게 걸려 넘어졌다. 또 어떤 자는 한참을 그의 위에 올라가 마치 망루에서 군대를 통솔하는 것처럼 고래고래 소리 질러대면서 말했다.

"여기 있는 우군들아, 이쪽으로 적들이 몰려오고 있다! 저 쪽문을 지키고, 저 문은 닫고, 저 사다리들을 성벽에서 떼어놓아라! 펄펄 끓는 기름 가마솥에 화염탄과 역청과 송진을 넣어 가져오너라! 거리에는 이불들로 참호를 만들어라!"

마침내 그는 아주 열심히 도시 습격을 방어하는 모든 자질구레한 물건과 전쟁 도구와 장비의 이름을 주워대고 있었다. 녹초가 되어 있던 산초는 그 소리를 듣고 모든 것을 참아내면서 혼자 속으로 말했다. "오, 주여, 만일 우리 주 예수 그리스도께서 이 섬을 괴멸시키려 하신다면, 저를 죽이시거나 아니면 이 크나큰 고통에서 벗어나게 해주소서!" 하느님께서 그의 염원을 들어주셨다. 예상치 못한 때에 다음과 같이 말하는 소리가 들렸다.

"이겼다, 이겼어! 적들이 패배하고 물러갔다! 자, 총독 나리, 일어나셔서 승리를 축하하고 그 불패의 팔심으로 적에게서 빼앗은 전리품을 배분하러 오세요!"

"나를 일으켜 세워다오." 괴로운 목소리로 고통스러운 산초가 말했다.

사람들이 그를 도와 일으켜 세웠다. 그리고 그는 선 채로 말했다.

"내가 무찔렀다는 적들이 있다면 내 이마빡에 박아 넣고 싶다. 나는 적들의 전리품을 배분하고 싶지 않다. 만일 나에게 어떤 친구가 있다면, 내가 목이 말라 죽겠으니 포도주나 한 모금 달라고 부탁하고 싶네. 그리고 땀을 많이 흘려 몸이 온통 물바다이니 이 땀을 훔쳐주게나."

사람들이 산초의 땀을 훔쳐주고, 그에게 포도주를 가져다주고, 그에게서 묶인 방패들을 풀어주었다. 산초는 자기 침대 위에 앉더니 공포와 경악과 심로心勞가 쌓여서인지 실신하고 말았다. 이렇게 되고보니 그 일을 꾸민 사람들도 그 짓궂은 장난이 좀 지나쳤다는 것을 알고 후회하게 되었다. 그렇지만 산초가 본정신으로 돌아오자, 그가 기절해 있는 동안 그들이 느꼈던 미안함도 약간은 가셨다. 그는 몇 시냐고 물었다. 사람들은 이미 날이 샜다고 대답했다. 그는 다른 말은 한마디도 하지 않고 온통 침묵에 잠겨 옷을 주섬주섬 입기 시작했다. 모든 사람이 그를 바라보면서, 저렇게 빨리 옷을 입어서 도대체 어떻게 할 작정일까 하고 기다리고 있었다. 그는 마침내 옷을 다 입고나서, 워낙 심하게 짓밟힌지라 성큼성큼 걸을 수가 없었기에 거북이걸음으로 마구간으로 갔다. 그곳에 있던 사람들은 죄다 그의 뒤를 따랐다. 산초는 잿빛 당나귀에게 다가가 당나귀를 끌어안더니 이마에 우정의 입맞춤[344]을 하고 눈물을 글썽거리며 말했다.

"이리 오너라, 나의 동반자이며 나의 친구야, 내 수고와 내 고통을 함께해온 친구야, 내가 너와 뜻이 맞아 딴생각 없이 네 마구를 수선하고 네 몸뚱어리를 부양할 걱정이나 하며 세월을 보낼 때, 그

---

344 beso de paz. 미사에서 형제애의 표시로 이마에 하는 입맞춤.

때는 나의 시간들이, 나의 하루하루가, 나의 한 해 한 해가 행복했
단다. 그러나 너를 남겨두고 야망과 교만의 탑을 정복하고나니 영
혼을 통해 천 개의 고통과 천 개의 수고와 4천 개의 불안만 나에게
쌓였단다."

이런 말을 많이 하면서 당나귀에 안장을 얹는 동안, 아무도 그
에게 아무 말도 하지 않았다. 당나귀에 안장을 얹고나서 대단한 고
통과 슬픔 속에 당나귀에 올라타고, 집사와 비서와 주방장과 의사
페드로 레시오와 그곳에 있는 다른 많은 사람들을 향해 말했다.

"길을 여시오, 여러분, 내 옛날의 자유로 돌아가게 해주오. 현
재의 이 죽음에서 나를 부활시키기 위해서 과거의 삶을 찾으러 가
게 해주오. 나는 총독이 되기 위해 태어난 것도 아니고, 섬들이나
도시들을 기습하고 싶어 하는 적들로부터 이 섬들과 이 도시들을
방어하기 위해 태어난 것도 아닙니다. 나는 규율을 내리고 지방이
나 왕국을 방어하는 것보다 땅을 갈고 파고, 포도밭에 포도 덩굴을
전지하고, 가지를 휘묻이하는 것을 더 좋아합니다. 내 말은, 성 베
드로 사원은 로마에 있어야 좋듯이 각자는 타고난 일을 하는 것이
좋다는 뜻입니다. 내 손에는 총독의 홀笏보다 낫 한 자루가 더 낫습
니다. 나를 배곯려 죽이는 무례한 의사의 궁상에 따르기보다는 가
스파초[345]나 차라리 물리도록 먹고 싶습니다. 정부라는 속박에 갇
혀 네덜란드제 시트를 덮고 양파담비[346] 모피 옷을 입고 잠자리에

---

345 빵과 고기를 넣어 만든 뜨거운 수프.

346 산초는 배고팠던 기억이 떠올랐는지, '검은담비martas cibelinas'라 할 것을 비슷한 발음
을 이용한 말장난으로 "양파담비martas cebollinas"라고 했다.

드는 것보다는, 차라리 여름에는 떡갈나무 그늘에 드러눕고, 겨울에는 두 해째에 털을 깎은 새끼 양가죽 털로 만든 재킷을 입고 내 맘대로 자유롭게 살고 싶습니다. 여러분께서는 하느님의 보호 아래 잘 사십시오. 그리고 내 주인이신 공작님께 전해주시오. 나는 벌거숭이로 태어났으니 벌거숭이로 있다고 말입니다. 나는 잃을 것도 얻을 것도 없습니다. 나는 빈손으로 이 섬 정부에 들어와 빈손으로 나가는 겁니다. 다른 섬들의 총독들이 나가는 것과는 정반대로 말입니다. 그럼 비키세요. 고약을 붙여야겠으니 날 좀 가게 해줘요. 간밤에 내 몸뚱어리 위를 밟고 산책한 적들 덕분에 갈비뼈가 전부 내려앉았나봅니다."

"그러실 필요 없습니다, 총독 나리." 레시오 의사가 말했다. "제가 나리께 낙상이나 타박상에 특효가 있는 물약을 드리겠습니다. 그러면 곧바로 본래의 건강과 기력으로 되돌아갈 것입니다. 그리고 식사에 대한 것은, 제가 쓰던 방법을 바꾸겠다고 나리께 약속드립니다. 나리께서 원하시는 것은 무엇이나 충분히 잡수시도록 하겠습니다."

"이미 늦어 말해봐야 소용없소."[347] 산초가 대답했다. "내가 여기 이대로 머물러 있느니, 차라리 튀르키예 사람이 되겠소. 이런 장난은 두 번 다시 하는 것이 아니오. 설령 나를 진수성찬으로 대접한다 해도, 하느님께 맹세코 내가 이곳에 남는다든지 다른 정부를 받

---

347 ¡Tarde piache! 원래의 뜻은 '삐악삐악 울어봐도 소용없소'다. 'piache'는 에스파냐의 서북부 지방에서 에스파냐 말과 함께 사용되고 있는 갈리시아 말로, 동사 'piar(삐악삐악 울다)'에서 파생된 말이다.

아들이는 일은 결단코 없을 것이오. 그것은 날개 없이 하늘로 날아오르는 것과 같습니다. 나로 말할 것 같으면, 판사 집안의 혈통을 이어받은 사람입니다. 우리 판사 집안의 사람들은 누구나 할 것 없이 완고해서, 설령 그것이 '짝수'라고 하더라도 세상 사람들이 뭐라 하건 한번 '홀수'라 말하면 그냥 '홀수'가 되는 것입니다. 칼새와 다른 새들에게 먹히도록 나를 공중으로 올라가게 했던 개미의 날개들은[348] 이 마구간에 남겨두고, 다시 쉽게 땅을 걸어 다닙시다. 구멍을 숭숭 뚫어 장식하고 무두질한 산양 가죽 구두는 아닐지라도, 끈으로 맨 조잡한 샌들 정도는 있을 것이오. 짚신도 제짝이 있고, 시트가 아무리 길어도 어느 누구도 그 길이 이상으로 다리를 뻗지 않으며,[349] 시간에 늦겠으니 나 좀 지나갑시다."

이 말을 받아 집사가 말했다.

"총독 나리, 나리를 잃는다면 마음이 매우 슬프겠지만 아주 기꺼이 보내드리겠습니다. 나리의 재치와 기독교도다운 행동은 나리를 원하지 않을 수 없게 하지만, 이미 알려진 바에 의하면 어떤 총독이든 다스리던 곳을 떠나시기 전에는 우선적으로 임지에서 했던 업무를 보고하는 것이 의무로 되어 있답니다. 그러므로 나리께서 정부를 다스리신 열흘 동안의 집무 실적을 보고하시고, 하느님의 보호 아래 편안히 가십시오."

"아무도 나에게 그것을 요구할 수 없소." 산초가 대답했다. "내

---

348 "Por su mal le nacieron alas a la hormiga(개미는 운수가 나빠 날개가 생겼다)"라는 속담을 넌지시 빗대어 말한 것이다.

349 '어느 누구도 자신의 능력 이상으로 되기를 바라서는 안 된다'라는 뜻의 속담.

주인이신 공작 나리께서 명령을 내리신다면 모를까. 나는 그분을 만날 테니, 그분께 완벽하게 보고하겠소이다. 보는 바와 같이 지금 내가 이 모양으로 벌거숭이가 되어 떠나는데, 내가 천사처럼 다스렸다는 것을 알리기 위해서 달리 무슨 증거가 필요하겠소."

"하느님께 맹세코 위대하신 산초 님의 말씀이 지당하십니다." 레시오 의사가 말했다. "그래서 산초 님을 우리가 가시도록 해드리는 것이 좋다고 저는 생각합니다. 공작께서 그를 만나시면 무한히 기뻐하실 것이니 말입니다."

모든 사람이 그러기로 동의해 그를 가게 하면서, 우선 동행해주고, 그분의 안위와 여행의 편의를 도모하기 위해 원하는 모든 것을 제공하기로 했다. 산초는 잿빛 당나귀를 위한 약간의 보리와, 자기를 위한 치즈 반 조각과 빵 반 조각 이상은 원하지 않는다고 말했다. 가는 길이 지척이니 더 많은 것도, 좋은 먹을거리도 필요하지 않다고 했다. 모두가 그를 껴안았으며, 산초는 눈물을 흘리면서 한 사람 한 사람 포옹을 했다. 산초는 자신의 말과 아주 과단성 있고 아주 재치 있는 결심으로 그들을 탄복하게 만들었다.

제54장

어떤 다른 이야기도 아닌
오직 이 이야기에 관한 것들에 대해

공작 내외는 돈키호테가 이미 앞에서 말한 이유로 자신들의 가신에게 신청한 결투를 계속 밀고 나가기로 결정을 내렸다. 그 젊은이는 도냐 로드리게스를 장모로 받아들이기가 싫어 플랑드르로 도망쳐 있었기에, 토실로스라고 하는 가스코뉴[350] 출신의 마부를 그 젊은이 대신 내세우라고 명령하고 우선 그가 어떻게 해야 할지 아주 자세히 훈련시켰다.

그로부터 이틀이 지나 공작은 돈키호테에게 앞으로 나흘 뒤에 그의 상대자가 올 것이며, 기사 무장을 하고 결투장에 나타날 것이라고 말했다. 그리고 만일 그 젊은이가 그녀에게 결혼을 약속했다고 끝까지 우기면, 수염 절반을 걸고, 아니 수염 전부를 걸고라도 그 아가씨의 말이 거짓임을 주장할 것이라고 말했다. 돈키호테는

---

350 프랑스의 서남부 지방 이름.

아주 반갑게 그런 소식들을 수용했고, 이 기회에 기적을 만들어 보이겠다고 속으로 굳게 다짐했다. 그는 자기의 강력한 팔심이 어디까지 미치는가를 그런 귀하디귀한 분들이 볼 수 있는 기회를 제공하게 된 것을 크나큰 행운으로 여겼다. 그래서 그는 기쁘고 만족스레 나흘을 기다렸다. 그 나흘은 그가 바라는 대로 계산한다면 마치 4백 세기나 되는 것 같았다.

우리는 다른 일들을 지나가게 하는 것처럼 그 날짜들을 지나가게 두고, 산초와 동행하러 가자. 산초는 기쁨과 슬픔이 교차하는 가슴을 안고 자기 주인을 찾아 잿빛 당나귀를 타고 걸어오고 있었다. 정말이지 자기 주인과 다시 함께한다는 것은 전 세계 모든 섬의 통치자가 되는 것보다 더 그를 기쁘게 했다.

그런데 그가 통치하던 섬에서 그리 멀리 오지 않았을 때, 그는 한 번도 자기가 다스리던 곳이 섬인지 도시인지 읍인지 마을인지 조사해보지 않았는데, 사건이 터졌다. 그가 가고 있는 길에서 석장錫杖을 짚고 여섯 순례자가 오고 있는 것을 본 것이다. 노래를 부르면서 동냥하러 다니는 그런 외국인 순례자들이었는데, 산초에게 다가오자마자 양옆으로 늘어서더니 모두 함께 목소리를 높여 산초가 알아들을 수 없는 각자의 언어로 노래하기 시작했다. '동냥limosna'이라고 분명하게 발음한 단어 이외에는 알아들을 수가 없었지만, 그 낱말로 보아 그들의 노래에서 요구하는 것이 동냥임을 알게 되었다. 시데 아메테가 말한 바에 따르면, 산초는 동정심이 많아 여행용 자루에서 빵 반 조각과 치즈 반 조각을 꺼내 주면서, 줄 것이라곤 이것 말고 달리 없음을 몸짓으로 그들에게 말했다. 그들은 그것을 아주 기꺼이 받으면서 말했다.

"겔테!³⁵¹ 겔테!"

"알아듣지 못하겠소." 산초가 대답했다. "당신네들이 나한테 요구하는 것이 무엇이오, 착한 양반들?"

그때 그들 중 한 사람이 품속에서 주머니 하나를 꺼내 산초에게 보여주었다. 산초는 자기에게 돈을 요구하는 것으로 이해하고, 엄지손가락을 목구멍에 가져다 대고는 손을 위로 펼쳐 올리면서 돈 한 푼 가진 것이 없다고 그들에게 알려주었다. 그러고는 잿빛 당나귀에 박차를 가해 그들 사이를 헤치고 나아갔다. 그런데 그가 지나갈 때 그들 중 한 사람이 그를 뚫어지게 바라보더니, 느닷없이 그에게 덤벼들어 두 팔로 허리를 감싸 안으며 큰 소리로, 아주 정확한 카스티야 말로 말했다.

"맙소사! 내가 지금 보고 있는 게 누구야? 아니, 내 팔에 안고 있는 것이 내 사랑하는 친구며 내 좋은 이웃인 산초 판사란 말인가? 맞아, 산초야. 의심할 여지도 없어. 내가 지금 꿈을 꾸고 있는 것도 아니고 술에 취해 있는 것도 아니니 말일세."

산초는 외국인 순례자가 자기 이름을 부르고 포옹하는 데 깜짝 놀라 말없이 빤히 그를 쳐다보았지만, 그가 누군지 도저히 알아볼 수 없었다. 순례자는 그가 의아해하는 것을 보고 말했다.

"어떻게 이럴 수가 있단 말인가, 산초 판사 형제, 자네 마을의 가게 주인이고 모리스코³⁵²인 이웃 리코테를 모르다니?"

그때 산초는 더 빤히 쳐다보고 그의 모습을 이리저리 살피면서

---

351 guelte. '돈'이라는 뜻의 독일어 'Geld'를 에스파냐 말로 발음한 것이다.
352 morisco. 국토회복전쟁(711~1492) 이후 에스파냐에 남았던 개종한 무어인.

701

다시 한번 훑어보더니 마침내 그를 완전히 알아보고는, 당나귀에서 내리지 않은 채 그의 목을 양팔로 끌어안고 말했다.

"젠장맞을, 누가 자네를 알아보겠나, 리코테? 그런 꼴불견 복장을 하고 있으니 말이네. 말해보게. 누가 자네를 이런 알량한 프랑스 양반[353]으로 만들었어? 사람들이 자네를 알아보고 붙잡기라도 하면 큰코다칠 텐데, 어쩌려고 겁도 없이 감히 에스파냐로 돌아왔어?"

"자네가 나를 불지 않는다면, 산초," 순례자가 말했다. "이런 복장을 한 나를 아무도 알아볼 수 없으리라고 확신하네. 아무튼 길에서 약간 떨어져 있는 저기 보이는 저 미루나무 숲으로 가세. 거기서 내 동료들이 식사하고 휴식을 좀 취할 걸세. 저들은 조용하고 편안한 사람들이니, 자네도 저들과 함께 식사하세. 내가 우리 마을을 떠난 뒤에 나한테 일어난 일을 들려줄 시간적 여유가 있겠군. 자네도 들어서 알겠지만, 내 민족의 불행한 이들에게 매우 엄하게 위협을 가했던 국왕 폐하의 포고문[354]에 따르기 위해서였다네."

산초는 그렇게 하기로 했고, 다른 순례자들에게 리코테가 말하고 나서 그들은 한길에서 많이 벗어난 미루나무 숲으로 들어갔다. 그들은 순례자가 짚고 다니는 석장을 내던지고, 가운과 어깨에 걸치는 망토를 벗고 속옷 바람이 되었다. 나이 먹은 리코테를 제외하

---

353 franchote. 프랑스 사람을 경멸조로 표현하는 말이지만, 나아가 유럽인을 경멸조로 표현하는 말이기도 하다.

354 el bando de su Majestad. 1609년부터 1613년까지 에스파냐의 무어인에 대한 추방 포고문으로, 무어인이 표면적으로는 기독교로 개종했으나 은밀히 자신들의 종교의식을 행하여 사회에 해독을 끼쳤다는 죄목으로 그들을 즉시 추방하라고 명령했다. 이때 에스파냐를 떠난 무어인은 약 30만 명에 이르렀다.

고 그들은 모두가 젊고 패기만만한 호남아였다. 모두 여행용 식량 자루를 가져왔는데, 보아하니 자루마다 적어도 2레과 떨어진 곳에서도 군침을 돌게 하는 음식을 잘 준비해 온 것 같았다.

그들은 땅바닥에 주저앉아 풀들로 식탁보를 삼고 그 위에 빵이랑, 소금이랑, 나이프랑, 호두랑, 치즈 덩이랑, 씹히지는 않아도 빨아먹는 데 별 지장이 없을 하몽[355] 통뼈를 놓았다. 캐비아라고 하는 시커먼 음식도 놓았는데, 그것은 철갑상어 알젓으로 먹으면 갈증을 심하게 일으키는 것이라고 했다. 말라비틀어지고 아무런 조리도 하지 않았지만, 식욕을 돋우는 올리브도 빠지지 않았다. 그러나 그런 잔치 자리에서 압권인 것은 뭐니 뭐니 해도 각자가 자기 여행용 식량 자루에서 꺼낸 여섯 개의 포도주 가죽 부대였다. 모리스코에서 독일 사람인지 색슨족인지로 변장을 하고 있는, 사람 좋기로 소문난 리코테까지 크기에서 다른 다섯 부대와 필적할 만한 자기 가죽 부대를 꺼냈다.

그들은 한 입 한 입 맛을 음미하면서 아주 맛있게, 그리고 아주 천천히 식사를 하기 시작했다. 그들은 나이프 끝으로 음식마다 아주 조금씩 집어 먹었고, 즉시 모두가 하나 되어 공중으로 팔과 가죽 부대를 들어 올려 그 가죽 부대 주둥이에 입을 대고 눈이 하늘을 응시한 모습은 꼭 하늘을 겨냥해 총이라도 한 방 쏘려 하고 있는 것 같았다. 자기들이 마시는 포도주가 진미임을 증명하는 표시로 머리를 좌우로 흔들어대고는 가죽 부대의 바닥까지 배 속에다 죄다 부

---

[355] 훈제된 돼지 뒷다리.

어 넣으면서 한참을 있었다.

산초는 이 모든 것을 바라보고 있었는데 전혀 낯설지 않았다. 오히려 입향순속入鄕循俗[356]이라는 그가 아주 잘 알고 있는 속담을 이행하려고, 리코테에게 가죽 부대를 달라 해서 다른 사람들처럼 그렇게 하늘을 응시하는 모습이 그들 못지않게 하늘을 겨냥해 쏘려고 하는 것 같았다.

네 번 가죽 부대를 높이 들어 올려 부대째 마셨으나 다섯 번째는 불가능했다. 왜냐하면 가죽 부대들이 이미 골풀보다 더 말라붙어 있었기 때문이다. 그것은 그때까지 그들이 보여주었던 즐거움을 한풀 꺾이게 하는 일이기도 했다. 때때로 어떤 사람이 자기 오른손으로 산초의 손을 잡고 말했다.

"에스파뇰 이 투데스키, 투토 우노: 본 콤파뇨."[357]

그래서 산초가 대답했다.

"본 콤파뇨, 후라 디!"[358] 그러고는 한 시간이나 계속되는 웃음을 웃고나니, 그의 정부에서 일어났던 일은 까맣게 잊혔다. 왜냐하면 먹고 마시면서 즐기는 동안만은 걱정거리가 들어설 자리가 거의 없기 때문이다. 마침내 포도주가 바닥나자 그들은 잠이 쏟아져, 식사를 했던 바로 그 식탁과 식탁보 위에 곯아떨어졌다. 리코테와 산초 둘만이 말똥말똥 눈을 뜨고 있었다. 왜냐하면 이 두 사람은 다

---

356 Cuando a Roma fueres, haz como vieres. '로마에 가면 로마 사람들이 하는 대로 하라'라는 뜻이다.

357 Español y tudesqui, tuto uno: bon compaño. '에스파냐 사람과 독일 사람, 모두 하나, 다시 말해 좋은 친구'라는 뜻이다. 에스파냐 말과 이탈리아 말이 섞여 있다.

358 Bon compaño, jura Di! '정말 좋은 친구야!'라는 뜻이다.

704

른 사람들보다 식사는 많이 했지만 술은 덜 마셨기 때문이다. 리코 테는 단잠에 떨어진 순례자들을 남겨두고 산초와 너도밤나무 아래 앉았다. 그러더니 무어 말을 하나도 섞지 않은 순수한 카스티야 말로 산초에게 다음과 같이 말했다.

"자네는 잘 알지, 오, 내 이웃이며 친구인 산초 판사여! 국왕 폐하께서 내 민족인 무어인들에게 추방을 명령하는 포고와 공표는 우리 모두에게 공포와 놀라움을 안겨주었어. 적어도 나에게는 공포이자 놀라움이어서, 우리에게 에스파냐에서 떠나라고 준 기한이 다 차기도 전에, 벌써 나와 내 자식들의 신상에는 가혹한 형벌이 내려진 것 같았다네. 그래서 내 생각에는 신중하게 마음을 정리했지. 살고 있는 집을 몰수당할 때를 대비해서 이사할 집을 마련해두어야 한다고 마음먹었어. 내 말은, 내 가족은 그대로 두고 나 혼자서 마을을 떠나기로 마음먹었다는 거네. 그래서 다른 사람들이 떠나는 것처럼 서두르지 않고 내 가족을 편안하게 데리고 갈 곳을 물색해둘 생각이었다네. 왜냐하면 그런 포고는 단순한 협박이 아니라, 어떤 사람들이 말하듯 정해진 때에 실행에 옮겨질 진짜 법률이라는 것을 나는 잘 알았고, 우리 늙은이들 모두가 알았지. 나는 우리 동족들이 품고 있던 그 치사하고 터무니없는 목적을 알고부터 이 사실을 믿지 않으려야 믿지 않을 수가 없었다네. 그래서 지금 생각해보니, 국왕 폐하께서 그런 기상천외한 결정을 실행에 옮기게 한 것은 하느님의 뜻이었어. 그건 우리 무어인 모두가 죄인이어서가 아니야. 일부 무어인은 진짜로 견실한 기독교도였어. 그러나 비기독교도들에 대항할 수 없을 만큼 그 숫자는 아주 미미했어. 게다가 집안에 적을 두고 품속에 뱀을 기르는 일은 좋은 일이 아니잖아. 결국에 우리는 타당한 이유로 추방이라는 벌을 받게 됐어. 일부 인사에게는 가벼운 벌이었다고 하지만, 우리 같은 사람에게는 그보다 더 가혹한 벌이 없을 정도였다네. 우리는 어디에 있든 에스파냐가 그리워 울었다네. 결국 우리는 에스파냐에서 났으니 에스파냐가 자연히 우리 조국 아닌가. 우리는 어느 곳에서도 우리 불행을 따뜻이 맞아주는 곳을 발견하지 못했지. 베르베리아에서도, 우리를 받아주고 잘 맞이하여 위로해주길 바랐던 아프리카의 모든 곳에서도 오히려 우리를 가장 모욕하고 가장 학대했다네. 우리는 행복을 잃을 때까지는 진정한 행복이 무엇인지를 몰랐어. 그리고 거의 우리 모두가 에스파냐로 돌아가는 것이 무엇보다도 큰 바람이었어. 나처럼 카스티야 말을 아는 그 많은 사람들의 가장 큰 바람은 에스파냐로 돌아가는 것이었어. 거기에 의지가지없이 지내도록 처자식들을 두고 왔으니 그럴 수밖에 다른 도리가 없지 않은가 말이야. 그만큼 에스파냐에 대한 애정이 커서, 나는 지금 에스파냐에 돌아와 늘 사람들이 말하는 조국에 대한 애정이 달콤하다는 경험을 하고 있는 것이네. 내가 말한 바와 같이 나는 우리 마을을 떠나 프랑스로 들어갔어. 거기서는 우리를 환대해주었지만, 모든 것을 구경하고 싶어 이탈리아를 거쳐 독일에 도착했네. 거기에서는 더 자유롭게 살 수 있을 것 같았다네. 왜냐하면 그곳 주민들은 세세한 부분까지 마음을 쓰지 않거든. 각자가 원하는 대로 살고 있지. 독일의 대부분 지역에서는 사람들이 양심의 자유를 가지고 살거든. 아우구스타[359] 근처 한 마

---

359 독일의 아우크스부르크를 말한다.

을에 집을 마련해두었으며, 이 순례자들과 함께하게 되었어. 이 사람들은 습관처럼 에스파냐에 오는데, 이들 중 많은 사람들이 매년 에스파냐의 성지들을 찾아온다네. 그 성지를 벌이가 확실하고 수입이 보장되는 자기들의 신대륙으로 생각하면서, 그들은 에스파냐 거의 전역을 돌아다닌다네. 사람들이 늘 하는 말로, 이 사람들은 어떤 마을에 가도 잘 먹고 잘 마시지 않고 나오는 법이 없어. 적어도 현금으로 1레알 정도는 얻을 수 있어서, 그들의 여행이 끝날 즈음에는 백 에스쿠도 이상이 남는다네. 그것을 황금으로 교환해 석장의 팬 곳이나 어깨에 걸치는 망토의 덧댄 천 사이에 숨기거나, 되도록 솜씨를 부려 검사하는 검문소와 항구의 삼엄한 감시에도 불구하고 그들의 고장으로 빼돌린다네. 산초, 나는 지금 묻어둔 보물을 꺼내러 갈 생각이네. 그것은 마을 밖에 있기 때문에 아무런 위험도 없이 꺼낼 수 있을 것이네. 그리고 내가 아르헬에 있는 걸로 알고 있는 내 아내와 딸에게 발렌시아에서 편지를 쓰거나 직접 가서, 어떻게 그녀들을 프랑스의 한 항구로 데려갈 수 있는지 구상을 하고 그녀들을 그곳에서 독일로 데려갈 계획을 세울 것이네. 거기에서 우리는 하느님께서 뜻하시는 대로 되기를 바라네. 결론적으로 말해, 산초, 나는 내 딸 리코타와 내 아내 프란시스카 리코타가 가톨릭 기독교도라는 것을 확실히 알고 있네. 비록 나는 그런 신심 많은 기독교도가 아니지만, 아직 무어인보다는 더 기독교도다운 데가 있다네. 나는 판단력의 눈을 뜨게 해달라고, 그리고 어떻게 하느님을 모셔야 하는지 알려달라고 늘 하느님께 기원한다네. 그리고 지금 내가 놀라는 것은, 왜 내 아내와 딸이 기독교도로 살 수 있는 프랑스로 가기보다 베르베리아로 먼저 갔는지 알 수 없다는 것이네."

그 말에 산초가 대답했다.

"이봐, 리코테, 그것은 자네 아내의 마음대로 되지 않았을 걸세. 왜냐하면 자네 아내의 오빠 후안 티오피에요가 그녀들을 데려갔으니까 하는 말이네. 그는 철저한 무어인임에 틀림없으니 가장 안전한 곳으로 갔을 걸세. 그리고 자네에게 꼭 해야 할 말이 또 있네. 자네가 묻어두었다는 것을 찾으러 가도 소용없으리라고 생각해. 왜냐하면 자네 처남과 자네 아내가 조사를 받으러 가서 많은 진주와 금화를 몰수당했다는 소식이 있기 때문이네."

"충분히 그럴 수도 있겠지." 리코테가 되받아 말했다. "그렇지만 내가 묻어둔 곳은 손대지 못했다는 것을 나는 알고 있네, 산초. 어떤 불행한 일이 생길까 두려운 마음에 어디에 묻어두었는지 식구들에게도 털어놓지 않았기 때문이네. 그러니 산초, 만일 자네가 나와 함께 가서 그것을 꺼내고 숨기는 것을 도와준다면, 자네에게 2백 에스쿠도를 주겠네. 그 돈이면 자네 궁핍한 생활도 끝낼 수 있을 것이네. 자네가 이미 알고 있듯이, 나는 자네가 많이 궁핍하다는 것을 알고 있네."

"나도 그랬으면 얼마나 좋겠는가." 산초가 대답했다. "그렇지만 나는 욕심이라곤 눈곱만큼도 없는 사람이 아닌가. 욕심이 있었더라면 내 수중에 들어온 훌륭한 직책을 헌신짝처럼 내팽개치고 오늘 아침 떠나왔겠는가 말일세. 그 직책은 내 집의 벽들을 황금으로 장식하고 여섯 달이 되기 전에 은접시에다 밥을 먹을 수 있는 것인데 말일세. 그래서 이런 일 때문에 내가 적들의 편에 서게 된다면, 내 국왕에 대해 반역하는 것처럼 보일 수도 있네. 자네가 나한테 2백 에스쿠도를 약속하지만, 이 자리에서 나한테 현금으로 4백 에스쿠도를 준다고 해도 난 자네와 함께 가지 않겠네."

"그런데 자네가 그만두었다는 그 직책이 무엇인가, 산초?" 리코테가 물었다.

"한 섬의 총독이 되는 것을 그만두었다네." 산초가 대답했다. "그랬으니 분명코 웬만한 노력으로는 그런 섬을 다시 발견할 수 없을 걸세."

"그런데 그 섬은 어디에 있지?" 리코테가 물었다.

"어디냐고?" 산초가 대답했다. "여기서 2레과 떨어진 곳에 있는데, 섬 이름은 바라타리아라고 해."

"입 닥치게나, 산초!" 리코테가 말했다. "섬이라는 것은 저기 바다 가운데 있는 것이지, 육지에는 섬이 없어."

"어째서 없다는 거야?" 산초가 되받아 말했다. "말해보게, 리코테 친구야. 나는 오늘 아침에 그 섬을 떠났어. 그리고 어제는 그 섬에서 사히타리오[360]처럼 내 뜻대로 다스리면서 있었어. 그렇지만 그렇다고 해도 나는 섬을 버렸다네. 그 총독이라는 것이 위험천만한 직책 같아서 말이야."

"그럼 그 정부에서 무엇을 얻었는가?" 리코테가 물었다.

"내가 얻은 것은," 산초가 대답했다. "가축 떼가 아니면, 뭔가 다스리기에는 내가 적당한 인물이 아니라는 것, 그리고 그런 정부에서 얻는 부富는 휴식도, 잠도, 심지어 먹는 것까지도 잊고 불철주야 일하는 대가라는 것을 깨달았다네. 왜냐하면 섬이라는 곳에서

---

360 sagitario. 그리스신화에 나오는 반인반수 켄타우로스를 말한다.

총독들은 거의 먹지 않아야 하는데, 특히 총독의 건강을 관리하는 의사가 있으면 더욱 그렇다네."

"나는 자네 말을 도통 이해하지 못하겠네, 산초." 리코테가 말했다. "자네가 한 말이 죄다 이치에 닿지 않는 것 같단 말일세. 도대체 누가 자네에게 다스릴 섬을 주었단 말인가? 아니, 세상에 총독을 할 만한 인물로 자네보다 더 유능한 사람이 없었다는 말인가? 입 닥치고 정신 차리게나, 산초. 그리고 내가 자네에게 말한 대로 나와 같이 갈지 잘 생각해보게나. 내가 숨겨둔 보물을 꺼내도록 도와주면 되는 걸세. 실로 보물이라고 부를 만큼 그렇게 양이 많아. 내가 자네에게 말했듯이 자네가 평생 먹고살 만큼 주겠네."

"이미 자네에게 말하지 않았나, 리코테." 산초가 되받아 말했다. "난 싫네. 나 때문에 들킬 일은 없을 테니 그것만으로도 다행이라 생각하게. 그리고 자네의 가던 길이나 아무 탈 없이 잘 가게. 제발 내 갈 길을 가도록 놔두게. 정당하게 번 것도 잃어버리는 수가 있는데, 부정하게 번 것은 그것은 물론이고 그 주인까지도 잃게 된다는 걸 난 알고 있다네."

"더 이상 고집을 부리고 싶지 않네, 산초." 리코테가 말했다. "그렇지만 나한테 말해보게. 내 아내와 딸과 처남이 떠날 때 자네는 우리 마을에 있었나?"

"그럼, 있었지." 산초가 대답했다. "자네 딸이 어찌나 예쁘게 꾸미고 나왔던지, 마을 사람들이 모두 자네 딸을 보러 나왔다네. 그리고 세상에서 가장 아름다운 아가씨라고들 말했었네. 그 아이는 울면서 모든 여자 친구들과 여자 친지들과 그 아이를 보러 나온 모든 사람들과 껴안고는, 하느님과 성모마리아에게 자신을 위해 가호

710

를 빌어달라고 부탁했다네. 이런 장면이 얼마나 슬펐던지, 나는 본
래 눈물을 별로 흘리지 않는 사람인데도 나를 울려놓았다네. 진실
로 많은 이들이 그 아이를 숨겨주고 도중에서 그 아이를 빼앗아 달
아나고 싶은 마음이 굴뚝같았다네. 그러나 국왕의 명령에 반한다
는 두려움 때문에 그러지를 못했어. 특히 자네도 아는 그 부잣집 장
손 돈 페드로 그레고리오라는 젊은이가 더 고통스러워하는 것으로
보였네. 사람들이 하는 말로는, 그 젊은이가 자네 딸아이를 무척 좋
아했다고 하더군. 자네 딸이 떠난 뒤에 그 젊은이는 우리 마을에 다
시 나타나지 않았다네. 그래서 우리는 자네 딸을 훔치려고 뒤를 따
라갔을 것이라고 생각했지. 하지만 지금까지 아무것도 알려진 것이
없네."

　"나는 늘 좋지 않은 의심의 눈길로 바라보고 있었다네." 리코
테가 말했다. "그 신사가 내 딸에게 연심을 품고 있다는 것에 대해
서 말이네. 그러나 나는 내 딸 리코타의 성품을 믿었기에, 그 젊은
이가 내 딸을 정말로 사모한다는 것을 알았지만 우려되지는 않았
네. 이미 자네도 들어 알 테지만, 산초, 무어족 여성들은 애정 때문
에 전통적인 기독교도들과 어울리는 법이 거의, 아니 전혀 없다네.
내 딸은, 내가 생각하기에는 사랑에 눈먼 여인이라기보다 기독교
도가 되는 데 더 마음을 쓰고 있었기에, 그 장손 도련님의 구애에는
그다지 신경 쓰지 않았을 걸로 믿고 있네."

　"그것은 하느님께서 알아서 하실 걸세." 산초가 되받아 말했다.
"두 사람에게 나쁜 일이니까. 그럼 나를 여기서 떠나게 해주게, 친
구 리코테. 오늘 밤에 내 주인이신 돈키호테 나리가 계시는 곳에 도
착하고 싶네."

"잘 가게, 산초 형제. 이제 내 동료들도 움직이기 시작하는 것을 보니, 우리도 우리 길을 계속할 시간이 됐구먼."

그래서 두 사람은 서로 얼싸안고나서 산초는 자기 잿빛 당나귀에 올랐고, 리코테는 자기 석장에 몸을 의지했다. 그리고 그들은 서로 헤어졌던 것이다.

· 제55장 ·

길을 가던 도중에 산초에게 일어난 일들과
괄목할 만한 다른 일들에 대해

산초는 리코테를 만나 시간을 지체하게 되어 그날 공작의 성에 도
착할 시간적 여유가 없었다. 성에서 반 레과 떨어진 곳에 도착해 밤
을 맞았는데, 약간 어둡고 잔뜩 흐린 밤이었다. 하지만 여름이어서
그렇게 걱정할 필요는 없었다. 그는 아침을 기다릴 의향으로 길에
서 떨어진 곳으로 갔는데, 재수 없고 불운한 탓인지 되도록 편하게
몸을 쉴 자리를 찾아다니다가 그만 아주 오래된 건물 사이에 있는
깊고 어두컴컴한 동굴 속으로 잿빛 당나귀와 함께 떨어지고 말았
다. 떨어지는 순간 산초는 나락의 밑바닥에 도달하기까지 영영 멎
지 않으리라고 체념하면서 진심으로 하느님의 가호를 빌었다. 하지
만 그렇게는 되지 않았다. 사람 키의 약 세 배가 조금 더 되는 깊이
의 바닥에 잿빛 당나귀가 닿았지만, 아무런 피해도 없었고, 어느 한
곳도 상처를 입지 않고 산초는 당나귀 위에 있었다.

　산초는 온몸을 더듬어보고나서야 한숨을 돌린 뒤 아무 탈 없이
안전한지, 혹은 어느 곳에 구멍이라도 뚫리지 않았는지 살펴보았

713

다. 그는 몸 상태가 좋고 온전하며 건강에 아무 이상 없이 원기 왕성하다는 것을 알고는 안도의 한숨을 내쉬면서 우리 주 예수 그리스도께서 베풀어주신 은혜에 진심으로 감사를 드렸으니, 그것은 의심할 여지도 없이 자기 몸이 산산조각이 나 있을 것이라고 생각했기 때문이다. 그는 어느 누구의 도움 없이 동굴에서 나갈 수 있을지 알아보기 위해 손으로 동굴 벽을 여기저기 더듬어보았으나, 벽들이 하나같이 경사나 굴곡이 거의 없이 평평하고 비스듬하여 손을 짚고 올라갈 만한 곳이 없었다. 그래서 산초는 무척 슬펐다. 특히 잿빛 당나귀가 눈물겹도록 고통스러워하면서 울어대는 소리를 들었을 때는 가슴이 찢어지는 듯 더욱 슬펐다. 그런 상황이 오래가지 않았고 불행에 처한 것을 언짢아하는 것도 아니었지만, 사실은 잿빛 당나귀의 상태가 그다지 활발하지 못했기 때문이다.

"오!" 그때 산초 판사가 말했다. "이 매정한 세상에 살고 있는 사람들에게 어쩌면 이다지도 뜻하지 않은 사건들이 잇달아 일어난단 말인가! 어제는 자기 하인들과 신하들에게 떵떵거리면서 섬의 총독 자리에 앉아 있던 자가, 오늘은 누구 하나 구해줄 사람도, 구하러 달려올 하인도 신하도 없는 처량한 신세가 되어 깊은 동굴 속에 갇혀 있다니, 누가 이렇게 될 줄 꿈엔들 생각했겠는가? 먼저 당나귀는 어디에 부딪혀 녹초가 되어 깨져 죽고 나는 마음이 괴로워 죽지 않으면, 나와 내 당나귀는 영락없이 여기서 굶어 죽게 생겼다. 적어도 내 주인이신 라만차의 돈키호테 나리께서 그랬던 것처럼 나는 운이 좋지는 않을 것이다. 나리께서 그 마법에 걸린 몬테시노스 동굴에 내려가셨을 때는 그곳에서 식탁을 차려놓고 잠자리를 마련해둔 것처럼 집에 계실 때보다 더 잘 대접하는 사람이 있었는데 말이다. 나리께서는 그곳에서 아름답고 평온한 환영을 보셨는데, 나는 여기서 두꺼비와 뱀밖에 보지 못할 것 같은 생각만 든단 말이야. 아, 불행하기 그지없는 이내 신세야, 내 광기와 환상으로 인해 이런 꼬락서니가 되었단 말인가! 하늘이 도우사 내가 발견되었을 때는 사람들이 여기서 하얗게 바래 퍼석퍼석해진 내 백골과 내 얌전한 잿빛 당나귀의 뼛조각이나 꺼낼 것이다. 그것으로 아마 사람들은 우리가 누구였는지를 알게 될 것이다. 적어도 산초 판사는 결코 그의 당나귀와 헤어져본 적이 없고 그의 당나귀도 산초 판사와 헤어져본 적이 없었다는 소식을 접할 것이다. 다시 말하는데, 아, 처량한 우리 신세여, 우리는 운이 없어 우리 고향에서, 우리 가족들 사이에서 죽지도 못하는 처지가 되었구나. 고향에 가더라도 우리의 불행을 치유할 방법은 없겠지만, 우리의 일을 가슴 아파하고 우리가 저세상으로 가는 마지막 순간에는 우리의 눈을 감겨줄 사람은 있을 법하구나. 오, 나의 동반자이자 친구여, 너의 그 훌륭했던 봉사에 대한 대가가 이렇게 불행해지고 말았다니, 안타깝기 한량없구나! 나를 용서하고 네가 알고 있을 가장 좋은 방법으로 우리 둘이 놓인 이 비참하기 짝이 없는 처지에서 우리를 꺼내달라고 운명의 여신에게 부탁해보아라. 그렇게 되면 내가 네 머리에 보관寶冠을 씌워 계관시인처럼 보이도록 해주고, 또 여물을 두 배로 줄 것을 약속하노라.”

　이렇게 산초는 신세타령을 했고, 그의 당나귀는 그의 말을 들었으나 한마디 대꾸도 없었다. 그것은 그 가련한 당나귀가 처한 곤경과 고통이 그만큼 컸기 때문이다. 결국 비참하기 그지없는 한탄과 슬픔 속에서 그날 밤을 꼬박 새우고 날이 밝았다. 산초는 그날의 밝고 훤한 빛을 보자 아무런 도움 없이 그 깊은 동굴에서 나가기란 도저히 불가능하다는 것을 알았다. 그래서 그는 혹시 누군가가 들을지도 모른다고 생각해, 한탄을 하고 소리를 고래고래 지르기 시작했다. 하지만 그의 목청껏 지르는 소리는 사막 한가운데서 지르는 소리나 다름없었다. 그 주변 어디에도 그가 질러대는 소리를 들을 수 있는 사람이라곤 하나도 없었기 때문이다. 그는 이제 꼼짝없이 죽었다고 체념할 수밖에 없었다.

잿빛 당나귀는 반듯이 드러누워 있었고, 산초 판사는 그 당나귀를 일으켜 세우려고 애써보았으나 당나귀가 서 있기는 불가능했다. 그래서 산초는 떨어질 때 자기와 똑같은 운명에 처했던 여행용 식량 자루에서 빵 한 조각을 꺼내 잿빛 당나귀에게 주었다. 당나귀는 그 빵 맛이 그다지 나쁘지 않다는 걸 알고 먹었다. 산초는 당나귀가 자기 말을 알아듣기라도 하는 것처럼 당나귀에게 말했다.

"어떤 고생도 먹을거리만 생기면 보람을 느끼지."

이러고 있을 때 산초는 깊은 동굴 한쪽에 난 구멍 하나를 발견했다. 몸을 구부리고 몸을 움츠리면 한 사람은 들어갈 만한 구멍이었다. 산초 판사는 그 구멍으로 달려가 웅크리고 들어가 그 안이 널찍한 것을 보았다. 천장이라 부를 수 있는 곳으로 한 줄기 햇빛이 들어와 밝혀주었기 때문에 동굴 안을 샅샅이 볼 수 있었다. 그는 또 한 다른 널찍하고 오목한 곳으로 동굴이 더 넓어지고 길어지는 것을 보았다. 그것을 보고 그는 다시 당나귀가 있는 곳으로 나갔다. 그러고는 돌멩이 하나를 집어 들고 그 구멍의 흙을 무너뜨리기 시작했고, 얼마 되지 않아 당나귀가 쉽게 들어갈 수 있을 정도의 자리를 냈다. 그렇게 자리를 내고나서 당나귀 고삐를 잡고, 혹시 다른

716

곳으로 나갈 어떤 출구를 발견하지나 않을까 싶어 그 동혈洞穴을 통해 앞으로 걸어가기 시작했다. 때로는 손으로 더듬으면서 가기도 하고, 때로는 빛이 없는 암흑 속을 가기도 하면서 공포가 가신 적은 한 번도 없었다.

"전지전능하신 하느님이시여, 제발 도와주소서!"그는 혼잣말로 중얼거렸다. "저한테는 불운이지만 제 주인이신 돈키호테 나리의 모험을 위해서는 아주 좋은 일이 될지도 모르겠습니다. 그분께서는 틀림없이 이런 깊은 곳이나 지하 감옥을 꽃이 만발한 정원들과 갈리아나의 궁전들[361]로 여기고, 이 암흑과 협곡으로부터 어떤 꽃이 만발한 초원으로 나가기를 바라고 계실 것이다. 그러나 운수도 없고 충고 같은 것도 없어 기가 질린 나는, 줄곧 생각지도 않게 발아래에서 지금까지 지나온 깊은 구멍보다 더 깊은 다른 구멍이 열려 나를 금방이라도 삼켜버릴 것 같은 생각이 드는구나. 불행이여, 너 혼자 온다면, 어서 오게나."

이런저런 생각들을 하면서 반 레과보다 조금 더 걸어왔다고 생각했을 때, 그 길의 마지막에서 한 줄기 흐릿한 빛을 발견했다. 그 빛은 어떤 곳으로 들어오는 낮의 빛인 듯했고, 그에게는 다른 세상으로 나가는 길이 열려 있다는 증거인 것 같았다.

여기서 시데 아메테 베넹헬리는 산초를 잠시 이대로 두고, 다시 돈키호테를 다루고 있다. 돈키호테는 아주 기쁘고 만족스레 도

---

361 톨레도 가까이에 있는 타호강변의 오래된 건물. 중세에 쓰인 시詩들에 나오는 이야기에 의하면, 갈리아나는 타호강변의 으리으리한 궁전에 살았던 무어족 공주였으며, 샤를마뉴대제의 젊은 연인이었다고 한다.

냐 로드리게스의 딸의 정조를 훔친 놈과 벌이게 될 결투의 날을 기다리면서, 그녀에게 흉악무도하게 가해진 모욕과 폭력을 응징할 생각을 하고 있었다.

그래서 어느 날 아침 만약의 경우에 취해야 할 행동 요령을 똑똑히 익히고 연습해두기 위해 밖으로 나왔다. 그리하여 로시난테에게 달리는 것과 습격하는 것을 연습시키고 있는데, 갑자기 말의 두 발이 어느 동굴에 아주 가까이 놓이게 되었다. 이때 힘차게 고삐를 잡아당기지 않았더라면 그 동굴에 빠지지 않을 수 없었을 것이다. 결국 그는 말을 정지시켜 동굴에 빠지는 것을 모면했다. 그는 말에서 내리지 않고 약간 더 다가가 깊이 팬 곳을 바라보았다. 그 깊이 팬 곳을 바라보고 있을 때, 안에서 커다란 목소리가 들려와 주의 깊게 들어보니 고래고래 소리를 지르는 사람이 하는 말뜻을 알아차릴 수 있었다.

"오, 위에 계시는 분들이여! 내 말을 듣고 있는 어떤 기독교도나, 불운하고 정치도 제대로 못 한 통치자이자 산 채로 매장된 이 죄인을 불쌍히 여기사 자비를 베풀 어떤 기사 분은 없소이까?"

돈키호테가 생각하기에는 산초 판사의 목소리가 들린 것 같아 놀랍기도 하고 얼떨떨해하면서도 목청껏 소리쳐 말했다.

"거기 아래 누구 있소? 누가 탄식하고 있소?"

"누가 여기에 있을 수 있고 누가 탄식하겠소?" 누군가가 대답했다. "그 유명하신 기사 라만차의 돈키호테의 종자이며, 죄 많고 불운하여 바라타리아섬의 총독이 되어 고생을 사서 하고 있는 산초 판사가 아니면 누구겠소?"

돈키호테는 그 말을 듣고 놀라움이 배가되면서 경악을 금치 못했다. 산초 판사가 이미 죽은 것이 틀림없으며 그곳에서 그의 영혼이 괴로워하고 있다는 생각이 불현듯 뇌리를 스쳤다. 그래서 이런 상상을 하면서 말했다.

"기독교 가톨릭교도로서 할 수 있는 맹세는 모두 걸고 맹세코 그대에게 말하노니, 도대체 그대가 누군지 나한테 말하라. 그리고 만일 그대가 고통을 받고 있는 영혼이라면, 내가 그대를 위해 무엇을 해주기를 바라는지 말하라. 왜냐하면 이 세상의 곤궁한 처지에 놓인 이들을 돕고 구출하는 것이 내 직업이며, 또한 나는 자기 스스로 도울 수 없는 저승의 곤궁에 처한 사람들을 구출하고 도와주는 참 기독교도이기 때문이다."

"그렇게 말씀하시는 것을 보니," 누군가가 대답했다. "저에게 말씀하고 계시는 나리께서는 제 주인이신 라만차의 돈키호테 나리가 분명하군요. 그 목소리 억양까지도 다르지 않습니다요. 의심할 여지가 없습니다요."

"나는 돈키호테다." 돈키호테가 되받아 말했다. "내 직업은 산이와 죽은 이가 곤궁에 처해 있을 때, 그들을 구하고 도와주는 것이다. 그러니 나를 이렇게 망연자실케 한 그대가 도대체 누군지 말하라. 만일 그대가 내 종자 산초 판사이고 그대가 죽었다면, 그리고 악마들이 그대를 데려가지 않고 하느님의 자비로 연옥에 있다면, 우리의 성스러운 어머니 로마 가톨릭교회는 연옥의 영혼들을 구제할 방법을 가지고 있으므로 그대가 처한 고통으로부터 그대를 꺼낼 충분한 능력이 있기 때문이다. 그리고 나 또한 내 재산이 미치는 데까지 온 힘을 쏟아 로마 가톨릭교회와 함께 기도를 드려 간청할 것이니, 죄다 털어놓고 그대가 누군지 나한테 말하라."

"세상에! 이런 일이 있을 수가 있단 말인가!" 누군가가 대답했다. "나리께서 원하시는 분의 탄생을 두고 맹세코 말씀드리는데요, 라만차의 돈키호테 나리, 저는 나리의 종자 산초 판사입니다요. 저는 제 생애를 통틀어 죽은 적이 없고, 나중에 천천히 필요하면 말씀 드리겠지만, 어떤 사건과 이유로 제 정부를 그만두고 간밤에 이 심연深淵에 제 잿빛 당나귀와 함께 굴러떨어졌습니다요. 이 당나귀가 저에게 거짓말을 하지 못하게 할 겁니다요. 더 확실한 증거로 당나귀가 여기 나와 함께 있습니다요."

그리고 더 있었다. 즉 당나귀가 산초의 말을 알아듣기라도 한 것처럼 바로 그 순간 어찌나 크게 울어대기 시작했는지, 온 동굴에 그 울음소리가 쩡쩡 울려 퍼졌다.

"빼도 박도 못할 확실한 증인이다!" 돈키호테가 말했다. "내가 그놈을 낳기라도 한 듯 나는 당나귀 울음소리를 잘 알고 있다네. 그리고 자네 목소리를 듣고 있네, 나의 산초여. 기다리게나. 여기서 가까이 있는 공작의 성에 다녀오겠네. 자네가 죄가 많아 죗값을 치르느라고 빠진 것이 틀림없는 이 깊은 동굴에서 자네를 꺼내줄 사람을 데리고 오겠네."

"나리, 어서 가세요." 산초가 말했다. "제발 부탁이오니 싸게 돌아오세요. 산 채로 이곳에 묻혀 있는 것은 더 이상 감당하기 어렵습니다요. 무서워 죽기 일보 직전입니다요."

돈키호테는 산초를 남겨두고 산초 판사의 사건을 공작 내외에게 말하기 위해 성으로 갔다. 그들은 산초의 이야기를 듣고 적잖이 놀랐다. 호랑이 담배 먹을 적부터 전해온 그 동굴의 다른 입구를 통해 떨어졌음에 틀림없다는 것을 잘 알았지만, 산초가 온다는 소식을 접하지 못했기에 어떻게 그가 다스리던 정부를 그만두게 되었는지 생각할 수 없었다. 사람들이 말한 바에 의하면, 드디어 그들은 새끼줄과 동아줄을 가지고 갔다고 한다. 그리고 많은 사람들의 많은 노력 끝에 잿빛 당나귀와 산초 판사를 그 암흑에서 햇볕이 나는 곳으로 꺼내게 되었다. 한 학생이 그의 모습을 보고 말했다.

"이 죄인이 심연의 깊은 수렁에서 나오는 것처럼 모든 악덕 통치자들은 그들의 정부에서 이런 꼴로 물러나야 해. 내 생각에 아마 이 작자는 얼굴이 이렇게 창백한 걸 보니 무일푼인 백수건달에다 배가 고파 죽을 지경일 거구먼."

산초는 그 소리를 듣고 말했다.

"이 말전주꾼 형제여, 내가 선물받은 섬을 다스리러 들어간 것이 여드레인가 열흘쯤 되었다네. 그동안 나는 한 시간도 빵을 배 터지게 먹어본 적이 없다네. 그동안 의사들은 나를 쫓아다니고 적들은 내 뼈를 부숴놓았다네. 나는 뇌물을 받거나 세금을 거둘 겨를도 없었네. 그런 까닭으로 이렇게 된 마당에 내가 이런 식으로 나올 필요는 없었다고 생각하네. 그러나 '모사謀事는 재인在人이요 성사成事는 재천在天이라'고, 하느님은 무엇이 각자에게 잘 맞는가를 더 잘 알고 계신다네. 때에 따라 행동도 달라지는 법이니 '나는 절대로 이 물을 마시지 않겠다'고 아무도 장담을 못 한다는 말이네. 또 '베이컨이 있다고 생각하는 곳에 걸어둘 말뚝이 없다'고도 하지. 하느님께서는 내 말뜻을 이해하실 테니 이 정도면 됐네. 더 할 수도 있지만 이만하겠네."

"성내지 말게나, 산초. 무슨 말을 들어도 불쾌하게 받아들이지 말게나. 그렇지 않으면 결코 끝이 없을 테니까 말이야. 사람들이 무슨 말을 하건 상관하지 말고, 확실한 양심을 가지고 있어야 하네. 험구가들의 혀를 묶어두고 싶어 하는 것은 들판에 문을 달아두고 싶어 하는 것과 똑같은 일이네. 만일 통치자가 자기 정부에서 부자가 되어 물러나면, 사람들은 그에 대해 도둑놈이었다고 말할 것이고, 만일 가난하게 물러나면 무능력자요 바보였다고 말하겠지."

"확실히," 산초가 대답했다. "이번 일로 사람들은 나를 도둑으로 여기기보다는 바보로 여길 겁니다요."

이런 이야기들을 하면서 그들은 많은 아이들과 다른 많은 사람들에 둘러싸여 성에 도착했다. 성의 낭하에서 공작과 공작 부인은 벌써부터 돈키호테와 산초 판사를 기다리고 있었다. 산초는 먼저 잿빛 당나귀를 마구간에 넣기 전에는 공작을 뵈러 올라가고 싶지 않았다. 왜냐하면 잿빛 당나귀가 객줏집에서 아주 좋지 않은 밤을 보냈기 때문이라고 말했다. 그리고 산초는 곧장 그분들을 뵈러 올라가 그들 앞에 무릎을 꿇고 말했다.

"저는요, 어르신네들이시여, 위대하신 어르신네께서 아무런 공적도 없는 저를 원하셨기에 귀하의 섬을 다스리러 갔습니다. 그곳에 맨몸으로 들어가 발가벗고 있었기에 저는 잃은 것도 얻은 것도 없습니다. 제가 정부를 잘 다스렸는지 잘못 다스렸는지는 앞에 내 증인들이 있으니 그들이 자기들 원하는 대로 말할 것입니다. 저는 많은 의심을 해소해주었고, 분쟁들에 대해 판결을 내렸으며, 섬과 총독 나부랭이의 의사였던 티르테아푸에라 태생의 페드로 레시오가 원했기 때문에 늘 배가 고파 죽을 지경이었습니다. 간밤에 적들의 습격을 받아 우리가 옴짝달싹하지 못하게 되었음에도 불구하고, 섬 주민들은 제 팔심으로 승리를 거두고 자유롭게 되었다고 말하고 있습니다. 섬 주민들이 사실을 말하고 있으므로 하느님께서 그들에게 건강을 주시길 기원합니다. 결론적으로 말해 이런 시기에 다스린다는 것은 그 자체가 제가 짊어지고 있는 짐이요 의무라는 것을 몸소 체험했으며, 그런 짐과 의무는 제 어깨에 질 수도 없고, 제 갈비뼈의 무게로도 안 되고, 제 화살통의 화살들로도 감당하기 어렵다는 것입니다. 그래서 정부가 저를 뒤집어놓기 전에 제가 먼저 정부를 엎어버리고 싶었던 것입니다. 그렇게 어제 아침에 제가 만났던 그대로 섬을 남겨두고, 내가 그 섬에 들어갔을 때 있었던 바로 그 거리들과 집들과 지붕들을 그대로 두고 섬을 떠나왔습니다. 나는 어느 누구한테도 돈을 빌린 적이 없고, 돈벌이가 되는 일에 관여하지도 않았습니다. 또 어느 정도 이익이 될 만한 법령을 제정할 생각을 하기도 했지만, 지키지 못할 것이 두려워 어떤 법령도 제정하지 않았습니다. 지키지 못할 법령이라면 만드나 마나 마찬가지이기 때문입니다. 제가 말씀드린 바와 같이 저는 제 잿빛 당나귀 외에는 다른 수행원을 대동하지 않고 섬에서 나왔으며, 깊은 동굴에 떨어져 그 안에서 계속 앞으로 나아가 마침내 오늘 아침에 햇빛을 통해 출구를 발견했으나, 그것마저 그리 쉬운 일은 아니었습니다. 하느님께서 제 주인이신 돈키호테 나리를 저에게 보내주시지 않았다면, 저는 그곳에서 세상이 끝날 때까지 남아 있었을 것입니다요. 그래서 공작 나리와 공작 부인 마님, 여기 두 분의 총독 산초 판사가 명령을 기다리고 있습니다. 단 열흘 정부를 내 것으로 만들어 다스려보았는데, 총독이 된다는 것은 섬 하나가 아니라 온 세상을 다스린다 해도 자신에게 돌아오는 것은 한 푼도 없음을 알게 되었나이다. 이런 이유로 두 분의 발에 입을 맞추고 '풀쩍 뛰어, 그러면 내가 그 자리를 차지할게'라고 말하는 '네 모퉁이'라는 아이들의 자리 뺏기 놀이를 흉내 내어, 나는 정부에서 풀쩍 뛰어내려 제 주인이신 돈키호테 나리를 모시는 일로 옮겨 가겠습니다. 결국에 돈키호테 나리를 모시게 되면 늘 위태위태하면서 빵을 먹기는 하지만, 적어도 포식은 하지 않습니까요. 저로서는 포식만 하면 그것이 메추라기건 당근이건 아무 상관이 없습니다요."

산초는 이런 식으로 장광설을 끝냈다. 돈키호테는 산초가 이치에 닿지 않는 터무니없는 말을 너무 많이 늘어놓지나 않을까 걱정이 태산 같았으나, 엉터리 말을 많이 하지 않고 끝내는 것을 보고 마음속으로 하느님께 감사를 드렸다. 그리고 공작은 산초를 얼싸안고 이렇게 빨리 정부를 그만두게 되어 유감으로 생각한다고 말했다. 그렇지만 자기 영지 안에서 좀 더 부담이 덜 되고 더 유익한 직책을 주도록 노력해보겠다고 했다. 공작 부인도 산초를 얼싸안았고, 산초가 고생만 죽도록 하고 아주 녹초가 되어 돌아온 듯한 표정을 짓고 있었기에 그를 많이 위로하라고 명령을 내렸다.

· 제56장 ·

우두머리 시녀 도냐 로드리게스의 딸을 두둔하고 편들어 지키기 위해 라만차의 돈키호테와 하인 토실로스 사이에 벌어진 일찍이 한 번도 본 적 없고 어처구니없는 결투에 대해

공작 내외는 산초 판사에게 정부를 주고 장난친 일을 후회하지 않았다. 더구나 바로 그날 그들의 집사가 와서 그동안 산초가 한 말과 행동을 낱낱이 이야기했으며, 마지막으로 섬의 습격과 산초의 공포심과 그가 떠난 것까지 마구 치켜세우면서 알려주었다. 그들은 그 이야기를 듣고 여간 기뻐하지 않았다.

이 뒤에 이야기는 약속된 결투의 날이 다가왔다고 전하고 있다. 공작은 하인 토실로스에게 아주 수차에 걸쳐 돈키호테를 죽이거나 상처를 입히지 않고 이기려면 어떻게 해야 하는지 미리 알려주면서, 창에 달린 쇠들을 떼라고 명령했다. 그리고 돈키호테에게는, 당신이 그렇게도 높이 평가하고 있는 기독교 정신은 그 결투가 생명에 위험이나 위협을 주게 되면 허용될 수 없다고 말했다. 교황청 공의회[362]

---

[362] 에스파냐 말로는 Santo Concilio. 트리엔트 공의회(1545~1563)를 말한다.

교령이 이런 결투들을 금하고 있음에도 불구하고, 이 교령에 반해서 자기 영지에서 자유롭게 싸울 결투장을 마련해준 것만으로도 만족하라고 하면서, 이번 결투를 너무 극단으로 몰고 가는 것을 원치 않는다고 했다.

돈키호테는 이번 일에 있어 각하께서 제일 마음에 드는 대로 처리해주시면, 자기는 무슨 일이고 각하의 뜻에 순종하겠다고 말했다. 드디어 그 무서운 날이 다가왔다. 공작은 성의 광장 앞에 널찍한 관람석을 만들게 하고, 그곳에 결투장의 심판관들과 시녀들과 원고인 어머니와 딸이 앉도록 했다. 인근의 모든 지방과 마을에서 헤아릴 수 없이 많은 사람들이 그 진기한 결투를 보기 위해 구름같이 모여들어 인산인해를 이루었다. 그 땅에서는 산 사람이건 이미 죽은 사람이건 단 한 번도 보지도 듣지도 못한 전례가 없는 결투였기 때문이다.

말뚝을 친 결투장에 맨 처음 들어온 사람은 의식의 책임자였다. 그는 결투장을 샅샅이 살피며 돌아다녔는데, 어떤 속임수나 행여 부딪치거나 넘어지게 하는 숨겨진 물건이 있어서는 안 되었기 때문이다. 이어서 시녀들이 들어와 자리에 앉았다. 그녀들은 적잖은 슬픔의 표시로 눈은 말할 것도 없고 가슴까지 망토로 가리고 있었다. 돈키호테가 말뚝을 친 결투장에 나타나고 조금 지나자, 곧이어 온 광장을 무너뜨릴 기세로 말을 타고 위대한 하인 토실로스가 나타났다. 그는 구멍이 숭숭 뚫린 얼굴 가리개를 쓰고, 강하고 번쩍거리는 갑옷을 입고, 많은 트럼펫 연주자들을 대동하고 광장 한쪽에 등장했다. 말은 앞발과 뒷발에 발마다 텁수룩한 털로 덮여 있는 덩치가 큰 잿빛 프리시아[363]산이었다.

용감한 라만차의 돈키호테를 만나면 어떻게 행동해야 하는지를 자기의 주인 공작으로부터 잘 교육받은 용감한 전사는, 절대로 죽여서는 안 되며 처음에 맞닥뜨릴 때 마치 죽음의 위험에 빠져 도망치려고 애쓰는 척하라는 공작의 지시를 받고 왔던 것이다. 정면으로 맞닥뜨리기라도 하면 죽을 위험이 확실히 있었기 때문이다. 그는 광장을 돌아다니다가 시녀들이 있는 곳에 다가가 자기를 남편으로 여기고 있는 여인을 한참이나 쳐다보았다. 결투장의 진행자가 벌써 광장에 나와 있는 돈키호테를 불렀으며, 토실로스 옆에 있던 시녀들에게 말하기를, 라만차의 돈키호테에게 그녀들의 권한을 일임하는 것에 동의하느냐고 물어보았다. 그녀들은 그렇게 하겠으며, 그 경우에 그가 무슨 일을 하건 죄다 훌륭하고 확실하며 유효한 것으로 여긴다고도 말했다.

이때 이미 공작과 공작 부인은 나무 울타리가 둘러쳐진 위쪽 제일 높은 관람석에 자리를 잡고 있었다. 나무 울타리에는 인산인해를 이룬 사람들이 감나무에 감 열리듯 주렁주렁 매달린 채 이 전대미문의 격전을 구경하기 위해 기다리고 있었다. 만일 돈키호테가 이기면 그의 상대는 도냐 로드리게스의 딸과 결혼해야 하는 것이고, 만일 돈키호테가 패하면 상대방은 어떤 다른 보상도 할 필요 없이 자기에게 신청한 결혼 언약에서 자유로워진다는 것이 두 투사의 조건이었다.

의식을 맡은 진행자는 눈부신 햇살을 어느 누구도 손해 보지 않도록 똑같이 받게 하고 두 사람 각자를 그들이 있어야 할 자리에 세웠다. 북소리가 울려 퍼지고, 트럼펫 소리가 창공에 메아리쳤으며, 대지가 발밑에서 울리고 있었다. 어떤 이들은 두려워서, 또 다른 이들은 그 사건에서 일어날 수 있는 좋은 일과 나쁜 일을 예상하면서 관중의 가슴은 두근거렸다. 마침내 돈키호테는 우리 주 예수 그리스도와 엘 토보소의 둘시네아 아가씨에게 마음을 다해 가호를 빌며 정확한 돌격 신호가 내려지기를 기다리고 있었다. 그러나 우리의 하인은 생각이 달랐다. 그는 지금 내가 말하려는 것 말고는 아무 생각도 하지 않았다.

즉 자기의 적인 여자를 바라보았을 때, 자기 평생에 보았던 여인 중에서 제일 아름다운 여인이라는 생각을 했던 것 같다. 사람들이 보통 아모르[364]라고 부르는 눈먼 어린아이는 자기에게 제공된 하인의 영혼을 이용해 승리하고 전리품 명단에 올릴 수 있는 기회를 놓치고 싶지 않았다. 그래서 아모르는 아무도 모르게 그 하인에게 살며시 다가가, 그의 왼쪽 옆구리에 2바라 길이의 화살로 꿰뚫어 심장을 관통했지만, 아모르는 눈에 보이지 않기 때문에 이토록 멋지게 확실히 할 수 있었다. 아모르는 아무에게도 그런 행동에 대한 책임을 요구받지 않으므로 원하는 곳이면 아무 데나 들랑거릴 수 있는 것이다.

그래서 내 말은, 돌격 신호가 떨어졌을 때, 아모르 때문에 우리 하인은 몹시 흥분한 상태에 있어, 이미 자기 마음의 자유를 앗아 가

---

364 사랑의 신. 제18장 주 124 참조.

버린 여인의 아름다움만을 생각하면서 트럼펫 소리에 귀 기울이지 않았다는 것이다. 하지만 돈키호테는 트럼펫 소리가 들리기가 무섭게 돌격하여 로시난테가 낼 수 있는 최대한의 속력으로 죽을힘을 다해 적을 향해 출발했다. 그의 마음씨 고운 종자 산초는 그가 출발하는 것을 보자 큰 소리로 말했다.

"편력 기사들의 정수이며 꽃이시여, 하느님께서 나리를 인도해 주시길! 나리 쪽이 정당성을 가지고 있으므로 하느님께서 나리께 승리를 안겨주시기를!"

그런데 토실로스는 돈키호테가 자기 쪽으로 오는 것을 보았으면서도, 자기 자리에서 한 발짝도 옴짝달싹하지 않았다. 오히려 큰 소리로 결투장의 진행자를 불렀다. 그리고 진행자가 무슨 일인지 보러 오자 그에게 말했다.

"나리, 이 결투는 저 아가씨와 내가 결혼을 하느냐 마느냐 하는 문제로 싸우는 것입니까?"

"그렇습니다." 이것이 그에게 한 대답이었다.

"그럼 저는," 하인이 말했다. "제 양심을 두려워하는 사람이라서, 이 결투를 계속 밀고 나간다면 커다란 마음의 부담을 느낄 것입니다. 그러하오니 제가 패한 것으로 하고 곧바로 저 아가씨와 결혼했으면 합니다."

결투장의 진행자는 토실로스의 말에 놀랐지만, 그 사건의 계략을 알고 있는 사람들 중 하나였으므로 뭐라고 대답할 뾰족한 말이 없었다. 돈키호테는 자기 적이 공격하러 오지 않는 것을 보고는 달려가다가 중간에서 말을 멈추었다. 공작은 결투가 계속되지 않은 이유를 알지 못했으나, 결투장 사회자가 그에게 가서 토실로스의 말을 전해주었다. 그 말을 들은 공작은 아연실색하며 크게 화를 냈다.

이런 일이 일어나고 있을 즈음에, 토실로스는 도냐 로드리게스가 있는 곳으로 가더니 큰 소리로 말했다.

"저는, 부인, 부인의 딸과 결혼하길 원합니다. 평화스레 죽음의 위험 없이 얻을 수 있는 일을 이렇게 소송과 다툼으로 얻고 싶지 않습니다."

이 말을 듣고 용감한 돈키호테가 말했다.

"일이 이렇게 되었으니 나는 자유의 몸이 되고 내 약속에서 풀려났군요. 기꺼이 결혼하십시오. 우리 주 예수 그리스도께서 당신에게 은혜를 베푸신 것이니 성 베드로께서 축복할 것이오."

공작은 성의 광장으로 내려가 토실로스에게 다가가서 말했다.

"사실인가, 기사여, 졌다고 굴복한다는 것이? 그대의 겁에 질린 양심에 휘둘려 이 아가씨와 결혼한다고?"

"그렇습니다, 나리." 토실로스가 대답했다.

"그 사람, 아주 잘 하는구먼." 이때 산초 판사가 말했다. "쥐에게 줄 것을 고양이에게 주어라. 그러면 너는 걱정에서 자유로워질 것이다."[365]

토실로스는 면이 달린 투구를 풀면서 속히 자기를 좀 도와달라고 간청했다. 숨이 막히고 정신이 없어 그 많은 시간을 그 좁은 공간에 갇혀 있을 수 없었던 것이다. 사람들이 급히 그의 투구를 벗기

---

365 자기에게 이익이 더 많이 오는 쪽을 택하라는 속담이다.

니, 그의 몸이 드러나고 하인의 얼굴이 분명했다. 그것을 보고 도냐 로드리게스와 그녀의 딸이 고래고래 소리를 지르며 말했다.

"이건 사깁니다, 사기예요! 제 주인이신 공작 나리의 하인 토실 로스를 내 진짜 남편 대신에 우리 앞에 내놓다니! 이것을 망나니짓 이라고는 말하지 못하더라도, 이런 악덕한 짓거리는 하느님과 국왕 의 재판을 받을 일입니다!"

"요란스레 굴지 마세요, 아가씨들." 돈키호테가 말했다. "이것 은 악의를 품고 하는 일도 아니고, 망나니짓도 아닙니다. 설령 그렇 다고 하더라도 공작 때문에 생긴 일이 아니며, 나를 쫓아다니는 악 덕 마법사들의 소행입니다. 악덕 마법사들은 내가 이 승리의 영광 을 획득하는 것을 시기하여 그대의 남편 얼굴을 그대가 공작님의 하인이라고 하는 이 사람의 얼굴로 바꾸어놓은 것입니다. 내 충고 를 받아들이세요. 그리고 내 적들의 못된 짓에도 불구하고 그분과 결혼하세요. 그는 의심할 여지도 없이 그대가 남편으로 삼고 싶은 바로 그 남자일 것입니다."

이 말을 들은 공작은 모든 노여움을 누그러뜨리고 웃음을 터뜨 릴 뻔하면서 말했다.

"돈키호테 나리께 생기는 일들은 어찌나 예상 밖인지, 나의 이 하인이 그 사람이 아니라고 믿을 뻔했습니다. 그럼 이런 책략과 술 책을 써봅시다. 즉 그들이 원하면 우리가 결혼을 두 주일 연기하고 우리가 의심하는 이 작자를 가두어둡시다. 그사이에 이 작자가 자 기 본래의 모습으로 돌아올 수도 있을 것입니다. 마법사들이 돈키 호테 나리한테 품고 있는 원한이 그리 오래가지는 않을 것입니다. 그리고 이런 속임수나 둔갑술을 쓰는 것은 그들에게 대수롭지 않은 일입니다."

"아이고, 나리!" 산초가 말했다. "이 악당들은 제 주인 나리와 관계되는 것들을 이것에서 다른 것으로 바꿔치기하는 습관을 이미 가지고 있답니다요. 전번에 거울의 기사라는 기사를 무찔렀는데, 아 글쎄, 그를 우리 마을 출신이고 우리 절친한 친구인 산손 카라스코 학사의 모습으로 둔갑을 시켜놓았더라니까요. 그리고 내 마음의 연인 엘 토보소의 둘시네아 아가씨를 일개 촌구석의 농사꾼 아가씨로 둔갑을 시켜놓았지 뭐예요. 그래서 이 하인은 자기 평생을 하인으로 살다 죽을 팔자인 것 같습니다요."

그 말에 로드리게스의 딸이 말했다.

"저를 아내로 맞이하겠다는 이분이 누구건 간에 저는 이분께 사의를 표합니다. 설령 이분이 나를 농락했던 그 남자가 아니라고 할지라도, 한 기사의 정부나 노리개 첩이 되기보다는 차라리 한 하인의 정실正室이 되고 싶습니다."

결국 이 모든 이야기와 사건은 토실로스의 변모가 어떤 결과에 이르는가 알 때까지 그를 가두어두자는 쪽으로 일단락 지어졌다. 모두가 돈키호테의 승리에 환호성을 질러댔으나, 더 많은 사람들은 그렇게도 눈알이 빠지도록 기다리고 기다리던, 투사들이 깨어지고 부서지고 산산조각이 나는 좋은 구경을 하지 못한 것을 못내 아쉬워하고 슬퍼하고 마음 답답해하고 침울해했다. 기다리던 사형수가 원고에게 용서받거나 재판에서 사면되어 형장에 끌려 나오지 않아 아이들이 슬퍼하는 것과 다를 바가 없었다. 사람들은 떠났고, 공작과 돈키호테는 성으로 돌아갔다. 토실로스는 갇혔으며, 도냐 로드리게스와 그녀의 딸은 일이 어떻게 되었건 그 사건은 결혼으로 끝

나게 되리라는 것을 알고 대단히 흡족해했다. 그리고 토실로스의
기대감도 적지 않았다.

제57장

돈키호테가 공작과 어떻게 작별했는지, 그리고 재치 있고 꾀바른 공작 부인의 시녀 알티시도라에 대한 이야기

돈키호테는 이제 그 성에서 보내고 있는 무료한 시간과 한가로운 생활에서 벗어나 새로운 희망을 찾아 떠나는 것이 좋겠다고 생각했다. 그분들이 편력 기사인 자기에게 베푼 숱한 환대와 쾌락 사이에 묻혀 나태하게 지낸 것은 자기 자신이 저지른 큰 잘못이라고 생각했기에 그랬다. 이런 나태한 생활과 은둔 생활에 대해 하늘에 고하고 양해를 얻어야 할 것 같았다. 그래서 어느 날 공작 내외에게 떠나도록 해달라고 부탁했다. 그들은 돈키호테가 자기들을 남겨두고 떠나는 것이 더할 수 없이 아쉬웠지만 떠나는 것을 흔쾌히 허락했다. 공작 부인이 산초 판사에게 그의 아내가 보내온 편지를 주자, 그는 그 편지를 보고 울면서 말했다.

"내 정부에 대한 소식이 내 아내 테레사 판사의 가슴속에 야기한 그 커다란 희망이, 지금 다시 제 주인이신 라만차의 돈키호테의 덧없는 모험으로 되돌아올 줄이야 어느 누가 꿈엔들 생각이나 했겠는가? 좌우지간 내 아내 테레사가 공작 부인께 자기 분수에 맞게 도토리를 보냈다니 기쁘기 한량없구나. 만일에 그것을 보내드리지 않았다면, 나는 무척 낙담했을 테고 그녀는 그녀대로 은혜를 저버린 배은망덕한 여자로 보였을 것이다. 이 선물은 뇌물이라는 이름을 붙일 수 없다는 게 날 위로하는구나. 그녀가 그것을 보냈을 때 나는 이미 정부를 다스리고 있었기 때문이다. 무언가 은혜를 입은 자는, 비록 하찮은 것이라 하더라도 그에 대한 고마움을 나타내는 게 도리에 맞는 일이고말고. 정말이지 나는 정부에 빈손으로 들어가 빈손으로 나오지 않았는가. 그래서 가슴에 손을 얹고 조금도 양심의 가책을 받지 않고 말할 수 있어. '나는 벌거숭이로 태어나 벌거숭이로 있으니 잃은 것도 얻은 것도 없다'라고 말이다."

산초는 떠나는 날 이런 말을 혼자 중얼거리고 있었다. 그리고 전날 밤 공작 내외와 작별 인사를 한 돈키호테는 아침에 성의 광장에 무장을 하고 나타났다. 성의 모든 사람이 복도에서 그를 바라보고 있었으며, 공작 내외도 그를 전송하러 나왔다. 산초는 자기의 여행용 식량 자루와 가방과 예비품과 함께 아주 만족해서 잿빛 당나귀 위에 타고 있었다. 왜냐하면 트리팔디 백작 부인 역을 했던 공작의 집사가 노잣돈에 보태라고 금화 2백 에스쿠도가 든 작은 돈주머니 하나를 그에게 주었기 때문인데, 돈키호테는 아직 이런 사실을 모르고 있었다.

앞에서도 말한 바와 같이 모두가 돈키호테를 바라보고 있을 때, 그를 바라보던 공작 부인의 다른 시녀들과 하녀들 사이에서 난데없이 재치 있고 꾀바른 알티시도라가 목소리를 높여 슬픈 가락으로 노래를 불렀다.

들으소서, 무정한 기사시여,
잠시 말고삐를 멈추소서.
그대의 짐승을 너무 다그쳐
옆구리를 숨차게 하지 마소서.
　보소서, 위선자여, 도망치지 말고
사나운 뱀이라면 모르되
어미 양이 되긴 아직 요원한
어리디어린 양 새끼인데.
　그대가 농락했소, 소름 끼치는 괴물아,
다이아나가 산에서 보았고
비너스가 밀림에서 보았던
가장 아름다운 아가씨를.
비정한 비레노[366]여, 달아나는 아이네이아스여,
바라바[367]가 그대를 따라가, 거기서 화해하리.

　그대는 앗아 갔소, 냉혹하게 앗아 갔소!
그대의 손아귀에
사랑에 빠진 상냥스러운
한 얌전한 여인의 내장을.

366　Vireno. 네덜란드의 한 주인 젤란디아의 공작으로,《격노하는 오를란도》에서 연인 올림
　　피아를 무인도에 버린다.
367　Barrabás. 예수 대신 유대 총독 빌라도에 의해 사면된 죄수. 가톨릭 성경에서는 '바라빠'라
　　한다. 〈마태오 복음서〉27장 15～26절, 〈마르코 복음서〉15장 6～15절, 〈루카 복음서〉23
　　장 13～25절, 〈요한 복음서〉18장 38절～19장 16절 참조.

그대는 가져갔소, 머릿수건 셋과
순수한 대리석같이 매끄러운
다리에 두른
희끄무레한 대님 몇을.
　그대는 가져갔소, 2천의 한숨을
그것이 불이라도 된다면
2천의 트로이를 불태웠을
만일 2천의 트로이가 있다면
비정한 비레노여, 달아나는 아이네이아스여,
바라바가 그대를 따라가, 거기서 화해하리.

　그대의 종자 그 산초의
소갈머리가 완고하고 냉혹해
둘시네아가 걸린 마법에서
풀려나지 못하리.
　그대가 저지른 잘못으로
슬픈 그녀가 고통을 함께하리니
죄 없는 자가 죄인을 대신해서
어쩜 내 땅에서는 죗값을 치르리.
　그대의 제일 멋진 모험들은 불행으로,
그대의 심심풀이는 꿈으로,
그대의 확고한 의지는 망각으로
변하리.
비정한 비레노여, 달아나는 아이네이아스여,

바라바가 그대를 따라가, 거기서 화해하리.

　　그대는 위선자로 취급되리라
세비야에서 마르체나[368]까지
그라나다에서 로하[369]까지
런던에서 영국의 구석구석까지
　만일 그대가 레이나도와
시엔토스와 프리메라를 한다면
왕들은 그대에게서 도망가고
에이스도 세븐도 그대는 못 보리.[370]
　만일 그대가 궂은살을 자른다면
상처에서 피가 흐르기를
만일 그대가 어금니를 뽑는다면
이촉이 남기를.
비정한 비레노여, 달아나는 아이네이아스여,
바라바가 그대를 따라가, 거기서 화해하리.

　비탄에 잠긴 알티시도라가 이처럼 신세타령을 하는 동안 돈키호테는 그녀를 바라보고 있었다. 그리고 그녀에게 한마디도 대꾸하지 않다가 산초에게 얼굴을 돌려 그에게 말했다.

368　세비야의 마을.
369　그라나다의 마을.
370　세 카드놀이 레이나도reinado, 시엔토스cientos, 프리메라primera는 왕rey, 에이스as, 세븐
　　siete 순으로 패가 좋다.

"자네 조상 대대손손을 걸고, 내 사랑하는 산초여, 자네에게 맹세하노니 진실을 말해주게나. 나한테 말해주게나. 혹시 사랑에 빠진 이 아가씨가 말하는 머릿수건 셋과 대님을 가져왔는가?"

그 말에 산초가 대답했다.

"머릿수건 셋은 틀림없이 가져왔습니다만 대님은 꿈에도 본 적이 없습니다요."

공작 부인은 그녀의 뻔뻔스러움에 놀랐다. 비록 그녀가 대담하고 재치 있고 뻔뻔스럽기는 했지만, 이렇게 불손한 정도일 줄은 몰랐던 것이다. 공작 부인은 이런 장난을 미리 알지 못했기에 놀라움이 더 커졌다. 공작은 말도 안 되는 우스운 짓을 더 하고 싶어 이렇게 말했다.

"기사 나리, 내 이 성에서 그렇게도 극진한 환대를 받았음에도 불구하고 내 시녀의 대님은 말할 것도 없고 감히 머릿수건을 셋이나 가져가다니, 좋은 일이 아닌 것 같습니다. 그것은 나리의 평판에 걸맞지 않은 못된 심성의 증표이며 표본입니다. 대님은 돌려주세요. 그렇지 않으면, 내가 나리께 목숨을 건 결투를 신청하겠습니다. 사악한 마법사들이 나리와 싸우러 들어온 자를 내 하인 토실로스의 얼굴로 만들어놓은 것처럼 술법을 써서 내 얼굴을 바꾸고 둔갑시킨다 해도 두렵지 않습니다."

"하느님께서는 원하시지 않을 겁니다." 돈키호테가 대답했다. "나리처럼 명성이 자자하신 분한테 제가 칼을 빼어 드는 것을 말입니다. 나리한테서 그렇게도 많은 은혜를 입은 몸이 아닙니까. 산초가 지금 머릿수건을 가지고 있다고 하니 그것들을 돌려드리겠습니다. 그런데 대님은 불가능합니다. 왜냐하면 저도 산초도 그것을 받은 적이 없기 때문입니다. 그러하오니 나리의 이 시녀가 자기 물건들을 숨겨두는 은닉처를 찾다보면 틀림없이 그 대님을 발견하게 될 것입니다. 저는, 공작 나리, 한 번도 도둑질을 해본 적 없으며, 하느님께서 저를 버리지만 않으신다면 제 평생에 그렇게 되지 않을 것입니다. 이 시녀는, 자기가 말하고 있는 것처럼, 사랑에 미쳐 이런 말을 한 것입니다. 저는 그 점에 대해 아무 잘못이 없습니다. 그래서 그녀에게도 나리께도 용서를 빌 아무런 이유가 없습니다. 저는 나리께 부탁드리는바, 저를 선의로 받아주시고 제가 제 길을 계속하도록 새로운 허락을 해주십시오."

"하느님께서 아주 기꺼운 마음으로 허락하실 것입니다." 공작부인이 말했다. "돈키호테 나리, 늘 나리의 짓궂은 장난에 대해 희소식을 듣기를 바랍니다. 그러니 부디 안녕히 가십시오. 나리께서 이곳에 더 머물면 머물수록 나리를 바라보는 시녀들의 애간장만 더 태우실 겁니다. 그리고 내 시녀에게는 벌을 주어, 앞으로 눈빛으로건 말로건 상식에서 벗어난 짓을 못 하도록 하겠습니다."

"더도 덜도 말고 딱 한마디만 제 말을 들어주시길 바랍니다. 오, 용감무쌍하신 돈키호테 나리시여!" 그때 알티시도라가 말했다. "그 대님 도둑에 대한 일은 용서를 해주십시오. 왜냐하면 하느님과 내 영혼을 걸고 말씀드리는데, 그 대님은 제가 지금 매고 있습니다. 그런데 당나귀를 타고 가면서 그것을 찾는 사람처럼[371] 제가 본정신이 아니었습니다."

---

371 당나귀 떼를 모는 목동이 자기가 타고 있는 당나귀를 세는 걸 깜박했다는 우화를 인용한 말이다.

"제가 말하지 않았던가요?" 산초가 말했다. "제가 도둑질이나 숨기는 그런 멍청인 줄 아셨다면 크게 실수하신 겁니다요! 제가 도둑질을 하고 싶었다면, 제가 제 정부에 있을 때가 기회로는 안성맞춤이었습니다."

돈키호테는 머리를 숙여 공작 내외와 주변의 모든 이들에게 경의를 표한 뒤 로시난테의 고삐를 돌렸고, 산초는 잿빛 당나귀를 타고 그의 뒤를 따라서 성을 나와 사라고사를 향해 곧장 앞으로 나아갔다.

· 제58장 ·

돈키호테가 이래저래
쉬지 못할 정도로 얼마나 자주
그 많은 모험을 했는지에 대해

돈키호테가 알티시도라의 성가신 구애의 손길에서 벗어나 자유로 워져 확 트인 평원에 있었을 때, 자기 마음의 중심을 잡게 되자 정신이 다시 기사도의 일을 계속하도록 새로워지는 것 같아 산초를 돌아보며 말했다.

"자유란 말일세, 산초, 하느님이 인간에게 주신 가장 귀중한 선물 중 하나라네. 대지 속에 파묻혀 있거나 바닷속에 은닉되어 있는 금은보화도 그 자유와는 필적할 수 없다네. 명예와 마찬가지로 자유를 위해서는 생명을 걸 수도 있고, 또 생명을 걸어야 한다네. 그리고 반대로 포로 생활이란 것은 인간에게 올 수 있는 최대의 불행이라네. 내가 이렇게 말한 이유는 말일세, 산초, 우리가 떠나온 그성에서 우리가 누렸던 향응과 풍요로움을 자네도 똑똑히 보았을 것이기 때문이네. 그렇지만 그 진수성찬과 그 눈으로 얼린 듯 배 속까지 시원한 마실 것들을 앞에 두고도 나는 공복에서 헤어나지 못한 것만 같았다네. 왜냐하면 그것들이 내 것이었다면 맛을 보며 즐겼을 자유와 함께 그것들을 즐기지 못했기 때문이라네. 우리가 받은 호의와 은혜의 보상 의무는 자유로운 정신을 속박하는 멍에가 된다네. 하늘로부터 빵 한 조각을 얻은 자는 바로 그 하늘에만 감사 표시를 하면 될 뿐 다른 무엇에도 사의를 표할 의무가 없으니, 이 얼마나 행복감에 젖겠는가 말이네!"

"좌우지간에," 산초가 말했다. "나리께서 저에게 말씀하셨듯이, 우리 측에서 볼 적에는 공작의 집사가 제게 주머니에 넣어서 준 금화 2백 에스쿠도에 대한 사의를 표하지 않고 있다는 것은 좋은 일이 아닙니다요. 그래서 가슴에 붙이는 고약과 보혈제처럼 무슨 일이 생기면 쓸 요량으로 그 돈주머니를 품고 다닙니다요. 우리를 환대해주는 성들이 늘 있는 것도 아니잖습니까요. 그리고 또 어떤 때는 우리에게 몽둥이찜질을 하는 객줏집도 만나게 될 테고 말입니다요."

이런저런 이야기를 하면서 편력 기사와 편력 종자가 가고 있는데, 1레과 정도 걸어갔을 때 푸른 초원의 풀 위에 망토를 펴놓고 농사꾼 복장을 한 남자 열두어 명이 식사를 하고 있는 것이 보였다. 그 옆에는 하얀 시트 같은 것이 있었는데, 무언가를 덮고 있었다. 또 세워진 것과 기다랗게 가로로 놓인 것도 있고, 곳곳에 흩어져 있는 것도 있었다. 돈키호테는 식사 중인 사람들에게 다가가서 먼저 공손히 인사를 한 다음, 저 삼베 천으로 덮어놓은 것이 무엇이냐고 물어보았다. 그들 중 한 사람이 대답했다.

"나리, 이 삼베 천에 싼 것들은 우리 마을에서 하는 인형극에 쓸 돈을새김과 판자로 만든 인형들입니다. 광택을 잃으면 안 되기 때문에 이렇게 덮어두고, 또 깨지면 안 되기 때문에 어깨에 메고 다닌답니다."

"부탁인데," 돈키호테가 대답했다. "그것들을 구경 좀 했으면 좋겠습니다만. 그렇게 지극한 정성으로 모셔 가는 걸로 보아 틀림없이 좋은 인형들인 것 같습니다."

"그렇고말고요." 다른 사람이 말했다. "좋은 인형 같지 않다면, 비용이 얼마나 들었는지 물어보세요. 실은 50두카도 이상 들지 않은 것이 없답니다. 이게 사실이라는 걸 나리께 보여드릴 테니 조금만 기다려주십시오. 두 눈으로 직접 똑똑히 보십시오."

그러더니 음식을 먹다 말고 일어나 첫 번째 상像의 덮개를 벗겼다. 그것은 말 탄 성 호르헤 상[372]이었는데, 늘 그려지듯이 잔인하게 그 입을 뚫고 지나가는 창을 꽂고 그 발치에는 뱀이 똬리를 틀고 있었다. 요즈음 유행하는 말로 온통 새빨갛게 이글거리는 황금 불덩어리 같았다. 그것을 보고 돈키호테가 말했다.

"이 기사는 성스러운 군대가 가진 가장 훌륭한 편력 기사들 중 한 분이셨어요. 이름은 성 호르헤인데 아가씨들의 보호자셨습니다. 또 이 상도 보십시다."

그 남자가 천을 벗기자 드러난 것은 말 탄 성 마틴 상 같았다. 그는 한 가난한 이와 망토를 함께 나누어 입고 있었다. 돈키호테는 그 상을 보자마자 말했다.

"이 기사도 기독교 모험가들 중 한 분이셨습니다. 내 생각에는 용감하다기보다 관대한 분이셨어. 자네도 볼 수 있듯이, 산초, 무엇

---

372 la imagen de San Jorge. 영어식 이름은 '성 조지 상the imagine of San George'.

때문인지는 모르겠지만 가난한 이와 망토를 함께 쓰고 있어. 그리
고 반은 그에게 주고 있잖은가. 그때는 겨울이었음이 틀림없네. 겨
울이 아니었다면 말일세, 성품과 됨됨이가 자비로운 분이라서 그에
게 망토를 죄다 주었을 거네."

"그러지는 않았을 것입니다." 산초가 말했다. "'주고받는 것도
두뇌가 필요하다'라고 하는 속담을 따르고 있는 것이 틀림없습니
다요."

돈키호테가 픽 웃음을 터뜨렸다. 그리고 다른 삼베 천을 벗겨
달라고 부탁했다. 그 천 밑에서는 에스파냐의 수호천사 상이 드러
났는데, 피로 물든 칼을 들고 무어인들을 쓰러뜨려 머리를 짓밟고
말을 타고 있는 모습이었다. 그 상을 보자마자 돈키호테가 말했다.

"이분이야말로 틀림없는 기사이십니다. 그리스도의 사도들 중
한 분이오. 이름은 성 디에고 마타모로스[373]라고 합니다. 이분은 이
세상에 계셨고, 또 지금 하늘에 계신 가장 용감한 성인이시며 기사
이신 분들 중 한 분이십니다."

그들은 곧 다른 삼베 천을 벗겼는데, 그것은 성 바오로가 낙마
하는 모습을 감추고 있는 것 같았다. 이 성인의 개종 삽화에 늘 그
려지곤 하는 주위의 모든 배경까지 갖추고 있었다.[374] 이 성인의 모
습이, 마치 그리스도께서 말씀하시고 바오로가 대답하는 것처럼 생
생하게 나타났다.

---

373 San Diego Matamoros. 디에고Diego는 '하코보Jacobo', '하이메Jaime', '산티아고Santiago'
라고도 하며, 성경에서 우리말로는 '야고보'다.

374 사울로 데 타르소Saulo de Tarso는 다마스쿠스로 가는 도중에 하느님의 계시에 놀라 낙
마하고나서 '바오로'라는 이름으로 개명한 후 기독교로 개종했다.

"이분은" 하고 돈키호테가 말했다. "그 시대에 우리 주 예수 그리스도 교회의 최대 적이었으나 나중에는 우리 교회의 최대 수호자가 되신 분입니다. 살아생전에는 편력 기사요, 돌아가셔서는 조용히 서 계시는 성인이요, 주님의 포도밭에서는 지칠 줄 모르는 일꾼이요, 이교도들의 교사요, 천국을 학교로 삼았으며, 바로 그 예수 그리스도를 자기 교수요 스승으로 모시고 가르침을 받은 분이십니다."

성상聖像들이 더는 없었다. 그래서 돈키호테는 그 성상들을 다시 덮으라고 하고는 그것들을 가져가는 사람들에게 말했다.

"형제들이여, 내가 방금 성상들을 보게 된 것을 좋은 징조로 여기겠습니다. 이 성인들과 기사들은 지금 내가 직업으로 삼고 있는 무도 수행을 직업으로 가지신 분들이기 때문입니다. 다만 나와 그분들 사이에 있는 차이라면, 그분들은 성인들이셔서 성인답게 싸우셨고 나는 죄인이라서 인간답게 싸운다는 것입니다. 그분들은 무력으로 하늘을 정복했습니다. 하늘나라가 폭력에 신음하고 있기 때문입니다.[375] 그런데 나는 지금까지 이렇게 고생고생하면서 정복한 것이 무엇인지 모르겠지만, 만일 나의 엘 토보소의 둘시네아 아가씨가 고난에서 빠져나오실 수만 있다면, 내 운도 더 펴지고 내 판단력도 차츰 나아져서 훨씬 더 좋은 인생길을 걸을 수 있을 텐데 말이오."

"이런 말은 하느님께서만 들으시고 악마의 피를 받은 자는 귀머거리가 되길." 이때 산초가 말했다.

사람들은 돈키호테가 하고 싶어 하는 말의 절반도 이해하지 못

---

375 〈마태오 복음서〉 11장 12절 '하늘나라는 폭행을 당하고 있다El Reino de los Cielos es combatido violentamente'에서 나온 말로, 라틴 말로는 Regnum caelorum vim patitur.

했지만 그의 하는 말이나 모습을 보고 놀라움을 감추지 못했다. 그들은 식사를 끝낸 뒤 성상들을 짊어지고는 돈키호테와 작별하고 그들의 여행을 계속했다.

산초는 마치 지금까지 자기 주인을 한 번도 본 적 없는 사람처럼 그의 박학다식함에 감탄해 마지않았다. 그의 주인은 매사를 손바닥 들여다보듯 하고 기억에 새겨놓지 않은 이야기나 사건이 없을 것이라고 생각했다. 그래서 그에게 말했다.

"사실은, 주인 나리, 오늘 우리가 겪은 이런 일을 모험이라고 일컬을 수 있다면, 모험이란 순례의 전 과정에서 우리에게 일어난 일 중에서 가장 기분 좋고 감칠맛이 있는 것이었습니다요. 다시 말씀드리면 이 모험에서는 몽둥이찜질도 어떤 경악할 일도 없이 빠져나왔고, 칼에 손을 댈 일도 없었고, 땅바닥에 몸뚱어리를 내동댕이치지도 않았고, 굶주리지도 않았습니다요. 살아생전에 제 이 두 눈으로 이런 일을 보게 되었으니, 하느님께서 축복을 내리신 겁니다요."

"자네 말 한번 잘했네, 산초." 돈키호테가 말했다. "그렇지만 언제나 그렇지도 않을 뿐만 아니라 똑같은 방식으로 일이 진행되지도 않는다는 것을 명심하게나. 평범한 사람이 일반적으로 늘 예감이라고 부르는 것은 어떤 자연의 도리에 근거를 둔 것이 아니네. 사려 깊은 사람에게는 우연히 생긴 길조로 여겨지기도 하는 일이라네. 이런 예감을 믿는 사람들 중 한 사람이 아침에 일어나 집을 나서 시복諡福된 성 프란치스코 교파의 사제를 만나면 마치 사자의 몸에 독수리 머리와 날개를 가진 괴수怪獸를 만나기라도 한 듯 등을 돌려 자기 집으로 돌아간단 말이네. 미신을 믿는 멘도사가家 사람들 중 어떤 이에게는, 식탁 위에 소금이라도 쏟아지면 그의 마음에 금방이라도 우울증이 쏟아지는 것이네. 앞에서 언급했듯이, 이런 별것 아닌 순간적인 일들로 인해 마치 자연이 앞으로 닥칠 불행의 신호를 보내는 것 같다는 것이네. 분별 있는 사람이나 기독교도는 하느님이 하시고 싶어 하는 일에 결코 소소하게 개의치 않는 법이라네. 스키피오[376]가 아프리카에 도착해 땅에서 뛰다가 넘어지자 그의 병사들은 흉조로 여겼지만, 그는 땅을 부여안고 '내 두 팔 사이에 너를 잡고 있으니 너는 나에게서 도망칠 수 없다, 아프리카여'라고 했다지 않은가. 그러니 산초, 이런 성상들을 만났다는 것이 나를 위해서는 아주 행복한 사건이었다네."

"저도 그렇게 생각하고 있습니다요." 산초가 대답했다. "그런데 우리 에스파냐 사람들이 어떤 전투를 하려고 할 때, 성 디에고 마타모로스를 부르면서 '산티아고여, 그리고 닫아라, 에스파냐여!'라고 말하는데, 그 이유가 뭔지 나리께서 저한테 말씀해주셨으면 싶습니다요. 혹시 에스파냐가 열려 있어서 닫을 필요가 있다거나, 아니면 이것이 무슨 의식이라도 됩니까요?"

"자넨 참 단순해빠진 사람이야, 산초." 돈키호테가 대답했다. "이보게, 특히 우리 에스파냐 사람들이 무어인들과 대치해 싸우던 준엄한 시기에 놓여 있을 때, 주홍 십자가의 이 위대한 기사를 하느님께서 수호천사로 에스파냐에 보내주셨네. 그래서 우리가 기습을 하는 모든 전투에서 에스파냐의 수호자로서 이분에게 기도하고 이름을 부르는 것이네. 그리고 병사들이 전투 도중 이슬람 기병 중대

---

376 자마zama 전투에서 카르타고의 한니발을 격파한 고대 로마의 장군 푸블리우스 코르넬리우스 스키피오 아프리카누스Publius Cornelius Scipio Africanus(B.C. 236~B.C. 184).

를 무찌르고 짓밟고 부수고 죽이면서 그 수호천사를 여러 차례 뚜렷이 보았다는 것이네. 이 사실에 대해 진짜 에스파냐 역사책에 나오는 많은 예를 자네에게 말해줄 수 있네."

산초가 대화를 바꾸어 주인에게 말했다.

"저는 놀랐습니다요, 나리. 공작 부인의 시녀 알티시도라의 꾀바른 행동에 말입니다요. 그 아모르라고 하는 사랑의 신이 인정사정없이 그녀에게 상처를 입혀 심장이 관통된 것이 틀림없습니다요. 그 아모르는 눈먼 소년이고 눈곱투성이라, 더 자세히 말하자면 눈이 보이지 않는데도 심장을 과녁 삼기만 하면 아무리 작은 심장일지라도 그 화살들로 적중하여 꿰뚫어버린다면서요. 아가씨들의 부끄럼과 신중한 태도 때문에 사랑의 화살들이 그 끝이 부러지고 무뎌진다고 사람들이 말하는 것도 제가 들은 바가 있습니다만, 이 알티시도라의 경우에는 화살 끝이 부러지기는커녕 오히려 더 뾰족해지거나 날이 서 있는 것 같습니다요."

"알아두게, 산초." 돈키호테가 말했다. "사랑이란 말일세, 그 말속에 존경은 고사하고 이성의 한계까지도 지키지 못하며 죽음과 똑같은 성질을 지니고 있다네. 그래서 임금들의 그 높디높은 성들도 덮치고, 양치기들의 보잘것없는 움막집에도 찾아들지. 그리고 하나의 영혼을 완전히 소유하게 되면 맨 먼저 공포심과 부끄러움을 없애버리는 일을 한다네. 그래서 부끄러움도 없이 알티시도라가, 내 가슴에 연민보다는 혼란만 가중시키는 자기의 희망 사항을 털어놓은 것이라네."

"정말 잔인하기 짝이 없으십니다요!" 산초가 말했다. "배은망덕도 유분수지요! 저라면 그녀의 가장 작은 사랑의 말에도 귀 기울이고 두 손 다 들고 말았을 겁니다요. 젠장, 정말이지 차디찬 대리석 같은 마음이고, 청동 같은 심덕이고, 회반죽으로 만든 영혼이군요! 그렇지만 그 아가씨가 나리한테서 도대체 무엇을 보았기에 그렇게도 두 손 다 들고 넋을 잃고 말았는지 알다가도 모르겠습니다요. 다시 말씀드리면 무슨 자랑거리가, 무슨 힘이, 무슨 구수한 언변이, 무슨 얼굴이, 도대체 이것저것 다 합쳐져 그중에 어떤 것이 그녀를 사랑에 빠지게 했는지 생각이 미치지 않습니다요. 사실 저는 헤아리기 어려울 정도로 여러 번 발끝부터 마지막 머리카락까지 나리를 바라보았습니다요. 제가 보기에는 반하기는커녕 놀라 자빠질 일이 더 많은 것 같습니다만. 그리고 아름다움이 여자가 사랑에 빠지는 첫째요 제일 중요한 부분이라는 말을 들었는데, 그 가련하기 짝이 없는 아가씨는 도대체 나리의 무엇을 보고 사랑에 빠지게 되었는지 알다가도 모를 일입니다요."

"알아두게나, 산초." 돈키호테가 대답했다. "아름다움에는 두 종류가 있다네. 하나는 마음의 아름다움이고, 다른 하나는 육체의 아름다움이라네. 마음의 아름다움은 분별력에서, 정직에서, 훌륭한 행동에서, 너그러운 마음에서, 그리고 좋은 가정교육에서 뛰어나게 나타난다네. 그리고 이 모든 부분은 못생긴 사나이한테도 실제로 들어 있고 또 있을 수도 있다네. 이 마음의 아름다움에 시선을 돌릴 때, 육체의 아름다움과는 달리, 충동적이고 훨씬 뛰어난 애정이 생기는 것이 상도常道라 하겠네. 나는 말일세, 산초, 내가 아름답지 않다는 것을 잘 안다네. 하지만 그렇게 못생기지 않았다는 것도 알고 있네. 선량한 사나이가 사랑을 받기 위해서는 괴물이 아닌 것만으로도 충분한 자격이 있다네. 내가 그런 마음의 장점들을 가지고 있기 때문이라고 말하지 않았나."

이런 이야기들을 주고받으면서 그들은 길에서 벗어나 있는 숲속으로 들어가고 있었다. 그런데 미처 생각지도 못한 곳에서 갑자기 돈키호테는 그물에 휘감기고 말았다. 녹색 실로 짠 그물이 나무와 나무 사이에 쳐 있었던 것이다. 도대체 무슨 일인지 전혀 상상도못 한 돈키호테가 산초에게 말했다.

"내 생각에는 말일세, 산초, 이 그물들의 문제는 틀림없이 상상할 수 없는 가장 새로운 모험들 중 하나가 될 것 같군그래. 나를 쫓아다니는 마법사들이 알티시도라에게 냉정하게 대한 나에게 복수하려고 나를 그물 속에 가두고, 내가 가는 길을 멈추게 하여 나를죽이려고 하는 게 틀림없네. 그렇지만 내가 그들에게 명령하노니,비록 이 그물이 녹색 실로 짜여 있지 않고 아주 단단한 다이아몬드,아니 그것이 질투심 강한 불카누스[377]가 베누스[378]와 마르스[379]를 휘감아놓은 투명 그물보다 더 강한 것이라 할지라도, 마치 바다갈대나 무명실로 짠 그물처럼 찢어놓고 말 걸세."

그리고 그는 앞으로 나아가서 모든 것을 찢어놓으려고 하고 있는데, 느닷없이 그의 앞에 아주 아름다운 양치기 아가씨 둘이 나무사이에서 모습을 드러냈다. 적어도 그녀들은 양치기 같은 복장을했는데, 모피 조끼와 스커트는 고운 금실로 수놓은 비단으로 만들

---

377 Vulcanus. 로마신화에 나오는 불과 대장장이의 신으로, 그리스신화의 헤파이스토스에 해당한다.

378 Venus. 로마신화에 나오는 미와 사랑의 여신으로, 그리스신화의 아프로디테에 해당하며, 영어로는 비너스라 한다.

379 Mars. 로마신화에 나오는 군신으로, 그리스신화의 아레스에 해당한다.

어져 있었다. 스커트는 아주 으리으리하고 고운 황금 비단 천으로 짠 페티코트였다는 말이다. 어깨에 드리워진 머리카락은 금발로, 바로 그 태양 빛과 견줄 만했다. 머리에는 녹색 월계수와 붉은 색비름으로 짠 두 개의 화관을 쓰고 있었다. 겉으로 보아 짐작하건대 나이는 열다섯 아래도 아니고 열여덟을 넘지도 않은 것 같았다.

이 광경을 목격한 산초는 감탄했고, 돈키호테는 정신이 몽롱해졌다. 이 아가씨들을 보기 위해 태양마저 그 운행을 멈추게 할 지경이었으니, 네 사람 모두를 이상야릇한 침묵 속에 옴짝달싹하지 못하게 꽁꽁 묶어놓았다. 마침내 처음 말을 꺼낸 사람은 두 아가씨 중 한 사람이었다. 그녀는 돈키호테에게 말했다.

"기사 나리, 잠깐 걸음을 멈추시고 그 그물들을 찢지 마세요. 그것은 기사 나리께 해를 끼치기 위해서가 아니라 우리의 심심풀이를 위해서 쳐놓은 것입니다. 뭐 하려고 그물을 쳐놓았으며 우리가 누구인지 물으실 것을 알기에 간단히 말씀드리겠습니다. 이곳에서 2레과쯤 되는 한 마을에 지체 높은 사람들과 시골 양반들과 부자들이 많이 살고 있는데, 많은 친구들과 친척들 사이에 자기들의 아들들과 아내들과 딸들과 이웃들과 친구들과 친척들과 우리가 이곳에 와서 놀기로 합의를 보았답니다. 여기가 이 부근에서 가장 마음에 드는 장소 중 하나이니, 모두가 이곳에 새로운 전원도시 아르카디아[380]를 꾸미고 아가씨들과 젊은 남자들은 양치기 복장으로 차려입기로 한 것입니다. 우리는 목가시 두 편을 공부하게 되었어요. 하

---

380 그리스 남부 펠로폰네소스반도 중앙에 있는 지방으로, 목가적이고 고립적인 특징으로 그리스와 로마 시대의 전원시와 르네상스 시대의 문학에서 낙원으로 묘사되었다.

나는 유명한 시인 가르실라소[381]의 것이고, 다른 하나는 아주 훌륭한 시인 카모에스[382]가 자기 모국어인 포르투갈 말로 쓴 것인데, 이 목가시들을 지금까지 우리가 공연하지 못했습니다. 어제는 우리가 이곳에 도착한 첫날이었습니다. 우리는 이 굵은 가지들 사이에 천막을 몇 개 쳐놓은 겁니다. 이 모든 초원을 비옥하게 하는 수원水源이 풍부한 시냇가에 소위 야영 천막이라는 것을 쳤답니다. 그리고 우리가 내는 소리에 속아 그물에 와서 걸릴 얼빠진 뱁새들을 눈속임하려고 간밤에 이 나무들에 그물들을 쳤습니다. 싫지 않으시다면, 나리, 우리 손님으로 융숭하고 정중히 모시겠습니다. 왜냐하면 지금으로서는 이곳에 근심도 슬픔도 들어와서는 안 되기 때문입니다."

아가씨는 입을 다물고 더 이상 말하지 않았다. 그 아가씨의 말에 돈키호테가 대답했다.

"아리땁기 그지없는 아가씨, 악타이온[383]이 목욕하는 디아나[384]를 느닷없이 목격했을 때도 내가 아가씨의 아름다움에 넋을 잃고 망연자실한 것보다 더 정신이 몽롱하고 깜짝 놀라지는 않았을 것입니다. 나는 그대들의 오락에 대한 발상에 찬사를 보내며, 그대들의 제안에 심심한 사의를 표하는 바입니다. 만일 제가 그대들을 도

---

381 르네상스 시기 에스파냐의 대표적인 시인 가르실라소 데 라 베가를 말한다. 그는 목가 세 편, 소네트 38편, 애가 두 편, 찬가 다섯 편 등을 남겼다.

382 Camões. 포르투갈 문예 부흥기의 위대한 국민 시인(1524?~1580). 포르투갈의 역사를 그린 서사시《우스 루지아다스Os Lusiadas》에서 민족의 슬기로운 기질을 찬미했다.

383 Actaeon. 그리스신화에 나오는 영웅적 사냥꾼으로, 여신 아르테미스가 목욕하는 광경을 엿보다가 사슴으로 변신당해 결국 자기 사냥개에게 물려 죽었다.

384 Diana. 로마신화의 여신으로, 그리스신화의 아르테미스에 해당한다.

울 수 있다면, 명령하신 것을 확실히 해드릴 테니 하명만 하십시오. 원래 제 직업이 모든 부류의 사람들에게 사의를 표하고 착한 일을 하는 것을 보여드리는 것이기 때문입니다. 특히 그대들의 모습이 보여주는 것처럼 고귀한 분들에게는 더하답니다. 그리고 이런 그물들이 어떤 작은 공간을 차지하는 것이 틀림없지만, 만일 지구 전체를 차지한다고 하더라도 나는 이 그물들을 찢지 않고 지나가기 위해 새로운 세계를 찾아보겠습니다. 그리고 저의 이 표현이 과장되었다고 믿고 계신다면, 이것은 적어도 라만차의 돈키호테가, 만일 이 이름이 그대들의 귀에도 들렸다고 한다면, 아가씨에게 약속을 드리는 것임을 아시기 바랍니다."

"어머나, 내 영혼의 친구야!" 그때 다른 양치기 아가씨가 말했다. "어쩜 이렇게 커다란 행운이 우리에게 왔단 말인가! 우리 앞에 계신 이분이 보이니? 이분의 위업에 대해 인쇄되어 돌아다니는 이야기를 읽은 적이 있는데, 우리에게 거짓말을 하고 우리를 속이고 있는 게 아니라면, 이분은 세상에서 가장 용감한 분이시고, 가장 열렬히 사랑하고 있는 분이시고, 가장 정중한 분이시라는 것을 너에게 알려줄게. 내가 장담하건대, 이분과 함께 가고 있는 이 마음씨 고운 분은 재치에 있어 타의 추종을 불허하는 그의 종자 산초 판사란 분이 틀림없어."

"그건 사실이라오." 산초가 말했다. "내가 아가씨가 말하고 있는 그 재치 있는 사람인 그 종자입니다. 그리고 이분은 이야기에서 이미 언급한 주인공이신, 바로 그 라만차의 돈키호테이십니다."

"어마나!" 다른 양치기 아가씨가 말했다. "그럼, 얘, 이곳에 계시라고 간절히 부탁해보자. 그렇게 되면 우리 부모님과 형제들이 무한히 좋아할 거야. 나도 네 말과 똑같이 그의 가치와 그의 재치에 대해 말하는 것을 들은 적이 있단다. 그리고 더욱이 알려진 것보다 더 견실하고 충실한 연인이라고 하더란 말이지. 그리고 이분의 마음의 연인인 아가씨는 온 에스파냐에서 아름다움의 상징인 종려나무 잎을 준다는 그 엘 토보소의 둘시네아 아가씨란다."

"그녀에게 그 종려나무 잎을 주는 것은 당연하오." 돈키호테가 말했다. "그대의 비할 데 없는 아름다움이 그런 의심을 하게 하지 않는다면 그렇소이다. 아가씨들, 나를 붙잡으려고 고집은 부리지 마시기 바라오. 내 직업상 지켜야 할 의무 때문에 나는 어느 곳에서도 한가로이 쉴 수가 없는 실정입니다."

이때 네 사람이 있는 곳에 두 양치기 아가씨들 중 한 아가씨의 남동생이 양치기 아가씨들의 복장에 못지않은 화려한 차림의 양치기 복장을 하고 도착했다. 두 양치기 아가씨들은 자기들과 함께 있는 분이 그 용감무쌍한 라만차의 돈키호테이며, 또 다른 이는 그의 종자 산초라고 그에게 이야기했다. 동생은 그들의 이야기를 읽은 적이 있어서 이미 그들에 대해서는 잘 알고 있었다. 그 이목구비가 수려한 양치기는 그들을 초대하면서 자신의 야영 천막으로 함께 가자고 했다. 돈키호테는 그의 부탁에 동의하고 그렇게 했다. 이때가 마침 사냥에서 하는 새 몰이 시간이라, 위험에 처한 것을 알아차리고 도망치던 새들이 그물 색깔에 속아 걸려들어 그물이 가득했다. 그곳에 서른 명이 넘는 사람들이 모였는데, 모두가 화려하게 양치기 젊은이들과 양치기 아가씨들의 복장을 하고 있었다. 사람들은 이야기책을 통해서 이미 소식을 접하고 있었기에 곧바로 돈키호테와 그의 종자가 누구인지 알아보고 무척 기뻐하면서 맞아주었다.

그들은 천막으로 갔고, 거기에는 맛있고 풍성한 음식들로 깨끗하게 상이 차려져 있었다. 그들은 돈키호테에게 경의를 표했으며, 그에게 식탁 상석을 내주었다. 모두가 그를 바라보면서 보는 것만으로도 감지덕지했다. 이윽고 식탁보가 치워지자 돈키호테가 침착한 어조로 목소리를 높이더니 말했다.

"사람들이 짓는 대죄가 어떤 사람들은 교만이라고 말하지만, 나는 망은忘恩이라고 말합니다. 사람들이 늘 하는 말을 귀 기울여 들어보면, 지옥에는 배은망덕한 자로 가득하다고 합니다. 나는 이 배은망덕이라는 죄를 철든 순간부터 되도록 모든 수단을 다해 피하려고 애써왔습니다. 만일 누군가가 나에게 베풀어준 선행을 다른 선행으로 갚을 수 없다면, 바로 그 자리에서 선행을 베풀고 싶다는 바람을 마음속에 품게 된답니다. 그리고 이 바람이 충분하지 못할 때는 그 선행을 밝힌답니다. 왜냐하면 받은 선행을 말하고 밝히는 사람은 가능하면 역시 다른 선행으로 보상할 수 있기 때문입니다. 은혜를 받은 사람들은 대부분 은혜를 베푸는 사람들보다 하위에 있기 때문입니다. 그래서 모든 이에게 베푸시는 하느님은 모든 이의 위에 계시는 것입니다. 인간의 선물이 하느님의 선물과 동등하게 상응할 수 없으니, 한없이 큰 차이 때문이지요. 감사하는 마음이 이 옹색하고 부족한 것을 메워주게 됩니다. 그래서 저는 이곳에서 저에게 베풀어주신 은혜에 감사를 드리면서도 도저히 똑같이 갚아드릴 수 없어, 제 작은 능력의 범위 안에서 제가 할 수 있고 또 제가 이미 거둔 성과를 제공해드리겠습니다. 말인즉슨 여기 양치기 아가씨들로 변장한 이 아가씨들이, 내 마음의 유일한 아가씨인 세상에 둘도 없는 엘 토보소의 둘시네아만을 제외하고는, 세상에 있는 아가씨들 중에서 가장 아름답고 가장 예의 바른 분들이라고 사라고사로 가는 큰길 한복판에서 꼬박 이틀 동안 외쳐대겠습니다. 지금 제 말을 듣고 계시는 모든 남자분들과 모든 여자분들에게 평화가 함께하시길 기원합니다."

산초는 돈키호테의 말을 아주 주의 깊게 듣다가 그 말이 다 끝난 뒤에 큰 소리로 말했다.

"그래, 감히 여기 제 주인 나리가 미친 사람이라고 말하고 맹세하는 자들이 세상에 있다는 것이 말이나 됩니까? 여러분이 말씀해보세요, 양치기 양반들. 아무리 사려 깊고 공부를 많이 했다 하더라도 제 주인 나리께서 말씀하신 것을 말할 수 있는 마을 신부가 어디 있고, 아무리 용감하기로 명성이 자자하더라도 여기 제 주인 나리께서 약속하신 것을 약속할 수 있는 편력 기사가 어디 있습니까?"

돈키호테가 산초에게 몸을 돌리고는 얼굴에 노기를 띠며 말했다.

"오, 산초여! 심술궂고 교활하기 짝이 없는 이 바보에 철갑을 두른 작자야, 온 지구상에 자네가 바보가 아니라고 말하는 자가 있기나 할까? 도대체 누가 자네더러 내 일에 개입해 내가 재치가 있는지 바보인지 캐내라고 했느냐? 입 닥치고 내 말에 대꾸하지도 말고, 로시난테의 안장이 내려져 있으면 안장이나 얹게. 내가 주장한 것을 실행에 옮기러 가세. 내 편에서 한 말이 이유가 있는 말이니, 그 말에 반론을 제기하려 드는 자는 모두 때려눕히겠다."

그러고는 격노하고 화내는 모습을 보이며 의자에서 일어나 동석한 사람들을 놀라게 했다. 그 사람들은 그를 미친 사람으로 봐야 할지 정신이 올바른 사람으로 봐야 할지 갈피를 잡을 수가 없었다. 결국 그들은 그런 말을 실천에 옮길 것까지는 없다며, 자기들은 기사 나리의 감사의 뜻을 잘 알게 되었고 그의 행적에 대한 이야기에서 언급된 것으로 충분하기 때문에 새삼스레 용기를 보여줄 것까지는 없다고 설득했다. 그럼에도 불구하고 돈키호테는 자기 뜻을 굽히지 않고, 로시난테에 올라타 방패를 껴안고 창을 든 채 녹색 초원에서 멀지 않은 한길 한가운데 섰다. 산초는 자기 잿빛 당나귀 위에 타고 돈키호테를 따라갔다. 그는 모든 양치기 떼거리와 함께, 주인의 오만한 약속과 한 번도 본 적 없는 제안이 어떻게 될지 알고 싶어 몸이 근질근질했다.

이미 말했듯이, 돈키호테는 길 한복판에 서서 대기를 울릴 만큼 쩌렁쩌렁한 말로 외쳤다.

"아이고, 여보시오들, 통행자들과 보행자들, 기사 양반들, 종자들, 앞으로 이틀 동안 이 길로 걸어서 지나가는 자들이나 말 타고 가는 자들이여! 편력 기사 라만차의 돈키호테가 여기 서 있다는 것을 아십시오. 이것은 내 마음의 연인이신 엘 토보소의 둘시네아 아가씨를 제외하고, 이 초원들과 숲들에서 살아가는 님프들 속에 숨어 있는 아름다움과 예의가 세상의 모든 아름다움과 예의를 능가한다는 것을 두둔하고 편들어 지켜드리기 위해섭니다. 그러므로 여기서 내가 기다리고 있으니 반대 의견을 가진 자는 죄다 나오시오."

이와 똑같은 말을 두 번 반복했는데도 두 번 다 이 말을 듣고 무기를 들고 나서는 기사는 한 사람도 없었다. 그러나 일이 술술 풀리려고 그랬는지 얼마 지나지 않아 말 탄 사람들의 한 무리가 길에 나타났는데, 그들 중 많은 사람들이 손에 창을 들고 떼를 지어 웅성거리면서 아주 급히 걸어가고 있었다. 돈키호테와 같이 있던 사람들은 그들을 보자마자 등을 돌리고 길에서 아주 멀리 떨어졌다. 왜냐하면 거기서 기다리다가는 어떤 위험한 일이 생길 수도 있다는 것을 감지했기 때문이다. 돈키호테만 담력이 크고 용감한 마음가짐을 굳게 하고 그곳에 남았고, 산초 판사는 로시난테의 엉덩이를 방패 삼아 남아 있었다.

창을 든 사람들의 부대가 당도했다. 그들 중 맨 앞에 오던 사람이 목청껏 큰 소리로 돈키호테에게 말하기 시작했다.

"저리 비켜, 악마 같은 놈아, 길에서 비켜서. 이 황소들이 널 박살 낼 테니!"

"야, 이 악당 놈아!" 돈키호테가 대답했다. "나한테는 황소도 소용없다. 설령 그 황소들이 하라마강변에서 자란 가장 사나운 황소들이라고 해도! 악당 놈들아, 내가 여기서 공표한 말이 사실이라는 것을 생각이고 뭐고 할 것도 없이 즉시 고백해라. 그것이 싫으면, 나하고 일전을 벌일 각오를 해라."

소몰이꾼은 대답할 틈도 없었지만, 설령 돈키호테가 길을 비키고 싶었을지라도 피할 겨를이 없었다. 사나운 황소 떼와 길들인 순한 소 떼, 다음 날 투우 경기가 열릴 마을로 황소들을 데려가 가두어두기 위해 가고 있는 한 무리의 소몰이꾼들과 다른 사람들이 돈키호테와 산초와 로시난테와 잿빛 당나귀를 밟고 지나가면서 그들 모두를 쓰러뜨리고 땅바닥에 굴러떨어지게 했다. 산초는 밟혀 힘이 풀려 축 늘어지고, 돈키호테는 너무 놀라 어안이 벙벙하고, 잿빛 당나귀는 걷어차이고, 로시난테는 별로 무사하지 못했다. 그렇지만 결국 그들 모두가 일어났고, 돈키호테는 황급히 허둥지둥 여기에 부딪히고 저기서 자빠지며 소 떼를 뒤쫓아 뛰기 시작하면서 큰 소리로 말했다.

"멈추고 기다려라, 사악한 악당들아. 단 한 사람의 기사가 너희들을 기다리고 있다. 이 기사는 '퇴각하는 적에게는 퇴로를 차단하지 마라'[385]라고 하는 사람들의 성품을 가지고 있지 않으며 그럴 생각은 더더욱 아니다!"

그렇다고 급히 달려가는 자들이 멈출 리는 만무했고, 호랑이 담배 먹을 적 구름 쳐다보듯 돈키호테의 위협 따위에는 아랑곳하지 않았다. 돈키호테는 피로 때문에 발걸음을 멈추었고, 복수당한 것보다 더 심한 분을 삭이지 못해 길바닥에 주저앉은 채 산초와 로시난테와 잿빛 당나귀가 당도하기를 기다리고 있었다. 그들이 당도하자 주인과 하인은 다시 말과 당나귀에 올라앉아 거짓이 아니면 흉내만 낸 아르카디아와 작별을 고하기 위해 돌아가지 않고, 즐거움보다는 굴욕감에 사로잡혀 자기들이 가던 길을 따라갔다.

---

385 Al enemigo que huye, hacerle la puente de plata. 직역하면 '도망치는 적에게 은으로 다리를 만들어 주라'라는 뜻이다.

제59장

돈키호테에게 생긴 모험이라 여길 수 있는 기기묘묘한 사건의 이야기

돈키호테와 산초가 길들여지지 않은 사나운 황소들의 습격으로 먼지를 뒤집어쓰고 피로해졌는데, 서늘한 숲 사이에서 발견한 맑고 깨끗한 샘물로 그들은 안도의 한숨을 쉬게 되었다. 잿빛 당나귀와 로시난테에게서 껑거리끈과 재갈을 풀어 숲 가장자리에 자유롭게 놓아두고, 여행으로 해쓱해진 주인과 종자도 그 자리에 앉았다. 산초는 여행용 식량 자루가 있는 데로 가서 자기가 늘 콘두미오[386]라고 부르던 것을 꺼냈다. 그는 입을 헹구고 돈키호테는 얼굴을 씻고 정신을 차리고나니, 맥이 풀렸던 사람들은 정신이 들고 기운이 났다. 돈키호테는 순전히 마음이 괴로워 음식을 들지 못했으며, 산초는 너무나 체면을 차리느라 앞에 있는 먹을 것에 감히 손도 대지 못하고 주인 나리께서 들기를 기다렸으나, 그는 골똘히 생각에 잠겨

---

386 '조리된 음식'이라는 뜻.

빵을 입에 가져갈 생각도 않고 입을 벌리는 일도 잊어버리고 있었다. 그래서 산초는 예의범절은 내동댕이치고 눈앞에 차려진 빵과 치즈를 닥치는 대로 정신없이 배 속에 집어넣기 시작했다.

"먹게, 친구 산초여." 돈키호테가 말했다. "목숨을 부지하게. 그게 자네에게는 나보다 중요한 일이니까 말일세. 내 상념의 손과 불행의 힘으로 죽게 날 내버려두게. 나는 말일세, 산초, 죽으면서 살기 위해 태어났고, 자네는 먹으면서 죽기 위해 태어났어. 내가 자네에게 한 이 말이 사실인지 알려면, 이야기책에 인쇄된 나를 곰곰이 생각해보게. 무예로 이름을 떨치고, 행동에는 조신하고, 고관대작에게는 존경을 받고, 아가씨들로부터는 인기 만점인 것을 생각해보면 알고도 남을 걸세. 끝내는 내 용감한 위업에 대한 응당한 대가로 받을 만한 영예와 승리와 왕관을 기대하고 있던 차에, 오늘 아침 그 지저분하고 천박하기 짝이 없는 짐승들의 발에 밟히고 걷어차이고 박살이 났네그려. 이런 생각은 내 이를 빠지게 하고, 내 어금니를 무뎌지게 하고, 내 손을 마비시켜 식욕을 완전히 빼앗아 가 죽음 중에서도 가장 잔인한 죽음이라는 배고파 죽게 되겠다는 생각이 드는구먼."

"그래서," 급하게 음식을 씹으면서 산초가 말했다. "나리께서는 '마르타야 죽어라, 그러나 배 터지게 먹고 죽어라'[387]라는 속담을 인정하지 않으시겠습니다요. 저는요, 적어도 제가 제 자신을 죽이고 싶지는 않습니다요. 그러느니 차라리 구두 수선공이 하는 것처

---

387 Muera Marta, y muera harta. 자기가 원하는 것의 만족에 끝이 없는 사람에게 하는 말.

762

럼 이로 물어서 가죽을 자기가 원하는 곳에 이르기까지 끌어당길 생각입니다요. 저는 하늘이 정해놓은 마지막에 도달하기까지 제 삶을 먹으면서 끌고 가겠습니다요. 그러니 아십시오, 나리, 나리처럼 자포자기 상태에 빠지고 싶어 안달이 난 광기보다 더 큰 광기는 없다는 걸 말입니다요. 제 말을 믿으세요. 먹을 것은 먹고나서 이 풀밭의 녹색 요 위에서 눈을 붙이세요. 그러면 깨어나실 적에 마음이 약간 더 편해진 듯할 겁니다요."

돈키호테는 그렇게 했다. 돈키호테의 생각에는 산초의 말들이 모자라는 사람의 말이라기보다는 오히려 철학자의 말 같았다. 그래서 산초에게 말했다.

"만일 자네가, 오, 산초여, 지금 내가 자네에게 하려는 말을 나를 위해서 해줄 수만 있다면, 내가 더 확실히 마음을 돌릴 것이고 내 괴로움이 그리 크지는 않을 것이네. 자네가 충고한 대로 내가 자는 동안, 여기서 좀 멀리 벗어나 로시난테의 말고삐로 자네의 살덩어리를 드러내놓고 매를 한 3백~4백대 맞으라는 것이네. 둘시네아 아가씨가 걸린 마법을 풀기 위해서 자네가 맞아야 하는 3천 몇 대 중에 그 정도는 미리 맞으라는 말이지. 저 가련하기 짝이 없는 아가씨께서 자네의 부주의와 방심으로 마법이 풀리지 않고 있다는 것은 적잖은 슬픔이네."

"그 점에 대해 드릴 말씀이 많습니다요." 산초가 말했다. "지금은 우리 두 사람 다 잠이나 잡시다요. 그런 연후에 무엇이라도 하라고 하느님께서 말씀하셨습니다요. 나리께서는 아셔야 합니다요. 사람이 인정사정없이 자기 몸에 매질을 한다는 이 일이 얼마나 지독한 일인지 말입니다요. 그리고 잘 먹지도 못하고 겨우 입에 풀칠이

나 한 사람의 몸에 매질을 한다는 것이야말로 더 큰 문제입니다요. 제 마음의 연인이신 둘시네아 아가씨께 인내심을 갖고 참으라고 해 주세요. 아닌 밤중에 홍두깨 내밀듯 별안간 내 몸에 매질을 해서 체처럼 온통 구멍투성이가 된 것을 보시게 될 겁니다요. 아무튼 죽을 때까지는 죄다 살아 있어야 하지 않겠습니까요. 이것은 제가 약속한 것을 이행하고자 하는 바람과 함께 제가 아직 살아 있다는 것을 의미합니다요."

돈키호테는 그렇게 말해준 산초에게 고마워하면서 음식을 약간 먹었다. 반면에 산초는 듬뿍 먹었다. 그리고 두 변함없는 동료이며 친구인 로시난테와 잿빛 당나귀에게 풀이 가득한 초원에서 아무렇게나 원하는 대로 풀을 뜯도록 내버려두고, 두 사람은 스르르 눈이 감겼다. 그들은 약간 늦게 잠에서 깨어나 다시 말에 올라탔다. 그들이 보기에 거기서 1레과 정도 되는 곳에 있는 객줏집에 도착하려면 서둘러 가던 길을 다시 계속해야 했다. 말하자면 돈키호테가 객줏집이라고 부르니 객줏집이었지, 그가 모든 객줏집을 성이라고 부르던 습관과는 사뭇 달랐던 것이다.

그리하여 객줏집에 도착한 그들은 그 주인에게 하룻밤을 묵을 수 있느냐고 물었다. 객줏집 주인은 사라고사에서 발견할 수 있는 모든 편의와 위안이 될 만한 잠자리가 있다고 대답했고, 그들은 말에서 내렸다. 산초는 주인이 열쇠를 준 방에 먹을거리를 갖다놓고 마구간으로 그 짐승들을 데려가 여물을 넣어준 다음, 자기 주인이 그 객줏집을 성으로 생각하지 않은 데 대해 하늘에 특별히 감사를 드리면서, 대문 옆에 있는 돌 벤치에 걸터앉아 있는 돈키호테가 자기에게 심부름을 시킬 일이 있는지 보러 나갔다.

저녁 식사 시간이 되어 그들은 방에 들어갔다. 산초가 저녁으로 무엇을 줄 것이냐고 주인에게 물어보았다. 그 물음에 주인이 대답하길, 손님의 구미에 달려 있으니 먹고 싶은 것을 주문하라고 했다. 공중의 새도, 육지의 조류도, 바다의 생선도 자기 객줏집에는 준비되어 있다고 했다.

"그렇게 많이는 필요 없구먼요." 산초가 대답했다. "닭 두 마리를 구워 주시면, 우리는 그걸로 충분하겠습니다요. 제 주인 나리께서는 입맛이 까다로워서 뜨는 둥 마는 둥 하시고 저도 지나치게 양이 큰 사람이 아니거든요."

맹금들이 씨도 남기지 않고 다 잡아먹어서 닭은 없다고 주인이 대답했다.

"그럼 주인장께서는 연한 암탉 영계 한 마리 구워 오라고 해주세요."

"암탉요? 아이고!" 주인이 대답했다. "사실은 말입니다만 어제 시내로 쉰 마리 이상을 팔러 보냈습니다. 그렇지만 암탉 말고 원하시는 것은 뭐든 주문하십시오."

"그렇다면," 산초가 말했다. "쇠고기나 산양 고기는 있겠군요."

"지금은 집에," 주인이 대답했다. "그런 게 없습니다. 금방 다 팔리고 없습니다. 그렇지만 다음 주에는 여분이 있을 것입니다."

"뭐라고요, 정말 기가 차서 말이 안 나오는군요!" 산초가 대답했다. "남는 것에서 없는 것을 빼고나면 남는 것은 결국 베이컨과 달걀뿐이라는 데 내기를 걸어도 되겠군요."

"아이고, 맙소사." 주인이 대답했다. "제 손님께서는 유머 감각이 뛰어나시군요! 암탉도 없고 수탉도 없다고 이미 말씀드렸는데요. 그런데 달걀이 있기를 바라시는 겁니까? 원하신다면 다른 맛있는 것으로 생각해보시라고요. 귀한 것은 주문하지 마시고요."

"젠장, 뭐든 얼른 결정을 내립시다요." 산초가 말했다. "그럼 뭐가 있는지 나에게 말해주세요. 말장난은 그만하시고, 주인 나리!"

객줏집 주인이 말했다.

"진짜 정말로 말씀드리면 제가 가진 것이라곤 송아지 앞발처럼 생긴 암소 발톱 두 개나, 암소 발톱처럼 생긴 송아지 앞발 두 개입니다. 이건 이집트 콩과 양파와 베이컨을 넣고 삶은 것입니다. 지금 이 시간에는 '날 좀 잡수세요! 날 좀 잡수세요!'라고 말하고 있을 것입니다."

"지금부터 그것은 내 것으로 점찍었소." 산초가 말했다. "그러니 아무도 손대지 못하게 하시오. 내가 다른 사람보다 값을 더 잘 쳐줄 테요. 나한테는 다른 무엇보다 더 맛있을 것으로 기대되기 때문이오. 그것이 발톱이건 앞발이건 난 상관이 없다오."

"아무도 손대지 않을 것입니다." 객줏집 주인이 말했다. "여기 계시는 다른 손님들이야 지체가 높은 분들이라, 요리사며 식품 담당자와 함께 먹을거리를 가지고 다니니까요."

"지체가 높으신 분으로 말하자면," 산초가 말했다. "내 주인 나리만 한 분이 또 있을라고요. 그러나 제 주인 나리가 하시는 일은 식료품이나 술병을 허용하지 않는 일이라, 우리는 저기 초원의 한가운데 몸을 뻗고 도토리나 비파[388]를 물리도록 먹는답니다요."

---

388 비파나무의 열매. 이듬해 첫 여름에 노랗게 익는데, 식용 또는 술 빚는 데 쓴다.

이것이 산초가 객줏집 주인과 나눈 이야기였다. 객줏집 주인이 그 주인의 직업이 무엇이며 무슨 일을 하느냐고 물었지만, 산초는 이야기를 더 이어가 주인에게 대답하기가 싫었다.

한편 저녁 식사 시간이 되어 돈키호테가 자기 방으로 돌아오자, 객줏집 주인은 끓인 요리를 가져와 일부러 거기에 앉아서 저녁을 먹었다. 돈키호테의 방과 옆방이 아주 엷은 격벽으로만 나뉘어 있어 옆방에서 하는 말이 돈키호테의 귀에 들렸다.

"제발 부탁이오니 돈 헤로니모 나리, 주인이 저녁을 가져오는 동안만이라도 《라만차의 돈키호테 속편》[389]의 다른 장을 읽어봅시다."

돈키호테는 자기 이름을 듣자마자 정신이 번쩍 들어 벌떡 일어나 조심스레 귀를 기울였고, 앞서 언급한 바로 그 돈 헤로니모라는 자가 대답하는 소리를 들었다.

"돈 후안 나리, 무엇 하려고 나리께서는 이따위 아무짝에도 쓸모가 없는 엉터리 책을 우리가 읽기를 바라시는 것입니까? 그리고 라만차의 돈키호테 이야기 제I권을 읽어본 사람이라면 이 속편을 읽으면서 흥미를 느낄 수 없다는 것은 자명한 사실입니다."

"그렇다고는 하지만," 돈 후안이라는 자가 말했다. "그 속편을

---

389 *la segunda parte de Don Quijote de la Mancha.* 라 비야 데 토르데시야스la Villa de Tordesillas 출신의 석사 알론소 페르난데스 데 아베야네다가 쓴 위작을 말한다. 1614년 6월에 정식 허가를 받고, 바르셀로나에 있는 세바스티안 데 코르메야스Sebastián de Cormellas의 공장에서 인쇄되었음이 틀림없다고 한다. 같은 달 하순에 제36장을 썼던 세르반테스는 가을 전에는 그 사실에 대해 몰랐을 것이 확실시된다. 세르반테스가 《돈키호테 2》 제59장을 쓸 때야 비로소 이 위작이 출판된 것을 알게 되었으리라는 것이 돈키호테 연구자들 사이의 통설이다.

읽어보는 편이 좋을 것입니다. 조금이라도 내용이 좋은 점이 없는 그런 나쁜 책은 없어요. 이 책 내용에서 내가 더욱 불쾌한 것은, 이제 엘 토보소의 둘시네아에 대한 애정이 식었다고 돈키호테를 그렸다는 것입니다."

돈키호테는 이 말을 듣자마자 분노와 실망이 가득해 목청껏 외쳤다.

"라만차의 돈키호테가 엘 토보소의 둘시네아를 잊어버렸다거나 잊을 수도 있다고 말하는 작자는 누구이건 그것은 사실과 전혀 무관한 이야기라는 것을 결투로써 내가 그에게 알려주겠노라. 세상에 단 한 분뿐이신 그 엘 토보소의 둘시네아 아가씨가 잊힐 리가 만무하며, 돈키호테에게는 마음속에 망각이라는 것이 들어갈 수 없기 때문이오. 돈키호테 가문의 자랑거리라면 확고부동한 결심이며, 그의 본분은 유연하게 그리고 아무런 억지도 부리지 않고 그 확고부동한 결심을 지켜나가는 것이라오."

"우리 말에 대답하시는 분은 누구시오?" 옆방에서 대답했다.

"누구긴 누구겠소?" 산초가 대답했다. "바로 그 라만차의 돈키호테이시죠. 그분이 하신 모든 말씀과 그가 하실 말씀은 모두가 지당한 말씀이라는 것을 알게 될 것이오. '금전 관계가 좋은 사람은 누구나 환영한다'라는 말이 있으니 말입니다."

산초가 이 말을 하자마자 신사처럼 보이는 두 사나이가 그의 방으로 들어오더니, 그들 중 한 사람이 양팔로 돈키호테의 목을 감고 말했다.

"나리의 모습을 뵙게 되니 나리의 성함이 거짓일 수 없고, 나리의 성함을 듣게 되니 나리의 본래 모습이 믿어집니다. 다시 말씀드리자면 의심할 여지도 없이, 나리, 여기 나리께 전해드리는 이 책의 저자가 했던 것처럼 나리의 이름을 강탈해 가고, 나리의 무훈을 몽땅 뭉개 없애고 싶은 생각이 굴뚝같은 사람이 있음에도 불구하고, 그래도 나리께서는 편력 기사도의 길잡이이시며 샛별이신 진짜 라만차의 돈키호테이십니다."

그러고는 자기 동료가 가져온 책 한 권을 그의 손에 건네주었다. 돈키호테는 그 책을 받고는 한마디 대답도 없이 그 책장을 넘기기 시작하더니, 조금 있다가 그에게 몸을 돌리고 말했다.

"내가 지금 조금 읽어보니 이 작가에게는 비난받아야 할 만한 세 가지 문제점이 발견되었습니다. 첫째는 내가 머리말에서 읽은 몇 마디이고, 둘째는 아마도 관사 없이 쓰인 것으로 보아 아라곤 사투리로 쓰여 있다는 점입니다. 그리고 셋째는 그가 무식하다는 것을 확인할 수 있는 것으로, 이야기의 가장 중요한 부분에서 잘못을 저지르고 사실에서 벗어나 있다는 점입니다. 왜냐하면 여기서는 내 종자인 산초 판사의 아내의 이름을 마리 구티에레스라고 했는데, 그게 아니라 테레사 판사라 부르거든요.[390] 이렇게 중요한 이런 부분에서 잘못을 저지른 사람은 이야기의 나머지 모든 부분에서도 잘못을 범할 것이 확실하니 걱정할 수밖에요."

390 제1권 제7장의 뒷부분에서 산초가 "설마 마리 구티에레스의 머리에야 한 방울인들 떨어질라고요."라고 한 대목에 '마리 구티에레스'라는 이름이 나오는 것으로 보아서 아베야네다의 잘못이 아니고, 오히려 세르반테스의 건망증에 의한 잘못이다. 진본《돈키호테 1》에서 산초의 아내는 '후아나 구티에레스'와 '마리 구티에레스'로,《돈키호테 2》에서 '테레사 카스카호' 및 '테레사 산차'로 불리지만, 아베야네다의 위작에서는 항상 '마리 구티에레스'라고만 부르고 있다.

이 말을 되받아 산초가 말했다.

"대단한 역사가로군요! 확신하건대 내 아내 테레사 판사를 마리 구티에레스라고 하는 것을 보니, 우리의 일도 기막히게 꿰뚫어 보고 있을 것이 틀림없습니다요! 다시 그 책을 들고 계세요, 나리, 거기에 내가 등장해 내 이름도 바꿔놓았는지 좀 보세요."

"사람들이 말하는 것을 내가 들은 바로는 말이오, 친구." 돈 헤로니모가 말했다. "당신은 의심할 여지 없이 틀림없는 돈키호테 나리의 종자 산초 판사이겠군요."

"그렇습니다, 제가 바로 그 사람입니다요." 산초가 대답했다. "저는 그것을 자랑거리로 생각하고 있습니다요."

"그럼 분명하군요." 그 신사가 말했다. "이 새로운 작가는 당신의 인품에 나타나는 순수함으로 당신을 다루고 있지 않아요. 다시말하면 당신 주인의 이야기 제1권에 묘사된 산초와는 전혀 다르게 당신을 먹보요, 얼빠진 사람이요, 재치라곤 눈곱만큼도 없는 사람으로 그리고 있거든요."

"제발 하느님께서 그 작자를 용서하시길!" 산초가 말했다. "제 생각은 하지 말고 저를 한쪽 구석에 그냥 놔두라고 해주세요. 왜냐하면 악기는 칠 줄 아는 자가 연주해야 하고[391] 성 베드로 사원은 로마에 있어야 격에 맞거든요."

두 신사는 돈키호테에게 자기들 방으로 건너가 함께 저녁 식사를 하자고 했다. 그것은 그 객줏집에는 돈키호테의 인품에 맞는

---

391 Quien las sabe las tañe. 의역하면 '각자는 아는 것을 해야 한다'라는 뜻이다.

음식이 없음을 잘 알고 있기 때문이었다. 돈키호테는 언제나 예의 범절이 분명해서 그들의 요구에 쾌락하고 그들과 함께 저녁 식사를 했다. 산초는 전권을 도맡아 냄비 요리를 꿰차고 식탁 윗자리를 차지하고 앉았다. 그리고 그와 함께 객줏집 주인도 그곳에 앉았다. 객줏집 주인도 산초 못지않게 앞발과 발톱 요리를 좋아했기 때문이다.

저녁 식사를 하면서 돈 후안은 돈키호테에게, 엘 토보소의 둘시네아 아가씨로부터 무슨 소식이라도 있었는지 물어보았다. 즉 결혼을 했다든지, 아이를 낳았거나 임신 중이라든지, 그렇지 않으면 돈키호테 나리의 사모하는 마음을 알고 정절과 덕성을 지키면서 지조를 굳게 지키고 있는지를 물었던 것이다. 이 물음에 그는 대답했다.

"둘시네아의 정절과 덕성은 원래 그대로 온전하며, 내 간절한 사모의 마음은 어느 때보다도 더 확고부동합니다. 두 사람 사이의 교제는 예나 다름없이 살풍경이고, 아름다운 미모를 지닌 그녀가 천박한 농사꾼 아가씨로 변해버렸다오."

그리고 둘시네아 아가씨가 마법에 걸린 일을 그들에게 낱낱이 이야기했으며, 몬테시노스 동굴에서 있었던 일이며, 현인 메를린이 그녀를 마법에서 풀려나도록 하기 위해 내린 명령과, 그 명령은 다름 아니라 산초를 매질하는 것이라는 이야기도 했다.

그 두 신사는 돈키호테의 이야기에서 일어난 기기묘묘한 사건들을 듣고 더할 나위 없이 기뻐했다. 그리고 그들은 그 이치에 어긋나 얼토당토않은 이야기를 아주 세련된 솜씨로 입담 좋게 말하는 데 감탄해 마지않았다. 어떤 때는 사려 깊은 사람처럼 여겨지고, 또 어떤 때는 우둔한 사람으로 깜빡 착각을 일으키기도 했다. 돈키호테가 어느 정도로 사려가 깊고 광기가 있는지 가늠하기가 난감한 실정이었다.

저녁 식사를 끝낸 산초는 객줏집 주인을 술에 취하게 해놓고 자기 주인이 있는 방으로 건너갔다. 방에 들어가면서 말했다.

"제 손가락에 장을 지지겠습니다요, 나리들. 만일 나리들이 가지고 계신 이 책의 작가가 우리가 사이좋게 지내기를 바랐다면 말입니다요. 나리들이 말씀하신 것처럼 저를 식충이라고 한다니, 이제는 또 주정뱅이로 부르지 않기를 바랄 뿐입니다요."

"그렇게 부르기도 한다오." 돈 헤로니모가 말했다. "하지만 전혀 기억이 나지 않는데, 그런 말들은 차마 입 밖에 내지 못할 말이고 게다가 거짓말들이에요. 지금 여기 있는 마음씨 고운 산초의 인상을 보니 더욱 그렇군요."

"여러 나리들께서는 제 말을 믿어주십시오." 산초가 말했다. "시데 아메테 베넹헬리가 쓴 이야기책에 등장하는 사람들과, 그 이야기책에 등장하는 산초 판사라는 사람과 돈키호테라는 사람은 틀림없이 다른 사람들입니다. 시데 아메테 베넹헬리가 쓴 이야기책에 나오는 사람들이 바로 우리랍니다. 다시 말씀드리면, 제 주인께서는 용감하시고 사려가 깊으시며 사랑에 푹 빠지신 분이고, 저는 단순하고 익살스럽고 그리고 식충이도 아니고 주정뱅이는 더욱 아닙니다요."

"나도 그렇게 믿고 있다오. 어느 누구라 할지라도 말입니다." 돈 후안이 말했다. "그리고 혹 가능하다면, 《돈키호테》의 첫 작가인 시데 아메테가 아니면, 어느 누구도 감히 그 위대한 돈키호테에 관한 것들을 다루지 못하도록 명령을 내려야 합니다. 마치 알렉산더 대왕이 아펠레스[392]가 아니면 감히 자기 초상화를 그리지 못하도록 명령했던 것처럼 말이오."

"원하는 사람은 나를 묘사하고 그리시오." 돈키호테가 말했다. "하지만 나를 학대하지는 말아주시오. 모욕도 많이 받으면 인내심에 한계가 오는 법이니까요."

돈 후안이 말했다. "돈키호테 나리가 인내심이라는 방패로 받아내지 못할 경우를 고려하면, 복수도 할 수 없는 돈키호테 나리에게 어떤 모욕도 해서는 안 됩니다. 제가 보기에는 그의 인내심이 강하고 큰 것 같지만 말입니다."

이런저런 이야기를 하면서 밤의 대부분이 지나갔다. 돈 후안은 돈키호테가 그 책을 더 읽어보고 그것에 대해 평가해주기를 원하기는 했지만, 그를 설득할 수는 없었다. 돈키호테는 책을 읽은 것으로 간주하겠다면서 완전히 터무니없는 것이라고 단정 지었다. 그리고 행여나 그 책이 자기 손에 들어왔다는 소식을 그 작가가 접하기라도 하면, 자기가 그 책을 읽었다고 단정을 내리고 기뻐 날뛸까봐 기분이 언짢다고 했다. 음란하거나 외설적인 것에 대해서는 생각을 멀리해야 하고 눈으로 보는 것은 더더욱 좋지 않다고 했다. 그들은 돈키호테에게 어디로 여행을 가기로 결정했느냐고 물었다. 돈키호테는 매년 창던지기 무술 경연 대회가 개최되고 있는 사라고사로 가기로 했다고 대답했다. 돈 후안은 그 새 이야기책에서는 돈키

392   에스파냐 말로는 Apeles. 제32장 주 210 참조.

호테가, 그가 누구인지는 알고 싶지 않지만, 사라고사의 기수들이 말을 타고 창으로 고리를 통과시키는 창던지기 시합에 참가했는데, 착안도 빈약하고 슬로건과 문장도 서투르며 표현력도 매우 부족하고 제복들은 초라하기 짝이 없고 어리석은 이야기만 잔뜩 늘어놓았더라고 말했다.

"그와 같은 경우 때문에," 돈키호테가 대답했다. "나는 사라고사에 한 발짝도 들여놓지 않겠소. 그렇게 해서 그 새 역사가의 거짓말을 세상의 저잣거리에 알리겠소. 그러면 사람들이 그 작가가 말하는 돈키호테가 내가 아니라는 것을 알게 될 것입니다."

"그것이 아주 좋겠습니다." 돈 헤로니모가 말했다. "그리고 바르셀로나에서 다른 창던지기 경기들이 있으니, 그곳에서 돈키호테 나리께서 나리의 용맹을 보여주실 수 있을 것입니다."

"저도 그렇게 할 생각입니다." 돈키호테가 말했다. "그러니 죄송합니다만 이제 저는 잠자리에 들겠습니다. 저를 여러분의 친구들이며 섬기는 자들 중 한 사람으로 끼워주십시오."

"그리고 저도요." 산초가 말했다. "아마 저도 어딘가에 쓰일 곳이 있을 겁니다."

이런 연후에 그들은 작별을 했다. 돈키호테와 산초 판사는 깊은 사려와 광기가 섞인 것을 보고 놀란 돈 후안과 돈 헤로니모를 남겨두고, 자기들의 방으로 물러났다. 그리고 돈 후안과 돈 헤로니모는 이 사람들이 진짜 돈키호테와 산초 판사라는 것과, 아라곤 출신 작가가 묘사한 사람들은 그들이 아니라는 것을 진짜로 믿게 되었다.

돈키호테는 일찍 일어나 다른 방의 칸막이벽을 두드리면서 객줏집 손님들과 헤어졌다. 산초는 객줏집 주인에게 넉넉히 돈을 치르고나서, 앞으로는 객줏집에 음식 준비가 되었다고 자랑하지를 말든지 아니면 음식을 더 많이 준비해놓든지 하라고 그에게 충고했다.

· 제60장 ·

바르셀로나로 가는 도중에
돈키호테에게 일어난 일에 대해

상쾌한 아침이었다. 돈키호테가 객줏집을 나오던 날도 그렇게 상쾌했다. 그는 우선 사라고사를 들르지 않고 바르셀로나로 가는 제일 빠른 지름길이 어디인지 알아보았다. 자기를 그렇게도 많이 마구잡이로 헐뜯었다는 그 새 역사가를 거짓말쟁이로 만들고 싶은 바람이 있었기 때문이다.

그런데 엿새가 넘도록 글로 써서 남길 만한 아무런 일도 생기지 않았다. 그런 연후에 길을 벗어나 가다가 빽빽한 떡갈나무인지 코르크나무인지 알 수 없는 나무들 사이에서 밤을 맞이하게 되었다. 이 점에 대해서는 다른 상황에서는 늘 정확했던 원작자 시데 아메테도 정확성을 기하지 못하고 있다.

주인과 종자는 말과 당나귀에서 내려 나무 밑동에 자리를 잡았다. 그날 메리엔다393를 먹은 산초는 자기도 모르게 스르르 눈이 감겨 잠의 문으로 들어가버렸다. 하지만 허기보다 훨씬 더 많은 상념에 잠겨 잠을 못 이루던 돈키호테는 눈을 붙일 수가 없었다. 오히려 그는 수천의 장소들을 생각하면서 오락가락했다. 그는 더러 몬테시노스 동굴에 있는 것 같기도 하고, 더러 농사꾼 둘시네아로 변한 아가씨가 깡충 뛰어 어린 당나귀에 올라타는 걸 보는 것 같기도 했다. 또 더러는 둘시네아를 마법에서 벗어나게 하기 위한 조건들과 절차들을 이야기해준 현인 메를린의 말들이 귓전을 맴도는 것 같기도 했다. 돈키호테는 종자 산초의 나태와 부족한 자비심을 보고는 완전히 실망을 했다. 자기가 생각하기에는 산초에게 남아 있는 헤아릴 수 없이 많은 매질 수에 비하면 턱없이 부족하고 적은 숫자인 매질 다섯 번만을 겨우 했을 뿐이다. 그는 이런 생각을 하면서 마음이 무척 슬퍼지고 부아가 치밀어 다음과 같은 연설을 했다.

"알렉산더대왕께서는 '풀거나 자르거나 매한가지다'라면서 '고르디우스의 매듭'[394]을 잘랐고, 그것 때문에 전 아시아의 세계적인 군주가 되었다. 마찬가지로 산초가 고통스럽겠지만 내가 그에게 매질을 해서 지금 당장이라도 둘시네아 아가씨가 마법에서 풀려날 수만 있다면 피장파장이 될 것이다. 그러니 이 마법을 푸는 조건이 산초가 3천 몇 대의 매질을 당하는 데 있다고 하면, 산초가 제 몸에 매질을 하건 다른 사람이 그의 몸에 매질을 하건 나하고 무슨 상관이 있겠는가? 문제의 본질은 산초가 매를 맞는 데 있는 것이니, 매를 어디에 맞든지 맞으면 되는 것이 아니냔 말인가?"

이런 상상을 하면서 그는 먼저 로시난테의 고삐를 풀어 잡고

---

393 점심과 저녁 식사 중간에 먹는 가벼운 식사.
394 '자를 수만 있고 풀 수는 없는 매듭'이란 뜻으로, 알렉산더대왕 시대의 유명한 에피소드를 빗대어 어려운 상황을 말할 때 사용하는 표현이다.

산초에게 다가갔다. 그러고는 고삐로 산초를 매질할 수 있도록 그의 바지 끈을 풀기 시작했다. 들리는 소문에 의하면 산초의 통바지를 받치고 있던 끈이란 앞에 달린 끈밖에 없었다고 한다. 그렇지만 돈키호테가 다가가자마자 바로 그 순간 산초가 완전히 본정신을 차리고 깨어나서 말했다.

"이게 뭐야? 나를 만지고 바지 끈을 푸는 자가 누구냐?"

"나네." 돈키호테가 말했다. "자네의 잘못들을 대신하고 내 고통을 치유하러 왔네. 다시 말하면 자네에게 매질을 하러 왔다는 말이네, 산초. 그리고 자네가 이행하겠다고 한 그 빚의 부담을 일부라도 덜어주기 위해서 왔네. 둘시네아 아가씨가 죽어가는 마당에 자네는 팔자 늘어지게 아무 근심 걱정 없이 살고 있고, 나는 기다리다 지쳐 죽어가고 있으니, 자진해서 자네 바지를 벗게나. 내 뜻은 이 인적 드문 곳에서 자네에게 적어도 2천 번은 매질을 해야겠다는 것이네."

"그것은 안 될 말입니다요." 산초가 말했다. "나리께선 가만히 계셔요. 그렇지 않으면 하느님께 맹세코 정말로 귀먹은 이들도 우리가 한 말을 다 듣겠습니다요. 제가 이행하겠다고 한 매질은 자발적인 것이라야지 강제로는 안 됩니다요. 저는 지금 제 몸에 매질을 하고 싶지 않습니다요. 제 마음이 내키면, 그때 가서 제 몸에 제가 자진해서 매질을 하고 때리고 하겠다는 것을 나리께 약속하는 것으로 충분하다고 생각하는 바입니다요."

"그것을 자네의 입발림으로 하는 소리에만 맡겨둘 수 없네, 산초." 돈키호테가 말했다. "자네는 촌놈이면서도 몸은 부드럽지만 냉혹한 사람이기 때문이네."

이렇게 해서 산초의 끈을 풀려고 노력하며 안달을 부렸고, 산초는 벌떡 일어서서 잽싸게 달려들어 팔로 주인을 부둥켜안고는 한쪽 다리를 걸어 땅바닥에 내동댕이쳤다. 산초는 돈키호테가 몸을 뒤집을 수도 숨을 쉴 수도 없게 오른쪽 무릎을 그의 가슴에 올려놓고, 손으로는 그의 두 손을 꽉 붙잡았다. 돈키호테가 산초에게 말했다.

"도대체 이게 무슨 짓인가, 배신자야? 감히 주인이고 양반 태생인 나에게 자네가 이런 짓을 해도 되는가 말이다? 자네를 먹여 살리는 사람한테 감히 이래도 되는 거야?"

"전 임금님을 쓰러뜨리지도 세우지도 않습니다요." 산초가 대답했다. "제 주인이시기 때문에 저 스스로를 도울 따름입니다.[395] 주인 나리께서 조용히 하고 지금은 저를 매질하지 않겠다고 저에게 약속을 하시면, 자유롭게 풀어드리겠습니다요. 그렇게 못 하시겠다면

그대는 여기서 죽으리라, 배반자여,
도냐 산차의 적이여.[396]"

돈키호테는 그렇게 하겠다고 약속했다. 그의 옷 올 하나도 만지지 않겠으며, 그의 몸에 매질하는 것은 그가 원할 때 그의 뜻과

---

395 엔리케 4세 왕이 자기 형 페드로 1세에 반기를 들었을 때, 벨트란 두게스클린Beltrán Duguesclin이 엔리케 4세를 도우면서 "저는 임금 자리를 빼앗지도, 임금님을 세우지도 않습니다. 다만 내 주인을 도울 뿐입니다Ni quito ni pongo rey, pero ayudo a mi señor"라고 한 말을 산초가 인용한 것이다.

396 aquí morirás, traidor, / enemigo de doña Sancha. 〈라라의 왕자들los infantes de Lara〉이라는 로맨스에 나오는 시구詩句로, 자신의 이름 '산초'를 '산차'로 바꿔 썼다.

779

의지에 따라 하도록 맡겨두기로, 자신이 사랑하는 이의 목숨을 걸고 맹세했다.

산초는 일어나서 그 장소에서 상당히 벗어나 다른 나무에 가 몸을 기댔다. 그런데 누군가가 자기 머리를 만지는 것이 느껴졌다. 손을 올려 만져보니, 구두와 양말을 신은 사람의 두 발이었다. 그는 질겁하여 다른 나무로 달려갔는데, 그곳에서도 똑같은 일이 벌어졌다. 산초는 도와달라고 고래고래 소리 지르며 돈키호테를 불렀고, 돈키호테는 산초를 도와주려고 달려와 무슨 일이며 무엇에 그렇게 질겁했느냐고 물었다. 산초가 저기에 있는 저 모든 나무에 사람의 발과 다리가 주렁주렁 걸려 있다고 돈키호테에게 대답했다. 돈키호테는 그것들을 만져보고는 그 정체를 곧 알아보고 산초에게 말했다.

"아무것도 아닌 일로 무서워할 것 없네. 왜냐하면 자네의 손에는 만져지고 눈에는 보이지 않은 발과 다리는 의심할 여지도 없이 이 나무에 교수형으로 처형된 도망범들과 도둑들의 것일세. 이곳에서는 사직 당국에서 그들을 잡으면 스무 명이면 스무 명, 서른 명이면 서른 명씩 한꺼번에 교수형을 시키곤 했다네. 이런 것으로 미루어 바르셀로나에 가까이 와 있는 것이 틀림없네."

돈키호테가 생각한 것처럼 사실이 그러했다.

그들이 눈을 들어 쳐다보았을 때, 도둑놈들의 시체가 주렁주렁 매달려 있는 그 나뭇가지들이 보였다. 이때는 이미 날이 밝았다. 그 시체들이 그들을 놀라게 했다면, 마흔 명이 넘는 살아 있는 도둑들이 느닷없이 그들을 둘러쌌을 때는 얼마나 놀라고 참혹하고 암담했겠는가. 그 심정이 어떠했을지는 불문가지이다. 도적들은 그들에

게 카탈루냐 말로 자기들의 두목이 올 때까지 꼼짝 말고 있으라고
했다.

돈키호테는 서 있었고, 그의 말은 재갈이 물려 있지 않았고, 그
의 창은 나무에 기대어 놓여 있고, 그리고 마침내 아무런 방비도 없
이 그렇게 팔짱을 끼고 머리를 숙인 채 더 좋은 때와 기회가 닥칠
때까지 무탈하게 있는 것이 상책이라 생각했다.

도둑들은 잿빛 당나귀에게 우르르 몰려가더니, 여행용 식량
자루와 가방을 샅샅이 뒤져 씨도 남기지 않고 죄다 가져갔다. 공작
이 준 에스쿠도 금화와 고향에서 가져온 것들은 산초 판사의 허리
에 동여맨 배띠에 있어서 그나마 천만다행이었다. 하여튼 이 싹수
가 노란 작자들은, 마침 자기들의 두목이 도착하지 않았더라면, 벌
초하듯 싹 쓸어 가고 피부와 살 사이에 숨겨둔 것까지도 다 찾아낼
기세였다. 그 대장은 서른네 살 정도 먹어 보였고, 다부진 체격에
중키보다는 더 크고, 눈초리가 심상치 않고 얼굴은 가무잡잡했다.
그는 튼튼한 말을 타고, 철갑을 두르고, 그 지방에서는 화승총이라
고 부르는 권총 네 정을 좌우 양쪽 옆에 차고 왔다. 두목은 자기 종
자들, 그는 그 일에 가담하고 있는 자들을 그렇게 불렀는데, 그들
이 산초 판사에게서 약탈하려고 하는 것을 보고 그런 짓을 하지 말
라고 명령했다. 그러자 그들은 곧바로 그 명령에 따랐다. 그래서 그
배띠는 운 좋게 재앙을 모면하게 되었다. 두목은 창을 나무에 기대
어 놓고, 방패는 땅바닥에 내려두고, 무장을 한 채 생각에 잠겨 있
으며, 바로 그 슬픔이 만들어낼 수 있는 가장 슬프고 울적한 모습을
하고 있는 돈키호테를 보고 놀라움을 감추지 못했다. 두목은 돈키
호테에게 다가가 말했다.

"그렇게 슬퍼하지 마십시오, 마음씨 고운 분이시여, 그 잔인한 오시리스[397]의 손아귀에 떨어진 것이 아니고, 가혹하기보다는 동정심이 더 많은 로케 기나르트[398]의 손에 계시니까."

"내 슬픔은," 돈키호테가 대답했다. "세상에 경계가 없이 명성이 사방에 자자한 그대의 수중에 떨어져서가 아니오. 오, 용감무쌍한 로케여. 내 방심으로 인해 말고삐도 잡지 않고 있던 참에 그대의 병졸들에게 붙잡혔기 때문이오. 내가 신조로 삼는 편력 기사도의 규정에 따르면, 늘 스스로 보초를 서면서 계속 경계하며 사는 것이 의무화되어 있다오. 오, 위대한 로케여, 만일 내가 창과 방패를 들고 말을 타고 있었다면, 그대의 부하들에게 그리 쉬 항복하지는 않았으리라는 것을 알아주시오. 왜냐하면 나는 온 세상에 무훈을 떨치고 있는 라만차의 돈키호테이기 때문이라오."

곧바로 로케 기나르트는 돈키호테의 병이 용기에 있다기보다 광기에 있다고 보는 것이 더 타당하다는 것을 알았다. 전에 몇 차례 그의 이름을 들어본 적은 있었지만, 한 번도 그의 행적을 사실로 여긴 적이 없었고, 그 같은 유머가 인간의 마음을 지배하리라고는 상상조차 할 수 없었다. 그런데 그 행적에 대해 멀리서 듣기만 하다가 이렇게 바로 눈앞에서 돈키호테 본인을 직접 대할 수 있게 되어 떨듯이 기뻤다. 그래서 그에게 말했다.

"용감무쌍한 기사여, 억울하게 생각하지 마시고 나리께서 처

---

397 Osiris. 세르반테스가 이집트의 폭군 부시리스Busiris를 잘못 알고 쓴 것이다. 부시리스는 자기 나라에 온 외국인을 붙잡아 희생 제물로 바쳤다고 한다.
398 Roque Guinart. 명성이 자자했던 카탈루냐 지방의 도둑.

782

한 이런 운명을 기분 나쁘게 생각하지도 마십시오. 이런 우연한 만남으로 나리의 뒤틀린 운명이 정상으로 되돌아올 수도 있답니다. 하느님은 이상하고 한 번도 보지 못한, 인간들이 상상하지도 못한 그런 신기하고 현묘한 이치로 늘 넘어진 이를 일으켜 세우시고 가난한 이들을 부유하게 하시니까요."

돈키호테가 막 그에게 사의를 표하려고 했을 때, 그들의 등 뒤에서 말발굽 소리 같은 그런 소리가 들려왔다. 말은 단 한 마리뿐이었고, 그 말을 타고 한 젊은이가 화급히 달려오고 있었다. 보아하니 스무 살 남짓 되어 보이는 젊은이인데, 황금 장식 끈을 단 녹색 다마스코399 옷을 입고, 통바지에 짧은 외투, 그리고 깃으로 장식한 모자를 쓰고, 초를 발라 반짝이는 꽉 조인 장화에 박차를 달고, 황금 단도와 칼을 차고, 손에는 작은 엽총 한 자루를 들고 좌우 양쪽 옆에는 쌍권총을 차고 있었다. 소란스러운 소리에 로케는 머리를 돌렸고, 이 아름다운 모습을 보게 되었다. 그 젊은이가 로케에게 다가와 말했다.

"오, 용감무쌍하신 로케 님이여! 제 불행을 치유하지는 못할지라도 그런대로 줄이기라도 해주셨으면 하고 당신을 찾아 이렇게 왔습니다. 당신이 뜻밖에 당하여 얼떨떨해하시지 않도록, 저를 모르고 계시리라 알기에, 제가 누군지 당신에게 말씀드리고 싶습니다. 저는 당신의 하나뿐인 친구요 클라우켈 토레야스의 앙숙인 시몬 포르테의 딸 클라우디아 헤로니마입니다. 클라우켈 토레야스는

---

399 금은으로 수놓은 비단.

당신의 반대파 사람들 중 한 사람이기 때문에 당신의 적이기도 하죠. 그런데 이 토레야스에게는 돈 비센테 토레야스라고 하는 아들이 하나 있다는 것을 당신도 이미 알고 계실 것입니다. 아니, 적어도 그를 그렇게 부른 것이 두 시간도 채 되지 않았습니다. 그런데 제 신상에 일어난 불행에 대해 이야기를 요약해 말씀드리자면, 이 작자가 바로 제 불행의 장본인이랍니다. 그는 나를 구슬렸고, 저는 그의 말이 그럴듯해 보여 마음이 쏠리고 제 아버지 몰래 사랑에 빠지고 말았답니다. 왜냐하면 아무리 여자가 구중궁궐九重宮闕 깊숙이 틀어박혀 숨어 지낸다고 해도, 자기의 짓밟힌 욕망을 실현시키고 효과를 거둘 시간이 없는 여자는 없을 테니까요. 마침내 그는 제 남편이 되겠다고 약조를 했고, 저는 그의 아내가 되겠다고 약조를 했답니다. 그러나 그 약조를 실행에 옮기는 데는 별다른 진전이 없었습니다. 저는 그가 저한테 한 약조는 까맣게 잊고 다른 여인과 결혼을 한다는, 그리고 그 결혼식이 오늘 아침이라는 사실을 바로 어제야 알게 되었습니다. 이 소식은 내 판단력을 흐리게 하고 인내심의 한계를 느끼게 했습니다. 그런데 때마침 제 아버지께서 계시지 않은 틈을 타서, 당신이 보듯 이렇게 남장을 하고는 이 말의 발걸음을 서둘러 여기서 1레과 정도 거리에서 돈 비센테를 따라잡았습니다. 그리고 하소연을 들어주거나 변명을 들으려 하지 않고 이 총을, 더군다나 이 쌍권총을 그에게 쏘아댔습니다. 제가 믿기로는 아마도 그분 몸에 총알이 두 발 이상 박혔을 겁니다. 이렇게 제 명예가 피투성이가 되어 빠져나오는 출구를 그의 몸에 뚫게 되었답니다. 그는 거기에서 자기 하인들 사이에 있었지만, 하인들은 감히 그를 방어하지도 않았고 할 수도 없었답니다. 제가 이렇게 찾아온 것은, 제발 저를 프랑스로 넘어가게 도와달라는 부탁을 드리기 위해서랍니다. 그곳에는 제가 신세를 지고 살아갈 친척이 계십니다. 그리고 또제 아버지를 보호해주시길 간청하는 바입니다. 돈 비센테의 많은 패거리가 제 아버지에게 지독한 앙갚음을 할 테니, 감히 그러지 못하도록 해주세요."

로케는 아름다운 클라우디아의 용기와 대범함과 늘씬한 몸매와 일어난 사건에 감격해 그녀에게 말했다.

"이리 오세요, 아가씨. 우선 그대의 원수가 죽었는지 알아봅시다. 그런 연후에 그대에게 중요한 일이 무엇인지 찾아봅시다."

돈키호테는 클라우디아의 말과 로케 기나르트의 대답을 주의 깊게 듣고 있다가 말했다.

"이 아가씨를 보호하려고 다른 사람이 일부러 수고할 것까지 없소. 제가 이 사건을 몸소 책임지겠소. 제 말과 무기를 저한테 주시고 여기서 기다리시오. 제가 그 신사를 찾아가 생사 여부에 관계하지 않고 저렇게 아름다운 아가씨에게 한 약속을 지키도록 하겠소."

"누구도 이 약속을 의심해서는 안 됩니다요." 산초가 말했다. "왜냐하면 제 주인 나리께서는 중매쟁이로서는 남다른 재주가 있는 분이거든요. 한 아가씨에게 약속을 지키기를 거절한 어떤 사내를 결혼시킨 지도 며칠 되지 않았습니다요. 그리고 만일 주인 나리를 따라다니는 마법사들이 그 친구의 진짜 모습을 하인의 모습으로 바꾸어놓지 않았더라면, 지금쯤 그 아가씨는 이제 아가씨가 아닐지도 모릅니다요."

로케는 주인과 종자의 말보다는 그 아름다운 클라우디아의 사건을 생각하느라 더 마음을 쓰고 있던 관계로 그 말을 이해하지 못했다. 그래서 잿빛 당나귀한테서 빼앗은 것을 죄다 산초에게 돌려주라고 자기 종자들에게 명령을 내리고, 또한 그날 밤에 묵었던 곳으로 돌아가 있으라고 그들에게 명령했다. 그러고는 곧장 부상당했는지 죽었는지 모를 돈 비센테를 찾아 부랴부랴 클라우디아와 떠났다. 그들은 클라우디아가 그를 만났다는 곳에 당도했으나, 그는 찾지 못하고 그가 최근에 흘린 핏자국만 발견했다. 그러나 시선을 넓혀 사방을 돌아보다가 오르막길 위에 있는 몇 사람을 발견하고는 그가 돈 비센테일 것이라고 생각했는데, 사실이 그러했다. 그의 하인들은 그가 죽었건 살았건 데려가서 살았으면 그를 치료하고, 죽었으면 그를 묻을 생각인 것 같았다. 두 사람은 그들을 따라잡으려고 서둘렀는데, 그들이 느릿느릿 가고 있어서 쉬 따라잡았다. 그들은 돈 비센테의 하인들이 그를 팔에 안고 있는 것을 발견했다. 그는 지쳐서 다 죽어가는 소리로, 상처의 고통이 심해 더 이상 앞으로 나아갈 수 없으니 자기를 그곳에 죽게 그냥 놓아두고 가라고 애원했다.

클라우디아와 로케는 말에서 뛰어내려 그에게 다가갔는데, 그의 종들은 로케가 나타난 것을 보고 잔뜩 겁을 먹었다. 클라우디아는 돈 비센테의 몰골을 보고 당혹했다. 그래서 연민과 원망이 교차하는 속에 그에게 다가가 그의 두 손을 잡고 말했다.

"만일 당신이 우리의 약속대로 이 손을 나에게 주셨더라면, 결코 당신이 이런 꼴을 당하지 않았을 텐데."

상처를 입은 그 신사는 거의 감겨 있던 두 눈을 뜨고 클라우디아를 알아보자, 그녀에게 말했다.

"잘 알겠구려, 속았다고 착각 속에 빠져 있는 아름다운 아가씨야, 그대가 나를 죽게 한 바로 그 여인이라는 것을 말이오. 나는 내 소망뿐 아니라 내 행동에 있어서도 이런 심한 변을 당할 만한 일을 해본 적이 없소. 나는 한 번도 그대의 감정을 상하게 하고 싶지 않았고, 그런 것을 알지도 못했소."

"그럼 그것이 사실이 아니라는 거예요?" 클라우디아가 말했다. "오늘 아침 부자인 발바스트로의 딸 레오노라와 결혼하려고 했던 것이 아니란 말이에요?"

"물론 아니었다오." 돈 비센테가 대답했다. "내가 재수가 없으려고 누군가가 그대에게 그런 소식을 전했나보오. 그대가 질투로 내 목숨을 끊게 하려고 말이오. 그래도 내 목숨을 그대의 손과 그대의 팔에 맡겨두고 가게 되니, 오히려 나는 다행스럽게도 운이 있는 셈이오. 이 사실을 확인하기 위해서 내 손을 꼭 잡고 나를 남편으로 받아주오. 그대가 나한테서 받았다고 생각하는 모욕을 씻는 데 이보다 더 큰 보상은 없을 것 같소."

클라우디아는 그의 손을 꼭 잡았고, 돈 비센테도 그녀의 가슴을 부둥켜안았다. 그러자 그녀는 피투성이가 된 돈 비센테의 가슴 위에 쓰러져 정신을 잃고 말았으며, 그는 죽음의 발작을 일으켰다. 로케는 어리둥절해 어찌할 바를 모르고 있었다. 하인들은 그들의 얼굴에 뿌릴 물을 찾아 달려갔다. 그리고 물을 가져와 그 물로 그들의 몸을 씻겼다. 클라우디아는 기절로부터 깨어나 본정신이 들었으나, 돈 비센테는 발작에서 다시 깨어나지 못하고 숨이 끊기고 말았다. 자신의 정답고 사랑스러운 남편이 이미 살아 있지 않다는 것을 알아차린 클라우디아는 하늘이 무너질 듯하게 한숨을 내쉬고 하늘이 울리도록 원망을 하면서, 머리카락을 쥐어뜯어 바람에 흩날리고 자신의 손으로 얼굴을 할퀴었고, 슬픔에 젖어 상처뿐인 가슴에서만 상상할 수 있는 고통과 슬픔의 모습을 드러내며 진정할 줄 몰랐다.

"오, 잔인하고 경망스러운 여자야!" 그녀는 울부짖으며 소리쳤다. "어떻게 그토록 쉬 그처럼 나쁜 생각을 실행에 옮겼단 말인가! 아, 질투의 미쳐 날뛰는 힘이여, 가슴에 당신을 받아들이는 자를 어찌 이다지도 절망적인 최후로 인도한단 말인가! 오, 나의 남편이여, 나의 사랑의 포로가 되었다는 이유 하나만으로 당신은 불행한 운명이 되어 신혼의 달콤한 잠자리가 당신에게는 무덤이 되어버렸구려!"

클라우디아의 한탄 소리가 구구절절이 어찌나 슬픈지, 한 번도 눈물을 흘려본 적이 없는 로케의 두 눈에서도 눈물이 쏟아졌다. 하인들도 울었으며, 클라우디아는 계속 졸도했고, 그 주변은 온통 슬픔의 들판이 되고 불행의 장소가 되는 듯했다. 마침내 로케 기나르트는 그를 무덤에 매장해주기 위해 그곳에서 가까운, 그의 아버지가 있는 곳으로 시체를 운구하라고 돈 비센테의 하인들에게 명령했다. 클라우디아는 자기 고모가 수도원장으로 있는 수도원으로 가고 싶다고 로케에게 말했다. 그녀는 그곳에서 생을 마감할 생각이라면서, 그곳에서 다른 더 훌륭하고 영원한 남편을 맞아 함께하고 싶다고 했다. 로케는 그녀의 멋진 계획을 칭찬하고, 그녀가 원하는 곳까지 그녀와 함께하겠다고 제안했다. 그리고 원한다면 그녀의 아버지를 돈 비센테의 친척들과 모든 사람들로부터 보호해주겠다고도 약속했다. 클라우디아는 자기가 알고 있는 가장 멋진 말로 그의 제안에 사의를 표하면서 어떤 식으로든지 그의 동행을 원치 않았으며, 눈물을 흘리면서 그와 작별했다. 돈 비센테의 하인들은 주인의 시체를 운구했고, 로케는 자기 부하들이 있는 곳으로 돌아갔다. 클라우디아 헤로니마의 사랑은 이렇게 끝을 맺었다. 그러나 극복하기 어렵고 혹독한 질투의 힘이 이런 이야기의 줄거리를 엮어냈으니, 이 얼마나 대단한 일인가?

로케 기나르트는 자기가 명령한 장소에 있는 부하들을 발견했는데, 그들 사이에서 돈키호테가 로시난테에 올라탄 채 연설을 하고 있었다. 몸에도 영혼에도 매우 위험하게 사는 방식을 그만두라고 그들을 설득하는 것이었다. 그러나 그들 대부분이 거칠고 방자한 가스코뉴 사람들이어서 돈키호테의 말이 잘 먹혀들지 않았다. 로케가 그곳에 도착해서 산초에게, 자기 부하들이 그의 잿빛 당나귀에게서 빼앗은 보석과 장신구를 돌려주고 보상했느냐고 물었다. 산초가 돌려받았다고 대답하면서, 도시 세 개의 값어치가 있는 머릿수건 셋을 아직 못 받았다고 했다.

"그게 도대체 무슨 소리요, 이 양반아?" 거기 있던 사람들 중 한 사람이 말했다. "내가 지금 그것을 가지고 있는데 3레알 가치도 없는 거야."

"그건 그렇습니다." 돈키호테가 말했다. "그렇지만 내 종자한테는 그 사람이 말한 정도의 가치가 있답니다. 나에게 그것들을 주신 바로 그 귀하디귀한 분이 주셨거든요."

로케 기나르트는 즉시 그것들을 돌려주라고 명령했다. 그리고 부하들한테 줄을 서라고 명하고는 지난번에 분배해준 이후에 훔쳤던 모든 옷가지와 보석과 돈을 죄다 앞에 내놓으라고 명령했다. 그리고 간단히 몸수색을 하고는, 나눌 수 없는 것은 돈으로 환산해 자기 부대원 모두에게 아주 공평하고 신중하게 분배해주었다. 속이는

789

것도 없고 분배의 정의에서 벗어난 것도 없어서 기대에 어긋나지 않아 모두들 흡족해했다. 이렇게 해서 모두 보상을 받고 기뻐하고 만족해하자 그때 로케가 돈키호테에게 말했다.

"이 친구들에게 이렇게 정확히 셈을 하지 않으면, 함께 살아갈 수 없답니다."

그 말에 산초가 대꾸했다.

"이곳에서 소인이 본바 공정이란 아주 좋은 것이군요. 바로 이 도둑놈들 사이에서도 사용될 필요가 있는 것을 보니 말입니다요."

한 부하가 그 말을 듣고 화승총의 개머리판을 높이 치켜들었다. 그때 로케 기나르트가 그만두라고 소리치지 않았더라면, 의심할 여지도 없이 산초의 대갈통이 박살 나고 말았을 것이다. 산초는 놀라 몸을 사시나무 떨듯 하면서, 그 사람들과 같이 있는 동안은 경솔하게 입을 놀리지 않겠다고 다짐했다.

이러고 있을 때 길 여기저기에서 오는 사람들의 동정을 살피고 일어나는 일을 두목에게 알리기 위해 보초를 서고 있던 부하들 중 한 사람이 당도해 말했다.

"두목님, 여기서 멀지 않은 바르셀로나로 가는 길로 한 떼거리가 오고 있습니다."

그 말에 로케가 대답했다.

"우리를 찾는 사람들인지, 아니면 우리가 찾고 있는 사람들인지 알아보았느냐?"

"우리가 찾고 있는 사람들입니다." 그 부하가 대답했다.

"그럼 모두들 나가봐." 로케가 되받아 말했다. "한 놈도 도망치지 못하게 하고, 그놈들을 죄다 즉시 이곳으로 나한테 데리고 오너라."

그들은 명령을 받고 나갔다. 그리고 돈키호테와 산초와 로케만 남아서 부하들이 데려오는 자를 보기 위해 기다렸다. 그사이에 로케가 돈키호테에게 말했다.

"돈키호테 나리께서는 틀림없이 우리의 생활 방식과 새로운 모험과 새로운 사건, 그리고 이 모든 위험한 일이 생소하다고 생각하실 것입니다. 그렇게 생각하신다고 해도 저는 놀라지 않습니다. 실제로 우리의 생활 방식보다 더 불안하고 더 놀랄 생활 방식은 없을 것이라고 고백하는 바입니다. 저는 뭔가에 복수하고 싶은 욕망에 사로잡혀 이런 생활 방식을 택하게 되었습니다. 아무리 차분한 마음을 가진 자들이라고 하더라도 정신을 어지럽히는 힘을 가지고 있기 때문입니다. 저는 천성적으로 다정다감하고 마음이 착한 사람입니다. 그러나 앞에서 말씀드렸듯 내가 당한 모욕에 대해 복수하겠다는 일념이 내 좋은 성질을 고스란히 진흙탕 속으로 빠져들게 하고 말았습니다. 제가 무슨 짓을 하고 있는지 알면서도 이런 생활을 계속하고 있습니다. 그러나 하나의 나락이 다른 나락을 부르고 하나의 죄악이 다른 죄악을 부르듯, 복수가 복수를 불러 내 복수뿐만 아니라 남의 복수까지 내가 책임지게 되었습니다. 비록 지금은 내가 마음의 혼돈 한가운데 있는 신세가 되었지만, 하느님의 따뜻한 배려로 이 미로에서 빠져나와 안전한 항구로 나가야겠다는 희망은 잃지 않고 있답니다."

돈키호테는 로케가 이렇게도 멋지고 이론이 정연한 말을 하는 것을 듣고는 감탄해 마지않았다. 왜냐하면 도둑질하고 살인하고 강도질을 일삼는 직업을 가진 자들 중에서 그토록 멋지게 청산유수로 말을 할 수 있는 사람이 있으리라고는 미처 생각해본 적이 없었기 때문이다. 그래서 그에게 대답했다.

"로케 씨, 건강의 기본은 병을 아는 데 있고, 환자는 의사가 처방해준 약을 복용하고자 하는 의지에 달려 있습니다. 다시 말씀드리자면, 귀하께서는 몸이 아프고 귀하의 병이 무슨 병인지 알고 있습니다. 하늘이거나 하느님이신, 더 좋은 말로 하자면 우리의 의사 선생님께서 귀하를 낫게 할 약을 처방해주실 것입니다. 그 약은 조금씩 조금씩 낫게 하지, 갑자기 기적을 일으켜 낫게 하지 않습니다. 더욱이 사려 깊은 죄인들은 어리석은 죄인들보다 개심하고 옳은 길로 나서기가 훨씬 더 쉽습니다. 그런데 귀하는 귀하의 말 속에 절도를 보이셨으니, 용기백배하여 귀하의 양심의 병이 호전되기를 기다리기만 하면 됩니다. 그리고 만일 귀하께서 지름길로 들어서 쉬이 구원의 길로 나아가고 싶으시다면, 저와 함께 가십시다. 제가 귀하께 편력 기사가 되는 길을 가르쳐드리리다. 편력 기사가 되는 일은 많은 고생과 불운을 겪어야 하지만, 그것들을 고행으로 여기시면 그 자리에서 하늘나라로 들어가실 수 있을 것입니다."

로케는 돈키호테의 충고를 듣고 빙긋이 웃더니, 화제를 바꾸어 클라우디아 헤로니마의 비극적인 사건을 이야기했다. 그 이야기에 산초는 더할 수 없이 마음이 슬펐으니, 그것은 그 아가씨의 아름다움과 쾌활함과 기백이 나쁘게 생각되지 않았기 때문이다.

이러고 있을 때 사람들을 잡으러 갔던 부하들이 말 탄 두 신사와 걸어서 오는 순례자 두 사람과 여인들이 탄 마차 한 대를 끌고 왔다. 여섯 명쯤 되는 하인들이 걷거나 말을 타고 여인들을 모시고, 또 신사들은 노새를 끄는 다른 하인 둘을 데리고 있었다. 부하들은 그들을 둘러싸고, 붙잡힌 사람들과 붙잡은 사람들은 깊은 침묵 속에서 위대한 로케 기나르트가 말하기만을 기다리고 있었다. 로케는 신사들에게 그들은 누구이고, 어디로 가고 있으며, 돈을 얼마나 가지고 있는지 물어보았다. 그들 중 한 사람이 대답했다.

"나리, 저희들 두 사람은 에스파냐 보병대 대위입니다. 우리 보병 중대는 나폴리에 있는데, 시칠리아로 건너오라는 명령을 받고 바르셀로나에 있다고 하는 네 척의 갈레라에 승선하러 가고 있습니다. 우리는 2백~3백 에스쿠도 정도 지니고 있는데, 그 정도면 우리 생각에는 부자라서 만족하고 있답니다. 일반적으로 군인들은 쪼들린 형편이라서 더 큰 축재는 허용되지 않는 실정입니다."

로케는 대위들에게 했던 것과 똑같은 질문을 순례자들에게도 했다. 그들은 로마로 건너가기 위해 승선하러 가는 중이라고 대답했으며, 두 사람이서 60레알쯤 가지고 있다고 했다. 그는 또한 마차에는 누가 어디로 타고 가며, 지닌 돈은 얼마나 되느냐고 물었다. 말 탄 사람들 중 한 사람이 말했다.

"나폴리 지방 재판소장의 부인이시며 제 주인이신 도냐 기오마르 데 키뇨네스이신데, 어린 딸 하나와 하녀 하나와 시녀 하나를 대동하고 있으며 그녀들 모두 마차를 타고 가는 중입니다. 우리 여섯 하인들이 그녀를 모시고 있으며, 돈은 6백 에스쿠도를 지니고 있습니다."

"그럼," 로케 기나르트가 말했다. "우리가 이미 9백 에스쿠도와 60레알을 확보했고, 내 병사들이 60명 정도 되니 각자에게 얼마 정도 돌아갈 수 있을지 한번 보아라. 나는 돈 계산에서는 절벽강산이거든."

이 말을 들은 강도 놈들은 목청이 터져라 고함을 질렀다.

"로케 기나르트 만세! 그를 파멸의 구렁텅이로 몰아넣으려는 야드레스[400]가 있기는 하지만 부디 만수무강하옵소서!"

재산을 몰수당하자 두 대위는 비탄에 잠긴 모습이었고, 지방 재판소장 부인은 슬픔에 젖어 낙담했으며, 순례자들도 전혀 기쁘지 않았다. 로케는 잠시 그들을 얼떨떨하게 했지만, 상당히 떨어진 거리에서 보아도 알 수 있는 그들의 슬픔이 계속되는 것을 원하지 않았기에 두 대위 쪽으로 몸을 돌리더니 말했다.

"여러분, 대위님들은 점잖게 60에스쿠도를, 그리고 지방 재판소장 부인께서는 나와 함께 가고 있는 이 부대를 흡족하게 하기 위해 80에스쿠도를 나에게 빌려주시는 셈 치고 가져오시오. 수도원장도 미사로 끼니를 때운다고 하지 않소. 그러면 내가 여러분에게 드릴 통행 허가증을 지참하시고 곧바로 여러분의 가던 길을 자유로이 아무 구속도 받지 않고 가실 수 있습니다. 그것은 이 근처에 나누어 배치된 내 일부 부하들의 다른 무리와 마주쳤을 때 여러분을 해치지 못하도록 하는 것입니다. 나는 군인들이나 어떤 여인이나 특히 지체 높으신 부인네들을 욕보이고 싶은 의도는 전혀 없기 때문입니다."

대위들은 그나마 얼마 안 되는 돈이라도 보전하도록 배려해준 로케의 바른 예의와 관대함에 사의를 표하는 말을 듣기 좋게 끝없이 해댔다. 도냐 기오마르 데 키뇨네스 부인은 위대한 로케의 발과 손에 입맞춤을 하기 위해 마차에서 뛰어내리고 싶었으나, 로케는

---

400 lladres. 카탈루냐 말로 '도둑들'이라는 뜻.

절대로 그것에 동의하지 않았다. 그는 오히려 자기의 못된 직업상 정확한 의무를 이행하기 위해 부득이 행한 욕보이는 일에 대해 용서를 구했다. 지방 재판소장 부인은 한 하인에게 즉시 자신에게 배당된 80에스쿠도를 주라고 명령했고, 대위들도 이미 60에스쿠도를 지불했다. 순례자들은 자신들의 모든 것인 아주 적은 돈을 내놓으려 했지만, 로케는 그들에게 그냥 가만히 있으라고 말했다. 그러고는 그들의 것들을 돌려주면서 말했다.

"이만한 에스쿠도들에서 각자에게 2에스쿠도씩 돌아가면 20에스쿠도가 남는다. 그중에서 10에스쿠도를 이 순례자들에게 주고, 나머지 10에스쿠도는 이 마음씨 고운 종자 양반에게 주도록 해라. 왜냐하면 그렇게 해야 이 모험에 대해 좋게 이야기할 수 있을 테니까 말이야."

그러고는 언제나 준비해 가지고 다니는 글쓰기 준비물을 가져오게 했다. 로케는 자기 부대들의 대장들 앞으로 통행 허가증을 써서 나누어주고 그들과 작별을 하며 자유로이 가도록 놓아주었다. 그래서 그들은 로케의 고상함과 늠름한 풍채와 이상한 행동거지에 감탄하게 되었으며, 그를 유명한 도둑으로 여기기보다는 마치 알렉산더대왕 같은 사람으로 여기는 경향이 있었다. 그 부하들 중 한 사람이 자기 고향의 가스코뉴 말과 카탈루냐 말로 말했다.

"우리 이 두목은 도둑보다 프라데[401]가 되는 것이 더 어울릴 분이야. 만일 앞으로도 저렇게 멋대로 하려거든 자기 재산으로 그리

---

401 frade. 포르투갈 말로 '신부'라는 뜻.

하라지, 우리 재산으로 하지 말고."

그 가련하기 짝이 없는 부하는 로케가 이 말을 듣지 못할 정도로 작은 소리로 하지 않은 탓에, 로케는 칼을 뽑아 그의 머리통을 거의 두 쪽으로 내고는 말했다.

"입버릇이 나쁘고 무모한 놈들은 이렇게 내가 벌을 내린다."

모두들 겁에 질려 공포에 떨었고, 아무도 감히 말 한마디 꺼내지 못했다. 다시 말해 그에 대한 복종심이 그만큼 강했던 것이다.

로케는 한쪽으로 가더니 바르셀로나에 있는 한 친구에게 편지를 써서, 자기가 그렇게도 많은 말들이 전해지고 있는 그 편력 기사로 명성이 자자한 라만차의 돈키호테와 함께 있다고 알렸다. 그리고 돈키호테야말로 세상에서 가장 재치 있고 가장 박식한 분이라고 그에게 알렸다. 그로부터 나흘 뒤가 성 요한 세례자의 수난 기념일[402]이니, 그가 자신의 말 로시난테를 타고 온몸을 갑옷으로 무장한 채 바르셀로나시의 해변 한가운데에 나타날 것이라고도 했다. 그리고 그의 종자 산초는 당나귀를 타고 있을 테니 그분과 재미있게 보내라고 하면서, 자기 친구들인 니에로스[403] 일당에게 이 소식을 전하라고 했다. 자기 반대파인 카델스[404] 일당에게는 알리고 싶은 생각이 없지만 그럴 수는 없을 것 같다면서, 돈키호테의 광기나 재치와 그의 종자 산초 판사의 구수하고 그럴싸한 말들이 모든 사람에게 보편적인 즐거움을 선사할 수 있을 것이기 때문이라고 했

---

402 성 요한이 참수를 당한 8월 29일이다.
403 Nyerros. 카탈루냐를 놓고 서로 겨루었던 두 파벌 중 하나.
404 Cadells. 카탈루냐를 놓고 니에로스와 겨루었던 파벌.

다. 이런 편지를 자기 부하 중 한 사람 편에 들려 보냈다. 부하는 도둑 복장을 농사꾼 복장으로 갈아입고 바르셀로나로 들어가 수취인에게 그 편지를 건넸다.

· 제61장 ·

바르셀로나 어귀에서 돈키호테에게 일어난 일과 조심스러움보다는 진실성이 더 있는 다른 일들에 대해

돈키호테는 로케와 사흘 밤낮을 함께 지냈는데, 설령 3백 년을 함께 있었다고 해도 그의 생활 방식에서 보고 탄복할 일이 많았을 것이다. 그들은 여기서 새벽을 맞이하기도 하고, 저기서 식사하기도 하고, 가끔은 상대방이 누군지도 모르고 도망치고, 또 어떤 때는 누굴 기다리는 줄도 모르면서 기다리기도 했다. 선 채로 잠을 자고, 자다가 깨어나서 이곳저곳을 옮겨 다니기도 했다. 모든 일에 스파이를 놓고, 보초의 말을 듣고, 몇 자루 안 되긴 해도 모두가 부싯돌을 사용하고 있었기에 화승총 도화선에 불을 댕기기도 했다. 로케는 자기가 어디에 있는지 부하들이 알 수 없는 장소에서 그들과 떨어져 밤을 보내곤 했다. 바르셀로나의 부왕副王[405]이 자기 목숨에 걸어놓은 많은 포고문들이 그를 불안하게 하고 두렵게 했기 때문에 그는

---

405 한 지방이나 식민지를 다스리는 총독.

감히 아무도 믿지 않았다. 그의 부하들조차 그를 죽일 수도 있고, 또 사직 당국에 넘길 수도 있었기 때문이다. 그의 삶이란 문자 그대로 비참하고 구차했던 것이다.

결국 로케와 돈키호테와 산초는 로케의 다른 여섯 부하들을 대동하고 사람들이 다니지 않는 길로, 숨겨진 지름길과 샛길로 숨어서 바르셀로나로 떠났다. 그들은 성 요한 세례자 수난 기념일 전날 밤에 바르셀로나의 해변에 도착했다. 로케는 돈키호테와 산초를 껴안았다. 산초에게는 그때까지 주지 않고 있던 약속한 10에스쿠도를 주었고, 서로 수천 가지 약속을 주고받은 뒤에 로케는 그들을 두고 떠났다.

로케는 돌아갔다. 그리고 돈키호테는 그대로 말을 탄 채 날이 밝기를 기다렸다. 머지않아 동쪽 발코니로 새하얗게 빛나는 여명의 얼굴이 멀리서 드러나기 시작했다. 귀를 즐겁게 하기보다는 풀들과 꽃들을 즐겁게 했다. 비록 바로 그 순간에 많은 치리미아[406] 소리와 아타발[407] 소리와 방울 소리가 귀를 즐겁게 했지만 말이다. 보아하니 시내에서 들려오는 것 같았고, 달리는 사람들의 '빨리, 빨리, 비켜요, 비켜' 하고 외치는 소리도 들려왔다. 여명이 태양에게 자리를 양보하자 둥그런 방패보다 더 큰 얼굴이 가장 낮은 지평선에서 조금씩 조금씩 솟아올랐다.

돈키호테와 산초는 사방을 두리번거리며 둘러보았다. 그들은 그때까지 한 번도 본 적이 없는 바다를 보았다. 라만차에서 그들이 보았던 루이데라의 연못들보다 더 널찍하고 길고 풍요로운 것 같

---

406 제26장 주 177 참조.
407 제26장 주 180 참조.

았다. 그들은 해변에 정박되어 있는 갈레라들도 보았다. 그 갈레라들이 천막을 걷어 접자, 작은 삼각형 깃발들과 기다란 깃발들이 바람에 펄럭이고 수면에 입 맞추며 휩쓸고 지나가는 것이 멀리서 아스라이 보였다. 그 갈레라 안에서는 나팔 소리며 트럼펫 소리며 치리미아 소리가 울려 퍼져, 사방의 공기를 부드럽고 전운이 감도는 메아리로 가득 채우고 있었다. 이윽고 갈레라들이 움직이고 조용한 해면으로 전초전을 치르는 방식을 취하기 시작했다. 거의 똑같은 방식으로 아름다운 말을 타고 화려한 제복을 입은 수많은 기사들이 시내에서 나와 그들에게 호응했다. 갈레라의 병사들은 끝없이 대포를 쏘아댔고, 시내의 성벽과 요새에 있던 병사들은 이에 맞받아치며 쏘아댔다. 그러자 무시무시한 굉음을 내며 묵직한 대포 소리가 바람을 찢었다. 갈레라의 통로에 설치된 함포들이 이에 호응해 쏘아댔다. 대포에서 내뿜는 연기만 흐릴 뿐이지 바다는 즐겁고, 대지는 떠들썩하며, 공기는 맑디맑아 모든 사람에게 갑작스레 기쁨을 느끼게 하고 일으키는 것 같았다. 산초는 바다로 움직이는 저 큰 것들이 어떻게 그렇게도 많은 발을 가질 수 있는지 상상할 수가 없었다. 이렇게 돈키호테가 얼떨떨해하면서 망연자실해 있을 때, 제복을 입은 병사들이 릴릴리, 릴릴리[408] 하는 외침과 환호성을 지르면서 달려왔다. 그 병사들 중 로케 기나르트로부터 소식을 받은 사람이 있었는데, 그가 큰 소리로 돈키호테에게 말했다.

"저희 도시에 오신 것을 진심으로 환영합니다. 오랫동안 절제

---

408 전쟁의 함성. 제34장 주 231 참조.

있는 생활을 해오신 모든 편력 기사도의 거울이자 등대요 별이며 길잡이인 기사님이시여! 거듭 말씀드리지만, 참 잘 오셨습니다, 용감무쌍하신 라만차의 돈키호테 나리! 요즈음 가짜 이야기책에서 우리에게 보여준 가짜 돈키호테가 아니고, 허구의 돈키호테도 아니고, 출처가 의심스러운 돈키호테가 아니라, 역사가들의 꽃인 시데 아메테 베넹헬리가 우리에게 그린 진짜 돈키호테요, 합법적인 돈키호테며, 충직한 돈키호테시여!"

돈키호테는 단 한 마디도 대답하지 않았고, 그 기사들도 대답을 기다리지 않았다. 기사들은 자기들을 따라온 다른 사람들한테 돌아가더니 돈키호테의 주위를 말을 타고 빙빙 돌면서 무질서하게 뭉쳐 에워싸기 시작했다. 돈키호테는 산초를 돌아보면서 말했다.

"이 사람들이 우리를 잘 알아보았군. 내가 장담하는데, 이 사람들은 우리 이야기를 읽었을 뿐만 아니라 최근 인쇄된 아라곤 사람[409]이 쓴 이야기책도 읽었어."

돈키호테에게 말했던 그 기사가 다시 돌아와 돈키호테에게 말했다.

"나리, 돈키호테 나리, 우리와 함께 가주십시오. 우리는 나리의 종들이오며 로케 기나르트의 절친한 친구들[410]입니다."

그 말에 돈키호테가 대답했다.

---

409 자신을 바야돌리드의 토르데시야스 태생으로 소개한, 위작 《라만차의 돈키호테 속편》의 저자로 필명이 아베야네다다. 제59장 주 389 참조.
410 grandes amigos de Roque Guinart. 로케 기나르트가 속한 니에로스 일당과 반대파인 카델스 일당은 카탈루냐 자치주 정부와 부왕의 주변 세력권까지 사회 각계각층에 뿌리 깊게 영향력을 행사했다. 제60장 주 403, 주 404 참조.

"만일 예의가 예의를 잉태한다면, 나리, 나리의 예의는 위대한 로케의 예의의 자식이거나 아주 가까운 친척입니다. 여러분이 원하시는 대로 날 데려가시오. 그대의 뜻과 내 뜻이 다르지 않을 것이오. 그리고 그대가 임무에 충실하기 위해서라면 더더구나 그 뜻에 따르겠소."

기사는 이 말에 못지않은 정중한 말로 그에게 대답을 했으며, 모두가 치리미아 소리와 아타발 소리에 맞추어 그를 한가운데 데리고 다 함께 시내를 향해 걸어갔다. 시내 어귀에 이르렀을 때, 모든 악이 악을 부른다고 악마보다 더 나쁜 소년들이 나타났는데, 이 대담한 개구쟁이들 중 두 아이가 모든 사람 사이로 들어오더니 한 아이는 잿빛 당나귀의 꼬리를, 다른 아이는 로시난테의 꼬리를 들어 올리고는 그 두 마리에게 가시나무 한 다발씩을 쑤셔 넣었다. 이 가련한 동물들은 새롭게 박차가 가해지는 것을 느꼈고, 꼬리를 꼭 잡고 있어서 불쾌감은 더했다. 그래서 등을 활처럼 구부리고 수천 번을 길길이 날뛰어 주인들을 땅바닥에 내동댕이치고 말았다. 모멸감과 망신을 당한 돈키호테는 상처를 입은 여윈 말의 꼬리에서 깃털을 빼내기 위해 달려갔고, 산초는 잿빛 당나귀의 꼬리에서 깃털을 빼내기 위해 달려갔던 것이다. 돈키호테를 안내하던 사람들은 그 소년들의 물불 가리지 않는 대담한 짓을 벌하고 싶었지만, 그들을 따라오는 수천의 다른 사람들 사이에 처박혀버려 그럴 수가 없었다.

돈키호테와 산초는 다시 말과 당나귀에 올라탔고, 똑같은 환호성과 음악 소리를 들으며 그들의 안내원의 집에 당도했다. 그 집은 부자 기사의 저택으로 크고 호사스러웠다. 우리는 시데 아메테의 바람대로 지금으로서는 돈키호테를 이곳에 머물게 하자.

제62장

마법에 걸린 머리의 모험과
반드시 이야기하지 않으면 안 될
다른 유치한 이야기들에 대해

돈 안토니오 모레노라는 사람은 돈키호테를 손님으로 맞이했다. 그는 부유하고 신중하고 성실한 생활을 즐기길 좋아하고 붙임성이 좋은 신사였다. 그는 돈키호테가 자기 집에 있게 되자, 그에게 해를 끼치지 않고 그의 광기를 세상에 알리는 방법을 모색하기 시작했다. 왜냐하면 사람을 다치면서 하는 장난은 장난이 아니며, 제삼자에게 상처를 준다면 그것은 할 만한 소일거리가 아니기 때문이었다. 그가 첫 번째로 한 일은 돈키호테에게 갑옷을 벗게 한 뒤 양가죽으로 만든 몸에 꼭 조이는 옷을, 이미 우리가 몇 번이나 설명하고 묘사한 것처럼, 그 옷만을 입은 채 그 도시의 가장 주된 거리 쪽으로 난 발코니에 등장시켜 사람들이나 아이들이 원숭이 보듯 바라보게 하는 것이었다. 돈키호테의 앞으로 제복을 입은 병사들이 다시 달려왔는데, 그 축제날을 즐기기 위해서가 아니라 오직 돈키호테 한 사람을 위한 것처럼 화려한 제복을 입고 있었다. 한편 산초는 여간 만족해하지 않았는데, 그 이유는 알 수 없으나 왠지 모르게 카마초의 또 다른 결혼식에 와 있는 것 같은 기분이었다. 그리고 돈디에고 데 미란다와 공작의 성 같은 다른 성에 와 있는 것 같았다.

그날 돈 안토니오는 몇몇 친구들과 식사를 했는데, 모두가 예를 갖추어 돈키호테를 모시고 편력 기사로 대접하자 돈키호테는 우쭐하고 콧대가 높아져 만족감에 취한 채 몸 둘 바를 몰랐다. 산초는 구수하고 그럴싸한 말을 아주 많이 했기 때문에, 그 집안의 모든 하인이나 그의 말을 듣는 사람들은 죄다 그의 입만 쳐다보고 있었다. 식탁에서 돈 안토니오가 산초에게 말했다.

"이곳에서 우리가 소식을 듣기로는, 마음씨 고운 산초 양반, 망하르 블랑코[411]와 알본디기야스[412]를 보면 사족을 못 쓴다던데, 만일 먹고 남으면 다음 날을 위해 그것들을 품속에 쑤셔 넣는다고요.[413]"

"아닙니다요, 나리, 그렇지 않습니다요." 산초가 대답했다. "저는 먹는 것보다 깨끗한 것을 더 좋아합니다요. 그리고 여기 앞에 계신 제 주인 돈키호테 나리께서도 잘 아시지만, 도토리 한 줌이나 호두 한 줌이면 우리 두 사람이 일주일도 거뜬히 지냅니다요. 사실은 누가 제게 송아지를 주면 그 고삐를 잡고 뛰기도 한답니다요. 제 말은 주는 것을 먹고, 호기라도 얻으면 그것을 십분 이용한다는 뜻입니다요. 그리고 제가 남보다 많이 먹는 먹보이고 깨끗하지 못한 불결한 사람[414]이라고 하는 사람은, 그가 누구든 엉터리 같은 말을 지껄이고 있다고 생각하시면 됩니다요. 만일 제가 식탁에 계시는 존경

411 닭 가슴살과 우유와 쌀가루와 설탕으로 만든 디저트.
412 쇠고기 경단.
413 아베야네다가 위작《라만차의 돈키호테 속편》제12장에서 이야기한 내용이다.
414 아베야네다가 위작에서 여러 차례 언급한 것을 빗대어 한 말이다.

해 마지않는 분들을 보아 체면을 차리지 않았다면, 아마 거짓말이라고 말했을지도 모를 일입니다요."

"확신하건대," 돈키호테가 말했다. "산초가 밥을 먹을 때 극도로 검약하고 청결한 것은 미래의 세기에 영원한 기념물로 남기기 위해 청동판에 새겨 넣어도 좋을 것입니다. 산초가 배가 고플 때는 약간 대식가 같은 것이 사실입니다. 왜냐하면 게 눈 감추듯 먹어치우고 정신없이 마구 퍼먹기 때문입니다만, 그는 늘 청결에 주안점을 두고 있답니다. 그는 총독 시절에 고상하게 식사하는 것을 배웠습니다. 포도와 석류 알맹이도 포크로 먹을 만큼 대단했습니다."

"정말요!" 돈 안토니오가 말했다. "산초가 총독이었다고요?"

"맞습니다요." 산초가 대답했다. "바라타리아라는 섬의 총독이었습니다요. 열흘 동안 그 섬을 제 입맛대로 다스렸습니다요. 그러는 동안에 나는 마음의 평정을 잃었고, 세상의 모든 정부를 경멸하는 법을 습득했습니다요. 그래서 나는 그 섬에서 도망쳐 나오다가 한 동굴에 떨어졌고, 거기서 꼭 죽는 줄만 알았답니다요. 그런데 구사일생으로 살아 나왔답니다요."

돈키호테는 산초 정부의 모든 사건을 상세히 이야기했다. 그 이야기는 듣는 이들에게 큰 즐거움을 주었다.

식탁보가 치워진 후에 돈 안토니오는 돈키호테의 손을 잡고 따로 떨어진 방으로 들어갔다. 그 방의 장식품이라곤 벽옥 같아 보이는 것으로 만든 탁자 하나뿐이었다. 탁자는 똑같은 벽옥으로 만든 다리 하나로 지탱되었고, 그 탁자 위에는 로마 황제들의 두상頭像 모양으로 생긴 아마도 청동제인 듯한 두상이 하나 놓여 있었다. 돈 안토니오는 돈키호테와 함께 온 방을 걸으면서 여러 번 탁자 주위를 빙빙 돌고나서 말했다.

"지금은, 돈키호테 나리, 우리가 한 말을 엿듣는 사람이 아무도 없다는 것을 알았습니다. 그리고 문은 잠겨 있으니, 가장 드물고 진귀한 모험 중 하나를, 정말로 웬만해서는 상상할 수 없는 신기한 사건들을 나리께 말씀드리고 싶습니다. 그러려면 한 가지 조건이 있는데, 제가 나리께 드리는 말씀을 비밀의 가장 깊숙한 안방에 꼭꼭 간직해두셔야 한다는 것입니다."

"그렇게 하기로 맹세하겠습니다." 돈키호테가 대답했다. "더 안전하게 하기 위해 위에다 너럭바위라도 하나 올려놓겠습니다. 왜냐하면 돈 안토니오 씨—이미 그의 이름을 알고 있었다—귀하는, 듣는 귀는 있지만 말하는 혀는 없는 사람과 이야기하고 있다는 것을 아시기 바랍니다. 그러하오니 귀하께서는 안전하게 귀하의 가슴속에 품고 있는 것을 제 가슴에 옮기시고, 그것을 침묵의 심연 속으로 던져버렸다고 마음에 두셔도 되겠습니다."

"그럼 그 약속을 믿고," 돈 안토니오가 대답했다. "나리께서 보고 들으시면 깜짝 놀랄 일을 말씀드려, 나를 짓누르고 있는 고통을 좀 경감시킬 수 있을 것 같습니다. 누구나 다 믿을 수 없는 처지이기에 제 비밀들을 아무에게나 알릴 수는 없었습니다."

돈키호테는 얼떨떨해하면서 무슨 말을 하려고 이렇게까지 조심하면서 뜸을 들이나 하고 기다렸다. 이러고 있을 때, 돈 안토니오는 돈키호테의 손을 잡고 청동 두상과 탁자 하나 전체와 그 탁자를 받치고 있는 벽옥 다리까지 쓰다듬게 하고나서 말했다.

"이 두상은, 돈키호테 나리, 이 세상에 있는 최고의 마법사들과 요술쟁이들 중 한 사람에 의해 만들어졌습니다. 그 마법사는 국적

이 폴란드이고, 그 유명한 에스코티요[415]의 제자였던 것으로 저는
믿고 있습니다. 에스코티요에 대해서는 굉장히 많은 불가사의한 일
들이 전해지고 있답니다. 그는 이곳 제 집에 있으면서 나한테 1천
에스쿠도를 받고 이 두상을 조각했습니다. 그런데 이 두상은 그 귀
에 대고 물어보면 무엇이고 척척 대답하는 자질과 능력을 가졌답
니다. 방향을 보고, 사람들의 성격을 그려내고, 천체를 관찰하고, 방
위를 살핀 끝에 마침내 이런 완전무결한 것을 만들어냈습니다. 우
리는 내일이라야 그것을 볼 수 있는데, 금요일에는 말을 하지 않기
때문입니다. 오늘이 금요일이라서 우리는 내일까지 기다려야 합니
다. 그러니 그때를 대비해 나리께서는 묻고 싶은 것을 준비하시면
되겠습니다. 제 경험상 대답은 모두 진실만을 말하는 것으로 알고
있습니다.”

　돈키호테는 그 두상의 능력과 자질에 대해 놀라움을 금할 길이
없었지만, 돈 안토니오의 말이 도무지 믿기지 않았다. 그러나 그것
을 시험해볼 시간이 별로 남지 않았고, 다른 것을 말하고 싶지도 않
아서 자기에게 그토록 커다란 비밀을 털어놓은 데 사의를 표할 뿐
이었다. 그들은 방을 나왔고, 돈 안토니오는 열쇠로 방문을 걸어 잠
그고 다른 신사들이 있는 응접실로 갔다. 마침 그동안 산초는 자기
주인에게 일어났던 많은 모험들과 사건들을 그 신사들에게 들려주
고 있었다.

---

415 Escotillo. 아마도 단테가 쓴 《신곡》의 〈지옥편〉 제20곡 115행에 나오는 마법사 '미켈레 스
코토Michele Scotto'일 것이다. 스코틀랜드 사람인 그는 해박한 철학자이자 천문학자로
서 프리드리히 2세의 궁정에 머물렀으며, 마법사로도 명성이 자자했다. 에스파냐 말로는
미겔 에스코토Miguel Escoto.

그날 오후 그들은 돈키호테를 산책에 데리고 나갔는데, 돈키호테는 갑옷 대신 얼음조차 땀을 흘리게 할 수 있는 그런 시기에 두꺼운 황갈색 천으로 지은 앞 트인 긴 사제복을 입고 산책을 하게 되었다. 그들은 하인들에게 산초를 기쁘게 해주고, 그가 집에서 나가지 못하도록 하라고 명령했다. 돈키호테는 로시난테가 아니라 발걸음도 경쾌한 훈련이 잘된 노새를 탔다. 그들은 돈키호테에게 긴 사제복을 입히고, 그가 보지 못하게 그의 등에 양피지 한 장을 꿰매두었다. 그 양피지에는 큼직한 글씨로 '이 사람은 라만차의 돈키호테다'라고 쓰여 있었다. 산책을 시작하자마자 그 쪽지가 그를 보러 온 모든 사람의 눈에 띄었고 모두가 '이 사람은 라만차의 돈키호테다'라고 읽어댔다. 돈키호테는 자기를 바라보는 사람이 모두 자기 이름을 부르고 자기를 알고 있는 것을 보고는 깜짝 놀라, 곁에서 가고 있던 돈 안토니오를 돌아보며 말했다.

"편력 기사도가 가지고 있는 특권이라는 것은 아주 큽니다. 그 특권은 지상의 어느 곳을 가더라도 편력 기사도를 신봉하는 기사를 인정하고 유명하게 만들기 때문입니다. 그렇지 않은지 나리께서도 한번 보세요, 돈 안토니오 나리, 나를 본 적 없는 이 도시의 아이들까지도 나를 알아보고 있어요."

"그렇군요, 돈키호테 나리." 돈 안토니오가 대답했다. "불을 숨기거나 가두어두지 못하는 것과 마찬가지로, 덕이라는 것도 알려지지 않고는 배겨낼 수가 없답니다. 무기를 다루는 직업으로 얻은 덕은 다른 모든 덕보다 빛나고 뛰어나지요."

이런 일이 있고, 이미 말했듯이 돈키호테가 환호성 가운데 박수갈채를 받으며 가고 있는데, 등에 붙은 쪽지를 읽은 한 카스티야 사람이 목청을 높여 말했다.

"젠장맞을, 라만차의 돈키호테라고! 당신은 등짝에 헤아릴 수 없이 많은 몽둥이찜질을 당하고도 죽지 않고 어떻게 여기까지 굴러 들어왔나? 당신은 미치광이야. 그런데 당신 혼자서 당신의 광기의 문 안에서 미치광이 짓을 하고 있다면 그나마 괜찮을 텐데. 그러나 당신을 대하고 사귀는 사람들 모두를 미치광이와 멍청이로 만드는 재주를 가지고 있어. 그렇지 않으면 당신을 수행하고 있는 이분들을 좀 보라고. 멍청이 같으니, 당신 집으로 돌아가서 당신의 재산과 당신의 여편네와 자식들이나 돌보시오. 그리고 이제는 당신의 이성을 좀먹고 당신의 판단력을 흐리게 하는 잠꼬대 같은 소리는 집어치우시오."

"형제여," 돈 안토니오가 말했다. "당신은 당신의 길만 가시면 됩니다. 부탁하지도 않은 사람에게 충고는 무슨 충고요. 라만차의 돈키호테 나리는 정신이 아주 말똥말똥하십니다. 그리고 그를 수행 중인 우리도 어리석지 않습니다. 덕이라는 것은 어디에서든지 존경을 받아 마땅합니다. 재수 없이 까불지 말고 어서 꺼지시오. 그리고 당신을 부르지도 않은 곳에서 불청객이 이러쿵저러쿵 참견하지 마시오."

"이거야 원 참, 나리 말씀이 지당하십니다." 카스티야 사람이 대답했다. "이런 시시하고 보잘것없는 사람에게 충고하는 것은 아무짝에도 소용없는 일이죠. 그렇지만 그럼에도 불구하고 듣자 하니 이 멍청이는 모든 분야에서 훌륭한 재능을 가졌으면서도 편력기사도의 수렁에 빠져 허우적거리고 있다니, 정말 안됐다는 생각이 드는군요. 나리께서 재수 없이 까불지 말고 어서 꺼지라고 한 말은 나한테나 내 모든 후손을 위해서도 하는 말일 테니 설령 므투셀라[416]보다 더 오래 산다고 하더라도, 오늘부터는 어느 누가 나한테 부탁을 하더라도 충고하지 않겠습니다."

그 충고자는 떠나고 산책은 계속되었다. 그러나 그 쪽지를 읽으려고 달려드는 아이들이 너무 많아서, 돈 안토니오는 다른 것을 떼어내는 척하면서 그 쪽지를 떼어내야 했다.

밤이 되어 그들은 집으로 돌아왔다. 집에서는 귀부인들의 무도회가 있었다. 고관대작의 부인이면서도 쾌활하고 아름답고 재치 있는 돈 안토니오의 아내가 자기 손님들을 대접하고 한 번도 보지 못한 그 미친 짓거리를 즐기도록 하기 위해 친구들을 초대했던 것이다. 몇몇 여자 친구들이 와서 진수성찬으로 저녁 식사를 하고 밤 10시가 다 되어 무도회가 시작되었다. 귀부인들 중에서 두 여인이 심술궂고 장난을 좋아했는데, 아주 정결하면서도 약간 난잡한 데가 있었다. 그녀들은 장난을 무리하게 하지 않고 적당히 즐기기 위해서는 분위기를 맞추는 격에 잘 어울리는 여인이었다. 이 여인네들은 돈키호테에게 춤을 추자며 끌어내어 어찌나 이리저리 끌고 돌아다니며 귀찮게 했는지, 그는 몸은 물론이고 마음까지도 곤죽이 되고 말았다. 돈키호테의 볼품없는 모습은 정말 가관이었다. 키는 장대 같고, 축 늘어지고, 비쩍 마르고, 얼굴은 누렇게 뜨고, 복장은 몸에 찰싹 붙어 촌스럽고, 더욱이 경쾌한 데라곤 손톱만큼도 없었다. 귀부인들은 그에게 슬며시 거리의 여인들처럼 교태를 부리고,

---

416 에녹의 아들이며 라멕의 아버지로, 969년을 살다 죽었다(《창세기》5장 21~27절 참조).

그는 슬며시 그녀들을 피하곤 했다. 그러나 교태를 부리면서 좁혀 오는 것을 보자 목소리를 높여 말했다.

"푸기테 파르테스 아드베르사에!⁴¹⁷ 악한 생각들이여, 나를 평온 속에 그대로 내버려두어라. 부인들이시여, 그대들의 욕망을 절제하소서. 나의 여왕이신 아가씨는 세상에 둘도 없는 엘 토보소의 둘시네아이십니다. 그녀는 자기 생각 이외의 다른 어떤 생각도 나를 굴복시키고 무너뜨리는 것을 동의하시지 않습니다."

이렇게 말하고는 얼마나 춤을 추었던지 녹초가 되어 축 늘어져 응접실 바닥 한가운데 털썩 주저앉아버렸다. 돈 안토니오는 그를 둘러메고 침대로 데려가라고 했다. 맨 먼저 그를 붙잡은 사람은 산초였는데, 산초가 돈키호테에게 말했다.

"젠장, 우리 주인 나리시여, 어쩌자고 춤을 추셨어요! 용감한 사람은 죄다 춤꾼이고 편력 기사는 죄다 발레리노라고 생각하세요? 나리께서 그렇게 생각하신다면, 그건 나리께서 잘못 생각하고 계신다는 것을 말씀드리는 겁니다요. 공중제비를 넘는 것보다 차라리 거인 하나를 죽이는 것이 낫겠다는 사람도 있답니다요. 만일 나리께서 탭댄스를 추시려고 했다면, 제가 부족한 점을 보충해드렸을 텐데 아쉽기 그지없습니다요. 제가 감쪽같이 탭댄스를 추거든요. 그렇지만 무도舞蹈라는 것에는 전무식입니다요."

산초는 이런저런 이야기를 해서 무도회 참석자들을 웃겼다. 그러고나서 자기 주인을 침대로 데려가 눕힌 뒤에, 춤을 추느라 땀을

---

417 Fugite, partes adversae! 라틴 말로 '꺼져라, 적들아!'라는 뜻으로, 무당들이 악마를 쫓기 위해 액막이굿을 할 때 쓰는 말이다. 에스파냐 말로는 ¡Huid, adversarios!

흘려 차가워진 몸을 따뜻하게 감싸주었다.

다음 날 돈 안토니오는 마법에 걸린 그 두상을 시험해보면 좋을 것 같아서, 돈키호테와 산초와 다른 두 친구, 그리고 전날 밤에 돈 안토니오의 아내와 함께 묵으며 춤으로 돈키호테를 묵사발로 만든 두 부인과 함께 두상이 놓여 있는 방으로 들어갔다. 돈 안토니오는 그들에게 두상이 가지고 있는 재능을 이야기하며 비밀을 지켜줄 것을 부탁하고는, 그날이 그 마법에 걸린 두상의 능력을 시험하는 첫날이라고 말했다. 돈 안토니오의 두 친구를 제외하고는 어느 누구도 그 마법의 비책을 알지 못했다. 돈 안토니오가 자기의 친구들에게 먼저 그 이야기를 하지 않았다면, 그들 역시 다른 사람들처럼 탄복을 금치 못했을 것이다. 다른 어떤 것과도 비교가 불가능할 정도로 이 두상은 그토록 설계와 장치가 교묘하게 만들어져 있었던 것이다.

그 두상의 귀에 제일 먼저 다가간 사람은 바로 돈 안토니오였다. 그는 낮은 목소리로, 그러나 모두가 알아듣지 못할 정도로 그렇게 낮지는 않은 소리로 두상에게 말했다.

"나에게 말해다오, 두상아, 네 속에 품고 있는 능력으로. 내가 지금 무슨 생각을 하고 있느냐?"

그러자 두상은 입술도 움직이지 않으며 맑고 분명한 목소리로 그에게 대답했다. 모든 사람이 알아들을 수 있도록 이런 말을 했다.

"나는 사람의 생각은 판단하지 않는다."

이 소리를 듣고 모두가 망연자실했으니, 온 방 안은 말할 것도 없거니와 탁자 주변에 그렇게 대답할 수 있는 인간이 없음을 확인했기 때문에 더욱 그랬다.

"여기에 몇 사람이 있느냐?" 돈 안토니오가 다시 물어보았다.

그러자 아까와 똑같은 말투와 낮은 소리로 그에게 대답했다.

"너와 네 아내, 그리고 네 두 친구와 네 아내의 두 여자 친구, 그리고 라만차의 돈키호테라는 유명한 기사와 이름이 산초 판사라는 그의 종자가 있다."

여기에 이르러서는 정말이지 진짜로 놀라서 모든 사람의 머리카락이 곤두섰다! 그리고 돈 안토니오는 두상에서 떨어지면서 말했다.

"너를 나에게 팔아먹은 자에게 내가 속지 않았음을 알게 되었으니 이것으로 충분하다. 영리한 두상아, 말을 잘하는 두상아, 대답 잘하는 두상아, 그리고 기특한 두상아! 다른 분이 오셔서 원하는 것은 무엇이나 두상에게 물어보시오."

언제나 여자들은 서두르고 무엇이든 알기를 좋아하기에, 처음 나선 이는 돈 안토니오의 아내의 두 여자 친구 중 한 사람이었다. 그녀가 두상에게 물어본 것은 다음과 같았다.

"나에게 말해다오, 두상아. 아주 아름다워지려면 내가 어떻게 하면 되겠느냐?"

그러자 그녀에게 대답했다.

"아주 정결해져라."

"더는 너에게 물어보지 않겠다." 질문한 여자가 말했다.

곧이어 다른 여자 친구가 다가와 말했다.

"내가 알았으면 싶은 것은, 두상아, 내 남편이 나를 정말로 사랑하는지 그렇지 않은지야."

그러자 그녀에게 대답했다.

"네 남편이 너에게 하는 짓을 보아라. 그러면 네가 그것을 알 수 있을 것이다."

그 기혼 여성은 두상 앞에서 물러나면서 말했다.

"이런 대답은 묻지 않아도 될 뻔했구먼. 사실 사람이 하는 짓을 보면, 그런 짓을 하는 사람이 품고 있는 의중을 헤아릴 수 있거든."

곧이어 돈 안토니오의 두 친구 중 한 사람이 다가와 물었다.

"내가 누구냐?"

그러자 그에게 대답이 왔다.

"그것은 네가 알고 있다."

"내가 너한테 그것을 묻는 것이 아니고," 그 신사가 대답했다. "네가 나를 알고 있는지 나에게 말하라는 것이다."

"그래, 널 알고 있지." 그에게 대답했다. "넌 돈 페드로 노리스야."

"나는 더 알고 싶지 않다. 이것으로 이해하기에 충분하다, 오, 두상아! 너는 무엇이든지 알고 있구나."

그러고는 물러나자 다른 친구가 다가와 두상에게 물어보았다.

"나에게 말해다오, 두상아. 내 장남은 장래 소원이 무엇이냐?"

"내가 이미 말했는데." 그에게 대답했다. "소원 따위는 판단하지 않는다. 그러나 그렇더라도 네 아들이 품고 있는 소원은 너를 매장하는 것이라고 말할 줄은 안다."

"바로 그거야." 그 신사가 말했다. "눈으로 보는 것을 손가락으로 꼭 집어내는군."[418]

---

418 Lo que veo por los ojos, con el dedo lo señalo. '말하나 마나 한 뻔한 말이다'라는 뜻으로, 설명이 필요 없이 명명백백한 일을 이야기할 때 사용하는 속담이다.

그리고 그는 더 묻지 않았다. 돈 안토니오의 아내가 다가와 말했다.

"나는 모르겠다, 두상아, 너에게 무엇을 물어보아야 할지 말이다. 다만 내가 내 마음씨 고운 남편과 백년해로를 할 수 있을지 알고 싶을 뿐이다."

그러자 그녀에게 대답했다.

"물론 너는 백년해로를 할 것이다. 네 남편의 건강과 절제 있는 생활이 만수무강한다는 약속이기 때문이다. 그렇지만 많은 이들은 무절제한 생활로 자주 수명을 단축하기도 하지."

곧이어 돈키호테가 다가와 말했다.

"그대 대답하는 자여, 나에게 말해보아라. 내가 몬테시노스 동굴에서 겪었다고 이야기한 것이 사실이었느냐, 아니면 꿈이었느냐? 내 종자 산초의 매질이 확실할까? 둘시네아가 마법에서 풀려나는 것은 실현될까?"

"그 동굴에 관한 것은," 대답이 나왔다. "할 말이 많아. 모든 것이 가능하거든. 산초의 매질은 시간을 두고 이행될 것이고, 둘시네아가 마법에서 풀려나는 일은 반드시 실행될 것이다."

"난 더 이상 알고 싶지 않소." 돈키호테가 말했다. "나는 마법에서 풀려나는 둘시네아를 보는 것으로 내가 우연히 바라던 모든 행운이 별안간 한꺼번에 죄다 온 걸로 이해하게 될 것이오."

마지막 질문자는 산초였다. 그의 질문은 이러했다.

"혹시 말인데, 두상아, 내가 또 정부를 가지게 될까? 내가 이 종자의 궁핍한 생활에서 벗어날 수 있을까? 다시 내 처자식을 보게 될까?"

이 질문에 그에게 대답했다.

"그대는 그대의 집을 다스리게 될 것이다. 집에 돌아가면 그대의 처자식을 보게 될 것이고, 모시는 일을 그만두게 되니 종자 생활은 그만두게 될 것이다."

"젠장맞을!" 산초 판사가 말했다. "나도 이 정도는 말하겠다. 예언자 페로그루요[419]도 그런 말은 안 했을 것이다."

"짐승 같으니라고!" 돈키호테가 말했다. "너한테 무슨 대답이 나오길 바라느냐? 이 두상이 질문에 잘 어울리는 대답을 했으니 충분하지 않으냐?"

"예, 충분하고말고요." 산초가 대답했다. "그렇지만 저는 더 확실하고 더 많은 말을 해주길 바랐습니다요."

이렇게 해서 질문과 대답이 다 끝났다. 그러나 모두가 놀라움을 금치 못하는 사건이 있었는데, 그 사건의 내막을 알고 있던 돈 안토니오의 두 친구만은 예외였다. 그런 두상에 어떤 주술적이고 이상한 신비라도 깃들여 있다고 믿기라도 할까봐, 이것이 세상을 얼떨떨하게 하지 않도록 하기 위해 시데 아메테 베넹헬리가 곧 밝혀두고 싶어 했다. 그래서 말하기를, 돈 안토니오 모레노가 마드리드에서 한 목판화공이 제작한 두상을 보고는 무지한 자들을 놀라게 해보려고 집에서 심심풀이로 흉내 내어 만들었다는 것이다. 두상의 제작은 이렇게 실현되었다. 탁자 판자는 원래 통나무였는데 색칠하고 광을 내 벽옥처럼 만들었고, 지탱하는 다리도 같은 통나무였는데 하중을 잘 견디어내도록 하기 위해 다리에서 독수리의

---

419 Perogrullo. 뻔한 사실들만 말하는 예언자.

네 발톱이 나오게 만들었다. 로마 황제 모습의 원형 부조처럼 보이는 두상은 청동색이었고 속은 완전히 비어 있었다. 그리고 탁자의 판은 적당히 아주 꼭 맞게 끼워져 있어 이음매가 전혀 표 나지 않았다. 탁자 다리도 속이 비어 있어서 두상의 목과 가슴에 해당되었다. 그리고 이 모든 것이 두상이 있는 내실 밑으로 난 다른 방으로 통해 있었다. 다리와 탁자와 이미 언급한 원형 부조 모양의 목과 가슴이 모두 이 빈 구멍을 통해 아무도 볼 수 없는 아주 꼭 맞는 양철 파이프가 끼워져 있었던 것이다. 윗방으로 통하는 아랫방에는 대답을 할 사람이 바로 그 구멍에 입을 대고 있었으며, 입으로 부는 화살을 쏘듯 또렷하고 분명한 말로 위에서 아래로 그리고 아래에서 위로 목소리가 가도록 만들어졌다. 이래서 속임수를 알아차릴 수 없었다. 총명하고 재치 있는 학생인 돈 안토니오의 조카가 대답하는 역할을 했다. 그는 삼촌으로부터 그날 그 두상이 있는 방에 들어가는 사람들에 대한 정보를 미리 입수하고 있었기에, 첫 번째 질문에 빠르고 정확히 대답하는 것은 그에게 식은 죽 먹기나 마찬가지였다. 나머지 질문들은 신중에 신중을 기해 짐작으로 대답했다. 그리고 시데 아메테는 더 말한다. 이 불가사의한 기계가 열흘이나 열이틀까지 지속되었으나, 돈 안토니오의 집에 묻는 것은 무엇이나 대답하는 마법에 걸린 두상이 있다는 소문이 도시에 쫙 퍼졌다. 돈 안토니오는 우리 기독교의 민첩한 감시인들의 귀에 들어가지나 않을까 겁이 나서 종교재판관들에게 이 사건을 알렸고, 그들은 그것을 망가뜨려 더 이상 사용하지 말라고 그에게 명령을 내렸다. 무지한 백성들이 큰 소동을 일으킬 수도 있기 때문이라 했다. 그러나 돈키호테와 산초 판사는 그 두상이 마법에 걸려 있어 대답을 잘하는 것이라 생각했으며, 산초보다는 돈키호테가 더 만족해했다.

그 도시의 신사들은 돈 안토니오를 기쁘게 하고 돈키호테를 환대하며 그의 어수룩한 행동을 세상에 드러낼 기회를 만들 생각으로, 그로부터 엿새째 되는 날, 기수들이 말을 타고 창으로 고리를 통과시키는 창던지기 시합을 준비하라고 명령했다. 그 시합은, 앞으로 말할 기회가 있겠지만, 실현되지 못했다. 돈키호테는 소탈하게 걸어서 그 도시를 산책하고 싶었는데, 말을 타고 다니면 아이들이 쫓아다닐까봐 두려웠던 것이다. 그래서 그와 산초는 돈 안토니오가 내준 다른 두 하인을 데리고 산책하러 나갔다.

한 거리를 거닐다가 돈키호테가 문득 눈을 들어 보았더니, 어느 문 위에 '이곳에서는 책들을 인쇄합니다Aquí se imprimen libros'라고 대문짝만한 글씨가 쓰여 있었다. 돈키호테는 그때까지 인쇄소라는 것을 본 적이 없던 터라 그것을 보고 뛸 듯이 기뻤다. 어떻게 생겼는지 보고 싶어 그의 모든 동행자와 함께 안으로 들어갔더니 한쪽에서는 인쇄를 하고, 다른 쪽에서는 교정을 하고, 또 이쪽에서는 조판을 하고, 또 저쪽에서는 수정을 하는 등 결국 커다란 인쇄소에서 볼 수 있는 전반적인 작업 과정을 다 보여주고 있었다. 돈키호테는 한 활자 상자 쪽으로 다가가 거기서 하는 그 일이 무엇이냐고 물어보니, 직원들이 그에게 설명을 해주었다. 그는 감탄해 마지않았고 다시 앞으로 나아갔다. 그는 다른 부서에 있는 한 직원에게 가서 하는 일이 무엇이냐고 물어보았다. 그 직원이 그에게 대답했다.

"나리, 여기 계신 이 신사가," 그러면서 몸집이 아주 좋고 잘생기고 어딘지 위엄 있고 정중한 데가 있는 한 남자를 가리키고 말했다. "토스카나 말[420]로 된 책을 한 권 우리 카스티야 말로 번역하셨

습니다. 그래서 저는 그것을 인쇄로 넘기기 위해 지금 조판을 하는
중입니다."

"그 책의 제목은 무엇입니까?" 돈키호테가 물었다.

그 물음에 작가가 대답했다.

"나리, 그 책은 토스카나 말로 《레 바가텔레》[421]라고 합니다."

"그런데 레 바가텔레는 우리 카스티야 말로 뭐라고 합니까?"
돈키호테가 물었다.

"레 바가텔레는," 작가가 대답했다. "카스티야 말로 '로스 후게
테스'[422]라고 할 수 있습니다. 이 책이 비록 이름은 보잘것없지만,
내용만은 아주 좋고 실속 있는 것들로 채워져 있답니다."

"저는," 돈키호테가 말했다. "토스카나 말을 어느 정도 알고 있
습니다. 아리오스토의 시구를 몇 연 정도 읊을 수 있는 것을 자랑으
로 삼고 있답니다. 그렇지만 저에게 말씀해주세요, 나리. 제가 귀하
의 재능을 시험하고 싶어서 이 말을 하는 것이 아니라 호기심으로
그런 것이온데, 귀하가 쓴 글에서 '피냐타piñata'라는 말을 발견하신
적이 있습니까?"

"예, 자주 나옵니다." 그 작가가 대답했다.

"그럼 귀하께서는 카스티야 말로 어떻게 번역하십니까?" 돈키
호테가 물었다.

---

420 toscano. 옛날 토스카나Toscana 왕국에서 사용한 말이다. 토스카나는 이탈리아의 한 지방
이다. 오늘날 '이탈리아 말'을 말한다.

421 *Le Bagatele*. 세르반테스가 언급한 이 책에 대해서는 알려져 있지 않다. 오늘날 이탈리아
말로는 'Le bagattelle'이며, '당구 비슷한 구기'를 뜻한다.

422 los juguetes. '장난감들'이라는 뜻.

"그것을 어떻게 번역하겠어요," 작가가 되받아 말했다. "'오야'[423]라는 말로 번역할 수밖에?"

"아이고!" 돈키호테가 말했다. "귀하의 토스카나 말 실력은 정말 대단하십니다. 저와 내기를 해도 좋은 상대가 되겠습니다. 토스카나 말로 '피아체piace'라고 하면 귀하는 카스티야 말로 '플라세'[424]라 하실 것이고, '피우più'라 하면 '마스'[425]라 하고, '수su'라 하면 '아리바'[426]라 하고, '지우giù'라 하면 '아바호'[427]라 하시겠죠."

"물론 그렇게 말하겠죠." 작가가 말했다. "그것들이 그 말들의 적당한 번역어니까요."

"감히 제가 맹세하건대," 돈키호테가 말했다. "귀하께서는 세상에 많이 알려지지 않으셨습니다. 세상은 이렇게 훌륭한 재능이나 칭찬할 만한 작품들에 상을 내리는 데 늘 인색하답니다. 이 세상에는 훌륭한 재주들이 버려지는 경우가 아주 많습니다. 그 훌륭한 재능들이 구석에 처박혀 있는 경우가 얼마나 많습니까! 무시당하는 미덕들은 얼마나 많습니까! 그러나 어찌 되었건 내 생각에는, 한 나라의 말을 다른 나라의 말로 번역하는 것은, 모든 언어의 여왕이라는 그리스 말과 라틴 말이 아니라면, 플랑드르산産 융단을 뒤집어 보는 것과 다르지 않습니다. 왜냐하면 비록 무늬의 윤곽은 보이지만 그 윤곽들이 어두운 실로 가득해 표면의 매끄러움과 결이 원

---

423 olla. '냄비', '솥' 혹은 '끓인 요리'라는 뜻.
424 place. '기쁩니다'라는 뜻.
425 más. '더'라는 뜻.
426 arriba. '위에'라는 뜻.
427 abajo. '아래에'라는 뜻.

래대로 보이지 않기 때문입니다. 한 종이에서 다른 종이로 베끼거나 옮겨 쓰는 일이 문제가 되지 않는 것처럼, 쉬운 언어를 번역하는 것은 재능이나 말재주가 문제가 되지 않습니다. 그리고 번역한다는 이 일이 칭찬할 만한 것이 아니라고 결론을 내리고 싶은 마음은 추호도 없습니다. 왜냐하면 사람은 다른 더 나쁜 일이나 더 이익이 없는 일에도 종사할 수 있기 때문입니다. 이런 계산과 달리 유명한 두 번역가가 있으니, 한 사람은 《양치기 피도》[428]를 번역한 크리스토발 데 피게로아 박사이고, 또 한 사람은 《아민타》[429]를 번역한 돈 후안 데 하우리기라는 분입니다. 이 두 사람의 번역은 무엇이 번역이고 무엇이 원작인지 의심스러울 만큼 훌륭합니다. 그렇지만 나리께서 저에게 말씀해주세요. 이 책이 자비로 인쇄되었습니까, 아니면 어떤 서적상에게 판권을 이미 팔아넘기셨습니까?"

"제 자비로 인쇄합니다." 작가가 대답했다. "이 초판으로 적어도 천 두카도는 벌어들일 생각입니다. 초판은 2천 부를 출판하고 권당 6레알을 붙일 예정인데, 그야말로 날개 돋친 듯 팔려 나갈 겁니다."

"귀하는 계산에 능하시군요!" 돈키호테가 대답했다. "그런데 인쇄업자들의 부정회계와 여기저기에서 요령을 부리는 교묘한 솜씨는 잘 모르시는 것 같습니다. 제가 귀하께 약속드리는데, 책 2천 권을 짊어지게 되면 아마도 귀하의 몸은 깜짝 놀랄 만큼 녹초가 될

---

428 *Pastor Fido*. 이탈리아의 극작가 조반니 바티스타 과리니Giovanni Battista Guarini가 1590년 베네치아에서 출판한 *Il Pastor Fido*를 말하며, 번역 작품은 1602년 나폴리에서 출판되었다.

429 *Aminta*. 토르콰토 타소Torquato Tasso가 1580년에 크레모나에서 출판한 *L'Aminta*를 말하며, 번역 작품은 1607년 로마에서 출판되었다.

것이고, 만일 그 책이 물 흐르듯 유창하지 않거나 해학이 넘치지 않는다면 더욱더 그럴 것입니다."

"그럼 어떻게 하죠?" 작가가 말했다. "나리께서는 나더러 인세를 겨우 3마라베디밖에 안 주는 서적상에게 판권을 넘겨주라는 말씀입니까? 더욱이 서적상은 그 알량한 돈을 주면서 나에게 대단한 은혜나 베푸는 것처럼 생각하고 있는데도 말입니까? 나는 세상에 명성을 떨치려고 제 책들을 인쇄하는 것이 아닙니다. 뭐 제 작품들로 인해서 이미 알려지긴 했습니다만, 저는 이익을 얻기를 바랍니다. 한푼도 이익이 없는데 아무리 명성이 자자한들 무슨 소용이 있습니까요."

"부디 하느님께서 귀하에게 행운을 주시길 빕니다." 돈키호테가 대답했다.

그리고 돈키호테는 다른 부서로 가서 '루스 델 알마'[430]라는 제명이 붙은 책의 접지 한 장을 교정하고 있는 것을 보았다. 그것을 보자마자 말했다.

"이런 책들은, 비록 이런 유의 책이 많기는 하지만, 반드시 인쇄되어야 할 것들입니다. 죄를 지은 자들이 많으니까, 그 많은 눈이 어두운 자들을 비춰줄 무한한 빛이 필요하거든요."

그는 더 앞으로 나아가서 다른 책을 교정하고 있는 것을 목격했다. 그 책의 제명을 물으니 토르데시야스에 사는 누군가가 쓴 '라 세군다 파르테 델 잉헤니오소 이달고 돈키호테 데 라만차'[431]라고

---

430 *Luz del alma*. '영혼의 빛'이라는 뜻이다. 펠리페 데 메네세스Felipe de Meneses 신부가 1554년 바야돌리드에서 쓴 작품을 말한다.

대답했다.

"나는 이미 이 책에 대한 소식을 들어 알고 있습니다." 돈키호
테가 말했다. "사실 제 양심을 걸고 하는 말인데, 이 책이야말로 무
례하기 짝이 없어서 이미 불태워져 재가 된 줄로 알았습니다. 그러
나 어느 돼지에게나 '루르의 성 마르티노 주교 기념일'[432]이 오기 마
련이고, 거짓 이야기들은 사실에 가깝거나 사실과 유사할수록 더
좋고 더 신나는 법이고, 진짜 이야기들은 진실하면 진실할수록 더
욱더 좋은 법입니다."

이렇게 말하면서 약간 불쾌한 표정을 보이며 인쇄소에서 나왔
다. 그리고 바로 그날 돈 안토니오는 돈키호테를 해변으로 데려가
갈레라들을 구경시키라는 명령을 내렸다. 평생토록 갈레라를 본 적
없는 산초는 그 말을 듣고 무척 기뻐했다. 돈 안토니오는 네 척이
한 함대를 구성하는 갈레라의 함장에게 그날 오후 자기 손님인 라
만차의 유명한 돈키호테를 데리고 갈레라들을 구경하러 갈 것이라
고 알렸다. 그런데 이미 돈키호테에 대한 소식은 함장과 그 도시의
모든 주민이 들어 알고 있었다. 그 갈레라에서 일어난 일은 다음 장
에서 말하겠다.

---

431 *la Segunda parte del Ingenioso Hidalgo don Quijote de la Mancha.* 아베야네다의 위작인 《라
만차의 돈키호테 속편》을 말한다. 그 책은 바르셀로나에 있는 세바스티안 데 코메르야스
Sebastián de Cormellas 제작소들에서 실제로 제작되고 있었음에 틀림없으며, 아라곤왕
국에서는 큰 성공을 거둔 작품들을 집대성한 '카스티야 문학 작품집'에 그것을 포함시켜
출판할 계획을 세웠다고 한다.

432 루르의 성 마르티노 주교 기념일인 11월 11일에는 돼지를 통으로 구워 먹는 관습이 있다.
"A cada puerco o cerdo le llega su San Martín(어떤 돼지에게나 루르의 성 마르티노 주교 기
념일이 온다)"라는 속담을 인용한 말로, 여기서는 결국 죗값을 톡톡히 치를 날이 올 것이
라는 뜻으로 쓰였다.

제63장

산초 판사가 갈레라들을 방문했을 때 당한 재난과
아름다운 무어 여인의 새로운 모험에 대해

돈키호테가 마법에 걸린 두상의 대답에 관해서 품고 있던 생각은
많았지만, 그 무엇도 속임수라고 생각하지는 않았다. 그리고 모든
생각은, 그가 확신하고 있는 둘시네아의 마법이 풀린다는 약속에
집중되어 있었다. 그는 거기서 이리저리 왔다 갔다 하면서, 그 약속
이 실행되는 것을 곧 보게 되리라고 믿으며 혼자서 속으로 기뻐했
다. 한편 산초는 이미 말한 바와 같이 총독이 되는 일은 싫증이 나
있었지만, 아직도 다시 명령을 내리고 자기 명령에 복종하는 것을
보고 싶었다. 비록 장난에 불과하더라도 권력에는 이런 불행이 미
치기 일쑤이기 때문이다.

아무튼 그날 오후, 손님을 모시는 돈 안토니오 모레노와 그의
두 친구는 돈키호테와 산초와 함께 갈레라들을 보러 갔다. 이미 훌
륭한 손님들이 방문하리라는 연락을 받은 함장은 그 유명한 두 사
람, 돈키호테와 산초를 만나게 되어 기쁨에 차 있었다. 그들이 해안
에 도착하자 모든 갈레라가 천막 덮개를 걷어내고 치리미아를 불

어댔고, 곧바로 화려한 융단과 심홍색 우단 쿠션이 깔린 전마선을 물에 던졌다. 돈키호테가 전마선에 두 발을 들여놓자마자 기함은 현문舷門의 대포를 쏘았으며, 다른 갈레라들도 똑같이 그렇게 했다. 그리고 돈키호테가 오른쪽 계단으로 올라갔을 때, 노를 젓는 모든 죄수는 고관대작들이 갈레라에 들어올 때 하던 관례대로 세 번 '우, 우, 우' 하면서 그에게 인사를 했다. 장군[433]은 돈키호테에게 악수를 청했는데, 우리가 장군이라고 부르는 자는 발렌시아의 유명한 기사였다. 그는 돈키호테를 껴안으면서 말했다.

"저는 이날을 하얀 돌로 표시해두겠습니다. 라만차의 돈키호테 나리를 뵙게 되었으니 내 인생에서 가장 멋진 날들 중 하루가 될 테니까요. 나리께서는 편력 기사도의 모든 가치를 몸소 체험하고 계신다는 것을 우리에게 보여주는 이 시대의 증표이시기도 합니다."

꽤 예의 바른 다른 말로 돈키호테는 그에게 대답했다. 돈키호테는 영주 같은 그런 대접을 받고 매우 흐뭇해했다. 모두가 고물로 들어갔는데, 그곳은 아주 잘 꾸며져 있었다. 그들은 노 젓는 자리에 앉았다. 노 젓는 죄수의 감독이 통로로 지나가면서 죄수들에게 옷을 벗도록 호루라기로 신호하자 순식간에 죄수들이 옷을 벗었다. 산초는 그 많은 사람들이 알몸이 되는 것을 보고 깜짝 놀랐다. 그리고 그렇게도 빨리 천막을 치는 것을 보았을 때는 더더욱 놀랐다. 산초가 보기에는 모든 악마가 그곳에서 일하고 있는 것 같았지만, 지금부터 할 이야기에 비하면 그 정도는 약과였다. 산초는 오른쪽으

---

433   카탈루냐 갈레라 함장의 직함.

로 등을 돌린 채 노 젓는 죄수 옆에 있는, 고물에서 기둥처럼 생긴 통나무 위에 앉아 있었다. 해야 할 일을 이미 지시받은 그 노 젓는 죄수가 산초를 붙들어 두 팔로 안아 올리니, 서 있던 노 젓는 죄수들이 모두 경계 태세를 갖추었다. 오른쪽 패거리가 시작해서 이 벤치에서 저 벤치로 노 젓는 죄수들의 팔 위로 얼마나 빨리 던지고 빙빙 돌리던지, 불쌍한 산초는 눈이 휘둥그레졌다. 의심할 여지가 없이 바로 그 악마들이 자기를 데려간다고 생각했다. 죄수들은 그를 왼쪽에 있는 패거리에게 넘겨 고물에 앉힐 때까지 멈추지 않았다. 그 불쌍하기 짝이 없는 자는, 자기에게 무슨 일이 벌어졌는지 생각할 겨를도 없이 파김치가 되어 숨을 헐떡거리고 온통 땀투성이가 되었다.

돈키호테는 산초가 날개도 달리지 않았는데 날아다니는 것을 보고, 저렇게 하는 것이 갈레라에 처음 들어오는 사람들에게 하는 일반적인 의식이냐고 장군에게 물었다. 행여나 그렇다면 그는 갈레라에서 일할 뜻이 없었기 때문이다. 그 비슷한 운동도 하고 싶지 않았다. 그리고 그는 하느님께 맹세코 누군가가 자기를 빙빙 돌리기위해 붙잡으러 오면 발로 차 혼을 빼놓겠다고 말하더니, 벌떡 일어서서 칼을 꽉 움켜쥐었다.

바로 이때 죄수들이 천막 덮개를 걷어내자, 우레 같은 소리를 내면서 돛대가 위에서 아래로 떨어졌다. 산초는 하늘이 무너져 자기 머리 위로 떨어진 줄 알고 공포에 휩싸인 채 몸을 숙여 가랑이 사이로 머리를 처박았다. 돈키호테 역시 몸이 온전치 못했고, 또한 몸을 벌벌 떨면서 어깨를 움츠린 채 안색은 사색으로 변했다. 노 젓는 죄수들은 돛대를 내릴 때처럼 우레 같은 소리를 지르면서 빠른 속도로 돛대를 올렸다. 이 모든 것을 마치 목소리도 숨소리도 없는 사람들이 하는 것처럼 쥐 죽은 듯이 조용히 해냈다. 감독이 닻을 올리라고 신호한 뒤 채찍을 들어 통로 한가운데를 뛰어다니면서 노 젓는 죄수들의 등을 때리자, 갈레라는 조금씩 조금씩 바다로 출항하기 시작했다. 산초는 그 많은 빨간 발이 한꺼번에 움직이는 것을 보면서, 그런 것이 노 젓는 형벌이라고 생각하며 혼자 중얼거렸다.

"이거야말로 진짜 마법 같은 일들이구나. 내 주인이 말하는 일들은 마법이 아니야. 이 불행한 자들은 무슨 짓을 했기에 저렇게 채찍질을 당할까? 어떻게 이 사나이만 혼자 여기서 휘파람을 불고 다니면서 이렇게 많은 사람들에게 물불 가리지 않고 채찍질을 해대고 있는가? 지금 내 말인즉 이것이 지옥이거나, 아니면 적어도 연옥이다."

돈키호테는 여기서 일어나는 일들을 바라보고 있는 산초를 유심히 보고는 그에게 말했다.

"오, 친구 산초여, 만일 자네가 원해서 윗도리를 벗어젖히고 이분들 사이에 끼어들기만 하면 둘시네아의 마법을 푸는 일을 끝내는 것은 식은 죽 먹기일 건데! 이토록 많은 사람들과 함께 고통과 괴로움을 당할 테니 자네는 고통을 그렇게 많이 느끼지도 못할 거야. 더욱이 현인 메를린이 이 사람들이 맞는 매 하나하나를 계산에 넣어줄지도 몰라. 이 매질은 훌륭한 손으로 가해지는 것이므로 자네가 마지막으로 자네 몸에 스스로 가해야 하는 매질의 열 배로 계산해 줄지도 모를 일이 아닌가."

장군은 그 매질이 무엇이며 둘시네아의 마법을 푼다는 것이 무슨 말인지 묻고 싶었는데, 바로 그때 선원이 말했다.

"서쪽 해안에 노 젓는 배가 있다는 신호를 몬주익[434]에서 했습니다."

이 말을 듣고 장군이 통로로 뛰어가 말했다.

"거기, 애들아, 배를 놓쳐서는 안 된다! 망루에서 우리에게 신호로 알려온 바로 그 아르헬 해적들의 어떤 베르간틴[435]이 틀림없다."

곧바로 다른 갈레라 세 척이 장군의 명령을 알아보려고 기함으로 다가왔다. 장군은 두 척에게 바다로 나가라고 명령을 내리고, 자신은 다른 갈레라로 육지를 따라 연안으로 가겠다고 했다. 그래야 그 배가 그들에게서 도망을 치지 못하기 때문이었다. 노 젓는 죄수들이 죽을힘을 다해 노를 저었다. 갈레라를 얼마나 세게 몰았던지 마치 날아가는 듯했다. 바다로 약 2마일 정도 나간 갈레라들이 배 한 척을 발견했는데, 좌석이 열네댓 정도로 보였고 그게 사실이었다. 그 무슬림 배는 갈레라를 발견하자 도망을 시도했다. 배가 가볍기 때문에 도망칠 의도와 희망을 가지고 움직였지만, 마음먹은 대로 되지 않아 실패로 끝났다. 기함 갈레라는 바다에서 항해하는 배 중에서는 가장 가벼운 배였기에 금방 그 배를 따라잡았다. 베르간틴에 탄 선원들은 도망칠 수 없다는 것을 분명히 알았으므로, 그 배의 선장은 우리 갈레라들을 이끌고 있는 함장을 화나게 하지 않으려고 노를 놓고 항복하려 했다. 그러나 운명의 장난이었을까, 일은 그렇게 되지 않았다. 그 무슬림 배의 선원들은 아주 가까이 다가온

---

434 바르셀로나의 서쪽에 있는 언덕. 해상으로부터의 공격을 방어하기 위한 망루가 있다.

435 bergantín. 갈레라galera보다 작고 더 빠른 범선. 《돈키호테》가 발행될 무렵에는 카탈루냐 해안 지방의 마을들을 약탈하고 포로를 잡기 위해 빠른 배를 타고 찾아다니는 베르베리아와 튀르키예의 침입이 계속되었다.

기함으로부터 항복하라는 소리를 들었고, 두 바보 같은 사람, 즉 만취한 두 튀르키예 사람[436]이 열두 명의 해적과 함께 베르간틴을 타고 오다가 화승총을 발사해 우리 쪽 이물의 망루 위에 올라가 있던 두 군인이 죽는 결과를 초래하고 말았다. 그 광경을 본 장군은 그 무슬림 배에 타고 있는 자는 죄다 목숨을 끊어놓겠다고 맹세하고 전속력으로 공격해 들어갔으나, 그 무슬림 배는 이쪽의 많은 노들 밑으로 빠져나가 도망쳐버렸다. 갈레라는 상당한 간격으로 앞서갔고, 그 무슬림 배의 선원들은 길을 잃게 되었으며, 갈레라가 되돌아오는 동안 그들은 돛을 올려 다시 돛과 노의 힘으로 도망쳤다. 그러나 그들의 노력은 헛되었고, 오히려 그들의 대담한 행동으로 인해 더 큰 타격을 받게 되었다. 그들이 반 마일 약간 더 갔을 때 기함이 그들을 따라잡았고, 노들이 그들 위로 덮쳐 그들을 죄다 생포한 것이다.

이러고 있을 때 다른 갈레라 두 척이 도착해, 모두 네 척이 포로들과 함께 해안으로 돌아왔다. 해변에는 수많은 사람들이 그들이 데려온 것을 보려고 기다리고 있었다. 장군은 육지 가까이에 갈레라들을 정박시키고, 그 도시 바르셀로나의 부왕이 해안에 나와 있다는 것을 알고는 그를 데려올 전마선을 풀라고 명령했다. 그리고 무슬림 배에서 잡아온 선장과 나머지 튀르키예 사람들을 서둘러 교수형에 처하기 위해 닻을 내리라고 명령했다. 그들은 서른여섯 명쯤 되었는데, 아주 늠름해 보였으며 대부분 튀르키예 사람 총

---

436 당시에 에스파냐 사람들은 레판토 해전la guerra de Lepanto에서 튀르키예를 물리친 뒤라서 튀르키예 사람들을 짐승보다 못한 인간 이하의 존재로 취급했다.

잡이였다. 장군이 그 베르간틴의 선장이 누구냐고 묻자 그 포로들 중 한 사람이 카스티야 말로 대답했는데, 나중에 알고보니 그는 이슬람으로 개종한 에스파냐 사람이었다.

"이 젊은이가, 나리, 장군님이 여기 보고 계시는 이 사람이 우리 선장입니다."

그리고 인간의 상상으로는 묘사할 수 없을 정도로 이 세상에서 가장 이목구비가 수려하고 늠름한 한 젊은이가 장군 앞에 모습을 나타냈다. 나이는 스물이 안 되어 보였다. 장군이 그에게 물었다.

"어디, 나한테 말해봐라, 이 천박하기 짝이 없는 개자식아, 도망가는 것이 불가능하다는 것을 알았을 텐데도 누가 너에게 내 병사들을 죽이라고 부추겼느냐? 그것이 기함에 대한 예의라고 생각하느냐? 너는 무모함이 용기가 아니라는 것을 모르느냐? 불확실한 희망이 무모한 자들을 만들어내기도 하지만, 경솔한 짓을 하지는 않는단 말이다."

선장은 대답하려고 했지만, 장군은 대답을 들을 수가 없었다. 그때 갈레라에 이미 오른 부왕을 맞으러 급히 가야 했기 때문이다. 부왕과 함께 그의 하인 몇 사람과 주민 몇 사람이 올라왔다.

"사냥이 훌륭했군요, 장군!" 부왕이 말했다.

"아주 훌륭했습니다." 장군이 대답했다. "각하께서는 이제 이 돛대에 매달리는 것을 보시게 될 것입니다."

"어떻게 그런 일이?" 부왕이 되받아 말했다.

"왜냐하면," 장군이 대답했다. "전쟁의 모든 법칙에 반하고 모든 정당성과 관습에 반해 이 갈레라에 타고 있던 제 가장 훌륭한 병사들 중 둘을 죽였기 때문입니다. 그래서 저는 포로로 잡은 자들을 씨도 남기지 않고 모조리 교수형에 처하겠다고 맹세했습니다. 특히 베르간틴의 선장인 이 젊은이를 말입니다."

그리고 장군은 이미 양손이 묶이고 목에 밧줄이 걸려 죽음을 기다리고 있는 그자를 부왕에게 보여주었다.

부왕은 그를 보게 되었고, 그 젊은이가 정말로 이목구비가 수려하고 모습이 의젓하고 당당하고 태도가 겸손한 것을 본 그 순간, 그의 수려하고 의젓하고 당당하고 겸손함이 추천서가 되어 부왕은 그의 죽음을 면해주고 싶은 마음이 간절했다. 그래서 그에게 물었다.

"나한테 말해보아라, 선장. 너는 튀르키예 사람이냐, 무어인이냐, 아니면 개종자냐?"

그 물음에 그 젊은이도 카스티야 말로 대답했다.

"저는 튀르키예 사람도 무어인도 개종자도 아닙니다."

"그럼 너는 무엇이냐?" 부왕이 되물었다.

"여자 기독교도입니다." 그 젊은이가 대답했다.

"뭐, 그런 복장에 그런 위치에 있으면서 여자이며 기독교도라고? 도저히 믿기지도 않을 뿐만 아니라 더더욱 놀라운 일이구나."

"오, 여러분!" 그 젊은이가 말했다. "제 사형 집행을 잠깐 멈춰주십시오. 제가 여러분에게 제 신상에 관한 이야기를 하는 동안 여러분의 복수가 지연되더라도 여러분에게 그다지 손해될 일은 아닐 것입니다."

이런 말을 듣고도 마음이 누그러지지 않을 강심장을 가진 자 누구이겠으며, 적어도 그 슬프고 가엾은 젊은이가 하고 싶어 하는 이야기까지 듣지 않을 자가 어디 있겠는가? 장군은 하고 싶은 이야기를 해보라고 말했으나, 다 알고 있는 그 잘못에 대해 용서받기를 바라지는 말라고 했다. 허락을 받고 그 젊은이는 다음과 같이 이야기하기 시작했다.

"저는 최근에 밀려든 큰 불행이 비 오듯 쏟아지고 있는, 좋은 일보다 불행이 더 많은 민족인 모리스코 부모님한테서 태어났습니다. 저는 부모님의 불행한 물결에 휩쓸려, 두 삼촌에 이끌려 베르베리아로 갔습니다. 저는 겉만 그럴싸한 거짓 기독교도가 아니라 진짜 독실한 기독교도였고, 그것은 누구도 부인할 수 없는 사실이었지만, 아무리 내가 기독교도라고 주장을 해도 아무 소용이 없었습니다. 이런 진실을 호소하는 것은 우리의 비참한 추방을 책임지고 있는 관리들에게 아무 소용이 없었습니다. 그리고 내 삼촌들까지도 그 진실을 믿으려고 하지 않았습니다. 믿기는커녕 오히려 내가 태어난 고장에 남아 있기 위해 거짓으로 꾸며낸 이야기라 치부하고 말았습니다. 그래서 자진해서라기보다는 오히려 강제로 저는 그들과 함께 갔던 것입니다. 제가 기독교도 어머니와 사려 깊은 기독교도 아버지를 가졌다는 것은 가감 없이 명백한 사실입니다. 저는 어머니의 젖을 먹으면서 기독교 신앙을 받아들였기에 훌륭한 습관을 가지고 자랐습니다. 제게서는 언어나 습관에서조차 전혀 무어 여성이라는 표시가 나지 않는다고 생각했어요. 이런 덕성에 따라, 저는 그것이 덕성이라고 믿습니다만, 제 아름다움도 자랐다고 생각합니다. 만일 제가 아름답다면 말입니다. 그런데 제가 신중한 은둔 생활을 하면서 지냈음에도, 돈 가스파르 그레고리오라는 양반 가문의 젊은이가 저를 보게 되었답니다. 그는 우리 고장 옆에 자기 고장이 있는, 한 양반의 장자였습니다. 그 젊은이가 어떻게 저를 보았는지,

어떻게 우리가 서로 이야기하게 되었는지, 어떻게 그가 나한테 빠져들었고, 어떻게 제가 그의 말에 잘 설득당하지 않았는지를 이야기하자면 길어서 한이 없고, 혀와 목구멍 사이에서 나를 위협하고 있는 이 무서운 밧줄이 언제 졸라맬지 모른다는 두려움에 떠는 시간에는 더욱 할 이야기가 많답니다. 그래서 우리가 추방당했을 때 돈 그레고리오가 어떻게 나를 따라오고 싶어 했는지만 말씀드릴까 합니다. 그는 다른 지방에서 떠나온 모리스코들하고 어울려 다녔답니다. 그는 우리말을 아주 잘 구사했어요. 그래서 여행 중에 저를 데리고 가던 제 두 삼촌과 아주 절친해졌답니다. 왜냐하면 매사에 신중하시고 준비에 만전을 기하시는 제 아버님은 우리의 첫 추방 포고령을 듣자마자 고향을 떠나 우리를 받아줄 외국의 어떤 곳을 찾아 나섰기 때문입니다. 아버지께서는 저 혼자만 알고 있는 곳에 진주들과 굉장한 값어치가 있는 보석들과 크루사도[437]와 도블론데 오로[438]로 얼마간의 돈을 묻어 숨겨두었습니다. 그리고 자기가 돌아오기 전에는 혹시 우리가 추방당하더라도 어떤 방법으로든 그 보물에 손대지 말라고 제게 명령하셨습니다. 저는 그렇게 했고, 앞에서 제가 말씀드렸듯이 제 삼촌들과 다른 친척들과 집안 식구들이 베르베리아로 건너가 정착한 곳은, 우리가 바로 그 지옥에 만들어놓은 것 같은 아르헬이었습니다.

아르헬의 임금은 제 아름다움에 대한 소식을 접하고 제가 부유하다는 명성도 듣게 되었으니, 제 입장으로서는 제가 운이 좋았던

---

437 십자가가 새겨진 포르투갈의 금화.
438 20레알짜리 금화.

것입니다. 그는 저를 자기의 앞에 부르더니 에스파냐의 어느 지역에서 왔느냐, 그리고 돈은 얼마나 가져왔으며 무슨 보석을 가져왔느냐고 물으셨습니다. 저는 고향을 그에게 말했고, 그곳에 보석과 돈을 묻어놓았지만 제 자신이 그곳에 돌아가면 쉽게 찾아낼 수 있을 것이라고 했습니다. 저는 그가 돈에 대한 욕심이 아니라 제 미모에 눈이 멀지나 않을까 겁이 나서 모든 것을 말했던 것이지요. 임금님이 이런 말들을 하면서 저와 함께 있는데, 임금님께서는 상상할 수 없을 정도로 세상에서 가장 늠름하고 미모가 수려한 젊은이 중 한 사람이 저와 함께 와 있다는 말을 듣게 되었습니다. 저는 그것이 바로 돈 가스파르 그레고리오를 지칭하는 말이라는 것을 눈치챘습니다. 돈 그레고리오의 준수한 미모는 입에 침이 마르도록 말해도 모자랄 지경이었으니까요. 돈 그레고리오가 위험에 처했다고 생각하니 저는 당혹스러웠습니다. 왜냐하면 그 튀르키예의 야만족들은 여자가 아무리 미모가 출중해도 미소년이나 미모가 뛰어난 젊은이를 훨씬 중요시하고 높이 평가하는 경향이 농후하기 때문입니다. 임금님은 그를 보고 싶으니 곧바로 그곳 자기 앞으로 데려오라고 명령했습니다. 그러고는 그 젊은이에 대해 들은 이야기가 사실이냐고 저에게 물었습니다. 그때 저는 마치 하늘의 계시라도 받은 여자처럼 그렇다고 임금님께 말하고는, 그렇지만 그는 사내가 아니라 저처럼 여자라고 알리며 제가 가서 그녀를 그녀의 원래 복장으로 입혀 데려오도록 해달라고 간절히 부탁드렸습니다. 그녀의 미모를 속속들이 보여드리고 어전에 수치심을 품고 나오지 않도록 하겠다고 했습니다. 임금님께서는 다행히도 저에게 가보라고 말씀하시고는, 에스파냐에 돌아가 숨겨둔 보물을 꺼내 오는 방법에 대해서는 다음 날 이야기하자고 하셨습니다. 저는 돈 가스파르에게 말했답니다. 남자처럼 보이는 것은 위험하기 짝이 없는 일이라고 말하고, 그를 무어 여인처럼 옷을 입혀 바로 그날 오후에 임금님 앞으로 데려갔습니다. 임금님은 그분을 보자마자 경탄을 금치 못하면서, 이 여인을 튀르키예 황제께 선물하기 위해 소중히 다루어야겠다는 생각을 품게 되었답니다. 그래서 임금님께서는 자기 여인들의 후궁에 두는 것은 위험할 수도 있고 자신이 혹시 흑심을 품을 수도 있기 때문에, 이런 일을 피하기 위해 그녀를 소중히 지키고 봉사하도록 몇몇 무어족 귀부인 댁에 모시라고 명령했습니다. 그러고는 곧바로 그분을 그곳으로 데려갔습니다. 우리 두 사람이 느낀 것은, 제가 그를 사랑하고 있다는 것을 부인할 수는 없지만, 서로 죽도록 사랑하면서도 떨어져 있어야 하는 사람들의 심정을 상상에 맡기기로 하겠습니다. 임금님께서는 제가 곧바로 이 베르간틴으로 에스파냐에 돌아가도록 기획하고 두 튀르키예 사람이 나를 수행하도록 했는데, 이들이 바로 당신들의 병사들을 죽인 자입니다. 또한 저와 함께 (처음 말을 꺼낸 사람을 가리키면서) 이 에스파냐 사람 개종자도 왔습니다. 이분은 숨어 지내는 기독교도로, 베르베리아로 돌아가기보다는 에스파냐에 남아 있기를 더 바라는 마음으로 온 분이라는 것을 제가 잘 알고 있습니다. 이 베르간틴의 나머지 노 젓는 죄수들은 무어인들과 튀르키예 사람들로, 노 젓는 일 말고는 하는 일이 없습니다. 두 튀르키예 사람은 욕심꾸러기고 낯가죽이 두꺼운 자들입니다. 이 자들은 저와 이 개종자를 미리 준비해둔 기독교도의 옷으로 갈아입혀 에스파냐의 처음 상륙 지점에 내려놓으라는 명령을 지키지 않고, 먼저 이 해안을 무차별하게 휩쓸고 다니며 무작정 노략질을 하려 했습니다. 우리를 먼저 상륙시켰다가는 우리 두 사람에게 어떤 사고라도 생겼을 때 그 베르간틴이 바다에 있다고 우리가 일러바칠지 모른다고 두려워했습니다. 그리고 혹시라도 이 해안에 갈레라가 있으면 자기들이 잡힐까 두려워한 것입니다. 어젯밤에 우리는 여기 해안을 발견했지만 이 갈레라 네 척이 있다는 소식을 접하지 못했으며, 우리는 발견되는 신세가 되어 당신들이 본 대로 이런 일이 생긴 것입니다. 결국 돈 그레고리오가 여자들 사이에서 여장을 하고 있다가 신세를 망치는 위험에 처해 있을 것이 뻔하고, 저는 이렇게 양손이 묶여 죽을 날만을 기다리는 처량한 신세가 되었습니다. 아니, 목숨을 잃을까 두려움에 떨고 있는 것입니다. 이 일도 이제 지쳤습니다. 이것이, 여러분, 불행만큼이나 진실한 제 슬픈 이야기의 끝입니다. 제가 여러분께 바라는 것은, 저를 기독교도로 죽게 해달라는 것입니다. 왜냐하면 제가 이미 말씀드린 바와 같이, 저는 제 민족들이 저지른 것 같은 죄를 저지른 적이 한 번도 없기 때문입니다."

그리고 그녀는 곧바로 침묵을 지켰다. 그녀가 두 눈에 눈물을 머금고 울먹이자, 거기에 있는 사람들도 따라 울먹거렸다. 마음이 여리고 인정 많은 부왕은 말없이 그녀에게 다가가, 그 무어 여인의 아름다운 두 손에 묶인 밧줄을 손수 풀어주었다.

그 기독교도인 모리스카[439]가 자기의 기구한 팔자 이야기를 하는 동안, 부왕이 갈레라에 오를 때 함께 온 한 늙은 순례자가 그녀

---

439 morisca. 국토회복전쟁 후에 에스파냐에 그대로 남아 개종한 무어인 여자.

를 뚫어지게 응시하고 있었는데, 여인이 말을 마치자 그 순례자가 그녀의 발에 몸을 던지며 두 발을 덥석 부여잡더니 한없이 흐느껴 울면서 한숨을 쉬며 말을 제대로 못 하고 더듬더듬하며 그녀에게 말했다.

"오, 아나 펠릭스, 가엾은 내 딸아! 내가 네 아비 리코테다. 내 영혼인 너 없이는 도저히 살 수 없어 너를 찾으러 돌아왔단다."

그 말을 듣는 순간 산초는 눈을 둥그렇게 뜨고는 머리를, 자기를 돌아다니게 한 불행을 생각하면서 숙이고 있던 머리를 번쩍 들어 그 순례자를 바라보고, 그 사람이 바로 자기가 자기 정부를 그만두고 나오던 바로 그날 우연히 만난 그 리코테라는 것을 알아보았다. 그리고 리코테는 그녀가 자기 딸이라는 것을 확인했고, 이미 풀려나 있던 그녀는 자기 아버지를 얼싸안았고, 감격에 겨워 아버지와 그녀는 눈물이 뒤범벅되었다. 리코테는 장군과 부왕에게 말했다.

"여러분, 이 아이가 제 여식입니다. 이 아이의 이름보다 더 불행한 파란만장한 삶을 살아온 제 딸아이입니다. 이름은 아나 펠릭스이고, 성은 리코테입니다. 제가 부유한 만큼이나 이 아이의 아름다움도 그렇게 유명했었답니다. 저는 우리를 흔쾌히 받아들여 머물게 해줄 나라들을 찾아 조국을 떠나게 되었고, 독일에서 그런 곳을 찾게 되어 이렇게 순례자의 복장을 하고 다른 독일 사람들을 동반해 제 딸아이를 찾고 제가 숨겨둔 많은 재산을 꺼내러 돌아왔습니다. 딸아이는 찾지 못했지만 제 보물은 찾아 지금 가지고 왔습니다. 그리고 지금 여러분께서 보신 바와 같이, 이 신기한 인연으로 저한테는 재산보다 더한 보물인 내 사랑하는 딸아이를 만나게 되었습니다. 만일 우리에게 죄가 없고 제 여식의 눈물과 제 눈물이 여러분의 정의의 엄정한 판단을 통해 자비의 문을 활짝 열어주실 수 있다면, 부디 저희에게 그 자비를 베풀어주시길 기원하는 바입니다. 저희들은 단 한 번도 여러분을 모욕할 생각이 없었으며, 정당하게 추방당한 우리 무어인들의 뜻에 따른 적이 어떤 방법으로도 결단코 없었다는 것을 믿어주십시오."

그때 산초가 말했다.

"제가 리코테를 잘 알고 있습니다요. 그리고 저분의 딸인 아나 펠릭스에 대한 저분의 말이 사실이라는 것도 알고 있습니다. 그 밖의 왔다 갔다 하는 다른 하찮은 일이나 좋은 의도니 나쁜 의도니 하는 것은 제가 끼어들 일이 아닌 것 같습니다요."

그 자리에 있는 사람들이 이 이상한 사건에 놀라고 있을 때 장군이 말했다.

"그대들의 눈물 한 방울 한 방울이 내 맹세를 지키지 못하게 하는군요. 아리따운 아나 펠릭스여, 하늘이 그대에게 점지해준 수명을 다하고 만수무강하시길 바라오. 그리고 저 철면피한 무뢰한들은 자기들이 저지른 죄에 해당되는 벌을 받게 하라."

그리고 즉시 그의 두 병사를 죽인 두 튀르키예 사람을 돛대에 목매달아 교수형에 처하라고 명령했다. 그러나 부왕은 그에게 목매달아 죽이지 말라고 간절히 간청했다. 왜냐하면 그들이 한 짓은 용감하다기보다 미친 짓에 가깝기 때문이라고 했다. 장군은 부왕이 요청한 대로 했다. 피도 눈물도 없이 냉혹하게 복수하는 것은 결코 올바른 방법이 아니었기 때문이다. 그들은 곧바로 돈 가스파르 그레고리오가 처한 위험에서 그를 구출해낼 계획을 세웠다. 그러자

리코테는 그 일을 위해 진주와 보석으로 가지고 있던 2천 두카도 이상을 내놓았다. 그를 구출할 여러 방법이 나왔으나, 그 개종한 에스파냐 사람이 내놓은 방법만큼 좋은 것은 없었다. 그는 자리가 여섯 정도 되는 작은 배로 아르헬로 돌아가겠으니, 노 젓는 기독교도를 모아달라고 자진해서 제안했다. 왜냐하면 자기는 어디서, 어떻게, 그리고 언제 상륙할 수 있고 상륙해야 하는지 알고 있으며, 동시에 돈 가스파르가 머물고 있는 집을 모르지 않기 때문이라 했다. 장군과 부왕은 그 개종자를 믿을 수 있을지, 또 노를 저어야 할 기독교도들을 신임할 수 있을지도 의구심이 들었다. 그런데 아나 펠릭스가 그를 신임했고, 그녀의 아버지 리코테는 혹시라도 기독교도들이 길을 잃고 포로가 되면 그들의 몸값을 지불하러 가겠다고 했다.

그래서 결국 그들은 이 제안을 받아들였고, 부왕은 하선했고, 돈 안토니오 모레노는 손수 그 모리스카와 그녀의 아버지를 데려갔다. 그것은 부왕이 그들을 위로하고 되도록 정성을 다해 잘 모시라고 그에게 부탁했기 때문이다. 그리고 부왕도 그들을 기쁘게 하기 위한 일이 있으면 자기 측에서 떠맡겠다고 했다. 아나 펠릭스의 수려한 미모가 부왕의 가슴에 불어넣은, 남을 동정하는 마음씨와 백성을 사랑하고 가엾게 여기는 마음이 그토록 많았던 것이다.

제64장

지금까지 돈키호테에게 일어난 모든 모험 중에서 가장 큰 슬픔을 안겨준 모험에 대해

돈 안토니오 모레노의 아내는 아나 펠릭스를 자기 집에서 보게 되어 무척이나 만족했다고 이야기는 전하고 있다. 그녀를 무척 반갑게 맞이했고, 그녀의 총명함과 미모에 반하게 되었다. 그것은 여러모로 보아 그 모리스카가 대단한 아가씨였기 때문이다. 그래서 그 도시의 모든 사람은 울려 퍼지는 종소리에 이끌려 오듯 이 아가씨를 보러 왔던 것이다.

돈키호테는 돈 그레고리오를 구출하기 위해 세운 방법이 좋지 않은 것 같다고, 돈 안토니오에게 말했다. 위험이 더 많으니, 그러기보다는 자기를 무장해 말에 태워 베르베리아에 파견하는 편이 더 좋을 것이라고 했다. 그는 돈 가이페로스가 자기 부인 멜리센드라에게 했던 것처럼, 모든 무어인이 아무리 덤벼들더라도 그를 구출해 올 수 있다고 했다.

"정신 차리세요, 나리." 이 말을 들은 산초가 말했다. "돈 가이페로스는 육지에서 그의 아내를 구해 육지를 통해 프랑스로 그녀를 데려갔습니다요. 그러나 여기는, 혹시라도 우리가 돈 그레고리오를 구출한다 해도 바다가 한가운데 있으니, 어디로 해서 그를 에스파냐로 데려와야 할지 모르는 겁니다요."

"죽음에는 수가 없지만, 매사에는 수가 있기 마련이네." 돈키호테가 대답했다. "배가 해안에 닿으면, 세상 사람들이 배에 오르는 것을 방해하더라도, 우리가 그 배에 오르면 돼."

"나리께서는 그 일을 아주 그럴듯하게 잘도 그리시고 남의 말 하듯이 아무렇게나 쉽게 말씀하시는군요." 산초가 말했다. "그러나 말하는 것과 행동하는 것은 차이가 큽니다요. 저는 그 개종자 편입니다. 제가 보기에 그는 아주 선하고 근성 좋은 사람 같습니다요."

만일 개종자가 그 일에 성공하지 못하면, 위대한 돈키호테가 베르베리아로 건너가는 조치를 취하겠다고 돈 안토니오가 말했다.

그로부터 이틀 후에 개종자는 한쪽에 노가 여섯 개인 가벼운 배를 타고, 아주 용감한 노 젓는 죄수들과 함께 무장을 하고 떠났다. 그로부터 다시 이틀 후에 갈레라들은 레반테로 떠났다. 장군은 떠나기 전 부왕에게, 돈 그레고리오의 구출 문제와 아나 펠릭스의 일이 어떻게 되는지 알려달라고 부탁을 했다. 부왕은 부탁한 대로 그렇게 하겠다고 했다.

그리고 어느 날 아침, 돈키호테는 완전무장을 하고 해변에 산책을 나가게 되었다. 수차 말했듯이, 무기들은 그의 장식품이고 그의 휴식은 싸우는 것[440]이었기 때문이다. 그리고 그는 어느 한순간

---

440 돈키호테는 《돈키호테 1》 제2장에서 "내 장식품은 무기들이요, 내 휴식은 싸우는 것 등 mis arreos son las armas, mi descanso el pelear, etc."이라는 로맨스를 인용한 적이 있다.

도 무기 없이 있어본 적이 없었기 때문이다. 그는 완전무장을 차린 한 기사가 자기를 향해 오고 있는 것을 보았다. 그가 들고 있는 방패에는 찬란하게 빛나는 달이 하나 그려져 있었다. 그 기사는 말소리를 알아들을 정도의 거리에 이르자 큰 소리로 돈키호테를 향해 말했다.

"명성이 자자한 기사이시며 한 번도 칭찬을 받아보지 못한 라만차의 돈키호테시여, 저는 '하얀 달의 기사el Caballero de la Blanca Luna'올시다. 이 기사의 전대미문의 공적은 아마 그대의 기억 속에 남아 있을지도 모르겠소이다. 나는 그대와 겨루어 그대의 팔심을 시험하러 왔소. 내 사랑하는 아가씨가, 그녀가 누구든 간에, 그대의 엘 토보소의 둘시네아보다 비교도 되지 않을 만큼 훨씬 더 아름답다는 것을 그대로 하여금 알게 하고 실토하게 하려는 생각에서 그러는 것이오. 만일 그대가 이 사실을 순순히 실토한다면 그대는 죽음을 면하게 될 테고, 그대의 목숨을 빼앗는 내 수고도 덜게 되는 것이오. 그리고 만일 그대가 나와 싸워 내가 그대를 이긴다면, 나는 다른 보상은 원치 않고 다만 그대가 무기를 버리고, 모험을 찾는 것을 삼가고, 1년 동안 근신하고 그대의 고향으로 물러나, 그곳에서 앞으로는 칼에 손대지 않고 조용한 평화 속에서 유익한 휴식을 취하면서 살기를 바라는 바이오. 왜냐하면 그렇게 하는 것이 그대의 재산을 불리고 그대의 영혼을 구하는 데 어울리는 일이기 때문이오. 만일 그대가 나를 이기면, 내 머리를 그대의 자유재량에 맡기겠소. 그리고 전리품들인 내 무기와 말은 그대의 소유가 될 것이오. 또한 내 공적의 명성도 그대의 것으로 넘어가게 될 것이오. 그대에게 더 유리한 일이 무엇일지 심사숙고해서 곧바로 대답을 해주시오. 이 일을 처리하기 위한 기한은 오늘 하루뿐이기 때문이오.”

돈키호테는 하얀 달의 기사의 오만한 태도와 자기에게 도전하는 이유 때문에 얼떨떨하고 망연자실했다. 그래서 침착하고 근엄한 태도로 그에게 대답했다.

“하얀 달의 기사님이시여, 지금까지 그대의 공훈에 대해서 나는 한 번도 들어본 적이 없소이다. 내가 감히 맹세하건대, 그대가 그 고명하신 둘시네아 아가씨를 한 번도 본 적이 없다는 것은 확실하오. 만일 그대가 그 아가씨를 보았다면, 이런 제안을 하겠다는 터무니없는 생각을 하지 않았으리라는 것을 내가 알고 있소이다. 그녀의 아름다움과 비교할 수 있는 아름다움은 과거에도 없었고 앞으로도 있을 수 없다는 것을, 그대가 그녀를 보는 바로 그 순간 깨달을 테니까 하는 말이외다. 그래서 하는 말인데, 그대보고 거짓말을 한다고는 하지 않겠지만, 그대가 나에게 한 제안은 사리에 맞지 않는 것이오. 그대가 언급한 조건으로 그대의 도전을 받아들이겠소. 그럼 바로 합시다. 그대가 결정한 날이 아직 지나가지 않았으니 말이오. 그리고 그대의 공훈에 대한 명성을 나에게 넘기겠다는 그 조건만은 제외하도록 합시다. 왜냐하면 그 공훈이라는 것이 어떤 것인지, 무엇을 하는 것인지 모르기 때문이오. 나는 지금 있는 공훈만으로도 만족하고 있소. 그러면 그대가 원하는 쪽으로 자리를 잡으시오. 그럼 나도 똑같이 그렇게 하겠소. 하느님께서 축복을 내리는 자에게 성 베드로께서 축복할지어다.”

사람들은 ‘하얀 달의 기사’를 시내[441]에서 발견하고, 그가 라만차의 돈키호테와 이야기하고 있는 것을 부왕에게 보고했다. 부왕은 돈 안토니오 모레노나 그 도시의 다른 어떤 신사가 날조한 어떤 새로운 모험일 것이라 믿으면서, 곧바로 돈 안토니오와 그를 수행하는 다른 많은 신사들과 함께 바닷가로 나갔다. 마침 돈키호테가 결투를 위해 필요한 거리를 잡기 위해 로시난테의 고삐를 돌리는 참이었다.

두 사람이 제자리로 돌아가 막 서로를 향해 나아갈 태세를 취하자, 부왕은 그 중간에 끼어서 이렇게 갑작스레 결투를 하도록 두 사람을 움직인 동기가 대체 무엇이냐고 물었다. 하얀 달의 기사가 대답하길, 다름 아닌 아름다움의 우위 다툼이라고 했다. 그러고는 앞서 돈키호테에게 했던 이야기를 간단한 말로 다시 하고는 쌍방의 합의 아래 결투 조건을 받아들였다고 말했다. 부왕은 돈 안토니오에게 다가가서, 그 하얀 달의 기사가 누구인지 알고 있는지, 아니면 누군가가 돈키호테에게 하려는 무슨 장난이 아닌지 가만히 물어보았다. 돈 안토니오는 그가 누구인지, 그것이 장난인지 진짜 결투인지 알지 못한다고 대답했다. 이 대답은 부왕으로 하여금 당혹감을 금할 수 없게 했다. 그들이 결투를 하도록 그대로 두어야 할지, 아니면 중지시켜야 할지 난감했다. 그러나 아무리 생각해도 장난 같았으므로, 말릴 생각을 하지 않고 그 자리에서 물러나 말했다.

"기사 나리들이시여, 이왕 이렇게 된 마당이니 여기서 인정하든지 죽든지 하는 수밖에 다른 방법이 없습니다. 돈키호테 나리께서 고집을 부리고 계시고, 하얀 달의 기사이신 귀하께서도 옹고집을 부리고 계시니, 모든 것은 하느님의 손에 맡기고 결판내도록 하시오."

---

441 la ciudad. 원래 뜻은 '도시'지만 여기서는 '시내'라 번역하는 것이 옳다. 돈키호테는 성벽 밖 해안에 있었기 때문에 '시내'는 성벽으로 둘러싸인 구내構內, 즉 '성城안'을 말한다.

하얀 달의 기사는 예의 바르고 재치가 넘치는 말로 결투를 허가해준 부왕에게 사의를 표했으며, 돈키호테도 똑같은 말을 했다. 돈키호테는 진심으로 하느님께 가호를 빌었고, 또 결투할 때는 언제나 습관대로 했던 것처럼 마음의 연인 둘시네아에게도 가호를 빌었다. 그는 다시 약간 더 거리를 널찍이 잡았다. 왜냐하면 그의 상대방이 그렇게 장소를 널찍이 잡는 것을 보았기 때문이다. 돌격 신호로 트럼펫이나 다른 전쟁 악기를 불 필요도 없이 양쪽이 한시에 각자의 말고삐를 돌렸다. 그런데 하얀 달의 기사가 더 날렵해서 둘 사이의 거리 중 3분의 2를 달려 돈키호테에게 다다라, 그곳에서 창으로 맞닥뜨리지도 않고, 보아하니 일부러 창을 위로 높이 쳐들고 아주 강력한 힘으로 맞부딪침으로써, 로시난테와 돈키호테는 무참히 땅바닥으로 떨어지는 처량한 신세가 되고 말았다. 하얀 달의 기사는 곧바로 돈키호테의 위로 가서, 얼굴 가리개에 창을 들이대고는 말했다.

"그대가 패했소이다, 기사 나리. 우리 결투의 조건을 인정하지 않으면 죽음뿐이오."

돈키호테는 곤죽이 되고 넋을 잃어 자기 손으로 얼굴 가리개도 올리지 못하고, 마치 무덤 속에서 말하는 것처럼 기운 없고 다 죽어가는 목소리로 말했다.

"엘 토보소의 둘시네아 아가씨는 세상에서 가장 아름다운 여성이며, 나는 지상에서 가장 불행한 기사올시다. 내가 기력이 쇠했다 하여 이러한 진실을 속이려고 아옹거리는 것은 잘하는 일이 아니오. 기사여, 그대는 나에게서 내 소중한 명예를 빼앗았으니, 어서 그 창을 찔러 내 목숨을 앗아 가시오."

"결단코 그런 일은 하지 않을 것이오."하얀 달의 기사가 말했다."엘 토보소의 둘시네아 아가씨의 아름다움에 대한 명성이 영원히, 영원히 온전하기를. 나는 오직 위대하신 돈키호테 나리께서 우리가 이 결투에 임하기 전에 합의한 대로 1년, 아니면 내가 부탁하는 기간까지만이라도 고향에 물러나 지내기만 하면 그걸로 만족하겠소이다."

이 모든 것을 부왕과 돈 안토니오, 그리고 그곳에 있는 다른 많은 사람들이 들었다. 또 동시에 돈키호테가 확실하고 진정한 기사로서, 둘시네아 아가씨에게 해가 되는 일만 요구하지 않는다면 다른 모든 것을 이행하겠다고 대답하는 소리를 들었다.

이런 고백을 받고나서 하얀 달의 기사는 말고삐를 돌려 부왕에게 머리를 조아리고는 중간 속도로 말을 달려 시내로 들어갔다.

부왕은 돈 안토니오에게 하명하길, 그 뒤를 따라가 수단과 방법을 가리지 말고 그가 누구인지 알아 오라고 했다. 그들이 돈키호테를 일으켜 그 얼굴 가리개를 벗기자 안색이 창백하고 땀에 흠뻑 젖어 있었다. 많이 다쳐 형편없는 몰골이 된 로시난테는 한참 동안 옴짝달싹하지 못했고, 산초는 하도 슬프고 원통해서 무슨 말을 하고 어떻게 해야 할지 몰랐다. 그는 이 모든 사건이 꿈속에서 일어난 일 같았고, 이 모든 수작이 마법으로 말미암은 것 같았다. 산초는 그의 주인이 굴복했으며 1년 동안 무기를 잡지 말아야 하는 의무를 지게 된 것을 알게 되었다. 그리고 그동안 주인이 세운 영광의 공훈들이 빛을 잃은 것을 상상했으며, 주인의 새로운 약속의 희망도 바람과 함께 연기처럼 사라지는 것을 상상했다. 그는 로시난테가 불구가 되지나 않을까, 자기 주인의 뼈가 빠지지나 않았을까 걱정이 태산 같았다. 주인의 광기가 빠져나갔다면 불행 중 다행이겠지만. 결국 부왕이 가져오라고 명한 가마에 태워 그를 시내로 옮겨 갔다. 그리고 부왕 역시 돈키호테를 그토록 비참하게 만든 그 하얀 달의 기사가 도대체 누구인가 알고 싶어 안달이 나서 시내로 돌아갔다.

· 제65장 ·

하얀 달의 기사가 누구인가 하는 소식과
돈 그레고리오의 구출과 다른 사건들에 대해

돈 안토니오 모레노는 하얀 달의 기사를 따라갔고, 사람들도 그를 따라갔으며, 많은 아이들이 그가 시내에 있는 여관에 들어가 틀어박힐 때까지 그를 쫓아다녔다. 돈 안토니오는 그가 누구인지 알고 싶은 마음에 그 객줏집에 들어갔다. 한 종자가 하얀 달의 기사를 맞이하러 나와 그 기사가 무장을 벗는 것을 도와주었다. 기사는 아래층 방으로 들어갔고, 그가 누구인지 알고 싶은 마음에 좀이 쑤셔 잠시도 견딜 수 없었던 돈 안토니오도 그와 함께 들어갔다. 하얀 달의 기사는 그 신사가 자기를 그냥 놓아두지 않자 그에게 말했다.

"나리, 나리께서는 제가 누구인지 알기 위해 오신 것을 잘 알고 있습니다. 제가 나리께 그것을 부인할 아무런 이유가 없으니, 내 하인[442]이 내 무장을 벗기는 동안 그 사건의 진실에서 하나도 빠뜨림

---

442 바로 위에서 '종자escudero'가 무장을 벗는 것을 도와준다고 했는데, 여기에서는 '하인 criado'이라 했다. 세르반테스의 건망증이 아니면 편집자의 착각인 듯하다.

없이 말씀드리겠습니다. 나리, 저는 산손 카라스코 학사라는 사람으로, 라만차의 돈키호테와 동향인입니다. 그의 광기와 어리석은 짓거리는 그를 알고 있는 모든 이에게 연민의 정을 자아내고 있습니다. 그 연민의 정을 제일 많이 느끼고 있는 사람들 중 하나가 바로 저올시다. 그분의 건강은 그분의 충분한 휴식에 있고, 그러려면 그가 태어난 땅인 그의 집에 있어야 한다고 믿기 때문에, 집에 있게 하기 위해 제가 꾸며낸 계략입니다. 그래서 제가 편력 기사처럼 길을 나선 지 석 달이 다 되었습니다. 그에게 상처를 입히지 않고 거울의 기사라는 이름으로 그와 싸워 이길 뜻이어서, 패배한 자는 승리자가 임의대로 하기로 우리 싸움의 조건을 내걸었답니다. 제가 그에게 부탁하고 싶은 것은, 저는 이미 이길 것이라고 판단하고 있었기에, 그가 고향으로 돌아가서 1년 내내 고향을 떠나지 않는 것이었습니다. 그렇게 되면 그 기간 안에 그분이 치료될 수 있으리라 믿었습니다. 하지만 운명의 신은 그것을 달리 명했기에, 그는 저를 패배시켜 저를 말에서 떨어뜨렸답니다. 그래서 제 생각은 실현되지 못했습니다. 그는 자기 길을 계속 가게 되었고, 저는 싸움에 패배하고 면목을 잃은 채, 더욱이 아주 위험한 낙마로 초주검이 되어 고향으로 돌아갔습니다. 그러나 오늘 보신 것처럼 이런 일로 그를 다시 찾아서 패배를 안길 욕구까지 없었던 것은 아니었습니다. 그리고 그는 편력 기사도의 규정을 지키는 데 있어서만큼은 아주 철저한 사람이므로, 아무런 의심 없이 그 약속 이행에 있어서는 제가 제안한 규칙을 지킬 것입니다. 이것이, 나리, 이번 사건의 진상입니다. 달리 드릴 말씀은 없습니다. 그런데 제가 나리께 부탁드리는 일은, 저에 관한 이야기를 밝히거나 제가 누구라는 것을 돈키호테에게 말하지도 말아주십사 하는 것입니다. 제 좋은 뜻이 효과가 있어 그가 다시 본정신을 회복하고 기사도라는 어수룩한 짓만 그만두면 심성이 아주 좋은 사람이거든요."

"아이고, 나리." 돈 안토니오가 말했다. "세상에서 가장 재치 있는 광인을 본정신으로 돌려놓고 싶어서 그대가 온 세상에 끼친 피해를 하느님께서 부디 용서하시기를 빕니다! 나리, 돈키호테가 그의 광기로 준 기쁨에 비하면, 돈키호테가 정신이 제대로 돌아와 우리에게 줄 이점은 도저히 그것에 미치지 못하리라는 것을 모르십니까? 그렇지만 저는 학사 나리께서 아무리 애를 쓰신다고 해도, 어떻게 손쓸 수 없을 정도로 완전히 돌아버린 사람을 본정신으로 돌아오게 하기란 어려울 것 같습니다. 그래서 하는 말인데요, 정의에 반하지 않는 일이라면, 돈키호테의 광기가 절대로 호전되어서는 안 된다고 말하겠습니다. 그가 건강을 되찾으면, 우리는 그의 재치 있는 말뿐만 아니라 그의 종자 산초의 그 재치 넘치는 말까지도 들을 수 없게 되거든요. 그들의 재치 있는 말들은 그 어떤 말이라도 울적한 마음까지 다시 즐거움으로 돌려놓을 만한 힘이 충분하기 때문입니다. 아무튼 저는 더 이상 말을 하지 않겠습니다. 그리고 카라스코 나리가 들인 그 정성이 그다지 효과가 없으리라는 제 의심이 실현될지 보기 위해서라도, 돈키호테에게는 아무 말도 하지 않겠습니다."

카라스코는 이미 그 일이 하나씩 하나씩 좋은 방향으로 되어가고 있어 성공하기를 기대한다고 대답했다. 돈 안토니오에게 더 명하실 것이 있으면 하겠으니 말씀만 하라면서 그와 작별하고는, 노새에 자기 무장들을 묶은 다음 곧바로 결투에 임했던 말에도 그렇게 하고는 바로 그날로 그 도시를 떠나, 이 진짜 이야기에 부득이 해야 할 일도 없고 해서 그의 고향으로 돌아갔다.

돈 안토니오는 카라스코가 자신에게 한 이야기를 모두 부왕에게 들려주었다. 그 말을 들은 부왕은 별로 기뻐하는 것 같지 않았다. 돈키호테가 낙향을 한다면 그의 광기로 인해 기쁨을 만끽했던 그 소식들을 더는 들을 수 없을 것이기 때문이었다.

돈키호테는 자기가 패배한 불운한 사건을 찬찬히 곱씹으면서, 엿새 동안 울적하고도 슬픈 생각에 잠기고 성질이 나서 괴로워하면서 침대에서 지냈다. 산초는 그런 돈키호테를 위로하면서 다른 많은 말들을 하던 중 다음과 같은 말을 했다.

"나리, 고개를 드시고 되도록 마음을 너그럽게 가지세요. 나리께서 땅바닥에 떨어지셨지만 갈비뼈 하나 부러지지 않은 것만 해도 하느님께 감사를 하셔야 합니다요. 그리고 나리께서도 아시잖습니까요. '인과응보는 세상의 상도常道'이며, '고기 꿰는 갈고리가 있는 곳에 반드시 소금에 절인 돼지고기가 있는 것은 아니다'라고요. 이 병을 치료하기 위해서는 의사가 필요 없으니 의사에게 이가[443] 나 드리고, 우리는 생판 알지도 못하는 땅이나 마을로 모험을 찾는답시고 싸돌아다니는 일은 이제 그만두고 집으로 돌아갑시다요. 그리고 잘 생각해보면, 비록 나리께서 제일 호된 봉변을 당하신 것은 맞지만, 여기서 제일 손해를 많이 본 사람은 저라고요. 저는 정부를 가지고 있으면서 통치자가 되겠다는 욕망은 이제 버렸지만, 백작이

---

443 제31장 주 199 참조.

되고 싶은 마음은 버리지 않았습니다요. 나리께서 기사도 수행을 그만두시고 임금님이 되시는 것까지 그만두신다면, 제 희망은 결코 실현될 수가 없겠군요. 그래서 결국 제 희망도 연기처럼 사라지고 말겠군요."

"그 주둥이 닥치게나, 산초. 내가 두문불출하고 물러나 있는 일이 1년을 넘기지는 않을 걸세. 곧바로 내 영광스런 업무로 되돌아가게 될 테고, 그러다보면 왕국을 손아귀에 넣어 자네에게 줄 백작령 정도야 얻게 될 것이네."

"제발 하느님께서 나리가 하신 말씀을 들으신다면 얼마나 좋겠습니까요." 산초가 말했다. "'치사한 소유보다는 좋은 희망이 더 낫다'라는 말을 늘 들었는데, 악마의 피를 받은 자는 듣지 않았으면 좋겠네요."

이런 말을 주고받고 있을 바로 그때, 돈 안토니오가 들어와서 크게 만족한 표정을 지으며 말했다.

"축하드립니다, 돈키호테 나리. 돈 그레고리오와 그를 찾아 나섰던 개종자가 해안에 도착했습니다! 해안이라니, 내가 지금 무슨 말을 하고 있는 거야? 벌써 부왕의 댁에 있으니 곧 이리 올 겁니다."

돈키호테는 아주 기뻐하며 말했다.

"실은 제가 모든 것이 거꾸로 되었으면 좋았겠다고 말할 뻔했습니다. 그렇게 되었으면 부득불 제 팔심으로 돈 그레고리오뿐만 아니라 베르베리아에 포로로 잡혀 있는 모든 기독교도에게 자유를 주기 위해 억지로라도 베르베리아로 건너가게 되었을 테니까요. 처참해진 신세가 된 몸으로 내가 감히 무슨 말을 하고 있는 거야? 나는 패배자가 아닌가? 나는 이미 망가뜨려진 자가 아닌가? 나는 1년

852

동안 무기를 잡을 수 없는 자가 아닌가? 그런데 내가 무슨 약속을 한단 말인가? 칼보다는 물레나 돌리는 것이 적당한 주제에 무엇을 자랑할 게 있단 말인가?"

"그런 말씀 하지 마십쇼, 나리." 산초가 말했다. "'혀에 종기가 생겨 울지 못하는 닭일지라도 그 닭을 살려라'[444]라는 말이 있고, '오늘 너를 위한 날이면 내일은 나를 위한 날'이라고도 했으니, 이런 충돌과 몽둥이찜질에 대한 것들은 도무지 종잡을 수가 없는 겁니다요. '오늘 넘어진 사람이 내일 일어날 수 있다'라고 합니다. 그러니 침대에 있고 싶지 않다는 마음이 있으시다면, 제 말은 다시 싸우기 위해 새롭게 원기를 회복할 생각 없이 실신해 있지 않으려면, 힘을 내시라는 겁니다요. 이제 일어나셔서 돈 그레고리오를 맞이하셔야죠. 사람들이 시끌벅적한 것을 보니 제 생각에는 벌써 집에 와 있는 것이 틀림없습니다요."

그 말이 사실이었다. 돈 그레고리오와 개종자가 출발부터 도착에 이르기까지 그 경위를 부왕에게 보고하고나서, 돈 그레고리오는 아나 펠릭스가 보고 싶어 돈 안토니오의 집으로 그 개종자와 함께 온 것이다. 돈 그레고리오는 아르헬에서 나올 때 여장을 하고 있었으나 배에서는 그와 함께 나온 포로의 복장으로 바꿔 입었다. 하지만 그가 어떤 복장을 하고 왔더라도, 욕심이 나고 섬김을 받고 존경을 받을 만한 모습을 갖춘 사람으로 보였을 것이다. 그는 출중하게

---

444 Viva la gallina, aunque con su pepita. 목숨을 잃을 어떤 병이나 위험에 처해 생명이 경각에 달렸을 때, 치료하기도 구제하기도 적당하지 않을 경우에 쓰는 속담으로 '아무리 어려움에 처할지라도 삽시다'라는 뜻이다.

아름다웠으며, 나이는 열일곱이나 열여덟으로 보였다. 리코테와 그의 딸이 그를 맞이하러 나왔는데, 아버지는 눈물을 흘렸고 딸은 차분했다. 서로 얼싸안지는 않았다. 애정이 많은 곳에서 지나친 몸짓은 오히려 천하게 보이기 때문이다. 돈 그레고리오와 아나 펠릭스가 함께한 두 사람의 아름다움은 특히 거기에 있는 모든 이들의 감탄을 자아냈다. 침묵은 두 연인을 대신하여 말하는 것 같았고, 그들의 눈은 그들의 기쁨과 마음속 생각을 분명히 드러내는 혀였던 것이다.

개종자는 돈 그레고리오를 구출해 오기 위해 취한 계략과 방법을 이야기했다. 돈 그레고리오는 자기와 함께 있었던 여인들과 지내면서 겪은 위험과 곤궁을 이야기했다. 그는 말을 길게 하지 않고 간결하게 하는 것으로, 나이에 비해 그 신중함이 월등히 앞서 있음을 보여주었다. 끝으로 리코테는 노 젓는 사람들에게는 말할 것도 없고 개종자에게도 돈을 후하게 지불해 보상을 해주었다. 개종자는 성당으로 돌아가 기독교도의 지위를 회복하고, 회개를 통해 퇴폐한 교인에서 티 없이 건전한 교인으로 다시 돌아왔다.

그로부터 이틀 뒤 부왕은 어떤 방법으로 아나 펠릭스와 그의 아버지를 에스파냐에 머물게 할 수 있을지 돈 안토니오와 협의했다. 그렇게도 기독교 정신이 투철한 딸과 그렇게도 마음씨가 선한 아버지를 에스파냐에 머물게 하는 것은 아무런 지장이 없을 것 같았다. 돈 안토니오는 그 문제를 상의하기 위해 궁정에 들어가보겠다고 했으며, 다른 일을 보기 위해서도 부득이 가야 할 일이 있다고 하면서, 궁정이라는 데는 선물과 뇌물을 통해 많은 어려운 일들이 해결되기도 하는 곳이라고 했다.

이 말에 "그건 안 됩니다" 하고 함께 있던 리코테가 말했다. "그런 선물과 뇌물에 기대서는 안 됩니다. 폐하께서는 우리 추방의 책임을 살라사르 백작[445]이신 위대한 돈 베르나르디노 데 벨라스코에게 맡겼는데, 그분에게는 애원도 약속도 뇌물도 연민도 소용없기 때문입니다. 비록 그분이 정의와 자비심을 겸비하고 계시지만, 우리 민족 전체의 몸이 부패되고 썩어 문드러져 있다고 보시기 때문에, 그런 몸에는 부드러운 연고보다 혈 자리에 불을 붙이는 뜸 요법을 사용하시는 분이지요. 그래서 그는 절도 있고 기민하고 근면하고 사람들에게 공포감을 주면서, 그의 강력한 어깨 위에 이 큰 과업의 무게를 짊어진 아르고스[446]의 눈이 우리의 계략이나 책략이나 청원이나 속임수 같은 것으로 인해 멀거나 현혹될 수는 없는 겁니다. 우리 중 누군가가 숨겨진 뿌리가 되어 은닉되어 있지나 않을까 하여 그는 끊임없이 경계의 눈을 게을리하지 않고 있답니다. 우리 사회에 숨겨진 뿌리가 있게 된다고 가정하면, 이미 에스파냐에는 우리 민족이 전파했던 공포로부터 자유로워져서 정화되고 일소되어 사라졌지만, 때가 되면 싹이 터 독이 든 열매를 맺을 것이라고 생각하기 때문입니다. 이런 일을 돈 베르나르디노 데 벨라스코에게 맡긴 것은 위대한 필리포 3세의 영웅적인 결정이고 전대미문의 세심한 배려입니다!"

"그렇다고는 하지만 하나하나 가능한 한 정성을 들여 해나가겠

---

445 conde de Salazar. 라만차의 모리스코 추방 담당관.

446 Argos. 그리스신화에 나오는 괴물. 목 뒤에 눈이 붙어 있다거나, 몸 앞뒤에 두 개씩의 눈이 있다거나, 온몸에 무수한 눈을 가지고 있다고도 한다. 헤라의 명으로 암소로 변한 이오를 감시하다가, 제우스의 명령을 받은 헤르메스의 계략에 걸려 살해되었다.

습니다. 그리고 나머지는 하느님의 뜻에 맡겨두는 것이 상책일 것입니다." 돈 안토니오가 말했다. "돈 그레고리오는 부모님이 그간 느끼셨을 고통을 위로하기 위해 나와 함께 갈 것입니다. 아나 펠릭스는 내 아내와 내 집에 있든지 수녀원에 머물게 될 것입니다. 그리고 마음씨 고운 리코테는 내가 어떻게 일을 처리하는가를 볼 때까지 부왕님께서 그의 집에 머물기를 원하실 것이라 알고 있습니다."

부왕은 그의 모든 제안을 받아들였다. 그러나 돈 그레고리오는 일이 어떻게 되어가고 있는지를 알게 된 이상 어떤 방식으로도 도냐 아나 펠릭스를 남겨둘 수 없고 남겨두고 싶지도 않다고 말했다. 그러나 그의 부모님을 뵙고 또 그녀를 찾으러 돌아올 계획을 세울 생각도 있고 해서, 제안을 받은 결정에 따르기로 했다. 아나 펠릭스는 돈 안토니오의 아내와 함께 머물렀고, 리코테는 부왕의 댁에서 지냈다.

돈 안토니오의 출발 날이 되었고, 그날부터 이틀 후에는 돈키호테와 산초의 출발 날도 되었다. 말에서 떨어진 일 때문에 더 일찍 그들의 길을 나설 수가 없었기 때문이다. 돈 그레고리오가 아나 펠릭스와 헤어질 때는 눈물이 있었고, 한숨과 실신과 오열이 있었다. 리코테는 돈 그레고리오에게 원한다면 천 에스쿠도를 주겠다고 했으나, 그는 한 푼도 받지 않았다. 대신 수도에 가면 갚겠다고 약속하고나서, 돈 안토니오가 빌려준 5에스쿠도만 받았다. 이렇게 해서 두 사람은 떠났고, 돈키호테와 산초는 이미 말한 것처럼 두 사람보다 늦게 떠났다. 돈키호테는 갑옷과 얼굴 가리개를 벗고 길손 차림이었으며, 산초는 잿빛 당나귀가 무장을 싣고 가기 때문에 걸어갔다.

· 제66장 ·

읽는 이는 보게 될 것이나
읽는 것을 듣는 이는 듣게 될 것에 대해

바르셀로나를 떠날 때 돈키호테는 자기가 말에서 떨어졌던 곳을 다시 바라보면서 말했다.

"이곳이 바로 그 트로이였어!⁴⁴⁷ 이곳이 바로 내가 비겁해서가 아니라 불운해서 내가 획득했던 영광들을 빼앗긴 곳이야! 이곳이 바로 운명의 여신이 날 들놓았던 곳이야. 이곳에서 바로 내 무훈들이 빛을 잃었고, 마침내 이곳에서 내 행운이 두 번 다시 일어날 수 없게 붕괴되고 만 게야!"

산초가 이 말을 듣자마자 말했다.

"나리, 진정으로 용감무쌍한 마음의 소유자는 성공할 때 기뻐하듯이 불행에 처할 때 인내심을 가질 줄도 알아야 합니다요. 이것

---

447 ¡Aquí fue Troya! 기원전 20년 무렵에 로마의 시인 베르길리우스가 쓴 장편 서사시 《아이네이스》 3권 10~11장에서 힌트를 얻어 한 말로, '여기서 내 운이 끝났다' 혹은 '이곳이 내 운이 끝난 곳이다'라는 뜻.

은 제 스스로 터득해서 판단한 것입니다요. 제가 통치자로 있을 때도 즐거웠습니다만, 지금 비록 걸어 다니는 종자의 신세지만 저는 슬프지 않습니다요. 운명의 여신이라고 부르는 이 여자는 주정뱅이고 변덕쟁이인 데다 더욱이 눈이 멀어 자기가 하는 짓거리를 보지도 못하고, 누구를 쓰러뜨렸는지 누구를 칭찬했는지도 모른다고 사람들이 하는 소리를 들은 적이 있으니까요."

"자네 아주 철학자가 다 되었구먼, 산초." 돈키호테가 대답했다. "누가 그런 말을 자네에게 가르쳐주었는지 모르겠네만, 자네 아주 사려 깊은 말을 하네그려. 내가 자네에게 말할 수 있는 것은, 이 세상에는 운명의 여신 같은 것이 없다는 것이네. 이 세상에서 일어나는 일 중에는 좋은 일도 있고 나쁜 일도 있지만, 그것은 죄다 우연으로 오는 것이 아니라 하늘의 특별한 섭리로 오는 것이라는 말이네. 여기서 사람들이 흔히 하는 말이 나오는 걸세. 즉 '각각의 사람은 자기 운명을 만들어내는 장인匠人이다'라고. 말하자면 나 자신이 내 운명을 만들어낸 장본인이었다는 뜻이네. 그렇지만 거기에 필요한 분별력이 없어서, 결국 내 자만심이 나를 이렇게 세상의 웃음거리로 만들어버리고 말았네. 로시난테의 나약함으로는 그 하얀 달의 기사가 탄 말의 억세고 튼튼한 크기에 도저히 견뎌낼 수 없다는 것을 생각했어야 하는데, 내가 분별없이 함부로 날뛰었어. 결국 나는 최선을 다했지만 쓰러졌어. 그래서 나는 내 명예를 잃었지만, 내 약속을 지킨다는 용기만은 잃지 않았고 잃을 수도 없었다네. 내가 대담하고 용감한 편력 기사였을 때는 내 행동과 내 두 손으로 명성이 자자한 업적들을 이루었지만, 지금은 걸어 다니는 종자에 불과하니 내가 약속으로 준 것을 이행하면서 내가 한 말을 믿을 수 있도록 하겠네. 그러므로 어서 걸어가게나, 산초 친구여. 우리 고향에서 1년 동안 견습 수사처럼 수련 기간을 갖게 되었네. 내가 단 한 번도 잊은 적 없는 무도 수행으로 돌아가기 위해 그렇게 은둔 생활을 하면서 새로운 힘을 기르도록 하세."

"나리," 산초가 대답했다. "나더러 먼 여정을 하라고 꾀고 꼬드겨 걸어가는 것이 그리 즐거운 일은 아닙니다요. 이 무장武裝들은 교수형을 당한 사람 대신으로 아무 나무에나 걸어둡시다요. 저도 땅에서 발을 떼어 잿빛 당나귀 등을 차지하게 된다면, 나리께서 제게 바라고 생각하시는 대로 우리가 여정을 할 수 있을 것입니다요. 제가 걸어서 그 먼 여정을 한다는 것은 도저히 실현 불가능한 일이라고 생각합니다요."

"자네 말 한번 잘했네, 산초." 돈키호테가 대답했다. "내 무장은 전리품으로 걸어두고, 그 무장 아래나 그 무장 주변에 있는 나무들에 롤랑의 무장 전리품에 쓰여 있는 것을 새겨두세.

아무도 무기들을 움직이지 말라
시험 삼아 롤단과 힘을 겨룰 자가 아니라면.[448]"

"제 생각에는 모든 것이 완벽한 것 같습니다요." 산초가 대답했다. "우리 여정에 로시난테가 필요하지 않다면, 로시난테도 매달아놓고 가는 것이 좋겠습니다요."

---

448 Nadie las mueva / que estar no pueda con Roldán a prueba. 앞서 제1권 제13장에서 인용된 아리오스토의《격노하는 오를란도》에 나오는 시구다.

"그런데 로시난테도, 무장도 말일세," 돈키호테가 되받아 말했다. "매달아놓고 가는 것은 내가 원치 않네. '기껏 부려먹더니 푸대접'⁴⁴⁹이라는 말을 듣고 싶지 않기 때문이라네."

"나리께서는 말씀을 잘하시는군요." 산초가 대답했다. "사리에 밝은 분들의 의견에 따르면, 당나귀의 잘못을 안장 탓으로 돌려서는 안 된다고 합니다요. 그리고 이번 사건은 나리의 잘못이니 나리 자신이 벌을 받으셔야 합니다요. 이미 부서지고 피투성이가 된 무장에도, 얌전한 로시난테에게도, 그리고 정확한 걸음걸이로 걷고 있는 나약한 내 발에도 화를 낼 생각은 아예 하지 말아주십시오."

그들은 이런저런 이야기로 그날 하루를 보냈다. 그들의 여정에 방해가 될 만한 일이 일어나지 않고 다시 나흘이라는 시간이 지나갔다. 그리고 닷새째 되는 날, 그들은 한 마을 들머리에 있는 객줏집 문어귀에 많은 사람들이 있는 것을 발견했다. 마침 그날이 휴일이라서 그들은 그곳에서 놀고 있었다. 돈키호테가 그 사람들에게 다가가자 한 농사꾼이 목소리를 높여 말했다.

"여기 오시는 이 두 분 중에 어느 분이든 내기를 하고 있는 양쪽을 모르고 있으니, 우리의 내기를 어떻게 판정해야 할지 말해줄 수 있을 겁니다."

"아무려면 그렇고말고요. 말씀을 해드리리다." 돈키호테가 말했다. "그 내기가 무슨 내기인지 이해만 할 수 있다면, 내가 아주 공정하게 말해드리겠소이다."

---

449 A buen servicio, mal galardón. 직역하면 '좋은 봉사에 나쁜 보수'라는 뜻이다.

"그러니까 그 사건이라는 것은 이렇습니다." 그 농사꾼이 말했다. "마음씨 고운 나리, 이 마을의 한 주민이 몸무게가 11아로바[450]가 나가는 뚱보였는데, 몸무게가 5아로바밖에 안 나가는 이웃에게 달리기 도전장을 냈답니다. 그런데 같은 무게로 백 걸음 달리기를 하자는 것이 조건이었습니다. 그래서 시합을 제안한 사람에게 어떻게 무게를 똑같이 하느냐고 물었더니, 5아로바 나가는 도전자가 6아로바짜리 쇳덩이를 짊어지면 뚱뚱한 사람의 11아로바와 마른 사람의 11아로바가 같아진다고 말했습니다."

"그건 안 됩니다요." 산초가 이때 돈키호테가 대답하기 전에 선수를 쳐 말했다. "온 세상이 다 알고 있는 것처럼, 며칠 전에 총독이며 재판관으로 있다가 나온 내가 모든 송사에서 이런 의문점을 조사해서 의견을 피력하는 데는 최적이라고 생각합니다요."

"잘 대답해보게나." 돈키호테가 말했다. "산초 친구, 나는 요즈음 판단력이 흐려지고 혼란스러워 아무짝에도 쓸모가 없겠네."

이렇게 허락이 떨어지자, 산초는 자기 주변에서 입을 떡 벌리고 판결을 애타게 기다리고 있는 많은 농사꾼들에게 말했다.

"형제 여러분, 그 뚱뚱보가 요구한 것은 말도 안 될 뿐만 아니라 공정성이라곤 손톱만큼도 없는 것이오. 왜냐하면 도전을 받는 자가 무기를 선택할 권리가 있다고 말한 것이 사실이라면, 도전을 하는 자가 먼저 상대의 승리를 방해하거나 골탕 먹일 무기를 고르는 것은 잘하는 짓이 아니기 때문이오. 그래서 제 생각은 이렇습니

---

450 arroba. 1아로바는 보통 25파운드, 약 11.5킬로그램이다. 곧 11아로바는 126.5킬로그램 정도다.

다. 그 뚱보 도전자가 잘라내든지, 껍질을 벗기든지, 솎아내든지, 쪼아서 만들든지, 수선을 하든지 하여 그 몸의 여기저기에서 살 6아로바를 꺼내면 몸무게가 5아로바가 되어 상대자의 5아로바와 꼭 맞아떨어지게 되니, 똑같은 조건으로 달릴 수 있을 것입니다요."

"아이고머니, 이 일을 어쩌나!" 산초의 판결을 듣던 한 농사꾼이 말했다. "이분은 꼭 성직자처럼 말하고 교구 참사회 위원처럼 선고하시네요! 하지만 틀림없이 뚱뚱한 사람은 6아로바는 고사하고 단 1온스도 살을 빼고 싶어 하지 않을 것입니다."

"최선은 달리기를 하지 않는 것입니다." 다른 농사꾼이 대답했다. "왜냐하면 마른 사람은 무거운 것을 들어 녹초가 될 일이 없고, 뚱뚱한 사람은 몸에서 살을 떼어내지 않아도 되기 때문입니다. 내기에 건 돈 절반을 술값으로 하고, 우리는 이분들을 비싼 술집[451]으로 모십시다. 그리고 나한테는 비 올 때 입게 망토나 씌워주고.[452]"

"저는, 여러분," 돈키호테가 대답했다. "호의는 고맙습니다만 잠시도 지체할 수 없는 몸입니다. 슬픈 생각과 사건 때문에 실례를 무릅쓰고 서둘러 길을 나서야 합니다."

그리고 돈키호테는 로시난테에게 박차를 가하고 앞으로 나아갔다. 그의 이상한 모습과 산초라는 그 종자의 사려 깊은 말을 듣고 행동을 본 농사꾼들은 감탄할 따름이었다. 그런데 농사꾼들 중 다른 한 사람이 말했다.

"하인이 저렇게 사려 깊은데 주인이야 말해서 무엇 하겠어! 만

---

451 양질의 포도주를 파는 술집.
452 '책임이나 지불은 나에게 맡겨라'라는 뜻으로 '술은 내가 사겠다'라는 말이다.

일 저분들이 살라망카대학에 공부하러 간다면 금방 법원 재판관이 되어 나올 것이네. 공부를 하고 또 해도 배경이 없고 운이 없으면 모든 것은 말짱 헛일이 되고 말지. 사람이 생각지도 않을 때, 마치 아닌 밤중에 홍두깨 내밀듯 손에 지위를 나타내는 지팡이를 들거나 머리에 관을 쓰고 있거든."

그날 밤에 주인과 종자는 들녘 한복판 노천에서 지냈다. 그리고 다음 날 그들의 길을 계속하는데, 그들을 향해 걸어오는 한 남자를 보았다. 목에는 여행용 식량 자루를, 손에는 투창인지 창인지를 들고 걸어오는 모습이 꼭 파발꾼 같았다. 그는 돈키호테에게 오려고 걸음을 빨리하여 달리다시피 다가와서, 그의 손이 더 이상은 미치지 못했기 때문에 오른쪽 넓적다리를 껴안고는 무척 기쁜 표정을 지으며 돈키호테에게 말했다.

"오, 라만차의 돈키호테 나리시여. 우리 공작 나리께서 그의 성에 나리께서 돌아오신 것을 아시면 마음이 얼마나 기쁨으로 넘칠까요! 공작께서는 아직 우리의 공작 부인 마님과 함께 성에 머물고 계신답니다!"

"나는 그대를 알지 못하는데, 친구." 돈키호테가 대답했다. "그대가 나에게 누군지 말하지 않으면 모르겠는데."

"접니다, 돈키호테 나리." 파발꾼이 대답했다. "저는 제 주인 공작 나리의 하인 토실로스입니다. 그 도냐 로드리게스의 딸의 결혼 문제로 나리와 싸우고 싶지 않다고 했던 사람이 바로 접니다."

"아이고, 맙소사." 돈키호테가 말했다. "아니 그래, 내 원수였던 마법사들이 그 결투의 영예를 나에게서 빼앗아 가려고 자네가 말한 그 하인으로 얼굴을 바꾼 사람이 바로 자네라는 것이 있을 법이나 한 말인가?"

"무슨 말씀을 하시는 겁니까요, 마음씨 고운 나리." 그 파발꾼이 되받아 말했다. "무슨 마법은커녕 얼굴을 바꾸는 일은 더더욱 없었습니다. 다시 말씀드리지만, 저는 말뚝 친 결투장에 들어갈 때도 하인 토실로스였고, 거기서 나올 때도 하인 토실로스였습니다. 제 눈에 안경이라고 그 아가씨가 잘생겨 보였기에 싸우지 않고 결혼할 생각이었습니다. 그렇지만 제 생각과는 전혀 다른 방향으로 사태가 벌어지고 말았습니다. 그러니까 나리께서 우리 성을 떠나시자마자, 제 주인이신 공작님께서는 결투에 임하기 전에 내리셨던 명령을 어긴 벌로 제게 곤장 백 대를 때리게 하셨답니다. 그리고 모든 일은 그 아가씨가 수녀가 되는 것으로 끝이 나고 말았지요. 또 도냐 로드리게스는 카스티야로 돌아갔고, 저는 제 주인이 부왕에게 보내는 편지 한 묶음을 가지고 지금 바르셀로나로 가는 중입니다. 만일 나리께서 한 모금 하고 싶으시면, 뜨뜻해지기는 했지만 맛은 변하지 않은 비싼 것으로 가득 채운 호리병박을 제가 여기 가지고 있습니다. 트론촌 치즈도 몇 개가 있으니, 행여나 졸리시면 안주나 갈증으로 목이 탈 때, 그 갈증을 푸는 데 쓰면 좋을 것입니다."

"주는 것이니 기꺼이 받겠소이다." 산초가 말했다. "예의를 차리고 말고 할 겨를이 없으니 먹고 마십시다요. 신대륙에 많이 있다는 그 마법사들이 뭐라고 하건 개의치 말고 마음씨 고운 토실로스가 술 시중을 드시오."

"결국," 돈키호테가 말했다. "자네는, 산초, 이 세상에서 가장 먹성이 좋고, 지구상에서 제일 무식쟁이네. 이 파발꾼은 마법에 걸려 있고, 이 토실로스가 진짜가 아니라는 것을 알아채지 못하고 있으니 말이네. 자네는 이 작자와 함께 남아서 실컷 마시게나. 나는 천천히 앞서가면서 자네가 오기를 기다리겠네."

하인은 웃으면서 호리병박을 꺼내고 여행용 식량 자루에서 치즈 몇 개와 빵 하나를 꺼내놓고 산초와 녹색 풀 위에 자리 잡고 앉았다. 그러고는 다정한 사람과 사이좋게 여행용 식량 자루에 있는 모든 먹을거리를 단숨에 먹어치워 바닥을 냈다. 어찌나 맛이 좋았던지, 치즈 냄새가 난다는 이유만으로 편지 묶음까지 핥아먹었다. 토실로스가 산초에게 말했다.

"분명히 이 자네 주인이 말일세, 산초 친구, 미치광이가 틀림없네."

"아니, 빚을 지다니 무슨 빚을 져?"[453] 산초가 대답했다. "주인 나리는 아직 아무에게도 아무것도 빚진 것이 없는데. 주인 나리는 빚을 죄다 갚으셨어. 빚이라곤 고작해야 광기뿐이라고. 나는 그것을 나의 이 두 눈으로 똑똑히 보았거든. 나는 나리에게 그런 것을 보았다고 분명히 말하지만, 그게 무슨 소용이 있겠어? 그리고 하얀 달의 기사에게 패했기 때문에, 지금은 어떻게 손쓸 수가 없게 완전히 미쳐버렸어."

토실로스는 돈키호테에게 무슨 일이 있었는지 말해달라고 간청했으나, 산초는 주인이 자기를 기다리게 하는 일은 예의에서 벗어나는 일이라고 대답했다. 다른 날 서로 만나면 이야기해줄 여유

---

453 앞서 "미치광이가 틀림없네Debe de ser un loco"라는 말에서 'deber de+동사원형'은 '~임에 틀림없다'라는 뜻인데, 'deber(빚을 지다)'의 직설법 현재 3인칭 단수형 'debe'를 가지고 세르반테스가 산초의 입을 빌려 말장난을 하고 있다.

가 있을 것이라고 했다. 그리고 옷과 수염에 붙은 빵 부스러기를 털고나서 잿빛 당나귀를 앞세우고 가면서 '잘 가시오'라고 인사한 후 토실로스를 남겨두고 자기 주인을 따라잡고보니, 주인은 나무 그늘에서 그를 기다리고 있었다.

· 제67장 ·

돈키호테가 약속한 1년을 보내면서
양치기가 되어 시골 생활을 계속하겠다고 한 결심과
참으로 즐겁고 멋진 다른 사건들에 대해

결투에서 고배를 마시기 전에도 많은 생각들이 돈키호테를 괴롭혔지만, 굴욕을 당한 뒤에는 더 많은 생각들이 그를 애먹였다. 앞에서 말했던 것처럼 나무 그늘에 있을 때, 꿀에 파리 떼가 달려들듯 이 생각 저 생각이 그에게 달라붙어 귀찮게 쿡쿡 찔러댔다. 일부 생각들은 둘시네아를 마법에서 풀어놓는 일에 가 있었고, 또 다른 생각들은 강제로 은퇴해서 영위해야 하는 생활에 가 있었다. 이러고 있는데 산초가 다가와, 하인 토실로스의 관대한 성질을 입에 침이 마르도록 칭찬했다.

"아직도, 오, 산초!" 돈키호테가 그에게 말했다. "그 사람이 진짜 하인이라고 생각하고 있다니, 그게 가능한 일인가? 자네는 둘시네아가 농사꾼으로, 또 카라스코가 거울의 기사로 둔갑해 있는 것을 본 일이 머리에서 사라지고 없는 것 같군그래. 그 모든 일이 나를 쫓아다니는 마법사들의 짓이라는 것도 말일세. 그렇지만 이제 나에게 말해보게. 자네는 알티시도라를 하느님께서 어떻게 했는지,

자네가 말하는 그 토실로스에게 물어보았는가? 그러니까 내가 없을 때 울었는지, 혹은 내 앞에서 그녀를 괴롭힌 연정을 이미 망각의 손에 맡겨버렸는지 물어보았느냐고?"

"저에게는," 산초가 대답했다. "그런 멍청이 같은 것을 물어볼 짬이 없어서 그럴 생각이 전혀 없었습니다요. 아니 그래, 나리! 나리께서는 지금 남의 생각을, 특히 사랑에 대한 생각을 꼬치꼬치 캐물을 형편이나 되십니까요?"

"이봐, 산초." 돈키호테가 말했다. "사랑을 해서 하는 행위와 감사해서 하는 행위에는 천양지차가 있다네. 기사가 사랑을 받아들이지 않을 수는 있으나, 아주 엄밀하게 말해 감사할 줄 몰라서는 안 된다는 말이네. 내 생각에 알티시도라는 나를 정말 사랑했던 것 같아. 자네도 알다시피 그녀는 나에게 머릿수건 세 개를 주었으며, 내가 떠날 때는 눈물을 흘렸고, 나를 저주하고 비난했으며, 염치 불고하고 공공연히 원망을 해댔어. 이 모든 것은 나를 열애한다는 증거라네. 연인들의 노여움은 자주 험담으로 끝나는 경우가 많아. 나는 그녀에게 줄 희망도, 그녀에게 줄 보물도 가지고 있지 않았어. 내가 가지고 있던 것을 둘시네아에게 죄다 주었거든. 그리고 편력 기사들의 보물이라는 건 귀신들의 보물과 같아서 외견상으로는 보물 같지만 거짓이라네. 그래서 내가 그녀에게 줄 수 있는 것은 어떤 피해도 주지 않을, 내가 간직하고 있는 약속뿐이라네. 그러나 내가 둘시네아에게 한 약속은, 자네가 자기 몸에 매질을 하고 육신을 벌하겠다는 약속을 지키지 않아, 그녀를 욕되게 하고 있네. 그 가련한 아가씨의 구제를 위해서라기보다는 오히려 구더기들을 위해서 지키고 싶어 하는 자네의 몸뚱이가 늑대 먹이가 되는 것을 보고 싶네."

"나리," 산초가 대답했다. "솔직히 말씀드리는데요, 제 엉덩이에 매질하는 것과 마법에 걸린 자들의 마법을 푸는 일이 무슨 관계인지 저로서는 도저히 납득할 수가 없습니다요. 그것은 우리가 '머리가 아프거든 무릎에 기름을 발라라'라고 말하는 것이나 마찬가지입니다요. 적어도 제가 감히 맹세해서 하는 말인데요, 나리께서 읽으신 편력 기사도에 관한 모든 이야기 중에서 매를 맞아 마법에서 풀려난 일은 보신 적이 없으리라는 겁니다요. 그러나 아무튼 제가 마음이 내킬 때, 제가 벌을 받기에 적당한 때가 오면 제 몸에 매질을 하겠습니다요."

"제발 그러기를 바라네." 돈키호테가 대답했다. "자네가 깨달을 수 있도록 제발 하느님께서 자네에게 은총을 내리시기를. 내 아가씨는 자네의 아가씨이기도 하지 않은가. 그리고 자네는 곧 나니까, 내 아가씨를 돕는 것은 자네가 이행해야 하는 의무이기도 해."

이런 대화를 주고받으면서 그들의 길을 계속 가다가, 그들은 전에 황소들에게 짓밟힌 바로 그 장소에 도착했다. 돈키호테가 그 장소를 알아보고는 산초에게 말했다.

"이곳이 그 용감무쌍한 여자 양치기들과 그 늠름한 양치기들을 마주쳤던, 양치기들의 목가적인 낙원인 바로 그 아르카디아를 부활시키고 모방하고 싶어 했던 초원이군. 그것은 사려 깊고 기차게 새로운 생각이었어. 만일 자네가 좋다면, 오, 산초여! 우리도 그들을 본받아 내가 은퇴해 있는 동안만이라도 양치기가 되어도 좋겠네. 내가 양 몇 마리와 목장 일에 필요한 일체를 구입하겠네. 그래서 내 이름은 양치기 키호티스이고, 자네의 이름은 양치기 판시노라 한 뒤 산으로 밀림으로, 그리고 초원으로 돌아다니세. 여기서는 노래하고, 저기서는 애가哀歌를 부르며 슬픔에 젖고, 샘의 수정 같은 액체를 마시거나 깨끗한 개울물을 마시거나, 아니면 풍부한 강물을 마시면서 말일세. 떡갈나무는 아주 맛있는 열매를 아주 풍요로운 손으로 우리에게 줄 것이고, 아주 단단한 코르크나무의 본줄기는 앉을 자리를, 버드나무는 그늘을, 장미꽃은 향기를, 넓게 펼쳐진 초원은 배합된 수천 가지 빛깔의 양탄자를, 맑고 깨끗한 공기는 호흡을, 밤의 어두움에도 불구하고 달과 별들은 빛을, 노래는 즐거움을, 눈물은 기쁨을, 태양신 아폴로는 시를, 사랑은 영감을 우리에게 안겨줄 것이네. 이런 것들로 인해 우리는 현세에서뿐만 아니라 내세에서도 영원하고 유명해질 수 있을 것이네."

"아이고!" 산초가 말했다. "이런 유의 생활이야말로 제 마음에 들고 저한테 적중한 삶입니다요. 더욱이 학사 산손 카라스코나 이발사 니콜라스 선생도 그런 생활을 본 적이 아직 잘 없을 겁니다요. 그분들이 그런 생활을 계속하고 싶어서 우리와 함께 양치기가 되려고 하실 겁니다요. 신부님한테도 양 우리에 들어올 마음이 생길지 모를 일입니다요. 그렇게만 된다면 얼마나 좋을까요. 그분은 명랑하시고 기분 전환을 좋아하시니까 하는 말입니다요."

"자네 말 한번 아주 잘 했네." 돈키호테가 말했다. "만일 학사 산손 카라스코가 양치기 조합에 들어오면, 아니 반드시 들어오게 될 테니, 이름을 '양치기 산소니노' 혹은 '양치기 카라스콘'이라고 부르고, 이발사 니콜라스는, 이미 옛 보스칸[454]이 자기 이름을 네모

---

454 에스파냐의 시인 후안 보스칸Juan Boscán(1493~1542)을 말한다.

로소[455]라 했던 것처럼 '니쿨로소'라고 부르면 되겠네그려. 신부님에게는 어떤 이름을 붙여야 할지 모르겠네만, 그의 이름에서 파생된 것이 아닌 걸로 '양치기 쿠리암브로'[456]라고 하세. 우리가 연인들로 받들어 모셔야 할 양치기 아가씨들은 제일 좋은 것으로 골라 이름을 붙이면 될 것이네. 그런데 내 마음의 연인인 아가씨의 이름은 공주님 이름에도 어울리고 양치기 이름에도 어울리니, 굳이 더 좋은 다른 이름을 찾으려고 헛되이 정력을 쏟으면서까지 고생할 필요가 없겠네. 그러니 산초 자네나 자네의 연인 이름을 자네가 원하는 이름으로 붙이게."

"저는요," 산초가 대답했다. "제 연인에게는 '테레소나'라는 이름 말고는 다른 어떤 이름도 붙일 생각이 없구먼요. 본래 이름도 테레사이니, 그녀의 뚱뚱한 몸매와 그녀의 이름에 걸맞게 이 이름이 그녀에게는 금상첨화로 아주 잘 어울릴 것 같습니다요. 더욱이 제가 제 시에서 그녀를 마음껏 찬양하고, 제 순결한 바람을 그녀에게 털어놓을 작정입니다요. 저는 질 좋은 밀로 빚은 빵을 남의 집으로 찾아다니는 그런 사람이 아니니까요. 신부님은 훌륭한 모범을 보여주셔야 하므로 양치기 아가씨를 가지신다는 것은 어울리지 않을 것 같습니다요. 학사께서 양치기 아가씨를 갖고 싶다면야, 그것도 그의 뜻에 맡겨두는 것이 옳아요."

"그것참, 멋진 말이네!" 돈키호테가 말했다. "이거야 원, 우리가

---

455 Nemoroso. 가르실라소 데 라 베가의 《애가 I》에 등장하는 네모로소는 작가의 친구 보스칸으로 알려져 있었으나, 최근에는 가르실라소 자신이라는 의견이 더 지배적이다.

456 el pastor Curiambro. 에스파냐 말로 '신부'가 'cura'이므로, 그 뜻을 담아 재주껏 만들어낸 이름이다.

정말로 근사한 삶을 살겠어, 친구 산초야! 우리 귀에 얼마나 근사한 추룸벨라[457] 소리가 들리고, 얼마나 근사한 사모라의 가이타[458] 소리가 들리고, 얼마나 근사한 북소리가 들리고, 얼마나 근사한 탬버린 소리가 들리고, 얼마나 근사한 라벨[459] 소리가 들리겠는가! 게다가 이렇게 갖가지 음악과 섞여 알보게[460] 소리가 울려 퍼진다면 정말로 멋지겠네! 거기에는 목가풍의 거의 모든 악기가 나올 거야."

"알보게가 뭡니까요?" 산초가 물어보았다. "제 평생에 그런 이름은 듣도 보도 못했습니다요."

"알보게는 말일세," 돈키호테가 대답했다. "놋쇠로 만든 촛대처럼 생긴 얇은 금속판인데, 속이 휑하게 비어 있어 서로 부딪치면 소리를 낸다네. 별로 유쾌하고 귀에 듣기 좋은 소리도 아니지만, 불쾌하지도 않은 소리라네. 그리고 그 소리는 가이타와 장구 같은 시골풍 악기에는 아주 잘 어울린다네. 그런데 이 알보게는 모리스코 말[461]로, 우리 카스티야 말의 알al로 시작되는 모든 말이 모리스코에서 온 것이라네. 환언하면 알모아사almohaza(철제 말빗), 알모르사르almorzar(점심을 먹다), 알폼브라alfombra(양탄자), 알구아실alguacil(경관, 시장), 알우세마alhucema(라벤더), 알마센almacén(창고), 알칸시아alcancía(헌금함), 그리고 약간 더 비슷한 다른 것이 있을 걸세. 또 우리말에 이i로 끝나는 모리스코 말이 딱 셋 있는데 보르세

---

457 치리미아와 비슷한 취주악기.
458 뿔피리의 일종.
459 삼현금.
460 제19장 주 131 참조.
461 아프리카 북서부에 살았던 무어족의 말.

기borceguí(편상화), 사키사미zaquizamí(다락방), 마라베디maravedí(에
스파냐의 옛 화폐)가 바로 그것이지. 알엘리alhelí(비단풀)와 알파키
alfaquí(이슬람 법학 박사)는 처음은 알al로 시작해서 이i로 끝나기 때
문에 아랍 말로 알려져 있었다네. 자네가 '알보게'라는 말을 꺼내서
대충 기억이 나는 대로 간략히 이야기를 해보았네. 그런데 이런 연
습을 완벽하게 해두는 것이 우리한테 많은 도움이 되리라고 생각
하네. 자네도 알다시피 나한테는 약간 시인 냄새가 풍기고, 학사 산
손 카라스코도 대단한 시인이잖아. 신부님에 대해서는 아무것도 할
말이 없지만, 내가 내기를 걸겠는데 이분은 시인 기질이 있는 것이
틀림없어. 그리고 이발사 니콜라스 선생도 시인 기질을 가지고 있
는 것은 의심할 여지도 없지. 이발사들은 모두가, 아니 대부분이 기
타를 퉁기고 한가락 뽑는 사람들이거든. 나는 연인과 함께하지 못
한 것을 한탄할 테니, 자네는 변치 않은 연인으로서 자신을 찬양하
게나. 양치기 카라스콘은 연인에게서 버림받은 것을 노래하고, 신
부 쿠리암브로는 무언가 제일 자기 마음에 드는 것을 읊어대면 될
것이네. 그래서 일은 더 이상 바랄 것이 없게 될 것이네."

이 말에 산초가 대답했다.

"소인은 말입니다요, 나리, 운수라곤 눈곱만큼도 없는 몸이라
서 그런 양치기 수업을 받을 날이 오지 않을 것 같은 생각에 걱정이
태산 같습니다요. 오, 소인이 만일 양치기가 된다면 숟가락들을 얼
마나 번쩍번쩍 빛나게 만들까요! 그 빵 부스러기며, 그 달콤한 크림
이며, 그 화관이며, 그 양치기의 하찮은 일들이 얼마나 많겠습니까
요! 빈틈없다는 평판은 얻지 못한다 하더라도 재사才士라는 평판은
반드시 얻게 되겠죠! 소인의 여식 산치카가 우리에게 가축 떼가 있

는 곳으로 먹을거리를 가져오겠죠. 그렇지만, 아이고, 조심해야겠군요! 그 아이는 미모가 출중하니, 단순한 양치기 아이들보다는 심술궂은 양치기 아이들이 더 많아서 그 아이가 양털을 깎으러 갔다가 오히려 깎여서 돌아오는 것은 바라지 않습니다요. 그리고 또한 사랑이라는 것과 못된 욕망이 도시와 마찬가지로 시골에도 횡행하니, 왕궁과 마찬가지로 양치기의 오두막에도 횡행하지 말라는 법이 어디 있습니까요. '원인이 불식되어야 범죄도 불식될 수 있는 법'입니다요. '볼 수 없는 눈은 마음을 휘어잡을 수 없다' 하고, '훌륭한 사람들의 기도보다는 스스로 덤불에서 뛰는 것이 더 낫다'[462]라고 합니다요."

"속담들은 그만 지껄이게나, 산초." 돈키호테가 말했다. "자네가 읊어대는 속담들 중에서 어느 하나만으로도 자네의 생각을 알아채고도 남네. 속담을 그렇게 물 쓰듯 하지 말라고, 그렇게 억제하지 못하면 안 된다고 내가 수차 자네에게 충고했어. 내 생각에 그렇게 말하는 것은 '사막에서 설교하는 것'이고, '어머니가 나를 벌하건 말건 나는 팽이를 친다'[463]는 것이군그래."

"소인 생각에는 말입니다요," 산초가 대답했다. "나리께서는

---

462 Más vale salto de mata que ruego de hombres buenos. '좋은 충고보다 좋은 퇴각이 낫다'라는 뜻의 속담으로, 죄를 지었을 때는 아무리 친한 사람이 불러도 돌아보지 말고 재빨리 도망치는 게 상책이라는 말.

463 Castígame mi madre, y yo trómpo. 자기 어머니나 다른 사람이 여러 차례 나무라는데도 불구하고 또다시 잘못을 저지르는 사람을 나무랄 때 쓰는 속담.

'프라이팬이 가마솥한테 말했다지요. 저리 꺼져, 이 껌둥이야'[464]라고 말씀하시는 것 같습니다요. 나리께서는 소인에게 속담을 쓰지 말라고 꾸짖으시고도 말이 떨어지기가 무섭게 둘씩이나 묶어 묵주 알처럼 줄줄이 꿰셨습니다요."

"이보게, 산초." 돈키호테가 대답했다. "나는 속담들을 꼭 써야 할 때 적절히 쓴다네. 그래서 속담을 말할 때는 손가락에 반지처럼 딱 들어맞지 않는가 말이야. 그런데 자네는 속담을 머리채를 잡아 끌듯 끌고 오잖나. 그것은 속담을 꼭 써야 할 곳에 이끌어내지 못하고 있다는 거라네. 내가 잘못 기억하고 있지 않다면, 내가 전에 자네에게 말했듯이 속담이란 우리의 옛 성현들의 경험과 사색에서 나온 간결한 금언이란 말이네. 그리고 적절히 쓰이지 않은 속담은 금언이라기보다 이치에 맞지 않는 억지 춘향이나 진배없는 말이라네. 하지만 이런 말은 그만두세. 벌써 밤이 되고 있으니, 한길에서 조금 벗어난 곳으로 몸을 피해 오늘 밤을 보내세. 내일 무슨 일이 일어날지는 하느님께서만 아실 것이네."

두 사람은 한길에서 조금 벗어난 곳으로 몸을 피해, 산초의 뜻과는 정반대로 느지막이 초근목피나 다름없는 저녁을 들었다. 산초는 숲이나 산속에서 겪는 편력 기사도의 옹색한 생활을 알게 되었다. 부자 카마초의 결혼식에서나, 돈 안토니오 모레노의 저택에서나, 돈 디에고 데 미란다의 성과 집에서 보여주었던 그 풍요로움과

---

464 Dijo la sartén a la caldera: Quítate allá, ojinegra. 남의 결점은 보면서 자신의 결점은 못 보는 것을 의미하는 속담. 성경 〈마태오 복음서〉 7장 3절과 〈루카 복음서〉 6장 41절 "너는 어찌하여 형제의 눈 속에 있는 티는 보면서, 네 눈 속에 있는 들보는 깨닫지 못하느냐?"라는 구절이 생각나 사용한 속담.

는 전혀 상반된 저녁이었다. 하지만 삶이란 늘 낮만 있는 것도 아니고 늘 밤만 있는 것도 아니라는 생각을 하게 되었다. 그래서 산초는 그날 밤을 잠자며 보냈고, 그의 주인 돈키호테는 뜬눈으로 밤을 지새웠다.

• 제68장 •

돈키호테에게 일어난
지저분한 모험에 대해

하늘에는 달이 떠 있었으나 약간 어두운 밤이었다. 그러나 시야가
미치는 곳은 그리 어둡지 않았다. 아마도 디아나 아가씨가 대척점
으로 산책을 가서, 산들은 새까맣게 되고 골짜기들이 어둡게 그냥
놓아두었겠다. 돈키호테는 첫잠을 자연스레 잤으나, 두 번째 잠은
잘 자지 못했다. 두 번째 잠을 한 번도 자본 적이 없다는 산초와는
정반대였다. 산초는 밤부터 아침까지 잠을 계속 잤기 때문이다. 이
것은 산초가 체격이 좋고 걱정을 모르는 성격이라는 것을 보여주
었다. 걱정이 많아 잠을 못 이루는 돈키호테는 산초를 깨워 말했다.
"정말 감탄했네, 산초, 자네의 그 무신경한 성격에 말이네. 자
네는 대리석이나 단단한 청동으로 만들어졌다는 생각이 든단 말일
세. 자네는 어떤 일에도 미동조차 하지 않고 아무 느낌이 없는 사람
같아. 자네가 잠을 잘 때 나는 뜬눈으로 지새우고, 자네가 노래하면
나는 울고, 자네가 게으름 피우면서 먹을 것을 배에 끝없이 쑤셔 넣
어 숨도 제대로 못 쉬고 헐떡일 때 나는 굶어 실신하게 생겼네.

마음씨 고운 하인은 주인과 고통을 함께 나누고, 주인과 함께 슬픔을 느낀다고 하지 않는가. 설령 그것이 겉치레라고 하더라도 말이네. 우리가 함께하고 있는 이 밤의 고요와 고독을 바라보게나. 우리가 꿈을 꾸면서 어떤 불침번을 서서 기분 전환을 하고 싶지 않는가 말이야. 제발 일어나게나. 그리고 여기서 얼마 떨어지지 않은 곳으로 벗어나 마음을 다잡고, 감사하는 마음으로 둘시네아 아가씨가 마법에서 풀려나도록 미리 3백 대나 4백 대의 매질을 자네 몸에 하게나. 이것을 자네에게 간곡히 부탁하네. 나는 전번처럼 자네에게 완력을 쓰고 싶지 않네. 자네의 팔이 무쇠나 마찬가지이기 때문이지. 자네가 몸소 매질을 한 뒤에는 남은 밤을 노래하면서 지내세. 나는 내 마음의 연인 둘시네아 아가씨가 이곳에 계시지 않은 것을 노래하고, 자네는 자네의 변치 않는 굳은 마음을 노래하게. 지금부터 우리 마을로 돌아가 우리가 해야 할 양 치는 연습을 하면서 노래하세."

"나리," 산초가 대답했다. "소인은 고행 수도사가 아닙니다요. 자다 말고 일어나 수련을 하거나 매질로 지독한 고통을 당하면서까지 노래를 한다는 것은, 소인으로서는 도저히 상상도 할 수 없는 일입니다요. 나리께서는 소인을 자게 내버려두시고, 소인이 몸에 매질을 하는 문제로 너무 못살게 굴지 마세요. 그것은 소인의 몸뚱어리는 물론이고 소인 겉옷의 보푸라기 하나라도 절대로 건드려선 안 된다고 소인에게 맹세시킬지도 모릅니다요."

"오, 매정한 화상이여! 오, 인정머리라곤 손톱만큼도 없는 종자여! 오, 내가 여태까지 자네에게 먹여온 것이 헛된 것이었고, 베풀어오고 또 베풀려 하는 은혜가 사려 깊지 못한 것이었네그려. 내 덕에 자네는 총독이 되었고, 내 덕에 자네는 백작이 되거나 그와 맞먹는 칭호를 가진다는 꿈을 이룰 수 있는 희망을 눈앞에 두고 있는 마당에, 아무리 늦어도 금년을 넘기지 않을 그 희망을 이룰 날이 머지 않았는데. 나는 '어둠 앞에서 빛이 가까웠다'[465] 하건만."

"소인은 그 말이 무슨 뜻인지 이해를 못 하겠습니다요." 산초가 되받아 말했다. "소인이 잠을 자는 동안은 근심도, 희망도, 고생도, 영광도 없다는 것만 알겠습니다요. 인간의 모든 생각들을 덮어주는 잠을 발명한 자는 복을 받을지어다. 잠이란 시장기를 없애는 음식이요, 갈증을 해갈시키는 물이요, 추위를 따뜻하게 해주는 불이요, 열을 식혀주는 냉기요, 결론적으로 말하자면, 모든 것을 살 수 있는 보편적인 화폐요, 양치기를 임금님과 동등하게 하고 어리석은 자를 재치 있는 자와 동등하게 하는 저울이자 저울추라고 할 수 있습니다요. 제가 들은 이야기로 잠에 단 하나 나쁜 점이 있다는데, 잠은 죽음과 비슷하다는 것입니다요. 잠든 자와 죽은 자는 거의 차이가 없으니까요."

"산초, 난 단 한 번도 들어본 적이 없네." 돈키호테가 말했다. "자

---

465 post tenebras spero lucem. 성경 〈욥기〉 17장 12절에 나오는 구절. 이 라틴 말을 직역하면 '어둠 뒤에 나는 빛을 기다린다'이다. 개신교 성경전서에서는 '빛 앞에서 어둠이 가깝다'라고 한다. 참고로 가톨릭 성경 〈욥기〉 17장 12절을 완전히 옮겨보면 "저들은 밤을 낮이라 하고 어둠 앞에서 빛이 가까웠다 하건만"이라 했고, 개신교 성경전서에서는 "그들은 밤으로 낮을 삼고 빛 앞에서 어둠이 가깝다 하는구나"라고 했다. 에스파냐 말 성경 Biblia de América edición popular판은 'Se acerca la luz tras la oscuridad(어둠 뒤에 빛이 가깝다)'라 했고, 인터넷판 la Biblia Católica에는 'La luz, dicen, está cerca de la tinieblas(빛은 어둠 가까이 있다고 한다)'라 했다. 이렇듯 같은 말을 놓고도 성경마다 약간의 어감상 차이가 있음을 알 수 있다. 이 구절은《돈키호테 1》(1605)의 초판본 표지와《돈키호테 2》(1615)의 초판본 표지에 매 문양과 함께 둥근 테 안에 실려 있기도 하다.

네가 지금처럼 이렇게 우아하고 아름답고 고상하게 말하는 것을 말일세. 이걸로 보아 자네가 이따금 잘 말하는 속담이 자네의 진심이라는 것을 알겠네. '네가 누구에게서 태어났느냐가 아니라 누구와 함께 생활하느냐가 중요하다'라는 속담 말일세."

"아이고, 이런 빌어먹을!" 산초가 되받아 말했다. "우리 주인 나리님! 이제 소인만 속담을 묵주알처럼 주워대는 게 아니라, 주인 나리께서도 둘씩 둘씩 속담들이 튀어나옵니다요. 소인이 말하는 속담과 나리의 속담 사이에는 분명히 다음과 같은 차이가 있습니다요. 즉 나리의 속담들은 제때에 나오고, 소인의 속담은 시도 때도 없이 아무 때나 나온다는 것이지요. 하지만 어차피 모두가 속담은 속담이지 않습니까요."

이러고 있을 즈음에 온 계곡으로 울려 퍼지는 귀청이 찢어질 듯한 크고 무시무시한 소리가 들렸다. 돈키호테는 벌떡 일어나 칼을 손에 잡았고, 산초는 무장 꾸러미와 자기 당나귀의 안장을 양쪽으로 놓고 잿빛 당나귀 아래 몸을 웅크렸다. 돈키호테가 당황했고, 산초는 무서워서 사시나무 떨듯 벌벌 떨었다. 그 시끄러운 소리는 점점 커지며 겁에 질린 두 사람에게, 또 다른 사람은 몰라도 적어도 한 사람에게 다가오고 있었다. 그의 용기는 이미 잘 알려져 있으니 말이다.

그런데 그것은 몇 사람이 6백 마리가 넘는 돼지를 장에 팔러 가고 있는 사건이었다. 그런 시간에 돼지들을 데리고 가다보니 돼지들을 끌고 가는 소리와 꿀꿀거리는 소리와 꽥꽥거리는 소리가 어찌나 심한지, 무슨 소리인지 감지하지 못한 돈키호테와 산초의 귀를 먹먹하게 만들었다. 근처에 쫙 퍼진 꿀꿀거리는 돼지 떼의 시끄러운 소리가 왁자지껄하게 다가오더니, 돈키호테의 권위도, 산초의 권위도 존중하지 않고 두 사람의 위로 마구 지나갔다. 산초의 방어벽을 망가뜨리고 돈키호테를 쓰러뜨렸을 뿐만 아니라 로시난테까지 넘어뜨려버렸다. 그 웅성거리는 소리, 꿀꿀거리는 소리와 함께 그 지저분한 짐승들이 빠른 속도로 다가와 모든 것이 엉망진창이 되어버렸다. 안장, 무구, 잿빛 당나귀, 로시난테, 산초 그리고 돈키호테 할 것 없이 죄다 땅바닥에 내동댕이쳐졌다.

산초는 가까스로 일어나 그 사람들 여섯과 무례하기 짝이 없는 돼지들을 죽이겠다면서 칼을 달라고 했다. 산초는 이미 그것들이 돼지라는 것을 알았기 때문이다. 돈키호테가 그에게 말했다.

"그놈들을 그냥 두게나, 친구야. 이런 모욕은 내 죗값이라네. 패배한 편력 기사를 아디바[466]가 뜯어먹고, 말벌들이 쏘아대고, 돼지들이 짓밟는 것은 하늘이 내린 정당한 벌이라네."

"그럼 천벌이 틀림없겠구면요." 산초가 대답했다. "패배한 기사의 종자를 파리가 빨아 먹고, 이들이 물어뜯고, 공복이 엄습하는 것도 말입니다요. 만일 우리 종자가 모시는 기사들의 자녀나 아주 가까운 친척이라면, 기사가 저지른 죄에 대한 벌이 4대까지 간다는 말이 별로 이상할 것이 없습니다만, 돈키호테의 집안과 판사의 집안이 무슨 연관이라도 있습니까요? 그건 그렇다고 하더라도, 다시 자리 잡고 남은 밤을 조금이나마 자둡시다요. 하느님 덕분에 날이 새면 좋아질 것입니다요."

---

466 여우 비슷한 야생 육식동물.

881

"자네나 자게나, 산초." 돈키호테가 대답했다. "자네는 자려고 태어난 사람이고, 나는 밤을 꼬박 새우려고 태어난 사람이 아닌가. 나는 지금부터 날이 샐 때까지 내 사고思考의 고삐를 풀어놓고 있겠네. 그리고 그 사고를 짧은 사랑의 소야곡으로 발산하겠네. 자네는 그것을 알 길이 없겠지만, 내가 간밤에 지어 기억해두었다네."

"소인의 생각으로는," 산초가 대답했다. "시를 지을 여지를 주는 사고란 그리 많지 않은 것 같습니다요. 저는 잠이나 실컷 자겠으니 나리께서는 마음껏 시를 지으십시오."

그리고 산초는 원하는 만큼 땅을 차지하더니 쭈그리고 느긋한 기분으로 잠들었다. 담보 잡힌 것도, 빚도, 어떤 고통도 그의 잠을 방해하지는 못했다. 돈키호테는——시데 아메테 베넹헬리는 그 나무가 어떤 나무인지 분간하지 못한——너도밤나무인지, 아니면 코르크나무인지 둥치에 몸을 기대고, 자신의 바로 그 한숨 소리에 맞추어 이렇게 노래했다.

사랑이여, 그대가 나에게 준
무섭게 큰 불운을 생각하면
이 대단한 불운을 끝내기 위해
난 죽음을 향해 달려가노라.

그러나 내 고뇌의 이 바다에서
항구인 길목에 닿자마자
이다지 크나큰 즐거움을 느끼다니
삶이 그만두지 않으려 안간힘을 쓰네.

이렇게 삶이 날 죽이고
죽음은 나에게 다시 삶을 주네.
오, 나와 함께 생사를 번롱하는
귓결에도 들어보지 못한 상황이여!⁴⁶⁷

이 노래의 구절마다 패배의 아픔과 둘시네아와 함께하지 못한
아쉬움으로 심장을 꿰뚫는 듯한 많은 한숨과 적잖은 눈물이 배어
있었다.

그럭저럭하는 동안 날이 새고 산초의 눈에 해님이 그 빛을 비
추자, 그는 잠에서 깨어나 기지개를 켜고는 몸을 흔들고 나른한 팔
다리를 쭉 뻗었다. 산초는 비축해놓은 음식 자루를 돼지들이 박살
낸 것을 보고, 그 돼지 떼에게 악담과 그 이상의 지독한 저주의 말
을 마구 퍼부어댔다. 결국 두 사람은 그들이 시작했던 나그넷길에
올랐다. 해가 질 무렵에 그들은 자기들 쪽으로 오는 사람들을 보았
는데, 열 명 정도의 말 탄 남자들과 걸어오는 네댓 명의 남자들이었
다. 돈키호테의 심장은 대경실색하고, 산초의 심장은 겁에 질려 벌
벌 떨었다. 왜냐하면 다가오는 사람들이 창과 원형 방패를 가지고
있고 금방이라도 싸움을 걸어올 태세였기 때문이다. 돈키호테는 산
초를 돌아보고 말했다.

"산초, 만일 내가 내 무기들을 쓸 수 있고 내 두 팔을 묶어두겠

---

467 이탈리아의 시인 피에트로 벰보Pietro Bembo(1470~1547)의 *Gli Asolani*(1505)에 수록
된 시.

다고 한 약속만 아니라면, 우리 쪽으로 다가오는 저런 병력을 처치하는 것은 나한테 식은 죽 먹기일 것이네. 우리가 두려워하는 것과는 다른 일일 수도 있기는 하지만 말이네."

이러고 있을 때 말 탄 사람들이 다가와서 창을 들더니, 가타부타 말도 없이 돈키호테를 에워싸고 등과 가슴에 창을 겨누며 죽이겠다고 위협했다. 걸어오던 사람들 중 한 명이 조용히 하라는 시늉으로 입에 손가락 하나를 대더니, 로시난테의 고삐를 잡고는 길에서 끌어냈다. 걸어오던 다른 사람들은 산초와 잿빛 당나귀를 앞세우고 걸어갔다. 모두가 믿기 어려울 정도로 침묵을 지키면서 돈키호테를 데리고 가는 자의 발걸음을 뒤따랐다. 돈키호테는 두세 번쯤 자기를 어디로 데리고 가며 무엇을 원하는지 물으려 했으나, 입술을 움직이려고만 해도 창끝으로 그의 입을 막겠다는 시늉을 했다. 산초에게도 마찬가지였다. 산초가 입을 떼려는 기미가 보이기만 해도 걸어가는 사람들 중 한 명이 침처럼 뾰족한 것으로 따끔하게 찔러댔다. 그리고 잿빛 당나귀한테도 마치 당나귀가 무슨 말을 하고 싶어 하는 것처럼 가차 없이 찔러댔다. 칠흑 같은 밤이 되자 그들은 발걸음을 재촉했다. 두 포로의 공포는 커졌고, 이따금 그들이 말하는 것을 들을 때는 두려움이 더욱 커졌다.

"어서 걸어라, 이 트로글로디타[468]들아!"

"입 닥쳐, 이 바르바로[469]들아!"

"돈 내놔, 이 식인종들아!"

---

468 troglodita. 혈거인.
469 bárbaro. 야만인.

"불평하지 마라, 이 스키타이[470] 놈들아! 눈도 뜨지 마라, 이 살인마 폴리페모스[471]야, 잔인한 사자들아!"

그리고 이와 비슷한 다른 이름들을 불렀다. 이런 말들은 그 가련한 주인과 종자의 귀를 괴롭혔다. 산초는 속으로 이렇게 말하고 있었다. "뭐, 우리를 토르톨리토[472]들이라고? 뭐, 우리를 찌꺼기 같은 바르베로[473]라고? 뭐, 우리를 강아지들을 부르는 것처럼 '시타' '시타'라고 한다고? 이런 이름들은 전혀 내 마음에 들지 않는구면. 이 노적가리가 나쁜 바람에 가버리고, 모든 악이 개에게 몽둥이찜질하듯 우리에게 한꺼번에 덮쳐오는구면. 오, 제발 덕분에 이 불운한 모험이 몽둥이찜질로 위협당하지 않으면 얼마나 좋겠는가!"

돈키호테는 자기들에게 퍼부어진 비난으로 가득한 그 이름들이 무엇인지, 얼마나 많은 말을 씨부렁거리는지 대중으로 헤아려 잡지도 못하고 정신없이 걷고 있었다. 그 비난으로 보아 어떤 좋은 일도 기대할 수 없다는 것이 분명해졌으며, 많은 나쁜 일을 두려워할 뿐이었다. 이렇게 하여 그들은 거의 밤 1시가 되어 한 성에 당도했다. 돈키호테는 그 성이 얼마 전에 자기들이 머문 적 있는 공작의 성이라는 것을 잘 알고 있었다.

"이럴 수가!" 돈키호테는 그 저택을 알아보자 말했다. "이게 도

---

470 기원전 8세기부터 기원전 3세기까지 흑해 동북 지방의 초원 지대에서 활약한 최초의 기마 유목 민족.

471 Polyphemos. 그리스신화에 나오는 외눈박이 거인. 포세이돈의 아들로, 오디세우스와 그 부하들을 동굴에 가두고 한 사람씩 잡아먹다가 오디세우스에게 눈을 찔려 장님이 되었다.

472 tortolito. 새끼 산비둘기. 산초가 "트로글로디타"를 잘못 듣고 한 말이다.

473 barbero. 이발사. "바르바로"를 잘못 듣고 한 말이다.

대체 어찌 된 일이란 말인가? 그래 맞아, 이 집에서는 모든 것이 예의와 정중한 예절로 가득했었지. 그러나 패배자에게는 행복이 불행이 되고 불행은 더 나쁜 불행이 되는 것인가."

그들은 성의 안마당으로 들어갔다. 안마당은 정돈이 잘되어 꾸며져 있었다. 안마당을 보고 그들의 감탄은 더 커졌고, 두려움은 배가되었다. 다음 장에서 알게 될 것이다.

제69장

이 위대한 이야기의 전 과정에서
돈키호테에게 일어났던 가장 기발하고
가장 새로운 사건에 대해

말 탄 사람들이 말에서 내리더니, 걸어오던 사람들과 함께 산초와 돈키호테를 느닷없이 번쩍 들어 마당으로 들여놓았다. 마당 주위에는 커다란 촛대 위에 놓인 거의 백 개나 되는 커다란 횃불이 활활 타고 있었으며, 마당 주위 복도들에는 5백 개 이상의 조명등이 있었다. 그래서 약간 어두운 밤이었음에도 불구하고 대낮처럼 밝았다. 마당 한가운데 땅에서 2바라 높이의 무덤 봉분이 우뚝 솟아 있었고, 아주 커다란 무늬가 있는 검은 우단 덮개로 덮여 있었다. 그 봉분 주위의 계단에는 백 개가 넘는 은촛대 위에 하얀 촛불이 휘황찬란히 타고 있었다. 그 봉분 위에는 아주 아름다운 한 아가씨의 사체가 보였다. 그녀의 아름다움으로 인해 바로 그 죽음 자체가 아름답게 여겨질 정도였다. 금실로 수놓은 베개에 얹힌 머리에는 여러 가지 향기로운 꽃들로 엮은 화관을 쓰고, 두 손은 가슴 위에 포갠 채로 승리를 상징하는 노란 종려나무 가지를 쥐고 있었다.

　마당 한쪽 옆에 단壇이 마련되어 있었고, 의자 두 개에 두 주인

공이 앉아 있었다. 머리에 왕관을 쓰고 양손에 홀笏을 든 모습이 진짜건 가짜건 마치 임금님들이 앉아 있는 것 같았다. 이 단 옆으로 몇 계단을 올라간 곳에 또 다른 의자가 두 개 있었는데, 포로들을 데리고 온 자들이 그 의자에 돈키호테와 산초를 앉혔다. 이 모든 것은 쥐 죽은 듯이 고요한 가운데 이루어졌는데, 이 두 사람에게도 똑같이 끽소리 내지 말고 얌전히 앉아 있으라는 신호가 주어졌다. 그들은 그러는 척만 하는 것이 아니라 실제로 입을 봉하고 아무 말도 하지 않았다. 왜냐하면 그들이 바라보고 있는 희한한 일에 놀라움이 하도 커서 혀가 굳어버렸기 때문이다.

이러고 있을 때 두 고관대작이 많은 사람들을 대동하고 단상에 올랐다. 돈키호테는 그들이 그를 초대했던 공작과 공작 부인이라는 것을 곧바로 알아보았다. 그들은 임금님처럼 꾸미고 있는 두 사람 옆에 놓인 아주 으리으리한 호화 의자에 앉았다. 이런 장면을 보고 누가 놀라지 않겠는가? 게다가 봉분 위 사체가 그 아름다운 알티시도라라는 것을 돈키호테가 알았을 때는 얼마나 놀랐겠는가?

공작과 공작 부인이 단상에 올라서자 돈키호테와 산초는 일어나 깊은 공경의 표시로 머리를 숙였으며, 공작 내외도 어느 정도 머리를 숙여 똑같이 인사를 했다.

이러고 있을 때 뒤에서 한 하인이 나와 산초에게 다가가더니, 온통 불꽃 문양으로 가득한 검은 리넨 옷을 걸쳐주었다. 그러고는 고깔모자를 벗기고, 종교재판소에서 죄수들이 쓰는 모양의 종이 고깔모자를 머리에 씌웠다. 그러고나서 한마디라도 벙긋하면 재갈을 물리거나 목숨을 앗을 테니 입을 봉하고 있으라고 귀에 대고 말했다. 산초가 자신의 모습을 위아래로 훑어보니 자신이 불길에 휩싸여 불타고 있었으나, 자기를 태울 것 같지는 않아서 별로 신경이 쓰이지 않았다. 종이 고깔모자를 벗어 악마들이 그려져 있는 것을 보고는, 다시 쓰면서 혼잣말로 말했다.

"설사 그것이 불길이라 해도 나를 태우지 않고, 악마라 해도 나를 데려가지 않으면 그걸로 됐어."

돈키호테도 산초를 바라보았다. 비록 두려움으로 그의 감각이 얼떨떨하긴 했지만, 산초의 몰골을 보고 웃지 않을 수 없었다. 이러고 있을 때, 봉분 아래에서 은근하고 듣기 좋은 피리 소리가 흘러나오기 시작했다. 그곳은 바로 그 침묵이라는 것이 스스로 침묵하고 있어서 사람의 어떤 목소리의 방해도 받지 않아, 그 피리 소리가 더더욱 부드럽고 다정다감했다. 곧바로 시체로 보이는 것의 베개 옆에서 로마 사람처럼 옷을 입은 한 미소년이 갑작스레 생각지도 않은 모습을 하고 나타나, 손수 켜는 하프 소리에 맞춰 아주 부드럽고 맑은 목소리로 다음 두 연을 노래했다.

> 돈키호테의 무정함으로 목숨을 던진
> 알티시도라가 본정신으로 돌아오는 동안
> 그리고 매혹적인 궁궐에서 귀부인들이
> 조잡한 염소 털옷[474]을 입는 동안
> 내 마님께서 시녀들에게
> 성긴 양모 천 옷을 입히는 동안

---

474 상중喪中이나 죄에 대한 속죄의 표시로 입었던 조잡한 두루마기.

트라키아의 가수[475]보다 더 좋은 시흥으로

그녀의 아름다움과 불행을 노래하리.[476]

살아 있는 동안 내 일은 이것뿐인지

아직 나에게는 판단되지 않네.

그러나 입속의 죽어 차가운 혀로

그대를 위해 목소리 낼 수 있도다.

내 넋은 그 좁은 바위[477]에서 자유로워져

지옥의 호수[478]에 인도되어

그대를 기리면서 가리라. 그리고 그 소리는

망각의 물을 멈추게 하리라.[479]

"그만해라." 바로 이때 임금님처럼 보이는 두 사람 중 한 명이

말했다. "그만해, 훌륭한 가수여, 세상에 비길 데 없는 알티시도라

의 죽음과 아름다움을 지금 우리가 재연하는 것은 한없는 일이 될

것이다. 그녀는 무지한 세상 사람들이 생각하듯 죽은 것이 아니라

---

475 cantor de Tracia. 그리스신화에 나오는 하프의 명수 오르페우스Orpheus를 말한다. 트라
키아 왕의 아들로, 죽은 아내 에우리디케를 찾아 명계冥界로 내려가서 하프 솜씨로 명계
의 왕 하데스를 설득하는 데 성공했지만, 끝내 아내를 데리고 나오지는 못했다. 트라키아
는 오늘날 발칸반도 남동부 일원을 일컫는다.

476 이 8행의 시는 가르실라소 데 라 베가의《목가III *Églogas III*》에 실려 있다.

477 estrecha roca. '성채' 혹은 '감옥'. 여기서는 '몸'을 뜻한다.

478 el estigio lago. 영혼들이 지옥에 도착하기 위해서는 반드시 건너야 한다는 '스틱스 호수la
laguna Estigia'를 말한다.

479 hará parar las aguas del olvido. '내 시가 그대의 이름이 리테강의 물을 기억해내게 하리라'
라는 뜻이며, '망각의 물'은 '리테강의 물'을 말한다.

명성이라는 말들 속에 살아 있어. 그러니 여기 있는 산초 판사가 대신 벌을 받고 그녀를 위해 잃어버린 빛을 되찾아주면 되는 것이다. 그러하므로, 오, 그대 리테[480]의 음산한 동굴 속에서 나와 함께 재판하는 라다만토스[481]여! 예측할 수 없는 운명의 여러 신에 의해 이 아가씨를 본정신으로 돌려놓는 것이 결정되어 있을 그 모든 것을 알고 있을 그대여, 그것을 말해다오. 이 아가씨의 부활을 기다리고 있는 행복을 더 이상 미루지 말고 바로 밝혀주시라."

라다만토스의 동료이며 재판관인 미노스[482]가 이렇게 말하자마자, 라다만토스가 벌떡 일어서면서 말했다.

"자, 이 집의 신분의 고하와 노소를 막론하고 하인들이여, 잇달아 달려 나와 산초의 얼굴을 스물네 번씩 손바닥으로 후려치고, 열두 번씩 꼬집고, 여섯 번씩 팔과 등을 핀으로 쿡쿡 쑤셔라. 이 의식에 알티시도라의 건강이 달려 있느니라!"

이 말을 듣자 산초 판사가 침묵을 깨고 말했다.

"이런 빌어먹을! 내가 무어인도 아니고 그렇게 뺨따귀를 얻어맞고, 손자국을 남기게 하고, 얼굴을 쥐어박게 놔둘 것 같으냐! 젠장맞을, 날 어쩐다고! 이 아가씨가 되살아나는 것하고 내 뺨따귀를 때리는 것하고 무슨 상관이 있단 말이냐? '노파는 근대라면 푸른

---

480 Lite. 그리스신화에 나오는 '망각의 강'으로, 죽은 사람의 혼이 그 물을 마시면 과거를 모두 잊는다고 한다. '레테Lethe'라고도 한다.

481 Rhadamanthos. 그리스신화에 나오는 정의의 무사로, 지하세계에서 죽은 자를 심판한다고 한다.

482 Minos. 그리스신화에 나오는 크레타섬의 왕으로, 법을 제정하고 선정을 베풀었으며, 사후에는 형제인 라다만토스와 함께 저승의 재판관이 되었다고 한다.

것이나 마른 것을 가리지 않고 사족을 못 쓴다'[483]는 속담도 있긴 하지. 둘시네아를 마법에 걸리게 하고는 마법을 풀려면 나를 매질해야 한다고 하더니, 알티시도라가 하느님께서 주신 병으로 죽으니 이제 내 뺨따귀를 스물네 대씩 때리고, 내 몸을 핀으로 쿡쿡 찔러대 구멍이 숭숭 나도록 상처투성이로 만들고, 그리고 내 팔을 꼬집어 시퍼렇게 멍이 들게 해서 그녀를 부활시킨다고! 그런 농담일랑 천치한테나 하게. 나는 늙은 개야. 워리, 워리 하고 백날 해봐야 나한테는 아무 소용도 없어![484]"

"목숨이 온전치 못할 줄 알아!" 라다만토스가 큰 소리로 말했다. "얌전히 있어라, 이 호랑이여! 겸허하게 머리를 수그려라, 거만한 니므롯[485]이여, 그리고 참고 입을 봉하고 있어라. 너한테 불가능한 것을 요구하는 것이 아니다. 게다가 이 일의 어려움을 조사한다고 끼어들지 마라. 그러다가는 뺨따귀를 맞을 것이고, 칼에 찔려 벌집이 될 것이며, 꼬집혀 신음하게 될 것이다. 자, 그러니까 내가 좋게 말할 때, 하인들아, 내 명령을 이행하라. 그렇지 않으면 근엄한 사나이의 이름을 걸고 맹세하노니, 그대들 죽게 될 것이다!"

이러고 있을 즈음 여섯 명쯤 되는 시녀들이 행렬을 지어 잇따라 마당으로 오고 있는 것 같았는데, 네 여인은 안경을 쓰고 모두가 오른

---

483 '무엇에 미치면 반드시 손에 넣어야 직성이 풀린다'라는 뜻.

484 ¡Yo soy perro viejo, y no hay conmigo tus, tus! '아무도 나를 속일 수 없다'라는 뜻.

485 Nembrot. 노아의 증손자로, 세상의 첫 장사이자 용감한 사냥꾼. 성경 〈창세기〉 10장 8~9절에 따르면, "에티오피아는 니므롯을 낳았는데, 그가 세상의 첫 장사이다. 그는 주님 앞에도 알려진 용감한 사냥꾼이었다. 그래서 '니므롯처럼 주님 앞에도 알려진 용맹한 사냥꾼'이라는 말이 생겼다."

손을 높이 쳐들고 있었다. 그리고 요즈음 유행하는 것처럼 손을 더 길게 보이려고 손가락 네 마디 정도 손목을 소매 밖으로 내놓았다. 산초가 그녀들의 모습을 보자마자 성난 황소처럼 포효하면서 말했다.

"온 세상 사람들이 나를 아무렇게나 주무르게 할 수 있을지는 몰라도, 시녀들이 감히 나에게 손대게 하는 일, 그것만은 절대로 안 돼! 바로 이 성에서 내 주인님께 했던 것처럼 내 얼굴을 고양이가 할퀴듯 할퀴어도 상관없어. 날카로운 비수로 내 몸을 관통해도 괜찮아. 불에 달군 부젓가락으로 내 팔을 지져도 상관하지 않아. 무엇이건 참고 견디면서 이분들을 모실 거야. 그렇지만 시녀들이 내 몸을 만지는 것은, 설령 악마가 날 데려간다 할지라도 절대로 용납할 수 없어."

돈키호테도 침묵을 깨뜨리고 산초에게 말했다.

"참으시게나, 아들. 이분들을 즐겁게 해드리게. 그리고 자네의 인품에 그런 미덕을 쌓게 하신 하느님께 무한한 감사를 표하게나. 자네의 순교로 마법에 걸린 사람들을 마법에서 풀려나게 하고 죽은 자들을 부활시킨다고 하지 않는가."

이미 시녀들이 산초 가까이 와 있었다. 그때 산초는 돈키호테의 말에 수긍을 하고, 전보다는 더 부드럽고 더 누그러진 표정으로 의자에 몸을 고쳐 앉아 첫 번째 시녀에게 얼굴과 수염을 내밀었다. 그 시녀는 아주 잘 만져 그의 얼굴에 손자국을 남기고나서 곧바로 공손히 절을 했다.

"예의 같은 것은 작작 부리고 무다[486]도 대충 발라두세요, 시녀

---

486 식초를 넣어 만든 화장품이나 크림 혹은 분.

님!"산초가 말했다. "원, 세상에 이런 일이. 식초 냄새가 진동하는 손을 씻지도 않고 그냥 오셨구먼요!"

마침내 모든 시녀가 그의 얼굴에 손자국을 남겼고, 그 집의 다른 많은 사람들은 그의 팔을 꼬집었다. 그러나 산초가 참을 수 없었던 것은 바늘로 찌르는 것이었다. 그는 보아하니 불쾌한 표정으로 의자에서 벌떡 일어나 그 옆에 있는 불붙은 횃불 하나를 잡고는 시녀들과 그를 못살게 군 모두의 뒤를 쫓아가면서 말했다.

"꺼져라, 이 지옥의 하인들아. 그렇게 심한 고통을 느끼지 못할 만큼 나는 청동으로 만들어진 사람이 아니다!"

이러고 있을 때 그렇게 오래 위를 보고 반듯이 누워 있어서 피곤했던지, 알티시도라는 한쪽 옆으로 몸을 돌렸다. 주위에 있던 사람들이 그것을 보고 거의 모두가 한목소리로 말했다.

"알티시도라가 살아났다! 알티시도라가 살아 있어!"

라다만토스는 산초에게 바라는 목적이 다 성취되었으니 화를 누그러뜨리라고 명령했다.

돈키호테는 알티시도라가 움직이기 시작하는 것을 보고는 산초에게 가서 무릎을 꿇더니 말했다.

"이제 때가 왔네. 내 종자로서가 아니고 내 소중한 아들로서의 산초여, 둘시네아를 마법에서 풀기 위해 부득이 자네가 스스로 몸에 매질을 좀 해야겠네. 감히 말하건대, 지금이 자네가 미덕을 발휘하고 자네에게 기대되는 선을 효과적으로 베풀 바로 그때라네."

이 말에 산초가 대답했다.

"이거야말로 장난치고는 심하구먼요. 입에 발린 벌꿀처럼 달콤한 말도 아니고 말입니다요. 꼬집고, 뺨따귀를 때리고, 바늘로 찔러대고나서 이제 매질까지 하면 꼬락서니치고 참 좋겠습니다요. 다른 것 필요 없이 커다란 돌멩이를 하나 소인의 목에 달아 우물에다 던지는 것이 차라리 낫겠습니다요. 그래도 소인은 별로 서운해하지 않을 겁니다요. 다른 사람의 병을 고쳐주기 위해서 결혼식의 암소[487]가 되느니 차라리 그게 훨씬 낫겠습니다요. 이제 절 그만 놓아주세요, 제발. 그렇지 않으면 나중에 무슨 일이 생기건, 하느님께 맹세코 내팽개치고 죄다 끝장을 보고 말겠습니다요.”

이때 알티시도라는 이미 봉분 위에 앉아 있었다. 바로 그 순간 치리미아 소리가 울려 퍼졌고, 치리미아 소리에 맞춰 피리 소리와 함께 모두가 외치는 소리가 들렸다.

“알티시도라 만세! 알티시도라 만세!”

공작 내외와 미노스왕과 라다만토스왕과 돈키호테와 산초와 모든 이들이 함께 알티시도라를 맞이하러 가서 그녀를 봉분에서 내려놓았다. 그녀는 정신을 잃은 듯한 표정을 지으면서 공작 내외와 임금님들에게 머리를 숙이고, 곁눈으로 돈키호테를 바라보면서 말했다.

“하느님께서 당신을 용서하시기를 빕니다, 매정한 기사님이시여. 당신의 잔혹함으로 인해 제 생각에는 제가 저승에서 천 년 이상을 머물렀던 것만 같군요. 그리고 당신, 오, 지구상에서 가장 동정심이 많은 종자여! 제가 다시 얻게 된 이 생명에 대해 당신께 감사드리는 바입니다. 오늘부터 친구 산초여, 제가 당신에게 드리는 내 셔

---

487 la vaca de la boda. 결혼식에서 여흥으로 달리거나 하객들에게 두들겨 맞는 암소.

츠 여섯 벌을 가지고 당신이 입을 다른 여섯 벌을 만들도록 준비하
세요. 모든 셔츠가 온전치는 못하지만 적어도 모두가 깨끗하기는
합니다."

산초는 고마움의 표시로 그녀의 손에 입맞춤을 했는데, 손에는
종이 고깔모자를 들고 땅바닥에 무릎을 꿇은 자세였다. 공작은 그
종이 고깔모자를 가져가고 그의 고깔모자를 돌려주며, 그 불꽃 옷
을 벗기고 겉옷을 입혀주고 했다. 산초는 평생에 한 번도 보지 못한
그 사건의 증거와 추억을 위해 자기 고향으로 그것들을 가져가고
싶다면서, 그 옷과 고깔모자를 그대로 두어달라고 공작에게 간청했
다. 공작 부인이 그것을 원하는 대로 그냥 두겠다고 대답했다. 그는
이미 공작 부인이 얼마나 대단한 자기의 친구인지 알고 있었다. 공
작은 마당을 깨끗이 치우고 모두 거처로 돌아가서 휴식을 취하라
고 했다. 그리고 돈키호테와 산초를 그들이 이미 알고 있는 방으로
모시라고 명령했다.

· 제70장 ·

제69장에 계속해
이 이야기의 명확성을 위해
꼭 필요한 것들에 대해

산초는 그날 밤에 돈키호테가 자는 바로 그 방에 있는 바퀴 달린 낮은 침대에서 잠을 잤으나, 되도록이면 그 침대를 사양하고 싶은 마음이었다. 그것은 그의 주인이 계속해서 묻고 대답하게 하여 잠을 제대로 자게 두지 않을 것은 불을 보듯 뻔한 일이었고, 지금도 가지고 있는 그 지난번 순교의 고통 때문에 혀를 자유로이 놀릴 수도 없을 뿐만 아니라 말을 많이 할 처지에 놓여 있지도 않았기 때문이다. 그렇게 으리으리한 방에서 자는 것보다는 차라리 혼자 초가의 단칸방에서 자는 편이 훨씬 더 나을지도 몰랐다. 산초의 두려움은 꼭 맞아떨어졌고, 그의 의심은 아주 확실해져 그의 주인이 침대로 들자마자 그에게 말했던 것이다.

"산초, 자네는 오늘 밤에 일어난 일에 대해 어떻게 생각하는가? 자네의 그 두 눈으로 알티시도라가 죽은 것을 직접 목격했듯이, 사랑에 대한 매정한 무관심의 힘은 대단히 크고 강력하다네. 그 힘이란 화살도 아니고, 칼도 아니고, 전쟁 무기도 아니고, 치명적인 독약도 아니고, 오직 내가 늘 그녀에게 보인 바로 그 가혹함과 무관심한 태도였던 것이네."

"그녀는 자신이 원한 만큼 자신이 원한 대로 제때에 죽으라지요, 뭐."산초가 대답했다. "그리고 소인은 소인의 집에 내버려두시라고요. 소인은 평생토록 그녀와 사랑에 빠져본 적도 없고, 그녀를 업신여겨본 적도 없으니까요. 아까도 말씀드렸다시피 산초의 수난과, 얌전하기는커녕 제멋대로인 아가씨 알티시도라의 건강이 어떻게 되건 무슨 관계가 있다고, 소인은 생각조차 할 수 없습니다요. 이제야 비로소 이 세상에 마법사들과 마법이 있다는 것을 확실하고 분명히 알겠습니다요. 소인은 스스로 마법에서 풀려날 수 없으니, 하느님께서 소인을 풀어주시길 바랍니다요. 좌우지간 소인은 나리께, 소인이 잠을 자게 해주시고 더 이상 묻지 말아주시길 간청하는 바입니다요. 소인이 창문 아래로 몸을 던지는 것을 원하시지 않는다면 말입니다요."

"잠을 자게, 친구 산초여."돈키호테가 대답했다. "바늘로 찔린 데나, 꼬집힌 데나, 뺨따귀를 맞은 데 통증이 오면 그렇게 하게나."

"어떤 통증도,"산초가 되받아 말했다. "뺨따귀 맞은 모욕에 비할 것이 못 됩니다요. 무엇보다도 시녀들이 그런 짓을 벌였다는 것이 나를 당황스럽게 했지만요. 그런데 다시 나리께 부탁드리오니, 제발 잠 좀 자게 해주시란 말이에요. 잠은 깨어 있을 때 느낀 비참한 기분을 편하게 해주기 때문입니다요."

"그렇게 하게나."돈키호테가 말했다. "그럼 하느님께서 자네와 함께하시길."

두 사람은 잠이 들었다. 그런데 이 시간에 이 위대한 이야기의 작가 시데 아메테는, 이미 언급한 바 있는 이 기기묘묘한 속임수를 공작 내외가 어떻게 생각해내게 되었는지 글을 써 설명하고 싶었다. 학사 산손 카라스코는 거울의 기사였을 때 돈키호테에게 패해 쓰러진 것이 잊히지 않았으니, 그의 패배와 몰락은 그의 모든 계획을 엉망으로 만들어 망가뜨렸기 때문에, 그는 지난번보다 더 멋진 성과를 기대하며 권토중래하고 싶었다고 작가는 말하고 있다. 그래서 산초의 아내 테레사 판사에게 편지와 선물을 가지고 갔던 시동을 통해 돈키호테가 어디에 머무는지를 물어 알아내고는, 무장과 말을 찾아 방패에 하얀 달을 그려 넣었다. 그리고 모든 것을 노새에 싣고 한 농사꾼에게 그 노새를 끌고 가게 했다. 그의 옛 종자인 토메 세시알을 데리고 가지 않은 것은, 산초나 돈키호테에게 눈치채이지 않기 위해서였다.

그렇게 해서 그는 공작의 성에 당도했다. 공작은 돈키호테가 사라고사의 창던지기 대회에 참가할 목적으로 가고 있는 길과 노정을 그에게 알려주었다. 공작은 그에게 둘시네아의 마법을 풀기 위해 계책을 세워서 장난을 벌인 일도 이야기해주면서, 그 계책이란 산초의 엉덩이를 희생양으로 삼는 것으로 되어 있다고 했다. 결국 둘시네아가 마법에 걸려 농사꾼으로 바뀐 것으로 알도록 산초가 자기 주인에게 했던 장난에 대해서도 알려주었다. 그리고 자기 아내인 공작 부인이 산초에게, 둘시네아가 진짜 마법에 걸려 있기 때문에 속은 사람은 바로 산초 자신임을 알려주었다고도 했다. 이런 말을 들은 학사는 돈키호테의 극단적인 광기와 마찬가지로 산초의 예리하고 순진한 행동을 생각하면서 적잖이 웃었고 놀라움을 감추지 못했다.

공작은 그에게 돈키호테를 찾아 그를 이기든 이기지 못하든 꼭 그곳으로 다시 돌아와 일어난 일에 대해 들려달라고 부탁했다. 학사는 그렇게 했다. 학사는 돈키호테를 찾아 길을 떠났으나, 사라고사에서 그를 만나지 못하고 계속 나아가게 되었고, 앞에서 언급되었던 일이 그에게 일어났던 것이다.

학사는 공작의 성으로 돌아가 결투의 조건을 비롯해 모든 일을 이야기했다. 그리고 이제 돈키호테는 훌륭한 편력 기사로서 자기 마을로 돌아가 1년 동안 은퇴한다는 약속을 이행하기 위해 돌아가고 있는 중이라고 말했다. 학사는 말하기를, 그 정도 기간이면 그의 광기가 치유될 수 있을 테고, 이것이야말로 바로 자기가 그런 변신을 하지 않으면 안 되었던 의도라 했다. 돈키호테 같은 박학다식한 시골 양반이 이런 광기를 지녔다니, 정말 안된 일이기 때문이라고 했다. 이렇게 말하고 그는 공작과 헤어져 자기를 따라오고 있는 돈키호테를 기다리기 위해 자기 마을로 돌아갔다.

이런 일로 해서 공작은 다시 그런 장난을 할 기회를 잡았다. 산초와 돈키호테의 일이면 무엇이든 아주 재미있었기 때문이다. 성에서 가까운 곳이든 먼 곳이든 돈키호테가 돌아올 만한 모든 길목에 걷거나 말을 탄 하인들을 보내 그들을 찾게 하면서, 그를 보거든 강제로건 달래서건 성으로 데려오라고 해놓았다. 그들은 돈키호테를 발견하고 공작에게 알렸다. 공작은 돈키호테의 도착 소식을 접하자마자 그가 할 수 있는 모든 일을 준비했다. 횃불과 마당의 조명등을 밝히고, 봉분 위에 알티시도라를 올려놓고, 이미 이야기한 대로 일체의 무대장치를 갖추라고 명령했다. 이 모든 일이 아주 생생하게 잘 행해졌으므로 진실과 꾸며낸 연극 사이에는 거의 차이가 없었다.

그리고 여기에 덧붙여 시데 아메테는 말하고 있다. 즉 조롱을 당한 자들과 마찬가지로 장난을 친 자들도 광인임에 틀림없으며, 공작 내외도 바보라는 점에서는 난형난제라 할 수 있어 그렇게도 열심히 두 바보를 놀려주었을 것이라고 말이다.

그 두 바보 중 한 사람은 다리를 쭉 뻗고 편안히 잠을 자고, 다른 한 사람은 이 생각 저 생각에 뜬눈으로 지새운 채 새날을 맞이해 일어나고 싶었으나, 패배했거나 승리했거나, 별 볼 일 없는 깃털 이부자리가 돈키호테에게는 단 한 번도 마음에 든 적이 없었다.

돈키호테의 생각으로는 일단 죽었다 살아난 알티시도라는, 자기 주인 내외의 장단에 맞추어 장난을 계속했다. 그녀는 봉분 위에서 썼던 바로 그 화관을 쓰고, 황금빛 꽃들이 흩뿌려진 하얀 호박단 사제복을 입고, 머리카락을 등 뒤로 늘어뜨리고, 검고 가느다란 흑단 지팡이에 몸을 의지한 채 돈키호테의 방으로 들어갔다. 돈키호테는 눈앞에 나타난 그녀를 보자 당황스럽고 얼떨떨해서 몸을 웅크리고, 침대 이부자리로 거의 모두 뒤집어쓰고, 그녀에게 예의를 차릴 겨를도 없이 혀가 굳어 한마디도 할 수 없었다. 알티시도라는 그의 침대 머리맡에 있는 의자에 앉더니만, 크게 한숨을 쉬고나서 부드럽고 기운이 없는 목소리로 돈키호테에게 말했다.

"고관대작 댁의 여인들과 정숙한 아가씨들이 정절을 팽개치고 온갖 난관도 두려워하지 않고 혀를 놀리기로 작정을 하고, 가슴속 깊숙이 간직한 비밀들을 공공연히 알릴 때는 극한 상황에 처해 있다는 신호입니다. 저는 말입니다, 라만차의 돈키호테 나리, 곤경에 처하고 좌절하고 불타는 사랑에 울고 있는 그런 여자 중 한 사람이올시다. 하지만 그럼에도 불구하고 꾹 참으면서 정조를 지키고 있는 여인입니다. 다만 그 정도가 너무나 과도하여 침묵으로 인해 제

넋이 폭발해 생을 마감했습니다. 그대가 나를 가혹하게 대해주신 그 마음을 생각하면서 이틀 전에,

오, 내 사랑의 호소에 대리석보다 더 차가운[488]

냉정한 기사여! 저는 죽어 있었답니다. 아니, 적어도 저를 본 사람들은 그렇게 판단했습니다. 사랑의 신 아모르께서 저를 가엾게 여기시어 이 마음씨 고운 종자의 고뇌로 저를 구제하는 방법을 생각해내셨습니다. 그런 연유로 저는 거기 저승에 있을 뻔한 아찔한 순간을 맞이했던 것입니다."

"그 사랑의 신께서," 산초가 말했다. "소인의 당나귀의 고뇌로 구제하는 방법을 생각해내셨다면, 소인은 감사한 마음을 표했을 것입니다요. 그러나 아가씨, 하느님께서 소인의 주인보다 더 상냥하고 부드러운 다른 연인을 아가씨에게 드릴 수도 있사오니 소인에게 말씀해보세요. 저승에서 보신 것은 무엇이었습니까요? 지옥에는 무엇이 있었습니까요? 절망으로 죽은 자는 강제로라도 종국에는 그곳에 있게 될 테니까요."

"사실을 당신에게 말씀드리자면," 알티시도라가 말했다. "제가 지옥에 들어가지는 않았기 때문에, 제가 완전히 죽은 것은 아니었어요. 제가 그곳에 들어갔다면, 아무리 발버둥 쳤을지라도 나올 수는 없었을 것입니다. 사실 저는 열두 명쯤 되는 악마들이 공놀이를

---

488 ¡ Oh más duro que mármol a mis quejas, (empedernido caballero!). 가르실라소 데 라 베가의 《목가 I *Églogas I*》에 나오는 시구.

하고 있는 문에 당도했습니다. 모두가 반바지와 조끼를 입고 프랑드르제 레이스 장식과 깃 장식으로 꾸미고, 마찬가지로 뒤집은 레이스를 커프스 대신으로 하여 손을 길게 보이려고 팔을 손가락 네 마디만큼 밖으로 드러내고, 손에 부삽을 몇 개 가지고 있었습니다. 그런데 제가 제일 놀란 것은, 그들이 부삽으로 가지고 노는 공이 보아하니 바람과 닳아빠진 천의 보풀로 가득한 책들이었습니다. 참으로 놀랍고 새로운 것이었습니다. 그리고 그것보다 더 놀라운 일은, 일반적으로 놀이를 하는 사람들한테는 따는 일이 즐겁고 잃는 일은 슬픈 것이 당연지사인데, 그 놀이에서는 너나없이 모두가 으르렁거리고, 모두가 이를 부득부득 갈고, 모두가 서로 심한 욕설을 퍼부어댔습니다."

"그것은 그리 놀랄 일이 아닙니다요." 산초가 대답했다. "왜냐하면 악마들이란 놀거나 놀지 않거나, 이기거나 이기지 못하거나 절대로 만족할 수 없는 것들이거든요."

"틀림없이 그럴 겁니다." 알티시도라가 대답했다. "그러나 나를 또 놀라게 한 다른 한 가지는, 그때 저를 놀라게 했던 일을 말씀드리자면, 첫 공을 받아쳤는데 발아래로 떨어지지 않았습니다. 그래서 다시 공을 받아칠 수 없었습니다. 결국 새 책들과 헌 책들이 한꺼번에 떨어졌는데, 그 광경이 놀라움 바로 그것이었어요. 그 책들 중 한 권은 새것으로 번쩍번쩍거리고 장정이 아주 잘 되어 있었어요. 그런데 그 책 한 권을 주먹으로 치자 그 책 속이 터져 나오면서 책장이 여기저기로 흩어졌어요. 한 악마가 다른 악마에게 말했습니다. '그것이 무슨 책인지 좀 보아라.' 그러자 그 악마가 대답했어요. '이것은 라만차의 돈키호테의 이야기 속편인데, 그 책 제I권의 저자인 시데 아메테가 쓴 것이 아니라 토르데시야스 태생이라고 하는 한 아라곤 사람이 쓴 것이라고 해.' '그런 것은 거기서 내동댕이치게나'라고 다른 악마가 대답했어요. '그런 것은 지옥의 심연에 집어넣어버리게. 앞으로 내 눈에 보이지 않게 해주게.' '그게 그렇게 나쁜가?'라고 다른 악마가 물었답니다. '그렇게 나쁘다네'라고 첫 악마가 되받아 말했어요. '나 자신이 나더러 일부러 그렇게 쓰라고 해도 그보다 더 나쁘게는 못 쓰겠어.' 그들은 다른 책들을 던지면서 놀이를 계속했어요. 저는 돈키호테라는 이름을 들었기 때문에, 내가 열렬히 사랑하고 좋아하는 분이라서 이 환영幻影이 내 기억에 남아 있도록 노력을 했답니다."

"그것은 의심할 여지도 없이, 틀림없이 환영이었을 것입니다." 돈키호테가 말했다. "이 세상에 다른 나는 없기 때문입니다. 그런데 이미 이곳에서 그 이야기책이 손에서 손으로 돌아다니고 있습니다. 어느 손에도 머무르지 않고 계속 돌아다니고 있습니다. 왜냐하면 너나없이 죄다 그 책을 발로 차버리기 때문입니다. 내가 유령처럼 심연의 암흑 속이나 이 세상의 빛 속을 어슬렁거린다는 말을 들어도 전혀 놀라거나 당황하지 않았습니다. 나는 그 이야기에서 다루고 있는 그런 사람이 아니니까요. 만일 그 이야기가 훌륭하고 충실하고 진실이라면 그 생명은 여러 세기 동안 유지되겠지만, 만일 내용이 좋지 않다면 요람에서 무덤까지 가는 길이 그다지 길지 않을 것이오."

알티시도라가 돈키호테에게 불평을 계속 늘어놓으려 했을 때, 돈키호테가 그녀에게 말했다.

"아가씨, 제가 수차 아가씨께 말씀드렸듯이, 아가씨께서 저에게 마음을 두고 계셨다는 것을 생각하면 무척 괴롭습니다. 그래서 제 생각으로는 그 사랑에 보답해드리기보다 오히려 감사히 받아들일 수는 있겠습니다. 저는 엘 토보소의 둘시네아의 사람으로 태어났습니다. 그리고 운명이, 만일 운명이 존재한다면, 저를 그녀를 위해 점지해주었답니다. 그리고 다른 어떤 아름다움이 내 영혼 속에 자리 잡으리라고 생각하는 것은, 불가능한 일을 생각하는 것에 불과합니다. 이 정도 설명을 드렸으면, 정숙하신 아가씨의 마음이 저한테서 물러나기에 충분하리라고 생각합니다. 아무도 불가능한 일에 우격다짐을 벌일 수는 없는 노릇이기 때문입니다."

알티시도라는 이 말을 듣자마자 버럭 화를 내고 안색이 변하면서 돈키호테에게 말했다.

"빌어먹을, 말라비틀어진 대구 같은 양반아, 이 벽창호야, 한번 마음먹으면 꼼짝도 않는 시골뜨기보다 고집이 센 딱딱한 대추야자 씨야, 내가 당신한테 덤벼들기만 하면 당신의 눈알을 빼놓겠다! 결투에 패하고 몽둥이찜질을 당한 양반아, 혹시 내가 당신 때문에 죽었다고 생각하느냐? 당신이 오늘 밤 본 것은 죄다 짐짓 꾸민 일일 뿐이다. 낙타나 마찬가지로 비쩍 마른 인간 때문에 죽기는커녕 손톱의 때만큼도 고통스러워할 그런 여자가 난 아니란 말이다."

"소인은 그 말을 진짜 믿습니다요." 산초가 말했다. "사랑하는 사람 때문에 죽는다는 이런 것은 웃기는 일입니다요. 연인들은 그런 말을 하기를 좋아하지만, 실제로 행하는 일은 없을 테니, 그 말을 유다[489]나 믿으라고 하시죠."

---

489 열두 사도의 한 사람인 가롯 유다를 말한다. 은화 30냥을 받고 예수를 제사장에게 팔아넘겼으나, 뒤에 예수가 재판에서 사형을 선고받자 후회하여 자살했다.

이런 대화를 하고 있을 때, 앞서 시 두 연을 노래했던 악사이자 가수이자 시인이 들어와 돈키호테에게 아주 공손히 인사하면서 말했다.

"기사 나리, 나리께서는 저를 나리를 모시는 최고의 봉사자들 중 한 사람으로 생각하시고 거기에 끼워주시기를 바랍니다. 나리의 혁혁한 공적과 명성을 진심으로 숭앙해온 지 벌써 여러 날이 되었습니다."

돈키호테가 그에게 대답했다.

"나리가 누구신지 저에게 말씀해주십시오. 그래야 제가 예의를 다해 나리의 융숭한 대접에 응대해드릴 수가 있겠습니다."

젊은이가 자기는 악사이며 간밤에 찬사의 노래를 부른 바로 그 시인이라고 대답했다.

"그렇군요." 돈키호테가 되받아 말했다. "나리의 목소리는 대단했습니다만, 그때 부르신 노래는 바랐던 만큼 그 자리에 어울리는 것은 아니었던 것 같습니다. 왜냐하면 이 아가씨의 죽음과 가르실라소의 시구가 무슨 관련이 있단 말입니까?"

"나리께서는 그것을 그리 이상하게 생각하실 것 없습니다." 그 악사가 대답했다. "우리 나이 또래의 신출내기 시인들 사이에서는 각자가 제멋대로 쓰고, 자기가 의도한 대로건 아니건 제멋대로 표절하는 것이 크게 유행하고 있답니다. 이제는 운문에만 허용되는 문법상의 파격에 맞추어 노래하고 쓸 필요가 없어요."

돈키호테는 대답하고 싶은 생각이 굴뚝같았지만, 공작 내외가 때마침 그를 만나러 들어오면서 방해를 받은 셈이 되었다. 그들 사이에는 길고 정다운 대화가 오갔고, 그 대화에서 산초가 얼마나 많은 구수하고 그럴싸한 말과 영특한 말을 했던지, 산초의 순진하고 예리한 말솜씨는 공작 내외를 다시금 감탄의 도가니로 빠뜨렸다. 돈키호테는 자기처럼 결투에 패한 기사에게는 왕궁이 아니라 돼지우리가 훨씬 어울리기 때문에, 자기가 바로 그날 떠나도록 허락해 달라고 공작 내외에게 간청을 했다. 공작 내외는 아주 기꺼이 그러라고 허락했다. 그리고 공작 부인이 돈키호테에게, 알티시도라가 마음에 드느냐고 물어보았다. 돈키호테가 그녀에게 대답했다.

"마님, 마님께서는 이 아가씨의 모든 악은 안일에서 비롯되었다는 것을 아십시오. 그 처방이라면 그럴싸하고 끊이지 않고 할 수 있는 일이 있어야 하는 것입니다. 그녀는 여기서 저에게 말하길, 지옥에서는 레이스 장식이 유행한다고 했습니다. 그래서 하는 말인데요, 그녀는 틀림없이 그 레이스 뜨는 법을 알 테니 그 일을 손에서 놓지 말라고 해주세요. 뜨개바늘이 움직이는 데 정신을 집중하다보면, 그녀의 망상 속에서 그녀가 그렇게도 흠모하는 것의 형상이나 모습 따위는 어른거리지 않을 것입니다. 이것은 틀림없는 사실이며, 이것이 제 생각이고 충고입니다."

"제 말이 바로 그 말입니다요." 산초가 덧붙여 말했다. "제 평생 레이스 뜨는 여자가 사랑 때문에 목숨을 바쳤다는 말은 들어보지 못했으니까요. 일에 얽매인 아가씨는 자기 사랑 같은 것을 생각하기보다는 자기 일을 끝내는 데 온전히 집중하는 게 더 간절한 법이거든요. 이것은 제 경험에서 우러나온 말입니다만, 제가 땅을 파고 있는 동안에는 제 마누라 생각이 털끝만큼도 안 들거든요. 제 말은 내 두 눈의 속눈썹보다 더 사랑하는 내 집사람 테레사 판사도 생각이 나지 않는단 겁니다요."

"당신 말이 지당합니다, 산초." 공작 부인이 대답했다. "그래서 나는 지금부터 내 시녀 알티시도라가 자수를 하면서 소일하도록 하겠어요. 그 시녀가 그 일을 엄청 잘 한답니다."

"마님, 그런 방법을 쓰실 아무런 이유도 없습니다." 알티시도라가 대답했다. "이런 빌어먹을 멍청이가 저에게 저지른 잔인하기 짝이 없는 생각은 다른 어떤 수작을 부리지 않아도 제 기억에서 없어져버릴 것입니다. 그러니 위대하신 마님의 허락만 있으면 여기서 나가고 싶습니다. 그의 슬픈 몰골하며 추하고 짜증나는 저 꼬락서니를 더 이상 가까이서 보고 싶지 않기 때문입니다."

"내 생각도 그렇다." 공작이 말했다. "그 말을 들으니 사람들이 늘 하는 말이 생각나는구나.

모욕하는 말을 하는 자를 보니
용서할 때가 가까워졌기 때문이니라.[490]"

알티시도라는 손수건으로 눈물을 훔치는 시늉을 하고는 주인 내외에게 인사를 하고 방에서 나갔다.

"정말 딱한 신세로구먼." 산초가 말했다. "가련하기 그지없는 아가씨야, 정말 딱해 못 보겠네그려. 당신이 재수가 없었음에 틀림없어. 에스파르토[491] 같은 영혼과 떡갈나무 같은 마음을 가진 사람

---

490 Porque aquel que dice injurias, / cerca está de perdonar. 1600년에 출판된《로맨스 시 전집 *Romancero general*》에서 발췌된 로맨스 〈Diamante falso y fingido〉에서 네 번 반복되는 후렴.

491 북아프리카와 이베리아반도의 중부 및 남부 지방에서 자라는 볏과의 초본식물로, 그 잎은 밧줄과 샌들과 조잡한 직물과 인쇄용 종이 등을 만드는 데 사용된다.

한테 빠졌으니 하는 말이오. 나 같은 사람에게 그랬더라면, 상황이 달리 전개되었을지도 모르는데!"

대화가 끝나기가 무섭게 돈키호테는 옷을 주섬주섬 입었고, 공작 내외와 점심을 먹고나서 그날 오후에 출발했다.

· 제71장 ·

고향으로 돌아가면서
돈키호테와 그의 종자 산초에게
일어난 일에 대해

결투에 패하고 해쓱해진 돈키호테는 한편으로는 생각에 잠기고, 다른 한편으로는 무척 즐거운 가운데 길을 가고 있었다. 패배가 그 슬픔의 원인이었다면, 기쁨은 알티시도라의 부활에서 보여준 것 같은 산초의 덕행 때문이었다. 비록 연인한테 홀딱 반해 정신이 나간 아가씨가 정말로 죽은 것이라고 믿어야 할지는 약간 꺼림칙한 마음이 없지 않았지만 말이다. 산초는 조금도 기쁘지 않았다. 왜냐하면 알티시도라가 그에게 셔츠를 주겠다고 한 약속을 지키지 않아 슬펐기 때문이다. 그래서 이 문제를 요모조모로 생각하다가 주인에게 말했다.

"실제로, 나리, 소인은 이 세상에 있는 의사 중에서 가장 불행한 의사입니다요. 세상에는 치료한 환자를 죽이고도 그 대가를 지불받기를 바라는 의사들이 있는데, 그는 약간의 약에 대한 처방전에 서명한 것밖에 없고, 그마저도 자기가 조제하지 않고 약제사가 했는데, 하기야 속은 자만 불쌍하죠. 그런데 소인은 남의 건강을 위해 핏방울을 흘리는 희생을 하고, 뺨따귀를 맞고, 꼬집히고, 바늘로

910

찔리고, 매질을 당했는데 일전 한 푼 못 받으니 하는 말입니다요. 그래서 소인은 맹세하는데, 만일 어떤 다른 환자를 소인의 손에 데려오면, 그 환자를 치료하기 전에 소인의 손에 기름을 칠해야 한다⁴⁹²는 것을 말입니다요. 수도원장께서도 미사로 먹고사는데, 하느님이 소인에게 주신 능력을 공짜로 다른 사람들에게 나누어주라고 소인에게 주셨다고 믿고 싶지 않습니다요."

"자네 말에 일리가 있네, 산초 친구." 돈키호테가 대답했다. "알티시도라가 자네에게 약속한 셔츠를 주지 않은 것은 정말로 잘못했구면. 그렇지만 자네의 능력은 하느님의 은총을 입어 거저 얻은 것이고, 그것을 얻기 위해 따로 무슨 공부를 한 것도 아니고, 아니 공부는커녕 자네 몸에 고통을 받은 것이 고작이지 않은가. 내 처지에서는 만일 자네가 둘시네아의 마법을 풀기 위해 매를 맞는 대가를 원했다면, 벌써 꽤 많은 액수를 자네에게 주었을 걸세. 그렇지만 대가를 지불한다고 해서 치료가 잘될지는 잘 모르겠네만, 약에 대한 사례는 있기를 바라네. 여하튼 시험해봐도 손해는 없을 것이라고 생각하네. 이보게, 산초, 자네가 원하는 것을 잘 생각해보게나. 그리고 바로 자네 몸에 매질을 하게나. 내 돈을 자네가 가지고 있으니, 자네의 손으로 자네가 자네에게 현금으로 지불하게나."

그의 제안에 산초는 눈을 크게 뜨고, 귀를 한 뼘 정도 쫑긋 열고, 가슴속에 그 제안을 받아들이고는 기꺼이 자기 몸에 매질을 하리라 결심한 후에 말했다.

---

492 me han de untar las mías. '나한테 돈을 내야 한다'라는 뜻이다. 우리말 '기름을 칠하다'와 에스파냐 말 'untar'는 딱 들어맞는 말이다.

"이제 됐습니다, 나리. 소인은 나리께서 소인의 이익이 되도록 바라시는 일에 대해 나리를 기분 좋게 해드릴 만반의 준비를 하고 싶습니다. 소인의 새끼들과 소인의 아내에 대한 사랑이 소인에게 그 일에 관심을 가지도록 합니다요. 나리께서 소인에게 말씀해주세요. 소인이 맞는 매 한 대에 소인에게 얼마를 주시겠습니까요?"

"만일 내가 자네에게 지불해야 한다면, 산초," 돈키호테가 대답했다. "이 처방의 위대성이나 그 질의 가치에 따지자면, 베네치아의 보물과 포토시의 광산들을 자네에게 죄다 지불한들 모자랄 것이네. 자네가 가지고 있는 내 돈을 헤아려보고 매 한 대당 값을 정하게나."

"그것들은," 산초가 대답했다. "3천3백하고 몇 대인데, 그중에서 이미 다섯 대는 맞았고 나머지가 남았는데, 이 다섯 대가 몇 대 사이에 들어간다면 모두 해서 3천3백 대입니다요. 매 한 대에 1콰르티요[493]로 치면, 모든 사람이 나에게 그러라고 시킨다고 해도 더 적게는 가져가지 않을 테니까, 총 3천3백 콰르티요이므로, 3천은 1천5백 곱하기 2분의 1레알이니 750레알이 되는군요. 그리고 3백은 150 곱하기 2분의 1레알이니 75레알이 되니, 750에 합하면 모두 해서 825레알이군요. 이것들을 소인이 가지고 있는 나리의 돈에서 제하겠습니다요. 그러면 비록 매는 실컷 맞았지만, 소인은 부자가 되어 만족스러운 표정으로 집에 들어갈 것입니다요. '바지를 적시지 않고는 송어를 잡지 못한다'[494]라고 하잖습니까요. 더는 말하지 않

---

493 제26장 주 183 참조.

494 No se toman truchas a bragas enjutas. 의역하면 '노력 없이는 바라는 것을 얻을 수 없다'라는 뜻이다.

겠습니다요.”

“오, 산초, 축복을 받을지어다! 오, 다정한 산초!” 돈키호테가 대답했다. “하느님이 우리에게 주신 목숨이 다할 때까지 매일 둘시네아와 나는 자네에게 얼마나 감사해야 하고, 또 자네에게 얼마나 후하게 봉사해야 할지 모르겠네! 만일 그녀가 잃어버린 본모습으로 돌아온다면, 아니 본디의 모습으로 돌아오지 않을 리가 없지만, 그녀의 불행은 행복이 될 테고 내 패배는 매우 행복한 승리가 될 것이네. 그러니 이보게, 산초, 언제 매질하는 고행을 시작하고 싶은가? 자네가 그 고행을 빨리 하면 백 레알을 더 보태서 주겠네.”

“언제냐고요?” 산초가 되받아 말했다. “틀림없이 오늘 밤입니다요. 소인의 살덩어리를 활짝 까놓을 테니, 우리가 야외 들판에서 그 고행을 하도록 나리께서 수고를 좀 해주십시오.”

돈키호테가 세상에서 가장 노심초사하며 학수고대하던 밤이 왔다. 돈키호테에게는 수레바퀴가 부서져 아폴로의 수레[495]가 움직이지 않아 마치 밤이 오지 않는 것 같았으니, 그날은 여느 때보다 더 긴 하루처럼 느껴졌다. 염원으로 인해 단 한 번도 계산을 해보지 못한, 사랑하는 사람들 사이에 흔히 있을 법한 시간에 대한 개념이었다. 드디어 그들은 길에서 조금 벗어난 곳에 있는 보기 좋게 쭉쭉 뻗은 나무들 사이로 들어갔다. 그들은 로시난테와 잿빛 당나귀의 안장과 길마를 풀어놓고, 녹색 풀 위에서 산초가 준비해 온 음식으로 저녁 식사를 했다. 산초는 잿빛 당나귀의 고삐와 껑거리끈으

---

495 로마신화의 아폴로는 수레에 태양을 싣고 다닌다.

913

로 튼튼하고 낭창낭창한 채찍을 만든 다음 자기 주인으로부터 스무 발자국쯤 떨어진 너도밤나무 사이로 들어갔다. 돈키호테는 산초가 의기양양하고 씩씩하게 가는 것을 보고 그에게 말했다.

"이봐, 친구, 자네 몸을 갈가리 찢어놓지는 말게나. 매질을 몇대 하고나서 기다렸다가 다음 매질을 하는 마음의 여유를 갖게나. 매질할 때나 매질하는 도중에 숨이 찰 정도로 너무 성급히 서두르지 말기를 바라네. 자네가 맞아야 하는 숫자를 죄다 채우기도 전에 목숨을 거둘 수 있으니, 너무 호되게 매질을 하지 말라는 말이네. 자네가 매질을 할 때 한 대라도 더 치거나 덜 쳐서는 안 되므로, 내가 여기서 좀 떨어져 있으면서 나의 이 묵주로 자네가 맞는 매질의 수를 세어볼 참이네. 자네의 그 훌륭한 의도를 헤아려 하느님께서 자네에게 호의를 베푸시길 기원하게나."

"금전 관계가 좋은 사람은 어디서나 환영을 받는 법입니다요." 산초가 대답했다. "소인은 죽지 않을 정도로 아프게 몸에 매질을 할 생각입니다요. 바로 여기에 이 기적의 본질이 있는 것이 틀림없는 것 같으니까요."

그는 곧바로 웃통을 벗어젖히고 밧줄을 끌어당기더니 몸에 매질을 시작했다. 그리고 돈키호테는 그 매질의 수를 세어보기 시작했다. 매질을 여섯이나 여덟 대쯤 했을 때, 산초는 그 장난이 너무 심한 데 비해 매 맞는 값이 아주 싼 것 같다는 생각이 들어 매질을 잠깐 멈추고, 계약이 잘못되었으니 약속을 이행하지 못하겠다고 주인에게 떼를 썼다. 매질 한 대당 1콰르티요가 아니라 반 레알은 지불할 만한 가치가 있다는 것이었다.

"계속해보게, 산초 친구, 그리고 실신하지나 말게." 돈키호테가 그에게 말했다. "거는 돈의 액수를 두 배로 올려주겠네."

"그렇다면," 산초가 말했다. "하느님의 손에 맡기고 매질이나 오뉴월 소나기 퍼붓듯 실컷 해야겠습니다요!"

하지만 의뭉스러운 산초는 자기 등에 매질하는 것을 그만두고 나무들을 두들기며, 매질을 할 때마다 혼이 빠져나오는 듯 아파하면서 때때로 땅이 꺼질 것 같은 한숨을 쉬었다. 돈키호테는 마음이 약해져서 행여 산초의 숨이라도 끊어지지 않을까 걱정했다. 그리고 산초의 경솔한 행동으로 그의 소망이 이루어지지 않을까 염려되어 그에게 말했다.

"제발, 친구, 이 매질은 이쯤하고 여기서 멈추기로 하세나. 이 처방은 무척 가혹한 것 같네. 시간을 두고 때가 오기를 기다리는 것이 좋겠어. '사모라는 한 시간 만에 얻어지지 않았다'[496]라고 하지 않는가. 내가 잘못 계산하지 않았다면 매질을 천 대 이상 했으니, 지금으로는 그걸로 족하네. 당나귀도, 상스레 말하자면, 짐은 지지만 지나친 짐을 질 수 없는 법이네."

"아닙니다, 아니에요, 나리." 산초가 대답했다. "소인은 말입니다요, '돈을 다 받더니 팔 부러졌다고 떼쓴다'[497]라는 말은 듣지 않을 겁니다요. 나리께서는 저쪽으로 좀 물러나 계시지요. 하다못해

---

496 No se ganó Zamora en un hora. "로마는 하루아침에 이루어지지 않는다"라는 속담과 비슷한 이 속담은, 카스티야 말로 쓰인 가장 오래된 속담 중 하나다. 1072년 에스파냐 북부의 도시 사모라가 카스티야의 산초 2세 왕에 의해 7개월 동안 포위되었던 역사적 사건에 근거하고 있다.

497 A dineros pagados, brazos quebrados. '돈을 다 받더니 약속을 지키지 않는다'라는 뜻의 속담.

한 천 대쯤 더 매질을 하게 저를 그냥 놔두세요. 이 정도라면 단숨에 승부가 날 것입니다요. 그럼 오히려 우수리가 남을 것이구먼요."

"자네가 그리도 마음의 준비가 잘되어 있다면," 돈키호테가 말했다. "하늘이 자네를 도우시길 바라네. 그럼 나는 물러나 있을 테니 몸에 매질을 하게나."

산초는 얼마나 지독하게 매질하는 일에 전념했던지, 이미 많은 나무들의 껍질이 벗겨져 나갔다. 이렇게 그가 하는 매질은 가혹했던 것이다. 그리고 한번은 목소리를 높여 너도밤나무에 지독한 매질을 하면서 말했다.

"넌 여기서 죽어라, 삼손. 그리고 그와 관계된 자도 모두!"[498]

돈키호테가 그 가엾은 목소리와 매서운 매질 소리에 곧바로 달려가, 산초가 채찍으로 쓰고 있는 꼰 고삐를 붙잡고 말했다.

"친구 산초여, 나를 기쁘게 하려다 자네의 목숨을 잃는 매질은 하느님께서도 결코 허용하시지 않을 것이네. 그 목숨은 자네의 처자를 먹여 살리기 위해 사용해야 하네. 둘시네아는 더 좋은 기회를 기다리게 하고, 나는 이룰 수 있을 듯한 희망의 한계선에서 내 욕망을 자제하겠네. 그래서 나는 자네가 새로운 기력을 회복하고 모든 사람의 마음에 들도록 이 일의 결말을 낼 때까지 기다리겠네."

"나리, 나리께서 그러기를 그렇게 원하신다면," 산초가 대답했다. "기꺼이 그리 하십시오. 그러면 제 등에 나리의 셔츠나 걸쳐주

---

498 이 표현은 구약 성경의 〈판관기〉 16장 30절 "그리고 삼손이 '필리스티아인들과 함께 죽게 해주십시오' 하면서 힘을 다하여 밀어내니, 그 집이 그 안에 있는 제후들과 온 백성 위로 무너져 내렸다. 그리하여 삼손이 죽으면서 죽인 사람이, 그가 사는 동안에 죽인 사람보다 더 많았다"에서 비롯되었다. 한 사람이 모든 것을 처리하고 있음을 나타내는 문구다.

세요. 소인이 지금 땀이 비 오듯 하는데 감기에 걸리고 싶지 않습니다요. 신출내기 고행자들은 그럴 위험이 늘 상존하거든요."

돈키호테는 망토를 그가 원하는 대로 걸쳐주었고, 자기는 알몸으로 있으면서 산초의 몸을 감싸주었다. 산초는 해님이 그를 깨울 때까지 늘어지게 잤다. 그리고 그들은 곧바로 그들의 가던 길을 다시 계속했다. 그곳에서 3레과 떨어진 곳에서 가던 길을 멈추고는 한 여관 앞에서 말을 내렸다. 돈키호테는 그곳을 땅속 깊은 곳에 있는 포도주 창고와 탑들과 내리닫이 대문들과 가동교可動橋가 있는 성이 아니라 객줏집으로 인정했다. 앞으로 보면 알겠지만, 돈키호테는 패배한 뒤로 모든 것을 전보다 더 말짱한 본정신으로 심사숙고해서 말했다. 그들은 아랫방에 묵었다. 그런데 그 방에는 촌에서 자주 그러하듯 호화롭게 장식된 가죽 태피스트리 대신 그려진 지 오래되어 색이 바랜 아마포가 걸려 있었다. 그중 하나에는 대담한 손님[499]이 메넬라오스[500]에게서 헬레네를 빼앗았을 때, 그녀를 납치하는 장면이 아주 형편없는 솜씨로 그려져 있었다. 그리고 다른 한 장에는 디도와 아이네이아스에 대한 이야기가 그려져 있었다. 그녀는 한 높은 탑 위에서 도망치는 손님 아이네이아스에게 반으로 접은 시트로 신호를 하고 있었으며, 아이네이아스는 작은 선박인지 쌍돛단배인지를 타고 바다로 도망치고 있었다. 이 두 그림 이야기에서, 헬레네는 끌려가면서도 그다지 싫은 표정이 아니었다. 그녀

---

499 그리스신화에 나오는 트로이의 왕자 파리스Paris를 일컫는다. 아프로디테의 도움으로 스파르타의 왕비인 헬레네를 납치함으로써 트로이전쟁을 일으킨 장본인이다.

500 Menelaos. 그리스신화에 나오는 스파르타의 왕으로, 왕비 헬레네를 되찾기 위해 형 아가멤논과 함께 트로이전쟁을 일으켰다.

는 흔연스럽고 앙큼스레 웃고 있었다. 그렇지만 아름다운 디도는 두 눈으로 닭똥 같은 눈물을 뚝뚝 흘리고 있었다. 그것을 보고 돈키호테는 말했다.

"이 두 아가씨는 이 시대에 태어나지 않았기 때문에 대단히 불행한 여인이었네. 하지만 나는 그 시대에 태어나지 못해서 특히 불행한 사람이라네. 다시 말해 만일 내가 이분들을 만났다고 하면, 트로이가 불타지 않았을 것이고 카르타고가 파괴되는 일은 없었을 것이란 말이네. 내가 파리스만 죽였다면 그런 불행들을 피했을 테니까 말이네."

"소인이 내기를 걸겠습니다요." 산초가 말했다. "앞으로 머지 않아 목로주점이나 여관이나 객줏집이나 이발소에는 우리의 공훈 이야기가 그림으로 그려져 있지 않은 곳이 없을 것입니다만, 이것들을 그린 화가보다 훨씬 뛰어난 다른 화가들의 손으로 그려졌으면 하는 생각이 간절합니다요."

"자네 말이 옳아, 산초." 돈키호테가 말했다. "왜냐하면 이 화가는 우베다에 있었던 오르바네하 같은 사람이군그래. 그는 사람들이 무엇을 그리고 있느냐고 물으면 '나오는 대로 그린다'라고 했다지 않나. 혹여 수탉을 그리면, 그 그림 아래 '이것은 수탉이다'라고 썼다는 것이네. 혹시 여우라고 생각할까봐 그랬다는군.[501] 내가 생각하기로는, 산초, 이런 식으로 화가나 작가가 되나봐. 모든 것이 이런 식이란 말이네. 시중에 나왔다고 하는, 그 새로 나왔다는 돈키

---

[501] 이 이야기는 이미 제3장에서 언급된 바 있다.

호테의 이야기도 그렇게 출판된 것이 아니겠나. 말하자면 나오는 대로 그렸거나 쓴 것이란 말이네. 아니면 지난 수년간 궁전을 출입하던 마울레온[502]이라고 불리는 어떤 시인처럼 그렇게 말이네. 그 시인은 질문을 받으면 임기응변으로 대답했다고 해. 그래서 한 사람이 라틴 말로 '데움 데 데오'[503]가 무슨 의미냐고 그에게 물었더니, '데 돈데 디에레'[504]라고 그는 대답했다지 뭔가. 이런 이야기는 이쯤 해두기로 하고, 산초, 오늘 밤에도 또 한 차례 매질을 할 생각인지, 지붕 밑에서 맞을지 야외에서 맞을지 말해보게."

"아이고, 나리," 산초가 대답했다. "소인이 매질을 할 생각이라면, 들판에서 맞거나 집에서 맞거나 마찬가지죠. 그럼에도 불구하고 나무가 있는 곳이면 좋을 성싶습니다요. 왜냐하면 나무들이 소인과 함께하고 싶어 해서 소인이 매질하는 데 놀라울 정도로 도움을 많이 줄 것 같거든요."

"그렇지만 그렇게 하지 않았으면 좋겠네, 산초 친구." 돈키호테가 대답했다. "그러지 말고 자네의 원기 회복을 위해 우리 마을에 갈 때까지 매질을 아껴두었으면 좋겠네. 우리는 늦어도 모레까지는 우리 마을에 도착하게 될 테니까."

산초는 나리 좋으실 대로 하라고 대답했다. 하지만 그는 우물쭈물하다가는 위험할 때가 더 많으니 피가 끓어오를 때 그 일을 간

---

502 Mauleón. 임기응변에 능한 것으로 알려진 실제 인물인 것 같다고 한다. 왜냐하면《개들의 대화*El coloquio de los perros*》에서 널리 알려진 바로 이 일화를 세르반테스가 이야기하고 있기 때문이다.

503 Deum de Deo. 하느님 가운데 하느님.

504 Dé donde diere. 일이 되어가는 대로, 운명에 맡겨라.

단히 결론 내고 싶다면서 "맷돌도 갓 떼어낸 돌이 밀가루를 더 잘 빻는 법"이라 했다. 그리고 "스스로 할 수 있는 일은 스스로 해야 한다"라고도 하고, "두 번 '주겠다'보다는 한 번 '받게나' 하는 것이 더 낫다"라는 것이고, "수중에 있는 새가 날아다니는 독수리보다 낫다"라고도 했다.

"제발 부탁이니 속담은 이제 그만 씨부렁거리게나, 산초." 돈키호테가 말했다. "자네는 이전의 버릇으로 되돌아간 것 같군. 평범하게, 매끈하게, 그리고 복잡하지 않게 말을 하게. 내가 자네에게 누차 말하지 않았는가. 그러면 자네에겐 그런 빵 하나가 빵 백 개의 가치가 있다[505]는 것을 알게 될 걸세."

"소인은 운수가 왜 이렇게도 더러운지 모르겠습니다요." 산초가 대답했다. "소인은 속담 없이는 말을 할 줄 모르고, 또 소인에게는 말 같지 않은 속담은 없는뎁쇼. 그러나 되도록 고쳐보도록 하겠습니다요."

이렇게 그 당시 그들의 대화는 끝을 맺게 되었다.

---

505 vale un pan por ciento. 직역하면 '빵 하나가 빵 백 개의 가치가 있다'라는 말이지만 '매우 유용하다'라는 뜻이다.

· 제72장 ·

돈키호테와 산초가
어떻게 그들의 마을에 도착했는지에 대해

그날 아침부터 저녁때까지 밤이 되길 기다리면서 돈키호테와 산초
는 그곳 여관에 머물렀다. 한 사람은 확 트인 들판에서 자기 고행의
매질을 끝내기 위해서 그랬고, 또 다른 한 사람은 자기의 바람인 매
질이 끝나는 것을 보기 위해서 그랬다. 이때 말을 탄 나그네 한 사
람이 서너 명의 하인들을 데리고 그 여관에 도착했다. 그들 중 한
사람이 그들의 주인같이 보이는 사람에게 말했다.

"오늘은 이곳에서 낮잠을 한숨 주무셔도 좋을 듯합니다, 돈 알
바로 타르페⁵⁰⁶ 나리. 여관이 깨끗하고 시원해 보입니다."

이 말을 듣자마자 돈키호테가 산초에게 말했다.

"이보게, 산초, 내 이야기 속편의 책장을 내가 뒤적였을 때, 거
기에서 돈 알바로 타르페라는 이 이름을 지나친 것 같단 말이지."

---

506 don Álbaro Tarfe. 아베야네다가 쓴 위작《라만차의 돈키호테 속편》의 실제 등장인물
이다.

921

"그럴 수도 있겠습죠." 산초가 대답했다. "이 사람을 말에서 내리게 한 후에 물어보십시다요."

그 신사가 말에서 내리자, 여관 여주인은 그에게 돈키호테가 머물고 있는 방의 정면에 있는 뜰아랫방을 주었다. 돈키호테의 방에 있는 것과 같은 그림이 그려진, 오래되어 색이 바랜 아마포가 걸려 있었다. 방금 도착한 신사는 여름옷을 걸치고 그 여관 문간에 나왔다. 문간은 널찍하고 시원했다. 돈키호테가 문간을 산책하고 있는데, 그 신사가 돈키호테에게 물었다.

"나리께서는 어디로 가시는 길입니까, 호남아 양반?"

그래서 돈키호테가 대답했다.

"여기서 그리 멀지 않은 마을에 가고 있습니다. 저는 그곳 태생입니다. 그런데 나리께서는 어디로 가시는 길입니까?"

"저는, 나리," 그 신사가 대답했다. "그라나다로 가는 길입니다. 그곳이 제 고향이랍니다."

"참 좋은 고향을 가지셨군요!" 돈키호테가 되받아 말했다. "그런데 실례지만 나리의 성함을 저에게 말씀해주실 수는 없는지요. 제가 먼저 솔선수범해서 말씀드리기보다는 나리의 성함을 먼저 아는 것이 저에겐 중요한 것 같아서 하는 말입니다."

"제 이름은 돈 알바로 타르페라 합니다." 그 손님이 대답했다.

그 대답에 돈키호테가 되받아 말했다.

"저는 추호의 의심도 없이, 나리가 최근 어떤 작가가 써서 얼마 전에 인쇄되어 세상에 나도는 그《라만차의 돈키호테 속편》에 나온, 바로 그 돈 알바로 타르페이신 것 같군요."

"제가 바로 그 사람입니다." 그 신사가 대답했다. "그리고 바로 그 이야기의 주인공인 돈키호테는 내 극친한 친구입니다. 제가 그를 그의 고향에서 끌어낸 사람입니다. 아니, 적어도 저도 참가하기로 한 사모라의 창던지기 무술 시합에 참가하도록 그를 움직인 장본인이 바로 접니다. 사실대로 말씀드리면, 저는 그분과 아주 친해졌답니다. 그 몰인정한 집행인이 지나치게 무모하게 구는 그의 등짝을 두들겨 패지 못하도록 그를 구출해낸 적도 있답니다.[507]"

"그런데 말씀해보세요, 돈 알바로 나리, 나리께서 말씀하신 그 돈키호테와 제가 어딘지 모르게 약간 닮은 것 같지 않습니까요?"

"아닙니다, 그렇지 않습니다." 그 손님이 말했다. "전혀 그렇지 않습니다."

"그럼 그 돈키호테는," 우리의 돈키호테가 말했다. "산초 판사라 하는 종자를 데리고 다니던가요?"

"예, 데리고 다녔습니다." 돈 알바로가 대답했다. "아주 재치 있다고 평판이 자자합니다만, 그가 하는 그 재치 있는 말은 한 번도 들어본 적이 없습니다."

"소인도 그분이 그랬을 것이라고 믿습니다요." 이때 산초가 말했다. "왜냐하면 재치 있는 말은 아무나 하는 것이 아니기 때문입니다요. 나리께서 말씀하신 그 산초만 해도, 호인 나리, 정말 능구렁이 뺨치는 사람인 데다 인정머리가 없을 뿐만 아니라 날강도 같은 놈이었음에 틀림없습니다요. 왜냐하면 진짜 산초 판사는 소인이

---

507 아베야네다의 위작《라만차의 돈키호테 속편》제8장에서 돈키호테가 자경단원에게 붙잡혀 끌려가던 도둑을 풀어주려다 체포되었고, 제9장에서 돈 알바로 타르페가 돈키호테를 구해준다.

거든요. 소인은 오뉴월 소나기 퍼붓는 것보다 더 많은 재담을 늘어놓을 수 있답니다요. 만일 그 말을 믿지 못하시겠다면 나리께서 시험해보세요. 한 1년쯤 소인의 뒤를 따라다녀보세요. 그러면 그 많은 재담들이 한 발자국 한 발자국 뗄 때마다 쏟아지는 것을 보시게 될 것입니다요. 소인은 소인이 무슨 말을 했는지조차 알지도 못하는데, 소인의 말을 듣는 분들은 남녀노소 할 것 없이 누구나 박장대소하게 만드는 기술을 가지고 있답니다요. 그리고 그 유명하시고, 용감무쌍하시기 이를 데 없고, 재치 있으시고, 사랑에 푹 빠지시고, 남이 당한 모욕을 갚아주시고, 고아들과 의지가없는 가련한 사람들의 후견인이시며, 과부들을 보호해주시고, 아가씨들의 마음을 사로잡는 분이시며, 세상에 둘도 없는 엘 토보소의 둘시네아 아가씨를 마음의 연인으로 모시는 유일한 아가씨로 마음속에 간직하고 계시는 그 진짜 라만차의 돈키호테 나리가 여기 계신 소인의 주인, 바로 이분이십니다요. 다른 어떤 돈키호테도, 다른 어떤 산초 판사도 죄다 속임수에 불과하며 꿈속에서나 일어날 법한 몽중설몽夢中說夢일 뿐입니다요."

"하느님께 맹세코 저도 그렇게 믿습니다." 돈 알바로가 대답했다. "왜냐하면, 친구, 당신이 말한 네 마디 말만으로도, 내가 들은 다른 산초 판사가 말한 모든 말보다도 더 재치 있기 때문이오. 그 다른 산초는 말을 잘한다기보다 잘 먹는 식충이에 가까웠고, 재치 있다기보다 바보에 가까웠습니다. 의심할 여지도 없이 그 착한 돈키호테를 쫓아다녔다는 그 마법사들이 그 나쁜 돈키호테와 같이 나를 쫓아다녔던 것으로 여겨집니다. 그러나 뭐라 해야 할지 모르겠습니다만, 그를 치료받게 하려고 톨레도에 있는 눈시오의

924

집[508]에 집어넣고 왔다는 것을 제가 감히 맹세하겠습니다. 그런데 비록 제가 말하는 돈키호테와 전혀 다르지만, 지금 또 다른 돈키호테가 여기에 다시 나타났으니, 원, 세상에 이럴 수가 있나요."

"제가," 돈키호테가 말했다. "좋은 사람인지는 모르겠습니다만, 제가 나쁜 사람이 아니라는 것은 확실히 말할 수 있습니다. 그 증거로, 돈 알바로 타르페 나리, 나리께서는 제 평생에 단 하루도 사라고사에 있어본 적이 없다는 것을 아시기를 바랍니다. 전에 그 괴상야릇한 돈키호테가 그 도시의 창던지기 무술 시합에 참가했다는 이야기를 듣고, 그의 거짓을 세상 사람들에게 낱낱이 폭로하자는 의미에서 저는 그 사라고사에 들어가고 싶지 않았습니다. 그래서 저는 예의범절의 본바닥이요, 이방인의 유숙처요, 가난한 이들의 구호소요, 용감한 자들의 고향이요, 모욕당한 이들의 복수 장소이며, 변함없는 우정을 기쁘게 교류하는 곳이며, 그리고 위치로 보나 아름다움으로 보나 세상에 단 하나밖에 없는 유일무이한 바로 그 바르셀로나로 갔던 것입니다. 그리고 비록 거기에서 저에게 일어난 사건들이 유쾌하기는커녕 무척 고통스러운 일이었지만, 그 도시를 보았다는 것만으로 저는 만족하고 있습니다. 끝으로 말씀드릴 것은, 돈 알바로 타르페 나리, 제 이름을 사칭하고 제 생각을 이용해 일신의 명예를 얻고자 한 그 가련한 작자가 아니라, 저야말로 명성이 자자한 바로 그 라만차의 돈키호테입니다. 그래서 신사로서 꼭 해야 할 일로 나리께 부탁하오니, 부디 이 마을의 촌장 앞에서,

---

508 톨레도에 있는 정신병원.

925

나리께서는 지금까지 나리 평생을 두고 단 한 번도 저를 본 적이 없으며, 그 책 속편에 인쇄되어 나돌아다니는 그 돈키호테는 제가 아니고, 또 제 종자 산초 판사도 나리께서 알고 계시는 그 사람이 아니라는 것을 진술해주십시오."

"기꺼이 그리해드리리다." 돈 알바로가 대답했다. "행동하는 것은 다르면서도 이름이 똑같은 두 돈키호테와 두 산초를 동시에 본다는 것은 놀라움을 야기하는 것이 사실입니다만, 다시 말씀드리고 단언하건대 제가 본 것은 실은 본 것이 아니고, 저에게 일어난 일도 실은 일어난 일이 아닙니다."

"분명합니다요." 산초가 말했다. "소인이 섬기는 엘 토보소의 둘시네아 아가씨처럼 나리께서는 틀림없이 마법에 걸리셨습니다요. 나리를 마법에서 풀려나게 하는 것이, 소인이 둘시네아 아가씨를 위해 하듯 또다시 3천하고도 몇 대의 매질을 내 몸에 해서 해결될 일이라면, 하늘에 감사드릴 일이겠습니다요. 그렇게만 된다면 아무런 사심 없이 소인의 몸에 매질을 할 용의가 있습니다요."

"매질이라니, 도대체 무슨 말인지 그 말을 이해하지 못하겠군요." 돈 알바로가 말했다.

그래서 산초는 그 이야기를 하려면 구만리장천九萬里長天만큼 길다고 대답했다. 그렇지만 혹시 가는 길이 같으면 들려주겠노라고 했다.

이렇게 이야기를 주고받다보니 점심 먹을 시간이 되었다. 돈키호테와 돈 알바로는 함께 점심을 들었다. 우연인지 바로 그때 그 마을 촌장이 서기 한 사람을 대동하고 여관으로 들어왔다. 돈키호테는 그 촌장 앞에서 자기 권리에 관계된 청원서 하나를 내밀면서 해결해달라고 요청했다. 그것은 거기에 있는 그 신사 돈 알바로 타르페는 역시 거기에 있는 라만차의 돈키호테를 알지 못할 뿐만 아니라, 지금 이곳에 있는 돈키호테는 토르데시야스 태생인 그 아베야네다가 쓴 '라만차의 돈키호테 속편'이라는 제목의 이야기책에 인쇄되어 나돌아다니는 그 기사가 아니라는 것을 촌장 앞에서 선언하라는 것이었다. 결국 촌장은 법적으로 준비를 했고, 그 선언은 그런 경우에 하기로 되어 있는 모든 법적 효력을 가지게 되었다. 그 선언으로 돈키호테와 산초는 아주 기분이 좋아졌고, 그 같은 선언이 그들에게는 무척 중요한 것처럼 보였다. 두 돈키호테와 두 산초의 차이가 그들의 행적과 말만으로는 분명히 밝혀내기가 불충분하다고 여기기라도 한 것처럼 여간 흡족해하지 않았다. 돈 알바로와 돈키호테 사이에는 예의범절에 관한 말들이 많이 오갔으며, 그런 예의 바른 말 속에서 위대한 라만차의 기사는 자신이 사려 깊은 사람이라는 것을 보여주었다. 그런 일로 돈 알바로 타르페는 자기가 잘못된 생각을 품고 있었음을 알게 되었다. 정반대의 두 돈키호테를 자기가 직접 만나게 되었으니, 그는 자기가 마법에 걸려 있을 수도 있겠다고 생각하게 되었다.

오후가 되었다. 그들은 그 마을을 떠나 반 레과쯤 떨어진 곳에서 다른 두 길로 갈라졌다. 한 길은 돈키호테의 마을로 가는 길이었고, 다른 길은 돈 알바로가 가야 할 길이었다. 이 짧막한 짬을 이용해 돈키호테는 돈 알바로에게, 자기 패배의 불행과 둘시네아의 마법에 걸린 일과 그 처방을 이야기했다. 모든 것에 돈 알바로는 새삼 놀랐다. 그는 돈키호테와 산초를 포옹한 뒤에 자기 길을 계속했고, 돈키호테는 자기 길을 계속했다. 돈키호테는 그날 밤을 다른 나무들 사이에서 지냈는데, 산초에게 그 고행을 이행할 여지를 주기 위해서였다. 산초는 간밤과 똑같은 방법으로 자기 등이 아닌 너도밤나무 껍질을 희생시켜 매질의 고행을 이행했다. 행여 자기 몸에 매질을 할까봐 얼마나 조심했던지, 등에 파리 한 마리가 앉아 있다 하더라도 매를 맞지 않을 정도였다.

산초의 속임수에 넘어간 돈키호테는 단 한 번의 매질도 빠뜨리지 않고 세었으므로, 간밤의 매질과 합쳐 꼭 3천 29대라는 것을 알았다. 해님이 마치 그 희생을 구경하려고 일찍 뜬 것 같았다. 두 사람은 돈 알바로가 속은 일과 법관 앞에서 선언하도록 서로 합의를 본 것이 얼마나 잘한 일인가에 대해 이야기하면서, 그 햇살과 더불어 가던 길을 다시 계속했다.

그날 낮과 그날 밤은 산초가 그의 과업인 매질을 끝마쳤다는 것과, 돈키호테가 아주 만족했으며 길을 가다가 이미 마법에서 풀려난 자기 마음의 연인 둘시네아 아가씨를 우연히 마주치지나 않을까 기대하면서 그날이 밝기를 기다린 것 말고는, 이야기할 만한 일이 일어나지 않았다. 그리고 그들은 길을 계속했지만, 메를린의 약속들이 거짓말일 수 없다고 확신하면서도 엘 토보소의 둘시네아라고 인정할 만한 여자를 단 한 사람도 만나지 못했다.

이런 생각들과 바람을 가슴에 안고 언덕길을 올랐다. 언덕 위에서 그들의 마을이 산초의 시야에 들어오자 산초는 무릎을 꿇고 말했다.

"눈을 떠 보라, 그리운 고향이여, 비록 큰 부자는 못 되었으나 실컷 매질을 당한 그대의 아들 산초 판사가 돌아오고 있는 것을 보라. 비록 남의 팔에 패해서 오긴 하지만, 자기 자신의 승리자가 되어 오고 있는 그대의 아들 돈키호테를 두 팔 벌려 맞이하라. 그분의 말씀에 따르면, 이것이야말로 인간이 바랄 수 있는 가장 큰 승리라는 것이다. 매를 잘 맞으면 훌륭한 기사가 된다[509]고 했으니 나는 돈을 벌어온 셈이다."

"그런 바보 같은 소리는 작작하게." 돈키호테가 말했다. "그리고 떳떳하게 우리 마을로 걸어가세. 마을에 들어가서는 우리의 생각들을 정리하고 양치기 생활에 대한 구상을 해보세."

이런 말들을 주고받으면서 돈키호테와 산초 판사는 언덕을 내려가 그들의 마을로 갔다.

---

[509] 매를 맞기는 했으나 자랑스럽다는 뜻. 제36장 주 243 참조.

· 제73장 ·

돈키호테가 그의 마을에
들어갈 때 느꼈던 징조들과
이 위대한 이야기를 장식하고
유명하게 만든 다른 사건들에 대해

시데 아메테가 말한 바에 의하면, 그들이 마을 입구에 도착했을 때,
돈키호테는 마을 탈곡장에서 두 소년이 말다툼을 하고 있는 것을
보았다. 한 소년이 다른 소년에게 말했다.

"귀찮게 하지 마, 페리키요. 너는 네 평생토록 다시는 그걸 못
볼 거야."

돈키호테는 그 소리를 듣고 산초에게 말했다.

"이보게, 친구, 저 소년이 말한 것을 알아채지 못하겠어? '너는
네 평생토록 다시는 그걸 못 볼 거야'라고 한 말을 말이네."

"그런데요," 산초가 대답했다. "저 소년이 그걸 말했다고 해서
그게 무슨 상관이죠?"

"뭐냐고?" 돈키호테가 되받아 말했다. "저 말을 내 의도에 적용
시키면, 내가 둘시네아를 평생토록 다시는 못 볼 것이라는 의미인
걸 모르겠어?"

산초가 그에게 대답하려고 했는데, 바로 그때 많은 그레이하운

드[510]들과 사냥꾼들에게 쫓겨 산토끼 한 마리가 그 들판으로 도망쳐 오고 있는 것[511]을 보고 말문이 막혔다. 겁에 질린 산토끼는 잿빛 당나귀 발밑으로 숨어들어 웅크리고 있었다. 산초는 아무렇지도 않은 듯이 산토끼를 손으로 잡아 돈키호테에게 보여주었다. 돈키호테는 중얼거리고 있었다.

"말룸 식눔! 말룸 식눔![512] 산토끼가 도망친다. 그레이하운드들이 쫓아간다. 둘시네아가 나타나지 않겠구나!"

"나리는 이상도 하십니다요." 산초가 말했다. "이 산토끼가 엘토보소의 둘시네아라고 우리가 미리 가정해보십시다요. 그리고 그녀를 쫓아다니는 이 그레이하운드들이 그녀를 농사꾼으로 둔갑시킨 사악한 마법사들이라고 합시다요. 그녀가 도망가고, 나는 그녀를 잡고, 그녀를 나리의 손에 넘겨드리고, 그럼 나리는 그녀를 두 팔에 안고 그녀를 즐겁게 해드립니다요. 이것이 무슨 나쁜 징후이며, 여기에서 무슨 흉조가 보인다는 말씀입니까요?"

언쟁 중이던 두 소년은 산토끼를 보러 왔는데, 산초가 그중 한 소년에게 왜 말다툼을 했느냐고 물어보았다. '너는 네 평생토록 다시는 그걸 못 볼 거야'라고 대답했던 소년이 대답하기를, 자기가 다른 소년에게서 귀뚜라미 집을 빼앗았는데 자기 평생토록 그 귀뚜라미 집을 돌려주지 않을 생각이라 그렇게 말했다고 했다. 산초는 호주머니에서 4콰르토[513]를 꺼내 귀뚜라미 집값으로 그 소년에게

---

510 개의 한 품종. 몸이 가늘고 길며, 주력走力과 시력視力이 발달한 이집트 원산의 사냥용 개.
511 흉조의 표시이다.
512 Malum signum! Malum signum! 라틴 말로 '흉조로다! 흉조로다!'라는 뜻이다.
513 옛 동전 이름.

주고는, 돈키호테의 손에 귀뚜라미 집을 쥐여주면서 말했다.

"나리, 소인이 생각하기에 우리의 사건과는 아무 관계가 없는 이 흉조들은 다 부서지고 흐트러져 여기 있습니다요. 소인을 멍청이라고 하지만, 그것은 호랑이 담배 먹을 적 이야기입니다요. 그리고 소인의 기억이 틀림없다면, 기독교도나 조심성 많은 사람은 이처럼 수준 낮고 미숙한 일에 신경 쓰는 게 아니라고, 우리 마을의 신부님께서 말씀하시는 걸 들은 적이 있습니다요. 더욱이 지난날 나리 자신도, 흉조 같은 것에 신경을 쓰는 기독교도는 모두가 멍청이라 생각하라고 소인에게 말씀하셨습니다요. 이제 이런 일에 계속 고집할 필요는 없고, 그냥 없던 일로 지나치고 우리 마을로 들어가십시다요."

이러고 있는데 사냥꾼들이 다가와 자기들의 산토끼를 돌려달라고 했다. 돈키호테는 산토끼를 그들에게 돌려주고 가던 길을 계속하다가, 동구 밖 작은 풀밭에서 기도를 드리고 있는 신부님과 카라스코 학사와 마주쳤다. 그런데 여기서 알아둘 일이 있다. 산초 판사가 잿빛 당나귀 위에 얹은 갑옷과 투구의 꾸러미 위에 음식을 덮는 보로 쓰기 위해 불꽃이 그려진 기다란 리넨 도포를 덮어놓았다는 것이다. 그 도포는 알티시도라가 소생한 날 밤에 공작의 성에서 산초에게 입혀준 것이었다. 그리고 당나귀 머리에는 종이 고깔모자를 씌웠는데, 그것은 여태까지 한 번도 본 적 없는 당나귀의 가장 새로운 변형이고 장식이었다.

두 사람을 신부와 학사가 금세 알아보고는 두 팔을 벌리고 달려왔다. 돈키호테는 말에서 내려 그들을 꼭 껴안았다. 한편 살쾡이처럼 무엇 하나 그냥 넘기지 않는 아이들은, 당나귀가 종이 고깔모자를 쓰고 있는 것을 보고는 구경하러 몰려와서 서로 지껄였다.

"이리 와봐, 얘들아. 한껏 멋을 낸 산초 판사의 당나귀를 보아라. 돈키호테의 말은 첫날보다 오늘 더 말랐어."

마침내 그들은 아이들에게 둘러싸인 채 신부와 학사를 따라 마을로 들어가서 돈키호테의 집으로 갔다. 그리고 그들은 문간에 나와 있는 가정부와 조카딸을 발견했다. 그녀들은 돈키호테가 온다는 소식을 이미 전해 들었던 것이다. 물론 산초의 아내 테레사 판사에게도 이 소식이 전해져, 그녀는 산발한 채로 옷은 입는 둥 마는 둥 반나체로 딸 산치카의 손을 잡아 끌고 자기 남편을 보러 달려왔다. 자기 남편이 총독이 되어 있으리라고 예상한 그녀는 그 지위에 걸맞게 그런 차림이 아닌 것을 보자 남편에게 말했다.

"남편 양반, 그 꼴이 도대체 뭐요? 걸어서 성치 않은 다리를 질질 끌고 온 것 같구먼요. 총독 노릇 하다 온 몰골이라기보다는 총독 밑에서 빌어먹다 온 몰골로 보이는데요?"

"주둥아리 닥치지 못할까, 테레사." 산초가 대답했다. "'고기 꿰는 갈고리가 있는 곳에 자주 베이컨이 없다'⁵¹⁴라는 속담이 있어. 우리 집으로 가기나 하자. 집에 가면 기절초풍할 이야기를 듣게 될 거야. 중요한 것은 어느 누구에게도 해를 입히지 않고 내가 재주껏 번 돈을 가져왔다는 거야."

"어디 그 돈 좀 봅시다, 내 착한 남편 양반아." 테레사가 말했

---

514 Muchas veces donde hay estacas no hay tocinos. "고기 꿰는 갈고리가 없는 곳에 소금에 절인 돼지고기가 있다Adonde no hay estacas, hay tocinos"라는 속담을 바꾸어 한 말이다. '겉보기와는 다르다Las apariencias son engañosas'라는 뜻이 함축되어 있다.

다. "여기저기에서 번 돈이겠지요, 뭐. 하기야 어디서 벌었으면 어때요. 세상에 없는 새로운 듣도 보도 못한 해괴망측한 짓은 하지 않았겠죠."

산치카는 자기 아버지를 끌어안고는, 오월의 단비처럼 아버지를 기다리고 있었다면서 자기를 위해 가져온 것은 없느냐고 물었다. 산초는 딸의 허리띠 한쪽과 아내의 손을 잡고, 딸은 잿빛 당나귀를 끌면서 그들은 집으로 갔다. 돈키호테는 조카딸과 가정부의 보호 아래 그의 집에 남아 신부와 학사와 함께 있었다.

돈키호테는 조건이건 시간이건 아랑곳없이 바로 그 자리에서 학사와 신부만 방으로 데리고 들어가, 간단한 말로 자신의 패배와 1년 동안 마을에서 나가지 않기로 한 의무를 지고 있다는 이야기를 했다. 그것은 편력 기사로서 편력 기사도의 고지식함과 법도를 이행하는 부득이한 일이어서, 그 의무를 미세한 점까지 위반하지 않고 문자 그대로 지킬 생각이라 했다. 그래서 그는 그 1년 동안 양치기가 되어 들판의 적막 가운데 인생을 즐기면서 보낼 것이며, 그곳에서 목가적이고 덕스러운 생업을 영위하면서 다정다감한 생각에 실컷 취해볼 작정이라고 했다. 그리고 또 만일 할 일이 그리 많지 않고 더 중요한 그들의 일에 방해가 되지 않으면, 그들이 자기의 친구가 되어주었으면 한다고 부탁하기도 했다. 그리고 그는 친구들에게 자기가 양치기라는 이름을 각인시키기에 충분한 양들과 가축을 구입할 것이며, 그 일의 가장 주된 것은 이미 해놓았다고 알려주었다. 그들에게 꼭 들어맞는 이름을 생각해두었기 때문이라고 했다. 신부가 그것들을 말해보라고 말했다. 돈키호테는 자기는 '양치기 키호티스'라 부를 것이며, 학사는 '양치기 카라스콘'이고, 신부는

'양치기 쿠리암브로'이고, 그리고 산초는 '양치기 판시노'라고 대답했다.

　돈키호테의 다시 도지는 미친 증세를 보고 모두가 깜짝 놀랐다. 그러나 그 기사도 정신으로 인해 다시는 마을을 떠나지 않을 것이고, 그 한 해 동안에 광기가 다 치료될 수 있다고 기대했다. 그래서 그의 새로운 의도에 동의하고 그의 양치기 계획에 동료가 되어주겠다면서, 오히려 그의 미친 증세를 재미있게 여기고 허용했다.

　"더욱이," 산손 카라스코가 말했다. "모든 사람이 이미 알다시피 나는 아주 이름 있는 시인이므로, 매 순간 목가풍의 시건 궁중 시건 나에게 가장 어울리는 시를 쓰겠습니다. 우리가 돌아다닐 그 샛길들을 심심파적 삼아 즐길 것입니다. 그리고 더욱 필요한 것은, 여러분, 각자가 자기 시에서 칭송하려고 마음먹고 있는 양치기 아가씨의 이름을 선택하는 것입니다. 사랑에 빠진 양치기들의 습관대로 우리도, 아무리 단단한 나무라 할지라도 양치기 아가씨들의 이름을 새겨두지 않은 나무는 단 한 그루도 없도록 했으면 합니다."

　"그것참, 시의적절한 말씀입니다." 돈키호테가 대답했다. "나는 거짓 양치기 아가씨의 이름을 찾을 필요가 없겠습니다. 이 해안 일대의 영광이요, 이 초원들의 장식품이요, 아름다움의 화신이요, 우아함의 정수이며, 그리고 마지막으로 아무리 과장을 해도 어떤 찬사의 말로 대신할 수 없는 인물이신 세상에 둘도 없는 엘 토보소의 둘시네아가 있기 때문입니다.[515]"

515　이런 과장법은 수사학적 수사修辭이다.

"사실이 그렇소이다." 신부가 말했다. "하지만 우리는 어디든지 가서 유순한 양치기 아가씨를 찾아보아야겠습니다. 만일 우리 마음에 들지 않으면, 우리가 그녀들의 마음에 들게 하면 되는 것이니까요."

그 말에 산손 카라스코가 덧붙여 말했다.

"그런데 그런 아가씨들이 없을 때는 세상에 흔하디흔한, 찍혀 나오거나 인쇄되어 나온 아가씨들의 이름을 우리가 그녀에게 붙여주면 되는 겁니다. 예를 들면 필리다, 아마릴리스, 디아나, 플레리다, 갈라테아, 그리고 벨리사르다 같은 것 말입니다. 그런 것들은 광장에서 팔고 있으니 우리가 얼마든지 살 수 있고, 우리의 것으로 할 수도 있어요. 만일 내 아가씨가, 아니 더 좋게 말해서 내 양치기 아가씨가, 혹시 이름이 '아나'라면 '아나르다'로 써놓고 칭송하겠습니다. 그리고 만일 '프란시스카'라면 나는 그녀를 '프란세니아'라 부르고, '루시아'라면 '루신다'로 하면 되고, 거기에 죄다 나옵니다. 그리고 산초 판사가, 만일 이 단체에 들어와 한몫 끼게 된다면, 그의 아내 테레사 판사를 '테레사이나'라는 이름으로 칭송할 수 있을 것입니다."

돈키호테는 이렇게 이름을 응용하는 것을 보고 웃었다. 그리고 신부는 그의 그럴싸하고 멋진 결정을 입에 침이 마르도록 칭송하면서, 부득이한 의무가 없는 한가한 때는 언제든지 그와 동행이 되겠다고 다시 한번 다짐했다. 이런 이야기를 나눈 뒤 그들은 돈키호테와 헤어지면서 건강에 유의하고, 마음을 편히 하고, 인생을 즐기면서 살라고 그에게 간절히 부탁하고 충고했다.

세 사람의 대화를 그의 조카딸과 가정부가 우연히 듣게 되었다. 그들이 떠나자마자 두 여자는 돈키호테가 있는 곳으로 들어갔다. 그리고 조카딸이 그에게 말했다.

"이게 도대체 어떻게 된 거예요, 삼촌? 이번에야말로 삼촌께서 집에 머물러 계시면서 집에서 조용하고 성실한 생활을 하며 지내실 줄로 우리는 찰떡같이 믿고 있는데, 다시 미로 속으로 들어가고 싶으신 거예요? 그래서 '양치기야, 그대는 오는 것인가, 양치기야, 그대는 가는 것인가?'[516] 하면서요? 그런데 사실은 말입니다만, '보리피리 만들기에는 청보리가 이제 단단해졌어요.'[517]"

그 말에 가정부가 덧붙여 말했다.

"그리고 뭐, 나리께서 한여름의 쨍쨍 내리쬐는 햇볕이며 겨울밤의 차고 눅눅한 기운과 늑대들의 울부짖는 소리를 들으면서 들판에서 지내실 수 있을 것 같아요? 천만의 말씀입니다요. 이런 일은 포대기에 싸인 요람 속 아기 때부터 그 일을 위해 단련되면서 자란 건장한 남자들이나 할 일이고 직업입니다. 그래도 나쁘지만 굳이 하나를 고르라고 하면, 양치기보다는 편력 기사가 되는 것이 훨씬 낫습니다. 이보세요, 나리, 제 충고를 들으세요. 빵과 포도주를 물리도록 먹고 마시고 나온 말이 아니고, 배곯기를 부자 밥 먹듯 하면서 제 나이 쉰에야 비로소 터득한 충고를 드리는 것입니다. 그러니 집에 계시면서 농장을 돌보시고, 자주 성당에 나가 고해성사를 하시고, 가난한 이들을 도와주세요. 그러고도 나리께 잘못된 일이

---

516 Pastorcillo, tú que vienes, / pastorcillo, tú que vas? 후렴으로 흔히 사용되곤 했던 간단한 민요.

517 Está ya duro el alcacel para zampoñas. 의역하면 '무엇을 배우거나 할 나이는 이미 지났다'라는 뜻이다.

생긴다면, 그 책임은 제 영혼에 물으세요."

"입들을 닥치지 못할까, 이 딸들아!" 돈키호테가 그녀들에게 대답했다. "내가 해야 할 일은 내가 잘 알아. 내 몸 상태가 별로 좋지 않은 것 같으니 날 침대로 데려다 다오. 그리고 너희들이 확실히 알아두어야 할 일은, 이제 편력 기사가 되든 양치기로 돌아다니든 너희들이 필요하다면 언제나 반드시 달려갈 것이다. 그것을 내가 행동으로 보여줄 테니 앞으로 보면 알게 될 것이다."

그리고 그 착한 딸들——의심할 여지가 없이 가정부와 조카딸은 착한 여자들이었다——은 그를 침대로 데려갔고, 침대에 먹을 것을 가져다주고 되도록 잘해주었다.

제74장

돈키호테가 어떻게 병들었는지,
그리고 그가 쓴 유서와 그의 죽음에 대해

인간사는 영구불변한 것이 없는 것처럼, 일마다 시작부터 마지막 결말에 이르기까지 늘 내리막길이 있기 마련이다. 특히 사람의 목숨에서는 더더욱 그러하다. 돈키호테의 목숨도 그 삶의 과정을 멈추기 위한 하늘의 특권을 가지고 있지 않기에 그가 미처 생각지도 못한 사이에 삶의 끝과 종말이 도래했다. 패배에서 비롯된 우울증 때문이었는지, 아니면 천명天命에 의한 하늘의 뜻이었는지 신열이 나서 엿새 동안 일어나지 못하고 침대 신세를 지게 되었다. 그가 드러누워 있는 동안 여러 차례 그의 친구인 신부와 학사와 이발사가 문병했고, 그의 마음씨 고운 종자 산초 판사가 그의 머리맡을 한시도 떠나지 않고 지켰다.

이 사람들은 돈키호테가 자신의 패배와, 둘시네아가 자유롭게 마법에서 풀려나기를 바라는 소망이 이루어지지 않은 것에 대한 괴로움으로 그렇게 되었다고 생각했다. 그래서 되도록 모든 수단과 방법을 가리지 않고 그를 기쁘게 하려고 노력했다. 학사는 그에게 원기를 회복하고 일어나 양치기 훈련을 시작하자고 했다. 그러기 위해 이미 목가 한편을 지어놓았으며, 그 목가는 산나차로[518]가 지금까지 지은 모든 목가소설에 비해도 별로 손색이 없다고 했다. 그리고 이미 자기 돈으로 가축을 지킬 유명한 개 두 마리를 사두었다고도 했다. 한 마리는 이름이 바르시노이고 다른 한 마리는 이름이 부트론인데,[519] 엘 킨타나르[520]의 한 가축업자가 자기에게 그것들을 팔았다고 했다. 하지만 이런 이야기에도 돈키호테는 슬픔을 떨쳐버릴 수가 없었다.

돈키호테의 친구들은 의사를 불렀다. 의사는 그의 맥을 짚더니 그리 만족해하지 않았다. 의사는 돈키호테의 육체 건강이 위험한 상태이니, 아무튼 그의 영혼 건강에 마음을 쓰라고 말했다. 돈키호테는 의사의 말을 차분한 마음으로 들었으나, 그의 가정부와 그의 조카딸과 그의 종자는 그 말을 그렇게 듣지 않고, 마치 그들이 이미 죽은 돈키호테 앞에 있는 것처럼 구슬피 울기 시작했다. 의사의 소견은 우울증과 불쾌감이 그를 죽음으로 몰아가고 있다는 것이었다. 돈키호테는 좀 자고 싶으니 혼자 있게 해달라고 부탁했다. 그래서 그들은 그렇게 했다. 그리고 돈키호테는, 사람들이 흔히 말하듯, 여섯 시간 이상을 깨지 않고 계속 잤다. 너무 오래 잤기 때문에 가정

---

518 이탈리아의 작가 야코포 산나차로Jacopo Sannazzaro(1458~1530)를 말한다. 에스파냐 목가소설의 창시자로, 목가소설《아르카디아Arcadía》와 라틴 말로 쓰인 여러 목가의 저자이다.

519 Barcino는 '털빛이 갈색'을 뜻하고, Butrón은 '털빛이 황갈색'임을 넌지시 빗대어 말하고 있다.

520 el Quintanar. 엘 토보소에 인접한 오늘날 시우다드 레알주의 킨타나르 데 라 오르덴Quintanar de la Orden이다.

부와 조카딸은 그대로 계속 자게 되지나 않을까 하고 생각했다. 돈키호테는 여섯 시간 만에 깨어나 큰 소리로 말했다.

"저에게 이다지도 잘해주시다니요, 전지전능하신 하느님께서는 축복을 받으소서! 결국 당신의 자비는 무한하고, 사람들의 죄악은 당신의 자비를 줄이지도 못하고 막지도 못하나이다."

조카딸은 삼촌의 말에 귀 기울이고 듣고 있었다. 그녀가 생각하기에는, 적어도 병석에서만은, 삼촌이 평상시에 늘 하던 말보다 더 정연한 것 같았다. 그래서 삼촌에게 물어보았다.

"지금 하신 말씀이 뭡니까, 삼촌? 무슨 새로운 일이라도 있는 겁니까? 무슨 자비를 말씀하시며, 사람들의 죄악이라는 것은 무슨 말씀입니까?"

"자비라는 것은 말이다," 돈키호테가 대답했다. "조카야, 하느님께서 지금 이 순간에도 나에게 베푸시는 바로 그것을 말하는 거란다. 내가 말했다시피 내가 지은 그 많은 죄악들도 그 하느님의 자비를 막지는 못했단다. 나는 이제 분별력을 갖게 되었고, 무지의 어두운 그늘 없이 자유롭고 밝아졌단다. 그 혐오스러운 기사도 책을 밤이고 낮이고 쉬지 않고 눈에 불을 켜고 읽다보니, 일시적으로 정신이 나간 것이야. 이제야 비로소 나는 그 책들이 이치에 맞지 않고 허풍을 쳤다는 것을 알게 되었단다. 다만 내가 원통하기 짝이 없는 것은, 이 깨우침이 너무 늦게 왔다는 것이야. 깨우침에 대한 보상으로 영혼의 빛이 될 다른 책들을 읽으면서 보낼 시간이 나에게 남아 있지 않다는 것이지. 조카야, 나는 곧 죽음을 맞이할 느낌이 드는구나. 나는 광인이라는 이름을 남길 만큼 그렇게 좋지 않은 삶이 아니었다는 것을 알리고 죽음을 맞이하고 싶구나. 비록 내가 광인처럼 살아왔지만, 내가 죽음을 맞이하면서까지 이런 사실을 사람들로 하여금 인정하게 하고 싶지는 않구나. 친구야, 내가 고해성사를 하고 내 유언을 남기고 싶으니, 내 좋은 친구들인 신부며 산손 카라스코 학사며 이발사 니콜라스 선생을 불러다오."

그렇지만 마침 이때 세 사람이 들어오고 있었기에 조카딸이 따로 수고를 하지 않아도 되었다. 돈키호테는 그들을 보자마자 말했다.

"나에게 축하를 보내주시오, 마음씨 고운 분들이시여. 나는 이제 라만차의 돈키호테가 아니고 알론소 키하노요. 내 버릇으로 인해 나에게 부에노[521]라는 별명이 붙게 되었다오. 나는 이제 가울라의 아마디스와 아마디스 가문의 모든 헤아릴 수 없이 많은 무리의 원수가 되었소. 이제 나에게 편력 기사도의 불경한 모든 이야기책이 증오의 대상이 되었소. 이제 나는 내가 어리석기 짝이 없었다는 것과 내가 그런 이야기책들을 읽음으로써 위험을 자초했다는 것을 알게 되었소이다. 이제 하느님의 자비로 내 머릿속을 깨끗이 정리했기 때문에 그 이야기책들이라면 이제 진절머리가 날 정도요."

세 사람은 돈키호테가 이런 말을 하는 것을 듣고, 의심할 여지가 없이 그에게 새로운 어떤 미친 증세가 다시 나타났다고 생각하게 되었다. 그래서 산손이 돈키호테에게 말했다.

"지금, 돈키호테 나리, 우리는 둘시네아 아가씨가 마법에서 풀려났다는 소식을 접했는데, 나리께서는 그런 말씀이 나옵니까? 그리고 우리가 인생을 노래하면서 소일하기 위해 양치기가 되기로

---

521 Bueno. '착한 사람'이라는 뜻.

한 마당에, 이제 와서 나리께서만 속세를 떠나 숨어 살면서 신선놀음이나 하는 은인隱人이 되시기를 바라세요? 제발 조용히 하시고 본정신을 찾으세요. 그리고 그런 말도 안 되는 말은 그만하세요."

"여태까지의 그런 잠꼬대 같은 말들은," 돈키호테가 되받아 말했다. "나에게 해만 끼친 것이 사실인데, 하늘이 도우사, 내가 죽음에 이르러서야 그 잠꼬대 같은 생각이 나를 이롭게 하는 양약으로 돌아오게 되었소. 나는, 여러분, 아주 빠르게 죽어가고 있다는 것을 느낀다오. 이제 그런 농담들은 그만두시고, 내가 고해성사를 하도록 고해 신부님은 여기 계시고 내 유언장을 만들어줄 공증인을 나에게 데려오시오. 이렇게 절박한 때에 사람의 영혼을 가지고 농담이나 늘어놓으면 안 됩니다. 그러니 신부님께서 내 고해성사를 들으시는 동안 공증인을 데려오기를 부탁하오."

돈키호테가 하는 말에 모두가 깜짝 놀라서 서로의 얼굴을 쳐다보았다. 그리고 비록 의문은 있지만 그의 말을 믿고 싶었다. 그들이 돈키호테가 죽어가고 있다고 미루어 짐작하는 증거 중 하나는, 그다지도 쉽게 미친 사람이 본정신으로 돌아온 것이었다. 이미 했던 말에 다른 많은 말을 기독교도답고 조리 있게 아주 잘 덧붙여 말했기 때문에, 그때까지 품고 있던 의심을 깨끗이 씻고 돈키호테가 본정신을 차렸다고 믿지 않을 수 없었다.

신부는 사람들을 나가게 하고 그와 단둘이 있으면서 그에게 고해성사를 하게 했다.

학사는 공증인을 데리러 가서, 얼마 안 되어 공증인과 산초 판사를 데리고 돌아왔다. 이미 그의 주인이 어떤 상태인지를 학사가 전한 소식으로 알고 있었던 산초는, 울고 있는 가정부와 조카딸을 발견하고는 울상을 짓더니 눈물을 흘리기 시작했다. 고해성사가 끝나고 신부가 나와서 말했다.

"돈키호테는 정말로 죽어가고 있소이다. 정말로 알론소 키하노 엘 부에노[522]가 본정신으로 돌아왔소이다. 돈키호테가 유언을 하도록 이제 우리가 들어가도 되겠습니다."

이 소식은 가정부와 그의 조카딸과 그의 마음씨 고운 종자 산초 판사의 눈물을 가득 머금고 있던 눈에 이루 형언할 수 없을 만큼 크나큰 자극을 주어, 그들로 하여금 눈물이 폭포수처럼 쏟아지게 했고, 가슴에서는 쉴 새 없이 깊은 한숨이 흘러나오게 만들었다. 왜냐하면 그는 진짜로, 언제인가 말했듯이, 돈키호테가 단지 알론소 키하노 엘 부에노였을 때나 라만차의 돈키호테였을 때나, 늘 조용한 성격이었으며 즐겁게 행동하는 사람이었기에, 그의 집안 사람들뿐만 아니라 그를 알고 있는 모든 이로부터 사랑을 한 몸에 받았기 때문이다.

공증인이 다른 사람들과 함께 들어와 유언장 서두를 쓰고, 유언에 필요한 기독교적인 모든 형식과 절차를 거쳐, 돈키호테의 마음을 정리하게 하고나서, 유증 문제에 이르자 돈키호테가 말했다.

"조항 하나, 내가 미친 증세에 있을 때 내 종자였던 산초 판사가 가지고 있는 약간의 돈에 대해서는 그와 나 사이에 주고받을 약간의 계산 문제가 있었으나, 그 돈에 대해서 그에게 책임을 지우거나 어떤 계산도 요구하지 않을 것이며, 내가 그에게 빚진 것을 지불

---

522 Alonso Quijano el Bueno. '착한 사람 알론소 키하노'라는 뜻.

하고난 뒤에 약간이라도 남는 것이 있으면, 얼마 되지는 않겠지만, 나머지는 그의 소유가 되도록 주어 그에게 다소라도 도움이 되게 하는 것이 내 뜻이다. 그리고 내가 미쳐 있을 때 그에게 섬 정부를 주어 다스리게 했듯이, 지금 정신이 말짱할 때 왕국을 줄 수만 있다면 주고 싶은 심정이다. 왜냐하면 그의 성격의 소박함과 그의 행동의 충실함은 충분히 그것을 받고도 남을 만하기 때문이다."

그러고는 산초를 돌아보고 말했다.

"날 용서하게, 친구. 내가 자네에게 세상에 편력 기사들이 전에도 있었고 지금도 있다고 착각에 빠지게 하는 우를 범해서, 나같이 광인처럼 보이게 하는 일을 하게 했으니 말일세."

"아이고!" 산초가 울면서 대답했다. "나리, 돌아가시지 마셔요. 주인 나리님, 소인의 충고를 들으시고 만수무강하셔요. 이승에서 사람이 할 수 있는 가장 큰 광기는 아무도 죽이지 않는데도 불구하고 아무 이유도 없이 죽어가는 것입니다. 다른 사람의 손이 목숨을 끊는 것도 아니고, 우울증으로 인해 돌아가시는 것이야말로 생각 없이 자신을 그냥 죽게 내버려두는 것입니다요. 소인을 좀 보시고 게으름을 피우지 마시고 그 침대에서 일어나셔요. 우리가 합의한 대로 양치기 복장을 하고 들로 가십시다요. 두고 봐야 알겠지만, 혹시 어느 풀숲 뒤에서 마법에서 풀린 둘시네아 아가씨를 만날 수 있을지 누가 압니까요. 만일 나리께서 결투의 패배로 인해 억울해서 돌아가신다면, 소인에게 죄를 덮어씌우십시오. 소인이 로시난테에게 뱃대끈을 잘못 채워서 나리를 넘어지게 했다고 말씀하시면 되잖아요. 나리께서는 기사도 책에서 일부 기사들이 다른 기사들을 쓰러뜨리는 것이 다반사인 것을 보셨을 게 아닙니까요. 그리고 오늘 패자가 내일은 승자가 되는 것을 말입니다요."

"맞습니다." 산손이 말했다. "마음씨 고운 산초 판사가 이번에는 정곡을 찌르는 말을 했습니다."

"여러분," 돈키호테가 말했다. "천천히 갑시다. 이제 작년의 둥지에는 금년의 새가 없는 법이니까요.[523] 저는 과거에 광인이었습니다. 그런데 이제 저는 이렇게 본정신입니다. 다시 말씀드리면, 저는 과거에는 라만차의 돈키호테였습니다. 그런데 지금은 말씀드린 바와 같이 알론소 키하노 엘 부에노입니다. 내 후회와 내 진심이 내게 전에 가졌던 여러분의 존경심을 되돌려놓을 수 있기를 바랍니다. 그리고 공증인 나리께서는 계속해주세요. 조항 하나, 나는, 먼저 내가 만들어놓은 유증을 이행하기 위해 필요하다고 여기는 것을 가장 확실한 재산에서 공제하고, 집에 있는 전 재산을 여기 있는 내 조카딸 안토니아 키하나[524]에게 양도한다. 그리고 제일 먼저 해주기를 바라는 것은, 내 가정부가 나를 위해 봉사한 그 세월만큼 내가 빚진 봉급을 지불하고 옷 한 벌 값으로 20두카도를 더 지불하기를 바란다. 내 유언 집행인은 여기 계시는 신부님과 산손 카라스코 학사님으로 한다. 조항 하나, 만일 내 조카딸 안토니아 키하나가 결혼하기를 원하면, 기사도 책들이 무엇 하는 것인지 전혀 알지 못한다는 점이 먼저 확인된 남자와 결혼하는 것이 내 뜻이다. 그리고 결혼 상대자가 기사도 책을 알고 있다는 것이 명백해졌을 경우에도 불구하고 내 조카딸이 그 남성과 결혼하고 싶어 하거나 결혼을 한

---

523 '세월이 바뀌었다'라는 뜻.
524 Antonia Quijana. 돈키호테의 누이의 딸이었다. 제6장 참조.

다면, 내가 그 아이에게 양도한 것을 모두 상실하는 것으로 한다. 그리고 그 재산은 내 유언 집행인들이 그들의 임의로 자선사업에 기부해도 좋다. 조항 하나, 앞에서 말씀드린 내 유언 집행인 나리들께 부탁하고자 하는 것은, 행여나 운수가 대통하여 '라만차의 돈키호테의 무훈 속편'[525]이라는 제목으로 저잣거리에 나돌고 있는 이야기책을 썼다는 저자를 만나거든, 내 편에서 부탁한다고 말하면서 생각 없이 그 이야기책에 쓴 것처럼 그렇게 많고 그렇게 터무니없는 엉터리 이야기를 쓰도록 한 원인을 그에게 제공한 것을 용서해 주길 바란다고 아주 간절한 마음으로 전해주오. 그 이야기를 쓰도록 그에게 동기를 유발한 것을 유감으로 생각하면서 내 삶을 마감하고 이승과 하직하기 때문이오.'

돈키호테는 이렇게 말하며 유언을 마치고는 정신이 혼미해져 침대에 길게 누웠다. 모든 사람들이 당황하고 놀라서 그의 동정을 살피려고 달려갔다. 유언을 한 이후 사흘 동안 생명을 유지하면서 아주 빈번히 혼수상태에 빠지곤 했다. 집안은 소란스러웠으나 이런 와중에도 조카딸은 밥을 먹고, 가정부는 건배를 하고, 산초 판사는 마냥 즐거운 표정이었다. 약간이라도 유산을 받는다는 것이 상속자 입장에서는 죽은 이가 남기고 간 고통을 기억 속에서 지워버리거나 달래주기 때문이다.

모든 병자성사를 받은 후 기사도 책들에 대해 많은 적절한 말로 증오의 말을 한 뒤, 마침내 돈키호테의 마지막 날이 왔다. 마침

---

525 *Segunda parte de las hazañas de don Quijote de la Mancha*. 정신이 혼미해져서 그런지는 모르겠으나, 책 이름을 잘못 말하고 있다.

공증인이 그곳에 있었는데, 어떤 기사도 책에서도 돈키호테처럼 저렇게 차분히, 그리고 저렇게 기독교도답게 자기 침대에서 눈감는 편력 기사를 본 적이 없다고 말했다. 돈키호테는 그곳에 있는 사람들의 동정과 눈물 속에서 그 영혼을 바쳤다. 내 말뜻은 그가 하늘나라로 갔다는 것이다.

신부는 이것을 보고, 일반적으로 라만차의 돈키호테라 불리던 알론소 키하노 엘 부에노가 이 세상을 떠나 자연사한 것으로 증언해달라고 공증인에게 부탁했다. 그리고 그런 증언을 부탁한 것은, 시데 아메테 베넹헬리가 아닌 어떤 다른 작가가 거짓으로 돈키호테를 다시 소생시켜 그의 무훈 이야기를 한없이 만들어갈 싹을 아예 잘라버리기 위함이었다.

재치 넘치는 시골 양반 라만차의 돈키호테는 이렇게 임종을 맞이했는데, 그가 임종한 장소를 시데 아메테는 정확히 기록하고 싶어 하지 않았다. 왜냐하면 그리스의 일곱 도시[526]가 호메로스를 두고 서로 아옹다옹 다투었던 것처럼, 라만차 지방의 모든 고장과 마을이 돈키호테를 자기 고장 사람으로 여기고 서로 경쟁하게 하겠다는 의도가 있었기 때문이다.

여기에 산초와 조카딸과 돈키호테의 가정부의 몸부림치고 통곡하는 장면이며 돈키호테의 무덤의 새 묘비명은 적지 않지만, 산손 카라스코가 돈키호테를 위해 쓴 묘비명은 이러했다.

---

526 호메로스의 고향이라고 주장하고 있는 일곱 도시는 에스미르나, 로다스, 콜로폰, 살라미나, 키오스, 아르고스 및 아테네다.

하늘을 찌를 듯한 용맹을 떨치고
죽음이 그가 죽었음에도
그의 삶을 이기지 못했음을 알리는
강인한 시골 양반이
이곳에 영면해 있노라.
 그는 온 세상을 경시했고
세상의 허수아비요 요괴였으며
그런 시기에 그의 운명은
본정신으로 죽고 광인으로 살았다는
평판을 듣게 했노라.

 Yace aquí el Hidalgo fuerte
que a tanto estremo llegó
de valiente, que se advierte
que la muerte no triunfó
de su vida con su muerte.
 Tuvo a todo el mundo en poco,
fue el espantajo y el coco
del mundo, en tal coyuntura,
que acreditó su ventura
morir cuerdo y vivir loco.

 그리고 용의주도하기로 유명한 시데 아메테는 자기의 펜에게
말한다. "여기 이 에스페테라[527]에 걸려 있거라. 내 깃털 펜이 잘 잘
렸는지 잘못 깎였는지 모르겠구나. 만일 허영심에 들뜬 사악한 역

사가들이 너를 모독하기 위해 내려놓지 않는다면, 거기서 만수무강하여라. 그러나 그들이 너에게 당도하기 전에 되도록 가장 좋은 방법으로 경고하고 말해도 좋다.

멈춰라, 행동을 조심해라, 비겁한 놈들아!
누구도 내 몸에 손을 대서는 안 된다.
마음씨 고운 임금님이 이 일을
나를 위해 미리 준비해두셨노라.
¡Tate, tate, folloncicos!
De ninguno sea tocada;
porque esta empresa, buen rey,
para mí estaba guardada.

돈키호테는 오직 나만을 위해 세상에 나왔으며, 나는 그를 위해 세상에 나왔다. 그는 행동할 줄 알았고, 나는 그가 행동하는 것을 글로 쓸 줄 알았다. 내 용감무쌍한 기사의 무훈을 투박하고 조잡하기 짝이 없는 타조의 깃털 펜으로 감히 썼거나 쓰려고 하는 토르데시야스의 그 사이비 작가에게는 억울하고 슬픈 일이 되겠지만, 오직 우리 둘만이 한 몸이라 할 수 있다. 이런 일은 그런 사이비 작가의 어깨의 짐이 되도록 맡겨둘 수 없으며, 그런 부실하기 짝이 없고 허튼 재주로 다룰 일이 아니기 때문이다. 만일 그를 만나기라도

---

527 취사도구가 걸려 있는 갈고리가 달린 널빤지.

한다면, 돈키호테의 지쳐 이미 썩어 문드러진 뼈들을 무덤 속에서 쉬게 하고, 죽음의 법규들을 어기면서까지 그를 카스티야 라 비에하[528] 지방으로 데리고 갈 생각은 추호도 하지 말라고 그에게 조언하라. 실제로, 그리고 진짜로 기다랗게 누워 있는 무덤에서 그를 끌어내 세 번째 원정[529]을 위해 다시 출발하기는 불가능한 일이다. 그 많은 편력 기사들이 했던 것처럼 그 많은 모험들을 조롱하고 비웃기 위해서는, 그가 행한 두 번의 모험으로 족하다. 돈키호테가 행한 그 모험에 대한 소식을 접한 국내의 여러 지방이나 외국의 여러 왕국에서 사람들이 기뻐하고 흡족해하고 있지 않은가. 이렇게 함으로써 너를 싫어하는 사람들에게 잘 타일러주면서 너의 기독교적 본분을 다하는 것이니라. 그리고 나는 나대로 내가 원했던 대로 그가 쓴 것의 결실을 완전히 맛본 첫 번째 사람이 된 것을 만족해하고 뽐내게 될 것이다. 왜냐하면 내 바람은 다른 것은 없고, 사람들이 기사도 책들의 거짓되고 터무니없는 이야기에 혐오감을 느끼도록 하는 것이었기 때문이다. 내 진정한 돈키호테의 이야기들로 말미암아 이제 넘어져가고 있으니, 그들은 의심할 여지도 없이 완전히 넘어지게 될 것이다." 발레.[530]

---

528 구舊 카스티야.

529 실은 '네 번째 원정'으로 세르반테스의 착오다. 또 뒤에 나오는 "두 번의 모험"도 '세 번의 모험'의 착오다.

530 Vale.《돈키호테 1》의 머리말 끝에도 쓰였던 표현으로, '그럼 안녕히 계십시오Adiós, que estés bien'라는 뜻의 작별할 때 쓰는 라틴 말 서식書式이다.

역자 후기

스페인이 낳은 세계적인 소설가 세르반테스의 불후의 명작 《돈키호테》를 번역하게 되어 한마디로 감개무량하다. 이 방대한 작품을 완역해내다니, 나 스스로 대견하다는 생각이 들면서도 천학비재淺學菲才인 본 역자가 용기와 인내로 마침내 이런 완역의 기쁨을 맛볼 수 있도록 도와주신 주변의 많은 분께 감사하는 마음이 크다.

프랑스의 소설가 귀스타브 플로베르는 "《돈키호테》는 성서에 버금가는 세계적인 베스트셀러다. 청소년에게는 무책임한 웃음을, 중년에게는 이성과 사려에의 자극을, 노년에게는 조용한 미소와 철학적 정신을, 즉 누가 언제 어디서 읽어도 재미를 주는 책, 바로 이것이 《돈키호테》다"라고 말했다. 러시아의 소설가 표도르 도스토옙스키는 "《돈키호테》야말로 가장 완성된 미의 실상이다. 그러나 《돈키호테》가 아름다운 것은 그와 동시에 우습기 때문이다"라고, 러시아 소설가 투르게네프는 "《돈키호테》가 상징하고 있는 것은 무엇보다도 신앙이다. 영구불변한 것에 대한 신앙, 진실한 것에 대한 신앙 그것이다"라고 평했다. 독일의 시인 하이네는 "세르반테스는 낡은 기교적 이상주의를 타파하고 현실에 맞는 새로운 이상주의를 이룩했다"라고, 스페인의 철학자 호세 오르테가 이 가세트는 "세르반테스의 작품은 스페인이 무엇인가에 대한 해답을 준다. 그의 작품에 접근하는 세르반테스적 수법이 어디에 있는지 안다면, 우리는 모든 것을 다 얻을 것이다"라며 찬사를 아끼지 않았다. 영국의 시인이며 평론가, 극작가인 T. S. 엘리엇은 "유럽 사람으로 《돈키호테》를 읽어 소화하지 못하는 사람은 진정한 교육을 받았다고 할 수 없다"라고 했으며, 러시아의 소설가 겸 극작가인 안톤 체호프는 "《돈키호테》를 읽어라. 훌륭한 작품이다. 그것은 셰익스피어와 같은 반열에 두어야 할 세르반테스의 작품이다"라고 추천했다.

이렇게 세계적인 문학가와 철학자 들이 이구동성으로 찬사를 보낸다는 것만으로도 《돈키호테》의 위대성은 증명된다. 또한 2002년 노르웨이 노벨연구소가 살만 루슈디, 노먼 메일러, 밀란 쿤데라 등 세계 50여 개국 출신 유명작가 100명에게 추천을 받아 선정한 '역사상 가장 훌륭한 소설 100선' 중 1위를 차지한 명작 중 명작이 바로 《돈키호테》다. 하여, 여기에서 본 역자가 《돈키호테》의 위대함에 대해 새삼 논하는 것은 오히려 독자에게 송구한 처사가 아닌가 싶다. 그럼에도 《돈키호테》의 역자인 나는 《돈키호테》가 사상서요, 철학서요, 종교서요, 예언서요, 교훈서요, 도덕 교과서요, 속담 사전이라고 여기며 남녀노소를 막론하고 생애에 한 번은 반드시 읽어야 할 필독서라고 평하고 싶다. 《돈키호테 I》의 머리말에는 세르반테스에게 그의 친구가 했던 말이 나온다.

자네가 힘써야 할 것은 자네의 이야기책을 읽어가면서 우울한 독자는 웃고, 쾌활한 이는 더욱더 유쾌해지고, 단순한 이는 성내지 않고, 신중한 이는 그 독창성에 탄복하고, 점잖은 이는 업신여기지 못하고, 용의주도한 이는 그것을 읽고 입에 침이 마르도록 칭찬하지 않고는 배기지 못하도록 하는 걸세.

그렇다. 그의 말마따나 《돈키호테》에는 처음부터 끝까지 남녀 노소를 불문하고 읽는 이의 마음을 사로잡는 풍성한 이야기들이 빼곡히 들어차 있다.

나리의 이야기는 아주 뚜렷하고 분명해서 어렵게 생각되는 것이 전혀 없습니다. 그래서 아이들은 만지작거리고, 젊은이들은 읽고, 어른들은 이해하고, 노인들은 칭송합니다. 결국 모든 계층의 사람들이 책장이 닳도록 읽고 또 읽어 통달해 있어서, 어떤 삐쩍 마르고 비루먹은 말을 보면 바로 '저기 로시난테가 간다'고들 한답니다. 그런데 그 책을 제일 열심히 읽는 사람들은 시동이랍니다. 《돈키호테》 한 권 없는 양반집 안방이 없다고도 합니다. 어떤 사람이 그 책을 두고 가면 다른 사람이 들고 가고, 또 다른 사람이 덤벼들어 빼앗으면 또 다른 사람은 빌려달라고 애걸복걸 매달린답니다.

《돈키호테 1》 출간 이후 10년 만에 출간된 《돈키호테 2》에서 세르반테스는 등장인물 산손의 입을 빌려 앞서 출간된 1권의 인기가 얼마나 대단했는지를 넌지시 보여준다. 400년이 지난 지금까지 《돈키호테》가 변함없이 사랑받는 이유 또한 알 수 있는 대목이다.

본 역자는 1988년에 217일 동안 스페인어권 나라들을 여행했다. 마지막 행선지인 스페인에서 돈키호테의 마음속 연인인 둘시네아의 고향 엘 토보소에 있는 세르반테스 박물관 '센트로 세르반티노Centro Cervantino'를 방문했다. 이 박물관은 세계 각국어로 번역된 《돈키호테》의 역자 혹은 기증자의 사인본을 전시하는데, 그곳 박물관장에게 내가 1988년에 번역한 《돈키호테 1》(3부까지 번역한 얄

곽한 번역본)을 즉석에서 사인해 증정했을 때의 기쁨은 말로 형용할 수 없었다. 그러나 방대한 작품 중 겨우 282쪽짜리 일부만이 세상 사람들 앞에 전시된다는 것이 못내 마음에 걸렸다. 이런 불편한 마음을 해소하기 위해서 반드시《돈키호테》를 완역해내야겠다는 다짐을 했지만 당시는 스페인어 사전 집필에 급급해 번역은 차일피일 미루게 되었다. 2012년에 드디어 37년 노력의 결실인《스페인어-한국어 대사전》이 출간되었고, 그제야《돈키호테》번역을 다시 진행하게 되었다. 80년대에 나는 국내에 스페인 말과 문화를 보급하기 위해 월간지《스페인어세계》를 발행하기로 하고, 원고 청탁을 위해 오랜 벗이자 시인 겸 스페인문학 교수인 민용태 박사를 찾아간 적이 있다. 그때 자신의 저서에 "한국의 돈키호테에게"라고 써서 건네며 진심 어린 응원을 해준 것이 늘 힘이 되었다. 그렇게 10여 년 산고의 고통을 견딘 끝에 30여 년 전 센트로 세르반티노에서 품었던《돈키호테》완역본 출간의 꿈을 드디어 이루게 되었다. 기쁘고 만감이 교차하면서도 한편으로는 행여 오역이 있지 않을까 걱정도 크다.

번역은 제2의 창작이라고 했다. 다른 나라의 말을 우리말로 옮기는 것 자체가 쉬운 일이 아닐진대, 문학작품의 번역은 작품 속에 녹아 있는 당시의 시대상과 고유한 문화까지 읽어내야 한다. 하물며《돈키호테》는 400년 전 작품이 아닌가. 원문의 맛을 살리고 저자의 의도에 충실한 번역을 하려고 온 힘을 기울였으나, 완전무결한 번역이란 감히 꿈도 꿀 수 없는 일이다. 오로지 최선을 다해야겠다는 일념으로 원문을 한 자 한 자 번역했으며, 어느 부분에서는 우리말에 맞는 번역어를 찾느라 마음고생도 많이 했다. 특히 속담은 되도록 같은 의미를 지닌 우리 속담으로 옮기려고 노력했다. 마땅한 것이 없는 경우에는 스페인어 그대로 직역했다.

이제 나의 바람은 스페인 센트로 세르반티노에 《돈키호테》 완역본을 보내는 것이다. 전 세계에서 출간된 다른 《돈키호테》 판본들과 나란히 전시될 이 책의 모습을 상상해본다. 나 또한 각국의 《돈키호테》 판본들을 수집하여 지금까지 100여 권을 모았다. 우리나라에도 스페인처럼 세르반테스 박물관이 세워져 남녀노소 누구나 불멸의 명작 《돈키호테》를 읽고 즐기게 하고자 하는 소망에서 시작된 작업이다. 한국의 돈키호테가 다시 한번 돈키호테다운 일을 해보련다. 돈키호테가 산초에게 "천박한 소유보다 멋진 희망이 더 낫다"라고 하지 않았는가.

번역에 일조하며 각국어로 번역된 《돈키호테》 수집에 적극적으로 도움을 준 용인한국외국어대학교부설고등학교 조경호 선생님, 역시 오랫동안 《돈키호테》 수집에 동참하며 다방면으로 많은 도움을 준, 가장 아끼는 후배 김민정, 강산이 네 번 바뀌도록 변치 않는 우정을 이어오면서 협조를 아끼지 않은 40년 지기 김용철 사장, 출판계의 불경기에도 흔쾌히 출판에 응해주신 문예출판사 전준배 대표님과 편집부 여러분의 노고에 심심한 사의를 표한다. 끝으로 온갖 역경 속에서도 오랜 세월 한결같이 용기를 주고 조언을 아끼지 않으며 내 곁을 지켜준 사랑하는 아내 강이자 여사에게 고맙다는 말을 하고 싶다.

2021년 4월
대구의 우거에서, 김충식

번역 참고 도서

- Miguel de Cervantes Saavedra, Justo García Soriano·Justo García Morales, *El Ingenioso Hidalgo Don Quijote de la Mancha I·II* (Aguilar sa de Ediciones, Bilbao, 1979)

- _____, *Don Quijote de la Mancha* (Editorial Juventud, Barcelona, 1958)

- _____, *El Ingenioso Hidalgo Don Quijote de la Mancha* (Espasa Calpe, S.A., Madrid, 1979)

- _____, *El Ingenioso Hidalgo Don Quijote de la Mancha I* (Edición de John Jay Allen, Ediciones Catedra, S.A., Madrid, 2000)

- _____, *Segunda Parte del Ingenioso Caballero Don Quijote de la Mancha II* (Edición de John Jay Allen, Ediciones Catedra, S.A., Madrid, 2000)

- _____, *Don Quijote de la Mancha* (Real Academia Española, Penguin Random House Group Editorial, S.A.U., Barcelona, 2015)

- 한국천주교주교회의 편, 《성경》, 한국천주교중앙협의회, 2006.
- 주교회의 천주교용어위원회 편, 《천주교 용어집》, 한국천주교주교회의, 2015.
- 주교회의 매스컴위원회 편, 《미디어 종사자를 위한 천주교 용어·자료집》, 한국천주교주교회의, 2010.
- 최형락 신부 편, 《천주교 용어사전》, 도서출판 작은예수, 2010.

미겔 데 세르반테스 사아베드라 연보

1547년

마드리드 근교의 대학도시 알칼라 데 에나레스에서 가난한 외과의사인 아버지 로드리고 데 세르반테스와 어머니 레오노르 데 코르티나스 사이에서 9월 29일경 태어난 것으로 추정. 10월 9일 알칼라 데 에나레스의 산타 마리아 대성당의 교구 성당에서 세례를 받음.

1551년(4세)

가족이 바야돌리드로 이사. 어린 시절 교육에 관한 것은 전혀 알려지지 않음.

1566년(19세)

가족이 다시 마드리드로 이사.

1568년(21세)

문법 교수 후안 로페스 데 오요스의 사숙私塾에서 그의 지도를 받음. 스승의 문집《역사와 관계Historia y relación》에 생애 첫 글을 실음.

1569년(22세)
이탈리아에서 지울리오 아쿠아비바 추기경의 시동侍童으로 들어감.

1570년(23세)
디에고 데 우르비나의 보병대 입대.

1571년(24세)
레판토 해전에 참가. 가슴 두 곳과 왼손에 부상을 입고 왼손은 평생 사용 불능이 되어 '레판토의 외팔이'라는 별명을 얻음.

1575년(28세)
돈 후안 데 아우스트리아와 세사 공작의 추천장을 지참하여 나폴리에서 귀국 중 튀르키예 해적의 습격을 받아 알제리로 끌려가 5년 간 포로 생활. 포로 생활 중 극작품과 단막극 〈해전Batalla naval〉, 〈알제리의 포로 생활Los tratos de Argel〉 등을 발표.

1584년(37세)
18세 연하의 카탈리나 데 팔라시오스라는 부농의 딸과 결혼.

1585년(38세)
첫 작품인 목가소설 《라 갈라테아La Galatea》 출간. 부친 사망.

1587년(40세)
세비야의 곡물과 기름을 징수해 무적함대에 지원하는 참모로 근무. 세비야에서 1587년부터 1600년까지 정착.

1597년(50세)
징수한 세금 등 공금을 저축해 둔 은행이 파산하여 공금 횡령죄로 세비야의 감옥에서 약 3개월간 복역. 옥중에서 《돈키호테Don Quijote》 집필 시작.

1603년(56세)
새 수도 바야돌리드로 이사.

1605년(58세)
《재치 넘치는 시골 양반 라만차의 돈키호테*El Ingenioso Hidalgo Don Quijote de la Mancha*》출간.

1606년(59세)
수도를 다시 마드리드로 옮기자 마드리드로 이사.

1613년(66세)
중·단편 소설 모음집《모범 소설집*Novelas ejemplares*》출간.

1614년(67세)
장편 시집《파르나소에의 여행*Viaje del Parnaso*》출간. 라 비야 데 토르데시야스 태생 알론소 페르난데스 데 아베야네다가 쓴 위작《재치 넘치는 시골 양반 라만차의 돈키호테 속편》이 등장.

1615년(68세)
《재치 넘치는 기사 라만차의 돈키호테*El Ingenioso Caballero Don Quijote de la Mancha*》출간.《새로운 여덟 편의 희극과 여덟 편의 단막극*Ocho comedias y ocho entremeses nuevos*》출간.

1616년(69세)
수종으로 4월 22일 마드리드에서 사망. 다음날 현재의 마드리드 로페 데 베가 거리에 있는 트리니타리아스 이 데스칼사스 수도원에 매장.

옮긴이 김충식

한국외국어대학교 스페인어과를 졸업하고 스페인어 강사로 일했다. 스페인을 비롯해 아르헨티나, 칠레, 멕시코, 쿠바 등 스페인어권 20개국을 여행하며, 현지에서 사용되는 스페인어를 연구하고 현지 교민들에게 스페인어를 가르쳤다. 스페인어 문화원을 설립해 스페인어 보급에 힘썼으며, 월간지《스페인어세계》를 발간했다. 한국사전협회 평생회원으로《스페인어-한국어 대사전》,《엣센스 스페인어사전》,《엣센스 한서사전》,《포켓 스페인어사전》,《포켓 한서사전》,《스페인어 강독》,《스페인어 테마 사전》,《알기 쉬운 스페인어 회화 1, 2, 3》등 스페인어 사전과 교재 20여 권을 집필했다. 그 밖에 저서로 중남미 여행기《마추삑추에 서다》가 있다. 한국 스페인어문학회 평생명예회원으로 활동하고 있다. 역서로《마음의 역사》,《빠스꾸알 두아르떼의 가정》,《황금과 평화》,《나의 어머니》등 다수가 있다.

돈키호테 2 · 살바도르 달리 에디션
재치 넘치는 기사 라만차의 돈키호테

1판 1쇄 발행	2021년 5월 14일
1판 4쇄 발행	2024년 9월 10일

지은이	미겔 데 세르반테스 사아베드라
옮긴이	김충식
펴낸곳	(주)문예출판사
펴낸이	전준배
기획 · 편집	이효미 백수미 박해민
디자인	최혜진
영업 · 마케팅	하지승
경영관리	강단아 김영순

출판등록	2004. 02. 11. 제 2013-000357호 (1966. 12. 2. 제 1-134호)
주소	04001 서울시 마포구 월드컵북로 21
전화	02) 393-5681
팩스	02) 393-5685
홈페이지	www.moonye.com
블로그	blog.naver.com/imoonye
페이스북	www.facebook.com/moonyepublishing
이메일	info@moonye.com

ISBN	978-89-310-2210-0 04870
ISBN	978-89-310-2207-0 (세트)

© Salvador Dalí, Fundació Gala-Salvador Dalí, SACK, 2024
이 책에 수록된 삽화의 저작권은 한국미술저작권관리협회(SACK)를 통해 VEGAP와 저작권 계약을 맺은 ㈜문예출판사에 있습니다. 저작권법에 의해 한국 내에서 보호를 받는 저작물이므로 무단 전재 및 복제를 금합니다.

잘못 만든 책은 구입하신 서점에서 바꿔드립니다.

문예출판사® 상표등록 제 40-0833187호, 제 41-0200044호